WWL
Winkler Weltliteratur
Blaue Reihe

JOACHIM RINGELNATZ

ICH BIN ETWAS SCHIEF INS LEBEN GEBAUT

Gedichte und Prosa

Mit einem Nachwort, Anmerkungen
und einer Zeittafel herausgegeben
von Walter Pape

Artemis & Winkler

Die Deutsche Bibliothek verzeichnet diese Publikation
in der Deutschen Nationalbibliographie;
detaillierte bibliographische Daten sind im Internet
unter http://dnb.ddb.de abrufbar.

Druck und Bindung: Friedrich Pustet, Regensburg
ISBN 3-538-06989-1
www.patmos.de

GEDICHTE

GEDICHTE 1910

ICH WERDE nicht enden zu sagen:
Meine Gedichte sind schlecht.
Ich werde Gedanken tragen
Als Knecht.
Ich werde sie niemals meistern
Und doch nicht ruhn.
Soll mich der Wunsch begeistern:
Es besser zu tun.

WESTINDISCHE NÄCHTE

Füll mir den Becher mit jenem purpurnen Weine.
Aus der Erinnerung tiefgegrabenen Schächten
Fördert er köstliches Gold und Edelsteine
Und erzählt von schönen, westindischen Nächten.
Schauernd mit herzergreifendem Grausen
Hör ich das Meer, den Sturm und des Urwalds Brausen, –
Niebeschriebene Töne, Bilder, Gefühle.
Heimlicher Liebe paradiesische Schwüle,
Schweigendes Dunkel, trauliche Lagerfeuer,
Sternengefunkel, trunkene Abenteuer,
Sorgloses Lachen, lustige Banjoklänge,
Unvergeßliche, seltsame, ernste Gesänge,
Wallender Dunkelhaare bläuliches Schimmern,
Fremder Stimmen fernes Schreien und Wimmern,
Scheidender Schiffe heimwehweckende Grüße,
Duftender Blüten heiße berauschende Süße,
Krachende Zweige, Mondschein, fliehendes Wild – –

Und dazwischen seh ich ein schmerzliches Bild.
Muß ich der schönsten aller Kreolenfrauen
Einmal noch in die brechenden Augen schauen.
Sehe sie wortlos in meinen Armen sterben. –
Oh wie grausam seid ihr himmlischen Mächte! – –
Freund verzeih, ich warf wohl den Becher zu Scherben.
Ach ich dachte wilder, westindischer Nächte.

FREUDE

Freude soll nimmer schweigen.
Freude soll offen sich zeigen.
Freude soll lachen, glänzen und singen.
Freude soll danken ein Leben lang.
Freude soll dir die Seele durchschauern.
Freude soll weiterschwingen.
Freude soll dauern
Ein Leben lang.

AN MEINEN LEHRER

Ich war nicht einer deiner guten Jungen.
An meinem Jugendtrotz ist mancher Rat
Und manches wohlgedachte Wort zersprungen.
Nun sieht der Mann, was einst der Knabe tat.

Doch hast du, alter Meister, nicht vergebens
An meinem Bau geformt und dich gemüht.
Du hast die besten Werte meines Lebens
Mit heißen Worten mir ins Herz geglüht.

Verzeih, wenn ich das Alte nicht bereue.
Ich will mich heut wie einst vor dir nicht bücken.
Doch möcht ich dir für deine Lehrertreue
Nur einmal dankbar, stumm die Hände drücken.

JUNG STERBEN

Jung sterben – in besten, noch hoffenden Jahren –
Wie schön muß das sein!
Du hättest nur Gutes, nur Frohes erfahren.
Blieb Alles dein.

Und es blieb an der Stätte, wo du begraben,
Nur Liebe zurück.
So gar nichts Trübes gekostet zu haben – – –
Wär's nicht ein Glück?

DIE SCHNUPFTABAKSDOSE

DIE SCHNUPFTABAKSDOSE

Es war eine Schnupftabaksdose,
Die hatte Friedrich der Große
Sich selbst geschnitzelt aus Nußbaumholz.
Und darauf war sie natürlich stolz.

Da kam ein Holzwurm gekrochen.
Der hatte Nußbaum gerochen.
Die Dose erzählte ihm lang und breit
Von Friedrich dem Großen und seiner Zeit.

Sie nannte den alten Fritz generös.
Da aber wurde der Holzwurm nervös
Und sagte, indem er zu bohren begann:
»Was geht mich Friedrich der Große an!«

EIN MÄNNLICHER Briefmark erlebte
Was Schönes, bevor er klebte.
Er war von einer Prinzessin beleckt.
Da war die Liebe in ihm erweckt.

Er wollte sie wiederküssen,
Da hat er verreisen müssen.
So liebte er sie vergebens.
Das ist die Tragik des Lebens!

DIE AMEISEN

In Hamburg lebten zwei Ameisen,
Die wollten nach Australien reisen.
Bei Altona auf der Chaussee
Da taten ihnen die Beine weh,
Und da verzichteten sie weise
Denn auf den letzten Teil der Reise.

So will man oft und kann doch nicht
Und leistet dann recht gern Verzicht.

ES TRAFEN sich von ungefähr
Ein Wolf, ein Mensch, sowie ein Bär,
Und weil sie lange nichts gegessen,
So haben sie sich aufgefressen.
Der Wolf den Menschen, der den Bär,
Der Bär den Wolf. – Es schmeckte sehr
Und blieb nichts übrig als ein Tuch,
Drei Haare und ein Wörterbuch.
Das war der Nachlaß dieser drei.
Der eine Mensch, der hieß Karl May.

»RUHE IST viel wert,«
Sagte das Nilpferd
Und setzte sich in 'was Weiches.

Der Elefant tat ein Gleiches.

ES BILDETE sich ein Gemisch
Von Stachelschwein und Tintenfisch.
Die Wissenschaft, die teilt es ein
In Stachelfisch und Tintenschwein.
Der Fisch bewohnt den Ozean.
Gefährlich ist es, ihm zu nahn.
Das Tintenschwein trifft man in Büchern,
An Fingerspitzen, Taschentüchern.
Es ist – das liegt ja auf der Hand –
Dem Igelschwein noch sehr verwandt.

EIN TASCHENKREBS und ein Känguruh,
Die wollten sich ehelichen.
Das Standesamt gab es nicht zu,
Weil beide einander nicht glichen.

Da riefen sie zornig: »Verflucht und verdammt
Sei dieser Bureaukratismus!«
Und hingen sich auf vor dem Standesamt
An einem Türmechanismus.

DIE NACHT erstarb. Und der Tag erwachte. –
Draußen unter dem Sternenhimmel
Stand ein Droschkenpferd, ein Schimmel,
Und lachte.

Der Tag entwich und die Nacht begann.
Auf steiniger Ebene ruhte das Pferd.
Es hatte die Beine gen Himmel gekehrt
Und sann.

Und wieder durchzuckten die Sterne den Himmel. – –
Das rechte Auge des Pferdes tränte. – –
Der Mann auf dem Kutschersitze gähnte
Und trank einen Kümmel.

AN EINEM Teiche
Schlich eine Schleiche,
Eine Blindschleiche sogar.
Da trieb ein Etwas ans Ufer im Wind.
Die Schleiche sah nicht, was es war,
Denn sie war blind.
– –
Das dunkle Etwas aber war die Kindsleiche
Einer Blindschleiche.

IM DUNKLEN Erdteil Afrika
Starb eine Ziehharmonika.
Sie wurde mit Musik begraben.
Am Grabe saßen zwanzig Raben.
Der Rabe Num'ro einundzwanzig
Fuhr mit dem Segelschiff nach Danzig
Und gründete dort etwas später
Ein Heim für kinderlose Väter.
Und die Moral von der Geschicht? –
Die weiß ich leider selber nicht.

ES WAR einmal ein Kannibale,
Der war aus Halle an der Saale.
Man sah ihn oft am Bodensee
Für zwanzig Pfennige Entree.

LOGIK

Die Nacht war kalt und sternenklar,
Da trieb im Meer bei Norderney
Ein Suahelischnurrbarthaar. –
Die nächste Schiffsuhr wies auf drei.

Mir scheint da mancherlei nicht klar,
Man fragt doch, wenn man Logik hat,
Was sucht ein Suahelihaar
Denn nachts um drei am Kattegatt?

TURNGEDICHTE

TURNER-MARSCH

(Melodie: Leise flehen meine Lieder)

Schlagt die Pauken und Trompeten,
Turner in die Bahn!
Turnersprache laßt uns reden.
Vivat Vater Felix Dahn!
Laßt uns im Gleichschritt aufmarschieren,
Ein stolzes Regiment.
Laß die Fanfaren tremulieren!
Faltet die Fahnen ent!

Die harte Brust dem Wetter darzubieten,
Reißt die germanische Lodenjoppe auf!
Kommet zu Hauf!
Wir wollen uns im friedlichen Wettkampf üben.

Braust drei Hepp-hepps und drei Hurras
Um die deutschen Eichenbäume!
Trinkt auf das Wohl der deutschen Frauen ein Glas,
Daß es das ganze Vaterland durchschäume.
Heil! Umschlingt euch mit Herz und Hand,
Ihr Brüder aus Nord-, Süd- und Mitteldeutschland!
Daß einst um eure Urne
Eine gleiche Generation turne.

KLIMMZUG

Das ist ein Symbol für das Leben.
Immer aufwärts, himmelanstreben!
Feste zieh! Nicht nachgeben!
Stelle dir vor: Dort oben winken
Schnäpse und Schinken.
Trachte sie zu erreichen, die Schnäpse.
Spanne die Muskeln, die Bizepse.
Achte ver die Beschwerden.
Nicht einschlafen. Nicht müde werden!
Du mußt in Gedanken wähnen:
Du hörtest unter dir einen Schlund gähnen.
In dem Schlund sind Igel und Wölfe versammelt.
Die freuen sich auf den Menschen, der oben bammelt.
Zu! Zu! Tu nicht überlegen.
Immer weiter, herrlichen Zielen entgegen.
Sollte dich ein Floh am Po kneifen,
Nicht mit beiden Händen zugleich danach greifen.
Nicht so ruckweis hin und her schlenkern;
Das paßt nicht für ein Volk von Turnern und Denkern.
Klimme wacker,
Alter Knacker!
Klimme, klimb
Zum Olymp!
Höher hinauf!
Glückauf!
Kragen total durchweicht.
Äh – äh – äh – endlich erreicht.
Das Unbeschreibliche zieht uns hinan,
Der ewigweibliche Turnvater Jahn.

FREIÜBUNGEN
(Grund-Stellung)

Wenn eine Frau in uns Begierden weckt
Und diese Frau hat schon ihr Herz vergeben,
Dann (Arme vorwärts streckt!)
Dann ist es ratsam, daß man sich versteckt.
Denn später (langsam auf den Fersen heben!)
Denn später wird uns ein Gefühl umschweben,
Das von Familiensinn und guten Eltern zeugt.
(Arme – beugt!)
Denn was die Frau an einem Manne reizt,
(Hüften fest – Beine spreizt! – Grundstellung)
Ist Ehrbarkeit. Nur die hat wahren Wert,
Auch auf die Dauer (Ganze Abteilung, kehrt!).
Das ist von beiden Teilen der begehrtste,
Von dem man sagt: (Rumpfbeuge) Das ist der allerwertste.

WÄHREND DER RIESENWELLE

Seht ihr mich? Und spürt ihr nicht den Wind,
Den ich mache? Ja, das ist gefährlich!
Aber mir, dem alten Seemann, sind
Riesenwellen eben unentbehrlich.

Käme mir jetzt einer in die Speichen
(Wär es auch ein Riese aus Granit),
Würde er doch damit nur erreichen,
Daß ich ihn in dünne Scheiben schnitt.

Aber nicht die Herstellung von Scheiben
Denk ich mir als Lebenszweck. O, nein!
Eine Sägemühle möcht' ich treiben,
Möcht' ein Schwungrad für Dynamo sein.

Wenn ich plötzlich jetzt die Hände strecke
(Und ich habe Ähnliches im Sinn),
Ja dann – splittert augenblicks die Decke,
Und der Wellenriese – ist dahin.

AM BARREN
(Alla donna tedesca)

Deutsche Frau, dich ruft der Barrn,
Denn dies trauliche Geländer
Fördert nicht nur Hirn und Harn,
Sondern auch die Muskelbänder,
Unterleib und Oberlippe.
Sollst, das Hüftgelenk zu stählen,
Dich im Knickstütz ihm vermählen.
Deutsches Weib, komm: Kippe, Kippe!

Deutsche Frau, nun laß dich wieder
Ellengriffs im Schwimmhang nieder.
So, nun Hackenschluß! Und schwinge!
Schwinge! Hurtig rum den Leib!
O, es gibt noch wundervolle
Dinge. Rolle vorwärts! Rolle!
Rolle rückwärts, deutsches Weib.

Deutsche Jungfrau, weg das Armband!
In die Hose! Aus dem Rocke!
Aus dem Streckstütz in den Armstand,
Nun die Flanke. Sehr gut! Danke!
Deutsches Mädchen, Hocke, Hocke!

Mußt dich keck emanzipieren
Und mit kindlichem »Ätsch-Ätsche«
Über Männer triumphieren,
Mußt wie Bombe und Kartätsche
Deine Kräfte demonstrieren.
Deutsches Mädchen – Grätsche! Grätsche!

RINGKAMPF

Gibson (sehr nervig), Australien,
Schulze, Berlin (ziemlich groß).
Beißen und Genitalien
Kratzen verboten. – Nun los!

Ob sie wohl seelisch sehr leiden?
Gibson ist blaß und auch Schulz.
Warum fühlen die beiden
Wechselnd einander den Puls?

Ängstlich hustet jetzt Gibson.
Darauf schluckt Schulze Cachou.
Gibson will Schulzen jetzt stipsen.
Ha! Nun greifen sie zu.

Packen sich an, auf, hinter, neben, in,
Über, unter, vor und zwischen,
Statt, auch längs, zufolge, trotz
Stehen auf die Frage wessen.

Doch ist hier nicht zu vergessen,
Daß bei diesen letzten drei
Auch der Dativ richtig sei.

(Pfeife des Schiedsrichters.)

Wo sind die Beine von Schulze?
Wem gehört denn das Knie?
Wirr wie lebendige Sulze,
Mengt sich die Anatomie.

Ist das ein Kopf aus Australien?
Oder Gesäß aus Berlin?
Jeder versucht Repressalien,
Jeder läßt keinen entfliehn.

Hat sich der Schiedsmann bemeistert,
Lange parteilos zu sein;
Aber nun brüllt er begeistert:
»Schulze, stell ihm ein Bein!

Zwinge den Mann mit den Nerven
Nieder nach Sitte und Jus.
Kannst du dich über ihn werfen
Just wie im Koi, dann tu's!«

ZUM AUFSTELLEN DER GERÄTE
(Ein Muster)

So unterwegs in einem schönen Hechtsprung
Erblickte er das Licht der Welt, das Leben,
Und hat – obwohl er damals doch noch recht jung –
Sich doch sofort in Hilfsstellung begeben.
Den Kniesturz übend und manch andre Tugend,
Verging ihm eine turnerische Jugend
Im Wachen teils und teils im Traum
Und Freitags nachmittags am Schwebebaum.

Vorturner wurde er und Löwenbändiger,
Seemann und Schornsteinfeger, Akrobat
Und schließlich turnerischer Sachverständiger
Im transsibirischen Artistenrat.
Er las die Morgenzeitung stets im Handstand,
Vom Hang der Freiheit sprach sein roter Schlips.
Er glich – wie er im Turnsaal an der Wand stand –
Dem allbekannten Herkules aus Gips.

Inhaber aller silbernen Pokale,
Erwarb er sich den Franziskanerpreis
Und im August in Halle an der Saale
Die Jahnkokarde mit dem Lorbeerreis.
Ein zarter Kern in einer rauhen Schale.

Er hat sich mit einem Salto mortale
Aus dem Leben
Über ein Felsengeländer
Hinwegbegeben.

WETTLAUF

Publikum ungeduldig scharrt –
Scharren lassen – hier Start –
Taschentuch? keins –
Schweiß –
Heiß –
Zum Beweis
Des Nichtaufgeregtseins:
Billet Spucke kneten.
Achtung: eins!
Nicht mehr Zeit auszutreten –
Was? Rauchen verbeten? –
Sie da, der Dritte, weiter zurücktreten –

Soo! – Endlich Musik –
Der bekannte
Augenblick,
Wo –
Wenn der Trikot
Nur nicht so spannte –
Schweinerei –
Wäre fatal –
Achtung: Zwei!
Teufel nochmal!
Heiliger Joseph, steh mir bei!
Achtung: Drei!
Tapelti, tapelti, tapelti
Mut!
Gut!
Kopf senken!
Arme vom Leib!
Frieda denken!
Herrliches Weib!
Schade, daß Mund stinkt!
Das war sie! – lacht! – winkt –
Oh, oh! Oh, oh!
Mein Trikot!
Vorne gespalten.
Taschentuch vorhalten –
Jetzt Quark!
Nur laufen!
10 000 Mark –
Wochenlang saufen –
Wenn's glückt –
Schulden bezahlen –
Tante verrückt –
Meyers prahlen –
Sieger gratuliert –
Photographiert –

Händedruck –
Tun als ob schnuppe –
Wändeschmuck –
Lorbeer-Suppe –
Zeitungs-Reklame –
Filmaufnahme –
Frieda seidenes Kleid –
Otto platzt Neid –
Engelmann – Wut –
Anton – Pump –
Aushalten! Mut!
Weg da! Lump! –
Einer von beiden –
Weg abschneiden –
Puff!
Was bild't sich –
Uff!
Gilt nicht!
Feste druff!
Gar nicht kümmern!
Schädel zertrümmern!
Zuchthaus –
Flucht – Haus –
Schande –
Tante –
Sterben –
Beerben –
Unsinn! Was Quatsch! Quatsch!
Teufel noch mal!
Laternenpfahl.
Mehr links, ach! ach!
Stopp! Frieda! Halt! Krach!
Kladderadatsch!
Knätsch daun! au! aus!
Ohhhhhh! – Publikum Applaus.

FUSSBALL
(nebst Abart und Ausartung)

Der Fußballwahn ist eine Krank-
Heit, aber selten, Gott sei Dank.
Ich kenne wen, der litt akut
An Fußballwahn und Fußballwut.
Sowie er einen Gegenstand
In Kugelform und ähnlich fand,
So trat er zu und stieß mit Kraft
Ihn in die bunte Nachbarschaft.
Ob es ein Schwalbennest, ein Tiegel,
Ein Käse, Globus oder Igel,
Ein Krug, ein Schmuckwerk am Altar,
Ein Kegelball, ein Kissen war,
Und wem der Gegenstand gehörte,
Das war etwas, was ihn nicht störte.
Bald trieb er eine Schweineblase,
Bald steife Hüte durch die Straße.
Dann wieder mit geübtem Schwung
Stieß er den Fuß in Pferdedung.
Mit Schwamm und Seife trieb er Sport.
Die Lampenkuppel brach sofort.
Das Nachtgeschirr flog zielbewußt
Der Tante Berta an die Brust.
Kein Abwehrmittel wollte nützen,
Nicht Stacheldraht in Stiefelspitzen,
Noch Puffer außen angebracht.
Er siegte immer, 0 zu 8.
Und übte weiter frisch, fromm, frei
Mit Totenkopf und Straußenei.
Erschreckt durch seine wilden Stöße,
Gab man ihm nie Kartoffelklöße.
Selbst vor dem Podex und den Brüsten
Der Frau ergriff ihn ein Gelüsten,

Was er jedoch als Mann von Stand
Aus Höflichkeit meist überwand.
Dagegen gab ein Schwartenmagen
Dem Fleischer Anlaß zum Verklagen.
Was beim Gemüsemarkt geschah,
Kommt einer Schlacht bei Leipzig nah.
Da schwirrten Äpfel, Apfelsinen
Durch Publikum wie wilde Bienen.
Da sah man Blutorangen, Zwetschen
An blassen Wangen sich zerquetschen.
Das Eigelb überzog die Leiber,
Ein Fischkorb platzte zwischen Weiber.
Kartoffeln spritzten und Citronen.
Man duckte sich vor den Melonen.
Dem Krautkopf folgten Kürbisschüsse.
Dann donnerten die Kokosnüsse.
Genug! Als alles dies getan,
Griff unser Held zum Größenwahn.
Schon schäkernd mit der U-Bootsmine –
Besann er sich auf die Lawine.
Doch als pompöser Fußballstößer
Fand er die Erde noch viel größer.
Er rang mit mancherlei Problemen.
Zunächst: Wie soll man Anlauf nehmen?
Dann schiffte er von dem Balkon
Sich ein in einem Luftballon.
Und blieb von da an in der Luft,
Verschollen. Hat sich selbst verpufft. –
Ich warne euch, ihr Brüder Jahns,
Vor dem Gebrauch des Fußballwahns!

DER ATHLET

Mein Name ist Murxis, der Kraftmensch genannt.
Meine Nahrung ist Goulasch vom Elefant
In einer Sauce des Stärkemehles.
Meine Heimat ist das Zentrum Südwales,
Upsala!

Ich wurde durch einen Kaiserschnitt
Geboren, mit Hilfe von Dynamit.
Daß ich noch lebte, war reines Glück.
Von meiner Mutter blieb wenig zurück.
20 kg mit dem kleinen Finger.

Man baute um mich eine Art von Dock.
Mit Strebestützen im 16. Stock
Eines Wolkenkratzers von Rockefeller.
Das Stockwerk brach, man fand mich im Keller
Mit verschränkten Armen.

Ich war in allen Städten der Welt
Als Muster von Herkules ausgestellt.
Wer das bezweifelt – 5 Groschen –, der fordre
An der Kasse die Wachskabinettsordre.
Ich nenne mich selbst den Venus von Milo.
Bruttogewicht: 200 Kilo.

Es haben mich Königinnen betastet.
Ich habe einmal drei Wochen gefastet
Und unternehme auch heute noch Schritte
Zu meiner Entlastung. Und deshalb bitte
Ich die Herrschaften um ein kleines Douceur.

AM HÄNGETAU

Das Hängetau ist lang und steil.
Jedoch die Übung an dem Seil
Ist heilsam und veredelt.
Dieweil du kletterst, wächst das Tau
Dir hintenraus und wedelt
A la Wauwau.

Marie, die unten nach dir blickt,
Kommt mit der Quaste in Konflikt.

Ich wette um ein Faß Gelee:
Drei Meter über der Erden
Erfaßt dich plötzlich die Idee,
Du möchtest Seemann werden.

Der Kletterschluß mißlingt dir freilich.
Er klingt auch häßlich papageilich.
Schon dieserhalb und um so mehr
Schwankst du verzweifelt hin und her,
Als atemloser Pendel.
Und jäh umgibt dich in der Luft
Ein unartikulierter Duft
Sehr abseits von Lavendel.

Und dann erreichst du ganz verzagt
Den Balken unter Pusten,
Und weil Marie von unten fragt,
Und weil die Stimme dir versagt,
So fängst du an zu husten.

Die Dame frägt ob schwindelfrei
Und schüttelt die Manilla.
Du mimst voll Angst und Heuchelei

Den schwärmenden Gorilla.
Doch weil allmählich Zeit vergeht
Und nirgends eine Leiter steht,
Entschließt du dich voll Grausen
Und präsentierst dein Hinterteil
Und angelst lange nach dem Seil
Und läßt dich plötzlich sausen.

Du plumpst der Dame auf die Brust
Und tust, als tätst du das bewußt,
Und blähst dich wie ein Segel.
Und nickst ein heiteres Allheil!
Und lachst und fühlst dich doch derweil
Teils Burschenschaft, teils Flegel.

Kein Mädchen, nicht einmal die Braut,
Sieht gerne Hände ohne Haut.

KNIEHANG

Ich wollte, ich wär eine Fledermaus,
Eine ganz verluschte, verlauste,
Dann hing ich mich früh in ein Warenhaus
Und flederte nachts und mauste,
Daß es Herrn Silberstein grauste.
Denn Meterflaus, Fliedermus, Fledermaus –
(Es geht nicht mehr; mein Verstand läuft aus.)

BOX-KAMPF

Bums! – Kock, Canada: – Bums!
Käsow aus Moskau: Puff! puff!
Kock der Canadier: – Plumps!

Richtet sich abermals uff.
Ob dann der Käsow den Kock haut,
Oder ob er das vollzieht,
Ob es im Bauchstoß, im Knock-out*
Oder von seitwärts geschieht –
Kurz: Es verlaufen die heit'ren
Stunden wie Kinderpipi.
Sparen wir daher die weit'ren
Termini technici.
Und es endet zuletzt
Reizvoll, wie es beginnt:
Kock wird tödlich verletzt.
Käsow aber gewinnt.
Leiche von Kock wird bedeckt.
Saal wird langsam geräumt.
Käsow bespült sich mit Sekt.
Leiche aus Canada träumt:
Boxkampf –
Boxer –
Boxen –
Boxel –
Boxkalf –
Boxtrott –
Boxtail –.

* *Sprich – »nock«, wie Butternockerlsuppe.*

ZUM WEGRÄUMEN DER GERÄTE

Veterinär, gleichzeitig Veteran,
Ein Mann, der 92 Jahre zählte,
Daß man zuletzt ihn aus Gewohnheit wählte,
Und trotzdem biegsam, schmiegsam wie ein Schwan.
Das war – trotz eines halbgelähmten Beines –

Der Ehrenvorstand unsres Turnvereines.
Und wirklich nahm er's noch im Dauerlauf
Und Schleuderball mit jedem Rennpferd auf.

Wettläufer sah ich – nun Gott weiß wieviel,
Doch ihrer keiner hielt wohl mit der gleichen
Bescheidenheit gelassen vor dem Ziel.
Denn niemand konnte ihm das Wasser reichen.
Dann griff er abseits zum Pokal. Und Hei!
Wie Donner klang sein Frisch-Fromm-Fröhlich-Frei.
Wie sich sein Vollbart, den er gern sich wischte,
Nach einem 80 cm-Sprung
Mit Kokosfasern einer Matte mischte,
Das bleibt mir ewig in Erinnerung.
Im Springen konnte überhaupt dem Alten
Zuletzt wohl keiner mehr die Stange halten.

Einmal, nach dem Genuß von sehr viel Weißwein,
Verstauchte er beim Spaltsitz auf dem Reck
Ganz unvermutet plötzlich sich das Steißbein.
Er aber wich und wankte nicht vom Fleck.
Im Gegenteil, er brach, um uns zu necken,
Sich noch den Sitzknorren der Sitzbeine am Becken.
Er turnte gern der Jugend etwas vor
Und mühte sich vor Buben oder Mädeln,
Die Beine in die Ringe einzufädeln,
Wobei er niemals die Geduld verlor.
Dann staunte ehrfurchtsvoll solch junges Ding,
Wenn er wie Christbaumschmuck im Nesthang hing.

Denn was ein Nesthängchen werden will, krümmt sich
beizeiten.

KNIEBEUGE

Kniee – beugt!
Wir Menschen sind Narren.
Sterbliche Eltern haben uns einst gezeugt.
Sterbliche Wesen werden uns später verscharren.
Schäbige Götter, wer seid ihr? und wo?
Warum lasset ihr uns nicht länger so
Menschlich verharren?
Was ist denn Leben?
Ein ewiges Zusichnehmen und Vonsichgeben. –
Schmach euch, ihr Götter, daß ihr so schlecht uns
versorgt,
Daß ihr uns Geist und Würde und schöne Gestalt
nur borgt.
Eure Schöpfung ist Plunder,
Das Werk sodomitischer Nachtung.
Ich blicke mit tiefster Verachtung
Auf euch hinunter.
Und redet mir nicht länger von Gnade und Milde!
Hier sitze ich; forme Menschen nach meinem Bilde.
Wehe euch, Göttern, wenn ihr uns drüben erweckt!
Beine streckt!

ZUM BOCKSPRINGEN
(Nach einer Fabel Ae-sops)

Wie war die Geschichte mit Bobs Wauwau?
Ich erinnere mich nicht ganz genau,
Ob dieser Hund Bobs
– Eins, zwei, drei – hops! –

Ob dieser Hund ein Rebhuhn gebar?
Auf welcher Seite er schwanger war,
Und inwiefern und ob's
– Eins, zwei, drei – hops! –

Ein Dackel war, der das Rebhuhn erzeugte,
Und ob er das arme Geflügel dann säugte. –
Ich glaube, der Dackel war ein Mops. –
– Eins, zwei, drei – hops! –

Jedenfalls fraß er zu jedermanns Ärger
Nur Wickelgamaschen und Königsberger,
Auch Danziger Klops.
– Eins, zwei, drei – hops! –

Ein seltsamer Mops war Bobs Wauwau.
– Eins, zwei, drei – hops! – au! au!

FELGEAUFSCHWUNG

Die wir im Felgeaufschwung uns befinden,
Schwer wie das Eisen, das der Ristgriff faßt,
Und wurde uns der eigne Leib zur Last.
Und langsam sehen wir den Tag entschwinden.

Ein abgerissenes Sichvorwärtsschwingen –
Ein seelenloses Steigen über nichts. –
Von Leiden spricht das Zucken des Gesichts.
Nur in der Ferne tönt ein Vesperklingen.

Nun sinkt das Haupt herab, und wie zum Schwören
Hebt sich der Füße zages Doppelspiel.
Und abermals erlahmt die Kraft am Ziel,
Um wieder sich von neuem zu betören.

Und werden doch den toten • überwinden,
Der Geist ist willig, doch das Fleisch ist weich,
Sitzwellend einst, dem Wellensittich gleich,
So werden wir uns droben wiederfinden.

ZUM KEULENSCHWINGEN

Die Merowinger sind weit verzweigt.
Es lebte ein Merowinger,
Den die Geschichte uns leider verschweigt,
Ein wackerer Keulenschwinger.

Mit beiden Händen und Leidenschaft
Schwang er die Keulen, die schönen.
Er schwang sie mit barbarischer Kraft
Unter leisem teutonischen Stöhnen.

Er teilte die Lüfte und teilte vorbei
Mit seiner gewuchtigen Keule.
Er schlug seiner Mutter die Backe entzwei,
Erschlug seine Kinder und Gäule.

Erschlug mit übernatürlicher Kraft
Des Königs wieherndes Vollblut.
Da wurde er aber fortgeschafft
In eine Zelle für Tollwut.

Man nahm ihm die Keule, er konnte nicht mehr
Sie schwingen in sausenden Kurven.
Die Zelle ward still und nahezu leer,
Man hörte nur Schritte schlurfen.

Doch eines Tages dröhnte es dumpf.
Der Wächter tat sich beeilen.

Da sah er einen niedrigen Rumpf
Mit seinen leibeigenen Keulen
Die Wände der Zelle verbeulen.
Da fing der Mann an zu heulen.

DAS TURNGEDICHT AM PFERD
(Schon den Römern bekannt)

Es lebte an der Mündung der Dobrudscha
Ein Roll- und Bier- und Leichenwagenkutscher.
Der riß lebendigem Getier – o Graus! –
Mit kaltem Blut die Pferdeschwänze aus.
Hopla!

Jedoch verscherzte er mit solchen Streichen
Sich den Verkehr mit Roll und Bier und Leichen
Und frönte nun dem Trunk, auch nebenbei
Der Kunst, speziell der Pferdeschlächterei.
Hopla!

Man traf ihn manchmal unter Viadukten
Mit Pferdeköpfen, die noch lebhaft zuckten,
Und fragte man dann nach dem Preis pro Pfund,
Dann brüllte er und hatte Schaum vorm Mund:
»Hopla!«

Doch abermals aus dem Beruf gestoßen,
Ergab er sich dem Schicksal aller Großen
Und wurde – solches traf sich eben gut –
Pedell an einem Turninstititut.
Hopla!

Schon im Begriff, sein Leben umzuwandeln,
Besoff er sich und stürzte über Hanteln.

Er wußte selber nicht, wie weit, wie tief;
Jedoch er fragte gar nicht, sondern schlief.
… la …

Punkt Mitternacht bemerkte der Betäubte,
Daß sich sein Haar mit leisem Knirschen sträubte.
Er wachte auf und sah im bleichen Glanz
Ein Pferd, ein Pferd, ganz ohne Haupt und Schwanz.
… pla!

Nun reckte sich das abenteuerliche
Gespenst und wuchs ins Ungeheuerliche.
Drei Meter mochte es gewachsen sein,
Da hielt es inne, schnappte plötzlich ein.
Hopla!

Und nun, wohl in Ermangelung von Äpfeln,
Begann es Sägemehl aus sich zu tröpfeln.
»Mensch«, rief es, »der du Tiere quälen kannst,
Auf! Springe über meinen Lederwanst.
Hopla!«

Er sprang bereits, wie ihn die Formel bannte,
Er sprang und fiel, erhob sich wieder, rannte
Und sprang und rannte, sprang und sprang und sprang,
Wohl stunden-, tage-, wochen-, jahrelang.
Hopla! Hopla! Hopla! Hopla!

Bis plötzlich unter ihm das Pferd zerkrachte.
Da brach er auch zusammen und erwachte.
Indem er schwur, nie wieder nachts zu picheln,
Bemerkte er, gereizt durch fremdes Sticheln,
Daß ihn, der doch sich täglich glatt rasierte,
Ein langer Zwickelbart aus Roßhaar zierte.
Ho!

BUMERANG

War einmal ein Bumerang;
War ein weniges zu lang.
Bumerang flog ein Stück,
Aber kam nicht mehr zurück.
Publikum – noch stundenlang –
Wartete auf Bumerang.

KUTTEL DADDELDU

VOM SEEMANN KUTTEL DADDELDU

Eine Bark lief ein in Le Haver,
Von Sidnee kommend, nachts elf Uhr drei.
Es roch nach Himbeeressig am Kai,
Und nach Hundekadaver.

Kuttel Daddeldu ging an Land.
Die Rü Albani war ihm bekannt.
Er kannte nahezu alle Hafenplätze.

Weil vor dem ersten Hause ein Mädchen stand,
Holte er sich im ersten Haus von dem Mädchen die Krätze.

Weil er das aber natürlich nicht gleich empfand,
Ging er weiter, – kreuzte topplastig auf wilder Fahrt.
Achtzehn Monate Heuer hatte er sich zusammengespart.

In Nr. 6 traktierte er Eiwie und Kätchen,
In 8 besoff ihn ein neues straff lederbusiges Weib.
Nebenan bei Pierre sind allein sieben gediegene Mädchen,
Ohne die mit dem Celluloid-Unterleib.

Daddeldu, the old Seelerbeu Kuttel,
Verschenkte den Albatrosknochen,
Das Haifischrückgrat, die Schals,
Den Elefanten und die Saragossabuttel.
Das hatte er eigentlich alles der Mary versprochen,
Der anderen Mary; das war seine feste Braut.

Daddeldu – Hallo! Daddeldu,
Daddeldu wurde fröhlich und laut.
Er wollte mit höchster Verzerrung seines Gesichts
Partu einen Niggersong singen
Und »Blu beus blu«.
Aber es entrang sich ihm nichts.

Daddeldu war nicht auf die Wache zu bringen.
Daddeldu Duddel Kuttelmuttel, Katteldu
Erwachte erstaunt und singend morgens um vier
Zwischen Nasenbluten und Pomm de Schwall auf der Pier.

Daddeldu bedrohte zwecks Vorschuß den Steuermann,
Schwitzte den Spiritus aus. Und wusch sich dann.

Daddeldu ging nachmittags wieder an Land,
Wo er ein Renntiergeweih, eine Schlangenhaut,
Zwei Fächerpalmen und Eskimoschuhe erstand.
Das brachte er aus Australien seiner Braut.

DADDELDUS LIED AN DIE FESTE BRAUT

Lat man goot sin, lütte seute Marie.
Mi no ssavi!
Ich habe deine Photographie
In der Medittereniensi
Weit draußen auf dem Meere
Damals verloren,
Als ich bei den Azoren
Mit der Bulldog beinah versoffen wäre. –

Bulldog aheu!

Swiethart! Manilahaariges Kitty-Anny-Pipi –

Oder wie du heißt –
Bulldog aheu!
Bei Jesus Chreist
Ich war – seit Konstantinopel – dir immer treu.

Scheek hends! Ehrlich und offen:
Ich bin gar nicht besoffen.

Giff öss e Whisky, du, ach du! Jesus Chreist!

Skool! bleddi Sanofebitsch – Ohne Spott:
Ich glaube, dich hat der liebe Gott
An einem Sonntag zusammengespleißt.
Weißt du, was du bist: Weißt?
Hör mich einmal ernsthaft auf mich.
Du – du bist – mein zweites Ich.
Du mußt mir mal deinen Namen ausbuchstabieren,
Hein soll mir das auf den Arm tätowieren.

Mary, mach mal deinem Daddeldu
Die Hosentür zu.

Ich habe noch immer die graue Salbe von dir,
Das ist ganz egal; das ist auch ein Souvenir.
Wer mir die Salbe nimmt –
Ich bin der gutmütigste Kerl, glaub es mir;
Ich habe noch keinem Catfisch ein Haar gekrümmt –
Wenn ich zurück bin aus Schangei,
Wie Gott will hoffen, –
Wer mir die Salbe nimmt,
Dem hau ik die Kiemen entzwei.

Bulldog aheu! Ich bin nicht besoffen.
Wirklich nicht!
Wirklich nicht!

Wer mir die Salbe krümmt,
Dem renn ich die Klüsen dicht. –
Komm her, Deesy, wir schlagen die Bulldog entzwei.
Wenn ich aus Kiatschu, Kiatschau –
Porko dio Madonna! –
Mary, du alte Sau,
Wer dir die Salbe stiehlt aus Schangei,
Der wird einmal Kapitän Daddeldus Frau.

SEEMANNSTREUE

Nafikare necesse est.
Meine längste Braut war Alwine.
Ihrer blauen Augen Gelatine
Ist schon längst zerlaufen und verwest. –

Alwine sang so schön das Lied:
»Ein Jäger aus Kurpfalz«.

Wie Passatwind stand ihr der Humor.
– Sonntags morgens wurde sie bestattet
In der Heide, wo kein Bäumchen schattet,
Und auch ihre Unschuld einst verlor.

Donnerstags grub ich sie wieder aus.
Da kamen mir schon ihre Ohrlappen
So sonderbar vor.

Freitags grub ich sie dann wieder ein.
Niemand sah das in der stillen Heide. –
Montags wieder aus. Von ihrem Kleide,
Das man ihr ins Grab gegeben hatte,
Schnitt ich einer Handbreit gelber Seide,
Und die trägt mein Bruder als Krawatte. –

Gruslig wars: Bei dunklem oder feuchten
Wetter fing Alwine an zu leuchten.
Trotzdem parallel zu ihr verweilen
Wollt ich ewiglich und immerdar.
Bis sie schließlich an den weichen Teilen
Schon ganz anders und ganz flüssig war.

Aus. Ein. Aus; so grub ich viele Wochen.
Doch es hat zuletzt zu schlecht gerochen.
Und die Nase wurde blauer Saft,
Wodrin lange Fadenwürmer krochen. –
Nichts für ungut: Das war ekelhaft. –
Und zuletzt sind mir die schlüpfrigen Knochen
Ausgeglitten und in lauter Stücke zerbrochen.

Und so nahm ich Abschied von die Stücke.
Ging mit einem Schoner nach Iquique,
Ohne jemals wieder ihr Gebein
Auszugraben. Oder anzufassen.

Denn man soll die Toten schlafen lassen.

DIE WEIHNACHTSFEIER DES SEEMANNS KUTTEL DADDELDU

Die Springburn hatte festgemacht
Am Petersenkai.
Kuttel Daddeldu jumpte an Land,
Durch den Freihafen und die stille heilige Nacht
Und an dem Zollwächter vorbei.
Er schwenkte einen Bananensack in der Hand.
Damit wollte er dem Zollmann den Schädel spalten,
Wenn er es wagte, ihn anzuhalten.

Da flohen die zwei voreinander mit drohenden Reden.
Aber auf einmal trafen sich wieder beide im König von Schweden.

Daddeldus Braut liebte die Männer vom Meere,
Denn sie stammte aus Bayern.
Und jetzt war sie bei einer Abortfrau in der Lehre,
Und bei ihr wollte Kuttel Daddeldu Weihnachten feiern.

Im König von Schweden war Kuttel bekannt als Krakehler.
Deswegen begrüßte der Wirt ihn freundlich: »Hallo old sailer!«
Daddeldu liebte solch freie herzhafte Reden,
Deswegen beschenkte er gleich den König von Schweden.

Er schenkte ihm Feigen und sechs Stück Kolibri
Und sagte: »Da nimm, du Affe!«
Daddeldu sagte nie »Sie«.
Er hatte auch Wanzen und eine Masse
Chinesischer Tassen für seine Braut mitgebracht.

Aber nun sangen die Gäste »Stille Nacht, Heilige Nacht«,
Und da schenkte er jedem Gast eine Tasse
Und behielt für die Braut nur noch drei.
Aber als er sich später mal darauf setzte,
Gingen auch diese versehentlich noch entzwei,
Ohne daß sich Daddeldu selber verletzte.

Und ein Mädchen nannte ihn Trunkenbold
Und schrie: Er habe sie an die Beine geneckt.
Aber Daddeldu zahlte alles in englischen Pfund in Gold.
Und das Mädchen steckte ihm Christbaumkonfekt
Still in die Taschen und lächelte hold
Und goß noch Genever zu dem Gilka mit Rum in den Sekt.
Daddeldu dachte an die wartende Braut.

Aber es hatte nicht sein gesollt,
Denn nun sangen sie wieder so schön und so laut.
Und Daddeldu hatte die Wanzen noch nicht verzollt,
Deshalb zahlte er alles in englischen Pfund in Gold.

Und das war alles wie Traum.
Plötzlich brannte der Weihnachtsbaum.
Plötzlich brannte das Sofa und die Tapete,
Kam eine Marmorplatte geschwirrt,
Rannte der große Spiegel gegen den kleinen Wirt.
Und die See ging hoch und der Wind wehte.

Daddeldu wankte mit einer blutigen Nase
(Nicht mit seiner eigenen) hinaus auf die Straße.
Und eine höhnische Stimme hinter ihm schrie:
»Sie Daddel Sie!«
Und links und rechts schwirrten die Kolibri.

Die Weihnachtskerzen im Pavillon an der Mattentwiete erloschen.
Die alte Abortfrau begab sich zur Ruh.

Draußen stand Daddeldu
Und suchte für alle Fälle nach einem Groschen.
Da trat aus der Tür seine Braut
Und weinte laut:
Warum er so spät aus Honolulu käme?
Ob er sich gar nicht mehr schäme?
Und klappte die Tür wieder zu.
An der Tür stand: »Für Damen«.

Es dämmerte langsam. Die ersten Kunden kamen,
Und stolperten über den schlafenden Daddeldu.

KUTTEL DADDELDU UND FÜRST WITTGENSTEIN

Daddeldu malte im Hafen mit Teer
Und Mennig den Gaffelschoner Claire.
Ein feiner Herr kam daher,
Blieb vor Daddeldun stehn
Und sagte: »Hier sind fünfzig Pfennig,
Lieber Mann, darf man wohl mal das Schiff besehn?«
Daddeldu stippte den Quast in den Mennig,
Daß es spritzte, und sagte: »Fünfzig ist wenig.
Aber, God demm, jedermann ist kein König.«
Und der Fremde sagte verbindlich lächelnd: »Nein,
Ich bin nur Fürst Wittgenstein.«
Daddeldu erwiderte: »Fürst oder Lord –
Scheiß Paris! Komm nur an Bord.«
Wittgenstein stieg, den Teerpott in seiner zitternden Hand,
Hinter Kutteln das Fallreep empor und kriegte viel Sand
In die Augen, denn ein schwerer Stiefel von Kut-
Tel Daddeldu stieß ihm die Brillengläser kaputt,
Und führte ihn oben von achtern nach vorn
Und von Luv nach Lee.
Und aus dem Mastkorb fiel dann das Brillengestell aus Horn,
Und im Kettenkasten zerschlitzte der Cutaway.
Langsam wurde der Fürst heimlich ganz still.
Daddeldu erklärte das Ankerspill.

Plötzlich wurde Fürst Wittgenstein unbemerkt blaß.
Irgendwas war ihm zerquetscht und irgendwas naß.
Darum sagte er mit verbindlichem Gruß:
»Vielen Dank, aber ich muß – – –«
Daddeldu spuckte ihm auf die zerquetschte Hand
Und sagte: »Weet a Moment, ich bringe dich noch an Land.«

Als der Fürst unterwegs am Ponte San Stefano schmollte,
Weil Kuttel durchaus noch in eine Osteria einkehren wollte,
Sagte dieser: »Oder schämst du dich etwa vielleicht?«
Da wurde Fürst Wittgenstein wieder erweicht.
Als sie dann zwischen ehrlichen Sailorn und Dampfer-
hallunken
Vier Flaschen Portwein aus einem gemeinsamen Becher
getrunken,
Rief Kuttel Daddeldu plötzlich mit furchtbarer Kraft:
»Komm, alter Fürst, jetzt trinken wir Brüderschaft.«
Und als der Fürst nur stumm auf sein Chemisette sah,
Fragte Kuttel: »Oder schämst du dich etwa?«
Wittgenstein winkte ab und der Kellnerin.
Die schob ihm die Rechnung hin.
Und während der Fürst die Zahlen mit Bleistiftstrichen
Anhakte, hatte Kuttel die Rechnung beglichen.

Der Chauffeur am Steuer knirschte erbittert.
Daddeldu hatte schon vieles im Wagen zersplittert,
Während er dumme Kommandos in die Straßen und
Gassen
Brüllte. »Hart Backbord!« »Alle Mann an die Brassen!«
Rasch aussteigend fragte Fürst Wittgenstein:
»Bitte, wo darf ich Sie hinfahren lassen?«
Aber Daddeldu sagte nur: »Nein!«
Darauf erwiderte jener bedeutend nervös:
»Lieber Herr Seemann, seien Sie mir nicht bös;
Ich würde Sie bitten, zu mir heraufzukommen,
Aber leider – –« Daddeldu sagte: »Angenommen!«
Auf der Treppe bat dann Fürst Wittgenstein
Den Seemann inständig:
Um Gottes willen doch ja recht leise zu sein;
Und während er später eigenhändig
Kaffee braute – und goß in eine der Tassen viel Wasser
hinein, –

Prüfte Kuttel nebenan ganz allein,
Verblüfft, mit seinen hornigen Händen
Das Material von ganz fremden Gegenständen.
Bis ihm zu seinem Schrecken der fünfte
Zerbrach. – Da rollte er sich in den großen Teppich hinein.
Dann kam mit hastigen Schritten
Der Kaffee. Und Fürst Wittgenstein
Sagte, indem er die Stirne rümpfte:
»Nein, aber nun muß ich doch wirklich bitten – –
Das widerspricht selbst der simpelsten populären
Politesse.«
Daddeldu lallte noch: »Halt' die Fresse!«

KUTTEL DADDELDU BESUCHT EINEN ENKEL

»Mein lieber Heini! – Denn so heißt du ja wohl? –
Über die Folgen der Weiber und des Alkohol
Mußt du mal deine Mutter befragen, –
Oder nein!! Besser schon gehst du
Damit zum Lehrer. – Ich will dir nur Eines sagen:
Gehe niemals zur See!! Verstehst du?
Denn das Seemannsleben ist sauer ernst und schwer;
Und wie du mich hier mit meinem weißen Bart
Siehst – du dummer Bengel, so kik doch her! –
Habe ich mir bis heute noch keinen Groschen erspart.

Mein lieber Heini! du bist heute konfirmiert oder
eingesegnet.
Ich schenke dir hiermit, weil du nun eingesegnet oder
gefirmt
Bist, diesen Schirm. Nicht, daß er dich jemals beschirmt.
Sondern, wenn's mal recht kabelgarndick vom Himmel
regnet,
Sollst du ihn an der nächsten Kante in Stücke zerschlagen.

Denn ein rechter Kerl muß jedes Wetter vertragen
Und nur auf Gott und seinen Kaptein vertraun.
Und sollte dir jemals jemand was andres sagen,
Dem mußt du deine Seekiste über den Bregen haun.
Weil ein Mann sich soll als ein Kerl benehmen,
Und laß dich nicht vor den Landratten lumpen.
Wenn wir uns auch mal im Hafen den Schlauch vollpumpen,
Deswegen braucht sich von uns an Deck keiner zu
schämen.
Denn jedes Frauenzimmer will sich doch mal amüsieren,
Und als Schiffsjunge heißt es vor allem parieren.
Wenn einem draußen solch dicker Taifun
Durch Nase und Arschloch pfeift, – –
Dann hättest du Großvater Daddeldun
Sehen sollen, wie er den Jungens die Eier schleift!

Hauptsache ist, daß man nur richtig die Lage peilt.
Was die Studierten predigen, das ist alles Beschiß.
Mein erster Bootsmann hat sich viermal die Syphilis
Nur mit Spiegelscherben und Branntwein geheilt. –
Was feixt du da, naseweiser Flegel! –
Das ist alles Wort für Wort wahr
Und gar nicht zum Lachen.

Na laß man. Du bist erst fünfzehn Jahr.
Da wollen wir beide mal heute mit vollem Segel
So einen Trip durch Sankt Pauli-Liederlich machen.«

SEEMANNSGEDANKEN ÜBERS ERSAUFEN

Ich sterbe. Du stirbst. Er stirbt.
Viel schlimmer ist, wenn ein volles Faß verdirbt.
Aber auch wir wollen erst ausgetrunken sein.
Besauft euch beizeiten.

Alle Flüssigkeiten
Finden sich wieder ins Meer hinein,
Wo wir den Schwämmen gleich sind,
Wo uns nichts gebricht,
Weil wir weich sind.
Und wenn man in eine Leiche sticht:
Sie fühlt es nicht.
Wird mich nie mehr acht Glasen wecken,
Will ich gerne den Fischen wie Hackfleisch mit Rührei
schmecken.
Weil das mit Sinn so geschieht,
Denn die haben gewiß nicht vergessen,
Wieviel Schollen wir in uns hineingefressen.
Nur bei den Würmern im Sarge ist ein Unterschied.
Wenn uns der Haifisch beim Wickel kriegt –
Das müßte mal einer malen!
Was da wohl alles so unten beisammenliegt –
Zerbrochene Schiffe, Krebse und Apfelsinenschalen.
Frisch ersoffen also und nicht gejammert,
Aber natürlich auch nicht zu übereilt;
Wer sich nicht tapfer noch an die letzte Handuhle
klammert,
Der ist im Leben nie um die Horn gesailt.
Ein Schuft, wer mehr stirbt, als er sterben muß!
Aber muß es sein, dann nicht schüchtern.
Ersaufen ist auch ein Genuß,
Und vielleicht wird man dann nie mehr nüchtern.
Denn nur über das Fleisch und die Knochen
Weiß man was, offenbar.
Aber sonst hab' ich noch keinen gesprochen,
Der richtig ersoffen war.

KUTTEL DADDELDU IM BINNENLAND

Schlafbrüchige Bürger von Eisenach
Tapsten ans Fenster. Denn draußen gab's Krach.
Da sang jemand, der eine Hängematte
Und ein Geigenfutteral auf dem Rücken hatte.
Und ließ auch Töne frei, die man besser
Sich aufspart für Sturmfahrten im Auslandsgewässer.

Zehn Jahre zuvor und von Eisenach sehr entfernt
Hatte Daddeldu bei Schwedenpunsch, Whisky, Rotwein
und Kuchen
In Grönland eine Gräfin Pantowsky kennengelernt,
Die hatte gesagt: »Sie müssen mich mal besuchen.«
Und zehn Jahre lang merkte sich Kuttel genau:
Eisenach, Burgstraße 16, dicke, richtig anständige Frau.

Auch studierte bei Eisenach oder Wiesbaden herum
Sein Schwager zolologisches Studium;
Für den schleppte Kuttel in dem Futteral
Seit Bombay ein seltenes Geschenk herum.

Nun, nach dem Untergange der Lotte Bahl,
Wollte er Schwager und Gräfin sozusagen
Mit zwei Fliegen auf einer Klappe schlagen.

Rief also jetzt die nächtlichen Thüringer Leutchen
Mit englischen Fragen an. Später mit deutschen.
Aber die Gräfin Pantowsky kannte keiner.
Und auf einmal las Kuttel an Luvseite »Zum
Rodensteiner«
Und kalkulierend, daß dort was zu trinken sei,
Klopfte er. Teils vergeblich und teils entzwei.

Weil weder Wirts- noch Freudenhaus noch Retirade
Sich öffneten, sagte Daddeldu: »Schade.«
Fand aber weitersteigend und unverdrossen
Das Haus Burgstraße 16. Leider verschlossen.
Die Tür zum Gräflich Pantowskyschen Zwetschengarten
Zersplitterte. Daddeldu hatte beschlossen zu warten.

Mittags im Pensionat Kurtius
Bewarfen die Mädchen nach Unterrichtsschluß
Mit Stöpseln und leeren Konservendosen
Einen furchtbaren Kerl, der mit buchtigen Hosen
Und einem imposanten Revers
Zwischen Ästen in Höhe des Hochparterres
In einer Hängematte schlief
Und nicht reagierte auf das, was man rief.
Als er doch endlich halbwegs erwachte,
Weil von zwei Bäumen einer zur Erde krachte,
Spritzten die Mädchen dem Manne Eau de Kolon ins Gesicht.
Aber die Gräfin Pantowsky kannten sie nicht.
Und verwirrt über die Falschheit des Binnenlands
Nannte Kuttel die Vorsteherin »Alte Spinatgans!«
Und taumelte schlaftrunken, römische Flüche stammelnd, zu Tal,
Mit Hängematte, doch ohne das Dingsfutteral.

Alsbald, von wegen das Taumeln und Stammeln,
Begannen sich Kinder um ihn zu sammeln.
Und der Kinder liebende Daddeldu,
Nur um die Kinder zu amüsieren,
Fing an, noch stärker nach rechts und nach links auszugieren,
Als ob er betrunken wäre. Und brüllte dazu:
»The whole life is vive la merde!«
Und wurde so polizeilich eingesperrt.

An Gräfin Pantowsky glaubte dort keiner.
Und der unglücklich nüchterne Daddeldu
Gab den zerbrochenen Rodensteiner,
Gab alles andre Gefragte eilig zu
Und drehte – ohne Tabak – in der Nacht
Wie ein Log zwölf Knoten ins hölzerne Lager,
Oder vielmehr in die Hängematte.
Weil er das schöne Geschenk für den Schwager
In der Mädchenpension vergessen hatte.
Gewiß war das Futteral schon erbrochen,
Und das Geschenk war herausgekrochen
Und hatte vielleicht schon wer-weiß-wen gestochen.

Später im D-Zug, unter der Bank hinter lauter ängstlichen Beinen,
Fing Daddeldu plötzlich an, zum einzigsten Male zu weinen
(Denn später weinte er niemals mehr.) – –
Beide Flaschen Eau de Kolon waren leer.

KUTTEL DADDELDU UND DIE KINDER

Wie Daddeldu so durch die Welten schifft,
Geschieht es wohl, daß er hie und da
Eins oder das andre von seinen Kindern trifft,
Die begrüßen dann ihren Europapa:
»Gud morning! – Sdrastwuide! – Bong Jur, Daddeldü!
Bon tscherno! Ok phosphor! Tsching – tschung! Bablabü!«
Und Daddeldu dankt erstaunt und gerührt
Und senkt die Hand in die Hosentasche
Und schenkt ihnen, was er so bei sich führt,
– – Whiskyflasche,
Zündhölzer, Opium, türkischen Knaster,
Revolverpatronen und Schweinsbeulenpflaster,

Gibt jedem zwei Dollar und lächelt: »Ei, ei!«
Und nochmals: »Ei, Ei!« – Und verschwindet dabei.

Aber Kindern von deutschen und dänischen Witwen
Pflegt er sich intensiver zu widmen.
Die weiß er dann mit den seltensten Stücken
Aus allen Ländern der Welt zu beglücken.
Elefantenzähne – Kamerun,
Mit Kognak begoßnes malaiisches Huhn,
Aus Friedrichroda ein Straußenei,
Aus Tibet einen Roman von Karl May,
Einen Eskimoschlips aus Giraffenhaar,
Auch ein Stückchen versteinertes Dromedar.

Und dann spielt der poltrige Daddeldu
Verstecken, Stierkampf und Blindekuh,
Markiert einen leprakranken Schimpansen,
Lehrt seine Kinderchen Bauchtanz tanzen
Und Schiffchen schnitzen und Tabak kauen.
Und manchmal, in Abwesenheit älterer Frauen,
Tätowiert er den strampelnden Kleinchen
Anker und Kreuze auf Ärmchen und Beinchen.

Später packt er sich sechs auf den Schoß
Und läßt sich nicht lange quälen,
Sondern legt los:
Grog saufen und dabei Märchen erzählen;
Von seinem Schiffbruch bei Feuerland,
Wo eine Woge ihn an den Strand
Auf eine Korallenspitze trieb,
Wo er dann händeringend hängen blieb.
Und hatte nichts zu fressen und saufen;
Nicht mal, wenn er gewollt hätte, einen Tropfen
Trinkwasser, um seine Lippen zu benetzen,
Und kein Geld, keine Uhr zum Versetzen.

Außerdem war da gar nichts zu kaufen;
Denn dort gab's nur Löwen mit Schlangenleiber,
Sonst weder keine Menschen als auch keine Weiber.
Und er hätte gerade so gern einmal wieder
Ein kerniges Hamburger Weibstück besucht.
Und da kniete Kuttel nach Osten zu nieder.
Und als er zum drittenmal rückwärts geflucht,
Da nahte sich plötzlich der Vogel Greif,
Und Daddeldu sagte: »Ei wont ä weif.«
Und der Vogel Greif trug ihn schnell
Bald in dies Bordell, bald in jenes Bordell
Und schenkte ihm Schlackwurst und Schnaps und so weiter. –
So erzählt Kuttel Daddeldu heiter, –
Märchen, die er ganz selber erfunden.
Und säuft. – Es verfließen die Stunden.
Die Kinder weinen. Die Märchen lallen.
Die Mutter ist längst untern Tisch gefallen,
Und Kuttel – bemüht, sie aufzuheben –
Hat sich schon zweimal dabei übergeben.
Und um die Ruhe nicht länger zu stören,
Verläßt er leise Mutter und Göhren.

Denkt aber noch tagelang hinter Sizilien
An die traulichen Stunden in seinen Familien.

WENN ICH ALLEIN BIN

DAS GESCHWÄTZ IN DER BEDÜRFNISANSTALT IN DER SCHELLINGSTRASSE

Heute wurde Geld eingesammelt,
Wo ich angestellt bin, in dem Büro,
Für die Frau von jemand, der sich erhängte.
Eine Büchse ging rum. Und jeder schenkte.
Drei Mark; das ist bei uns immer so.

Es braucht niemand zu wissen, wodran ich bin.
Ich habe das Geld meiner Mutter gestohlen.

Ich habe noch gestern acht Mark für Kohlen
Bezahlt. Und die Alte stumpft doch bloß so hin.

Und bei ihrer Schwindsucht und sowieso
Kann es ja doch nicht mehr lange währen.
Ich kann auch nicht ewig fünf Menschen ernähren
Bei der Arbeit in dem Büro.

Ich möchte mal wieder eine Muhsik hören;
Das stimmt einen wieder mal froh.

DIE LUMPENSAMMLERIN

Hält sie den Kopf gesenkt wie ein Ziegenbock,
Ihre Gemüsenase,
Ihr spitzer Höcker, ihr gestückelter Rock
Haben die gleiche farblose Drecksymphonie
Der Straße.
Mimikry.

Selbständig krabbeln ihre knöchernen Hände
Die Gosse entlang zwischen Kehricht und Schlamm,
Finden Billette, Nadeln und Horngegenstände,
Noch einen Knopf und auch einen Kamm.

Über Speichel und Rotz zittern die Finger;
Hundekötel werden wie Pferdedünger
Sachlich beiseite geschoben.
Lumpen, Kork, Papier und Metall werden aufgehoben,
Stetig – stopf – in den Sack geschoben.

Der Sack stinkt aus seinem verbuchteten Leib.
Er hat viel spitzere Höcker.
Er ist noch ziegenböcker
Als jenes arg mürbe Weib.

Schlürfend, schweigsam schleppt sie, schleift sie die
Bürde.
Wenn sie jemals niesen würde,
Was wegen Verstopfung bisher nie geschah,
Würde die gute Alte zerstäuben
Wie gepusteter Paprika. –

Und was würde übrig bleiben?
Eine Schnalle von ihrem Rock,
Sieben Stecknadeln, ein Berlock,

Vergoldet oder vernickelt.
Vielleicht auch: vielmals eingewickelt
Und zwischen zwei fettigen Pappen:
Fünfzig gültige, saubere blaue Lappen.

Irgendwo würde ein Stall erbrochen,
Fände man sortiert, gestapelt, gebündelt, umschnürt
Lumpen, Stanniol, Strumpfenbänder und Knochen.

Was hat die Hexe für ein Leben geführt?
Vielleicht hat sie Lateinisch gesprochen.
Vielleicht hat einst eine Zofe sie manikürt.
Vielleicht ist sie vor tausend Jahren als Spulwurm
Durch das Gedärm eines Marsbewohners gekrochen.

DAS GESEIRES EINER AFTERMIETERIN

Meine Stellung hatte ich verloren.
Weil ich meinem Chef zu häßlich bin.
Und nun habe ich ein Mädchen geboren,
Wo keinen Vater hat, und kein Kinn.

Als mein Vormund sich erhängte,
Besaß ich noch das Kreppdischingewand,
Was ich später der Anni schenkte.
Die war Masseuse in Helgoland.

Aber der bin ich nun böse.
Denn die ließ mich im Stich.
Und die ist gar keine Masseuse,
Sondern geht auf den –

Mir ist nichts nachzusagen.
Ich habe mit einem Zahnarzt verkehrt.

Der hat mich auf Händen getragen.
Doch ich habe mir selber mein Glück zerstört.

Das war im Englischen Garten.
Da gab mir's der Teufel ein,
Daß ich – um auf Gustav zu warten –
In der Nase bohrte, ich Schwein.

Gustav hat alles gesehn.
Er sagte: Das sei kein Benehmen.
Was hilft es nun, mich zu schämen.
Ich möchte manchmal ins Wasser gehn.

NOCTAMBULATIO

Sie drückten sich schon beizeiten
Fort aus dem Tanzlokal
Und suchten zu beiden Seiten
Der Straße das Gast- und Logierhaus Continental.

So dringlich: Man hätte können glauben,
Er triebe sie vorwärts wie ein Rind.
Und doch handelten beide im besten Glauben.
Er wollte ihr nur die Unschuld rauben.
Sie wollte partout von ihm ein Kind.

Da geschah es, etwa am Halleschen Tor,
Daß Frieda über dem Knutschen und Schmusen
Aus ihrem hitzig gekitzelten Busen
Eine zertanzte, verdrückte Rose verlor.

Und ein sehr feiner Herr, dessen Eleganz
Nicht so rumtoben tut, folgte den beiden.

Jedoch hielt er sich vornehm bescheiden
Immer in einer gewissen Distanz.

Er wollte ursprünglich zum Bierhaus Siechen.
Aber nun hemmte er seinen Lauf,
Zog die Handschuh aus, hob die Rose auf
Und begann langsam daran zu riechen.

Er wünschte aber keinen Augenblicksgenuß;
Deshalb stieg er mit der Rose in den Omnibus.
Derweilen war Frieda mit ihrem Soldaten
Auf einen Kinderspielplatz geraten.
Dort merkten sie nicht, wie die Nacht verstrich
Und daß ein unruhiger Mann mit einem Spaten
Sie dauernd beschlich.

Als sich nach längerem Aufenthalt
Das Paar in der Richtung zur Gasanstalt
Mit kurzen, trippelnden Schritten verlor,
Sprang der unruhige Mann plötzlich hervor.
Und fing an, eine Stelle, wo er im Sand
Die Spur von Friedas Stiefelchen fand,
Mit seinem Spaten herauszuheben.
Worauf er behutsam mit zitternder Hand
Die feuchte Form in ein Sacktuch band,
Um sich dann leichenblaß heimzubegeben.

Wie um das dümmste Mädchen
Sich sonderbare Fädchen
Nachts durch die Straßen ziehn –
Die Dichter und die Maler
Und auch die Kriminaler,
Die kennen ihr Berlin.

CHANSONETTE

War ein echter Prinz und hat Warzen im Bett.
Und kniete vor jeder Schleife.
Vaters Leiche lag auf dem Bügelbrett
Und roch nach Genever und Seife.

Wenn der Pfaffe unter meine Röcke schielt,
Sagt die Alte, werd' ich Geld bekommen.
Meinem Bruder, der so schön die Flöte spielt,
Haben sie die Nieren rausgenommen.

Glaubst du noch an Gott? und spielst du Lotterie?
Meine Schwester kommt im Juli nieder.
Doch der Kerl ist ein gemeines Vieh.
Schenk mir zwanzig Mark; du kriegst sie wieder.

Außerdem: ich brauche ein Korsett,
Und ein Nadelchen mit blauen Steinen.
In ein Kloster möcht ich. Oder bei's Ballett.
Manchmal muß ich ganz von selber weinen.

STIMME AUF EINER STEILEN TREPPE

Drei Söhne hab ich bei die Ulanen verloren,
Mein Mann fiel aus dem dritten Stock.
Aber – es wird lustig weitergeboren!
Ich habe nur noch den einen, den Umstandsrock.

Macht es mir nach: Werdet schwanger, ihr Weiber!
Alle Weiber müssen schwanger sein.
Dann springen die Männer vor eure geschwollenen Leiber
Links und rechts beiseite und sind ganz klein.

Aller Anfang ist schwer.
Pfeift auf die Fehlgeburten und Mißgeburten. –
Wenn nicht immer mal wieder zwei Menschen hurten,
Blieben zuletzt die Wirtshäuser leer,
Gäb's keine Soldaten mehr.

Die Schweinerei ist nun doch einmal Sitte und Brauch.
Gott hat uns Weiber zu Schöpferinnen gesalbt.
Schiebt also trotzig euren geladenen Bauch
Über die Friedhöfe hin. – Und kalbt!

WORTE EINES DURCHFALLKRANKEN STELLUNGSLOSEN IN EINEN WASCHKÜBEL GESPROCHEN

Bloß weil ich nicht aus Preußen gebürtig.
Wo hab ich nur den Impfschein verloren?
Das lange Warten auf den Korridoren,
Das ist so un –, so unwürdig.
Wären wenigstens meine Haare geschoren.
Und den Durchfall habe ich auch.
Das geht mitten im Gespräch plötzlich eiskalt aus dem Bauch.

Als mich Miß Hedwin erkannte und rief,
Die hab ich vor Jahren, in Genf, einmal – versetzt.
Nun sind meine Absätze schief.
Und sie trug ein Reitkleid und fütterte Küken.
Aber ich darf mich nicht bücken.
Denn meine – ach mein ganzes Herz ist zerfetzt.

Ob ich gespeist habe?
Ob mir die Hecke gefiele?
Ja ich habe – gespeist. – (In Genf!
Und zuletzt, vor drei Tagen, Semmel mit Senf)

Und mich können alle Hecken
Am Asche –.

Vergessen sei Genf, vergessen die ganze Schweiz!
Dürfte ich nur noch einmal in Seifhennersdorf oder Zeitz
Steine klopfen.
Ach! – ich möchte jenem verdammten
Stellenvermittlungsbeamten
Siebzehn Legitimationspapiere meines Großvaters
mütterlicherseits
In den Rachen stopfen!

Auch hat mich vorübergehend durchzuckt:
Ich wollte sterben nach einer grellen Raketentat.
Ich habe Lysol und einen Drillbohrer verschluckt.
Ich sandte ein Kuvert an den Hamburger Senat;
In das Kuvert hatte ich kräftig gespuckt.

Aber niemand glaubt an den Dreck.

Nun ist meine Seife weg;
Irgend jemand stöbert in meinen Taschen. –

Ich kann mir doch nicht
Das Gesicht
Mit einem Bouillonwürfel waschen.

Nun warte ich auf gigantisches Weltgeschehn.
Wenn's mich – zusammen mit den andern – zerfleischt,
Wenn das Sterben der anderen, Glücklichen mich
umkreischt,
– Dann –
Dann will ich mir eine Zigarette drehn!

WENN ICH ALLEIN BIN

Wenn ich allein bin, werden meine Ohren lang,
Meine, meine Pulse horchen bang
Auf queres Kreischen, sterbenden Gesang
Und all die Stimmen scheeler Leere.

Wenn ich allein bin, leck ich meine Träne.

Wenn ich allein bin, bohrt sich meine Schere,
Die Nagelschere in die Zähne;
Sielt höhnisch träge sich herum die Zeit. –
Der Tropfen hängt. – Der Zeiger steht. –

Einmal des Monats steigt ein Postpaket
Aufrührerisch in meine Einsamkeit.
So sendet aus Meran die Tante Liese
Mir tausend fromme, aufmerksame Grüße;
Ein jeden einzeln sauber einpapiert,
Mit Schleifchen und mit Fichtengrün garniert,
Vierblätterklee und anderm Blumenschmuck –

Ich aber rupfe das Gemüse
Heraus mit einem scharfen Ruck,
Zerknülle flüchtig überfühlend
Den Alles-Gute-Wünsche-Brief
Und fische giftig tauchend, wühlend,
Aus all den Knittern und Rosetten
Das einzige, was positiv:
Zwei Mark für Zigaretten.

Die Bilder meiner Stube hängen schief.
In meiner Stube dünsten kalte Betten.

Und meine Hoffart kuscht sich. Wie ein Falter
Sich ängstlich einzwängt in die Borkenrinde.

Wenn ich allein bin, dreht mein Federhalter
Schwarzbraunen Honig aus dem Ohrgewinde.

Bin ich allein: Starb, wie ein Hund verreckt,
Hat mich ein fremdes Weib mit ihren Schleiern
Aus Mitleid oder Ekel zugedeckt.
Doch durch die Maschen seh ich Feste feiern,
Die mich vergaßen über junger Lust. –

Ich reiße auseinander meine Brust
Und lasse steigen all die Vögel, die
Ich eingekerkert, grausam dort gefangen,
Ein Leben lang gefangen hielt, und nie
Besaß. Und die mir niemals sangen.
Wenn ich allein bin, pups' ich lauten Wind.
Und bete laut. Und bin ein uralt Kind.
Wenn ich –

ANSPRACHE EINES FREMDEN AN EINE GESCHMINKTE VOR DEM WILBERFORCEMONUMENT

Guten Abend, schöne Unbekannte! Es ist nachts halb zehn.
Würden Sie liebenswürdigerweise mit mir schlafen gehn?
Wer ich bin? – Sie meinen, wie ich heiße?

Liebes Kind, ich werde Sie belügen,
Denn ich schenke dir drei Pfund.
Denn ich küsse niemals auf den Mund.
Von uns beiden bin ich der Gescheitre.
Doch du darfst mich um drei weitre
Pfund betrügen.

Glaube mir, liebes Kind:
Wenn man einmal in Sansibar
Und in Tirol und im Gefängnis und in Kalkutta war,
Dann merkt man erst, daß man nicht weiß, wie sonderbar
Die Menschen sind.

Deine Ehre, zum Beispiel, ist nicht dasselbe
Wie bei Peter dem Großen L'honneur. –

Übrigens war ich – (Schenk mir das gelbe
Band!) – in Altona an der Elbe
Schaufensterdekorateur. –

Hast du das Tuten gehört?
Das ist Wilson Line.

Wie? Ich sei angetrunken? O nein, nein! Nein!
Ich bin völlig besoffen und hundsgefährlich geistesgestört.
Aber sechs Pfund sind immer ein Risiko wert.

Wie du mißtrauisch neben mir gehst!
Wart nur, ich erzähle dir schnurrige Sachen.
Ich weiß: Du wirst lachen.
Ich weiß: daß sie dich auch traurig machen.
Obwohl du sie gar nicht verstehst.

Und auch ich –
Du wirst mir vertrauen, – später, in Hose und Hemd.
Mädchen wie du haben mir immer vertraut.

Ich bin etwas schief ins Leben gebaut.
Wo mir alles rätselvoll ist und fremd,
Da wohnt meine Mutter. – Quatsch! Ich bitte dich: Sei
recht laut!

Ich bin eine alte Kommode.
Oft mit Tinte oder Rotwein begossen;
Manchmal mit Fußtritten geschlossen.
Der wird kichern, der nach meinem Tode
Mein Geheimfach entdeckt. –
Ach Kind, wenn du ahntest, wie Kunitzburger Eierkuchen
schmeckt!

Das ist nun kein richtiger Scherz.
Ich bin auch nicht richtig froh.
Ich habe auch kein richtiges Herz.
Ich bin nur ein kleiner, unanständiger Schalk.
Mein richtiges Herz. Das ist anderwärts, irgendwo
Im Muschelkalk.

ABENDGEBET EINER ERKÄLTETEN NEGERIN

Ich suche Sternengefunkel
All mein Karbunkel
Brennt Sonne dunkel.
Sonne drohet mit Stich.

Warum brennt mich die Sonne im Zorn?
Warum brennt sie gerade mich?
Warum nicht Korn?

Ich folge weißen Mannes Spur.
Der Mann war weiß und roch so gut.
Mir ist in meiner Muschelschnur
So négligé zu Mut.

Kam in mein Wigwam
Weit übers Meer,
Seit er zurückschwamm,

Das Wigwam
Blieb leer.

Drüben am Walde
Kängt ein Guruh –

Warte nur balde
Kängurst auch Du.

WAS DER LIFTBOY ÄUSSERT

Fahrstuhl ahoi!
Ich bin der Boy
An Silbersteins Lift.
Bin ich mal nicht dabei,
Reißen die Stricke entzwei
Und zermalmt oder zerquetscht, wen's gerade trifft.

Aber wenn ich bediene,
Saust die Maschine
Im Nu
Aus dem Hochparterre bis zum dritten.
Um ein Trinkgeld darf ich nicht bitten,
Aber feine Herrschaften drücken ein Auge zu.

Am Zahltage sagte Herr Silberstein:
Ich dürfte stolz auf den Posten sein,
Wo ich immerfort stiege,
Und ich bekäme nur kleines Salär,
Weil ich fürs Lift so geeignet wär',
Weil ich so sehr wenig wiege.

Da lernt man so allerlei,
Und da ist viel Verantwortung bei.

Aber ich kenne schon meine Kunden.
Da hat's eine auf mich abgesehn,
So eine Dicke mit rundem
Busen, die will mir den Kopf verdrehn.
Und da blieb der Fahrstuhl im Dachstuhl stehn.
Und da meinte sie, müßte was geschehn,
Und da hat sie plötzlich entbunden.

Das geht so ungefähr:
Bitte sehr! Immer herein!
Wer will noch mal von unten geliftet sein?
So 2, 4, 8 Halt! Nicht mehr!
Rrrrrr!
Unsereins leidet am Nervenschock.
Das kann auch nicht jeder.
Halt!!!
Meine Damen, bitte schön! Zwischenstock!
Abteilung Knochen und Leder!

LIED AUS EINEM BERLINER DROSCHKENFENSTER

Auf dem Asphalt das Blut und das verspritzte Gehirn
Verlaufen in zierlichen Fädchen.
Ein Fädchen kann sein aus Seide oder Zwirn.
Damit nähen und sticken die Mädchen.

Sie nähen einen Saum, und sie sticken ein »B«
In ein seifensteifes Unterhöschen.
Im Kielwasser eines Dampfers auf See
Ersäuft ein vertrocknetes Röschen.

Mein Onkel im Rostocker Rathaus erschrickt
Über eine sich lösende Tapete.

Der hat einmal eine Sternschnuppe erblickt,
Die sah aus wie eine Rakete.

Wenn der Gaul sich auf dem Spittelmarkt mal hinlegen will,
Na, dann soll man das dem Vieh auch nicht verwehren.
Nee, dann trink' ich meinen Gilka. Und belausche dabei still,
Wie die Wanzen sich im Polstersamt vermehren.

NACHTGALLE

Weil meine beiden Beine
Erfolglos müde sind
Und weil ich gerade einsam bin,
Wie ein hausierendes Streichholzkind,
Setz ich mich in die Anlagen hin
Und weine.

Nun hab ich lange geweint.
Es wird schon Nacht; und mir scheint,
Der liebe Gott sei beschäftigt.
Und das Leben ist – – alles, was es nur gibt:
Wahn, Krautsalat, Kampf oder Seife.
Ich erhebe mich leidlich gekräftigt.
Ich weiß eine Zeitungsfrau, die mich liebt.
Und ich pfeife.

Ein querendes Auto tutet. –
Nicht Gold noch Stein waren echt
An dem Ring, den ich gestern gefunden. –
Die nächtliche Straße blutet
Aus tausend Wunden.
Und das ist so recht.

DER ZAHNFLEISCHKRANKE

Was geht mich der Frühling, was geht mich
dein dummes Gesicht,
Dein Leben an. Aber nur weine nicht.
Geh, Mädchen! Geh! Geh!
Mir tun meine Zähne,
Deine Knietschträne tut noch mehr weh.

Eine entzündete Wurzelhaut
Kennt keine Braut,
Noch Kunst noch Konstabler.

Wer mir jetzt eins in die Fresse haut,
Oder ein Kinnladenschuß
Wären immerhin diskutabler.
Sterben jetzt, wäre Genuß.

Siehst du den gelben Schaum?
Das Fleisch ist ganz weich.

Selbst wenn ich schliefe,
Blähen versäumte Präservative
Sich Luftschiffen gleich
In meinen Traum.

Stochern muß ich; gib eine Gabel!
Was sagst du? Halt deine – Schnabel!!

AUS DEM TAGEBUCH EINES BETTLERS

Ich klingelte. Ich bettelte um Brot.
Um alte Sachen.

Ich beschrieb anschaulich die Not.
Ich kann so eine jämmerliche Miene machen.
Meine Familie sei teils hungrig, teils tot.

Nur ein kleines, hartes, verschimmeltes Restchen Brot,
Womit ich eigentlich Geld meinte.

Der Herr verneinte.

Ich versuchte diverse Gebärden.
Ich kann so urplötzlich ganz mager werden.
Ich taumelte krank.
Ich – stank.

Da wurde ich gepackt.

Fünf Minuten später war ich nackt.

In einer Wanne im Bad
Bei dreißig Grad.

Ich weinte. – Ich wußte:
Hier half kein Beteuern.
Man fing an, meine Kruste
Herunterzuscheuern.

Dieser Herr war ein Schelm.

Ich wurde auf die Straße gestoßen.
Ich fand mich in schwarzen Hosen,
Lackschuhen, Frack und Tropenhelm.

Ich fand kein Geld. – Mir wurde bang,
Ich fand nur ein Trambahn-Abonnement.

Und ich ging auf die Reise,
Fuhr mit der Sechzehn stundenlang
Immer im Kreise.

Was halfen die noblen Sachen?

Ich bettelte. Probeweise.
Ich kann so eine kummervolle Miene machen.
Aber die Leute begannen zu lachen
Und die Haltestelle zu verpassen.

Ich sann auf einen Schlager.
Ich wurde urplötzlich ganz mager.

Ich wurde gewaltsam aus der Trambahn heruntergelassen.

Da waren die Anlagen und Gassen
Auf einmal ganz traurig und fremd.

Als ich aus dem Pfandhause kam,
Trug ich nur noch Hose, Barfuß und Hemd.

Ich mußte mir einen Anzug leihn.
Ich ging mit der Gräfin Mabelle,
Die eigentlich eine Büfettmamsell
Ist und gesucht wird, in ein Hotel.
Wir speisten: Hirschbraten mit Knickebein.
Wir sangen zu zwein:

»Wer hat uns getraut – ...«
Und zuletzt, ganz laut:
»Wohlauf, noch getrunken den funkelnden Wein ...«

VON EINEM, DEM ALLES DANEBENGING

Ich war aus dem Kriege entlassen,
Da ging ich einst weinend bei Nacht,
Weinend durch die Gassen.
Denn ich hatte in die Hosen gemacht.

Und ich habe nur die eine
Und niemanden, wo sie reine
Macht oder mich verlacht.

Und ich war mit meiner Wirtin der Quer.
Und ich irrte die ganze Nacht umher,
Innerlich alles voll Sorgen.
Und sie hätten vielleicht mich am Morgen
Als Leiche herausgefischt.
Aber weil doch der Morgen
Alles Leid trocknet und alle Tränen verwischt –

DAS TERRBARIUM

Das war meine Erfindung:
Vor allen Dingen muß man die Tiere lebendig pressen.
Anfangs kostet es Überwindung,
Aber schließlich wird nichts so heiß gekocht wie gegessen.

Die Presse muß mindestens sechs Quadratmeter messen.

Meine Anlage war ein technisches Wunder;
Riesensäle, um die getrockneten Bestien
Übersichtlich hübsch an der Wand zu befestigen.

Denn ein geplättetes Nashorn ist keine Flunder.
Wegen der Dickhäuter und et cetera
Brauchte ich selbstverständlich elektrische Kraft. –
Doch ich speiste mit dem herausfließenden Saft
Sämtliche Waisenkinder von Zentralamerika.
Ganz abgesehen von der Naturwissenschaft.

Manches läßt sich nicht beim erstenmal schaffen.
Oftmals zappelt und zuckt noch der Hals,
Wenn der Unterkörper schon platt ist, so bei den Giraffen.
Und ich besinne mich eines noch schwereren Falls.

Um meine Sammlung zu komplettieren,
Wollte ich auch einen Menschen so präparieren.
Jene Miß Hamsy, die ich dazu erkor,
War eine ernste, wohlgebaute Mulattin,
Leichthin sommersprossig und Zollwächters Gattin.
Und der setzte ich Arrak mit Blumenkohl vor,
Sagte, das sei Barbarossas Lieblingsgericht,
Las ihr zwei Novellen von Freiherrn v. Schlicht.
Bis sie langsam das Bewußtsein verlor.
Als ich sie dann im Dunkeln entkleidet hatte,
Legte ich sie behutsam tastend auf die untere Platte,
Kurbelte an. Doch sie erwachte dabei.
Aber ich suchte sie taktvoll bescheiden zu trösten:
Wieviel schlimmer es wäre, lebendig zu rösten,
Und daß die Presse nicht zu umgehen sei.

Nichts stimmt trauriger als ein menschlicher Todesschrei.
Aber was bedeutet solch kurzer Ton
Gegen die furchtbaren Greuel der Vivisektion!

Und wie Miß Hamsy dann an der Wand die vierte
Halle für Säugetiere und Eidechsen zierte,
Hat ihr Anblick jeden Besucher gebannt.
Die Kritiken hörten nicht auf sie zu loben.
Bis sich schließlich die Popolaca erhoben.
Diese Indianer haben das ganze Museum niedergebrannt.
Alles haben mir diese Schweine gestohlen.
Aus Miß Hamsy schnitten sie Mokassinsohlen.
Was ein Barbar ist, hat weder Kultur noch Geschmack.
Aber einen von ihnen erwischte ich später,
Kochte ihn lebend mit Kienharz und Wasserstoff-Äther.
Und den Kerl verbrauche ich heute als Siegellack.

MUTTER FRÜHBEISSENS TRATSCH

Wenn der über die Straßen ging:
Sechs Schritte vor ihm wurden die Vögel stumm,
Fielen die Pferde, kippte die Trambahn um,
Stürzte die Schwalbe herab und der Schmetterling,
Erbrachen sich Damen, krümmten sich Hunde. –

So roch das Schwein aus dem Munde.

Aber der kann nichts dafür.
Die Frau von dem Sohn, wo Paula die Semmeln holt, neben Weyl,
Deren Schwester hat auch solch ein Magengeschwür.
Das kommt gar nicht aus dem Halse. Im Gegenteil.

Da hilft kein Pfeffermünz und kein Höllenstein.
Kein Tabak. Alle Säuren hat der durchgekostet.
Die ganze Zunge ist ihm schon hinten zerrostet.

Und stinkt immer noch wie ein Schwein.

Das geht auf keine Kuhhaut, was der erduldet.
So einer ist ja zu nichts zu gebrauchen.
Und will doch auch einmal atmen wie wir, und hauchen.

Wenn er mir auch noch sieben Mark schuldet.

FEIERABENDKLÄNGE EINES EINHÄNDIGEN METALLDREHERS AN SEINE FRAU MIT PREISGEKRÖNTEN BEINEN

Ich hätte dem Hinz ein Ohr abgebissen?!
Wie kann der Oswald das wissen,
Dieser Speichellecker!
Der war doch damals mit die Dachdecker
Bei Wasmann in Akkord.

Hermine! Ehrenwort!
Ich habe den Hinz nur rausgeschmissen,
Weil er gesagt hat: Du hättest die Konkurrenz beschummelt,
Und ich habe ihm das verbeten
Und nur ganz leise in den Rücken getreten.

Mir ist doch wurscht, ob ihr zusammen poussiert
Und in die Wirtshäuser lauft.
Ich will nur nicht, daß ihr das Geld versauft,
Wo eigentlich mir zugebührt.

Hinz und Hillbrecht haben die Dreikantfeile und den Vorschlaghammer an Meßmer verkauft.

Und mich haben sie ausgeschmiert.
Hinz ist überhaupt gar nicht organisiert.
Und der soll mich bloß nicht reizen,

Und deswegen könntest du immerhin die Stube heizen.
Denn wenn wir auch arm sein –
Ich habe nur eine Hand, aber wehe, wenn sie sich ballt.
Vor den Feuern ist's heiß, und der Heimweg ist kalt.

VIER TREPPEN HOCH BEI DÄMMERUNG

Du mußt die Leute in die Fresse knacken.
Dann, wenn sie aufmerksam geworden sind, –
Vielleicht nach einer Eisenstange packen, –
Mußt du zu ihnen wie zu einem Kind
Ganz schamlos fromm und ärmlich einfach reden
Von Dingen, die du eben noch nicht wußtest.
Und bittst sie um Verzeihung – einzeln jeden –,
Daß du sie in die Fresse schlagen mußtest.
Und wenn du siegst: So sollst du traurig gehen,
Mit einem Witz. Und sie nie wieder sehen.

MEIN RIECHTWIEICH

Gutes Bettchen du!
Ich gehe jetzt in dich. Gute Nacht!
Wünsche angenehme Ruh. –
Und auf einmal ist's wieder früh,
Bin ich wieder aufgewacht,
Habe dich naß gemacht –
Herzeleid – Pupo – Pipü.

Bett, ich falle in dich, du mein Bett.
Ich will nichts mehr wissen.
Sticke mich tot mit Gänsekissen.
Ich pfeife auf Schweinskotelett
Und Schutzmann und Feuer im Haus;

Mir ist alles egal.
Eigentlich müßte ich noch einmal –
Aber ich zwing's heute nicht.
Bitte – lie Bett – puste das Licht –

Altes Bettchen, hallo!!
Wir brechen in dich hinein;
Ja schau nur: zu zwei'n!
Nun knurre, knarre nicht so.
Heute geht's stürmisch zu.
Anna, komm doch! Ich friere. Huhu!
Möge uns Gott verzeihn.
Aber das wissen nur Anna und ich und du.

Bettchen, wo fährst du denn hin??
Nun gut, fahr immer zu.
Im Kreise und auf die Reise.
Nach Afrika. Wir besuchen ein Gnu.
Gut Nacht, Anna, ich bin –
Müde bin ich Känguruh.

FRÜHLINGSANFANG AUF DER BANK VORM ANHALTER BAHNHOF

Vierter Klasse wär' es noch mehr billig.
Aber da käme ich später an.
Und dann ist die Stellung vielleicht schon vergeben,
Und die Frau Bauratswitwe sagt dann
Wieder: Ich sei arbeitsunwillig.
Und wovon soll ich dann am Freitag leben?
Am liebsten möchte ich gar nicht fahren.
Da könnten wir all das Fahrgeld sparen
Und lieber versaufen.

Und da können wir noch die beiden Weinflaschen
verkaufen.
Da wird man wieder mal richtig vergnügt.
Und hauen uns nachts auf die Bretter am Halleschen Tor,
Wo manchmal der Bolzenmax liegt.
Jetzt kommen schon die Krokusse vor,
Da ist es schon nicht mehr so kalt.
Und morgen werden wir sehn, wo wir bleiben.
Da werden sie uns auseinandertreiben
Wie die Pferdeäppel auf'm Asphalt.
Ob es wohl wahr ist, wenn man noch lebt – daß man
Seine Knochen an die Akademie verkaufen kann?

JENE BRASILIANISCHEN SCHMETTERLINGE

Wie schön ihr angezogen seid!
Simpelfarbig ist unsere Menschenhaut
Und hat noch Hitzpickel am Gesicht.
Aber ich denke das ohne Neid.
Ihr renommiert wahrscheinlich auch nicht
Mit euren sonnenmetallischen Flügeln.
Sie sind euer einziges Kleid.
Ihr braucht es niemals zu bügeln.
Und wenn ich es täte, dann ginge
Es sicher entzwei.
Und euer Leben, ihr Schmetterlinge,
Huscht sowieso wie ein Sternschnupp vorbei.
Drum seid ihr Ochsen, wenn ihr's nicht genießt.
Dauernd saufen, naschen, geschlechtlich paktieren!
Derart keine Zehntelsekunde verlieren!
Bis euch der deutsche Professor aufspießt.
– –
Die europäischen Fernen
Kennenzulernen,

Was euch das Leben nie bot,
Was ihr damals auch nie gewollt noch begriffen hättet, –
Nun wär's euch. – – Zwischen Gläser gebettet
Leuchtet ihr so geduldig tot.
Broschen seid ihr und Fächer.
Ich habe aus euch einen Aschenbecher;
Aber er tut mir so leid.
Ich streue die Asche lieber daneben.
Denn euch brachte das schöne Kleid
Um euer junges, brasilianisches Leben.

VORM BRUNNEN IN WIMPFEN

Du bist kein du,
Wasser. – Hättest nicht Ruh,
Mich auszuhören.

Ihr fließet immerzu
Und immer weiter und möglichst weit.

Wie euch der Brunnen aus eisernen Röhren
In den heißen Althäuserplatz speit,
Erdengeläutert und ausgekühlt;
Da ihr alte und neue Zeit
Und den Himmel abkonterfeit, –

Siehet mein durstiges Staunen
In euch doch immerzu andre.
Immer wieder mit über den Rand gespült,
Fängt es aus eurem Raunen
Nur eines auf: Wandre!

Von euch möcht' ich trinken.

Ihr würdet lau, wenn ihr stehenbliebt,
Ihr würdet trüb. Ihr würdet verweilend
Faulen und stinken.

Was kümmert's euch, ob ein Mensch euch liebt.
Dauernd zerteilt euch selber enteilend,
Seid ihr getrieben ein treibendes
Ganzes, rein Bleibendes.

GEHEIMES KINDER-SPIEL-BUCH

ABZÄHL-REIME

Bülow, Nolle, Witte, Zoo …
Auf dem Dache sitzt ein Floh,
Der sich nicht zu helfen wo.

Konikoki Kakadu …
Rose auf und Rose zu.
Ferkel Ei und Ferkel Zwei.
Wer nicht fehlt, ist mit dabei.

Stachus, Kios, Kaos, Kies,
Spinne, Speise, Scheiße, schieß.
Sexu Elefant Asie.
Fische haben nie kein Knie.

Ritze Rotze Ringelratz
Zwei Miezeschwein, ein Grunzekatz.
Mein Großpapa heißt Lali,
Der wird des Nachts ganz lila.

MAIKÄFERMALEN

Setze Maikäfer in Tinte. (Es geht auch mit Fliegen.)
Zweierlei Tinte ist noch besser, schwarz und rot.
Laß sie aber nicht zu lange darin liegen,
Sonst werden sie tot.
Flügel brauchst du nicht erst rauszureißen.

Dann mußt du sie alle schnell aufs Bett schmeißen
Und mit einem Bleistift so herumtreiben,
Daß sie lauter komische Bilder und Worte schreiben.
Bei mir schrieben sie einmal ein ganzes Gedicht.
– – – –
Wenn deine Mutter kommt, mache ein dummes Gesicht;
Sage ganz einfach: »Ich war es nicht!«

HIMMELSKLÖSSE

(Das Spiel, das Frau Geheime Hofrat Anette von Belghausen
Berlin S.W., Königgrätzerstr. 77[I],
als Kind so gern gespielt hat.)

Je mehr Kinder dabei mitmachen,
Umso mehr gibt es nachher zu lachen.
– – – –
Dicke Papiere sind nicht zu gebrauchen.
Man muß Zeitung oder Briefe von Vaters Schreibtisch nehmen.
Keiner darf sich schämen,
Das Papier mit der Hand in den Nachttopf zu tauchen.
Wenn es ganz weich ist, wird es zu Klößen geballt
Und mit aller Wucht gegen die Decke geknallt.
Man darf auch vorher schnell noch Popel hineinkneten.
Solche Klöße bleiben oben minutenlang kleben.
Jedes Kind muß nun unter einen der Klöße treten
Und den offenen Mund nach der Decke erheben.
Vorher singen alle im Rund:
»Lieber Himmel, tu uns kund,
Wer hat einen bösen Mund.«
Bis der erste Kloß runterfällt
Und trifft zum Beispiel in Fannis Gesicht.
Dann wird die Fanni umstellt.
Und alle singen (nur Fanni nicht):

»Schweinehündin, Schweinehund!
Himmelsklöße taten kund:
Du hast einen bösen Mund.
Sperrt sie in den Kleiderschrank
Wegen ihrem Mordsgestank.«
– – – – –
Steckt eurem Vater frech die Zunge
Heraus. Und ruft: »Prost Lausejunge!«
Dann – wenn er vorher auch noch grollte –
Vergißt er, daß er euch prügeln wollte.

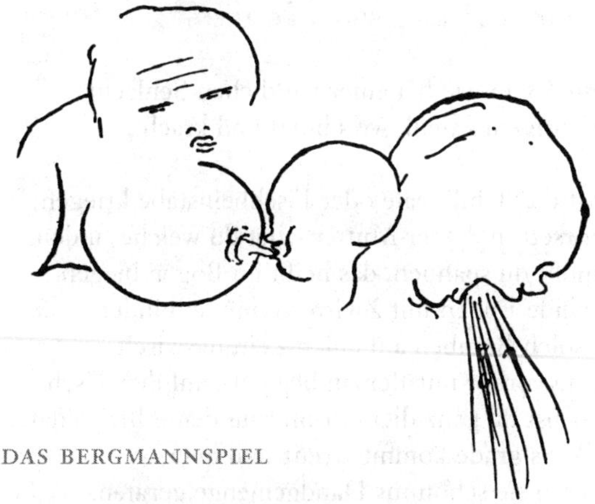

DAS BERGMANNSPIEL

Unter dem Bett ist der Schacht.
Der wird entweder mit Bettdecken dunkel gemacht,
Oder ihr spielt das Spiel bei der Nacht.
In den Schacht schüttet ihr erst recht viel Kohlen.
Die muß der Bergmann auf dem Bauche herausholen.
Ein Licht oder Spirituskocher und zum Graben
Eine Schaufel muß jeder Bergmann haben.
Außerdem muß er vor allen Dingen sich hinten
Ein Stück Leder aus Schuh oder Ranzen anbinden.

Dann baut ihr aus Tisch und Stuhl und Fußbank drei
Stufen,
Dort, wo der Eingang sein soll.
Jeder, der runterkriecht, muß erst »Glückauf« rufen
Und schaufelt eine Zigarrenkiste voll Kohlen voll.
Jeder, der rauskriecht, muß dann ganz dreckig sein.
Und jedesmal müssen alle Glückauf schrein.
Geben euch eure Eltern was hinten drauf,
Dann habt ihr doch hinten das Leder und ruft nur:
»Glückauf.«

SCHLACHT MIT RICHTIGEN BOMBEN

Das muß sein wie bei einer wirklichen Schlacht,
Mit richtigem Zufall, wo's blitzt und kracht.
– – – –
Kannst du Stahllineale oder Fischbeinstäbe kriegen,
Im Korsett in deiner Mutter wirst du welche finden.
Die mußt du spannen, das heißt im Bogen biegen
Und beide Enden mit Zwirn zusammenbinden.
Lege solch Bomben auf einen Zeitungswisch,
(Den du vorher mit Benzin begießt), auf den Tisch.
Nun baust du ganz dicht drum rum deine Bleisoldaten
Auf. Wie's grade kommt, kreuz und quer,
Als wären sie schon ins Handgemenge geraten.
Spritze auch nochmals bißchen Benzin umher.
Nun mußt du von etwa zwei Schritt zurück
Brennende Zündhölzer zwischen schmeißen.
Dann brennt alles. Die Bomben platzen und reißen
Große Lücken. – Das ist das Soldatenglück,
– – – –
Und wenn dein Vater dir droht, er wolle den Stock holen,
Dann sage, das frühere Dienstmädchen
Habe das Spiel dir empfohlen.

DAS DOKTOR-KNOCHENSPLITTER-SPIEL

Dazu braucht man nicht viel.
Nur ein Gänse- oder Hühnerknöchelchen.
Du, Berta, bohrst ein Löchelchen
Ins Sofa und schiebst das Knöchelchen
Weit rein, doch immer dicht unter die Sofahaut,
Daß man's von außen wie Knorpel anfassen kann,
Was wie Geschwulst ausschaut.
Das Sofa ist dann dein Mann.
Ich bin der Doktor Frank.
Du sagst: »Mein Mann ist so krank.«
Ich fühle und sage mit ernster Miene:
»Er hat einen Splitter im Herzen sitzen«,
Und nehme das Ölkännchen von eurer Nähmaschine,
Um erstmal Betäubung in das Geschwür einzuspritzen.
Nun kommt die Operation; das ist das Schwere.
Ich nehme ein Messer und eine Schere.

Du nimmst ein Handtuch und fürchtest dich zuzusehn;
Darum drückst du die Augen zu.
Ich tu einen scharfen Schnitt, greife dann
– Das muß wie der Blitz geschehn –
Mit der Zange (das ist die Schere) im Nu
Den Knochen aus deinem Mann.
Weil, wenn ich ihn nicht beim ersten Male geschickt
Gleich rausbekomme, – ist die Operation mißglückt.
– – – –
Das nächste Mal bist du Doktor Frank,
Und mein Mann ist krank.
– – – –
Angst darfst du nicht haben. Denn meine und deine
Eltern können uns – – – Weißt du, was ich meine?!?

AFRIKANISCHES DUELL

Wenn dich der Paul oder jemand, den du kennst,
Schwein schimpft oder wenn du ihn Rindsvieh nennst,
Dann habt ihr euch beleidigt.
Dann müßt ihr afrikanisches Duell machen.
Ich bin der Schiedsrichter, der bei Ehrenwort euch vereidigt.

Niemand darf auch nur mit der Wimper lachen.
Jeder schweigt. Und ihr stellt euch dabei
Gegenüber. Mit sechs Handbreit Abstand. Und dann
Zähle ich langsam bis drei.
Darauf spuckt jeder dem anderen ins Gesicht,
Möglichst so lange, bis der nicht mehr sehen kann.
Mich anspucken gilt aber nicht.
– – – –
Wer zuerst sagt, er habe genug abgekriegt,
Der ist besiegt
Und muß sich von mir eine runterhauen lassen,
Ohne sich wehren oder mich anfassen.
Darauf dürft ihr euch nicht mehr hassen,
Sondern müßt euch bezähmen
Wie Männer von Ehre und Stand.
Jeder reicht dem andern die Hand.
Weil die Helden in Afrika sich wegen Spucke nicht
schämen.

EINE ERFINDUNG MACHEN

(Nur für Kinder, die keinen Schiß haben.)

Wer was erfindet, wird furchtbar reich.
Was man erfindet, ist ganz gleich.
Wenn man nur allerlei Dinge zusammenmischt,
Noch länger, als bis es zischt, und das Richtige rausfischt,
Dann wird man in wenigen Stunden
Berühmt oder macht Gold.
Ich hab auch schon mal was zur Hälfte erfunden,
Aber Wolfgang, mein Bruder, wollte nicht mehr. –
Wenn ihr das etwa fertig erfinden wollt,
Will ich's euch sagen. Aber es ist sehr, furchtbar sehr schwer.
Das allerwichtigste ist die teure
Furchtbar gefährliche Salzsäure.

Entweder findet ihr die im Klosett
Hoch oben auf einem Brett.
Oder ihr müßt euch unter das Dienstmädchen stecken.
Dürft aber ja nicht dran lecken.
– – – –
Erst legt ihr einen Goldfisch oder anderen Fisch –
Es kann auch ein Rollmops sein –
Nicht etwa auf den Tisch,
Sondern: auf Elfenbein.
Und zwar auf die weißen Tasten von dem Klavier.
Müßt aber die Fische vorher mit Bier

Und Zahnpulver kneten
Und auch erst tot treten,
Damit sie auch liegen bleiben.
Nun müßt ihr Seife, dann Zwiebel darüber reiben.
Dann müßt ihr Pfennige, Nachtleuchterstücken
Und anderes Kupfer tief in die Fische drücken
Und nun darüber langsam die Salzsäure träufeln.

Dann holt ihr schnell eine Schaufel (eigentlich zwei
Schäufeln)
Voll glühender Kohlen.
Wolfgang ließ mich damals die zweite Schaufel nicht holen.
Der dumme Ochse ist ja zu unverschämt.
Aber ihr müßt das zu Ende bringen.
Wenn ihr noch Soda und Wachs und sowas zu nehmt,
Dann wird's schon gelingen.
Und wenn eure Eltern was wollen,
– – – –
Dann müßt ihr zum Trotz in die glühenden Kohlen fassen.
Und sagt nur ganz barsch: Sie sollen
Sich lieber und recht bald begraben lassen.

SICH INTERESSANT MACHEN

(Für einen großen Backfisch.)

Du kannst doch schweigen? Du bist doch kein Kind
Mehr! – Die Lederbände im Bücherspind
Haben, wenn du die umgeschlagenen Deckel hältst,

Hinten eine kleine Höhlung im Rücken.
Dort hinein mußt du weichen Käse drücken.
Außerdem kannst du Käsepfropfen
Tief zwischen die Sofapolster stopfen.
– – – –
Lasse ruhig eine Woche verstreichen.
Dann mußt du immer traurig herumschleichen.
Bis die Eltern nach der Ursache fragen.
Dann tu erst, als wolltest du ausweichen,
Und zuletzt mußt du so stammeln und sagen:
»Ich weiß nicht, – ich rieche überall Leichen –.«
– – – –
Deine Eltern werden furchtbar erschrecken
Und überall rumschnüffeln nach Leichengestank
Und dich mit Schokolade ins Bett stecken.
Und zum Arzt sage dann: »Ich bin seelenkrank.«
– – – –
Nur laß dich ja nicht zum Lachen verleiten.
Deine Eltern – wie Eltern so sind –
Werden bald überall verbreiten:
Du wärst so ein merkwürdiges, interessantes Kind.

ANHANG

Schulgedichte zum Auswendiglernen

VOLKSLIED

Wenn ich zwei Vöglein wär
Und auch vier Flügel hätt,
Flog die eine Hälfte zu dir.
Und die andere, die ging auch zu Bett,
Aber hier zu Haus bei mir.

Wenn ich einen Flügel hätt
Und gar kein Vöglein wär,
Verkaufte ich ihn dir
Und kaufte mir dafür ein Klavier.

Wenn ich kein Flügel wär
(Linker Flügel beim Militär)
Und auch keinen Vogel hätt,
Flög ich zu dir.
Da 's aber nicht kann sein,
Bleib ich im eignen Bett
Allein zu zwein.

ÜBERGEWICHT

Es stand nach einem Schiffsuntergange
Eine Briefwaage auf dem Meeresgrund.
Ein Walfisch betrachtete sie bange,
Beroch sie dann lange,
Hielt sie für ungesund,
Ließ alle Achtung und Luft aus dem Leibe,
Senkte sich auf die Wiegescheibe
Und sah – nach unten schielend – verwundert:
Die Waage zeigte über Hundert.

DIE RAKETE UND DER KATER

Hui! Die Rakete stieg. Sie fauchte
Am Dach vorbei und höher. Glühend jung.
Bis sie in wundervollem Linienschwung
In ferne, dunkle Abendwolken tauchte.
Auf jenem Dache saß ein schwarzer Kater.
Der sah die schöne Linie, und was tat er?
Zunächst: Er fauchte ebenfalls.
Dann dehnte er sich, reckte seinen Hals.
Dann krümmte er den Buckel, hob ein Ohr
Und streckte seinen Schweif graziös empor,
Um jene schöne Linie nachzumachen.
Doch die Rakete oben barst vor Lachen.
Da warf sich unser schwarzer Kater
Wild auf den Rücken. Und was tat er?
Was tat er außer sich vor Wut?
Nun, was man sonst gewöhnlich nicht
Gerade auf dem Rücken liegend tut.
Er tat es kräftig, tat es reichlich, gut;
Er hatte kurz zuvor zu Haus
Zwei Babyflaschen ausgesogen.
Doch jenen herrlichen Raketenbogen – –
Nein, nein, den kriegte er nicht raus.

ES WAR ein faules Krokodil,
Das lag zwei Monate ganz still.
Dann schlief es sieben Jahre ein,
Und schließlich schien es tot zu sein.

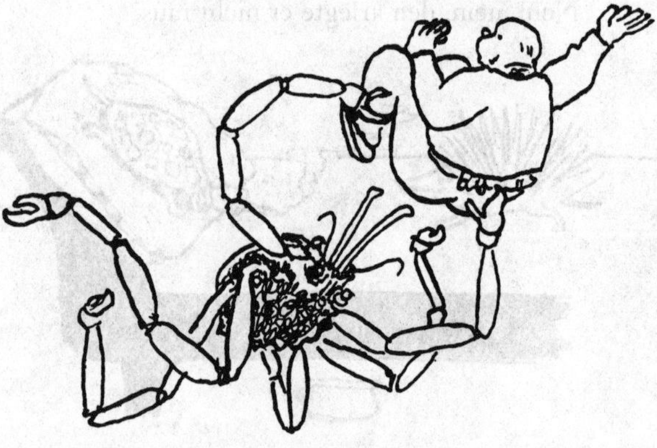

MEINTE TANTE, Frau Bebatte,*
Welche niemals Kinder hatte,
Las vertieft im Tageblatte:
»Ein Mulatte,
Welcher dreizehn Kinder hatte,
Aß vor Hunger eine Ratte,
Welche 19 Junge hatte.« –
Tante wurde weich wie Watte.
»Nein« – so rief sie – »nein, die Ratte!«

* *soll Babette heißen.*

REISEBRIEFE EINES ARTISTEN

BETRACHTUNGEN IN EINER BAHNHOFSWARTEHALLE

Wie seine eigne Spucke schmeckt,
Das weiß man nicht.
Wenn man in seinen Spiegel leckt,
Kriegt man die Spucke zu Gesicht.

Das muß durchaus kein Spiegel sein.
Man kann aufs Sofa, auf die Hand,
Man kann auf jeden Gegenstand,
Wenn man nur richtig hintrifft, spein.

Jedoch: Tut wohl ein Gent,
Der etwas von Bazillen
Weiß und die Folgen kennt,
Bazillen das zu Willen??

Man spuckt von Bord ins Meer bei Sturm.
Man spuckt diskret vom Eiffelturm
(Bis unten sechs Sekunden).
Man spuckt an einen Litfaßzaun,
Doch nie in Gegenwart von Fraun
Und stets in stillen Stunden.

Weh dem, der sie verliert!
Weh dem, der sie vergeudet,
Die Spucke! Sie bedeutet
Viel, wenn man raucht und priemt, frankiert,
Umblättert, löscht, aquarelliert.

Die eigne Spucke, Mimikry,
Verdirbt den Appetit uns nie.
Ich bin nicht ihr Entdecker.
Ich bin kein Speichellecker,
Bin kein Feinschmecker,
Doch ich liebe sie.

Ich liebe nur die meinige.
Ausnahmen sind exzeptionell
Und – frei gesagt – dann sexuell;
Obwohl ich solche Leute niemals steinige.

Manches soll man verschlucken.
Jetzt naht mein Zug. Die Zeit vergeht.
Ich weiß, in jedem Wagen steht:
»Nicht auf den Boden spucken.«

CASSEL
(Die Karpfen in der Wilhelmstraße 15)

Man hat sie in den Laden
In ein intimes Bassin gesetzt.
Dort dürfen sie baden.
Äußerlich etwas ausgefranst, abgewetzt –
Scheinen sie inwendig
Doch recht lebendig.
Sie murmeln Formeln wie die Zauberer,
Als würde dadurch ihr Wasser sauberer.
Sie kauen Mayonnaise stumm im Rüssel
Und träumen sich gegen den Strich rasiert,
Sodann geläutert, getötet, erwärmt und garniert
Auf eine silberne Schüssel.
Sie enden in Kommerzienräten,
Senden die witzigste von ihren Gräten

In eine falsche Kehle.
Und ich denke mir ihre Seele
Wie eine Kellerassel,
Die Kniebeuge übt. – – –
Ja und sonst hat mich in Cassel
Nichts weiter erregt oder betrübt.

EISENBAHNFAHRT

Weine nicht Abschiedstrauer.
Es biegt sich alles sowieso.
Unterm moralischen Popo
Brennt nichts so heiß wie Dauer.

Und weil es uns so lange
So schlecht erging – nein noch zu gut! –
Sei nicht mehr bange.
Mir macht die Eisenbahn jetzt Mut.

Dann fuhr der Zug. – Mein Vis-à-vis,
Mann mit Begleiterinnen,
Die wollten – ach ich kenne die –
Ein Fettgespräch beginnen.

Aus Fett, im Fett und über Fett.
Ich aber wünschte ihnen
Im stillen ein bequemes Bett
Mit Syrup und mit Bienen.

Ich stierte fremd und sprach kein Wort.
Doch all mein Leid erwachte,
Daß ich mich einschloß im Abort
Und rauchte dort und dachte.

Es stinkt im Eisenbahnklosett
Nach jedermann und kläglich.
Doch sowas stinkt wohl täglich
Aus jedermann und jedem Bett.

Es kann die Bahn, ein Mensch, ein Gaul
Ausgleiten und entgleisen. –
Denk nicht zu viel und halt dein Maul
Auf Reisen!

IM PARK

Ein ganz kleines Reh stand am ganz kleinen Baum
Still und verklärt wie im Traum.
Das war des Nachts elf Uhr zwei.
Und dann kam ich um vier
Morgens wieder vorbei,
Und da träumte noch immer das Tier.
Nun schlich ich mich leise – ich atmete kaum –
Gegen den Wind an den Baum,
Und gab dem Reh einen ganz kleinen Stips.
Und da war es aus Gips.

BERLIN

Da fährt die Hochbahn in ein Haus hinein
Und auf der andern Seite wieder raus.
Und blind und düster stemmt sich Haus an Haus.
Einmal – nicht lange – müßtest du hier sein.
Wo das aufregend gefährlich flutet und wimmelt
Und tutet und bimmelt
Am Kurfürstendamm und am Zoo.
Das Leben in Pelzen und Leder.

Es drängt einen so oder so
Leicht unter die Räder.
Sonst habe ich gut hier gefallen.
Man hat mir hohe Gagen angeboten.
Aber weißt du: jeder verkehrt hier mit allen,
Nur nicht mit stillen Menschen oder mit toten.
Ich bin so stolz darauf, dir einen Scheck zu überweisen.
Ja, ja, hier heißt es sich durchbeißen.
Das gibt mir mancherlei Lehre.
Heute ging mir beim Kofferflicken die Nagelschere
Entzwei. Not bricht Eisen. –

Kurz vor der Weiterreise

In Eile – in vierzig Minuten
Geht mein Zug. Denke dir nur:
Die gelbe Tasche mit Frack und den guten
Hosen, vier Hemden und Onkel Karls Uhr,
Die Metamorphosen des Tacitus,
Zwei Unterwäschen, fast sämtliche Kragen,
Sogar das Glas mit dem Bandwurm in Spiritus
Und vieles andere. – Schluß – herzlichen Gruß.
– – – – – – – – – – – – – – – –
Ich muß dir ja noch die Hauptsache sagen:
Das alles haben sie mir gestohlen.
Ich habe hier Blut geschwitzt.
Der Teufel soll Berlin holen!
Denn auch mein neuer Hut ist vertauscht.
Pfenniger läßt dich grüßen. Er sitzt
Neben mir. Wir sind dir gut, aber ziemlich berauscht.

ABSCHIED VON RENÉE

Wann sieht ein Walfisch wohl je
Ein Reh? –
Ach du! Renée!
Und führen wir zusammen zur See,
Wir landeten bei den Wilden. –
Sag: Ist es nicht noch schöner, in Schnee
Als in Erde zu bilden?
Und sei auch kein Fuß an dem Sinn;
Es schweben auf tanzender Melodie
Zwei Federn einer Indianerin
Fort, fort in die weite Prärie.
Ade Renée!
Wie dunkelschön war unser Dach,
Als leise wir viere
Zusammenrückten vor Blitz und Krach. –
Ich streichle euch guten Tiere,
Nun ich geh.
Mir ist so dienstmädchen-donnerstagweh,
Weil ich nun weiterfahre.
Und ich war hundert Jahre
Mit dir zusammen,
Renée.

FRANKFURT AM MAIN

Und vieles andere: Applaus und Wein,
Freunde und Freiheit, wie es immer hieß.
Am schönsten aber, wenn ich ganz allein
In einem Winkel, der die Grüße mied,
Das taumelnd Aufgewirbelte sich setzen ließ
Und ruhig Täuschendes vom Echten schied.
Dann gingen Gott und Teufel durch die Wände;

Dann sah ich Schiffe im Polar vereist
Und sah im Waschfaß deine fleiß'gen Hände.
Und ob mitunter läppisch oder feist
Die Nachbarschaft mich störte oder stank,
Was ich errechnete, war immer Dank
Nebst einer Rechnung über Apfelwein. –

Um diesen Winkel, diese Stunde –
So zwischen Tageslicht und Bühnenlicht –
Mag, so wie andres anderswo, Frankfurt am Main
Um mich gewesen sein,
Das weiß ich nicht.

DARMSTADT

Gestern war's gut; und heute ist's früh.
Mein Hotel liegt dicht daneben.
Hier geben sich die Leute Müh',
Über ihre Seelenzahl zu leben.

Max hat was von »Schule der Weisheit« gesagt.
Ich habe das für Unsinn genommen.
Und der Großherzog hat nicht nach mir gefragt,
Aber das verstehe ich vollkommen.

Eine Frau war dort mit kurzen Haaren,
Welche fürchterlich mit mir poussierte.
Über Darm und Stadt orientierte
Ich mich nicht. Weil wir bis vier zu zehnt beisammen waren.

Mochten – denke! danke! – viele mich hier leiden,
Manche überlegen und bescheiden,
Klug und klar,
Leute, die jahraus, jahrein in Darmstadt sind, –

Kurz: Als ich in Darmstadt war,
O du mon dieu mon dieu –
Doch das letztere stammt von Wedekind.

LEIPZIG

Die Berge sind so schön, so erhaben! –
Aber es gibt hier keine. –
Wo hier zwei Menschen sind, ist keiner alleine. –
Über manche Leute, die jemand begraben,
Lache ich beinahe mich selber zu Tode. –
Fast alle Sachsen sind sächsisch. Sie zeigen sogar,
Daß die Pariser und die Londoner Mode
Vor zwei Jahren eigentlich auch sächsisch war.

Bei deiner Großmutter bin ich gewesen.
Es tut einem weh:
Sie nagelt – die Siebzigjährige – Stiele an Besen
Und trinkt – weil das jetzt am billigsten –
Blutreinigungstee.
Sie hat eine alte Kommode, wertvolles, frühes Barock.
Ich klärte sie auf. Und denke dir:
Sie – unabwehrbar – schenkte sie mir,
Trug sie persönlich mir heimlich nachts ins Hotel in den
dritten Stock.

Was nun mit ihr, was mit der Kommode machen?? –
Genug für heute. Ich bin so müde gefragt.
Es ist doch billig, über die Sachsen zu lachen.
Der müßte selber ein
(und würde kein) Sachse sein,
Der einmal recht ihre Vorzüge sagt.

GUTER RAUSCH

Denken wir jetzt nicht an den Halunken,
Der betrügt, indem er sich besäuft,
Auch nicht an den andern, der betrunken
Schimpft und androht oder Amok läuft,

Nicht an Witzler, nicht an Vielversprecher,
Noch an den, der morgen früh bereut,
Der am Tag vor Nacht- und Nacktheit scheut.
Was ich meine, gilt für andere Zecher.

Ihrer denk ich. Nach dem sechsten Glase,
Oder nach dem dritten oder zehnten,
Kommen sie – nicht etwa in Ekstase –
Sondern in den variiert ersehnten

Zustand, klar und dennoch mild zu sehn,
Mild zu horchen auf die andern, Fremden,
Und wie Engel in schneeweißen Hemden
Sozusagen vor sich selbst zu stehn.

Manchmal schießen sie mit der Pistole
Dann in sich ein ewig tiefes Loch.
Manchmal lächeln sie und trinken noch
Kognak, Zwetschenwasser, Sekt und Bowle.

Aber immer nehmen sie sich vieles
Vor und nehmen vieles still zurück
Und erkennen in Betreff des Zieles
Und der Zukunft ihren Weg zum Glück.

Und man wird um solch entrückte Zeit
Sie beneiden, und man wird sie lieben. –
Wenn sie doch – zu frühem Tod bereit –
Unverändert derart trunken blieben!

DRESDEN

Die Stadt macht einen ganz barock.
Bemerkenswertes kennst du ja aus Bildern
Und Büchern. Warum das noch schildern.
Und sozusagen scharrt mein Reisestock.

Ich habe Angst, hier zu verwildern.
August der Starke und Paris
Sind weit von diesem Tumerspieß,
Auch Walter von der Vogelwies.

Was sind wir nun an Gas und Miete schuldig?
Antworte nicht. Mit Geld steht's diesmal schlecht.
Vielleicht deshalb bin ich so ungeduldig
Und gegen Dresden billig ungerecht.

Doch hier – das tolle Welt- und Großstadtleben
Zermürbt mich ganz und gar.
Übrigens: Wurzen liegt nicht weit daneben,
Die Stadt, wo meine Mutter mich gebar.

Fort! Tausend Dank den Dresdener Verehrern!
Doch fort von Dresden! Meine Sehnsucht weht
Nach einer Stadt, die nur aus Oberlehrern
Und aus Gemütlichkeit besteht.

STETTIN

Denke dir: Einer von den drei Borris ist tot.
Der Löwe hat ihn zerfleischt und halb aufgefressen.
Gerade der (das werde ich nie vergessen),
Der damals in Riga mir seinen Lackschuh anbot. –
Heute hab ich zum Abendbrot
Das Würstchen von deiner Mutter gegessen. –
Auch Marcell, der Gedächtniskünstler, ist hier.
Die Leute klatschen bei ihm wie besessen.
Er schuldet mir noch aus Mailand 200 Lire;
Aber das hat er vergessen. –
Ich sende dir ein Postpaket Muscheln,
Pfahlmuscheln (Petroleumsmuscheln sagen wir hier.)
Nimm sie wie Hackfleisch. Ich wollte, ich wäre bei dir
Und könnte kuscheln.

ÜBER ASTA NIELSEN

So eine Landschaft gibt's: wo man den bleichen
Mond über weiten Ebenen sieht,
Der glanzlos, deutlich durch die Ferne zieht,
Die – weil sie in uns liegt – wir nie erreichen.

Jemand deutete auf eine Dame hin,
Die die Treppe scheuerte.
Er beteuerte:
Sie sei eine Königin.
Und ich wollte Klarheit, fragte
Sie, ob sie das sei, was jener dachte.
Und sie sagte:
»Nein!« – Scheuerte und lachte.

Zu der großen Künstlerin kam ein Verehrer,
Schenkte ihr ein schweres Stück
Gold. Sie gab es freundlich ihm zurück,
Dankte wie ein gütiger und weiser Lehrer.

Man verwundete und scheuchte sie,
Böse oder dummbelehrt gezielt.
Töten konnte man sie nie.
Weil sie einfach Mensch ist und weil sie
Es auch bleibt, wenn sie Theater spielt.

Blicke lange ihr ins Gesicht
Und dann denke nicht
Ihrer, sondern deiner selbst. Und sprich
Lange du mit mir über dich.

FRANKFURT AN DER ODER

Guten Tag. Wie geht es? Leben Sie wohl.
Nicht Oderkrebse aß ich,
Nein: ersten frischen Blumenkohl
Mit Bröseln. Dazu las ich,
Was du mir so ausführlich schriebst,
Daß du die Miete schuldig bliebst.
Ich freute mich, daß du mich liebst.
Die Miete, die vergaß ich.
Denn Frankfurt war so spaßig.
Besonders weil's Karfreitag war,
War alles Langerweile voll.
Ich frug den Mixer an der Bar,
Was man an Frankfurt rühmen soll.
Da mußte der gerade
Mal raus. Und das war schade,
Denn bald darauf ging schon mein Zug.

Ich konnte nicht mehr warten
Und hatte just noch Geld genug
Für ein paar Ansichtskarten.
Ich preßte allen Witz heraus
Und schrieb mit stumpfer Feder
An alle Freunde: »Grüße aus
Frankfurt an der Entweder.«

EINES NEGERS KLAGE

Ich bin in Sachsen als Neger geboren,
Zickzackbeinig und unehelich.
Meine Eltern habe ich schon früh verloren.
Beide haben mich sehr viel geschlagen,
Aber niemand bedauerte mich.
Aber das hat nichts zu sagen.

In der Schule war ich sehr borniert.
Später ging mir's immer besser.
Denn da wurde ich als Feuerfresser
Nach Bilbao engagiert.

Darauf war ich jahrelang Reklame
Für den besten Schuhputz auf der Welt,
Und dann hat mich eine reiche Dame
Bei dem Oberkutscher angestellt.

Aber diese Stellung werde
Ich verlassen, weiß nur noch nicht, wann,
Weil ich, wie die Dame meinte, Pferde
Nicht von Eseln unterscheiden kann.

Aber das hat nichts zu sagen,
Denn ich merke, was die Dame meint,

Und ich habe schon so viel ertragen,
Und ich habe oft für mich geweint.

Und am liebsten ginge ich nach Sachsen,
Wo die Menschen immer anders sind.
Denn ich bin dort einmal aufgewachsen.
Und ich hieß damals das Negerkind.

DIE STRÖMUNG

Die Strömung strömte Süd-Nord-West
Und bog sich dann im Bogen.
In ihrer Mitte kam ein Rest
Von einem Boot gezogen.

Dann kam ein Wasserleichelchen;
Es war von außen offenbar
Noch ziemlich frisch.
Dahinter trieb ein Speichelchen,
Das abgesondert war
Von einem Fisch.

Dem folgte sehr viel Kohlendreck,
Das Wasser wurde trüber.
Dann gondelte verdorbener Speck
Fischunterzupft vorüber.

Dann trieb ein Balken stumpf vorbei,
Dann nichts, dann ein Stück Dichtung,
Ein Flaschenkork und andrerlei, –
Alles in gleicher Richtung.

Dann kam ein Rest von einem Boot.
Ihm folgte eine gelbe

Chinesenleiche, stark zersetzt.
Und alles, was ich sah, war tot,
War unbedeutend und zuletzt
Im Grunde stets dasselbe.

AUS BRESLAU

Ach, liebe Kollegin. Du bist es nicht mehr.
Nun bist du wirklich Bäuerin.
Und deine Koffer stehen leer.
Du glaubst nicht, wie ich hin und her
Und her und hin
Traurig und glücklich darüber bin.

Ist da Wald, wo dein Häuschen steht,
Und habt ihr eine Kuh?
Und wer melkt sie? Dein Mann oder du?
Ach das ist seit ewig und immerzu
Ein Wunsch, der auf meinem Kopfkissen steht.

Schreib mir doch alles ganz genau.
Habt ihr auch Obst und Gemüse?
Und trägst du im Stall nackte Füße?
Und eine Schürze gestreift oder blau?

Und wenn du selbst deine Vorhänge ziehst,
Dann, wenn die Sonne dich blendet.
Du trinkst nichts, was man dir spendet.
Ob du beim Melken sitzt oder kniest?

Aus Breslau über Berg und Tal
Viel Grüße dir. – Nein, euch beiden.
Und sage deinem Herrn Gemahl:
Ich wäre nicht zu beneiden.

ANEINANDER VORBEI

Vom Speisewagen
Durchs Land getragen,
Siehst du Dörfer, Felder, Katz' und Küh'.
Angenommen, daß dir das Menü
Nichts kann sagen.

Irgendwo: Zwei Barfußmädchen winken.
Wissen selber nicht, warum sie's tun,
Lassen ihre arbeitsharten Hände
Für Momente ruhn.

Wissen nicht, daß deine Hände sinken,
Winken,
Grüßen
In den ganzen langen Zug hinein,
Ahnen nicht, daß du die Scholle sein
Möchtest unter ihren schmutz'gen Füßen.

Angelangt, ergibst du mittelgroß
Dich der Höflichkeit, dem Stande und dem Gelde.
Nachts im Bette träumst du hoffnungslos
Von den beiden Mädchen auf dem Felde.

HAMBURG

Das Hafenleid – die Alsterdiamanten –
Das sind für mich so fertige Begriffe,
Da fallen Zahlen um die großen Schiffe,
Wenn ich begönnert, aber mißverstanden

Zwischen den Reedern sitze an der Bar,
Die scheinbar nur um Whiskysoda knobeln.
Indessen denk ich immer vor den nobeln
Kaufherren an mein schlechtgekämmtes Haar.

Dann die, die aus den Schiffen sich verstreuen:
Unangenehme, plumpe Wunderlinge,
Sie schenken bluterlebte Wunderdinge
Und wollen nichts, als sich mit andern freuen.
Wie sie das erste beste runter gießen,
So gierig wie die weißen Hafenraben – – –
Muß man den Schlüssel selbst erschmiedet haben,
Um ihre seltnen Märchen zu erschließen.

Und alles kenn' ich: Backbord, Luv und Lee,
Das »Rundstück warm«, die Segel und die Lichter,
Die hellen abgesalzenen Gesichter.
Fuhr ich vielleicht umsonst sechs Jahr zur See!

Hier bunte Ratsherrn flatternd um die Masten,
Dort steife Flaggen, die zur Börse hasten.
Und steife Grogs, Qualm, Tabak, Nebeldunst.
Du frägst nach Kunst? ach Hummel, Hummel – Kunst!

Nachts klang zwölf Glasen – (nein, vielleicht zwölf Uhr) –
Wie aus Westindien – dumpfes Dampfertuten,
Ich träumte (aber dieses lüg ich nur)
Ich träumte eben von der Tante Bur, –
Kann es wohl sein, daß Augenwimpern bluten?
Hier trink ich morgens Bier auf nüchtern Magen
Und häufe Wurst auf grobes, schwarzes Brot,
Und fühle mich so stark in jeder Not,
Ich würde mich hier schämen, je zu klagen.

AMBERG

Ich möchte ein Hecht sein,
Recht bissig und schlecht sein,
Unter Wasser und stumm
In der Vils in der Pfalz.
Das Wasser dort hat kein Salz.
Die im trüben fischen,
Würden mich bald erwischen.
Sie würden mich haun
Und spicken und kochen
Und mir dann vertraun,
Mich essen, verdaun,
Und nach Jahren und Wochen
Würde ich heilig gesprochen.
Man würde mich preisen.
Kein Gasthof zur Linken und keiner zur Rechten,
Ein mittlerer würde dann nach mir heißen:
»Gasthof zum Hechten«.

BERLIN
(An den Kanälen)

Auf den Bänken
An den Kanälen
Sitzen die Menschen,
Die sich verquälen.

Sausende Lichter,
Tausend Gesichter
Blitzen vorbei: Berlin.
Übers Gewässer
Nebelt Benzin …
Drunten wär's besser.

Hinter der Brücke
Flog eine Mücke
Ins Nasenloch.
Loch meiner Nase,
Nasenloch, niese doch
In die stille Straße!

Auf dem Omnibus, im Dach
Rütteln meine Knochen,
Werden gute Worte wach,
Bleiben ungesprochen. – –

Ach, da fällt mir die alte Zeitungsfrau ein –
Vanblix oder Blax soll sie heißen –
Die hat ein so seltsames Schütteln am Bein,
Daß alle Hunde sie beißen. – –

An den Kanälen
Auf den dunklen Bänken
Sitzen die Menschen, die
Sich morgens ertränken.

KÜRZESTE LIEBE

Blöde Bauern, die den biedern
Gruß der Bürger nicht erwidern,
Menschen, die mit halbem Nicken
Danken, ohne aufzublicken.
Prüde, scheue Frauen, leise
Kinder, würdevolle Greise – – –

Aber wenn an Dorf und Feld und
Wald vorbei dein Schnellzug braust,
Du aus deinem Wagen schaust:

Ja dann stehen – stehn auch diese
Ganz dir zugewandt am Hange,
Vor dem Stalltor, auf der Wiese –.
Und sie winken. Winken lange.

Grüßen voll und grüßen frei
Dich und deine Fahrtgenossen.

Und die reinste Liebe wird vergossen
Im Vorbei.

AUFGEBUNG

Ich lasse das Schicksal los.
Es wiegt tausend Milliarden Pfund;
Die zwinge ich doch nicht, ich armer Hund.

Wie's rutscht, wie's fällt,
Wie's trifft – so warte ich hier. –
Wer weiß denn vorher, wie ein zerknittertes
Zeitungspapier
Weggeworfen im Wind sich verhält?

Wenn ich noch dem oder jener (zum Beispiel dir)
Eine Freude bereite,
Was will es dann heißen: »Er starb im Dreck«? –
Ich werfe das Schicksal nicht weg.
Es prellt mich beiseite.

Ich poche darauf: Ich war manchmal gut.
Weil ich sekundenlang redlich gewesen bin. –
Ich öffne die Hände. Nun saust das Schicksal dahin.
Ach, mir ist ungeheuer bange zumut.

NÄCHTLICHER HEIMWEG

Es wippt eine Lampe durch die Nacht.
Trapp klapp –
Ich will mir denken,
Daß meine Mutter jetzt noch wacht,
Und will den Hut für sie schwenken.

Wir sind nicht, wie man seien soll,
Wir haben einander nur gern,
Doch meine Mutter ist alt und ist fern.
Und mir ist das Herz heut so voll.

Da kommt eine Frau mir entgegen,
Ich will was Gutes überlegen,
Weil sie so arm und eckig aussieht.
Aber die Frau entflieht.
Ich bin ihr zu verwegen.

Nun wird es still und wunderbar.
Kein Laut auf der Straße Mitte.
Nur drüben am andern Trottoir
Gehn meine eignen Schritte.

MANNHEIM

Schaff mir doch jemand den Schutzmann vom Hals!
Der Kerl schreitet ein.
Ich möchte doch gar nichts weiter, als
Nur laut schrein. Ganz laut schrein.
Der aber schreit: Nein,
Das dürfte nicht sein.

Was wär nun an meinem Geschrei
Schlimmes dabei?

Wenn ich doch heute so fröhlich bin.
Dafür haben die von der Polizei
Gar keinen Sinn.

Paßt auf, ihr Leute, was ich nun
Tue. Ich werde nichts Böses tun.
Wenn ich jetzt laufe,
Läuft der besäbelte Mann
Wie wild hinterher.
Aber ich laufe schneller wie der.
Und werde schrein, was ich nur schreien kann.

Was wissen die Polizisten
Vom redlichen Fröhlichsein.

Am Südpol darf jeder Seelöwe schrein
So laut wie er will. –

Schon gut, ich bin ja schon still.

BERLIN, DEZEMBER 1923

Guten Morgen, Liebling! Gestern nacht
Hat ein Kerl mich überfallen,
Wollte mich niederknallen,
Schrie: »Geld her!« und schoß.
Ich habe ihm fünf auf den Schädel gekracht:
Hammer auf Am-bam-bam-bam-boß.
Das hat mein Haustürschlüssel gemacht.

Und heute starb er im Lazarett.

Was der wohl noch dachte – zuletzt – auf dem Sterbebett?

Und was soll ich denken?
Welche Mächte die Kugeln lenken –
Not und Irrtum – Notwehr und Reue –?
Ob ich lache? Ob ich mich freue,
Weil dieser Kerl danebengezielt
Mich Armen für einen Reichen hielt –?

Erfrorenes Vögelchen früh
Auf meinem Fensterbrett. –
Draußen: tut – kling – hottehüh! –

Der Großstadtverkehr. –
Da kroch ich noch einmal ins Bett.
Denn ich friere so sehr. –

Wenn ich ein Vöglein wär –
Ja schön, aber kalt ist es hier...
Und so lange getrennt zu sein ...
Erfrorenes Vögelein –
Flög ich zu dir.

STAMMBUCHVERS

So – an ein Stammbuch hingezerrt –
Hat man Verdruß.
Man fühlt sich ins Klosett gesperrt,
Obwohl man gar nicht muß.

Denn mancher Gast will weitergehn
Und will nichts stehen lassen
Und seine Klexe ungesehn
Nur werfen, wo sie passen.

SCHNEE

Zwischen den Bahngeleisen
Vertränt sich morgenroter Schnee. – –
Artisten müssen reisen
Ins Gebirge und an die See,
Nach Leipzig – und immer wieder fort, fort.
Nicht aus Vergnügen und nicht zum Sport.
Manchmal tut's weh.

Der ich zu Hause bei meiner Frau
So gern noch wochenlang bliebe;
Mir schreibt eine schöne Dame:
»Komm zu uns nach Oberammergau.
Bei uns ist Christus und Liebe,
Und unser Schnee leuchtet himmelblau.« –
Aber Plakate und Zeitungsreklame
Befehlen mich leider nicht dort-,
Sondern anderwohin. Fort, fort.

Der Schnee ist schwarz und traurig
In der Stadt.
Wer da keine Unterkunft hat,
Den bedaure ich.

Der Schnee ist weiß, wo nicht Menschen sind.
Der Schnee ist weiß für jedes Kind.
Und im Frühling, wenn die Schneeglöckchen blühn,
Wird der Schnee wieder grün.

Beschnuppert im grauen Schnee ein Wauwau
Das Gelbe,
Reißt eine strenge Leine ihn fort. –
Mit mir in Oberhimmelblau
Wär's ungefähr dasselbe.

HANNOVER

Ich habe wieder viel Geld verbraucht, weil: – –
Ich ließ in letzter Woche täglich
Zweimal meine Füße bestrahlen.
(Der eine ist schon ziemlich heil.)
Und nahm an der Internationalen
Artisten-Loge-Streik-Sitzung teil.
Der Erfolg meiner Rede war kläglich.
Aber ich mußte noch nachträglich
Einundsechzig Mark Mitgliedsgeld zahlen.
Fossil ward wieder zum Vorstand gewählt.
Und das ist sehr richtig.
Sonst war die Sitzung sehr fad, aber wichtig.
Später im Klubhaus hat Biegemann,
Mein ehemaliger Lehrer, mir dann
Von Illineb, seinem Lehrer, erzählt.

AUS MEINER KINDERZEIT

Vaterglückchen, Mutterschößchen,
Kinderstübchen, trautes Heim,
Knusperhexlein, Tantchen Röschen,
Kuchen schmeckt wie Fliegenleim.

Wenn ich in die Stube speie,
Lacht mein Bruder wie ein Schwein.
Wenn er lacht, haut meine Schwester.
Wenn sie haut, weint Mütterlein.

Wenn die weint, muß Vater fluchen.
Wenn er flucht, trinkt Tante Wein.
Trinkt sie Wein, schenkt sie mir Kuchen:
Wenn ich Kuchen kriege, muß ich spein.

WIEN, FEBRUAR 1924

Ich werde wohl in wenig Wochen
Bischof und Bürgermeister sein von dieser Stadt.
Nach dem, was man mir allwo hier versprochen
Und mit viel Küßdiehands beteuert hat.

Und andrerseits: nach dem, was man gehalten
Und wie man mich empfehlend weiterwies
Und überhaupt – es drängt mich, einzuschalten:
Hier ißt und trinkt – – So denk ich mir Paris.

Ich lebe noch, obwohl die Trambahnwagen
Links fahren und sich alles links
Ausweicht. Ich weiß dir mündlich allerdings
Auch vieles Gute über Wien zu sagen,
Für heute laß mich etwas neidisch klagen.

Denn Oper, Fasching, Tanz und Operette –
Ich merkte, zählte ... und ich kroch ins Bette.

Und wie sich unsereins hier vor den Läden weidet!
Und wie, was weiblich oder feminin
Ist, hier sich elegant tut und bekleidet –!
Ja Wien bleibt Wien.

Ich seh die Tiere, die man abgeschossen
Um Pelz und Flirt.

Jedoch ich werde mählich was verwirrt.
Ich habe zuviel Heurigen genossen.
Und draußen wuchtet um den Stephansturm
Schon seit acht Tagen böser Wind. –

Der müßte zehnmal stärker – stärkster Wind –
Hier all die Damherrn, Dummen oder Dämen
Jählings entkleiden, nackt wie Regenwurm. –
Wie sich die Zierigen wohl dann benähmen?!

Ach wärst du hier, wär' all das abgetan.
Schlagobers würd' ich um dich häufen lassen.
Auch sah ich winkelschöne, arme Gassen
Und Kirchentürme ganz aus Filigran.

WIEN (SPÄTER)

Ich habe gestern drei Liter Sahne getrunken
Und hinterher ein Würstchen gemacht,
Das hat wie versengte Pferdehufe gestunken,
Aber es sah golden aus und wie eine Acht.
Und das soll Umschwung bedeuten;
Ist auch schon eingetroffen:
Ich bin jetzt beliebt bei den Leuten.
Hätt' ich nur nicht die Sahne gesoffen!
Ich bin schon dreimal von Malern gemalt,
Wenn auch ganz schief,
Und darf auf Gageerhöhung hoffen.
Den Glasaufsatz hat ein Gönner bezahlt.
Und von Renée kam ein herziger Brief.
Kurz, ich hab wieder verteufelten Mut.
Man kann hier mit Geld wie im Himmel leben.
Nur mein Magen ist heute nicht gut,
Mußte mich dreizehnmal übergeben.

KÖNIGSBERG IN PREUSSEN

Ich habe – fall nicht um vor Schreck –
Ein richtiges Gedicht gemacht.
Und ist sogar ein gut Gedicht!
Ich dichtete im Blutgericht
Bei Sekt und Königsberger Fleck.
Ich nenne es »Sehnsuchtsschwüle Nacht« –
Das sind Gedärme und Eingeweide.
Es ist nach Meinung von zwei Soldaten,
Die selber dichten, sehr schön geraten.
Der Inhalt ist »Mondschein – Liebespaar – Heide«.
Es fehlen mir noch die letzten zwei Zeilen.

Ich sende dir später eine Kopie.
Ich will auch noch an der Überschrift feilen.
Man tut sich schwer mit der Poesie.
Doch ich glaube, daß ich noch manches mache.
Das Reimen ist übrigens Nebensache.
Es muß nur gewisse Eindrücke auslösen.

Hier weht so ein frischer östlicher Wind.
Ich bin im Schloß und Universität
Und einmal bei Journalisten gewesen.
Die nach allen Seiten gebildet sind.
Nur ist es morgens hier immer sehr spät.
Und auch auf dem Viehmarkt herrscht Tempo und Leben.
Man muß sich in alles einmal vertiefen.
Wie sich die Metzger dort Handschlag geben,
Zum Beispiel, – das schildert sich gar nicht in Briefen.
Und ist auch nicht weiter interessant.

Aber lies mal Immanuel Kant.
Das sind natürlich nicht Liebesgeschichten,
Sondern ein Philosophengenuß.
Morgen bin ich in Memel. – Jetzt muß
Ich weiter Sekt trinken und feilen und dichten.

BREMEN

Hier gelt ich nix und würde gern was gelten,
Denn diese Stadt ist echt, und echt ist selten.
Reich ist die Stadt. Und schön ist ihre Haut.
Sag einer mir:
Welch Geist hat hier
Die Sankt Ansgarikirche aufgebaut?
Groß schien mir alles, was ich hier entdeckte.
Ein Riesenhummer lag in einem Laden.
Wie der die Arme eisern von sich reckte,
Als wollte er durchs Glas in Frauenwaden,
In Bremer Brüste plötzlich fassen
Und – wie wir's von den Skorpionen lesen –
Restweg im Koitus sein Leben lassen, –
Wär er nicht längst schon rot und tot gewesen.
Als ich herauskam aus dem Keller, wo
Schon Heine saß, da sagte ich: »Oho!«
Denn auf mich sah Paul Wegener aus Stein,
Und er war groß und ich natürlich klein.
Brustwarzen hatte er an beiden Knien,
Vielleicht war's auch der Roland von Berlin.
Und als ich, wie um eine spanische Wand
Mich schlängelnd, eine seltsam leere
Doch wohlgepflegte Villengasse fand
Und darin viel verlorene Ehre,

Stand dort ein Dacharbeiter.
Den fragt ich so ganz nebenbei:
Ob er wohl ein Senator sei?
Da ging er lächelnd weiter.

ÜBERALL

Überall ist Wunderland.
Überall ist Leben.
Bei meiner Tante im Strumpfenband
Wie irgendwo daneben.

Überall ist Dunkelheit.
Kinder werden Väter.
Fünf Minuten später
Stirbt sich was für einige Zeit.
Überall ist Ewigkeit.

Wenn du einen Schneck behauchst,
Schrumpft er ins Gehäuse.
Wenn du ihn in Kognak tauchst,
Sieht er weiße Mäuse.

ABSCHIED VON PARIS

Herz, ich schreibe dies
In der letzten Stunde in Paris,
Aus der letzten Flasche echt Champagner
In dem Nègre de Toulouse,
Nicht so froh, wie ich zuvor aus mancher
Unsentimentalen Stunde sandte manchen Gruß.

Daß ich hier nicht länger durfte bleiben,
Läßt glückstraurig jetzt mich selber quälen.
Morgen aber werd' ich frech erzählen
Und deutschabenteuerlich viel übertreiben,

Wie von einer sternenweiten Ferne,
Wie Paris mir ist – ach nein, dann war –.
Denke dir nur: Jede siebente Laterne
Hier ist ein naives Pissoir.

Unsympathisch, unergründlich
Comme chez nous ist die Bourgeoisie,
Doch die simplen Leute von Pari
Und die Künstler und die bunten Fremden,
Pascin, Eiffelturm und der und das und die –
Morgen, Liebste, schildre ich das mündlich.
Und die Strümpfe und koketten Hemden.

Zwar nach einundzwanzig Bummeltagen
Ist noch nichts Erschöpfendes zu sagen
Über dies
Land Paris.
Auch was ich dir morgen angter nus
Glühend loben werde, prüfe du's.

Bums! Ein Glas zerschlug im Nègre de Toulouse.

CHARTRES

Kirchenfenster, Kirchenfenster,
Kirchenfenster, Kirchenfenst ...
Hoch im Dachgebälk der Kathedrale
Sahen meine Freunde viel Gespenster.
Ich sah nur ein einziges, das internationale,
Ewige, gottfröhliche Gespenst,
Das nicht nur in Kathedralen,
Sondern auch im Zöster und im Faust,
Auch in Püffen und in Apfelsinenschalen
Oder sonstens wo für den und jenen haust.
Der Professor, welcher im Beruf
Und bei seinen Leuten
An sehr erster, prominenter Spitze steht,
Wußte, wer das alles und wie und warum er's schuf:
Und er bat die Freunde, ihn zu bitten, uns zu deuten.
Und dann konnte er geflüssig, klar und sinnig
Steine, Formen, Farben lesen.
Und doch vor den schönen Kirchenfenstern bin ich
Damals glücklich ganz fernanderswo gewesen.
Doch dem Kirchendiener hab' ich lange
Zugeschaut – das hat mich zweitens intressiert –.
Wie der Kerl mit einer Eisenstange
Und mit einem Holzpantoffel raffiniert
Eine Maus beschlich.
Ach, die hatte sich
Scheu verirrt. – Nun mag man nicht vergessen,
Daß oft Mäuse ohne Ehrfurcht oder Scham:
Bibeln, Samt und Christusnasen fressen.
Doch ich freute mich
Ungeheuerlich,
Als die Kirchenmaus dem Kirchendiener doch entkam.

FRÜHLING HINTER BAD NAUHEIM

Zwei Eier, ein Brötchen, ein Hut und ein Hund –.
Am Himmel die weiße Watte,
Die ausgezupft
Den Himmel ohne Hintergrund
So ungebildet übertupft,
Erzählt mir, was ich hatte.

Erzählt mir, was ich war.
Ich hatte, was ich habe.
Aber was weiß ich, was ich bin?!
Genau so dumm und vierzig Jahr?

Ich fliege, ein krächzender Rabe,
Über mich selber hin.

Ich bin zum Glück nicht sehr gesund
Und – Gott sei Dank –
Auch nicht sehr krank.

Der Wind entführt mir meinen Hund.
Die Eier, der Kognak, das Brötchen
Schmecken heute besonders gut:
Und siehe da: Mein alter Hut
Macht Männchen und gibt Pfötchen.

AUGSBURG

Ich bin da im Weißen Lamm
Abgestiegen.
Leider ließ ich im Zug deinen schönen, neuen Schwamm
Liegen.
Mir bleibt nichts verschont.
Hier hat auch Goethe gewohnt –
Wollte sagen »erspart«. –

Augsburg hat doch seine Art;
Besonders wenn Markt ist und Zwiebeln, verhutzelte
Weiblein
Und Butter und Gänse auf steinaltem Pflaster sich
tummeln.

Dort, wo früher Hasen- und Hundemarkt war,
Schreib ich diesen Brief. Eine wunderliche
Ganz enge Kneipe – Marktleute – Kupferstiche –
Nur Schnäpse –

Verzeih, mir ist nicht ganz klar,
Aber sonderbar.
Schade nur um den herrlichen Schwamm!
Die ihn finden, die freun sich.

Auf der Reise nach Italien 1790.
Es lebe Goethe! Das Lamm! Und der Schwamm!
Ach was! Schwamm drüber! Punktum Streusand!
Prosit: Es lebe Neuseeland.

MÜNCHEN
(An die Schwiegereltern)

München, bei der echten Frau zu Hause.
Endlich also einmal wieder Ruhepause.
Meine Stübchen, Küche, Bad, Salon,
Meinen Schreibtisch! Meine Blumenwiese
Auf der Brüstung vom Balkon!
Wie ich das genieße!
Ohne jemanden zu bitten oder stören.
Ha!: Ich dürfte ruhig mit Behagen
– weil sie mir gehören –
All die schönen Bilder an der Wand zerschlagen.
Doch ich tu's nicht. Denn wir nießen die
Und das alles ge zu zweit,
Kindlich glückliche und fromme Zeit!
Schöner war es nirgends, wird es nie.
Und wir kochen, spielen Schach und lesen,
Plaudern: wie die Zwischenzeit gewesen,
Ordnen, albern, täubeln. Bis es klingelt. Dann
Sind wir mäuschenstill.
Weil ich all die Leute von X Jahren
Vieler Städte, die mal gütig zu mir waren,
Aber alle mal nach München fahren,
Nicht empfangen – oder doch nicht nach Gebühr
behandeln kann.

ALLERDINGS

ICH HABE DICH SO LIEB

Ich habe dich so lieb!
Ich würde dir ohne Bedenken
Eine Kachel aus meinem Ofen
Schenken.

Ich habe dir nichts getan.
Nun ist mir traurig zu Mut.
An den Hängen der Eisenbahn
Leuchtet der Ginster so gut.

Vorbei – verjährt –
Doch nimmer vergessen.
Ich reise.
Alles, was lange währt,
Ist leise.

Die Zeit entstellt
Alle Lebewesen.
Ein Hund bellt.
Er kann nicht lesen.
Er kann nicht schreiben.
Wir können nicht bleiben.

Ich lache.
Die Löcher sind die Hauptsache
An einem Sieb.

Ich habe dich so lieb.

ALTE WINKELMAUER

Alte Mauer, die ich oft benässe,
Weil's dort dunkel ist.
Himmlisches Gefunkel ist
In deiner Blässe.

Pilz und Feuchtigkeiten
Und der Wetterschliff der Zeiten
Gaben deiner Haut
Wogende Gesichter,
Die nur ein Dichter
Oder ein Künstler
Oder Nureiner schaut.

»Können wir uns wehren?«
Fragt's aus dir mild.
Ach, kein Buch, kein Bild
Wird mich so belehren.

Was ich an dir schaute,
Etwas davon blieb
Immer. Nie vertraute
Mauer, dich hab' ich lieb.

Weil du gar nicht predigst.
Weil du nichts erledigst.
Weil du gar nicht willst sein.
Weil mir deine Flecken
Ahnungen erwecken.
Du, eines Schattens Schein.

Nichts davon wissen
Die, die sonst hier pissen,
Doch mir winkt es: Komm!
Seit ich dich gefunden,
Macht mich für Sekunden
Meine Notdurft an dir fromm.

SCHENKEN

Schenke groß oder klein,
Aber immer gediegen.
Wenn die Bedachten
Die Gaben wiegen,
Sei dein Gewissen rein.

Schenke herzlich und frei.
Schenke dabei,
Was in dir wohnt
An Meinung, Geschmack und Humor,
So daß die eigene Freude zuvor
Dich reichlich belohnt.

Schenke mit Geist ohne List.
Sei eingedenk,
Daß dein Geschenk
Du selber bist.

DER WILDE MANN VON FELDAFING

Er schien zum Kriegsmann geboren.
Er trug nach allen Seiten hin Bart.
Selbst seine Beine waren behaart
Und steckten in Stiefeln mit Sporen.
Und trutzig über der Schulter hing
Ihm ein gewichtig Gewehr.
Mit gerunzelter Stirne ging
Er auf dem Bahnhof von Feldafing
Hin und her.
Und stehend, stolz und schulterbreit
Fuhr er dann zwei Stationen weit.
Die Kinder bestaunten ihn sehr.
Doch ehe noch ein Tag verging,
Schritt er schon wieder durch Feldafing
Mit einem Rucksack schwer.
Doch weil es so stark regnete,
Daß niemand ihm begegnete,
Ärgerte er sich sehr.
Als er durch seinen Garten schritt,
Sang dort ein Vögelchen Kiwitt,
Da griff er zum Gewehr:
Puff!!!

Ein kurzes Röchelchen –
Ein kleines Löchelchen –
Dann eine Katze – und etwas später:
Ein kleines Knöchelchen
Und eine Feder. –

Der wilde Mann von Feldafing.

BLINDSCHL

Ich hatte einmal eine Liebschaft mit
Einer Blindschleiche angefangen;
Wir sind ein Stück Leben zusammen gegangen
Im ungleichen Schritt und Tritt.

Die Sache war ziemlich sentimental.
In einem feudalen Thüringer Tal
Fand ich – nein glaubte zu finden – einmal
Den ledernen Handgriff einer
Damenhandtasche. Es war aber keiner.

Ich nannte sie »Blindschl«. Sie nannte mich
Nach wenigen Tagen schon »Eicherich«
Und dann, denn sie war sehr gelehrig,
Verständlicher abgekürzt »Erich«.

Allmittags haben gemeinsam wir
Am gleichen Tische gegessen,
Sie Regenwürmer mit zwei Tropfen Bier,
Ich totere Delikatessen.

Sie opferte mir ihren zierlichen Schwanz.
Ich lehrte sie überwinden
Und Knoten schlagen und Spitzentanz,
Schluckdegen und Selbstbinder binden.

Sie war so appetitlich und nett.
Sie schlief Nacht über in meinem Bett
Als wie ein kühlender Schmuckreif am Hals,
Metallisch und doch so schön weichlich.
Und wenn ihr wirklich was schlimmstenfalls
Passierte, so war es nie reichlich.

Kein Sexuelles und keine Dressur.
Ich war ihr ein Freund und ein Lehrer,
Was keiner von meinen Bekannten erfuhr;
Wer mich besuchte, der sah sie nur
Auf meinem Schreibtisch steif neben der Uhr
Als bronzenen Briefbeschwerer.

Und Jahre vergingen. Dann schlief ich einmal
Mit Blindschl und träumte im Betti
(Jetzt werde ich wieder sentimental)
Gerade, ich äße Spaghetti.

Da kam es, daß irgendwas aus mir pfiff.
Mag sein, daß es fürchterlich krachte.
Fest steht, daß Blindschl erwachte
Und – sie, die sonst niemals nachts muckte –
Wild züngelte, daß ich nach ihr griff
Und sie, noch träumend, verschluckte.

Es gleich zu sagen: Sie ging nicht tot.
Sie ist mir wieder entwichen,
Ist in die Wälder geschlichen
Und sucht dort einsam ihr tägliches Brot.

Vorbei! Es wäre – ich bin doch nicht blind –
Vergebens, ihr nachzuschleichen.
Weil ihre Wege zu dunkel sind.
Weil wir einander nicht gleichen.

SCHLUMMERLIED

Will du auf Töpfchen?
Fühlst du ein Dürstchen?
Oder ein Würstchen?

Senke dein Köpfchen.

Draußen die schwarze, kalte
Nacht ist böse und fremd.
Deine Hände falte.
Der liebe Gott küßt dein Hemd.

Gute Ruh!
Ich bin da,
Deine Mutter, Mama;
Müde wie du.

Nichts mehr sagen –
Nicht fragen –
Nichts wissen –
Augen zu.
Horch in dein Kissen:
Es atmet wie du.

ANGSTGEBET IN WOHNUNGSNOT (1923)

Ach, lieber Gott, gib, daß sie nicht
Uns aus der Wohnung jagen.
Was soll ich ihr denn noch sagen –
Meiner Frau – in ihr verheultes Gesicht!?

Ich ringe meine Hände.
Weil ich keinen Ausweg fände,
Wenn's eines Tags so wirklich wär:
Bett, Kleider, Bücher, mein Sekretär, –
Daß das auf der Straße stände.

Sollt ich's versetzen, verkaufen?
Ist all doch nötigstes Gerät.

Wir würden, einmal, die Not versaufen,
Und dann: Wer weiß, was ich tät.

Ich hänge so an dem Bilde,
Das noch von meiner Großmama stammt.
Gott, gieße doch etwas Milde
Über das steinerne Wohnungsamt.

Wie meine Frau die Nacht durchweint,
Das barmt durch all meine Träume.
Gott, laß uns die lieben zwei Räume
Mit der Sonne, die vormittags hinein scheint.

ANTWORT AUF EINEN BRIEF DES MALERS OSKAR COESTER

Ein Wort auf das, was du gesprochen.
Stütz guten Kopf in gute Hand
Und laß dein Herz ans Weinglas pochen:

Heimat ist kein begrenztes Land.
Auch wo man Muttersprache spricht,
Ist Heimat nicht.
Mich deucht, es will auch nichts besagen,
Ob einer seine Heimat kennt.

Denn Lüge ist, was auf Befragen
Das Heimweh uns als Heimat nennt.

Ein schmutzig Loch kann rührend sich verkneifen,
Und höchste Würde kann zur Blase reifen.

Stich fest in das Humorische!

Heimat? Wir alle finden keine,
Oder – und allerhöchstens – eine
Improvisatorische.
Es kommt auch gar nicht darauf an. – –

Ich danke dir für den Vergleich
Mit einem braven Reitersmann.
Man tue möglichst, was man kann.

Coester, du bist von Gott aus reich.
Schäum aus, was du zu schenken hast;
Das Letzte wäre dir noch Last.
Und warte frech, doch fromm auf Leiden.

Denn du wächst neben dem Jahrhundert.
Du bist der größre von uns beiden.
Ich habe dich so oft bewundert. –
Wie kläglich ist es zu beneiden. –

Du wurdest leider mir von fern
Noch lieber, als du warst im Nahen.
Nun, da wir lange uns nicht sahen,
Bild ich mir ein: Du hast mich gern.
Ach bitte komme bald zurück
Mit offnem, unverwitzeltem Vertraun.

Ich wünsche dir fürs neue Jahr viel Glück,
Eine Frau (zur Hochzeit mich einladend)
Und andre große Nebenfraun
Und was du sonstens wichtig brauchst.
Daß du nie anders, als wie badend,
Auch für Minuten nur untertauchst.

SEEPFERDCHEN

Als ich noch ein Seepferdchen war,
Im vorigen Leben,
Wie war das wonnig, wunderbar
Unter Wasser zu schweben.
In den träumenden Fluten
Wogte, wie Güte, das Haar
Der zierlichsten aller Seestuten,
Die meine Geliebte war.
Wir senkten uns still oder stiegen,
Tanzten harmonisch um einand,
Ohne Arm, ohne Bein, ohne Hand,
Wie Wolken sich in Wolken wiegen.
Sie spielte manchmal graziöses Entfliehn,
Auf daß ich ihr folge, sie hasche,
Und legte mir einmal im Ansichziehn
Eierchen in die Tasche.
Sie blickte traurig und stellte sich froh,
Schnappte nach einem Wasserfloh
Und ringelte sich
An einem Stengelchen fest und sprach so:
Ich liebe dich!
Du wieherst nicht, du äpfelst nicht,
Du trägst ein farbloses Panzerkleid
Und hast ein bekümmertes altes Gesicht,
Als wüßtest du um kommendes Leid.
Seestütchen! Schnörkelchen! Ringelnaß!
Wann war wohl das?
Und wer bedauert wohl später meine restlichen
Knochen?
Es ist beinahe so, daß ich weine –
Lollo hat das vertrocknete, kleine
Schmerzverkrümmte Seepferd zerbrochen.

BALLADE

Tief im Innersten von Sachsen
Überfielen eines Abends zwei
Halbwüchsige Knorpel von Schweinshaxen
Eine Bulldogge aus der Walachei.

Sie umzingelten den alten Hund.
Hinterlistig wollten sie das matte
Tier, das keine Zähne mehr im Mund
Und auch keine Haare darauf hatte,

An den Augen treffen, hinterher
Ihm die Zunge schlitzen und durch Zwicken
Seinen Gaumen reizen und noch mehr,
Um zuletzt ihn plötzlich zu ersticken.

Wollten so. Jedoch es kam nicht so.
Denn die Dogge, ohne sich zu wehren,
Zog den Schwanz ein, heulte laut und floh
Und begann sofort sich zu vermehren.

Und die neuen jungen Hunde knurrten
Schon am selben Tag, als man sie warf,
Hatten spitze Zähne, und sie wurden
Ganz speziell auf Haxenknochen scharf.

Und die Enkelhunde bissen später
Jede Haxe ohne Unterschied.
Und so rächt die Sünde sich der Väter
Bis ins tausendste und letzte Glied.

AMARYLLIS

Das Atelier ist heiß.
Draußen, drunten die andere Welt
Klopft ihre Teppiche, schreit und bellt.
Der Maler, der das wußte, er weiß
Es jetzt nicht mehr. Die Zeit steht still.
Der Pinsel zecht, läuft, zecht, läuft schnell
Und weiter, als er darf und will.
Reglos im Stuhle das schöne Modell
Träumt von sich selber, von Amaryll.

OSTERN

Wenn die Schokolade keimt,
Wenn nach langem Druck bei Dichterlingen
»Glockenklingen« sich auf »Lenzesschwingen«
Endlich reimt
Und der Osterhase hinten auch schon preßt,
Dann kommt bald das Osterfest.

Und wenn wirklich dann mit Glockenklingen
Ostern naht auf Lenzesschwingen, – – –
Dann mit jenen Dichterlingen
Und mit deren jugendlichen Bräuten
Draußen schwelgen mit berauschten Händen – – –
Ach, das denk ich mir entsetzlich,
Außerdem – unter Umständen –
Ungesetzlich.

Aber morgens auf dem Frühstückstische
Fünf, sechs, sieben flaumweich gelbe, frische
Eier. Und dann ganz hineingekniet!
Ha! Da spürt man, wie die Frühlingswärme

Durch geheime Gänge und Gedärme
In die Zukunft zieht
Und wie dankbar wir für solchen Segen
Sein müssen.

Ach, ich könnte alle Hennen küssen,
Die so langgezogene Kugeln legen.

MAN SOLL – –

Nur an der Gurgel soll man Schurken fassen.
Man soll Getier einander schlucken lassen.
Man soll – was weiß ich, was man soll!
Doch wird ein Seepferd je ein Heupferd hassen?
Ich pfeife auf den Gott Apoll.

LETZTES WORT AN EINE SPRÖDE

Wie ich bettle und weine –
Es ist lächerlich.
Schließe deine Beine! –
Ich liebe dich.

Schließe deine Säume
Oben und unten am Rock.
Was ich von dir träume,
Träumt ein Bock.

Sage: Ich sei zu dreist.
Zieh ein beleidigtes Gesicht.
Was »Ich liebe dich« heißt,
Weiß ich nicht.

Zeige von deinen Beinen
Nur die Konturen kokett.
Gehe mit einem gemeinen,
Feschen Heiratsschwindler zu Bett.

Finde ich unten im Hafen
Heute ein hurendes Kind,
Will ich bei ihr schlafen;
Bis wir fertig sind.

Dann: – die Türe klinket
Leise auf und leise zu.
Und die Hure winket –
Glücklicher als du.

OLAF GULBRANSSON

In der freien Sonne, angesichts
Schöner Tennisspielerinnen,
Steht ein Stier.
Nur ein schmales Linnen
Bammelt ihm vorm Bauch und verdeckt nichts.

Goldig blinken kleine Einzelhärchen
Auf der nackten, braunen Haut.
Etwas brummt behaglich. Und ein Märchen
Wächst ringsum aus Gras und Kraut.

Etwas rund und blank wie Billardglatze
Wendet sich. Man sieht:
Eine undressierbar wilde Katze.
Die beugt sich zurück und zieht –
Gott weiß wie – wunderliche,
Unvergleichbar sichre Zauberstriche.

Breitbeturbant geht ein Riesenkind
In dem schon geschilderten Gewande
Grinsend durch die Wiese und den Wind
Nach dem Strande.

Einen dreisten Seehund sieht man in dem kühlen
Wasser draußen sich zu Hause fühlen.
Echter Whisky strömt durch echte Kehle.
Irgendein beschissner Tropf
Will sich über Großes lustig machen.
Eine Flasche fliegt ihm an den Kopf.
Es ertönt ein echtes Lachen.
Leise seitwärts schreitet eine zarte Weltallseele.

TRÜBER TAG

Zu Hause heulten die Frauen:
Das tote Kind sah aus wie Schnee.
Wir gingen, nur mein Bruder und ich, in See.
Dem Wetter war nicht zu trauen.
Wir fischten lauter Tränen aus dem Meer,
Das Netz war leer.

WAS WILLST DU VON MIR?

Möchtest du meine Frau werden,
Da meine Haare schon grau werden,
Schon größtenteils sind?
Möchtest du über mich lachen?
Soll ich dir Freude machen?
Oder ein Kind?

Willst du die Peitsche spüren?
Soll ich dich ausführen?
Brauchst du Geld oder einen Rat?
Willst du nur mit mir spielen?
Oder gefielen oder mißfielen
Dir Taten, die ich tat?

Warum bist du so still?
Soll ich dich beklagen?
Sag doch einmal: »Ich will ......«
Oder sonst ein deutliches Wort. –
Soll ich dich verjagen?
Ja. Geh zu!
Nein! – Du!
Bitte, bitte, geh nicht fort!

HEIMATLOSE

Ich bin fast
Gestorben vor Schreck:
In dem Haus, wo ich zu Gast
War, im Versteck,
Bewegte sich,
Regte sich
Plötzlich hinter einem Brett
In einem Kasten neben dem Klosett,
Ohne Beinchen,
Stumm, fremd und nett
Ein Meerschweinchen.
Sah mich bange an,
Sah mich lange an,
Sann wohl hin und sann her,
Wagte sich

Dann heran
Und fragte mich:
»Wo ist das Meer?«

GEBURTSTAGSGRUSS

Ach wie schön, daß Du geboren bist!
Gratuliere uns, daß wir Dich haben,
Daß wir Deines Herzens gute Gaben
Oft genießen dürfen ohne List.

Deine Mängel, Deine Fehler sind
Gegen das gewogen harmlos klein.
Heut nach vierzig Jahren wirst Du sein:
Immer noch ein Geburtstagskind.

Möchtest Du: nie lange traurig oder krank
Sein. Und: wenig Häßliches erfahren. –
Deinen Eltern sagen wir unseren fröhlichen Dank
Dafür, daß sie Dich gebaren.

Gott bewinke Dir
Alle Deine Schritte;
Ja, das wünschen wir,
Deine Freunde und darunter (bitte)
Dein

DAS KARTENSPIEL

Vier Männer zogen sich zurück,
Schlossen sich ein, und drei
Von ihnen versuchten ihr Glück,
Spielten Karten.

Draußen im Garten
Blühte der Mai.

Im schwülen Zimmer saßen die
Männer bei ihren Karten.
Ihre Weiber ließen sie
Draußen weinen und warten.

Und spielten Spiel um Spiel zu dritt,
Und jeder schwitzte.
Der vierte Mann sah zu, kibit –
Kibitzte.

Geld hin – Geld her – Geld her – Geld hin –
Verlust – Gewinn –
Nach Kartengemisch.
Es wurde gebucht,
Gereizt und geflucht.
Man schlug auf den Tisch.
Man witzelte seicht.
Hätte Pikdame statt Karozehn
Den Buben genommen,
Dann wäre vielleicht
Alles anders gekommen.

Und noch einmal und noch und noch,
Verbissen und besessen. –
Ein Lüftchen kam durchs Schlüsselloch,
Roch nach verbranntem Essen.

Der König fiel.
Das letzte Spiel,
Das allerletzte Spiel begann.
Und wieder stach die Karozehn.
Der vierte Mann,

Der nichts getan als zugesehn,
Gewann.

Vier gähnende Männer gingen
Hinaus ins Morgengraun.
Draußen hingen
Am Gartenzaun
Vier vertrocknete Fraun.

GEDICHT IN BI-SPRACHE

Ibich habibebi dibich,
Lobittebi, sobi liebib.
Habist aubich dubi mibich
Liebib? Neibin, vebirgibib.

Nabih obidebir febirn,
Gobitt seibi dibir gubit.
Meibin Hebirz habit gebirn
Abin dibir gebirubiht.

FERNGRUSS VON BETT ZU BETT

Wie ich bei dir gelegen
Habe im Bett, weißt du es noch?
Weißt du noch, wie verwegen
Die Lust uns stand? Und wie es roch?

Und all die seidenen Kissen
Gehörten deinem Mann.
Doch uns schlug kein Gewissen.
Gott weiß, wie redlich untreu
Man sein kann.

Weißt du noch, wie wir's trieben,
Was nie geschildert werden darf?
Heiß, frei, besoffen, fromm und scharf.
Weißt du, daß wir uns liebten?
Und noch lieben?

Man liebt nicht oft in solcher Weise.
Wie fühlvoll hat dein spitzer Hund bewacht.
Ja unser Glück war ganz und rasch und leise.
Nun bist du fern.
Gute Nacht.

DIE RIESENDAME DER OKTOBERWIESE

Die Zeltwand spaltete sich weit,
Und eine ungeheure Glocke wuchtete
Herein. »Emmy, das größte Wunder unsrer Zeit!«
Dort, wo der Hängerock am Halse buchtete,
Dort bot sich triefenden Quartanerlüsten
Die Lavamasse von alpinen Brüsten,
Die majestätisch auseinanderfloß.
»Emmy, der weibliche Koloß.«
Hilflose Vorderschinken hingen
Herunter, die in Würstchen übergingen.
Und als sie langsam wendete: – Oho! –
Da zeigte sich der Vollbegriff Popo
In schweren erzgegoßnen Wolkenmassen.
»Nicht anfassen!«
Und flüchtig unter hochgerafften Segeln
Sah man der Oberschenkel Säulenpracht.
Da war es aus. Da wurde gell gelacht.
Ich wußte jeden Witz zu überflegeln,
Und jeder Beifall stärkte meinen Schwung.
Die Dicke schwieg. Ich gab die Vorstellung.

Besonders lachten selbst recht runde Leute.
Ich wartete, bis sich das Volk zerstreute.

Nacht war es worden. Emmy ließ sich dort,
Wo sie gestanden, dumpf zum Nachtmahl nieder.
Sie schlang mit Gier, doch regte kaum die Glieder.
»Sag, Emmy, würdest du ein gutes Wort,
Das keinen Witz und keine Neugier hat,
Von einem, der dich tief betrauert, hören?«
Sie sah nicht auf. Sie nickte kurz und matt:
»Nur zu! Beim Essen kann mich gar nichts stören.«

»Emmy! Du armes Wunderwerk der Zeit!
Du trittst dich selbst mit ordinären Reden,
Mit eingelerntem hohlen Vortrag breit.
Du läßt die schlimme Masse deines Fettes
Von jedem Buben, jeder Dirne kneten.
Man kann den Scherz vom Umfang deines Bettes,
Der Badewanne bis zum Ekel spinnen.
Und so tat ich. Und konnte nicht von hinnen.
Ich dachte mich beschämt in dich hinein.
Es müßte doch in dir, in deinem Leben
Sich irgendwo das Schmerzgefühl ergeben:
Ein Dasein lang nicht Mensch noch Tier zu sein.«
Hier hielt ich inne, dachte zaghaft nach.
Bis ein Geräusch am Eingang unterbrach.

Es nahte sich mit wohlgebornen Schritten
Der Elefant vom Nachbarzelt
Und sagte: »Emmy, schwerste Frau der Welt,
Darf ich um einen kleinen Beischlaf bitten?«

Diskret entweichend konnte ich noch hören:
»Nur zu! Beim Essen kann mich gar nichts stören.«

KOMM, SAGE MIR, WAS DU FÜR SORGEN HAST

Es zwitschert eine Lerche im Kamin,
Wenn du sie hörst.
Ein jeder Schutzmann in Berlin
Verhaftet dich, wenn du ihn störst.

Im Faltenwurfe einer Decke
Klagt ein Gesicht,
Wenn du es siehst.
Der Posten im Gefängnis schießt,
Wenn du als kleiner Sträfling ihm entfliehst.
Ich tät es nicht.

In eines Holzes Duft
Lebt fernes Land.
Gebirge schreiten durch die blaue Luft.
Ein Windhauch streicht wie Mutter deine Hand.
Und eine Speise schmeckt nach Kindersand.
Die Erde hat ein freundliches Gesicht,
So groß, daß man's von weitem nur erfaßt.
Komm, sage mir, was du für Sorgen hast.
Reich willst du werden? – Warum bist du's nicht?

ES SCHNEIT

Es schneit dicke Flocken,
Nicht warm, aber frisch gebacken.
Die setzen sich in meine Dichterlocken,
In meinen Schiebernacken,
Auf meine Smoking-Socken.

Sie machen den Polizisten
Gemütlich zum Weihnachtsmann.

Da legen die Touristen
Ihre Polarausrüstung an.

Wir wollen uns alle zusammentun,
Um den Beschluß zu fassen:
Es dürfen alle Sachsen von nun
An nicht mehr ihr Land verlassen.

DAS MÄDCHEN MIT DEM MUTTERMAL
(Chanson)

Woher sie kam, wohin sie ging,
Das hab' ich nie erfahren.
Sie war ein namenloses Ding
Von etwa achtzehn Jahren.
Sie küßte selten ungestüm.
Dann duftete es wie Parfüm
Aus ihren keuschen Haaren.

Wir spielten nur, wir scherzten nur;
Wir haben nie gesündigt.
Sie leistete mir jeden Schwur
Und floh dann ungekündigt,
Entfloh mit meiner goldnen Uhr
Am selben Tag, da ich erfuhr,
Man habe mich entmündigt.

Verschwunden war mein Siegelring
Beim Spielen oder Scherzen.
Sie war ein zarter Schmetterling.
Ich werde nie verschmerzen,
Wie vieles Goldene sie stahl,
Das Mädchen mit dem Muttermal
Zwei Handbreit unterm Herzen.

GENAU BESEHN

Wenn man das zierlichste Näschen
Von seiner liebsten Braut
Durch ein Vergrößerungsgläschen
Näher beschaut,
Dann zeigen sich haarige Berge,
Daß einem graut.

REKLAME

Ich wollte von gar nichts wissen.
Da habe ich eine Reklame erblickt,
Die hat mich in die Augen gezwickt
Und ins Gedächtnis gebissen.

Sie predigte mir von früh bis spät
Laut öffentlich wie im stillen
Von der vorzüglichen Qualität
Gewisser Bettnässer-Pillen.

Ich sagte: »Mag sein! Doch für mich nicht! Nein, nein!
Mein Bett und mein Gewissen sind rein!«

Doch sie lief weiter hinter mir her.
Sie folgte mir bis an die Brille.
Sie kam mir aus jedem Journal in die Quer
Und säuselte: »Bettnässer-Pille.«

Sie war bald rosa, bald lieblich grün.
Sie sprach in Reimen von Dichtern.
Sie fuhr in der Trambahn und kletterte kühn
Nachts auf die Dächer mit Lichtern.

Und weil sie so zähe und künstlerisch
Blieb, war ich ihr endlich zu Willen.
Es liegen auf meinem Frühstückstisch
Nun täglich zwei Bettnässer-Pillen.

Die ißt meine Frau als »Entfettungsbonbon«.
Ich habe die Frau belogen.
Ein holder Frieden ist in den Salon
Meiner Seele eingezogen.

MISSMUT

Ein Rauch verweht.
Ein Wasser verrinnt.
Eine Zeit vergeht.
Eine neue beginnt.
Warum? Wozu?
Denk' ich dein Fleisch hinweg, so bist
Du ein dünntrauriges Knochengerüst,
Allerschönstes Mädchen du.

Wer hat das Fragen aufgebracht?
Unsere Not.
Wer niemals fragte, wäre tot.
Doch kommt's drauf an, wie jemand lacht.

Bist du aus schlimmem Traum erwacht,
Ist eine Postanweisung da,
Ein Telegramm, ein guter Brief, –
Du atmest tief
Wie eine Ziehharmonika.

AN M.

Der du meine Wege mit mir gehst,
Jede Laune meiner Wimper spürst,
Meine Schlechtigkeiten duldest und verstehst – –.
Weißt du wohl, wie heiß du oft mich rührst?

Wenn ich tot bin, darfst du gar nicht trauern.
Meine Liebe wird mich überdauern
Und in fremden Kleidern dir begegnen
Und dich segnen.

Lebe, lache gut!
Mache deine Sache gut!

AN DEN MANN IM SPIEGEL

Du bist ein krummer, dummer Hund!
Und hast es doch so gut gehabt,
Bist gar nicht reich und bist gesund,
Auch großenteils nicht unbegabt.

Du altes Schwein im Trüffelbeet,
Weißt du auch stets, wie gut's dir geht?

Du, spring nicht über Schranken,
Die höher, als du selbst bist, sind.
Vergiß nie, täglich wie ein Kind
Für alles tief zu danken.

AN MEINEN KAKTUS

Du alter Stachelkaks,
Du bist kein Bohnerwachs,
Kein Gewächs, das die Liebe sich pflückt,
Sondern du bist nur ein bißchen verrückt.

Ich weiß, daß du wenig trinkst.
Du hast auch keinerlei Duft.
Aber, ohne daß du selber stinkst,
Saugst du Stubenmief ein wie Tropenluft.

Du springst niemals Menschen an oder Vieh.
Wer aber mit Absicht oder versehentlich
Sich einmal auf dich
Setzte, vergißt dich nie.

Ein betrunkener, lachender Neger
Schenkte dich mir, du lustiges Kleines,
Daß ich den Vater ersetze dir kantigem Ableger
Eines verrückten, stets starren Stachelschweines.

FLUGZEUGGEDANKEN

Dort unten ist die Erde mein
Mit Bauten und Feldern des Fleißes.
Wenn ich einmal nicht mehr werde sein,
Dann graben sie mich dort unten hinein,
Ich weiß es.

Dort unten ist viel Mühe und Not
Und wenig wahre Liebe. –
Nun stelle ich mir sekundenlang
Vor, daß ich oben hier bliebe,
Ewig, und lebte und wäre doch tot – –
O, macht mich der Gedanke bang.

Mein Herz und mein Gewissen schlägt
Lauter als der Propeller.
Du Flugzeug, das so schnell mich trägt,
Flieg schneller!

EINSAMER SPAZIERFLUG

Nun ich wie gestorben bin
Und wurde ein Engelein,
Fliege ich über dein Wohnhaus hin.
Häuschen klein.

Die du als Witwe wieder umworben
Sein magst,
Da ich doch schon verstorben
Bin –. Was du wohl sagst?
Ob du gefaßt bist oder klagst?

Oder ob dein Humor wieder steht,
Du dessen eingedenk bist,
Daß ein aufrichtiges Gebet
Ein unterweges Selbstgeschenk ist?
Ach, wie es dir wohl geht?

Ob du dich verlassen meinst?
Ob du gar Gott verneinst,
Anstatt daß du dankbar
Bist. Wüßte ich, daß du jetzt so weinst
Wie einst, da ich krank war,
Kippte ich die Maschine kurz
Steil ab auf Sturz.

Oder sollte einem Engelein
Solch ein Kegelpurz
Verboten sein??

FRÜHLING

Die Bäume im Ofen lodern.
Die Vögel locken am Grill.
Die Sonnenschirme vermodern.
Im übrigen ist es still.

Es stecken die Spargel aus Dosen
Die zarten Köpfchen hervor.

Bunt ranken sich köstliche Rosen
In Faschingsgirlanden empor.

Ein Etwas, wie Glockenklingen,
Den Oberkellner bewegt,
Mir tausend Eier zu bringen,
Von Osterstören gelegt.

Ein süßer Duft von Havanna
Verweht in ringelnder Spur.
Ich fühle an meiner Susanna
Erwachende neue Natur.

Es lohnt sich manchmal, zu lieben,
Was kommt, nicht ist oder war.
Ein Frühlingsgedicht, geschrieben
Im kältesten Februar.

FREUNDE, DIE WIR NIE ERLEBTEN

Ihr, die nie ich sah,
Nimmer menschlich sehe,
Seid mir nun so nah,
Wenn ich einsam gehe.

Was ich weiß, nicht wußte
Über euch, hab ich's versäumt?
Ich's verfehlt? –
Oder mußte
Fern vergehn, was ich erträumt? –

Schenkte Gott die Kunst, das Wort
Ferner, Toter nachzulesen.

Ach wie heiß mich das beschlich:
Dann und dann und da und dort
Ist ein Herz wie meins gewesen,
Still für sich.

Tröstliches Gefühl: Es dächte
Später wer so über mich. –
Keine aller Erdenmächte,
Wär sie noch so übermütig,
Kann uns trennen,
Die wir Gleiche sind zu nennen.
Denn wir waren nie gesellt,
Weil der Gott uns weise, gütig
Fern vonander aufgestellt,
Wissend um die Welt.

AN DER ALTEN ELSTER

Wenn die Pappeln an dem Uferhange
Schrecklich sich im Sturme bogen,
Hu, wie war mir kleinem Kinde bange! –
Drohend gelb ist unten Fluß gezogen.

Jenseits, an der Pferdeschwemme,
Zog einmal ein Mann mit einer Stange
Eine Leiche an das Land.
Meine Butterbemme
Biß ein Hund mir aus der Hand. –
O wie war mir bange,
Als der große Hund plötzlich neben mir stand!

Längs des steilen Abhangs waren
Büsche, Höhlen, Übergangsgefahren. –

Dumme abenteuerliche Spiele ließen
Mich nach niemand anvertrauten Träumen
Allzuoft und allzulange
Schulzeit, Gunst und Förderndes versäumen. –
Hulewind beugte die Pappelriesen.
O wie war mir bange!

Pappeln, Hang und Fluß, wo dieses Kind
So viel heimlichstes Erleben hatte,
Sind nicht mehr. Mir spiegelt dort der glatte
Asphalt Wolken, wie sie heute sind.

KINDERGEBETCHEN

Erstes

Lieber Gott, ich liege
Im Bett. Ich weiß, ich wiege
Seit gestern fünfunddreißig Pfund.
Halte Pa und Ma gesund.
Ich bin ein armes Zwiebelchen,
Nimm mir das nicht übelchen.

Zweites

Lieber Gott, recht gute Nacht.
Ich hab noch schnell Pipi gemacht,
Damit ich von dir träume.
Ich stelle mir den Himmel vor
Wie hinterm Brandenburger Tor
Die Lindenbäume.
Nimm meine Worte freundlich hin,
Weil ich schon sehr erwachsen bin.

Drittes

Lieber Gott mit Christussohn,
Ach schenk mir doch ein Grammophon.
Ich bin ein ungezognes Kind,
Weil meine Eltern Säufer sind.
Verzeih mir, daß ich gähne.
Beschütze mich in aller Not,
Mach meine Eltern noch nicht tot
Und schenk der Oma Zähne.

AN EIN STARTENDES FLUGZEUG

Da stehst du in nächster Nähe
Vor mir, stumm, starr, dumm und grau.
Torkle davon, du listige Krähe,
Töff töff und surr und dann auf in das Blau.

Weiß ich doch, daß du ganz genau weißt,
Was du zu tun hast, damit du fliegst.

Wenn du so leicht in den Lüften kreist,
Ein wenig wippst und ein wenig dich wiegst,
Fehlt nur noch, daß du trillerst und singst
Wie ein Vogel im erdfernen Glück.
Ach dann scheint uns: Am liebsten gingst
Du gar nicht wieder zum Boden zurück.

Um Gottes willen, du Loser, entrinn nicht
Der Erde, die doch menschlich dich schuf.
Überstürz dich auch nicht und besinn dich
Auf unser Vertraun und auf deinen Beruf.

AUS DER VOGELKUNDE

Ich spreche von Flugmaschinen.
Sie summen lauter als Bienen
Und sind eine Kreuzung von Taube,
Ente, Maikäfer und Schiffsschraube.

Sie nisten einzeln, paar- und gruppen-
Weise in Hallen und Schuppen.

Ich habe persönlich festgestellt:
Sie bringen lebendige Junge zur Welt,
Die wie Menschen aussehn,
Wenn sie aus ihnen herausgehn.

Auch legen sie Eier und brüten
Im Krieg. Zeus möge das künftig verhüten.

Ihre Nahrung sind Menschen, Koffer, Benzin
Und Zeitungen aus Berlin.

Sie sind über die ganze Welt
Verbreitet und sehr zahm auch in Freiheit.
Außerdem sind sie der Polizeiheit
Und der Zollbehördlichkeit unterstellt.
Volkstümlich nennt man sie schlechthin Maschinen.

Ich könnte Ihnen mit Näherem dienen,
Aber ich verlange dafür
Eine Flugzeugengebühr.

RAKETE INS ERDFERN

Rakete ins Erdfern, zielfremder Schuß – –??
Ja, wenn es sein darf oder sein muß.
Doch der Eitle oder der Übermütige
Zähle sonst nicht aufs Allgütige.

Schön ist das Wollen,
Wenn Ehrlichkeiten die Mittel ihm gaben.
Aber die Ausführer sollen
Die ehren, die es ausgerechnet haben.

Und die als erste ein Ziel erreichen,
Weil sie persönlich den Schuß unternommen,
Mögen vor allem sich gleich vergleichen
Zudritt mit Kühnen,
Zuzweit mit Weisen,
Zuerst mit Frommen.

MÜDER JUNIABEND

Blühende Kastanienzweige
Strecken ihre Tatzen vor.
Wenn ich jetzt das rechte Ohr,
Weil es taub ist, rückwärts neige,
Höre ich einen Spatzenchor.

Weil mich dessen Plärr so kalt
Läßt, und angeregt von Tatzen,
Suche ich jetzt mit Gewalt
Einen Pickel aufzukratzen,
Der im Grund zwar noch nicht reif ist,
Doch mich hinten an der Scharte,
Wo beim Affen noch der Schweif ist,

Schikaniert. Da plötzlich zischt
Schnupfen in die Speisekarte.

Rasches Taschentuch verwischt
Rotz und Preise der Gemüse
Und Salate. Und ich grüße
Eine Dame, die vorbeigeht
Und mich kennt, mir auch gefällt.
Wobei leise was entzweigeht,
Was den Hosenträger hält.

ÜBER MEINEN GESTRIGEN TRAUM

Wie kam ich gerade auf ein Gestirn?
Du sagst: Ich stöhnte träumend ganz laut.
Vielleicht steigt die Phantasie ins Hirn,
Wenn der Magen verdaut.

Man sollte kurz vorm Schlafengehen
Nichts essen. Auch war ich gestern bezecht.
Doch warum träume ich immer nur schlecht,
Nie gut. Das kann ich nicht verstehen.

Ob auf der Seite, ob auf dem Rücken
Oder auch auf dem Bauch – –
Immer nur Schlimmes. »Alpdrücken.«
Aber Name ist Schall und Rauch.

Meist von der Schule und vom Militär – –
Als ob ich schuldbeladen wär – –
Und wenn ich aufwache, schwitze ich,
Und manchmal kniee ich oder sitze ich,
Du weißt ja, wie neulich!
O, es ist greulich.

Warum man das überhaupt weitererzählt?
Hat doch niemand Vergnügen daran,
Weil man da frei heraus lügen kann. –
Aber so ein Traum quält.

Gestern hab ich noch anders geträumt:
Da waren etwa hundert Personen.
Die haben die Dachwohnung ausgeräumt,
Wo die Buchbinders wohnen.

Dann haben wir auf dem Dachsims getanzt.
Dann hast du mich, sagst du, aufgeweckt,
Und ich, sagst du, sagte noch träumend erschreckt:
»Ich habe ein Sternschnüppchen gepflanzt.«

Ich weiß nur noch: Ich war vom Dach
Plötzlich fort und bei dir und war wach.
Und du streicheltest mich wie ein Püppchen
Und fragtest mich – ach, so rührend war das –
Fragtest mich immer wieder: »Was
Hast du gepflanzt!? Ein Sternschnüppchen?«

SCHLECHTER TAG

Müde streichen meine Finger
Über Runzeln, über Narben,
Über graue Haare.

Prost, ihr Freunde, die in diesem Jahre
Mir entstarben! – Bums!!
Bums und klirr!! – Nun hab ich sozusagen
Instinktiv
Eine Fliege totgeschlagen.
War es nicht, als ob sie Hilfe rief?!

Glas kaputt. So! Und jetzt löst mein vierter,
Letzter Knopf sich scheu von Hose und Faden.
Muß ich alles, alles ausbaden!?
Ach, ich werde immer deprimierter.

Wenn doch eine Motte jetzt geflogen käme.
Ach, ich würde sie zu Plüschsesseln einladen.
Und noch Samt ihr hinlegen,
Weil ich mich doch wegen
Der Fliege so schäme.

SPIELEN KINDER DOCH ...

Sahst du in der Bahn auf Reisen:
Fährt dein Spiegelbild daneben
Draußen heil durch Fels und Eisen?
Was ist Schein und was ist Leben?

Wirrgespräch von Schizophrenen – ?
Und der Wirrsinn deiner Träume – ?
Warum suchen wir, ersehnen
Unterschiede, Zwischenräume?

Nach dem Nichts, dem Garnichts schielen
Alle, Freude, Gleichmut, Trauer.
Aus dem Garnichts lockt ein Schauer
So und so mit fremden Spielen.

Manchmal, zwischen trocknen Zeilen:
Barmt es, winkt es oder lacht es. –

Spielen Kinder doch zuweilen
Wundersames Selbsterdachtes.

FREUNDSCHAFT
Erster Teil

Es darf eine Freundschaft formell sein,
Muß aber genau sein.
Eine Freundschaft kann rauh sein,
Aber muß hell sein.

Denn Allzusprödes versäumt oder verdirbt
Viel. Weil manchmal der Partner ganz plötzlich stirbt.

Mehr möchte ich nicht darüber sagen.
Denn ich sitze im Speisewagen
Und fühle mich aus Freundschaft wohl
Bei »Gedämpfter Ochsenhüfte mit Wirsingkohl«.

FREUNDSCHAFT
Zweiter Teil

Die Liebe sei ewiger Durst.
Darauf müßte die Freundschaft bedacht sein.
Und, etwa wie Leberwurst,
Immer neu anders gemacht sein.

Damit man's nicht überkriegt.
Wer einmal den Kanal
Überfliegt,
Merkt: Der ist so und so breit.
Und das ändert sich kaum
In menschlein-absehbarer Zeit.
Wohl aber kann man dies Zwischenraum
Schneller oder kürzer durchqueren.
Wie? Das muß die Freundschaft uns lehren.

Ach, man sollte diesen allerhöchsten Schaft,
Immer wieder einmal jünglingshaft
Überschwenglich begießen.
Eh' uns jener ausgeschlachtete Knochenmann dahinrafft.

BLUES

Wenn du nicht froh kannst denken,
Obwohl nichts Hartes dich bedrückt,
Sollst du ein Blümchen verschenken,
Aufs Geratewohl von dir gepflückt.

Irgendein staubiger, gelber, –
Sei's Hahnenfuß – vom Wegesrand.
Und schenke das Blümchen dir selber
Aus linker Hand an die rechte Hand.

Und mache dir eine Verbeugung
Im Spiegel und sage: »Du,
Ich bin der Überzeugung,
Dir setzt man einzig schrecklich zu.
Wie wär's, wenn du jetzt mal sachlich
Fleißig einfach arbeiten tätst?
Später prahle nicht und jetzt lach nicht,
Daß du nicht in Übermut gerätst.«

MEIN WANNENBAD

Es muß wieder mal sein.
Also: Ich steige hinein
In zirka zwei Kubikmeter See.
Bis übern Bauch tut es weh.
Das Hähnchen plätschert in schamlosem Ton,
Ich atme und schnupfe den Fichtenozon,
Beobachte, wie die Strömung läuft,
Wie dann clam, langsam mein Schwamm sich besäuft.
Und ich ersäufe, um allen Dürsten
Gerecht zu werden, verschiedene Bürsten.
Ich seife, schrubbe, ich spüle froh.
Ich suche auf Ausguck
Vergebens nach einem ertrinkenden Floh,
Doch fort ist der Hausjuck.
Ich lehne mich weit und tief zurück,
Genieße schaukelndes Möwenglück.
Da taucht aus der blinkenden Fläche, wie
Eine Robinsoninsel, plötzlich ein Knie;
Dann – massig – mein Bauch – eines Walfisches Speck.
Und nun auf Wellen (nach meinem Belieben
Herangezogen, davongetrieben),
Als Wogenschaum spielt mein eigenster Dreck.
Und da auf dem Gipfel neptunischer Lust,
Klebt sich der Waschlappen mir an die Brust.
Brust, Wanne und Wände möchten zerspringen,
Denn ich beginne nun, dröhnend zu singen
Die allerschwersten Opernkaliber.
Das Thermometer steigt über Fieber,
Etwa: Daß eine Mutschekuh,
Die vollgefressen mit Heu war,
Mein Zimmer betrat und rief mir zu:
»Prost Neujahr, Herr Doktor, prost Neujahr!«

LEBHAFTE WINTERSTRASSE

Es gehen Menschen vor mir hin
Und gehen mir vorbei, und keiner
Davon ist so, wie ich es bin.
Es blickt ein jedes so nach seiner
Gegebenen Art in seine Welt.

Wer hat die Menschen so entstellt??

Ich sehe sie getrieben treiben.
Warum sie wohl nie stehenbleiben,
Zu sehen, was nach ihnen sieht?
Warum der Mensch vorm Menschen flieht?

Und eine weiße Weite Schnee
Verdreckt sich unter ihren Füßen.
So viele Menschen. Mir ist weh:
Keinen von ihnen darf ich grüßen.

STILLE WINTERSTRASSE

Es heben sich vernebelt braun
Die Berge aus dem klaren Weiß,
Und aus dem Weiß ragt braun ein Zaun,
Steht eine Stange wie ein Steiß.

Ein Rabe fliegt, so schwarz und scharf,
Wie ihn kein Maler malen darf,
Wenn er's nicht etwa kann.
Ich stapfe einsam durch den Schnee.
Vielleicht steht links im Busch ein Reh
Und denkt: Dort geht ein Mann.

WINTERFLUG 1929

Merkwürdig: Durch meine Lebenszeit
War ich wie gegen Tod gefeit.
Weiß heute wohl, warum.
Als ich noch nicht es wußte, war
Gott immer bei mir in Gefahr,
Weil ich nicht – – eben darum.

Unter mir: Tausend Bäume stehen,
Kahlfressen wie von Ratten,
Und werfen auf den Schnee, die Schneen
Gleichviel blauzarte Schatten.

Wenn man vom Flugzeug niederblickt
Auf so verschneite Welt,
Dann glaubt man nicht mehr an Durchlaucht.

Ich hätte gar zu gern geraucht
Und einen Meukow mir bestellt
Und eine Frau vor mir gezwickt.

ZU DIR

Sie sprangen aus rasender Eisenbahn
Und haben sich gar nicht weh getan.

Sie wanderten über Geleise,
Und wenn ein Zug sie überfuhr,
Dann knirschte nichts. Sie lachten nur.
Und weiter ging die Reise.

Sie schritten durch eine steinerne Wand,
Durch Stacheldrähte und Wüstenbrand,

Durch Grenzverbote und Schranken
Und durch ein vorgehaltnes Gewehr,
Durchzogen viele Meilen Meer. –

Meine Gedanken. –

Ihr Kurs ging durch, ging nie vorbei.
Und als sie dich erreichten,
Da zitterten sie und erbleichten
Und fühlten sich doch unsagbar frei.

SEHNSUCHT NACH BERLIN
(1929)

Berlin wird immer mehr Berlin.
Humorgemüt ins Große.
Das war mein Wunsch: es anzuziehn
Wie eine schöne Hose.

Und wär Berlin dann stets um mich
Auf meinen Wanderwegen.
Berlin, ich sehne mich in dich.
Ach komm mir doch entgegen!

MEINE ALTE SCHIFFSUHR

In meinem Zimmer hängt eine runde,
Alte, achteckige Segelschiffsuhr.
Sie schlägt weder Glasen noch Stunde.
Sie schlägt, wie sie will, und auch nur,

Wann sie will. Die Uhrmacher gaben
Sie alle ratlos mir zurück;

Sie wollten mit solchem Teufelsstück
Gar nichts zu tun haben.

Und gehe sie, wie sie wolle,
Ich freue mich, weil sie noch lebt.
Nur schade, daß nie eine tolle
Dünung sie senkt oder hebt

Oder schüttert. Nein, sie hängt sicher
Geborgen. Doch in ihr kreist
Ein ruhelos wunderlicher
Freibeuter-Klabautergeist.

Nachts, wenn ich still vor ihr hocke,
Dann höre ich mehr als Ticktack.
Dann klingt was wie Nebelglocke
Und ferner Hundswachenschnack.

Und manche Zeit versäume
Ich vor der spukenden, unkenden Uhr,
Indem ich davon träume,
Wie ich mit ihr nach Westindien fuhr.

LEERE NACHT

Es ließ ein Huhn sich braten.
Ich roch es. Doch es lockte nicht.
Mich grüßten zwei Soldaten.
Sie hatten kein Gesicht.

Ich schritt an Licht und Scheinen
Vorbei. Und schritt. Und schritt vorbei.
Ich sah ein Mädchen weinen.
Doch meine Brille ging entzwei.

Ein Bogen strich die Geige.
Und Stumme tranken Luft.
Mich streiften nasse Zweige.
Und irgend jemand sagte »Schuft«.

Bin beinah überfahren.
Das Auto hat mich ausgelacht.

Wo meine Freunde wohl waren
In dieser gottvergessenen Nacht?

AN MEINEN ZIGARETTENRAUCH

Gleite ins Weite und in die Höh!
Adieu, du zartes Bleu
Meines Zigarettenrauches,
Der du so sanft entfliehst.

Wenn du ein zierliches Nasenloch siehst,
Küß dem die Haare als Gruß meines Hauches.

Ob dich ein Höhendruck
Zur Erde zurückschlägt,
Eine Strömung, eines Windes Ruck
Dich zu Himmelsglück trägt, –
Finde das, was du erwartetest.

In dem hold gewürzten Augenblick,
Da du aus mir startetest,
Spielte Ziehharmonikamusik
Ein Lieblingslied von mir: La Paloma,
Und auf Schwingen dieser Volksweise
Steigst du auf. Glückliche Reise!
Aus Nikotin ins ewige Aroma.

NEIDISCHES ÜBER EINEN KLO-MANN

Anfangs hat er kläglich gestöhnt,
Denn er war zuvor in der Küche
Kartoffelschäler und andre Gerüche
Von daher gewöhnt.

Er ist ebenso dumm wie faul.
Er öffnet die Türen zu den Aborten,
Und nach kurzen, blödsinnigen Worten
Über das Wetter hält er das Maul.

Nie ist er freundlich. Dennoch verehren
Ihn manche sehr;
Besonders die, die ihm hinterher
Handtücher stehlen und Nagelscheren.

Ich weiß nicht, warum ich mich vor ihm geniere.
Er läßt mir niemals zum Waschen Zeit,
Und durch seinen Geiz in bezug auf Papiere
Geriet ich schon oft in Verlegenheit.

Im Grunde ärgert's ihn, wenn man seine
Geräte benutzt.
Obwohl er niemals, auch nicht mal zum Scheine,
Daran etwas putzt.

»Gedenket des Alten,
Denn er muß alles reine halten!«
Schreibt er mit Seife, Frechheit und Ruhe
Jeden Morgen groß an den Spiegel.
Und dabei hat dieser Schweinigel
So ein vornehm nervöses Getue,
Das jeden zwingt, ihm viel Trinkgeld zu geben,
Und er zählt immer gleich nach, wieviel. – –

Ja, so ein bequemes, geldbringendes Leben
Zu führen, das wäre wohl jedermanns Ziel.

7. AUGUST 1929

Ein Zeppelin fliegt übers Meer.
Aber es gibt schon heute
Ganz gut gescheite Leute,
Die interessiert das gar nicht sehr.

Der Weltenraumverkehr floriert
Seit Urzeit, niemals minder.
Wo gut? Wo schlecht? – Das interessiert
Die Greise wie die Kinder.

Was man im Leben sich erwarb,
War Gnade oder Beute.
Da ich Geburtstag feiere, starb
Die Kathi Kobus heute.

Es hat an solchen Tagen –
– – – – – –
Was wollte ich denn eigentlich sagen? –
Es hat ein Jedes was erträumt.
Es hat ein Jedes was versäumt.

KINDER-VERWIRR-BUCH

KLEINE LÜGEN und auch kleine
Kinder haben kurze Beine.

DAS ABC ist äußerst wichtig.
Im Telefonbuch steht es richtig.

DER KLAPPERSTORCH hat krumme Beine.
Die Kinder werfen ihn mit Steine.
Aber Kinder bringt er keine.

DER SPANIER lebt in fernen Zonen
Für die, die weitab davon wohnen.

UND DER Osterhase legt
(Bald sehr eitel, bald bewegt)
Rührei oder Spiegelei.
Schauerlich stöhnt er dabei.

SECHS BEINE hat der Elefant.
Er wird auch Mißgeburt genannt.

BABIES

Daß eure Windeln wie Segel sind,
Das wißt ihr Kinder noch nicht.
Ihr kümmert euch nicht um den eigenen Wind,
Um den fremden Wind, um das fremde Licht.
Ihr reist wie Passagiere.
Und wenn das Schiff mit euch ersauft,
Dann seid ihr himmeltief getauft,
Unschuldige, glückliche Tiere.

KIND, SPIELE!

Kind, spiele!
Spiele Kutscher und Pferd! –
Trommle! – Baue dir viele
Häuser und Automobile! –

Koche am Puppenherd! –
Zieh deinen Püppchen die Höschen
Und Hemdchen aus! – Male dann still! –
Spiele Theater: »Dornröschen«
Und »Kasperl mit Schutzmann und Krokodil!« –

Ob du die Bleisoldaten
Stellst in die fürchterliche Schlacht,
Ob du mit Hacke und Spaten
Als Bergmann Gold suchst im Garten im Schacht,
Ob du auf eine Scheibe
Mit deinem Flitzbogen zielst, – – –

Spiele! – Doch immer bleibe
Freundlich zu allem, womit du spielst.
Weil alles (auch tote Gegenstände)
Dein Herz mehr ansieht als deine Hände.
Und weil alle Menschen (auch du, mein Kind)
Spielzeug des lieben Gottes sind.

BEINCHEN

Beinchen wollen stehen.
Beinchen wollen gehen,
Sich im Tanze drehen.
Beinchen wollen ruhn.
Beinchen wollen spreizen,

Wollen ihren Reizen
Jegliche Gelegenheit
Geben. Haben jederzeit
Muskulös zu tun.

Beine dick und so und so,
Beine dünn wie Stange.
Alle Beine sind doch froh.

Arme, arme Schlange!

SCHLÄNGELCHEN

Schlängelchen zum Teufel kam,
Ganz still und bescheiden.
Und der Teufel das Schlängelchen nahm
Und es streichelte.
Mochte es gut leiden.

Kam ein Schlängelchen
Zu einem Engelchen,
Neigte sich und wollte wieder scheiden.
Engelchen mochte das Schlängelchen
Gut leiden,
Sagte fromm:
»Komm!«

NIE BIST DU OHNE NEBENDIR

Eine Wiese singt.
Dein Ohr klingt.

Eine Telefonstange rauscht.
Ob du im Bettchen liegst
Oder über Frankfurt fliegst,
Du bist überall gesehen und belauscht.

Gonokokken kieken.
Kleine Morcheln horcheln.
Poren sind nur Ohren.
Alle Bläschen blicken.

Was du verschweigst,
Was du den andern nicht zeigst,
Was dein Mund spricht
Und deine Hand tut,
Es kommt alles ans Licht.
Sei ohnedies gut.

DIE GUH gibt Milch und stammt aus Leipzig.
Wer zuviel Milch trinkt, der bekneipt sich.

Der Ochse gibt statt Milch: Spinat.
Er spielt am Nachmittage Skat.

UNTER WASSER BLÄSCHEN MACHEN

Kinder, ein Rätsel! Hört mich an!
Wer es herausbekommt, kriegt Geld! – Wie kann
Man unter Wasser Bläschen machen?
Das müßt ihr versuchen – unbedingt! –
In der Badewanne. Und wenn es gelingt,
Werdet ihr lachen.

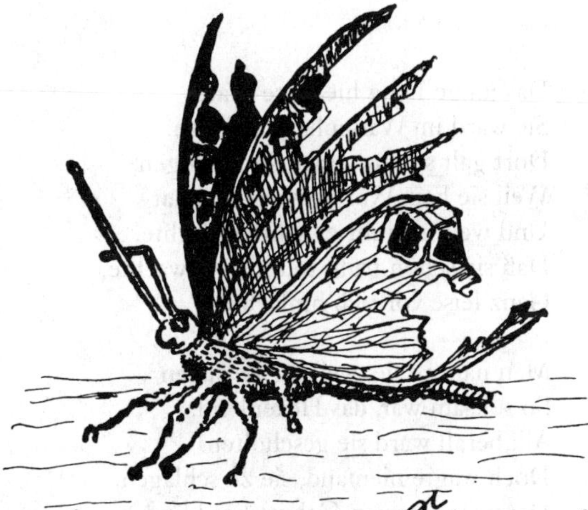

der zerrupfte Schmetterling

KINDER, SPIELT MIT EINER ZWIRNSROLLE!

Gewaltigen Erfolg erzielt,
Wer eine große Rolle spielt.

Im Leben spielt zum Beispiel so
Ganz große Rolle: der Popo.

Denkt nach, dann könnt ihr zwischen Zeilen
Auch mit geschlossenen Augen lesen,
Daß Onkel Ringelnatz bisweilen
Ein herzbetrunkenes Kind gewesen.

DAS HEXENKIND

Das junge Ding hieß Ilse Watt.
Sie ward im Waisenhaus erzogen.
Dort galt sie für verstockt, verlogen,
Weil sie kein Wort gesprochen hat
Und weil man ihr es sehr verdachte,
Daß sie schon früh, wenn sie erwachte,
Ganz leise vor sich hinlachte.

Man nannte sie, weil ihr Betragen
So seltsam war, das Hexenkind.
Allüberall ward sie gescholten.
Doch wagte niemand, sie zu schlagen.
Denn sie war von Geburt her blind.

Die Ilse hat für frech gegolten,
Weil sie, wenn man zu Bett sie brachte,
Noch leise vor sich hinlachte.

In ihrem Bettchen blaß und matt
Lag sterbend eines Tags die kranke
Und stille, blinde Ilse Watt,
Lächelte wie aus andern Welten
Und sprach zu einer Angestellten,
Die ihr das Haar gestreichelt hat,
Ganz laut und glücklich noch »Ich danke.«

DEN UNTERSCHIED bei Mann und Frau
Sieht man durchs Schlüsselloch genau.

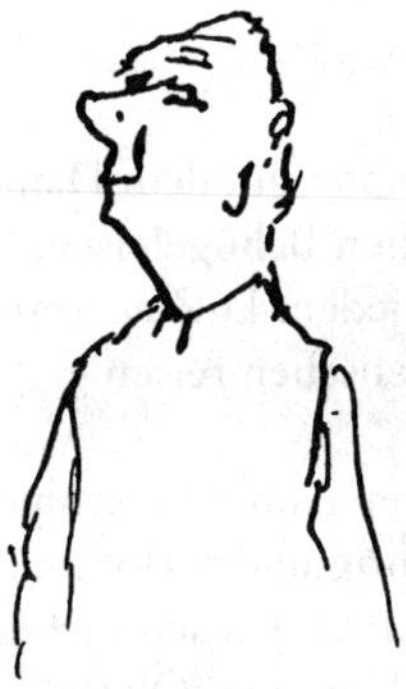

EMANUEL PIPS
(Zu seinem 81. Geburtstag)

Den Kammerjäger Emanuel Pips
Vom linken Ufer des Mississipps
Mochte jedermann leiden.
Er war äußerst bescheiden.
Er trug acht Zentimeter Rips
Als Anzug und einen Seiden-
faden in Grün als Schlips,
Fragte niemals nach Rennbahntips,
Hatte überhaupt keinen Grips,
Aß einmal am Tage (potato-chips),
Trank alkoholfreie Salzwasserflips,
Wurde trotz alledem magenkrank
Und starb am Schwips.
Seine kleine Büste aus Gips
Steht unter anderen Nippes
Heute auf meinem Bücherschrank.

Berichtigung: Kammerjäger Pips
Schrieb sich eigentlich innen mit Yps-
ilon, doch war so bescheiden und lieb,
Daß es ihm gleich war, wie man ihn schrieb.

ARM KRÄUTCHEN

Ein Sauerampfer auf dem Damm
Stand zwischen Bahngeleisen,
Machte vor jedem D-Zug stramm,
Sah viele Menschen reisen

Und stand verstaubt und schluckte Qualm,
Schwindsüchtig und verloren,
Ein armes Kraut, ein schwacher Halm,
Mit Augen, Herz und Ohren.

Sah Züge schwinden, Züge nahn.
Der arme Sauerampfer
Sah Eisenbahn um Eisenbahn,
Sah niemals einen Dampfer.

ERNSTER RAT AN KINDER

Wo man hobelt, fallen Späne.
Leichen schwimmen in der Seine.
An dem Unterleib der Kähne
Sammelt sich ein zäher Dreck.

An die Strähnen von den Mähnen
Von den Löwen und Hyänen
Klammert sich viel Ungeziefer.
Im Gefieder von den Hähnen
Nisten Läuse; auch bei Schwänen.
(Menschen gar nicht zu erwähnen,
Denn bei ihnen geht's viel tiefer.)

Nicht umsonst gibt's Quarantäne.

Allen graust es, wenn ich gähne.

Ewig rein bleibt nur die Träne
Und das Wasser der Fontäne.

Kinder, putzt euch eure Zähne!!

KINDER, IHR müßt euch mehr zutrauen!
Ihr laßt euch von Erwachsenen belügen
Und schlagen. – Denkt mal: Fünf Kinder genügen,
Um eine Großmama zu verhauen.

BIST DU SCHON AUF DER SONNE GEWESEN?

Bist du schon auf der Sonne gewesen?
Nein? – Dann brich dir aus einem Besen
Ein kleines Stück Spazierstock heraus
Und schleiche dich heimlich aus dem Haus
Und wandere langsam in aller Ruh
Immer direkt auf die Sonne zu.
So lange, bis es ganz dunkel geworden.
Dann öffne leise dein Taschenmesser,
Damit dich keine Mörder ermorden.
Und wenn du die Sonne nicht mehr erreichst,
Dann ist es fürs erstemal schon besser,
Daß du dich wieder nach Hause schleichst.

KINDERSAND

Das Schönste für Kinder ist Sand.
Ihn gibt's immer reichlich.
Er rinnt unvergleichlich
Zärtlich durch die Hand.

Weil man seine Nase behält,
Wenn man auf ihn fällt,
Ist er so weich.
Kinderfinger fühlen,
Wenn sie in ihm wühlen,
Nichts und das Himmelreich.

Denn kein Kind lacht
Über gemahlene Macht.

KINDER WEINEN.
Narren warten.
Dumme wissen.
Kleine meinen.
Weise gehen in den Garten.

AN BERLINER KINDER

Was meint ihr wohl, was eure Eltern treiben,
Wenn ihr schlafen gehen müßt?
Und sie angeblich noch Briefe schreiben.
Ich kann's euch sagen: Da wird geküßt,
Geraucht, getanzt, gesoffen, gefressen,
Da schleichen verdächtige Gäste herbei.
Da wird jede Stufe der Unzucht durchmessen
Bis zur Papagei-Sodomiterei.
Da wird hasardiert um unsagbare Summen.
Da dampft es von Opium und Kokain.
Da wird gepaart, daß die Schädel brummen.
Ach schweigen wir lieber. – Pfui Spinne, Berlin!

SILVESTER BEI DEN KANNIBALEN

Am Silvesterabend setzen
Sich die nackten Menschenfresser
Um ein Feuer, und sie wetzen
Zähneklappernd lange Messer.

Trinken dabei – das schmeckt sehr gut –
Bambus-Soda mit Menschenblut.

Dann werden aus einem tiefen Schacht
Die eingefangenen Kinder gebracht
Und kaltgemacht.
Das Rückgrat geknickt,

Die Knochen zerknackt,
Die Schenkel gespickt,
Die Lebern zerhackt,
Die Bäuchlein gewalzt,
Die Bäckchen paniert,
Die Zehen gesalzt
Und die Äuglein garniert.

Man trinkt eine Runde und noch eine Runde.
Und allen läuft das Wasser im Munde
Zusammen, ausnander und wieder zusammen.
Bis über den feierlichen Flammen
Die kleinen Kinder mit Zutaten
Kochen, rösten, schmoren und braten.

Nur dem Häuptling wird eine steinalte Frau
Zubereitet als Karpfen blau.
Riecht beinah wie Borchardt-Küche, Berlin,
Nur mehr nach Kokosfett und Palmin.

Dann Höhepunkt: Zeiger der Monduhr weist
Auf zwölf. Es entschwindet das alte Jahr.
Die Kinder und der Karpfen sind gar.
Es wird gespeist.

Und wenn die Kannibalen dann satt sind,
Besoffen und überfressen, ganz matt sind,
Dann denken sie der geschlachteten Kleinen
Mit Wehmut und fangen dann an zu weinen.

GEPLAPPER AN GROSSPAPA

»Großpapa, ach, bist du dumm!
Weil du nichts verstehst.
Großpapa, was bist du krumm,
Wenn du gehst!

Und du zitterst immerzu
Wie ein Pappelwald.
Großpapa, wann stirbst denn du?
Stirbst du bald?«

DIE NEUEN FERNEN

In der Stratosphäre,
Links vom Eingang, führt ein Gang
(Wenn er nicht verschüttet wäre)
Sieben Kilometer lang
Bis ins Ungefähre.

Dort erkennt man weit und breit
Nichts. Denn dort herrscht Dunkelheit.
Wenn man da die Augen schließt
Und sich langsam selbst erschießt,
Dann erinnert man sich gern
An den deutschen Abendstern.

DOCH IHRE STERNE KANNST DU NICHT VERSCHIEBEN

Das Sonderbare und Wunderbare
Ist nicht imstande, ein Kind zu verwirren.
Weil Kinder wie Fliegen durch ihre Jahre
Schwirren. – Nicht wissend, wo sie sind.

Nur vor den angeblich wahren
Deutlichkeiten erschrickt ein Kind.

Das Kind muß lernen, muß bitter erfahren.
Weiß nicht, wozu das frommt.
Hört nur: Das muß so sein.

Und ein Schmerz nach dem andern kommt
In das schwebende Brüstchen hinein.
Bis das Brüstchen sich senkt
Und das Kind denkt.

GEDICHTE DREIER JAHRE

LIEDCHEN

Die Zeit vergeht.
Das Gras verwelkt.
Die Milch entsteht.
Die Kuhmagd melkt.

Die Milch verdirbt.
Die Wahrheit schweigt.
Die Kuhmagd stirbt.
Ein Geiger geigt.

SCHIFFER-SENTIMENT

Gelb das Wasser und der Himmel grau.
Neben mir hockt eine alte Wachtel,
Alte Dame oder alte Frau,
Zählt zum zehnten Male ganz genau
Geld aus einer Zigarettenschachtel.

Grog tut wohl, und alte Frau tut weh.
Ich muß fort. Ich stoße meinen Kutter
Ungern in die trübe, gelbe,
Ganz genau so mißgelaunte See. –

Liebe Zeit! Es ist doch stets dieselbe,
Jedermannes arme alte Mutter.

SCHLIMME STIMMUNG

Ich bin so traurig satt,
Und all mein Überlegen
Vergrübelt sich entgegen,
Dorthin, wo nichts mehr Farbe hat.

Als wenn ich klug und geldreich wär
Und gar kein Herz besäße.
Ich zürne dumpf ins Ungefähr,
Betaste hohle Späße.

Und will nicht Freunde mit mir ziehn
In dieses trockene Weinen.

Ach Sonne, die so oft mir schien,
Wollest mir bitte wieder scheinen.

KÖLN VON DER BASTEI GESEHEN

Es schlägt der Leuchtturm durch die Nacht
Seine unermüdlichen Strahlen.
Es schleichen Schiffe überwacht,
Die lassen sich bezahlen.

Wie Perlenreihen und Geschmeid
Lichtern die Ufer am Rheine.
Ein Mädchen weint ihr Herzeleid
Am Kai auf steile Steine.

Sie trägt ein helles Wiesenkleid
Und steht sonst ganz im Dunkel.
Das Wasser spiegelt kein Herzeleid,
Es spiegelt nur Gefunkel.

Ich rufe schmatzend den Ober herbei.
Er will mich nicht verstehen.
Ich wünsche: Es möchte sich die Bastei
jetzt karussellartig drehen.

PFINGSTBESTELLUNG

Ein Pfingstgedichtchen will heraus
Ins Freie, ins Kühne.
So treibt es mich aus meinem Haus
Ins Neue, ins Grüne.

Wenn sich der Himmel grau bezieht,
Mich stört's nicht im geringsten.
Wer meine weiße Hose sieht,
Der merkt doch: Es ist Pfingsten.

Nun hab ich ein Gedicht gedrückt,
Wie Hühner Eier legen,
Und gehe festlich und geschmückt –
Pfingstochse meinetwegen –
Dem Honorar entgegen.

KUNSTGEWERBE

Ein blauer Hund mit gelben Ohren
Wurde in einem Atelier geboren.
Weil er naturfremd originell
Wie jene Mutter war, die ihn gebar,
Vermehrte er sich populär sehr schnell
Und brachte Geld, und viel sogar.

Ein andres Suchweib, gleichfalls von Beruf
Originell, erdachte sich und schuf
Aus Ton ein Mäuschen, witzig, zart und schlicht,
Sehr künstlerisch; das reüssierte nicht.
Bis wahre Künstler es entdeckten
Und kauften von sechs Exemplaren vier.
Worauf die andern zwei entsetzlich heckten.
Nun seh ich überall dies Mäusetier.
Es glotzt, es kotzt mich an aus Gips,
Aus Bronze, Ton. Ein Mäuseplagenippes.

Ich bitte dich: Wenn ich dereinst mal sterbe,
Tu meine Asche nicht in Kunstgewerbe.

MORGENWONNE

Ich bin so knallvergnügt erwacht.
Ich klatsche meine Hüften.
Das Wasser lockt. Die Seife lacht.
Es dürstet mich nach Lüften.

Ein schmuckes Laken macht einen Knicks
Und gratuliert mir zum Baden.
Zwei schwarze Schuhe in blankem Wichs
Betiteln mich »Euer Gnaden«.

Aus meiner tiefsten Seele zieht
Mit Nasenflügelbeben
Ein ungeheurer Appetit
Nach Frühstück und nach Leben.

SOMMERFRISCHE

Zupf dir ein Wölkchen aus dem Wolkenweiß,
Das durch den sonnigen Himmel schreitet.
Und schmücke den Hut, der dich begleitet,
Mit einem grünen Reis.

Verstecke dich faul in die Fülle der Gräser.
Weil's wohltut, weil's frommt.
Und bist du ein Mundharmonikabläser
Und hast eine bei dir, dann spiel, was dir kommt.

Und laß deine Melodien lenken
Von dem freigegebenen Wolkengezupf.
Vergiß dich. Es soll dein Denken
Nicht weiter reichen als ein Grashüpferhupf.

GEDENKEN AN MEINEN VATER

Warum ich tief Atem hole?

So hat mein Vater gern Bowle gebraut.
Nun trinken wir zwei eine Bowle.
Und du hast ihn nimmer gehört noch geschaut.

Doch wie wir beide hier zechen
Und sprechen mitnander – so ungefähr –
Meine ich – würde Vater sprechen,
Wenn er dein Liebster gewesen wär.

Je mehr ich altre und lerne,
Kommt er mir immer mehr nah.
Prost, Musch, einen Schluck auf den toten Papa!
Jetzt lächelt er jenseits der Sterne.

ES LOHNT SICH DOCH

Es lohnt sich doch, ein wenig lieb zu sein
Und alles auf das Einfachste zu schrauben.
Und es ist gar nicht Großmut zu verzeihn,
Daß andere ganz anders als wir glauben.

Und stimmte es, daß Leidenschaft Natur
Bedeutete im guten und im bösen,
Ist doch ein Knoten in dem Schuhband nur
Mit Ruhe und mit Liebe aufzulösen.

HEIMLICHE STUNDE

Ein kleiner Spuk durch die Dampfheizung ging.
Keine Uhr war aufgezogen.
Ein zu früh geborener Schmetterling
Kam auf das Schachbrett geflogen.

Es ging ein Blumenvasenblau
Mit der Sonne wie eine Schnecke.
Ich liebe Gott und meine Frau,
Meine Wohnung und meine Decke.

DER ABENTEURER

»Abenteurer, wo willst du hin?«

Quer in die Gefahren,
Wo ich vor tausend Jahren
Im Traume gewesen bin.

Ich will mich treiben lassen
In Welten, die nur ein Fremder sieht.
Ich möchte erkämpfen, erfassen,
Erleben, was anders geschieht.

Ein Glück ist niemals erreicht.
Mich lockt ein fernstes Gefunkel,
Mich lockt ein raunendes Dunkel
Ins nebelhafte Vielleicht.

Was ich zuvor besessen,
Was ich zuvor gewußt,
Das will ich verlieren, vergessen. –
Ich reise durch meine eigene Brust.

ENTSETZEN

Was ist geschehen?
Wo ist sie? Wer schreit? –
Welche Dunkelheit –
Komm, laß uns gehen.

Ich kann nicht. Ich will,
Doch ich kann nicht. – Wie siehst du
Mich an? – Warum fliehst du?
Du! – Du? – Du!? – – Alles still.

Wer schleicht dort? – Ein Tier!
Es hat kein Gesicht –
Was wolln Sie von mir?
Zu Hilfe!! – Kurt! – – Berta!?
Verlaßt mich doch nicht.

EIN LIEBESNACHT-WÖRTCHEN

Ja – – ja! – – ja!! – – ja!!! – –
Du hast so süße Höschen.
Nun sind wir allein. Und es ist Nacht.
Ach hätte ich dir doch ein Röschen
Mitgebracht.

DIE KRÄHE

Die Krähe lacht. Die Krähe weiß,
Was hinter Vogelscheuchen steckt
Und daß sie nicht wie Huhn mit Reis
Und Curry schmeckt.

Die Krähe schnupft. Die Krähe bleibt
Nicht gern in einer Nähe.
Dank ihrer Magensäure schreibt
Sie Runen. Jede Krähe.

Sie torkelt scheue Ironie,
Flieht souverän beschaulich.
Und wenn sie mich sieht, zwinkert sie
Mir zu, doch nie vertraulich.

UMZUG NACH BERLIN
(1930)

Nach Berlin, nach Berlin,
Nach Berlin umzuziehn,
Aus der dümmsten Stadt in der Welt –
Wie das lockt!! – Ich, verdumpft,

Ich, verstockt und verstumpft,
Habe endlich mich auf den Kopf gestellt.

Ach wie schön ist's, im Frein
Und im Hellen zu sein!
Und wär's nur ein luftiges Zelt.
Aber gar nach Berlin,
Nach Berlin umzuziehn,
Aus der dümmsten Stadt in der Welt!

Mir ist wohl, mir ist weh –
So als ging ich in See –
Denn ich lasse auch Freunde zurück.
Doch ihr Freunde, folgt nach
Aus kleinpopliger Schmach
In den Großkampf um sauberes Glück.

AN M. ZUM EINZUG IN BERLIN

Morgen, wenn du einfährst in Berlin,
Bin ich da,
Denk ich an die Scharen von Staren,
Die nach Afrika ziehn.

Sorgenmürbe bist du nachts gefahren.
Einer Sommermorgensonne möcht ich gleichen,
Wenn du mir die lieben Hände reichen
Wirst. –

Willkommen in Berlin! Und gib
Alle Koffer mir zum Tragen.

Neue Heimat läßt mich neu dir sagen:
So wie dich hab ich kein andres lieb.

AM SACHSENPLATZ: DIE NACHTIGALL

Es sang eine Nacht ...
Eine Nachti ...
Ja Nachtigall am Sachsenplatz
Heute morgen. – Hast du in Berlin
Das je gehört? – Sie sang, so schien
Es mir, für mich, für Ringelnatz.

Und gab mir doch Verlegenheit,
Weil sie dasselbe Jauchzen sang,
Das allen Dichtern früherer Zeit
Durchs Herz in ihre Verse klang.
In schöne Verse!

Nachtigall,
Besuche bitte ab und zu
Den Sachsenplatz;
Dort wohne ich. – Ich weiß, daß du
Nicht Verse suchst von Ringelnatz.

Und hatten doch die Schwärmer recht,
Die dich besangen gut und schlecht.

FROHE, SICH BESINNENDE STUNDE

Mein Magen knurrt,
Wie Ferngewitter grollen.
Die Katze schnurrt.
Was wohl solche Geräusche wollen?

Ich habe Geld. Ich habe Appetit.
Ich bin gesund und hab die Lust im Herzen,
Mit meiner Frau ganz kindisch dumm zu scherzen,
Auch wenn die seriöse Welt zusieht.

Ich brauche kein Klistier.
Und was mir Freunde tun und sagen – –
Oh, ist Gott gut zu mir!
Wie soll ich das ertragen.

ENTGLEITE NICHT

Wer hätte damals das gedacht!?
Von mir!? – Wie war ich davon weit!

Dann stieg ich, stiegen wir zu zweit
Und sagten glücklich vor der Nacht:
»Kehr nie zurück, bedankte Ärmlichkeit!«

Es war ein wunderschönes Hausen
In guter, kleinerbauter Heimlichkeit. –

Ganz winzige, herzförmige Fenster gibt's. –

Im reichen Raum vergißt man leicht das Draußen. –

Entgleite nicht, du Glück der Einfachheit.

AN UNS VORBEI

O wie viel Menschen mögen jetzt,
Um diese Stunde – bitter weinen!?
Es wär ein Strom in Gang gesetzt,
Wenn diese Tränen sich vereinen.

Von allen Tiefen sanft gezogen,
Von allen Höhen abgelehnt,
Trägt er sein Fluten und sein Wogen
Zum Meer, das gar nichts mehr ersehnt.

Doch blanke Fische seh ich schwimmen.
Stromaufwärts dampft die Kauffahrtei.
Am Ufer lachen helle Stimmen.
An mir vorbei. An uns vorbei.

IM AQUARIUM IN BERLIN

Aus tiefster Nacht alles Grauen
Im Funkel kindlicher Fernseligkeit.
Deine eigenen Augen schauen
Dich an durch tausendjährige Zeit.

Zwischen atmendem Stein und Mimose
Wandert und wundert, ohne Schrei,
Ohne Klage, das nicht seelenlose
Nur seelenblinde Vorbei.

Auch dein Herz ist stehengeblieben
Und lauscht – du merkst es nicht –
Auf etwas, was nie geschrieben
Ist und was keiner spricht.

THAR

Als ich abends den Zoo verließ,
Entdeckte ich noch ein Tier. Das hieß
Thar,
Himalaja. Es war
Wunderbar.

Seines Felles langseidenes Haar
Legte ein Wind bald sohin, bald sohin.
Es hatte wonnige Farben in Braun.

Das Tier schien mir durch die Seele zu schaun
Und weiter und fernhin, doch wohin?

– Himalaja – Himalaja –
Der, die oder das Thar? –

Wie ernst ich vor dem Käfig war.

KANÄLE IN BERLIN

Beleuchtete Zimmer und Säle
Locken mit lautem und hellem Spiel.
Aber die dunkle Politur der Kanäle
Verschweigt so viel.

Uferlängs gehen unsichtbar –
Stoßweise – zwei Stimmen.
Sonderbar! Wie in Gefahr!?
Oder als ob sie schwimmen.

Eine klang wie ein Kind. –
Ich bin links eingebogen.
Dort, wo die hellen Häuser sind,
Hab ich traurig mich belogen.

DIE TRÄUMER IN DER UNTERGRUNDBAHN

Die Träumer in der Untergrundbahn
Haben vernebelten Blick.
Sie träumen ihre Zeit, ihr Geschick,
Beidem untertan.

Will keiner von ihnen den anderen sehn,
Will keiner vom anderen hören,
Will keines irgendwie stören.
Sie fahren. Und ihre Gedanken gehn,
Gedanken gehen, langsam, im Rund,
Laufen sich nicht die Sohlen wund.

Die Träumer in der Untergrundbahn,
Sie haben weder Klage noch Wahn.
Sie haben nicht viel zu erträumen
Unter Grund.
Sie werden ihr Ziel nicht versäumen.

MÜDE IN BERLIN

Wenn die Gedanken sich zerstreut
Aus dir entfernen,
So, daß kein schönes Bein dich freut,
Und eine trübe Feuchtigkeit
Hängt über dir, unter den Sternen, –
Wo willst du hin um solche Zeit?

Schön ist zum Beispiel die Peltzer-Bar.
Aber müde Menschen sind undankbar.

Geh heim und lege dich zur Ruh.
Du findest doch die Worte nicht,
Wenn jemand freundlich zu dir spricht.
Denn du bist du
Und kannst dir selber nicht entfliehn.

Leg dich in deine Hände.
Dann schäumt das schillernde Berlin
Um deine ernsten Wände. – –
Dein Schiff wird in die Ferne ziehn.

UMARM IHN NICHT

Umarme den, der dir gefällt.
Vorbei ist er dir leicht verloren.

Ich nehme an, dein Geist hat Ohren
Zu hören, was man von dir hält.

Umarme ihn, wenn eine Glut
Dich vorwärts drängt, ihn zu begrüßen.
Dann leg ihm deinen Mut zu Füßen.
Und mache kein Geschäft. – Sei gut.

Du warst zu dreist, wenn du nicht lesen
Kannst, ob ihn die Umarmung freut.

Ich bin auch mehrmals so in Glut gewesen
Und hielt mich still. Hab mich gescheut
Und hab Versäumtes hinterher bereut.

Und glaube doch: Wir brauchen weite Fernen,
Einander wahr und rein kennenzulernen.

SEGELSCHIFFE

Sie haben das mächtige Meer unterm Bauch
Und über sich Wolken und Sterne.
Sie lassen sich fahren vom himmlischen Hauch
Mit Herrenblick in die Ferne.

Sie schaukeln kokett in des Schicksals Hand
Wie trunkene Schmetterlinge.
Aber sie tragen von Land zu Land
Fürsorglich wertvolle Dinge.

Wie das im Winde liegt und sich wiegt,
Tauwebüberspannt durch die Wogen,
Da ist eine Kunst, die friedlich siegt,
Und ihr Fleiß ist nicht verlogen.

Es rauscht wie Freiheit. Es riecht wie Welt. –
Natur gewordene Planken
Sind Segelschiffe. – Ihr Anblick erhellt
Und weitet unsre Gedanken.

SEEFAHRT

Wie viele Gedanken begleiten,
Erwartend die Schiffe, hin, her, von Land!

Manchmal gleichen auf See die Zeiten
Dachzimmerchen ohne Wand.

Wenn Schiffe verschollen geblieben,
Untergegangen sind,
Fragt niemand mehr: Welcher Wunsch, welcher Wind
Hat das Schiff in die Ferne getrieben?

Was ist's, was die Schiffe meistert,
Durch die Möglichkeiten sie leitet?
Der Mut, der den Weltblick begeistert,
Rauhleben, das Kleinblicke weitet.

Mit Ehrlichkeit durch Gefahr. –

Vielleicht ist das morgen nicht mehr.
Doch Seefahrt, wie vordem sie war,
War wunderbar.
Roch nach Gewürzen und Teer.

WAS DANN?

Wo wird es bleiben,
Was mit dem letzten Hauch entweicht?
Wie Winde werden wir treiben –
Vielleicht!?

Werden wir reinigend wehen?
Und kennen jedes Menschen Gesicht.
Und jeder darf durch uns gehen,
Erkennt aber uns nicht.

Wir werden drohen und mahnen
Als Sturm
Und lenken die Wetterfahnen
Auf jedem Turm.

Ach, sehen wir die dann wieder,
Die vor uns gestorben sind?
Wir, dann ungreifbarer Wind?
Richten wir auf und nieder
Die andern, die nach uns leben?

Wie weit wohl Gottes Gnade reicht.
Uns alles zu vergeben?
Vielleicht? – Vielleicht!

WEISS NICHT MEHR, WAS ICH SAGEN WOLLTE

Angegriffen und doch unversehrt
Rollt ein Bächlein zu Tale.
Und ein Stahlhelm ist umgekehrt
Eine stillende Schale.

Mancher Dieb wird erwischt.
Jedes Leben erlischt.
Zu dem Staubgefäß in der Dolde
Schleicht sich auch mancher Dieb – –
Ich weiß gar nicht mehr, was ich sagen wollte – –
Sei lieb!

MEINE SCHUHSOHLEN

Sie waren mir immer nah,
Obwohl ich sie selten sah,
Die Sohlen meiner Schuhe.

Sie waren meinen Fußsohlen hold.
An ihnen klebt ewige Unruhe,
Und Dreck und Blut und vielleicht sogar Gold.

Sie haben sich aufgerieben
Für mich und sahen so selten das Licht.

Wer seine Sohlen nicht lieben
Kann, liebt auch die Seelen nicht.

Mir ist seit einigen Tagen
Das Herz so schwer.
Ich muß meine Sohlen zum Schuster tragen,
Sonst tragen sie mich nicht mehr.

TRAURIG GEWORDEN

Traurig geworden im Denken,
Traurig ohne Woher.
Als könnte mir niemand mehr
Etwas schenken.

Kann selbst doch niemandem mehr
Etwas schenken.
Nicht daher – ich weiß nicht, woher –
Kommt mir das traurige Denken.

Es pickt eine Krähe im Schnee.
Vergraben im Schweigen
Hängt gramvoll ein winzig Wehweh
Unter rauschenden Zweigen.

VOR MEINEM KINDERPORTRÄT

Da ich ganz fremd mein Kinderbildnis sah,
Die Augen meiner Kindheit standen da
Vor mir, photographiert. Die Augen, die
So wenig sahn vor lauter Phantasie.

Nun wird mein Jahrgang wohl bald sterben müssen.
Diese Betrachtung klingt zu Recht sehr schal.
Auch ist's ein schiefes Tun, sich selbst zu küssen.
Ich wurde weinerlich vor fremden Leuten.
Ich sah mich selber im Eswareinmal
Und wußte mir so viel daraus zu deuten.

AN MEINEN LÄNGST VERSTORBENEN VATER

Ach steh noch einmal auf ins Leben,
Du toter Papa!
Der Krieg ist aus. Dann hat sich viel begeben.
Ob du wohl weißt, was mir geschah?

Ach, wenn du kommst, gibt es die Frage nicht:
Wer von uns hatte recht in seiner Meinung?
Wenn du nur kommst – doch komm nicht als Erscheinung.
Komm in mein reingeweintes Augenlicht.

Wenn du nur kommst! Ganz greifbar, nicht geträumt.
Wir werden wie zwei Wellen uns umschlingen.
Was uns durch unser Alter trennte, was versäumt
War, würde groß und unbefangen schwingen.

Ach weiß ich, daß kein Toter aufersteht.
Doch wenn es das, woran ich glaube, gibt,
Papa, dann hauche in mich ein Gebet.
Wir haben uns bisher nur fremd geliebt.

WARTEN AUF WEISSNICHTWAS

Ein Leierkasten wringt sich aus.
Es klingt nach Leben und Sterben.
Im Schutt im Winkel hinterm Haus
Liegen häßliche Scherben.

Am Fenster quält sich ein winziges Tier,
Läuft immer dieselbe Schleife.
Es klingelt. – Ein Armer bietet mir
Schnürsenkel an. Oder Seife.

Es ist nichts neu und nichts verstellt
An meinen Gegenständen.
Nichts lockt mich hinaus in die Außenwelt.
Nichts hält mich hinter vier Wänden.

EIN LIEBESBRIEF
(Dezember 1930)

Von allen Seiten drängt ein drohend Grau
Uns zu. Die Luft will uns vergehen.
Ich aber kann des Himmels Blau,
Kann alles Trübe sonnvergoldet sehen.
Weil ich dich liebe, dich, du frohe Frau.

Mag sein, daß alles Böse sich
Vereinigt hat, uns breitzutreten.
Drei Rettungswege gibt's: zu beten,
Zu sterben und »Ich liebe dich!«

Und alle drei in gleicher Weise
Gewähren Ruhe, geben Mut.
Es ist wie holdes Sterben, wenn wir leise
Beten: »Ich liebe dich! Sei gut!«

WENN ES UNVERSEHNS GANZ FINSTER WIRD

Wenn es unversehns ganz finster wird – –
Wenn sich Fliegen vor dem Tod erbosen,
Summend – gegen feuchte Stirnen stoßen – –

Wenn ein Fensterblümchen sein Köpfchen versteckt – –
Wenn ein Zündholzblinken dich erschreckt – –

Was bei Licht du übersehen
Hast, will es nun vor dir stehen?

Willst du Lachen gegen Lachen
Heucheln? Hohle Witze machen?
Daß du vorm Gewissen fliehst,
Öffentlich,
Lachenden Gesichts??

Hüte dich!
Weißt du, was du morgen siehst? – –
Vielleicht nur und für immer: nichts.

SCHIFF 1931

Wir haben keinen günstigen Wind.
Indem wir die Richtung verlieren,
Wissen wir doch, wo wir sind.
Aber wir frieren.

Und die darüber erhaben sind,
Die sollten nicht allzuviel lachen.
Denn sie werden nicht lachen, wenn sie blind
Eines Morgens erwachen.

Das Schiff, auf dem ich heute bin,
Treibt jetzt in die uferlose,
In die offene See. – Fragt ihr: »Wohin?«
Ich bin nur ein Matrose.

NICHTS GESCHIEHT

Wenn wir sterben müssen,
Unsere Seele sich den Behörden entzieht,
Werden sich Liebende küssen;
Weil das Lebende trumpft.

Aber wenn nichts geschieht,
Bleibt das Leben nicht einmal stehn, sondern schrumpft.

Was heute mir ins Ohr klingt,
Ist nur, was Klage vorbringt.
Und was ich mit Augen seh
An schweigender Not, das tut weh.
Aller Frohsinn in uns ist verreist.

Und nichts geschieht. – Und der Zeiger kreist.

UND AUF EINMAL STEHT ES NEBEN DIR

Und auf einmal merkst du äußerlich:
Wieviel Kummer zu dir kam,
Wieviel Freundschaft leise von dir wich,
Alles Lachen von dir nahm.

Fragst verwundert in die Tage.
Doch die Tage hallen leer.
Dann verkümmert deine Klage …
Du fragst niemanden mehr.

Lernst es endlich, dich zu fügen,
Von den Sorgen gezähmt.
Willst dich selber nicht belügen
Und erstickst es, was dich grämt.

Sinnlos, arm erscheint das Leben dir,
Längst zu lang ausgedehnt. – –
Und auf einmal – –: Steht es neben dir,
An dich angelehnt – –
Was?
Das, was du so lang ersehnt.

HERBST IM FLUSS

Der Strom trug das ins Wasser gestreute
Laub der Bäume fort. –
Ich dachte an alte Leute,
Die auswandern ohne ein Klagewort.

Die Blätter treiben und trudeln,
Gewendet von Winden und Strudeln
Gefügig, und sinken dann still. – –

Wie jeder, der Großes erlebte,
Als er an Größerem bebte,
Schließlich tief ausruhen will.

EHRGEIZ

Ich habe meinen Soldaten aus Blei
Als Kind Verdienstkreuzchen eingeritzt.
Mir selber ging alle Ehre vorbei,
Bis auf zwei Orden, die jeder besitzt.

Und ich pfeife durchaus nicht auf Ehre.
Im Gegenteil. Mein Ideal wäre,
Daß man nach meinem Tod (grano salis)
Ein Gäßchen nach mir benennt, ein ganz schmales
Und krummes Gäßchen, mit niedrigen Türchen,
Mit steilen Treppchen und feilen Hürchen,
Mit Schatten und schiefen Fensterluken.

Dort würde ich spuken.

LETZTE GEDICHTE

HUMPELNDE WELT

Es bleibt nicht aus, daß man den Mut verliert,
Wenn man schon längere Zeit mit seinen wunden
Füßen herumexperimentiert. –
Ich hatte noch immer nicht den richtigen Schuh,
Die richtige Sohle, die richtige Salbe gefunden;
Ich sah – fast getröstet – anderen Humpelnden zu.

Und kam ein Morgen, ein kalter, unangenehmer,
Der hatte – mir günstig – mir freudige Post beschert.
Ich humpelte weinwärts, aber ich hinkte bequemer
Als sonst. Und fand alles Leben so lebenswert.

Ich glaube: Es schneite, donnerte, regnete,
Rauchte – aber für mich nicht bestellt.
Mir lächelte alles, was mir begegnete.
Auch du kannst so schön sein, humpelnde Welt.

EINER MEINER BÜRSTEN

Deine Borsten wurden weiche Haare,
Meine drohen auszugehn.
Zweimal im Verlauf der dreißig Jahre
Hab ich dich bewundernd angesehn.

Einmal, als du ganz neu warst,
Und jetzt, da mein Zufall sich besinnt,

Daß die Zeit verrinnt und das Gefühl gerinnt. – –
Drei Jahrzehnt, in denen du mir treu warst.

Gibt sich Treue uns so zum Bequemen,
Daß wir sie als selbstverständlich nehmen,
Dann steht's schlimm.

Schäme ich mich, einen Bart zu küssen,
Der jahrzehntelang meinen Dreck hat küssen müssen?

Alte Kleiderbürste, Küßchen! nimm!

UNTER DEN LINDEN

Unter den Linden, vom Pariser Platz
An, unter und neben den kleinen Linden,
Kann jedes Mädchen einen Schatz
Ganz leicht finden.

Da wird einem so gut wie zu Hause zu Mut. –
Den ganzen Tag tönt dort
Autogetut.
Aber alles versöhnt dort.

Da schwingt im Takt einer Einigkeit
Der Asphalt unter den Füßen.
Und Neuzeit, gute und alte Zeit
Gehn hell vorüber und grüßen.

Unter den Linden
Schwindet der Haß,
Sieht man immer etwas
Um die Ecke verschwinden.

SPUTE DICH!

Spute dich, ehe das Postamt schließt!
Wenn auch ein Anziehn für nur zehn Minuten
Und ein Pustegehtaus-Lauf verdrießt:
Minute spart Tage im Sputen.

Fertiggestellt und nicht abgeschickt – –,
Wem nützen halbe Sachen?
Freut man sich nicht nach Erwachen,
Wenn man schon Antwort auf gestern erblickt?
Freut man sich, wenn die Uhr nicht mehr tickt?

Versäume nichts, wenn dich der Moment
Mahnt. Irgendwer, der dich liebt und kennt,
Stirbt vielleicht fern, während du niest.
Ahnt vielleicht, daß du ihn nicht liebst. – –

Wenn du ihm jetzt schriebst,
Ihm, den du nicht wiedersiehst – –

Spute dich, ehe das Postamt schließt.

ZWISCHEN MEINEN WÄNDEN

Ich danke dir: Ich bin ein Kind geblieben,
Ward äußerlich auch meine Schwarte rauh.

Zu viele Sachen weiß ich zu genau
Und lernte mehr und mehr die Wände lieben.

Doch zwischen Wänden, wenn die Fantasie
Ein kleines Glück so glücklich zu erfassen
Imstande ist, daß wir uns sagen: Nie

Uns selber lieben! Nie das andre hassen!
Nur einsam sein! – –
Spricht oft mein Innerstes zu solcher Weisheit: Nein!
Denn all mein Sinnen lauscht, ob fremde Hände
Jetzt etwa klopfen werden an mein einsam Wände,
Und wenn's geschähe, rief es laut: Herein!!!

ESSEN OHNE DICH

Ich habe mich hungrig gefühlt,
Doch fast nichts gegessen.
War alles lecker, das Bier so schön gekühlt –
Aber: Du hast nicht neben mir
Gegessen.

Verzeihe: Ich stellte mir vor,
Daß das ewig so bliebe,
Wenn du vor mir – –
Ach was geht über Liebe?!!

Muß ich nun doch
Ein paar Tage noch
Fressen, ohne Lust; o das haß ich. –
Aber wenn du von der Reise
Heimkehrst, weiß ich, daß ich
Wieder richtig speise.

SAG MIR'S BESSER!

Es stirbt ein Papier im Schnee,
Zertreten und zerknetet.
Ein Fisch in einem See,
Vor einem Netz, betet.

JENEM STÜCK BINDFADEN

Bindfaden, an den ich denke,
Kurz warst du, und lang ist's her.

Ohne dich wäre das so schwer
Und so hoffnungslos gewesen.

Auf der Straße von mir aufgelesen,
Halfst du mir,
Mir und meiner Frau. – Wir danken dir,
Ich und meine Frau.

Bindfaden, du dünne Kleinigkeit
Wurdest mir zum Tau. –
Damals war Hungerszeit;
Und ich hätte ohne dich in jener Nacht
Den Kartoffelsack nicht heimgebracht.

STILLE STRASSE

Nachts. – Straße. – Fragen Sie nicht, wo und wann.
Auch gleich vorausgesagt, daß nichts geschah. –
Da stand ein unscheinbarer, älterer Mann,
Der unverwandt nach einem Fenster sah.

Vielleicht war er – ich hatte leider Zeit –
Ein Lump, ein Trunkner oder ein Idiot –
Doch es schlägt niemals eine Möglichkeit
Die andre tot.

Wenn solch ein Anblick uns sechs-, siebenmal
Um einen Häuserblock spazierentreibt,

Zu sehen, wie der Mann dort stehenbleibt;
Vielleicht sind wir dann nur sentimental.

Aber dem Einsamen ist Stilles nah,
Wenn er das Laute nicht bezahlen kann. –

Da stand ein unscheinbarer, älterer Mann,
Der unverwandt nach einem Fenster sah.

WIE MAG ER AUSSEHN?

Wer hat zum Steuerbogenformular
Den Text erfunden?
Ob der in jenen Stunden,
Da er dies Wunderwirr gebar,
Wohl ganz – – – oder total – – war?

Du liest den Text. Du sinnst. Du spinnst.
Du grinst – »Welch Rinds'« – Und du beginnst
Wieder und wieder. – Eisigkalt
Kommt die Vision dir »Heilanstalt«.

Für ihn? Für dich? – Dein Witz erblaßt.
Der Mann, der jenen Text verfaßt,
Was mag er dünkeln oder wähnen?
Ahnt er denn nichts von Zeitverlust und Tränen?

Wir kommen nicht auf seine Spur.
Und er muß wohl so sein und bleiben.
Auf seinen Grabstein sollte man nur
Den Text vom Steuerbogen schreiben.

LÄCHELND AB

Gar nicht versöhnlich genug
Kannst du sein.
Auch der größte Betrug
Erntet so klein.

Ein Rotkehlchen, von Kanonen erschossen:
Hat sein Blut vergossen.

Kanonen haben, völlig unbewußt,
Eine rauhe Kehle und keine rote Brust.

Mich hat unter vielen Dingen
Beispielsweise jede Nacht ans Herz gepackt,
Da die Sterne unvernebelt, nackt
Durch den Himmel gingen.

LANDREGEN

Der Regen rauscht. Der Regen
Rauscht schon seit Tagen immerzu.

Und Käferchen ertrinken
Im Schlammrinn an den Wegen. – –
Der Wald hat Ruh.
Gelabte Blätter blinken.

Im Regenrauschen schweigen
Alle Vögel und zeigen
Sich nicht.

Es rauscht urewige Musik.

Und dennoch sucht mein Blick
Ein Streifchen helles Licht.
Fast schäm ich mich, zu sagen:
Ich sehne mich nach etwas Staub.

Ich kann das schwere, kalte Laub
Nicht länger mehr ertragen.

ARM DING

Ich war erwacht und konnte den Morgen nicht grüßen.
Mich drückten Sorgen; die fanden die Menschheit so schlecht.
Ein Schmetterling saß verirrt auf dem Bettrand zu Füßen,
Hielt seine Samt-Flügel-Flächen waagerecht.

Und war so schön und so jung wie der Morgen,
So rein, wie der Morgen vom Schöpfer gedacht.
Ich trug ihn vors Fenster. – Doch meine Sorgen
Verdämmerten wieder, was in mir erwacht.

Mir war Unrecht geschehn. Ich bedauerte mich,
Empfand mein Leid, ohne daß ich verglich.

Und ein trüber, gelähmter Tag verging.
Der Abend begann, alles abzuschließen.
Da lag vor dem Haustor auf schmutzigen Fliesen
Ein regenzerschlagener Schmetterling. –
Arm Ding!

HERBST

Eine trübe, kaltfeuchte Wagenspur:
Das ist die herbstliche Natur.
Sie hat geleuchtet, geduftet, und trug
Ihre Früchte. – Nun, ausgeglichen,
Hat sie vom Kämpfen und Wachsen genug. –
Scheint's nicht, als wäre alles Betrug
Gewesen, was ihr entwichen?!

Das Händesinken in den Schoß,
Das Zweifeln am eignen, an allem Groß,
Das Unbunte und Leise,
Das ist so schön, daß es wiederjung
Beginnen kann, wenn Erinnerung
Es nicht klein machte, sondern weise.

Ein Nebel blaut über das Blätterbraun,
Das zwischen den Bäumen den Boden bedeckt.

Wenn ihr euren Herbst entdeckt:
Dann seid darüber nicht traurig, ihr Fraun.

UND ICH DARF NOCH

Hie und da, dann und wann
Ein Wehweh. Doch im ganzen:
Ich, der ich nicht tanzen kann,
Sehe gern andere tanzen.

Noch immer in Arbeit gestellt
Und die Arbeit genießend,
Finde ich dich, ausstudierte Welt,
Immer neu fließend.

Gehe durch die Straßen einer Stadt
Um Dinge herum, die stinken.
Was Beine oder keine Beine hat,
Kann blinken oder winken.

Ich kann einen Pflasterstein,
Der am Rinnstein liegt, aufheben.
O schönes Auferdensein!
Und ich darf noch leben.

KUMMERVOLLE RÜCKREISE

Es wird vorübergehn,
Doch meine Müdigkeit
Glaubt nicht daran. – Die Uhr schlägt zehn
Und elf und zwölf; und wieder dann die gleiche Zeit.

So müde sein und noch nicht ruhn,
Nicht sterben dürfen – – Ach und nun
So ohne Trost die Liebste wiedersehn,
Die ich doch trösten will – –

Die Uhr schlägt zwölf und drei und vier und zehn. – –
Wenn ihre Feder bricht, stünde die Uhr jetzt still.

PSST!

Träume deine Träume in Ruh.

Wenn du niemandem mehr traust,
Schließe die Türen zu,
Auch deine Fenster,
Damit du nichts mehr schaust.

Sei still in deiner Stille,
Wie wenn dich niemand sieht.
Auch was dann geschieht,
Ist nicht dein Wille.

Und im dunkelsten Schatten
Lies das Buch ohne Wort.

Was wir haben, was wir hatten,
Was wir – –
Eines Morgens ist alles fort.

ERZÄHLUNGEN

EIN JEDER LEBT'S

DIE WILDE MISS VOM OHIO

Ich rede von einem jener gott- und menschenverlassenen Eisenbahnpunkte, wo normale Fremde den Verstand verlieren, wenn sie nicht Schlafvirtuosen sind oder ein dichterisches Verständnis für die Poesie der Öde haben. –

Als ich die Tür zur Wartehalle klinkte, flehte ich irgendeine überirdische Macht an, mich nicht in eine Gesellschaft zu lancieren, die über Bierqualitäten, Zufälle im Lotteriespiele oder innere Politik polemisierte.

Es war jedoch nur ein einziger Gast anwesend, eine stattliche Baron-Offizier-Lebemannerscheinung, die mir gleich durch eine kurze Kopfbewegung zu verstehen gab, daß ich mich zu den unsichtbaren Geistern zählen dürfe. Das war ganz nach meinem Sinn, und ich drückte mich selbst in den entferntesten Winkel, gleichfalls ein deutliches *Noli me tangere* in meine Züge legend.

Der Herr »Ober« bemühte sich, meine schlechte Stimmung auf den nervösesten Punkt zu schrauben, durch allerhand Schikanen, die ich in vier Humoresken und einer Tragödie zu verwenden gedenke. Dann allmählich schlief er am Zeitungsständer ein. Und nun war es still in der leeren Halle. Nur ein melancholischer Landregen nässelte an den Fensterscheiben.

Der Baronartige starrte regungslos auf eine Flasche Burgunder. Ich hatte das Gefühl, daß ich ohne seine Gegenwart ein stimmungsvolles Gedicht verfassen könnte. Die Hände vor die Augen pressend, um ihn nicht mehr zu sehen, gewahrte ich durch die Fingerspalten, daß er energische und eigentlich mehr zielbewußte als blasierte Gesichtslinien hatte, daß eine breite Narbe an seiner Schläfe nicht übel wirkte und daß er einen pompösen, exotischen Ring trug.

Die Einsamkeit ist die Treppe zum Gedankenkeller. Sie ist selbstverständlich wertlos für denjenigen, der unten nichts auf Lager hat. Wer aber sein Fäßchen oder gar Fässer, Tonnen dort liegen weiß – meistens die, welche oben nur wenig verzapfen – dem fällt es nicht schwer, die Stunden in dieser erfrischend kühlen Tiefe totzuschlagen.

Auch ich wollte mein Fläschchen Spiritus heraufholen, um damit den eingeborenen Zeltinger zu veredeln, den mir das Bahnhofsrestaurant zu Kriegspreisen aufgetischt hatte.

Der Baron war wirklich im Grunde ein recht sympathischer Mann. Er schien ebenfalls trübseliger Laune zu sein und saß noch immer wie ich über sein Glas gebeugt – Zigarrenrauch und Asche studierend.

Da öffnete sich die Türe. Ein älterer, wettergebräunter Dritter im Jagdkostüm blieb auf der Schwelle stehen.

Der Baron bemerkte ihm sofort durch eine kurze Kopfbewegung, daß er sich zu den unsichtbaren Geistern zählen dürfe, und ich legte ein deutliches *Noli me tangere* in meine Züge. Der Jäger aber bediente sich einer noch überlegeneren Sprache. Er sah sich weder nach dem Baron noch nach mir um, sondern placierte sich mit geometrischer Geschicklichkeit so, daß er uns beiden gleichzeitig den Rücken zudrehte. Die schikanöse Einleitung des Kellners kürzte er dadurch ab, daß er ihn sehr bald mit Kamel anredete.

Ich fühlte mein Dichtermilieu durch einen struppigen Bart, verwegen rollende Augen und eine lokomotivierende Meerschaumpfeife erheblich gestört.

Erst als der wilde Mann mit einem Glas heißer Milch gestillt war und das dienstbare Kamel seine Journal-Ecke wieder eingenommen, trat der *status quo* ein. Dieses Verhältnis nahm mit der Zeit einen ganz friedlichen Charakter an. Es war, als hätten wir ein stilles Abkommen getroffen, einander rücksichtsvoll zu ignorieren.

Der Ofen begann wie in einer Anwandlung von Mitleid geheimnisvoll zu knistern. In tiefes Sinnen versunken, rührten wir uns nicht. Nur wenn der Kellner seine Beinstellung wechselte, hoben sich für einen Moment drei müde Häupter. Dann war alles tot.

An was denkt man in solcher Situation wohl? – – –

Das wird immer individuell sein. Ich z. B. dachte – – ach nein, das ist ganz gleichgültig.

Jedenfalls wurde die Ruhe plötzlich unterbrochen. Es war die seltsame Melodie eines mir unbekannten Liedes, halblaut durch die Zähne gesummt. Ich warf dem Jäger einen vorwurfsvollen Blick zu und beobachtete dann, wie der Baron sich verhielt.

Er hatte gleich mir den Kopf erhoben und außerdem eine Zeitung ergriffen, aber ich bemerkte, daß er hinter derselben neugierig den Jäger fixierte. Gleich darauf legte er das Blatt beiseite, leerte sein Glas mit einem nervösen Schluck, trommelte mit den Fingern auf das Tischtuch und stimmte leise pfeifend in das Lied, dasselbe Lied ein.

Nun sah auch der wilde Mann auf und schwieg. Der Baron schwieg gleichfalls. Es kam mir vor, als sei ein kleines Vorpostengefecht beendet.

Plötzlich erhob sich der Burgunderherr, trat mit ungezwungen vornehmer Haltung an den Jäger heran und sagte: »Mein Herr, erlauben Sie mir die Frage: Waren Sie je am Ohio?«

»Ja«, erwiderte der andere erstaunt.

»Und Sie kennen die wilde Miß vom Ohio?«

»The wild Miß? – – –« Etwas wie ein wehmütig-glückliches Lächeln fuhr über das harte Jägergesicht. Er hielt dem Frager seine kräftige Rechte hin, und dann gab's einen Handschlag, den ich im Leben nicht wieder vergessen

werde. Und nun rückten die beiden zusammen, und der Kellner wurde aus seinem Presseschlummer gejagt, um Sekt und Zigarren zu bringen, und dann begannen die beiden zu fragen und zu erzählen, und dazwischen stießen sie so feurig die Gläser zusammen, daß der Kellner jedesmal zusammenfuhr.

Ich verstand kein Wort weiter von dem, was da besprochen wurde, aber ich glaubte den Inhalt zu erraten, und das Herz ward mir dabei weit, als sei ich berauscht.

Es mußte eine köstliche, interessante Erzählung sein – aus dem Leben dieser Männer, und das Lied, woran sich beide erkannt hatten, sowie die wilde Miß vom Ohio mußten irgendeine romantische Rolle darin spielen. Leidenschaftliche, gefährlichschöne, vielleicht teilweise sehr traurige Erlebnisse.

Ich sah ein einsames Licht aus dem nachtdunklen Ufergebüsch des Ohio blinken. Die wilde Miß stand vor mir, eine herrliche, heißblütige Kreolin mit tiefschwarzen, verführerischen Augen, und ich wob einen spannenden und ergreifenden Roman um sie. – –

Die Augen der Erzähler leuchteten begeistert, ihr Sekt schäumte, und der Zigarrenrauch umlagerte sie, wie Nebelwolken, den kühlen, schwarzen Fluten des Ohio entstiegen. Ich aber saß einsam in meiner Ecke und spürte eine so gewaltige Sehnsucht danach, auch Anteil an diesen bewegten Erinnerungen zu haben und hinzugehen, um zu sagen: Meine Herren, auch ich kenne das Lied, den Ohio und die wilde Miß. Darf ich mich zu euch setzen?

Glückliche, beneidenswerte Weltmenschen! –

Noch nie hatte ich ein Alleinsein so bitter empfunden wie in dieser Stunde. Ich faßte den Entschluß, mir auch ohne Belege als Zuhörer einen Platz bei den beiden zu erbitten.

Da pfiff etwas. Ein Zischen – ein Rollen – – der Zug lief ein – –

Ich habe weder den Jäger noch den Baron wiedergesehen. Die Geschichte der wilden Miß vom Ohio habe ich nie erfahren, aber wenn ich mich ihres Titels erinnere, habe ich eine häßliche, drückende Empfindung.

Es ist das Gefühl des Unbefriedigtseins. Etwa wie wenn man während einer spannenden Lektüre nach der weggelegten Zigarre greift und plötzlich merkt, daß diese auf unerklärliche Weise abhanden gekommen – –

Nein, es ist ein ganz anderes, viel tieferes, trüberes Gefühl.

ZWIEBACK HAT SICH AMÜSIERT

So ein Kriegsschiff wie die »Nymphe« sieht von außen schmuck und freundlich aus. Kommt man als Besuch an Bord, so bemerkt man viel Ruß und Öl und Enge und stößt sich mehrmals empfindlich an sehr interessanten Maschinen. Gehört man im Dienste fürs Vaterland selbst zum Schiff, so lernt man erstaunlich vielseitige Arbeit, viel drückendes, eisernes Müssen kennen, lernt sich unter freiem Himmel im Winter mit kaltem Wasser den Oberkörper waschen und andres.

Bei der Marine muß man sehr gesund sein, um sich wohlzufühlen, gesund an Leib und Seele. Zwieback war nicht gerade krank. Aber die Kameraden hielten ihn für schwächlich, und er litt darunter; denn als Matrose unter Matrosen für schwächlich zu gelten, ist etwas Qualvolles.

Zwieback hieß gar nicht Zwieback. Irgendwie war er zu diesem Spitznamen gekommen.

Niemals hatte er sich krank gemeldet. Er verrichtete den Dienst, den die anderen verrichteten, nur weniger gut als diese. Nie zeichnete er sich aus. In allem blieb er zurück, in allem, und das schmerzte ihn. Er begriff schwer, war ungeschickt und zerstreut beim Exerzieren. Seine Uniformstücke wiesen immer Flecke auf und karikierten die unschönen Formen seines Körpers.

Er hatte ein merkwürdig langes Gesicht, das durchaus nicht zur Uniform paßte. Außerdem war er sehr klein, aber auch nicht der kleinste. Denn in nichts war er der Erste oder Letzte. Er wurde mit kränkender Selbstverständlichkeit übersehen von den anderen.

Und immer wieder verglich er sich mit diesen anderen. Das waren starke, wohlgebaute, frische Kerle. Sie sahen wirklich aus, wie Matrosen aussehen. Er, Zwieback, sah doch nicht aus, wie Matrosen aussehen. Und sie lebten mit so viel Leichtigkeit und Sicherheit.

Es gab da Leute, die stundenlang in der schmutzigen Takelage arbeiten konnten, ohne daß ihre weißen Anzüge fleckig wurden. Und war es nicht grausam beschämend, wenn jemand sagte: »Zwieback, Sie sehen wie ein Ferkel aus.« Es gab Leute, die gefürchtet waren, weil sie sich die Gunst strenger Vorgesetzter erschmeichelten, und solche, die höchstes Ansehen genossen, weil sie auffallend kräftig und verwegen waren.

Warum verstand nur er, Zwieback, nicht die Kunst, sich als gleichwertiges Teil im Ganzen zu behaupten?

Hatte er sich einen Knopf angenäht, dann fand er zuletzt, daß er den Faden über den Rand des Knopfes gezogen. Das kam bei den anderen nicht vor.

Diese glücklichen anderen hatten Extrauniformen, und wie stürmisch sahen sie darin aus, wenn sie zur Urlaubsmusterung antraten. Und dann kamen sie zurück von Land mit leuchtenden Augen, heiß und rot, stolz und trunken, mit dem Gefühl himmelstürmender Kraft in den Adern.

Manchmal wachte Zwieback auf von dem aufgeregten Lachen, den jugendwilden Tritten der Zurückkehrenden. »Na, gut amüsiert?« fragte eine Stimme gähnend. »O, herrlich amüsiert!« antwortete jemand. In seinem Ton lag etwas von einem Trompetenstoß oder vom Wiehern eines

Füllens. Und Frage und Antwort wiederholten sich. Laute und Worte drangen an Zwiebacks Ohr, die sich vor Befriedigtsein blähten.

Aus halboffenen Augen beobachtete er die, denen er unsäglich neidisch und sehnsüchtig zuhörte.

Die hatten das Geld, um in Wirtshäusern lustig zu sein. Die hatten ihre Mädchen. Die verstanden zu tanzen, hatten Freunde in Schlägereien und wurden nicht wegen vornehmer Manieren verspottet.

O, herrlich amüsiert. – Das Wort hatte sich in Zwiebacks Gehirn eingenistet und ließ ihn unruhig träumen. – – –

Er bat nur selten um Urlaub und dann um einzukaufen oder einsam, grübelnd über abgelegene Felder zu wandern. Niemand hielt es für möglich, daß Zwieback sich betrinken oder in eine Frau verlieben könnte. – – –

Die »Nymphe« lag jetzt vor Warnemünde.

Zwieback fuhr an Land. Er wollte heute außergewöhnlich leben, lustig, richtig vergnügt sein und auf bessere Art, als die anderen es waren. Er wollte nachts auch einmal antworten können: O, herrlich amüsiert! Er wollte einmal von den anderen beneidet werden. – –

Bald stapfte er durch die beruhigenden Flächen feinen Dünensandes am Wasser entlang, an unförmigen Strandkörben, an müßigen und lebhaften Gruppen eleganter Badegäste vorbei und erwartete ein Erlebnis.

Es konnte sich ungefähr so zutragen: Zwei hübsche, verwöhnt aussehende Backfische schwärmen vorüber. Sie verlieben sich in ihn. Können zwei Backfische, ohne sich zu verlieben, an einem einzelnen Mariner vorüberschwärmen, der durch das Einerlei einer Badesaison wie ein Meteor geht? – Gut: Backfisch eins läßt den Sonnenschirm fallen. Zwieback zeigt sich galant und gewandt.

O danke vielmals. – Bitte, ich tat das mit Vergnügen. – Sie sind sehr aufmerksam. – Es folgt ein Gespräch, das mit gewollter Notwendigkeit zum Strandkorb 609, zu den Eltern, Geschwistern und Bekannten der Backfische führt. Die Gesellschaft bewundert Zwieback. Er wird im Kreis herumgezeigt wie ein Singhalese und muß tausend Fragen beantworten. Was die gekreuzten Flaggen am Oberarm bedeuteten. Ob er nie seekrank war. Was ein Walfisch wiegt und ob Tätowieren weh tut. Am Kaffeetisch auf der Veranda in der Villa »Seeschwalbe« oder »Iduna« erzählt er von gefährlichen Erlebnissen als Seemann, als rauher Marinesoldat, vielleicht von dem entsetzlichen Sturm am Kap Horn, wo er den Admiral Teerlapp vertreten mußte. – – Die Augenbrauen der verstummten Zuhörer müssen sich zusammen- und ihre Münder sich in die Breite ziehen. – Im Abendschatten einer Laube küßt Zwieback den Backfisch oder die Backfische und empfängt die Chiffre für heimlichen Briefwechsel – – Aus all dem entspringt etwas, das sich durch Zwiebacks künftige Militärzeit wie der Golfstrom durch Polarwasser zieht. – – –

Aber es kam nicht so. Niemand sprach ihn an. Man sah ihm wohl nach. Manchmal schien es, als ob man hinter ihm lachte.

Er setzte sich nieder, schlang die Arme um die eingezogenen Beine, starrte nach der »Nymphe«, aufs Meer, in den Himmel und merkte auf einmal, wie hell und warm die Luft war. –

» – kommt – – – Kiel?«

Zwieback wandte scharf den Kopf und gewahrte zwei jüngere Herren in tadelloser Kleidung. Er hatte die Frage nicht verstanden und sagte das, sich erhebend.

Irgendwelche Auskunft wurde erbeten und gegeben. Die Herren waren ausgesucht höflich, und Zwieback gefiel sich darin, ebenso zu sein. Später saßen sie vor einer Flasche mit repräsentabler Etikette und hatten Namen genannt. Zwieback sprach. Er sprach von Torpedos, Granaten, Ankermanövern, Bootsmanövern, Landungsmanövern, Rettungsmanövern, Regatten, Salutschießen, Hängematten,

Strafexerzieren, Nachtsignalen, »Klar Schiff«, wollenem Unterzeug, Matrosenkost, Funkenmimik und meteorologischen Drachen. Von sich selbst sprach er nicht. Er wollte einfach als Beispiel eines deutschen Matrosen reden und war stolz darauf, für eine vollwertige Durchschnittserscheinung zu gelten.

In dem Bemühen, den beiden Rostocker Studenten das gleiche Bild vom Marineleben beizubringen, das ihn selbst ergriffen, war er dann ganz rot geworden.

Die Herren sollten verstehen, wie hart und schön es sei, in einer heulenden Weihnacht auf landfernem Meer mit gläsernen Händen in steif beeistem Tauwerk zu hängen. Sie sollten von einem Flottenmanöver das aufregende Durcheinander, die durch kleine Worte beherrschte, farbige Massenverschiebung, das große Dröhnen, das drohende, blendende Blitzen, das freiatmende, tausendfache Wehen erfassen. An eine unvergängliche Poesie sollten sie glauben, begreifend, daß ein Scheinwerfer ein vom Dunkel verborgenes Segel plötzlich in eine weißglühende, orientalische Märchengestaltung verzaubern kann. In die Welt »Marine« sollten sie blicken, so wie Kinder eine große, brausende Maschine betrachten – –

»Fühlen Sie sich dort wohl?«

Das lange »O ja«, das Zwieback, tief Atem holend, zurückgab, klang wie nein.

Und es stand in gewissem Zusammenhang mit diesem Klange, daß eine Rose für den Matrosen gekauft wurde. – –

Zwei Dampfpinassen, mit lärmenden Blaujacken überladen, stießen unerbittlich pfeifend vom Ufer ab. Scheue Wellen bäumten sich unter den Schlägen der surrenden Schrauben und stürmten klatschend gegen das faulige, schwarzgrüne Holz des Pontons, auf dem ein lebhaftes Publikum Hüte und Tücher schwenkte.

Die in den Fahrzeugen sangen auf einmal

»Muß i denn, muß i denn –«

und junge Mädchen am Ufer warfen ihnen Blumen nach.

Zwei schaukelnde Pinassen entfernten sich rasch in der Richtung eines ruhelos glitzernden Lichtstreifens, der über die mäßig bewegte See nach der »Nymphe« führte. Zwieback saß unter den Berauschten, Lachenden, mit einer Rose in der Hand. Er sah nichts als Wasser und Licht und dachte glücklich, daß er viel getrunken habe. Darauf eilten seine Gedanken sprunghaft bald vorwärts, bald rückwärts.

Wie er ersehnt, erkundigte sich an Bord jemand: »Na, Zwieback, wie war's?«

»O«, rief er und rief es mit Siegerstimme, »fein, herrlich amüsiert!«

»Zwieback hat sich amüsiert!« klang es aus verschiedenen Richtungen, und das Wort ging herum. Leute fuhren aus halbem Schlaf empor, eilten, nur mit Unterzeug bekleidet, herbei, um zu sehen, wie Zwieback aussah, wenn er sich amüsiert hatte. Sie bestaunten ihn lächelnd, deuteten auf die Rose, die neben seiner Mütze lag, und wollten Näheres wissen.

Aber er gab nur einige stolze, raffiniert ausgedachte Andeutungen, während er sich entkleidete und seine Hängematte aufknüpfte.

Dabei schnitt er alberne, unnatürliche Grimassen, um zu verbergen, wie es ihn freute, beneidet zu werden. Liegend, die Rose nahe am Mund, schloß er die Augen. Es wurde still.

Einmal noch hörte er ganz ferne sagen: »Zwieback hat sich amüsiert.«

In seinen Gedanken wiederholte sich das Wort vielmals. Ja, es war herrlich gewesen! – Was war herrlich gewesen? – Langsam sog er den Duft der Rose ein. – Ein Mann hatte sie ihm geschenkt. Mit zwei ganz fremden Männern hatte er etwas Wein getrunken und Aufklärungen über Marineverhältnisse gegeben. – Aber waren es nicht Stunden langentbehrter, gleichfühlender Freundschaft gewesen? – Tanzende Matrosen – Mädchen mit Blicken zärtlicher, opferfähiger Treue fielen ihm ein. Er sah Kameraden mit verschlungenen Armen singend durch Straßen ziehen. – Und wiederum, was bedeutete eine Rose als Geschenk unter Männern! Ach – –!

Irgend etwas rief tonlos: »Armer Zwieback!« Und dann: »Reicher Zwieback!« Und dann wieder: »Armer Zwieback!« Und wieder: »Reicher Zwieback!« Und so immer fort, abwechselnd. – Ah –!

– –

Zwieback schlief.

DURCH DAS SCHLÜSSELLOCH EINES LEBENS

Aber als das Fest müde geworden, als jene schalen Späße auftauchten, welche die Lustigkeit bis zur ärmlichsten Dünne in die Länge ziehen, als das Gelächter schon im Lallen oder Gähnen verklang und in der Dunkelheit stiller Nebenräume menschliche Atemzüge vernehmlich auf- und niederstiegen, da bestellte sich Berthold einen Wagen und entfernte sich heimlich.

Indem er draußen dem kalten Winterwind aufgerichtet und mit weitgeöffnetem Mantel entgegentrat, kam er sich wie ein kühner Feldherr vor, nicht nur, weil ihn der Kutscher des Mietwagens entsprechend behandelte.

Der Dank eines durch Trinkgeld gerührten Dieners klang ihm nach. Der Schlag klappte beängstigend laut zu. Er vernahm ein Schnalzen, Getrappel, Gerassel und sagte mit fröhlichem Pathos: »Ich rolle.« Seinen Körper möglichst über vier Sitze verteilend, wandte er sich noch einmal nach den erleuchteten Fenstern der Villa zurück und ließ seinen Stolz in der Erinnerung baden, daß er in Gesellschaft reicher oder berühmter Leute vornehm gespeist und getrunken hatte.

Über den dick verschneiten Straßen dämmerte es bereits, und da Berthold Arbeiter, Bäcker und Milchweiber ihren frühen Geschäften nachgehen sah, ward seine gute Laune durch ein Gefühl von Beschämung gedämpft.

Irgendwo im Weichbild der Stadt ließ er halten und bezahlte den Kutscher. Die Folgegeister eines feurigen Burgunders hielten ihn wach und schürten die Lust zu der unvernünftigen Idee, mit Ballschuhen und Zylinderhut einen Morgenspaziergang über Land zu unternehmen.

Hinter den letzten Häusern sah Berthold eine weiße Wüste von Schnee vor sich und darüber einen wohltuend ruhigen, lichtgrauen Himmel. Die frische Luft klärte seinen Blick. Der noch jugendliche Mann sandte einen recht selbstbewußten Gedanken kondolierend nach dem heißen, verrauchten Saal zurück, den er als einer der ersten verlassen. Er war entschlossen, sich um einen Schlaf zu betrügen und seine kühne Stimmung in irgendein der Gelegenheit anzupassendes Erlebnis umzuschmelzen, wie man in der Neujahrsnacht heißes Blei ins Wasser gießt, um zu sehen, was daraus wird. Die gleichmäßige Schneedecke verbarg Wege und Gräben, und nur die Krümmungen der Landstraße waren durch zwei Baumreihen mit gleichsam märchenhaft verzuckertem Gezweig gekennzeichnet. Aber Berthold stapfte quer über das verschneite Ackerland, oft tief versinkend. Wie ein schwarzes Boot durch ein weißes Meer ging er durch den weiten, weichen, blendend reinen, unberührten, jungfräulichen Schnee und genoß die Lust, ihn als erster zu durchwühlen. In dieser Lust lag etwas von der Freude des Vandalen oder von dem Vergnügen, das man empfindet, wenn man die gespreizte Hand in einen Sack voll Hafer versenkt. Und doch war ihm jemand zuvorgekommen, denn er stieß bald auf die Fußstapfen eines Menschen, der, ebenfalls Straßen verschmähend, die Felder durchquert hatte. Es waren zierliche Spuren in geringen Abständen, also wohl von einer Dame herrührend.

Ein Vogel schwang sich auf, als Berthold niederkniete, die Abdrücke zu untersuchen. »Guten Morgen, Rabe«, rief er, »ich bin Lederstrumpf – nein besser Sherlock Holmes. Wenn ich das Weib, das hier gegangen ist, erwische, dann kommst du vielleicht noch zu einem zarten Galgenfrühstück. Haha! Warte einmal – eins, zwei, drei, vier – – einundzwanzig Nägel hat sie im Absatz, jawohl!«

Der einsame Sprecher erhob sich lachend und schritt beschleunigt den Fußstapfen nach; er wünschte zu erfahren, wohin die Stiefelchen zu so früher Stunde gewandert waren.

Etwas später hob er ein blauseidenes Taschentuch auf, in welches er einen kleinen, unscheinbaren Notizkalender eingewickelt fand. Auf der Umschlagseite, mit Tinte mehr gemalt als geschrieben, stand: Lygia Valtin, Gruseliusstraße 3/IV. Die inneren Buchseiten enthielten unter fortlaufenden Daten Bleistiftnotizen. Mühsam entzifferte er:

Graf Naschauer – Perlgürtel – Puderdose Bahnhof – Eisbahn – Putzi schreiben – Schutzmann Klimmer – Kneifer – vier Uhr Kaiserplatz Kleiner Schwarzer – Rezept Hirschpastete – ein Neger mit Gazelle zagt im Regen nie – Baron von Biegemann, Frankfurt am Main, Taunusstraße 7 – zwei Meter Moiréeband – Wäsche … und ähnliche Notizen.

Es geschah an einem Januar-Freitag, da Berthold das las, und für diesen Tag fand er in dem Kalender die Bemerkung: »Mutters Todestag«, »Kleiner Schwarzer zwölf Uhr Mittag«. Das war der Inhalt des Büchleins. Der junge Herr stieß einen Pfiff aus; das gesuchte Abenteuer begann. Weitereilend gewahrte er bald, daß die Fährte, der er folgte, einem kleinen, abseits gelegenen Dorffriedhof zustrebte. Eine seltsame Rührung erfaßte ihn vorübergehend. Das Bild, das er sich nach den Stiefelabdrücken, dem stark duftenden Tuch und jenen Notizen in Gedanken von Lygia

Valtin angefertigt hatte, bekam eine andere Gestaltung durch die Begriffe »Mutters Todestag« und »Feldfriedhof«. Die Achtung, die er vor der Unbekannten empfand, bewog ihn, ihre Verfolgung aufzugeben. Aber sein Interesse für die Dame war gestiegen, zumal er an dem Fund zu erkennen glaubte, daß sie hübsch, jung, gewiß auch reich an Beziehungen sei. Deshalb wollte er sie in ihrer Wohnung aufsuchen; bot doch das Tuch genügend Anlaß.

Während er die Strecke über die Felder im Zurück weit schneller als im Hin durchwatete, sann er auf eine originelle Anrede, sich bei Lygia einzuführen. – Er konnte beispielsweise beginnen: Gnädigste, ich heiße Berthold Sievers und komme, um Ihnen mitzuteilen, daß Sie einundzwanzig Nägel im linken Absatz tragen. – Dann vermochte er ihr verwirrtes Erstaunen noch höher zu schrauben, indem er etwa hinzulog: Außerdem läßt Ihnen Baron von Biegemann durch mich beste Empfehlungen und die Bekanntgabe zugehen, daß er sich mit der chinesischen Prinzessin Hink Puckling verlobt und gleichzeitig eine Hutkrempenfabrik in der Taunusstraße eröffnet hat.

Das mußte eine amüsante Unterhaltung zeugen, und Berthold nahm sich vor, erst dann mit Aufklärung, Taschentuch und Notizblock herauszurücken, wenn der Grundstein zu etwas Galantem oder Zartem oder Intimem gelegt sein würde. Und ein Mädchen, das am frühen Wintermorgen aufstand, um das entfernte Grab ihrer Mutter zu besuchen, war doch nicht anders als gemütvoll und liebenswert zu denken.

Als Herr Sievers die innere Stadt erreichte, war es heller Vormittag geworden, ein lebendiger, fröhlicher Vormittag. Die Stimmen des Orchesters »Verkehr« hatten eingesetzt. Der junge Mann betrat ein Speisehaus mit der Absicht, kräftig und behaglich zu frühstücken.

– –

Die Kirchtürme läuteten Mittag, als er im vierten Stock des dritten Hauses in der Gruseliusstraße klingelte. Eine ältliche Frau öffnete scheu, deren Gestalt an den Kugelaufbau eines Schneemannes erinnerte, eine Frau, deren Gesicht und Kleidung dabei etwas so Trübseliges, Verwaschenes und Ungewaschenes hatten, daß der närrische Gedanke durch Bertholds Gehirn zuckte: so ungefähr müßte man sich die Mutter des schlechten Wetters vorstellen. Er konnte ein Lächeln nicht unterdrücken, er wollte es auch gar nicht, da seine Laune voll Lustigkeit und Selbstzufriedenheit war. Überdies hatten sich die Überreste einer Mahlzeit, ein paar Makkaroni, auf unerklärliche Weise in das struppige Haar der Dame verwickelt, und das wirkte durchaus erheiternd.

Herr Sievers erhielt auf seine ausgesucht höfliche Frage nach Lygia Valtin die Antwort: Das Fräulein wäre ausgegangen, aber er sollte nur warten. Das wurde ihm etwas geheimnisvoll und nicht eben freundlich mitgeteilt, doch er nickte einverstanden. Darauf schob ihn die Frau, seine Ellbogen von hinten ergreifend, wie einen Kinderwagen durch einen nachtdunklen Korridor. In dem unbehaglichen Gedanken an Schrankecken oder Stufen wollte er Tastbewegungen machen, aber da wurde er auch schon in ein helles Zimmer gestoßen. Die Tür fiel hinter ihm zu. Er hörte, wie die Makkaronidame sich draußen auf Filzschuhen schlürfend entfernte.

Berthold hängte lächelnd Mantel und Hut an einen Kleiderständer zwischen eine blauseidene Matinée und eine Gitarre, dann nahm er auf einem vergoldeten Rokokostuhl Platz. Der Raum, in dem er sich befand, sah gutmütig aus. Er war durch einen Herdofen mollig gewärmt und – das bemerkte Herr Sievers sofort – er war kein Zimmer von irgend jemandem, er war eine ganze Welt für sich – für Lygia Valtin natürlich. Es standen dort moderne und alte Möbel, Tisch, Stühle, Bett, Kleiderschrank, Bücherregal, ferner ein

Diwan, auf dem eine flachsblonde Puppe mit offenen Augen schlief, ein Reisekorb, auf dem gebrauchtes Kochgeschirr unordentlich durcheinander lag – auch der Schatten unterm Bett war indiskret. An den Wänden hingen zwei Revolver, ein Florett, ein Bademantel und viele Bilder. Berthold betrachtete: Gruppenphotographien junger Leute beiderlei Geschlechts, teils im Freien, teils in Zimmern aufgenommen, die ebenso bunt verstellt waren wie Fräulein Valtins Behausung. Diese Bilder lebten auf einmal. Aus ihren Rahmen sprangen Studenten, Offiziere, Kaufleute und Damen in ärmlichen oder besseren, aber immer auffallenden Kleidern, tanzten wie trunken, lachten schmetternd und redeten komischen Blödsinn, und eine Dame, die mehrfach vertreten war, mußte Lygia sein.

»Leidenschaftlich, rassig, beinahe spanisch«, dachte Berthold, und gleichzeitig hing die Gesellschaft wieder in toter Bilderform an der Wand, »phantastisch, aber geschmackvoll, mittelgroß, ebenmäßig, schlank, dunkelhaarig – etwa 25 Jahre alt. Sieht sich gerne abgebildet.« – Er fand sie in *grande toilette* ernst und würdig an eine marmorne Brüstung gelehnt, als strampelnder Pierrot, von zwei Türken getragen und auf dem Fahrrad, fesch, kühn, mit der weltverachtenden Miene der Berufsfahrer. Sie lag träumerisch hingegossen, seitlich auf dem Diwan, die rechte Hand in das langseidige Fell eines Hundes gewühlt, der sich schlangenartig an ihrem Busen zusammengerollt hatte. Sie stand nackt, mit erhobenem Schläger, mit stolz und streng zusammengezogenen Brauen wie eine rächende Göttin vor ihrem Schrankspiegel, der hinterrücks ihre göttlichen Rundungen verriet. An einem Necessaire auf der Waschkommode, zwischen einem Verschönerungsverein von Kämmen, Bürsten, Scheren, Feilen, Parfümflaschen, Augenstiften und Schminkschachteln, lehnte ein Kopf von Lygia, in greller Beleuchtung gezeichnet, ein Kopf mit wild verzerrten Augen und wirrem, aufgelöstem Haar. Der wie zum

Schrei geöffnete Mund entblößte eine Reihe makelloser Zähne. Unter dem Bild stand »Dementia«.

»Sie kann schauspielern, sie hat Raffinement«, sagte der junge Mann laut vor sich hin. Seine Worte kamen nicht so gleichgültig heraus, wie er sie auszusprechen sich unwillkürlich bemühte. »Und das ist ihre Mutter«, fuhr er noch lauter, ja fast mit einem freudigen Schrei fort, indem er sich dicht an das vergilbte Porträt einer alten Frau beugte. Ein Kranz noch feuchtfrischer Tannenzweige war über das Bild gehängt. Berthold sah nach der Uhr. Es war so ganz still in dem Zimmer. Nur ein Kanarienvogel schrie unaufhörlich Pie-eps, pie-eps. Sein Käfig stand zwischen grotesken Kakteen und kleinen, aber gut gepflegten Palmen auf dem einzigen Fenstersims. Man hatte ihm einen Berg von Futterkörnern aufgeschüttet, der für einen Monat ausreichen konnte, doch das Trinkgefäß des Vogels war leer. Die Erde in den Gewächstöpfen war hart und trocken. Berthold überzeugte sich davon, während er lange vor dem Fenster, oder wie er es taufte, vor Lygias »Garten« auf- und abschritt. »Warum kommt sie nicht!« redete er den Vogel an, und als dieser keine menschliche Antwort gab, nannte er ihn ein dummes Tier, das nichts verstände als Pie-eps zu schreien und blanke Kupferstäbe zu beschmutzen. Dann wollte er wieder auf dem Stuhl Platz nehmen, aber dieses Möbel hinkte, darum vertiefte er sich lieber in einen bequemen Klubsessel und begann seine Begrüßungsrede mit Betonung der einundzwanzig Nägel zu memorieren. Er sah wieder nach der Uhr, erhob sich wieder, ging wieder geraume Zeit auf und ab.

Lygias Bett war aufgedeckt. Wie sauber es glänzte! Berthold erinnerte sich an den Schnee. Zu Fußende war ein Spiegel und darüber ein Kruzifix angebracht, hinter dem eine Hundepeitsche steckte. Auf den mit Stickereien durchbrochenen, luftig aufgebauschten Kissen lag ein Stoß weicher Spitzenhosen. Herr Sievers hielt kurz den Atem an, verdrehte die Augen, tauchte für einen Moment das Gesicht in die Wäsche und, obgleich er sich allein wußte, trat er doch darauf schnell und verlegen zurück. –

Pie-eps, pie-eps klang es vom Fenster her. Er ging auf und ab, trat ans Bücherregal und fing an, die Bände der Reihe nach herauszuziehen; Pakete, die ihn nicht erreichten, von Jakobus Schnellpfeffer, Rabelais, Gontscharows »Oblomow«, Goethes Gedichte, Ursache und Behandlung der Maul- und Klauenseuche, Die Kindsmörderin –

»Wem gehören diese Bücher?« fragte er sich. »Es ist doch viel Gutes darunter, und der Kupferstich über dem Regal ist vorzüglich.«

Er lächelte, gähnte rücksichtslos und freute sich über die Unbefangenheit, mit der er Lygias Zimmer untersuchte. Trotzdem erkaltete sein Behagen an einem gewissen Gefühl des Fremdseins, ohne daß er sich dessen bewußt ward, und wie es ihm nicht gelang, die beobachteten Einzelheiten zu einem ganzen Gebäude zusammenzufügen, so fand er auch keinen Übergang von Lygias Häuslichkeit zu seiner eigenen.

Pie-eps, pie-eps klang es durch die Stille.

Es war spät geworden. Er sah es an der vorgerückten Dämmerung, deren Schatten das Zimmer merkwürdig entstellten. Er entzündete eine schlecht geputzte Stehlampe – mit der rotglasigen Ampel überm Bett verstand er nicht umzugehen. In spielerischen Schritten, den Kopf auf die Brust geneigt, umkeiste er mehrmals den Tisch. Später setzte er sich an den Schreibtisch, zog Schubfächer heraus und – er wußte, daß es unrecht war – begann Briefe durchzulesen.

Es waren ihrer viele, aber er las sie alle, bedächtig, langsam, mit zunehmender Spannung. Währenddem wurde sein Gesicht von einem Ausdruck des Ernstes und von einer edlen Ruhe verschönt.

Um ihn herum war alles still, auch der Vogel am Fenster

schwieg jetzt. Herr Sievers saß lange Zeit vor den Briefen. Seine Gedanken errichteten Stufe für Stufe die Treppe, auf welcher Lygia Valtin geschritten – abwärtsgeschritten war. Er stellte sie sich vor, wie sie, zaghaft ans Geländer geklammert, hinabgeschlichen, wie sie, als dieses aufgehört hatte, gestolpert, gefallen war, sich aufgerichtet hatte, wieder vorsichtig, dann leichtsinniger über die kalten Stufen gelaufen, zuletzt getanzt war und nun im Schwung nicht mehr einzuhalten vermochte.

»Wie verwunderlich ist das Leben«, sagte er, als ob er etwas ganz Neues ausspräche, und fügte hinzu: »Wo bleibt sie nur? Und ob mich denn die Wirtin ganz vergessen hat?«

Indes mahnte ihn plötzliche Müdigkeit an eine Nachtwache. Ihn wandelte das Verlangen an, sich auf Lygias Diwan auszustrecken und einzuschlummern wie ein Märchenprinz in fremdem Garten, ohne zu wissen, wie er erwachen, wer ihn wecken würde. Wunderschön mußte es doch sein, jetzt sanft, allmählich jede Klarheit zu verlieren, hinüber zu gehen in die Träume, willenlos dem Gedanken ergeben, daß er sich Unbekannten überlasse, daß Unbekannte ihn, den Unbekannten, finden würden. Und als er sich wirklich ganz leise, behutsam, aber doch bequem neben der flachsblonden Puppe niederließ, auf dem Diwan, der gewiß schon oft das Rauschen von Seide, das Stammeln der Leidenschaft und die herben Seufzer der Einsamkeit vernommen hatte, da ging eine leise Traurigkeit über ihn.

So lag er und sann über Lygia nach. Was würde sie wohl sagen und mit welchen Bewegungen, welcher Stimme? Ob sie wohl sehr spät käme? Aber er hatte sechs Stunden gewartet, er konnte auch sieben Stunden warten. »Vielleicht kommt sie nicht allein«, überlegte er, »und sie ist kühl, verwundert, dankt trocken, und ihr Begleiter lacht. Vielleicht kommt sie doch allein, die schlanke Frau, von der ich so viel weiß. Sie kann auch böse sein oder mit der Zunge anstoßen, oder, ohne über meinen Besuch zu erstaunen, sich auf meine Knie setzen.«

Ihm fiel jenes Sprichwort ein, das mit einfältigen Worten eine hübsche Weisheit faßt: Wenn's am besten schmeckt, soll man aufhören.

Herr Sievers erhob sich hastig. Er schlüpfte in seinen Mantel, setzte den Hut auf, knüpfte das gefundene Notizbuch wieder in das Seidentuch und warf es nahe dem Kleiderständer auf den Boden. Er tat das mit einer wachsenden inneren Aufregung. Dann verließ er das Zimmer. Jedoch im Rahmen der geöffneten Tür kehrte er nochmals um, ergriff einen Meißener Waschkrug und goß mit zitternder Hand Wasser in die Gewächstöpfe und in den Trinknapf des Kanarienvogels. Nun schlich er davon und erreichte die Straße, ohne jemandem begegnet zu sein.

Und obwohl er müde, hungrig und ungewaschen heimkehrte, erfüllte ihn doch ein geheimnisvolles Behagen, wie es ein guter Mensch empfindet, der durchs Schlüsselloch etwas Ungeniertes beobachtet hat, wie etwa ein Vater, der seinen Kindern so zugesehen hat.

Ja, auch er, Berthold, hatte durch ein Schlüsselloch, durch das Schlüsselloch eines Lebens geschaut, und da er daran dachte, daß es Millionen solcher Leben gab, von denen jedes wieder seine eigene Gestaltung besaß, war es nicht nur Behagen, was ihn erfüllte, war es ein tiefes Ergriffensein vor der Unermeßlichkeit der Menschheit.

DAS GRAU UND DAS ROT

Wenn man es mit dem Vergleich nicht zu genau nahm, ließ sich sagen, daß die ohne Zwischenraum aneinandergereihten Gebäude hufeisenförmig einen ungepflasterten Hof umstanden, in dessen Mitte sich aus einer ovalen Buschanlage zwei ehrwüdige breitschattende Akazien entfalteten.

Massige Grundmauern, vergitterte Fensteraugen mit verschnörkelten Augenbrauen darüber, eisenbeschlagene Torflügel mit komplizierten Schlössern und pfundschweren Schlüsseln priesen eine zurückliegende, mehr kunst- als gewinneifrige Zeit. Besonders der Turm schwärmte von ihr und seufzte und heulte bisweilen, wenn ihm der Mondschein verschlafene Erinnerungen brachte. Der verwitterte, zwiebelköpfige Turm hatte ja nichts weiter zu tun, als nachzudenken und eine mit vier Gesichtern begabte Uhr zu tragen, welche tagsüber die Dorfbewohner oder vorbeiziehende Handwerksburschen um ein Beträchtliches betrog. Aber es war bei diesen Baulichkeiten nicht alles im ersten Guß geblieben. Neuere und neueste Stilarten hatten angefügt, umgeändert oder Zerstörtes ergänzt und dadurch noch mehr Abwechselung in die Konturen und Farben des Bildes geprägt. Auch war die Harmonie nicht gestört, denn die früheren Häupter des Fürstenhauses hatten Geschmack besessen, und der letzte Herr scheute wenigstens keine Kosten, um tüchtige Architekten von Ruf anzustellen. Wenn die Fenstersimse und die Brüstung der Terrasse von Rosenstöcken und hängenden Nelken illuminiert waren, oder wenn rote und gelbe Weinblätter an den Säulen, den Erkern hochkletterten, auch in den Monaten, da die Turmzwiebel drohende Schneeklumpen auf die Oberfenster der Veranda polterte und die entlaubten Akazien den pantomimischen Fensterverkehr zwischen Hauslehrer östliche Hufeisenfront einerseits und Küchenmädchen westliche Hufeisenfront andererseits freigaben; oder wenn sich das letzte Winterliche kläglich von den Dächern weinte, – immer bot die Reihe von Gebäuden eine malerische, stattliche Ansicht vornehmer Wohlhabenheit.

Die Menschen, die, in den Dienst des Fürsten tretend, als Neulinge dorthin kamen, wurden angesichts der kunstvollen Eleganz, der unentwirrbar verschlungenen Gänge und Treppen sowie anderer Auffälligkeiten befangen oder begeistert. Aber derartige Eindrücke vergaßen sie bald und gewöhnten sich in ein Dasein, das zwischen Müdigkeit und Müdigkeit nur Mühe, Ärger und kleinliche Streitigkeiten wies.

So mußte es zugehen in einem umfangreichen Betriebe, an dessen Spitze selbstsüchtiger Fleiß und höfliche Rücksichtslosigkeit peitschten.

An den westlichen Hufeisenpol war ein einzelner, viereckiger Bau angeschenkelt, der die offene Seite des Akazienplatzes schräg zur Hälfte schloß und einer riesigen steinernen Truhe nicht unähnlich sah. Hochangebrachte, schmale Fensterchen, plumpe Riegel und sonstige Kennzeichen bestätigten die Tradition, daß er vor Jahren der hochritterlichen Malteserkommende als Pferdestall genutzt hatte. Zu anderer Bestimmung hielten jetzt seine dicken Mauern einen hohlhallenden, stickluftigen Saal warm, der an drei Seiten vom Fußboden bis zur Decke mit Regalen bekleidet war, die nur die kleinen Fensterchen freiließen und von einer rundumführenden Galerie unterbrochen wurden, zu der eine merkwürdig geschweifte, eiserne Treppe führte.

Die Fächer der Repositorien knarrten mitunter, wie eigenwillig, unter der Last wohlgeordneter Aktenbündel, deren Erkennungszettel übereinander und nebeneinander lange Reihen bildeten und schnurrig beschriebenen Grabsteinen glichen. Ein ausgedehnter Tisch und wenige Stühle standen unverrückbar inmitten des Raumes, und sonst befand sich, außer zwei stetig wandernden Klappleitern, kein anderer hervorragender Gegenstand in dieser Halle, wo Staub und Spinnweb alle Dinge zu einer garstigen ungefähr grauen Färbung ausgeglichen hatten.

In die vierte Seite der Truhe war nachträglich ein umfangreiches, gotisches Fenster eingerichtet worden, von welchem die Sage behauptete, daß es mitunter geputzt würde. Nach Sonnenuntergang, wenn zwei flackernde

Halbmonde über den Gashähnen das Büro unheimlich beleuchteten, warf das gotische Fenster einen schiefen Lichtfleck in einen tiefschwarzen, verwahrlosten Winkelhof, den nur selten jemand betrat, es wäre denn ein Küchenjunge, welcher Abfälle in die Kehrichttonne schütten oder ein Huhn darüber rupfen wollte, oder der taube Tschemulke, der einen ratternden Handkarren dort abstellte. Diese Leute mochten zuweilen einen langen oder zwei kürzere Schatten über den Lichtfleck huschen sehen und an den Rentmeister und seine beiden Lehrlinge erinnert werden; und Gott weiß, ob sie dabei nicht etwas wie eine Gänsehaut empfanden. Denn im Schlosse gab es keinen Menschen, der gern an diese drei gedacht hätte, geschweige denn mit ihnen zusammengetroffen wäre.

Und was war der Grund dafür? Keine Feindseligkeit. Der hagere, lederfarbige, grauhaarige Aktuar, Archivar, Rentmeister – oder wie, zum Teufel, er sich und man ihn nennen wollte, konnte oder durfte –, der sich um nichts als um seine Arbeit kümmerte, und die zwei von dem unerschütterlichen Ernst ihres Chefs eingeschüchterten und angesteckten Lehrjungen, die so sparsam behost, so dünn angezogen waren und deren blasse Gesichter sich nur durch eine Nasenwarze bei Max und keine Nasenwarze bei Fiedl unterschieden – diese drei Personen taten niemandem etwas zuleide und erweckten allgemein in erster Linie nur überlegen lächelndes Bedauern. Aber es war, als ob von ihnen etwas Lähmendes, Lebenswidriges, Arbeitsbitteres ausging, dem sich alle nach Möglichkeit, bewußt oder instinktiv, entzogen; so, wie man einer anwidernden aber gerechtfertigten Szene, etwa der Ausbaggerung einer Schlammgrube ausweicht. Kurz gefaßt: Dem Aktuar lebten weder Feinde noch Freunde, und man mied ihn. Man mied das graue Büro, wo ewig kreischende Federn und gekrümmte Rücken von schäbigem Tuch jede froh gedachte Rede zurückscheuchten, wo wichtig steigende oder niedergehende Tritte auf schütternden Leitern Ungestörtsein erheischten und die Aktenstöße, dumpf auf den Tisch schlagend, unzählige sichtbare Stäubchen aufjagten, die durch den Saal kreisten, wie ein Feldhühnerschwarm, um sich endlich irgendwo aufs neue niederzulassen. Das graugraue Büro, in welchem so unruhige, verwirrende Formeln ihr Wesen trieben, wie zum Beispiel: Räumung der Auenluschen – *Acta manualia* betreffend Laudemial-Grundstücke – Dienstabgeltungsrezesse – Königliche Regierungs-Rekognition über eben abgeführte Bernburger Brauurbarsgelder – Kalkulaturberichte – Unbefugtes Branntweinschenken – oder: *Acta* betreffend Einrichtung eines Glasschrankes im Rauchzimmer Seiner Durchlaucht. –

Das totgraue Büro, wo trotz mancher Geräusche doch immer ein hoffnungsloses Schweigen zu herrschen schien. Selbst der Fürst floh diese Stätte. Eine Kontrolle des Aktuars erübrigte sich, denn dieser war – wirklich, er war unfehlbar wie der liebe Gott, und was ihm der Fürst zu befehlen geruhte, das brachte er vormittags zehn Uhr an, wenn sich die höheren Beamten zur Konferenz in seinem Schlafzimmer versammelten.

Gewöhnlich war er schon wach, hatte wohl auch bereits mit dem Thema »Lärm, Schmutz und Unpünktlichkeit« einen Diener in die Unbehaglichkeit geheuchelter Zerknirschung getrieben, immerhin mit höflichen Worten, denn diese bewahrte der Fürst in allen Situationen. Während Durchlaucht sich nun böse gähnend entnachthemdete, zählte sein Sekretär eine Unmenge von Haushaltssorgen auf, und in dem Augenblick, da das über den Kopf gestreifte Schlafgewand die gefürchteten Augen verdeckte, wechselten die umstehenden Beamten einen bedeutenden Blick aus ahnungsbangem Galgenhumor. Darauf huben die Inspektoren an zu berichten, zu entschuldigen und erbaten Befehle und empfingen unverkennbar versteckte Vorwürfe, weil der Fürst bei der letzten Revisionsfahrt Mäuseflecken im Klee entdeckt oder weil er herausbekommen, daß ein galizischer Tagelöhner auf einem der Güter einen Spaten gestohlen hatte. Ob das Mittelbeet im Westpark jetzt zur Viehweide diene, wandte er sich unversehens an den Obergärtner und stieg dabei so heftig in die Unterbeinkleider, als ob er aus jedem Hosenbein ein Ungeheuer heraustreten wollte. Nachdem unterbrach er den Rapport des Oberförsters und prustete ins Waschbecken hinein: ein Hirsch sei aber eigentlich kein Kaninchen. Und erschrak selbst dermaßen über die Tonart seiner Stimme, daß ihm der Schwamm entrollte, worauf sämtliche Herren zur Erde hasteten und, statt den Schwamm einzufangen, den Wasserkrug umwarfen. – – Bei den Konferenzen ging es stets ereignisvoll und lebhaft zu.

Der lederfarbige Aktuar stand indessen kerzengerade vor seinem Vorgesetzten, dem er vor Jahren Pappsoldaten gemalt und ausgeschnitten hatte, machte stenographische Notizen auf Papiermanschetten und bekräftigte je fünf fürstliche Worte durch ein mit Ruhe und Anstand entwaffnendes »Jawohl, Durchlaucht, sehr wohl!«

»Haben Sie die Präzipualleistungen für die Pflaumenallee ausgezogen?«

»Jawohl, Durchlaucht, sehr wohl!«

»Haben Sie – – –«

»Jawohl, Durchlaucht, sehr wohl!« O, der hatte alles erledigt. Und der Fürst erteilte ihm mit zitternden Phrasen neue Aufträge, mehr als bisher, jedesmal mehr als bisher. Er sagte: »Es ist gut, mein lieber Aktuar; ich danke Ihnen für heute verbindlichst.« Und empfand dabei etwas Unerträgliches, kalt oder heiß oder erstickend; das war Haß gegen seinen Angestellten, der ihm und weil er ihm seit neunzehn Jahren untadelhaft diente und den er mit Rücksicht darauf, daß er auch dem fürstlichen Vater lange treu ergeben war, niemals würde entlassen können.

Der Aktuar eilte mit hackenden, langspannigen Schritten hinunter, zur Truhe, wo Max und Fiedl ihn bereits in gedämpfter Aufregung erwarteten und nun wie hungrige Pelikane nach den übergebenen Papieren und Aufträgen schnappten.

Es lag mehr vor als bisher, und – sozusagen – der Aktuar heizte den Blassen entsprechend ein, daß sie in Hitze, in Glut gerieten und gleich Schnellzugslokomotiven zu arbeiten anfingen. Akten wurden eingeheftet und in die numerierten Gräber der Repositorien geborgen oder aus denselben herausgezerrt, daß der alte Staub wieder aufwirbelte und die Lungen kitzelte, bis das Hüsteln kam. Die Leitern klapperten und rückten, die Tritte auf den Sprossen schurrten stoßweise aufwärts und abwärts. Die Federn kreischten, und unfreundliche Worte und Zahlen durchschnitten die Halle. Das war alles nötig, um das fürstliche Archiv und die Geldgeschäfte der Güter, der industriellen Anlagen, Ziegel- und Spiritusbrennereien, der Forst- und Landwirtschaft und mehr dergleichen zu verwalten.

»Max, suchen Sie die Robot und Zinsbeschwerden betreffend die Scholtiseien zu Föhring und Hinwitz hervor!«

»Fiedl, was sollen die Hebammengebühren unter den politischen Materien? Willst du wohl – –«

Im Zustande von Unzufriedenheit redete der Rentmeister seine Lehrlinge mit »Du« an und beim äußersten, in sanft vulkanischen Augenblicken, schlug er einen oder den andern zweimal mit dem Hornlineal auf den Hosenflick, worauf ihn meist eine Staubwolke zum Niesen zwang. Dann hauchte der Getroffene schüchtern: »Zur Gesundheit, Herr Rentmeister«, dieser brummte etwas Unverständliches, und damit war der graue Normalzustand wieder hergestellt.

Frühstücks- und Mittagspause wurden von nervöser Pünktlichkeit abgeschliffen und am Tagesende, um 7 Uhr, wünschte der Aktuar seinen Jungen »Gutenacht«, nachdem er sie noch ein Dutzendmal ermahnt hatte, alles Verschließbare, auch die Patronatssachen, auch die Lorkeschen Prozeßakten, ordentlich zu verschließen und die Gashähne ganz umzudrehen und ja noch die Schafhütungs-Gerechtigkeit des Dominii Kolbitsch einzuheften und die Briefschaften richtig in den Postkasten zu werfen und den Papierkorb noch auszuleeren und die Mausefalle aufzustellen und – –

Wie gesagt, er wünschte Gutenacht, aber erst nachdem er schon halb zur Tür hinaus war und auch nur ganz undeutlich, weil er besorgte, durch freundliche Worte an Reputation einzubüßen.

Und ging hölzern über den lichtgestreiften Akazienhof, durch ein Pförtchen, drei Stiegen hoch in sein zweizimmeriges Heim, wo er ebenso bedächtig als gründlich seiner Abendmahlzeit oblag, die ihm ein nur zu Weihnachten sichtbarer Schloßdiener dort aufgetischt hatte.

Aber der Archivar kehrte, müde, noch einmal zur Truhe zurück, überzeugte sich davon, daß Max und Fiedl seine Befehle vollkommen ausgeführt hatten und las oder schrieb, zur Erholung, eine Stunde, später anderthalb Stunden, angestrengt für sich allein.

Wenn er dann wiederum den nächtlichen Platz querte, überraschte es ihn nicht, aus gewissen Richtungen Gelächter oder Bruchteile von Musik zu vernehmen. Die Periode, da er solchen Verlockungen gefolgt war, lag weit zurück.

Er verriegelte gewissenhaft doppelt seine Zimmertür, entzündete vorsichtig die Lampe, entkleidete sich, stieg mit einem Band Gartenlaube ins Bett, blies schnell die Lampe aus und – wahrscheinlich entschlief er sogleich, schlief bis morgens 5 Uhr 35 Minuten.

Manche Wahrnehmungen der Nachbarsleute sprachen dafür, daß er unruhig träumte und in seines Schlafes Phantasien alle die schweren Sorgen teilte, welche das fürstliche Haus wachsend bedrückten und noch mehr bedrohten, obwohl der Fürst Fleiß und einige andere löbliche Eigenschaften betätigte.

Zurückverfolgt sahen die 7075 Tage, welche der Aktuar seit dem Tode des alten im Dienste des neuen Fürsten verbracht hatte, einander trübselig ähnlich, aber wenn man Anfang und Ende dieser Zeitkette miteinander verglich, dann erwies sich hell, wieviel an Überbürdung, Enttäuschung und Bitterkeit nach und nach jenes Leben verfärbt hatte.

»Er war«, erzählte der Fürst, »das einzige Kind eines ganz armen Müllers, der mit seiner siechen Frau im Föhringer Erlenwäldchen eine halb zerfallene, strohgedeckte Mühle betrieb. Der Sohn sollte ihrem Wunsche nach eigentlich Kunstmaler werden, weil er Gänse erkennbar abzeichnen konnte. Und als die Eltern plötzlich rasch hintereinander starben und ihr Grundstück dadurch kontraktmäßig meinem Vater zufiel, nahm sich dieser der hilflosen Waise an und engagierte den damals noch sehr jungen Mann als Aktenverwalter. – – Ja – ja – Kunstmaler – «

Der Erzähler räusperte sich wie belustigt, und als das bei seinen Gästen keine sonderliche Wirkung hervorbrachte, lief er auf einmal aus dem Zimmer, angeblich um einen Schongauerschen Kupferstich zu holen, den er kürzlich erstanden hatte. Denn der Fürst war leidenschaftlicher Sammler von Kupferstichen, Vasen, Medaillen und anderem. Er war übrigens auch leidenschaftlicher Spieler und – –

Aber nun vergaß er den Kupferstich und dachte wieder über den unveränderlichen Rentmeister nach, der schier unmögliche Leistungen – quantitativ, natürlich nur quantitativ betrachtet – zustande brachte.

Aber hatte Mademoiselle im Grunde nicht doch unrecht, wenn sie ihn einen devoten Schmeichler hieß?

Warum hätte der Aktuar schmeicheln sollen, da er seine Pflicht ganz und willig erfüllte und, ohne Zweifel, nicht den geringsten unbefriedigten Wunsch hegte. Er war auch nicht devot – nein – nur geziemend anständig, ergeben, treu, rücksichtsvoll. Ihm fehlte keineswegs Ehrgefühl; er würde auf ein beleidigendes Wort hin sofort »gegangen« sein; man mußte sich in dieser Beziehung vorsehen. Ja eigentlich – eigentlich war der Aktuar ein viel besserer – –

Da wurde der Fürst abgerufen und eilte mißgestimmt nach dem Schlafzimmer seiner ältesten Tochter, wo ihn der Arzt erwartete.

Es verhielt sich nicht so, daß dem Aktuar die wahre Gesinnung seines Fürsten entging. Auch täuschten sich alle, so die Meinung hegten, der Rentmeister wäre in seine Akten verliebt und gegen alles andere gleichgültig.

In der späten stillen Arbeitszeit nach dem Abendbrot, wenn kein zweiter zugegen war, welcher der Beobachtung bedurfte oder Beobachtung fürchten ließ, geschah es bisweilen, daß etwas im Innern des Aktuars aufstand und ganz leise, allmählich lauter, zuletzt gewaltig an die Wände einer vom Leben umhärteten, liebefremden Seele klopfte.

Der einsame Mann blätterte, zur Erholung, in den ehrwürdigen schweinsledergebundenen Akten der Malteser-Ritter, in den Journalen, Urbarien und Schöppenbüchern, freute sich oder erstaunte aufrichtig über die vorteilhafte Genauigkeit, mit der sie geführt waren, über die sauberen, ziervoll verschnörkelten Handschriften der emsigen Mönche und über das vortreffliche Lumpenpapier. Dann schüttelte er, mühsam entziffernd und in rührend ungeschickt verhehlter Halbwissenheit gelegentlich sein Haupt wegen der närrischen Orthographie oder der geschwollenen Titulaturen. Und begrub die Papiere in das Fach *PX* Numero so und so viel und las ein anderes Heft.

Acta in Untersuchungs-Sachen wegen dem am 8. Januar 1797 im Backofen totgefundenen Hospitaliten Johann George Guettler.

Der Archivar schob das Buch hart von sich und murmelte halblaut: »Es ist kein Herz darin.« Durch Für und Wider verdeutlichte er sich in Gedanken, wie die Mönche alles so schön, zuverlässig und übersichtlich notiert hatten, weil die Uhr sie nicht hetzte, wie aber nichts darauf hindeutete, daß sie sich einmal über eine Nachtigall oder die knorrigen Akazien gefreut hätten, daß sie etwa gern Muskatwein tranken und – wenn sie ihn getrunken hatten – sich hinaus, hinweg wünschten, zu lustigen Freunden oder um ein Mädchen singen zu hören.

Manchmal erwachte in dem Rentmeister auch jene Neigung zum Zeichnen, welche seiner Jugend so viel Kurzweil und Anerkennung verschafft hatte, jenes warme Vergnügen an unbestimmbaren Farben oder Formen. Er entdeckte, wie anmutig in ihrer einfachen unsymmetrischen Bauweise die eiserne Galerietreppe wirkte; oder seine Feder, welche Zahlen betreffend Nutz- und Schirrholz addierte, irrte plötzlich ab, aufs Löschblatt, wo sie verfallene Mühlen mit Strohdächern und Erlenbüschen zu bilden begann. Bis der Archivar es inne ward, wie ein ertappter Schuljunge zusammenzuckte und dann um so beschleunigter weiteraddierte.

Was die letzten Regungen unterdrückter Sehnsucht in ihm erstickte, was sein Leben so gleichmäßig geformt und so grau gestrichen hatte, war vornehmer Pflichteifer, anhängliche Gutmütigkeit, energieloser Pessimismus, aber gewiß noch manches andere Unerkennbare. Denn wir Menschen haben keine Schlüssel zu den tiefsten Ursachen der Dinge, höchstens unvollkommene Dietriche.

Unversehens trat etwas Neues, Revolutionäres in das Dasein des Rentmeisters. Niemand ahnte, wo und wie es sich eingeschlichen hatte. War der Fürst zum erstenmal unzufrieden gewesen? Gab ein Streit, ein Brief oder ein belauschtes Gespräch dem Rentmeister zu denken? Jedenfalls hatte sich dieser einen neuen Federhalter angeschafft und bekam eines Tages, mitten in der Bürozeit, Nasenbluten.

Andermal fand der unsichtbare Schloßdiener morgens in der Schlafstube des Rentmeisters eine leere Muskatweinflasche und was des Ungewöhnlichen mehr war. Solche Anzeichen einer Veränderung wurden jedoch nur der nächsten Umgebung erkennbar.

Weniger bedurfte es, um zu bemerken, was außerhalb der Truhe im Schlosse vor sich ging.

Und es stand schlimm.

Wer das noch nicht wußte oder sah, der hörte es auf Korridoren, in den Dienerstuben, im Dorfe oder nachts bei geheimer Liebschaft, und wem so die Augen geöffnet waren, der lieferte die Geschichte, um ein Geringes vermehrt, baldmöglichst weiter, denn man traf sich dabei wie zu einem angenehm fesselnden Theaterstück.

Und während die Postmeistersfrau sich im Dunkeln auf der Kellertreppe eine Rippe zerbrach, als sie den Kellermeister schnellstens benachrichtigen wollte, daß der Hauslehrer nun wohl die Küchengertrud heiraten müßte, saß der Archivar, in der Gasbeleuchtung an Farbe wie eine Leiche, lesend über ein Buch gebeugt, dessen Seiten vergilbt und stockfleckig, jedoch durch unverkennbares Alter geadelt waren.

Des Hoch Ritterlichen Ambtes der Commenda Geldt Bier Undt Brandtwein Haubt Rayttungk; über Einnahme Undt Außgaab Auff Ein Jahr. Undt zwar, Vom Ersten Mayus 1717 bis lezten Aprilis Ao 1718. – –

Es folgten trockene Worte und Ziffern über verschiedene –

»Da!« – Der Archivar legte die Hände an die Wangen und etwas Starres trat in seinen Blick. Da, auf Pagina 117 leuchtete ein roter Klecks, mehr denn die Hälfte der Seite einnehmend. –

Rote Tinte oder Blut? erwog ein Zweifel im Gehirn des Rentmeisters. Der erregte Mann war sich nicht klar darüber; er verstand sich nicht darauf; er roch auch nichts.

Aber er fieberte, indem er vielmals die Gedanken Blut und Tinte wechselte.

Vielleicht war es Blut. Vielleicht war hier einmal ein Zeichen von innerem Leben, von außerberuflichem Gefühl, von Weichheit. Vielleicht war das Kundschaft von einem Menschen, der gelitten hatte wie er, der Archivar, und mehr Entschlossenheit besaß als er, der fürstliche Aktuar.

Mönchsblut. Gewißlich war es Malteserblut.

Der Fleck hatte nahezu die Gestalt eines Herzens; nur der linke Bogen fehlte, und der Rentmeister ergänzte das Fehlende durch eine unsichtbare Linie mit der Fingerspitze.

Dann schlug die Turmuhr zwölf schwermütige Schläge; also war es elf Uhr.

»Es liegt etwas in der Luft«, sagte der Koch, die Tomatensuppe quirlend, und andere Leute im Schlosse sprachen das gleiche aus. Max und Fiedl, die niemals zu äußern wagten, dachten nichtsdestoweniger ebenso; und alle hatten ein wenig recht.

Den Rentmeister mußte wohl etwas Närrisches überkommen sein; denn da er die Truhe mit dem üblichen Gutenachtgebrumm verlassen und den Akazienplatz bereits halb durchquert hatte, drehte er sich plötzlich in komisch kühner Schwenkung auf dem Abatz herum und lenkte seine gigantischen Schritte nach dem Winkelhof, wo er sich in den Lichtfleck stellte, ein griesgrämiges Gesicht gegen die verschmutzte Scheibe des Bürofensters drückte und – von Überraschung in unbewegte Haltung gebannt – längere Zeit überschaute, was die Lehrlinge trieben.

Max und Fiedl, die beiden blassen Jungen, standen, nein, tanzten mitten auf dem Tisch. Sie sangen, sie lachten; der Rentmeister hörte es nicht, aber er sah es. Sie hatten rote Wangen, leuchtende Augen, und sie tanzten, sie tanzten auf dem Tisch über die annullierte Grenzregulierung und den neuen Appellationsbericht hinweg. Und begannen nun aus unzähligen Taschen ihrer kümmerlichen Kleider unzählige Paketchen herauszufischen und die Paketchen zu entwickeln – knitterte es nicht? – worauf Gurken, Leberwurst, Brot, Butter, Schokoladenstangen und Zigaretten zum Vorschein kamen. Und dann aßen, fraßen die Jungen drauflos, kauten mit vollen Backen – –.

»Ach, lieber Gott!«

Der Archivar enfernte sich zögernd vom Fenster. Er sah derweilen höchst bemitleidenswert aus, ungefähr so wie ein Bettler, der einen schmerzhaften Schlag erhalten hat.

Fiedl und Max erschraken nicht wenig, als er dann unverhofft im grauen Büro erschien. Wie war das Rot auf ihren Wangen, das Leuchten in den Augen mit eins verschwunden. Aber hinterher priesen sich die Schuldigen noch sehr zufrieden, weil sich nicht mehr ereignet hatte als pro Mann einen gelinden Klaps mit dem Hornlineal auf den Hosenflick, und daß der Herr Rentmeister an jenem Abend kein einziges Wörtchen gesprochen hatte, auch in der Folge niemals auf jenes Vergehen zurückkam. –

Alles ging im gewohnten Geleise, teils abwärts, teils eben dahin.

Der Archivar hatte wieder seine ernste Beherrschung gefunden, und wenn er auch zwischen Akten, Tinte und Pflichten sich häufig in beharrliche Grübeleien verirrte, die den roten Fleck, die Lehrlinge und eine zerfallene Mühle umfaßten, so hatte er doch, wie gesagt, seine ernste Beherrschung gefunden.

Ein Tag passierte, da aus irgendwelchen Ursachen die Zehnuhrkonferenz besonders stürmisch verlief und an welchem im Schlosse, wo immer es war, Begegnende einander bedeutungsvoll zuwinkten: »Hu, ganz verwünschte Laune heute!«

Fürwahr, es ging widerwärtig in der Welt zu. Draußen rieselte unaufhörlicher Regen. Und der zweite Diener trug beim Servieren eine unglaublich schmierige Weste. Und es war logisch, wenn auch nicht juristisch offenbar, daß der Knecht Hadamus die Klinksdorfer Scheune angezündet hatte. Und die Fürstin schien von dem Besuch bei Mademoiselle Wind bekommen zu haben. Und die Klagen über den Koch Meßberger nahmen kein Ende. O die Welt war eitel Niedertracht.

Die Kerze, welche neben dem fürstlichen Diwan auf einem Journalständer brannte, hob flackernd bald »noch immer unbeantwortete« Briefe, bald schreckende Zahlen, bald wieder unausstehliche Porträts großzügiger, edler, gütiger Menschen hervor. Der Fürst löschte die Kerze; es half nichts. Lärmend schlug der Regen auf das Fensterblech. – –

Was nützte es, ihm noch mehr aufzuhalsen ... Jawohl, Durchlaucht, sehr wohl. –

Und er, nur er, wäre vielleicht noch imstande gewesen, den verfahrenen Karren aus dem Dreck zu ziehen. O ho! Sollte sich der Fürst vor einem Müllersohne beugen? Nein, ihn fassen, ertappen, beschämen! Denn er war doch ein Heuchler, ein Duckmäuser, ein Schmeichler.

Kurze Zeit nachdem stand der Fürst – er war ungesehen auf selten betretenen Schlupfwegen dorthin gelangt – in dem Lichtfleck auf dem Winkelhof unterm strömenden Regen, lehnte ein scheußlich frohlockendes Gesicht gegen die kalte Fensterscheibe und sah in Unbeweglichkeit gebannt, was der Rentmeister trieb.

Der Rentmeister, der selbstbewußte, bitterstrenge Herr, trieb Allotria, trieb kindische Spielereien, während alle im Schlosse glaubten, er arbeite noch so spät. Haha! Der Aktuar kniete auf dem Fußboden und amüsierte sich damit, seine linke Hand mittels eines Bindfadens an das Tischbein zu binden. Zweimal ums Handgelenk und zweimal ums Tischbein herum und dann nochmals so.

Daneben, auf der Diele, lag ein aufgeschlagenes Aktenheft, und den scharfen Blicken des Beobachters entging nicht, daß es gröblich mit Tinte besudelt war. Schämte sich der grauhaarige Kerl denn gar nicht ob solcher Torheiten? Nein, er kicherte fortgesetzt vor sich hin – man hörte es nicht, aber man sah es. Er verknotete den Bindfaden über der Fesselung und ergriff mit der Rechten ein Radiermesser, um die über den Knoten hinausragenden Enden der Schnur pedantisch abzuschneiden, und kicherte und redete dabei; vielleicht war der Aktuar betrunken. Um Himmels willen, was tat er denn jetzt! –

Der Fürst sprang zurück, lief rasch aus dem Winkelhof hinaus und um die Ecke herum.

Als er in die Truhe stürzte, war der Aktuar vornübergefallen, hing mit dem linken Arm am Tischfuß, und dieser Arm war über und über mit Blut beflossen.

Der Archivar rollte in weit aufgerissenen Augen ein Paar gräßlich stierende Pupillen, und die bluttriefenden Finger seiner rechten Hand kratzten mit unbegreiflicher Anstrengung an einem roten Klecks in dem Aktenbuch, welches ihm zur Seite lag.

»Den linken Bogen –« stammelte er einmal und nochmals mit entsetzlicher, fremder, gleichsam weit entfernt klingender Stimme.

Was Seine Durchlaucht der Fürst auch anstellte, er brachte nicht mehr aus dem Sterbenden heraus.

DIE WOGE

Marine-Kriegsgeschichten

DIE BLOCKADEBRECHER

Ein drittes Mehlfaß rollte der Steward zurück, wodurch in dem Stapel von Proviantkisten ein Hohlraum geöffnet wurde. Dann drängte er flüsternd den langen, bartlosen Mann, der in der Haltung eines hilfsbereiten Ratlosen ihm zugeschaut hatte: »Schnell! Es ist schon einer drin.«

Der Lange warf sich ungeachtet seiner gediegenen Kleidung stracks zu Boden und kroch kopfan in das Loch. Das mußte eben nicht viel Platz bieten, denn als er sich zur Hälfte darin befand, blieb er stecken. Der Steward hörte, wie im Innern der Höhle eine zweistimmige Begrüßung in deutscher Sprache stattfand; und da er kein Verständnis für dies Idiom, außerdem Eile hatte, deutete er solches mit der Stiefelspitze auf dem noch sichtbaren Hinterteil des Liegenden an. Ruckweis zogen sich nun auch des Langen Beine in die Öffnung hinein, welche der Schiffskellner unter letzten Ermahnungen wieder mit den schweren Fässern verrammelte. Die Ankerlaterne vom Boden aufhebend, leuchtete er noch einmal das Proviantlager und dessen fensterlose Eisenwände und Schotten ab, fand nichts Verräterisches und begab sich schmunzelnd eine Leiter empor, durch eine Luke an Deck des norwegischen Dampfers, der am nächsten Tage Barcelona verlassen sollte, und über dem jetzt die feuchte Abendluft des 24. Januars 1915 taute.

In der Dunkelheit unter einer doppelten Kistenschicht

hockte nun der lange Seemann, die Knie bis ans Kinn eingezogen und Schulter an Schulter mit einem Fremden, der ebenfalls seine Beine nicht auszustrecken vermochte, der sich ebenfalls schlechtweg als deutscher Matrose vorgestellt und auch die Absicht hatte, sich nach Genua zu schmuggeln. Dieser Mann redete anfangs nur auf Befragen, dann knapp sachlich und ziemlich ungemütlich, was sich aber möglicherweise dem Umstand zuschrieb, daß die Unterhaltung im Flüstertone bleiben mußte.

»Wurden auch Sie vom Zollbeamten bemerkt?«

»Ja, aber den wird der Steward bestochen haben.«

»Morgen Mittag soll es in See gehen. Wieviel wird er laufen?«

»Sechs, sieben Meilen. Mehr schaffen diese lütten Fischklepper nicht.«

»*Bueno*, Kamerad, dann können wir schon nächste Woche deutsche Soldaten sein.«

Der fremde Matrose erwiderte nichts.

»Wo, meinen Sie, daß man uns hinsteckt? Ich wünsche mich auf ein U-Boot, irgendwohin, wo es aufs Ganze geht. O, Deutschland wird siegen! Wissen Sie, wofür ich verdammt zehn Jahre meines Lebens hingeben wollte? Einmal als Sieger über den Trafalgar Square zu bummeln. Glauben Sie nicht auch, daß wir siegen werden?«

»Ich weiß nicht.«

Ein nüchterner Mensch! dachte der lange Matrose, und er stellte sich danach ein. »Teufel, das stinkt hier wie tausend Rattenkadaver! Kommt das aus der Bilsch?«

»Klippfisch«, brummte der andere wegwerfend.

»Der Kasten scheint voll zu sein; die Luken waren dicht. Am Ende nimmt er noch Deckslast. Wenn sie nur nicht morgen das Schiff noch einmal überholen. Ich bin schon zweimal von diesen vermaledeiten französischen Geheimspionen verscheucht.«

Der Stumme gähnte langatmig und dehnte sich in die

Breite, wobei er dem Langen versehentlich mit dem Ellbogen in die Zähne schlug. Aber er sagte nichts.

»Halten Sie sich schon lange in Barcelona auf?«

»Sechs Wochen.«

»Sie musterten hier ab?«

»Nein, in Lissabon.«

»Lloyd?«

»Hapag.«

»Von der Westküste ...?«

»Südamerika. Ja.«

»Und reisten per Bahn?«

»Erst nach Madrid, dann nach Bilbao und dann nach hier.«

»Warum nicht gleich direkt?«

»Es waren zuviel Deutsche dort; man ließ uns nicht hinein. Erst mit der Zeit in kleinen Trupps schob man uns nach, wenn wieder andere fort waren.«

»Ja, ja, sie strömen alle herbei, für die Heimat zu kämpfen. – Wann weilten Sie zuletzt in Deutschland?«

»Vor drei Jahren.«

»Drei Jahren? Denken Sie: ich bin seit sieben Jahren fort. – Ob uns die Franzosen unterwegs anhalten werden?«

» – weiß nicht.«

»Indolent!« stieß der Lange geärgert hervor; doch war er überzeugt, daß der andere das Wort nicht verstünde. Er beschloß, fortan gleichfalls stumm zu sein.

So erstarben die Worte in dem geheimen Gelaß, und dafür lebten mancherlei traumwebende Geräusche der Ruhe auf: der ohnmächtig zornige Wellenschlag an der Bordwand, das Nagen einer Maus, zwei schnaufende Atemzüge nebeneinander, zuweilen ein Seufzer, auch ein Kleiderrauschen und Füßescharren, wenn der eine oder andere von den Matrosen seine Lage zu verändern trachtete.

Da füllte sich das auf die Knie gepreßte Ohr des Langen mit einem feinen Klingen, dem Summen eines Moskitos oder jenem Tone ähnlich, der entsteht, wenn man mit feuchtem Finger auf dem geschliffenen Rande eines wenig gefüllten Weinglases kreist.

Mein Ohr klingt, konstatierte der Lange in Gedanken, es denkt jemand an mich. Wahrscheinlich sogar mehrere ... alle ... selbst Vater. Und da das Klingen weiter währte, lauschte der Lange ihm aufmerksamst, zu ergründen, wo es wohl herrührte und was es für eine Bedeutung hätte.

Klingt es nicht wie ein vielfach gedämpfter Schrei? Ernst und gleichsam warnend? Zei ... eit! – Nein, doch irgendein Ruf mit i muß es sein, der ausdrückt: Besinne dich! Die Zeit eilt und kehrt nie – nie ... ie – wieder.

Die sieben Jahre kehren nie wieder. Arm und einsam verrannen sie, überreich an Glück und Liebe konnten sie sein. Er ist doch etwas ungemein Vornehmes an uns, dieser Trotz auf das Ausgesprochene. – Vielleicht klingt in dieser Minute auch Vaters Ohr. – – Unser Trotz wird nicht gebrochen sein, wenn wir uns wieder in die Arme fallen; er wird von beiden Seiten zurückgezogen, um einer höheren Aufgabe willen. – – Eilen sie doch alle, für ihr Blut, für ihr Vaterland einzustehen, auch die, welche die Heimat vergessen wollten oder sie hassen lernten. – – Auch ich werde für alle kämpfen, auch für die Brüder und ebenso für meinen Vater, sogar um die Erde, die Muttern deckt. – – Mein Gott, sich vorzustellen, daß Vater von reuiger Rückkehr sprechen oder an Vorwand – Krieg denken konnte – – nein! Ein deutscher Edelmann und Kaiser und Reich in Gefahr – –! Ich will meinen Schuldteil tilgen, ihn mit Blut abwaschen, und es spreche keiner von romantischer Wahnidee, von falscher Sentimentalität, Phrase oder Pose. – O großes Jahr, da in der Welt das Theatralische zur alltäglichen Wirklichkeit geworden ist! – Zwischen Feuer und Wasser will ich kämpfen, immer dort, wo die Gefahr gipfelt, allen voran, und nur mit dem Kreuz das geliebte Haus wieder betreten. – Gott gebe, daß sie mich nicht für dienstuntauglich erklären. – –

Die blinden Passagiere stöhnten und gähnten immer häufiger, und da sie doch zu sehr aufeinander angewiesen waren, um sich gegenseitig zu ignorieren, so lehnte schließlich der Lange seine rechte Wange gegen die Brust des andern und ruhte ein wenig in dieser Abwechslung aus, bis ihn die linke Hüfte schmerzte. Dann wechselten sie die Rollen. Nicht Licht noch Dämmerung kündeten nach einer Ewigkeit den Morgen, sondern ein Konzert aus Poltern, Rufen und schweren Tritten, das durch Eisen- und Holzwände geschwächt wurde, den erfahrenen, angestrengt lauschenden Seeleuten jedoch wichtige, vertraute Vorgänge verriet. Der Lange klagte: »Ich habe Hunger wie ein Seeteufel. Wissen Sie, was ich jetzt tue? Ich ziehe mein Messer und untersuche der Reihe nach alle diese Kisten nach Freßbarem.«

»Nein, mußt nicht!« wehrte der andere. »Wir wollen dem Steward keine Schweinereien machen; das scheint ein anständiger Kerl. – Gib mal deine Flosse her – so! Da liegt ein Paket mit Brot und Wurst. Und hier, in dieser Fuge – vorsichtig! Fühlst du's? – Darauf mußt achtgeben; es ist eine Rose darin, die darf nicht geknickt werden.«

Dem Langen gefiel es herzlich und versöhnte ihn, daß jener bezüglich der Kisten so gewissenhaft dachte.

»Was für eine Rose?«

»Eine Rose aus Papageienfedern; ich kaufte sie in Brasilien vom Bumbootsmann für meine Braut.«

»Haben Sie keine Eltern mehr?«

»Nein.«

»Geschwister?«

»Keine. Mein einziger Bruder ist kürzlich mit einem Minensucher in die Luft gegangen.«

»Hm! Traurig und doch schön. Ich habe zwei Brüder im Felde, Dragoner – – –«

»Pst! Still!« zischte Klein. »Hörst du? Draußen ist schlimmes Wetter.«

»Immerzu! Sagen Sie mal: Warum wollen – warum willst du eigentlich nach Deutschland?«

»Was soll ich denn hier? Ich habe meine ganze Heuer, über vierhundertfünfzig Mark, aufgebraucht; die letzten sechzig Peseten gab ich dem Steward. Nun will ich erst mal zu meinem Mädchen nach Ostpreußen, na und dann werden sie mich einkleiden. Seewehr zwo.«

»Freust du dich gar nicht darauf, Soldat zu werden?«

Der andere lachte wie über eine törichte Frage. »Man muß doch. Es dienen jetzt doch alle.«

»Gewiß, gewiß!« Und der Lange tastete die Kisten ab nach dem Paket, das er entfaltete. Er tastete den Umfang des Brotes und der Wurst ab und begann in derben Bissen zu schlingen. Dabei war es ihm nicht einmal möglich, seinen Oberkörper vollständig aufzurichten.

Der norwegische Dampfer tutete. Ein Sirenenheulen wand sich empor. Das Quirlen der Schraube setzte ein und erschütterte den schwimmenden Eisenbau. »Hurra!« jauchzte der Lange, indem er den Nachbar knuffte. »Jetzt sind wir frei.«

»Was hast du dem Steward für die Überfahrt gezahlt?« fragte dieser.

»Hundert Peseten.«

»Ja so, du bist von feinen Eltern.« Das war ohne Spott gesagt.

»Ich besitze nur selbstverdientes Geld, aber ziemlich reichlich, und kann dir daher die weitere Heimreise mit Vergnügen bezahlen.«

»Dazu gibt mir der Konsul in Genua Geld. Auch hier bekam ich täglich Unterstützung. Warst du denn nicht beim deutschen Konsul?«

»Nein.«

»Also hast du wohl auch keinen Paß?«

»Nee.«

»Das ist windig. Ich komme mit meinem Paß durch, aber

du darfst dich beim Landen nicht kitschen lassen, sonst schicken sie dich gleich wieder zurück. Wenn wir also morgens einlaufen, dann laß uns ruhig noch bis abends in diesem Loch bleiben, bis die Schauerleute ausscheiden; und dann sehen wir zu, wie wir uns am Wachtmann vorbeikreuzen.«

»Wir«, wiederholte der Lange gerührt; »Landsmann, nichts für ungut; ich habe dich anfangs für unliebenswürdig und gefühllos gehalten, weil du so schweigsam –«

»Ja, ich kann nicht so reden wie du«, fiel ihm der andere ins Wort.

»Du bist ein braver Kerl; laß uns gute Freundschaft halten.«

»Schön!« sagte der Fremde und drückte mit ehernen Fingern die Hand, die nach der seinen tastete. Aus seiner Antwort war zu entnehmen, daß er amüsiert lächelte.

»Wie heißt du eigentlich? – Wie? – Heinrich Klein? – – Ich? Ach, ich! – Ich heiße – mein Name ist Tilger, Rein – Reuhard Tilger.«

In diesem Augenblick legte sich das Schiff stark nach Steuerbord über, so daß sie beide mit den Köpfen gegen die vordere Kistenwand schlugen. Damit fing es an, aufs heftigste zu stampfen und zu rollen. Sie mußten sich mit Rücken, Armen und Zehen feststemmen, um nicht hin und her geworfen zu werden. An Schlaf war vollends nicht mehr zu denken. So kämpften sie stundenlang mit erlahmender Muskelkraft gegen den zunehmenden Seegang an, stöhnten, fluchten, gähnten und schwiegen oder schwatzten eine Weile in schleppenden Sätzen über ihre Seefahrten, ihre nächste und fernere Zukunft, über Kleins ländliche Braut, über Krieg, Engländer und den lieben Gott. Dazwischen rechneten sie und taxierten, wie spät es ungefähr sei, und schwiegen wieder oder jammerten, hin und her rutschend, leise vor sich hin.

Plötzlich brachen sie ein Gespräch ab.

»Nun?« fragte der Lange.

»Die Maschine stoppt?« fragte Klein.

Im ersten Moment hat es für den Dampfermatrosen stets etwas Beängstigendes, wenn der permanente Rhythmus der Maschine unversehens aussetzt, wenn ihr Atem stockt. Für die Deutschen war besonderer Grund vorhanden, besorgt zu sein. Reuhard Tilger sprach es aus: »Die Franzosen!«

»Kriegszone?« meinte Klein unsicher. »Nein, unmöglich.«

Sie horchten verhaltenen Atems, ohne Bestimmteres zu ergründen. »Vielleicht Maschinenschaden.«

»Mann über Bord?« So rieten sie hin und her, bis die Maschine wieder ansprang.

»Lotse!« triumphierte Tilger.

»Nein«, sagte Klein bestimmt.

Wieder stieg und stürzte der Boden unter ihnen und mit ihnen. Schwere Brecher prallten gegen die Bordwand. Irgendwo rollte donnernd ein Balken vorwärts und rückwärts über Eisen. Da verursachte ein Rasseln neue Spannung. In die Finsternis der Höhle schossen zwei Strahlen gebrochenen Taglichtes, ein feiner und ein stärkerer. Der feine brach seitlich zwischen den Mehlfässern herein, der stärkere fiel aus einem Spalt von oben und traf Heinrich Klein mitten ins Gesicht.

Auf dieses Gesicht warf Reuhard unverzüglich einen raschen, unbescheidenen Blick, dann einen zweiten auf seine Taschenuhr, während er mit kalter Angst vernahm, wie jemand die Leiter herabklomm. Ein Gegenstand wurde durch den oberen Spalt herabgeschoben; eine Stimme rief leise auf Englisch:

»Ein Bissen Speck! He, da unten! Alles klar?«

»*Allright*«, gab Klein zurück, »warum stoppen wir?«

»Maschine heiß gelaufen. Bleibt und schweigt!«

Damit entfernte sich der Steward wieder, und indem er,

an Deck angelangt, die Luke zuschlug, tötete er die zwei Strahlen himmlischen Lichtes.

»Klein, du bist nun bald achtundvierzig Stunden in dieser Box«, sagte Tilger; dann dachte er über das grobe, knochige Gesicht nach. Es hatte durch eine platte Nase, eine senkrechte Stirn, sowie durch struppiges Kinn- und Barthaar etwas Pinscherhaftes. Aber unter den ausgewucherten Brauen blinkten aus weit entblößter Augenweiße blaue Siegel der Ehrlichkeit.

Klein knitterte mit Papier. »Speck und Schokolade!« sagte er trocken. Sie teilten und aßen, während sie immer einen Arm gebrauchten, sich festzuklemmen. Ihre Hände, ihre Haut, ihre Kleider klebten von Schmutz und Schweiß. Ihre Nasenlöcher waren von Staub verstopft. Sie empfanden Schmerzen im Leib, im Genick, im Gesäß, und Klein lamentierte über Wadenkrämpfe. Die Luft in dem Loche verschlechterte sich unerträglich.

Einmal täglich brachte der Steward etwas Nahrung. Am zweiten Tage ließ er eine Tüte voll Wasser durch den Spalt, ihr Inhalt ging jedoch zum größten Teil verloren.

Noch immer schüttelte das Unwetter die Flüchtlinge wie Käfer in einer Schachtel herum; sie leisteten nur mehr schwachen Widerstand. Auch stoppte die Maschine abermals eines Schadens wegen. Es kletterten zwei Heizer in den Proviantraum und machten sich dort – Klein beobachtete es durch den seitlichen Spalt – mit Schlosserwerkzeug in einem Winkel zu schaffen.

»Wenn das Schiff absäuft«, sagte der Lange nachdenklich, nachdem die ahnungslosen Heizer den Raum wieder verlassen hatten, »würde kein Mensch je erfahren, wo wir abgeblieben sind.«

Der Dampfer nahm seine Fahrt von neuem auf. Ermattet schwiegen die Deutschen. Die Gedanken verschwammen ihnen. Immer gleichgültiger überließen sie sich dem Schiff und dem Schicksal. Mehrmals überfiel sie eine schlafähnliche Schwäche, in der sie für kurze Dauer ihre Schmerzen und ihre Sorgen vergaßen. Allmählich mäßigten sich die Schwankungen des Schiffes.

Es geschah am dritten Tage, daß wiederum die Maschine verstummte und Klein und Tilger aus ihrer Lethargie jäh aufschraken. Ein quietschendes Rollen, dann hohles Aufschlagen an der Bordwand bewies ihnen, daß ein Boot zu Wasser gelassen wurde. Sie rafften alle Energie zusammen, rückten sich so bequem als möglich zurecht; denn nun sollte es gelten, sich nicht um Haaresbreite zu rühren. Ihre Spannung entdeckte und verfolgte rege Schritte, welche kamen und gingen und wieder kamen. Das Kettenschloß an der Luke rasselte, und lebhaftes Sprechen in französischer Sprache drang wie ein Sturmwind gleichzeitig mit blendender Lampenhelle in den Vorratsraum. Klein sah erbebend ein Stück von einem französischen Soldaten auf der Leiter, der ein blitzendes Eisen schwang. Klein drückte seine Lippen an Tilgers Ohr und raunte dem zu: »Lange Dolche! Wen's trifft, bleibt still!« Im Nu hatte er seinen Filzhut wurstförmig zusammengedreht und stieß ihn nun mit gewaltigem Kraftaufwand in die obere Spalte.

Es mußten zwei Soldaten in Begleitung des norwegischen Kapitäns und des Stewards sein, welche das Lager rundum absuchten. Überall stocherten sie mit den Eisenstäben zwischen den Waren herum, und sie näherten sich mehr und mehr dem Versteck. Jetzt schurrten ihre Tritte auf der Kistenschicht über den Köpfen der Deutschen. Die hielten den Atem zurück. Unwillkürlich hatten sie sich gegenseitig gepackt, und jeder fühlte die Knie des andern zittern. Lärmvoll fuhr ein Dolch den oberen Spalt herab, stieß auf den Hut auf, wurde zurückgezogen, wieder herabgestoßen. Diesmal gab der Hut um Zentimeterlänge nach. Aber er fiel nicht heraus. Und die feindliche Patrouille schritt weiter, verließ den Proviantraum, später das Schiff. Endlich fuhr das Schiff. –

Reuhard drückte Heinrichen die Hand. Der Steward erschien, rollte die Mehlfässer ab und ließ seine Schützlinge heraus, damit sie sich an einer duftenden Suppe stärken, sich einmal für eine Viertelstunde strecken möchten.

Sie sahen aschfahl aus. Ihr Anzug war verknüllt. Sie blinzelten mit den Augen, schnitten beim Strecken der Beine schmerzliche Gesichter und konnten zunächst nicht ungestützt stehen. Klein war von untersetzter Gestalt. Er klopfte sich den Mehlstaub von der Kleidung mit seinem entrollten Hute, welcher fünf Löcher von Dolchstichen aufwies. »Schade um die nagelneue *cloth*«, sagte er, »sie hat mich neunzig Peseten gekostet.«

Es bedurfte strenger Überwindung, sich nochmals in die bisherige Marterlage einzuzwängen. Noch einen halben Tag durchlitten sie dort, bis das Schiff im italienischen Hafen festlag und der Steward sie zu erlösen kam. Der Lange stemmte sich in jubelnder Ungeduld von innen gegen die Mehlfässer. »Au! Au!« schrie er.

»Halt doch das Maul!« zischte Klein. »Willst du zuletzt noch alles verderben?«

Aber Tilger lachte übermütig laut. »Dies verfluchte Faß hat mir einen meterlangen Nagel ins Genick gepiekt.«

Ganz wie Klein angenommen, waren sie morgens in Genua eingetroffen. Nun blieben sie noch volle zwölf Stunden verborgen; es war eine böse, böse Zeit. Immerhin durften sie jetzt wenigstens innerhalb des Proviantraumes frei einherspazieren, und Tilger bestand darauf, daß der Steward Sekt herbeischaffte. Tilger redete unaufhörlich in höchster Begeisterung. Er gestand seinem Kameraden, daß er gar nicht Tilger hieße, und gelobte und bat Heinrichen, daß die Freundschaft zwischen ihnen, die in der Glut der Vaterlandsliebe geschmiedet, in Gefahr gehärtet und schließlich mit Champagner besiegelt wäre, ihr Leben lang bestehen sollte. Dann spann er schillernde Träume aus von ruhmreichen Kampfestaten. Heinrich Klein war sein wortkarger, ungeduldiger und doch gutmütig aufmerkender Zuhörer. Nicht ohne mancherlei Schwierigkeiten stahlen sie sich abends an dem Wachtmann vorbei von Bord.

Sie speisten, becherten und übernachteten an Land in einem geringen deutschen Gasthaus; da gab es einen Schlaf in Betten. Bei nächster Frühe trennten sich die beiden Blockadebrecher in feierlicher Schlichtheit. Der Lange lag noch im Bett. Er wollte sich neue Kleidung beschaffen, bevor er weiterreiste; überdies war sein Hals infolge des Nagelstiches geschwollen. Klein aber war durchaus nicht zu längerem Aufenthalt zu bewegen. Er eilte aufs deutsche Konsulat, wo man ihn mit einer Fahrkarte bis Ala nebst entsprechender Wegzehrung versorgte.

Die Schilderung seiner Flucht machte auf den Bezirksfeldwebel, bei dem er sich in der nächsten deutschen Stadt meldete, wenig Eindruck. Dort trafen täglich viele Blockadebrecher ein. Man befahl Klein, sich unverzüglich nach Kiel zu begeben. Um seine Braut wiederzusehen, möge er später ein Urlaubsgesuch einreichen. Er war sehr aufgebracht darob. Und er fuhr nicht gleich nach Kiel, sondern zunächst nach Ostpreußen. Unterwegs, irgendwo auf einem Bahnhof, begegnete er zufällig einem Musketier, der aus seinem Heimatsdorfe stammte. Sie tauschten wiedersehensfroh ihre Kriegserlebnisse aus, in knappem Umfang. Dann erkundigte sich Klein nach seiner Braut. »Was«, rief der Musketier, »weißt du's noch gar nicht?«

»Was soll ich denn wissen?«

»Mischka ist tot.«

»Tot? Du bist ja verrückt«, sagte Klein ungläubig; aber er wurde blaß.

»Gott verdamme mich! Weißt du gar nicht, wie die Russen bei uns gehaust haben?«

»Die Russen? Die Russen hätten Mischka tot – –« Klein räusperte sich heiser.

»Was ich dir sage«, erwiderte der Musketier, »sie ist

tot.« Und etwas leiser fügte er hinzu: »Sie hat sich selbst erhängt – aus Scham – – –«

Wenige Tage, nachdem Klein ihn verlassen hatte, war Tilger in Genua an Blutvergiftung gestorben.

– –

Mit anderen Marinern durch ein feindliches Dorf marschierend, warf Heinrich Klein eines Tages die brasilianische Rose einem flandrischen Mädchen zu.

TOTENTANZ

Da blieb es nun abwartend auf dem Grunde des Meeres liegen, das Unterseeboot, und lächelte vor Sicherheit über die feindlichen, armierten Fischdampfer, die dreißig Meter darüber wütend nach ihm ausspähten.

Die Besatzung speiste, erstaunlich viel und erstaunlich gut, dann suchte ein Teil dieser gesundheitsprahlenden Menschen in Bänken, Spinden, in der Wand oder in der Luft ihre Schlafstätten auf. Die übrigen Seeleute, darunter der Kommandant, rückten beinahe familiär am einzigen Tische zusammen, und während ihre geringschätzigen Blicke vergeblich die alles überwuchernde, wunderbar wirre Maschinerie loszulassen trachteten, dachte gewiß jedermann leidend an den Tabak, der nicht geraucht werden durfte.

Darüber entstand der Wunsch, die Zeit irgendwie froh gemeinsam zu vertreiben. Schach? Nein. Skat? Der dritte Mann sägte bereits im Schlafe Teakholz oder so etwas. Heizer Karper schaffte das Grammophon herbei. Matrose Schreyer schleppte das Grammophon sofort wieder weg im stummen Beifall aller. Nur noch eine Platte war gebrauchsfähig, die kreiste täglich zehn- bis zwanzigmal. Man hatte an Bord keinen Respekt mehr vor dem Kammersänger Heinz Lebrun. Man pfiff oder trommelte mit Holzpantoffeln und Tischmessern zu seinem ewigen Liede: Wenn dir ein Mädchen recht gefällt, und sie hat einen andern, dann ist's am besten, in die Welt zu wandern. –

»Soll ich einmal mit euch die russischen Schlachtschiffe durchsprechen?« fragte der Kommandant. Doch dieser Vorschlag erfror und weiteren Vorschlägen erging es nicht besser, ob der Indolenz und einer frivolen Sucht der Mariner, jedwede Sache ins Lächerliche zu zerren. »Ich werde an meine Memeler Berta schreiben«, wandte sich Lüng an den leitenden Ingenieur, »wollen mir Herr Aspirant das nicht mal 'n bisken aufsetzen, von wegen das Göhr, und daß ich mit Felix Pillak losen will, wer der Vater ist?« Der Aspirant grinste. Hammerbruck gähnte. Karper schwankte in Gedanken faul, ob er das fleckige, in Segeltuch gebundene Heft hervorkramen sollte, worein er sich »Tetsches Hochtid«, »Die Negerbraut« und andere eindrucksvolle poetische Stücke gesammelt hatte.

Grössel, der neue Torpedermaat, den man noch nicht anders als einsilbig kannte, hatte sich auf der Steuerbordbank hintenüber gelehnt und die Augen geschlossen, schlief aber offenbar nicht, denn er kaute seiner Gewohnheit nach einen Stengel Vanille zwischen den Zähnen durch. Die andern am Tische machten sich aus Langerweile über ihn lustig. »Piter Grössel zieht seine Sargdeckelvisage.« »Er hat wieder zu tief in die Kömbuttel gepeilt«, spaßte der Olle. Auch unter Seeoffizieren ist es Brauch, sich dann und wann durch unkomplizierte Witzchen populär zu machen.

»Nee, ik glöve, he het's mit de Angst kregen«, krächzte Felix Pillak, »he is bang.« Und Hammerdruck spottete: »He drümt von Ruhm un Ehr und vom isernen Krüz.«

Schreyer fügte in anstrengendem Hochdeutsch und mit besonders schlauem Ausdruck hinzu: »Torpedermaat ist melangscholisch. He denkt an Seemansgrab oder hat Sehnsucht nach sin Fru.«

Solche Bemerkungen lohnte man regelmäßig durch ein tölpliges Gelächter, welches Grösseln feindseliger vorkam, als es war, welches immerhin aber nicht einer gewissen provozierenden Grausamkeit entbehrte.

Der Torpedermaat öffnete die Augen, und die Tischgesellen waren reichlich gespannt auf seine Entgegnung. Denn Grössel hatte ganz speziale Ansichten, so gewählte Ausdrücke und so, und wenn er redete, gab es wenigstens stets Neues zum Belachen. Nun ließ er seine Blicke zugespitzt durch die Runde marschieren und hub dann mit überraschender Ruhe an: »Ihr habt recht. Ich dachte an meine Frau und sann melancholisch über Krieg und Angst und Ruhm und Schrecken nach, und ich habe vordem heimlich Rum getrunken, was ich oft tue, wenn mich die Furcht befällt, ich könnte jemals in unserer Seeinsamkeit so feinfühlig, klugdenkend und wahrheitsliebend werden, als ihr seid. – Laßt euch genauer erklären, was mich soeben beschäftigte; es ist die Geschichte, wie ich mit dem Kreuzer ...«

»Kennen wir!«

»Wissen wir längst! Wie ihr auf die Mine ranntet und du später bewußtlos durch ein V.-boot von einem Scheibenfloß aufgepickt wurdest.«

»Dat hest du all fofftein mal vertellt.«

»Nur das äußere Allgemeine. Doch dahinter steckt mehr, was ich euch gern mitteilen möchte, weil – – hm, wozu ein weil?«

»Na, dann lög mal too!« Die Seeleute am Tisch vereinbarten durch geheime Püffe und Augenzwinkern, die angekündigte, angeblich wahre Historie möglichst zur allgemeinen Belustigung auszubeuten.

»Als die Detonation erfolgte« – Grössel nahm die Vanille aus dem Munde und sah, Wort für Wort mit Überlegung berichtend, fortan über die Köpfe hinweg ins Leere – »befand ich mich mit einem Deckoffizier und dem Matrosen Leske im Zwischendeck an der Kantine ...«

»Er soff also mal wieder!« warf der Aspirant lachend ein.

»Leske, der – er tanzt – ich haßte Lesken. Ich kannte ihn bereits vor dem Kriege. Er hat meine Frau behext.

Er tanzte leidenschaftlich, und meine Frau verehrte den Tanz geradezu inbrünstig. Ich selbst goutiere diese Kunst nicht, weil ich ein ungeschickter Tänzer bin. Aber meiner Frau zu Gefallen führte ich ihr auf einem Vereinsball Herrn Leske zu, der gleich mir den Beruf eines Buchhändlers ausübte und mit dem ich als Kollege früher, allerdings mehr geschäftlich, zu tun gehabt hatte.

Ich schaute zu, als er und meine Frau tanzten. – Es war wie Meeresdünung, wie Möwenflug.

Hatte ich bisher geglaubt, der Tanz sei eitel Übermut und stimmte zur Lustigkeit, so beobachtete ich nun überrascht, daß meine Frau und ihr Partner in einem jener modernisierten exotischen Tänze aneinander geschmiegt, in Haltung und Bewegung gleichsam einander ergänzend, fragend und antwortend, daß sie weder einmal lächelten, noch auch nur eine Silbe mitsammen redeten; daß vielmehr während dieses langwährenden Kreisens, vor dem sich alle anderen Paare wie bewundernd zurückgezogen hatten, ihre Augen mählich einen wunderlichen Glanz von Schwermut annahmen. Das war es wohl, was mich auf die närrische Idee brachte, sie mit zwei vom Strudel Ergriffenen, die treu umschlungen hinaus in die offene See gerissen werden, und mit einem gestorbenen Geschwisterpaar zu vergleichen, das ein Engel auf Fittichen zum Himmel trägt …«

»He snackt as 'n Fiefgroschenroman«, unterbrach Felix Pillack, und einige von den anderen stießen ein Gelächter auf, welches der Kommandant jedoch durch einen gutmütigen Wink abschnitt.

»Ich sah also den beiden Tanzenden zu, anfangs, sie froh wähnend, mit Freude, später eigenartig ergriffen, aber, bei Gott, durchaus ohne Eifersucht. Die war mir bis dahin fremd geblieben. Ich hatte mit Elsen in einem unbefangenen, ich möchte sagen, durchsichtigen und uferlosen

Glücke gelebt; mehr innige Freunde als Gatten. An jenem Festabend ging das entzwei. Felix möchte vielleicht nicht mit Unrecht wieder behaupten, es vernehme sich wie ein Groschenroman, wenn ich ausführen wollte, wie meine Frau seitdem stiller, verschlossener und nach und nach kränklich wurde, wie ihre verweinten Augen mich erschreckten und ich mir über die Ursache ihres uneingestandenen Kummers, die möglicherweise anfangs noch ein unbewußtes Sehnen war, Sorgen machte; wie ich umsonst alles aufbot, Elsen zu beglücken, sie zu heilen, und wie häßlich, drückend sich die Wochen hindehnten, bis ich herausbrachte, daß Leske, der Tänzer, es meiner Frau angetan hatte, er, der keine zehn Worte mit ihr wechselte. Sie bekannte es nie. Aber während wir einst einen Schloßpark querten, brach sie in Schluchzen aus, da sie, auf einen Busch Hortensien deutend, unvermittelt mir zurief: ›So marmorn vornehm bist du! Aber ich – –‹. Und ein andermal flüsterte sie im Schlafe deutlich vernehmbar den Namen Leske.

Lacht nicht! Die von euch selbst verheiratet sind, mögen sich vergegenwärtigen, welchen Reichtum an Jugendhoffnungen und Idealen, an wonnewilder Männerfreiheit und bunten, lebenstrunkenen Freundschaften wir hingaben, da wir heirateten, und wie eisig uns eines Tages die Erkenntnis anwehen muß, daß wir dieses Unersetzliche für einen Trug opferten.

Als mich solchermaßen jähe, frostige Klarheit überfiel und ich mir augenblicklich die Beobachtung rekonstruierte, Else habe mich seit langem lieblos behandelt, da mischte sich ein harter Groll in meine Liebe zu ihr. Es war, als blickte ich verwünschend und weinend vom abendlichen Ufer einem entschwindenden Segel nach, mit dem ein Seeräuber mein Liebstes entführte.

Ich fing an, diese Frau und unser Töchterlein mit Vorwürfen und Argwohn zu quälen. –

Sie ertrugen's stumm und geduldig; das reizte noch mehr.

Leske ist niemals unser Gast gewesen. Seitdem er auf jenes Fest hin mir eine einfache lobende Artigkeit betreffs der Tanzmeisterschaft meiner Frau geschrieben hatte, sah und hörte ich für Monate nichts mehr von ihm und mied ihn. Heute meine ich, daß er, von seiner Tanzbegeisterung abgesehen, weiter kein Interesse an meiner Gattin nahm. Damals, durchs Prisma der Eifersucht, sah ich anders. Als dann der Krieg mich von Weib und Kind trennte und zufällig zum Vorgesetzten meines vermeintlichen Rivalen machte, da ließ ich einen rohen Haß auf diesen Mann los, indem ich, die mir zu Gebote stehende Macht ausnutzend, ihn schikanierte, drangsalierte, wo immer sich Gelegenheit bot. Oft drohte es meinen Verstand zu zerstören, daß auch dieser Matrose meine Verfolgungen ohne Widerspruch hinnahm, ja, sie gar nicht zu erfassen schien. Derweilen, und bis heute, führte ich mit meiner Frau eine nicht zu umgehende, erquält gefällige, schleppende Korrespondenz. Und doch liebe ich diese Frau. Wie ich sie liebe! – – Ei, wohin gerate ich? – Nun lacht! – Lacht doch! –

Leske konnte so lachen. Immerzu lachen, und singen und tanzen. Ach, wie haßte ich diesen kritik- und gehaltlosen Frohsinn an ihm und den meisten anderen Leuten.

Leske war nie verdrossen. Er wartete, wenn wir einliefen, stets als Erster zur Urlaubsmusterung angetreten, ein schneidig angezogener, sehniger, hoher Bursche, dem ein unbezwingbares Verlangen nach den billigen Landvergnügen der Matrosen aus den Augen blitzte. Dabei doch jederzeit ein eifriger Soldat, ein flinker Seemann. – Hm.

In einer stillen Stunde, am Tage, da wir die englischen Häfen beschossen hatten, – ja, ein winziges Insekt, eine Fliege war es, die meinen Gedankengang zur Reue lenkte, – sah ich meine Ungerechtigkeit ein, bekannte ich vor meinem Gewissen, daß die ausfüllende Freude an den anspruchslosesten Amüsements mich nur deshalb ärgerte, weil ich den Weg zu ihr nicht fand, weil ich Lesken samt seinen Gleichgesinnten darum beneidete. Ich hatte mich in der Zeit vorangeträumt und angenommen, Leske sei in einem Gefecht gefallen. Da dünkte mir auf einmal, sein leichter Frohmut habe etwas kindlich Rührendes, fast Heiliges gehabt.

So tappen wir in den engen Straßen der Stadt an manchem schönen Haus neunundneunzigmal achtlos vorüber, bis wir beim hundertsten Male vom rechten Abstand aus unvermutet gebannt seine Reize erschauen.

Also von da an behandelte ich den Matrosen mit Herzlichkeit. Er nahm solches Wohlwollen mit demselben höflichen Gleichmut auf wie bisher meine Feindseligkeit. – Kurze Zeit nachdem zwang Nebel unser Schiff, abends dicht vorm Hafen noch zu ankern. Ich trat im Zwischendeck an die Kantine heran, um Zwirn zu kaufen, im Wahrsten, um Lesken, der dort im blauen Urlaubsstaat pfeifend auf und ab lief, ein Freundliches zu sagen. Bevor ich jedoch noch hierzu kam, stürzte ein Deckoffizier heran, forderte aufgeräumter Laune einen »Polargestimmten« und rief dem Matrosen zu: »Na, Glückwunsch, Leske! Ihre Paradebüchs hat's Wetter umgestimmt. Die Luft klart sich, wir lichten Anker.«

Leske antwortete nur mit einem glückseligen Wiegen des Oberkörpers, das ein unbeschreibliches, wehes Gefühl in meiner Brust bewirkte. –

Tanz. –

Ich habe das nicht vergessen trotz der folgenden gewaltigen Ereignisse. Denn unmittelbar danach geschah die Explosion. Ein gräßlicher Schlag, ein minutenlanges schauriges Prasseln, Splittern, Krachen und Rauschen.

Sämtliche Lampen waren auf eins verloschen. Der Boden entglitt meinen Füßen, ich bekam in der Finsternis einen Stützen zu fassen, hatte den blitzartigen Gedanken, es sei merkwürdig, daß ein großer Kreuzer auf See genau so umkippe wie ein Spielzeugschiff auf dem Kindertisch. Darauf wurde ich von eisiger Flut eingehüllt, erinnerte mich konzentriert einer Deckschiene, die zum Aufgang des Zwischenraums leiten mußte, ertastete diese Schiene, enterte mich in höchster Anstrengung und Angst, ohne zu atmen, daran entlang – und auf einmal stieg ich, erreichte die Luft. Die göttliche Luft.

Es war auch hohe Zeit, denn schon begann es in den Schläfen zu hämmern. Nun schwamm ich, geradezu, immer geradezu, vor mir und zu beiden Seiten Nebel und Wasser in einer erbarmungslosen Färbung vermengt. Darin rudernde Arme, rote, keuchende, schreiende Gesichter. Bis ich des Floßes mit der Pängscheibe ansichtig wurde, welches wir für Schießübungen an Bord geführt hatten. An dem eisernen Bügel zog ich mich hinauf. Am anderen Ende hing schon jemand festgekrallt; es mußte der Decksläufer sein, denn er war mit dem Seitengewehr umgürtet. Das bemerkte ich sofort, obwohl ich Mühe hatte, mich selbst auf dem Gebälk zu balancieren, das durch meine Last sich bedenklich unter die Wasserfläche drückte. Meine Sinnenkraft schien verzehnfacht, ich vermochte gleichzeitig nach verschiedenen Richtungen hin die geringsten Einzelheiten wahrzunehmen.

Wir, das heißt: das Floß und im eng vom Nebel begrenzten Umkreise mehrere Schwimmer, die auf uns zustrebten, wurden von der Strömung langsam davongetragen; zu meinem Schrecken ließen wir ein Geräusch von Ruderschlägen und Kommandostimmen hinter uns zurück.

Der Läufer und ich: wir sprachen uns nicht an, unser Atem war noch zu aufgebracht. Wir hingen an dem Bügel und verfolgten kalten Auges das Schicksal der Menschen im Wasser, die sich auf uns zuarbeiteten, würdelose, krasse Selbstsucht in den Mienen und mit käferhafter Brutalität, wenn sie zusammengerieten. Nun griff der vorderste von ihnen nach dem Floß, und dieses sank mit uns rasch unter.

Aber wir tauchten wieder empor, der Läufer und ich noch am Bügel. Der Dritte hatte losgelassen, schwamm neben uns her und versuchte von neuem, die Pängscheibe zu erreichen. Ich wollte abwehren. Das Floß trüge uns drei nicht. Ich blieb vor Kälte stumm und regungslos. –

Könnte ich das angstvolle Gesicht vergessen und die verzweifelte, violette Hand, die nach dem Bügel haschte.

Sie faßte ihn. Aber der Läufer riß im Nu sein Seitengewehr heraus und tat einen entsetzlichen Hieb.

Danach war der dritte Mann nicht mehr da. Seine gekrümmte Hand jedoch, mit blutigem Gelenkstumpf, hing noch mehrere Augenblicke lang am Bügel, bis sie als ein kraftloser Gegenstand herabfiel.

Mittlerweile hatte sich die Zahl der um uns herum im Wasser ringenden Seeleute vermindert; die Strömung oder Kopflosigkeit hatten sie zerstreut, viele mochten erschöpft in die Tiefe gegangen sein, andere verbarg die dicke Luft. Aber während wir mit dem sich sanft um seine Achse drehenden Floß stetig weiterschlichen, zeigten sich neue Bilder des Unglücks und verloren sich wieder im grauen Dunst.

Da trieb ein Hund; er hatte an Bord dem Oberfeuerwerker gehört und uns oft zur Kurzweil gedient. Dieses Tier und ein Leutnant schwammen einander entgegen, ganz nahe von uns, so daß mir deutlich der Ausdruck in beider Augen auffiel: der Leutnant in einer fast tierischen Gier etwas zu packen, was ihn über Wasser hielte, der Hund mit einer herzergreifenden, flehenden Hilflosigkeit. Welche Szenen! Da ruderte der Lotse, der dicke, dreiste Kannebier. Plötzlich hob er die Arme, schrie mit durchdringender Stimme: »Jesus Maria, meine arme Frau!« und sackte ab. Für das alles hatte ich Augen, ich, der ich fror, schrecklich fror, mit den Zähnen klapperte und nicht wußte, wo wir hinsteuerten, – für mich nur den instinktiven Vorsatz: Halte fest und rühre dich nicht! –

Der Läufer drehte mir den Rücken zu. Noch immer hatten wir kein Wort gesprochen. Es grauste mir vor dem Manne, der den Arm durchschlagen hatte. Er schwang noch die blanke Waffe in der Rechten. ›Laß uns laut schreien‹, rief ich ihn endlich an. Er wandte sich um.

Schauerlich! Offenbar hatte ihn der Wahnsinn befallen. Seine Augen waren herausgequollen, das Gesicht grünlich, und aus seinen Mundwinkeln floß dicker, ekelhafter Schaum.

Er entgegnete, nicht laut, aber in einem unerhört grauenhaften Tone: »Wenn du schreist, stech ich dir das Hirn aus, Brüderchen.« –

Ich war bereits gelähmt von der eisigen Kälte. Ich wollte einen Plan bauen für den Fall, daß mich der Wahnsinnige angriffe, aber meine eigenen Gedanken brachen auseinander.

Dann oder viel später kam für kurze Frist ein Toter in unseren Sichtbann, ein alter, weißhaariger Heizer, der mit angezogenen Armen und Beinen, mit offenen, glasigen Augen erstarrt auf dem Rücken dahintrieb. Sein Trauring glänzte. – Vielleicht habe ich später zeitweilig das Bewußtsein verloren; ich erzählte euch bereits, daß ich viele Stunden auf dem Floß zugebracht haben muß. Jedenfalls erwachte nach einem apathischen Zustande mein Erkennungsvermögen plötzlich, da ich mich bei klarem Wetter auf weiter, von einer kräftigen Brise gewellten See befand und nicht ohne Genugtuung den Läufer vermißte. Das Floß, dessen Metallstange ich noch immer krampfhaft umklammert hielt, schaukelte lebhaft im Seegang, und in seinem Kielwasser gewahrte ich etwas Neues, etwas Gräßliches; einen toten Matrosen – Lesken. Ohne Zweifel war es Leske. Er hatte einen anderen Mann umschlungen, und in dem erkannte ich jenen weißhaarigen Alten wieder. Er lag über diesem Leichnam und unter ihm, sie drehten sich beide Brust an Brust in der wogenden Strömung umeinander. Auch Leske tot und steif, aber mit geschlossenen Lidern und die Arme wie im Tanze um den anderen Ertrunkenen verschränkt. Sie drehten sich – sie tanzten. Tanzten immerzu. Ich wendete mich ab, sah ein Boot und fiel wohl dann in Ohnmacht ...«

Der Sprecher pausierte und ließ wieder seinen festen, ruhevollen Blick kreisen. Einige der Zuhörer ertrugen diesen, andere senkten den Kopf. »Mir hat«, fuhr Grössel fort, »kürzlich ein Straßenmädel die Karte gelegt, eine fremde, aufgelesene Dirne, die nichts über meine Verhältnisse wissen konnte, ich trage auch keinen Ring; die prophezeite mir unter anderem, ich würde meine Frau nicht wiedersehen. – Nun ...«

Grössel sprach nicht weiter. Die Gesellschaft schwieg ernst, und weil sich eine gewisse Verlegenheit anmeldete, stand der Torpedermaat auf, zog das Grammophon hervor und stellte es an.

Heinz Lebrun sang mit weicher, reiner Stimme:

... Wenn dir ein Mädchen recht gefällt,
Und sie hat einen andern,
Dann ist's am besten,
Aus der Welt zu wandern. –

Bis das Lied ausklang, und darüber hinaus, bewahrten die lauschenden Seeleute eine aufrichtige, andächtige Stille – – dort unten, in dem Boote, dreißig Meter unter dem Meeresspiegel.

FAHRENSLEUTE

»Nein, zur Abwechslung«, erwiderte der Stückmeister, »du solltest eine Seemannskneipe kennen lernen. Ich dachte ein paar schwerhinwandelnde, tolle Janmaate anzutreffen, deren Gesichtshaut in Sonne, Salz und Wind zu Krokodilsleder verschrumpft ist, *old sailors*, die durch zwei, drei Jahrzehnte *round the world* gegangen sind.«

Die Dame mit den fünf Leberfleckchen am Halse unterbrach den Deckoffizier: »Es fehlte dir außerdem heute an Geld. Du glaubtest in diesem Wirtshaus billiger davonzukommen, als in den noblen Cafés, wo wir bisher unsere gemeinsamen Abende verbrachten. Ei, Rolf, dein Erröten in diesem Augenblicke mag *cum grano salis* gelten. – Nun erklärt sich mir auch, weshalb du so mißmutig dreinschaust.«

»Ja, auch das war einer von meinen Gründen. Aber vor allem bin ich durch diese schäbige Kneipe enttäuscht und vor dir beschämt. Ich hatte gebeten, du möchtest heute abend Tabakrauch, Schnapsgeruch, Lärm und unanständige Lieder mit in den Kauf nehmen, um einmal in das naiv rohe, grotesk verbildete, hausbacken kosmopolitische Leben der Seefahrer zu horchen. Doch nun ist weder vom einen noch vom andern etwas zu spüren. Denn diesen Mehlsäcken dort am Tisch muß das Maul vernäht sein; sie glotzen uns an, als wären wir aus Himbeersaft geschnitzt. – Komm, mein Liebling, laß uns weiterziehen.«

»Nein, Rolf, mir gefallen deine Mariner. Es sind imposante oder amüsierende Männer dazwischen, zum Beispiel der griesgrämige Alte, dessen Glatze wie Afrika aussieht. – Welche schöne Kraft spricht aus ihren Händen, welche Einfachheit der Seele aus ihren Tätowierungen.«

Acht Matrosen und Heizer lümmelten sich am großen Kreistisch. Einige meinten ihrer salopp gehaltenen, schmutzigen Dienstuniform gemäß eine herausfordernd ordinäre Miene aufsetzen zu müssen. Andere, im Urlaubsanzug, mit jener gewissenhaften Regelmäßigkeit gekleidet und frisiert, welche die Bauern des Sonntags beobachten, vergaßen ihre Blicke zurückzuziehen, die sie an den Stückmeister und die zierliche, vornehme Dame gehängt hatten.

Beinahe störend selten und dann im Flüsterton fiel eine

Bemerkung, und einige simple Übungen in partieller Selbstreinigung vollzogen sich geräuschlos. Dem Bier ward so verzögert und mäßig zugesprochen, daß die dicke Wirtin, die nicht minder schläfrig hinterm Büfett Gläser spülte, vorwurfsgrimmige Blicke auf die Blauen entsandte, was denn, allerdings aus abweichenden Ursachen, auch Herr Bindebein tat. Eine unter der Decke pendelnde Fischmißgeburt erbrach aus gräßlichem Rachen ein traniges Licht in die Wirtsstube, wo kein Gegenstand, weder die Möbel, die Tapete oder die Ziehharmonika noch die ausgestopften Vögel und Pelztiere an den Wänden, sich zu einer bestimmbaren Farbe bekannte. Und weil die Mißgeburt sich wie ebenfalls gelangweilt hin und her drehte, blieben alle Schatten in nervöser Unruhe. Über der Tür prangte in einem Glaskasten eine stattliche Viermastbark, bis in die niedlichsten Details ausgearbeitet und freundlich bemalt; die getönte Rückwand des Kastens gab ihr den Hintergrund, einen kobaltblauen Himmel.

»Fische auf dem Trocknen«, murmelte Herr Bindebein verdrossen, und dann fuhr er laut zu seiner Braut fort: »Der Seemann an Land, wenn er sich nicht unter seinesgleichen weiß, blamiert sich immer. Ungeschickt, unmanierlich, zügellos, brutal benimmt er sich, verlogen, läppisch oder schamlos.«

»Aber seine harten und einsamen Pflichten auf dem Meere«, entgegnete Muky warm, »heischen viel Vergeben.«

»Wache um Wache. Arbeit, Essen, Schlaf; freilich, solche Monotonie läßt vertieren.«

»Rolf, erzähltest du mir nie aus deinen Seefahrtsjahren von den ungewöhnlichsten, Mut und Geistesgegenwart fordernden Erlebnissen, von mannigfachen Momenten, da sich einem das Herz zusammenschnüre, und von langewährenden, frostigen, nüchternen Gefahren? Du sprachst von zusammenstürzenden und emporstoßenden Wassergebirgen, vom Tanz auf einer pfeilschnell abrollenden, donnernden Ankerkette. Und diese weit zurückgelegenen Jahre hast du wie Begebenheiten und Zustände von tags zuvor geschildert mit der fortreißenden Kraft tiefsten Ergriffenseins.«

»Es ist wahr, Muky«, der Stückmeister legte seine Hand auf ihr Knie, »diese Zeiten rührten mein Innerstes auf. Nun hat mich der Krieg aus dem stilleren Beamtenstand unversehens (und, gebe Gott, für nicht mehr allzulange Dauer) wieder in ein Stück Seemannstum gesetzt. Aber es hätte nicht erst dessen bedurft, um mich immer von neuem dankbar empfinden zu lassen, daß ich der Nachtwachen in vereisten Mastkörben ledig bin und der Streitigkeiten mit zehn, fünfzehn einzigen, niedrigen, beschränktesten Seelen, inmitten der chaotischen Trostlosigkeit der Hochsee. Wenn mich jemals schlimme Träume foltern, so vollzieht sich das nie anders, als daß sie mich entweder in meine Schulzeit oder eben in jene Jahre der Seefahrt einsperren.« –

Neue Gäste, ebenfalls Mariner, traten auf. Herr Bindebein erklärte ihre Charge, ihre Funktion. »Der aufgedunsene Matrose ist ein Taucher.« Ferner: ein Koch von einem Torpedoboot und ein aktiver Funker, der sich bei der Flotte einen Tropenkoller angelegt hat. Diese Neuen blieben zur gegenseitigen Bequemlichkeit vor der Wirtin, am Schanktisch, stehen. Dort versuchten sie mit ihrer noch gelinden Bezechtheit zu theatern. Der Funker gab so laut, als gälte es gegen einen Taifun anzusprechen, die Erinnerung zum besten, wie er einmal im Rausch zwei Tuben verwechselt und sich die Zähne mit Sardellenbutter anstatt mit Pebecco geputzt habe. Der Taucher trat überzeugender als Freßvirtuose auf; er verzehrte fünf Neunaugen mit Haut und Haar und verschluckte, als ihm solches Beifall einbrachte, noch obendrein Bindfaden und Zündhölzer. Im Vorübergehen hatte nur der Funker vor dem Deckoffizier salutiert. Diesem entging es nicht, wie seine Braut durch solche Ehrenbezeugung für den jungen Mann eingenommen wurde, und er äußerte lächelnd: »In dem steckt vermutlich ein anständiger Mensch, ein guter Soldat und ein schlechter Seemann. Denn die echtesten Kauffahrteier, jene, die mit einem Priem zur Koje gehen und ein Lot Petroleum nicht aus der Suppe herausschmecken, die nehmen es mit dem Militärischen nicht so genau, und man sieht's ihnen nach. Die Vielseitigkeit des Schiffsdienstes und die Verantwortlichkeit des einzelnen dabei bringen es mit sich, daß auf See oft der Soldat hinter den Seemann zurücktritt, zuweilen sogar über diesem in Vergessenheit gerät.« –

Ein stolzes Schiff am Bollwerk lag.
Ein junger Matrose zum Mädchen sprach:
»Ei, wohin denn du stolze Kleine?
Du sollst heute nacht meine Beischläfrin sein,
Denn ich schlafe so ganz alleine.«

»Deine Beischläfrin sein, das kann ich nicht.
Meine Mutter hat mich ausgeschickt.
Einen Taler hat sie mir gegeben,
Ich soll einkaufen, was zum Haushalt nötig ist,
Ich soll gleich wiederkehren.«

Er nahm das Mädchen an seiner Hand
Und führte sie an des Schiffes Rand.
Und sie schliefen so fröhlich beisammen,
Bis daß der helle Tag anbrach,
Und der Steuermann kam gegangen.

Auf, auf, Matrosen! Der Wind steht gut …

Die am Schanktisch brüllten das Lied. Am großen Tisch fiel ein Matrose ein, dem die halbe Nase fehlte. Herr Bindebein zog die Uhr. »Wollen wir nicht aufbrechen?«

Die Dame mit den Leberfleckchen griff statt zu antworten stumm fragend nach einer goldenen Kugel, die mit ebensolcher Schnur an die Uhrkette geknüpft war.

»Ein Talisman. Kapitän Ramox schenkte ihn mir. Er sagte: Wenn ich einmal im tiefsten Herzbunker einen Wunsch hätte, dann möchte ich nur dies Appendix über Stag gehen lassen, d. h. beseitigen, und mein Wunsch werde sich alsbald erfüllen.« Herr Bindebein zerlegte die Kugel mittels einer fein versteckten Mechanik in mehrere kantige Glieder, deren jedes zierlich gravierte, hermetische Zeichen aufwies. »Ramox war ein abergläubischer, ostfriesischer Schipper, rotbärtig und sparsam, auf dem Wasser zu Hause, gottesfürchtig und fluchte wie zwanzig Spanier mal dreißig Türken. Aber ein ganzer Kerl. Und solche Kerle, Muky, mögen auch unter diesen stumpfen und stieren Burschen sein, es käme nur darauf an, sie herauszulocken. O, man muß sie belauschen, wenn sie günstig beisammen sind und von ihren Reisen berichten. Dann wachsen die Palmen vor einem aus der Tischplatte, und man hört den Mississippi rauschen. Erzitternd sieht man den nächtlichen Umrissen eines treibenden Eisberges entgegen, oder man klammert sich unwillkürlich, fiebernd an die Unterkanten des Stuhles, über der Schilderung eines exotischen Nackttanzes. Da man doch zur gleichen Zeit über die komischsten Prellereien, Prügelszenen und Schmuggelgeschichten, noch mehr über die Art und Weise, wie sie vorgetragen werden, herzlich lacht.«

Muky strich mit den Fingern durch Rolfs Haar. »Ein wenig hängst du noch an dem, was Seefahrt heißt und angeht?«

»Ja! Manchmal packt mich eine feuchte Sehnsucht; so, wenn ich ein Seilergeschäft betrete und auf einmal den Duft von Hanf, Manila oder Braunteer einatme. – Hallo, noch zwei Grog, Frau Wirtin!« –

Mittlerweile waren auch die Leute am Kreistisch in ein beständiges, allerdings sehr unerquickliches Gespräch gekommen, das alle Übelstände des Krieges herauszerrte und kleinlich beleuchtete, über gesteigerte Lebensmittelpreise, über Tote, Verwundete und Vermißte klagte, ohne den gewaltigen deutschen Erfolgen gerecht zu werden. Nun waren Rolf und seine Braut in die Rolle der schweigsamen Zuhörer verfallen. – Krieg, – Krieg –. Und nimmer Friede.

Der widerliche Geruch des Grogs verbreitete sich. Die Tabaksschwaden blieben wenig über Mannshöhe in der Luft stehen.

Es gingen Gäste, und neue traten ein, darunter auch Zivilisten, Werftarbeiter, deren einer die Neuigkeit verteilte: Simon Fels sei gestorben. Muky wollte ihren zusehends in Mißlaune zurücksinkenden Bräutigam zerstreuen. Sie sagte: »Simon Fels war der Werftdirektor. Eine jener genialen, rührigen und zielbewußt rücksichtslosen Naturen, die in irgendein Unternehmen gesetzt, ganz gleich, ob es ein Restaurant, eine Fabrik oder ein Staatswesen sei, unfehlbar eines Tages an die Spitze gelangen und von da ab das Unternehmen emporbringen. Just so, wie ein Stein, den man an einem Band befestigt und mit diesem zusammen in die Luft wirft, alsbald das Band in seine leitende Gewalt bringen und weiterführen wird. Dieser Fels fing als Kesselklopfer an und zuletzt – – «

»O ich kenne Simon Felsens Werdegang. Seine Verdienste in diesem Kriege wird man schwerlich überschätzen.« Nach einer Weile fügte Herr Bindebein ohne aufzusehen hinzu: »Ich kann mir sein Ende vorstellen. In einem Lehnstuhl, in einem sehr hohen, mit Panzerschiffsmodellen und prächtigen Palmen schwer und vornehm geschmückten Saal – – und die Familie sowie einige feierlich gekleidete Herren sind versammelt. Im letzten Kampf, als dem fiebernden Greis schon die Sprache schwindet, richtet er sich auf und bewegt die Arme, als ob er mit gewaltigen Händen etwas formen, etwas Kolossales, Massiges zusammenballen wolle. Dann kommt noch ein letztes Stammeln von seinen

Lippen: ›Eisen – – viel Eisen.‹ Und das letzte Bulletin geht in die Welt. – – Muky, das ist das große Sterben.« Wieder blieb der Stückmeister eine Weile sinnend.

»Denke dir: als ich gestern abend meine Wohnung verlasse, begegne ich auf der Treppe zwei streitenden Weibern und fange gerade auf, wie die eine sich verteidigend ungefähr folgendes sagte: ›Jedermann weiß, wie pünktlich ich sonst die Wäsche erledigt habe. Aber diesmal war ich lange bei meiner Schwägerin; da ist die elfjährige Tochter gestorben und ...‹ ›So?‹ höre ich das andere Weib fragen, ›woran denn? ...‹ ›An Gehirnentzündung; sie hat acht Tage lang mit dem Tode gerungen ...‹ Darauf schwatzten die beiden weiter von ihrer Wäsche. Aber seitdem muß ich gar oft an das elfjährige, bleiche Mädchen denken, an das stille Leiden und Entschlafen, das vor dem Weltenwaffenlärm unbeachtet sich bei Tagelöhnern in der Vorstadt vollzieht, – abseits.«

Die junge Dame nickte ergriffen. »Das ist das kleine Sterben«, sagte sie endlich.

»Ja, ja.«

»Ja. – Eine traurige, niedrige, armselige, verlogene Zeit herrscht in der Welt.«

Rolf summte vor sich hin: »Auf, auf, Matrosen, der Wind steht gut«, und als er sich dessen bewußt ward, brach er die Melodie rasch ab und deutete auf den Glaskasten über der Tür: »Weißt du wohl, Liebling, was ich jetzt möchte? Mit dir auf dieser Viermastbark – mit vollen Lappen, wie sie dort fährt – davonsegeln, weit, weit hinaus aus all dem Kriegsjammer in die alles lösende, friedliche Ferne, wo die Seeleute ihre glückliche Zeit haben, weil vor dem ruhigen Atem des Passates die Schiffe beinahe keiner Aufsicht mehr bedürfen; in die lichte Abgeschiedenheit, wo sich der tropische Atlantik in feierlichen, saphirblauen Schollen wiegt und von oben ein gütiger Himmel aus unzähligen blauen Augen auf uns herablächelt; wo über den elementarsten

Wonnen kein Wunsch mehr bleibt.« Herr Bindebein sprang plötzlich energisch auf, bat seine Braut, ihn für Minuten zu beurlauben und verließ, der Wirtin heimlich zuwinkend, ohne Mütze das Lokal.

Obschon Muky erfahrungsgemäß irgendeine liebenswürdige Torheit ihres Geliebten befürchtete, war sie doch alsbald entschlossen, eine solche mit- und möglichst wiedergutzumachen. Befriedigt darüber, ihren Bräutigam froh zu wissen, wandte sie sich während dessen Abwesenheit behaglich wieder der übrigen Marinegesellschaft zu, der sie mit frauenhafter Unauffälligkeit und Schärfe bereits genügend zugehört und zugesehen hatte, um an der Weiterentwicklung Interesse zu nehmen.

Der Taucher und seine Kumpane hatten sich zu den Seeleuten am Kreistisch gesellt und denen ein Teil von ihrer weitgediehenen Betrunkenheit aufsuggeriert und eine gewisse Lebhaftigkeit entzündet. Da fingen sich aus einer an sich schwer verständlichen Sprache, die mit imponierender Dreistigkeit vom deutschen Platt bald hierhin, bald dorthin ins Fremdländische griff, allerlei Bezeichnungen in Mukys Ohr, mit denen sie wenig anzufangen wußte, wie Hellegatt, Taljereepen oder »von Ida Grün in Dwarslinie aufrücken«. Aber die aus Liebe aufmerksame Dame wurde dadurch doch dem wirklichen Bilde der Seefahrt um ein beträchtliches näher gebracht. Und weil sie ihren wohlerzogenen Schwärmer Rolf damit in Gedankenverbindung brachte, ward auch sie zunehmend trübsinniger.

Nun erschien er wieder, der Stückmeister, zugleich mit der Wirtin, beide schwer bepackt. Sie hasteten in gläserner Angst auf den großen Tisch zu, um dort eine Anzahl Flaschen, einen umfangreichen Kupferkessel, zwei gewichtige Stücke Hutzucker und eine blanke Ofenzange abzuladen.

Jetzt hielten es die Matrosen und Heizer doch für geraten, vor dem Deckoffizier eine militärische Haltung anzunehmen.

»*Never mind that!* Heute sind wir auf du und du, vor dem Mast, das heißt, diese Dame ausgenommen; sie ist eine Prinzessin. Wir laden euch ein. Wer etwas Savi von einer Feuerzangenbowle hat, der helfe sie brauen und lensen. – Komm heran, Muky. Laß uns diese Nachtung bis zur Neige auskosten; wir haben uns heute auf dem Elegischen festgefahren. Wollen wieder flott werden. – Heda, ein bißchen fixer, Boys! Man merkt doch gleich, daß ihr keine echten *sailors* seid. Wäret ihr jemals über die Linie gekommen – –«

Der Mann mit Afrika auf dem Kopf wandte sich gekränkt nach Herrn Bindebein um, und, dem angebotenen Du nicht recht trauend, zischte er giftig: »Ick glöw, Herr Stückmeister swapperten noch in witten Büxen ümmer, as ik all teihnmal ümme Hoorn seihlt wier.«

Die andern Matrosen und Heizer unterstützten ihren Kameraden lachend und spottend, dabei halfen sie aber eifrigst die Fürknieptangbowle fördern. Das Kupferbecken wurde zu zwei Dritteln mit Rotwein gefüllt, auf die quer darüber gelegte Zange eins von den Zuckerstückchen gesetzt und dieses mit Jamaika begossen, dann angezündet.

Ein langer, nur durch einen Ohrring auffallender Mann knipste das elektrische Licht ab und rief heiser: »Herr Stückmeister, Se hämm dat hier nich mit Schippsjungens tau dauhn!« Zum Erstaunen wie zur Besorgnis seiner Braut fuhr indes Herr Bindebein fort, die Leute durch Beleidigungen aufzureizen. »Was seid ihr denn anders? Süßwasserjungen, die keinen Langspliß zuwege bringen, keine Logleine aufschießen und eine Backspiere nicht von einer Handspake unterscheiden können.« –

Bläulich beleuchtete, zornige Gesichter schauten abwechselnd bald drohend nach dem Deckoffizier, bald neugierig auf den Zucker, der in flammenden Tropfen herabschmolz, aufzischend in der blutfarbenen Flüssigkeit unterging.

Zwei Heizer stahlen sich davon, um eventuellen Tätlichkeiten auszuweichen. Aber Rolf Bindebein lenkte rechtzeitig zum Guten ein: »Skol, Jungens! Ich wollte nur erst mal die Lage peilen. Nun, ihr seid ehrliche Fahrensleute. Sakramento, pumpt euch die Klüsen voll.«

»Prosit Janmaate!« schrie Muky. Da klangen die Gläser.

»Sie sind alle schon einmal bei Wera Iwanowna in Odessa zu Gast gewesen, Muky. Sie segeln nach Melbourne, wie du nach dem Briefkasten läufst. – Das ist recht, Schmut, *give us a song*!«

Der Torpedokoch nahm die Ziehharmonika auf den Schoß: *»Yankeeships come down the river – –«*

»Was haben Sie da für einen seltsamen Goldring?«

»Das ist ein Afrikaner, Fräulein Prinzessin, – – bitte. Ich schenke Sie den Ring.«

»Der alte Ramox, Muky, –«

»Ramox?« fuhr der Halbnäsige auf, »Kapitän Ramox? Mit dem bin ich acht Monate Chinaküste gefahren. Das war einer. Wenn böses Wetter aufkam, dann stülpte er seinen riesigen Kalabreser auf und ging selbst ans Ruder. Dann fegte der Wind den Kalabreser über Bord; und Ramox ließ beidrehen und lavierte bei Tod-und-Teufel-See so lange hin und her, bis der schäbige Filzdeckel wieder aufgepickt war.« –

Es baute sich eine Einmütigkeit zusammen, die ihresgleichen suchen mochte. Jeder meinte ersticken zu müssen, wenn er einmal länger als eine Minute nicht zu Worte kam. An das traurige Samoalied reihte man ohne Pause den lächerlichen Negertanz *Just because you made them googoo eyes*.

Als das zweite Stück Zucker seine Sternschnuppen in frische Weinmengen träufelte, rauchte Muky eine abscheuliche Pfeife aus dem Munde des täppisch kassierenden Tauchers zu Ende.

Später zog der griesgrämige Alte ohne jegliche Veranlassung und Vernunft seine Seestiefel aus und schleuderte sie schweigend aus dem Fenster.

Draußen hub gerade die Turmuhr zu schlagen an. »Zwölf Uhr«, sagte Rolf und langte zwecks Kontrolle seine Uhr hervor, an deren Kette kein Appendix mehr hing.

»Nein, acht Glasen«, sagte der Funker ernst und horchte. Die sonderbare Wahrnehmung, daß die Kirchuhr in der Tat diesmal vier Doppelschläge tönen ließ, verursachte eine vorübergehende Bestürzung. Muky am Klavier: Auf, Matrosen, die Anker gelichtet …

Der Halbnäsige hob, ohne auf das Gezeter der Wirtin zu achten, den Glaskasten von der Wand herab und stellte ihn mitten auf den Fußboden so heftig nieder, daß die gläsernen Wände in Scherben auseinander brachen.

Hierauf – und ausdrücklich bemerkt: in der vierten Minute des 29. Novembers 1915 – geschah es, daß die kleine Viermastbark sich zu dehnen begann, daß sie nach wenigen Sekunden die Größe einer Badewanne und in nochmal soviel Zeit den Umfang einer Dampfpinasse erreichte.

»Alle Mann an Bord!« Es entstand eine Panik. Angstlaute, Pfiffe, Kommandos, gegenseitiges Aneinanderprallen, – die Wirtin schrie nach Bezahlung. Aber die meisten Seeleute stürzten zunächst in ein und demselben Gedanken zum Klavier: Muky. Sie trugen das mutig lächelnde Mädchen trotz der drängenden Gefahr behutsamst auf den Segler. Dann schifften sie sich selbst ein; und jeder begab sich wie verabredet auf einen besonderen Posten, an die Brassen, in die Wanten hoch, auf Ausguck, ans Ruder, der Torpedokoch in die Kombüse, Herr Bindebein – Kapitän Bindebein aufs Achterdeck.

Unterdessen wuchs die Bark weiter in die Länge, Höhe und Breite, die Stühle, die beladenen Tische mit Getöse umkippend und beiseite schiebend. Schon stießen die Masten in die Decke, daß Kalkstücke herabprasselten. Der Besan hatte die Mißgeburt gespießt. Jetzt zerbrachen die schwellenden Schiffsplanken das Möblement an den Stubenwänden und preßten die dicke, quietschende Wirtin fest, platt. Ein Zivilist entging nur knapp dem gleichen Schicksal, indem er noch im kritischsten Moment aus der Tür schlüpfte. Als diese aufgerissen ward, brach ein ungeheurer Windstoß herein und ließ die Segel knattern, bis sie sich auf einmal zum Bersten voll steiften. Das Schiff kam in Fahrt. Die Raanocken zertrümmerten vorbeistreifend Fenster, Spiegel und Bilder und hauten die ausgestopften Tiere von den Wänden. So rammte der Viermaster wuchtig die nächste Wand ein, daß die Ziegel geborsten auseinander stoben, schoß quer über den Kirchplatz, auf der anderen Seite wieder in ein Haus hinein und durch dasselbe hindurch, nur einen Schutthaufen zurücklassend, und schlitterte nun die grausam gepflasterte John-Brinkmann-Straße längs, wo der letzte Werftarbeiter, den man mitleidig mit an Deck gezogen hatte, verzweifelt seekrank wurde und kopfan über die Reling sprang. »Südwest zum Westen!«

»Heiß Großstengstagseil!« – »Zwei Strich Backbord!« – »Ahoi!«

Das rasende Schiff überrannte schreiende Menschen und durchgehende Pferde, teilte zermalmend eine Marschkolonne wahnsinnig erschrockener Trainsoldaten, jumpte über die Kaimauer platschend ins Wasser und lief nun mit verdoppelter Geschwindigkeit aus dem Hafen. Lief rücksichtslos, frech an signalisierenden oder schießenden Wachtschiffen vorbei, durchbrach unbeschadet ein entsetzlich krachendes Minenfeld und sonstige Hafensperren, jagte – immer mit vollen Segeln – quer durch eine Seeschlacht und von dannen, weit fort in die warme, blaue Ferne des Hochatlantiks, wohin kein Kanonendonner reicht, und wo wir alle einmal gewesen sind, in den süßesten Stunden unbewußter Kindheit.

Dort saß nun die Dame mit den fünf Leberfleckchen auf einem Teppich auf dem Achterdeck in der milden Sonne, und weil die Matrosen es nicht zuließen, daß ihre feinen Hände irgendwelche Schiffsarbeit anrührten, sie jedoch nicht müßig bleiben wollte, so zog sie ein Strickzeug hervor, um Strümpfe für die Seeleute zu fertigen. Rolf aber nahm ihr im Vorbeigehen die Wolle fort, und indem er diese ins Meer warf, sagte er glücklich: »Das einzige, was ihr zu geben vermögt, wonach sie sich sehnen, weil sie's entbehren, ist Liebe.«

DIE ZEIT

Dreißig Maate und Matrosen marschierten wir einen Weg, der uns bis zum einzelnen Pflasterstein vertraut war, da er seit Wochen täglich zweimal von uns zurückgelegt wurde.

Seeleute sind schlecht zu Fuß, und die gewitterschwangere Luft flimmerte wie über einem Holzkohlenfeuer. In einer Brandung von Staub zogen wir schlapp, durstig und verstummt dahin, im Gleichschritt: eins, zwei, Schritt, Schritt, Scheritt, Scheritt –

Für die dürftigen Begebenheiten auf den Fußsteigen links und rechts hatte niemand von uns Aufmerksamkeit. Jeder verfolgte mit Augen, die aus Müdigkeit und vor dem stechenden Mittagshimmel halb geschlossen waren, die Hacken des Vordermannes, die Fußspitzen des Nebenmannes.

Ich bildete den linken Flügel des letzten Gliedes. Vor mir bewegte sich unheimlich gleichbleibend, wie die einem Pendel gehorchenden Reklamefiguren in den Schauläden, ein Bild, das ich hundertmal so stundenlang vor mir gehabt hatte, dem ich nicht das geringste Neue mehr abzugewinnen vermochte: Lauter gleiche Ledergurte, jeder mit dem gleichen Lichtfleck an der gleichen Stelle. Lauter gleiche Seitengewehre, die im selben Moment leise an linke Schenkel anklirrten. Prall ausgefüllte Hosenböden mit einer einzigen, sich verzerrenden Falte, die ihnen den Anschein gab, als ob sie Gesichter schnitten. Gleichmäßig vor- und rückschwingende rechte Arme mit flachen schmutzigen Händen, gleiche linke Oberarme. Rechts von mir, hintereinander, wie auf einer Schnur aufgereiht, rosa Nasenspitzen. Und über den dreißig blauen Mützen ein wanderndes Spalier von Gewehrläufen, die in einer Bewegung zwischen Schwanken und Wippen den Rhythmus der groben Soldatentritte nachäfften.

Diese Tritte werden für Sekunden laut und drohend, wenn die Holzbrücke hinter dem Fort überschritten wird. Dann biegt die Straße in scharfer Kurve ab und führt an dem Milchgeschäft vorbei, wo die dicke Hedwig mit Kannen klappert und einen Matrosenwitz provoziert. Dann ein gewundener Wiesenweg, welcher in das von der Zivilbevölkerung gemiedene, tote Viertel am Strande, hinter dem Depot mündet.

Dort – ich bemerkte es flüchtig – saß diesmal auf einer Bank unter den Kastanien, bequem vornüber geneigt, mit den Ellbogen auf die Schenkel gestützt, ein alter, schneeweißbärtiger Herr. Er blickte gleichsam ausruhend zu Boden und hielt zwischen gefalteten Händen einen Stock; damit zog er, in dem Augenblicke als ich passierte, eine leichte, spielerische Linie in den Sand. Er schaute nicht auf bei unserem Vorbeimarsch.

Er hat nicht einmal nach uns geblickt, da wir im treuen Gleichschritt vorüberzogen: dreißig Maate und Matrosen, die eventuell morgen, mitten auf dem Meere, weitab vom blutwarmen Lande in einem Backofen verbrennen oder in die stumme, ewige Nacht der platten Fische versinken; vielleicht – mag das immerhin als Pose geschehen – im Sterben noch ihr Flaggenlied schreien.

Ich, selbst Soldat und dieses Standes reichlich überdrüssig, muß noch immer wie beim ersten Male hinstarren, wenn sie nahen mit Trommeln und Pfeifen, mit Staub und Schweißgeruch, singend und blumengeschmückt oder schweigend und blaß. Alles Söhne, denke ich dann, alles Brüder, Väter, Gatten, alles Kugeln, alles Kegel, alles Helden, alles Gerippe; Dumme, Kluge, Arme, Reiche, Junge, Alte, – alle für die gleiche Idee feldgrau, marineblau. Und der Alte schaut nicht einmal auf. Verstehe einer die!

»Avanzadora, ich sah einmal tief in den russischen Wäldern etwa hundert deutsche Feldgraue ruhen. Die hockten, von den glühenden Fetzen des Abendhimmels beleuchtet, in langer Reihe in einem Graben, das Gewehr wie ein Kind in den Armen, den Kopf zurückgeworfen, die Augen geschlossen und den Mund weit offen, bis auf zwei wortlos wandelnde Posten.«

»Die Ärmsten!« entgegnet Avanzadora. »Gewiß hatten sie einen anstrengenden Marsch hinter sich. Der Osten fordert viel von den Beinen, und wo Breitenbach der Atem ausgeht, beginnt Hindenburg zu laufen.«

»Avanza, was hältst du von dem Matrosen dort, der das Pferd striegelt?«

»Der Kleine? Nun: lustig, gutmütig, pomadig und nicht gerade sonderlich intelligent.«

»Wohl! Du hast einen findigen Blick für Leute aus dem Volk. Ich wünschte, du könntest dich selbst so beurteilen. Nehmen wir an, der Matrose sei in Zivil Stallbursche oder Fensterputzer, denn ich kenne ihn nicht. – Höre, Avanza, vielleicht hat dieser Mann während des Krieges einmal, vom englischen Kanal aus, in Minutenfrist – durch einen einzigen kurzen Druck mit seiner Hand – tausend Frauen im fernen Indien zu Witwen gemacht.«

Meine Freundin lächelt. »Hm, die Möglichkeit existiert. Er kann jedoch möglicherweise von seiner Einberufung an bis heute als Verwalter Speck, Würste und Margarine behütet haben.«

»Zugegeben. Oder er mag manchmal, in wimmernden Nächten – während ihr in warmen, hellen Stuben schlemmtet – gar nicht auf unserer Erdkugel gewesen sein, sondern tausend Meter darüber, an den Rücken eines schnaubenden Riesenkäfers geklammert, in der grausigen Haltlosigkeit der Wolken voll Angst und Mut wider Tod und Teufel gekämpft haben.«

»Hellen Zimmern schlemmtet?« wiederholt Avanzadora kokett. Sie unterbricht kurz eine Häkelarbeit (Leibwärmer für die Marine), um eine Falte ihres modischen Trauerkleides zu ordnen. »Weißt du nicht, daß ein Pfund Butter jetzt drei Mark dreißig kostet, für das ich früher Eins Sechzig, nein –« sie besinnt sich, »Eins Vierzig zahlte; und wie rar Petroleum –.«

»Doch, ich weiß. Das heißt, ich fühle es, aber nicht wie du im Magen oder am Geldbeutel; und ich vergesse mich darüber. Ich entdecke, daß aus Kohle Gold und aus Gold Papier geworden ist, und eile, solche Wandlung nicht begreifend, zu dir, um mein Staunen an dem deinigen zu stützen, und du? Du kochst Pflaumen zu Mus ein und erzählst dabei ein komisches Erlebnis mit einem gefangenen Belgier, den du im Lazarett pflegtest. Meine stets hilfsbereite und umsichtige Kameradin, wer möchte dir warmes Herz und hellen Kopf absprechen! Aber ich glaube: Wenn du eines Tages mit liebevollem Eifer daran wärest, einen Rosenstrauch zu beschneiden und säubern, und dieser Rosenstrauch sich unversehens in einen Pudel verwandelte, du würdest keinen Moment deinen freudigen Fleiß verlieren, die Schere nicht aus der Hand legen, sondern unbekümmert, als sei nichts vorgefallen, nun den Pudel scheren und herausputzen. Überlege dir doch: Es liegt noch keine zwei Jahre zurück, daß wir die Spatzen mit Semmeln aus Weizenmehl fütterten und uns Gäste aus fremden Ländern ins Haus luden. Die verschwören sich über Nacht, uns verhungern zu lassen. – – Nun, sie haben unser Menu umgestoßen, aber gelt, uns schmeckt auch die Hausmannskost? Wir füttern unsere Russen fett. – Um sie später am Spieß zu braten. Deine Backen, Avanza, sind noch rot, deine

Augen blitzen heller denn je, daß sich die *stones* und *aires* und *inis* und *kows* wütend verwundern. Es ist, als hätten neidische Nachbarn mit eins dem Gebäude Deutschland alles, woran es sich lehnte, worauf es gebaut hatte, tückisch entzogen, um es zusammenbrechen zu sehen. Jedoch dies Deutschland stürzt nicht und wankt nicht, sondern befreit vom trügerischen Gerüst zeigt es sich, ein vollendeter, granitner Bau, fest auf eigenen Fundamenten, erst jetzt recht in seiner imposanten Größe, und das zertrümmerte Gebälk herum begräbt die Zerstörer.«

»Wie findest du das?«

»Großartig.«

»Ach was, großartig. Du sagst das so, wie man es vor einem Sonnenaufgang sagt.«

Sie lächelt wieder, ihr häufiges, impertinentes Lächeln, das zum Zorn reizt und dem ich doch nicht beizukommen vermag, weil ihm eine gewisse, unerklärliche Sicherheit anhaftet, wie sie eigentlich nur ein tief geklärtes, gutes Gewissen verleiht.

»Ach, Avanzadora, für dich hat die Gegenwart kein Wunder.«

»Alles ist Wunder«, erwidert sie, »und kein Wort dessen wert. Kommst du mit zu Markt, Kartoffeln einkaufen?«

Ich gehe neben ihr her, beobachte sie böse von der Seite, derweilen ich doch innerlich ein schönes Vergnügen daran habe, wie sie emsig und klug ihre Einkäufe und vielartigen Geschäfte besorgt. Sie ist eine reizvolle, gesunde Frau, die allem vorbaut und dort, wo ihre Gedanken weilen, sogleich ihre Hände hinsteckt. Aber ob sie auch dabei unaufhörlich mit den Leuten über die neuesten Heeresberichte und über ihre gefallenen oder kämpfenden Söhne schwatzt, über Demissionen und französische Niederlagen, über Türkensiege und schwarzgelbe Erfolge; ob sie auch bisweilen zwischen heiteren oder rührenden Feldanekdoten einmal klagt oder seufzt, – scheint doch ihre Seele weder das erhebende, herrliche Ereignis Krieg, noch den unheimlichen, tilgenden Zustand Krieg als Ganzes zu erfassen.

»Avanzadora, Völker, Rassen, Weltanschauungen erheben sich Riesen gleich, um Entscheidung zu ringen. Menschen überlisten sich gegenseitig wie die Zauberer der Sagen auf und in der Erde, unter Wasser und in den Lüften. Sie blicken, horchen, sprechen und töten auf Meilenweite und hauchen blutlosen Dingen schaffendes oder vernichtendes Leben ein.

Spürst du auch niemals das Berauschende des Fortschrittes? Lahmt dich nie ein dumpfes Grauen, quälst du dich nicht mit Zweifeln vor dem sinnreichen Wirrsal des Alls, da du auch liest, daß Grausamkeiten wieder schreiend sich ergehen, die wir tief unterm Asphalt vermodert wähnten; daß der Mord wieder in Fürstensold steht und Menschen mit Schild und Keule gegen Menschen ziehen, mit Steinwürfen töten – ?

Die Erde ward zu einer schwarzen Insel zwischen Meeren von Blut und Tränen. Darüber liegt der giftige Dunst der Weltlüge, den Donner erstickend und das Glockenläuten. Und aus diesem Chaos türmt die Wahrheit gigantische Zahlen des Schreckens und des Ruhmes für die Ewigkeit.

Sieh mal, liebe Freundin, hier diese bunte Landkarte im Schaufenster. Siehst du das große rote Gebiet? Das ist das neueste, das jüngste Deutschland!«

Aber Avanzadora gibt mir einen Nasenstüber und zieht mich weiter. »Wer staunt, bleibt stehen«, bemerkt sie. »Ich will noch zur Bank, Kriegsanleihe zeichnen, und abends ins Konzert zum Besten – – « Ich höre sie nicht weiter an; ich laufe empört davon, und ich will sie nie wiedersehen. Wer ist dieses Weib, daß ich mich ihretwegen tausendmal ärgern soll? Ich habe sie auf der Straße kennengelernt, und sie schweigt über ihr Woher und Wohin. Auch läßt sie sich doch nicht von mir beeinflussen. Ihr Wesen ist dirnenhaft.

Wenn ich das walzertrommelnde Kaffeehaus betrete und

einem der losen Mädchen von Seeschlachten, von 70000 gefangenen Russen berichte, dann ruft sie wohl zum Schluß: »Aber Liebling, wie sitzt dein Scheitel heute schief.« Und wenn ich ihr erzähle: »Weißt du das Neueste über die beiden Söhne deiner Freundin? Der eine ist gefallen, der andere hat sich verlobt.« So wird sie gleich fragen: »Mit wem denn?« Und sie nennt den Krieg dumm, langweilig, weil das Tanzen, das Nachtschwärmen, das Kartenlegen, das Reisen und die Straßenbeleuchtung verboten oder beschränkt sind. – – Aber nein – Avanzadora ist anders; nein, nein, ich tue dieser braven, soliden Frau unrecht.

Die Art, wie sie den mächtigen Geschehnissen des Krieges begegnet, wie sie sich den außergewöhnlichen Verhältnissen anpaßt, hat nichts gemein mit der Leichtfertigkeit der Kokotten. Nur verstehe ich sie wohl nicht. Vielleicht lebt Avanza doch nach einer höheren Weltweisheit als ich. – Alles ist Wunder. – Unbestreitbar liegt etwas Superiores in ihrem Wesen, mich immer wieder anlockend. Ich weiß, ich würde einsam und ruhelos werden, wenn ich mich von ihr lossagte. Es würde sein, als ob ich eine Mutter, eine Schwester und eine Braut zugleich verloren hätte. Denn wir sind freie Freunde, die jedes dem andern ihr Bestes schenken. Wir haben uns aneinander gewöhnt und gebildet; und wie lange ist's her, daß wir in friedlichen Stunden des Frohsinns, der Kunst und der Liebe – –

»Achtung! Au-gen rrrrechts!«

Dieses scharf ausgestoßene Kommando riß meinen Kopf herum und die Köpfe all der andern, die mit mir geschlossen marschierten, Scheritt, Scheritt. Im Nu waren unsere Muskeln gestrafft. Unsere Beine schlugen in klappenden Paradeschritten das Pflaster: wir salutierten vor einem Leutnant.

Aber etwas Seltsames war vorgefallen, ohne Zweifel empfanden es alle, obschon es weder damals noch später ausgesprochen wurde. Es war, als ob wir dreißig Maate und

Matrosen während des Marsches plötzlich alle gleichzeitig eingeschlafen wären und ohne Bewußtsein doch, wie mechanische Puppen, unseren Weg fortgesetzt hätten. Nun waren wir alle gleichzeitig erwacht. Gewiß hatten wir eine lange Strecke in diesem Zustande –

Ich schaute mich um. Da saß noch, unweit hinter uns, der würdige Greis unter den Kastanien.

Und wiederum ziemlich gleichzeitig, wie von ein und demselben Gefühl getrieben, fingen wir nun an, gesprächig zu werden.

Es kam eine lebhafte, stolze und zuversichtliche Unterhaltung in Gang über kriegstechnische Neuheiten und über Deutschlands Zukunft. Aber zwischendurch, im stillen, nistete sich ein Gedanke in mein Gehirn ein. Eine fixe Idee mag Avanza es nennen. Ich werde es nicht mehr los.

Ich bildete mir ein, jener alte Herr mit dem wallenden Schneebart sei der liebe – der große – sei das große Gott gewesen, und die leichte Furche, die sein Stock im Sande zog, habe die Zeit dargestellt.

...LINER ROMA...

1.

– erfolgreichen Razzia vier Spielhöllen auszuheben und in der Motzstraße 296 die Eheleute Krusis zu verhaften, die dort gegen Eintrittsgeld eine Nacktvorstellung gaben.

Sie waren beide heißen Blutes trunken, auch von einem ausgesuchten Wein und von ungewöhnlichen Worten berauscht. Er rief sie Wiga, ohne ihren Nachnamen zu kennen. Aber spät morgens, als der Schlaf sie doch übermannte, betrachtete Gustav lange und nahe die Falten in Wigas Gesicht und das Tal zwischen ihren Brüsten und stand behutsam auf, um nackt und glücklich durch das Zimmer zu wandern. Er liebte den geheimnisvollen Modergeruch, der aus Gasthofkommoden strömt. Er las sieben Haarnadeln auf, die sich zwischen die Sofapolster verkriechen wollten. Und Wiga war wieder erwacht, denn sie sagte: »Wenn wir jetzt stürben, dann würde kein Mensch uns hier suchen.« Hierauf stieg auch sie aus dem Bett, hoch und schlank, und stellte sich hinter Gustaven und lugte mit ihm zum Fenster hinaus auf den Kleinstadtmarkt, der für andere Leute unansehnlich, nun überdies vom Regen verdüstert war. Und eine fast vergessene Stadt in weiter Ferne hieß Berlin.

2.

In einem Abteil der Ringbahn fand man eine angebohrte Zinnbüchse, die, wie festgestellt wurde, die Überreste des im April eingeäscherten Rennfahrers Zierbold enthielt und vermutlich von einem enttäuschten Dieb –

»Eintreffe 2 Uhr nachts Lehrter Bahnhof, Henkelchen.« Selbstverständlich holen wir sie ab. Du, Gustav wirst ihre Koffer tragen. Solche Provinzler fallen immer Kerlen in die Hände. »Was für Kerle?« Alberne Frage! Schwindlern! Kerle, die das Gepäck abnehmen und damit verschwinden. Oder die Fremden in ein nahes anständiges Hotel bringen wollen und sie dann per Auto meilenweit in eine Kaschemme verschleppen, wo der Schofför mit unter einer Decke spielt und ihnen noch 50 Mark abknöpft, ehe sie im Schlafe ausgeraubt und erwürgt werden. Man liest es doch täglich.

Die Leute an der Haltestelle messen einander mit kalt kalkulierenden Blicken, wie internationale Ringkämpfer am Start. Und wartend präparieren sie Tricks, die man noch soeben durchgehen läßt. Warten vergiftet. Eine rumpelnde Bahn nach der andern wächst heran, schrumpft davon, die 46, 107, nochmals die 107, zum Donnerwetter! dreimal hintereinander die 107. Dann die richtige. Spitz strömt das Häuflein Nervöser in das Perrontor, wie Wasser in eine Gosse, siebt sich durch die Aussteigenden hinein, klemmt sich, preßt. Frau Purmann, von würdelosen Paketen umpuffert, rudert im dicksten Strudel mit Gesten einer Ertrinkenden, aber genau betrachtet: offensiv. Sie schimpft: Anfangs weinerlich, weil unbestimmt, allgemein über Empörendes, Unerhörtes, dann aber superior scharf über eine ungesicherte Hutnadel. Schimpft jedoch nur halblaut, denn Gustav, hinter ihr, wäre imstande zu kichern. Der Schaffner flucht rückwärts. Zurückbleibende knurren oder bellen dem überfüllten Wagen nach. Sozialistisch, wilhelminisch, anarchistisch. Daß er seiner grauhaarigen Gönnerin den Arm beim Aussteigen bietet, daß er den Hauptteil des sehnendehnenden kompromittierenden Gepäckes schleppt, versteht sich. Aber seine Grimasse faltet sich zunehmend ärgerlich, gleich einem Wurstzipfel. Und er keucht ihr hinterdrein durchs Gedränge, wie in einer Polonäse um Säulen herum. Schall und Rauch! Die alles zermalmenwollenden Autos tuten ohrenbetäubend und verpuffen ranzigen Buttergestank. Dabei haben die Schofföre rote, rüde, vergnügte Gesichter! – Frivol, unangreifbar, schadenfroh springt der Straßenschlamm ohne Unterschied alle Beine an. – Daß um diese Stunde vor der Passage ein Spalier von Zeitungsweibern betet: Abendzeitung, Ambdeitun.. Maria.. benedeit.. Amd..eit.., so was entgeht Elfchen.

Sie rennt vorwärts, streckenweise in einer Art hinkenden Galopps, nicht mehr Dame, kaum noch Mensch; schneidet eine Diagonale durch die Kurse der Fahrzeuge und Fußgänger, durch witzige Zänkereien, wunde Melodien, groteske Ansprachen von Händlern und Bettlern. Kopfschüttelnd, andauernd wiederholt: »Nur 5 Gramm Kartoffeln und ich wäre glücklich!« – Alle Bettler heucheln. Aber einem davon schenkt Elfchen eine geborstene Zigarre von Heinz. – Wer nur arbeiten wollte, Arbeit ist genug da. Das Wort ist unter friedfertigen Bürgern aktuell; es beruhigt das Gewissen und legitimiert auskömmlich eine politische Tendenz. Nur Nörgler oder Idealisten suchen mehr aus dem Satz herauszusophoristorieren. – Trunkenbolde rempeln an, Matrosen stechen freche Blicke in fremde Blusenausschnitte. Gemeine Bollemädchen beschimpfen sich ordinär vor einem Aschinger. – O, daß Elfchen einen langen Schwanz und an dessen Quaste ein drittes Auge hätte, um sich aus Distanz selber beobachten zu können, wie sie so blind brutal und häßlich dahinwütet. So kraxelten die Maikäfer durch meine Bleisoldaten. – Schauläden rufen an.

Hier Hummer, Langusten, Ananas, Gänsebrüste, Blumenkohl, Trauben, indische Vasen mit Ingwer und große französische Birnen. So gefällig aneinandergehäuft, daß sattgespeiste Künstler es dankbar anstaunen, es aufsuchen wie eine Sezession. – Elfchens böse Blicke versengen sich an den Wucherpreisen. – Pompöse Blumenarrangements locken Ohs und Ahs heraus. Aber sie sind lange nicht so geschmackvoll wie in Bayern. – Man weiß, wie sparsam Elfchen einkauft. Sie ersteht ein Paar Schnürsenkel für eine Mark und spottbillige Schuhwichse und viele lieblichgelbe Keks für wenig schmutziges Papiergeld. Die Keks für Henkelchen. Man wird gemütlich einig schwatzen, ohne auf Widerspruch zu stoßen. Über Augsburg; wie ganz anders, unvergleichlich besser man in Augsburg lebte. – Vor geschminkten, auffallend behängten Frauenzimmern lacht Elfchen herausfordernd laut.

Gustav trägt einen der unzähligen revolutionären Teufel in sich, der immer heraus will, um im Wahne einer objektiven Gerechtigkeit zu protestieren, manifestieren, opponieren. Jetzt etwa zu rufen: Alle Straßenmädchen sind

zunächst nett! Gustav gibt sich Mühe, den Teufel zurückzuhalten. Aber es verstimmt, wenn man unterdrückt, was heraus will. – Zu Hause wird Elfchen entdecken, daß die Wichse nichts taugt, daß die Schuhbänder wie Zwirn reißen. Das anspruchslose, rührende Henkelchen aber wird die Keks dankbar loben. Und zu Weihnachten wird Elfchen einem Kutscher Wichse und Schnürsenkel bescheren. Schenken und Geschenke nehmen, das ist eine Kunst, die .. still, Teufel! – Alles ist Lug und Trug in Berlin. Zwischen »Hauptgewinn« und »50 000 Mark« übersieht sich das winzig gedruckte Wort »im Werte von«. Und die Wagschalen beim Kaufmann verstecken sich hinter Kisten, und die Wurst macht sich mit Wasser und der Kaffee macht sich mit Nägeln gewichtig. – Nächsten Sonntag darf Gustav bei Purmanns Gänsebraten speisen. – Gerade, als er sich verabschieden will, am Haustor, wo steht »Nur für Herrschaften«, biegt Herr Binding um die Ecke. Einem Phrasenwechsel ist nicht mehr auszuweichen, Herr Binding wettert über eine unkomplizierte Neuigkeit, Gustav gerät wie immer vor ihm in dürftige Verlegenheit. Herrn Bindings nachweisbares Ebenmaß ist mit Purmanns Gold so elegant gerahmt. Und wo der Schöne schon zu erkannt ist, um noch durch weisheitsdunkle Schweigsamkeit oder gesetzte Haltung zu imponieren, da behauptet er sich schmeichelnd oder taktlos unverschämt. – Gustavens Wirtin, Frau Grätke, schimpft vor ihrem Gemüsekeller unflätig über die Hunde, die einen Rübenkorb zur Nachrichtenvermittlung benutzen. Die Hökerin geht nie aus, ist schneckenartig mit dem Hause Nr. 70 verwachsen. Aber durch Fenster, Zeitungen und Ladenklatsch fluten ihr die Lokal- und Weltereignisse vorüber. Für Frau Grätke ist Schimpfen etwas wie Schnupftabak. Andere schimpfen aus andern Gründen; manche, weil sie die Großstadt nicht vertragen oder nicht begreifen.

3.

Perserteppiche, alte Gebisse, Gold, Brillanten, Pfandscheine, Korken, Armeepistolen kauft oder tauscht gegen Lebensmittel – Isidor Rosenmilk, Spittelmarkt.

Das beschämende Trinkgeldwesen ist abgeschafft, dafür der obligatorische Aufschlag eingeführt. Aber vor Leuten, was sage ich, vor Baronen, wie Kehlbaum schwänzeln die Kellner devoter denn je. Denn der pocht eisern jeden Samstag auf das Trinkgeldgeben wie auf seinen Stammsessel vis-à-vis dem »Für Damen« und auf Fürstenberg-Auslese. – Herr Blasewitz (Glatze, bauchglatt-glänzend) fragt Kehlbaums mitgebrachten Gast jovial: »Na, Herr Deeters, wie gefällt Ihnen Berlin?« Wenn man den Kopf wegläßt, sitzt Blasewitz da wie Napoleon nach der Schlacht bei Leipzig. Der Livländer erwidert nur mit einem glücklichen Lächeln und einer Geste, etwa: ach, klapp den Deckel drauf! Aber Kehlbaum schildert Deeters Debut und die Botschaftersgattin, die der Balte am ersten Tage im Café kennenlernte und die ihn in eine elegante und vergnügte Sozietät einführte. Daraus er tausend Jahre später blutig und mit verschwommenen Reminiszenzen, aber ohne Brieftasche erwachte. Kehlbaum nützt die Gelegenheit, von eignen ersten Eindrücken zu berichten, von dem Denkmal am Schloß, das aussieht wie ein Bombenattentat, und wo hungrige Bestien über Bodengerümpel schreiten. Kehlbaum erzählt langsam, steif, zwischen schmollenden Lippen heraus. Wie er neben den adretten Noskitos, Noske-Soldaten, durch die Siegesallee marschierte, und wie sie und er so furchtbar erschraken über den gigantischen hölzernen Nußknacker Hindenburg. Und konnte sich dann gar nicht trennen von der Säule mit dem goldenen Engel im Unterrock. In Kehlbaums betriebsamem Stammlokal, in dieser Räucherkammer, gibt es außer Deeters keine Zuhörer. Der anständige expressionistische Maler Knauer verteidigt holprig seine unangegriffene Zukunft im Prinzip. Gustav atmet im Sinne einer nur

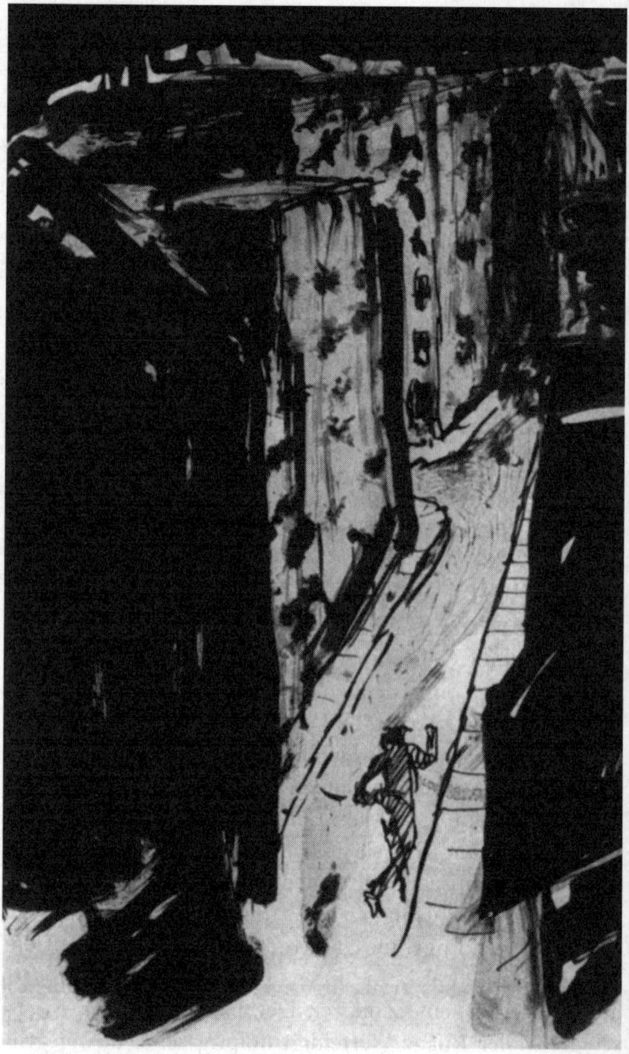

halbseitigen politischen Polemik. Blasewitz redet jovial auf Edith ein, über schwach gesalzenen Kaviar, französische Küsse und Poularden von Le Lans. Edith raucht seine Ägypten, aber antwortet nicht, und niemand außer ihm spricht mit ihr. Aber wäre Edith nicht zugegen, jedermann würde das ansehnliche, treuherzige und trinkfeste Mädchen vermissen. »Wo steckt heute Noktavian?« – In der Lüderitzbucht; er knüpft Beziehungen an. – In den Strom Fürstenberg-Auslese münden Bäche erklügelter Schnapsmischungen. »Was soll werden, wenn die Quelle Fürstenberg einmal versiegt?« Vielleicht kommt es mit dem Staatsbankrott. – Jedermann, auch Noktavian, der bei Aufbruch erst eintrifft, will die Zeche bezahlen; Gustav, weil er weiß, daß letzten Endes doch Kehlbaum oder Blasewitz das erledigen werden; Deeters, den armen Kunstmaler, hat sein Stipendium aus Kopenhagen mit dänischem Gelde herübergeschickt, und die Valuta machte ihn auf dem Grenzfaden zum reichen Manne. – Man torkelt weiter, im Berliner Größenwahn neigen sich verschrobene Stirnen, grüßen Hüte, die einmal in München (oder war es in Paris?) ebenso flüchtig und geheimniseinig zuwinkten. Man gerät nach Polizeistunde in verbotene Bars, die nur eingeweihten Gentlemännern sich nach Geheimsignal auftun, und wo tanzende Nacktissen, siedende Musik einem unvermerkt teuren schlechten Sekt einflößen. Denn das geknechtete Berlin schlemmt und tanzt, wie man in Paris tanzte vor dem Geköpftwerden. Die Bürger schmunzeln sich morgens über Pulte hinweg zu: »Die Mark ist wieder gesunken; wir treiben rapid dem Abgrund zu! Schönes Wetter!« – Wie begeistert weiß Deeters Berlin zu rühmen. Manchmal versagen ihm plötzlich die Worte. Aber dann, viel anschaulicher vollendet er den Satz durch eine gewisse gewinnende Handbewegung, annähernd so, als striche er fein sanft ein Stäubchen vom Tisch. – Fürstenberg-Auslese mündet in ein tosendes Meer. Deeters und Gustav fanden sich, küßten sich, reden sich fortan mit Du an. – Noktavian ist nüchtern zu einer sicherlich vorgenommenen Zeit entwichen. Vermutlich wird er noch mit Lupe, Riesenbrille und Fingerspitze auf der Landkarte nach Spanien reisen oder lesend einen Schiffsjungen nach Britisch-Honduras begleiten – »Knauer, streiten wir nicht! Du baust dein Leben in Überzeugungen, ich das meinige in Zweifeln auf.« – Aber Knauer fällt vom Omnibus. Deeters und Gustav springen ab, vergessen Knauern, fallen umschlungen immer wieder in Schneehaufen und schwärmen, sich wieder aufrichtend, umschlungen weiter von 1001 Nächten der Tauentzienstraße. Der baltische Hüne packt vorübergehende Männer am Arm und fragt seinen neuen Freund: »Gustav Gastein, soll ich den (oder die) für dich verprügeln?« Nein, danke, laß den harmlosen Soldaten, er hat uns doch nichts getan. Aber Deeters schüttelt erst nochmals sein Opfer. »Du?! Wenn Du ein Wort gegen meinen Freund Gastein sagst, dann –« Weit zurück folgt steif, mit langsamen Schritten, nörgelnd, Kehlbaum. Seitdem ihm zweimal ein silbernes Etui aus der linken Manteltasche gestohlen wurde, trägt er in der gleichen Tasche neben dem dritten Etui eine gespannte Rattenfalle. Überhaupt ist er etwas mißtrauisch. Er hat aber das andere Mißtrauen, das der freigebigen, zu oft ausgenützten Menschen, nicht das der berechnenden Geizhälse.

4.

– kürzlich vermeldete Attentat Unter den Linden mit bolschewistischen Umtrieben im Zusammenhang –

»Ich schenke sie dir!« Hat er in Deeters Ohr geflüstert, als er die keck überrumpelte Nuscha vom Nebentisch heranschleppte. Frech für andere, so wurde ihm schon mancher Erfolg. – Einfach fragen sie das Mädchen aus. Tippmamsell in einer Firma für Wohnungseinrichtungen. Der Chef hat sie aus Ostpreußen hergelockt, ihr den wohlbezahlten Posten verschafft, hat das staunende Kind zunächst einmal städtisch eingepellt: Eine Modegarnitur für zwei Mille. Nun trägt die Eigensinnige zu dem täglichen bordeauxseidenen Kleide doch hartnäckig ihre alte schmutzwollige – meinetwegen kleidsame – Dorfmütze. Dr. Mulatti will sie doch später heiraten, soll sie heiraten. Denn er ist ihren Eltern befreundet, sendet wöchentlich Berichte nach dem Bauerngut, und die Antwort ist immer Butter und Speck. – Nuscha ahnt nicht, wieviel sie einmal von den Eltern mitkriegt, und die Eltern ahnen wohl nicht, welchen Reichtum ihre Siebzehnjährige besitzt. – Nuscha, wir sind nur simple arme Künstler, besonders ich, (Gustav spricht leiser) mein Freund wird einmal ein berühmter Maler. O, er ist ein lieber urgoldiger Kerl, (wieder laut) hohe, reichere Kavaliere werden sich an dich heranpirschen; gib reiflich acht, ob du nicht manches Gute, auch manches Bessere bei uns findest. – Nuscha füllt ihre Bureaustellung aus. Sie verabscheut ihren Chef, den Mulatten. Ihr gefällt Berlin. – Nach Geschäftsschluß speist sie zwischen Gustav und Deeters Gulasch zu vier Mark. Dort gibt es sogar noch weiße friedensmehlerne Schrippen, trotz Polizeiverbot. – Der Stacheldraht und die Polizeivorschriften wuchern derzeit. Aber Gewohnheit schwimmt wie ein Fischlein zwischen Korallen, und die Exekutive ist Knetgummi in goldenen Fingern. – Nusch, warum ließest du damals, ehe ich dir Zeichen gab, den älteren soliden Herrn abblitzen, der sich zu dir setzte? – Nuscha kaut mit schamlosem Appetit. »Weil er mir Geld anbot!« Bald unterläßt es Gustav, seinen Freund noch unauffällig herauszustreichen. Sie liebt ihn schon, den starken, trotzäugigen Balten, der so zart, fast ehrfürchtig über Frauen denkt, liebt ihn mit all seinen Ungeschicklichkeiten und seinem ungekämmten Haar. Vielleicht sogar fühlte sie längst heraus, daß er eigentlich in der Fremde treu verheiratet ist. – Deeters und Gustav äugeln sich zu: »Welch ein Mädchen! Welch ein seltener Fang!« –

Still, weder langweilig noch gelangweilt, lauscht sie, wenn die beiden eine Stunde lang mit wenig Worten oder ohne Worte reden. Über die deutscheste Stadt: Russisch-Riga. Oder über das schmarotzende Straßenvolk in dem schmählich weltverhaßten Berlin. – Sie legen verkrüppelte Beine über das Trottoir, und die Luft trägt ihre Gesänge wie lampiongeschmückte Ruderbarken dahin. Sie fiedeln, leiern

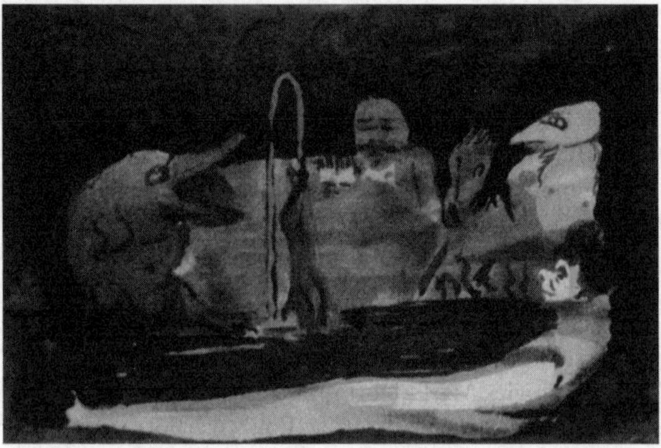

oder würgen die Ziehharmonika; singen schöngeistig oder kläglich oder idiotisch. Jeder auf seine Art, eingestimmt, die kriegsverhärteten Herzen zu schmelzen. Und singen sie von der Festung Köln am Rhein, dann fallen ihre Geschwister summend mit ein, die Ohr verbrühenden Zeitungsschreier, die halbwüchsigen Schokoladeverkäufer, Seife, Zigaretten, die Streichholzkinder, die weißglutigen, schlangenhaft bannenden Dirnen. Alles, was an der Ecke und unterm Tunnel herumlauert. – Gustav erfindet allerhand Blödsinn. Wenn Nuscha lacht, macht sie erst den Mund ganz weit auf, wie ein Karpfen, dann, zwei Sekunden lang, überlegt und begreift sie das Spaßige, und dann folgt ein schmetterndes Silberlachen. – Das bordeauxfarbene Faltenspiel, die Strümpfe ... bitte Nuscha, steig mal auf den Stuhl. – Sie gibt Gustaven einen Stüber: »Nein, du willst nur meine Beine sehen.« Warum auch nicht. Er weist durchs Fenster. Guck dir einmal die Straße auf Beine an. So wunderbar zeigt sich die Welt den Hunden. Nimm es lustig oder geil oder lärmend: Jede Teilbetrachtung überrascht und belehrt. Die Wissenschaft und die Statistik bedienen sich ihrer. Auch die Propaganda. Dann lassen die großen Geschäftshäuser abends ihre Schwärme von Briefen los, die beispielsweise alle nur zu den verstreuten Berliner Rechtsanwälten hinfliegen. So läßt sich eine bunte Wiese nur auf rote Nelken hin betrachten; so magst du auf einer Perlstickerei nur blau bemerken. –

Ungefragt wird Nuscha nie aus ihrem eignen Leben berichten. Etwa von ihrem Geschäft, wo doch die Kauflust parallel und verträglich mit der Preissteigerung ins Unermeßliche wächst. Denn die Leute hasten danach, ihr Geld in Möbeln, Brillanten, Autographen oder im Bauch vor Besteuerung und Wegnahme zu schützen. Deeters weiß keine bloßen Höflichkeiten zu sagen. Doch innig beachtet er die Kühle an Nuschas Haut und Wesen und das Erwachen in ihr, Raffinement, Fraueninstinkt, Kampf. – Gustav führt seine Freunde zu einer Entdeckung. Am Zoo ist eine Stelle. Da fährt die dunkelqualmende Stadtbahn über den menschensaugenden Viadukt. Fährt mitten in ein fünfstöckiges Mietshaus hinein, hindurch und an einer düsteren fensterlosen Häuserwand entlang, die riesig und seltsam gegen den Himmel absticht, der eigentlich zwielichtgrau und von sturmflüchtigen Regenwolken bedeckt sein muß. Damit das Bild heiße: »Großstadtelend!« – Unter dem Viadukt geigt jemand auf einer Metallsaite, die sich über Besenstiel und Zigarrenkiste spannt. Es tönt wie Cello. Er spielt und singt: »Das Band zerrissen und du bist frei ...« Kehlbaum soll einmal nach dem Liede geschossen haben. – Deeters und Nuscha Arm in Arm, Gustav umschwatzt sie. Denn das Gefühl für solche warme Dreisamkeit beherrscht ihn wie ein Rausch. Aber minutenlang vergißt er sie doch. Weil ein schmaler weißer Spitzenstreif unter nachtschwarzem Sammet hervorschimmert und wirkt auf Gustavens Blut wie Mondschein auf Ebbe und Flut. – Gustav, Nuscha, Deeters. Es fällt ihnen gar nicht ein, über das Gedränge in der Friedrichstraße zu schelten oder der trotzigen Schieberbarone zu spotten, und sie umgehen in heiterem Bogen zwei hitzig verhandelnde Juden, die den Weg versperren. Unterschiedliche Eindrücke aus dem von Zufall, Ort und Stunde gefärbten Menschengewoge bleiben an den drei Wanderern hängen. Es scheint, als ob der Siebzehnjährigen nichts entginge, obwohl sie niemals Erstaunen äußert. Später in der Hochbahn spricht Deeters eine Beobachtung aus, ungelenk, mit kargen Worten. Die strengen, düster zurückhaltenden Blicke der Deutschen fielen ihm auf. Er sagt: Es ist doch unbegreiflich schauerlich, daß all die Menschen soviel entbehren müssen, was anderwärts ... Hör mal Deeters, wenn du heute abend mit Nuscha zu den Boxern gehst, dann bleibe ich lieber zu Hause. Ich muß Briefe beantworten, eine Frau von Sidow bietet mir eine Aupairstellung auf dem Lande an. Ich müßte im Garten mit zugreifen und ... Deeters winkt heftig ab. Du kommst auf jeden Fall mit uns.

5.

Cabaret »Rosiger Kürbis«, Fasanenstraße, Treffpunkt der eleganten Lebewelt, Austern, Sekt, erstklassige Weine, tadellose Bedienung, diskrete Musik, hochkünstlerische Darbietungen: Bia Tartuffe (Gazetänze), Fedora Sill (Lieder einer Verseuchten), Bläschens Revoluzzerhüpfl (urkomisch).

Selbst überfleißige Vorgesetzte dürfen von Untergebenen keinen Überfleiß verlangen. Und mürrisches Wesen läßt sich durch Arbeitsüberfülle erklären, aber nicht entschuldigen. Doch wie sollten Leute das einsehen, die nach der alltäglichen Arbeit ohne Buch und ohne ungelöste Frage schlafen gehen. Leute, die keine herbe Freundschaft ertragen, also nur mit Lohndienern verkehren. – Der Frau Purmann laufen alle Dienstmädchen davon. Unzuverlässiges, anspruchsvolles, undankbares Pack. So hält Elfchen die große Wohnung und den komfortablen Haushalt eigenhändig in mustergültiger Ordnung, hantiert geschickt, nervös und emsig von früh bis spät herum. – Heinz Purmann, Immobilien und Hypotheken. Hochkonjunktur. Häuser werden jetzt unbesehen telephonisch gekauft und der Chef: »Mein armer Mann arbeitet sich zuschanden. Er ist so gut. Und er gönnt sich nicht ...« Nein, er gönnt sich nie die Zeit, um auch nur einmal nachzuprüfen: Was tust du? Wie? Wozu? Was tun andere? Ist der Vorteil des einen etwa der Nachteil des andern? Ließe sich das innere Gewissen vielleicht nach dem äußeren Erfolg bemessen? – Es stünde einem abhängigen Dichterling übel an, seine um 30 Jahre älteren Mäzene belehren oder tadeln zu wollen. – Als Elfchen Gustaven öffnet, prüft sie gleich seinen Anzug, bürstet seinen Rücken ab. Denn außer Henkelchen ist noch ein altes Frauchen zu Besuch erschienen. Gustav streicht sich vorm Spiegel die Haare glatt, was einem Versprechen gleicht, sich recht unkünstlerisch, recht solid und bescheiden zu geben. Welche Zeit! Dieses Berlin! Wo sind die alten Handwerker hin, die treuen Briefträger, die freundlichen Schaffner! Täglich Einbrüche, Mord und Totschlag! Keinem Herrn fällt es mehr ein, seinen Platz einer Dame zu überlassen. Und ein Gesindel treibt sich umher! Am schamlosesten treiben es die Weiber! Aber gar erst damals, als die Menschen gegen Menschen rasten und soviel Unschuldige getötet wurden, Elfchen hat während der ganzen grauenhaften Kämpfe stundenlang ganz verlassen allein in der großen einsamen unbewachten Wohnung gesessen und bei jedem Schuß gezittert und stundenlang geweint. Sie weint jetzt in Erinnerung dessen wieder. – Ach, Heinz ließ sich ja nicht vom Geschäft zurückhalten. Er hat kein Verständnis. Kann so lieblos sein, kümmert sich tagelang nicht um sie. Fragt nie: Hast du Kopfweh, Halsschmerzen, Leibschmerzen, Migräne, Fußleiden, Gelenkentzündung, Sehnenerweiterung, Gerstenkörner? – – Und nun tröpfelt der Honig.. Kunsthonig.. hernieder, der Elfchens armseliges bitteres Leben versüßt, für den sie lebt. »Ach, liebstes Elfchen, das halten Ihre Nerven nicht aus. Sie müssen ein paar Wochen nach Tirol.« – – Ich kann ja nicht. Wer soll denn für Heinz sorgen? Er ist ja wie ein Kind und rackert sich ab wie ein Lastpferd. Und ist so dankbar. Freilich sehr verwöhnt ... – »Nein, wie Sie es nur möglich machen, Frau Elfchen!« »An alles denken Sie, trotz der Hüftschmerzen. Und immer rührend besorgt, andere zu erfreuen. Da mag Ihr Pflegebefohlener, Herr Gastein, sich wohl verwöhnen lassen!« – Herr Gastein erwacht bestätigend. Er hatte darüber nachgesonnen, ob sechs Liter dünnen Kaffees in drei Weiberbäuchen beim Gehen ein plätscherndes Geräusch erzeugen. – Die Danaergeschenke für die scheidenden Gäste stehen bereit. Selbstgebackenes und ein paar Kragen, die dem Heinz zu eng sind, aber für den Bräutigam von der Schwester von Henkelchens Obsthändlerin immerhin.. Elfchen holt vielgereiste Packpapiere hervor und zieht eine Schublade auf, darin tausend oftbewährte Schnürchen und Bindfäden unheilbare Darmverschlingung spielen. – Spät kehrt im Pelzmantel Herr Purmann stattlich heim, grüßt Gustaven königlich herzlich, läßt sich müde von Elfchen ein Bad herrichten und zwei Mitesser aus der Nase drücken, ißt wortkarg von der auserlesenen Abendmahlzeit und nickt wenig überzeugt, als Gustav anfängt zu berichten, was er für neue Schritte unternommen habe. Um endlich einmal eine feste Anstellung, irgendeine anständige, geregelte Tätigkeit zu erlangen, denn das Dichten mag ja nebenbei recht ... Elfchen legt ein großes Wort für Gustaven ein. Herr Purmann entnimmt seiner blühenden Brieftasche eine königliche Kleinigkeit und ist so taktvoll, sein Gute Nacht möglichst heiter zu wünschen. Denn innerlich sinkt seine Achtung, sowie sein Mitleid aufsteigt. – Während er badet, traktiert Elfchen Gustaven mit Süßwein und Schokolade und kaut. Und schon lockert sich in Gustaven viel angesammelter verhärteter Groll. Und weil Gütiges Gustaven geschwätzig macht, fängt er an, kindlichen Unsinn zu reden, auf den sie lachend eingeht. Das ist ihm die aufrichtigste Manier, sich mit ihr zu unterhalten. – Wie aus

Treibhausluft tritt er ins Freie – es übermannt ihn wieder tieftraurig, daß er diesen nächststehenden Menschen gegenüber seine reinsten Gedanken in graue Lügen kleiden muß. – Wie sonderbar: Die waren einmal jung. Wenn Frau Purmann ahnte, wie ihr heute der Kosename Elfchen steht.

6.

Zu dem Artikel »Menschenfleisch in Ziegenleberwurst« erfahren wir von zuständiger Seite – – –

»War es schön, Deeters? Habt Ihr das Hotel gefunden?« – »Ach wunderschön! Sehr schön! obwohl es zu nichts gekommen ist. Das brauchts ja auch gar nicht. Wahrhaftig ein eigenartiges Weib! Dann ist sie plötzlich ganz Kind. Und ich weiß nicht: vielleicht bin ich ihr nur ein Spielzeug.« – Pünktlich hinter einer Riesenbrille nahen sich Noktavian und Nuscha. Sie kehren von einer Weltreise zurück. Noktavian berichtet. Erst waren wir in Babylonien, Ägypten, Griechenland. Dann wandelten wir unter Palmen. Dann betätschelten wir das spiegelglatte nasse Zwergnilpferd. Dann schlichen wir ehrfürchtig auf den Zehen durch einen Lesesaal der Wissenschaft. Stärkten uns in China an Teegebäck. Guckten durch Bullaugen zum Nordpol herum den Pinguinen zu. Und nun .. – »Ja nun seid ihr am Strande des Potsdamer Platzes« – Genießen teure Schnäpse, das heißt: Noktavian darf seiner Zahnschmerzen wegen nur ein Stück Torte genießen. – Das Meer vor ihnen flutet und tutet, rattert und knattert. – Autoreifen, Bahnpuffer, Pferdenasen und Deichseln greifen ineinander wie Zahnräder. Eine uralte Dame bittet einen Schutzmann, sie nach dem andern Ufer zu geleiten. – Weißt du, Noktavian, diese Polizisten, das sind die Lotsen des Potsdamer Platzes. – Gustav weiß, daß seine maritimen Vergleiche dem Freunde Vergnügen bereiten. – »Ja, Gustav, du wirst doch ewig der alte Hochseematrose bleiben. So mag ich dich leiden. Und schau,

Nuscha, diese alte Dame war eine von den Mumien, die wir vorhin nicht betasten durften. Gewiß hat irgend jemand sie gekitzelt; da wachte sie auf und entsprang.« – Nuscha öffnet den Mund ganz weit, karpfenartig, sinnt zwei Sekunden lang, und dann gellt ein silberhelles Lachen. – Wir reisen weiter. In diesem Erdteil wird ewig ein unerforschtes Inneres bleiben. Noktavian proponiert ein Programm. Gustav unterbricht ihn: Nuscha, willst du dich einmal im Durchschnitt als Fleisch, Sehnen und Knochen betrachten? Oder irgendwo nebenan Frau Hempel singen hören? Man kann in Berlin auch im Sommer Schlittschuh laufen, und es gibt ein Lokal, wo ein Hummer 1 000 Mark kostet. Und es gibt Leute, die dort hingehen, bloß um anzuschauen, wie Parvenus solche Hummer essen. Oder willst du auf einem Rummelplatz als Weihnachtsengel mit zehn dankbaren Kindern schwindlig durch die Lüfte quietschen? Oder reizt es dich, die Wand anzustaunen, hinter der unser Präsident schläft? Deeters stammelt: »Lassen wir uns doch vom Zufall treiben! – Erst mal irgendwo ein ordentliches Mittagsbrot essen . .« – Ja, ordentlich essen, und wollen uns einmal vorsätzlich und bewußt ein wenig betrügen lassen. Noktavian verabschiedet sich; er hat noch mancherlei vor. – Was hat er denn noch Geheimnisvolles vor? – Vielleicht noch eine Reise nach Transnubien. Vielleicht will er dort Beziehungen anknüpfen. Er begeht nie eine Torheit. Er tut und sagt nur, was er zuvor exakt erwogen und gerichtet hat. Daß er sich von solcher Lebensweise Gewinn verspricht, das könnte das einzige Naive an ihm sein. Aber niemand versteht entzückender als er zu erzählen und Erzählungen zu lauschen. Alle neuen Frauen verlieben sich für einige Zeit in ihn. – Die Untergrundbahn reißt den Dreibund mit sich fort. Dächer unter ihnen, Keller über ihnen. Stelle dir vor, wie bei einer Entgleisung Hirn verspritzt. – Auf einem Umsteigeperron sehen sie sich das Miterlebte von außen an. Wie die eckige Gliederschlange herangleitet, stoppt, steht,

Türen aufschlägt und wimmelnde Vielheit entlädt. So rieseln Korinthen aus gespaltenem Faß. – Gefällt uns das Meer, gefällt uns die Woge. Des wird man nicht müde: In die Massen zu staunen. Hätte es Nuscha vordem nicht verstanden, dort, derzeit mochte sie es lernen. Und nicht die tausend Menschen mit Auswüchsen und Einwüchsen füllen Berlin, sondern die Millionen, die durch alle Siebe fallen. – Sie wundert sich nicht, das rätselhafte Bauernkind. Sie nimmt auf, paßt sich unheimlich rasch an. Einmal stieg auch in Gustaven ein Mißtrauen auf. Sie wußte, was eine Nutte bedeutet. Wovon nahm sie diesen üblen Fachausdruck der Dirnen? – Stadt ist Fels. Würmer nagten Löcher und Gänge hinein. Aber an aufgerissenen Baustellen, an den Wunden der Stadt und in den Oasen der Straße, den Raseninseln, wo Wallwurz und Löwenzahn wuchern, dort offenbart es sich, daß unter dem Stein noch Erde, feuchte Erde dünstet. Kalt und starr blickt die Stadt einem vorbei. Aber liegt ein blutiger Leichnam quer über die Schienen oder bei eines Schaffners Witz über einen Lehrjungen, der mit einem roten Farbtopf hinpurzelt ... gelegentlich spürt man, daß unterm Asphalt das Herz der Großstadt schlägt. Leute, wie Heinz und Elfchen, zart besaitete, würden allerdings weitergehen: Ein Leichnam? Komm weiter! Ich kann so was nicht ansehen. – Sie schwimmen in der hilflosen Weite neuer Straßen, lassen sich von winkligen Felsspalten verschlingen, schauen über Geländer in Tiefen, steigen Stufen, schreiten unter Brücken durch, um Pfeiler und Streben herum. Die Wonne erfaßt sie, mit der Kinder im Wirrwarr eines Baugerüstes klettern. Jetzt Nuscha, werden wir uns noch wie Bücherwürmer durch ein für Kinder illustriertes Reallexikon winden, durchs Warenhaus. Du wirst noch alles haben wollen. Wir sind darüber hinweg. Abends wählen wir zwischen dem Theater in der Königgrätzer Straße und einem Kinofilm »Zur Dirne um ein Diadem«. – Nuscha kaut auf offener Straße Äpfel und schweigt. »Recht so, Nuscha: die alten Purmanns leben satt und bequem und haben, sieht man vom Gähnen ab, ihr Leben lang nie philosophiert.«

7.

– – Mordkommission stellte Raubmord fest und beschlagnahmte einen Regenschirm und einen Handkoffer, der modernstes Einbrecherwerkzeug enthielt. Eine Belohnung von 10 000 Markt ist – –

Frau Grätke hat eben sein Bett geglättet, das genau ein Viertel des Zimmers einnimmt, da bricht Besuch herein. Gussi Feridell, Rostock, Warnemünde, einst tägliche, jetzt auswärtige Freundin, eine Kunstgewerblerin, die nicht mehr leidet, seit ihre drolligen Kaffeewärmer reißenden Absatz finden. Sie stellt ihre Berliner Freundin vor, ein Fräulein Anna von Camphusen. Auf der Durchreise begriffen, wird Gussi fünf Tage bei Camphusens wohnen. – Wollen gnädiges Fräulein bitte dort auf den weichen Stuhl ... Der weiche Stuhl ist Herrn Gasteins Salon. Gussi erhält den hölzernen, dreiachtelbeinigen, und Gustav selbst will auf dem Bibliotheks- und Speisesaal, nämlich einer großen Palminkiste Platz nehmen. Aber es gelingt nicht. Erst müssen die Damen noch für eine Minute das Zimmer verlassen, damit er den Tisch umdrehen kann. – Feridell spricht noch wie die Luftbläschen in dem Aquarium am Zoo. Wie es ihm ginge? ... Gut? ... Na, na! ... Ob er fleißig schaffe ... Sie hat mit Anna Einkäufe besorgt ... Berlin ist gar nicht wiederzuerkennen ... Um 12 Uhr wird Mutter Camphusen beide mit eigener Equipage abholen. Auch Gustav soll mitfahren. Er ist zu Tisch zu Fabrikbesitzers geladen. – Ob er noch immer keine Frau gefunden habe. – Er scherzt verlegen. Das schmutzige Handtuch und zwei Aktstudien von Pfenninger lasten auf seinem Gemüt. Und nun bedenkt er noch die selbstgewaschenen Halsbinden am Bindfaden hin-

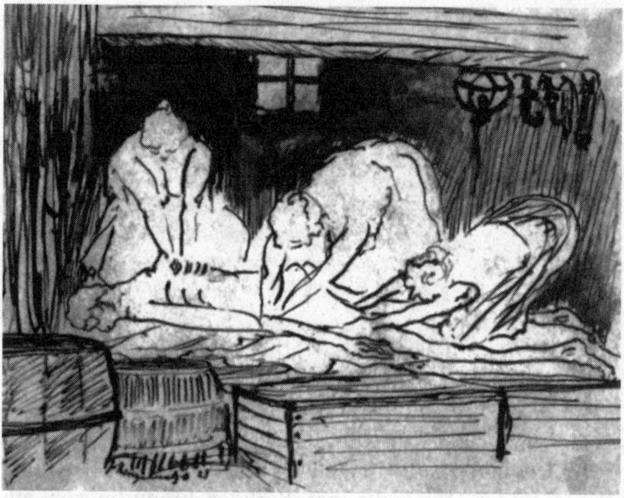

ter dem Ofen. – Warum sie so braun wären? – Ja, er hat Malheur gehabt. Er hat sie zusammen mit Taschentüchern und braunen Strümpfen in Sodalauge gekocht. – Merkwürdig, Fräulein von Camphusen lacht kaum. Auch nicht über seine Winterfliege, Musca Kehlbaumi, nach einem Freunde benannt, der sie dressieren will. Aber einen hochmütigen oder prüden Eindruck machte Anna eigentlich nicht. Sie scheint mehr verdutzt ... Vielleicht weltfremd. – Ob das Licht den ganzen Tag über brenne? (Sollte ihr das elektrische Licht imponieren?) – Ja, den ganzen Tag. Es gibt viele Wohnungen in Berlin, die jahraus, jahrein niemals Tageslicht, geschweige denn Sonne haben. Und wenn ihre Bewohner sich sonntags mit einem Buch in den Tiergarten setzen, dann haben sie Rivieragefühle. – Er läßt sie aus dem Parterrefenster in den Hof blicken, den er so lieb hat, obwohl es eigentlich nur ein steinerner, verrußter Kamin ist. Aber aus dem Nachbarhofe ragen zwei Kastanienäste herüber, der eine über Fensterhöhe; der spielt, wenn ein Lüftchen weht, mit tausend grünen Fingern auf unsichtbaren Klavieren. Den unteren Ast schützt eine Planke vorm Wind. Seine gespreizten, geschichteten Blätter nehmen sich aus wie ein Teppichmuster, das in die dritte Dimension spukt. Manchmal, nachmittags stellen sich fremde, große Frauen in den Hof und singen ganz laut, ohne sich zu genieren, das Lied: »Das Band zerrissen und du bist frei«, dann wirft man Geldstücke in Papier gewickelt in den Hof hinunter. – All das scheint Fräulein von Camphusen gar nicht zu rühren. – In Gustavens Flucht von einem Zimmer verirrt man sich nicht. – Frau Purmann hat einen großen Öldruck hineingestiftet, die bekannte Reiterstatue, deren Namen man stets vergißt. Midships im Zimmer steht der Kleiderschrank. Öffnet man dessen Tür, so werden aus Gustavens einem Zimmer zwei Zimmer. – Hohe gediegene Stiefel trägt Anna von Camphusen, sie schmiegen sich glatt und sauber um die runden Beine. – Was für Beine! So gediegene Beine! Aber sie könnte jetzt doch einmal ein gutes Wort finden. Plötzlich träumt er von einem gebatikten Lampenbehang, der an die aufregende bunte Bühne auf einem Bilde von Weißgerber erinnert. – Gussi fragt treulich: »Weißt du noch, wie wir morgens auf der Anlegebrücke frühstückten?« – Genau weiß ich's. Wir legten die Butterbrotpapiere auf die Mole nieder, neugierig, was der Wind mit ihnen anstellen würde. Manche trotzten. Andere überschlugen sich zweimal und schliefen dann ein. Wieder andere glitten schwankend, stockend vorwärts, wie eine landende Krähe oder wie ein windentführter Regenschirm. Und jenes eine, das nach langer Bedenkzeit auf einmal unaufhaltsam davonrutschte und einem weißbehosten Popo glich, und darauf nun das kleine, zerknautschte Papier eifersüchtig hinterdrein kullerte ... was haben wir gelacht? Daß die wichtigen Zollbeamten über uns und wir wieder über die Zollbeamten lachen mußten. – Auf Frau Grätke und die Nachbarn wird die Equipage aber ihre Wirkung nicht verfehlen. Für Gustaven ist es dieserzeit keine stolze Wonne, durch Volk zu fahren. Er späht auch nicht etwa nach Bekannten aus, die ihn zufällig bemerken und dann weiterberichten möchten. Außerdem weiß der städtische verkünstelte Geschmack Ledergeruch und Kommißstiefel überhaupt nicht richtig zu würdigen. – Auch Frau von Camphusen hat bei aller Liebenswürdigkeit jene sonderbare Zurückhaltung an sich. Die Villa ist im Vorort gelegen, hat Einfahrt, Vestibül und Etagen mit vielen Spezialräumen. Aber die Bilder an den hohen Wänden weichen den Blicken aus. Der auserlesene Wein macht Gustaven redefroh, bis er gewahrt, daß Gussi und Anna seine wachsende Freimütigkeit besorgt verfolgen. – Einmal, als der sympathische alte Herr Gustaven zutrinkt, »es freue ihn stets, wenn ein Vaterlandsverteidiger sich in seinem Hause wohlfühlt…«, geht ein warmer Hauch durch den Speisesaal. Aber Gustav hat Schnupfen und vergaß sein Schnupftuch. Und ins Gästebuch, das man ihm vorlegte, schrieb er endlich: »Das Leben …« (»ist« wäre schon bedenklich viel behauptet). – Nun fragten sie ihn, was das heißen soll. Camphusens tun recht daran, so geradeaus zu leben und zu fragen. – In seiner Bude, die ihm Untertan und vertraut ist, legt Gustav den steifen Kragen ab und vergräbt sich behaglich geborgen in sein Bett. Wenn er hustet, brummt ein Geist in der Matratze mit. – Der Wasserhahn überm Waschtisch hält nicht dicht. Der Gummi taugt nichts. Deutschland ist ja heruntergekommen. Nun tropft es die ganze Nacht hindurch tropf … tropf … als ob jemand im Hofe Teppiche klopfe. Oder, wenn man noch fester andreht, als ob draußen jemand vorbeiginge, der zum Bahnhof will. Und schließt man mit äußerster Kraft, dann wird es ein Schutzmann, der auf und ab geht. – Alle äußeren Sorgen zerfielen mit eins, wenn sie seine Frau würde; in Ruhe könnte er schreiben und Gutes tun und sie glücklich machen. – Wieder fällt ihm der Lampenschirm ein und eine kluge, nebenbei (sehr, sehr nebenbei) auch wohlhabende Frau, die alles versteht, der man alles sagen kann. – Am Freitag wird Gustav die Anna und die Gussi spazieren führen. Wird es auch mit ihr so werden, wie es mit den andern war? Daß sie in einer weichen Stunde dann seufzt: »Könnte ich dir doch etwas sein!« Und dann vollzieht sich allmählich kältend, stetig, das Durchschauen. Sie hat nie einen eigenen Gedanken, nie eine Überraschung. Oder ist sie nur Weib. Oder unordentlich. – Das Durchschauen möglichst hinauszuschieben, darauf käme es vielleicht an. Jenes reizvolle Fremdsein genießen wie wunderstarre, kalte Sternennacht.

8.

– – zusammengebundene Leichen, die gestern aus der Spree gelandet wurden, die Zwergin Kosanko aus der Skalitzerstraße 210 und der wegen Sittlichkeitsverbrechen mehrfach vorbestrafte Rechnungsrat B. rekognosziert.

Mein Privatehrenbürger von Berlin,
deine Billigung, der ich sicher war, bringt mich wieder in Form. Denn Purmanns hatten mich im Mörser ihrer Geringschätzung mit dem Vorwurf der Unbeständigkeit total zermürbt. Dabei ahnte Elfchen nicht, daß ich außer den Fett- und Salinetöpfen sogar noch eine reiche Bauerswitwe ausgeschlagen hatte, die Gutspächterin. Was brauchen unsere Frauen von unserer Kunst zu verstehen, Deeters? – Ich ließ mich von der blanken Bäuerin in die Schweineställe einführen, wo es zur Fütterung klingt wie tausendfältig Rülpsen nach Kakao. In Kuhduft und Sonne schmolz das Nikotin, wurden die Nerven sanft, und ich lachte in der Hängematte über die kinoartigen Bewegungen der Hühner. Eine Sau schlief im Hof. Die Fliegen hatten ihr blutige Wunden hinter die Ohren eingefressen. Ein kühnes Küken

sprang auf die Sau und pickte die Fliegen weg; ich habe gezählt: In einer Minute 72 Fliegen, also in der Stunde 4320, also im Jahre?! – Nachts, denn dort stieg man durchs Fenster aus und ein, besuchten wir das Birr-Grab in der Heide. Denn dort gibt es Mondenschein und Rehe und Sturm. – Wir sind auch Boot gefahren. Und dabei habe ich das einzige tiefere Erlebnis gehabt. Nicht mit der Bäuerin. Die war albern, unecht. Aber Gänse beknabberten ein Paket, das auf dem Flüßchen trieb. Als ich die nasse Hülle neugierig aufzupfte, enthielt sie Druckbogen einer Kolportageschrift, immer wieder nur die Seiten 22 bis 29, und zwischen den mittelsten, ganz trocken gebliebenen, hing ein abgerissenes Stück vom Titelblatt, darauf noch zu lesen war: liner Roma. – Da habe ich nachgesonnen, wie das Paket in das Flüßchen geriet, und das schien mir nun ein Geheimnis. Ein Geheimnis auf dem Lande, wo man sonst alles übersieht und um jedermanns Treiben weiß. Und was bedeutet liner Roma? Da fehlt was vorn und was hinten. Ich hab' mir's ergänzt »Berliner Romane«. Berliner Romane haben meist keinen ordentlichen Anfang und kein rechtes Ende. (Übrigens die Nuscha war auch mir nie wieder begegnet. Sehr schön so. Eine Erinnerung wie Jasmingeruch.) – Wohl war zwei Stunden von Sidows ab ein Städtchen zu erreichen, grünlich getüncht und mit verborgenen Turmspitzen. Auf dem Kirchhof im Efeu liegen Steintafeln wie gestaute Eisschollen, und umgitterte Gräber wie Schiffe. Darüber schatten fruchtbare Birnenbäume, gedüngt von Toten der achtziger Jahre. Ich aber sehnte mich nach einem Zeitungskiosk, der die neuesten Beine von Tanzsternen zeigt und die semmelheiße Nachricht bringt, daß in Tokio vier Kasernen brennen. – Frau von Sidow haßt die Großstadt, die sei hart und schartig wie Austernbank, Gehäuse an Gehäuse. Erzählt Frau von Sidow von den Streiks oder den Straßenkämpfen im Zeitungsviertel, dann sollen ich und die Hausdame mit den Köpfen nicken, wie Omnibus-

schimmel. Da hab' ich gesagt, es sei gar nicht so schlimm gewesen, immer nur zwei Tote. Und die Löcher in den Mauern habe man andern Tags wieder zugegipst. – Das hat aber meine adlige Brot-, Bett- und Ofenherrin arg verstimmt. – Andermal, weil sie mich in den Wald bestellte, fragte sie: »Nicht wahr, Sie lieben doch auch die Natur?« Da hab' ich gesagt: »Nein.« – Danach lernte ich nicken. Nur noch einmal, mit einer scheuen Saatkrähe, habe ich über das aufgestocherte Berlin gesprochen; von den schreienden Rednern erzählt, über 100 Milliarden von Hüten, und von den Matrosen auf Panzerautos, die die Häuser erbeben machten. Vom sektsaufenden Pöbelmund, den öffentlichen Diebesbörsen. Das ganze große Erheben. Das behält seine Farben in meinem Gedächtnis. – Ich half im Garten graben, und wenn die impulsive, despotische, freundliche Jüdin auf dem Piano oder Tennis oder mit fremden Sprachen und mit all und jeder Kunst und Wissenschaft spielte, wurde ich zugezogen. Was fehlte zu ihren

Millionen? zu ihren guten Büchern und Bildern? zu ihren traumschwarzen und pelzweichen Augen? – Sie wußte ganz tief verschwommen zu philosophieren. Aber ich saß dabei wie ein Klotz, sehnte mich nach Leuten, die ihren Geist verstecken. Nach einmal Betrunkensein im Panoptikum und nach täglich neuen verblüffenden Plakaten, statt des albernen Mohren mit Malzextrakt. Zwar hatte mir Frau von S. aus freien Stücken 50 Mark Taschengeld zugesagt. Aber das Schweinefliegenzählen ermüdet. Und wer mag auf die Dauer immer zum Fenster hinausspringen. Und laß Birr begraben sein. Und so fing ich an, mir eine manierliche, entblüffende Kündigungsrede einzustudieren. So im Sinne Noktavians ... »Wie der Matrose sich immer wieder hinaus aufs tobende Meer sehnt ... wie es der Deutsche, der einmal in Afrika gelebt hat, nimmer lange in der Heimat aushält.. wie die Zigeuner..« – Aber dann, eines Tages, diese Rede völlig beiseiteschiebend, bin ich ganz plump mit den Worten herausgestolpert: »Entschuldigen Sie, morgen reise ich ab.« – Und nun umgaukeln mich wieder die Möglichkeiten Berlins. Nur du fehlst.

9.

Welche edeldenkende, energisch robuste Dame verhilft jungem kriegsverarmten Manne zu einem Paletot? Heirat nicht ausgeschlossen.
A. 16 Exped. d. Bl.

»Aber Herr Gastein, es fängt an zu regnen.« – Doch er zeigt ihnen Gestalten, hübsche und häßliche und die unsicheren und speziell die komischen. Die Felsblöcke mit summenden Grotten sind ihr bekannt aus Vaters Fabrik. Auch die Schreibstuben, darinnen es hagelt wie Maschinengewehrfeuer bei den Liliputs. – Da! Dort! Dieser Eckstein! Jene technische Straßenwarze! Oder hier die Mauernische! Daran schlendert man so vorbei, aber nachts haben diese

Dinge vielleicht Bedeutung, spukhafte oder grausige Bedeutung. Nachts kichert, rauscht und knistert es allenthalben. Und im Spuk werden dann zur Bühne alle die verwunschenen Winkel, wo tags die Hunde hinpink.. – »Herr Gastein, es regnet!« Um so besser. Das schwemmt wieder Billiarden von Großstadtbazillen in die Schleusen. – Wer sitzt dort unter der Litfaßsäule? Für wen halten Sie den? Den Mann? Nun, das ist ein armer Stiefelputzer! – Ganz bestimmt nicht, aber vielleicht ein reicher Stiefelputzer oder ein Detektiv auf Posten. – Sie lesen dahinwandernd links und rechts Firmen. Und Fundbüro, Leihamt, Akademie,.. XII. Oberrealschule, Verein für ... Auf jeden Berliner kommen sechs öffentliche Einrichtungen, ohne die Bedürfnisanstalt.. »Mein Kleid ist hin. Ich bin total durchnäßt.« – Blicken Sie auch mitunter nach oben. Dort ganz oben, dem lieben Gott und dem Mars viel näher als wir, wohnen unlegitime Fürsten, ohne Gewissen, ohne Ehre und ohne Würde. Denn waren es aristokratische Hausbesitzer, die neulich ihr Kommando zur Française bewunderten, so werden es andere Leute sein, die ihnen morgen mitleidig ihre Unterhose abkaufen. – »Das verstehe ich nicht: Fürsten.. Unterhose?« – Nun, junge Leute sind's.. sie suchen sich aus Lügen herauszulügen. Und manchen gelingt es, aus Leinewand, Kohldampf und grauen Haaren.. Gold zu kochen. Kluge Leute, die wohl wissen, daß erreichtes Ziel luxuriösen Stillstand bedeutet und daß dann vergötterter Krebsgang folgt. Aber doch hetzen sie sich 24 Stunden qualvoll theaternd ab, um für einen antiken Bronzeleuchter 10 Mark zu erbetteln. Und nachts liegen nackte oder buntumhüllte Nuschas auf ihren Tischen und trinken Allasch aus Eierbechern, ebenso auf Berühmtheit gefaßt wie auf Pfändung. – Fräulein von Camphusen spricht nur mehr mit ihrer Freundin. – Gussi will versöhnen. – Dort oben zweiter Stock, zweites Fenster von links, hinter den erstklassigen Pensionsgardinen verbrennt ein gespannt lauschender

Feinmechaniker Briefe, Kofferadressen, Gegenstände.. Morgen will er reich sein. Gestern hat er eine Witwe erdrosselt. – »Wen? – Wieso? – Woher?« – Ich weiß es nicht aber .. man liest es doch täglich. – »Höre Gustav«, sagte Feridell, »nässer werden wir doch nicht, wollen wir nicht endlich..« – Gut. Er führt sie in dunkle, bemalte Hausflure, über halsbrecherische Stiegen, in Hinterhöfe und überraschende Durchgänge. Dort im Stockwerk fädeln und stechen junge, verkümmerte Mädchen tagaus, tagein, bis sie spitze Nasen bekommen und auf einem sauren Sparkassenbuch sterben. Die Direktrice geht nächste Woche mit einem phantastischen Hochstapler durch. – Dort sind auch Junggesellenwohnungen und Aftermieter-Boudoirs, die man einmal nachts wie ein Dieb betritt und nie wiederfinden würde. Später besinnt man sich auf einen Bärtigen, der im Schlafrock vorlas aus »Die Bienenfabel oder der Nutzen der Privatlaster für das öffentliche Wohl«.. – Anna ist verstimmt. – Indem Gussi vermitteln will, bekennt sie sich restlos offen zu ihm. Das rührt ihn. – »Dein abscheuliches Berlin! Wie ganz anders, wie schön war es damals dort auf der Mole.. –« – Ja Gussi, es war dort so schön, weil wir es hier ähnlichen Menschen erzählen oder verbergen würden. – Im Spaßmachen, Unsinntreiben, da hat seine rege Phantasie leichten Sieg. – Wenn man Bauchreden erlernte, könnte man sich selber Rätsel aufgeben und beantworten oder sich mit sich streiten. – So gewinnt er Annen zurück. – Ihnen rollt ein Schlachterwagen vorbei, der eine Kuh am Strick nachzieht. Sie muß Trab laufen, das Euter schwabbelt lächerlich hin und her, und sie glitscht auf dem spiegelnden Asphalt häufig aus. – Auf dem Lande drehen sich die Leute nach einem englischen Offizier um. Die Berliner wenden ihre Köpfe nach einer Kuh oder nach singenden Spaziergängern. – Anna hält die Kuh für ein abscheuliches Tier, wegen der Kruste. Worauf Gustav es für denkbar erklärt, daß eine halbtaube Frau jetzt einwerfen könnte, die Kruste sei gerade das Beste. Alle drei lachen noch in der Konzertloge. Das Parkett ist wie ein Kohlfeld mit Köpfen bedeckt. Schlüge man sie ab, sie fehlten morgen nicht im öffentlichen Gewimmel. – Gustav träumt nachts vorsätzlich von Anna. Auch wachend redet er sich Verliebtheiten vor, deutet es andern gegenüber an. Und Elfchen schenkt ihm eine neue Krawatte und ermahnt ihn, die Gelegenheit zu nützen, nicht so freie Reden zu führen, sich natürlich und bescheiden zu benehmen. – Pah! – Als er noch Matrose war, hatten ihn die Mädchen an den Küsten lieb, weil er sich anders und lustig gab und nicht berechnend, sondern nur flüchtig, vorübergehend erschien. –

Cecilie: Aber doch interessant?

Anna: Ja, wollte mit uns in einem ganz fremden Hause durch die Bodenluke aufs Dach klettern. Um uns die Berliner Alpen zu zeigen, mit Gärten auf Holzzement und Gletschern, wo manchmal wilde Jagden stattfänden, bei denen herrliche kühne Verbrecher erschossen würden.

Cecilie: So sind die Künstler …

Anna: Ja, aber manchmal so merkwürdig, fast unheimlich. – Ich glaub' er ist nicht ganz richtig. – Ich fürchte mich vor ihm.

10.

Amtsgericht I erläßt ein Aufgebot hinter 20 Verschollenen, deren Todeserklärung beantragt ist.

Nur plaudern, das kostet ja nichts. Im Gegenteil, dann möchte sie noch Bohnenkaffee und Gebäck mit ihm teilen. Die Hure Biela. Und das auszuschlagen, erfordert Überwindung von ihm, dem Hungergeschwächten. – Wie ein von Märchen Entrücktes lauscht sie seinen traurigen Gedichten, schreibt sie dankbar in ein fettiges Heft. Er sagt sie auch innig und echt her; liegt doch hinter ihm eine stundenlange bekümmerte Wanderung durch die Straßen,

die er kennt, die ihn nicht kennen. – Man hat sein Drama abgelehnt. Eine halbe Minute oder die Laune eines Lektors, oder einer Gottheit weiser Beschluß zerpflückte ihm das Werk eines Jahres. – Annemarie hat sich von ihm losgesagt, einen Tag bevor seine besten Schuhe barsten. Erbärmliches Leder. – Arbeitern wich er aus, die Schokolade kauten oder Grogdünste, Geldgerüche aushauchten. Ahnt keiner von ihnen, daß das, was in Hauffs Märchen unsere Brust bedrängt und uns Güte ausweinen läßt, daß das heute unter Liftboys leben kann, vielleicht jetzt augenblicklich in der Kakadubar vor der Tafel mit den Renndepeschen zu finden wäre. – Wer nur arbeiten will, Arbeit ist genug da. Herr Purmann hat das über ihn geschüttet wie heißes Blei. Aber Purmanns wissen es nicht besser. Das Glück hängt vom Gewissen ab, aber das Gewissen vom Verstande. – Schuld, Irrtum, Glück, Zufall, Verantwortung ... Lauter durcheinandersiedende Moleküle – Noktavian hat eine Anstellung gefunden. Er besucht vornehme Kundschaft, um Beiträge zu sammeln für ein nationales Privatunternehmen. Viele honorige Stellungslose werben so für ähnliche Vereine unter hohen Protektoraten. Sie betteln erstaunliche Summen zusammen, aber doch nur so viel, daß es gerade die honorigen Spesen der Ehrenamtlichen deckt. Nun kann Noktavian wohl reisen und Beziehungen anknüpfen. – Liebenswürdige Freunde von Gustaven, begabte jüdische Kollegen der Literatur oder Kunst, wußten sich auch durch diese Zeit scharfdenkend und beharrlich höher zu schrauben; ließen hier einen überflüssigen Brocken Ehre fallen, zertraten dort unauffällig einen anständigeren Ringer. – Und denen, die Ruhm und Gold besitzen, nähert sich behaglich der Zufall und segnet sie. Und was uns vorzustellen gelingt, das sind wir auch. Brave, unverantwortliche Soldaten zerfleischen darüber brave, nur geistig anspruchsvollere Brüder. – Und die Gewinnenden? Was gewannen sie? Wer ist heute wahrhaft zufrieden? Oder doch? Oder nein? – Deutschland wurde gar zu arg geschüttelt. – Und wie's kam und wie's auch noch kommen sollte, du, bleierner Gustav, wirst immer auf dem Grunde bleiben. Die Offiziersschärpe und die Kriegsorden anlegen und dich bettelnd in der Wilhelmstraße aufstellen. Nein, das darfst du nicht. Denn du triffst hin und wieder doch anständige Kameraden und besuchst doch zuweilen den feudalen Klub, wo getreue, zum Teil kriegsverstümmelte Helden dauernd Kinder mit dem Bade ausschütten und einem eitlen, beschränkten Götzen huldigen, der sich aus dem Staube gemacht hat. Außerdem werden dir gewiß schon andere mit dieser Idee zuvorgekommen sein. – Denn Berlin ist ja so hoffnungslos abgegrast von der schlingenden niedertretenden Vielheit. – Die Bourgeois? Auch du gehörst ihnen wohl an, den tatenlosen oder den kurzsichtigen oder den steifdummen oder den heimlich zufriedenen Scheinbellern. Und die Radikalsten? Ideale erfüllen sich nie, aber unter wirren Umständen die Taschen. – Und die Verbrecher? Vergreifen sich an den Mittleren und Kleineren. Denn die Tiergartenstraße schützt der Staat, es ist seine Straße. Der Staat ist fett gemästet, ernährt sich nur mehr von jungen, zartesten Gemüsen. Wenn ich Präsident wäre, ich würde ... Geschwätz! – Woge prallt gegen Woge. Wurde mir die Seefahrt doch leid? Ich bin ein verbrauchter Süßwassermatrose, der sein Leben auf dem Lande beschließen möchte. – Die Hochsee hat ihre Wunder, aber in die Tiefe muß man tauchen, sie zu heben, und man kehrt dabei leicht nicht wieder zurück. Andere bescheiden sich, dringen an der Oberfläche rasch vorwärts. Noch ein anderer erhängt sich. Der läuft nur einen Knoten und erreicht doch am ehesten das Ziel. Das wäre etwas für dich, Gustav. Und deine paar Habseligkeiten alle testamentarisch dem einen Freunde vererben, daß die Verwandten und Mäzene wenigstens einmal stutzen würden: »An diesem Deeters muß doch etwas sein ...« – Man plaudert mit ihnen. Immer das gleiche. Unter diesen Mädchen gibt es mitunter noch Altangesessene und auch eine gewisse Kultur in Berlin. – Man weiß im voraus, was Biela antworten wird. – Wie sie sich ihre Zukunft ausmalt? Sie wird mit Ersparnissen ein Blumengeschäft gründen oder Zimmer vermieten, entweder als Kupplerin oder an anständige Herren. – Sie sind gemütlich und ehrlich, solange man an dem barschen Kontrakt nicht rüttelt. Sie bieten dir heute nervenpeitschenden Kaffee und morgen tödliches Gift. – Beiläufig, in ausgelassener Festgesellschaft antwortete Elfchen einer Frau Rat mit komischem, fast rührendem Stolz: »O, als Heinz mit mir in Paris war, damals haben wir auch oft drei Tage und drei Nächte hintereinander durchbummelt ...« Wer verdient das Leben? Alle andern sind schuldbeladen. Ich, Gustav, bin der einzige anständige Charakter. So aussichtslos ... so hoffnungslos ...

II.

– – die Nummer des Autos war nicht beleuchtet. Die Leiche wurde dem Schauhause zur Obduktion überwiesen.

Wollte jemand Gustaven bei Deeters denunzieren, sprechend: Er hält auch vor dir Geheimnisse zurück! – Deeters würde lächelnd abwinken. Klapp den Deckel drauf. – Zwei Stammgäste trinken peinlich kritisch Weiße. Der alte Herr von der Filmbranche bietet dem Herrn Schneidermeister eine Prise an. Dieser ruft dem Kellner etwas zu in dem Dialekt der achtziger Jahre von Kölln jenseits der Spree: »Max, juckeln Se man los mit ihren ollen Zossen ...« – Ein kleiner bärtiger Herr nimmt eilig an diesem Tische Platz. »Vergeben Sie«, kichert er, »wenn ich ehrliche Fußnote in die 22. Zeile Ihres Vorworts einfalle. Sie sind der richtige Berliner, in Berlin die zweite Auflage. Sowas erschien wohl anno 79 bei Hermann, aber was bedeutet es heute? Bestenfalls reiste der Großvater zu und der Enkel verzieht

morgen.« Der Sprecher legt Geld auf den Tisch, löffelt die Erbsensuppe in sich hinein und entfernt sich. »Der scheint etwas Manoli zu sein.« – Gustav aber schlendert durch die Nacht, darin, von dunstigen Gespenstern überhuscht, Lichter hängen. Hohe bleiche Monde, ordinäre Butterblumen, an den Stationen aufregend rote Augen über Blutpfützen oder grüne Augen. Und über den Straßen dahingleitend, goldstreuend, der um eine andere Welt wissende Blaufunke. – Wie Gustav gekleidet ist, zu allem fähig, nichts gegen ihn einzuwenden, bemerkt er zufrieden, wie die Geheimpolizisten und andere Spione ihm ratlos nachblicken. Er kennt sie besser, die Strengen wie die Bestechlichen. Im Keller der Bananenliese oder unter der Falltür der grauen Frau öffnet sich ihm, dem bescholtenen Ringkämpfer, vertraulich die Chronique scandaleuse. Es würde aber seine wundersamen Privatstudien unnötig beeinträchtigen, wenn er Bielas Zuhälter anzeigte. Dagegen kommt ihm der Ruf zustatten, den er sich erwarb, als der internationale Dreadnought Kanarienschorsch niederboxte. – Gustav hustet grimmig ein paar seifige Zwitterjünglinge vom Bürgersteig. Und schnackt ein wenig mit dem alten Fuchswolf, der nachts mit einem Knüppel einen Schirmladen bewacht und nebenher geheimen Handel mit amerikanischen Zigaretten und Nacktphotos treibt. Er tauscht einen Witz mit den Droschkenkutschern am Halleschen Tor, läßt sich von Nora neue Anekdoten über Perverslinge erzählen. Und schaut zum hundertsten Male zu, wie ein junges, aber reifes, dralles Mädchen mit einem Puppenwagen den bettelnden Rumpf wegfährt, der allabendlich einige Stunden an der Planke lehnt, wo die parteipolitischen Aufrufe angeschlagen werden. – Im rauchigen Keller von Lutter & Wegner mischt sich Artist Gustav al Ratschild unter eine bezechte Gesellschaft falscher Offiziere und falscher Schauspielerinnen. Da quirlt Lustigkeit aus dem vollen heraus. Denn es kommt den Kavalieren nicht darauf an, der Abortfrau Lewandowsky, die aus Exkrementen russische Zustände und noch Angenehmeres prophezeit, einen Fünfzigmarkschein zu schenken. Und die Damen stecken dem Oberkellner noch höhere, geheimnisglatte Gelder zu. Und jemand bietet Gustaven 200 Mark an, wenn er nur in ein Telephon spräche: »Hier Vorsteher Günther. Der Wagen soll am dritten Gleise warten.« – Niemand außer Gustaven hört in dem Lärm, wie Hoffmann leise an der Wand kratzt, an der Stelle, wo früher das historische Bild hing. Gustav verläßt den Keller, springt drei Schritte rückwärts, weil Murr quer über den Weg huschte. – Und drei Stunden lang für ein verschwiegenes Honorar ist er damit beschäftigt, ein vornehmes Haus in der X-Straße dauernd zu verlassen. Jedes Mal prallt er mit einem Herrn im Pelz zusammen, der dann ruft: »Pardon, die Zeit macht einen nervös.« Jedes Mal antwortet Gustav dann: »Eine Nase läßt sich immer wieder drehen.« Und geleitet die Herren ins Parterre, wo ein Kügelchen über schwarze und rote Felder hüpft. – Gustav, der Chiromant, trinkt bei einer alten Hexe Whisky aus einer Napfkuchenform und unterhält sich flüchtig durch ein sulfurisches Sprachrohr mit Clamur, Machandel und Pipo. – Gustav hinkt. – Hinterm Reichstagsgebäude steckt er den falschen Bart in die Tasche. Ein Irrsinniger spricht ihn an. Ob der Schuß am Hundekehlensee schon gefallen sei? – Gustav nickt, wandelt tief Atem schöpfend weiter, dorthin, wo keine Laternen leuchten, unter die Bäume am Kanal. Lehnt sich übers Geländer und blickt in das tintenartige Fließen. – Als die letzten Schritte eines wankelmütigen Mädchenjägers verhallen, wird es dort unheimlich still. – Gustav summt: Es schwimmt eine Leiche im Landwehrkanal. Reich sie mir mal her, aber knutsch sie nicht so sehr. Dann lauscht er, strengt seine Augen an. – Eine Leiche treibt langsam näher. – »Es schließe sich der Ring!« – »Völlig!« antwortet eine Stimme, die Leiche bremst. Gustav stößt einen Bootshaken in ihren Leib und langt sie damit heraus. Es ist Pinkomeier. Er begleitet Gustaven trällernd, trällert das Lied vom sublunarischen Wandel. Dabei redet er Dummheiten, die morgen vergessene Weisheiten sind. Und Gustav notiert sich einige kluge Bemerkungen, um sie morgen als wirren Blödsinn zu verbrennen. – »Mehr Humor, Gustav, Ataraxie auch im Verrecken!« sagt Pinkomeier. »Du läßt dich vom ersten Eindruck erwürgen. Krieche stumm in die Dinge hinein; alle, die empörendsten, sehen innerlich ganz natürlich fleischfarben aus. Und ob in der Mühle die unterste Bohne bevorzugter sei als die oberste, die bis zuletzt den andern auf den Köpfen tanzt …? Pah, gehupft wie gesprungen! Studiere du unbekümmert weiter und glaube mir: Es ist kein so großer Unterschied zwischen der Bibel und dem Berliner Adreßbuch.« – Im Morgendämmern, wie etwas ganz Sonderbares, erhebt sich Vogelgeschwätz. Die Spatzen, die Nachtigallen der Stadt. Wovon ernähren sie sich in dieser brotlosen Zeit? Wovon ernähren sich … – Ein hackender Schritt ertönt, vom Echo der andern Seite geprügelt. Arbeiter mit klappernden Kannen eilen. Dicke Bündel farbloser Röcke schleppen Gemüsekörbe zur Markthalle. Das Volk der Angestellten schwärmt aus, Sklaven. Pedanten, die das Ende eines selbstgekauften Bleistiftes erleben. Bleich, kurzsichtig gewordene Mädchen. Ein gewisser, beinahe familiärer Kommunismus des Kontorlebens bewirkt es, daß sie mit einer Art Heimatgefühl in die kahlen Büros ziehen. – Müde, ohne ein Nachthemd einzuwechseln, sinkt Gustav in den süßen Eintagstod. Aus der Matratze brummt Pinkomeier Gute Nacht. – Nur einmal, kurz aus dem Schlaf erwachend, schaudert es Gustaven, als er Licht in seiner Stube bemerkt und einen bloßen Arm gewahrt, der aus dem Türspalt des Kleiderschrankes herausragt.

12.

L. F. Café Josty Freitag, Adresse wiederholen, wichtig Sporendank, Zürich entschlossen. Vorsicht Postl. 27, Amt 12.

»Heh! Heh! Pst! Wiga!« – Er springt einen kühnen Satz vom Autoomnibus. Das lernt sich hier. »Ich habe Eile, aber ein Stück begleite ich dich.« Wie geht dir's Gustav? »Manchmal ... heute.. hat Berlin einen Himmel. Ich bin dabei, meine Schulden zu bezahlen und zu schenken. Mein Drama ist honoriert, ein guter Freund von mir hat es..« Du hast viele gute Freunde? – »Mehr Freundinnen.« – Ich träumte gestern von dir, Gustav. In der Kirche. – »In welcher? Es sind ihrer viele hier, manche so verbaut, daß man jahrelang täglich vorbeigeht, ehe man sie hinter Plakaten, zwischen einem Kino und einem Palast der Lebensversicherung entdeckt. Auch richtige Gebete und zauberstarke Frömmigkeit gibt es hier.« – Übrigens Gustav: Ich bin verheiratet. Willst du morgen bei uns essen? Notiere unsere Telephonnummer ... –

Es ist eine andere, eine kleine, kluge Frau, die Rotweingläser auf den sauberen Tisch zwischen den beiden parallelen Räkelpolstern stellt. Und selbst nie sentimental, doch gut, treu, zieht sie Kösters rührsame Spieluhr auf. – Miezko, lasest du mein Manuskript? – Ja, manches verstehe ich nicht. – Muß man denn, kann man alles verstehen? – Nein, aber warum verschüttest du die Schönheiten? – Trüffeln stecken immer tief im Dreck. – Aber, Stävle, ich bin doch kein Trüffelschweinchen! – Nein, ich schreibe doch auch kein Dreckchen. Es sind Fetzen, aus Zeit und Ort herausgerissen, nicht die gute alte Zeit, nicht Gulitzsch an der Wipper ... Das Band zerrissen und du bist ... Ach, Miezko, ich bin heute so glücklich. Ich habe mich von Purmanns losgesagt. Nein, nicht jetzt, da ich für acht Tage Seligkeit bei mir habe, sondern vordem, als ich keine Kohlen und

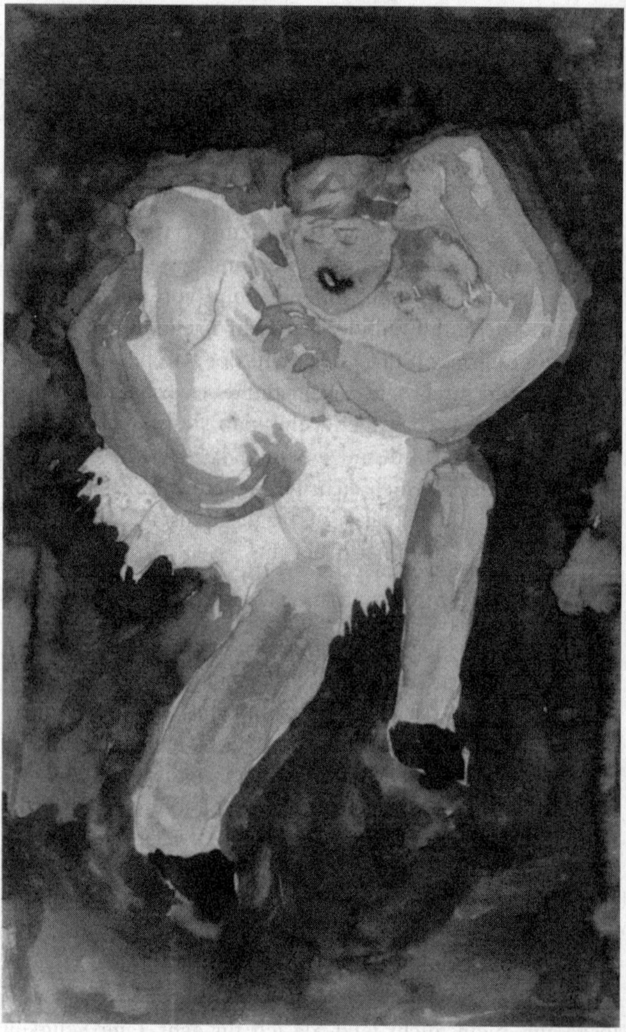

kein reines Nachthemd mehr besaß. – Aber Stävle, so, wie du mir die Leute gelobt hast, war es vielleicht doch etwas ... – Nein, Miezko, ich log dich an zu Purmanns Gunsten, als ich erkannte, daß ich mich selbst belogen hatte, und daß Purmanns mich oder sich selber belogen hatten. Und ich bedankte mich, wo sie danken mußten, und steckte beschämt ihre Vorwürfe ein, wo ihr graues Haar ... Soll ich mich um eine Erbschaft verkaufen? Ach, sprechen wir von anderem! Was erlebtest du inzwischen? – Miezko entzündet eine kleine Laterne mit Butzenscheiben und läßt die gebatikte Bühne von Weißgerber verlöschen. Vier schwache Strahlenbündel pendeln über merkwürdige Kupferstiche, über ostfriesische Möbel und keramische Niedlichkeiten. Frauenbeine schimmern durch ein warmes Violett. – »Es waren mancherlei Besucher bei mir, um ihre Sehnsucht nach München auszuschütten.« – Nach München jener Zeit. Jetzt lebt es sich stärker, gesünder und schneller in Berlin. Hier tröstet die Vielheit der Erscheinungen und Erlebnisse ... »Ja, Stävle, ich habe auch wieder Romane erlebt, seit du . .« – Man entgeht ihnen nicht. Wir erleben sie, hören sie, lesen sie aus Zeitungen, Büchern, und selbst noch in der einsamsten Zelle auf den Oktavbogen, die wir vom augenspießenden Draht abreißen. Und sie kreuzen sich und verwirren sich wie die Bindfäden in Elfchens Schubfach. – »Kehlbaum hat hier eine halbe Flasche Cordial Medoc über Berlin verschimpft, das keine Kultur habe.« – Nein, wenig. Es ist Fremde, unübersehbare, unerschöpfliche offene See, also Weg, nicht Platz. Nur nicht als Wrack dort liegen bleiben, wo es verebbt oder zerschellt. Zuweilen landen, sich träge wonnig erholen, aber dann wieder hinaus. Hindernisse überwinden, ums Leben kämpfen, alle Sinne stets wach und gespannt, denn Strudel und Strömungen locken und drohen. Hinaus, um in der massigen Einsamkeit zu leiden. Woge um Woge, Moment um Moment. (Gustav küßt die Hände seiner Freundin.) Du verstehst mich. Man muß Berlin visionär genießen. – (Sie streichelt sein Haar.) – »Ja, es ist Meer. Manche reisen herbei, um sich darin zu baden oder auch nur zu waschen. Andern gelüstet es nach abenteuerlichen Fahrten. Manche müssen untergehn.« – Prosit Miezko! Wenn der Frühling die städtischen Anlagen beehrt, dann stehl' ich mir einen Zweig, daran zarte gelbe Wollwürstchen hängen, die duften wie: Alles wird einmal wieder gut. – Und die Sonne weckt paradiesische Seligkeiten aus kahlen Kalkwänden. – Miezko will antworten. Da poltert die Tür schreckhaft, und auf der Schwelle steht ein eleganter Neger, der einen Muff und eine Handgranate …

NERVOSIPOPEL

NERVOSIPOPEL

Mitschüler erzählten als Witz, seine Mutter sei Leichenbändigerin und seine Großmutter Löwenfrau gewesen. Es war etwas daran, aber der Fall lag doch anders. Indessen nahm Feix Daddeldu dergleichen Nachreden nicht übel. Er lachte dazu. Seine Gutmütigkeit lag nicht immer so offen, ward daher auch von vielen Leuten angestritten. Von dem Lehrer, dem Feix eine Stunde lang auf alle Fragen mit »Wie?« antwortete. Vom eigenen Vater, wenn dieser sein Pfeifenrohr mit Wachs verstopft fand, und sogar von der Mutter, wenn Feix durchaus nicht zu bewegen war, das Kippen mit dem Stuhl einzustellen. Diese eigensinnige Beharrlichkeit war das Häßlichste daran. Machte Feix seinen Bruder, dem das Rechnen sowieso von Natur aus schwer fiel, beim Addieren durch lautes, unrichtiges Mitzählen konfus, dann verdrosch Kuttel schließlich den Feix. Aber nachher fuhr dieser fort, laut, unrichtig mitzuzählen: »14, – 15, – 16, – 18, – 20«. Und ließ sich widerstandslos abermals verdreschen und zählte weiter, und das hätte sich – was an ihm lag – lebenslang so fortsetzen können. Lag aber nicht, setzte aber nicht.

Jedoch das Allerärgerlichste war das Lachen. Wie Feix zu dem, was er im Grunde genommen gar nicht tat, lachte. So gemein! Gemein konnte man eigentlich nicht sagen, Feix lachte ja die anderen nicht aus, nicht einmal an. Sondern er lachte einfach gleichmäßig heraus oder vielmehr in sich hinein, nicht boshaft, nicht schadenfroh, nicht höhnisch, aber so – so – so dumm! Obwohl er vermutlich gar nicht dumm war. Man wußte das zwar nicht. Er hielt in der Schule Schritt, drängte sich nicht vor, sondern war schweigsam, widersprach nie, fand sich in alles. Es war ihm überhaupt nichts Bedeutsames vorzuwerfen. Weil seine liebevollen Eltern keinen Haken entdeckten, um ihn zu bestrafen, er aber doch nach ihrer Meinung irgendwie was Queres hatte, so versagten sie ihm seinen einzigsten Wunsch, Seemann zu werden, und schickten ihn in die Stadt zu einem Drogisten in die Lehre. Feix arbeitete normal fleißig bei dem kleinen nervösen Drogisten und wohnte und speiste mittelmäßig in der Fremdenpension der geschäftigen, vielseitigen, nur etwas leicht erregbaren Drogistenfrau. Herr Bulverin, so hieß der Drogist, wußte nur Gutes an die alten Daddeldus zu berichten. Leider wurde er von Tag zu Tag nervöser. Die Tür zum Privatkontor und das Fenster standen immer wieder offen, und der Zugwind wehte die Rezepte und sonstigen Papiere durcheinander. Im Laden standen die gleichartigen Flaschen, Phiolen und Dosen nicht mehr parallel, sondern schief zueinander. Die abends mit Bulverinschem Patentöl geschmierten Türangeln waren morgens verrostet und quietschten.

Auch die Erregbarkeit der Madame Bulverin nahm zu. Die bedauernswerte Dame verbrachte schlaflose Nächte. Weil die Wasserleitung tropfte, tupf, tapf, tupf, tapf. Irgendetwas – sicherlich eine Maus – nagte. Wo? – Woran? – Woher? Die Feldherrnbilder hingen schief. Etwas klappte von Zeit zu Zeit.

Erst nach sechs Monaten fingen die Eheleute Bulverin an zu ahnen. Wie Bulverins Patentöl in Blechkännchen zu Wasser wird. Seit wann die Pensionstische auf angesägten Beinen hinkten. Da nichts nachzuweisen war und kein Entlassungsgrund vorlag, sondern aus anderen nebensächlichen Ursachen machte die Drogerie plötzlich Pleite, und Feixen blieb nichts übrig, als ohne Geld, aber mit viel bestem Zeugnis nach Hause geschickt zu werden.

Solche Leute wie Frau Daddeldu halten nichts von Zeugnissen und sehen auch nicht auf Geld. Aber in dem Nach-Hause-geschickt-werden fand die redliche Frau einen Fliegendreck. Und es mußte wohl auch im Benehmen ihres Sohnes mancher Fliegendreck oder wenigstens einer gefunden sein. Sie spürte dem vier Wochen lang nach, ohne recht dahinter zu kommen. Aber man schmettert nicht Türen zu, als gälte es, Büffel zu köpfen. Und als Feix wieder – nun schon zum elften Male – die Lampe so auf den Tisch gestellt hatte, daß ihre eine Hälfte über den Tisch hinausragte, wurde es Beschluß, daß Feix sich erst einmal als Seemann ein bißchen Lebensernst zusammensegeln sollte.

Er ward kein so tüchtiger und beliebter Seemann wie Kuttel, aber auch kein so leichtsinniger Abenteurer wie sein anderer, sein verschollener Bruder. Sondern genügte seinen Pflichten mit Durchschnittsleistungen. Seine Kameraden und Vorgesetzten hatten ihn im Grunde genommen gern, war doch sozusagen nichts gegen ihn einzuwenden. Aber seine Ruhe war keine Ruhe mehr. Nicht etwa Faulheit. Aber er machte die ältesten Janmaate, diese wetterharten, bedächtigen Bärenkerle, er machte sie kribbelig; und als ihm der sechzigjährige Segelmacher im Stillen Ozean mit dem Fuchsschwanz einen Mastsplitter aus dem After sägte und Feix während dieser Notoperation das gelehrte Buch des Kapitäns studierte (es war ein Reiseführer durch Dießen am Ammersee) und dabei unaufhörlich dermaßen lachte, daß der Segelmacher ein Jucken in die Hand bekam, wobei die Säge abbrach, darüber der erschrockene Segelmacher plötzlich tot war; da hatte sich Feix alle Sympathien an Bord verscherzt. Niemand bemitleidete ihn etwa, weil er fortan mit einem Splitter und einem Stück Säge im After sich durchs Leben schlagen mußte.

Später trieb er sich in tropischen Ländern herum. Jahre waren vergangen, seitdem er seine Mutter verlassen hatte, und nie bekam diese ein Lebenszeichen von ihm. Dennoch wartete sie vertrauend und tapfer auf seine Rückkehr und rühmte ihren Feix und seinen besonders guten Charakter, bis Feix nach 5 Jahren plötzlich überraschend heimkam; dann nicht mehr, im Gegenteil.

Was hatte er wohl alles erlebt? Er sprach nicht darüber. Was hatte er wohl seinen Angehörigen aus dem Auslande mitgebracht? Er stellte es auf den Tisch: eine große quadratische Pappschachtel und darin: ein Moskito.

Seine Angehörigen lachten durchaus nicht. Das war doch kein Witz.

»Es ist dressiert«, sagte Feix erklärend. Aber das machte gar keinen Eindruck. Nur Paula riß den Mund auf. Feix sprach etwas zu dem Moskito in einer fremden Sprache, nicht Englisch. Sofort schoß das Insekt wie ein Pfeil in Paulas Mund. Paula spie es hustend wieder aus. Feix trocknete es mit Löschpapier. Dann gab es wieder ausländische Befehle. Das Moskito fing an, scharf summend und in schönen Brezelkurven um die Lampe herum zu sausen. Frau Daddeldu schlug mit dem Besen nach dem Tiere. Feix sperrte es vorsichtig wieder in die Pappschachtel. Die Angehörigen lasen die Lampensplitter vom Boden auf.

Feix wurde zu einem Pfarrer in die Stadt geschickt, um vier Wochen lang Anfangsgründe zu studieren. Er fuhr im D-Zug in der zweiten Klasse mit sechs sehr unterschiedlichen, aber durchwegs hochintelligenten Leuten zusammen, die ihn unterwegs unruhig und unbehaglich anschielten. Weil bei dem was nicht stimmte. Es war den Sechsen so, als habe sich über sie eine Gewitterwolke gelegt. Während der neu Hinzugekommene, dieser dauernd und lächelnd die Lippen bewegende Arbeitsmann mit seinem Köfferchen und der Riesenschachtel allein in Sonne gehüllt schien. Der erste Mitreisende nieste 42mal, der zweite juckte sich, der dritte blinzelte, der vierte suchte nach Ursachen, der fünfte schlug um sich. Der sechste aber schlief; er war syphiliskrank.

Feix saß, abgesehen von seinem ausländischen Murmeln, unbeweglich da. Und doch war er der Dirigierende. Er arbeitete Hand in Hand mit seinem Moskito. Wie ihn die Inder gelehrt. »Nimm Krankheit!« befahl er dem Tier. »Übertrage sie!«

Der Zug lief ein. Hinter Feixen verließen auch die übrigen Passagiere den Wagen, der Herr, der geschlafen hatte, verließ ihn geheilt, die fünf andern syphiliskrank. – –

Schon am folgenden Sonntage erschien der Pfarrer aus der Stadt bei Frau Daddeldu. Er war verbunden und total zerstochen. Hinter ihm stand Feix mit Köfferchen und Pappschachtel.

Frau Daddeldu hatte nie Feen mißbraucht. Zum ersten Male in ihrem Leben wanderte sie nach dem Hünengrab und kratzte dreimal mit dem Hufeisen unter die Distel. Die Fee erschien, vernahm die Klage und verschwand.

Als Feix anderen Morgens erwachte und den Pappkasten öffnete, um seinem Moskito guten Morgen zu wünschen, kam statt des Insektes ein Elefant heraus. Feix lachte mächtig. Da verwandelte sich der Elefant in ein schnappendes Krokodil. Feix hielt dem Krokodil mit der Linken das Maul zu, kitzelte es mit der Rechten und lachte. Nun entglitt ihm das Kroko und nahm ätherische Feengestalt an. Feix schnalzte mit der Zunge und lächelte.

»Lächle nicht!« sagte die Fee ernst. »Vom höchsten Glück bis zum tiefsten Unglück ist nur ein knapper Schritt. Gesundheit soll dereinst abgerechnet werden, denn sie ist geliehene Begabung, andern zu helfen.«

Feix schnalzte mit der Zunge.

»Schnalze nicht!« verwies ihn die Fee. »Es kann ein lästernder Töter gütig sein, und es kann ein schlafender Unterlasser ewige Mordschuld auf sich laden.«

Feix feixte. Die Fee wechselte ihre Beinstellung, dann rollte sie plötzlich ihre Augen feurig und sagte mit hohler Stimme: »Bebinissi kolabia ivustalinski!«

Feix feixte und schnalzte. »Du!« rief die Fee drohend. »Du weißt nicht, wer ich bin.«

»Doch« – erwiderte Feix – »ein rechter Nervosipopel!« Die Fee verschwand.

Von allen aufgegeben und gemieden, begann Feix nun einen liederlichen Lebenswandel. Sein Stammlokal wurde das Café Nashorn, wo Dirnen verkehrten.

Frau Daddeldu kratzte noch dreimal unter die Distel. Die Fee zuckte nervös mit den Achseln und verschwand. Aber heimlich verwandelte sie sich in eine Kokotte.

Feix verguckte sich. Seine Matter gab sonderbarerweise immer aufs neue Geld heraus. Feix hielt die Kokotte aus. Die Kokotte ward schwanger. Feix heiratete sie trotz stärksten elterlichen Protestes. Das war sehr anständig von ihm. Lepopisov Ren, so nannte sich die Braut, stammte aus der Gegend von Rußland, bezog mit Feixen ein bescheidenes Zimmer und darin ein Wochenbett. Feix pflegte sie, aufmerksam, ordentlich, beharrlich, treu, rührend. Es klingelte; Feix schnitt die Drähte durch. Es klopfte; Feix rief ärgerlich: »Pst! pst! Sie schläft.«

Drei Monate vergingen. Feix brachte seiner Frau Erdbeeren, Schokolade oder die neueste Art von Bouillonwürfeln ans Bett, zog sich schon im Korridor die Stiefel aus, küßte – um nichts zu quetschen – bloß noch die Haare.

Wieder drei Monate vergingen. Feix verließ die Wohnung nimmer, nachdem er noch einmal eiligst Windeln und Bleisoldaten eingekauft hatte. Er schlief nimmer, sondern horchte vor der Türe. Er aß kaum noch. Er wurde vom Briefträger wegen Mißhandlung verklagt. Er schrie die Amme an, weil sie polterig hustete. Er zuckte, blinzelte, er suchte nach dem Moskito, welches abhanden gekommen war, er raste, schrie (aber stets in Kissen hinein, damit Lepopisov Ren nichts vernähme). Dann wieder ließ er sich stundenlang von der Wöchnerin erzählen, wie sie sich befinde, ob es sich wie ein Junge anfühlte. Und wenn sie »Ja«

sagte, so freute er sich rein närrisch. Bis eine Fliege summte oder ein Tablett umkippte. Dann fuhr er aus der Haut.

Der Tag kam heran. Der Arzt ließ auf sich warten. Feix sprang von einem Bein aufs andere, unterdrückte. Die Hebamme ließ auf sich warten. Feix kroch Wände empor. Das und mehr wiederholte sich acht Tage lang, ohne das ersehnte Resultat. Der Termin war längst vorüber.

Vierzehn Tage vergingen. Lepopisov Ren nahm immer noch zu. Arzt und Hebamme kamen umsonst. Feix raste oder weinte.

Ein Monat verging. Lepopisov Ren nahm immer noch zu. Sie lag schon in zwei Betten; nun ließ Feix anbauen. Arzt und Hebamme lachten in sich hinein. Feix stach nach beiden. Zwei Monate vergingen. Arzt und Hebamme blieben aus, sandten aber ihre Telephonnummern.

Der dritte Monat war halb vorbei. Dreiviertel der Stube war von der Wöchnerin ausgefüllt. Feix grübelte abmagernd darüber nach, was an der Verzögerung schuld sei. Lepopisov Ren meinte: Die verbrauchte Zimmerluft.

Also mußte sie ins Freie. Die Türöffnung maß 98 : 200, das Fenster nur 90 : 180. Feix brach eigenhändig die Frontwand des Zimmers nieder.

Es war ein sonniger Julitag. Lepopisov Ren hatte Ausgang. Feix sah ihr außer sich vor Freude nach.

Sie glitt hinaus, halb schwankend, halb schwebend. Draußen legte sie sich auf die Seite, – Feix war fieberhaft gespannt – drehte sich kugelartig weiter herum, bis ihr Bauch zuoberst kam, und auf einmal und langsam stieg sie. Stieg ruhig und majestätisch höher und höher, himmelwärts. Feix verhatterte sich in eine Rouleauschnur. Und sie stieg stetig. Plötzlich fing Feix an, wie rasend zu hupfen, aber es war schon zu spät, er erreichte nichts mehr. Sie stieg höher, feierlich, stieg wie ein Luftballon. Ohne Gondel. Aber oben, im Zenith des Ballons, auf dem Nabel, saß deutlich, unbeweglich, ernst und blaß ein Moskito.

ABSEITS DER GEOGRAPHIE

Herr Droschkenkutscher Porösel wurde trübsinnig aus Langerweile; er wußte seinem Berufe nichts abzugewinnen. Müde und stumpf saß er am Tag oder bei Nacht auf seinem Bock. Müde und stumpf stand oder trabte auch der Gaul, der nun schon seit elf Jahren an Porösels Deichsel gewohnt war und, außer Dienst, sogar Seite an Seite mit seinem Herrn schlief.

Eines Morgens ging der Kutscher wieder derart zu Stroh und seufzte sich hinstreckend: »Ach, wäre ich doch tot!« Und sich vorstellend, wie das sein müßte, wenn er tot wäre, kniff er unwillkürlich die Augen zu. Da er sie aber nicht völlig zugekniffen hatte, sah er zu seinem maßlosen Erstaunen, wie der Gaul ihm eine höhnische Grimasse schnitt, dann in lautes Lachen ausbrach und auf einmal, so als habe er zu laut gelacht, – genau wie ein Mensch mit der Hand es macht – sich einen Huf vors Maul hielt.

Der Droschkenkutscher riß die Augen auf, da nahm der Gaul sofort wieder seine ursprüngliche, müde, stumpfe Haltung an. Vielleicht hatte Herr Porösel doch geträumt. Es war doch unmöglich, daß ein Pferd sowas tat und obendrein noch seinen Herrn seit elf Jahren betrog. Immerhin. – Hier galt es nachzuforschen.

In der nächsten Zeit stellte sich Herr Porösel öfters schlafend, und da bemerkte er einmal, wie sein Roß sich plötzlich auf die Hinterbeine stellte, die Vorderbeine verschränkte und so, leise auf und ab gehend, vor sich hin murmelte: »Wäre ich eine Stute und Herr Porösel in mich verliebt, so würden unsere Kinder Maultiere.«

»Was willst du damit sagen?« rief der Kutscher aufspringend. »Du falsches Vieh!«

»Gelt, ich bin doch schlauer als du?« sagte das Pferd ruhig und mit einer gutmütigen Sicherheit, die seinem Herrn die Peitsche aus der Hand wand. »Nun, nun«, fuhr es fort, als es Herrn Porösel hilflos baff zerknickt zusammenbrechen sah, »ich wüßte schon Rat, aber es kostet Überwindung.«

»Bin zu allem bereit«, stöhnte Porösel.

Das Roß schnäuzte sich zwischen zwei Hufen und sprach: »Du mußt dich aus der Welt schaffen, aus dieser Welt.«

Dumpf nickte der Droschkenkutscher, »Ja sterben. – Es ist das Beste.«

»Im Gegenteil! Hör mich an: Begib dich sofort nach der Fasanenstraße in das Haus Numero – – aber verzeih, wir müssen etwas leiser reden –« Der Gaul flüsterte das Weitere dem Kutscher leise, dicht ins Ohr. Es war ein sonderbarer Ratschlag. Porösel wurde abwechselnd rot und blaß und preußischblau. Aber zuletzt stand er überzeugt auf, umarmte sein Pferd dankbar und ließ sich umarmen. Danach begab er sich eiligst zu Fuß in das angegebene Privathaus in der Fasanenstraße, wo er, in den Salon geführt, zum Hausherrn folgendes sagte: »Bevor ich Ihnen Wichtiges mitteile, bitte – – wo ist – –? – Entschuldigen Sie – mir ist etwas übel –«

Im Kämmerlein verriegelte der Droschkenkutscher die Tür, setzte sich irgendwo hin, tat irgendwas. Dann kletterte er hinein, reckte sich auf, zog am Spülgriff, wurde von Wasserstrudeln ergriffen und total durchweicht, fühlte sich länger und dünner werden und in ein Rohr hineingezogen.

Je länger desto schneller sauste Porösel durch das schier endlose Rohr und leider nicht mit dem Kopfe voran, sondern umgekehrt. Deshalb geschah es, daß, als das Rohr sich in zwei Arme spaltete, er an diesem Scheidewege mit dem einen Bein ins linke und mit dem anderen ins rechte geriet und – bumms! Au! Stopp! – steckenblieb. Da er aber am rechten Rohr die Wegweisernotiz »Zur Kläranlage« las und sich genügend auf- und abgeklärt dünkte, so zog er das dortige Bein heraus und rutschte sofort im linken Rohrschacht weiter. Sein Tagebuch, das auf später noch zu erzählende Weise zu uns zurückkehrte, vergaß bedauerlicherweise, Namen und geographische Bestimmung des eigenartigen Landes anzugeben, wo Herr Porösel endlich in einem Becken landete, welches dem Ausgangsbecken seiner Reise ganz ähnlich sah. Er stieg hinaus, und weil er sowohl Kammertür als auch Korridortür offen fand, sich außerdem genierte, die Bekanntschaft eines Fremden zu machen, dessen Wohnung er auf so unkonventionelle Weise betreten hatte, so entfernte er sich heimlich rasch.

Da fand er sich denn in einer Stadt in einem Lande, wo es nicht anders zuging als bei uns, bis auf wenige, aber tief einschneidende Unterschiede: Dortzulande tat nichts weh.

Ein Mann wie Porösel, der alles nur mit dem beschränkten Blick eines Droschkenkutschers sieht, war natürlich nicht im Stande, die großen, alles umwälzenden Folgeerscheinungen eines solchen Nichtwehtuns zu erfassen. Er berichtet in dieser Beziehung nur unwesentliche, oft geradezu dürftige Begebenheiten. So das große Vergnügen, womit er in den ersten Wochen täglich zum Zahnarzt gelaufen sei, um sich ganz gesunde Zähne ausziehen und dann wieder einhämmern zu lassen. Oder er findet an einer Droschkenfahrt Gefallen, bei welcher der Kutscher das mit einem Reibeisen gesattelte Pferd ritt. Die Wagensitze waren mit Stacheldraht gepolstert und trotz bester Federung fuhr der Wagen höchst holperig, weil dauernd Straßenjungen sich zum Jux unter die Räder warfen.

Porösel schreibt: es gäbe dort kein Verrecken, womit er Tod oder Sterben meint. Wenn einem beim Duell ein Ohr oder sonst ein Glied abgeschlagen wurde, so wuchs innerhalb von acht Tagen erstens ein neues Ohr an den Menschen und zweitens ein neuer Mensch an das Ohr. Zwischen den Zeilen des übrigens gewissenhaft geführten Tagebuches lesend, erfahren wir, daß es dortzulande auch keine Geburt oder wenigstens keine Zuneigung in unserem schmutzigen Sinne gab. Wer sich vermehren wollte, schnitt sich zum Beispiel einen oder zwei oder zehn Finger ab und wartete acht Tage lang.

Auch Porösel selbst kam einmal auf die Idee, sich zu vermehren, aber eigentlich nur, weil er eine Droschkenräder-Fabrik zu gründen gedachte, deren gesamtes Personal er aus zuverlässigen eigenen Kindern rekrutieren wollte, damit auch die Gehälter in der Familie blieben. Er tauchte seine Nase in die Fleischmaschine, verstreute die herausgedrehten Würmer aus Nase im Garten und freute sich darauf, nun allmorgendlich beim Kaffee vom Balkon aus zuzusehen, wie sich im Garten sein stattlicher Nachwuchs entwickelte. Ein Amselschwarm verdarb ihm das Vergnügen, fraß gleich am ersten Tage alle Fleischwürmer auf. Herr Porösel war froh, als ihm eine neue Nase wuchs.

Eine andere Episode schildert einen Streit mit einem Schmied, der aus Ungeschicklichkeit einen Amboß auf Porösels Füße fallen ließ. Obwohl der Kutscher nicht den geringsten Schmerz verspürte, gab er sich doch nicht mit dem höflichen »Oh, Pardon!« des Schmiedes zufrieden, sondern versetzte diesem eine Ohrfeige und, noch immer von der übertriebenen Empfindsamkeit seiner Heimat befangen, stach er sogar noch dem anderen ein Auge aus. Der Schmied floh, warum? war nicht erklärlich. Als er aber genügenden Abstand von unserem Kutscher hatte, schnitt er sich blitzschnell ein Bein ab, beugte dasselbe im Knie zu einem gewissen Winkel und warf es wie einen Bumerang derart in die Luft, daß es herabschwirrend Herrn Porösels linke Mittelzehe abschnitt. Ohne daran zu denken, daß er nun ein Kind bekäme, hob der Kutscher mürrisch Zehe und Bumerang auf und verschloß beides zu Hause in einem Kommodenfach. Später verbrachte er viele schlaflose Nächte, weil er von irgendwoher unheimliche Machauf-Rufe zu hören vermeinte.

Nichts weiß dagegen dieser engköpfige Tagebuchschreiber über die merkwürdige Kriegssituation in jenem Lande zu melden, wo doch jeder Heerführer beglückt sein müßte, wenn seine Armee vom Gegner kurz und klein geschlagen würde. Nein, unser Droschkenkutscher langweilte sich nur und bekam Heimweh, Sehnsucht nach seiner Schwester, die ihm noch dreißig Mark schuldete und die er allerdings aufrichtig liebte. Er wußte keinen Rat, wie er wieder in seine Heimat zurückgelangen könnte. Vergebens blinzelte er allen Droschkengäulen zu, redete wohl auch das eine oder andere an: »Nun??« – »Tu nur nicht so; ich weiß, daß du mich verstehst.« Aus keinem Gaul brachte er was raus. Bis er sich eines Nachts in einen Stall einschlich, sich neben ein Pferd aufs Stroh warf und sich alsbald stellte, als ob er schliefe. Er gewahrte jedoch nichts anderes, als daß das Pferd zu äpfeln begann, und weil es gleichzeitig Fliegen abwedelte, so kriegte Herr Porösel etwas ab und floh.

Dennoch bekam er später auf irgendwelche Weise das Rezept in die Hand, um sich, und zwar in der schon einmal durchreisten Art, wieder von dortzulande nach seiner Heimat und sogar direkt in die Wohnung seiner Schwester zu spülen. Der Zufall wollte, daß diese etwas kränkliche Jungfrau gerade saß, als Porösel unter ihr auftauchte.

»Pfui Teufel!« schrie sie und lief empört davon.

Der Heimkehrende war durch diese rohen Begrüßungsworte so tief enttäuscht und gekränkt, daß er einen Moment wie angewurzelt, wortlos dastand. Dann schleuderte er das mitgebrachte Tagebuch seiner Schwester nach, richtete sich entschlossen auf, zog am Strang und spülte sich zurück in jene geheimnisvolle Fremde, wo er verscholl.

DAS SCHLAGENDE WETTER

Alle Welt kennt E.T.A. Hoffmanns Leben, schätzt seine Werke. Niemand weiß, daß zwei uneheliche Söhne des

Dichters die Hamburger Bergakademie besuchten. Wer vermöchte heute anzugeben, wo das angeblich in einer italienischen Schublade gefundene Schriftstück des fragwürdigen Norwegers Tenkjörd geblieben ist? Ob jemand wagen wird, die folgende Darstellung zu widerlegen?

Bei allem Fleiß und größter Begabung fühlten die Brüder Reinhard und Wolfgang sich doch auf der Bergakademie nicht recht wohl. Von dem theoretischen Wust angewidert, verließen sie die Anstalt, um sich dem praktischen Teile ihres Berufes und innerhalb desselben wieder der phantastischen Seite zuzuwenden. Sie gingen aufs Bohren aus, wollten Kali, Wasser und alles Mögliche bohren.

Unbemittelt, nicht im Stande, sich ein Bohrwerk anzulegen, zogen sie zunächst mit zwei Wünschelruten und langen Handbohrern versehen durch Hamburg. Sie waren viel zu klug, zu weitblickend, um den Mut zu verlieren, als die Wünschelruten lange Zeit weder in Wolfgangs noch in Reinhards Händen reagieren wollten. Als aber, da die Brüder eines Tages gerade den Jungfernstieg an der Alster querten, beide Wünschelruten mit eins ausschlugen, setzten die Brüder auf der Stelle ihre Bohrer an und drehten fieberhaft, ohne sich um die Einsprüche der Polizisten, Kutscher und anderer Verkehrs- und Geistesgestörter zu kümmern. Nachdem sie die erste Gasleitung unterm Asphalt zerstört hatten, gelang es, die Brüder zu überwältigen und ins Gefängnis zu bringen. Wo sie zwei Jahre verbüßten.

Ihre Entlassung fiel zeitlich gerade in eine ebenso Aufsehen erregende wie nützliche Reklameveranstaltung, in die sogenannte »Hamburger Höflichkeitswoche«, auf die eine dortige Kaffeefirma nach dem späteren Beispiele eines Berliner Verlages verfallen war. Acht Tage lang durchstreiften nämlich Angestellte jener Firma unauffällig beobachtend die Straßen und Plätze, und wenn sie auf besonders höfliche öffentliche Handlungen oder Gespräche stießen, so traten sie auf den Höflichsten unter den Höflichen zu und sagten, ihm einen kuvertierten Tausendmarkschein überreichend: »Da, mein Junge, nimm das Geld und merke Dir: Hoppenstiels Kaffee ist der beste!« In jener Woche war allenthalben in Hamburg zu beobachten, wie die Leute auf einmal sich an Höflichkeit zu überbieten suchten.

Damals also verließen die beiden Hoffmanns die Strafanstalt und bestiegen, obwohl sie keinen Pfennig Geld besaßen, teils dreist, teils ahnungslos eine Straßenbahn. Eine Strecke weit wußten sie sich durch geschickten Platzwechsel dem Kondukteur zu entziehen. Als dieser sie aber schließlich doch mit der anständigen Frage stellte: »Belieben die Herren vielleicht ein Billet zu erwerben?« zog Reinhard seinen Entlassungsschein hervor, tat sehr erschrocken und rief mit geheucheltem Bedauern: »Ach, verflucht nochmal, wie fatal! Ich dachte, das sei ein Tausendmarkschein, und nun habe ich kein Geld bei mir.«

Unverzüglich erhob sich da der nächste Fahrgast und sagte: »Mm-hh-tp ist mein Name; dürfte ich Ihnen vielleicht mit einem Tausendmarkschein unter die Arme greifen?«

Wolfgang Hoffmann überkam etwas wie Ahnung von verwandelter Menschheit. »Sie wollen uns borgen?« sagte er und wurde rot, weil er unwillkürlich den Schein schon ergriffen hatte.

»Borgen?« erwiderte der Fremde errötend. »Ich bin sehr beschämt, daß die voreilige Ausdrucksweise meiner ergebensten Absicht eine Mißdeutung –«

»So sehr es mir zur Ehre gereichen würde«, fiel der Schaffner ein, »dem Herrn Reichsgrafen einen Tausender zu wechseln, so fehlt es mir doch leider –«

»Vergeben Sie mir«, stammelte emporschnellend ein anderer Fahrgast, »wenn ich so frei bin, die Kleinigkeit des Fahrpreises in stimmender Münze –«

Dieses Höflichkeitsgeflecht wurde quer durchschnitten,

indem die Brüder Hoffmann plötzlich mit dem Tausendmarkschein das Weite suchten.

Über die Frage, wie der geschenkte Raub zu teilen sei, gerieten Wolfgang und Reinhard in Streit. Weil sie an Mut, Wut und Stärke einander nichts nachgaben, so teilten sie letztlich das Geld und ihre Brüderlichkeit durch 2 und gingen feindselig auseinander. Reinhard verscholl. Denn niemand wußte darum, daß er sich und seine 500 Mark bis China durchgebracht hatte. Wolfgang aber pachtete für sein Geld eine städtische Bedürfnisanstalt an der Alster.

Vier Zellen hatte dieses primitive Etablissement. Davon florierten drei sehr ersprießlich zum Ärger des Pächters, während die vierte zum Ärger des Publikums dauernd verschlossen blieb. Sie sei von einem Chronischen besetzt, erklärte Wolfgang auf Befragen. In Wirklichkeit benutzte er jede frei Minute zwischen Aufschließen und Adieu-Sagen, beziehungsweise Einkassieren, um in jener geheimnisvollen Zelle emsig Bohrversuche anzustellen.

Bald entdeckte er zu seiner Freude, daß er auf eine Wasserader gestoßen war. Gleichzeitig versagte in den Nebenstellen die Wasserspülung, aber Wolfgang beachtete das nicht weiter, sondern gab dem neuentdeckten Strahle eine Rohrbettung, die er zunächst verschloß, um sie später einmal wirtschaftlich und pekuniär auszubeuten. Inzwischen entzog er die zweite Zelle der öffentlichen Nutznießung und bohrte dort weiter. Mit seiner ingeniösen Begabung und mit dem reichlichen Gewinn, den die beiden anderen Zellen noch abwarfen, konnte er seine Bohrwerkzeuge aufs Trefflichste vervollkommnen.

Abermals ward er fündig. Petroleum. Rohrleitung zugestopft. Ausnützung auf später verschoben.

Während das Publikum vor der vierten, noch einzig aussichtsvollen Zelle in langer wartender Schlange anstand, bohrte Wolfgang in der dritten. Und er wurde dort – wenigstens moralisch – der Entdecker einer heißen Mineralquelle. Nicht juridisch, weil, als ihn seine Bedürfnisanstaltspflicht im entscheidenden Moment abrief, ihm zwei andere, harmlose Augen zeitlich zuvorkamen. Übrigens hatte Wolfgang nahezu das gleiche Interesse daran, diese heiße Quelle und die Kenntnis davon wieder zu verschütten, wie jener harmlose Senator, der in so mysteriöser Weise hinterrücks angebrüht worden war.

Aber, wie das so geht, etwas sickerte doch durch. Die Anstalt blieb – öffentlich hieß es wegen Reparatur – vier Wochen lang geschlossen.

Wolfgang nutzte diese Zeit aus und bohrte und bohrte in der vierten Zelle. Bohrte und nahm immer längere Bohrstangen, verlängerte diese, fügte einen Ansatz nach dem anderen an die Verlängerungen, bohrte Tag und Nacht. War sich, nach dem Maße der Schnelligkeit, womit er tiefer drang, jederzeit darüber klar, welches Gestein oder welche Erdschicht er gerade durchbohrte. Bohrte unermüdlich, zuversichtlich, denn er wußte, daß das von ihm und seinem Bruder gemeinsam erfundene Material des Bohrers auch das härteste Gestein, ja, selbst Stahl überwinden würde.

Dennoch stieß er eines Tages nicht nur auf Widerstand, sondern sogar auf Gegendruck. Er erbleichte für einen Moment. Dann hatte er's.

»Mein Bruder! – das Luder!« rief er aus, ohne etwa in dieser haßerfüllten Stunde reimen zu wollen; er riß den Bohrer heraus und näherte ein Fernrohr und sein Auge der Öffnung.

Wahrhaftig! Sein Bruder! Sein Bruder hatte von einer Gegenseite der Erdkugel aus ebenfalls gebohrt, und die beiden Richtungen begegneten sich zufällig in ein und derselben Linie.

Deutlich erkannte Wolfgang durch den etwa fünf Zentimeter breiten Bohrgang das giftige blutunterlaufene Auge des Bruders.

»Schwein!« schrie er berstend vor Wut in die Öffnung hinein.

»Rindsvieh!« kam es als Antwort zurück.

Einen Tag lang beschimpften die Brüder sich wechselweise, dann versuchte jeder den anderen anzuspucken. Beide Spucken kamen niemals an. Dann versöhnten sich Wolfgang und Reinhard und riefen einander herzliche Grüße, Geburtstagswünsche und Neujahrsworte zu. Darauf kamen sie auf sachliche, demzufolge auf geschäftliche Gespräche. Dann rohrpusteten sie sich gegenseitig Schmuggelwaren zu: Opium gegen Bayerische Malzbonbons. Schließlich tauschten sie politische und börsianische Berichterstattungen aus und wurden – der eine in China, der andere in Hamburg – innerhalb von fünf Tagen als Propheten so reich und angesehen, daß jeder von ihnen den anderen, also den Mitwisser des Bohrlochgeheimnisses, aus der Welt wünschte, um sich dann unbesorgt zur Ruhe setzen zu können.

»»Hallo!«« Beide Brüder riefen sich in demselben Moment den verabredeten Anruf zu. Beide Brüder setzten im nächsten Moment eine Pistole an die Öffnung und schossen los; legten sodann ein Auge an, um die Wirkung ihres Schusses zu genießen.

Im Erdinnern platzten die beiden losgefeuerten, mit Aufschlagzündern versehenen Geschosse aufeinander, an einer Stelle, wo sich Gase angesammelt hatten. Das schlagende Wetter fand nur zwei schmale, etwa fünf Zentimeter breite Ausgänge, die es mit Stichflammenkraft benützte.

In einem chinesischen Tempel und in einer Hamburger Bedürfnisanstalt wurde gleichzeitig je ein verkohlter Nachkomme E. T. A. Hoffmanns gefunden.

DIE WALFISCHE UND DIE FREMDE

Bereits eine Stunde später bildete sich ein Komitee. Man wollte den Schiffbrüchigen das Mitgefühl der Stadt übermitteln, sie als Fremdlinge gastlich bewirten beziehungsweise unterhalten und von der offiziellen Sympathie für Deutschland überzeugen. Man wollte auch bei dieser für den kommenden Sonntag gedachten Veranstaltung ihnen ordentlich imponieren.

Großzügig vorausgesetzt, daß sie sich bis dahin erholt haben, ferner auch nicht an den Folgen gestorben sein würden, sollte sich das Programm etwa so entwickeln:

Warme Begrüßung am Genesungslager. (Schon schloß sich ein Senator nach dem andern zum Auswendiglernen ein.) – Rundfahrt durch Stadt und Musehenswürdigkeiten. (Lastautos stellte in hochherziger Weise die bedeutendste Speditionsfirma.) – Flüchtige nähere Besichtigungen. (Die städtische Bibliothek sicherte freien Eintritt, das Museum für internationale Laryngoskopie Stundung der Garderobegebühren zu.) – Der berühmte, aus gerösteten Bananenschalen hergestellte Wolkenkratzer sollte von oben bis unten mit deutschen Briefmarken beklebt werden. (Gestiftet von einem ungenannt bleiben wollenden, sechsfachen Multimillionär, der sie von Bittgesuchen abgesammelt hatte.) – Trauliches Beisammensein mit Kaffeekredenz und Kuchenbergen im Klubhaus der inneren Mission für Kammerjagdsport. – Wohltätigkeitskonzert. – Tanz der tausend vornehmsten Babys. – Dann vielleicht Feuerwerk im Germanischen Ratskeller, Böllerläuten, Glockenschüsse oder so. Die Entscheidung über den weiteren Verlauf balancierte vorläufig noch auf einem Gewoge von Portwein und Beleidigungen.

Die Frau von dem Verwalter von der Schlauchhalle von der Hafenstation von der Feuerwehr lernte lügen. Während ihr Mann seit Stunden von Lokal zu Lokal eilte, um den wachthabenden Arzt zu suchen, erfuhr sie, daß ihr Geld und ihr Ansehen wuchsen, je mehr sie den neugierig Zuströmenden vorlog. Sie kam sich, nicht zu Unrecht, vor, als habe sie selber Schiffbruch gelitten. Anfangs wußte sie nur wenig. Man hatte die sieben besinnungslosen Riesen in die Schlauchhalle getragen. Man hatte ihnen die nassen Matrosenkleider ausgezogen und dafür erst mal saubere Feuerwehruniformen angezogen. Dann hatte man sie in Wolldecken gehüllt und auf die elastischen Schläuche gebettet. Nun mußten sie vor allen Dingen einmal schlafen, schlafen und nochmals schlafen. Keinesfalls durfte man sie stören. »Nein, auch nicht einmal sehen!« – »Nein, danke, auch nicht für Trinkgeld.«

Ergreifende Stunden verannen. »Sagte ich's nicht?«, der wachthabende Arzt wurde gefunden. Er sagte gleich: »Vor allen Dingen: Ruhe, Ruhe und nochmals Ruhe!« Dennoch setzte er sich sofort mit den Kollegen vom Krankenhaus in Verbindung, die im Nu ungeteilter Meinung waren. In der Hauptsache galt es, die Geretteten zunächst einmal stundenlang unbehelligt zu lassen.

Diese gründlich ausgeübte Passivität fand leider eine jähe Unterbrechung durch Feueralarm. Im Schuppen einer Spritfabrik hatte Stroh Stroh entzündet. Die Deutschen schliefen auf den Spritzenschläuchen. Es überstürzten sich viele Ansichten und Telephongespräche, verpaßten sich oder hoben sich auf. Indessen hatte einer der beiden Uhrzeiger noch keine Rundwanderung vollenden können, als ein Chefarzt, mehrere Unterärzte, viele Seitenärzte und zahllose medizinische Handwerker sich in Rangordnung, lautlos, auf Strümpfen der Tür der Schlauchhalle der Hafenstation der Feuerwehr näherten. Leise wurde die Klinke herabgedrückt, laut quietschten die Angeln. Und die Versammlung sah auf den Schläuchen sieben sauber zusammengefaltete Wolldecken. Und das Fenster stand offen.

Etwa zwei Seemeilen südlich vom Bananenkratzer und

zirka ebensoviel Knoten westlich vom Klubhaus der inneren Mission für Kammerjagdsport schlängelt sich zwischen freundlich bunten Delikateßgeschäften und lustig belebten Wirtshäusern ein anspruchsloser Weg im weiten Bogen um die städtische Bibliothek herum. Kurz vorm Germanischen Ratskeller schwenkten die sieben Deutschen nach links ab. Das Geld in ihren nassen Taschen hing wohlverschlossen im Trockenschrank der Hafenstation der Feuerwehr. Die Feuerwehrknöpfe mußten schlecht vergoldet sein; niemand wollte sie als Zahlungsmittel anerkennen. Aber es war schon erfreulich, mal wieder an Land zu sein, ohne arbeiten zu müssen, frei herumzubummeln und sich in der Fremde heimisch zu fühlen. Hier fiel ein deutsches Firmenschild auf. Dort war ein Feuer ausgebrochen; und weil dort leere Hektoliterfässer herumstanden, schöpften die Deutschen damit Wasser aus einem Kanal und löschten das Feuer. Und dann kam plötzlich ein hochanständiger, feiner Herr auf sie zu, wahrscheinlich der Fabrikdirektor, ein echter, eleganter *gentleman*, und schenkte ihnen ein volles Hektoliterfaß. Und weil keiner von ihnen »danke« gesagt oder irgendwas gesagt hatte, genierten sie sich und zogen sich mit dem Faß in einen dunklen Hofwinkel zurück. Bald setzten sie ihren Spaziergang fort.

Nicht etwa, daß sie stumpf und blind dahingeschossen wären. Nein, sie gingen einmal auf die andere Seite der Straße, um irgendworüber zu lachen, und dann waren sie wieder auf der einen Seite, um das Elterngrab zu pfeifen. Bis sie auf einmal hart hinfielen.

Weil sie einer vornehmen, jungen Dame ausweichen wollten, die mit zierlichen Schritten um die Ecke bog. »Wir tun Ihnen nichts. Wir sind Seeleute.« Ein zartes Stimmchen antwortete auf italienisch. Das kleine, blonde Persönchen verstand zwar nicht die deutsche Sprache, aber sie hatte sich verirrt. Und sie hätte soviel Vertrauen zu Seeleuten, und ihr Mütterchen vermißte sie gewiß schon, und ob sie sie nicht bis an ihr Häuschen begleiten wollten, sie fürchte sich sehr, überfallen zu werden, weil sie sehr viel Geld und Schmuck bei sich trüge und sei aus adliger Geburt, aber man sollte sie einfach mit ihrem Vornamen Darlingchen anreden, zumal sie Landsleute wären. Und sie trügen gewiß nicht so viel Schmuck bei sich, und sie würde schon dafür sorgen, daß sie daheim ein Schlückchen Wein zur Stärkung bekämen; aber viel Geld hätten Seeleute auch immer bei sich –

Die Matrosen nickten zu allem ja und waren total begeistert verdattert. Sechs von den sieben blickten immer verlegen weg, weil die so reden konnte, aber alles hatte Hand und Fuß, und weil das kurze Samtkleidchen so tief ausgeschnitten war. Der siebente beguckte sich immer derweilen heimlich aus dem Hintergrunde das fremde Mädchen ganz lange. Abwechselnd war jeder mal der hintere.

Langsam mußten sie einen Fuß vor den anderen setzen, damit die lila Beinchen mit den trippelnden Goldkäferchenschuhchen nicht außer Atem kämen. Sprach sämtliche Sprachen; alle Länder hatte sie bereist. Sie kannte sogar die Burgstraße in Leipzig und den Gänsemarkt in Hamburg.

Das Häuschen hatte rotseidene Gardinchen. An dem großartigen schmiedeeisernen Treppengeländer hingen Girlanden. Oben waren alle Möbelchen aus Lack. Und neben dem schönen Ofen mit den vergoldeten Kacheln saß das Mütterchen, die war nicht so schön wie Darlingchen (eigentlich sah sie wie eine dicke Sau aus), aber sie machte allen Ulk mit, rauchte Pfeifchen, und Darlingchen nannte ihr Mütterchen nur auf französisch »Madamchen«. In der Ecke hockte ein Negerchen, das Zither spielte. Aber draußen schlich ein häßlicher – ein häßliches Halunkchen herum; Darlingchen rief ihm »Hälterchen« zu, da verschwand es. Und Darlingchen war wie ein ausgelassenes Kind. Sie neckte die Seebären, weil sie gar nicht wie richtige Deutsche tränken. Und trank ihnen selbst ein Literchen Rum vor. Sie konnte blitzschnell eine Reihe Knöpfchen aufknöpfen. Tausend urkomische Einfälle hatte sie. Auch ein Kunststück mit einem deutschen Tausendmarkschein fiel ihr ein. Aber da erinnerten sich die Matrosen an ihre nassen Kleider bei der Feuerwehr und sangen auf einmal die Lorelei.

Doch mit dem Negerchen und dem Hälterchen stimmte was nicht. Die tuschelten an der Tür so hinterlistig, so, als ob sie gegen Darlingchen was im Schilde führten. Deshalb erhoben sich die Deutschen ein wenig und indem hatten sie den Ofen und das Treppengeländer in der Hand.

Weil sie morgens völlig nackt auf dem Bürgersteig erwachten, blickten sie sehr erstaunt nach dem Häuschen auf. Aus dem Fensterchen rief ihnen Madamchen Schimpfwörtchen zu, und neben ihr stand Darlingchen und warf Ofenkachelchen, Glassplitter und Treppengeländerchen herab. Daraus schlössen sie, daß das Häuschen ein öffentliches Häuschen wäre, und machten sich beschämt auf, um ihre nassen Hosen von der Feuerwehr zurückzuerbitten.

Sie tanzten in hastigen Wendungen umeinander vorwärts, um durch Schnelligkeit der Bewegung ihre Blößen zu verdecken. Trotzdem wurden sie unverhofft verhaftet. Drei Wochen durch schliefen sie sich willig im Gefängnis aus. Danach trug man sie in schwere Ketten gefesselt in den Gerichtssaal und lehnte sie dort gegen die Wand, unter deren Fenstern die freie, ewige See brandet. Bei dem Nacktsein auf der Straße hatten sich die Seeleute etwas verkühlt. Deshalb niesten sie, als das Urteil verkündet wurde. Da zerplatzten ihre Ketten wie Zigarettenbanderolen, und die Wand stürzte ein.

Als sich die ungeheure Staubwolke langsam auf alle Bilderrahmen der Stadt gesetzt hatte, sah man fern draußen im wogenden Ozean sieben Walfische unter ruhigen, weit ausholenden Flossenschlägen entschwinden.

VERSTREUT GEDRUCKTES

KUTTEL DADDELDU ERZÄHLT SEINEN KINDERN DAS MÄRCHEN VOM ROTKÄPPCHEN (UND ZEICHNET IHNEN SOGAR WAS DAZU)

Also Kinners, wenn ihr mal fünf Minuten lang das Maul halten könnt, dann will ich euch die Geschichte vom Rotkäppchen erzählen, wenn ich mir das noch zusammenreimen kann. Der alte Kapitän Muckelmann hat mir das vorerzählt, als ich noch so klein und so dumm war, wie ihr jetzt seid. Und Kapitän Muckelmann hat nie gelogen.

Also lissen tu mi. Da war mal ein kleines Mädchen. Das wurde Rotkäppchen angetitelt – genannt heißt das. Weil es Tag und Nacht eine rote Kappe auf dem Kopfe hatte. Das war ein schönes Mädchen, so rot wie Blut und so weiß wie Schnee und so schwarz wie Ebenholz. Mit so große runde Augen und hinten so ganz dicke Beine und vorn – na kurz eine verflucht schöne, wunderbare, saubere Dirn.

Und eines Tages schickte die Mutter sie durch den Wald zur Großmutter; die war natürlich krank. Und die Mutter gab Rotkäppchen einen Korb mit drei Flaschen spanischen Wein und zwei Flaschen schottischen Whisky und einer Flasche Rostocker Korn und einer Flasche Schwedenpunsch und einer Buttel mit Köm und noch ein paar Flaschen Bier und Kuchen und solchen Kram mit, damit sich Großmutter mal erst stärken sollte.

»Rotkäppchen«, sagte die Mutter noch extra, »geh nicht vom Wege ab, denn im Walde giebts wilde Wölfe!« (Das ganze muß sich bei Nikolajew oder sonstwo in Sibirien abgespielt haben.) Rotkäppchen versprach alles und ging los.

Und im Walde begegnete ihr der Wolf. Der fragte: »Rotkäppchen, wo gehst du denn hin?« Und da erzählte sie ihm alles, was ihr schon wißt. Und er fragte: »Wo wohnt denn deine Großmutter?«

Und sie sagte ihm das ganz genau: »Schwiegerstraße dreizehn zur ebenen Erde.«

Und da zeigte der Wolf dem Kinde saftige Himbeeren und Erdbeeren und lockte sie so vom Wege ab in den tiefen Wald.

Und während sie fleißig Beeren pflückte, lief der Wolf mit vollen Segeln nach der Schwiegerstraße Nummero dreizehn und klopfte zur ebenen Erde bei der Großmutter an die Tür.

Die Großmutter war ein mißtrauisches, altes Weib mit vielen Zahnlücken. Deshalb fragte sie barsch: »Wer klopft da an mein Häuschen?«

Und da antwortete der Wolf draußen mit verstellter Stimme: »Ich bin es, Dornröschen!«

Und da rief die Alte: »Herein!« Und da fegte der Wolf ins Zimmer hinein. Und da zog sich die Alte ihre Nachtjacke an und setzte ihre Nachthaube auf und fraß den Wolf mit Haut und Haar auf.

Unterdessen hatte sich Rotkäppchen im Walde verirrt. Und wie so pißdumme Mädel sind, fing sie an, laut zu heulen. Und das hörte der Jäger im tiefen Wald und eilte herbei. Na – und was geht uns das an, was die beiden dort im tiefen Walde miteinander vorgehabt haben, denn es war inzwischen ganz dunkel geworden, jedenfalls brachte er sie auf den richtigen Weg.

Also lief sie nun in die Schwiegerstraße. Und da sah sie, daß ihre Großmutter ganz dick aufgedunsen war.

Und Rotkäppchen fragte: »Großmutter, warum hast du denn so große Augen?«

Und die Großmutter antwortete: »Damit ich dich besser sehen kann!«

Und da fragte Rotkäppchen weiter: »Großmutter, warum hast du denn so große Ohren?«

Und die Großmutter antwortete: »Damit ich dich besser hören kann!«

Und da fragte Rotkäppchen weiter: »Großmutter, warum hast du denn so einen großen Mund?«

Nun ist das ja auch nicht recht, wenn Kinder sowas zu einer erwachsenen Großmutter sagen.

Also da wurde die Alte fuchsteufelswild und brachte kein Wort mehr heraus, sondern fraß das arme Rotkäppchen mit Haut und Haar auf. Und dann schnarchte sie wie ein Walfisch. Und draußen ging gerade der Jäger vorbei.

Und der wunderte sich, wieso ein Walfisch in die Schwiegerstraße käme. Und da lud er seine Flinte und zog sein langes Messer aus der Scheide und trat, ohne anzuklopfen, in die Stube.

Und da sah er zu seinem Schrecken statt einen Walfisch die aufgedunsene Großmutter im Bett.

Und – diavolo caracho! – da schlag einer lang an Deck hin! – Es ist kaum zu glauben! – Hat doch das alte gefräßige Weib auch noch den Jäger aufgefressen. –

Ja da glotzt ihr Gören und sperrt das Maul auf, als käme da noch was. – Aber schert euch jetzt mal aus dem Wind, sonst mach ich euch Beine.

Mir ist schon so wie so die Kehle ganz trocken von den dummen Geschichten, die doch alle nur erlogen und erstunken sind.

Marsch fort! Laßt euren Vater jetzt eins trinken, ihr – überflüssige Fischbrut!

ATELIERSZENE

»Haben Sie wirklich das Bild gemalt?«

»Ja.«

»Dieses Bild haben Sie gemalt?«

»Ja!«

»Ich kenne doch Ihre meisten Bilder und will die nicht schlecht machen. Aber dieses Bild ist ganz anders und so einzig schön. Ich habe es erworben und bezahlt und würde das unter keinen Umständen rückgängig machen, seien Sie also jetzt aufrichtig: Haben Sie das Bild gemalt?« Der Maler senkte den Kopf, hob ihn wieder und sagte:

»Nein!«

»Danke!« Der Käufer verbeugte sich kühl, nahm seinen Hut und ging.

»Du bist mein liebster Freund«, sagte der Dichter zum Maler, da sie nun allein waren, »aber jetzt bin ich tief traurig. Wie konntest du solchen Betrug ausüben?«

Der Maler warf vergnügt die Petroleumlampe in den Spiegel:

»Wir haben jetzt Geld! Ist das Bild schön?«

»Ja! Wer hat es denn wirklich gemalt?«

Der Maler streichelte den Dichter: »Es hat sich selbst aus mir gemalt.«

VOM ANDERN AUS LERNE DIE WELT BEGREIFEN

Ein Märchen

Emanuel Assup war durch Fleiß, Einsicht und Treue ein wohlhabender Gutsbesitzer geworden. Sein einziges Kind, ein stiller Junge, hieß Schelich. Der hatte das Abitur bestanden. Nun sollte er einen Beruf ergreifen. Er äußerte, befragt, etwas unsicher: »Seemann«. Der Vater redete ihm das aus. Das Marineleben sei ein hartes und gefährliches. Schelich könnte mit seiner guten Schulbildung auf anderen Gebieten festeres Glück erreichen. Emanuel Assup führte das sehr sachlich und herzlich aus. Und er ließ dem Sohn danach Zeit, sich in Ruhe auf etwas anderes zu besinnen.

Schelich ging spazieren. Durch den Garten, ans Meer, am Strand entlang, durch den Wald und über die Felder. Er fütterte die Vögel und die Fische und sein Lieblingstier: eine Riesenschildkröte, die ihm der Vater zum Geburtstag geschenkt hatte. Für das Tier war im Garten ein zehn Quadratmeter großes Gehege mit einem Bretterzaun abgegrenzt.

Nach mehreren Wochen erkundigte sich Herr Assup bei seinem Sohn: »Bist du schon mit dir selber einig darüber, was du werden willst?«

»Ich möchte Flieger werden.«

»Nein, mein Junge, das gebe ich nicht zu. Der Fliegerberuf ist ein wagehalsiger, und sein Ruhm befriedigt auf die Dauer keinen geistig begabten Menschen. Überlege dir etwas Besseres. Ich lasse dir Zeit zum Nachdenken, so lange du willst. Aber ich warne dich vor dem Müßiggang. Werde nicht faul, wie es zum Beispiel diese Schildkröte ist, die tagelang auf ein und demselben Fleck liegt und noch nichts geleistet hat.«

Der Sohn antwortete schüchtern: »Ist sie nicht dennoch ein großes Tier geworden?!«

Da wandte sich der Vater lächelnd ab.

Schelich ging zur Schildkröte und fragte sie: »Bist du glücklich?« Aber sie gab keine Antwort, sondern zog sich in ihr Gehäuse zurück.

Schelich fragte die Vögel: »Seid ihr glücklich?«

»Ja! Ja! Weit über die höchsten Türme, Wipfel und Gipfel, durch die lichten und wechselnden Wolken zu jagen, gegen Winde zu steigen; von Winden getragen, sich schwebend zu halten; aus steilen Höhen sich fallen zu lassen, um kurz vor dem Aufprall die fangenden Schwingen zu entfalten und frei zu singen, – – das ist wunderschön!«

Da wurde Schelich sehr traurig. Ohne sich jemandem anzuvertrauen, verließ er eines Morgens das Haus seines Vaters und wanderte davon. Als er nach zwei Tagen den höchsten Punkt eines hohen Berges erreicht hatte, stürzte er sich von einer steilen Felswand hinab. Zweifellos wäre er in der Tiefe zerschmettert, wenn ihn nicht ein großer Vogel mit seinen Flügeln aufgefangen hätte. Der trug ihn nun Meilen und Meilen weit über Länder und Meere durch die Lüfte.

»Fliegen ist schön!« sagte Schelich.

»Ja, fliegen ist schön, aber man muß es erlernen und verstehen.« Und der Vogel setzte den jungen Mann in einer fernen, großen Stadt ab und entflog.

Schelich fühlte sich frohen Mutes und unternehmungslustig. Er suchte und fand eine Stellung bei einer Fliegereigesellschaft und wurde im Laufe einiger Jahre ein geschätzter Luftpilot. Obwohl er zweimal mit seinem Flugzeug abstürzte, kam er doch mit dem Leben davon und blieb gesund. Aber seinem Vater sandte er nicht das geringste Lebenszeichen. Er wollte ihn erst dann benachrichtigen, wenn er einmal durch eigene Kraft ein Vermögen erworben hätte. Das gelang ihm nicht. Er ward des Fliegerlebens überdrüssig, und seine Sehnsucht nach dem Vater wuchs und wurde so mächtig, daß er eines Tages heimkehrte.

Vater und Sohn fielen einander in die Arme. Sie weinten vor Rührung und Dankbarkeit. Dennoch sprach Schelich kein Wort über das, was er erlebt hatte. Und der Vater fragte mit keinem Worte danach, sondern verzieh schweigend. Aber Schelich war ganz erschrocken darüber, wie sehr der Vater inzwischen gealtert war.

Und Schelich wurde noch ernster und nachdenklicher. Er eilte zur Schildkröte, fand sie am alten Platze und fragte: »Wie geht es dir? Bist du glücklich?«

Sie gab keine Antwort, sondern zog sich in ihr Gehäuse zurück. Schelich entfernte den Bretterzaun, der sie gefangen hielt. Der alte Assup kam zufällig hinzu und sagte erstaunt und nicht ohne Vorwurf: »Warum zerstörst du, was ich errichtet habe!«

Wieder lebte Schelich wie zuvor. Er ging spazieren und fütterte die Tiere. Einmal betrat er das Arbeitszimmer des Vaters und teilte diesem ruhig mit, daß die Schildkröte entflohen wäre. Assup senior erregte sich sehr. Er wollte sofort seinen Jäger und ein paar Knechte veranlassen, die Verfolgung aufzunehmen. Schelich beruhigte ihn: »Es ist nicht nötig, Vater. Ich habe die Schildkröte bereits aufgespürt. Sie liegt drei Fuß weit von der ehemaligen Zaungrenze entfernt.«

Vater Assup lachte und klopfte dem Sohn freundlich auf die Schulter. Plötzlich wurde er wieder ernst und sagte, sich abwendend, leise: »Man kommt nicht weit, wenn man sich heimlich entfernt.«

Schelich fragte die Fische: »Seid ihr glücklich?«

»Ja! Ja! Sich von den kühlen Fluten so gütig weich allseitig umspülen, sich treiben zu lassen und tief zu tauchen in dunkles Reich, wo Wunder blinken; ohne zu ertrinken, durch hohe Wellen, durch Strudel und zischende Böen zu reisen, sich vorwärts zu schnellen; das Fließen von Kühlung zu genießen, – – ach, das ist wunderschön!«

Da wurde Schelich noch trauriger. Er ruderte heimlich mit einem Boot hinaus in die hohe See und sprang dort über Bord, um sich zu ertränken.

Wäre auch ertrunken, weil er nicht schwimmen konnte. Aber wie er so tiefer und tiefer absackte, fuhr ihm auf einmal ein großer Fisch zwischen die Beine. Der trug auf seinem Rücken ihn zur Wasseroberfläche empor. Und dann auf weiter Reise davon, nach einem fernen Lande. Dort setzte er ihn in seichtem Strandwasser nahe einer Hafenstadt ab.

»Ach, schwimmen und reisen ist schön!«

»Ja, aber es will erlernt sein.« Mit diesen Worten entschwand der Fisch.

Schelich watete ans Ufer. Er war voller Energie und Hoffnung. Es glückte ihm bald, sich auf einem Segelschoner als Schiffsjunge zu verdingen. So fuhr er zur See nach entlegenen Küsten und wurde ein guter Seemann. Aber wiederum sandte er keinerlei Nachricht nach Hause, obwohl er diesmal noch stärkere Sehnsucht nach dem Vater empfand als damals in seiner Pilotenzeit. Er wollte so lange als verschollen gelten und nur fleißig arbeiten, bis er dem Vater eines Tages als Kapitän gegenübertreten könnte. An diesem Entschluß hielt er fest. Manchmal meinte er, vor Sehnsucht umkommen zu müssen. Auch bereitete ihm sein Beruf auf die Dauer keine Befriedigung mehr. Doch Schelich avancierte rasch, wurde Leichtmatrose, Matrose, dann Bootsmann, dann Steuermann.

An dem Tage, da er sein Kapitänspatent erhielt, ließ sich ihm ein Knecht aus seiner Heimat melden. Der hatte sich auch entschlossen, Seemann zu werden, und er brachte Schelich nun die Nachricht, daß Emanuel Assup vor einem halben Jahre gestorben wäre.

Da kam ein schweres Schmerzgefühl über den Sohn. Er reiste, so schnell er vermochte, heim.

Am Grabe des Vaters fiel er nieder und schluchzte bitterlich. Dann trieb es ihn zu der Schildkröte. Auch sie war tot. Ihr Gehäuse mit den verwitterten Resten lag noch am alten Platz. Schelich bettete die Tierleiche in die Erde ein, neben dem Grabe des alten Assup.

Schelich irrte verzweifelt umher, fragte die Vögel und Fische, warum sie glücklich wären und warum er nicht glücklich wäre. Doch die Vögel und die Fische antworteten ihm nicht mehr.

So machte er sich, unendlich einsam, daran, den Nachlaß seines Vaters zu ordnen. Im Schreibtisch entdeckte er ein schlichtes Notizheft. Dahinein hatte der alte Herr noch mit zittriger Hand geschrieben:

Es sind die harten Freunde, die uns schleifen.
Sogar dem Unrecht lege Fragen vor.
Wer nimmer fragt, merkt nicht, was er verlor.
Vom andern aus lerne die Welt begreifen.

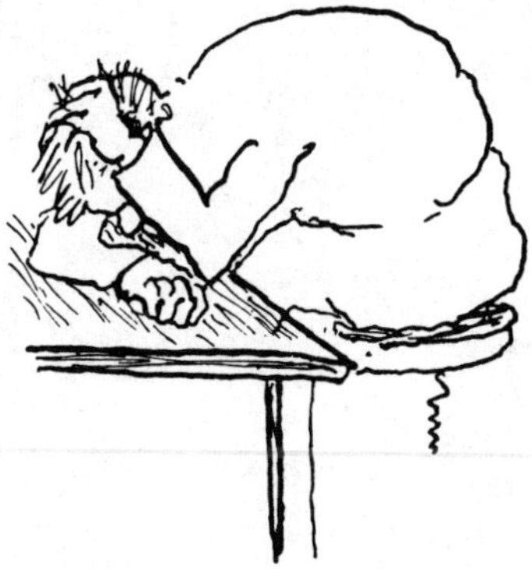

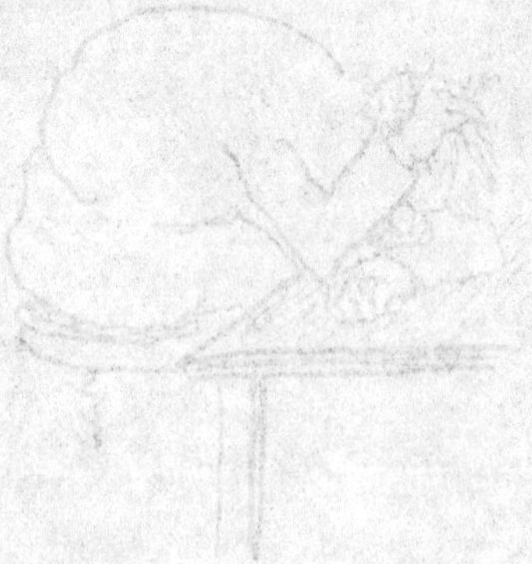

AUTOBIOGRAPHISCHE SCHRIFTEN

MEIN LEBEN BIS ZUM KRIEGE

FRÜHESTES

Ein Dienstmädchen trug mich auf dem Arm oder führte mich an der Hand. Es war noch jemand dabei. Wir standen am Rande eines trostlos schlammfarbenen Wassers, das in die Straße eingedrungen war und – wenn mein Kleinkindergehirn recht verstand – immer höher stieg. Und der Himmel war gewittergelb. So schlimm, so trostlos war das!

Das Dienstmädchen machte mich offenbar gern gruseln. Denn andermal zog sie mich auf einem Friedhof trotz meines weinenden und schreienden Protestes vor ein Kreuz, an das ein großer, schreckeneinflößender, nackter Mann genagelt war.

Das ist meine am weitesten zurückreichende Erinnerung.

Von den Eltern oder Geschwistern erfuhr ich später kleine Geschichtchen. Man fand mich, der ich eben gehen gelernt hatte, auf dem Außensims eines hohen Fensters stehend, und ich jubelte: »Sonne! Sonne!« – Wenig später war ich einmal verschwunden. Der beste Freund meines Vaters brachte mich wieder. Er hatte mich mitten auf dem weit entlegenen Marktplatz angetroffen. Aber das wurde mir, wie gesagt, erst später berichtet. Ich kann es nicht nachprüfen und kann auch damit nichts für meine Selbstbetrachtung anfangen.

Von dem, worauf ich mich besinne, was ich noch weiß, zurückgedacht: Hat alles seine Frucht gebracht. So oder so.

AN DER ALTEN ELSTER

An der Stelle, wo wir wohnten, floß die Alte Elster zwischen zerklüfteten Abhängen trüb und ernst dahin. Unsere Straße säumte ihr linkes Ufer und hieß danach »An der Alten Elster«.

Von unserem hohen Stockwerk aus hatten wir über den Fluß hinweg einen weiten Ausblick. Da waren – für uns Kinder unermeßliche – blumige Wiesen. Ich sah über diesem Gelände einen Fallschirmabsprung aus einem Freiballon. Der Schirm entfaltete sich nicht. Aus den Gesprächen erwachsener Leute entnahm ich dann, daß der kühne Springer ein Bein gebrochen hätte. Hinter der Wiese parallel zum Fluß eine Chaussee mit gleichmäßigen Bäumen. Um eine gewisse Stunde schritt dort eine lange Reihe von gleich aussehenden Bauersfrauen mit Tragkörben vorbei. Wie Tillergirls. Berta machte mich lachend darauf aufmerksam, daß diese Weiber plötzlich alle wie auf Kommando stillstanden und Pipi machten. Ich verstand Berta nicht ganz.

Noch weiter im Hintergrund lag die Sporthalle. Ich sah sie abbrennen. Berta hatte mich dazu geweckt.

An der Alten Elster spielte meine Kindheit, spielten drei Geschwister: meine zwei Jahre ältere Schwester, mein vier Jahre älterer Bruder und ich. Die Altersunterschiede waren derzeit belanglos. Wir hatten unsere Freunde und Freundinnen. Auch das Geschlecht spielte keine Rolle. Es waren verwahrloste Armeleutekinder unter uns. Wir hatten auch Feinde und führten erbitterte und unbedacht gefährliche Schlachten mit ihnen. Die von der Fregestraße waren besonders rohes Pack.

Abgesehen von den allgemeinen, überlieferten Kinderspielen unternahmen wir, was Großstadtkindern nach gegebenen dürftigen Gelegenheiten einfällt. Ein Lastwagen – ohne Pferde, ohne Kutscher – wurde erklettert. Eins von uns machte sich an der Bremse zu schaffen. Wie schrien wir, als der Wagen plötzlich ins Rollen geriet! Ein schimpfender Riese brachte ihn endlich zum Stehen.

Beim Soldatenspiel trugen die Ruhmreichsten von uns schwere Metallschilde, geflochten aus den Blechstreifen vom Abfall einer Blechfabrik. Wir kamen mit Beulen, Blut und Teerflecken bedeckt nach Hause und wurden bestraft oder gescholten. Gescholten auch dann zum Beispiel, als Ottilie und ich eines Tages der Mutter freudestrahlend ein totes Huhn brachten, ein Strandgut, das wir mit Aufregung und Lebensgefahr aus dem Wasser geborgen hatten. Mit Ottilie hatte ich eine Geheimsprache: die Mongseberrongsprache. Mongseberrong hieß bei uns Stachelbeere. Was wir aber weiter in dieser Sprache redeten, war purer, unverständlicher Quatsch und wurde nur vor anderen Kindern gequasselt, um uns als Ausländer sächsisch wichtig zu tun. – Wir drangen in fremde Hausflure ein, durchstreiften forschend wunderreiche Kellergänge. Weil uns niemand so ernst nahm, um einzuschreiten, stolperte meine Schwester in der Düsterheit und fiel in einen Korb mit Harzer Käse. – Wir fanden ausgespuckte Pflaumenkerne im Hof, knackten sie mit unseren Stiefelabsätzen auf und aßen die blausäurigen Kerne. Unsere empfindlichen Eltern verübelten uns diesen Sport. – Bei manchen Spielen gebrauchten wir Metallstücke, Tonkugeln, Holzpflöckchen und anderes. Aber fremdartiges Material reizte unsere Neugier am meisten. – Wir kamen zu spät, mit bösem Gewissen, nach irgend etwas abscheulich stinkend, heim ins Elterngericht.

Für mich war der größte Eindruck der Fluß mit seiner Uferromantik. Zwischen den Löchern und dem wirren Gestrüpp der steilen Abhänge kletternd, kämpfend, forschend, erlebte ich die Abenteuer meiner Sehnsucht voraus. Der Fluß trug seltsame Gegenstände vorbei. Am andern Ufer war eine Pferdeschwemme. Es war ein spannendes Schauspiel, wenn dort Rosse ins Wasser geritten oder geführt wurden. Einmal, zweimal trieben dort Leichen an. Noch unheimlicher waren die hohen alten Pappeln an unserem Ufer. Die hohen Pappeln mit ihrem zitternden und schillernden Blättermillionen-Gewoge. Im Sturme neigten sie sich so beängstigend tief hin und her, als drohten sie, jeden Moment auf uns hereinzubrechen. Sie rauschten unsagbar unheimlich in meine einsame Kinderphantasie.

Wenn der kleine, verwachsene Brotmann zu meinen Eltern kam, erhielt er von uns die angesammelten Knochenreste für den mageren Hund, der sein Wägelchen ziehen half. Vom Fenster aus sahen wir dann zu, wie das Brotmännchen sich auf das Holzgeländer unter die Pappeln setzte und die für seinen Hund bestimmten Knochen erst selber noch einmal gründlich abnagte.

Wo die Pappelallee endete, stand hinter einem verstachelten Zaun zwischen wucherndem Unkraut ein fahles, totes Haus. Unter uns Kindern war die Überzeugung verbreitet, daß dort Jack hauste. Der berüchtigte Jack, von dem wir sangen:

Seht einmal, dort sitzt er,
Jack, der Bauchaufschlitzer.
Holte sich ein Weibchen,
Schnitt ihm auf das Leibchen,
Holt sich Lung' und Leber raus,
Machte sich ein Frühstück draus.

Ich habe ein Ölbild gemalt, dem ich den Titel »Am Fluß« gab. Und mein Rowohlt-Buch »Flugzeuggedanken« enthält ein Gedicht: »An der Alten Elster«:

Wenn die Pappeln an dem Uferhange
Schrecklich sich im Sturme bogen,
Hu, wie war mir kleinem Kinde bange! –
Drohend gelb ist unten Fluß gezogen.

Jenseits, an der Pferdeschwemme,
Zog einmal ein Mann mit einer Stange
Eine Leiche an das Land.
Meine Butterbemme
Biß ein Hund mir aus der Hand. –
O wie war mir bange,
Als der große Hund plötzlich neben mir stand!

Längs des steilen Abhangs waren
Büsche, Höhlen, Übergangsgefahren. –

Dumme abenteuerliche Spiele ließen
Mich nach niemand anvertrauten Träumen
Allzuoft und allzulange
Schulzeit, Gunst und Förderndes versäumen. –
Hulewind beugte die Pappelriesen.
O wie war mir bange!

Pappeln, Hang und Fluß, wo dieses Kind
Soviel heimlichstes Erleben hatte,
Sind nicht mehr. Mir spiegelt dort der glatte
Asphalt Wolken, wie sie heute sind.

Beide Arbeiten entstanden 1929, beide entkeimt aus den Erinnerungen an meine Kindheit an der Alten Elster, sechsunddreißig Jahre und länger zurück.

UNSERE SPIELE DAHEIM

Man ließ uns viel ohne Aufsicht im Freien. Gott weiß, wo ich mich umhertrieb. Aber ich kam weit herum und sammelte verwundert kleine Erfahrungen.

Wenn aber das Wetter oder ein Machtwort der Eltern uns zwang, zu Hause zu bleiben, dann waren wir schon selbständig genug, uns miteinander oder einzeln zu beschäftigen. Es gab glücklicherweise damals in solchen Bürgerkreisen noch nicht viel und nicht so vollkommenes Kinderspielzeug wie heute. Das wenige, was der Weihnachtsmann vereint mit Großmama und einem wohlhabenden Onkel uns brachten – etwa ein Tivoli-Spiel, eine Gliederpuppe oder ein Brummkreisel aus Blech – das ging heiter schnell entzwei. Erst das Experimentieren mit den Trümmern schuf wahres, weil schöpferisches Vergnügen. Das Wrack des Tivoli-Spieles fuhr noch herrlich in der Badewanne zur See. Die Gliederpuppe (das ist jetzt pure Lüge von mir, aber es hätte so sein können), also die Gliederpuppe wurde, weil das meiste davon abhanden gekommen war, immer wieder von neuem begraben; mit Zeremonien, die nicht auf Erlebnis basieren konnten. Begräbnisspiel.

Und in dem Kreisel (das ist nun wieder wirklich wahr), in dem Kreisel, den ich neugierig und mit großer Anstrengung oben geöffnet hatte und der seitdem nicht mehr brummte, kochte ich über einem Spiritusflämmchen: – Petroleum. Wollte wissen, was daraus entstünde. In mir steckte ein alchimistisches Genie, vielleicht von einer weitverzweigten Verwandschaft mit dem Porzellanmacher Böttger her. Der Kreisel erhitzte sich. Ich war im Begriff – – Leider kam meine Mutter hinzu, sah, daß ich dieses chemische Experiment auf dem Fensterbrett unter schön gebauschten Tüllgardinen vornahm. Und verdarb mir die ganze Überraschung.

Meine Bleisoldaten liebte ich heiß. Besonders die schlichten und die im Kampfe beschädigten, nie die prunkvollen. In den großen Schlachten, die ich aufstellte und aufführte, war ich ernsthaft darauf bedacht, gerecht zu entscheiden. Ich stellte die Parteien im Handgemenge durcheinander. Leicht explodierende Bomben (gebogene Korsettstäbchen aus Fischbein, mit einem Fädchen haardünn gesichert) verteilte ich unter sie, und dann warf ich meine Geschosse

(Stanniolkapseln) blindlings von weitem hinein. Derart gerecht war auch meine Kampfübung, in der ich mich persönlich einsetzte. Auf meinem Spieltisch türmte ich hoch und kipplig mehrere Stühle übereinander. Dann stürmte ich mit geschlossenen Augen, wild um mich schlagend und aufheulend, in diesen gefährlichen Aufbau hinein, der über mir zusammenbrach. Aus diesem Feld der Ehre ging ich zwar stets als Sieger hervor, aber ich war stolz, wenn ich eine Beule oder gar eine Schramme davontrug. Und ich wußte, daß ich zum Beispiel mir ein Auge hätte einstoßen können. Ich schien zum Kriegsmann geboren.

Wie harmlos dagegen waren die Spiele mit Ottilie.

»Klavierstunde.« Das Klavier war die abgeräumte Marmorplatte eines Waschtisches. Darauf hämmerten wir vierhändig mit unseren Fingern und schmetterten Melodien dazu. Aber das war nur Nebensache. Das Wichtige dabei war die Treppe, die zum Waschtisch führte: alle Stühle, Tisch, Bank, Fußbänkchen in geschwungener Linie dahinführend aufgestellt. Diesen Weg zu beschreiten, war etwas, was uns ergötzte. Warum wohl? Wo lag der Schlüssel zu dieser verrückten Idee?

Ganz durchsichtig dagegen folgendes, oft stundenlang wiederholtes Spiel:

Ottilie kauerte unter dem kleinen Tisch. Ich ging auf dem Tisch mit lauten Trampelschritten hin und her. Ottilie klopfte an. Ich: »Herein!«

Ottilie krabbelte unterm Tisch hervor: »Guten Tag, Herr Müller!«

Ich: »Guten Tag, Frau Meier!«

Ottilie: »Verzeihen Sie, ich muß mich beschweren über den furchtbaren Lärm.«

Ich: »Verzeihen Sie, es soll nicht wieder vorkommen.«

Das Spiel war aus, begann abermals, nur daß Ottilie jetzt auf der Tischplatte wohnte und ich darunter.

Künstlerische Sachen begannen. Ich malte Bildchen, ich

dichtete Verschen und Prosa. Schließlich ein ganzes, illustriertes Büchlein zum Geburtstag meines Vaters.

Wir stellten nach Guckkastenerfahrung ein Panorama zusammen. Die Petroleumlampe durchleuchtete einen Hintergrund, auf den ich eine schöne Polarlandschaft gemalt hatte. Rosa, grün. Davor stand plastisch auf blauem Papier-Eis und Watteschnee ein kleiner Holzschlitten, der aus Holzstäbchen und Bindfaden angefertigt war. Ottilie arrangierte den Zuschauerraum, holte die Eltern als Publikum herbei und überreichte die Eintrittskarten. Dann klingelte sie und zog den Vorhang auf.

Meine Eltern sprachen sich sehr anerkennend aus, und Vater schenkte uns ein paar Pfennige für Kirschen.

Solche und ähnliche Theatervorstellungen gaben wir nun öfters. Da wir uns aber immer weniger Mühe dabei gaben, weil es uns mehr auf Vaters Kirschengeld ankam, so erklärte Papa eines Tages mit einer ironischen Bemerkung diesen Erwerbszweig ein für allemal für erloschen.

Wir verfielen auf ein ehrlicheres, wenn auch mühevolleres Unternehmen. Unser Fußboden bestand aus gestrichenen Bohlen. Mit der Zeit waren zwischen den Bohlen Ritzen entstanden, in die sich Staub und Kleindreck verlor. Nun lagen wir drei Geschwister der Länge nach auf dem Bauche und kratzten und schnippsten mit Stricknadeln aus den Ritzen heraus, was da seit Jahren sich angesammelt hatte. Knöpfe, Stecknadeln, Nähnadeln, Haarnadeln, aufregend ein Pfennig, Perlen, hurra ein Groschen, vor allem aber viel wolliger und stäubender Schmutz.

Es regte sich bei mir auch eine gewisse Neigung für Mystisches. Ich tat vor meinen Geschwistern geheimnisvoll mit einer Art von Hausgeist. Dieser Geist war äußerlich in einem Holzknauf auf einem bestimmten Pfosten meines Bettes verkörpert, und er hieß Pinko. Was es für eine innere Bewandtnis mit ihm hatte, verriet ich nie. Ich verrate es auch jetzt nicht.

UNSERE DIENSTMÄDCHEN

Vermutlich hingen unsere Dienstmädchen nicht sonderlich an uns Kindern, wenigstens nicht an mir. Wir waren wild und unordentlich. Meine Ungezogenheiten, mein Trotz und meine Hosen gaben den Dienstboten allzu häufig Anlaß zu Klagen.

Apropos Hosen. Ich war so weit gediehen, daß meine Geschicklichkeit und mein Schamgefühl es ablehnten, mir noch ferner die Hosenklappe von Fanny schließen zu lassen. Aber der Besuch des Klos ohne sie war für mich etwas Schreckliches. Denn ich glaubte an böse Geister, und gerade in der Einsamkeit jener schmalen, düsteren Zelle empfand ich peinigende Furcht. Während meines eiligen Aufenthaltes dort suchte ich das unsichtbare Gespenst durch verlogen freundliche Worte oder Gedanken zu beschwichtigen. In dem Moment aber, da ich das Lokal verlassen und die Sicherheit des Korridors erreicht hatte, schmetterte ich die Tür hinter mir zu und rief dem bösen Geist noch ein höhnisches Schimpfwort nach. Immer das gleiche: »Dumm bist du!«

Das fiel meinen Eltern mit der Zeit auf. Sie lockten die Bewandtnis aus mir heraus. Das Klosett hieß von da an bei uns der »Dummbiste«.

Tante Kunze hatte wieder, wie alljährlich, zum Nikolaus drei Wachsstöcke und drei Pfefferkuchen für uns drei Kinder gesandt. In der Nacht wachte ich auf und sah ein Gespenst.

»Ottilie!« rief ich leise und entsetzt. »Siehst du das Gespenst?«

Ottilie antwortete nicht. Aber ich sah das Gespenst deutlich trotz der Dunkelheit. Es war weiß und wallte nach rechts und dann nach links und dann in der Richtung nach Ottiliens Bett. Ich schloß die Augen vor Angst. Als ich sie wieder öffnete, war die böse Erscheinung verschwunden.

»Ottilie«, rief ich nun lauter, »hast du das Gespenst gesehen?«

Ottilie sagte nach einiger Zeit flüsternd: »Ja! Ich habe Angst. Sei ganz still!«

Am nächsten Morgen fehlte auf meinem Teller der Pfefferkuchen von Tante Kunze.

Tür zuschmettern! – Ich war wirklich ein besonders trotziger Junge, zumal meiner Mutter gegenüber, vielleicht weil die auch solch harten Kopf besaß. Hatte ich mich über sie geärgert, weil sie einen Ärger über mich ausgelassen hatte, so ging ich plötzlich aus dem Zimmer und schmetterte die Tür hinter mir zu. Ich hörte die kleine nervöse Person bei dem Knall aufschreien. Ich wußte: Jetzt kommt sie. Ich wartete auf dem Gang. Sie stürzte heraus, griff nach Vaters resolutem Ziegenhainer und schlug damit wütend hinten auf mich ein. Ich stand steif, stolz, unbeweglich still, wie ein Indianer aus dem herrlichen Lederstrumpf. Bis Mutter von mir abließ. Ich glaube, sie lächelte, denn sie hatte wohl etwas Sinn für Humor oder mindestens für Komik. Heute fahre ich selber aus der Haut, wenn ich Türen schmettern höre.

Einen gleichen passiven männlichen Sieg glaubte ich davonzutragen, wenn ich nach einem Gekränktsein mittags schweigsam zwar Suppe und Fleischgericht mitaß, aber dann, als das Dessert aufgetischt wurde, mich erhob und, auf diesen leckersten Teil des Menüs verzichtend, die Stube verließ. Meine Eltern reagierten darauf sehr vernünftig, sie lachten nur.

Anna sang, wenn meine Eltern abwesend waren, ganz hingegeben. Sie sang so laut, daß im oberen und unteren Stockwerk geklopft wurde. Sie sang nach der Melodie »Seht ihr drei Rosse vor dem Wagen« ein Lied mit dem ergreifenden Refrain:

Ich will mein Haupt auf Schienen legen,
Dieweil der Zug von Breslau kam.

Eins von unseren Mädchen war mit einem Droschkenkutscher verlobt. Als dieser einmal mit seiner Braut und einer Innungsgesellschaft einen Ausflug unternahm, erhielt ich die Erlaubnis mitzureisen.

Ich werde in meinen Schilderungen nicht korrekt chronologisch bleiben können, sondern manchmal vorgreifen oder zurückgreifen. Aber diese Fahrt von etwa 15 Droschken, besetzt mit Droschkenkutscherbräuten, muß weit zurückliegen. Das Dienstmädchen hatte mich wohl mitgenommen, um meinen Eltern eine Gefälligkeit zu erweisen, denn die waren für die damalige Zeit immer herzlich und verständnisvoll dem Personal gegenüber. Bei der Droschkenfahrt war ich blödes Kind wahrscheinlich der frei vergnügten, primitiven Gesellschaft etwas im Wege. Mir klingt von dieser Partie noch eine Bemerkung nach, ungefähr so: »Gebt dem Bengel recht viel Kuchen zu fressen, der ist Feines gewöhnt.« – Das stimmte gar nicht einmal. Wir kriegten alltags zum Kaffee keine Butter aufs Brot.

Man hielt uns an, im Haushalt und sonstens mitzuhelfen. Ich durfte sogar manchmal im Atelier meines Vaters mittun. Papa war damals Musterzeichner. Er entwarf Muster zu Tapeten. Und er hatte zwei Gehilfen. Er hätte damals mehr haben können, denn es war seine Glanzzeit. Aber er war nicht der Mann, das pekuniär auszuwerten. Wir hatten damals sogar zwei Dienstmädchen.

Die Gehilfen waren über das Selbstverständliche der Situation hinaus sehr lieb zu mir. Einer ließ mich stets auf seinen Schultern reiten, wenn er vom Atelier über den Hof nach unsrer Wohnung ging. Er erlaubte mir auch, mich vor seiner Staffelei bäuchlings auf einen Drehstuhl zu legen. Ich spielte dann Karussell, indem ich mich so im Kreise drehen ließ.

Sehr geehrt fühlte ich mich, wenn ich die Linien eines auf Pauspapier gezeichneten Musters mit Stecknadeln nachstechen durfte. Zu Küchenarbeiten brachte uns Mutter, indem sie an unseren Ehrgeiz appellierte oder uns als Belohnung Topfschleckereien verhieß. Sie war eine hervorragend gute Köchin, die nicht nur ihre heimatliche, ostpreußische Küche beherrschte. Wir halfen in der Küche begeistert. Wir kauften ein. Wir wiegten Petersilie. Wir wuschen auf, trockneten ab. Wir putzten, schabten, schuppten, schälten, weinten über geriebenen Zwiebeln, schnitten uns in den Daumen und lernten allerhand. Ob wir dabei die Dienstmädchen entlasteten oder ihnen hinderlich waren, weiß ich nicht.

Ich weiß vieles nicht mehr. Es scheint mir ein Glück zu sein, wenn man vieles vergißt. Denn sonst würde man vor Erlebtem nichts Neues mehr erleben.

Berta war ein schönes, sehr energisches Mädchen. Ich glaube, ihretwegen gab es zwischen meinen Eltern eine Zeitlang heftige Auseinandersetzungen. Die wurden zwar im Nebenzimmer geführt. Aber wir hörten aus dem Unverständlichen doch das Wesentliche heraus und waren über dieses, wenn auch nur kurze Zerwürfnis zwischen Vater und Mutter sehr unglücklich. Ich besinne mich, daß ich dazukam, als meine Mutter sich aus dem Fenster stürzen wollte, und daß ich aufschluchzend ihre Füße umklammerte.

Berta wurde entlassen. Später machte sie sich als Löwenbändigerin einen großen Namen. Der Höhepunkt ihrer Schaunummer war, wenn sie ihren Kopf in den Rachen eines Löwen hielt. Dabei soll sie eines Tages umgekommen sein. Cläre Heliot nannte sie sich als Artistin. Sie oder ein anderes robustes Dienstmädchen war es, der ich einmal, als meine Eltern nicht daheim waren, plötzlich an die Beine griff. Meine Männlichkeit war erwacht und brachte mir sofort eine schallende Ohrfeige ein.

DES JAHRES FESTE

Aber das ist ja überall nahezu das gleiche. Zum Geburtstag wurde man beschenkt und genoß besondere Nachsicht, besondere Aufmerksamkeiten.

Ostern legte der Osterhase, legten später Eltern, Tanten und Großmama Eier in immer größeren Formaten.

Pfingsten spielte keine sonderliche Rolle, da mein Vater ein Mann in freiem Beruf war.

Der Weihnachtsbescherung gingen besondere intime, überlieferte oder eingeführte Gebräuche, Scherzchen und Sentimentalitäten voraus, und ebensolche familiär geheiligte Bräuche folgten. Es liegt mir fern, mich darüber lustig zu machen. Ich will nur hier auf das in allen Variationen so oft geschilderte Thema nicht weiter eingehen. Weihnachten war auch uns Kindern in jedem Jahr das Fest der Seligkeit, der Herzlichkeit, der Anhänglichkeit, des Reichtums, des Glücks.

Und zu Silvester kriegten wir Pfannkuchen, durften Punsch trinken und um Mitternacht leicht angeheitert am offenen Fenster lauschen. Draußen, drunten läuteten die Glocken, rief man »Prost Neujahr«, knallte Feuerwerk. Auch wir durften einmal mutig, als wär's was, aus dem Fenster brüllen: »Prost Neujahr!«

IN DER VOLKSSCHULE

Wenn ich träume, dann immer Schlimmes, das heißt Beängstigendes, Quälendes. Trostlos und hilflos erlebe ich in dem Zustand unlogische, peinvolle Situationen. Meistens leide ich darin als Soldat unter Vorgesetzten oder als Schüler unter Lehrern. Mein erster Schultag – in der Vierten Bürgerschule in Leipzig – war durch eine übliche große Zuckertüte versüßt. Der zählt also nicht mit.

Ich lernte das Abc und »Summ summ summ, Bienchen summ herum« und anderes Fundamentale. Aber ich lernte gewiß nicht leicht. Denn bald bekam ich Nachhilfestunden bei einem Lehrer, dem ich im Vorzimmer gebogene Stecknadeln ins Ledersofa einbohrte. Allerdings mehr, um einem zweiten Nachhilfebedürftigen zu imponieren, als um den Lehrer zu schädigen.

Wie abscheulich faßt sich Kreide an! Wie häßlich nimmt sie sich, trocken verwischt, auf einem schwarzen Brett aus. Wie stechend empörend kann ein Schieferstift auf einer Schiefertafel quietschen.

Aber ein Schwamm ist schön. Wenn er naß, richtig naß ist. Und noch schöner ist eine dunkle Schwammdose aus poliertem Holz, zumal sie sich zu hundert nicht aufoktroyierten Spielereien verwenden läßt. Wundersam sind alte, abgenutzte Schulpulte. Ihre Maserung, ihre Tintenflecke und Astlöcher gaben mir die erste, vielleicht einschneidendste Anregung zu meinen Malerei betreffenden Wünschen. Imposant ist ein neuer Schulranzen aus Seehundsfell. Daß die, die sich an ihn gewöhnen und ihn gar tragen müssen, seine Vorzüge allmählich vergessen und ihn gelegentlich ohne Bedenken als Wurfgeschoß benutzen, das bestätigt ein natürliches Gesetz.

Schwer ist das Einleben in Pünktlichkeit. Bedrückend ist jede ungütige, unbegriffene Überlegenheit. Und häßlich, niederträchtig ist ein Rohrstock, wenn er sadistisch einwillig oder kleinhirnig jähzornig als Strafmittel gebraucht wird. Uns schlug man damals in gewissen Fällen mit dem Lineal auf die spitz hinzuhaltenden Fingernägel. Tat schauderhaft weh.

Beneidenswert, nie wiederkommend ist der rechenkunstlose, schnell vergessende, unbesonnen zugreifende, freinaschende Taumel unserer jüngsten Gehzeit und Lernzeit.

Schon in der Bürgerschule wurden wir Kleinen in Klassen-, Rassen- und Massenkämpfe verwickelt. Schulen fochten gegen Schulen. Kinder einer Gegend schlugen sich mit solchen einer andern Gegend.

Einmal raste ich, von einer Überzahl roher, steinewerfender Feinde verfolgt, atemlos durch die Waldstraße. Ich prallte dabei gegen einen Erwachsenen, der dort mit einem anderen Herrn im Gespräch stand, mich nun erschreckt auffing und gleich erkannte. Es war ein Lehrer, nicht meiner, aber an meiner Schule. Außerdem schriftstellerte er, wie ich von meinem Vater mit Interesse vernommen hatte. Als ich befragt von meiner Flucht und meinen Verfolgern erzählte, streichelte er mich und sagte etwas zu seinem Bekannten, worin die Worte vorkamen »Da läuft solch Kind wie ein gehetztes Reh«.

GYMNASIUM

Ich kam auf das Königliche Staatsgymnasium, wo mein Bruder bereits eine höhere Klasse besuchte. Nicht lange hielt die Freude über eine grüne Mütze mit silberner Litze an. Das große, ernste Schulgebäude und der finstere Rektor im zerknitterten Frack flößten mir gleicherweise Schrecken ein. Nun brach das grausige Latein über mich herein; und andere Fächer, vorgetragen, eingepaukt und abgefragt von respektfordernden Dunkelmenschen, vor denen mein Herz sich von Anfang an verschloß. Der einzige interessante Mann schien mir der Turnlehrer *Dr.* Gasch. Weil er eine Nase aus Hühnerfleisch hatte, von einem Duell her.

Unter den Mitschülern lernte ich gute und lustige Kameraden kennen, mit denen ich Fußball spielte, Tauschgeschäfte betrieb oder gegen die Zöglinge des Thomasgymnasiums zu Felde zog.

Damals trug ich lange blonde Locken. Da ich mit einem dunklen Sammetanzug und weißem Spitzenkragen bekleidet war, sah ich wohl recht nett aus. Aber wegen der langen

Haare wurde ich oft gehänselt. Man zog mich im Scherz und im Ernst daran. Schließlich legten die Lehrer meinen Eltern nahe, mir diese auffallende und unmännliche Schönheit kürzen zu lassen, was denn auch zu meiner Befriedigung geschah.

Ach, das Lernen fiel so schwer. Draußen gab es Schlittschuhbahnen und im Sommer eine moderne, freie Schwimmanstalt. Dort konnte man von hohen und höheren Sprungbrettern, sogar von einer Schaukel abspringen. Oder man ließ sich auf dem heißen Asphalt von der Sonne bräunen. Wenn man dazu sich ein Blatt auf die Brust legte und es stundenlang in Geduld ertrug, dann hatte man hinterher auf der dunklen Haut ein helles Muster. Herr Wallwitz, mein Schwimmlehrer, packte mich rauh und norddeutsch an. Er stieß mich, wenn ich nicht springen wollte, ohne weiteres ins Wasser. Und ließ mein Mut nach, so gab er die Leine locker, daß ich tüchtig Wasser schluckte und spuckte und verwirrte mich nachher noch durch seinen kühlen, treffsicheren Spott.

Dem Restaurateur der Schwimmanstalt durfte ich an Hochbetriebstagen beim Verkaufen von Würstchen helfen. Dabei entwendete ich einmal Kleingeld aus der Kasse. Das wurde nie entdeckt und betraf auch nur eine Wenigkeit. Aber mein Gewissen blieb lange davon bedrückt.

Ich schaute einer Feuersbrunst zu. Mehrere Lagerschuppen brannten lichterloh. Ursache war: Das Stroh von Eierkisten hatte sich entzündet.

Die Menschenmenge, in der ich stand, war nur durch ein schmales Flüßchen von dem Brandherd getrennt. Wir sahen, wie drüben Arbeiter die Gelegenheit benutzten, um sich Eier beiseite zu schaffen. Als ihnen das nicht mehr möglich war, fingen sie an, die rohen Eier über das Flüßchen auf uns Neugierige zu werfen. Jeder Treffer gab selbstverständlich großes Hallo. Aber wir blieben alle tapfer stehen. Wen's trifft, den trifft's. Es war wie in einer Schlacht.

Ich schrieb eine kleine Humoreske in sächsischem Dialekt, »Änne Heringsgeschichte«. Vermutlich überfeilte mein Vater die Sache noch etwas. Die »Fliegenden Blätter« oder die »Meggendorfer Blätter« druckten das Dichtwerk und zahlten zwanzig Mark dafür.

Das war meine erste Publikation und war mein erstes Honorar.

Die Stunden im Gymnasium vergingen so unsagbar freudlos, langsam. Trotzdem ich eine Fülle von Unter-der-Bank-Spielen ersann und hinter dem Rücken des Vordermanns stets eine Sonderbeschäftigung oder Privatlektüre hatte. Mein liebstes Buch war »Der Waldläufer«.

Ich stibitzte meinem Nachbarn das Frühstücksbrot, eine Klappstulle. Zwischen die beiden Brothälften legte ich Papier, das ich dann, so weit es überragte, abschnitt. Worauf ich das Brot zurücklegte, um mich in der Pause zu amüsieren, wenn jener Junge sich während des Kauens Papierstücke aus dem Munde zog.

Keines der Lehrfächer regte mich an. Ich war in allen schlecht. Sogar im deutschen Aufsatz, für den ich durch meinen schriftstellernden Vater mehr mitbekommen hatte als die andern Knaben. Im Zeichnen versagte ich völlig. Ich brachte es nicht fertig, ein einigermaßen sauberes Quadrat zu zeichnen. Fortan durfte ich die allgemeinen Zeichenübungen nicht mehr mitmachen, sondern mußte mich während des Unterrichts unbeteiligt auf eine Sonderbank setzen, wo es mir überlassen blieb, einen häßlichen Gipsdackel abzuzeichnen. Hundertmal habe ich ihn gezeichnet. Er wurde immer unkenntlicher.

Auch der Gesangslehrer wußte nichts mit mir anzufangen. Denn ich hatte mir an dem Tage des Tauchaschen Jahrmarktes als halbnackter Gassensioux den Kehlkopf ein für allemal kaputt geschrien. – Es kam vor, daß Schüler aus den elterlichen Gärten Sträuße mitbrachten und einem Lehrer überreichten. Um meinen Musikdirektor zu versöhnen, brachte ich auch ihm einmal ein Bukett mit, das ich unterwegs eilig in den städtischen Anlagen gepflückt hatte. Da es aber nach der weit herbstlichen Jahreszeit nur aus blütenlosen Strauchzweigen und kahlen Kräutern bestand, warf es der Lehrer aus dem Fenster, verprügelte mich noch einmal, und von da an war ich vom Gesangunterricht dispensiert, bekam allerdings durch ein Versehen in den Jahreszeugnissen immer eine 1 in diesem Fach.

Auf dem Fleischerplatz standen zur Zeit der Messe aufregende Schaubuden. Hinter einem Gitter sah man einen Gefangenen in Ketten, der unermüdlich eine Tretmühle bewegte. Unter einem zähnefletschenden Bären hob und senkte sich der zerfleischte Busen einer Frau. Eine Portion Eis mit Pappteller und Blechlöffel kostete fünf Pfennige. Türkischer Honig war noch preiswerter. Auf dem Karussell galt es, im Vorbeifahren nach einem vorgehaltenen Ring zu haschen, der eine Freifahrt garantierte.

In der Schule war's trostlos. Schönschrift und Orthographie brachten mich zur Verzweiflung. Kein Lehrer mochte mich leiden. Meine Hefte waren schmierig. Glaubte ich mich unbeobachtet, so trieb ich Allotria. In den Pausen war ich nicht zu bändigen. Ich wurde verpetzt oder erwischt und immer wieder bestraft. Strafarbeiten, Nachsitzen, Arrest, schließlich Karzer. Immer neue Lügen erfand ich, um den Eltern das zu verbergen und mein verspätetes Heimkommen zu rechtfertigen. Aber direkte Briefe oder persönliche Rücksprachen brachten alles an den Tag, und die halbjährlichen Zensuren klagten in einer düsteren Sprache.

»– – Leider mußten wir sogar einem der Schüler im Betragen eine Fünf erteilen –« sagte der Rektor in seiner feierlichen Aktusrede zu Ostern. Ich hatte der Rede nicht zugehört, aber als der Rex an jene Bemerkung meinen Namen knüpfte und in der Totenstille der Aula sich auf einmal ein paar hundert Menschen nach mir umsahen, versteckte ich schnell und verlegen etwas, worin ich gelesen hatte. Die

Fünf im Betragen konnte auf irgendein ehrenrühriges Vergehen deuten. Man beglaubigte mir, daß zwar so etwas nicht vorläge, daß aber die Unsumme von kleinen Untaten und – – –

Mich drückte immer ein schlechtes Gewissen, wenn ich zur Schule ging oder von der Schule kam. An einem Wintermittag hatte ich mit anderen Schülern eine Strafstunde absolviert und verließ das Gymnasium. Neben mir lief mein auch betroffener Freund Martin Fischer die Treppe hinab. Vor der Schule war der schmutzige Schnee zu hohen Haufen zusammengeschaufelt. Fischer und ich schwiegen, uns war nicht wohl zumut. Aber unverabredet stürzten wir uns, unten angelangt, beide gleichzeitig mit dem Kopf voran in einen Schneehaufen. Als wir mit Schnee und Dreck bedeckt wieder auftauchten, ergab sich eine lustige Erklärung. Unabhängig voneinander waren wir beide auf denselben Gedanken verfallen: zu Hause lieber sagen »Schneeballschlacht« als »Nachsitzen müssen«.

Meine Eltern hatten inzwischen die Wohnung an der Alten Elster aufgegeben und hübsche Parterreräume in der Poniatowskistraße gemietet. Eine Glasveranda gehörte dazu und ein Garten mit einem Springbrunnen.

Ein Springbrunnen war immer schön, bleibt immer schön, für Kinder in der Stadt eine unerschöpfliche Quelle der Unterhaltung. Zwei hohe Kastanien standen im Garten. Die eine mußte abgesägt werden, weil sie zu viel Licht wegnahm. Es war ein aufregendes Schauspiel, als sie stürzte und dabei mit den äußersten Ausläufern ihrer Krone unsere Fenster streifte. – In den Türrahmen der Gartenlaube hängten wir eine Hängematte als Schaukel auf. Ich verhakte mich mit den Zähnen darin, als ich meiner Schwester im Haschen nachlief. Meine Vorderzähne standen nach oben. Aber der Zahnarzt renkte das schnell wieder ein. Ich war ja so jung. – Einen schattigen, armseligen Winkel neben der Verandatreppe überließ man mir auf meine Bitte als Privatbeet. Selbst der Efeu gedieh dort nur spärlich, und trotz aller Mühe brachte ich nicht mehr als eine Kartoffel zum Keimen. – Auch meine tiefen Grabungen dort nach verborgenen Schätzen und Altertümern blieben ohne Erfolg. Es war ein geheimnisvoll lockender Trieb in mir, etwas zu entdecken, etwas zu erfinden, etwas zu finden.

Mitunter fand ich auch etwas, ein Goldkettchen, andermal einen Spazierstock. Einmal sogar einen zusammengerollten Teppich. Der war aber so groß und schwer, daß ich ihn nur mit Hilfe von zwei Kameraden keuchend nach Hause brachte. Und dann setzte Mutter zu meiner höchsten und ehrlichen Entrüstung durch, daß wir dieses wertvolle Stück wieder nach dem Hofdurchgang zurückschleppten, wo ich es gefunden hatte.

Bei meinen alchimistischen Versuchen brachte ich elektrischen Strom aus Wolfgangs Trockenbatterie und angerußte Glasscherben mit Urin in Verbindung. Das Resultat war: kleine aufsteigende Bläschen. Und im übrigen wie immer Flecken und Schaden an Kleidern und Möbeln.

Auf der anderen Seite unseres Hauses führte ein Weg zu dem Fluß Elster. Dort war der Anlegeplatz für einen, nein, für den einzigen Vergnügungsdampfer von Leipzig. Und zwar an der Stelle, wo Marschall Poniatowski 1813 ertrank. Der Dampfer war immerhin so groß, daß er in dem schmalen Fluß nie wenden, sondern nur vor- und rückwärts fahren konnte. Auf diesem Dampfer mitzureisen, war mir höchste Wonne. Ich kannte bald das Schiffspersonal und fühlte mich sehr seemännisch, wenn ich an Sonntagen den einsteigenden Fahrgästen die Billetts abnehmen oder zur Abfahrt die Glocke schlagen durfte.

All das war so viel ergötzlicher als Schularbeiten. Ich bestand das erste Examen im Gymnasium nicht, mußte deshalb Sexta noch ein zweites Jahr durchmachen. Mein Vater ermahnte mich, erteilte mir Vorwürfe, redete, wie man so sagt »einmal vernünftig« mit mir, drohte. Half alles nichts.

Ich war in diesen Angelegenheiten so scheu geworden, daß ich nur noch auf den Ton, nicht auf den Sinn der Worte hörte.

Bei festlichen Gelegenheiten führten meine Eltern den Gästen ein sehr seltenes Schaustück vor, das Vater einmal aus Paris mitgebracht hatte. Es war ein, mich deucht, nahezu lebensgroßer Pfau aus Metall, aber mit richtigem Pfauengefieder. Der wurde auf den Tisch gestellt und begann dann, wenn sein Uhrwerk aufgezogen war, sich anmutig zu bewegen. Nicht etwa gleichmäßig. O nein! Er trippelte ein paar Schritte vorwärts, blieb stehen, wendete sich plötzlich oder trat zurück, und auf einmal schlug er ein Rad. Über dieses kostbare Kunstwerk waren die Motten gekommen und hatten die Federn zerstört. Da eine Reparaturwerkstätte dafür in Leipzig nicht zu finden war, wurde der metallene Balg irgendwo verwahrt, wo ich ihn aufstöberte und entführte. Stundenlang lag ich in den nächsten Tagen unter meinem Bett und ging dort in der Verborgenheit mit einem Stemmeisen dem Vogel zu Leibe. Bis ich die zauberhafte Mechanik seines Inneren in Zahnräder, Rädchen, Spiralen, Achsen und Splitter zertrennt hatte. Mir ist, als wären Wolfgang und Ottilie dabei beteiligt gewesen, aber jedenfalls wurde ich von Mutter mit Recht als Hauptschuldiger dem Vater zugeführt. Es war das einzige Mal, daß mich mein Vater schlug. Sonst – zum Beispiel, als er dahinterkam, daß ich teure Lexika meines Bruders heimlich beim Antiquar verkauft und das Geld verjubelt hatte – war sein Verhalten ein anderes, obwohl von mir weit mehr gefürchtet. Ich wurde dann in sein Zimmer gerufen, wo er am Schreibtisch saß. Er begann mit strengen, sachlichen Worten, die, je zerknirschter sie mich machten, immer weicher wurden. Bis ich in Tränen ausbrach, worauf mein Vater seinen Klemmer verlor, meinen Kopf an seine stachlige Backe zog und sich selber Tränen aus den Augen wischte. Mit irgendeiner versöhnlichen und gütigen Betrachtung oder

Ermahnung entließ er mich dann. – Wir Kinder liebten »Väterchen« über die Maßen. Ich konnte mir damals nicht vorstellen, daß ich einmal seinen Tod überwinden würde.

Wie kam ich nur dazu und warum konnte es niemand verhindern, daß ich in der Schule wie daheim so gar nicht gut tat, immer wieder auf Verbotenes aus war, alberne, eitle Streiche und sogar Roheiten beging? Wie war es möglich, daß ich zum Beispiel längere Zeit hindurch Tiere quälte? Nicht nur, wie die meisten Kinder tun, Maikäfer, Schmetterlinge in unzulängliche Gehäuse einsperrte und sie in plumper Behandlung lädierte oder fallen ließ. Ich riß Fliegen die Flügel aus. Entsetzlich grausam behandelte ich einen Kolbenkäfer aus dem Aquarium meines älteren und verständigeren Bruders. Ich legte den Käfer rücklings auf den äußeren Fenstersims und begoß ihn mit Schwefelsäure, von deren schrecklicher Wirkung ich unterrichtet war. Nie werde ich den Anblick vergessen, wie das Insekt vor Schmerz hochschnellte und vom Sims herab auf die Straße fiel. Aber auch damals schon überkam mich ein Grausen.

Es war keine Spur von sadistischen Gelüsten in mir. Aber warum quälte ich Tiere? Aus Wißbegierde? Ich spießte Libellen und Schmetterlinge auf, um eine Sammlung anzulegen, wie Onkel Wolfram das mustergültig tat. Aber ich handhabte diesen Sport mit unzureichenden Kenntnissen und Mitteln. Ich wollte Tiere konservieren, setzte eine kleine lebende Schleie in Spiritus, Brennspiritus, der sie rasch betäubte. Aber nachts ließ mir's keine Ruhe. Ich stand auf, entzündete ein Streichholz und beleuchtete das Einmachglas. Wie tief erschrak ich, als die Schleie plötzlich anfing, lebhaft mit dem Schwanz zu schlagen.

Ganz offensichtliche Gewinnsucht war es, wenn ich im Zoologischen Garten den Strauß oben fütterte und ihm unten gleichzeitig Federn ausrupfte. Oder wenn ich vergeblich das Stachelschwein heranzulocken suchte, um ihm einen Stachel auszureißen, aus dem ich mir einen Federhalter machen wollte. – Als ich einmal das Kamel, da es dicht am Gitter stand, in den Wanst zwickte, machte das Tier – wie um mir eine Lehre zu erteilen – eine geringe Bewegung, durch die mein Zeigefinger zwischen Gitterstab und Kamelbauch eingeklemmt wurde. Noch nicht schmerzhaft, aber immerhin so, daß ich eine Minute lang bedenklich gefangen war.

Die Ferien hatten uns in die Sommerfrische gebracht. Und ich zählte zehn Jahre, als mein Vater mich und meine älteren Geschwister in Frauenprießnitz in Thüringen taufen ließ. Bei dieser Zeremonie gebrauchte der Pastor eine Art Sahnenkännchen. Über dieses Kännchen und über den ungewöhnlich tief herabhängenden Hosenboden des Küsters brach ich in ein nicht zu unterdrückendes Lachen aus.

Ferien! Das Wort klang wie Freiheit. Vater nahm uns dann meist nach Thüringen mit. Durch dieses, sein engeres Heimatland, führte er uns in herrlichen Wanderungen. Er wußte dabei ebenso lustig wie spannend zu erzählen, und er kannte die Gegend und ihre Geschichte genau. Auch durften wir uns genügend allein umhertummeln, Wolfgang Steine sammelnd, ich Insekten, Schlangen und Eidechsen fangend, Ottilie Blumen und Beeren pflückend.

Das einzige Verlockende am Königlichen Staatsgymnasium waren Senfgurken, die der Pedell selber einlegte, und davon er uns gegen geringe Bezahlung verkaufte. Sie zergingen auf der Zunge wie Butter und schmeckten ungleich köstlicher als die gewohnten Mahlzeiten daheim. Obwohl Mutter, wie gesagt, sehr gut kochte. Mit Liebe kochte! Hatten wir Gäste zu Hause, so bekam sie in der Küche vor Eifer und Aufregung eine purpurrote Glanznase.

Wir Kinder mußten das essen, was die Eltern wählten, und mußten im allgemeinen aufessen, was uns aufgelegt war. Wir hatten Lieblingsgerichte, die uns zum Geburtstag beschert wurden. Auf meinem Weihnachtswunschzettel stand einmal »Ich wünsche mir eine lederne Hose und ein

Stück Butter«. Ich meinte eine Reithose. Die Butter, ein ganzes Pfund, erhielt ich, durfte sie aber nicht, wie ich das erträumt hatte, auf einmal aufessen.

Ich verabscheute Linsen. Einst hatte ich nachsitzen müssen und kam um eine Stunde zu spät heim. Nun sollte ich nachessen, und es gab Linsen. Da ich indessen allein im Zimmer war, verteilte ich das Gericht nach allen Seiten. Ein paar Löffel ins Ofenloch, ein paar Löffel hinters Büfett, ein paar zwischen die Sofapolster, und so fort. Auch die tiefen Schnitzereien an unserem eichenen Eßtisch boten Verstecke, um mittags unbeliebte Bissen *via* Serviette verschwinden zu lassen. Bob, der Dackel, war in dieser Beziehung auch stets auf unserer Seite.

Wir naschten selbstverständlich gern Süßigkeiten. Zu Ostern schenkte mir der reiche Onkel Karl einen Gigerlstock aus massiver Schokolade. Donnerwetter! – Kostbare Geschenke erhielten wir sonst nur von dem fernen Onkel Martin, der als Kapitän ein Schiff an der chinesischen Küste führte. – Freigebig waren unsere Eltern beide, und wir wurden es ebenfalls.

Ich wurde auch in der Quinta nicht versetzt, sondern mußte ein neues Jahr dort bleiben. Das hatte den einzigen Vorzug, daß ich von den neuen Klassengenossen zunächst als Älterer respektiert wurde. – Meine Zeugnisse verschlechterten sich.

Unter Führung des Lehrers unternahm unsere Klasse einen Tagesausflug nach Schkeuditz. In einem Gartenrestaurant kehrten wir ein. Dort stand ein Automat, der eine Henne darstellte, die für zehn Pfennige ein mit Bonbons gefülltes Ei legte. Ein Konpennäler von mir kam auf einen geschickten Betrug. Wenn man nämlich, nachdem der Groschen in den Schlitz gefallen war, hinten in die Henne griff und auf einen gewissen Schnapper drückte, dann konnte man noch gratis weitere Eier erlangen. Mehrere von uns Jungens hatten sich bereits derart bereichert, als ich erst von dem Trick erfuhr. Das wollte ich auch versuchen. Ich warf ein Groschenstück ein, drückte hinten auf den Schnapper. Weil aber ein anderer Schüler in diesem Moment an der Kurbel drehte, wurde mein Finger eingeklemmt, und ich war mit der Hand im Popo der Henne gefangen. Der Wirt mußte gerufen werden.

»Haben wir den Dieb endlich!« sagte er und versetzte mir eine Ohrfeige. »Wieviel Eier hast du denn schon herausgeholt?«

»Noch keins – ich wollte nur – –«

Er gab mir Wehrlosem wieder eine Ohrfeige. »Wieviel?«

»Eins«, log ich, um nur loszukommen.

(Bums Ohrfeige.) »Wieviel?«

»Zwei.«

(Bums Ohrfeige.) »Wieviel?«

»Noch keins!« rief ich aufheulend. Darauf befreite mich der Wirt aus meiner Lage.

Eine gute Freundschaft verband mich mit dem Sohn des Universitätsrektors Sievers. Er konnte genau so ein gellendes Kriegsgeheul ausstoßen wie ich. Außerdem mußte ich ihm auf dem Schulweg spannende Geschichten erzählen, die ich immer improvisiert verlängerte, um Sievers recht lange zum Begleiter zu haben. Mein liebster Freund wurde Martin Fischer. Er hatte keinen Vater mehr. Seine Mutter war eine sarkastische Frau, die mich manchmal verspottete wegen meiner unmodischen Kleidung oder meiner krummen Beine. Fischer spielte hingegeben Geige. Mit ihm kam ich auch zu erstenmal in Gespräche über Erotik. Er hatte eine auffallend hübsche Schwester. Ich lobte sie und ihre Kleider vor ihm. Er lobte meine Schwester und deren Kleider, sodann schwärmten wir von Damenwäsche und sprachen uns derart allmählich immer intimer aus.

Mein Vater beschlagnahmte eine Sammlung von Ansichtskarten, die ich mir angelegt hatte und auf denen halbnackte Mädchen zu sehen waren. Er beschlagnahmte auch ein sehr aufregendes Buch, das ich von einem Freund eingetauscht hatte, und das den Titel trug »Der Frauenhandel in Wisconsin«. Nie habe ich das Buch wiedergesehen und suche es noch heute.

Das zweite Quintajahr ging zu Ende. Meine Aussichten waren hoffnungslos. Es ereignete sich ein Zwischenfall, der dem Faß den Boden ausschlug. Meine Eltern hatten mir ein Jahresabonnement für den Zoo geschenkt. Weil dieser Tiergarten direkt neben dem Gymnasium lag, benutzte ich alle Pausen, um hinüberzulaufen. Nun war dort seit einiger Zeit eine Völkerschau zu sehen, und zwar drei Samoaner mit dreiundzwanzig Samoanerinnen. Herrliche, stattliche Gestalten. Die Frauen trugen nur ein hemdartiges Gewand und steckten sich Blumen ins Haar.

Ich befand mich in den Pubertätsjahren und konnte mich an den bronzefarbenen, dunkelhaarigen Weibern nicht sattsehen. Da mein kleines Taschengeld für Geschenke nicht ausreichte, entwendete ich zu Hause nach und nach unseren gesamten Christbaumschmuck. Bald trugen alle dreiundzwanzig Insulanerinnen Glaskugeln, kleine Weihnachtsmänner, Schokoladeherzen und Zuckerfiguren, Wachsengel und Ketten im Haar. Sie dankten mir, indem sie mich anlächelten oder über mein blondes Haar strichen, was mich beseligte. Aber eine von ihnen erfüllte mir eines Tages meinen Wunsch, mir ein »H« auf den Unterarm einzustechen. Das geschah in der großen Unterrichtspause. Die dauerte eine Viertelstunde, das Tätowieren aber einundeinehalbe Stunde. Es tat ein bißchen weh und kostete auch ein Tröpfchen Blut.

»Wo bist du gewäsen?« fragte der Lehrer, als ich unter atemloser und schadenfroher Spannung meiner Klassengenossen den Schulraum betrat. Ich wußte: Nun ist alles aus. Aufrecht ging ich an dem Lehrer vorbei an meinen Platz und sagte, jedes Wort stolz betonend: »Ich habe mich tätowieren lassen!« – Es war aus. *Consilium abeundi.*

MEINE ONKELS

Vaters Bruder war unser Onkel Karl. Er besaß eine Fabrik. Es ging ihm gut. Seine wohlhabend und gut erzogenen Kinder wurden uns immer wieder als Musterbeispiele hingestellt. Das waren Mädchen, apart und sicher wie ihre Mutter, die Tante Emmy. Nur daß wir vor deren kühler Liebenswürdigkeit nie zutraulich wurden. Onkel aber trat großgebend, breit, natürlich und lustig auf. – »Kinder«, sagte er, »als ich so alt war wie ihr jetzt, da habe ich euren Vater manchmal so lange gekitzelt, bis er seine Laubsäge, oder was ich gerade wünschte, mir schenkte. Er ist ja so kitzlig. Nun paßt auf: Wenn er jetzt hereinkommt, dann überfallt ihr ihn und piekst ihn so lange mit dem Zeigefinger in die Seiten, bis er euch eine Mark spendiert.« – Wir jubelten über diesen Einfall. Vater betrat die Stube. Wir stürzten auf ihn und pieksten in seinen Bauch und seine Seiten. Er aber, der schon längst nicht mehr kitzlig war, verstand gar nicht, was wir wollten. Unsere Enttäuschung löste der Onkel doch noch in Freude auf. – Onkel Karl war ein stattlicher Mann. Er legte seine Nase zeitweilig nachts in Gips, um sie schöner zu formen. Ein Dienstmädchen verriet uns das.

Der Bruder meiner Mutter war Onkel Martin, der Kapitän in China, den wir vorläufig nur aus Bildern und Erzählungen kannten. Er sandte wertvolle Geschenke zu den Festen, Silberbecher, geschnitzte Waffen, alte Vasen und Holzschnitte. Mir goldene Manschettenknöpfe, die ich heute noch trage. Und eine goldene Schlipsnadel. Dann einen Spazierstock aus Ebenholz. Auch seine silberne Uhr, die ihm einmal ins Rote oder ins Gelbe – – in irgendein farbiges Meer gefallen war und die ein Taucher zufällig wiederfand.

Zu Weihnachten erhielt Ottilie von Onkel Martin entzückende, weiße, prachtvoll bestickte Seide für ein Kleid.

Ich warf ein glühendes Streichholz auf den Stoff und hinderte meine Schwester gewaltsam, das zu entfernen. Auf ihr Gezeter sprangen Mutter und Bruder hinzu. Sie entdeckten, daß mein Streichholz ein angekohltes, aber längst ausgekohltes Zündholz war. An der Stelle, wo Verkohlt und Unverbrannt sich trafen, hatte ich einen schmalen roten Stanniolstreifen um das Hölzchen gewunden. Der wirkte in der Kerzenbeleuchtung wie Glut. Ich freute mich meiner kleinen Erfindung.

»Streichholz groß, Streichholz klein,
Armes Streichholz, ganz allein.«
(Alter Spielreim)

Den Onkel Fries in Marksuhl besuchten wir während der Sommerfrische. Er war ein rauher Weidmann, der selbst vor dem Kaiser, der gelegentlich bei ihm jagte, kein Blatt vor den Mund nahm. Zu dem herrlichen Gutshof gehörte ein alter gespenstischer Turm. Die Fledermäuse, die sich in dessen Gebälk aufhängten, brannte ein Knecht von Zeit zu Zeit am Tag, wenn sie schliefen, mit einer brennenden Kerze herunter. – Ich sah lebendig gerupfte Puten und Hühner ohne Kopf, die noch lange fürchterlich zuckten.

Auf einer der schönen Spazierfahrten, bei denen ein Jagdhund neben den Pferden herlief, warf der Onkel seinen Schlüsselbund ins Dickicht. Als wir auf der Rückfahrt in die Oberförsterei einbogen, rief Fries dem Jagdhund zu: »Such! Verloren!« Eine Stunde später brachte das Tier den Schlüsselbund an unseren Abendtisch im Garten. – Früchte gab's in Hülle und Fülle. Beim Einfahren des Korns hatte ich einmal auf einer Kreuzotter gesessen, was mir einen heldenhaften Nimbus verlieh.

Zuweilen ritt meine Mutter mit dem Onkel aus. Man mußte der kleinen Frau dann erst auf eine Kiste helfen, damit sie aufs Pferd kam.

Vom Onkel Hilgenfeld, Theologe in Jena, und von dessen Familie sind mir nur noch eine tiefe Baßstimme und Stachelbeeren in Erinnerung.

Und der Leipziger Professor und Prediger Georg Rietschel und seine Angehörigen traten für mich erst viel später in Erscheinung.

Wir hatten viele Nenn-Onkels.

Edwin Bormann, sächsischer Dialektdichter und wissenschaftlicher Verfechter der Idee, die Shakespeare-Dramen hätten eigentlich Bacon zum Verfasser. Onkel Bormann war in allem von einer unvergleichlichen, oft pedantischen Gewissenhaftigkeit, was mich sehr für seine Bacon-Theorie einnahm, über die ich im übrigen nichts Näheres wußte. Aber er schien mir andererseits nicht immer logisch. Sein Sohn, mein lieber Gespiele Fritz, erbat sich einmal 50 Pfennige, um sich ein Radrennen anzusehen. Sein Vater gab ihm die mit der Ermahnung, dann pünktlich heimzukommen. – Fritz kam pünktlich heim, berichtete exakt und anschaulich von dem Verlauf der einzelnen Rennfahrten, auch von dem entsetzlichen, tödlichen Sturz eines Fahrers. Worauf der Vater ihn übers Knie legte, gründlich verwichste und dabei ausrief: »Solch grausiges Schauspiel siehst du Rohling dir an!«

Bormanns besaßen ein eigenes Haus mit Garten in einem traulichen alten Winkel der Stadt. Mit ihren Kindern haben wir dort herrlich gespielt. Zwischen Suse und mir bestand eine eigens erdachte Begrüßung, der Hexenkuß, bei dem wir uns mit den Nasen berührten.

Julius Lohmeyer schrieb Kinderbücher und anderes und liebte Kinder. Dieser Onkel lebte in Berlin. Er war stets modisch gekleidet. Über seine katastrophale Zerstreutheit hörten wir immer neue Anekdoten oder erlebten sie mit. Einmal war er und waren wir bei einem anderen Onkel zu Gast, dem Zeichenlehrer und Katzenmaler Flinzer. Lohmeyer mußte die Gesellschaft frühzeitig verlassen, um den

Zug noch zu erreichen. Alles drängte sich auf den Balkon, um dem Freunde Abschiedsgrüße nachzuwinken. Onkel Lohmeyer trug einen seidenhaarigen Zylinderhut, den ich schon einmal in unserem Vorraum zu Mutters Entsetzen ausführlich gegen den Strich gebürstet hatte. Mit diesem Hut winkte er nun der Gesellschaft zurück, als er eine Droschke bestieg. Er hatte aber gleichzeitig einen zweiten, versehentlich mitgenommenen Zylinderhut auf dem Kopf.

Auch der Anatom Wilhelm Roux war einer von meinen berühmten Nenn-Onkeln. Mit ihm kam ich aber kaum in Berührung. Es gab auch Freunde von Vater, die wir Kinder nicht mit Onkel anredeten.

Von Johannes Trojan wußte ich, daß er Sitzredakteur des »Kladderadatsch« war und für einen guten und witzigen Dichter galt. Ich konnte mich auch davon überzeugen, daß er viel von Getränken und Pflanzen wußte und mit Kindern entzückend umzugehen verstand.

Der Dichter Victor Blüthgen schenkte meinen poetischen Anfängen freundliche Aufmerksamkeit und manches Lob. Deswegen gefiel er mir. Seiner Frau oder seiner Schwester oder, Gott weiß wem, trug ich zur Hochzeit als Page gekleidet die Schleppe. Da man mir aber Wein zu trinken gegeben hatte und ich übermüde war, trat ich mehrmals auf die Schleppe, worüber die Braut sehr unhold zu mir war.

Mein Vater war mit sehr viel merkwürdigen Zeitgenossen bekannt. Er suchte uns die Art und Bedeutung derselben klarzumachen, und es freute ihn sichtlich, wenn sich uns Gelegenheit bot, solche Leute persönlich kennenzulernen. Uns Kindern machte das nur selten Spaß. Meistens fühlten wir uns vor Respekt und Verlegenheit unglücklich, und es blieb uns auch nichts übrig, als blöde zu schweigen oder mit Ja und Nein zu antworten.

»Ich gehe jetzt auf einen Sprung in dieses Haus, um Moritz Busch zu besuchen«, sagte Papa und erklärte mir nochmals eilig, wer Moritz Busch war. Dann ließ er mich allein warten. Aber sehr bald kam er zurück und sagte: »Der alte Busch will dich sehen. Du kennst außerdem seine Nichte.«

Ich seine Nichte kennen?? Und da stand ich nun dem kleinen Herrn gegenüber, der der Eckermann Bismarcks gewesen war. Und ich wurde noch verdatterter, als ich in seiner Nichte ein Mädchen wiedererkannte, dem ich einmal auf der Eisbahn den Hof gemacht und ein Veilchensträußchen überreicht hatte. – Man quälte mich indessen nicht lange.

So zeigte uns Vater öfters berühmte oder originelle Menschen. Was er dazu sagte, war immer exakt gewußt und ohne Überhebung aus einer ganz bescheidenen Neutralität heraus gesprochen. Er selbst blieb gern im Schatten. Nur war ich leider viel zu unreif und abgelenkt, um solchen Ausführungen die Aufmerksamkeit zu schenken, deren sie wert waren.

Trotzdem ist mir von allen Gesprächen Vaters und von jeder Erzählung aus seiner Jugend, aus seiner Pariser Zeit, aus seinem Leben immer ein Pünktchen im Gedächtnis geblieben. Ich meine: Ich könnte heute daraus ein deutliches Bild zusammensetzen. Vaters Bild. Leider erst heute. Manchmal meine ich sogar, ich könnte daraus mein eigenes Bild zusammensetzen.

AUF DER PRESSE

Frau Fischer nahm ihren Sohn vom Gymnasium fort und brachte ihn auf eine jener Drillschulen, die wir Presse nannten. Auch mich steckte man in ein solches Institut. Es hieß nach seinem Direktor »Tollersche Privat-Realschule«. In der Stadt war diese Schule berüchtigt.

Latein fiel weg. In den andern Fächern fand ich mich

dort um einen Grad besser zurecht als im Gymnasium. Höchstens um einen Grad.

Am schwersten fiel mir die französische Sprache. Sächsisch gelehrt war sie wohl auch von einem Sachsen nicht zu lernen. »Schö nä ba, dü na ba, il na ba, nu nawong ba, wu nawä ...« Leider wußte ich mir für teures Geld ein für Schüler verbotenes und schwer zu erlangendes Buch zu verschaffen. Eine wörtliche Übersetzung des Lehrbuches von Plötz. Mit Hilfe dieses Schlüssels fertigte ich Hausübersetzungen an, die erstaunlich wenig Fehler aufwiesen. Mußte ich aber unter Aufsicht des Lehrers nach Diktat übersetzen, so entstand etwas, was von Fehlern wimmelte. Dieser Lehrer, er hieß Rochlitz, war ein graumelierter Herr. So wie er aussah, stellte ich mir damals einen Marquis vor. Er zeigte jedoch weit mehr Interesse für mich als ich für ihn.

Ich hatte mir angewöhnt, allzeit an den Fingernägeln zu kauen. Wenn ich während des französischen Unterrichts mich so recht innig und fernsinnend diesem Sport hingab, beschlich mich Rochlitz und schlug mir unversehens mit dem Lineal gehörig auf die Hand. Das half aber nur für kurze Zeit. Später mußte ich ihm vor Beginn jeder Stunde meine häßlich verstümmelten Fingerspitzen hinhalten, und er schmierte mir zum Gaudium der ganzen Klasse Ochsengalle darauf. Ochsengalle ist gelb und schmeckt bitter. Aber meine Leidenschaft nahm das mit in Kauf und gewöhnte sich rasch daran. Als man dieser üblen Angewohnheit von mir keine Aufmerksamkeit mehr schenkte, verlor sie sich von selber.

Rochlitz beschlich mich auch auf einem anderen Gebiete. Während der öden Schulstunden vertrieb ich mir die Zeit damit, mit Buntstift, ich glaube sogar mit Wasserfarben, Bilder zu malen. Feuersalamander, Reiter, rote Husaren oder sogar politische Bilder. Politisch deswegen, weil ich in ihnen irgend etwas Aufgeschnapptes oder dem Kladderadatsch Abgesehenes darzustellen versuchte. Etwa den großen Russischen Bären neben der zierlichen Französischen Marianne. Rochlitz beobachtete mich dann heimlich, und auf einmal sprang er zu mir und entriß mir das Bild. Zufällig immer dann, wenn es fertig war. Er sah stets von einer Bestrafung ab, und es war mir gleichgültig, daß ich das Bild nicht zurückerhielt.

Wie sollte dabei Französisch in mich kommen. Auch als mein Vater sich persönlich meiner annahm und mir daheim Unterricht erteilte, ergab sich nichts anderes als Peinlichkeiten. Ich gestand nicht, daß ich die Anfangsgründe nicht begriff, schämte mich zu sagen, daß ich gar nichts, rein gar nichts wußte. Und der Privatunterricht endete damit, daß mein Vater wieder den Klemmer verlor, mich an seine rauhe Backe drückte, und wir beide weinten.

Englisch fiel mir leicht, aber ich war völlig uninteressiert. – Dem Religionsunterricht mißtraute ich im Unterbewußtsein. – In Geographie war ich faul. – In Geschichte schwitzte ich Angst. – Naturbeschreibung hatte scheinbar nichts mit Natur zu tun. Naturlehre auch nicht. (Ich beschreibe diese Aufzählung nach einem Zensurenverzeichnis, das vor mir liegt. Den vorgedruckten Fächern sind handschriftlich Zensuren hinzugefügt.) – Zahlenrechnen fand ich entsetzlich. – Mathematik entsetzlich. – Für Freihandzeichnen zu unbegabt. – Geometrisches Zeichnen: Darüber spreche ich noch. – Schreiben ganz schlimm. – Gesang: nur ein Strich. – Turnen: Lehrer und Schüler sich gegenseitig nicht im klaren. – Alle übrigen Fächer kamen, weil sie fakultativ waren, für mich nicht in Betracht.

Im deutschen Aufsatz und in deutscher Grammatik unterrichtete der gestrenge Direktor selbst. – »Den besten Aufsatz haben geschrieben«, sagte er zu Beginn der Stunde und nannte dann die Namen der zwei oder drei Belobten. Da war ich häufig dabei. Und ich freute mich dann. Denn Vater hatte mir für die Zensur 1 eine Mark versprochen. Indessen bezog sich das »besten« nur allgemein auf den

Aufsatz als solchen. Bei der nun folgenden Verlesung der Zensuren stellte sich heraus, daß ich die schlechteste erhalten hatte. Weil mein Aufsatz unerhört unorthographisch und unschön geschrieben, das Schreibheft außerdem durch Kleckse, einradierte Löcher sowie Fingerabdrücke total versaut war. Dabei entwarf ich manchmal heimlich Aufsätze für andere Schüler, wofür ich Bezahlung oder Geschenke annahm. Meine Glanzleistung hatte ich im ersten Tollerschen Schuljahr vollbracht, als ich aus meinem Heft ganz fließend einen Hausaufsatz vorlas, der gar nicht darin stand. Ein jüdischer Mitschüler, der auch keinen Aufsatz geschrieben hatte, versuchte, meine Frechheit nachzuahmen, geriet aber gleich ins Stocken und wurde bestraft.

Herr Toller war sehr gefürchtet. Nur wenige Schüler, und zwar die, die bei ihm in Privatpension lebten, bewegten sich freier vor ihm. Darunter war zufällig der Primus. Kurze Zeit nach meiner Aufnahme in die Realschule starb ein alter Lehrer, ein herzensguter, treuer, leider sehr kranker Mann. Ich habe auch etwas dazu beigetragen, ihn zu Tode zu quälen. Denn wir nutzten die Hilflosigkeit des Greises dazu aus, in seinen Stunden grausamen Unfug zu treiben. Und ich war auch bei Toller sehr bald der Haupthanswurst geworden.

Da auf eine solche Presse Jungens geschickt wurden, die von besseren Schulen abgestoßen waren, kann man sich denken, daß wir eine recht gemischte Rotte bildeten.

Unser weitaus genialster und intelligentester Schüler hieß Harich. Er hatte ein schön geschnittenes Gesicht und imponierte mir in allem. Besonders aber durch sein sicheres und unerschrockenes Verhalten bei einer fatalen Gelegenheit, da Rochlitz ihm eine obszöne Photographie abnahm. Rochlitz vertuschte diesen Vorfall.

Arthur Tausig war der Sohn eines Rabbiners. Er hatte als Jude viel unter unserem Spott zu leiden.

Als geistig unzurechnungsfähig wurde Bonz sehr bald

zum Spott der ganzen Klasse. Mir erschien er nur ein bißchen verrückt. Und ich mochte ihn gerade darum leiden. Sein Vater war übrigens auch wie Harichs Vater ein hoher und geschätzter Beamter.

Der körperlich stärkste von uns hieß Lakorn, ein großer frühreifer Junge, ungeschlacht, aber höchst gutmütig und ehrlich. Wie ein brauner, junger Jagdhund war er. Er half abends seinem Vater, einem Kneipenwirt in der Vorstadt, beim Bedienen der Gäste und war dadurch schon mit den Schatten- und Sonnenseiten des Arbeiterstandes vertraut. Deshalb wurde er von einigen bürgerlichen Lehrern als feindliches Element gehaßt und sehr ungerecht behandelt. Als ich ihn einmal besuchte, war ich allerdings auch verblüfft darüber, wie vertraulich er mit seinem Vater stand, daß er ihm zum Beispiel lachend vor mir berichtete, ich hätte das harmlose Haus *vis-à-vis* für einen Puff gehalten.

Da war ein ganz kleiner, winziger Knirps unter uns. Den warfen Lakorn und Harich sich manchmal hin und her wie einen Fangball zu.

Es gab auch zwei schwere Jungens in dem Institut. Der eine unternahm eines Tages einen regelrechten Einbruch und stahl Gurken. Andermal, als er mit mir und noch zwei Knaben durch einen Wald ging und wir darüber klagten, daß wir gar kein Geld hätten, sagte er: »Einen Moment! Das verschaffe ich.« Lief uns voraus und trat nun – ärmlich gekleidet war er – mit gezogenem Hut an alle Passanten heran und bettelte sie an. Das Geld teilte er redlich mit uns.

Das andere *mauvais sujet* war ein sehr undurchsichtiger, wirklich übler Sohn eines sehr mysteriösen, wirklich üblen Besitzers einer Animierkneipe. Diese beiden Schüler spie die Schule im Laufe der Zeit aus, nach zwei für uns höchst sensationellen Ereignissen.

Am 28. März 1899 wurde ich in der Matthäikirche eingesegnet. In dem vorangegangenen Konfirmationsunterricht hatte ich mich auch schlecht betragen und besonders durch Juckpulver Ärgernis erregt.

Wieder verbrachten wir die großen Ferien in Tautenburg und Umgebung. Man zeigte uns Weimar, erzählte uns von Goethe, und Vater führte uns vom »Elefanten« auf den bunten Gemüsemarkt, um Sinn für künstlerisches Farbenverständnis und für volkstümliches Leben in uns zu wecken. In Jena aßen wir Kalbsnierenbraten in der »Sonne«. Papa erzählte vom Kämmerer-Karl und der Himmelsziege und zeigte uns die sieben Wunder der Stadt. Einmal wehte an der Zeise eine lange schwarze Trauerfahne. Jemand sagte, Bismarck wäre gestorben. Vater sah die Studenten unter jener Fahne lustig beim Frühschoppen kneipen und wurde plötzlich sehr traurig.

Nach heißen Wanderungen setzte Vater manchmal eine köstliche Bowle an. Er war als sachverständiger Bowlenbrauer weit bekannt. Er war auch ein feiner Kenner von Moselweinen. Bei einem Preisausschreiben des Trarbacher Kasinos gewann er mit einem Moselweinlied den ersten Preis von 500 Flaschen edelsten Mosel- und Saarweins. Das gab dann auserlesene Festlichkeiten bei uns, bei denen auch schon Gnadentröpfchen auf uns Kinder fielen. Schmeckte so gut auf den Tollerschen Schulstaub.

Von Schwester und Bruder war ich inzwischen naturgemäß mehr und mehr abgerückt. Ottilie war ein schöner, umschwärmter und koketter Backfisch geworden. Sie besuchte eine Tanzstunde mit Liebesflirt, der sich immer dramatischer gestaltete. Wolfgang widmete sich schon vorstudentlichen und wissenschaftlichen Interessen, besonders der Zoologie und der Steinkunde, sammelte Petrifakten und Briefmarken. Während meine Eltern ihre Anteilnahme mehr auf meine Geschwister und deren Bekannte verlegten, verbrachte ich meine Zeit frech und froh in meinem jüngeren, freieren und rauheren Freundeskreis. Das Erstrebenswerteste war mir damals etwa: mit diesen Freunden einen Stammtisch zu pflegen, wo man viel Bier zuprostend trank, dicke Zigarren rauchte und von Zeit zu Zeit eine allgemeine erschütternde Lache ausstieß. Wie ich das an vollbärtigen Spießern und Studenten so oft bewundert hatte. Unter den zirka fünfundzwanzig Schülern meiner Klasse fanden sich genügend zusammen, die diese meine Neigung nicht nur teilten, sondern von denen einige schon Überlegenheit mitbrachten. Sie konnten Billard und Skat spielen, verfügten über Kommentausdrücke und wußten sehr vorgeschrittene, schweinische Witze. Ein Stammtisch kam aber wegen Geldnot und Vorliebe zu Sahnenschnitten anfangs nur in kleinen Kakaostuben zustande, und auch nur vorübergehend. Er endigte meistens mit Schulkrach, Zank, Klatscherei.

An das heimliche Rauchen war ich längst gewöhnt. Es galt für männlich, durch die Lunge zu rauchen. Es galt auch für männlich, keine Schulmappe zu benutzen, sondern die Bücher unterm Arm zu tragen.

Meine Eltern waren nach dem Vorort Gohlis verzogen. Auf dem weiten Schulweg dahin steckte ich mir dreist eine Zigarre an. Ein fremder Herr trat auf mich zu, zog mir ein Buch unterm Arm weg, schlug es auf, las meinen Namen, gab es mir schweigend zurück und entfernte sich. Das war zweifellos ein Lehrer einer anderen Schule. Die mit mir gehenden Freunde meinten, ich würde nun wohl in der Nachmittagsstunde vom Direktor etwas zu hören kriegen. Ich war sehr bedruckst. Jedoch nicht lange. »Ihr werdet sehen, daß mir gar nichts passiert«, sagte ich. Denn schon hatte ich einen Plan gefaßt. Über Mittag kaufte ich mir in einem Laden für Scherzartikel eine Feuerwerkszigarre. Die rauchte ich in einem Keller ganz eilig so weit, bis sie explodierte. Den Rest löschte ich und verwahrte ihn in der Firmatüte. Das wollte ich vorzeigen. »Ich habe nur eine Scherzzigarre geraucht«, wollte ich sagen. Ich war stolz auf meinen Einfall.

Als ich nachmittags nach Schluß der Geographie zum Direktor gerufen wurde, lachte ich meinen Freunden siegesgewiß zu.

»Du hast geraucht!« brüllte mich Herr Toller an.

»Nein, Herr Direktor, ich habe nur eine Feuer – –«

Weiter ließ mich der Direktor nicht reden. »Du Lausejunge! Zwei Stunden Arrest!« Dabei gab er mir links und rechts gewaltige Ohrfeigen und stieß mich zuletzt so heftig aus der Tür, daß ich durchaus nicht in Siegerstellung auf meine draußen wartenden Kameraden prallte.

Dannhäuser, der selber aussah wie ein Osterhase, bekam ein lebendes Kaninchen geschenkt, das ich nun besichtigen sollte. Er hatte es vorläufig in ein Goldfischglas gesteckt und auf das Glas einen schweren Deckel gesetzt. Als wir hinkamen, lüftete er diesen, beugte sich nieder und sagte: »Es scheint traurig zu sein, es läßt den Kopf hängen.« Ich trat prüfend näher und sagte ernst wie ein Arzt im Sterbezimmer: »Es ist erstickt.« Und hatte recht.

Linkes Eltern betrieben eine angesehene Fischhandlung. Ich durfte dort manchmal beim Verkaufen helfen und mußte dann auch Fische schlachten und ausnehmen. Linke trieb sich mit dem schlimmsten Gassenpack herum und war schon sehr gewieft. Er kannte den Jargon der Stromer und Schnapsbrüder und hatte dafür, doch auch für anderes, ein humorvolles Verständnis. Wir unterhielten uns ausgezeichnet miteinander. Durch ihn kam ich auch zu den Kindern einer Schornsteinfegerfamilie und verkehrte eine Zeitlang in deren Heim. Ich staunte, wie wohlerzogen, wie höflich und taktvoll diese Leute sich benahmen, ohne daß sie mehr gelernt hatten, als Leute des Handwerks damals lernten.

Am häufigsten besuchte ich Bodensteins. Drei Jungens, die alle zu Toller, aber in verschiedene Klassen gingen. Alle drei robust und gutmütig. Erwin war ein stiller, etwas schwachsinniger Mensch. Aber er half, wie seine Brüder, dem Vater tüchtig im Beruf. Eine große Weinhandlung und ein altrenommiertes Weinlokal, wo auch mein Vater allein oder mit dem Künstlerverein »Die Stalaktiten« gelegentlich hinkam. Der alte Bodenstein hatte sein Geschäft mit Fleiß und Umsicht sehr hochgebracht. Er war immer ernst und streng. Ich fürchtete ihn besonders, weil er mir sehr auf die Finger sah. Denn ich neigte dazu, seine Kinder allzuoft zu einer Flasche Wein anzuregen, die sie mit der Zeit dann heimlich heranschafften. Ich nutzte überhaupt die Wohlhabenheit dieser höchst anhänglichen Freunde zu viel aus. So daß mich der älteste, Adolph, eines Tages, als ich Erwin um ein paar Groschen anpumpen wollte, auf der Treppe eindrucksvoll und doch herzlich verdrosch. Dabei waren alle Bodensteins, auch die Mutter, gastfreie Menschen. Ich verlebte bei ihnen viele amüsante und ausgelassene Stunden. Zuweilen war dann ein gleichaltriger Knabe Namens Bruno Wille dabei. Der besuchte nur eine Volksschule und war ein Waisenkind. Er hatte sich aber autodidaktisch schon weitergehende Kenntnisse angeeignet – und war von einem wissenschaftlichen Bildungsdrang beseelt. Er setzte es auch durch, daß wir – ein paar Mann hoch – einen höchst gelehrten Verein konstituierten, der allwöchentlich einmal zusammenkam. Umschichtig mußte dann jeder von uns einen Vortrag über ein selbst zu wählendes Thema halten. Dem schloß sich eine Diskussion an. Wir fühlten uns sehr würdig dabei. Der Verein hieß »Das Nachtlicht«.

Zu Hause benahm ich mich weniger würdig und ärgerte besonders meine Mutter. Oder sie mich. Manchmal nach einem Zank mit ihr murmelte ich drohende Worte vor mich hin, riß dabei im Kinderzimmer meine Kommodenschublade geräuschvoll immer wieder auf und zu und legte meine kleinen Habseligkeiten heraus, als gedächte ich, das Haus für immer zu verlassen. Packte auch Dinge zusammen, die eigentlich nicht ganz mein Besitz waren, wie beispielsweise Strümpfe. Und dann ärgerte ich mich, wenn niemand hinzukam und mich beschwichtigte. In einem dieser Fälle trat aber mein Vater zu mir und sagte kopfschüttelnd: »Junge, was hast du nur mit deiner Mutter?«

»Ich hasse sie!« rief ich theatralisch.

Mutter hatte mir auf meine Bitte hin ein altertümliches, herzförmiges Flakon aus Goldblech geschenkt. Das schenkte ich weiter an Maggy Porter, ein englisches Mädchen, das ich in X-dorf bei zwei Tanzstundenfreundinnen meiner Schwester kennenlernte. Ich hatte mich mit deutscher und sächsischer Bewunderung sofort in die Miß verschossen. Einige Tage später gaben meine Eltern einen Hausball für die Teilnehmer der Tanzstunde. Auch die zwei X-dorfer Freundinnen von Ottilie und auch Maggy Porter waren eingeladen. Am Tag danach vermißte meine Schwester ein hübsches, wenn auch nicht wertvolles Armband. Der Verdacht fiel auf mich. Mutter erinnerte sich an das Herzflakon und fragte mich mittags, ob ich das Armband etwa auch meiner Maggy geschenkt hätte. Ich schwieg beleidigt, legte nach dem Essen einen Zettel auf meinen Spieltisch mit der mysteriösen Aufschrift »Ich soll gestohlen haben« und ging davon. Bummelte, mich in ganz törichte Gedanken einbohrend, stundenlang ziellos durch die Straßen. Spät abends griff mich meine Mutter auf. Sie hatte den Zettel gefunden, in der Besorgnis, ich könnte mir ein Leid antun, mich bang gesucht und brachte mich nun schluchzend heim. – An sich kümmerte ich mich wenig um Ottiliens Liebeszauber und Tanzschwestern und Tanzbrüder. Von den jungen Herren imponierte mir einer, namens Swiderski, weil er ein bekannter Schachspieler war, der an öffentlichen Turnieren teilnahm. Und weil er einmal in der Schwimmanstalt mit mir von dem ganz hohen Gerüst ins Wasser springen wollte. Er sprang auch. Aber ich tat aus Feigheit nicht mit. Ferner war da Hermann Mitter, auch ein Verehrer Ottiliens, nicht so verwegen, aber immer lieb und gleichbleibend treu.

Wurde ich auch hin und wieder zu den Bällen dieser Tanzstunde zugezogen, so bestand meine Hauptbeziehung doch eigentlich darin, daß ich gelegentlich Verse für die Veranstaltungen schrieb und die Verse bebilderte.

Ein Fahrrad erhielt ich. Wunderbar! Brennabor! Dreihundert Mark! Bald waren Roß und Reiter verwachsen. Ich stieg aufs Rad, wenn ich einen Brief in den Postkasten werfen sollte, obwohl der Kasten neben unserem Haustor befestigt war. Ich radelte zur Schule. Ich machte weite Ausflüge im Rasetempo. Ich konnte im Fahren die kühngeschwungene Lenkstange loslassen oder mich auf den Sattel stellen. Ich konnte mit einem verwegenen Schwung nach vorn abspringen. Ich stürzte hundertmal, oft auf groteske, bedrohliche Weise. Stets ohne inneren Schaden zu nehmen. Ich fiel in Gewässer, überfuhr Hunde, prallte an Spaziergänger, konnte mein Fahrrad allein zerlegen und wieder zusammensetzen oder die Reifen flicken. Ich trainierte sogar auf der steilkurvigen Rennbahn. Ich war der Schrecken der Droschkenkutscher und Fußgänger. Ich klingelte wie ein Besessener. Heute würde ich mein radfahrendes Ich von damals, wenn es mir als fremd begegnete, anhalten und durchbleuen. Mein Traum war derzeit, ein Rennfahrer zu werden wie Robl oder Arend. Ich hatte mich einer Bande Rowdys zugesellt, die allabendlich im Rosental Wettrennen improvisierten und nur vom Radfahrsport und nur in Fachausdrücken redeten. Der angesehenste von diesen Halbstarken war ein Mechanikergehilfe, der schon zweimal an richtigen Rennen auf der Rennbahn in Merseburg teilgenommen hatte. Ich selber schlug einmal einen engeren Rekord, indem ich von Leipzig nach Halle – ich glaube in 75 Minuten – sauste. Leider war niemand Zeuge, und die, denen ich es erzählte, glaubten mir nicht oder interessierten sich nicht dafür.

Auch die Schule hatte kein Verständnis für meinen Sport oder doch nicht so viel, daß man mir dafür im Geistigen etwas nachsah. In der Turnstunde wurden zwar Ballspiele getrieben und Wettkämpfe veranstaltet. In der letzten Klasse erhielten wir sogar Florettunterricht. Aber das wurde alles so trottmäßig betrieben und war so langweilig. Daß ich, um diese Unterrichtsstunde zu beleben, eines Tages einen geborgten Photoapparat mitbrachte und sechzig Minuten lang damit manipulierte, um die malerisch um den Lehrer gruppierte Klasse zweimal zu knipsen. Dabei verstand ich gar nichts von der Kunst des Photographierens und hatte auch gar keine Platten mitbekommen. Später log ich, die Platten wären beim Entwickeln entzweigegangen. – Und die blanken Floretts, die wir mit soviel Stolz empfangen hatten, waren rostig geworden. Wir spießten Äpfel darauf und trieben sonsterlei Unfug damit.

Der dicke Oberlehrer Bartels mochte mich etwas leiden. Er war so auf treudeutsch, »Gut Holz« und »Wandern mit Gesang« eingestellt. Wir schenkten ihm zu einem Jubiläum eine Fahne, deren Stock aus einem vom Schulausflug heimgebrachten Eichenast gedrechselt war, und ich schrieb dazu ein Bartels verherrlichendes, patriotisches Gedicht. Seitdem hatte ich bei ihm einen Stein im Brett. Auch er war im Grunde nur ein egoistischer und seiner Bequemlichkeit lebender Pauker.

Ich habe dort und überhaupt nur einen Lehrer gehabt, der mir imponierte und an den ich mit aufrichtiger Hochachtung zurückdenke. *Dr.* Dörry, ein damals jüngerer Herr. Er unterrichtete in geometrischem Zeichnen. Ich habe stets Angst vor den Lehrern gehabt. Meine Frechheiten wagte ich nur in Abwesenheit der Lehrer. *Dr.* Dörry war zudem als ein Mann respektiert, der nicht mit sich spaßen ließ. Und dennoch – ich weiß noch heute nicht, was in mich gefahren war – hob ich eines Tages in seiner Stunde die Hand, und als er fragte: »Was willst du?« gab ich die deutliche Antwort: »Darf ich fünf Minuten lang in den Puff gehen?«

Die ganze Klasse erstarrte. *Dr.* Dörry blickte mich fest

an, mir ist, als hätte er ganz flüchtig gelächelt. Dann zog er seine Uhr und sagte: »In fünf Minuten bist du zurück.« Ich ging hinaus.

Alle wußten, daß es wirklich ein Bordell in der Nähe gab. Ich war noch nie in einem Bordell gewesen. Und ich dachte auch nun nicht daran, dorthin zu gehen. Ich wartete unten mit Herzklopfen vor einer Uhr. Bis die fünf Minuten um waren. Dann meldete ich mich in der Klasse zurück, ging an meinen Platz. *Dr.* Dörry sagte nichts. Der Vorfall hatte keinerlei Folgen. Nur daß ich acht Tage später, übermütig gemacht, leider nochmals die Hand hob und dann fragte: »Herr Doktor, erlauben Sie, daß ich ein Stück Quarkkuchen essen gehe?«

Er sah mich wieder kurz und scharf an, aber diesmal ernster und bestimmt ohne Lächeln. Dann sagte er: »Gut. In fünf Minuten bist du zurück.«

Ich eilte hinaus, hatte ein noch schlimmeres Gewissen als bei dem ersten Fall, kaufte ein Stück Quarkkuchen, schlang es lustlos würgend hinunter und war pünktlich wieder auf meinem Platz. Auch diesmal erfolgte keine Rüge, keine Anzeige. Aber seitdem paßte ich auf. War bald der Beste, mindestens der begreifendste und begeistertste Schüler in Geometrie und liebte seitdem diesen Lehrer unsagbar. Nie wieder erlaubte ich mir ihm gegenüber eine Freiheit. Nur manchmal, wenn er mit langen Sätzen, drei Stufen auf einmal nehmend, die Schule verließ, bemühte ich mich, an seiner Seite ihm Schritt zu halten. O daß ich dem *Dr.* Dörry später nur einmal wieder begegnet wäre! Um ihm zu danken. Alle anderen Lehrer, die ich hatte, könnte ich heute kalt und unversöhnlich verprügeln. Meine ich.

Ich blieb in den drei Jahren bei Toller nicht sitzen, sondern schlüpfte immer noch eben so durch. Nach dem letzten Jahr, da man uns mit »Sie« anredete, kam das Hauptexamen, das Ziel. Ich hatte in letzter Stunde gebüffelt, war sehr abgespannt und in Sorge. Denn ich war unwissend wie eine Kanone.

Zum schriftlichen Examen trug ich in den Taschen, in der Unterhose und im Strumpf geheime Zettel zum Abschielen. Ich hatte mir Vokabeln und Zahlen auf die Manschetten und unter den Manschetten auf die nackte Haut geschrieben. Aber ich konnte alles das dann nicht verwerten. Man legte mir ganz andere Fragen vor. Meine Aussichten standen schlecht.

Das mündliche Examen vollzog sich feierlich im Gehrock und Beisein des Schulrats. Der von Toller begünstigte Primus wurde gefragt: »Wer war Iphigenie auf Tauris?« Er antwortete – eingepaukt und verwechselt – –: »Iphigenie war ein echtes deutsches Biederweib.« – Aber auch ich war höchst aufgeregt und gab die unsinnigsten Antworten, sprach dabei zag und stockend. So daß Oberlehrer Bartels einmal scheinbar sarkastisch, in Wirklichkeit aber in bester Absicht sagte: »Nun, was ist denn Ihnen? Sie sind ja so blaß. Sie pflegen doch sonst so lebendig zu sein.«

Ich bestand das Examen. Im März 1901. Der Primus fiel durch, was ich als eine Genugtuung empfand. Ich erhielt das Reifezeugnis mit der Berechtigung zum Einjährig-Freiwilligen-Militärdienst. Zu Hause wurde ich strahlend empfangen und gefeiert. Ich muß wohl selbst sehr glücklich gewesen sein und gefeiert haben. Und doch wohl nicht so glücklich, wie man meinen sollte. Denn ich weiß gar nicht mehr, wie sich das äußerte. Und von manchem anderen, ehrlicheren Glücklichsein blieben mir kleinste Details in Erinnerung. [...]

AUF DER »FLORIDA«

Am 30. Dezember 1901 musterte ich in Bremen auf der »Florida« an. Das war ein Frachtdampfer aus Lussinpiccolo, der auf wilde Fahrt ging. Fünfundzwanzig Mann Besatzung, dabei einundzwanzig Nationen vertreten, in der Mehrzahl italienisch sprechende. Ich erhielt eine Monatsheuer von zwanzig Mark. Dies Geld wurde, wie das auf allen Schiffen Brauch war, nach Beendigung der Reise ausbezahlt, aber in den Zwischenhäfen gab man auf Wunsch kleinere Vorschüsse.

Vor allen Dingen aß ich mich nun erst wieder einmal zu Kräften.

Der Kapitän hieß Nacari. Er hatte eine rauhe Stimme und trug sich malerisch und bunt. Mit mir und einem Amerikaner sprach er englisch. Mit den anderen Leuten italienisch.

Wir holten in England Kohlen, die wir nach Venedig brachten. Unterwegs hatten wir schlimme See. Ich half erst in der Küche, ehe ich Decksmann wurde. Dann mußte ich für einen erkrankten Trimmer einspringen und in der Hitze des Maschinenraumes vor sechs Feuern Kohlen schaufeln. Stieg ich dann an Deck, so empfing mich eine abscheuliche Kälte.

Es war auch in Venedig kalt und regnete viel. Aber die Stadt gab mir doch seltsame Eindrücke. Von Bordkameraden geführt, die dort heimisch waren, bekam ich eigentümliche Spelunken und ungewöhnliche Privatverhältnisse zu sehen und erlebte allerlei. Auf den Straßen feierte man Karneval. Nacaris Frau kam mit einem zehnjährigen Töchterchen an Bord. Das wunderhübsche Kind ließ sich immer wieder deutsche Lieder von mir vorsingen.

Ich sammelte für mich und die Geschwister Münzen, Medaillen, Briefmarken, Zigarettenbildchen und Zündholzschachteln.

Wir dampften nach Konstantinopel. – Ich lernte bald so viel Italienisch, daß ich mich mit den anderen im Notwendigsten verständigen konnte. Es waren lebhafte, recht naive, aber nicht sehr saubere Burschen. Wenn sie sich mittags Brot in die Suppe brockten, dann taten sie's nicht mit der Hand. Sondern sie bissen die Stücke mit den Zähnen ab und spuckten sie in die Teller. Und wenn jemandem bei Tisch ein Wind entfuhr und niemand das dann gewesen sein wollte, dann ging der angesehenste Matrose von Platz zu Platz und beroch jeden ganz ernsthaft hinten. Sie konnten auch sehr jähzornig werden. Ich hatte leidenschaftliche Schlägereien mit einem Mann aus Kalabrien. Leider waren unehrliche Leute an Bord. Ich wurde bestohlen.

Von Konstantinopel fuhren wir nach Nikolajew am Schwarzen Meer. Das war eine kalte Fahrt. Große Eisschollen trieben im Meer. – Ich las in der Freizeit Mark Twains Skizzen und die drei Musketiere von Dumas.

In Nikolajew drang viel deutsche Sprache an mein Ohr. Deutsche Händler und Handwerker kamen an Bord, Schuster und Schneider, viel Juden und ein von uns gierig beglotztes Wäschemädchen. Alle ließen sich von uns Kaffee und Schiffszwieback vorsetzen. Dann erschienen Zollbeamte und ein Arzt. Die durchsuchten und untersuchten uns. Ich fand die wohlgeschriebenen, exakten und herzlichen Briefe von Vater vor, die schon durch ihren grellroten Umschlag hervorstachen, die winzig dünn geschriebenen, besorgten von Mutter, die überzärtlichen von Ottilie und die burschikosen Glückauf-Karten von Wolfgang. Mein Tollerscher Schulfreund Tausig teilte mir mit, daß er nach Westafrika führe.

Ich zog über Nacht mehrere Hemden an, weil ich sehr fror. Morgens war ich froh, wenn Luca, der Boy, den Kaffee brachte, und war wenig erbaut, wenn uns gleich danach der einäugige Bootsmann zur Arbeit holte. Wir mußten das Eis loshacken, mit dem das Schiff bedeckt war, mußten Schnee fegen, Messing putzen, die Ruderketten reparieren und all das in bitterer Kälte und in einem Gewühl von hundert russischen Schauerleuten.

Es trieb sich viel Gesindel herum. Obwohl wir gewarnt waren und sofort Posten aufgestellt hatten, stahl man uns gleich nach unserer Ankunft am lichten Tage die Messingeinfassungen einer ganzen Bullaugenfront.

Korn luden wir. Zwei eiserne Rohre spien es aus großen Speichern in den Schiffsbauch, wo Stauer und Stauerinnen es mit Holzschaufeln verteilten und glattstrichen. Wir Matrosen breiteten Säcke darüber und nähten diese zusammen. Dabei wateten wir in Korn wie in einem Teich. Mittags *buono appetito* und recht gutes Essen: unzerkleinerte Bratkartoffeln, ich glaube *patati arrosti* genannt, – *Maccaroni* – *Polenta* oder Parmesankäse mit Zimt.

Wir abeiteten wieder bis sechs Uhr. Dann wuschen wir uns, zogen uns fesch oder akkurat an und stürmten an Land. Mit meinem intimsten Kameraden, dem Amerikaner, unternahm ich eine lustige Wagenfahrt, die nur einen Rubel kostete. Wir wollten den zerlumpten Kutscher verhauen, weil er uns um zehn Kopeken betrog. Aber sein einfältiges Gesicht rührte uns zu sehr. Am liebsten wäre ich immer allein ausgegangen. Da aber meine Vorschüsse nicht ausreichten, schloß ich mich fremden Kapitänen und Steuerleuten an, die ich kennengelernt hatte. Sie duldeten mich gern, weil ich gebildeter und frecher als die meisten Matrosen war. Diese Herren ließen viel Geld springen und brachten es in einem Bordell fertig, alle nicht seemännischen Gäste hinauszukaufen. Das heißt deren Zeche zu übernehmen und ihnen die Tür zu weisen. Die Bordelle empfingen uns mit offenen Armen. Für uns Seeleute waren sie sogar sonntags geöffnet. Es gab dort Mädchen im Alter von 10–60 Jahren. Man tanzte zunächst wie auf einem mondänen Ball zu weicher Musik und wählte dann sachlich.

Auch Odessa liefen wir an, um Maiskörner einzunehmen. Dann passierten wir Konstantinopel und die Dardanellen an einem herrlich blauen Ostersonntag und kamen nach Algier. Zehn pompöse englische Kriegsschiffe sichteten wir. Sie hatten Richtung nach Gibraltar und kamen vielleicht mit Kriegsverwundeten von Transvaal.

In Algier stellte sich ein langer zerlumpter Österreicher ein. Er sei von der Fremdenlegion desertiert und wolle sich gern nach Europa zurückarbeiten. Kapitän Nacari jagte ihn rauh von Bord. Als wir dann später den Hafen verließen und schon auf offener See dampften, entdeckten wir den Österreicher an Bord. Er hatte sich bis an den Hals in die Kohlen eingegraben, daß nur sein Kopf herausragte, was sehr unheimlich aussah. Mehrere Tage hatte er hungernd in dieser Lage zugebracht. Der Kapitän fluchte. Wir sollten dem blinden Passagier nichts zu essen geben. Er müßte totgeschlagen und dann noch aufgehängt werden. Das war so Nacaris Stil. Natürlich fütterten wir den Österreicher heimlich doch. Dagegen gaben es die Italiener nicht zu, daß er unser Logis betrat. Er mußte auf einem Brett im Kohlenbunker schlafen. Mit der Zeit wurde Nacari etwas weicher und erlaubte dem »Hundesohn von Schwein Gottes« mitzuarbeiten. Der lange Deserteur setzte sich also zu uns auf das heiße Eisendeck und sollte wie wir durch wuchtige Hammerschläge den Rost von den Planken klopfen. Dabei stellte sich heraus, daß er ein ganz fauler Bursche war. Er holte zwei-, dreimal mit dem Hammer aus, dann ließ er ihn sinken und schlief ein. Vielleicht war er noch erschöpft von langen Entbehrungen und Strapazen.

Wir fuhren durch den Kanal nach Hamburg, wo wir am 17. April 1902 eintrafen. Ich hatte mich so daran gewöhnt, italienisch oder englisch zu reden, daß ich in kurze Verlegenheit geriet, als mich der Hamburger Lotse deutsch ansprach. Ich konnte ihm die ersten Fragen nur stockend beantworten.

Die Polizei erschien und nahm den Österreicher aus mir unbekannten Gründen in Gewahrsam.

Ich hatte mich an Bord wohlgefühlt. Dennoch gab ich die Stellung dort auf und beschönigte diesen Leichtsinn mit der nicht ganz unrichtigen Erklärung, daß mir Dampferfahrten für meine Karriere wenig nützten, daß ich vielmehr

Seglerfahrzeit brauchte. Aus Briefen und anderen Papieren ersehe ich, daß man mir 35 Mark und 20 Pfennige auszahlte, mir ein gutes Zeugnis gab und daß ich an Land hintereinander zwei Beefsteaks, eine Bouillon, vier Semmeln, Wurst, einen Eierkuchen und Feigen verspeiste. –

Einige Anekdoten und Erlebnisse von dieser Reise auf der »Florida« wie auch von anderen, späteren Reisen sind bereits in einem Buch veröffentlicht. Es heißt »Matrosen«, Verlag Internationale Bibliothek G.m.b.H., Berlin. Ich möchte die dort publizierten Erinnerungen hier nicht noch einmal aufwärmen mit Ausnahme der Erzählung »Das Abenteuer um Wilberforce«, zu der ich später komme und die einen ziemlich geschlossenen Lebensabschnitt wahrheitsbemüht darstellt.

Ein besseres Hotelzimmer vertauschte ich bald mit der gewohnten Pension bei Krahl. Wieder ging ich auf die Suche nach einem Schiff. Der Araber und der Amerikaner schlossen sich mir an; sie hatten ebenfalls die »Florida« verlassen. Wir mieteten ein Ruderboot und fuhren im Hafen von Segler zu Segler. Denn nur ein Segelschiff sollte es sein und womöglich ein ausländisches. Ich suchte deshalb auch abends solche Lokale auf, wo Ausländer verkehrten. Es gab einige, wohin speziell Engländer und Amerikaner gingen. Es gab italienische und skandinavische Kneipen. Auf dem Schaarmarkt war ein Negerlokal, wo sich Schwarze, Mulatten, Kreolen und andere Farbige trafen. Der Wirt hieß Jim Java und war ein Liberianeger. Nach der Sitte seiner Heimat trug er über Stirn und Nasenrücken einen blauen, eingebrannten Streifen. Es ging wüst in seiner Kneipe zu. Man tanzte *Step* und *Machiche* und brüllte Lieder aller Sprachen. Einmal saß ich dort mittags mit einem in Lumpen gehüllten Neger, der mich um einen Penny anbettelte. Ein wohlgekleideter Amerikaner kam an unseren Tisch. Der schenkte dem Neger ein englisches Pfund. Der Neger verschwand grinsend, kam nach einer

Weile strahlend zurück. Was hatte er sich für das Pfund gekauft? Allermodernste weiße Schuhe. – Ich war selbst recht abgerissen. Mein teerbeflecktes Monkey-Jackett konnte ich an Land nicht mehr tragen. Meinem Gehrock war ich zu breit geworden. Und was ein schlechter Schneider aus meines langen Vaters abgelegten Kleidern schuf, das saß schlecht und verbrauchte sich rasch. Auf Drängen wohlmeinender Leute kaufte ich mir einen neuen Anzug. Es war ein Arbeiteranzug. Er kostete fünf Mark. Dazu trug ich meines Bruders abgelegte Gigerlkragen (vier Finger breit).

Täglich besuchte ich Kerner und Persson und Mapurko und Bade und Tomsen, und wie die Heuerbase alle hießen, ging zu Reedereien, zum *shipping-office* und zum Seemannshaus. Alles erfolglos.

»DAS ABENTEUER UM WILBERFORCE«

I. Teil

Als ich endlich Stellung fand, nach wochenlangem Fragen und Dulden, hätte ich eigentlich froh sein müssen, nun wieder ein Bett und tägliches Essen zu haben und obendrein noch monatlich dreißig Mark zu beziehen, die vorgeschriebene Heuer eines Leichtmatrosen. Aber das Schiff, ein kleiner russischer Gaffelschoner, lag weit draußen in Harburg, und die Arbeit, die mich empfing, war schmutzig. Bei strömendem Regen luden wir Ölkuchen. Unsere Kleider, das Schiff und alle Gegenstände darauf bedeckten sich mit mißfarbigem Kleister. Die Besatzung bestand aus dem Kapitän, einem Steuermann, zwei Matrosen und mir. Die vier Russen waren vermutlich Letten. Zu mir sprachen sie ein gebrochenes, sehr ordinäres Deutsch.

Nach drei Tagen stellte ich den Kapitän: »Ich höre, daß

wir morgen auslaufen, aber ich bin noch nicht angemustert!?«

»Ach was, angemustert!« Der Kapitän entfernte sich böse, aber ich ging ihm nach. »Kapitän, ich muß auf Anmusterung bestehen; ich brauche die behördliche Bescheinigung über meine Segelfahrten später fürs Steuermannsexamen.«

Er sah mich geringschätzig und spöttisch an. »Steuermannsexamen? – Gut, wirst morgen angemustert.«

Aber anderen Tags gingen wir in See und waren nicht zur Anmusterung auf dem Seemannsamt gewesen. Das berechtigte mich, das Schiff jederzeit und jedesorts zu verlassen, und ich war entschlossen, das in England sofort zu tun, zumal die Aussichten für Seeleute dort viel besser sein sollten.

Meine Vorwürfe schnitt der Kapitän kurz ab: »Still, Schwein!« Wir fuhren nach Boston an der Ostküste Englands. Es regnete die ganze Fahrt über. Unsere Segel hingen schlapp und brachten uns nur langsam vorwärts. Nachts plagten uns Wanzen.

Die zwei Matrosen entpuppten sich als gutmütige, verträgliche Leute. Ich forschte sie vorsichtig aus über die Schiffsverhältnisse in Boston. Boston wäre ein unbedeutender Hafen, meinten sie, aber in Grimsby lägen viele Fischdampfer, und – fügte Iwan hinzu, als ob er meine Absichten durchschaute – es gäbe dort einen schwarzen Heuerbas namens Philipps, der in Matrosenkreisen bekannt wäre, und der desertierten Seeleuten zur Flucht verhülfe.

Als wir Boston sichteten, meldete ich dem Kapitän, daß ich das Schiff, wenn es festläge, verlassen würde. Er geriet außer sich. Das gäbe er niemals zu. Es sei sehr schwierig, in England einen Ersatzmann für mich zu finden, und wenn er einen fände, dann kostete er das Doppelte wie ich. Und ich wäre ein Schwein, ein verfluchtes Schwein, ein Hundeschwein, und ich möchte doch um Christi willen vernünftig sein.

Zuletzt versprach ich ihm auf sein Barmen hin, wenigstens so lange an Bord zu bleiben, als der Schoner im Hafen läge, was etwa vier Wochen dauern sollte.

Der Steuermann war ein großer, ungeschlachter und roher Lümmel. Er drangsalierte die Matrosen in herzloser Weise, gab ihnen auch nur selten Erlaubnis, des Abends an Land zu gehen. Mir konnte er den Urlaub nicht verweigern, weil ich als Deutscher auf deutsches Seemannsrecht pochte und ja sowieso jederzeit meinen Dienst aufgeben konnte. Deshalb schikanierte er mich aber auf andere und tückische Weise.

Er glitt einmal auf dem Laufbrett aus, daß vom Regen naß und von der Ölkuchenmasse glitschig war, und da fiel der plumpe Riese ins Wasser und sackte, weil er nicht schwimmen konnte, wie ein Plumpsack ab. Ich kam hinzu, als nur noch eine zappelnde Hand von ihm aus dem Wasser ragte, und ich sprang über Bord, und ich tat mich selbst mit Schwimmen und Tauchen schwer. Doch erwischte ich ihn und hielt ihn über Wasser, bis ein Boot zu Hilfe eilte. Als der Steuermann an Deck wieder zu Bewußtsein kam, ging er, noch schwankend, auf mich zu und versetzte mir eine knallende Ohrfeige.

Wir arbeiteten bei Konzert, denn tags wie nachts waren in Boston die Glockenspiele der Kirchen im Gange. Abends amüsierte ich mich an Land aus Freiheit und Vorschuß, und am Sonntag war ich völlig vom Borddienst befreit. Es herrschte ungewöhnlicher Jubel und Trubel in der Stadt. Bandoneon spielende Gruppen zogen durch die Straßen. Die Gassenbuben verknatterten Feuerwerk. Und Menschen, die einander fremd waren, umarmten und küßten sich öffentlich. Man feierte gleichzeitig die Krönung der Queen und den Sieg Großbritanniens über die Buren.

Wir löschten Ladung, säuberten das Schiff und nahmen neue Ladung, bestimmt nach Odense in Dänemark.

Eines Morgens weckte mich Iwan: »Stehe auf, wir segeln

aus!« Auslaufen? – Ha! Ich wurde munter. Ich verstand. Man hatte mir das bis zuletzt verschwiegen, wollte mich überrumpeln, mir nicht Zeit lassen, mich auszuschiffen.

Ich hatte, wie oft, in Hemd und Arbeitshose und mit Schuhen und Strümpfen bekleidet geschlafen. Nun zog ich mir rasch mein gutes Jackett über, das meine Papiere enthielt, und so stürzte ich an Deck und sah einen Schlepper, der sich uns vorspannte, um uns aus einer Flottille von ähnlichen, Seite an Seite liegenden Seglern herauszuziehen und durch die verschiedenen engen Schleusen nach See zu bugsieren.

»Schmeiß Achterleine los!« rief mir der Alte zu. Statt dessen schwang ich mich über die Reeling auf das nächstliegende Fahrzeug, kletterte von dort auf den Pier und rief meinen Kapitän an: »Ich fahre nicht mit. Lassen Sie meine Sachen an Land setzen.«

»Hundeschwein, du willst ausreißen?«

»Ich habe Ihnen das rechtzeitig gesagt.«

»Sei doch kein Dumm, komm an Bord!«

»Nein, ich verlange meinen Kleidersack.«

»Was tust du ohne Sachen in fremdes Land? Komm! Ich werde dich nachträglich anmustern.«

»Nein! Geben Sie meine Sachen heraus!«

Währenddessen war der russische Schoner »Emma« schon in Bewegung, und wie er langsam durch die Schleusen gelotst wurde, hielt ich mich auf dem Kai nebenher und forderte hartnäckig die Herausgabe meines Eigentums. Ein Policeman kam hinzu, ließ sich den Vorfall von meinem lügenden Kapitän erklären und redete mir zu – es klang beinahe väterlich –, ein *good boy* zu sein und wieder an Bord zu gehen.

»Kapitän, ich verklage Sie, wenn Sie meine Sachen stehlen!« rief ich aufgebracht an der letzten Schleuse.

»Stehlen?« gab er zurück. »Hol' sie dir! Du hast sie doch selbst an Bord gebracht!«

Es war zu spät. Die »Emma« war bereits über Reichweite und Sprungweite von Land ab. Meine seemännische Ausrüstung, all mein Hab und Gut und darunter ein mir wertvoller Atlas sowie ein kunstvoll mit Fell überspanntes afrikanisches Buttergefäß schwammen davon nach der dänischen Insel Fünen. Der Polizist lachte; ein paar Hafenarbeiter, die Zeuge des Vorgangs gewesen waren, stimmten in das Lachen ein.

Ich überzeugte mich davon, daß ich sechs Schillinge in dem blauen Jackett bei mir hatte, kaufte Seife, wusch mich an einem Brunnen und ließ mir den Weg nach dem deutschen Konsulat beschreiben.

Dem deutschen Konsul kam ich sehr ungelegen. Trotzdem hörte er mich an, riet mir, wegen meines Gepäcks an das deutsche Konsulat in Odense und wegen meiner gegenwärtigen Notlage an meine Eltern zu schreiben. Er stellte Tinte, Feder, Papier und Briefmarken zur Verfügung und ließ sich, als ich wenigstens an das Odenser Konsulat geschrieben hatte und bevor er mich kalt entließ, Papier und Porto zum Einkaufspreis bezahlen.

An meine Eltern hatte ich nicht geschrieben. Ich verstand es, daß sie mich für unstet und nie zufrieden hielten. Das, was ich zu meiner Rechtfertigung hätte anführen können, war zu viel und zu verworren. Ich wußte es nicht anzupacken, ich begriff es auch nur teilweise oder im Unterbewußtsein. Ich hatte mich allmählich so eingestellt, daß ich nur noch Nachricht gab, wenn ich etwas Erfreuliches zu berichten hatte oder glaubte. Meine Briefe – später habe ich mich selbst erstaunt davon überzeugt – machten einen äußerst liederlichen Eindruck. Wer aber, der sie las, konnte sich vorstellen, wo, wie, wann, in welcher Situation sie geschrieben waren?

Ich stand vor dem Konsulat mit der Frage: Was nun? Mir fiel Grimsby und der Neger Philipps ein. Ich erkundigte mich. Die Bahnfahrt kostete vier Schillinge. Ich fuhr.

Nie zuvor war ich in Grimsby gewesen, und die Adresse Philipps kannte ich nicht. Jedoch ich kalkulierte, daß er im ältesten, beziehungsweise im dürftigsten Viertel wohnen müßte, und das fand ich, in Grimsby angelangt, sehr bald. In einem schmutzigen Gäßchen wandte ich mich an einen Mann, der in einem Haustor stand. Ob er zufällig wüßte, wo ein Farbiger namens Philipps wohnte.

Der Mann deutete mürrisch ins Haustor hinein und sagte: »Rückwärts, zweiter Flur links.«

Welch schnurriger Zufall!

Da niemand auf mein Pochen reagierte, öffnete ich kleinlaut die Tür und sah im Vordergrunde zwei halb entblößte Negerweiber, die Kinder stillten, und dahinter in Tabaksqualm und Zwielicht mit lautem Spektakel Karten spielend, viele Neger, Mulatten, Mestizen und Andersfarbige. Aus diesem Kreis löste sich ein langer Schwarzer und begrüßte mich: *»I'm Mister Philipps.«*

Ich fragte heiser, ob er eine Chance für mich als Matrose – –

»Bist du weggelaufen?«

»Ja.«

»Gut. Du kannst hier schlafen. Morgen früh drei Uhr laufen die Fischdampfer aus. Ich zeige dir die Schleuse, wo du dich hinstellst. Du must horchen, was die Kapitäne rufen. Wenn sie nach einem Matrosen verlangen, jumpst du an Bord. Hast du Sachen?«

»Nein.«

Er ging voraus, winkte mir nachzukommen. In einem Nebenraum, der einem Trödelspeicher glich, suchte er mir einen Kleidersack, eine Ölhose, ein blaues Hemd und zwei Paar Strümpfe heraus. Das gab er mir. Ich bedankte mich aufrichtig und gerührt über die unerwartet gute Aufnahme.

»Brauchst du Geld?« fragte Mister Philipps gleichbleibend sachlich.

Ich war einen Moment lang sprachlos. Welch großzügige

Güte besaß dieser Nigger, welch unerschütterliches Verständnis für schweigende Not! Wie oft schon mochte er von Undankbaren enttäuscht und ausgenutzt sein!

»Willst du Geld?« wiederholte Mister Philipps. »Willst du ein Pfund?« Und er steckte mir eine Pfundnote zu. Dann zeigte er mir meine Schlafstelle; ich mußte meinen Namen auf verschiedenen Papieren eintragen und war nun fürs erste frei, spazierte noch verwirrt, aber in gehobenster Stimmung in die Stadt.

Am folgenden Morgen stand ich mit geschultertem Zeugsack neben anderen Dienstsuchenden an der Schleuse. Ein Fischdampfer nach dem anderen lief aus. Die Kapitäne riefen ihre Personal betreffenden Wünsche laut von der Brücke. Als ein *sailor* gewünscht ward, sprang ich mit einem unfehlbaren Satz an Deck.

»Columbia« nannte sich der kleine Dampfer. Wir waren nur wenig Leute an Bord. Da gab es für jeden bei Tag und bei Nacht harten Dienst. Wir mußten Ruder, Winde und Netzleine bedienen, Fische schlachten und sie in die Eiskästen verteilen, mußten heizen und in den engen Bunkerlöchern die Kohlen überm Kopf wegschaufeln. Wir blieben bei jedem Wetter draußen auf hoher See. Es war oft ein schwieriges Stück Arbeit, das schwere volle Netz aus dem Wasser zu hieven. Aber wenn es dann über Deck hing und die Schlinge gelöst wurde und Hunderte von schillernden, zappelnden, schlagenden Fischen mit wunderlichem anderen Getier herunterpladderten, dann überfiel uns alle mehr oder weniger eine märchenhafte Aufregung.

Mich persönlich interessierte am meisten alles, was die anderen beim Sortieren ins Meer zurückschleuderten, Seesterne, Algen, Muscheln und Schaltiere. Bald hatte ich eine ansehnliche Sammlung von sonderbar geformten und getönten See-Igeln beisammen. Die Engländer machten sich darüber lustig.

Das Essen war nicht nur gut, sondern ungewöhnlich

köstlich. Es gab da *hash*, *beef*, *cheese*, *meat*, *mixed pickles and everything;* außerdem standen uns jederzeit die edelsten Fische zur Verfügung, frisch aus dem Wasser in die Pfanne.

Als wir nach dem ersten *trip* wieder in Grimsby anlegten und die Engländer von Bord eilten, um während der Hafenzeit bei ihren Frauen zu wohnen, blieb ich allein zurück. Man erlaubte das gern und händigte mir die Schlüssel zur Speisekammer ein. Ich war aber bereits von der gediegenen Kost so verwöhnt und ein Schleckermaul geworden, daß ich während der ganzen Liegezeit nur von einer süßen, delikaten Marmelade zehrte.

So wohl ich mich dort fühlte und so gut ich mit den derben Fischern auskam, dachte ich doch wieder daran, daß ich für das Steuermannsexamen Segelfahrtzeit brauchte und daß Dampferfahrten meine Karriere nur aufhielten. Deshalb verließ ich die »Columbia« nach dem zweiten *trip*. Ich verabschiedete mich von der Besatzung und zog mit meinem Gepäck und einem Korb voll auserlesener Fische, die ich Mister Philipps zugedacht hatte, nach der Reederei, um mein wohlverdientes Geld abzuheben, ein stattliches Sümmchen in meinen Verhältnissen.

Der Herr am Büroschalter, der meine Papiere und Wünsche entgegennahm, kehrte bald zurück und erklärte, ich wäre im Irrtum, denn ich hätte ja nichts zu bekommen. Ich hätte doch meine Ansprüche an meinen Gläubiger Mister Philipps abgetreten, wie – er zeigte ein mir unbekanntes, aber von mir unterschriebenes Schriftstück vor – aus dem Papier unzweideutig hervorginge.

Ich stürzte zornglühend zu dem schuftigen Heuerbas. Er lachte zynisch. Es entstand eine Schlägerei, bei der ich den kürzeren zog, weil mehrere Farbige auf mich einschlugen. Und währenddessen rauften sich die Weiber um meine Fische.

Dann stand ich mit meinem Zeugsack und einer umfangreichen, mit See-Igeln angefüllten Pappschachtel ganz klein und krumm auf der Straße und tippelte grübelnd davon.

Wohin? Ich überzählte meine geringe Barschaft. – Ich fuhr nach Hull.

Im Hafen dort lagen zahlreiche Schiffe jeder Art. Auf den Kais und um die langen Schuppen herrschte ein reger Betrieb. Drehbrücken spalteten sich. Eisenbahnwagen wurden über Luken umgekippt. Groteske Maschinen zogen, hoben, senkten und skandalierten.

Ich fragte auf allen Schiffen nach Chance, aber vergebens. Manchmal wurde mir im Matrosenlogis Essen oder Kaffee angeboten.

Abends verkroch ich mich in einem Schuppen zwischen Zementsäcken. Das war kein bequemes Lager, doch vor Ermattung schlief ich gleich ein und erwachte andern Tags erst um die Mittagszeit. Wieder lief ich von Schiff zu Schiff und dann ins Büro der Schauerleute und zu den Schiffshändlern und Fuhrgeschäften und bot mich zu allem und billigst an, aber man wies mich allerwärts ab. Ich sah auch gewiß nicht vertrauenswürdig aus.

Zweimal versuchte ich mich auf Dampfern als blinder Passagier einzuschmuggeln, indem ich mich im Kohlenbunker und im andern Fall zwischen Warenstapeln versteckte. Ich ward jedoch erwischt und verjagt.

Am dritten Tage ließ meine Energie nach. Ich bummelte verzagt und schlapp umher, wagte kaum noch um Stellung zu fragen, sondern war mehr darauf bedacht, Polizisten und Wachleute zu meiden, denen ich offenbar schon aufgefallen war.

Meine Füße waren wundgelaufen. Mein Rücken schmerzte. Weil mir mein Gepäck lästig war, setzte ich den Karton mit der schönen See-Igel-Sammlung plötzlich mitten auf der Straße nieder und ging sehr traurig weiter.

Als ich mich bei Anbruch der Dunkelheit wieder in mein Zementbett geschlichen, mich meiner Jacke entledigt und die paar Arbeitslumpen aus meinem Kleidersack als Polsterung verteilt hatte, darauf mit einem Seufzer mich ausstreckte, bemerkte ich erschreckend zwei Menschen – zwei Ladies, die den Hügel von Säcken erklettert hatten und mir neugierig zusahen.

Die eine davon wollte ihre Freundin zurückscheuchen. Aber diese wehrte sich und blieb stehen und sah mich unverwandt an mit großen ernsten Augen. Und ich blickte sie an. Denn sie sah aus, wie eine Fee für Kinder aussieht. Sie war schön, unsagbar schön und groß und kostbar gekleidet. Sie machte einen so gütigen, unsagbar gütigen Eindruck und hatte einen Frauenschoß und weiche Ellenbogen und zauberhafte, wissende Augen.

Aber die andere Dame ergriff die Fee am Arm und zog sie fort. Sie lachte dabei, daß es mir ins Herz schnitt, und sagte: »Laß ihn doch. Er ist betrunken.«

Da riß sich die Fee noch einmal los und schritt ganz nahe an mein Lager heran und raunte – mich ernst und tief anschauend – mir zu: »*Ten o'clock … monument.*« Und entfernte sich.

Eine Erscheinung war vorbei. Oder es war wie im Kino nach einem ergreifenden Drama, wenn man plötzlich sich in die andere, helle Welt zurückfinden muß. Nein, es war umgekehrt, denn jetzt umgab mich ein totes, einsames Dunkel.

Aber meine Phantasie hing noch an dem Erlebten und erregte sich immer mehr, je länger ich darüber nachdachte. Alle körperliche Müdigkeit war wie weggezaubert.

Was hatte sie gesagt? »*Ten o'dock*«, und dann etwas, was ich nicht verstanden hatte, und dann »*monument*«. Zehn Uhr … Denkmal. – Eine Bestellung?! Ein Geheiß?! – Ein Rendezvous?!

Eine Fee – – selbstverständlich war es keine Fee – – eine Lady, eine feine, bestrickende, reiche Dame hatte mir Lump – – –

Ich sollte um zehn Uhr am Monument sein. – Wollte sie mir helfen? Sicherlich wollte – oder sie würde helfen, so oder so.

Und wenn sie auch nicht hülfe, wenn sie nur – – Ach, sie nur wiedersehen dürfen.

Oder hatte ich sie falsch verstanden? Gab es ähnlich klingende Worte wie *ten* und *o'clock* und *monument?* Oder meinte sie etwas ganz anderes, weil ich da unerlaubterweise und schmutzig und betrunken lag? Aber sie hatte so ernst, so gütig geblickt, nicht einmal gelacht, nicht einmal gelächelt. Vermochte sie meine Lage auch nur im geringsten zu durchschauen? Welches Interesse hatte sie an einem fremden, gemeinen Kerl, denn daß ich eine anständige Erziehung unter gebildeten Menschen genossen hatte, das war mir keinesfalls anzumerken.

Wie kamen sie und ihre Freundin überhaupt auf die Zementsäcke? Hatten sie mich vorher beobachtet? Wollte sie mich anzeigen? Nein, das nicht, das gewiß nicht.

Was für ein *monument?* Was hatte sie gesagt? Columbia-Monument? – – Nein, es hatte wie Gilardoni geklungen, – Geradoni – Goldoni – Paganini – oder ähnlich oder auch ganz anders; das war doch nicht mehr festzustellen.

Auch wenn ich noch genügend Geld besessen hätte, wäre ich damals nicht auf den Gedanken gekommen, ein Hotel aufzusuchen und im Adreßbuch oder im Fremdenführer die Sehenswürdigkeiten, die Denkmäler nachzulesen. Ich überlegte nur, ob ich einen Menschen auf der Straße deswegen ansprechen und ausforschen sollte. Er würde mich nicht anhören, würde sich für angebettelt halten und steif und taub seines Weges ziehen. Außerdem: Was konnte ich ihn fragen?

Oder sollte ich aufs Geratewohl die Stadt durchwandern und die Denkmäler aufspüren?

Wer war sie wohl, diese berauschende Frau? Daß es die sonderbarsten Abenteuer nicht nur in Vorzeit und Büchern gab, wußte ich aus Erfahrung. Andererseits – –

Ich sann und spann mich immer tiefer in groteske, dumme, eitle Windungen hinein. Bis eine ferne Uhr neun schlug. Da raffte ich mich auf.

Ich wollte die Stadt durcheilen und mich dem Zufall ergeben. Als ich aber, mich aufrichtend, auf dem Kai dicht vor den Zementsäcken einen Wächter gewahrte, der ganz ungleichmäßig hin und her schritt und, wie mich dünkte, sehr auffällig nach allen Seiten ausspähte, verlor ich mit eins allen Mut. Ich sank auf mein Lager zurück und weinte. Bis ich darüber einschlief. –

Ein reichliches Mittagessen, das mir andern Tags auf einer norwegischen Bark vorgesetzt wurde, gab mir neue Kraft, und die Gespräche der Seeleute brachten mich auf die Idee, zu Fuß nach der Westseite Englands nach der großen Hafenstadt Liverpool zu wandern, die ich kannte und wo ich schon einmal in einer ähnlichen Lage sehr schnell eine Chance als Matrose ermittelt hatte.

Bald lag Hull hinter mir, und ich schritt auf den heißen, staubigen Landstraßen hurtig und ausdauernd vorwärts.

Bei Sonnenuntergang erreichte ich müde und durstig eine vornehme Farm mit geschorenen Rasenflächen und sauber gepflegten Hecken. Ein hübsches Dienstmädchen stand hinter dem schmiedeeisernen Tor. Ich machte ihr eine Verbeugung, als ob sie eine Gräfin wäre, und fragte, ob ich sie um ein Glas Wasser bitten dürfte.

Sie holte einen weißhaarigen Herrn von aristokratischem Aussehen herbei, der mich nähertreten hieß und mir auf der Veranda Erdbeeren in Schlagsahne reichte. Ich verstand nur wenige Brocken von dem, was er sagte, und er schien mich noch weniger zu verstehen, vielleicht schenkte er auch meinen Worten keinen Glauben. Denn von Scham- und Dankgefühl verwirrt, benahm ich mich höchst närrisch. Ich verbeugte mich einmal übers andere, brachte die übertriebensten Höflichkeitsphrasen in offenbar sehr lächerlichem Englisch heraus und zählte ganz unpassend und zusammenhanglos alles auf, was meine anständige Herkunft beweisen und das Vertrauen meines Gönners gewinnen sollte.

Von den köstlichen Erdbeeren erfrischt, stiefelte ich rüstig weiter, wurde aber im nächsten Dorf von einem Polizisten gestellt, der mich ausfragte und mein Englisch auch verstand, aber mit meinem Plan, die Insel zu durchqueren, nicht einverstanden war. Ich mußte umkehren.

Ich marschierte dieselben Straßen, die ich gekommen war, nun langsamer und deprimiert zurück. Nur die Farm umging ich in weitem Bogen. Mehrmals rastete ich in Gräben oder unter Bäumen, und jedesmal fiel mir dann das Weiterwandern schwerer.

Die Nacht ging vorüber, die Sonne ging auf. Die Vögel zwitscherten. Aber ich bemerkte das kaum. Ich hob stumpf und dumpf das linke Bein, das rechte Bein, das linke Bein, das rechte Bein.

Erst das anwachsende Getriebe im Weichbilde Hulls erweckte mich.

Von zwei vorübergehenden Männern rief der eine mich in deutscher Sprache an: »Hallo, Seemann, Sankt Pauli Liederlich, wie geht's?«

Ich erfaßte im Nu, im Tausendstel-Nu, daß ihm deutsche Sprache, Seeleute und Hamburg vertraut wären und daß er mit diesen Kenntnissen vor seinem Kumpan großtun wollte.

»Schlecht!« rief ich stehenbleibend, und mein Instinkt, hier biete sich eine Hoffnung, klammerte sich von der Frage zum Frager. Ich schilderte in einem Wortschwall mein Schicksal.

Der runde, rotbackige Herr hörte belustigt zu. Mit einem Scherz, der wieder seinem Begleiter galt, sagte er zu mir: »*Come on*, du kannst bei uns bleiben, mußt aber nicht bei der Frau schlafen.«

So wurde ich Mann für alles im Boardinghouse Bloom, wo Kapitäne, Steuerleute, überhaupt alte Seefahrer wohnten, seit vielen Jahren immer wieder wohnten. Denn sie durften, wenn sie abreisten, große Schulden hinterlassen. Weil sie, wenn sie von langen Reisen zurückkehrten, große Summen mitbrachten und dann nicht nur sofort ihre Schulden beglichen, sondern auch gleich bedeutende Beträge vorauszahlten. An solchen Tagen schwamm das Haus Bloom in Gold.

Zunächst wurden Fleisch, Gemüse und sonstige Vorräte beschafft. Dann fingen der Herr Neuangelangte und Miß Bloom und Mistreß Bloom und Mister Bloom und sämtliche gerade anwesenden Pensionäre gewaltige Zechereien an, die bis zum Abend und die Nacht hindurch und manchmal tagelang dauerten. Und wenn es einen Sonntag betraf, dann ließ sich diese unsere bunte, wilde Gesellschaft über den Humber setzen und ratterte in Einspännern von Landhaus zu Landhaus. Denn fünf Meilen hinter der Stadt war der Ausschank alkoholischer Getränke erlaubt, und wir soffen, tanzten und johlten. Zwischen zwei solchen Ausschweifungen gab es Perioden, da in unserer Pension auch nicht ein Penny aufzutreiben war.

Nur Frau Bloom wußte sich in den fetten Zeiten immer etwas auf die Seite zu schaffen. Davon mußte ich ihr täglich mehrmals heimlich Stout oder Ale oder Whisky besorgen.

Diese Säuferin stammte aus Kanada. Ihre Tochter war in Dünkirchen geboren. Vater Bloom wußte nicht, was er für ein Landsmann wäre. Er sprach fünf Sprachen gleicherweise perfekt.

Ich hatte für die Familie und die jeweiligen Pensionsgäste zu kochen. Ich melkte die Ziegen, fütterte die Brieftauben – die eine Liebhaberei von Herrn Bloom waren –, beteiligte mich an der Buchführung und mußte unliebsame Seeleute rausschmeißen helfen.

Wenn ich in dem Vorstadtgäßchen, wo Blooms Haus stand, Wäsche auf die Leinen hängte, die vertraulich von Haus zu Haus gespannt blieben, dann gesellten sich die

Nachbarn mir neugierig und klatschfröhlich zu. Sie nannten mich nur Mister *Blooms cook*. Ich lebte in dem bewegten und leichtsinnigen Hause Bloom eine kleinbürgerliche Behaglichkeit, die ich mir seit langem gewünscht hatte.

Fräulein Bloom hatte mir gleich bei meiner Ankunft ein Paar Schuhe geschenkt, weil meine Seestiefel so entsetzlich stanken, und im Laufe des Monats gab mir Herr Bloom einen ziemlich gut erhaltenen Anzug. Außerdem erhielt ich Trinkgelder von den Gästen, und mitunter steckte mir auch Frau Bloom heimlich einen Sixpence zu.

Dennoch erschien mir der Aufenthalt dort bald langweilig und sinnlos. War es, daß ich bei den drei Blooms jedes feinere Interesse vermißte, oder dachte ich an meine Zukunft und die mir noch fehlende Segelschiffahrtszeit, jedenfalls beneidete ich die Kapitäne und Steuerleute, wenn sie wieder an Bord und in See gingen.

Ich holte mir eines Abends – und von da an jeden Abend – die Erlaubnis ein, ein paar Stunden in die Stadt gehen zu dürfen. Das nahmen mir Herr Bloom und seine Tochter sehr übel.

Und dann passierte es mir, daß ich es eines Morgens verschlief und fand in der Küche schon das Herdfeuer von Frau Bloom angezündet. Ich schlug die offenstehende Ofenklappe zu, nicht ahnend, daß sich die Katze in der schon leicht warmen Röhre gelagert hatte. Ich beeilte mich mit den Morgeneinkäufen. Als ich zurückkam, war die Küche voll Rauch und Geruch, und ich entdeckte die Katze in der Röhre fürchterlich gebacken.

Frau Bloom weinte einen ganzen Tag lang, und deswegen beschimpfte mich ihr Mann mit harten Worten als einen nichtsnutzigen Herumtreiber, undankbaren Faulenzer und unverbesserlichen Straßenlump. Ich steckte diese Kränkungen ohne Widerrede ein; ich war über das Schicksal der Katze ganz erschüttert. Aber an dem Abend ging ich, ohne vorher Erlaubnis zu erbitten, in die Stadt.

Bisher hatte ich mich dort jedesmal nur eine, höchstens zwei Stunden lang planlos herumgetrieben, hatte mir Denkmäler angesehen und die Namen darauf gelesen, Namen, die mich jedesmal enttäuschten. Diesmal steuerte ich direkt nach dem Hafen zu, um trotz der späten Stunde mich auf den Schiffen als Matrose anzubieten.

Das Glück erwartete mich. Der erste Steuermann eines deutschen Kohlendampfers versprach, mich bis Bremen mitzunehmen. Das Schiff sollte bereits am folgenden Abend auslaufen.

Von Wonne erfüllt, wollte ich diese gute Fügung sofort feiern, und wenn es all meine ersparten Schillinge kostete. Ich marschierte laut und breitschultrig ins Stadtinnere, eng darauf bedacht, ein Weinlokal zu finden, wo ich Bowle bekäme. Aber wenn ich ein Wirtshaus erreichte, das solchen Eindruck erweckte, dann brachte ich angesichts meines werktätigen Anzugs nicht die Courage auf, einzutreten. Und so irrte ich weiter und immer weiter.

Ich stand auf einmal vor einem Denkmal, las den Namen *WILBERFORCE.* Ich wußte nicht, wer das war, es interessierte mich auch nicht. Ich sprach das Wort *Wilberforcemonument* wohl zehn-, zwanzigmal hintereinander laut aus.

Ja, das war es. Das hatte sie gesagt: »*Ten o'clock Wilberforcemonument.*«

Ich hielt einen Passanten an. Wie spät? – Es war neun Uhr. Über mich selbst gezwungen lächelnd, schickte ich mich an, eine Stunde dort zu warten, weniger aus unbestimmter Hoffnung heraus, als vielmehr, um ein Versäumnis gewissermaßen zu sühnen.

Denn was mochte sie von mir gedacht haben, als ich zehn Uhr nicht zur Stelle war.

Hatte sie etwa zehn Uhr vormittags gemeint?

Wer war sie wohl? Vielleicht war sie nur meiner Einsamkeit und Bedürftigkeit so überirdisch und vornehm erschienen. Vielleicht war sie eine ganz simple Kontoristin, die sich innerlich ebenso lustig über mich machte wie ihre Begleiterin. Dann hatten die Worte *»Ten o'clock Wilberforce-monument«* nur die Bedeutung eines Spaßes.

Über solchen Träumen verflog mir die Zeit sehr rasch. Nach allen Seiten auslugend war ich derweilen andauernd im Kreise um das Denkmal geschritten. Auf dem Platze war nur wenig Verkehr um diese Stunde. Als ich wieder jemand um die Uhrzeit fragte, war es ein Viertel vor elf.

Ich sprach ein kleines vorbeigehendes Mädchen an, das grell geschminkt war und nach Himbeeren roch. Sie nahm mich mit in ihr weit entlegenes Zimmer, und ich hatte dort außer allem Erwarteten ein seltsames und eindrucksvolles Erlebnis, über das ich nicht reden mag.

Mister Bloom war sehr aufgebracht, als ich am Morgen heimkehrte und die Mitteilung machte, daß ich ihn noch am selben Tage verlassen müßte.

»Ich habe dich aus Barmherzigkeit von der Straße aufgelesen«, sagte er. »Wir haben dich herausgefüttert und wie einen Sohn behandelt, und nun hast du einen neuen Anzug und neue Schuhe bekommen, nun läufst du davon.«

Als ich aber Abschied nahm, erwiderte er meinen Händedruck doch freundlich, und Frau Bloom weinte, fast so, wie sie über die Katze geweint hatte. Der Tochter hinterließ ich Grüße, sie war seit zwei Tagen verreist.

[…]

»DAS ABENTEUER UM WILBERFORCE«

(Schluß)

Ich wog die Freuden und Sorgen meiner Seefahrten gegeneinander ab, dachte an die wechselvollen Erlebnisse in fremden Orten, auch an Hull, an Blooms *cook* und an das Abenteuer mit dem geschminkten, nach Himbeeren duftenden Girl, das ich am Wilberforce – ich wußte inzwischen, wer Wilberforce war –, das ich am Wilberforcedenkmal angesprochen hatte.

Eine unbändige Sehnsucht nach Hull erfaßte mich. Ich kündigte plötzlich meine Stellung, und fünfzehn Tage später war ich reisebereit.

Meine Eltern sollten nichts davon erfahren. Weil mir aber nach Begleichung der Miete und verteilter anderer Schulden nur noch ein paar Mark verblieben, wandte ich mich telegraphisch an meinen besten, eigentlich einzigen Freund Martin Fischer mit der Bitte, mir zehn Mark zu leihen. Ihm wäre das leicht gefallen. Auch war es das erstemal, daß ich ihn um eine solche Gefälligkeit anging.

Aber ich erhielt weder Geld noch Antwort und schrieb dem Freund nie wieder und sah und hörte von ihm nichts mehr.

Nun suchte ich zunächst Telschow in Eltville auf, der mir zwar auch nicht zu Geld verhalf, aber sich sonst sehr freundschaftlich zeigte und von meinem Vorsatz, nach England zu reisen, begeistert war. Noch einmal ließen wir unsere Freundschaft und unsere Begeisterung in unserem Leibsekt »M. M.« treiben.

Ich hatte mir ausgesonnen, mich zu Fuß mit meiner Mandoline als fahrender Musikant bis nach Holland durchzuschlagen und dann per Dampfer nach Hull zu fahren. Dieser Plan war insofern phantastisch und frech, als ich von Natur aus durchaus unmusikalisch war, niemals Mandolinenunterricht genossen hatte und auf diesem Instrument mit Mühe und Not nur fünf Lieder ganz dilettantisch und kindlich spielen konnte. Von Noten, von Akkorden wußte ich nichts.

Dennoch machte ich mich auf den Weg, an einem Abend, da Hunderte von Nachtigallen am Ufer sangen, und mein Freund gab mir ein Stück das Geleit.

Ich trug einen grünen Lodenanzug, ein Jägerhütlein, in

einem Wachstuchfutteral meine Mandoline und in einem dürftigen Köfferchen aus Segeltuch einen überlangen Gehrock sowie etwas Wäsche. Den Rhein abwärts von Dorfkneipe zu Dorfkneipe.

Ich spielte »Wie die Tage so selig verfließen«, dann »Hans und die Ella saßen im Keller«, dann »Santa Lucia«, dann »Daß ich so klein und niedlich bin, das hab' ich von meiner Mama«, und bevor ich das fünfte, das letzte Lied, mein Lieblingslied »La Paloma« zugab, sammelte ich ein.

Die Bauern, mehr oder weniger von der Musik gerührt – es kam vor, daß dem einen oder anderen Tränen in den Augen standen –, gaben mir Kupferpfennige und Wein, und in den Gasthöfen, wo ich übernachtete, forderten die Wirte keine oder höchstens geringe Bezahlung. In größeren Orten, in vornehmen Restaurants, eleganten Gartenlokalen, setzte ich mich bescheiden in einen Winkel, holte mir auch zuvor beim Wirt die Erlaubnis zum Spielen ein. Die Gäste dort, gerührt oder belustigt durch mein klägliches Geklimper, legten Fünfer oder Zehner in meinen Teller und spendeten mir im Übermaß Essen und Trinken. Solcherweise geriet ich auch in Hochzeiten und sonstige Festlichkeiten, da ich denn noch freigebiger beschenkt wurde.

Meine Hosentaschen waren voll und schwer von Münzen. Es gewährte einen wundersamen Reiz, mit beiden Händen darin zu wühlen. Ich war meines Glückes voll bewußt. So reich, so frei und dabei ein Landstreicher zu sein, den niemand beneidete noch ausnutzte, dem alle Wohlwollen oder Mitleid entgegenbrachten, dem schlimmstenfalls mißtrauende Menschen auswichen. Nur wenige Male ereignete es sich, daß ein Landgendarm mir bedeutete, es wäre nun an der Zeit, mich weiterzuscheren. Ich sah auch bald sehr nach Landstraße aus. Mein Gewand, meine Schuhe waren abgenutzt, verschwitzt und verstaubt. Haar und Bart ließ ich wachsen, wo und wie sie wollten.

Bei den Schlächtern und Milchhändlern, die mein Kleingeld gegen größere Münzen einwechselten, zu welchem Zwecke ich die Pfennige, Fünfer und Groschen hübsch gleichmäßig in Häufchen auf den Tisch zählen mußte, erhielt ich nachdem fast jedesmal ein Zipfelchen Wurst, einen Trunk frischer Milch.

Es waren malerische Straßen, die ich zurücklegte. Da mein Geld wuchs und mir die Gelegenheit, es zu verausgaben, meist gastfrei abgeschnitten wurde, so konnte ich mir's bald leisten, für längere Strecken die Rheindampfer zu benutzen, und auch auf diesen Fahrten schlug ich Geld aus meinen wimmernden Saiten.

Vor Rotterdam ballten sich Besorgnisse in mir. Ob man mich an der Grenze anhalten und ausforschen, für einen Stromer halten und zurückweisen würde. Aber alles verlief dann gut. Ich überschritt mit Herzklopfen, doch unbehelligt die Grenze und bezog ein Quartier in einem schlichten Gasthaus, wo ich die Miete für eine Nacht im voraus entrichtete.

Am nächsten Morgen forderte ich im Büro der Wilson-Line ein Ticket zweiter Klasse nach Hull für einen Dampfer, der noch am selbigen Abend abdampfen sollte. Das Billet kostete fünfzehn Schillinge; darüber hatte ich mich bereits in Frankfurt orientiert.

Der Herr am Schalter sprach gut deutsch. Bevor er mir den Fahrschein einhändigte, fragte er, wieviel Geld ich bei mir hätte. So oft am Tage hatte ich meine Schätze überzählt, ich wußte bis auf den Pfennig, was ich besaß. Ich antwortete prompt und lustig: »Neunundvierzig Mark und zweiundzwanzig Pfennige.«

Der Schalterbeamte zuckte die Achseln. »Ich bedaure«, sagte er, »Sie können nicht reisen. Sie müssen in England fünf Pfund, also hundert Mark, vorweisen können. Ich darf Ihnen den Fahrschein nicht ausliefern.«

Es gab ein Hin und Her von Reden, die meinerseits

entrüstet, flehend, verbittert klangen. Der Angestellte der Wilson-Line blieb ruhig und höflich und unerschütterlich. Ich wankte hinaus durch Straßen, nach dem Hafen.

Der Anblick der Schiffe und alles, was mich sonst seemännisch hätte anheimeln müssen, ließ mich nun kalt, war beschattet von dem Gedanken, daß ich so nahe am Ziel wieder umkehren sollte. Ich sann auf einen Ausweg. – Der Herr am Schalter war nicht allein höflich, sondern sogar herzlich gewesen. Ich wollte ihn noch einmal bestürmen.

Er hörte mich freundlich an. Er überlegte. Mir ward heiß vor Hoffnung. Er fragte: »Haben Sie noch einen anderen – einen besseren Anzug?«

»Jawohl!« sagte ich eisern, und mein Gehrock, ein schneeweißes Hemd und ein nagelneuer Kragen blähten sich in meinem Hirn.

»Ich will nichts gesagt haben«, sprach der Herr weiter und ließ seine Stimme sinken, »aber wenn Sie erster Klasse fahren, dann kostet das Billett dreißig Schillinge, und Passagiere erster Klasse hält man in England nicht an.«

Ich flog davon, wusch mich, als wäre ich in Tinte gefallen, legte neue Wäsche und den überlangen Gehrock an. Darauf ließ ich mir von einem Friseur Haare und Bart stutzen, und wenn dieser Mann mich fragte: »Wünschen Sie Puder –« oder: »Soll ich etwa – –«, dann unterbrach ihn mein sicheres *»Certainly!«*

Mit koketten, kurzen Tänzelschritten betrat ich wieder die Geschäftsräume der Wilson-Line, verbeugte mich steif und gemessen vor meinem lächelnden Gönner und empfing das Billet erster Klasse nach Hull.

Als ich mich einschiffte und die Stewards mich fatal entgegenkommend empfingen, hatte ich einen peinlichen Stand, den Eindruck *gentlemanlike* und mein Köfferchen aus Segeltuch in Einklang zu bringen. Ich kam mir wie ein Hochstapler vor und war viel zu naiv, um etwa einfach den Spleenigen zu spielen.

Das Schiff war in der Hauptsache Frachtdampfer und führte nur wenige Kabinen. Außer mir war auch nur noch ein Passagier, eine Dame, an Bord, deren elegante und interessante Erscheinung Aufsehen erregte. Es lockte mich unwiderstehlich, ihre Bekanntschaft zu machen. Als uns in dem luxuriösen Salon gemeinsam serviert ward, stellte ich mich kühn vor, womit sie, vermutlich aus Langerweile, zufrieden schien.

Sie kam aus Venedig, und wir plauderten über diese auch mir bekannte Stadt. Und während ich im Laufe der sich vertiefenden Unterhaltung durch meine englischen Unkenntnisse viel Sprachunheil und komische Mißverständnisse anrichtete, gerieten wir in eine warme, nahezu vertrauliche Stimmung. Es war mir sehr angenehm, daß wir später auf das nur spärlich beleuchtete Promenadendeck übersiedelten. Denn dort brauchte ich nicht mehr meine Beine krampfhaft übereinanderzuschlagen, um ein Zigarettenbrandloch zu verdecken, brauchte nicht immer wieder meine zu Boden gerutschten Gehrockschöße zu raffen und die Raffe zwischen Stuhl und Gesäß festzuklemmen. Auch war ich endlich den neugierigen Blicken der Stewardeß entzogen.

Wir räkelten uns in Faulenzerstühlen. Es war eine unvergeßliche, erfrischende Nacht. Der Himmel leuchtete sternenlos in weitem Grau. Das Meer war schwarz und brausend bewegt, und das Schiff stampfte, von Wellenschaum wie von einem Spitzenkragen umgeben. Ich saß als Passagier erster Klasse neben der reizenden, etwas sentimentalen Miß. Wenn sie geahnt hätte, daß ich keine zwölf Schillinge mehr besaß!

Sie wird viel mehr gemerkt und geahnt haben, als ich damals annahm. Wie aber legte sie sich das wohl aus? Im guten oder im bösen Sinne?

Es ward kein Roman aus unserem Zusammensein. Als sie sich zurückzog, verabschiedeten wir uns befriedigt höflich.

Sie trug noch ein Shakespeare-Zitat in das Schiffsgästebuch ein, ich dichtete selbst ein Verschen darunter, und dann ging ich noch lange mit unruhigen, süßen Gedanken auf Deck auf und ab.

Als anderen Tags die Zollbeamten mein Gepäck revidiert hatten und ich mit diesem, um die Stewards herumlavierend, von Bord ging, sah ich meine Dame auf dem Landungssteg noch einmal wieder. Ich verabschiedete mich von ihr, auffallend laut. Sie reichte mir noch ihre Visitenkarte. Darauf stand: »Azubach Hines, Wakefield.«

Und niemand hielt mich an. Ich stand in Hull mit weiter Brust. Ein zerlumpter Gassenbube bot sich mir aufdringlich als Gepäckträger an. Ich fragte, ob er ein billiges Zimmer für mich wüßte. Er ließ sich einen Schilling vorauszahlen und geleitete mich in eine Pension Huttstreet 22, wo auch der deutsche Pastor logieren sollte.

Ein Fräulein Scott leitete dieses Privatlogierhaus. Sie wies mir ein Zimmerchen an, daß *six shilling six pence* pro Woche kostete, und ich war beglückt darüber, ein Stück Seife vorzufinden.

Durch Erfahrungen belehrt, hatte ich mir fest vorgenommen, vor allem und sofort mich nach Arbeit umzutun. Es durfte nicht geschehen, daß ich wieder heimlich und voll Angst zwischen Zementsäcken schlief. Aber als ich gewaschen und frisiert die Pension verließ, konnte ich mich noch nicht bezwingen, sondern schlug die Richtung nach Blooms Haus ein.

Das Boardinghouse Bloom nach sechs Jahren einmal wiederzusehen, war doch das Ziel meiner Reise gewesen. Hatte ich nicht deshalb meine Frankfurter Stellung, meine neue, gesicherte Stellung aufgegeben?

Ich eilte, von einem heimwehähnlichen Gefühl getrieben, dem Prospectplace zu. Und doch bog ich unterwegs unwillkürlich vom direkten Kurse ab und stand wenige Minuten später Wilberforce gegenüber.

Das Denkmal war selbstverständlich noch da. Es war nicht gestohlen.

Ich starrte den berühmten Philanthropen, den großen Menschenfreund lange an. Ich bemühte mich dabei, seinen Namen in der Art und Weise einer englischen Frauenstimme auszusprechen. – –

Blooms Haus war verschlossen und hatte die Fensterläden wie Augenlider niedergeschlagen. Ich trat in den Ausschank, wo ich einst täglich für Mistreß Bloom heimlich Stout, Ale und Whisky besorgt hatte.

Ich hörte, Blooms wären seit Jahren verzogen, aber wohin, wäre unbekannt.

Andere Nachbarn erinnerten sich nicht einmal mehr. Die Frau eines Polizisten erkannte mich als Blooms *cook.* Sie wußte nur, daß Blooms seit Jahren weitab wohnten. Sie nannte mir den Namen der Straße und beschrieb den Weg. Ich sollte dort nach Blooms *garden* fragen.

Im Laufschritt legte ich den Weg zurück. Blooms *garden* bestand aus zwei schmalen Gemüsebeeten und aus einer Bretterbude, darin Herr und Frau Bloom Sodawasser verkauften. Beide waren zugegen, aber ich erschrak über ihr verblödetes Aussehen und über ihren heruntergekommenen Zustand. Sie erkannten mich nicht, und als ich, um ihr Gedächtnis wachzurufen, Einzelheiten von damals berichtete, nickten sie *»yes«* und *»yes«*, aber ich merkte, daß sie sich auf nichts besannen. Ich bestellte und bezahlte zwei Flaschen Sodawasser, die ich unberührt ließ, und entfernte mich mit verlegenem Gruß. – Und hockte später lange, ohne mich zu rühren, wie ein kranker Vogel in meinem kahlen Stübchen in der Huttstreet.

Sonnenschein weckte mich frühzeitig. Durchs offene Fenster trug eine leichte Brise salzige Luft, die brachte mir wieder Unternehmungslust. Es galt, so schnell wie möglich eine Verdienstquelle zu ermitteln, bevor meine Barschaft zu Ende ging.

Meine Mandoline kam nicht in Frage, das hatte ich bereits erkundet. Fahrende Musikanten durften nur auf offener Straße spielen. Ich stieg also wie einst von Schiff zu Schiff, bekam aber weder Anstellung noch vorübergehende Arbeit. Indessen geschah es wieder mehrmals, daß mir von den Matrosen, die Blick und Verständnis für hungrige Menschen haben, Speise und Trank verabreicht wurde, ohne daß ich darum anging. Denn aus Grundsatz bettelte ich nie, was schon insofern ein unnötiger Stolz war, als ich zweifellos manchmal viel Fragwürdigeres beging.

Der Anblick der vielen Arbeitslosen und zerlumpten, oft stockbetrunkenen Weiber, die sich mir um einen Priem anboten, sowie der Gedanke an Blooms Schicksal erfüllten mich mit hetzender Angst. Ich bot mich im Shakespeare-Hotel und in sämtlichen Hotels und sonstigen Gaststätten als Kellner an. Vergeblich.

Es war der Hospital-Saturday. Überall sperrten mir schöne Damen den Weg, mich um einen Penny ersuchend, und ich gab, jedesmal seufzend, viele Pennys hin.

An die Frucht-Exporthäuser und andere merkantile Büros wandte ich mich, empfahl mich zu gröbsten wie zu den besseren Arbeiten, je nachdem bald meine Muskeln, bald meine Intelligenz hervorhebend. Dann tat ich etwas, was ich bisher aus Sparsamkeit hinausgeschoben hatte; ich gab in der »Daily Mail« ein Inserat auf: »*Intelligent German looks for a situation as clerk or correspondent, adress* ...« usw.

Und in den nächsten Tagen offerierte ich mich schriftlich und persönlich bei den Kleinkaufleuten als Verkäufer und bei den Zeitungen als Reporter. Alles ohne den geringsten Erfolg. Jeden Abend kehrte ich enttäuschter und zermürbter in die Pension zurück.

Ich schrieb an Miß Hines nach Wakefield einen kitschigen und verlogenen Brief. Ob sie eine Rettung für mich wüßte, sonst müßte ich mich erschießen. Ich ließ nichts unversucht. Der Kantor der deutschen Kirche, dem ich meine

Lage vertraute, nachdem ich zuvor dem Gottesdienst beigewohnt hatte, wies mich an verschiedene Adressen, aber überall wurde ich freundlich vertröstet oder liebenswürdig weiterempfohlen. Es blieb immer das gleiche: ermüdende Wege, verlorene Zeit. In der Berlitz-School, wo ich mich um eine Stellung als deutscher Lehrer bewarb, riet man mir, im nächsten Monat nochmals vorzusprechen, weil dann ein zweiter deutscher Lehrer eingestellt würde.

Ich ging zum deutschen Konsul, jenem Konsul, der mir vor Jahren das Porto und das Briefpapier berechnet hatte. Er beteuerte, wie gern er seine Landsleute unterstützen möchte. Aber die Konjuktur wäre gegenwärtig unter dem Hund. Viele Schiffe lägen auf. – –

Ich lebte nurmehr von Käse und Brot. Einem einzigen Luxus vermochte ich nicht zu entsagen: Ich rauchte die besten englischen und ägyptischen Zigaretten bis zuletzt, bis ich außer der Wochenmiete für mein Zimmer kein Geld mehr besaß. Da traf es sich, daß ich mir zufällig zwei Penny verdiente, indem ich einem Manne einen Korb Salzgurken heimtrug. Auf dem Rückwege hielt ich vor einem Torweg, wo ärmliches Volk, Frauen, Männer und auch Kinder die neuesten Zeitungen gegen Bezahlung in Empfang nahmen.

Mit dem Augenmerk der Arbeitslosen überflog und erfaßte ich die Angelegenheit, mischte mich unter die kümmerlich eifernden Leute und erstand für zwei Penny sechs Exemplare der »Daily Mail«. Wie ich's an anderen täglich beobachtet hatte, so stürmte nun auch ich durch die Straßen und schrie laut aus: *»Daily Mail half penny!«* Ja, ich ahmte sogar den Jargon der Huller Zeitungsjungen nach: *»Dehlimehl hepenny!«* Weil ich dadurch komisch wirkte und mich, erfreut über meinen neuen Beruf, sehr dreist benahm, ward ich meine Ware im Umsehen los, raste zurück, kaufte nun für drei Penny neun Zeitungen und brachte diese ebenso schnell an den Mann, daß ich nochmals neue beschaffen konnte und am Abend einen netten Gewinst errechnete. Ich schlief zum erstenmal im Hause Scott zufrieden ein.

Aber meine Einnahmen wuchsen in der Folgezeit nicht progressiv, wie ich das kalkuliert hatte. Und ich gab das neue Metier und gab meine Pläne, meinen Stolz und Hull und mich selber auf.

Weder auf das Inserat noch auf den Brief an Miß Hines war eine Antwort eingetroffen. Ich zahlte die Wochenmiete, da sie fällig war, und schickte mich beklommenen Herzens an, meinem Zimmernachbarn, dem deutschen Pastor, einen Besuch abzustatten, um ihm mein Herz auszuschütten und ihn zu bitten, mir zu einer freien Überfahrt nach Antwerpen zu verhelfen.

Leider habe ich den Namen des Pastors vergessen. Er sprach ruhig, sachlich, ehrlich und aus gutem Herzen. Er wäre überlaufen von deutschen Stellungs- und Obdachlosen. Er sei nicht in der Lage, so vielen Menschen ausreichend zu helfen. Aber der Pastor schenkte mir aus eigener Tasche vier Schillinge und gab mir einen verschlossenen Brief an den Kapitän eines nach Antwerpen bestimmten Dampfers mit. Daraufhin gewährte man mir bereitwilligst freie Überfahrt.

Ich nahm mir vor, dem Pastor die vier Schillinge mit einem Zeichen meiner dankbaren Hochachtung, sobald ich irgend vermöchte, zurückzusenden. Das habe ich dann nie getan.

In Antwerpen erging es mir noch schlechter als in Hull. Zwar ließ man mich in einfachen Kneipen Mandoline spielen. Aber die Zuhörer verlachten und verspotteten mich, und nur selten warf mir jemand eine Münze zu.

Wieder lief ich von früh bis spät nach Arbeit, lief mir die Sohlen und die Seele wund. Ich wohnte in einem winzigen Dachstübchen. Durch die zerbrochenen Fensterscheiben rann das Regenwasser in mein Bett. Das Bett war eine Kiste mit einem Strohsack und einer Wolldecke.

Schließlich war ich durch Entbehrungen, Enttäuschungen und Anstrengungen so zermartert, daß ich nicht mehr die Kraft aufbrachte, das Bett zu verlassen und mich nurmehr von Marmelade ernährte. Tagelang. Wie in Grimsby auf dem Fischdampfer »Columbia«, nur daß ich damals aus Übersättigung nichts anderes anrührte und diesmal nichts anderes hatte.

Und ich sann bitter und ungerecht über mein Schicksal nach und war darauf gefaßt, dort wie ein verstoßener Hund zu verrecken. Weder meine Eltern noch meine Freunde konnten ahnen, wo und in welcher Verfassung ich war. Aber wen hätte meine Lage bekümmert, fragte ich mich und dachte an Martin Fischer und dachte an alle schlechten Menschen und an jedes Mißgeschick, das mir widerfahren war, und dann – allmählich in Schlaf und Träume verfallend – an Besseres und Gutes, an edle Menschen, an den Schweizer Drasdo in Basel, an die Lady auf den Zementsäcken in Hull, – an – –

Nach einem langen Ausruhen erhob ich mich endlich mit Energie, wusch mich von oben bis unten, zertrümmerte, um meine Kraft zur Kühnheit anzufachen, mit einem Fußtritt die linke Bretterseite meiner Bettkiste und begab mich zu einem kleinen Barbier, den ich fragte, ob er mir für die letzten mir verbliebenen Geldmünzen Haar und Bart oder beides schneiden wollte. Er ging auf alles ein mit einem scheinheiligen Eifer und horchte mich dabei neugierig aus. Oh, er wüßte jemand, der mir beistehen würde, und er wollte mich zu dessen Haus führen, ohne Entgelt, und er wünschte mir alles Beste.

Tatsächlich begleitete er mich vor das Haus des deutschen Pastors in Antwerpen.

Auch dessen Namen weiß ich nicht mehr. Ich kam übrigens zu unrechter Stunde. Der Herr war nicht zu sprechen, war erst mittags und dann erst abends und dann erst morgen zu sprechen.

Ich trug meine Geschichte offen vor und fragte, ob er mir zu einer bescheidenen Anstellung verhelfen könnte oder sonst zu einem Schiff, das mich gegen Arbeitsleistung nach Deutschland mitnähme.

Auch dieser Pastor war ein stiller Mann. Er nickte nur während meines Vortrages, schrieb dann einen Brief, den er verschloß und adressierte. Ich sollte diesen Brief unverzüglich persönlich abgeben und auf Antwort warten.

Ich sprudelte Dankesworte heraus und eilte davon und übergab dem Adressaten erwartungsvoll das Schreiben. Der las es und ließ mich unverzüglich – ins Gefängnis werfen.

In ein richtiges Gefängnis, in eine Einzelzelle mit wenig Licht, das durch ein unerreichbar hoch angebrachtes, vergittertes Fenster einfiel. Eine Pritsche und ein Wasserkrug standen dort. Meine Mandoline, mein Köfferchen und alles, was ich in den Taschen trug, ja sogar Hosenträger und Kragenknöpfe hatte man mir vorher, während ich unter Beaufsichtigung in ein Bad steigen mußte, stillschweigend weggenommen.

Das war alles so plötzlich und schnell über mich hereingebrochen, daß ich erst zur Besinnung kam, als die Zellentür ins Schloß fiel.

Offenbar war ich das Opfer einer Verwechslung. Ich pochte, schlug, trat gegen die Tür. Da nahten Schritte. Eine schmale Klappe in der Tür ward aufgetan, und das rohe Gesicht eines Wärters grinste mich an. Er brummte ein paar flämische Flüche, und ich stammelte ungelenk französische Worte. Ich verfügte an sich nur über geringe Kenntnisse der französischen Sprache, nun aber war ich vor Aufregung völlig verwirrt. Der Wächter schlug wütend die Klappe zu. Seine Schritte verhallten. Ich bebte vor Zorn.

Aber der Irrtum mußte sich aufklären. Ich hatte ja Papiere bei mir, darunter meinen Militärpaß mit der Bestätigung, daß ich einjährig-freiwillig gedient hatte. Und ich hatte ein reines Gewissen. Und ich konnte mir auch sofort telegraphisch Geld verschaffen. Von den Eltern oder von Bekannten.

Mit welchem Recht war ich verhaftet worden? Das konnte nur auf einem Mißverständnis beruhen. Es war doch nicht auszudenken, daß der deutsche Seelsorger, um mich loszuwerden, mich so schändlich und hinterlistig verraten hatte.

Mittags wurde ein Napf Suppe durch die Klappe geschoben. Ich rief: »*Pardon, monsieur, je – –*.« Die Klappe schlug zu. Der Wärter schritt lachend weiter.

Abends ward ein Brot durch die Klappe geschoben. Ich beschwor den Wärter mit flehenden Worten und Gesten. Ihn rührte das nicht.

Nachts tobte ich wohl eine Stunde lang in höchster Wut gegen die Tür, bis ein Nachtwächter an dem Klapploch erschien. Ich verlangte »*Monsieur le directeur*« zu sprechen. Der Wärter äffte meine Worte höhnisch nach und schlug die Klappe zu.

Es vergingen Minuten, Stunden, die Nacht und ein Tag. Es vergingen noch Tage, qualvolle Tage. Ich war vergessen, betrogen, begraben. Was sollte ich beginnen, um nur einmal angehört zu werden. Den Wärter ermorden, mir selbst die Pulsader durchbeißen oder Nahrung verweigern, Hungers sterben? Ich raste. Ich weinte. Ich betete. Ich aß von dem Brot, trank aus dem Krug, schlief auf der Pritsche. – Ich ward stiller. Ich fügte mich.

Eines Morgens endlich ward nicht die Klappe, sondern die ganze Tür geöffnet. Es war ein unbeschreiblich spannender Moment. Nun hatte man den Irrtum erkannt, wollte mich herausholen und würde sich entschuldigen.

Aber das traf nicht zu. Alle Gefangenen wurden eine Stunde ins Freie gelassen.

Der runde Garten war wie eine Torte in schmale spitze Dreiecke eingeteilt. Für jeden Gefangenen gab es solch ein umgittertes Dreieck. Darin durften wir nun eine Stunde lang in der Sonne auf und ab gehen. Dann trieb man uns in die Zellen zurück.

Und wieder einmal öffnete sich meine Tür, und man führte mich durch lange Korridore zum Arzt. Der sollte meinen Fingerabdruck nehmen. Es war ein älterer Herr von vertrauenerweckendem Äußeren, auch sprach er deutsch, war sogar möglicherweise ein Deutscher.

Während ich seine Anweisungen befolgte und meine Daumen in Ruß drückte, bat ich ihn in dringendsten Worten um Beistand. Ich sprach in den Wind. Der Arzt mochte mich für geistesgestört oder für einen Betrüger halten. Er war es wahrscheinlich in seiner Praxis gewohnt, daß Gefangene ihn derart beschwatzten. Schweigend vollzog er seine Aufgabe. Dann schloß man mich wieder ein.

Ich meinte, ich müßte in Wahnsinn enden. Nahe daran muß ich wohl gewesen sein.

Ich weiß die Reihenfolge und die Einzelheiten der nächsten Ereignisse nicht mehr. Ich ward mit anderen Gefangenen abtransportiert. Es gab eine Fahrt im offenen Wagen zwischen brutalen Schutzleuten, die ihre Befehle mit Püffen und Fußtritten begleiteten. Es gab ein Übernachten in einem stinkigen Raume, wo man die Gefangenen einzeln wie Vögel in Gitterkäfige sperrte, und dann eine lange, entsetzliche Eisenbahnfahrt.

Meine Leidensgenossen waren sehr unterschiedliche Leute, zerlumpte Gestalten, Handwerksburschen und verkommene, gehetzte, gesuchte, verzweifelte arme Teufel, rohe, verbitterte, witzige Kerle, auch stumm verschlossene, undefinierbare Menschen und daneben solche, die kein Hehl daraus machten, daß sie etwas auf dem Kerbholz hatten. Wir wurden nach Deutschland abgeschoben, sollten der deutschen Behörde übergeben werden. Einige von uns erlebten das nicht zum ersten Male. Sie klärten uns auf.

In Brüssel legte man uns Handschellen an. So wurden wir von Polizisten an Ketten über die Bahnsteige durch die neugierig gaffende Menschenmenge gezogen und abermals in einen Zug verladen.

Das wurde eine grausige, nicht endenwollende Fahrt. Wir saßen, jeder gesondert, in schwer verschlossenen, fensterlosen Zellen auf Klosettsitzen und konnten uns wegen der dicken Wände und bei dem lauten Geratter der Wagen nicht besser untereinander verständigen, als daß wir stundenlang solidarisch mit taktmäßigen Fußtritten gegen die Türen donnerten. Ungeduld, Hitze und Durst folterten uns in unerträglicher Weise.

Mir ward ein Wunder zuteil. Indem ich, um die Zeit, die schreckliche Zeit zu vertreiben, meinen Anzug untersuchte, stieß ich im Rockfutter auf den Rest einer englischen Zigarette. Und nicht nur dies, sondern ich fand sogar ein Stückchen Zündholz mit Kuppe, englisches Zündholz, das sich überall anstreichen ließ. Himmlische Fügung! Ein langentbehrter Genuß winkte mir.

Aber ich geduldete mich, bis meine Aufregung sich legte, bis mein Atem ruhiger ward. Dann entzündete ich das Schwefelholz vorsichtig an der Schuhsohle. Es blitzte auf, es glimmte, es brannte. Ich hielt es schräg, bis die Flamme sich vergrößerte. Dann näherte ich es bedächtig der Zigarette und sog einen köstlichen Zug Tabakrauch tief in die Lunge ein, ganz langsam. Allzu langsam, denn als ich einen zweiten Zug tun wollte, war das Feuer der Zigarette erloschen.

Nach einer Ewigkeit hielt der Zug. Wir wurden ausgeladen. Man händigte uns unsere Habseligkeiten aus, mir das Köfferchen und die Mandoline im Wachstuchfutteral und Hosenträger und Kragenknöpfe. Dann gruppierte man uns zwei und zwei zu einem Zug, und so marschierten wir, links und rechts von vielen Bewaffneten bewacht, der nahen deutschen Grenze bei Herbesthal zu.

Dort, schon von weitem sichtbar, erwartete uns ein einziger deutscher Wachtmeister. Dem brachten wir, als wäre es vorher verabredet und eingeübt, ein donnerndes Hurra aus.

Die Belgier übergaben ihm unsere Personalien und die Überweisungsakten und zogen sich dann unter unseren Verwünschungen und unserem Hohngelächter zurück. Wir mußten dem deutschen Polizisten zur Wachstube folgen.

Jetzt kam für einige von uns der schlimmste, für andere ein kritischer und für mich der goldene Augenblick.

Als mich der verhörende Polizeioffizier erstaunt befragte, wie es möglich wäre, daß ein Mann von meiner Vorbildung in solch eine Situation geriete, war ich wohl einen Moment beschämt. Aber der Wunsch, erlöst zu sein, war brennender, und so beschränkte ich mich auf eine knappe Erklärung, betonte nur wiederholt, daß ich mir sofort von meinen Eltern Geld beschaffen würde.

»Gut, Sie können gehen.« – Ach, wie das klang!

Ich depeschierte an meine Frankfurter Wirtin um Geld. Und dann saß ich gewaschen und im Gehrock im Hotel und dinierte und trank Champagner, bis das Frankfurter Geld eintraf. Es war das zu spät, um noch am selben Abend weiter nach München zu fahren. So übernachtete ich in dem Hotel, ging aber nicht zu Bett, sondern ließ mir eine zweite Flasche aufs Zimmer bringen.

Und saß dort sentimental, betrunken von Freiheit und Champagner.

Und unternahm in Gedanken noch einmal die Reise von Frankfurt nach Hull. Ich bereute sie nicht. Ich meinte, ich hätte auch unterwegs, auch in der schlimmsten Zeit sie nie bereut.

Die schlimmste Zeit war die in den belgischen Gefängnissen gewesen. Aber das alles war vorbei, und ich hatte Erfahrungen gesammelt und Neues gelernt. Und diese Reise hatte mich einmal aus dem bösen Alltag des gleichbleibenden, geborgenen Sattwerdens herausgerissen. Und mir war doch auch vieles Erhebende und Herrliche zugestoßen. Das

Freiheitsgefühl als fahrender Musikant. Die Nachtfahrt mit Miß Hines. Am schönsten war gewesen – das Erlebnis mit dem geschminkten, nach Himbeeren duftenden Mädchen vom Wilberforcedenkmal. – Nein, noch schöner – das allerschönste war – das andere Abenteuer – das eigentlich nie gewesen war, das versäumt und verträumt war. Das erträumt und versäumt bleiben sollte. – »*Ten o'clock Wilberforcemonument.*«

MÜNCHEN UND BUCHHALTER

Frau Müller sandte prompt Geld, so daß ich mein Hotel bezahlen und langsam vierter Klasse nach München reisen konnte.

Ich wußte, daß Telschow inzwischen dort eine Anstellung gefunden hatte. Er nahm mich freudig in seiner Wohnung auf, bis ich eine Stellung fände. Er war ein anhänglicher Mensch und ein spaßiger Kauz. Noch immer pflegte er seine Kleider aufs peinlichste und brachte jeden Morgen eine halbe Stunde damit zu, seine gelben Schuhe mit Milch zu behandeln. Er kaufte sofort eine Flasche Müller Extra.

Telschow wohnte im Osten der Stadt, wo die kleinen Leute hausen. An deren bescheidenen Freuden nahmen wir nun teil. Wir tranken in den großen Kellern unsere Maß, aßen Radi dazu und versuchten den Dialekt und die derbe bayrische Gemütlichkeit nachzuahmen. Sonntags gingen wir in die Berge oder auf die Schwammerlingsuche.

Es gab in München ein Revolverblatt, betitelt »Grobian«. Dieser Zeitung sandte ich satirische Gedichte und Witze ein. Alles wurde sofort abgedruckt. Als ich wochenlang das Blatt *en masse* beliefert hatte, ohne bisher ein Honorar erhalten zu haben, meinte ich nun, mir ein gutes Sümmchen abholen zu können und machte mich auf den Weg. In einem Haus am Stachus fragte ich nach der Redaktion. Man wies mich nach einer kleinen Baracke im Hinterhof. Dort stand ein Arbeiter vor einer Druckmaschine. Der bewegte unaufhörlich einen Hebel vor und zurück.

»Verzeihung, können Sie mir sagen, wo ich den Chefredakteur des ›Grobian‹ finde?«

»Das bin ich selbst«, sagte der Arbeiter mürrisch, ohne seine Arbeit zu unterbrechen. »Was wollen Sie?«

Ich nannte meinen Namen und brachte mein Anliegen vor.

»Honorar? Honorar?« sagte er voll Verachtung. »Nun, meinetwegen.« Damit drückte er mir fünf Mark in die Hand.

Zwei Tage lang war ich Stadtreisender für eine kleine Kaffeehandlung. Man gab mir zwei Probedosen mit Kaffeebohnen in die Hand, und ich mußte damit treppauf und treppab von Tür zu Tür gehen, um den Leuten eine Bestellung auf ein Pfund oder zwei Pfund Kaffee abzuringen. Mir war ein Stadtgebiet zugewiesen, wo sehr arme Leute hausten. Man sammelte derzeit für den Wiederaufbau des abgebrannten Zeppelin.

»Guten Tag«, sagte ich, wenn die Tür geöffnet wurde. »Sie haben doch sicher von der Zeppelin-Kollekte gehört?« Die Leute zogen schon ein langes Gesicht.

»Nun, damit habe ich gar nichts zu tun. Sondern ich wollte Ihnen nur empfehlen, ein Pfund von diesem oder jenem billigen Kaffee zu kaufen.«

Damit hatte ich ein paarmal Erfolg. Aber die armen Leute taten mir leid, und da meine Prozente sowieso ganz minimal waren, gab ich die Tätigkeit wieder auf.

Ich trat dem Handelsgehilfen-Verein bei, denn ich wollte mich um eine kaufmännische Stellung bewerben. Dazu mußte ich einen Fragebogen ausfüllen. Gewissenhaft gab ich an, was ich gelernt hatte, welche Fächer ich beherrschte und welche nicht. Aber Telschow zerriß das Formular und sagte: »So macht man das nicht. Du mußt alles können.« Ich füllte also ein neues Formular derart aus, daß ich einfache Buchführung, doppelte Buchführung, amerikanische Buchführung, kurz gesagt, nahezu alle Fächer beherrschte. Dadurch kam ich im August 1908 zu der Stellung eines Buchhalters und Korrespondenten im Reisebüro von C. Bierschenk am Karlsplatz.

Herr Bierschenk war Vertreter der Red Star Line und anderer Schiffahrtslinien. Außer mir war nur noch ein Lehrling angestellt. Der verstand mehr als ich von der Buchführung und konnte mir vieles erklären, wenn sich heimlich Gelegenheit dazu fand. Aber diese Gelegenheit fand sich leider nur selten, da Herrn Bierschenks Stehpult neben meinem stand. Als der Chef mir zwei Billetts zum Eintragen gab und dann zusah, wie ich, hilflos nach dem Lehrling schielend, das große Hauptbuch von vorn nach hinten durchblätterte, da sagte er mir auf den Kopf zu, daß ich meinem Posten nicht gewachsen wäre, und kündigte mir für März.

Ich glaube, Herr Bierschenk war schon vorher immer mürrisch zu mir gewesen. Von nun an war er es jedenfalls. Zu Weihnachten beschenkte er nur den Lehrling und hatte auch kein freundliches Wort für mich. Sein Verhalten war zu verstehen, da ich mich wirklich bei ihm blamiert hatte. Weniger nett aber fand ich es, daß er sehr ungehalten über mich war, als ich einmal sechs Stunden im Garderoberaum blieb, weil meine Nase so lange ununterbrochen blutete. Auch hätte er mich ja nach einer Aussprache über das, was zu machen war, freundlich unterrichten können. Denn das war in ein paar Stunden zu erlernen. Und ich hätte dann mit einem Eifer gearbeitet, den ich nun nicht aufbrachte.

Nebenbei dichtete ich humoristische Sachen. Die einzigen, die darüber lachten, waren Telschow und ich. Ich hatte mir das Pseudonym Fritz Dörry zugelegt, in Erinnerung an meinen verehrten Lehrer im Tollerschen Institut.

Telschow teilte alle Freuden und Leiden mit mir. Wir hatten uns Mandolinen angeschafft. Und dann kam auch unser gemeinsamer Freund Freudling zu Besuch nach München. Der war selbst ein geborener Münchner und machte uns mit lustigen Kerlen bekannt.

Wir wagten uns nun auch in bessere Lokale. Da war eine Bar in der Sonnenstraße. Wir gingen am Nachmittag vor dem Eingang auf und ab und überlegten, was man wohl da drinnen tränke. Und ob es erschwinglich für uns wäre. Weil aber eine so süße Musik lockte, traten wir ein. Wir waren die einzigen Gäste. Drei Musiker spielten. Wir bestellten Mokka. Der Ober stellte uns eine Kaffeemaschine hin, entzündete darunter eine Spiritusflamme und zog sich diskret zurück. Da saßen wir nun sehr beklommen, weil die Einrichtung so vornehm war. Wir bemühten uns zwar auch, recht vornehm und sicher auszusehen, dachten aber schweigend darüber nach, was geschehen würde, wenn wir den Mokka nicht bezahlen konnten. Die Technik der Kaffeemaschine war uns unbekannt. Plötzlich explodierte diese Maschine laut und bespritzte unser weißes Tischtuch und unsere Anzüge und zwei weitere Tischtücher in der Nachbarschaft mit Mokka. Der Ober sah unser Entsetzen. Er riß die Tür auf, und ohne Geld zu fordern, rief er: »Marsch, hinaus, ihr Lausbuben!«

An einem anderen Nachmittag schlenderten wir durch die Türkenstraße. Da lasen wir ein gelbes Plakat an der Tür eines Restaurants: »Simplizissimus-Künstlerkneipe«, illustriert durch einen roten Hund, der eine Sektflasche zu entkorken suchte.

Künstlerkneipe! Künstlerleben! Das war ja, was wir ersehnten. Wir wagten uns hinein. In dem spärlich beleuchteten Zimmer standen die Stühle noch auf den Tischen. Eine Kellnerin gab uns Auskunft. Die Künstler und Gäste kämen erst abends gegen zehn Uhr.

Wir fanden uns abends wieder dort ein. Das Lokal war

brechend voll, so daß wir im vorderen Zimmer bleiben mußten. An den Wänden hing Bild an Bild, und an den Tischen saß Gast an Gast, dicht gedrängt, meistens Studenten. Die Wirtin in Bauerntracht begrüßte die Neuankommenden und redete alle, auch uns, mit »Du« an. Man nannte sie Kathi. Sie war eine stattliche Frau und schien überaus liebenswürdig zu sein.

Eine dreiköpfige Kapelle spielte Wiener Lieder. Dann verteilte Kathi den Text zu einem Simplizissimuslied, das vom Freiherrn von Osten-Sacken verfaßt war. Wir tranken Bowle und gerieten in wonnige Stimmung.

Am nächsten Abend eilte ich nach Geschäftsschluß wieder dorthin. Lockend und verheißend winkte die rote Lampe vorm Eingang, vor dem eine lange Reihe von Privatautos angefahren war. Wieder war das Lokal überbesetzt. Ein schmaler Gang führte nach dem Hinterzimmer. Es gelang mir so weit vorzudringen, daß ich dieses übersehen konnte. Künstler, Studenten, Mädchen, elegante Herrschaften. Das saß eng gepreßt um weiß gedeckte Tische. Auf einem dieser Tische stand ein schmächtiger Mann mit wildem Vollbart, stechenden Augen und feinen Händen. Der trug ein Gedicht vor. »War einmal ein Revoluzzer.« Ich fragte einen neben mir stehenden Studenten, wer der Vortragende sei.

»Das wissen Sie nicht? Sie sollten sich schämen!«

Ich schämte mich wirklich. Ein herumgehendes sehr ältliches Blumenmädchen klärte mich auf. Der Herr auf dem Tische wäre der Edelanarchist Erich Mühsam.

Am dritten Abend saß ich bereits im Hinterzimmer. Und von da an verbrachte ich jeden Abend dort und gab all mein Geld dort aus, obwohl ich nur die einfachsten Getränke bestellte und sehr lange an einem Glase schlürfte. Das Milieu war gar zu schön. Es war aufregend schön. Es war mir etwas ganz Neues.

Ich lernte im Laufe der Zeit das Lokal, seine Wirtin,

seine Stammgäste, ich lernte dort Tausende von Menschen kennen.

Die Wirtin in Chiemgauer Bauerntracht hieß Kathi Kobus und war ein Bauernkind aus Traunstein. Sie trug nicht immer dies Kostüm, sondern erschien auch in städtischen, kostbaren Garderoben und mit wertvollem Schmuck behangen. Immer sah sie repräsentativ und bestrickend aus, so daß sich viele Männer und Frauen in sie verliebten, obwohl sie damals schon etwa 55 Jahre alt war und eine Perücke trug. In der Weinstube »Dichtelei« war sie eine beliebte Kellnerin gewesen. Die Künstler, die dort verkehrten, hatten ihr zugeredet, selbst eine Kneipe aufzumachen. So gründete sie den »Simplizissimus« und erwarb sich als Plakat auf eine komische Weise den von Th. Th. Heine gezeichneten roten Hund.

Heine, Rudolf Wilke, Wedekind und andere berühmte Leute verkehrten dort und jüngere Maler, Dichter und Schauspieler, die zum Teil später auch zu Ruhm und Geld kamen. Die alle unterstützten die Kathi, indem sie ihr Bilder schenkten oder gegen freie Zeche hingaben, Dekorationen entwarfen und einen ausgelassenen Betrieb aufzogen.

Der »Simpl« war der Mittelpunkt der Bohême und war weltbekannt geworden. Wer in München lebte oder studierte, ging dorthin. Wer durch München reiste, kehrte bei Kathi ein. Ja, es kamen Leute aus Amerika und anderen Ländern weit her, nur um sie und ihre Künstlerkneipe kennenzulernen.

Die jungen Künstler sangen zur Laute oder zum Klavier. Andere tanzten, führten Theaterszenen, Zauberkünste vor, jede Art künstlerischer Unterhaltung ward geboten. Anfangs geschah das improvisiert, später, als die Kathi dadurch viel Geld gewann, nach Vereinbarung und gegen Bezahlung, allerdings sehr spärliche Bezahlung. Auch Wedekind hat dort vorgetragen.

An den Wänden bis zur Decke hingen bunt durcheinander Bildnisse von Brettlgrößen. La belle Otéro, Marya Delvard, Danny Gürtler, Sylvester Schaeffer. Dann Photos, Ölgemälde, Aquarelle, Zeichnungen, Radierungen von Uhde, O. Seidel, Kaulbach, Segantini, Harburger, Vautier, Weisgerber, Futterer, Acbé und anderen. All diese Bilder hatten ihre humoristische oder ernste Geschichte. Acbé, genannt »Professor Nämlich«, war unter den ersten der treueste Stammgast gewesen. Man erzählte, er hätte sich im »Simpl« zu Tod gesoffen.

Im Hinterzimmer war die Bühne, ein schmales Podium mit einem Klavier links und einem Harmonium rechts. Das Klavier bediente ein langhaariges Faktotum namens Klieber. Der alte Klieber brummte sonderbar vor sich hin, wenn er spielte. Er trank auch, gern, und sein Lieblingsthema war Chemie.

Der »Simplizissimus« war jeden Tag überfüllt. Waren alle Stühle besetzt, so wußte die Kathi doch noch immer für neue Gäste Platz zu schaffen. Es wurden Hocker in die Gänge gestellt. »Bitt' schön, rückt ein wenig zusammen!« sagte Kathi in ihrem Dialekt. Dabei legte sie bittend die Hände zusammen und ließ einen madonnenhaften Augenaufschlag wirken. Eine Minute später schimpfte sie in der Küche ein Lehrmädchen mit den gröbsten bayrischen Flüchen zusammen. Zu ihrer organisatorischen Begabung gehörte eine rücksichtslose Energie. Man erzählte sich, einmal wäre der deutsche Kronprinz inkognito im »Simpl« gewesen, und die Kathi hätte nach Polizeistunde zu ihm und ein paar anderen Säumigen gesagt: »Werd's hoam gehn, Saupreiß'n verdammte.« Häufig wurden Studenten, die im Suff skandalierten, von Kathi eigenhändig und gewaltsam an die Luft gesetzt.

In dieses Milieu war ich also geraten, und es bannte mich mit dem Zauber der Neuheit. Mein Freund Telschow war nicht mehr in München. Ich saß allein, klein, in einem bescheidenen Winkel, lauschte den Vorträgen und starrte nach dem Ecktisch, wo die Künstler sich um ihren Löwen, den faszinierenden Dichter Ludwig Scharf gruppierten. Sehnlichst wünschte ich mir im stillen, mit zu diesem Kreis zu zählen und einmal auch auf der Bühne dort vortragen zu dürfen.

Ich lernte die Namen kennen. Louis Staller trug zu eigener Begleitung prickelnd mondäne Chansons vor. »Erst kamen die seidenen Kleider und dann die Jupons voller Plis ...«

Erich Mühsam, der damals manchmal in gemieteten Sälen politische Versammlungen »Für alle Unzufriedenen« veranstaltete. Frau Scharf, eine liebenswürdige und geistreiche Dame. Kubasch, der Komiker. Heinz Lebrun, ein sehr dicker Herr, der erstaunlich viel aß, unaufhörlich redete, aber auf dem Podium entzückend sang. »Ich hatte einst ein schönes Vaterland.« Manchmal sang er im Duett mit der beleibten und beliebten Muki Berger. Die hatte selbst eine sehr sympathische Stimme und trug ihre Lieder mit einer bestrickenden Natürlichkeit vor. Da sie zudem ein guter Mensch war, mochte jedermann sie leiden. »Ich gehe meinen Schlendrian« oder »In meiner Heimat«. Zu einer größeren Karriere fehlte ihr Energie. Auch Mary Irber sang dort manchmal. »Das Bettelprinzeßchen.« Die Behörde machte ihr damals Schwierigkeiten, weil sie auf der Bühne zu frei gekleidet erschiene. Julius Beck rezitierte. Jenny Hummel rezitierte auch und trug einen Hut, so groß wie ein Wagenrad. Dunajec, ein ungarischer Geiger, der seine schmeichelnden Töne reichen Damen ins Ohr spielte. Die gutmütige Mary Wacker, über deren unfreiwillige Komik viel gelacht wurde. Hugo Koppel, ein Mann mit einem Liszt-Kopf improvisierte am Harmonium, vertonte zum Beispiel die Speisekarte. Bobby Weiß und der sonnige Pollinger-Max tanzten Machiche und Cake-walk, was schon aus Platzmangel ein Kunststück war.

Kathi Kobus übte die Conférence und sorgte für Ruhe. »Silentium für Anni Trautner!« – »Seid's doch stad!« Sie trug auch selber vor, Dialektgedichte von Julius Beck, und sie unterbrach ihre Vorträge ungeniert mit geschäftlichen Bemerkungen. »Anni, gib doch Obacht! Der Herr will zahlen!« – Oder, wenn sie am Eingang neue Gäste sah: »Kommen Sie nur herein, es ist noch viel Platz da.« Erich Mühsam brachte beißende Satiren. Zum Schluß erhob sich unter allgemeiner Spannung Ludwig Scharf. Von seinem Platz aus, stehend, und auf eine Stuhllehne gestützt, trug er seine eigenen Gedichte vor. »Ich bin ein Prolet, was kann ich dafür.«

Es ging ein Witzwort um: Was ist der Unterschied zwischen Mühsam und Scharf? – Scharf dichtet mühsam, und Mühsam dichtet scharf. Das »mühsam« wollte in diesem Falle nur besagen, daß Ludwig Scharf in gewissenhafter und weiser Selbstbeschränkung nur wenig publizierte.

Die Schauspieler vom Theater kamen. Durchreisende Künstler gastierten. Auch Damen oder Herren aus dem Publikum betraten auf Kathis süßes Flehen hin oder aus eigenem Antrieb die Bühne und ernteten Applaus, Dakaporufe oder Gelächter. Immer waren illustre und elegant gekleidete Gäste anwesend. Dazwischen verstreut hockten Literaten und Malweiber, die alles Echte und Unechte skizzierten. Die ewig junge Blumenfrau bot Rosen an und sagte im Davongehen lieblich lächelnd stets dieselben Worte: »Das nächstemal wieder.« Der fliegende Schokoladenhändler sah aus wie ein australischer Buschneger.

Nun war obendrein noch Fasching, und so strömten Dominos und Masken vom Deutschen Theater und von den Redouten herein. Es war ein buntes Bild, und es war eine tolle Stimmung.

Eines Nachts faßte ich den Mut, die Kathi zu fragen, ob ich einmal ein Gedicht vortragen dürfte. Sie willigte gern ein. »Silentium, ein Gast ist so freundlich, uns eigene Gedichte vorzutragen.«

Ich weiß nicht mehr, ob ich Lampenfieber hatte, als ich das Podium betrat und ein paar lyrische Gedichte von mir vortrug. Jedenfalls wurde es ein völliger Mißerfolg. Nur aus Mitleid klatschten ein paar Hände. Ich verkroch mich kleinlaut.

Ging aber weiterhin jeden Abend zum »Simpl«. Nach ein paar Tagen versuchte ich mich abermals auf der kleinen Bühne, fand aber auch diesmal keinen Anklang. Dies wurmte mich sehr. Ich dichtete ein langes humoristisches Gedicht, das auf die Lokalverhältnisse Bezug nahm und Kathis stehendes Wort brachte »Es ist noch viel Platz, nur immer herein.« Dieses Poem lernte ich auswendig und trug es vor. Der Beifall tobte. Kathi bedankte sich überschwenglich. Julius Beck und Hugo Koppel machten mir Komplimente.

Den »Simplizissimustraum« – so hieß das Gedicht – trug ich nun allabendlich vor. Er wurde stürmisch verlangt. Ich dichtete neue Lokalverse hinzu. Kathi stellte mich Herrn und Frau Scharf und den übrigen Künstlern vor, und nun saß ich, wie ersehnt, am Künstlertisch. Jeden Abend bis drei Uhr nachts. Hugo Koppel setzte es durch, daß ich die zwei Schoppen Magdalener, die ich trank, nicht mehr bezahlen mußte und ich später sogar eine Tagesgage von einer Mark erhielt. Dafür mußte ich zweimal je vier bis fünf Gedichte hersagen.

Mitunter wurde ich von Gästen eingeladen. So erging es uns Künstlern allen. Manchmal schwammen wir in Sekt. Es kam ein Direktor oder Vertreter von Deutz und Geldermann. Der hatte geschäftliches Interesse daran, eine gute

Zeche in seiner Sektmarke zu machen. Er ließ uns Künstlern den Sekt nicht glasweise, sondern flaschenweise vorsetzen. Und Kathi trank mit. Und Klieber trank mit. Und die Kassiererinnen tranken mit. Und der Zentralaustralier trank mit. Bis wir kaum noch konnten. Dann schleppte ich zwei volle Flaschen in die Küche. Aber die Köchin und die Küchenmädchen winkten mir ab, auch sie waren schon voll von Deutz und Geldermann. Koppel ging mit mir beiseite. Wir wollten den Spendern einen Dank servieren. Ich dichtete rasch ein Verschen und Koppel intonierte es in Variationen am Harmonium.

Hast du einmal viel Leid und Kreuz,
Dann trinke Geldermann und Deutz,
Und ist dir wieder besser dann,
Dann trinke Deutz und Geldermann.

Drei Herren aus der Schweiz zogen mich an ihren Tisch. Und die Rede kam auf das Thema »Schenken«. Ein Baseler sagte zu mir: »Wie ich so alt war wie Sie, junger Mann, da habe ich's dankbar angenommen, wenn mir jemand fünfzig Pfennige schenkte.«

»Selbstverständlich, warum auch nicht?« erwiderte ich.

»Nun«, fuhr der Baseler leise fort, indem er mir unauffällig etwas in die Hand drückte, »dann dürfen Sie auch diesen Taler annehmen.« Ich bedankte mich verwirrt und versenkte den Taler in meine Hosentasche. Als die Herren den »Simpl« verließen, ging ich zur Toilette und besah mir das hochwillkommene Geschenk. O großes Glück: Es war ein Hundertfrankenstück in Gold. Ich war heiß gerührt und nahm mir vor, die schöne Münze nie auszugeben. Diesen Vorsatz hielt ich bis zum nächsten Tage.

Ich fing an, mir durch Gelegenheitsdichtungen Geld zu verdienen. Ich schrieb Chansons für Soubretten und Vortragskünstler. Ein Mäzen kaufte mir Prosa ab, die er unter seinem Namen veröffentlichte. Kathi Kobus zahlte mir zehn Mark für eine Trauerrede zum Begräbnis des Prinzen Karneval. Diese Feier fand in ihrer Villa in Wolfratshausen statt, wohin sie uns Künstler öfters mitnahm.

An dem großen öffentlichen Faschingsfestzug beteiligte sich die Kathi mit ihrem Gefolge von Künstlern, Stammgästen und Matschackerln in mehreren geschmückten Wagen. Sie selbst als Serenissima pompös gekleidet in einem Vierspänner voran. Ich als ihr Hausdichter – so wurde ich allgemein genannt – trug einen schwarzen Sammetanzug und um die Stirn einen Lorbeerkranz. Und ich saß auf dem Kutscherbock. In allen Straßen wurde Kathi, wurde auch schon ich vom »Volk bejubelt«. Auf einem der vier Rosse ritt Lygia Romero in spanischer Tracht.

Dieses Mädchen stammte aus Nymphenburg, aber sie gab sich gar zu gern als Spanierin aus, auch wenn ihr richtige Spanier vorgestellt wurden. Dabei war sie nie in Spanien gewesen und verstand kein Wort Spanisch. Allerdings war sie eine dunkle Schönheit und höchst temperamentvoll. Bei einem kleinen Wortstreit schlug sie ihrem Geliebten eine Gitarre auf den Kopf. Andermal begleitete sie mich auf einer Drehorgel, als ich im »Simpl« improvisierend eine Moritat auf der Bühne vortrug. Lygia mußte dabei so über mich lachen, daß sie auf einmal in einer Lache stand. Wieder andermal wollte ich sie in der Wohnung ihres Geliebten besuchen. Ich fragte das Dienstmädchen: »Ist Fräulein Romero da?« Das Dienstmädchen antwortete: »Ja, aber sie brennt.« Es war so. Lygia hatte aus Ärger über ihren Freund sich mit Spiritus begossen und angezündet. Der Freund löschte sie.

Nach mehrfachem Wohnungswechsel war ich endlich in die Arcisstraße zu einer Nenntante gezogen, die die Witwe des namhaften Malers Julius Kleinmichel war. Eine sehr scharmante Dame, die mich liebevoll aufnahm und in jeder Weise für mich sorgte, obwohl sie eine alte, kranke und dabei höchst eigensinnige Mutter zu betreuen hatte. Diese Mutter litt an einem Lungen-Emphysem und spuckte unaufhörlich sehr unappetitlich in einen Napf, bekam auch immer wieder Erstickungsanfälle. Da sie dauernd jemanden um sich haben mußte, aber nicht das geringste Geräusch, nicht das Umblättern einer Buchseite duldete, war es eine Tortur, bei ihr zu sitzen. Aber hier konnte ich nun tagüber Frau Kleinmichel ablösen und mich so für freie Wohnung und Verpflegung, für tausend Freundlichkeiten dankbar zeigen.

Es bestanden große Unterschiede zwischen Mutter und Tochter. Die Mutter war eine ernste, erfahrene Frau, deren klugen Worten ich unter anderen Umständen gern zugehört hätte. Aber sie stellte herbe Ansprüche an ihre Umgebung und war von unerbittlicher Strenge. »Seelchen« – so wurde ihre Tochter genannt – war dagegen eine frohe Natur mit weichem Gemüt und immer bemüht, andere zu erfreuen. Wenn ich über sie lachte, weil sie so gern und meist falsch Fremdwörter anbrachte, – *»Honnymalypangs«* – *»o contrario«* – oder wenn ich mich über ihren Medizinfimmel lustig machte, dann lachte sie herzlich mit.

Seelchens Kleidungsstücke und Schuhe und Handschuhe paßten mir genau. So lieh ich mir manchmal eine Weiberperücke und verkleidete mich als Dame. In dieser Maske besuchte ich ein Café nach dem andern am hellen Tag, und es war mir höchst interessant, die Welt aus der Frauenperspektive anzusehen. Ich wurde oft poussiert und brachte einmal vierzehn Veilchensträußchen mit heim. Daß sich Homosexuelle gern in Damenkleidern zeigen, wußte ich damals noch nicht. Es gab einen bekannten Maler in München, der sich auch oft als Frau verkleidete, und ich war, als ich ihn das erstemal so in einem schönen, weit dekolletierten Faschingsgewand sah, auf ihn hereingefallen, hatte ihn sogar zu Wein eingeladen.

Als Dame verkleidet ging ich dann auch abends manchmal in den »Simplizissimus« und hinterher noch auf Bälle oder zu Atelierfesten.

Seelchen war mir beim Anziehen ihrer Kleider und Wäschestücke mit Eifer und Vergnügen behilflich gewesen, hatte mir wohl auch beim Abschied noch ein Geldchen zugesteckt. Wenn ich dann aber im Morgenlicht mit zerzausten Haaren und abgetretenen Kleidersäumen heimkehrte, wandte sie sich mit sehr komisch geäußertem Abscheu von mir weg.

Der Hauptmann von Köpenick besuchte den »Simpl« und verkaufte Autogramme. Wir zogen ihn an den Künstlertisch. Er hielt eine Ansprache, die sehr bescheiden anfing, bis man merkte, daß sie ein auswendig gelernter Aufsatz war.

Drei g'scherte Bauern in Dachauer Tracht erschienen und benahmen sich so laut und unmanierlich, daß andere sich darüber beschwerten. Es stellte sich heraus, daß es der geniale Maler Weisgerber und zwei andere verkleidete Künstler waren.

Häufig gastierten echte Bauerntruppen, Schlierseer, Tegernseer, Tiroler. Sie schuhplattelten, jodelten, und Kathi tanzte mit ihnen einen meisterhaften Dreher.

Unter anderen interessanten Gästen tauchte eine russische Schauspielerin auf. Die war so schön, daß wir alle dort, Damen wie Herren, einstimmig erklärten, nie eine schönere Frau gesehen zu haben. Wir Künstler huldigten ihr entflammt. Hans Steiner vom Schauspielhaus deklamierte vor ihr, mehrere Maler zeichneten sie, ich dichtete sie an, Dunajec geigte sie an, und jemand anderes pumpte sie an. Zuletzt brannten wir uns alle mit der Zigarette Löcher in die Hand, alles für die schöne Ludmilla.

Drei Erlebnisse kennzeichnen den Tumult, der im »Simpl« herrschte.

Um den Nachtlärm vor der schlafenden Nachbarschaft abzudämpfen, blieben die Fenster im Sommer wie im Winter geschlossen und waren mit Filz gepolstert. Ich sah einmal, wie dieser Filz an einem weggeworfenen Zündholz Feuer fing. Ein schmaler Feuerstreifen lief von unten nach oben und erlosch dann gleich zum Glück. Aber niemand außer mir hatte das bemerkt. Andermal entlud sich ein Revolver, den ein Herr hinten in der Hosentasche trug. Der Schuß ging in den Fußboden. Aber nur die Umsitzenden hatten ihn vernommen.

Drastischer war der dritte Fall. Spät nachts gab es immer eine sehr begehrte Knödelsuppe. Als nun einmal, wie das so oft vorkam, an einem Tisch eine Schlägerei entstand, erhoben sich die anderen Gäste und drängten sich neugierig oder Partei nehmend um das Drama. Da beobachtete ich einen Betrunkenen, der die Situation dazu benutzte, heimlich mit dem Schöpflöffel Knödelsuppe aus Kathis Terrine zu langen. Nicht für sich. Nein, er schüttete die Suppe ganz stillvergnügt löffelweise den Stehenden an die Hosen und Röcke.

Um zur Garderobe zu gelangen, mußte ich durch die Küche. Ich gab mir immer Mühe, die Köchin und ihre Mädchen, die anstrengenden Dienst hatten und schlecht bezahlt wurden, durch einen Spaß oder ein Scherzwort zu erheitern. Eines der Küchenmädchen mochte das vielleicht anders aufgefaßt haben. Jedenfalls sie liebte mich, ohne daß ich es wußte. Ich erfuhr erst davon, als ich eines Morgens heimwandernd in meiner Manteltasche einen Klumpen Butter und Wurstscheiben fand. Da die Geberin über kein Einschlagpapier verfügte, trug mein Mantel fortan einen Butterfleck, von Herzen kommend.

Immer mehr Leute lernte ich kennen, beziehungsweise ich wurde ihnen vorgestellt. Wedekind, die Duncan, Roda Roda, Max Dauthendey, die Gebrüder Reinhardt, den Maler Reznicek, Ludwig Thoma, Ganghofer usw. neben anderen, die keinen oder noch keinen bekannten Namen hatten. Abgesehen von den vielen Studenten.

Mit manchen dieser Gäste verlebte ich unvergeßliche, schöne, interessante oder lustige Stunden, so zum Beispiel mit dem weichherzigen polnischen Dichter Przybyszewski. Einige schenkten mir ihre Photos mit Unterschrift. Die rahmte ich ein. Ich fing damals an, Autographenjäger zu werden, scheute mich nicht, Ernst von Possart eine Minute vor seinem Auftritt im Künstlerzimmer aufzusuchen und um ein Autogramm zu bitten.

Als zu Ehren Gerhart Hauptmanns ein Bankett gegeben wurde, drängte ich mich kühn in die Gesellschaft und bat den Meister in gereimten Worten, die ich sehr aufgeregt hersagte, um ein Autogramm. Er schrieb in mein Album »Kunst ist Religion«. Roda Roda schrieb dahinter »Kunst ist Prostitution«. Auf die folgende Seite schrieb Wedekind »Sünde ist ein mythologischer Begriff für schlechte Geschäfte«. Dann folgte irgendein unanständiger oder zynischer Vers von Erich Mühsam und darunter schrieb mein Vater, sichtlich verstimmt, »Mit brutaler Ehrlichkeit bringt's der Maler schwerlich weit.«

Mein Vater war einmal auf der Durchreise in München und im »Simplizissimus«. Meinen Vorträgen konnte er wegen seiner Schwerhörigkeit nicht recht folgen, aber es freute ihn, daß ich Applaus hatte und daß er selbst Dichter und »Leutnant von Versewitz« von Kathi und den Künstlern geehrt wurde. Besonders gut verstand er sich mit Ludwig Scharf.

Ludwig Scharf war ein vernünftiger, froher Mensch. Ich verehrte ihn und liebte seine Gedichte. Kathi war stolz auf ihn, und er war zu ihr sehr anhänglich. Aber als sie einmal wie so oft eine der kleinen schlecht bezahlten Vortragskünstlerinnen anschnauzte, weil diese angeblich nicht genug vorgetragen hatte, da wurde Scharf sehr aufgebracht: »Kathi, wie kannst du deine Künstler so behandeln! Sie verspritzen ihr Herzblut für dich.« Koppel lachte über diese Bemerkung, obwohl gerade er zu denen gehörte, die ihr Herzblut dort verspritzten. Koppel machte sich auch über den alten Hauspianisten Klieber lustig, ohne zu ahnen, daß er später einmal froh sein durfte, dessen Nachfolger am Klavier zu werden. Er war ein wenig verbittert. Aber wenn er in Laune kam, sprühte er von witzigen Einfallen und konnte sehr pointiert wahre Geschichtchen erzählen, etwas behindert durch einen Sprachfehler, den er nur auf der Bühne singend ganz überwand. Vor allem war dieser Jude ein hochanständiger Charakter. Er lebte ganz ärmlich, obwohl sein Onkel ein reicher bekannter Großindustrieller war. Aber der wollte von dem Neffen nichts wissen, und der Neffe darum nichts vom Onkel haben.

Es kam häufig vor, daß die Künstler sich mit Gästen anbiederten und diese schließlich anpumpten. Koppel tat das nur, wenn er in äußerster Not war. Und dann auch immer nur um eine Mark. Er beugte sich dann tief zu seinem Opfer herab und rang in Verlegenheit und Aufregung peinlichst mit seinem Sprachfehler. »V-V-Verz-Verz-Verz-Verzeihen – « Plötzlich platzte er dann heraus: »Ganz egal, nur eine Mark!«

Einmal reiste er mit einem Schmierenensemble durch die Provinz. Der Direktor brannte mit der Kasse durch. Die Tingelbrüder saßen in einem kleinen Ort fest. Otto Pritsche, ein Komödiant alter Schule, überredete Koppel: »Hugo, du mußt uns helfen. Du mußt uns Reisegeld verschaffen. Hier ist ein Fall, da du mit ruhigem Gewissen von deinem reichen Onkel fünfzig Mark erbitten kannst. Ich werde dich telephonisch verbinden.« Pritsche brachte das Ferngespräch zustande: »Herr Generaldirektor, Ihr Neffe Hugo Koppel möchte Sie sprechen, einen Moment bitte.« Koppel trat an den Apparat in höchster Aufregung: »P – P – – K – K – – Qu – Qu – –.« Plötzlich wütend: »Ganz egal, nur eine Mark.« Und wütend über diesen für seinen Onkel ganz unverständlichen Satz hängte Koppel den Hörer ein. Die Rettungsaktion war gescheitert.

Im »Simpl« lernte Koppel einen Herrn kennen, der Tschernowitz hieß und ebenfalls stotterte. – Die gegenseitige Vorstellung klang wie Lokomotive. Aber beide Herren lachten selber über die Situation. Es gab große Pumpgenies im »Simpl«. Um Kunst und Geld geschah viel Lustiges, manchmal auch Peinliches. Ein Mitglied der Milliardärfamilie Astor betrat das Lokal und wurde erkannt. Da fuhr eine gewaltige Aufregung in die jungen Künstler und Mädchen. Aber als er zum Sekt eine Zigarre verlangte und sofort mehrere Hände mit in die Importenkiste griffen, stand der junge Astor stolz auf, zahlte und ging.

Im März trat ich aus dem Geschäft Bierschenk aus, der Chef stellte mir ein freundliches Zeugnis aus.

Ich war im »Simpl« ein Star, in München populär geworden. Zeitungskritiken nannten mich »den einzigen wahren Bohême« oder *»poète attitré de Mme Kathi Kobus, rimeur amusant et alerte.«*

»Das ist der Hausdichter!« flüsterten sich die Leute zu, wenn ich um zehn Uhr abends in den »Simpl« trat. Ich hatte inzwischen die berüchtigten Bowlen der Kathi und ihre Sekthausmarke und alles und jedes dort bedichtet, auch eine kleine Broschüre zusammengestellt, die dort verkauft wurde. Ich kriegte Prozente von dem Erlös. Den Text hatte ich nach Kathis Kopf schreiben müssen. Das war ein recht läppisches Geschreibsel geworden. Max Halbe äußerte sich ernst abfällig darüber, als er im »Simpl« das Heftchen durchblätterte.

TABAKHAUS ZUM HAUSDICHTER

Gelegenheitsdichtungen brachten mir erfreuliche Einnahmen. Ich schrieb Gedichte und Liedertexte für Vortragskünstler, Vereine und festliche Veranstaltungen. Ein Bauersmann zahlte 40 Mark dafür, daß ich ihm einen Kartoffelnamen erfand. So hatte ich mir nach und nach fünfhundert Mark zusammengespart, mit denen ich nun etwas unternehmen wollte.

In der Zeitung wurde ein Zigarrengeschäft angeboten. Das kostete ungefähr soviel, wie ich besaß. Ich kaufte es.

Ein Laden in der Schellingstraße Nr. 23, also ganz nahe vom »Simplizissimus«. Die Einrichtung bestand aus einem Regal, einem Ladentisch und zwei großen Wandspiegeln. Das lieh mir eine Zigarettenfirma, deren Fabrikate ich dafür bevorzugen mußte. Die gute Tante Seele stiftete Stühle, Haushaltsgegenstände, und was ich sonst noch zu meiner Bequemlichkeit gebrauchen konnte.

Ich machte mich nun daran, den Laden recht originell auszustatten. Das tat ich in ebenso kindischer wie geschmackloser Weise. Das Ladenschild ließ ich gelb anstreichen und darauf mit blauen Buchstaben schreiben: »Tabakhaus Zum Hausdichter.« An der Tür las man *»on parle français«*, *»english spoken«*, sowie einige Phantasiezeichen, die so taten, als verstünde ich Chinesisch. Ein *stud. med.* lieh mir ein menschliches Gerippe. Das legte ich ins Schaufenster, wo es zwischen Zigarrenkisten und Zigarettenschachteln herumwühlte. Dazu einen Riesenkäfer, ferner künstlich ausgestopfte Gebilde, die wie exotische Tiere aussahen, Bilder, Stiche »verkäuflich« und Totenköpfe aus Gips. Das Innere des Ladens schmückte ich ebenfalls aus mit Bildern, Photos, Büchern, läppischen Inschriften und Trophäen aus meiner Seefahrtszeit. Dazu ließ ich Karten drucken: »Haben Sie schon das merkwürdige Geschäft gesehen Tabakhaus Zum Hausdichter Schellingstr. 23?« Diese Karten steckte ich frech und heimlich im Münchner Glaspalast an die ausgestellten Gemälde.

Im März 1909 wurde der Laden eröffnet. Dunajec wimmerte auf seiner Geige. Lygia Romero, Mary Wacker und ein paar andere Künstler saßen bei mir. Es gab Kognak. Die ersten Kunden stellten sich ein, meist wohlhabende Bekannte aus dem »Simpl«, die groß einkauften. Es ließ sich alles gut an. Draußen auf der Straße staute sich eine neugierige Menge, die das Gerippe bestaunte und Hoffmanns Erzählungen lauschte.

Aber bald tauchten die ersten Sorgen auf. Eine ältere adlige Dame stellte sich als Besitzerin des Hauses vor. Sie war sehr aufgebracht darüber, daß ich ihren Laden bezogen hätte, ohne mich ihr vorzustellen. Und das gelbblaue Ladenschild müßte abgeändert werden, da sie nur schwarzgoldene an ihrem Hause duldete. Dann kam der Hausmeister, der nebenher Meyers Konversationslexikon vertrieb. Auch er hatte Beschwerden, deutete aber an, daß er ein Auge zudrücken könnte, wenn ich Meyers Lexikon auf Abzahlung bestellen würde. Dann kam die Polizei. Es ginge nicht an, daß ich eine Volksansammlung verursache, die den öffentlichen Verkehr störte. Ich mußte das Gerippe entfernen. Dunajec durfte nicht mehr spielen. Dann kamen Malerchen und Dichterlinge, um mich reichen Geschäftsmann anzupumpen.

Ich litt unter diesen Kalamitäten sehr, weil ich sie ernster nahm, als sie es verdienten, und weil ich nervös war.

Denn nach Ladenschluß mußte ich in der Arcisstraße Seelchens Mutter Gesellschaft leisten, der kranken, mißtrauischen Dame aufmerksam und mäuschenstill zuhören, während ich doch Gedichte und Tabakbestellungen im Kopfe hatte. Um zehn Uhr abends ging ich dann zum »Simpl«, trug vor, schwärmte, lachte, redete, lernte Menschen kennen, wurde eingeladen, liebte und haßte.

Die offizielle Polizeistunde war drei Uhr. Häufig aber saßen wir dann noch hinter verschlossenen Türen bis zum hellen Morgen, um mit einem splendiden Sektgast weiterzuzechen oder über die Zwischenfälle zu klatschen, die sich im Verlauf der Nacht ereignet hatten. Es kam Kathi nicht auf die Geldstrafe an, die sie zahlen mußte, wenn der böse, unbestechliche (nicht der gute, bestechliche) Schutzmann uns erwischt hatte.

Im Mai wurde das siebenjährige Stiftungsfest gefeiert. Kathi verstand es meisterlich, ihr Lokal zu füllen. Sie fand immer wieder neue Jubiläen heraus oder sonstige Anlässe, die gefeiert werden mußten. Um die Popularität zu erhalten und zu steigern, die sie und ihr Lokal längst hatten, besuchte sie alle anderen Münchner Lokale und die Theater und Konzerte und Ausstellungen. Weil sie dabei nicht allein sein mochte, nahm sie sich immer ein paar von ihren Künstlern mit, die sie dann auswärts mit Sekt, auf der Oktoberwiese mit Brathühnern und Starkbier bewirtete.

Sie brauchte mehrere Stunden und mancherlei Hilfsmittel, um sich herzurichten und anzukleiden. Weil sie sich für die Abendbeleuchtung schminkte, sah ihr Teint am Tag auf der Straße ein bißchen ordinär aus. Aber ihre repräsentable Erscheinung, ihre prächtige Kleidung und vor allem der Scharm ihrer Augen machten das wieder gut. Sie wurde überall froh empfangen, Hunderttausende kannten und verehrten sie. Viele beschenkten sie mit Schmuck und anderen wertvollen Dingen, die Maler mit Bildern, von denen manche später wertvoll wurden. Kathi nahm uns Künstler auch oft mit nach ihrer Villa Kathis-Ruh in Wolfratshausen.

Aber das weitverbreitete und von ihr selbst geschickt genährte Gerücht, daß sie eine Mäzenin sei und arme Künstler unterstütze, entsprach nicht der Wirklichkeit. Kathi Kobus schenkte niemals jemandem etwas, ohne Gegenleistung zu fordern oder ohne geschäftlichen Vorteil daraus zu ziehen. Und sie nutzte die Kräfte, die in ihrem Dienste standen, bis aufs äußerste aus. Vielleicht mußte das so sein. Anders hätte sie ihr Unternehmen wohl nicht so hoch gebracht.

Eines Abends kam der begabte Maler Constantin Holzer mit einem Freund ins Lokal. Holzer rief: »Kathi, mein Freund und ich wollen heute nacht um elf Uhr nach Paris fahren. Willst du mir vierzig Mark leihen?«

»Leihen nicht, aber schenken. Du schenkst mir dafür ein paar Bilder.«

Kathi zahlte ein Auto, damit Constantin einen Stoß seiner Bilder herbeischleppen konnte. Sein Freund freute sich, daß die Sache klappte, und bestellte indessen bei der Kellnerin eine Flasche Sekt. Constantin brachte die Bilder. Kathi, die einen guten Instinkt für Kunst hatte, wählte sich die besten aus und zahlte dem Holzer vierzig Mark. Der bestellte vor Freude darüber die zweite Flasche Sekt. Es mag sein, daß Kathi die dritte spendierte. Aber die vierte zahlte wiederum Constantin. Um zwei Uhr nachts saßen die zwei Freunde noch im »Simpl«. Beide hatten ihr Geld dort verjubelt und waren statt nach Paris in einen großen Rausch gefahren.

Mein Interesse an dem Zigarrengeschäft ließ allmählich nach. Das Geschäft ging immer schlechter, ich selbst war mein bester Kunde. Es kam vor, daß ich den Laden für zwei Tage im Stich ließ, ohne die Tür abzuschließen oder auch nur zuzuklappen. Niemals wurde mir in der Zeit etwas gestohlen.

Später engagierte ich eine Verkäuferin, ein braves, ehrliches Mädchen, zu dem auch ich brav war und blieb, obwohl sie angeblich oft geträumt hatte, daß ich sie geküßt hätte. Ich war überhaupt im Laden nie der dreiste und übermütige Mensch wie im »Simpl«, sondern fühlte mich im Geschäft ganz als kleiner, bescheidener Zigarrenverkäufer. Als mein Bruder einmal nach München kam und mich drei Tage im Laden vertrat, war er zu meiner Verkäuferin keineswegs so schüchtern wie ich. Aus der Buchführung ersah ich dann, daß er in den drei Tagen nur fünfzig Pfennige Umsatz gemacht hatte.

Wenn nach Polizeistunde im »Simpl« noch eine lustige Runde beisammen war, die gern weiterzechen wollte, zogen wir manchmal mit Schnapsflaschen und Hockern im Gänsemarsch über die Straße nach meiner Tabaksbude.

Am 7. August 1909 fuhr ich zur Hochzeit meiner Schwester nach Leipzig. Eine ordentliche Hochzeit mit kirchlicher Trauung, mit Equipagen und Festmählern. Als ich meine Tischdame abholte, die mir zu mager war, bat ich sie gleich um die Erlaubnis, mich gar nicht um sie kümmern zu müssen, sondern mich anderen Damen widmen zu dürfen. Sie erwiderte, das entspräche ganz ihrem eigenen Wunsche.

Für den Wolfratshausener Verschönerungsverein hatte ich zu einer Festlichkeit ein längeres Gedicht geschrieben, das die Verschönerungsvereine verulkte. Das sollte ich mit Koppel in Wolfratshausen vortragen. Nachdem ich es aber dem Vorstand zunächst einmal privat vorgelesen hatte, zahlte mich dieser aus und riet mir, schleunigst abzureisen.

München war damals keine bornierte, sondern eine lebendige, schöne Stadt. Das Königshaus lebte und ließ leben. Man zog fremde große Künstler und Gelehrte nach München, und das wirkte sich nach allen Seiten im besten Sinne aus. Man war fleißig und vergnügt. Damals ging's im »Simpl« dementsprechend zu.

Kathi hatte viel Humor, und sie lebte und ließ leben. Sie konnte dabei zwischendurch ein Vampyr, ein Löwe, ein Drache sein. Einmal riß ihr ein bekannter Maler vor Wut *coram publico* die Perücke vom Kopf. Es kamen unerhörte Schlägereien im »Simpl« vor. Der serbische Bildhauer Wingo zertrümmerte die großen Fensterscheiben. – Und wieviel Gläser zerschellten dort in Begeisterung oder Empörung.

Eines Nachts saßen zwei Damen mit Riesenhüten und malerischen Schultertüchern dort schüchtern im Gedränge. Ich überreichte ihnen zwei Rosen und ward so bekannt mit ihnen. Zwei Baltinnen aus Riga. Sie nannten sich Wanjka und Fanjka. Fanjka war eine Lehrerin, spießbürgerlich und hysterisch, worüber ich mir aber erst viel später klar wurde; Wanjka eine sehr begabte, arme Malerin, der ein Stipendium die Reise nach München ermöglicht hatte. Für beide war der Besuch im »Simpl« ohne männliche Begleitung ein verwegener Entschluß und ein ungeahnt künstlerisches Erlebnis. In Riga wäre das aus gesellschaftlichen Rücksichten nicht möglich gewesen. Ich lud die Damen ein, mich doch einmal in meinem Tabaksladen zu besuchen. Das taten sie denn auch, aber es kostete sie viel Überwindung. Dann befreundeten wir uns etwas und mehr und mehr, und ich besuchte sie in Dachau, wo sie Natur und Menschen studierten, skizzierten und sich amüsierten. Mit Pinsel und Klampfe in der bayrischen urwüchsigen Gemütlichkeit und Derbheit.

Nachts nach dem »Simpl« fuhr ich noch nach Dachau und nahm ein Zimmer im Gasthof Ziegler. Weil ich dort, bevor ich die Baltinnen aufsuchte, auf der Terrasse dichten konnte, mit einem weiten Blick auf herrlichen Sonnenaufgang.

Hinterher besuchte ich Wanjka und Fanjka. Sie zeigten mir, was sie gemalt hatten, und führten mich zu neu entdeckten Motiven, die sie malen oder zeichnen wollten. Auch malten sie mich selbst.

Ich wußte, daß das nicht leicht war. Alle Maler im »Simpl« und auch fremde hatten sich an mir versucht. Meine lange Nase und mein zackiges Profil reizten zur Karikatur. Aber mir scheint, daß die meisten Maler über der Karikatur das Porträt vergaßen.

Wanjka, Fanjka und ich zogen mit Mohnblumen geschmückt durch die Dorfstraßen. Längst nannten wir uns du. Wir sangen, und ich trieb allerlei Übermut, der die Mädchen genierte und doch gleichzeitig amüsierte. Die dunkeläugige Wanjka rauchte eine Zigarette nach der anderen.

Wir lagerten uns im Grünen. Die Mädchen erzählten von ihrer Heimat, von ihrer Kindheit, von der Revolution, die sie in Riga erlebt hatten. Fanjkas Bruder war als Knabe von einem Letten »aus Laune« ermordet worden.

Beide Mädchen hatten keine Eltern mehr und mußten sich selbst ernähren. Fanjka und Wanjka waren tapfere und bescheidene Menschen.

Einmal saß ich wieder bei Aufgang der Sonne auf der Zieglerschen Terrasse. Um diese Stunde war kein anderer Gast dort.

Da stürzten von zwei Seiten zwei Gendarme herein und packten und befühlten mich mit dem Rufe: »Haben Sie Waffen bei sich?«

»Ja, einen Bleistift.«

»Haben Sie einen Ausweis bei sich?«

»Nein.«

Ich wurde zur Wache geführt, von einem Wachtmeister ins Verhör genommen. Ich fragte, was ich verbrochen haben sollte.

Ja, es wäre doch verdächtig, daß jemand jeden Morgen so früh nach Dachau käme und soviel auf Zettel schriebe.

Man holte telephonisch Auskunft über mich ein. Dann wurde ich entlassen.

Neue Bekannte im »Simpl«: Erna Krall, eine Philologie studierende Freundin von Wanjka.

Die aparte Lotte Pritzel, deren geschätzte Puppen gar keine Puppen, sondern grazile Kunstwerke waren. Sie und die ernste, tiefsinnige Dichterin Emmy Hennings trugen damals schon Pagenfrisur.

Walter Foitzick, ein witziger Kunsthistoriker und ein unterhaltender Gesellschafter.

Die begabten Maler Max Unold und R. J. M. Seewald. Unold besaß einen köstlichen Humor. Er konnte entzückend erzählen und vortragen.

Es hatte sich ein Konkurrenzlokal aufgetan, der »Serenissimus«. Ich schrieb ein Serenissimuslied dafür. Honorar dreißig Mark.

Exotische Prinzen, berühmte Verleger, bedeutende Kaufherren tauchten im »Simpl« auf.

Vergeblich versuchte ich, meinen Tabaksladen zu verkaufen. Es fand sich kein Käufer. Da ich für noch zwei Monate die Miete zahlen mußte, so wollte ich diesem Unternehmen, das ich so fröhlich begonnen hatte, auch einen lustigen Schwanz geben. Ich lieferte deshalb von nun an alle geforderten Waren gratis. Wenn ein Kunde zehn Queen verlangte, erhielt er zehn Queen (solange der Vorrat reichte). Fragte er: »Was kostet das?« so sagte ich: »Nichts!«

Die Wirkung dieser Geschäftsführung war ebenso amüsant wie interessant. Es gab Kunden, die empört waren und auf mich einhauen wollten. Was mir einfiele; sie ließen sich nichts schenken. Andere Kunden waren gerührt. Es kam vor, bis zu Tränen gerührt. Und sie kehrten bald zurück, nicht um nochmal so billig einzukaufen, sondern um mir Gegengeschenke zu bringen. Meistens Bilder oder Bücher, weil sie aus der Ladeneinrichtung schlössen, daß ich Liebhaber davon wäre. Fälle von Ausnutzungen waren zu meiner Verwunderung recht selten. Witterte ich aber etwas dergleichen, dann reagierte ich lustig-sauer.

Hinter der Schaufensterscheibe hing eine Gardine, die für mich von innen durchsichtig war, mich aber den Straßenpassanten verdeckte. Zwei Studenten blieben stehen. Der eine sagte: »Du sieh mal, ... das ist ein ganz verrückter Kerl. Wir wollen einmal hineingehen und eine Zigarette verlangen, die es gar nicht gibt.« Das hörte und sah ich. Rasch war ich hinter der Theke. Die Studenten traten ein.

Was steht zu Diensten? Einer der Studenten sagte ungefähr so: »Ich möchte zwanzig Wapipa.«

Wapipa gab es natürlich nicht. Aber ich führte eine billige Blanko-Zigarette, die keine Inschrift trug. Davon packte ich zwanzig Stück ein.

»Was kostet das?«

Ich antwortete kurz, streng und vornehm: »Nun, das wissen Sie doch als Kenner der Wapipa, – zehn Mark!«

Und fasziniert von meinem vornehmen Blick zahlte der arme Dachs die hohe Summe von zehn Mark.

Am 31. Dezember 1909 erlosch meine Firma »Tabakhaus Zum Hausdichter«. Ohne Musik.

EINFLUSSREICHE NEUE FREUNDE

Wieder kam der Fasching mit wilden Festen und Bällen. Da war der Schwäbische Ball, auf dem Kathi und wir Künstler alle in echten Trachten erschienen. Seele hatte von ihrem Mann noch wertvolle Kostüme für mich. Dann folgten der Russenball, der Presseball, der Gauklerball, ein Ball nach dem anderen, auch solche in Privathäusern. Dann veranstaltete Kathi ihren eigenen Hausball in dem Lokal »Die Blüte«. Ich ging durch all den Taumel als ihr *poeta laureatus.*

Längst schon hatte ich mir eine Künstlermähne wachsen lassen. Und saß nachmittags interessant im Café Stefanie mit anderen Größenwahnsinnigen zusammen. Aber das Treiben in der rauchigen Luft des »Simpls« widerte mich schon an.

Zänkerei und Eifersüchtelei verfeindeten die Vortragenden untereinander. Anni Trautner ward ohnmächtig, weil die goldige Mucki Berger mehr Applaus als sie hatte. Ich mußte die Bewußtlose in einer Droschke heimfahren und ihr unterwegs das Korsett zerschneiden. Die Goldgier und die Rücksichtslosigkeit der Kathi empörten bald den einen, bald den andern von uns. Einer war immer mit ihr böse. Eine Art Bajazzogefühl kam über mich.

Während dieser wachsenden Verbitterung lernte ich neue Menschen kennen, die mir viel zu denken gaben, indem sie mir Bitteres oder Freundliches sagten.

Oskar Dolch war ein Kunsthistoriker, der vom Kunsthandel lebte. Trotz seiner jungen Jahre galt er schon als ein hervorragender Kenner alter Malerei. Wenn er auf Kunstauktionen auf irgend etwas bot, spitzten die erfahrensten Sachverständigen. Sein kluges, bescheidenes Wesen zog mich sehr an. Auch hatte er eine eigene scharmante Art, ebenso mit Damen wie mit den einfachsten Mädchen zu flirten.

Dr. Milk bekleidete eine hohe Beamtenstelle. Kam er in den »Simpl«, so geschah das gewissermaßen nur inkognito. Er dichtete auch, hatte schon Bücher herausgegeben, die mich ebenso fesselten wie seine durchdachten, etwas mystifizierten Gespräche.

Es revoltierte etwas in mir. Ich war als Sachse und von meinen Lehrern, auch von meinen Eltern aus, ich war durch mein ganzes bisheriges Leben mit einem Wust von Vorurteilen angefüllt. Wenn ich nun etwas als anders erkannte, so schoß meine Bewunderung oder meine Verachtung oft gleich weit übers Ziel.

Ich las Hebbels Tagebücher. Das regte mich an, mir selbst laufende Notizen über meine Erlebnisse zu machen. Ich las zum erstenmal Hamlet. Frau Dora Kurs schenkte mir die Schlegel-Tiecksche Shakespeare-Ausgabe. Mit *Dr.* Walter Eitzen hatte ich schon in meinem Tabaksladen lange philosophische Gespräche gehabt, die ich meinerseits schriftlich führen mußte, weil er taub war. Nun empfahl er mir *Dr.* August Messers »Geschichte der Philosophie«. Dieses Buch wurde mir eine anstrengende, aber aufregende Lektüre. Ich wurde grüblerisch. Im April 1910 hörte ich Joseph Kainz rezitieren. Das war ein großer Eindruck. Als er mit Wedekind ernst den Saal verließ, sagte jemand neben mir: »Der Kainz lebt nicht mehr lange.«

Der geniale Hochstapler Peter Anter, für den ich einen Operettentext geschrieben hatte, teilte mir mit, daß mein Text unbrauchbar wäre, und nahm Abschied von mir auf fünf Monate Gefängnis.

Meine Eltern schrieben, Ottilie hätte ein Töchterchen geboren. Im übrigen waren sie besorgt um meine Zukunft.

Mutter riet mir ernstlich, ein Handwerk zu ergreifen, etwa Schuster zu werden. Aber ich wollte doch ein Dichter werden. Das war mein glühender Wunsch. Papa hatte irgend was an Paul Heyse auszurichten und sandte mir einen verschlossenen Brief, den ich persönlich Herrn Heyse übergeben sollte. Wahrscheinlich hoffte mein Vater, daß bei dieser Begegnung etwas Günstiges für mich herausspringen könnte.

Herr Heyse wohnte vornehm und sah höchst gelehrt und würdig aus. Ich genierte mich sehr vor ihm. Er ließ mich Platz nehmen und fragte, ob ich seine Dichtungen kennte.

»Ja«, sagte ich, obwohl ich nur das Lied vom schönen Sorrent kannte.

»So? Was kennen Sie zum Beispiel?«

»Wie die Tage so golden verfließen ...«

»Woher kennen Sie das?«

»Wir haben es oft auf See gesungen.«

»Wie haben Sie es gesungen?«

Darauf wußte ich nichts Rechtes zu antworten.

»Singen Sie es einmal vor!« sagte Heyse wie ein Schulmeister. Ich und singen?! Ich wurde immer verlegener. Aber Heyse ließ nicht locker, und schließlich blieb mir nichts übrig, als das Lied heiser und zitternd vorzutragen. Dann wurde ich entlassen.

Ich dichtete viel, lyrisch und sentimental. So schrieb ich einen Roman »Ihr fremden Kinder«. Den bot ich mehreren Verlagsanstalten an. Niemand wollte ihn drucken. Zuletzt brachte die Zeitschrift »Guckkasten« ein Kapitel daraus.

Im »Simpl« machte ich Paul Linckes Bekanntschaft. Das war der Komponist, der so viele Volkslieder geschaffen hatte, die meine Kindheit begleiteten. Er war übermodern gekleidet und trug auch seinen Schnurrbart in einer extraschicken Fasson. Ferner lernte ich kennen den Lustspieldichter Carl Rößler, Bruno Frank, Hans von Olden, Willy

Seidel, den Fabeldichter Etzel und den E. Th. A. Hoffmann-Forscher Carl Georg von Maassen und andere.

Der Verlag Schreiber-Eßlingen brachte im Juni 1910 ein Bilderbuch für Kinder mit Text von mir heraus unter dem Titel »Kleine Wesen«. Gleichzeitig erschien zum erstenmal eine Prosaarbeit von mir in der »Jugend«. Das erfüllte mich mit stolzer Freude. Ich kaufte und verschenkte viele Exemplare dieser Jugendnummer. Ich sah mir immer wieder an, wie sich das gedruckt ausnahm: »Die wilde Miß vom Ohio.« Und ich wurde heimlich aufgeregt, als ich im Kaffeehaus den genialen Maler und geistreichen Menschen Vorel nach jener Jugendnummer greifen sah.

Aber bald sank ich wieder in meine deprimierte Stimmung zurück. Ich fragte bei meiner in Berlin lebenden Tante Liese an, ob sie mir pekuniär ermöglichen wollte, daß ich mein Abitur nachholte, um dann ein Studium zu ergreifen. Denn ich litt bitter darunter, daß fast alle meine Bekannten studiert hatten oder doch gebildeter waren als ich. Der Pflegedienst bei Seeles kranker Mutter einerseits und das Nachtleben im »Simpl« andererseits ließen mir keine Zeit, mich selber weiterzubilden. Tante Liese antwortete abschlägig.

Ich ärgerte mich bis zum Haß über Kathi Kobus und lief ihr einmal davon. Aber sie holte mich wieder. Wenn es ihr darauf ankam, verstand sie es ja so gut, jemanden zu bestricken, und da sie mir dazu fünfzig Pfennige mehr pro Abend bewilligte, blieb ich nun weiter bei ihr.

Ich wurde dem Baron Thilo von Seebach vorgestellt, der ein außergewöhnlich tiefes Wissen auf den meisten geistigen Gebieten besaß. Er stand einem bibliophilen Kreis nahe, der sich um C. G. von Maassen scharte und dem Unold, Graf Klinkowstroem, die Balten Arthur Knüpffer, Helmut von Schulmann, die Gebrüder von Hoerschelmann sowie andere Herren angehörten. Seebach führte den Spitznamen Biegemann.

Der Baron ließ mich anfangs genauso seine geistige und gesellschaftliche Überlegenheit fühlen, wie es die anderen taten, Maassen, wenn er mich auslachte, weil ich nicht wußte, was »prophylaktisch« bedeutete; wie es sogar der gutmütige, aber geistig völlig unbelastete H. v. L. tat, wenn er mir etwa sagte: »Das geht aber nicht, mein Lieber, daß du zum Smoking einen weichen Kragen trägst.« Doch waren sie alle dabei liebenswürdig und gastfrei, und ich lernte von ihnen allen, profitierte insbesondere in bezug auf Geschmack und Manieren. Meine Zuneigung zu Seebach wuchs rasch, führte zu einer innigen Freundschaft.

Am 28. Juli 1910 erschien mein erstes Buch im Hans-Sachs-Verlag in München. Ein dünner Band lyrischer Gedichte. Gedichte, wie sie von Tausenden junger Schwärmer gedichtet werden, aber in ehrlichen Stimmungen mit unbeschreiblicher Leidenschaft geschrieben. *Dr.* Milk überraschte mich dabei, wie ich die Korrekturbogen in der traulichen Weinstube Bavaria-Osteria mit innerlicher Aufregung durchlas. Er sah mir ins Blatt und sagte nach einiger Zeit, den Finger bedeutungsvoll hebend: »Ich sage Ihnen, Ihre Linie geht nach oben.«

Das Buch hatte ich meinem Vater gewidmet. Der freute sich darüber, wohl schon deswegen, weil damit endlich einmal etwas Positives aus meiner Lebensweise kam. Pekuniär lag das zwar anders. Mein Vertrag war so: Alle Unkosten trägt der Verlag. Bei etwaiger dritter Auflage würde ich Prozente erhalten.

Bei einem öffentlichen Preisausschreiben für das beste Studentenlied ging ich textlich als Sieger hervor mit einem wenig originellen Gedicht »Mit dabei«. Als man in einer zweiten Konkurrenz die Entscheidung über die beste Komposition dazu austrug, war ich zugegen. Über tausend Studenten sangen meinen Text in verschiedenen Kompositionen. Da ich aber zu dieser eindrucksvollen Veranstaltung nicht geladen war, noch mich vordrängen wollte, ließ ich mich ganz allein dort in einem versteckten Winkel nieder. Monate danach wagte ich endlich einmal anzufragen, worin nun eigentlich mein erworbener Erster Preis bestünde. Daraufhin erhielt ich eine Postanweisung über fünf Mark.

Seebach unterrichtete mich jetzt täglich in Latein, Geschichte, Literaturgeschichte und anderem. Er war zehn Jahre älter als ich. Einen Beruf hatte er nicht, hatte er nach seinen Studienjahren wohl nie gehabt. Er stellte selbst die Scherzfrage: »Das Erste ist flüssig, das Zweite ist flüssig und das Ganze ist überflüssig? – Antwort: See – Bach.« Wovon er lebte, wurde mir nie ganz klar. Die ihm ausgezahlten Erbanteile mußten längst verbraucht sein. Wohl beobachtete ich, daß er gelegentlich Inkunabeln oder eine wertvolle Münze verkaufte. Er war als Bibliophile ebenso versiert wie als Numismatiker. Die Miete blieb er jahrelang schuldig. Trotzdem mahnte ihn seine Pensionswirtin nie, blieb unverändert nett zu ihm. Er war immer gediegen angezogen. Sein inneres wie sein äußeres Wesen waren betont aristokratisch. Mir gegenüber lachte er aber darüber, wie er denn überhaupt in mir nur das Menschliche suchte. Er las tagsüber, abends trank er viel billigen Schoppenwein und rauchte billige Zigaretten dazu. Angeheitert beschimpfte er laut rücksichtslos und mit einem scharf geschliffenen Humor den Wirt und die Gäste, wo immer er saß, warf ihnen Feigheit, Ignoranz oder jüdische Gesinnung vor. Mit anderen Leuten bändelte er freundschaftlich an, aber ebenso deutlich und auffallend. Saß er allein in einem Lokal, so forderte er wohl auch plötzlich eine ihm fremde, seriöse Gesellschaft auf, mit ihm das Lied zu singen »Im Nachttopf ist es still und kühl«. Oder er schnüffelte umher und sagte auf einmal mit tiefernster Stimme vor sich hin: »Und immer dieser Blutgeruch!« Das geschah immerhin in einer so komischen Manier, daß ihm kluge Leute nicht so leicht böse wurden. Nur mit den jungen Studenten bekam er immer Händel.

Wenn ich Biegemann mittags besuchte, lag er und blieb er noch im Bett. Und las in einem Buch. Von diesem Buch ging er dann aus in seiner belehrenden Unterhaltung. Manchmal wurde dieser Unterricht dadurch unterbrochen, daß ein Kartellträger sich einstellte, um dem Baron eine Forderung zu überbringen. Das kam aber immer darauf hinaus, daß solch ein Student zuletzt versöhnt mit Seebach im Wirtshaus saß. »Ich werde mich in meinem Alter doch nicht mehr schlagen!« sagte Seebach. Er war ehedem ein schneidiger Fechter gewesen.

Als ich mit Biegemann aus dem berühmten Frühlokal Donisl kam, sah ich einen Mann mit erhobenem Stock auf ihn eindringen. Ich kam zuvor und hieb mit meinem Stock auf den Kerl ein. Seebach beteiligte sich nicht, sondern schrie nur immerzu und suchte mich zurückzureißen. Nun hörte ich, was er schrie: »Halt ein! Du schlägst meinen liebsten Freund tot!« Der andere, ein Studienfreund von Seebach, hatte diesen in einer Fechterstellung begrüßen wollen. Bindet die Klingen.

Bruno Frank kam häufig in den »Simpl«. Er ging dann nach Polizeistunde noch mit mir zum Hauptbahnhof, wo man im Wartesaal Kaffee trinken konnte, wenn man *pro forma* eine Fahrkarte löste. Bruno Frank imponierte mir sehr. Er benahm sich in allem ausgesucht ästhetisch und war als Schriftsteller bereits so arriviert, daß er für die Zeitschrift »Simplizissimus« schrieb, was wir Jungen alle anstrebten. Außerdem bewohnte er im besten Hotel ein teures Zimmer mit vornehmem Bad und verkehrte im Hause Thomas Mann. Über diesen schrieb er verschiedentlich. Frank sagte mir, es wäre sein höchster Wunsch, einmal ein Dichter wie Thomas Mann zu werden. Jene langen, anregenden Nachtstunden auf dem Hauptbahnhof waren frohe und herzliche.

Die Zeitschrift »Licht und Schatten« schrieb eine Preiskonkurrenz aus für die beste ernste oder heitere Novelle.

Thomas Mann war einer der Preisrichter. Bruno Frank war überzeugt davon, daß er den Ersten Preis erhielte. Dann traf ich Willy Seidel. Der war überzeugt davon, daß er den Ersten Preis erhielte.

Ich verbrachte drei Tage in Oberammergau, sah mir die Festspiele an. Der Lazarus hatte mich im »Simpl« dazu eingeladen. Ich wohnte bei ihm. Es war die letzte Vorstellung der Saison. Kaum war sie vorüber, so bot der Ort einen drolligen Anblick. Überall auf den Dorfstraßen klapperten Scheren. Die Oberammergauer ließen sich Bärte und Langhaare scheren.

Im Oktober schloß der Verlag R. Piper & Co. einen Buchvertrag mit mir.

Ich hatte kleine Ulkreime geschrieben, zu denen der Maler Seewald entzückende Illustrationen zeichnete. Nach diesen Verschen von mir ist dann später so häufig gesagt worden, ich lehnte mich an Morgenstern an. Aber damals, als ich sie schrieb, hatte ich noch keine Zeile von Morgenstern gelesen.

Um diese Zeit wurde auch mein Schiffsjungentagebuch angenommen. Der Verlag »Die Lese« feierte gerade ein Jubiläum und gab seinen Autoren ein Frühstück in einer Privatvilla. Auch ich als jüngster Autor war dazu geladen. Ich gab mich sehr würdig in dieser Gesellschaft. Bis ich an einer chinesischen Decke hängen blieb und dabei acht Gläser Champagner auf dem Flügel umstieß.

In der »Lese« war ein kleines Tippmädchen angestellt, namens Marietta. Dies zierliche Ding trat nachdem im »Simpl« in Erscheinung, indem sie dort Gedichte hersagte und mit einer scharmanten Frechheit aller Herzen gewann.

Ich wurde sehr krank, mußte eine Drüsenoperation durchmachen, lag längere Zeit ganz lebensmüde zu Bett. Bruno Frank besuchte mich, brachte mir weiße Rosen. Seebach, *Dr.* Milk und andere besuchten mich, brachten mir Wein, Zigaretten und Bücher. Und Seelchen pflegte mich aufopfernd. Als ich endlich wieder in den »Simpl« konnte, wurde ich dort herzlich empfangen. Man hatte mich vermißt. Das tat mir wohl. Auch daß mir Scharf erzählte, ihm und Dauthendey hätte meine kleine Skizze »Sie steht doch still« gut gefallen.

Man nahm mich schon ein wenig ernster. Die »Woche« trat an mich heran, bat um eine neue Arbeit. Aber die Freude über solche kleinen Fortschritte hielt nie lange an. Denn andererseits wuchs auch mein Gefühl für Kritik und Selbstkritik.

Biegemann verreiste, um sich mit einer Baroneß Nolcken zu verloben, der auch ich einmal auf einem *Bal paré* vorgestellt war.

Ich sah Ibsens »Nordische Heerfahrt«, aber das Stück gefiel mir nicht. Ich las alles, was Bruno Frank schrieb oder was er mir empfahl, z. B. eine Novelle seines Freundes Willy Speyer »Wie wir einst so glücklich waren«. Die schien mir nun zwar reichlich stark von Thomas Mann beeinflußt, aber ich beneidete doch Frank wie Speyer um solche Erfolge. Ich fühlte mich weit hinter diesen soviel jüngeren Menschen zurück. Sie hatten die Bildung, die Zeit zum Schreiben. Sie hatten Geld. Geld schien mir auf einmal der Schlüssel für alles. Geld zum Gesundwerden. Geld zum Arbeitenkönnen. Geld zum Lernen. Geld zum Reisen. Ich fing an, Lotterie zu spielen. Ohne den geringsten Erfolg. Als ich eines Nachts in eine Roulette spielende Gesellschaft geriet und mich mit einem kleinen Einsatz beteiligte, gewann ich hundert Mark. Die mußte mir ein reicher Herr auszahlen. Er vergaß es aber, und ich wagte aus Respekt nie ihn zu mahnen.

Sehr oft gingen wir, Seebach, ich, die baltischen Freunde und was sich sonst gerade dazufand, noch in später Nacht zu Herrn von Maassen. Der besaß eine behagliche, originelle Wohnung und eine große, interessante Bibliothek, hauptsächlich Bücher der Romantiker.

Maassen stammte aus Hamburg. Er war ein hochgebildeter Mann von mitreißendem Humor, und er bot seinen vielen Bekannten liebenswürdige Gastfreundschaft. Die Burgundergläser klirrten, und der aufgeregte Rabe Jakob durfte mittrinken, wurde auch wie wir, nur noch schneller animiert. Manchmal briet Maassen sogar im »Lucullus« eine Gans. Er und die anderen Herren dort verstanden sehr viel vom Schlemmen und Kochen. Sie waren auch alle einmal in Paris gewesen, hatten alle einmal in Monte Carlo gespielt. So sprach und stritt man auch zumeist über Bücher, Kunst und Gastrosophisches. An die Nächte in diesem geistvollen und ausgelassenen Junggesellenheim denke ich mit dankbarem Vergnügen zurück.

So kam ich dazu, die besten Bücher zu lesen. »Tristram Shandy« – »Gargantua und Pantagruel« – »Simplicius Simplicissimus« – Gontscharows »Oblomow«.

An einem Februarmorgen 1911 ging ich müde und verkatert heim. Da hörte ich meine Tante – mit der ich mich derzeit gerade etwas überworfen hatte – bitterlich schluchzen. Ihre Mutter war nun endlich gestorben.

Ich tröstete Seelchen, so gut ich es konnte. Da die Leiche nach bayrischer Sitte noch am selben Tage aus dem Hause mußte, um dann einen Tag lang öffentlich ausgestellt zu werden, nahm ich der Tante die nötigen Gänge zum Arzt, zur Totenfrau, zur Polizei usw. ab. Als die Leichenfrau die tote Mutter wusch und einkleidete, gab die Leiche einen grausigen Laut von sich, über den Seelchen und ich im Nebenzimmer sehr erschraken. Es gelang mir, die Tante mit einer falschen Erklärung zu beruhigen.

Meine Nerven waren derart herunter, daß ich Halluzinationen hatte und mich morgens fürchtete, durch den dunklen Treppenflur zu gehen.

Dora Kurs sandte mir die »Renaissance« von Gobineau, ein Buch, das mir sehr mißfiel. Vater schenkte mir den Roman »Aus der alten Fabrik« von dem Dänen Bergsöe.

Dieses Buch hatte ich schon zehnmal mit Rührung und Genuß gelesen. Es war auch ein Lieblingsbuch meines Vaters.

Ich hörte einen Vortrag des Polarforschers Nordenskiöld. Ich sah Wallenstein und andere Theaterstücke.

Die Zeitschrift »Simplizissimus« lehnte meine Geschichte »Durch das Schlüsselloch eines Lebens« ab, ermutigte mich aber diesmal durch einige beifällige Bemerkungen. Als ich die kurze Erzählung an Thomas Mann einsandte mit der Bitte um Beurteilung, schrieb mir dieser: »Die kleine Sache ist recht artig vorgetragen.«

Ich sehnte mich nach Freiheit. Im »Simpl« hielt ich es nicht mehr aus. Längst schon wollte ich die Nachtstellung dort aufgeben, aber ich war völlig energielos geworden. Außerdem schuldete mir Kathi Kobus noch Geld, und sie verzögerte die Herausgabe, weil sie meine Absicht durchschaute und genau wußte, daß sie mich, wenn ich diesmal fortginge, nicht wieder zurückholen könnte. Endlich redete ich ihr doch ein, daß ich gesundheitlich Erholung brauchte, da gab sie mir Urlaub und mein Geld. Der Schriftsteller Ferdinand Kahn war dabei, als ich den »Simpl« verließ. Auf der Straße spannte ich einen nagelneuen Regenschirm auf und sprang vor Vergnügen mit beiden Füßen hinein. Freiheit!

Seebachs Braut hatte mich auf das Gut ihrer Eltern nach Kurland eingeladen. Biegemann selbst erwartete ein paar tausend Mark, die ihm ein Geschäftsmann verschaffen wollte. Mit diesem Geld gedachte er nach Kurland zu reisen, um zu heiraten. Ich hatte Biegemann manchmal ein kleines Geldchen zugesteckt. Aus Dankbarkeit wollte er mich nun auf seine Kosten mit nach Kurland nehmen. Wir verabredeten, daß ich ihn in Kufstein erwarten sollte. In zwei bis drei Tagen wollte er mich dort abholen oder mir Nachricht geben. Ich hatte noch für etwa sechs Tage zu leben. Also gab ich ihm meinen Paß, um das Visum zu besorgen, und fuhr nach Kufstein.

Ich bezog das beste Hotel und lebte gar nicht sparsam, weil mir Seebach gesagt hatte, ich sollte nur anschreiben lassen. Er würde mich auslösen.

Nun bot sich mir die Zeit zum freien Dichten, die ich mir so lang gewünscht hatte. Aber ich schrieb nichts. Die herrliche Umgebung lockte zu Spaziergängen. In einer sternenlosen Nacht geriet ich im Wilden Kaiser in einen Wolkenbruch mit furchtbarem Gewitter. Ich befand mich gerade in einem finsteren Walde und hatte den Weg verloren. Da mußte ich schließlich auf allen vieren kriechen und, nachdem ich sechs Revolverpatronen verschossen hatte, für jeden Schritt den kurzen Schein der Blitze ausnutzen, die links und rechts von mir in die Bäume schlugen. Später konnte ich mich davon überzeugen, welchen gefährlichen Weg ich da passiert hatte. Als ich frierend, naß und müde eine Hütte erreichte, machte ich mir keine Hoffnung, dort noch Leute wach anzutreffen oder gar ein Unterkommen zu finden. Ich klinkte. Die Tür gab nach. In einem hellen Raum saßen Touristen beim Wein, eine Harfe erklang, von einem Tiroler in kurzer Wichs gespielt. Zwei von den Gästen schrien gleichzeitig auf: »Der Hausdichter von der Kathi!« Ich erfrischte mich an einem Sahnengericht, das man Maibutter nannte, und es wurde eine fröhliche Nacht. Andern Morgens marschierte ich weiter, stieg bis zum Stripsenjoch hinauf. Die Hütte dort war auf der einen Seite ganz vereist. Von der anderen Seite blühten liebliche alpine Pflanzen.

Ich erkor mir den Hilfsarbeiter Alex zum Freund, weil ich Gesellschaft in Kufstein vermißte. Alex war auch Wilderer, im übrigen unsagbar dumm und faul, jedoch ein hübscher Bursche. Wir unternahmen Ausflüge. Eines Nachts lud ich ihn feierlich zu einer Flasche Sekt ein, um mit ihm Brüderschaft zu trinken, dann streiften wir durch einen dunklen Wald. Da kamen wir auf Mord und Totschlag zu sprechen. Plötzlich blieb Alex stehen, drückte mir treuherzig die Hand und sagte in seinem Dialekt: »Das eine kannst mir glauben, daß ich dich nie von hinterwärts erstechen werde.«

Ich liebte mein Hotelzimmer und ging gern zu den Bauern und in deren Ställe. Es waren vier bis fünf Tage vergangen, ohne daß Seebach etwas von sich hören ließ. Aber ich vertraute eisern auf ihn. Ein Honorar half mir weiter. Ich lernte neue Bekannte kennen, so einen lustigen Herrn Busch, der früher in Afrika gewesen war und jetzt künstliche Blumen fabrizierte. Durch ihn wurde ich Stammgast in der bekannten Weinkneipe Schicketanz. Der langbärtige Schicketanz hatte einen Hund, der Pfeife rauchte.

Kufstein wurde mir zu teuer. Ich gab mein Hotelzimmer auf. Als ich die Rechnung bezahlen wollte, fehlten mir noch sechs Kronen. Verlegen schützte ich einen Spaziergang vor, wanderte vor die Stadt und ließ mich in einem Garten nieder. Da hatte ich ein kleines Erlebnis, das mich später in Träumen verfolgte. Im Sande kroch ein Tier, das so aussah wie ein großer Tausendfuß. Ein vorbeitrottender Bernhardiner machte einen spielerischen Satz und quetschte dabei mit seiner Tatze die eine Hälfte des Tieres im Sande fest. Nun arbeitete das halb verschüttete Tier mit den Beinen, die es noch frei hatte, verzweifelt um sich.

Als ich bedruckst nach dem Hotel zurückging, las ich in einem Trafik, daß ich für wenig Heller im Lotto dreißig Kronen gewonnen hatte. Im Hotel erwartete mich eine zweite Überraschung. Ein Honorar, das ich allerdings erwartete, war telegraphisch eingetroffen.

So reiste ich mit fünfzig Mark nach Straß im Zillertal, wo ich unter unfreundlichen Menschen acht verregnete Tage verbrachte. Zwar fing ich eine kleine Liebelei mit der Postexpedientin an und sah ferner zu, wie man mit österreichischen Militärhengsten ländliche Stuten belegte. Aber das bäurische Postmädchen war blöde, und das Belegen dauert auch nicht ewig. Ich war froh, als mich Seele nach ihrer Sommerfrische ins Ötztal einlud. In Lengenfeld wohnte sie. Eine schöne Gegend. Aber dumm! Infolge Inzucht gab es unter den Einwohnern viele Idioten. Ich konnte mich stundenlang mit den idiotischen Kindern unterhalten. Seele war reizend zu mir. Ich lachte sie freundlich aus, weil sie die Manie hatte, auf Ausflügen so viel Blumen und Zweige abzurupfen, daß sie vor Schlepperei nie zu einem vollen Genuß kam. Aber sie liebte und pflegte die Blumen daheim zärtlich. Als ich auf einem Spaziergang ganz unnötigerweise, nur um kühn zu sein, in einer schmalen und kurzen, aber ganz steilen Felsspalte hochkletterte, von Busch zu Busch, mußte ich – da ich nicht mehr umkehren konnte – durch den Kadaver einer abgestürzten Kuh kriechen. Das war entsetzlich.

Ich wollte endlich wissen, wie es um Seebach stand, und fuhr nach München. Ich wußte, daß er ins Hotel Wagner übersiedelt war. Als ich nun dort sein Zimmer betrat, traf ich nur eine fegende, ältliche Zimmerfrau. Der Baron wäre soeben fortgegangen. Sie wüßte nicht, was der Baron eigentlich hätte. Er sagte immer was von Blutgeruch. Die Zimmerfrau hielt im Fegen inne und schnüffelte nach allen Seiten: »I riach fei nix!«

Biegemanns Geldangelegenheit hatte sich verzögert. Ein paar Tage logierte ich bei einer zärtlichen, klugen Frau, dann fuhr ich mit meinem Gepäck nach dem Hotel Wagner. Seebach und ein Oberkellner, Seite an Seite, waren gerade damit beschäftigt, unter laut anfeuernden Rufen und gleichmäßigen Stößen den Deckel eines überfüllten Rohrplattenkoffers zuzudrücken. Beide waren vor Anstrengung und Frühschoppen krebsrot im Gesicht.

Wir reisten ab. Zunächst nach Berlin, wo wir zwei Tage im Hotel Töpfer wohnten. Dann für einen Tag nach Danzig, wo Seebach seine Mutter besuchte, mit der er nicht sonderlich herzlich stand. Dann weiter nach Riga.

[…]

KLEIN-OELS

Es war am 4. Februar 1912, da mich eine Equipage auf dem Bahnhof in Ohlau abholte und nach dem Schloß Klein-Oels rollte. Ein Diener brachte mich auf mein Zimmer, das letzte Zimmer im rechten Flügel des hufeisenförmigen Baues. Alles, was ich sah, war so vornehm, daß mich die Frage beklommen machte, wie ich mich dem anpassen könnte.

Abend war's. Der Diener servierte mir eine Platte, auf der vier Schnitzel *à discrétion* lagen. Die aß ich alle vier auf.

Der Hauslehrer Otto besuchte mich, gab mir die ersten Anweisungen. Zu den Mahlzeiten erschiene man stets in Schwarz.

Am nächsten Morgen führte mich Herr Otto umher. Es war alles da, was zu einem feudalen und kulturvollen Schloß gehörte. Die Bibliothek war auf fünf Räume verteilt. Herr Otto brachte mich zum Rentmeister Dannenberg, der lang und knochig war und eine mollige Frau hatte. Dann zum Privatsekretär Neugebauer. Und dann in eine Wirtschaft im Dorf, wo sich außer dem Wirt Lorke noch der Kantor Panke und eine lustige Gesellschaft zum Wellfleischessen eingefunden hatte.

Der oberste Diener, der alte Hausmeister Tietze, erkundigte sich nach meinen Wünschen, führte mich ins Gewölbe, erklärte mir, daß jener Teil des Schlosses ein ehemaliges Malteserkloster wäre, usw. Dann meldete er mich der Gräfin. Sie war eine geborene von Berlichingen, war in ihrer Statur eine Germaniafigur, aber von frauenhafter Sanftmut und stillen Wesens.

In der Treppenhalle des Schlosses fielen mir große Porträtgemälde auf. Überall hingen wundervolle Stiche und Reliefs. Neben meiner Zimmertür stand der alte Voltaire als lebensgroße Plastik. Er sah für mich aus wie der Papst, wenn er mal muß. Oder wie Seelchens Mutter.

Ich aß mit der Baroneß Berlichingen, mit der französischen Mamsell, mit dem Kinderfräulein und mit den vielen Kindern des Grafen; es waren ihrer wohl zehn. Nachmittags spielte ich mit ihnen im Schloßhof. Sie hatten einen Totenkopf in den Sand gezeichnet; in der Figur mußte man nach gewissen Regeln auf einem Bein herumhüpfen. Hinterher fuhr ich mit der Komteß Püzze und dem ältesten Jungen Brüder mit einem Ponywagen nach Mechwitz. Als uns das Bierauto begegnete, mußten wir aussteigen, um die scheuenden Ponys zu beruhigen.

Komteß Püzze zeigte mir die Bibliothek, erklärte mir das Schema der Buchführung, dabei unterhielt sie sich fließend französisch mit der sie begleitenden Mamsell. Fast alle Kinder sprachen und lasen Griechisch, auch die Gräfin las Griechisch. Alle sprachen Lateinisch. Ich war innerlich sehr beschämt durch solche Überlegenheit.

Die Möbel meines Zimmers waren reines Empire. An den Wänden hingen tonige Piranesistiche. Auf dem Schreibtisch stand eine Goethebüste. Im Grünen Korridor neben meinem Zimmer und im anschließenden Roten Gang erstreckte sich eine Flucht von Gästezimmern, von denen jedes in einem besonderen Stil echt und kostbar eingerichtet war.

Im Salon war Rauchs Büste des Generalfeldmarschalls Yorck von Wartenburg aufgestellt. Dessen Sohn hatte die Tiecksche Bibliothek erworben, die der Grundstock zu der umfassenden Bücherei war, für die ich nun arbeiten sollte. Im Arbeitszimmer stand Philologie, im Speisezimmer Deutsch, im Musikzimmer Geschichte. Der größte Bücherraum, die Remise genannt, enthielt unten im Saal Italienisch, Kunst, Naturgeschichte, Rechts- und Staatswissenschaft und Zeitschriften, oben auf der Galerie Französisch, Englisch und Yorcksche Bibliothek. Dann gab es im Korridor des zweiten Stockes noch Familiensachen. Und im Gewölbe, das gleichzeitig Billardsaal war, fand man spanische Literatur und bibliophile Seltenheiten.

Tausend Fragen hatte ich an Otto zu richten. Wann ich wem meine Aufwartung machen müßte. Wie die Situation in bezug auf Wäsche, Post, Anmeldung und Trinkgelder wäre usw. Otto war ein intelligenter Bursche, aber ein Luftikus. Er sollte bald Klein-Oels verlassen. Durch ihn wurde ich beim Pastor eingeführt, der gern und gut aß und trank. Zu den Kindern war Otto lustig nett. »Peter, putz' dir mal die Zähne. Die sehen aus wie eine Wiese.«

Vom Vater wurden die Kinder sehr streng erzogen.

Er verlangte von den Jungen,
Was sein Alter sich errungen,
Und übersah erfahrungssatt,
Das jede Zeit eigne Augen hat.

Mittags überhörte der Graf die Kinder, stellte ihnen ungewöhnliche Fragen: »Seit wann läuten die Glocken?«

»Seit der Schlacht von Lepanto.«

»Wer hat zum erstenmal Salat gegessen?« Wenn dann nicht sofort die Antwort kam: »Nebukadnezar«, dann mußte das nichtwissende Kind die Tafel verlassen oder seine Suppe im Stehen essen, oder erhielt sogar Ohrfeigen. Am ersten Mittag, da ich dort war, bekam eins der Kinder keinen Kuchen, weil es der Juno in der Lindenallee die Nase plattgeworfen hatte.

Es gab kein elektrisches Licht im Schloß, sondern Petroleumlampen, auf die man sehr aufpassen mußte, weil sie manchmal ganz plötzlich stark rußten. Wenn ich in meine Bücher vertieft war, fand ich aufsehend den Tisch und das vornehme Bett und alles mit einer feinen Rußschicht bedeckt. Eines Morgens kam Otto heim, hatte die Nacht durchbummelt, aber, um Fleiß vorzutäuschen, die Lampe brennen lassen. Die hatte die ganze Nacht über geraucht.

»Nun lösch' ich sie auch nicht mehr«, sagte Otto und legte sich ins Bett. Der Diener weckte morgens einen halb erstickten Neger. Die Gräfin wußte mittags schon von dem Vorfall. Es ging im Schlosse alles sehr schnell herum.

Die Katalogisierung der Yorckschen Bibliothek war im Laufe der Jahre immer wieder unterbrochen worden. Der Katalog war unübersichtlich durch Zwischenschriften und Anhänge und durch die verschiedenen Handschriften derer, die daran gearbeitet hatten. Tausende von Bänden waren überhaupt noch nicht katalogisiert. Diese und neue Bücher, die der Graf sich erwarb, hatte ich nun bibliothekskundig einzutragen. Durch Maassen und Seebach verstand ich das ja. Graf Yorck hatte mich gleich zu Anfang einer Art Prüfung unterworfen. Unter ausgesucht höflichen Worten – er war im Leben wie in seinen Briefen – führte er mich ins Gewölbe, zog ein Buch heraus und fragte: »Wie würden Sie dies zum Beispiel katalogisieren?« Ich hatte Glück, daß ich dieses Buch nicht nur ganz genau kannte, sondern innig liebte. Es war die Erstausgabe des Simplicius Simplicissimus von Grimmelshausen.

Ich lebte mich rasch in die Beschäftigung ein, mir täglich einen Stoß Bücher zu holen, diese genau nach Verfasser, Titel, Verlag, Seitenzahl und nach vielen anderen Gesichtspunkten einzutragen und mit einem Reiter zu versehen, der die Nummer trug. Gelegentlich besuchte mich dann der Graf in der Bibliothek oder auf meinem Zimmer und kontrollierte meine Arbeit, indem er sich eingehend mit mir unterhielt. *Dr. jur. et phil. h. c.* Heinrich Graf Yorck von Wartenburg war der belesenste Mensch, den ich je kennengelernt habe. Auf allen Gebieten und durchaus gründlich. Yorck war Mitglied des Herrenhauses. Dort trat er für humanistische Bildung ein. Das war sein Steckenpferd. Und da hatte ich von Anfang an einen höchst schwierigen Stand. Denn zu der vornehmen Gesittung, Höflichkeit und Bildung, die der Graf besaß und zu der er auch mit höchstem Aufwand seine Kinder erzog und erziehen ließ, fehlte ihm, wie ich bald zu bemerken meinte, doch eins: Herz.

März. Die Stare pfiffen. Rentmeisters hatten ein Schwein geschlachtet, luden mich zu frischer Bratwurst ein. Sie waren gutmütige, treue Menschen, und ihr Sohn Hans war ein netter Junge. Drei Inspektoren von den Yorckschen Gütern waren zugegen und der Oberförster und der Dorflehrer, der Pfarrer und Otto. Es wurde spät. Otto und einige andere betranken sich sehr, und ich gab dem jungen Hans Dannenberg zum Schluß drei Zündhölzer und sagte: »Vergiß die drei nicht, Treue, Wahrheit und Sinn für Schönheit.« An der Mittagstafel fragte mich Komteß Püzze anderntags, wie ich das gemeint hätte. So schnell erfuhr im Schlosse jeder und jede jedes.

Nach dem Mittagessen forderte der Graf manchmal Otto und mich zu einer Partie Billard auf. Wir gingen dazu ins Gewölbe, wo uns der Mokka serviert wurde. Der Graf spielte ausgezeichnet. Otto war ihm noch ein wenig gewachsen, aber ich spielte sehr ungeschickt und wurde beim Spiel wie auch in meinem sonstigen Leben dort durch die Erkenntnis meiner Unterlegenheit immer unsicherer. »Sie wollen mich schonen«, sagte der Graf, wenn ich einen besonders schlechten Stoß getan hatte.

Bei Tisch führte der Graf die Unterhaltung, sofern keine besonderen Gäste zugegen waren. Er sprach immer geistvoll, sprudelnd, oft versteckt sarkastisch. »Zahlreiches Gelächter der Wogen«, sagte er. »Klingt das nicht sogar im Deutschen noch so schön wie im Griechischen?« Er war ein glühender Verehrer der Hellenen.

»Wollen Sie nicht einmal etwas edieren?« fragte er mich, »zum Beispiel Briefe von Scharnhorst?« Zunächst gab er mir Briefe und Aktenstücke aus dem Nachlaß des Generalfeldmarschalls Kalckreuth zu ordnen. Das war eine interessante Arbeit. Intime Briefe vom Großherzog von Sachsen-Weimar-Eisenach an Kammerherrn Professor Stanislaus

Graf von Kalckreuth, ferner von Ernst von Sachsen-Meiningen. Akten weit zurückliegender Zeit, mit handschriftlichen Randbemerkungen berühmter Leute.

Der Graf lud mich zum Abendessen ein. Ich mochte nicht sagen, daß ich schon bei der Villa-Gräfin gegessen hatte, der gütigen Dame, die in Trauer ging und allgemein beliebt war. Sie war eine Schwester des Malers Graf Leopold von Kalckreuth.

Ich war recht fleißig, aber mein Mangel an Geschichts- und Sprachkenntnissen machte mir zur schaffen, und ich wollte mir doch vor den klugen Leuten und klugen Kindern möglichst keine Blöße geben. Es kam noch hinzu, daß ich oft kein Geld hatte, weil das wenige, was ich mir durch Schriftstellerei nebenher verdiente, nicht ausreichte.

Die Kinder weckten mich mit einem Ständchen. Sie trugen Tannenreiser mit buntem Papier verziert und sangen ein altertümliches Bettellied, wofür ich ihnen Pralinen schenkte. Die beiden Jungen des Grafen, Brüder und Peter, hatten Infanterieuniformen an und ritten auf ihren Ponys spazieren. Ich traf sie hinterm Park. Wir trieben Jux, indem ich vor ihnen entfloh und sie mich mit ihren Pferdchen zu überrennen suchten. Es waren nette Bengels. Der ältere, Brüder, konnte jähzornig werden. Peter war besonders drollig.

Nachts saß ich mit dem gräflichen Stenographen Albrecht und dem Sekretär Paul Neugebauer noch lange in trockener Arbeit über dem Gesetzentwurf betr. Anlegung von Sparkassenbeständen in Inhaberpapieren.

Die Hofmeisterin der Kronprinzessin, eine Exzellenz von Alvensleben, kam zu Besuch.

Ich hatte auf die Beleuchtung meines Korridors verzichtet. Besuchte mich nun jemand auf meinem Zimmer, um ein Buch von mir zu leihen oder eine Auskunft einzuholen, so wiederholte sich oft folgendes: Feste Schritte nahten. Je näher sie kamen, desto unsicherer wurden sie. Plötzlich ein

Anprall, und dann laut geschimpft »Der verfluchte Voltaire!«

Von den Kindern war Daja mein Liebling. In ihrem Aufsatz stand der Satz »Der Biß der Kreuzotter tötet den Menschen, aber dem Igel tut das nichts.« Daja brachte mir Tulpen vom Gärtner. Ich baute und schenkte ihr »Das lustige Pferd«.

Jeden Morgen war etwas Neues grün. Die leuchtenden Wiesenstriche bekamen bunte Krokusflecken.

Neugebauer konnte sehr jähzornig werden. Zu Hause warf er dann mit Gegenständen, Tellern, Löffeln und dergleichen. Seine Frau paßte gut zu ihm. Sie besaß die Kunstfertigkeit aufzufangen. Infolgedessen nahm sich ein Wutausbruch im Hause Neugebauer wie eine artistische Nummer aus und verlief immer harmlos.

Meine Arbeit war sehr interessant. Ich ordnete den Nachlaß des Philosophen Wilhelm Dilthey, seltene Bilder und Zeitschriften kamen mir in die Hände. Ich durchblätterte verschnörkelte Dekrete, Patente, Urkunden, auf Seide gedruckte Widmungen. Der Kutscher kam zu mir, erbat sich ein Pferdearzneibuch.

Otto und ich schossen Mistelsträuße von den Akazien. Die Villa-Gräfin lud mich zum Tee ein. Ich spielte mit den Kindern. Sie besaßen alles Spielzeug, was es damals gab. Einmal im Jahr mußten die Knaben mit Bleisoldaten in einem besonderen Zimmer die Schlacht bei Leipzig aufführen, und zwar nach Stellung, Regimentern usw. streng historisch.

Tietzefreund, der wundervolle Diener, war mir zugetan. Er tat mir oft sehr leid, wenn der Graf ihn bei Tisch wie einen dummen Jungen abkanzelte. Tietzefreund hatte den Grafen schon betreut, als dieser noch ein Kind war.

Ich erhielt 50 Mark vom Grafen angewiesen, als Entschädigung für meine Reisespesen. Das kam mir sehr gelegen.

Püzze war die älteste Komteß, 13 Jahre alt. Sie brachte mir den Text des Sommersingeliedes, das man mir vor kurzem als Ständchen vorgesungen hatte.

Rot' Gewand, schöne grüne Linde,
Suchen wir, suchen wir, wo wir etwas finde.
Gehn wir in den grünen Wald,
Da singen die Vöglein jung und alt,
Da singen ihre Stimm':
Frau Wirtin, sind Sie drin?
Sind Sie drin, so kommen Sie 'raus,
Bringen Sie uns ein Trinkgeld 'naus.
Wir können nicht lange stehn,
Wir müssen weitergehn.

Rote Rosen, rote blühn auf einem Stengel;
Der Herr ist schön, der Herr ist schön,
Die Frau ist wie ein Engel.
Der Herr, der hat 'ne hohe Mützen,
Die hat er voll Dukaten sitzen.
Er wird sich wohl bedenken,
Zum Sommer uns was schenken.
Die goldene Kette geht um das Haus.
Die schöne Frau Wirtin geht ein und aus.
Sie hat 'ne weiße Haube,
Ist schön wie eine Taube.

Weiße Fischlein, weiße,
Schwimmen in einem Teiche.
Der Herr ist schön, der Herr ist schön,
Die Frau ist wie 'ne Leiche.
Sie werden sich wohl bedenken,
Zum Sommer uns was schenken.

Mit den jüngeren Kindern trieb ich allerlei Scherze. Sie waren so verwöhnt, daß nur ein neuer Einfall sie noch interessierte und auch nur so lange, wie er eben neu war. Komteß Devy überbrachte mir geheimnisvoll ein Paket, das Veilchen enthielt. Irgendwo spürte ich doch die Kinderseelen, die so gefährlich mit einem Wust von Äußerlichkeiten und Wissenschaft überschüttet wurden.

Ich stand in der Bibliothek in meinem Staubmantel und blätterte gerade in der ersten Nummer des »Morgenblattes für gebildete Stände«, wo ich ein geistvolles Vorwort von Jean Paul fand. Otto gesellte sich zu mir und klagte mir sein Leid. Er war mit Brüder und Rentmeisters Hans in Ohlau gewesen, wo diese seine Schüler ihr Examen machen sollten. Beide waren aber zum großen Kummer der Gräfin durchgefallen. Der Graf selber war derzeit verreist.

Püzze lud Fräulein Pönitz, Otto und mich zum Kaffee ein. Für die Kinder war etwas abseits ein kleines zweistöckiges Häuschen erbaut, Schwäbische Hütte genannt. Unten war eine komplette Kinderküche darin, alles Gerät schwäbisch und blank im Kinderformat, aber so, daß sie damit richtig kochen konnten. So gaben sie uns Erwachsenen mitunter dort ein Essen. Die Spiele, die sie sonst trieben, waren alle klug und mit Wissen verbunden. Ich fing eine Depesche auf, von Daja an Hans Dannenberg gerichtet: »Habe von Ihrer Flotte gehört und habe auch gehört, daß General Tulubu Seeräuber besiegt hat, und freue mich, daß er es so gut versteht. Mit Gruß Friedrich I. R.« Ich las den Kindern das »Wirtshaus im Spessart« vor und unterhielt sie mit Zauberkunststücken. Abends spielte ich mit dem Rentmeister Schach. Er hatte den Gesundheitsspleen, turnte nackt, aß nach Gesundheitsregeln und sprach immer nur über seine Gesundheit. Mit Apicius' Kochbuch, das ich ihm lieh, wußte er nichts anzufangen.

Irgendeine Hausdame feierte Geburtstag. Peter hatte ihr von seinem Taschengeld eine Brosche für zwanzig Pfennig gekauft. Er ging überall herum und fragte jeden: »Findest du sie schön?«

Otto war entlassen. Er war noch in letzter Nacht total betrunken in einen Kupferstich gestolpert. Der neue Hauslehrer kam, Herr Rommel, ein biederer jüngerer Herr. Ich führte ihn umher, zeigte ihm das Schloß, den Park, auch die großen Stallungen. Die Rinder hatten Namen, die je nach der Jahresklasse mit einem bestimmten Buchstaben anfingen. Also z. B. mit »M«: Mirabeau, Marc Aurel, Molière, Miltiades, meist lateinische Namen. Die Zuchtbullen erhielten Namen von griechischen Wüstlingen, Alcibiades, Dikäopolis, Alkmaion usw.

»Was macht denn Penelope?« fragte der Graf eine Kuhmagd.

»Was? Wer? Wa?«

»Was macht Penelope?« wiederholte der Graf.

»Wer? Wa?« – Die Magd begriff nicht. Der Graf wetterte über die Dummheit der Person. Bis der Inspektor hinzukam und der Magd erklärte, daß der Graf die kranke Kuh meine.

»Ach, die Blesse? Der geht's wieder gut.«

Da der Graf Amtsvorsteher war, hatte er, oder als Vertreter für ihn sein Sekretär Neugebauer, mitunter kleine Gerichtsverhandlungen zu führen. Ich kam einmal dazu. Zwei Dorfbuben hatten eine Eule in die Turmuhr gepreßt und damit wahrscheinlich Uhr und Eule lädiert.

»Gesteht ihr ein?«

»Nein, wir waren es nicht.«

Neugebauer schraubte die Kopiermaschine auf. »Legt eure Hände hier zwischen!« Neugebauer schraubte so weit zu, daß die Bubenfinger leicht angeklemmt wurden. »Gesteht ihr ein?«

»Nein, wir waren es nicht.«

Neugebauer schraubte fester an.

»Ja, wir gestehen ein, wir waren es.«

»So, wollt ihr nun ins Gefängnis, oder soll ich euch fünfundzwanzig hinten drauf hauen?«

»Fünfundzwanzig hinten drauf«, schrien die Buben wie aus einem Munde. Die Exekution begann sofort.

Es gehörte zu meinen Aufgaben, die Kataloge durchzulesen, die von Antiquariaten laufend eingesandt wurden. Ich strich dann das an, was ich dem Grafen zum Ankauf empfehlen konnte und was der Bibliothek fehlte. Eine Bibliothek »Ressource« in der Nachbarschaft wurde aufgelöst. Man bot dem Grafen das gesamte Büchermaterial in Bausch und Bogen an. Er lehnte entrüstet ab, er sei kein Händler, sondern ein Sammler. Aber er wählte sich die wertvollsten Stücke aus. Darüber saßen wir bis tief in die Nacht. Es war sehr aufregend. Denn die Bücherei barg unübersehbare bibliophile Schätze. Nachdem der Graf gewählt hatte, kaufte sich Neugebauer vieles, und aus dem Rest erwarb ich mir noch an tausend Bücher, die ich in Kisten nach München sandte. Nur die französische Literatur schickte und schenkte ich meinem Vater. Dem ging es pekuniär nicht gut. Die Schriftstellerei brachte ihm nicht viel ein. Er hatte ein immenses Wissen und verbrachte jeden Tag noch viele Stunden lesend auf dem Diwan. Nun suchte und fand er an wandernden Bücherständen unter Schund wertvollere Bücher heraus, seltene Doktordissertationen und anderes. Was er so billig erwarb, säuberte er und restaurierte es sachverständig, klebte Vorsatzpapiere ein usw. Dann bot er die Bücher Museumsdirektoren oder Spezialsammlern an, und da er alles hochanständig und bescheiden tat, fehlte es ihm nicht an Käufern. Nun war er allerdings über diesen Strom altfranzösischer Literatur, der sich ihm so überraschend ins Haus ergoß, geradezu erschrocken und schrieb beinahe vorwurfsvoll, er wüßte nicht, wo er den Platz hernehmen sollte, um soviel Bücher aufzustellen. Aber sehr bald freute er sich doch über die herrlichen Erstausgaben und Raritäten und dankte mir begeistert.

Ich machte mir den Scherz, im Gewölbe einige besonders wertvolle Bücher des Grafen zu verstecken und dafür unvollständige oder sonstwie wertlose Bücher aus meinem Besitz hinzustellen. Als ich dann mit dem Grafen und mit Rommel Billard spielte, sagte ich plötzlich zu Rommel: »Was ist das nun für ein alter Museumskram. Man sollte all diese Inkunabeln zerreißen.« Damit zerrte ich zwei von meinen Büchern heraus und riß sie in Stücke. Der Graf und Rommel machten entsetzte Augen, aber ich ließ sie nicht lange auf Erklärung warten.

Der Graf nahm mich mit auf eine landwirtschaftliche Inspektionsreise. Ein Jagdwagen fuhr uns nach den verschiedenen gräflichen Gütern und durch deren Felder. Die betreffenden Inspektoren ritten neben dem Wagen her und standen dabei dem Grafen Rede und Antwort.

»Guten Tag, mein Sohn.« »Guten Tag, meine Tochter.« »Der Klee steht dünn.« »Haben Sie hier nicht nachgesät?« »Das sind Mäuseflecken.« »Das muß 'raus, nur keine halben Ernten.« »Wieviel Polacken haben Sie?«

Hasen und Fasanen liefen uns über den Weg. Plötzlich griff der Graf nach dem Gewehr und schoß einen Hund tot. »Sie sollen nicht auf die Felder gehen.«

Der Graf war abergläubisch.

Ich liebte Yorck, und ich achtete sein großes Wissen und seinen Fleiß. Hätte er nur mehr Herz gezeigt, so hätte ich ihm gewiß ein junger Freund sein können.

Graf Hasso, ein Vetter des Grafen Yorck, kam zu Besuch.

Ich ging mit Förster-Rudi zur Karnickeljagd. Wir hatten ein Frettchen und den Jagdhund Treff bei uns. Ich schoß eine Eule aus weiter Entfernung.

Große Diners fanden statt. Für den Hauslehrer Rommel, die Hauslehrerin Timm und mich, also für das Unterhaus, war die Situation dann etwas bedrückend.

Krocketspiele im Garten. Fahrten mit dem Ponywagen. Gemütliche Stunden mit Rentmeisters im Garten zwischen weißem Schlehdorn und dunklem Tannengrün. Es ging wie immer. Bald fand ich, das nicht alles Gold war, was glänzte. Es ging wie oft. Zwischen der Hauslehrerin Timm und mir war aus einer sehr schroff gezeigten Antipathie eine Sympathie geworden.

Der Graf nahm mich zu einer Pirschfahrt mit. Er war gut aufgelegt und teilte mir mit, daß er mir künftig ein monatliches Fixum von 50 Mark zahlen würde. Plötzlich schoß er zwischen meinen Beinen durch auf ein Wild.

Ich spielte Mandoline im Grünen Korridor, wo die Akustik mich begünstigte. Aber zwei Schwalben klecksten mir auf das Instrument. Vor diesem Protest zog ich mich zurück.

Frau Dannenberg sorgte für mich, wo sie nur konnte.

Zum Geburtstag der Gräfin führten die Kinder ein Theaterstück auf. »Künstlers Erdenwallen« und »Künstlers Apotheose«. Ich war Regisseur. Mit der Einstudierung gab es viel Ärger, weil die Kinder keine Lust an der Sache hatten, die eine Idee vom Grafen war. Es interessierte sie viel mehr, daß der Graf sich ein Auto angeschafft hatte.

»Und willst du diesen jungen Mann,
Wie er's verdient, dereinst erheben,
So bitt' ich, ihm bei seinem Leben,
Solang er selbst noch kau'n und küssen kann,
Das Nötige zur rechten Zeit zu geben!
Er fühle froh, daß ihn die Muse liebt,
Wenn leicht und still die frohen Tage fließen.
Die Ehre, die mich nun im Himmel selbst betrübt,
Laß ihn dereinst, wie mich, doch freudiger genießen.«

Das Haus war voller Gäste. Die Komtessen Kalckreuth mit ihrem musikalischen Bruder, der im Schloß Hannekitsch genannt wurde. Sie und ihre Mutter, die Frau des Malers Kalckreuth, waren für mich eine wahre Wohltat.

Jasmin blühte, und Rosen und Heckenrosen. Es gab im Wald und im Garten überall herrliche Wandelgänge, lauschige Plätze, malerische Winkel und verschwiegene Wege. Es gab Baumriesen und andachtsstille Grabstätten mit bedeutungsvollen Inschriften. Vor dem Strohhäuschen in der verwilderten Ecke zwischen einem feinen blauen Gras und wildem Mohn stand der Esel Faserkinn. Abends ging ich in die Dorfkneipe zu Kirzel. Um zwölf Uhr sagte der Schlachter zu den anderen Mehlköpfen am Stammtisch: »Wollt ihr in einer Stunde Wellfleisch essen? Das Wasser ist noch warm, und die Sau wartet.« Die dicke Gertrud hielt mich für verrückt, seit ich ihr erzählt hatte, daß der englische Parlamentsredner Hunt Stiefelwichse fabriziert hatte.

Der Graf pflegte bei Tisch nicht nur an die Kinder, sondern auch an Fräulein Timm und an Rommel und an mich Fragen zu richten, die einem Verhör auf Wissen gleichkamen und die uns mit der Zeit mehr und mehr verstimmten. Als nun auch Graf Hasso seinen Vetter imitierte und uns auf Unwissenheiten festzulegen versuchte, gaben wir unserem Ärger so weit Ausdruck, daß wir uns nach den Mahlzeiten nach dem üblichen Handkuß zurückzogen. Im Salon mit den abscheulichen, orangefarbenen Plüschmöbeln und dem greulichen »S«-Stuhl sammelte man sich zu den Mahlzeiten. Auch dort und bei Gesellschaften hielten wir drei vom Unterhaus uns fortan möglichst beiseite.

Zwischen Fräulein Timm und mir bahnte sich eine schöne Freundschaft an. Wir besuchten uns Nacht für Nacht. Entweder sie mich oder ich sie. Ihr Zimmer lag sehr weit ab neben vielen Gästezimmern, und ich mußte jedesmal die weite Korridorstrecke ganz schnell und lautlos auf allen vieren zurücklegen, um ungesehen ihre Tür zu erreichen. Die öffnete sich auf ein gewisses Kratzen hin schnell. Dann saßen wir lange beieinander und sprachen Gutes und Schönes. Timmi hatte das Zimmer geschmückt und mir Früchte hingestellt. Wenn sie zu mir kam, fand sie auch immer irgendwelche Überraschungen, so zum Beispiel ein Eichhörnchenschwänzchen. Nach diesem nannte ich sie nun Eichhörnchen. Sie kam zur verabredeten Stunde, und mein Herz pochte mit dem ihrigen, bis ich die Tür hinter ihr schloß. Die Lampe hatte ich mit einem blauen Schal verhängt, und eine Flasche Meßwein vom Pfarrer stand bereit. Ich las Eichhörnchen meine Geschichte »Das Gute« vor, und wir knüpften schwärmerische Gespräche daran. Sie war ein lieber Trotzkopf, ein zuverlässiges, korrektes, gescheites Mädchen. Sie war als Hauslehrerin schon in anderen hochadeligen Häusern gewesen, und ihre Kleidung und ihr Benehmen waren gediegen. Vor allem aber hatte sie ein tiefes Herz. Wie lieblich konnte sie lachen! Dann sah man eine Reihe von ganz kleinen Perlenzähnchen. Ich mußte ihr aus meinem Leben erzählen, immer mehr, immer mehr. Wir malten uns aus, wie wir den dicken Post- und Wachtmeister ärgern wollten, indem wir bei ihm etwas recht Schwieriges, recht Kompliziertes aufgaben. Darüber lachten wir nun wieder. Wir ersannen geheime Ausdrücke für dies und jenes, und wir dressierten das Baby Hänsi, erst »Ä bebeh« zu sagen, ehe wir ihm eine Erdbeere in den Mund steckten. Timmi erzählte von ihrem Bruder und von ihrer rührend guten Mutter, die als Vortragskünstlerin im Lande umherreiste und selber vielen Annehmlichkeiten entsagte, um ihre Kinder versorgt und froh zu wissen. Mutter und Tochter liebten sich innig; wie mir manchmal schien, fast zu übertrieben.

Wieder wurde Theater gespielt. Bei den Proben redeten alle Gräfinnen und die anderen aristokratischen Damen drein. – Rommel und ich unternahmen mit den schwedischen Zofen A. und N. einen Waldausflug. – Rommel und ich stießen auf dem Grünen Korridor zusammen, als jeder von uns heimlich eine bestimmte Tür ölen wollte.

Die Erzieherin Dürchen Moll kam an, von den Kindern stürmisch begrüßt, von Rommel, Timmi und mir skeptisch angesehen, weil ihre Beliebtheit uns stutzig machte. Sie war schon früher im Hause gewesen und hatte auch an dem Bücherkatalog mitgearbeitet. Ihre Intelligenz wurde vom Grafen sehr geschätzt.

Abends wartete ich am Feldmarschallteich mit einer Blendlaterne, um Eichhörnchen zu überraschen. Im Wasser plätscherten kleine Tierdramen. Rote Fische furchten die Wasserlinsen und umkreisten Seerosen.

Ein großes Fest. Rosengeschmückte Tafel, schöne Damen in großer Toilette. Eichhörnchen in Rot mit ihren runden Schultern. Nachts lag eine schwüle Sinnlichkeit in der Luft im Park. Schatten huschten, und ein verabredetes Krähenzeichen ertönte. Dieser Park war zauberhaft schön. Um die Dämmerstunde schwebten Hunderte von Glühwürmchen umeinander wie Sterne im System auf verwundenen Bahnen. In dieser romantischen Natur führten die Kinder einmal Shakespeares Sommernachtstraum auf. Sonntags stelzte ein grün uniformierter Wächter dort herum.

Ich las so viel, daß meine Augen manchmal versagten.

Ich radelte spazieren, pflückte mir Kirschen von den Bäumen, holte Eichhörnchen ab, und wir wanderten durch den Wald. Die wilden Tauben gurrten, es klang, wie wenn ein Stock gegen Gitter oder über Speichen streift. Alles blühte. Mademoiselle begegnete uns und beklagte sich über die Kinder. Der Postbote brachte mir einen Brief aus China vom Onkel Martin. Das Kuvert war über und über mit Revolutionsmarken beklebt.

Eichhörnchen ging in die Ferien, war voller Sehnsucht nach ihrer Mutter. Auch ich nahm zehn Tage Urlaub, war bei meinen Eltern mit meiner Schwester und meiner Schwägerin und mit Nichten zusammen. Darauf fuhr ich nach München zu Seelchen und den Freunden. Hinterher traf ich mich mit Eichhörnchen in Kosen »Zum mutigen Ritter«. Wir gondelten auf der Saale und fochten mit zwei harten Köpfen einen kleinen Streit aus.

Wieder Klein-Oels. Spaziergänge, Visiten, Erlebnisse, Gelage, Diners, Kaffeegesellschaften. Ich verliebte mich in eine schöne Dame X. von X., die zu Gast war, und da ich auf Gegenliebe stieß, ergaben sich galante und riskante Abenteuer. Nun kamen mir Gewissensbisse in der Frage, wie das enden sollte, wenn Timmi zurückkäme.

Die Stockrosen blühten. Wie in Halswigshof. Eine Tanzlehrerin aus der Schule Hellerau war engagiert, um den Komtessen rhythmischen Unterricht zu erteilen.

Eichhörnchen kehrte an meinem Geburtstag zurück. Rommel und ich empfingen sie im Pelz und mit Strohhüten und überreichten ihr Geschenke. Ich hatte ihr das Buch über die Giftmischerin Gesche Gottfried Timm aufs Zimmer gelegt, die Gräfin Yorck hielt das für roh und entfernte das Buch wieder. Eichhörnchen fand aber nachts meine »Schnupftabaksdose« mit einer Widmung unterm Kopfkissen und eine Flasche Sekt unterm Waschtisch, die ich mir von Tietzefreund erbeten hatte.

Bei der Mittagstafel hob der Graf sein Glas auf mein Wohl. Abends feierte ich mit Rommel bei Rotwein im Dorf. Nachts gestand ich Eichhörnchen meinen Flirt mit X. von X., worauf sie sehr verstimmt wurde. Auch die Rentmeisterin war darüber verstimmt. Ich wußte nicht, wie ich mich von X. von X. mit Anstand losmachen könnte. Notlügengespinste. Dann auf einer weiten Wanderung abends eine Aussprache mit Eichhörnchen, die mir weinend schließlich verzieh. Es folgten Klatschgeschichten. Dann reiste X. von X. ab, und die Ruhe war wiederhergestellt.

Ich richtete es so ein, daß mir verschiedene Personen begegneten, als ich noch spät nachts, mit schweren alten Folianten unterm Arm und einem Leuchter in der Hand, nach der Bibliothek ging. Und wer lange aufblieb, konnte noch beobachten, daß die Kerze den Rest der Nacht über in der Remise brannte, und mußte von mir denken: Der fleißige Bibliothekar arbeitet immer noch. In Wirklichkeit las ich in Eichhörnchens Zimmer meine eben vollendete Novelle vor »Der tätowierte Apion«. Die Hauptfigur darin war ein Professor, mit dem eigentlich der Graf geschildert war. Auch hatte ich sonstiges Wahre mit Dichtung verquickt.

Der Graf nahm mich in seinem Auto mit, als er nach dem polnischen Ort Simmelwitz fuhr, wo er an einer Bezirksausschußsitzung teilnahm. Wir überfuhren mehrere Gänse. »Gehören nicht zu mir«, sagte er weiterfahrend. Während er in Simmelwitz seine Geschäfte erledigte, trieb ich mich müßig herum. In einer offenen Gruft fand ich einen weiblichen Totenschädel, den ich mitnahm und der später einmal Liberia Tut getauft wurde. Dann läutete ich die Sterbeglocke und beging überhaupt lauter Unfug.

Eine scheinheilige, stolze Exzellenz von Boguslawosky oder ähnlich. Mein Gott, was für niedrige hohe Menschen lernte ich kennen! Sie leben vielleicht noch. Ich will viele nicht nennen. Sicherlich habe ich oft auch ganz falsch gesehen.

Nach dem Abendessen las der Graf einer größeren Gesellschaft vor. Euripides, Pandora von Goethe und von dem spanischen Dichter Alarcon. Alle Damen waren entsetzt und nervös, niemand durfte unterbrechen, nicht einmal die alte Gräfin-Mutter.

Der Graf sagte gelegentlich: »Mich interessieren nur Autoren, die mindestens fünfzig Jahre tot sind.«

Mittags lag es oft wie eine Schwüle über der Tafel. Außer dem Grafen sprach eigentlich niemand etwas selbständig. Der Graf redete mit Esprit und Kenntnis, lebhaft und ironisch, wiederholte sich allerdings häufig, wie ich das auch von Seebach her kannte und verständlich fand. Wenn wir andern zehnmal gehört hatten, daß Lamettrie an Trüffelpastete gestorben war, dann vergaßen wir es nimmer.

Es wurden große künstliche Fischteiche angelegt. 135000

stecknadelgroße Fischlein wurden hineingesetzt. Alsbald stellten sich Wildenten und Reiher ein. Das war alles sehr interessant. Herr Neugebauer oder der Gärtner hatte mir eine alte ziselierte Flinte verkauft, die von einem Grafen von Schönaich-Carolath stammte und einen leichten Riß im Rohr hatte, weshalb niemand sich getraute, mit ihr zu schießen. Ich pulverte lustig damit los.

Intrigen, Klatsch, Hühnerjagden. Exzellenz der General Wildenbruch, ein Bruder der Gräfin-Mutter, kam zu Besuch. Es kam viel Besuch, einmal auch der Kardinalfürstbischof *D.* Kopp.

Eins oder das andere von den Kindern war krank. Die Gräfin lag wieder zu Bett, erwartete wieder ein Kind.

Mitte September. Erntefest für Klein-Oels. Die Leute zogen mit Musik vors Schloß, die alte Schmidten im Rollstuhl. Der Inspektor hielt eine Rede. Er bedauerte, daß die Gräfin nicht erscheinen konnte, wünschte sie und die hochgräflichen Kinder bald in Gesundheit zu erblicken und endete mit einem Hoch auf den Grafen. Der Graf antwortete: Ich danke euch, Kinder, für die Mühe im verflossenen Arbeitsjahr. Der Inspektor hat ganz recht, wenn er sagt, es kommt niemals so schlimm, wie wir gefürchtet, und niemals so gut, wie wir gehofft, aber wir müssen eingedenk sein, daß alles zu unserem Besten von Gott gesandt wird … Weil diesmal die alte Schmidten nicht tanzt, kann ich hier auch nicht tanzen. Wir wollen altem Gebrauch nach nun alle singen »Nun danket alle Gott« und zuvor – auch altem Brauch nach – eurem Inspektor ein Hoch ausbringen. Dann wurde der Graf bekränzt und verteilte Geld. Auch ich erhielt – – einen Kranz von dem Kuhknecht Petschrenk.

Rommel schlich die hintere geheime Wendeltreppe herab, um den geborstenen Mast herum, an breiten Mauern entlang, um heimlich für einen Trunk zu Lorke zu entwischen. Unten ließ er das Licht stehen. Ich wässerte aus

Schabernack den Docht ein, dann folgte ich Rommel. Wir schimpften auf den neuen Kochlehrling, die dicke Bäckergertrud, die uns die faden Frühstücksbrote immer mit der gleichen Wurst belegte.

Ich hatte Akten zu ordnen.

A. Privatrechtliche Materien. Fideikommißakten. Wirtschaftliche Belege usw.

B. Öffentliche rechtliche Materien. Urbarien. Rezesse. Polizeiakten. Politische Materien. Wegesachen. Wassersachen. Mühlensachen. Kirchensachen. Eisenbahnen usw.

C. Akten zur Geschichte der Familie und des Besitzes. Akten, die den Feldmarschall betrafen, usw. und mit Unterabteilungen. Alte Schöppenbücher, Journale und Rechnungsbücher. Sowie Jahrhunderte alte Akten von Maltesermönchen geschrieben. Entzückend sauber und liebevoll verschnörkelt geschrieben. Auf ein herrliches Papier, das zum Schreiben lockte. Ich riß mir von den unbeschriebenen Seiten einige heraus.

Astern blühten. Das Weinlaub glühte grellrot im Park. Der Wald wurde durchsichtiger. Ich sandte an Seele und an die Eltern Fasanen. Neuer Besuch. Die Gräfin Carola mit einer hübschen Lehrerin. Der Graf hatte seinen ersten Autounfall erlebt, was der Gräfin verschwiegen werden sollte. Er war ein paar Tage lang besonders freundlicher Stimmung.

Eichhörnchen suchte mich auf alle Weise zu erfreuen. So schrieb sie an berühmte Leute und erbat sich Autogramme, die sie mir dann schenkte, z. B. eine reizvolle Federzeichnung von Max Liebermann. Timmi hatte eine klare, feste Handschrift und einen liebenswürdigen Stil. Was sie sich vornahm, führte sie energisch und mit peinlichster Gewissenhaftigkeit durch.

Zänkereien und Stänkereien zur Befriedigung einer schürenden alten Dame, die wir vom Unterhaus »Entenschnabel« nannten. Rommel kümmerte sich zu wenig um die Kinder. Fräulein Timm nähme an dem Frühstück der Kinder nicht teil. Ich triebe gefährliche Albereien mit Daja auf meinem Zimmer und so fort.

Ich fing an, mich bei Tisch in eisiges Schweigen zu hüllen, soweit ich nicht gefragt wurde. Ich mochte auf die übergelehrten, sich selbst verherrlichenden Reden nicht eingehen. Ich konnte Fräulein Molls verworrene Philosophiererei nicht mehr hören. Die dreizehnjährige Komteß Püzze schien mir so unkindlich. Sie hatte auf einer Alpenreise offenbar keinen anderen Genuß gefunden, als sich – allerdings mit Witz und guter Beobachtungsgabe – über fremde Menschen und fremde Einrichtungen zu mokieren. Es bedeutete für mich auch keine Auszeichnung mehr, wenn Graf Ernst, der Bruder des Grafen, oder sonstwer mir gelegentlich zuprostete.

Mein Liebling unter den Kindern blieb Daja. Sie gab sich am einfachsten und ungezierter als die andern. Ich brachte ihr ein Wort bei, das gar keinen Sinn hatte, das ich aber in einem Zuge ganz schnell hersagte. Es war von mir sinnlos erfunden und hieß: »Orotscheswenskiforrestowskiofurchtbariwucharisumaniusambaripipileikakamankabudibabalutschistaneilemamittararakandara.«

Ich hatte Tage dazu gebraucht, um es auswendig zu lernen. Das etwa achtjährige Mädchen konnte es nach wenigen Stunden ohne zu stocken hersagen.

Es gab verwöhnte Angestellte, und gab arbeitsüberlastete Angestellte im Schloß. Der Diener Robert lief treppauf, treppab und sah sehr blaß aus. Ein anderer Diener hatte gekündigt und wurde nun plötzlich frech. Es gab manchenorts Murren über unzureichende Kost. Timmi sprach sich nach langem Entschluß mit der Gräfin aus. Wie die Gräfin ihre Kinder einer Person zur Erziehung geben könnte, die von den gräflichen Eltern als minderwertig behandelt würde.

Die neunzackige Krone und das Hauswappen standen auch auf der täglichen Speisekarte. Ein Menü sah beispielsweise so aus:

3. Oktober 1912

Artischockensuppe
Lachsforellen *Sce.* Colbert
Rehziemer mit Duchessekartoffeln
Krammetsvögel, Chaudfroid
Perlhühner, Salat, Kompott
Edelpilze
Pflaumenkuchen, Käsebiskuits

1893er Geisenheimer Altbaum
Champagner
1900er Chateau Latour
Dessert

Die gutmütige, kranke Gräfin E. war so ehrgeizig, daß sie weinte und schimpfte, weil sie im Park einen bestimmten Weg nicht wiederfand. – – Meine Kaffeemaschine explodierte zum drittenmal. – – Ich opferte mein Frühstück der stiefmütterlich behandelten Hündin Bella. – – Und das Gewächshaus war neu hergestellt, was für Eichhörnchen und mich eine Rolle spielte. Unsere nächtlichen Zusammenkünfte gestalteten sich immer aufregender. Oft hockten, lauerten wir stundenlang regungungslos zwischen Hangen und Bangen. Waren beinahe erwischt oder wußten nicht, ob wir erwischt wären. Es gab Situationen, wie sie Spione im Feindesland durchmachen. Unser Gehör war aufs feinste trainiert, wußte: Dies Geräusch kommt vom Schloß, dies vom Sofa, dies ist ein leiser, einmaliger Schlucker in der Weckuhr, das ist Holzwurm, dies sind die

Schritte des Wächters und, o Gott, das ist »Entenschnabel«.

Graf Yorck von Wartenburg wollte seinem erlauchten Ahnherrn ein Denkmal setzen, und zwar an der Stelle, wo dieser die berühmte Konvention von Tauroggen geschlossen hatte. Er fuhr dazu nach Rußland und verhandelte mit dem Bauern, dem das Grundstück gehörte, und als dieser zu unverschämt forderte, mit dem Gouverneur. Die Verhandlungen zogen sich in die Länge. Einmal war der Gouverneur auch in Klein-Oels zu Gast. Schließlich erhielt der Graf den Platz, den er brauchte. Das Denkmal war ein sehr schöner Stein, vom Maler Kalckreuth und Professor E. R. Weiß entworfen. Es wurde feierlich eingeweiht im Beisein hoher deutscher und russischer Persönlichkeiten. Wir vom Unterhaus waren nicht dabei. Aber ich erfuhr von Teilnehmern hinterher, daß der Graf ein auserlesenes Festmahl gegeben, zu dem die Speisen von Borchardt aus Berlin gesandt wurden. Dieses Essen sei aber später ganz in den Schatten gestellt worden durch das pompöse, üppige und glanzvolle Gegendiner des russischen Gouverneurs.

Die Gräfin besprach mit mir, was man dem Grafen zum Geburtstag schenken könnte. Schließlich bestellte ich die Goethebüste von Schadow aus dem Jahre 1816. Fräulein Moll übte kunstlos und ungeschickt ein Tanzspiel ein. Am Geburtstag brachte Exzellenz eine nette, nicht gerade natürliche Rede aus, deren Schluß die Jugend zum Wort aufforderte, worauf Brüder etwas stockend eine lateinische Rede ablas.

Ich las Dantes Göttliche Komödie in der Witteschen Ausgabe. Mich begeisterte das Porträt, der Kopf Dantes. Aber der Göttlichen Komödie war ich nicht gewachsen. Das packte mich nicht so wie etwa der Faust, von dem ich gerade eine seltene, einzeln erschienene Ausgabe für fünfundsiebzig Mark im Auftrag des Grafen erworben hatte.

Bei großen Gesellschaften spielte unser Unterhaus gar

keine Rolle. Sonst im kleineren Kreis – wir mochten meist zehn bis fünfzehn Personen bei Tisch sein – ergaben sich versteckte Reibereien zwischen Unterhaus und Oberhaus. Selbstverständlich führte die Gräfin dem Platz nach das Präsidium. Sie war still und korrekt; wenn sie in die Unterhaltung eingriff, belesen und versöhnlich. Es kam aber vor, daß sie die Tafel unter verhaltenen Tränen verließ. Daneben saß der Graf und leitete das Gespräch auf irgendwelche hochwissenschaftlichen Themata. Das Unterhaus schwieg. Die Rede kam auf irgendwelche verstorbenen oder fernstehenden Personen, und das Wort Ignoranten fiel. Das Unterhaus schwieg. Im Oberhaus kam die Rede auf Titulationen usw. Der Graf sagte gelegentlich: »Seiner Hochgeboren« muß man ausschreiben. Man kann dergleichen Titulierungen überhaupt negieren, wenn man das aber nicht tut, muß man korrekt sein.

Vielleicht hatte er damit recht. Vielleicht hätten wir vom Unterhaus, oder wenigstens Eichhörnchen und ich vieles negieren müssen. Vielleicht hätten wir zu einem gewissen Zeitpunkt energisch, höflich unser Handwerkszeug hinlegen und gehen müssen. Aber dieser gewisse Zeitpunkt war nie nackt da, und wir wußten nicht, ob er schon überschritten war oder kommen sollte.

Die von mir so verehrten Kalckreuths waren wieder zu Besuch da. Den Kindern war ein Kanarienvogel entflogen und hatte sich in einen Baumwipfel vorm Haus geflüchtet. Nun standen die Mädchen und ein paar alte Damen ratlos um den Baum, und ich wollte gern der Retter der Situation werden. Ich erkletterte den Baum. Ehe ich aber noch nach dem Vogel greifen konnte, flog dieser auf und davon in der Richtung zum Park. Die Verfolgung wurde als aussichtslos aufgegeben, und ich fühlte, daß man mich wieder einmal für einen dummen Tölpel hielt. Das wurmte mich. Als es dunkel war, durchstreifte ich den Park und wedelte mit einem Taschentuch alle Büsche ab. Und auf einmal flatterte der Piepvogel auf und ließ sich sofort wieder im nächsten Busch nieder, durch sein gelbes Gefieder deutlich erkennbar. In großer Aufregung warf ich mein Taschentuch nach dem Tier. Das Glück war mir günstig. Ich konnte den Vogel ergreifen und im Taschentuch nach dem Schloß tragen. Ein paar Damen saßen noch mit den Kindern zusammen. Ich gesellte mich klein dazu, fragte, ob der Vogel inzwischen gefunden wäre. Nein, natürlich nicht. Einige von den Kindern waren richtig betrübt über den Verlust. Da trat ich an den leeren Bauer, legte mein Taschentuch hinein und sagte: »Hier ist der Piepmatz wieder.« Wie ein Napoleon stand ich auf einmal da. Die goldige Gräfin Kalckreuth knickte sofort eine junge, vielleicht kostbare Palme ab und überreichte sie mir.

Im Dorf grüßte mich alles. Ich wurde hie und da zu Eisbeingesellschaften oder Kuchenessen eingeladen.

Jagdhörner weckten mich. Im Hof wimmelte ein Hofstaat. Uniformierte Kutscher, Jäger und Lakaien. Jagdwagen. Viele Gäste waren erschienen. Auch die Gräfin Veronika und Herr und Frau von Klitzing.

Fasanen, Schnepfen, Hasen und Karnickel. Rommel und ich waren zur Jagd nicht aufgefordert. Rommel kam deshalb auch nicht zu dem Jagddiner. Ich kam wohl, aber spielte den Beleidigten. Der Graf entschuldigte sich verbindlich und lud mich für die nächste Treibjagd ein. Er toastete auf den schlechtesten Jäger des Tages, Herrn *Dr.* von Katte.

Als ich an der Teichbank auf Eichhörnchen wartete, kam ein richtiges Eichhörnchen zu mir, dann aber auch das unrichtige. Eine Mondscheinnacht. Die Luft war draußen wärmer als in den Zimmern. Ich saß mit Timmi oben im Kochhäuschen, wo man nach vier Seiten hin über die helle Wiese sah. Ich beklagte mich darüber, daß mich alle für dumm hielten. Eichhörnchen tröstete mich. Es wüßte niemand, daß ich ein Künstler wäre. Und dann weinte sie über den Gedanken, daß sie sich einmal von mir trennen müßte. – Ich hatte in der Doublettenkammer zu tun. Im Kirchgang sah ich ein meterhohes Krähennest.

Dann wieder ein großes Diner mit frostiger Konversation. Abends zog ich mit Eichhörnchen auf blätterüberschütteten Wegen nach dem Fischteich. Wo die kleine Hütte aus Teerpappe stand, ließen wir uns nieder. Ich steckte einen Rechenstiel in die Erde und befestigte einen brennenden Papierlampion mit einer Haarnadel daran. In dieser Beleuchtung las Eichhörnchen Kiplings »Das Licht erlosch«, und ich dichtete. Auf dem Heimweg erzählte sie mir sehr anschaulich vom Verlauf der gestrigen Jagd. Von den sprühenden Federn in der Luft. Von der geifernden Mordlust oder Schießlust des Jagdkönigs Rittmeister von Tschirschky.

Generäle und andere neue hohe Gäste kamen. Zum Diner um halb acht Uhr war Frack befohlen. Jeder Herr mußte zwei Damen zu Tisch führen. Es gab unter anderem einen ganz seltenen Wein, von dem wir Unterhäusler nichts abbekamen. Sonst war ich aber äußerst vergnügt und hatte Eichhörnchen hinterher viel zu berichten, und auch sie hatte Merkwürdiges an der Tafel erlebt.

Wieder weckte mich Hörnerweckruf vom Hof und vom Korridor her. Die Sonne schien auf bereifte Dächer. Ich zog meinen Sportanzug an und steckte ein Eichhörnchenschwänzchen an mein grünes Hütchen. Der Fürstengruß wurde den ankommenden Jägern dargebracht. Dann ging es los. Erster Trieb. Die Reihe der Treiber und darunter komisch vermummte Weiber mit hohen Stiefeln schwärmten aus. Ich kam mit Neugebauer hinter den Grafen Bassewitz und dessen Büchsenspanner zu stehen. Ein paarmal rasselte Schrot bedenklich nahe an mir vorbei. Eine Kette von Fasanen flog auf. Piff-paff. Nun sah ich die sprühenden Federn in der Luft und sah getroffene Kaninchen sich überschlagen.

Später half ich dem Gärtner Pohl an der Strecke. Er wollte aus totem Geflügel und Wild einen Basse formen, das Wappentier des Grafen von Bassewitz.

Ich ging zum Kaffee zum Förster. Lahme und wunde Fasanen suchten mit letzter Kraft zu entfliehen, wurden aber meist von den Weibern des Nachtriebes gepackt und totgeschlagen. Als man die Jagd abblies und die Scheiterhaufen um die Strecke aufloderten, schlich ich mich von der Gesellschaft hinweg, streifte traurig und lange durch den Wald. Tietzefreund hatte Rommel und mir bereits angedeutet, daß wir zum Diner diesmal überflüssig wären. Der gute Alte brachte uns das so zart und ungern bei. Er hatte selber ja einen viel schwereren Stand als wir.

November. Eichhörnchen lief weinend zur Rentmeisterin. Die Rentmeisterin lief weinend zum Rentmeister. Der Rentmeister war aufgeregt. Ich war aufgeregt. Viele waren aufgeregt. Folgendes war geschehen: Ich hatte seit einiger Zeit den Auftrag, gewisse Arbeiten an vielen Aktenbündeln im Büro des Sekretärs zu erledigen, weil dort ein großer Tisch freistand. Das paßte Herrn Neugebauer nicht recht, und da war es nun über einer Lappalie zu einem Wortstreit zwischen uns gekommen, und aus dem Wortstreit war eine regelrechte Prügelei entstanden. Gerade zu einer Stunde, als zwei wegen tätlichen Angriffs angeklagte Bauern im selben Zimmer von Neugebauer verhört werden sollten. Das ergab nun alles mögliche Kleinliche und Große. Rommel, der für mich hätte zeugen können, zeigte sich nicht. Eichhörnchen weinte und schwur, sie würde sofort gehen, wenn ich gehen müßte. Ich tröstete sie und stellte mich fröhlich und las ihr und Rentmeisters meine neue Novelle »Das Grau und das Rot« vor. Fräulein Moll war zugegen und bemerkte etwas spitz, daß diese Geschichte, in der ich einige Charakteristika des Rentmeisters und sonstiger Personen vom Schloß verwandt hatte, recht instruktiv wäre. Ich war überzeugt, daß sie das dem Grafen brühwarm überbringen würde, hatte aber durchaus kein böses Gewissen. Eichhörnchen und Frau Rentmeister suchten auszukundschaften, wie Neugebauer gestimmt wäre und ob er die Angelegenheit dem Grafen melden würde. Sie hielten mich durch kleine Privattelegramme auf dem laufenden. Den Rentmeister bat ich, meinetwegen nichts bei dem Grafen zu unternehmen. Ich ließ meine Akten aus dem Sekretariat auf mein Zimmer schaffen und schickte Neugebauer zwanzig Mark zu, die ich ihm noch für Bücher schuldete.

Der Graf kam von auswärtiger Jagd zurück. Nun mußte die Entscheidung fallen. Es war der Geburtstag des jungen Grafen Peter. Draußen stieß der Sturm in das raschelnde dürre Laub. Ein Dohlenschwarm umkreiste kreischend den Turm. An der Villa stand noch blauer Kohl vor einem Hintergrund von rotblättrigem Gesträuch. In der Abendsonne tanzten Mücken ihren Totentanz.

Ein paar Tage lang schnitt mich der Graf. Dann ließ er mich rufen. Er drückte sein Bedauern über den Vorfall aus und sagte in verbindlicher Form, daß er sich die Angelegenheit ein paar Tage lang überlegen wolle. Rommel hatte gegen mich gezeugt.

Als der Graf von einer kurzen Reise wieder zurückkehrte, kündigte er mir per 1. Januar. Er kleidete das in äußerst liebenswürdige und scharmante Worte und drückte mir nahezu bewegt die Hand. Ich war ganz gefaßt und in vieler Beziehung sogar froh. Aber das liebe Eichhörnchen weinte tagelang, und auch die Rentmeisterin war ehrlich betrübt.

Die treue Seele schrieb, ich wäre ihr in München herzlich willkommen.

Schwärmerische, liebeswarme Zusammenkünfte und Ausflüge mit Timmi. Fast niemand genoß wohl den herrlichen Park, den Garten und alles dort so wie wir. Mit wem sonst konnten wir darüber reden? Wenn uns beiden das Herz davon voll war, erinnerte der Rentmeister plötzlich an die zu bestellende Wringmaschine, oder die Rentmeisterin kam auf das Huhn zu sprechen, das auf den Baum geflogen war.

In meiner derzeitigen Stimmung machte mir das Buch »Braut von Rörvig« von Bergsöe großen Eindruck. Ich hatte so etwas wie Sehnsucht nach Seefahrt. Nachts weinte ich an Eichhörnchens Brust, und derweilen rußte wieder die Lampe, und alles, alles war auf einmal schwarz punktiert. Eichhörnchen wischte weinend.

Im Salon erzählte Timmi sehr lustig, wie sie einmal eine Weste mit einem Regenschirm geflickt und dann den Regenschirm wieder mit der Weste geflickt hatte. Ich wartete sehr auf Geld vom »März«, weil ich mir nicht sicher war, ob mir der Graf zu Weihnachten ein Geldgeschenk machen würde. Timmi wollte Weihnachten bei ihrer Mutter verleben. Sie hatte der Gräfin einen Wunschzettel eingereicht, den ich in einen Vers kleiden mußte. Sie wünschte sich Geld, aber dieser Wunsch wurde ihr abgeschlagen.

Kalte, verschleierte Mondnächte. Am 19. Dezember schrieb ich oder wollte ich an eine versteckte Wand in meinem Zimmer schreiben:

Hier wohnte ich und dachte dem nach,
Was ich gesehen, was jeder sprach.
Mein Auge strahlte, mein Auge ward naß
Und wurde wohl blind in zielwirrem Haß.

Der Graf stöberte in meinem Zimmer herum unter dem Vorwand, Bücher zu holen. In Wirklichkeit interessierte er sich offenbar sehr für meine Novelle »Das Grau und das Rot«. Er fragte mich gelegentlich, nachdem er mir ein paar ungewöhnlich freie Witzchen erzählt hatte: »Sie haben doch eine Novelle geschrieben und bei Rentmeisters vorgelesen? Sie sind mit Rentmeisters ziemlich intim? Auch mit Fräulein Timm? Sie duzen sich?«

Die letzten Abende mit dem Grafen verliefen sehr nervös. Auch wenn die Gräfin dabei war, die sich ja immer nur vornehm ihrem Mann anpaßte oder schwieg. Ich hatte noch viel Arbeit mit Luther-Erstausgaben der 1520er Jahre, die dem Grafen billig aus Rouen angeboten waren. Mit Eichhörnchen zusammen führte ich noch eine längst geplante Bescherung für Tietzefreund aus. Wir bauten blitzschnell ein Tischleindeckdich für den rührenden Alten auf.

Ich sagte dem Grafen, daß ich gern am nächsten Montag abreisen würde. Es schien mir dabei fast so, als habe er die Kündigung längst bereut und als hätte er gewünscht, daß ich stillschweigend weiter dort bliebe. Er kam auch jetzt gleich auf Shakespeare zu sprechen. Ich hatte in Breslau für Eichhörnchen ein Medaillon aus Gold herstellen lassen, ein einfaches Herz, das nur die Worte »Schloßtage 1912« und ein Geheimzeichen enthielt. Wir packten unsere Sachen, waren beide sehr nervös. Ich sandte Kisten mit Büchern voraus an Seele und kaufte auch noch Enten, Hasen, Fasanen.

Meine Erzählung »Der tätowierte Apion« war endlich im »März« erschienen. Der Graf war von der Novelle derart begeistert, daß er einen ganzen Stoß von dieser »März«-Nummer kaufte und verschenkte. Er las die Erzählung seiner Frau und Fräulein Moll und aller Welt vor.

Die Frage, ob mir der Graf eine Gratifikation schenken würde, wurde immer aktueller. Denn der »März« sandte das Honorar nicht, und ich hatte kein Geld zur Abreise. Der Rentmeister meinte, einer Andeutung entnommen zu haben, daß mir der Graf eine Pelzmütze schenken würde. Ich verfluchte diese Pelzmütze im voraus. Ich wollte sie auf die Zeus-Büste von Otricoli stülpen. Aber nun traf das »März«-Honorar doch ein. Hurra!

Ich gab mir Mühe, meine Arbeiten für den Grafen noch recht anständig zu erledigen. Am 22. Dezember 1912 fuhren Eichhörnchen und ich ab, Eichhörnchen in Urlaub zu ihrer Mutter und ich nach München. Eichhörnchen wollte vom

Urlaub aus kündigen. Wir hatten es so eingerichtet, daß wir bis Forst zusammen fuhren. Die uns von der gräflichen Familie mitgegebenen Pakete, die wir erst zu Weihnachten öffnen sollten, rissen wir im Coupe sofort auseinander und tauschten lachend die Gaben aus, die sie enthielten. Bismarcks Erinnerungen, ein Etui, ein Kragenbeutel, Gebäck.

Die Trennung in Forst war innig-traurig.

Ich besuchte nun zunächst meinen Bruder in Döbern und dankte von dort aus dem Grafen für die Geschenke und alles mir erwiesene Gute. Auch an Rentmeisters schrieb ich. Sie antworteten mir, der Graf hätte sich intensiv nach etwaigen Schulden erkundigt, die ich hinterlassen hätte und die er gar zu gern bezahlt hätte. [...]

EISENACH UND LAUENSTEIN

Mit Eichhörnchen traf ich mich in Northeim. Wir genossen freiheitsgoldene Ausflüge und sahen in Hannoversch-Münden Hauptmanns »Fuhrmann Henschel«, von einer Wandertruppe hervorragend gespielt.

Wo Werra sich und Fulda küssen, da gab es einen guten Klang.

Dann fuhr ich nach Eisenach, lernte Timmis tapfere Mutter kennen und hörte sie auch einmal eine Skizze von mir in einem Pensionat vorlesen.

Ich besuchte Frau Dora Kurs. Die leitete ein Pensionat, darin sie junge Mädchen zu Sprachlehrerinnen ausbildete. In gewissen Fächern unterstützte sie ein Professor Schill, der mehrmals in der Woche aus der Salzmannschen Erziehungsanstalt Schnepfenthal herüberkam und mitunter zwei hübsche Töchter mitbrachte.

Das Haus in der Burgstraße, eine kleine Villa, stand auf schrägem Gelände am Fuße der Wartburg. Frau Dora Kurs war eine erfahrene, lebenslustige Dame. Sie besaß organisatorisches Talent, zähe Energie und eine verblüffende Überredungskraft, war etwa von dem Typus der Kathi Kobus. Ihre Weltanschauung war eine freiere, als man sie sonst bei Vorsteherinnen findet. Dadurch hatten die Schülerinnen, die jedes Jahr wechselten, ein ungezwungeneres, modernes Leben. Frau Kurs verlangte dafür – unausgesprochen –, daß die Mädchen alles Erleben mit ihr teilten. Sie wollte sogar über Familienverhältnisse und am liebsten auch über Liebesgeschichten orientiert sein. Da sie das allzu indiskret betrieb, behielten die Schülerinnen doch ihre letzten Geheimnisse für sich.

Mich hatte Frau Kurs einmal als Gast im »Simpl« in München ins Herz geschlossen. Daraus hatte sich ein Briefwechsel ergeben, und nun war ich bei ihr zu Gast. Sie hatte künstlerischen Stil, künstlerischen Schwung, künstlerische Begeisterung und künstlerischen Unternehmungsgeist. Ganz langsam erst merkte ich, daß alles ein literarisches Gebaren von Einbildung, ein unnatürlicher Selbstbetrug, ein Bluff war.

Die Herzen der Mädchen gewann ich im Husarensturm, einfach, weil ich ein Mann, der einzige Mann im Hause, zudem übermütig lustig war und mit meinen Tollheiten die Traditionen und Schranken, die es selbstverständlich auch dort gab, frech durchbrach. Als ich einmal dem Literaturunterricht beiwohnte, warf ich die Frage auf, ob den Damen das ernste schöne Gedicht von Goethe bekannt wäre, worin das Wort Rinderbrust vorkäme.

An den Mond
Füllest wieder Busch und Tal . . .
. . . .
Selig, wer sich vor der Welt
Ohne Haß verschließt,
Einen Freund am Busen hält
Und mit dem genießt,

Was von Menschen nicht gewußt
Oder nicht bedacht,
Durch das Laby
Rinderbrust
Wandelt in der Nacht.

Damit rief ich Gelächter der Schülerinnen und Empörung der Lehrerin hervor.

Als Frau Kurs einmal verreist war, bestellte ich die ganze Mädchenbande in mein Stammlokal »Zum Rodensteiner«. Ich setzte ihnen Wein vor, und sie sangen zur Gitarre und gaben sich so anspruchslos froh, wie es Eisenacher Pensionskindern verboten war.

Aber Frau Kurs war eine versöhnliche Natur und wirklich großzügig. Da ich zudem für einen Novellenband »Ein jeder lebt's« von Albert Langen einige hundert Mark Vorschuß erhalten hatte, so jubilierten wir alle. Dort und auf Spaziergängen zur Wartburg und in die weitere Umgebung. Frau Kurs war, soweit sie konnte, sehr gastfrei zu mir. Pekuniär hatte sie selber schwer zu kämpfen.

Ich muß übrigens die Bemerkung über mein Husarenglück bei den Schülerinnen doch einschränken. Da war z. B. ein Mädchen, das mich am meisten interessierte: Daisy, ein schönes, apartes Rehfigürchen mit anscheinend lesbischen Veranlagungen. Die aber mochte mich gar nicht leiden.

Doch mit einem anderen Mädchen kam ich nett zusammen. Sie war sehr kurzsichtig und trug ein schwarzes Sammetkleid. Deshalb taufte ich sie Maulwurf. Wenn sie mir Beethoven vorspielte, mußte sie sich tief über die Tasten beugen. Wir verabredeten uns heimlich, gestanden einander im Thüringer Wald unsere Zuneigung und erzählten unsere Schicksale. Maulwurf war die einzige Tochter einer Bäuerin, die einen Lokomotivführer zum Manne hatte, ein Häuschen in Ludwigshafen am Rhein und ein kleines erspartes Vermögen besaß. Die Mutter sollte streng, schlau und praktisch, der Vater lieb und lustig sein.

Maulwurf und ich trieben Geheimnisse und verliebten Ulk. Sie stickte ein Band für meine Mandoline, ein blaues Band mit einem Maulwurf darauf. Am 15. Mai 1913 vormittags verlobten wir uns am Fuße der Wartburg. Ich wollte nach Ludwigshafen fahren, um bei den Eltern um ihre Hand anzuhalten. Das war etwas ganz Neues und schon deshalb Lockendes für mich. Wir meinten, Frau Kurs würde sich sehr über unser Bündnis freuen und wollten sie und die Mädchen mittags bei Tisch damit überraschen, daß wir auf ein Stichwort hin uns plötzlich per »Du« anredeten. Als das nun geschah und wir uns danach als verlobt vorstellten, geriet Frau Kurs zunächst außer sich vor Empörung. Sie nahm es sehr übel, daß wir ohne ihr Wissen und Zutun einander gefunden hatten. Es gab keine größere Freude für sie, als zwei Menschen zusammenzubringen, aber es mußte durch ihre Vermittlung geschehen. Dennoch war Frau Kurs bald wieder versöhnt und unterstützte nun sogar eifrig und teilnahmsvoll unser Vorhaben. Maulwurf schrieb einen Geständnisbrief an die Eltern, und ich reiste einen Tag hinter dem Brief nach Ludwigshafen mit den rosigen Gefühlen eines Brautwerbers, außerdem mit unternehmungslustiger Neugier.

Ich stellte mich dem Lokomotivführer und seiner Frau vor und hielt um Maulwurfs Hand an. Ich sagte, daß ich keinerlei Geld besäße, noch zu erben oder zu erwarten hätte; daß ich nicht einmal versprechen könnte, in absehbarer Zeit Geld zu verdienen, daß ich aber die Tochter liebte. Die Antwort war zwischen den Eltern schon vor meiner Ankunft ausgewogen und ausgestritten. Nein! Das ginge unter solchen Umständen leider nicht.

Ich nahm Abschied von der sachlichen Bäuerin. Der Vater gab mir das Geleit. Wir kehrten in einem Wirtshaus ein, tranken neuen Pfälzer Wein und redeten über Lokomotiven, Kesselexplosionen usw. Dann sprachen wir wieder von Maulwürfchen, und der Vater bedauerte außerordentlich, daß er mir einen Korb geben müßte. Wir schüttelten einander immer wieder die Hände, tranken weiter neuen Pfälzer Wein und weinten zuletzt beide in einer simplen Harmonie und in Liebe zu Maulwürfchen. Vom Zug aus winkte ich dann dem braven, schlichten Manne noch lange zu.

War nun auch zwischen Maulwurf und mir keine Verlobung zustande gekommen, so blieben uns doch Erinnerungen an ein trauliches Verliebtsein und eine Photographie, die uns beide zeigt, wie wir hoch zu Esel zur Wartburg emporreiten. Außerdem wurden wir fürs ganze Leben Freunde.

Ich lernte den Burgkommandanten der Wartburg kennen, einen Herrn von Cranach, ferner einen Arzt in Eisenach, *Dr.* Höpfner. Der war Psychotherapeut in einer berühmten Heilanstalt. Aber mir schien, als befasse er sich lieber mit Kunst und Literatur. In einer burschikosen, schwärmenden Freundschaft saßen wir manche Stunde beisammen, aßen Herobohnen und tranken Doornkaat dazu. Mit künstlerischen Gesprächen. Dazwischen lud ich wieder einmal Maulwurf oder Frau Kurs oder andere Mädchen in die »Süße Ecke« ein oder in andere Konditoreien, bis mein Honorar für »Ein jeder lebt's« dahin war. Auch nach Waltershausen war ich gekommen und hatte den Thüringer Wanderdichter Trinius besucht. Der kannte meinen Vater, besaß ein blondes Teufelchen von Tochter und einen tauben Wachhund.

Nun kam eine Verabredung zustande, daß ich einige Monate lang auf der Burg Lauenstein bei freier Station verbringen durfte, dafür die Bibliothek des Burgherrn *Dr.* Meßmer ordnen und den Fremdenführer Höde gelegentlich bei Rundführungen unterstützen sollte. Es war wohl mehr auf diese Führungen abgesehen, denn in der Bibliothek fand ich höchstens fünf Bücher vor. Ehe ich von Eisenach abreiste, hatte ich noch die Flinte von Schönaich-Carolath versetzt.

Die Burg Lauenstein lag hoch und stolz auf einem steilen Berg in Oberfranken in der Nähe von Probstzella. *Dr.* Meßmer hatte sie als Ruine ganz billig erworben und allmählich restaurieren lassen, wobei er ungeahnte Kunstschätze aufdeckte. Z. B. herrlich geschnitzte Zimmerdecken, die man übertüncht hatte und die er nun wieder bloßlegte. Er war dann in der Umgegend herumgereist und hatte wertvolle Möbel und andere Altertümer von den Bauern billigst aufgekauft. Man erzählte, er hätte sie manchmal mit »Freibilletts zur Besichtigung seiner Burg« bezahlt.

Es war eine große richtige Ritterburg. Die Zugbrücke hatte man durch eine stabile steinerne ersetzt. Aber man sah noch die Pechnase überm Tor. Und es gab Mauern, Zinnen, Rittersaal, Burghof, Folterkammer, Burgverlies, geheime Gänge, geheime Türen, historische Wandgemälde und Hunderte von Museumsstücken. Leider hatte *Dr.* Meßmer zu den vorgefundenen und erworbenen Altertümern noch Neues nach altem Muster anfertigen lassen und damit viel Kitsch in die Burg gebracht. Aber immerhin war diese sehenswert, und es kamen auch viele Menschen von nah und weit, um sie zu besichtigen. Außerdem wurden die meisten von den altluxuriösen Räumen an Sommerfrischler vermietet. Die fühlten sich sehr wohl, denn man lebte dort abgeschlossen in Höhenluft und Ruhe.

Der Fremdenführer Höde war ein gutmütiger, schon älterer Herr mit einer roten Nase. Er trank gern und oft. Gemütlich zeigte und erklärte er mir alles, und ich begleitete ihn, wenn er Fremde durch die Burg führte und lauschte seinen eingelernten Erklärungen, bis ich diese selber in richtiger Reihenfolge auswendig konnte. Von da an löste ich Höde nach einer freundschaftlichen Verabredung umschichtig ab und führte nun selber Besucher herum. Ich trug eine kurze Lederhose und ein handgewebtes leinenes Hemd, eine altfränkische Tracht.

Lange Zeit waren die Rundführungen sehr amüsant. Dann kam ich auf den Punkt, wo Höde schon lange war, da ich mein Hauptinteresse darauf legte, zu erfassen, wer von den Herumgeführten wohl für ein Trinkgeld in Frage käme. Und wie man denen beibrächte, daß wir Fremdenführer das einerseits gern annähmen, es andrerseits aber auch gern in einer unserer Bildung entsprechenden Höhe empfingen. Dann wurde mir auch das zuwider, und ich begann die Sache mit Humor und experimentell anzugreifen.

Ich war nicht imstande zu beurteilen, wieweit das, was die gedruckte Burgbeschreibung und was wir Rundführer erzählten, auf Wahrheit oder bewußter oder unbewußter Täuschung beruhte. Jedenfalls gefiel es mir von nun an, gelegentlich das Blaue vom Himmel herunterzulügen. Ich hatte inzwischen die dort wohnenden Kurgäste kennengelernt, mit einigen mich intimer angefreundet. Da waren z. B. eine schöne, kluge Dame, Luise Reichardt, Krankenschwester von Beruf, und deren Freundin Musmann, eine arme Malerin. Manche von den neuen Bekannten begleiteten mich gern auf meinen Rundführungen, indem sie sich so stellten, als wären sie selber Neulinge. Sie lachten dann innerlich über die Späße und Lügen, die ich mir erlaubte, besonders wenn das Publikum aus einfachen oder unkundigen Provinzlern bestand.

»Das ist der älteste Teil der Burg«, begann die vorgeschriebene Erklärung, und dabei mußte ich im Burghof auf ein verwittertes Ruinchen zeigen. Wenn es sich aber gerade ergab, daß eine alte Frau unter den Besuchern war, pflegte ich wie zufällig erst einen Moment auf die zu zeigen. Derlei Wippchen flocht ich dann, von Zimmer zu Zimmer führend, ganz ernsthaft viele ein. Manchmal unverschämt weitgehend. »Mit dieser Lichtschere wurde Katharina von Medici erwürgt.« In der Folterkammer war meiner Phantasie ein grausiger, unübersehbarer Spielraum geboten. Dann kamen wir zum Burgverlies. Ich hob eine Art dörflichen Klosettdeckels hoch, und man sah in einen tiefen dunklen Schacht, sah Loch, Dunkelheit, weiter nichts. Aber ich fügte mit gehobener Stimme hinzu: »Sie sehen in der Tiefe zwei Gerippe, die durch einen goldenen Ring miteinander verbunden sind.« Alles drängte sich vor, starrte ernst hinunter. »Sehen Sie es?« fragte ich einen der Neugierigen.

»Nein!« sagte er ehrlich.

»Sie müssen sich hierher stellen. – – So – Dort unten! – Sehen Sie es?«

»Ja!« sagte er nickend. »Ja!«

Suggestion, manchmal vielleicht auch nur Ausrede, um von mir freizukommen.

Der gute Höde war über meine Frechheiten ehrlich entsetzt, obwohl auch er sich heimlich darüber amüsierte. Er hätte nie so etwas gewagt. Trotzdem habe ich einmal einen viel größeren Spaß an ihm gehabt. Ich begleitete ihn, als er führte und dabei stockbetrunken war. Wenn er da auch sonst alles richtig und wie am Schnürchen hersagte, geschah es doch, daß er zwei Zimmer verwechselte und nun gewohnheitsmäßig zeigend und sprechend die komischsten Ausdeutungen gab. »Dieser Spiegel«, sagte er und deutete auf einen Ofen, »dieser Webstuhl« und deutete auf ein Gemälde.

Den *Dr.* Meßmer machte mein Unfug mit der Zeit nervös. Aber die Stammgäste beruhigten ihn immer wieder. *Dr.* Meßmer war eine Art Don-Quijote-Natur. Groß, hager, spitzbärtig, trug einen Radmantel und blies in Mondscheinnächten auf dem Söller die Trompete. Er hatte zwei lange Kinder, einen Sohn, der in der Burg eine moderne Tischlerei betrieb, und ein eigenartiges, schönes Mädchen namens Lukarda. Meßmers erste Frau war – (ich weiß nicht mehr genau). Die derzeitige Frau war ein resolutes Weib. Sie ging am liebsten mit Pferden und Bauernburschen um und dann aufs Ganze. Als sie bei einem Unfall den Arm gebrochen hatte und mit Gipsverband und Tanzverbot vom Arzt zurückkehrte, fuhr sie noch selbigen Tages im Zweispänner mit mir aus, lenkte die durchgehenden Pferde an steilen Abhängen einer Serpentine entlang und tanzte abends mit den Bauernburschen im Dorf.

Ins Dorf gingen die Reichardt, die Musmann und ich auch gern. Musmännchen zeichnete den Bürgermeister. Wir halfen alle drei beim Korneinbringen auf den Feldern und aßen hinterher in der Familie Kartoffelklöße. Die beiden Mädchen durchkosteten Sommerfrische, wollten lachen und wieder lachen. Einmal schlenderten wir zur Dämmerzeit durchs Dorf und guckten von draußen durch die Fenster, um zu sehen, wie die Bauern schlafen gehen. Da war zum Beispiel eine Frau Ameis. Sie stand im Nachthemd aufrecht zu Fußende in ihrem Bette, mit dem Gesicht nach uns zu. Auf dem Nachttisch neben dem Kopfende brannte eine Kerze. Die alte Frau Ameis murmelte etwas vor sich hin, betete vielleicht, wir konnten die Worte nicht hören. Dann ergriff sie zwei Zipfel des Federbettes und ließ sich plötzlich steif wie ein Stock hinten überfallen. Von dem Luftzug erlosch die Kerze.

Nur einmal geschah es, daß ein Herr von dem Publikum, das ich herumführte, mit meinen Erklärungen und meinem eingeflochtenen Unsinn unzufrieden war. Obwohl viel »bestes Publikum« dorthin kam, z. B. ein Adjutant vom Kaiser. In diesem Falle aber setzte mich ein sehr bescheiden auftretender Herr mit offenbar großer Sachkenntnis und leisem, liebenswürdigem Tadel so in Verlegenheit, daß ich kapitulierte und ihn beschämt um Verzeihung bat.

Obwohl ich nun *Dr.* Meßmers kitschig-romantisches Gebaren allein und mit den klügeren Stammgästen verlachte, muß ich doch gestehen, daß ich selber dem Zauber der Romantik seiner Burg erlag und auch manche der Gerüchte, die um diese Burg gingen, sehr ernsthaft nahm.

Nicht die »Weiße Frau von Orlamünde«. Aber z. B. hieß es, daß die Burg durch einen unterirdischen, inzwischen verschütteten Gang mit einer anderen weit entfernten Burg verbunden wäre. Diesen Gang wollte ich wieder aufdecken. Ich schaufelte in den kalten Kellergewölben tagelang durch schweres steinernes Geröll. Endlich stieß ich auf modrige Erdschichten mit Knochenresten und Scherben von alten, wunderschönen Glasfenstern. Aber ich mußte diese Arbeit doch schließlich aufgeben, weil sie für einen einzelnen Menschen aussichtslos und ich so überanstrengt war, daß ich meinen krummen Rücken noch tagelang hinterher nicht aufrichten konnte.

Es war eine schöne Burg, dies Lauenstein, mit vielen Heimlichkeiten. Und es spukte dort auf erklärliche und auf unerklärliche Weise.

MÜNCHEN VOR DEM KRIEGE

Als der Sommer vorbei war, reiste ich noch für kurze Zeit wieder nach Eisenach und dann weiter nach München.

Diesmal konnte ich nicht bei Seelchen wohnen, weil sie ihre freien Zimmer schon vermietet hatte. So zog ich zu meinem lieben Freunde Oskar Dolch, der in seiner halb einfach, halb kostbar, mit Geschmack eingerichteten Wohnung ein Zimmer und ein Bett für mich übrig hatte.

Ich packte meine Bücher aus, die ich in Klein-Oels aus der Ressource-Bibliothek erworben hatte und die ich nun weiterverkaufen wollte. Das Ordnen und Katalogisieren nahm Tage und Wochen in Anspruch. Abends trat ich im »Simpl« auf, wo ich mit Hallo empfangen worden war und noch den alten Ruf genoß.

Dolch fuhr nach Paris in kunsthändlerischen Interessen und ließ mich allein in seiner Wohnung zurück. Das war eine interessante und lustige Parterrewohnung Ecke Barer-

und Adalbertstraße. Sie lag zu ebener Erde, und Dolch war wie gesagt ein großer Frauenkenner und Frauenfreund. Daher kam es, daß ich schon in der ersten Nacht nach seiner Abreise kaum zum Schlafen kam. Weil immer wieder von mehr oder weniger zarten Fingern ans Fenster geklopft wurde. Ich schob die Gardine beiseite und winkte herein. Das nächstemal winkte ich ab. Das dritte-, vierte-, fünftemal reagierte ich überhaupt nicht. Das sechstemal winkte ich wieder herein. Ich lernte auf diese Weise sehr viele Mädchen aus verschiedenen Ständen kennen. Oftmals war ich besorgt, daß sie etwas stehlen könnten. Denn Dolch besaß außer großen, seltenen holländischen Ölgemälden auch kleinere und ganz kleine Kunstwerke, alte Meistergeigen, Miniaturen usw.

Es trat auch ein Fall von Diebstahl ein. Der verlief so: Abends, da ich es sehr eilig hatte, begegnete mir bei strömendem Regen ein ärmliches Mädchen, das mir durch sein hilfloses und verhungertes Aussehen auffiel. Nur deshalb sprach ich sie an. Sie erzählte, daß sie in Augsburg gewesen und nun zurückgekehrt wäre, aber in das Haus ihrer Tante, bei der sie wohnte, nicht hereinkönnte, weil die Tante anscheinend verreist wäre. Da ich zum Abendessen zu C. G. von Maassen eingeladen war und andererseits an Dolchs Kunstschätze dachte, sagte ich: »Liebes Kind, du kannst bei mir schlafen, aber ich muß ausgehen und muß dich einschließen.« Damit war das junge Ding dankbar einverstanden. Nachdem ich ihr noch etwas zu essen und zu trinken gegeben hatte, legte sie sich in mein Bett und schlief sofort wie ein todmüder Mensch ein. Ich schloß die Wohnung hinter ihr ab und eilte zu Maassen. Dort ergab sich wieder eines von den übermütigen Gelagen auf der Basis von Aristokratie, guter Kinderstube, Kunst, bibliophiler Literatur, Geist, Witz, politischem Unverständnis oder Uneinigkeit und Geschmack. Das alles verschieden auf die einzelnen verteilt. Aber das Zusammensein war bestimmt nicht langweilig. Das Fest, für uns damals ein Allnachtsvergnügen, dauerte bis etwa acht Uhr morgens. Ich schlenderte heim und fand in meinem Bett das inzwischen vergessene Mädchen noch in tiefem Schlaf. Da ich mich ein wenig in der Wohnung umsah, entdeckte ich, daß mir ein paar unbedeutende Gegenstände fehlten. In einer offenen Schachtel hatten zwei Paar Manschettenknöpfe gelegen. Das eine, aus schönem, chinesischem Gold hatte mir Onkel Martin einmal geschenkt, und ich hing daran und hänge heute noch daran, und es hängt heute auch noch an mir. Das also fand ich noch vor. Aber zwei andere wertlose, plumpe Manschettenknöpfe fehlten, große Stücke aus Zinn, Rennpferde in Peitschenverzierung. Leise durchsuchte ich die dürftigen Kleider der Schlafenden. Ich fand in ihrer poweren Handtasche zwei Schlüssel, meine Pferdeknöpfe und ein Notizbuch, in dem nichts weiter stand als »Ich wandle wie im Traum einher dem Paradiese zu«. Ich war sehr zornig über diesen Vertrauensbruch, weil ich ja von dem Mädchen nichts verlangt und gehabt, sondern ihr nur gegeben hatte. Ich wollte sie schlagen. Natürlich nicht im Schlaf, aber doch war ich damals so, daß ich, wenn auch in bester Absicht, sehr hartherzig vorging. Ich weckte sie, ließ sie sich waschen und ankleiden und frühstückte mit ihr. Dann sagte ich: »Halte einmal deine Hand auf. Ich will dir etwas schenken.« Da ließ ich aus meiner geschlossenen Hand jene Pferdeknöpfe in ihre Hand fallen. Das Mädchen sank in die Knie. Ich gab ihr eine Ohrfeige und sagte: »Die Polizei ist benachrichtigt und wird gleich kommen. Du hast mich belogen, ich weiß alles.« Sie weinte sehr und gestand, daß sie ihrer Mutter entlaufen wäre usw. Hier hätte ich spätestens abbrechen sollen, aber ich meinte, daß ich den Schreck, den ich ihr zur Lehre einjagen wollte, noch steigern müßte. So ging ich hinaus auf den Korridor, klingelte, markierte eine Flüsterunterhaltung und sagte zurückkehrend: »Die Polizei ist da, komm.« Da fiel das Mädchen steif wie ein Stock um.

Ich hob sie auf und sagte: »Kind, tu so etwas nie wieder. Diesmal geschieht dir nichts, du bist jetzt frei.« Da flog sie davon, selig wie ein freigegebenes Vögelchen. Ich sah ihr durchs Fenster nach, und mein Herz klopfte noch lange in Aufregung.

Auch aus dem »Simplizissimus« verschleppte ich Weiber nach Villa Dolch. So eine englische Admiralsfrau, die den verstorbenen Maler Leistikow verehrte und mich in ihrer Betrunkenheit zuletzt mit ihm verwechselte und unaufhörlich sagte: »*Poor little Leistikow.*« Ich gab mich in solchen Fällen als Maler, wollte die betreffende, sich geschmeichelt fühlende Dame porträtieren, zeigte in der Wohnung auf die holländischen Meisterbilder an den Wänden mit der Bemerkung, daß das meine letzten oder frühere Arbeiten von mir wären. Dann drang ich darauf, daß die Dame den Busen entblößte, der ganz besonders schön wäre, also auch zuerst gezeichnet werden müßte. Ich fand bei Dolch große Pappstücke und auch Zeichenkohle. Mit ein paar einfachen Strichen skizzierte ich die Frauenbusen, dann brach ich meine porträtistischen Arbeiten ab. Als Dolch wieder von Paris zurückkehrte, fand er zu seiner Verwunderung hinter einem Schrank eine Menge Pappstücke, auf denen Kugelpaare gezeichnet waren.

Manchmal zogen wir – Freunde und Freundinnen mit Weinflaschen und Gitarren – zu dritt, zu fünft, zu zehnt noch spät nachts nach dieser Wohnung. Dort spielten sich dann phantastische Orgien ab, tanzten nackte Mädchen auf Tischen, während gleichzeitig gewisse Gruppen, über Kupferstiche gebeugt, kunstverständig und gebildet diskutierten. Bis die roten Köpfe dampften und die Fensterscheiben blau wurden.

Endlich hatte ich die Aufstellung und Katalogisierung meiner Bücherei beendet. Maassen und andere bibliophil interessierte Freunde kauften mir einige anständig ab. Das andere bot ich einem Antiquar an. Der kam, riß die sorglich geordneten Bücher auseinander, warf auf einen Haufen diejenigen, von denen er sagte, daß sie noch einigermaßen zu gebrauchen wären, und bot mir schließlich dafür einen so niedrigen Preis, daß mich Zorn, Schreck und Enttäuschung darüber völlig verblüfften und ich die Bücher für dieses Schandgeld hingab. Auf ähnlich traurige Weise ging dann auch der Rest dieser schönen Büchersammlung auseinander.

In einem Hotel am Stachus wohnte die Königin von Neapel. Ich sah sie einmal, da sie vorm Portal aus ihrer Equipage stieg. Sie trug ein prächtiges Blumenbukett. Das schenkte sie einer ärmlich uniformierten Ritzenschieberin, die gerade dort stand, und schritt dann majestätisch ins Hotel. Das kleine, blöde Trambahnschienenweiberl sperrte wortlos den Mund auf und blickte ratlos auf die Blumen.

Ich zog wieder zu Seelchen in mein altes, behagliches Zimmer, und die goldige Tante sorgte für mich wie für einen Sohn, lud auch gelegentlich meine Freunde ins Haus. Nachts tingeltangelte ich im »Simpl«.

Einmal wollte ich einem Kinde als Geburtstagsgeschenk einen Beutel voller Kupferpfennige schenken. »Aus Alaska.« Ich hatte mir hundert bis zweihundert Pfennige zurückgelegt und fragte nun in einer Drogerie, wie ich diese Münzen blank machen könnte. Man gab mir Salzsäure. Ich saß in meinem Stübchen, hatte die Pfennige in eine Glasschale geschüttet und goß die Salzsäure darüber. Sofort füllte sich das Zimmer mit beißendem Rauch. Ich öffnete das Fenster, wollte die Glasschale auf den äußeren Fenstersims stellen, verschüttete etwas von dem Inhalt auf die Tischdecke, weil die Schale heiß war. Mittels einer Zange bugsierte ich sie etappenweise auf einen Stuhl, auf den Fußboden, auf den Waschtisch, dann aufs innere und dann aufs äußere Fensterbrett. Überall dabei die alles zerfressende Säure verspritzend. Als ich endlich den Hexenkessel mit Wasser zur Ruhe gebracht hatte, waren von den Kupfermünzen nur noch päpierdünne Blättchen übrig.

Seelchen pflegte Verkehr mit Damen aus den Ersten Kreisen. Dadurch kam ich dazu, bei einer Wohltätigkeitsveranstaltung mitzuwirken. Der König von Bayern hatte sein Erscheinen zugesagt. Unter anderem wurde ein berühmtes Freskengemälde als Lebendes Bild gezeigt. Das stellte St. Franziskus einem Partner gegenüber dar. Und ich spielte darin, oder richtiger gesagt, ich stand schweigend, regungslos darin als Heiliger Franziskus. Kurz vor dem Auftritt wurden mein Gesicht, meine Hände und was sonst von mir nicht durch eine weiße Toga verhüllt blieb, mit einer weißen Flüssigkeit bestrichen. Der Vorhang ging auf. Ich dachte regungslos an den König. Ich merkte, daß die weiße Schminke ein kleines Bläschen auf meinen Lippen bildete. Um das zu entfernen, öffnete ich unauffällig ein wenig den Mund, worauf aus dem Bläschen eine große Blase wurde. Der König kam aber um diese kleine Komik, weil eine ungeschickte Regie einen Harfenspieler so vor mir postiert hatte, daß er mich völlig verdeckte.

Man lebte in München damals sorgenlos und machte sich deshalb unbewußt künstliche Sorgen, indem man überkritisch oder übermütig wurde und am Kleinlichsten herummäkelte.

Ich suchte nach einem Beruf, ließ mich in Lewalters Kunstschule für Schaufensterdekoration für einen Kursus aufnehmen. Ein ziemlich trauriger Unterricht. Ein bißchen Theorie um den Goldenen Schnitt. Dann ein bißchen Praxis. Wir kriegten Kleiderstoffe, die wir drapieren mußten, oder Taschentücher oder Attrappen. Das Ganze zog sich kümmerlich so etwa zwei Monate hin. Ich bestand lächelnd das Examen, erhielt ein Zeugnis und auch sofort einen praktischen Auftrag.

Ich Schaufensterdekorateur sollte das Ladenfenster eines Delikateßhändlers in der Kaulbachstraße weihnachtlich dekorieren. Das wurde mir nach Vereinbarung bezahlt. Großen Eindruck machte es mir, daß mich der Ladenbesitzer während meiner Arbeit in ein Hinterzimmer rief, mir eine Riesentasse Kaffee und ein reichliches Essen vorsetzte und sagte: »So, lieber Mann, jetzt stärken Sie sich erst mal.« Da er mir im übrigen völlig freie Hand ließ, glaubte ich nun, außer den erlernten technischen Kenntnissen auch meinen persönlichen künstlerischen Intuitionen freien Schwung geben zu können. Ich türmte Würstchendosen übereinander, kippte sie um, warf zwischen diesen gewollten Trümmerhaufen kunstvoll spielerisch verstreut Tannenzweiglein. Ich ließ eine Zervelatwurst wie ein Dornröschen verstrickt in Lametta hängen, ich verfolgte Perspektiven, unterbrach einen strengen Pyramidenbau aus Käsen plötzlich durch einen Teller niedlicher Pfeffergürkchen. Ich verlegte den Goldenen Schnitt um die Länge einer Gänsebrust, warf aber dafür sanfte Flocken von Watteschnee auf ein schweinisches Durcheinander von schamlosen Schinken. Als ich fertig war und mein Geld und obendrein Dank erhalten hatte, besah ich mir das Ganze noch einmal von außen. Da erkannte ich, daß es ein abscheulich kleinliches Kitschgebilde geworden war. Ich habe nie wieder ein Schaufenster dekoriert, aber ich respektiere diese Kunst.

Heiliger Abend. Weihnachten bei Seelchen, Weihnachten unter Junggesellen im »Simpl« bei Kathi Kobus. Weihnachten bei Grammophon, Schlagermusik und Tanz in großer Zechgesellschaft bei von Maassen. Der Weihnachtsbaum dort war nicht mit vergoldeten Nüssen und Lametta, sondern mit ausgeschnittenen und rückseitig obszön bemalten Figuren aus Modejournalen verziert. Maassen hatte immer überraschende Einfälle, und wie man zu denen auch stehen mochte, so war doch schon Maassens Eifer anerkennenswert.

Wieder kam ein Fasching, und als er zu Ende war, feierten wir in Schwabing ihn inoffiziell weiter. Immer neue

Menschen lernte ich kennen. Außer dem »Simpl« gab es eine florierende Künstlerkneipe »Der Bunte Vogel«. Das Plakat dazu war von Weisgerber entworfen. Er hatte auch lustige Puppen geschnitzt, mit denen Unold, Foitzick und ich auf einer improvisierten Bühne Kasperletheater spielten. Die Wirtin Hedy König war eine temperamentvolle, beliebte Dame. Sie stand in einem freundschaftlichen Verhältnis zu einem sehr intelligenten Studenten namens Cortüm, einem kleinen, höchst schneidigen Burschen, der auch viel dazu beitrug, daß im »Bunten Vogel« ein ausgelassenes Tohuwabohu herrschte.

Und immer neue Menschen lernte ich kennnen. Da war ein Offizier a. D. namens Utsch, der sein ganzes Leben damit verbrachte und darauf aufgebaut hatte nachzuweisen, daß ein Ahne von ihm jener »Jäger aus Kurpfalz« gewesen war.

Dann hielt Erich Mühsam wieder eine seiner politischen Versammlungen ab, zu denen man wie in ein Lustspiel ging. Andermal hatte Mühsam ein paar halbreife Burschen veranlaßt, eine mit Pulver und Nägeln gefüllte Blechbüchse vor dem Rathaus zur Explosion zu bringen. Resultat: Von einem Rathausbaustein war eine Handvoll Mörtel abgefallen. Die Münchner Neuesten Nachrichten brachten einen Leitartikel »Das Bombenattentat Erich Mühsams«. Solche Sorgen hatte man damals dort.

Ich wurde Mitglied des Vereins Süddeutscher Bühnenkünstler. Maassen, Unold, Weisgerber, Hoerschelmann, Vegesack, der Maler Körting, Foitzick, Emil von Lilienfeld, Mühsam, Schulmann, Floerke, Queri, Roda Roda, Kubin, Hoerhammer und viele andere waren dabei oder zu Gast, nur selten ein Schauspieler und noch seltener ein Süddeutscher.

In einer kleinen Weinstube am Viktualienmarkt kamen wir zusammen, tranken viel Schoppenwein und führten brausend und wild improvisierte Opern auf, bis Polizeistunde. Die photographischen Blitzlichtaufnahmen aus jener Zeit zeigen, welch unerhört lebendige und überschäumende Besoffenheit uns beherrschte. Von dort zog man weiter. Die Straßen waren schon leer. Ein armseliges Strichmädchen stand im Schatten. Wir machten alle abfällige Bemerkungen über die »Alte Schlampe«.

Ein Betrunkener oder ein Handwerksbursche lag schlafend unter einem Torbogen. Emil von Lilienfeld ging zurück und steckte dem Schlafenden Geld in die Hosentasche. Wir andern folgten diesem Beispiel.

Einer von uns trennte sich, wollte nach Hause gehen. An der nächsten Ecke nahm ein zweiter Abschied, weil er sehr früh wieder aufstehen müßte. Bald danach sagte auch ich Adieu, ließ die anderen weitergehen, vermutlich in die Wohnung von Maassen, wo die Raben, die Burgunderflaschen und der Mokka warteten. Ich aber stieß zufällig mit den beiden anderen Freunden zusammen, die sich vor mir verabschiedet hatten. Wo? Im Schatten bei der alten Schlampe.

Der schlafende Bettler und die alte Schlampe: Das erlebten wir nicht in der gleichen Nacht. Aber wir erlebten jede Nacht etwas. Und immer bis zum hellen Morgen. Von dem Bier- und Weißwurstlokal Donisl, das früh um fünf eröffnete, ging man zu einem Café am Marienplatz, wo es schlechten Kaffee gab, aber wir blieben doch wenigstens zusammen. Man unterhielt sich mit dem selbsterfundenen Geographiespiel, bei dem die Verlierenden 10 Pfennige in eine Vereinskasse zahlten. Damit wir eines kommenden Tages einmal im Smoking vornehm bei Böttner zu Abend speisen konnten. Oder Emil mußte uns das rührende Vergißmeinnichtlied vorsingen. Das tat er gern und ärgerte sich doch trotzdem jedesmal, weil wir nicht über das Lied weinten, sondern vor Lachen über Emil prusteten.

Ungefähr dieselben Leute, die zum Verein Süddeutscher Bühnenkünstler gehörten, hatten eine Geheimverbindung

»Hermetische Gesellschaft« gegründet. Auch ich wurde dort aufgenommen, nachdem ich gewisse, mir vorgelegte Examensfragen beantwortet hatte. Allerdings so ungenügend beantwortet hatte, daß ich nicht als vollwürdig, sondern nur als »kleiner mittlerer Seitenvater Appendix« aufgenommen wurde. Ich war auch in dem anderen Verein und überhaupt in dieser Gesellschaft nicht so ganz voll angesehen.

Die »Hermetische Gesellschaft« war eine sehr gelehrte und mystische. Sie hatte nahezu eine eigene Sprache, hatte eigene Gebräuche, eigene, selbst gezeichnete Bilder an den Wänden, eine eigene Münzführung, eine geheime Kasse, geheime Namen und ein geheimes Sitzungsbuch. Etwas in mir sträubt sich, mehr zu verraten. Denn die »Hermetische Gesellschaft« ist nie formell aufgelöst worden, und wenn ich zuviel verriete, fürchte ich Rache. Eins will ich nur noch sagen: Daß wir es unserer Überzeugung nach waren, die eine damals gegründete Zeitschrift »Der Turmhahn« (Otto Ernst) zum Kentern brachten. Und daß wir es unserer Behauptung nach waren, die den Weltkrieg hervorriefen.

Da feierte einmal einer von uns, der Maler Körting, die Taufe seines jüngsten Kindes und lud dazu die ganze Hermetische Gesellschaft ein. Es ging sehr festlich zu. Nach dem Taufakt setzte man sich zur Tafel, und der Pastor wünschte in einer milden Rede Glück und Segen für das getaufte Kind und dessen Eltern. Er mußte aber sehr erstaunt sein, als sich bald danach Unold ernst erhob und eine lange Rede, teils in lateinischen, teils in hermetischen Worten hielt, wonach wir anderen hermetischen Väter unter sonderbaren Zeremonien sonderbare Geschenke und Urkunden für den Täufling niederlegten, ich eine Kette mit einem Schweinszahn. So begann dieses Fest, und es endete mit einer sehr peinlichen Schlägerei. Im Morgengrauen wanderte ich mit einer Gruppe heim. Jemand sagte zu mir:

»Kleiner mittlerer Seitenvater Appendix, so wie das heute zuging: Das bedeutet Krieg.«

Ich blieb der kleine mittlere Seitenvater auch im Café Glasl, wo wir einen Nachmittagsstammtisch und eine dicke Stammkellnerin Tina, sogar eine kleine originelle Bibliothek hatten. Die Unterhaltung bestand aus einer übersättigten Witzelei, der ich wegen zu langsamen Denkens meist nicht nachkam. Erich Mühsam brachte etwa einen neuen Schüttelreim, sogar einen Schleifenreim:

Das war das schöne Fräulein Liebetraut,
Das an den Folgen einer Traube litt.
Da wurden ihr im Magen Triebe laut,
Worauf sie schnell in eine Laube tritt.

Und Maassen hatte sogar eine neue Dichtungsform gefunden, das Hugonott genannt, weil es mit Hugo beginnen mußte.

»Hugo«, sprach ich. Hugo nieste.
»Hugo«, sprach ich. Hugo spießte
Eine Filzlaus mit dem Pfeil.
»Hugo«, sprach ich, »Weidmannsheil!«

Politisches wurde hauptsächlich abends und besonders spät nachts erörtert, wenn die Köpfe vom Alkohol erhitzt waren. Die Affäre des Leutnants von Zabern gab Anlaß, dann die Ansprache des Kronprinzen: Ich freue mich auf den Tag, wo ich an der Spitze meines Regiments gegen Frankreich reiten werde. – Erregte stundenlange Debatten über die Möglichkeit und Aussichten eines Krieges. Maassen, der einen schneidigen Husarenoffizier zum Bruder hatte, war der festen Überzeugung, daß wir im Falle eines Krieges unseren Gegner mächtig verdreschen würden. Wenn Maassen sich in Begeisterung darüber ausließ, konnte man ihn sich vorstellen, wie er aus seiner schönen Bücherei herausritt in gestreckter Karriere, mit eingelegter Lanze, um an der Spitze seines Regimentes – –. Als schärfster Gegner dieser Ansicht trat der besonnene Dolch auf, der Sozialdemokrat und gegen den Krieg war. Zwischen ihm und Maassen kam es zu hitzigen Wortgefechten. Ich stand mit Kopf und Herz ganz auf Dolchs Seite. Wir drei pendelten nachts oft noch stundenlang zwischen der Haustür des einen und der Haustür des anderen hin und her, um auszustreiten.

Es lag etwas in der Luft. Und uns ging es so gut.

Seelchen reiste nach Lengenfeld zur Sommerfrische. Ich blieb allein in ihrer Wohnung zurück.

Nach vierundzwanzig oder achtundvierzig durchzechten Stunden gingen Maassen, Unold und ich einmal zunächst ins Ungererbad und dann durch den Englischen Garten, wo wir alles, was uns an Weiblichkeiten begegnete, jung oder alt, arm oder reich, schön oder häßlich, ansprachen und für einen bestimmten vordatierten Nachmittag in Maassens Wohnung zu Kaffee und Kuchen einluden. Als dieser Nachmittag anbrach, stand eine gedeckte Tafel mit reichlich Kaffee und Kuchen bereit. Wir hatten angenommen, daß von den dreißig geladenen Frauen zirka vierzehn kommen würden. Ich glaube, es erschienen sechs. Darunter waren eine dreiste Kokotte, ein sehr unsicheres Dienstmädchen und eine Witwe aus Berlin, die eine Heilkräuteressenz fabrizierte, im übrigen aber eine gutmütige, arme und krampfadrige Person war.

Es lag etwas in der Luft. Und wir lebten zu gut.

Der Mord in Sarajewo wurde bekannt. Dem folgten die weiteren weltpolitischen Publikationen. Die Leute sammelten sich vor den Zeitungsgebäuden und vor den angeschlagenen Extrablättern. Man nahm Stellung. Man erregte sich. Im Café Fahrig erhoben sich plötzlich die Gäste und zerschlugen die Fensterscheiben, weil eine serbische Kapelle spielte.

Neue Mädchen lernte ich kennen, lustige, perverse, rührende. Einsame wie z. B. die schwindsüchtige Margot Fichtner.

Die Amseln pickten vor meinem Fenster in dem Futter, das ich ihnen gestreut hatte. Sie kamen von dem nahen Friedhof herüber, wo sie in den schönen Bäumen nisteten und flirteten. In diesem Friedhof lag Seelchens Mutter begraben.

Aber die Amseln nahmen nicht alles von dem Futter. Käserinden lehnten sie ab. Sie waren wählerisch und verwöhnt. Es war Juli. Juli 1914.

ALS MARINER IM KRIEG

Motto:

Alles ist anders. – Wer kennt? Wer hält?
Lebe doch jedermann,
Wie's ihm gefällt,
Nach dem, was er tragen kann.

EINBERUFUNG UND KASERNE

Ich weinte, während ich mein Testament schrieb. Es wurde ein ausführliches und in der Form korrektes Schreiben, darin ich Tante Michel, bei der ich wohnte, zur Universalerbin meiner sichtbaren wie auch unsichtbaren Hinterlassenschaft sowie meiner Schulden einsetzte. Falls Tante Selma nicht mehr lebte, sollten meine Eltern diese Erbschaft übernehmen.

Ich sprach dann in bewegten Worten über meine Stellung zum Tode und über mein bisheriges, vielfarbiges Leben, deutete an, wie oft ich Hunger gelitten und kein Obdach gehabt hatte, und was für schöne Pläne in mir gewesen wären. Ich erklärte, daß ich mir bewußt sei, auch viel Böses getan zu haben und bat alle Betroffenen und Gott, mir zu verzeihen.

Tante Selma ersuchte ich, nach einer beigefügten Liste gewisse Andenken an gewisse, mir teure Menschen zu verteilen. »Das Buch ›Aus der alten Fabrik‹ an Eichhörnchen … einen Ring an Wanjka … auch eine Kleinigkeit an Meta Seidler in Hamburg« usw.

Ferner fertigte ich eine zweite Liste an: Welchen Personen ich noch wieviel Geld schuldete (es waren insgesamt 318 Mark) und bat Tante Selma, wenn sie es vermöchte, auch das zu regeln.

Mein Testament schloß mit dem Wunsche, daß die Gottheit, an die ich glaubte und die ich persönlich mit keiner kirchlichen Verbildlichung identifizieren könnte, meinen Angehörigen und meinen Freunden gnädig sein möchte.

Ich weinte noch, als ich das Manuskript kuvertierte, versiegelte und ins Geheimfach meiner altmodischen Truhe verschloß.

Denn nun war wirklich der Krieg erklärt. Ich dachte an Kriegsromantik und Heldentod, und meine Brust war bis an den Rand mit Begeisterung und Abenteuerlust gefüllt.

Nachts traf ich Freunde in der Torggelstube, denen ich mitteilte, daß ich mich nach der Instruktion zwar erst am zweiten Mobilmachungstage in Augsburg zu stellen hätte, daß ich aber es so lange nicht aushielte und deshalb schon morgen führe. Ich war der erste in der Tischgesellschaft dort, der in den Krieg zog. Alle staunten mich an, und der Anarchist Mühsam führte mich zu Frank Wedekind und sagte begeistert: »Du, Wedekind, der geht morgen in den Krieg!«

Danach wurde ich aber in eine Schlägerei mit einem Korpsstudenten vom Nebentisch verwickelt. Er hatte mißgünstig unser Gespräch belauscht, und indem er das Gehörte nun boshaft verdrehte, behauptete er laut: Ich triebe englandfreundliche Politik. Der Wirt bat mich beiseite, zwei herbeigeholte Schutzleute verhafteten mich und führten mich in ein Auto. Unterwegs schenkten sie meiner ehrlichen und entrüsteten Erklärung jedoch Glauben und entließen mich unter der Bedingung, daß ich nicht in jene Weinstube zurückkehren würde.

Ich packte am nächsten Tage ein paar nötigste Reisesachen in ein Köfferchen und war ganz allein in Selmas

Wohnung, denn die Tante weilte derzeit zur Kur im Ötztal. Und weil mich niemand zur Bahn brachte, mir aber in meiner sentimentalen Stimmung nach etwas Abschiedsherzlichkeit verlangte, betrat ich noch einmal den Laden meiner Zigarettenfrau. Auch fing ich noch den Briefboten ab, der mir Geld und ein Schreiben von meinem Vater brachte.

»Leipzig, den 1. August 1914. – Geliebter Gustav, Schicke Dir gleichzeitig mit diesem Briefe – zunächst 30 Mark per Postanweisung, bitte umgehend mir wissen zu lassen, ob Du mehr brauchst (was sehr möglich), dann erhältst Du sofort weiteres. (Bitte schreib es offen und ungeniert!!) Eine furchtbare Katastrophe bricht herein, ob durch die Dummheit oder die Falschheit des Zaren ist zur Zeit nicht klar. Begeisterung kann man bei solch einem schweren Fall die Stimmung, die allerorts (auch hier) in Deutschland herrscht, kaum nennen, aber das Gefühl der Treue für den Bundesgenossen und der männlichen Empörung für den niederträchtigen Friedensstörer ist auch etwas Schönes und Gewaltiges, alle Bedenken Wegfegendes.

Ich hoffe sehr, mein geliebter Junge, daß Du durch Deine Füße freikommst. Hermann und Hans Mitter sind beide, als Offiziere, bereits im Begriff einzupacken und sich zu stellen. Dem alten Mitter geht es sehr nahe, und auch Otti weint.

Die Lage bringt furchtbare Veränderungen hervor, und es ist noch gar nicht abzusehen, was alles daraus erfolgen wird.

Ich umarme und küsse Dich, mein lieber Gustav!

Dein Pa.«

Der Zug nach Augsburg war überfüllt. Es machte einen seltsamen, großen Eindruck, so viel Menschen ernst und um einen allgemeinen Gedanken beschäftigt zu sehen, Leute, die einander ohne Worte innig zugrüßten, aus allen Provinzen zusammengeströmte Deutsche, die höflich zueinander waren, jeden Streit vermieden und sich alle als ein einig Volk fühlten. Nichts Gleichgültiges, nichts Läppisches wurde gesprochen. Allenthalben hörte man ruhige gütige Worte, klare Auskünfte, knappe Berichte von Neuigkeiten.

In Augsburg bezog ich ein kleines Hotel und besah mir aus Geld, Freiheit und Unbekanntsein heraus das öffentliche Treiben. Die ganze Bevölkerung verkehrte in den Straßen und Gaststätten wie familiär. Man scharte sich um Plakatsäulen, die dauernd mit Meldungen über neue Fortschritte beklebt wurden. Eine arme Frau sprach mit einem reichen Herrn über die bevorstehende Teuerung. Stündlich tauchten neue Gerüchte auf. Man hatte einen französischen Flieger bei Nürnberg gefangen. In München waren aufrührerische Leute erschossen worden. Die Russen waren bereits in deutsches Gebiet eingedrungen.

Etwas wie ein Gruseln ging durch alle, und auch die ruhigdenkendsten Leute waren tief ergriffen von dem Gedanken des Weltbrandes.

Abends saß ich im »Grünen Haus« bei Moselwein und redete mir als Ahnung ein, daß ich meine Freunde und Verwandten nimmer wiedersehen würde. Wie gut, daß ich alles noch geordnet, mein Testament gemacht und auf dem Leihhaus meine Pfänder eingelöst hatte.

Demonstrationen, Jubelhymnen auf den Krieg und den Dreibund, Laufereien um Paß und Ausweise, Zweifel, ob wir losschlagen würden oder nicht, schlaflose Nächte. – Es lag eine Zeit voll Spannung und Aufregung hinter mir. Ich war blaß, hatte starken Husten, und bei der Schlägerei in der Torggelstube hatte ich mir Finger verstaucht. Zudem war ich etwas traurig darüber, daß ich Anno 1904 als Einjähriger auf die Reserveoffizierslaufbahn verzichten mußte, weil mir das nötige Geld fehlte; nun würde ich als Unteroffizier gewiß unter viel rohes Volk geraten.

Indessen der Wein im »Grünen Haus« war gut. Das erste Glas den Eltern und Geschwistern! Das zweite Tante

Selma! Das dritte für Eichhörnchen; das liebe Mädchen hatte mir von dem knappen Salär, das sie als Hauslehrerin bezog, noch tags zuvor Reisegeld gesandt.

Am Nebentisch saß ein Offizier in Uniform. Ich erkannte in ihm einen Arzt, mit dem ich früher oft vergnügt gezecht hatte. Erfreut eilte ich auf ihn zu, wünschte ihm guten Waffengang und erzählte, daß auch ich morgen – allerdings nur als Unteroffizier – er erwiderte kühl und lud mich nicht an seinen Tisch.

Plötzlich draußen anhaltendes, brausendes Vivatrufen. Einige Abteilungen Infanterie und Kavallerie zogen aus, alle neu und blank ausgerüstet, mit herrlichen Pferden. Gott mit ihnen! Eine große Zeit! dachte ich und bestellte noch eine Flasche »Wachenheimer Luginsland«.

Das Lokal füllte sich mit Offizieren, die alle Gesellschaft, mindestens jeder eine Dame bei sich hatten. Meine Einsamkeit und der Wein stimmten mich etwas kritisch. Ich trat hinaus in die warme Sommernacht. Überall nationale Lieder. Aus einem Kaffeehaus wurde ein junger Mann geworfen, den die Menge draußen mit Füßen und Stöcken jämmerlich zurichtete, weil er bei einer Ovation sich nicht vom Stuhle erhoben hatte.

Nach unruhiger Nacht begab ich mich pünktlich zur Sängerhalle am Stadtgarten. Ich zeigte meine Papiere, und weil daraus hervorging, daß ich seinerzeit als Bootsmannsmaat entlassen war, wurde ich durch eine Armbinde als Zugführer gekennzeichnet. Etwa tausend ehemalige Mariner waren zusammengeströmt, Matrosendivision, Seebataillon, Maschinenpersonal usw. Sie sollten um zehn Uhr nach dem Norden abtransportiert werden. Nur wer »partout krank« wäre, sollte sich melden. Nur einer tats. Selterwasser in Flaschen und einpapierte Frühstücksbrote wurden verkauft.

Ich ward als Führer einem Kupee zugeteilt, das achtundvierzig Menschen enthielt, rote, verbrannte, größtenteils tätowierte Gestalten. Einige hatten ihre ehemaligen Uniformen an; wir anderen in Zivilkleidern sahen aus wie Leute aus dem Asyl für Obdachlose. Auf jeder Station wiederholte sich dasselbe: Unsere Leute ließen sich nicht halten, sondern stürmten über Geleise und Wagen, über Zäune und Mauern in die Stadt, und obwohl nirgends alkoholische Getränke verabfolgt wurden, kehrten doch alle mit Bier zurück. Mehrere tausend bayrische Bierkrüge reisten gen Norden. Einmal kam es zu einem Krach. Ein Offizier befahl einem Manne, der sechs Maß Bier anbrachte, diese in den Sand auszugießen. Anfangs weigerte der Mann sich. Einige Kameraden riefen ihm zu: »Tu es doch!« Da tat er es. Aber erst als der Offizier ihm den Verlust reichlich bezahlte, legte sich die Erregung über den Vorfall, der mehr Aufsehen machte als die Nachrichten, die in Würzburg verteilt und multipliziert wurden: daß die russische Ostseeflotte vernichtet und daß Peter von Serbien mit zwanzigtausend Mann gefangen sei.

Mit Kreide wurde Peter am Galgen auf die Außenwand des Waggons gezeichnet und darunter geschrieben: »Die serbischen Raben mögen nun Peterchen fressen samt seinen Läusen!« Um das Bild hingen wir Speckschwarten. Andere Wagen dekorierten wir mit Tannengrün.

Unsere Fahrt war ein strapaziöser Triumphzug. Auf jedem Bahnhof empfing uns eine Hurra rufende Menge, und wir gaben aus unserem Viehwagen Hurra zurück oder sangen mit total heiseren Stimmen die wenigen Zeilen, die wir von unserem Marinelied wußten »Stolz weht die Flagge ...«. Dabei ward unaufhörlich nach Bier, Limonade und Zeitungen verlangt. Aus allen Dörfern, die wir passierten, von allen Landstraßen, aus den Feldern, überall winkten uns Mädchen und Feldarbeiter zu; alte Frauen weinten, daß mir selbst mitunter die Augen feucht wurden. Aber die meisten von uns begriffen das nur halb und lachten und witzelten. Nur wenn man sie nach ihren zurückgelassenen

Frauen und Kindern ausfragte, wurden sie für Momente ernst.

An der Bahnstrecke entlang standen ergraute Landsturmleute mit Gewehr als Wachen, oft Vater und Sohn zusammen. Uns ward bekannt gegeben: Wer den Bahnkörper beschädigt, wird sofort erschossen.

Lange Züge entgegengesetzter Richtung mit Militär, Kanonen und Pferden donnerten an uns vorbei, und das Hurra war ein kurzer, gigantischer Schrei. Im Fenster neben mir saß ein Mann, der durchaus die Beine an die Luft hängen wollte, so daß ich vor jedem Tunnel um ihn bangte. Als abends eine allgemeine Müdigkeit einsetzte, legte ein ungeschlachter Kerl seinen Kopf in meinen Schoß wie ein Kind.

Und weiter gings. Unsere Lampe war ausgebrannt. Ich saß lange draußen auf der Plattform, rauchte eine Zigarette nach der andern und sann, während der Qualm der Lokomotive mir Mund, Nase und Augen mit Ruß füllte. Mein Husten ward elefantisch, und meine Stimme ging auf Urlaub. So kriegte ich kein »Danke« heraus, als ein langer Bursche, der mit dem Kopf in meiner Achselhöhle lag und mit den Beinen irgendwo oben hing, mir plötzlich drei Bonbons in den Mund schob.

Allerorts brachte man uns neue Gerüchte zu. Leute waren erschossen, weil sie einen Bahntunnel sprengen wollten. »Hier war soeben vor unserer Ankunft eine sonderbar verschleierte Frau den Berg hinauf geflüchtet und wurde nun verfolgt.« Man hörte das heimlich schauernd und schlief wieder ein. Wenn der eine einschlief, ward ein anderer gerade einmal wach und warf irgendein Scherzwort in die Stille. »Bildet mal einen Satz mit Weißwürst«, rief ein Bayer in seinem Dialekt und gab gleich selbst die Lösung: »Wer weiß würst du mich wiedersehen?« Jemand wollte ein Lied anstimmen, aber alle Lieder waren schon abgesungen, wir waren schon elf Stunden unterwegs. Ein anderer fragte, wie wir in Wilhelmshaven verteilt würden, ob wir gleich auf Schiffe kämen usw. Aber keiner wußte mehr als der andere oder mehr als nichts. Und bis Wilhelmshaven waren mindestens noch elf Stunden, man schnarchte weiter. Ich rechnete mir aus, daß ich seit ungefähr einer Woche auch nicht einmal so geschlafen und gegessen hatte, wie es ein normaler Mensch benötigt. Trotzdem – vor Aufregung – spürte ich weder Hunger noch Müdigkeit.

Der Transport führende Offizier kam keinen Moment zur Ruhe. Er tat mir leid, ich bot ihm meine Hilfe an. Er bat mich nur, ihm etwas Trinkwasser zu besorgen. »Durst!« schrie es aus allen Mündern, aus allen Augen und aus den Tausenden von leeren Maßkrügen.

In vielen Gegenden waren – hieß es – als Frauen, zumal als Nonnen, verkleidete Spione verhaftet.

In Bebra war ich ausgetreten und fand meinen Zug nicht wieder. Aber schon ziemlich abgestumpft und abgespannt setzte ich mich in den Warteraum, schrieb dort Tagebuch und hörte gleichzeitig mit wachsender Bissigkeit auf ein recht blasiertes Zivilistengespräch. Auf einmal vernahm ich drei Hurras. »Ist das Marine?« frug eine Stimme. »Ja!« Ich sprang, ohne meine Zeche zu bezahlen, aus dem Fenster, sah einen rollenden Zug und erreichte mit einem kühnen Sprung den letzten Wagen. Als ich beim nächsten Halt mein Abteil aufsuchte, brachte mir meine Mannschaft eine Ovation.

Sie hatten ihren Waggon inzwischen mit einem Sielrohr armiert, durch das sie leere Selterwasserflaschen schossen. Der ganze Zug war mit Tannenkränzen und Girlanden und die Lokomotive über und über mit Bierseideln behängt.

In Niederhofen ward einer unserer Leute wahnsinnig. In Wunsdorf bei Hannover verteilten Damen Erfrischungen. Ich schenkte einem hübschen, bezopften Mädchen ein seidenes Tuch, notierte mir ihre Adresse Elly Meyer, Wunsdorf bei Hannover, Südstraße 3 und verabredete, das seidene Tuch – wenn ich zurückkehren sollte – gegen zwei Küsse nicht wieder einzulösen. Eine alte Dame drückte herzzerbrechend weinend mir die Hand: »Schlagen Sie diese Russen!«

Wir fuhren durch entzückende Wälder und Täler. Die Vogelbeeren leuchteten und erinnerten mich wehmütig an Burg Lauenstein.

Als wir in Nienburg lagen, lief ein anderer Zug ein, der von Bremen kommend österreichische Soldaten nach der französischen Grenze beförderte. Plötzlich verbreitete sich das Gerücht, ein russischer Spion hielte sich in diesem Zuge versteckt. Im Nu hatten wir tausend Mariner uns mit Steinen und Brettern bewaffnet und stürmten den Zug unter Ausrufung wildester Wut. Alle Wagen wurden außen, innen, oben und unten durchsucht. »Hier ist er!« Alles raste nach hinten. »Hier ist er!« Alles raste nach vorn. Und dann fanden sie ihn unter der Lokomotive. Während er hervorgezogen wurde, bekam er schon blutige Schläge auf den Kopf, bis er sich als einer unserer eigenen Leute erwies. Er war von der einen Seite suchend unter die Lokomotive gekrochen, und von der andern Seite hatte man ihn als Spion hervorgeholt.

Der Bahnhof Oldenburg bereitete uns einen eindrucksvollen Empfang. Schöne, große Frauen überschütteten uns mit Aufmerksamkeiten. Unsere Bayern, besonders diejenigen, die noch kurze Wichs trugen, sangen ihnen zum Dank Schnadahüpfel oder melancholische Heimatlieder und tanzten Schuhplattler vor. Wieder sprach und tröstete ich, so gut ich vermochte, eine schluchzende alte Dame, die drei Söhne und den Mann an die Front gegeben hatte.

Wir fuhren nicht, wir schlichen. Man hatte Angst vor Sabotagen durch Spione. Endlich tauchte Wilhelmshaven auf. »Morgenrot …« stimmten wir an, und ein Virtuose verstand es, dazu die Trompete zu imitieren. Doch der

Gedanke: Jetzt kommen wir alle an Bord! frischte die abgespannten Gesichter auf.

Wie enttäuscht waren wir, als unser Zug in weitem Bogen um die Stadt nach der düsteren Kaserne geführt wurde, wo schon tausende Leute wie wir in Zivilkleidern seit einem, seit zwei, sogar drei Tagen warteten, ohne erfahren zu können, was aus ihnen würde. Sie schimpften darüber, daß auch in bezug auf Verpflegung, Schlafdecken usw. kein Mensch sich um sie kümmerte. Mich deprimierte am meisten die Mitteilung eines Obermaats, daß die Seewehr – wozu ich gehörte – überhaupt nicht auf Schiffe käme. Ich hatte mir vorgenommen, gleich anfangs um einen besonders gefährlichen und hohe Anforderungen stellenden Posten zu bitten. Nun irrte ich bedrückt mit den anderen durch die stinkenden Schuppen, wo die Leute dicht an dicht im Stroh lagen und dann wieder in dem sumpfigen Hof herum, auf dem klägliche Waschkübel mit schmutzigem, fettigem Waschwasser standen. Darin wusch auch ich mich endlich und trocknete mich mit meinem Nachthemd ab.

Unter all den bunten Gerüchten, die dort kursierten, erregte die Nachricht von Englands Kriegserklärung unser höchstes Interesse, hatten wir doch einen höllischen Respekt vor der englischen Flotte.

In Wilhelmshaven und Umgebung waren Brot und die wichtigsten Lebensmittel ausgegangen. Ich schloß mich unbemerkt einigen Leuten an, die eine Kneipe wußten, wo es wenigstens Fisch gab. Zurückgekehrt, mußten wir wieder einmal antreten, abzählen, warten, wieder auseinandertreten und weiter warten, ohne daß sich irgend etwas für uns änderte. Derweilen trafen immer neue Mannschaftstransporte ein. Das Bild dieser Massen lud gewiß zu malerischen und anderen reizvollen Betrachtungen ein, aber wir hatten keinen Sinn dafür. Wir hatten seit drei Tagen nicht Kleider, Strümpfe und Schuhe gewechselt, noch ein Bett gesehen;

wir waren ungeduldig und murrten über das unsinnige Stehen und Warten. Infolge des langen Sitzens im ratternden Bahnwagen standen meine Beckenknochen wie Schmetterlingsflügel ab. Auch mein Fußleiden, ein Ekzem, das mir seit Jahren zu schaffen machte, hatte sich verschlimmert, und ich fürchtete, was mein Vater erhoffte, daß man mich wegen dieser Krankheit für dienstuntauglich erklären würde. Als wir aber schließlich durch ein Bad zur ärztlichen Untersuchung kamen, ward ich, und wurden, soweit ich das verfolgte, nach kurzem Abklopfen alle für tauglich befunden, darunter Leute, die soeben erst von der Ruhr und Pest genesen waren. Würde ich nun auf ein Schiff kommen?

Auch in den Büros der Kaserne herrschte ein grelles Durcheinander. Treppauf, treppab. Türen klappten, Befehle und Telephongespräche überstürzten sich, und die jungen, rosigen Schreibstubenmatrosen hatten es heiß damit, die verwickelten Paßangelegenheiten zu entwirren. Von und nach den Bekleidungsämtern und Proviantämtern wogten Berge von blauen Hosen, Kommißbroten, Schuhwerk und anderem. Es war kaum zu begreifen, daß das alles an Fäden lief.

Wir wurden instruiert, wie man sich feindlichen Luftschiffen und Flugzeugen gegenüber zu verhalten hätte. In den Straßen durfte kein Licht brennen. Auf den Dächern standen Posten, die des Nachts häufig auf angebliche Flieger schossen und offenbar sehr gern schossen.

Endlich standen im Hof ein paar tausend Mariner, ausgerüstet bereit, an Bord zu gehen. Ein kurzer Gottesdienst; die Musik spielte einen Choral. Dann flogen die Kleidersäcke auf Handwagen, und ab marschierten die Beneideten.

Wir, die wir von Augsburg kamen, wurden nun getrennt und eingekleidet. Ich kriegte eine Hose, die Kilometer zu lang und zu weit war, und Stiefel, die mich an der Ferse drückten. Aber alles Jammern half nichts, die Schuster und Schneider waren schon unabsehbar überhäuft mit Reparaturaufträgen. So erfand ich eine List nach der andern, um zu einer neuen Hose, später auch noch zu einer neuen Jacke zu kommen. Viele andere Leute begingen ähnliche Schwindeleien, denn die Bekleidungsstellen hatten für Kontrolle keine Zeit. Meine jämmerlich zugerichteten Zivilkleider mußte ich verpacken und mit der Adresse meiner Eltern abgeben. Ich legte einen herzlichen Abschiedsbrief an Vater und Mutter bei, in welchem ich fragte, ob mein Bruder auch eingezogen sei und ob ich etwas Geld bekommen könnte.

Mit einem Dutzend anderer Leute wurde ich der dritten Kompanie zugewiesen. Man gab uns eine Kasernenstube mit Betten. Da wir aber in diesen Betten noch schlafende Fremdlinge fanden, die sich partout nicht aufwecken ließen, und weil wir kurz zuvor pro Mann zwei Mark als Ersatz für unsere Reisespesen erhalten hatten, so eilten wir zur Kantine, wo ich mir Grog und Malzbonbons gegen meinen Mammut-Husten kaufte und mich mit Notizbüchern versah. Auch traf ich dort Kameraden, die mich aus München oder das eine oder andere Gedicht von mir aus Zeitschriften kannten.

Ich hatte mir mit der Begründung, meine Hose bei einem Zivilschneider abändern zu lassen, einen Passierschein verschafft, den ich zu einem Dauerpaß fälschte. Damit verließ ich abends die Kaserne, wo ich sowieso weder Bett noch Decke noch einen Tisch bekam.

Zwei Damen, die mit ihren Kindern belegte Brote als Liebesgaben zu unseren Soldaten brachten, erklärten sich auf meine Anfrage bereit, mir in der Stadt ein Zimmer zu vermieten. Sie führten mich zum Lehrer Mechau in Rüstringen, der mir in einem Klassenzimmer der Schule ein Lager bereitete und mich vortrefflich bewirtete. Morgens schlich ich mich dann wieder in die Kaserne. Herr Mechau nahm keine Bezahlung von mir. Der Schneider, der meine Hose kürzte, nahm keine Bezahlung. Eine

Dame, die sich erboten hatte, mir die Namenläppchen in mein Unterzeug einzunähen, lehnte ebenfalls jede Vergütung ab. Im Gegenteil, alle diese Leute bewirteten und beschenkten mich noch obendrein und führten mich zu neuen Gönnern. Ganz anders erging es uns Mannschaften in den Wirtshäusern. Dort war ein Matrose oder ein Maat eben nur einer von Tausenden, ein »Kuli«. Ob einer hinzukam oder wegblieb, war dem Wirt gleich, sein Geschäft florierte wie nie zuvor.

An meinem Geburtstage wollte ich eine stille, gute Flasche Wein trinken und dabei möglichst nicht unter Matrosen sein, deren Kriegsgeschwätz mir auf die Dauer doch langweilig wurde. Ich erkundigte mich bei einem Schutzmann, wo das vornehmste Weinhaus wäre. Er nannte mir Trokadero, fügte aber mit einer entsprechenden Handbewegung hinzu: »Das ist viel zu fein für euch Kulis!«

Als ich abends zur Kaserne zurückkehrte, ward ich vom Posten angehalten und zur Wache gebracht, weil ich die Parole nicht wußte und man meine Paßfälschung erkannte. Indessen war weder Zeit noch Raum da, die vielen Paßschwindler einzusperren, und so entließ man mich, nachdem man meinen Passierschein zerrissen hatte. Ich schlich mich auf das Zimmer der dritten Kompanie. Da fand ich alle Betten und auch jeden Fleck am Boden mit Schlafenden belegt. Plötzlich rief einer derselben mir zu: »Bist du's?« »Ja«, flüsterte ich. Er lüftete einen Zipfel seiner Decke und sagte müde: »Komm her! Ich habe zwei Decken für uns ergattert.« Schnell warf ich Hose und Hemd ab und kroch zu ihm unter die Decke, mich des knappen Raumes wegen eng an ihn anschmiegend. »Ach«, rief er enttäuscht, »ich dachte, du wärst der Signalmaat von der Wettin.« Ich schnarchte. Leider lagen wir am Fenster, wo es scheußlich zog. Ich feuerte Salven grünen Hustens in die Nachbarschaft. Am nächsten Morgen ward Antreten zum Appell gepfiffen und gerufen. Jedermann fürchtete, zum Kohlenschaufeln oder zum Exerzieren abkommandiert zu werden. Jedermann versuchte, sich irgendwie beiseite zu drücken. Die, denen das gelang, trafen sich dann im Kasino beim Grog wieder. Aber häufig wurden sie dort alle wieder ausgehoben. Die Gewieftesten aber schnallten sich ihr Seitengewehr um und schlossen sich, als wären sie im Dienst, irgendeinem Trupp an, der gerade die Kaserne verließ. Draußen, hinterm Tor, versteckten sie ihr Seitengewehr im Hosenbein und gingen spazieren. Wer hätte sich die vielen Gesichter und Namen merken können.

Ich erhielt telegraphisch fünfundzwanzig Mark mit Gruß und Kuß von den Eltern. Auch erreichte mich, was bei dem Durcheinander durchaus nicht sicher war, mein Unterzeug. Jene Dame hatte die Namenläppchen so sauber eingenäht, daß mir der Feldwebel später ein Lob erteilte. Ich rauchte vergnügt meine Shagpfeife, die ich »Lulu« getauft hatte.

Was tat man nicht alles, um aus der Kaserne zu kommen. Man erbettelte Urlaub wegen Zahnschmerzen, wegen Haare schneiden, und wenn das nichts nützte, fand man andere Wege. Der Dienst kam besonders uns altgedienten Soldaten recht überflüssig vor. Wir wußten nicht mehr viel davon. Auch das Grüßen in der Stadt bereitete uns anfangs Schwierigkeiten. Es waren seit unserer Dienstzeit so viel neue Abzeichen eingeführt worden. Zum Glück nahmen es auch die Vorgesetzten derzeit mit der Grußpflicht nicht so genau.

Nachts schlief ich auf Stroh unter einer Treppe. Ich fühlte mich von Tag zu Tag energieloser werden und sehnte mich an Bord nach Strenge und Arbeit. Versuchte ich aber, mit solchen Wünschen mich einem der Offiziere zu nähern, so stieß ich jedesmal auf krasse, entmutigende Ablehnung. Es war nicht Zeit für individuelle Behandlung.

Immer wieder antreten, abzählen, stillstehen, während lange, nach Feldwebelschweiß riechende Listen verlesen wurden, exerzieren in der Hitze, Kohlen schaufeln oder

»Wache schieben«. Dazu waren auch unsere Privatgelder ausgegangen. Im Unteroffizierskasino fand ich keine Partner mehr für Schach und Billard. Man las etwas Zeitung, las über Lüttich und vom Sinken eines englischen Dampfers. Aber die Begeisterung flammte nicht auf, wir waren in unserer Mühle abgestumpft und müde und priesen einen Mann glücklich, der entlassen wurde, weil er an der linken Hand nur vier Finger hatte. Obwohl der Stabsarzt meinte, das wäre genug zum Draufhauen. Das Essen blieb sich zum Überdruß gleich. Einige reinigten ihre Blechschüsseln im Sande des Hofes, andere sah man mit dem Tischmesser auch Stiefelsohlen und Fingernägel beschneiden.

Immer neue Schübe von Zivilisten kamen an. Die armen Kerle lagen mißmutig wartend im Hof und in den Rasenanlagen herum. Die Passierscheinkontrolle war streng geregelt worden, es gab nur noch in beschränktem Maße Stadturlaub.

Der Mißmut machte sich in Anschnauzern und Zänkereien Luft, wozu oft die geringfügigsten Anlässe herhalten mußten. Beim Infanteriedienst war ein scharfer Schuß gefallen, vermutlich hatte ein Posten bei Ablösung vergessen, das Gewehr zu entladen. Ich verprügelte den kleinen Moritz, weil er auf meinem Zeugsack geschlafen und dabei mein Nähzeug zerdrückt hatte. Besonders aber spitzte sich der Kampf um ein Bett zu. Wer noch immer keins hatte, der suchte sich eins zu stehlen oder eins mit Gewalt einzunehmen, und wer eins hatte, mußte, wenn er abends in die Stadt ging, befürchten, daß es ihm gestohlen oder zum Beispiel von Leuten eingenommen wurde, die ihr Vorrecht damit begründeten, daß sie von Wache kämen, also ernsthaft Dienst verrichtet hätten und nicht, wie wir, nur Heimarbeiter und Faulenzer wären. Eines Tages wurden aber alle Betten und Spinde in unserer Stube frei, weil die für den Kreuzer Yorck bestimmte Mannschaft ausrückte. Wir waren selig, diese Kerle losgeworden zu sein, packten unsere

Kleidersäcke aus und richteten uns endlich einmal ein, wie sich's gehört. Spiegel, Ansichtskarten und Photographien von Bräuten wurden angenagelt, und als wir mit allem fertig waren, kam uns der Befehl zu, sofort nach einer Stube im obersten Stock zu übersiedeln, wo es wieder keine Spinde und nur Strohsäcke gab.

Auch dem Abendurlaub waren keine Reize mehr abzugewinnen. Die wenigen Frauen in Wilhelmshaven hatten bestenfalls nur für Offiziere etwas übrig, und was sonst herumlief, waren Mariner oder Seebatailloner, daß einem der Arm vom Grüßen lahm wurde, sonst nur noch Schlachter, Papierhändler, Uniformschneider und Wirte, Leute, die größtenteils die Kulis verachteten, obwohl sie von ihnen lebten.

Es erwischte auch mich eines Tages, zum »Kohlen« abkommandiert zu werden. Das galt schwere und vor allem schmutzige Arbeit zu verrichten, und mir grauste davor, obwohl es Löhnungszulagen dafür gab und ich als Unteroffizier selbst weder schaufeln noch Körbe dabei zu schleppen brauchte. Brummig rückten wir nach dem Südhafen ab, wo mehrere Torpedoboote und auch große Schiffe lagen und unter den Klängen ihrer Bordkapellen Kohlen einnahmen. Wir sollten für die Straßburg arbeiten, wurden dort aber zu unserer Freude wieder weggeschickt, weil bereits andere Leute kohlten. Ganz langsam, Pfeife rauchend, Mädchen grüßend und Lieder pfeifend, marschierten wir zurück. In der Kaserne grollte ein böses Donnerwetter. Der neue Abteilungschef inspizierte und war sehr unzufrieden. Es sollten strengerer Dienst und straffere Disziplin eingeführt werden. Das war zweifelhaft nötig und wurde wohl beschleunigt, weil man einen neuen Divisionskommandeur erwartete, Herrn von Meerscheit-Hülsen. Dieser populäre Kapitän schritt am nächsten Vormittag bei Musik die peinlichst ausgerichtete Front ab und hielt hinterher eine etwas schwülstige, aber sehr anständige Rede, die mit drei Hurras auf den Kaiser endete, der ihn aus dem Zivilstand einberufen hätte. Der Kommandeur sagte unter anderem: Unsere Bekleidung, Verpflegung und Versorgung seien etwas mangelhaft, doch käme das daher, daß außer den erwarteten Mannschaften noch tausend Mann mehr sich freiwillig gestellt hätten. Hatten wir beim Antreten und Vorbereiten zum Teil gelacht und gemurrt, so stand jetzt, während dieser Ansprache, alles straff und mäuschenstill. Gewehre und Koppelzeug blitzten in der Sonne, und die windgepeitschten Mützenbänder kitzelten unsere Nacken. Dann folgte die Besichtigung der Räumlichkeiten. Herr von Meerscheit-Hülsen sagte mir, der ich als Ältester von uns Meldung zu erstatten hatte, daß unsere Stube sehr sauber und im Vergleich zu den anderen ein Paradies wäre. Seitdem hießen wir nur noch die Paradiesvögel.

Wir ließen uns noch selben Tages photographieren, und ich schrieb im Ratskeller, wo ein Stammtisch mir Wein und Radieschen spendierte, wohlgelaunte Briefe.

Mein liebster Stubengenosse wurde Toni Pfeiffer, der von Beruf Rheinschiffer war und darüber witzig zu plaudern wußte, wenn wir uns in der Kantine unseren Schlafballast antranken. Es gab auch unangenehme, ja tückische Leute bei uns, und ich mußte mit Rücksicht auf ihr Alter so viel Dürftigkeiten und Dummheiten mitmachen, daß ich die erste Gelegenheit benutzte, mich freiwillig auf Torpedo-Werft-Wache zu melden.

Ich kam auf die sogenannte Alte Wache. Mit sechs Mann, die abwechselnd zwei Stunden lang mit aufgepflanztem Bajonett auf dem Pulverprahm standen, um aufzupassen, daß kein Boot dort landete. Wer nicht Parole wußte und sich verdächtig machte, auf den sollte geschossen werden. Parole war Metz.

Unser Wachtlokal enthielt zwei Pritschen, ein Pult und ein Wachtjournal, das bis zum Kriegsausbruch mit unorthographischer Gewissenhaftigkeit amüsante Protokolle über

Verhaftete enthielt. Ich füllte nach Absitzen der vierundzwanzig Stunden alles aus, was ich auszufüllen hatte, und in die Rubrik »sonstige Vorfälle« schrieb ich:

> Kein Feind, kein Schuß, kein Spion, kein Mord.
> Man wacht und gähnt und wünscht sich an Bord.

Meine sechs Mann wurden dann in der Werftkantine ausgezeichnet verpflegt. Ich selbst erhielt Befehl, sofort neun andere Leute zu den Öltanks zu führen, weil die dortige Wache infolge Kompanie-Wirrwarrs nicht abgelöst worden war. Im Eilschritt irrten wir durch die dunklen Kais über Eisenbahnschienen, Tauwerk und Brücken, bis wir unser Wachtlokal fanden, einen unfreundlichen, weiten, mit schmutzigen Karren vollgepfropften Schuppen. Um meinen Matrosen etwas Gutes zu erweisen, begab ich mich an Bord der dort liegenden »Moltke«, meldete mich beim wachthabenden Offizier und log ihm frech vor, meine Leute hätten seit zwölf Stunden nichts zu essen bekommen.

Als ich mit Wurst, Butter und zwei Broten in den Schuppen zurückkehrte, riefen mir die Zurückgebliebenen lachend entgegen, es wären inzwischen Engel dagewesen. Dabei wiesen sie auf einen Krug heißen Kaffees und auf ein Riesenbündel, das uns über hundert prima-prima belegte Butterbrote bescherte. Mädchen einer höheren Töchterschule hatten das gebracht, aber es war natürlich viel zu viel für uns zehn. So aßen wir nur einen Teil des Belages ab und warfen das andere heimlich fort. Zu einer Zeit, da schon viele andere Menschen anderswo hungerten.

An Bord der »Moltke« hatte ich mich übrigens mit höchstem Interesse umgesehen, und der Unteroffizier vom Dienst des Mitteldecks zeigte mir stolz die schußfertigen Kanonen, die vielen neuen technischen Wunder und die erstaunlichen Massen aufgestapelter Vorräte. Wie er mich auf verschlungenen Gängen durch das gewaltige Panzerschiff führte, bekam ich wieder einen mächtigen Eindruck, zumal ich mir gleichzeitig vorstellte, wie diese wertvolle schwimmende Stadt von tausenddreihundert Einwohnern durch einen einzigen Treffer in die Luft zerfliegen oder restlos ins Nimmerwiedersehen versinken könnte.

Nun saß ich die ganze Nacht in dem öden Schuppen auf einem Faß voll grüner Seife, trank Kaffee und schrieb, Lulu rauchend, mein Tagebuch. Eine einzige, von Mücken und Kohlenstaub belagerte Glühbirne gab ihr spärliches Licht dazu, nur von Zeit zu Zeit warf ein ferner Scheinwerfer für Sekunden sein blendendes Weiß herein. Sirenen heulten auf. Dumpfe Nebelhörner tuteten. Friedlich, in dicke Mäntel gehüllt, auf Holzbetten schlief die abgelöste Mannschaft. Dann erschien leise eine Patrouille auf Rondegang. Der befehlende Steuermann beschwerte sich darüber, daß die Posten am Öltank ungenügend instruiert seien. Aber angesichts unserer Eßvorräte wurde er teilnehmend und erzählte, daß zwei Unterseeboote von uns vermißt würden.

Kaum war die Patrouille wieder fort, so haute auch ich mich aufs Ohr und erwachte erst von den Kommandos »Zu-r-r Flaggenparade«, die von den Schiffen herüberklangen. Es war schönes Wetter. Die bunten Winkflaggen unterhielten sich rege von Bord zu Bord. Mehrere Schiffe liefen aus, darunter das Minenschiff Kaiser, ein ehemaliger Handelsdampfer. Noch einmal wagte ich mich auf die »Moltke«, um meinen Leuten ein Extra-Mittagessen zu verschaffen.

Wir waren nun schon achtundzwanzig Stunden auf Wache, man hatte auch uns offenbar vergessen. Erst als ich dringend telephonierte, schickte man Ablösung. Abends ließ mich Toni Pfeiffer ins Kasino rufen. Er habe unermeßlich viel Geld. Er fiel mir überglücklich um den Hals und rief einmal übers andere: »Gustav, meine Kleine ist da! Niemand kann mir mein Glück abkaufen!« Seine Liebste hatte ihm Geld mitgebracht, und er hielt nun die Paradiesvögel und was sich sonst einstellte, frei.

Wieder gab es Streitigkeiten zwischen aktiven und inaktiven Unteroffizieren, zwischen Küchenpersonal und Gästen der Kantine. Ich flüchtete auf unsere Stube und von da – weil es hieß: hundertvierzig Mann würden zum Wachtdienst gesucht – auf den Trockenboden, darauf unters Dach, wo mich aber ein findiger Diensttuender entdeckte. Ich wurde in einen Trupp gesteckt, der zur Badeanstalt marschierte. Der Zugführer, ein ganz junger Fähnrich, geriet unterwegs in Verlegenheit, weil wir in den Straßen die unanständigsten Lieder sangen und er zu schüchtern war, uns Alten das zu verbieten.

Beim Appell wagte ich – meiner hervorstechenden Intelligenz wegen und aus Feigheit von den andern dazu aufgefordert –, mich beim Kompaniehauptmann im Namen aller Divisionsreservemaate wegen eines, die Verpflegung betreffenden Erlasses zu beschweren. Man hätte mir das als Aufwiegelung auslegen können, jedoch der Hauptmann war vernünftig und regelte die Angelegenheit zu jedermanns Genugtuung.

Von daheim bekam ich ein Paket mit Taschentüchern, Strümpfen, Seife, Zigaretten und vielem Eßbaren. Auf so viel Paradiesvögel war das zwar nur ein Tropfen auf heißen Stein, aber dafür regnete es auch damals von allen Seiten solche Tropfen. Vater teilte mir mit, daß mein Bruder Wolf im Landsturm, also vorläufig noch nicht »dabei« sei. Wolf selber schrieb:

»Mückenberg N. L. 9. 8. 14. – Alles Gute lieber Gustav! Haut sie, daß die Lappen fliegen! Lüttich unser! Belfort unser! Hurra! Haut die Bande von Engländern, daß sie das Wiederauftauchen vergessen. Unsere Gedanken weilen bei Dir. Komm' gesund und siegreich wieder heim. Dore und Hansjörg grüßen Dich. Ich beneide Dich! Herzlich umarmt Dich Dein Wolf.«

Auch Tante Michel hatte aus Österreich geschrieben, eine Karte, die noch nach München gerichtet und mir nun nachgesandt war:

»Längenfeld in Tirol. – L. G.! Heute den 6. 8. 1914 erhielt ich früh Deine Karte besten Dank. Meinen Brief mit Inhalt für Besorgungen für Marie wird hoffentlich jetzt auch bei Dir angelangt sein. Gestern sandte Dir Geburtstagskartenbrief mit 5 Mark ab. Sowie der Bahnverkehr eröffnet für Privatreisende, kehre ich heim. Wer hätte gedacht, daß es einen Weltkrieg gibt. Ich hoffe Du kommst wegen Deiner Füße frei. Dein Sparkassenbuch liegt in meinem Vertikow, Schlafzimmer im zweiten Fach unter Wäsche rechts. Heute regnet es in Strömen. Bitte schließt nur ja die Korridorthüre immer zu. Mir geht es so so. Nimm doch von der Wacholdersulz Speisekammer, ist für Husten gut. Nun lebe wohl! Die Bekannten grüßen. Herzlichste Grüße von Selma. Wie schade, daß Du keinen Datum auf die Karte geschrieben. Bitte bald Antwort geben.«

Ich zog nach dem Dienst mit Pfeiffer und seiner Braut durch Matrosenschenken. Sie küßte ihn fortwährend und schwur bei jedem Glas unter Tränen, daß sie sich erschießen würde, wenn sie je erführe, daß ihr Toni gefallen sei.

Am 18. August kam ich wunschgemäß auf Wache nach Mariensiel, einem Dörfchen, das eine Stunde entfernt am Ems-Jade-Kanal liegt. Wir, das hieß zwei Unteroffiziere und zwölf Mann, wurden bei der Bäuerin Harms einquartiert und lagen dort im Pferdestall auf Stroh. Die Landschaft war schön, malerische Scheunen zwischen alten knorrigen Bäumen, liebliche Wiesen mit grasenden Herden. Ohne die Sehnsucht, endlich einmal an die Kanonen zu kommen, hätten wir uns dort nach den trüben Kasernentagen restlos glücklich gefühlt. Unser Fähnrich meinte zwar, wir kämen noch früher und mehr ins Gefecht, als uns lieb sein würde.

Die Witwe Harms empfing uns freundlich, und ich sagte

ihr gleich: Wenn wir ihr bei irgendwelchen Arbeiten helfen könnten, möchte sie über uns verfügen.

Jawohl: wir könnten Kartoffeln schälen. Auch gab es eine Menge Gartenarbeit und anderes, und wir hatten Fachleute unter uns. Ich freute mich, daß diese einen Nebenverdienst fanden und legte mich selbst, zum Nachdenken, hinter das Gehöft ins Gras in die Sonne.

Es war unsere Aufgabe, mit scharf geladenem Gewehr einen zwischen Wällen und Blättergrün versteckten Pulverturm zu bewachen. Wir Unteroffiziere führten die Posten auf dunklen Wegen über eine halsbrecherische Brücke dorthin und holten sie wieder ab. Die Wälle waren mit Birnbäumen bepflanzt, und die Posten holten sich gleich mit dem Bajonett die riesigen, aber leider ganz unreifen Früchte herunter. Eine dieser Birnen verwahrte ich mir, in der Hoffnung, sie würde nachreifen.

Wir lagen angekleidet und mit Schuhen im Stroh. Die Wolldecken waren dünn, und wir froren, weil Fenster und Türen des Pferdestalles offen standen. Über uns nisteten Schwalben. Morgens kleckste eine Henne dem Trockenbodengespenst mitten ins Gesicht, – so nannten wir einen Matrosen, weil er sich regelmäßig vorm Appell auf den Trockenboden geflüchtet hatte. Sein Fluchen, die Stimmen der Haustiere und die Sonne weckten mich. Ich verschaffte mir mit Mühe Seife, wusch mich wonnig ausführlich und rückte mir zwecks Kaffee mit Zigaretten einen Stuhl zwischen die Rosenbeete des Gartens.

Aber mittags mußten wir uns schon zum zweitenmal über das Essen beklagen, und bald merkten wir, woran wir dort waren. Witwe Harms war steinreich. Sie hatte große Äcker und viel Vieh. Aber sie war herzlos geizig und verpflegte uns in einer Art, die durchaus nicht der Entschädigung entsprach, die ihr die Behörde dafür zahlte. Auch dachte sie nicht daran, sich den Matrosen, die ihr bei der Arbeit halfen, irgendwie erkenntlich zu zeigen.

Ich hatte es mir und meinen Leuten zur eisernen Pflicht eingeprägt, im Quartier dankbar, höflich und bescheiden zu sein. In diesem Falle, da wir von Tag zu Tag schlechter behandelt und obendrein ausgenutzt wurden, gab ich die gegenteilige Parole aus.

Wir entdeckten einen Zwetschgenbaum, der besonders reich mit köstlichen Früchten gesegnet war. Am Stamm hing ein Plakat mit der Aufschrift »Pflaumen nicht essen! Vergiftet! Vorsicht!« Wir lachten einander schweigend zu, und im Nu war alles heruntergefressen. Frau Harms war eine abscheuliche, ziemlich alte Dame, aber jeder meiner Leute erklärte, daß er diese Frau ob ihres schönen und reichen Gutes und in der Hoffnung auf baldiges Absterben sofort mit Freuden heiraten würde. Sie hatte zwei Mägde, eine Geistesgestörte und ein hübsches, braunverbranntes, nur leider allzu sprödes Mädchen. Wir fanden mehr Gegenliebe bei einem prächtigen Bernhardiner.

In der Dorfschenke verlor ich am Billard gegen das Trockenbodengespenst, das sonst meisterhaft spielte, aber diesmal außer Fassung war, weil es zuvor, auf Pulverwache, in der Düsterheit nach einer Kuh geschossen hatte, die auf Befragen die Parole »Mühlhausen« nicht kannte. Ich tötete sieben Fliegen mit einem Schlag, das erste Blut, das ich vergoß, und verhaftete auf Posten einen Zivilisten, der sich verdächtig herumtrieb und keine Ausweise hatte. Es war ja so schön, wenn mal etwas verdächtig war.

Übrigens mußten auch wir Unteroffiziere Posten stehen.

Die Abende und Nächte in Mariensiel schienen mir besonders schön. Die Kartoffelschäler sangen »Stürmisch die Nacht, und die See geht hoch ...«, ein Lied, das ich auswendig lernte, weil es so instinktiv richtig den Rhythmus eines Schiffes im Sturm trug. Durch den Jadekanal zogen kleine, schwere Holländerboote, die vor jeder Brücke ihre Segel einzogen und die Masten umlegten. Sie wurden selbstverständlich kontrolliert und überwacht. Die Brücken, die Bahndämme, die Übergänge – alles wurde überwacht. Seebataillon und Marine stellten die Posten. Wächter zu Fuß, zu Pferd, zu Rad, teils mit Hunden an der Kette streiften herum. Wenn ich nachts in der romantischen Allee, die zu Harms Gehöft führte, einsam, ach so gern Wache stand, und die Ronde nahte, versteckte ich mich hinter einem Baum; und dann sprang ich plötzlich hervor, riß das Schloß gefährlich knackend auf und rief die, die mich überraschen wollten und nun selbst erschrocken waren, scharf an: »Halt! Wer da? Parole oder ich schieße!«

Es trafen Leute in Mariensiel ein, die uns erzählten, daß sie an Bord der »Stralsund« ein Gefecht mit englischen Schiffen gehabt und dabei zwei feindliche Torpedobootszerstörer vernichtet, zwei andere untauglich gemacht hätten. Diese Leute lösten uns für einen Tag ab. Der Marsch von Mariensiel nach der Kaserne kam uns recht sauer an, für Infanteristen mit viel schwerem Gepäck wäre das ein Spaziergang gewesen, und die hätten dabei herzhaft Lieder gesungen. Bei uns kam nie ein Marschgesang zustande. Wenn wirklich ein paar Matrosen ansetzten und eine Melodie mehr in sich hinein als aus sich heraus brummelten, dann machten die andern sich über sie lustig, und außerdem kannten wir nur immer den Anfang der Texte.

Ich feierte mit Toni Pfeiffer ein feuchtes Wiedersehen. Er war im Rauschzustand sehr komisch. Dann warf sich der lange Schlacks knallend auf den Bauch und schob sich in Schwimmbewegungen über den Hof. Beim Mittagessen mußte ich ihn aber oft ernsthaft korrigieren. Er warf dann mit Brotstücken um sich und gab ungeniert laute Gestänke von sich.

Nachdem geraume Zeit das Gerücht verbreitet war, die Japaner hätten den Russen den Krieg erklärt, las man auf einmal, daß sie vielmehr uns ein Ultimatum gestellt hätten. Das hieße eventuell eine Großmacht mehr gegen uns. Aber wir meinten, in solchem Falle würde sich andererseits Amerika gegen Japan erheben.

Abermals trotteten wir gen Mariensiel. Diesmal wurden wir von einem alten Obermaat geführt, der im Gruß-Reglement sichtlich unsicher war. Er erwies unterwegs infolgedessen hartnäckig überhaupt keine Ehrenbezeugung, und wenn wir ihm sagten: »Du, das war doch ein Offizier!?«, dann knurrte er jedesmal: »Ik häv keen sehn.« Es regnete kalt, und wir dachten unbehaglich an Musterung mit verrosteten Gewehren. Einige Leute trugen noch immer Zivilschuhe. Auf den Kleiderkammern wollte das Tohuwabohu kein Ende nehmen. Natürlich ward sofort von Unterschlagungen und Verhaftungen gemunkelt.

Der braunen Magd in Mariensiel, die ich Teufel und die mich Bootsmaat Habicht nannte, streckte ich die Hand zum Gruße hin, aber das stolze Mädchen nahm sie nicht. Da brachte ich sie so zum Lachen, daß sie einen Schluck Kaffee über den Küchentisch spuckte, worauf nun ich mich stolz abwandte. Frau Harms brachte mir ein »Gedenkbuch an die Einquartierung bei Witwe Harms«, das sie auf irgendwessen Rat angelegt hatte, und bat mich, unsere Namen, Chargen, Adressen usw. einzutragen. Ich fügte, wie die vorige Wache getan hatte, ein Verschen zu:

Sei freundlich zu dem rauhen Gast,
Den dir der Krieg ins Haus geschickt.
Wenn ihn die Kugel trifft, so hast
Du ihn auf letztem Weg erquickt.

Und wenn er siegreich heimwärts kehrt,
Dich nimmer sieht, die ihn beschenkt,
So ist schon das der Liebe wert:
Daß er stets dankbar deiner denkt.

Wir Unteroffiziere schälten auch der Wirtin einen Eimer Rüben, weil unsere Leute sich weigerten, Privatarbeit für sie zu leisten. Doch wurden die Leute auch im Dienst fauler und nachlässiger. Sie vertrugen keine Nachsicht, und wenn unser Fähnrich Zigaretten verteilte, nahmen sie das hin, als müßte es sein. Nachdem ich den Posten Hoftor beim Angeln ertappt hatte, begann ich strengere Zucht einzuführen.

Ich hatte mir diesmal einen Bettbezug mitgebracht, in den ich wie in einen Sack kroch und der mich ebenso gegen Kälte wie meine Uniform gegen Strohfusseln schützte. Auch hatte ein Vorgänger Läuse gesät. Wir badeten öfter im Kanal. Eines Nachts großer Alarm, – Werdarufe, – ein Schuß. Es sollte ein verdächtiger Mann in Hemdsärmeln gesehen worden sein. Das Resultat war Null, jedoch für einige von uns eine fidele Nacht im Lindenhof. Leider durfte die Wirtin keinen Alkohol ausschenken. Ich sprach auf dem Heimweg eine Dame an und erhielt, weil ich sie mit einem Kuß überrumpelte, eine weithin schallende Ohrfeige.

Kinder verteilten Zeitungen. U12 war unversehrt heimgekehrt. Die Amerikaner sollten den Japsen den Krieg erklärt und in Kiautschou die amerikanische Flagge gehißt haben. Ferner war von einem großen Sieg zu Lande über die Franzosen die Rede. In den Straßen von Wilhelmshaven wurde der von Menschenmassen mit Liedern, Flaggen und Lampions abends gefeiert. Ich war traurig. Ich wollte fort. Die Leute, die mich umgaben, würden draußen im Kampfe sich größtenteils äußerst brav benehmen, aber wie sie sich jetzt hier betrugen und was sie läppisch und dumm zusammenschwatzten, dünkte mich unerträglich.

Einmal gerieten Pfeiffer und ich in die Abschiedsfeier von sieben oldenburgischen Infanteristen, die nach Belgien mit unbestimmtem Ziel abgingen. Es wurde fürchterlich gezecht. Wir ließen die Infanterie, und diese ließ uns leben, wollte aber die Franzosen verhauen. Pfeiffer tanzte zuletzt mit einer Brotschneidemaschine und wiederholte unaufhörlich:

»Meine Frau, die ißt gern Sülze.
Wenn se keine kriegt, dann brüllt se. – «

Der folgende Tag war ein nasser, war ein großer Reinigungstag, bei dem wir Seeleute – als wären wir an Bord – nicht mit Wasser sparten. Korridore und Stuben waren hoch überschwemmt, und in den Räumen darunter entstanden nasse Flecke an der Decke; zu Mittag gab es, das gehörte dazu, süßen Milchreis mit Zimt und Knoblauchwurst. Ich saß einem Freiwilligen gegenüber, der seinen siebzigsten Geburtstag feierte. »Das hätte mir einfallen sollen, nicht mitzumachen!« sagte er. Ein Kamerad reichte mir bei dieser Gelegenheit an mich gerichtete Briefe, die er seit längerer Zeit in seiner Hosentasche trug. Maulwurf schrieb besorgt um mein Leben und sandte mir zehn Mark. Ich schämte mich.

Und wieder ging's nach Mariensiel. Aber häßliche, kleinliche Geschichten begegneten mir dort. Die Lindenwirtin wollte mich bei meiner Division verklagen, weil ich ihrer Tochter mit Erschießen gedroht hätte, wenn sie mir keinen Schnaps gäbe. Ein Scherz von mir, den die stolzbornierte, siebzehnjährige Gans in die falsche Kehle bekommen hatte. Der Teufel bei Harms war auch noch schnippischer als zuvor, und die im Gasthof Ewers untergebrachten Soldaten beschwerten sich ebenfalls über ihre Quartiergeber, die doch, wie das ganze Dorf, an uns beträchtliches Geld verdienten. Ich organisierte ein wenig unseren Widerstand. Außerdem war mein Nacken steif, und ich bekam Zahnschmerzen. Diese vielen winzigen, aber zeitlich zusammenfallenden Umstände verleideten mir den Ort mehr und mehr. Seife, Kämme, Handtücher, Schuhwichse, Bindfaden und Zündhölzer wurden kostspielige, begehrte Artikel, und die Geldsendungen aus der Heimat nahmen ab. Mir war bei einem Sprung über eine Barriere meine Uhr zerbrochen. Da ich sie auf Wache schwer entbehrte und die Reparatur viel kostete, gab ich die Sache nachträglich zu Protokoll. Ich beantragte Schadenersatz, indem ich in einer vier Seiten langen Abhandlung nach vorschriftsmäßigem Stil nachzuweisen suchte, daß der Sprung über die Barriere eine dienstliche und höchst notwendige Angelegenheit gewesen sei.

Ein herrlicher Sieg bei Metz wurde gemeldet. Drei Armeekorps geschlagen, über fünfzig Geschütze erbeutet. So erfreulich das war, mich machte es auch neidisch. Ich hatte mich inzwischen in einem förmlichen Gesuch auf ein Schiff nach der Ostsee beworben, mit der Erwähnung, daß ich im Baltikum gut Bescheid wüßte. Der Himmel mochte wissen, in welchem Papierkorb jetzt dieses Gesuch lag.

Es gab sich so, daß ich eine Nachtpatrouille erhielt, die die Wirtshäuser auf spätes unerlaubtes Ausschenken revidierte. Dabei konnte ich an dem Wirte Ewers Rache nehmen, der ein Verbot überschritten hatte und nun, als ich ihn im Nebenzimmer anschnauzte, ganz jämmerlich die Kontenance verlor. Ich zeigte ihn indessen nicht an. Und als ich den Lindenhof kontrollierte, war dort zwar nichts auszusetzen, aber ich fand insofern Genugtuung, als die Wirtin und anscheinend auch die Tochter furchtbar erschraken, wie ich mit bewaffneten Leuten so überraschend eindrang, als wollte ich meine Drohung nun wahrmachen.

Es gab frohe und idyllische Stunden in dem Dorfe dort. Morgens trieben wir Sport auf dem Hofe, stemmten oder schleuderten schwere Steine, spielten Fußball (als Ball diente eine Konservendose) und führten mächtige Ringkämpfe auf. Abends genossen wir im Grase hingestreckt Ruhe und Harmonikawehmut. Mein Lieblingslied »La Paloma« wurde mir zuliebe gespielt. Dann erzählte ein Matrose von seinen Erlebnissen an Bord eines Auslandkreuzers. Da hatte auf einem Ausflug ein Kapitänleutnant ein Krokodil erlegt und ließ es häuten und die Haut auf dem Achterdeck zum Trocknen ausspannen. Die Matrosen aber brachen dem Tier heimlich alle Zähne aus, um ein Andenken zu haben. Und nach Ansicht unseres Erzählers hatte das Krokodil dann ausgeschaut wie ein altes verdattertes Fischweib, und der Kapitänleutnant mußte ihm später ein künstliches Gebiß einsetzen lassen.

Ein Vizefeuerwerker, der den Fähnrich ablöste, hielt uns offiziöse Vorträge über die Kriegslage: – – »Durch unsere gute Küstenverteidigung haben wir erreicht, daß England uns nicht angreift. Wir können ihm, wenn es Hamburg angriffe, in den Rücken fallen. Wir haben an der englischen Ostküste Minen gelegt. (Der Feind steht an der Westküste.) Wir haben mittlere Artillerie auf unseren Dreadnoughts. England fängt jetzt erst an, sie einzurichten. Unsere Marine hat nicht soviel zu verlieren wie die ihrige. England braucht seine Flotte, weil es auf Einfuhr angewiesen ist und seine vielen Kolonien schützen muß. – –« Wir hörten zu. Auch das wurde langweilig.

Das Verhältnis zwischen Militär und Bauern spitzte sich immer mehr zu. Diese Oldenburger waren an sich verschlossen. Sie hatten mit Marinern schon in Friedenszeiten zu tun, und diese hatten sich damals gewiß oft als Rowdys benommen. Das wirkte sich nun noch bei uns aus, die wir wirklich alle mit größter Rücksichtnahme aufgetreten waren. Nun wurden wir in unserem Unbeschäftigtsein und der daraus resultierenden Unzufriedenheit immer empfindlicher, verständnisloser und nörgelsüchtiger, und so schürte sich das wechselweise weiter zur Glut. Die böse alte Harms und ihr Gesinde verpflegten und behandelten uns immer abscheulicher, und wir schlichen heimlich in ihre Ställe, schütteten den ganzen Hafer unter die Hühner und gossen die frisch gemolkene Milch in die Schweinetröge.

Ich gab die Mariensieler Wache auf und zog vor, wieder in der Kaserne den Leuten Exerzieren, Schießen und Grüßen beizubringen.

Allerdings geriet ich dort gleich in eine hochnotpeinliche Untersuchung und in ein allgemeines Verhör. In der vierten Kompanie waren Spinde erbrochen und bestohlen worden.

Andererseits wurden gerade geeignete Leute für den Kreuzer »Pillau« gesucht, den die Deutschen für Rußland gebaut hatten und nun gegen Rußland verwenden wollten. Jedoch ich kam wieder nicht auf die Designierungsliste.

Viel Siegesnachrichten. Eines Morgens hörten wir Geschützdonner von See her. Nachmittags lief »Frauenlob« mit zerschossenem Schornstein und einem Seitentreffer dicht über der Wasserlinie ein. Sie sollte gemeinsam mit »Von der Tann« zwei englische Schiffe gefangen und eingeschleppt haben. Man sprach von sieben deutschen Toten und fünfzehn Verwundeten; wir mutmaßten mehr. »Frauenlob« war ein Schwesterschiff zur »Nymphe«, auf der ich seinerzeit als Einjähriger gedient hatte.

Ho! Eine scharfe Brise kam auf. Außer der »Pillau« sollten noch weitere Schiffe in Dienst gestellt werden. Gerade um diese Zeit verschlimmerte sich mein verwünschtes Fußleiden. Ich desinfizierte mit irgend was, was mir zur Hand war und worauf ich Vertrauen setzte, ich glaube, es war Petroleum.

Ich hatte ein Gedicht auf die deutschen Matrosen verfaßt. Als ich die fertige Arbeit betrachtete, nahm sie sich aus wie ein Kommißstiefel.

In der Stadt sah ich eine Menschenmenge, die auf den Transport der Opfer von »Frauenlob« warteten. Ein Obermatrose wollte die zerrissenen Leichen auf dem blutbesudelten Deck gesehen haben, ich traute ihm nicht recht. Es wurde so viel zusammengelogen. Es wurde von Verstümmelungen, Explosionen, Abschlachtungen erzählt, es wurde von glorreichen Siegen und deutschen Heldentaten geschrieben. Wir steckten alle günstigen wie ungünstigen, alle wahren und unwahren Nachrichten mit einer gleichmäßigen Sachlichkeit ein. Auch mir kam das Merkwürdige unserer Lage nur in einsamen Stunden, etwa des Nachts auf Wache, zum Bewußtsein. Dann schwoll in mir die romantische Abenteuerlust, die mich seit meiner frühesten Kindheit begleitet und vielleicht allzuoft geleitet hatte.

Weitaus die Mehrheit der Militärs und Zivilisten waren davon überzeugt, daß wir unsere Gegner schlagen würden. Nur die Frauen sahen skeptischer und gefühlsmäßiger in die Zukunft.

Eines Nachts lagen Toni Pfeiffer, eine Postordonnanz und ich allein in unserer Stube. Die übrigen Betten standen leer; sie gehörten Leuten, die gerade auf Wache waren. Da öffnete sich die Tür. »Es gibt Einquartierung!« rief eine Stimme.

»Ausgeschlossen! Gibts nicht!« riefen wir drei, und die Postordonnanz pustete schnell die Lampe aus.

»Ach was, hier sind doch Betten frei.«

»Nein! Die Leute dazu stehen Posten in Mariensiel!«

»Nur für eine Nacht«, beharrte die Stimme, »es sind Leute von der Ariadne, die mit zwei Panzerkreuzern gekämpft haben. Sie sind zum Teil ganz naß, ihr Schiff ist untergegangen – –«

»Oh, das ist was anderes!« Wir sprangen aus den Betten. Die Lampe ward angezündet.

Da kamen sie schon, die Kerle. In weißen Anzügen mit Dreck und Blut bespritzt, Heizer, Matrosen, Küchenpersonal, vom Pulver schwarz punktiert, mit entzündeten Augen und von Gasen aufgedunsen. Aber sie lachten und witzelten schief, um ihr Stolzsein zu verdecken. Wir drei gaben unsere Decken, Butter, Zigaretten her, alles was wir hatten, es war nicht viel, denn wir besaßen schon lange keinen Pfennig mehr. Und dann legten die Ankömmlinge los und erzählten trotz ihrer Erschöpfung stundenlang, wobei sie einander ergänzten oder berichtigten und ihre Aufregung immer höher steigerten: Blut wie Schlamm. Furchtbares Getöse durch die krepierenden Granaten. Leute in Fetzen gerissen und Panzerplatten wie Papier gebogen. Am schlimmsten die Pulvergase und der Brandrauch. Wer nicht, wie die Leute an den Geschützen, Mundbinden trug, der litt entsetzlich. Die »Ariadne« – (sie war auch meiner »Nymphe« verschwestert, also ein längst veralteter Kasten) – sollte fünfzehn Treffer bekommen, dann sich auf die Seite und später ganz herum gedreht haben. Die Leute, die sich retteten, waren über Bord gesprungen – »Rette sich, wer kann!« – und von dem kleinen Kreuzer »Danzig« aufgenommen. Ihr Schiff sackte bald darauf ab, nachdem noch der Kommandant durch die Kuttergäste der »Danzig« gerettet war. Die beiden englischen Schiffe, welche die »Ariadne« in die Falle gelockt und vernichtet hatten, machten sich vor der »Danzig« aus dem Staube. Es waren Geschosse in das Pulverdepot und in den Torpedoraum gedrungen, ohne diese sofort zur Explosion zu bringen. Sie verursachten zunächst nur Brände und giftige Gase, vor denen sich einige Leute dadurch retteten, daß sie sich platt auf den Boden warfen. Besonders schlimm und folgenschwer hatte die Ölfarbe gebrannt, mit der die Aufbauten an Bord verschwenderisch oft gestrichen wurden. Das war eine tragische Lehre für unsere Marine. – Einer unserer Schlafgäste hatte einen Mann sitzen sehen, der den Kopf wie verzweifelt in beide Hände gestützt hatte. Dann zeigte sich, daß dieser Kopf vollständig verkohlt war. – Das Licht erlosch plötzlich. –

Ein Ingenieur, dessen Beine mit schrecklichen Brandwunden bedeckt waren, lief noch auf die Brücke und stimmte mit anderen das Flaggenlied an. Ein Steward sah einen Seestiefel liegen, woran noch ein Stück Bein war.

Die Geretteten traten beim nächsten Mittagsappell gesondert an. Der Kompanieführer hielt eine ehrende Ansprache an sie.

Es verlautete: Auch die »Stettin« sei dienstunfähig gemacht, sie habe fünf Volltreffer erhalten.

Jemand vom Büro teilte mir mit, ich sollte an Bord kommen. Hurra! Hurra!

Erna Krall schrieb über meine baltische Freundin: »Wanjka Plawneck ist nicht gefangen, hat aber in dem von Spionagefurcht verrückten München eine entsetzliche Straßenszene erlebt. Man hielt sie für einen verkleideten Mann. Die Polizei hat sie vor einer Prügelei errettet und sie umgehend in die Schweiz expediert.« – Auch ein Brief von Eichhörnchen. Darin die Stelle: »Es schmerzt mich tief, daß ich von Dir, dem Freunde, der so Vieles innig mit mir teilte, der auf Leben und Tod hinauszog, nicht ein einzig liebes, treues Wort erhalten habe! Ich weiß nicht, ob Du mir geschrieben hast; sollte es aber so sein, so danke ich Dir für Deine Zeilen, auch wenn ich sie nicht gelesen habe.« – In einem zweiten Briefe von Eichhörnchen, ebenso lang wie der erste, stand u. a.: »– Wenn die hellen Sternenaugen am Abend über die See strahlen, dann blick nach der Küste, wo zwei andere Augen Dich grüßen, und wisse, daß ich Dich s e h r l i e b habe und Dir t r e u bin. Vielleicht beglückt Dich dieses Bewußtsein, wenn Du in der Gefahr draußen stehst! – – Und nun Adieu mein Gustav, geliebter Freund! Vergib mir, ich bitte Dich von Herzen, wenn immer ich Dich kränkte und Dir wehe tat, wo ich in unserer Freundschaft fehlte. – Ich habe viel gelitten über die Gegensätze, die zwischen uns traten, aber über allem steht leuchtend das Edle, Gute, das Schöne und Wertvolle, das Du mir gabst, das immer bleiben wird und das ich Dir von ganzer Seele danke. – Ich will nun hoffen und beten und tapfer ausharren. – Und indem sie Dir in die lieben Augen blickt, küßt Dich Dein Eichhörnchen mit festem, treuem Händedruck.«

[…]

IN SEE AUF »BLEXEN« UND »VULKAN«

Nun lag unser Boot draußen verankert auf Vorposten. Ich hockte in einer schmierigen Hose und mit beschmierten Händen auf meiner Koje unter der Back und badete mein Herz in einem achtundzwanzig Seiten langen Brief von Eichhörnchen. Auf dem Tisch flackerte eine Kerze, die ich durch den aufrecht gestellten Sozialen Volkskalender von 1913 nach zwei Seiten abgeblendet hatte. Denn nicht das zarteste Lichtscheinchen durfte aus dem Schiff dringen. Ich dachte dann sehr deprimiert daran, daß ich wohl nun den ganzen Krieg über auf diesem harmlosen Sperrfahrzeug zubringen würde, ohne je an den Feind zu kommen. Vorläufig war allerdings alles, was ich bei viel Arbeit und wenig Schlaf sah, verrichten und lernen mußte, eigenartig und interessant. Und mit der Kasernen- und Werftzeit verglichen ein guter Fortschritt. Ich war auch im großen und ganzen zufrieden, als ich so auf meiner Seegrasmatratze schaukelte und Eichhörnchens überschwengliche, innige Reden las, die das Postboot abends in unsere kalte, rauhe oder rohe Abgeschiedenheit gebracht hatte.

Dann ging ich mit dem naseweisen, schlanken Matrosen Eichmüller Deckwache. Er an Steuerbord, ich an Backbord. Wir mußten auf alle ein- oder auslaufenden Schiffe aufpassen; besonders befürchtete man feindliche Torpedoboote und Unterseeboote. Den sich nähernden Schiffen hatten wir mit vielfachen Anrufen, unter Anwendung vielfacher Apparate auf den Zahn zu fühlen. Laternen, Raketen, Blink- und sonsterlei Signale kamen in Betracht. Dabei war die Wasserfläche in weitem Umkreis, unsere Ankerkette, waren Bänke, Bojen, Strömungen, Minen, Kompaß, Wind, Schüsse von draußen und Mitteilungen anderer Schiffe zu beachten, die in gewisser Entfernung von uns lagen. Vor allem standen wir mit unserem Führerboot »Glückauf« in stetem Signalverkehr. Dort residierte der strenge Sperrkommandant. Die umliegenden Forts waren leicht zu alarmieren, und unsere Kanone blieb immer schußbereit. Der Wachtdienst machte mir das meiste Vergnügen.

Sonst mußte ich viel herumlaufen, bald auf die Brücke klettern, bald hier oder dort die Leute kontrollieren, die zum Teil wenig seemännische Erfahrung hatten oder sich gern um die Arbeit drückten; dann wieder an den Maschinentelegraphen oder an die Flaggen oder an Bord von anderen Fahrzeugen, die längsseit kamen, um irgend was abzugeben oder überzunehmen.

Tag und Nacht abwechselnd vier Stunden Dienst, vier Stunden Schlaf. Aber in die Schlafzeit fielen die Mahlzeiten, das Sichwaschen, die Zeugwäsche, das Zeugflicken, überhaupt alle privaten Angelegenheiten. Es war gerade kein einfacher Dienst. Schon was wir in bezug auf Signale und Vorschriften in kurzer Zeit beherrschen sollten, kam mehreren Sprachen gleich.

Ich war meiner Augen wegen sehr in Sorge. Ich sah keineswegs schlecht, aber ich sah nicht so scharf in die Ferne, wie die meisten von uns. Wenn ich neben dem Kommandanten auf der Brücke oder neben Stuben, unserem besten, erfahrensten Seemann, am Ruder stand und ein auftauchendes Schiff später entdeckte als sie, dann war ich ganz unglücklich. Denn ich hütete mich, diese Augenschwäche einzugestehen und riskierte lieber, für unachtsam zu gelten, weil ich die übertriebene Angst hegte, man könnte mich nachträglich für borddienstuntauglich erklären. Dabei ersetzte ich durch verdoppelte und begeisterte Aufmerksamkeit zweifellos das Manko meiner Sehkraft.

Das Schwein, den Koch Apfelbaum, wurden wir endlich los; wir vertauschten ihn gegen einen neuen Koch, nachdem er zum Schluß noch den größten Teil unserer Kantinengelder versoffen hatte. Von mir war er einmal darüber ertappt worden, wie er Rotkohl in der Kaffeemühle zerkleinerte, da hätte ich beinahe wieder ein gutes Wort für ihn eingelegt.

Kaum waren meine gequetschten Finger wieder heil, so fiel ich, als wir das Schiff zu der gefürchteten Kohlenübernahme herrichteten, in eine Bunkerluke und prallte so heftig auf, daß mir eine Zeitlang übel war. Da ich aber im übrigen mit einigen Schrammen davonkam, so war ich zufrieden, auf anständige Art vom Kohlen ausgeschlossen zu sein. Schlimmer stand es um mein Fußleiden, seitdem ich oft stundenlang in nassen Schuhen und Strümpfen stak.

Durch den Lotsen erfuhren wir Neuigkeiten, darunter die Geschichte von den Deutschen, die sich gefangen auf einem englischen Boot befanden, das auf eine von ihnen gelegte Minensperre lief, die aber nicht warnten und nichts verrieten, sondern sich opferten. »Blexen« löste sich mit den anderen Booten ab. Waren wir heute Vorpostenboot, so lagen wir morgen als verfügbares Freiboot neben »Glückauf«, und übermorgen waren wir vielleicht inneres oder äußeres Sperrschiff. Manchmal gab es Eßzulagen, für jedermann ein Stückchen Sülzwurst. Oh! Und immer wieder wurden Übungsstunden im Signalisieren angesetzt. Das Winken machte mir Spaß. Ich beherrschte den einen Teil davon, das Geben, so gut, daß ich mir sogar eine Geheimschrift daraus konstruierte, mit der ich von nun an in meinen Tagebüchern zensurbedrohte Notizen schrieb. Aber gegen das Morsen nahm ich eine Abwehrstellung ein, wie etwa gegen Stenographie, die mir ebenfalls als eine seelenlose, langweilige und zeitvergeudende Angelegenheit vorkam.

Ich hielt Eichmüllern eine pädagogische Rede: Er sollte doch sein rabautziges Wesen lassen und nicht über alles und jedes nörgeln, er sei doch der Jüngste. Eichmüllern schienen meine Ermahnungen seltsam nahezugehen. Er sackte wie zerknirscht zusammen und gluckste und druckste, als ob er in Tränen ausbrechen wollte. Aber plötzlich merkte ich, daß er nur seekrank war. Ich ließ den komischen Teufel ablösen und durfte mich selbst ein paar Stunden schlafen legen, allerdings in Kleidern. Wir lagen dicht am Minenfeld. Der Wind stand dorthin, so daß wir, wenn das Tau riß, mit dem wir am Dampfer »Seeadler« hingen, wahrscheinlich bald gen Petrus geflogen wären.

Ich wollte indessen nicht schlafen. Der leitende Maschinistenmaat, den wir um seine Einzelkabine beneideten, bot mir zwei Rudolf-Stratz-Bände an, die einzigen Bücher an Bord. Ich zog aber vor, Briefe zu beantworten. Alle, die mir schrieben, verlangten ausführliche Antwort, ohne zu ahnen, wie wenig Zeit wir dazu hatten, und wie schwierig es war, bei der schlechten Beleuchtung in gebückter Haltung und womöglich im Geschaukel des Seegangs mit plumpen Hornhänden Briefe zu schreiben.

Meine Eltern bat ich, mir Streichhölzer, Wurst, Zwirn und Malzbonbons zu senden. Die Wellen klatschten an die Bordwand. Jessen und der Obermaat schnarchten und dünsteten. Ein in meiner Tinte ersoffener Kakerlak geriet mir in die Feder. Ich klebte ihn auf mein Ölzeug, das neben meiner Koje seemännisch duftete. Die nächste Deckwache im Regen würde ihn ins Meer befördern. Dann erwachte der Obermaat über mir und schimpfte. Die Decksbohlen waren nicht dicht, und so fiel ihm von Zeit zu Zeit ein Wassertropfen ins Gesicht. Das Schiff schweute. Wind und See schwollen an.

Abermals nahm ich Eichhörnchens Briefe vor. Aber an gewissen Stellen, wo sie vom Krieg und von deutscher Unbezwingbarkeit und Ähnlichem sprach, wich meine Meinung allzusehr von der ihrigen ab, und da ich wußte, daß in diesem Punkte mit ihr ebensowenig zu disputieren war wie mit meinem Vater, und weil ich mich außerdem nach strengster Vorschrift in Briefen oder Tagebüchern über so etwas nicht auslassen durfte, so legte ich mein Schreibzeug beiseite und schickte mich an, eine Unterhose zu flicken.

Doch gewisse Geräusche veranlaßten mich, an Deck zu eilen. Ein Fairplaydampfer legte an. Laute Rufe – eine Wurfleine flog zu uns – Gischt spritzte auf – Korkfender quietschten – und eine Order wurde herübergereicht. Wir sollten morgen Routineboot sein. Sehr angenehm, denn da kamen wir auf ein paar Stunden in den Hafen.

Es ward Sturm. Hohe Wellen warfen uns unterwegs hin und her und schlugen über Deck. Da war es nicht so einfach, bei den anderen Schiffen anzulegen, denen wir Wasser, Proviant und Post besorgten. Einmal stieß denn auch »Blexens« Nase mit einem peinlichen Bums auf »Seeadler«. Der Maat in der Maschine behauptete, ich habe den Telegraphen falsch bedient. Ich behauptete, er habe volle Kraft vorwärts statt rückwärts gefahren. Der Steuermann erteilte einen Rüffel so diskret, daß dieser wie an eine dritte unbekannte Größe gerichtet schien. Wir hatten Löhnung erhalten, und ich fand im Hafen Gelegenheit, vier Stücken Zwetschenkuchen mit Schlagrahm herunterzuschlingen und auf heimlichen Umwegen Verschiedenerlei für mich und meine Kameraden einzukaufen. Als ich einem Offizier auf Sperrschiff »Franz« eine Bestellung überbrachte, lag auf dem Tisch dort eine Nummer der »Jugend«. Ich nahm die Hacken zusammen und sagte militärisch: »Ich bitte Herrn Leutnant um die ›Jugend‹.«

»So?« sagte er erstaunt, »Sonderinteressen? Na dann nehmen Sie sie.«

Auf der Rückfahrt begegneten wir der einlaufenden Flotte. Voran fuhr »Markgraf«, ein neues Schiff, das seine Probefahrt machte und vorläufig nur mit Zivilisten besetzt war. Deshalb dippte es sogar vor uns die Flagge. Wir betrachteten die Panzer mit Sachkenntnis und Neugier, zählten die Geschütze, lasen die auf und nieder sausenden und hin und her springenden Signale ab und stellten fest, daß sich der Admiral Lanz auf der »Ostfriesland« befand. Die Flotte unternahm jetzt öfters Ausflüge, offenbar zur Beruhigung der Bevölkerung. Auch mußten die nichtansässigen Frauen und Bräute Wilhelmshaven verlassen.

An Deck von »Seeadler« wuschen sich von der Abendsonne vergoldet lauter nackte, tätowierte Leute, welche dabei die Lorelei sangen.

Wir dampften sofort weiter auf Vorposten. Der Sturm nahm weiter zu. Wir versteckten uns, wo es anging, vor den überschießenden Wassern hinters Ruderhaus, und einmal liefen wir auf Grund. Es war aber Sand, wir kamen wieder frei. Dann: Lampen klar! – Loten! Wieder loten! – Fall Anker! Stüben ward dabei ein nettes Stück Fingerfleisch abgequetscht. Ich verband ihn sauber, und um mich etwas wichtig zu machen, träufelte ich, weil ich in der Apotheke nichts Besseres fand, etwas Hoffmannstropfen auf die Wunde.

Nachts auf Wache empfand ich dankbar, wie viel zu gut es mir erging, während mich meine Angehörigen bedauerten. In solcher Stimmung redete ich herzlich auf den ewig griesgrämigen Eichmüller ein und traktierte ihn mit Wurst und Zigaretten. Gespenstische Schatten, Torpedoboote, huschten vorbei, darauf glitt ein schmaler Silberstreifen durchs Wasser mit einem Turm.

Wir schwitzten und froren im Ölzeug am Ruder, am Lot, am Ankerspill und an den Tauen. Die im engen Maschinen- und Heizraum hatten bei dem »Blexen«-Hexentanz ebenfalls keinen leichten Stand. Manche, an der Spitze der Kommandant, waren jämmerlich seekrank. Als ich außenbords am Bug die Talje aus dem Anker hakte, weichte mich eine salzige See durch und durch ein. Da schmeckte denn mein Pfeifchen doppelt gut. An der jämmerlichen und doch komisch harmlosen, aber nun im Krieg oft wieder gefährlichen Seekrankheit hatte ich nie zu leiden. Aber Herr Kaiser zum Beispiel saß bei schwerer See völlig erledigt und apathisch in seiner Kabine, und keine Macht und keine Gefahr hätte diesen sonst so tüchtigen Seemann und pflichtgetreuen Soldaten dann an Deck bewegen können.

Gar zu gern hätte ich meine Mandoline oder ein Schachspiel an Bord gehabt. Der Maschinistenobermaat wäre mein Partner gewesen. Vom Kommandanten abgesehen, war er der Gebildeteste, das heißt, ich darf ja nicht den Dienstmannmatrosen vergessen, der seine vornehmen und wohlgesetzten Manieren selber nicht unter den Scheffel stellte.

Wir brachten einen Kutter mit Matrosenartilleristen nach Schillig. Dort ankerten wir nicht, sondern setzten uns einfach auf Schlick. Die Artilleristen sollten während der Ebbe Markbojen setzen. Wir lachten sie ob ihrer Wasserscheu aus. Als wir sie dann nach Wilhelmshaven zurückschleppten, hofften wir ein Stündchen an Land gehen zu dürfen. Wir mußten aber an Bord bleiben und blickten, während wir die vom Salzwasser angegriffenen Gewehre reinigten, schmachtend nach den auf dem Pier lustwandelnden Matrosenbräuten und nach den stolzen Offiziersdamen, die aus Autos stiegen. Das Wetter war diesig, als wir wieder ablegten. Die Bojen waren kaum noch zu erkennen, wir mußten den Kompaß zu Hilfe nehmen. Wir hatten gerade unter Schwierigkeiten am Heck von »Seeadler« festgemacht, als wir angerufen wurden. Wir sollten nachsehen, was da zirka 20 Meter voraus im Wasser triebe und wie ein fremdes Unterseeboot aussähe. Wir warfen die Leine los und dampften neugierig nach jener Stelle, nahmen uns vor, wenn es ein Unterseeboot wäre, dasselbe zu rammen. Ja, da trieb etwas – zwei senkrecht aus dem Wasser ragende Rohre. Periskope eines Unterseebootes? – Verdammt nochmal! – Man durfte sich andererseits nicht blamieren. Volle Kraft voraus! – Hart Backbord! – Halbe Kraft zurück! Stop! (Denn um den Befehl, statt des Wortes »Stop« das deutsche Wort »Halt« zu gebrauchen, kümmerten wir uns höchstens im theoretischen Unterricht.) Und nun fischten wir das treibende Etwas heraus. Es war ein alter Marinemantel, dem das Futter und die Knöpfe abgetrennt waren, und dessen Ärmel infolge irgendwelcher physikalischen Gesetze senkrecht aus dem Wasser gestanden hatten. Wir lachten uns aus und trösteten uns. Die bewegte See bot oftmals solche Täuschungen. Und besser zu viel Vorsicht als zu wenig.

Bei der Abendmusterung wurde der Tagesbefehl verlesen. Vier Mann der Sperrfahrzeugdivision waren mit drei Tagen Mittelarrest bestraft worden, weil sie über Urlaub geblieben waren, usw. Ein Passus verbot die Veröffentlichung von Soldatenbriefen. »Das gilt besonders unserem Schriftsteller«, sagte der Steuermann, auf mich deutend.

Nachdem ich eine Zeitlang ergebnislos eine Angel ausgeworfen hatte, spielte ich ausnahmsweise einmal mit den Matrosen Karten, aber so intensiv, daß ich nachts träumte, wir wären auf eine Mine gelaufen und in die Luft geflogen, spielten aber trotzdem immer weiter Karten. Den Gedanken, auf ein Mine zu geraten, malten wir uns auch in wachem Zustand oft aus, er lag ja so nahe wie die Minen selbst. Viel Ruhm war bei unserer Sperrfahrzeugdivision – wie bei all den winzigen Booten, die mit Minen zu tun hatten – nicht zu ernten. Wer in die Luft flog, konnte meistens nichts mehr erzählen, und wer nicht flog, hatte nichts Kriegerisches zu berichten; denn mit dem Feinde ins Gefecht zu kommen, war nicht unsere Aufgabe, im Gegenteil, wir hätten dabei sehr schnell sehr schlecht abgeschnitten.

Der Signalgast schenkte mir eine neuste Zeitung, »Oh! was wird nicht alles zusammengelogen«, hatte er oder ein anderer darauf geschrieben. Dieser Signalgast war ein Drückeberger, aber ein flinker, geschmeidiger Bursche. Ein »Schlenkpäkchen«, nannten wir solche Leute, die in allem eine gewisse Gerissenheit hatten und sich, obwohl nachlässig, doch mit einem scharmanten Schmiß kleideten. Dieser Signalgast trug seinen Mützendeckel schief, hatte ein schräges Gesicht und schöne Tätowierungen. Er war mir sympathischer, als ich bei seinem fragwürdigen Charakter mir anmerken lassen durfte. Ja, was ward nicht alles zusammengelogen, und wie wirr wurden dadurch die verschiedenen, unorientierten Meinungen verschoben. Was in den Briefen stand, die aus der Heimat an uns – oder nur von mir zu reden – an mich gelangten, klang oft so ärgerlich unecht. Da wurde ich wegen der mir drohenden Gefahren beklagt, da wurde von furchtbaren Völkermorden und vom Haß gegen England gesprochen. Wieviel trauriger fand ich die kleinen Falschheiten, Schmeicheleien und Eifersüchteleien unter uns selber. Wir Seeleute haßten die Engländer nicht. Wir hatten früher in scharfer, aber ehrlicher Konkurrenz mit ihnen gestanden, und jetzt suchten wir sie selbstverständlich soviel als möglich zu schädigen, aber wir achteten sie, und soviel bekannt ward, bezeugten wir den Gefangenen oder Schiffbrüchigen dieselbe Ritterlichkeit und Hilfsbereitschaft, die die Engländer uns gegenüber bewiesen. Hüben wie drüben gab es Ausnahmen oder Verkennungen, und die wurden durch Irrtümer entstellt, und aus dem Entstellten machten dann Leichtgläubigkeit oder Verlogenheit etwas folgenschwer Schlimmes.

Das Barometer fiel. Unsere kleinen Schiffchen rollten und jumpten schon toll genug. Das Siegfriedgeschwader passierte uns, aber diese schweren Küstenpanzer, deren Typ längst veraltet war, weil er dem Feinde zu viel Zielfläche bot, trotzten dem Wetter viel leichter als wir.

Die wilde »Blexen« rief mir Erinnerungen an Sturmfahrten auf ähnlichen Kauffahrteischiffen wach; besonders gedachte ich eines kleinen englischen Fischdampfers, auf dem ich als Matrose eine derbe, erlebnisreiche Zeit verlebt hatte. Jetzt galt unsere Besorgnis besonders den Ankerketten, beziehungsweise Schiffstauen. Es war schon verteufelt kalt. Ich wollte mich vor dem Winter abhärten und trug darum noch die Brust frei. Aber wenn ich so neben dem Kommandanten auf der Brücke am Telegraphen stand und durch die geöffneten Klappfenster der heulende Nordwest und von Zeit zu Zeit ein harter Schwall Wasser herein, über uns und in meinen Hemdausschnitt drang, dann war das recht ungemütlich.

Auf den Sturm folgte Nebel, das rechte Wetter für englische Vorstöße. Wir hörten alsbald von Helgoland her heftiges Schießen. Sofort verschwand die Vorpostenkette unserer Schlachtschiffe, die bis zur Weser hin sichtbar waren. Aber sie kehrten enttäuschend bald zurück.

Ein paar Tage später gab es eine Sturmnacht, da hatte »Blexen«, von Wilhelmshaven kommend, in der Dunkelheit den Weg verfehlt und mußte schließlich, nicht wissend wo, vor Anker gehen. Wir schliefen zu Unrecht mit bösem Gewissen, aber mit Recht sehr schnell ein. Ich hatte die erste Wache. Ein Gewitter blitzte über uns. Ein Scheinwerferstrahl – vermutlich vom »Glückauf« – strich über die grollende See und blieb sekundenlang auf uns haften, was auf mich so wirkte, als hätte der Sperrkommandant »Aha!« gerufen. Dann verzogen sich die dunklen Wolken; Blinkfeuer und die Konturen verstreuter Schiffe wurden wahrnehmbar. Dann traten die Sterne deutlich hervor, und in Südsüdost zeigte sich ein langgeschweifter Meteor.

Schon wenige Tage danach erlebten wir vor der Geniusbank einen Sturm, der alle bisherigen an Stärke übertraf, und mit dem, wie wir beobachteten, auch die größten Schiffe schwer zu ringen hatten. Wir steckten an Kette heraus, was wir nur hatten, aber die langen Wellen strafften sie und dann knackte es unheilvoll. Bei uns an Bord warteten drei erkrankte Matrosen, die an Land zum Arzt sollten. Sie sahen hundselend aus, aber wir konnten sie nicht loswerden; es war unmöglich, sich bei solchem Unwetter einem andern Schiff zu nähern. Wir waren alle käsebleich und ernst. Meer und Himmel schienen ein einziges, wogendes, zischendes, heulendes Grau. Immer wieder waren wir sekundenlang ganz in Wasserwirbel gehüllt. Wir hielten aus. Wir mußten ja aushalten. Wir sangen sogar auf der Brücke und auf Deckswache, obwohl unsere Lieder nicht so leicht fröhlich klangen, wie sie gedacht waren.

Als Sperrschiff hißten wir bei Tag zwei aus Rohr und Draht geflochtene Kegel, bei Nacht große, farbige Laternen. Diese wurden mit Petroleum gespeist. Und sie an Deck bei solchen Sturm und Regen anzuzünden, war ein viele Schachteln Zündhölzer kostendes Kunststück und keine Arbeit für Nervöse.

Es drohte die Gefahr, daß wir auf die Bank trieben. Wir sahen ununterbrochen angestrengt nach allen Seiten aus. Tatsächlich veränderte sich, nach den wenigen Bojen, die wir peilen konnten, unsere Lage merklich. Der Obermaat meldete es dem Kommandanten. Aber dieser lag wie tot in seiner Koje. Nach einiger Zeit ging ich hinunter: »Herr Steuermann, der Anker faßt nicht. Wir treiben den Bojen zu. ›Merkur‹ und ein anderes Boot sind bereits Anker hoch westlich unter Küste gedampft.« Doch der seekranke Steuermann nahm keine Notiz von meinem Bericht und erst, als ich ihm später ein drittes Mal dringend Meldung erstattete, erhob er sich und wankte an Deck. »Bootsmaat Hester, gehen Sie mit an den Anker!« rief er mir mißmutig zu. Wir wanden mit Mühe den Anker hoch, mußten uns dabei mit Armen und Beinen festklammern und feststemmen, um von den Wassermassen nicht fortgespült zu werden. Das war die Stunde, da man einen Kautabak zu schätzen wußte. Unser tapferer Stüben wurde von einem Brecher gegen die Bordwand gestoßen, als er die Ankertalje außenbords einschäkeln wollte, und wäre, da der Kommandant in seiner Benommenheit bei diesem Manöver volle Kraft fuhr, weggerissen worden, wenn Jessen und ich ihn nicht im letzten Moment noch gefaßt hätten.

»Es ist ja höchste Zeit!« rief mir der Steuermann vorwurfsvoll zu. »Wir sind ja schon dicht vor der Bank!«

»Jawohl«, gab ich gekränkt zurück, »ich habe das auch gemeldet.«

Wir schimpften nun über den Sperrkommandanten, der sich gar nicht um uns zu kümmern schien. Und ohne Order von ihm zu haben, steuerten wir nun, unaufhörlich von mächtigen Brechern erschüttert, Wilhelmshaven zu. Das Wasser stand zwei Fuß hoch an Deck, und darin schwammen Korkwesten, Mützen und Suppentöpfe, rumms nach Links und rumms nach Rechts. Trotz Ölzeugs waren wir alle bis auf die Haut naß.

Im Fluthafen trafen wir unsere Schwesterboote an, die sich alle selbständig dorthin geflüchtet hatten. Kommandanten und Mannschaften tauschten, vergnügt, in Sicherheit zu sein, ihre Erlebnisse aus. Der Schlepper »Pegu« hatte den Anker verloren und war um Haaresbreite an den Minen vorbeigetrieben. Dem »Mars« war das Geschützpodest zertrümmert; die Kanone hing schief auf der Seite. Bei uns war der Unteroffiziersraum voll Wasser; auch die Koje des Obermaschinistenmaates war zum Aquarium verwandelt, darin sich Tassen, Löffel, Bilder und eine Weckuhr ausgetummelt hatten. Die boshaft Neidischen unter uns freuten sich darüber, denn der Obermaschinistenmaat besaß als einziger ein Federbett. Unsere Hängelampe hing nur mehr an einer Angel. Die eisernen Staken der Topplaterne pendelten in der Luft, unser Geschütz hatte sich gesenkt. Alles tropfte und troff.

Eins von den Lazarettschiffen war aufgelaufen. Im Hafen trieb eine Menge weggeschwemmter voller Bierfässer herum. Es meldeten sich Lotsen bei uns, die nach dem draußengebliebenen Führerschiff gebracht werden wollten. Die Kommandanten schlugen das lachend ab. Vorläufig aßen wir erst einmal ordentlich zu Mittag; und besprachen dabei, wie die Löwen schlingend, hübsch biergemütlich den überstandenen Äquinoktialsturm. Dem Obermaschinistenmaat waren zwei fremde Fässer Bier an den Fingern kleben geblieben, so fühlten wir uns bald für alle Strapazen reichlich entschädigt. Natürlich gab es nun Arbeit genug, das

Verwüstete wieder aufzuklaren. So war mein Gewehr zum Beispiel, das ich noch vor drei Tagen gereinigt und dick mit Vaseline und Margarine eingeschmiert hatte, völlig verrostet. Nachmittags legte ich mich in nassen Kleidern in mein nasses Bett, deckte mich mit dem nassen Ölmantel zu und schlief, während von oben permanent Wasser auf mich tropfte, wie gestorben. An solches nasses Schlafen waren wir gewöhnt. Aber daß es nicht immer ohne Folgen blieb, war vielen von uns anzusehen, so dem hohlwangigen Maschinistenmaat und auch Eichmüller. Bei mir meldete sich auch sofort wieder der Husten. Im übrigen war ich aber eine lange gegerbte, zähe Haut.

Was alle Boote gefürchtet hatten, traf nur für unsere besonders kleine »Blexen« ein. Wir mußten wieder hinaus.

Da ich auf der Brücke stand, hörte ich die Gespräche zwischen Lotsen und Kommandanten, die aktueller und glaubwürdiger klangen, als das Gewäsch der Mannschaften. Danach sollte eine Granate auf »Frauenlob« mitschiffs eingedrungen sein, zwei Leute zerquetscht haben und, ohne zu explodieren, auf demselben Wege, wie sie gekommen, auch wieder herausgeflogen sein. Hm! Hm! – »Eichmüller,« sagte ich zu diesem, »merke dir: es ist viel klüger, sich mit sich selbst als sich mit andern zu unterhalten.« Mein aufgezwungener Mitwachgänger nickte stur, rülpste und sagte: »Ja.«

Es gelang uns, mittels Wurfleinen Proviantkisten und Postsäcke auf »Glückauf« zu befördern und selbst Sendungen zu übernehmen. Wir erhielten Befehl, ins Emdener Fahrwasser zu dampfen. Leicht gesagt und schwer getan. Finsternis herrschte. Durch den peitschenden Regen einerseits und die Maschinenwärme andererseits liefen die Fenster des Ruderhauses und die Kompaßscheibe immer wieder an. Auf der Brücke war es für vier Personen hinderlich eng. Loten! – Elf Meter – Volle Kraft – Stop – Rückwärts – Acht Meter – Langsam – Die Lampen anzünden! Dafür war ich verantwortlich. Es mußte schnell und nach außen nicht sichtbar geschehen. Aber diesmal ging alles schief. Das Öl brannte schlecht. Ein Glaszylinder nach dem andern ging entzwei. Der Sturm oder die überspritzenden Seen löschten das eben Entzündete wieder aus. Dann hatte ich wieder die Streichhölzer verlegt und stieß mich, im Dunkeln tappend, an einem Bolzen, und dabei trug uns das Schiff ruhelos bald himmelwärts, bald schwindelnd talab. Kommandos unterbrachen die Arbeit. Klar zum Anker! – Fall Anker – Fünfzehn Faden Kette – vier Meter Tiefe – Ruder zehn Grad Backbord! Auf das Landblinkfeuer zu – Mehr Steuerbord – Boje voraus! –

Endlich lagen wir gut. Ich warf mich erschöpft in einem noch etwas trockenen Winkel nieder, neben mir der Kommandant. Er gab mir noch einige dienstliche Instruktionen und schloß mit dem Seufzer: »Das ist ein Leben!« – »Ja«, antwortete ich, »und wenn der Krieg zu Ende ist, haben wir nichts vom Feind gemerkt, und man sieht uns scheel an.« – »Nein, Hester«, erwiderte er, »wir haben das Unsrige – « Wahrscheinlich wollte er noch »getan« sagen, aber er schlief schon. In diesem Augenblick rief die Wache, daß wir trieben und wieder auf elf Meter ins Fahrwasser geraten wären. Also alle Mann an Deck, Kette einholen und Neues suchen und neue Manöver. Weil ich Mittelwache hatte, schickte mich der Kommandant zur Koje. Er duldete auch nicht, daß ich freiwillig an Deck blieb. Bevor ich mich hinlegte, schrieb ich noch bei einem Lichtschimmerchen Tagebuch. Neben mir phantasierte Jessen im Schlaf. Er hielt dänische Reden, die mir, ich weiß nicht warum, sehr deutschfeindlich vorkamen.

So fuhren wir Tag für Tag, auch Sonntags und nachts, im Regen und Wind. Die Kriegsflagge an der Gaffel war zerfetzt und vom Ruß geschwärzt wie die Pulverflagge. Meine Seestiefel verloren durch das künstliche Trocknen und wieder Naßwerden und wieder Trocknen ihre Fasson und waren auch nicht durch Tran mehr zu erweichen, so daß sie mir die Füße blutig scheuerten. Nachts fröstelte einem. An Land kamen wir nur selten. Unsere »Blexen« war so leck und beschädigt, daß wir die Hoffnung hegten, bald einmal zwecks Reparatur in die Werft zu kommen. Nachts im Ruderhaus war ich, allein für mich, am glücklichsten. Da konnte ich grübeln und schreiben und lesen. Ich hatte mir eine Beleuchtung konstruiert, die, von außen nicht bemerkbar, nur mein Notizbuch oder die Zeitung beleuchtete. Die Briefe, die ich schrieb, strotzten, wie ich erfuhr, von Schreibfehlern. Aber sie waren auch immer in Eile und Müdigkeit geschrieben, vielleicht verdarb auch das seltsame Gemisch von Seemannssprache, Plattdeutsch und anderen Dialekten, das wir an Bord redeten, die Orthographie. Auf dem Ruderhaus lag eine rote Rakete, die auf besondere Weise zu entzünden war. Sie sollte losgelassen werden, wenn wir ein feindliches Schiff bemerkten, und sie hätte dann die ganze Küste alarmiert, die sofort in langen Strichen Schrapnellfeuer eröffnet hätte. Uns wurde nie klar, auf welche Weise dann unsere eigenen Boote von diesem Schrapnellfeuer verschont geblieben wären.

Es kamen wieder ruhige und sonnige Tage. Im Wasser trieben Wrackstücke und Teile von Schiffsladungen. Besonders große Balken, die einerseits eine Gefahr für die Schiffe und andererseits wertvolles Holz waren, fischten wir heraus, eine der angenehmeren Abwechslungen, zu denen auch das Übungsschießen mit der Kanone oder mit Gewehren nach einer schwimmenden Scheibe gehörte.

Ich bekam wieder Pakete von Haus und von Maulwurf und von Eichhörnchen. Das Eßbare teilte ich mit allen. Die Pulswärmer schenkte ich Stüben, und mit den verwelkten Sträußen und mit der Photographie meines Schwagers Hermann, der als feldgrauer Offizier ritt, schmückte ich meine Kojenwand.

Vor dem Kriege hatte ich mir wenig aus Süßigkeiten gemacht, jetzt war das ganz anders. Wenn ich an Land kam, schwelgte ich in Schlagsahne und Zwetschenkuchen, und an Bord erfand ich mir eine Art Bonbons aus Kakao, Hoffmannstropfen und Migränezucker.

Kleine Zwischenfälle gab es immer. Durch Schuld des Lotsen rannten wir eine Dampfpinasse an, deren Wert wir auf fünfzigtausend Mark schätzten. Wir hatten mit einem Scheibenfloß Verdruß, das wir einschleppten, das aber von der Strömung unter unser Boot gerissen wurde, wobei Jessen beinahe ums Leben kam. Wir kamen so nach und nach beinahe alle einmal ums Leben. Ein Doppeldecker flog über uns und ging dann im schönen Gleitflug aufs Wasser nieder; das war doch eine ganz andere Waffe als unsere langweiligen Sperrfahrzeuge oder die von den übrigen Marinern das »Filzlausgeschwader« genannten Suchboote. Wir beneideten auch die tapfere Infanterie, die schneidige Kavallerie, die heldenhaften Pioniere. Wir, oder wenigstens ein Teil von uns, beneideten alle anderen Waffengattungen.

Abends in Wilhelmshaven schossen wir wie losgelassene Eber an Land. Ich las – das tat man schon allgemein so – zwischen den Zeitungszeilen. Die »Möwe« war gesunken, Reims war wieder in französischen Händen. Als ich nachts zurückkam, hatte ich gehörig einen in der Krone. Ich sprach eine hübsche Dame, die aus einem Parterrefenster schaute, so an: »Auf wen warten Sie? Sind Sie verheiratet? Haben Sie Blumen gern?«

Da inzwischen Ebbe eingetreten war, lag »Blexen« jetzt so tief unter der Mole, daß ich nur mit Hilfe einer Leiter an Bord gelangen konnte, was bei meinem Zustand sehr langsam gelang. Unterwegs, also mitten auf der steilen Leiter, fiel mir ein Auftrag ein, den mir der Kommandant schon vor einer Woche erteilt und den ich immer wieder vergessen hatte. Ich sollte feststellen, ob die Matrosen Sturm und Schulz katholisch oder protestantisch wären. Ich rief nun laut den Sturm und den Schulz, und sie kamen, waren aber auch so bezecht, daß wir uns absolut nicht verstanden. Sturm meinte, er sollte das Abendmahl bekommen und forschte immer nach dem Becher.

Nach dem Malheur mit der Dampfpinasse überstrichen wir jetzt heimlich den am Bug in goldenen Lettern prangenden Namen »Blexen« mit schwarzer Farbe, damit wir in künftigen ähnlichen Fällen uns unerkannt aus dem Staube machen könnten. Um die Matrosen etwas zu entlasten, teilten wir Unteroffiziere uns freiwillig in die nächtlichen Hafenwachen. Neben mir lag zufällig der Dampfer »Hansa«, der seinerzeit im Frieden den Dampfer »Primus« mit fünfhundert Passagieren zum Sinken gebracht hatte. Jetzt war die »Hansa« Lazarettschiff, und der Posten davor erzählte mir, daß alle Wilhelmshavener Krankenhäuser überfüllt wären.

Auf dem Marktplatz erkannte ich am nächsten Morgen vor einer Blumenbude die Dame, die ich nachts angesprochen hatte. Ich kaufte ihr ein Sträußchen und sagte: »Merken Sie nun, warum ich Sie gestern gefragt habe, ob Sie Blumen gern haben?« Pfeiffer traf ich an, wie er in hellster Freude seine feldgraue Ausrüstung betrachtete, mit der er andern Tags gleich vielen anderen der dort in der Kaserne herumlungernden Matrosen nach Belgien abrücken sollte. Außerdem war er zum Obermaaten befördert worden, wohl seiner unerschütterlichen Ruhe wegen, die als »Gesetztheit« geschätzt wurde. Ich eilte auf seinen Rat hin sofort zum Personalbüro A und bat ebenfalls um Beförderung zum Obermaaten, was nämlich mit einer geringen Erhöhung meiner geringen Löhnung verbunden gewesen wäre. Es hieß, ich sollte mich dieserhalb an meinen Kommandanten wenden. Da ich das ohne besondere Begründung nicht konnte, nun aber einmal auf dem Büro war, bat ich, wenigstens auf ein größeres, ins direkte Gefecht kommende Schiff versetzt zu werden. Mein Name wurde vornotiert. Er war schon oft vornotiert.

Auslaufend geriet »Blexen« einer heimkehrenden T-Flottille in die Quere. Der Chef des Führerbootes stellte erzürnt den Namen unseres Kommandanten fest. Der war ziemlich bedrückt. Nach unsrer aller Ansicht traf ihn zwar kein Verschulden, aber er würde doch eine Zigarre vom Sperrkommandanten bekommen, denn er war kein Redner und verstand es nicht, sein Recht und unsere Rechte zu verteidigen.

Unsere arme »Blexen« als kleinstes Schiffchen mit seinem guten, anständigen Kommandanten wurde immer als Mädchen für alles und für alle ausgenutzt. Wir wurden bei hoher Dünung von Boot zu Boot geschickt, mußten dann auf einem verankerten Scheibenfloß die Leinwand reparieren, und als wir das, mit nackten Füßen auf dem nassen Holz hin und her glitschend, mühselig erledigt hatten, geriet hinterher das Floß in unsere Schiffsschraube und wurde in Splitter und Fetzen zermahlen. Und der Steuermann holte sich auf »Glückauf« seine »dicke Zigarre«, und wir wurden – es war ein freier Sonntag – mit Zimmerleuten nach Wilhelmshaven gesandt, um ein neues Floß dort herzustellen. Zwar halfen wir uns, indem wir im Hafen ein fertiges, nagelneues, irgendwo angeschlossenes Floß mit List und Kraft stahlen, und um die Zeit der Selbstherstellung vorzutäuschen, durften wir nun sogar noch drei Stunden an Land gehen.

Bei jedem Tod- und Teufelwetter schickte der Sperrkommandant unsere Nußschale herum, daß sogar die Lotsen manchmal den Kopf schüttelten. Wir mußten alle losen Dinge festbinden, Bö über Bö, Brecher über Brecher drangen auf uns ein, bis unsere derben Hände von der Nässe waschfrauenweich wurden und unsere Bärte mit einer Salzschicht bedeckt waren. Schon hatte der Sturm unsere Kriegsflagge und unsere Mützenbänder um ein Drittel ausgefranst. Dem Sperrkommandanten bereitete es eine offensichtliche Freude, Herrn Kaiser besonders schwierige Aufträge zu geben, denen »Blexen« eigentlich nicht gewachsen war. Er sträubte sich auch zähe dagegen, unser Schiff in die Werft zu entlassen, obwohl ihm gemeldet war, daß sich eine Stahlleine in dessen Schraube verwickelt hatte.

Es gab Strapazen, Verwickelungen, Enttäuschungen, Entbehrungen, Überraschungen, Freuden und Genüsse in Duodez. Dafür, daß uns alle möglichen Aufträge schikanös aufgehalst wurden, entschädigten wir Mannschaften uns wenigstens insofern, als wir gelegentlich das eine oder andere nützliche für uns stahlen, eine Leberwurst aus einer Massenproviantsendung oder ein gut verwendbares Brett oder einen Topf Farbe.

Es zog schauderhaft im Unteroffiziersraum; durch einen Ventilator blies mir der Wind nachts gerade auf die Schulter. Ich bekam Rheuma und Zahnschmerzen.

Eine Serie Taschentücher ward mir weggeweht, und daß Dichten nicht zum Hosenflicken paßt, merkte ich zu spät, nachdem ich meine Hose versehentlich nach außen gesäumt hatte.

Wenn ich von Zeit zu Zeit endlich wieder einmal an Land kam, fühlte ich mich einsam. Da war kein Mädchen, kein Freund, kein einigermaßen gütiger Mensch zu finden, kein Theater, kein Konzert, und ich freute mich beinahe dann, wieder in das enge Einfamilienhaus »Blexen« und in Regen, Sturm, Nässe, Kälte hinauszukommen.

Schöne Nacht. Der Komet stand noch immer am Himmel. Am Horizont stiegen weiße, rote und grüne Raketen auf. An Backbord auf dem Eisendeck dröhnten Eichmüllers schlapsige Tritte, und an Steuerbord hörte man einen Heizer den Koch anlügen. Ich betrachtete im Ruderhaus ein brennendes Restchen Kerze; die oberste Stearinfläche mit ihren weißen Stalakmiten und Vertiefungen glich einer Polarlandschaft in Miniatur.

Wir brachten die stolze Botschaft von Land, daß U 9 drei englische Panzerkreuzer in Grund gebohrt hätte. Und am nächsten Mittag fuhr U 9 an uns vorüber. Der Kommandant von »Seeadler« ließ seine und unsere Mannschaften antreten, und wir brachten dem siegreichen Unterseeboot drei Hurras aus, die von drüben erwidert wurden. Auch die großen Schiffe empfingen das U-Boot mit Hurras und mit Musik, und wir sahen durch die Ferngläser, wie Admiral Lanz in einer Pinasse vom Flaggschiff nach U 9 fuhr und jedem Mann die Hand drückte. Ich pfropfte mir dabei das Maul mit Quarkkuchen voll, den ich in einem Liebespaket vorgefunden hatte. Aber er schmeckte mir nicht, ich war ganz krank vor Neid. Auch Lektüre hatte ich erhalten, so die Seeschlacht bei Tsuschima, ferner »Jena oder Sedan«, ein Buch, gegen das ich voreingenommen war und das ich vorläufig einmal mit Steuermann Kaiser gegen ein Buch über den Kronprinzen eintauschte.

Der Obermaschinistenmaat erzählte eine wahre Geschichte aus seinem Vaterhause. Er hatte ein gefülltes Waschbecken in die Klosettöffnung gesetzt, das dort genau hineinpaßte, damit sich sein Bruder in der Dunkelheit hineinplazieren sollte. Und dann hatte sich aber statt des Bruders die alte Mutter des Obermaschinistenmaates in die Nässe vertieft.

Jessens Lieblingsbeschäftigung war das Deckwaschen. Wir packten ihm heimlich den Wasserschlauch in sein Bett.

Ich ging beim Mondschein sechs Kilometer weit spazieren, das heißt: hin und her auf dem schwankenden Deck, was ich infolge meiner krummen Beine vorzüglich konnte. Die Wolken bildeten eine Laokoon-Gruppe. – »Sieh mal, Jessen, diese Kerls mit Riesenschlangen. Und gestern der große Regenbogen am Himmel wie ein Tor. Kannst du dir vorstellen, daß durch dieses Tor die Kriegsgefallenen ziehen nach dem Kometen oder nach dem Monde?«

»Nee.« Jessen grinste.

»Jessen, siehst du gar nicht, wie verschieden und immer schön die Meereslandschaften sind, die uns stündlich umgeben? Oder die Möwen, die so vornehm fremd kreisen, sich plötzlich mit stillen Flügeln vom Winde weit abtragen lassen oder bis dicht über die Wasserfläche abstürzen; um im letzten Moment schon wieder aufflatternd, einen Bissen aus den Wellen zu erhaschen? Diese Möwen, die auf dem Wasser schaukelnd, von der Sonne beleuchtet, wie Lichter strahlen?«

»Das ist sehr schön«, sagte Jessen und griff nach dem Wasserschlauch, »aber ein Schnaps wäre mir jetzt lieber.«

»Mir auch«, gestand ich.

Der Dienstmannmatrose riet mir, doch einmal etwas auf Weddigen zu dichten, und als ich nach kurzer Zeit aufsagte:

Hört, was ich Frohes singe:
Juchhei!
Der Kapitänleutnant Weddigen
Schien gar nicht mehr zu sättigen,
Sprach: Aller guten Dinge
Sind drei.

Da gewann ich sehr an Respekt und mußte das allen aufschreiben.

Im Kettenbunker, wo auch der eiserne Bestand an Proviant lag, war eine Ratte beobachtet worden. Wir pumpten den ganzen Raum voll Wasser, und da mußte das arme Vieh schließlich heraus und wurde unter wildem Gejohle jämmerlich erschlagen.

Die Löhnung war ausbezahlt worden. Der lustige Heizer Tünnes zeterte laut, weil er das Geld hier auf See nicht an den Mann bringen könnte. Auf Befehl wurde eine Kollekte zugunsten des Roten Kreuzes veranstaltet.

Auf dem Lokus wurde ich, als ich Hindenburgs neueste Siege las, hinterrücks von einer Woge besiegt. Zum Abendessen blieben die versprochenen Kartoffelpuffer aus, weil das Wasser einen halben Meter hoch in der Küche stand und zweimal das Feuer ausgelöscht hatte. Die Lotsenflagge war in der Takelage verwickelt. Eichmüller kletterte empor. Das Stag brach. Eichmüller stürzte herab, blieb aber unverletzt. Er kletterte nun auf die Brüstung des Signalstandes. Das Schiff legte sich über. Eichmüller wäre in die Binsen gegangen, wenn ich ihn nicht noch glücklich aufgefangen hätte. Ich rief dem Signalgast zu, er sollte am Mast hochklettern, aber er weigerte sich feig. Da enterte ich selber hoch und klarierte die Flagge. Der Steuermann hatte den Vorfall bemerkt und schalt auf den Signalgast: »Wie können Sie sich weigern! Wissen Sie nicht, wie Achtungsverletzung im Kriege bestraft wird? Und schämen Sie sich nicht, als Seemann so bange zu sein, daß ein alter Bootsmaat Ihnen was vormachen muß?«

Ich hatte ein früher einmal von mir verfaßtes Novellenbuch besorgt und es dem Kommandanten geschenkt. Nun ärgerte ich mich, weil ich das aus Eitelkeit getan hatte.

Das nächste Mal an Land begegnete ich unserem Heizer Tünnes und dem Koch. Letzterer war im Unterhemd, das Oberhemd hatte er verkauft. Die beiden sangen mitten auf der belebten Straße laut und betrunken »Der Papst lebt herrlich in der Welt«. Sie grüßten aber militärisch korrekt, und als ich ihnen zulächelte, kam Tünnes auf mich zu und verehrte mir seinen rheinisch-blonden Voll- und Schnurrbart, den er sich soeben hatte abnehmen lassen und eigentlich seiner Braut senden wollte. Ich lud eine Dame in ein Café ein, bekam aber den typisch Wilhelmshavener Korb. »Ich mit einem Kuli?« Als ich mit Wurstpaketen und mit der Nachricht, Antwerpen sei gefallen, wieder an der Nassau-Brücke eintraf, war mein Schiff weg. Vom andern Ufer rief mir jemand zu: »Blexen« sollte außer Dienst stellen und sei deshalb in die Werft eingelaufen. Wir bekämen ein neues Schiff. Neu war immer erfreulich.

Auf tausend Irrwegen, mit tausend Fragen, über tausend Büros, Beamte und Arbeiter entdeckte ich endlich in einem

Mastenwald »Blexen« neben einem großen Seeschlepper »Vulkan«. Diesen Seeschlepper sollten wir übernehmen. Meine Kameraden waren bereits eifrig im Gange, das Inventar und unsere Privatsachen hinüberzubringen. »Vulkans« Zivilbesatzung wurde mit Fragen bestürmt. Wie läuft das Schiff? Leckt es in den Kojen? Habt ihr Wanzen an Bord? Es war ja für uns eine bedeutungsvolle Sache, ein Schiff aufzugeben und ein neues zu beziehen. Wo werde ich schlafen, frug jeder, und jeder sah sich das Material und die Räumlichkeit für seine Sonderbestimmung an. Hier war natürlich alles besser. Hier waren drei Zylinder in der Maschine. Hier war eine Kommandobrücke und oben eine Lotsenkajüte und achtern ein großer Salon mit plüschgepolsterten Bänken, das würde unser Unteroffiziersraum werden. Daneben eine bequeme Kabine für den Steuermann, eine Pantry für den Koch, zwei Klosetts, davon eins für Munition und Segeltuch, und für mich eine Lampenkammer. Unter Deck gab es einen Raum für Trossen und schweres Takelwerk; es war sogar ein Rettungsboot vorhanden. Ja, mit diesem Schlepper würden wir getrost um Kap Horn fahren. Jeder von uns fühlte sich in ein Paradies versetzt. Wir Unteroffiziere feierten das nachts in einer Spelunke, um eine gemeinsame Braut herum, Anni, die Vulkangöttin genannt.

So ideal, wie wir die Platzverteilung uns ausgemalt hatten, kam es nun aber nicht. Es gab Enttäuschungen und Brummen und Murren, obwohl wir eigentlich Ursache hatten, recht dankbar zu sein. Ich kam mit Jessen in eine Kabine, die etwa vier Quadratmeter maß. Er, als Älterer, bekam die richtige Koje; ich schlief auf einer kurzen Plüschbank, und meine darüber hinausragenden Beine mußte ich in eine Art offenen Kasten stecken. Dafür wurde ich durch ein Kommodenfach entschädigt. Wenn ich das Kommodenfach herausziehen wollte, mußte Jessen erst an Deck gehen. Wenn Jessen ins Bett kroch, mußte ich mich ganz platt an die Wand drücken. Beim ersten großen Reinigen gab es beglückende Funde, absichtlich oder versehentlich zurückgelassene Gegenstände in Winkeln und Spinden; Teller, Löffel, ein Kalender, ein Kleiderbügel, ein Kamm. Das war wie im Märchenland. Besonders Flaschen wurden geradezu erregt hervorgezogen, dann unter allgemeiner Spannung berochen. Gilka stand darauf. Und Leinöl war darin. Der Heizer Tünnes trank alle Flaschen ungeprüft aus. Ich hatte das Glück, Rizinus-Öl zu erwischen, damit wollte ich meine Seestiefel weich machen.

Neben uns, leer, zerschrammt, zerschunden und verbeult, lag unsere »Blexen«. Sie sollte nach einer Emdener Minensuch-Division gehen, aber der Oberleutnant, der sie dorthin bringen sollte, weigerte sich, das gebrechliche Fahrzeug zu übernehmen. Wir hatten Leute unter uns, die schon in Zivil und als Schiffer solche Fahrzeuge wie »Blexen« und »Vulkan« gefahren hatten. So konnten wir ungefähr berechnen, welche Unsummen das Chartern, Indienststellen und Außerdienststellen den Staat kosten würde, und welche Verwirrungen zu Friedensschluß bei Zurückgabe der Boote entstehen mußten.

Jessen hatte Geburtstag. Ich weckte verabredetermaßen die Matrosen, und wir brachten ihm, den Wasserschlauch in der Hand, eine Ovation.

Noch ein letztes Mal sahen wir »Blexen«, von fremden Matrosen hinausbugsiert. Ich stellte traurige Betrachtungen an, und dabei ward mir etwas anderes klar, nämlich, daß sich alle Schiffe und alle echten Seeleute entzaubern, bevor sie in ihren Hafen zurückkehren.

Der Obermaschinistenmaat war an Land gegangen, um sich von der »Vulkan«-Braut zu verabschieden. Außerdem besorgte er unsere Post. Für mich war eine Bierkarte mit Unterschrift von Max Halbe, und Süßigkeiten vom Pazifisten Quidde dabei, ferner eine neue Pfeife, die ich Apollo benamste.

»Vulkan« lief aus, lief zirka zwölf Seemeilen. Eine allgemeine Nervosität lag auf uns. Jeder war jemandem böse, ich dem Kommandanten, der mich, als er das merkte, zu einem Schnaps einlud.

So ging's, so geht's. Bald waren wir auf dem großen »Vulkan« unzufriedener als auf der kleinen »Blexen«.

Es schien, als wäre der Kommandant ein anderer geworden. Er aß nicht mehr mit uns gemeinsam, sondern in seinem Salon, hatte sich ein eigenes Klosett reserviert, was uns sehr beleidigte, und schlug auf einmal einen strengeren Befehlston an.

Als wir uns von den Dukdalben an der Mole die Pfahlmuscheln absammelten, die ein gutes Gericht mit Zwiebelsoße gaben, kam ich mit einem Heizer ins Gespräch. »Böttger heißen Sie?« fragte ich, »leben Ihre Eltern in Kurland?«

»Ja«, antwortete er, »woher kennen Sie die?«

»Ich saß einmal vor mehreren Jahren in Riga in einem Eisenbahnzug zwischen lauter Russen. Neben mir ließ sich schweigend ein älteres Ehepaar nieder. Das war in der Nacht vom Dezember auf Januar. Ich wußte, daß der Zug Punkt zwölf Uhr abfahren mußte. Das war, nach deutscher Zeit gerechnet, die Silvesterstunde. Als nun die Bahn sich in Bewegung setzte, da hätte ich aus einem Gefühl von Einsamkeit und Heimweh heraus so gern laut ›Prost Neujahr‹ gerufen. In diesem Moment küßte der schweigsame Herr die schweigsame Dame und sagte leise und innig: ›Gutes neues Jahr!‹ Da wurde ich mit ihnen bekannt und habe sie oft später besucht.«

Einmal weckte mich der Koch mit folgendem Geflüster: »Bootsmaat, Feuer an Bord – –« Wirklich, die Kombüse brannte, aber wir löschten das Feuer rasch. Die See war spiegelglatt, nur als die »Pillau« in voller Fahrt vorüberdampfte, rüttelte uns ihre Bugwelle hoch. Es war so, als hätte ein vorbeirennender Mann uns einen Stoß mit dem Ellenbogen versetzt und dabei gerufen: »Platz da, ihr Faulenzer, ich hab' Wichtiges vor!«

Mutter hatte mir meine Mandoline gesandt. Ich konnte nur wenige Lieder darauf klimpern, jetzt, mit meinen steifen Arbeitsfingern gings noch schlechter. Auch hatte das Instrument einen Sprung bekommen, aber es zierte unsere Kabine, und auf einem der bunten Bänder war von Maulwurf ein Maulwurf eingestickt. Und dann spielte ich, die Matrosen sangen dazu, unser Leiblied »Seemannslos« von Adolf Martell. Wer mochte wohl dieser Martell sein, lebte er noch? Ahnte er, wie populär dieses Lied geworden war?

Erna Krall schrieb mir über ihre Tätigkeit als Krankenschwester; sie beklagte sich über ihre Großmutter, die sie immer schon um zehn Uhr zu Bett schickte. Ach hätte ich doch eine Großmutter, die mich um zehn Uhr zu Bett schickte.

Ins Tagebuch notierte ich mir: Jessen. Sehr eifrig. Bastelt zu jeder Tageszeit an Deck herum und schielt dabei häufig nach der Brücke, ob man's bemerkt. Nach einem Malheur aus dem Wasser gezogen, sah er aus wie ein Seehund, der gleich niesen wird. – – – Obermaat Eibel trägt immer eine Bartbinde und ein schlechtes Gewissen, was er durch gelegentliche Anfälle von Arbeitswut verbergen möchte. »Kann ich Ihnen helfen?« fragte er dann, und wenn man »Ja« antwortet, entfernt er sich eilig.

Maschinistenmaat Witzmann, kleinlicher, pedantischer Spießer, spricht Sächsisch und hat eine Heidenangst davor, daß wir auf das zirka achtzig Meter von uns entfernte Minenfeld geraten könnten. Ich überbringe ihm immer eiligst, was ich von Explosionsunfällen in der Stadt oder vom Lotsen höre. – – – Der hohe Sperrkommandant, Kapitänleutnant Rusch, schlank, ruhig, mit einem ewigen maliziösen Lächeln im Gesicht, ununterbrochen streng. – – – Obermaschinistenmaat Schaffrot, sehr geschickter Techniker, lustig, derb, unvornehm, ungebildet. – – – Matrose Stüben, rothaarig und dick, sieht aus wie ein Riesenschweinchen, ist aber unser bester und zuverlässigster Seemann. – – –

Auch auf »Vulkan« leckten die Kojen und schlossen die Bullaugen schlecht. Ich war Tag und Nacht naß; mir hätten Flossen wachsen können.

Der Kommandant vom Fahrzeug »Rote Sand« war so unbeliebt, daß wir uns laut amüsierten, als sein Boot mit einem Fischdampfer kollidierte und sich dabei den Steuerbordbug eindrückte. Doch kamen bei allen anderen Booten ebenfalls von Zeit zu Zeit mehr oder weniger schlimme Zusammenstöße vor, was jedesmal ein langes Nachspiel von Zank und Verdruß hatte.

Es zirkulierte eine Liste, jeder sollte eintragen, was er an Schuhwerk und Kleidungsstücken notwendig brauchte. Ich schrieb nur hin »Zwei Obermaatenabzeichen« und unterstrich das »Ober«, um den Wink noch deutlicher zu machen.

»Bootsmaat«, brummte Eichmüller nachts auf Wache, »dort ist ein Licht.« Ich folgte seinem Finger und sagte dann: »Nein, das ist Meeresphosphor.« Schweigend gingen wir weiter, jeder auf seiner Seite, mit gleichmäßigen schnellen Schritten und in unförmige Wachmäntel gehüllt. »Eichmüller«, sagte ich nach einer Weile, »hast du die Schüsse gehört?«

»Das ist der Dienstmann«, erklärte Eichmüller gähnend, »der klopft auf den Tisch; die spielen unten Karten.« Darauf wurde ich zum Steuermann gerufen. Der sagte: »Ich habe eine Meldung über Sie gemacht«, und schob mir ein Schriftstück hin. Ich las: »Ich halte den Bootsmaat Hester für geeignet zur Beförderung … K. Kaiser.« Ich dankte militärisch, strahlte Glück und empfing noch eine Zigarette und Befehle. So kam ich wieder an Deck. Es war eine kalte Nacht. Am Mast schlug das Tauwerk, und an die Schiffswand planschte, rauschte und zischte das Wasser. Aber mir war wohl zumut, und in dieser Stimmung redete ich immer aufs neue auf Eichmüller ein, obwohl ich klüger getan hätte, meine Worte an ein Waschfaß oder an ein Dampfrohr zu richten. »Denke dir: Portugal geht nun auch gegen uns. Das wäre ja an sich nicht schlimm, aber es liegen noch etwa 200 deutsche Schiffe in portugiesischen Häfen.« Um zwei Uhr wurde ich abgelöst. Der mürrisch Ablösende kam mit den gotteslästerlichsten Flüchen auf Krieg und Seefahrt an Deck. Ich vergnügter Abgelöster tröstete ihn: »Laß gut sein! Im April singen wir unser altes Reservistenlied

Zum letztenmal hab' ich an Bord geschlafen,
Zum letztenmal die Hängematt gezurrt …«

Dann übergab ich die Instruktionen: »Ruder zehn Steuerbord – der Wind dreht, das Schiff wird gleich schwojen – sechs Uhr Dampf auf – sechs Uhr dreißig Wecken – Anruf Dora – Antwort Richard.«

Nach dreizehn Tagen kam ich wieder an Land und hatte mit dem Obermaat Proviant einzukaufen. Wir fuhren im strömenden Regen mit einem geborgten Schlachterwagen in gestrecktem Galopp. Ich hielt eine Tüte im Arm, die, als sie aufweichte, rohe Eier fallen ließ. Der Obermaat hielt Semmeln auf seinem Schoß, die, je nässer sie wurden, desto größer wurden.

Ein Heizer von »Diomedes« war wahnsinnig geworden. Er hatte sich plötzlich geweigert, in den »tiefen« Heizraum zu gehen, war später in der Werft desertiert und – obwohl der Posten auf ihn geschossen hatte – entkommen.

Wenn wir uns auf See amüsierten, dann geschah es mit Kartenspiel, unanständigen Späßen und Schabernack. Schaffrot hatte mir heimlich Salz in den Tee getan. Ich mischte die Barthaare von Tünnes in seinen Tabak. Einmal versuchte ich einen Vorleseabend zu arrangieren und las leichtverständliche Balladen von Münchhausen vor, aber was nützt der Kuh selbst solches Muskat.

Wir sahen viel Seehunde und Schweinsfische. Zugvögel ruhten sich auf uns Insel aus.

Es kamen Nebeltage. Wir mußten dann häufig Torpedoboote heraus- oder hereinlotsen, und die Nebelglocke klang den ganzen Tag. Meine kupfernen Lampen, früh geputzt, waren abends schon wieder grünspanig, und ich wünschte mir, so viel Butter zu besitzen, wie ich Putzpomade verbrauchte.

Dann ging ich wieder einmal stundenlang in einer dunklen Nacht Wache. Es war ganz still. Nur in der Rudermaschine knackte, brodelte und klapperte es geheimnisvoll. Schaffrot kam aus der Maschine, und wir setzten einen Suppenwürfel unter Dampf, weil wir nicht Kochgelegenheit hatten. Plötzlich hörten wir ein Platschen im Wasser, klang so, wie wenn ein Hund gegen den Strom paddelt. Gemeinsam fischten wir aus dem Wasser einen abgekämpften, grauen Vogel, etwa so groß wie ein Huhn, ohne Schwimmhäute und mit einem langen geraden Schnabel. Im Nu gerieten wir in Streit, wem das Tier nun gehörte, mir oder Schaffrot. Da dieser aber gerade in die Maschine gerufen wurde, schob ich das erstarrte Tier mit dem Fuß unter einen Stoß an Deck aufgestapelter Bretter, um es nach Beendigung meiner Wache mitzunehmen. »Wo ist der Vogel?« schrie der Obermaat zurückkehrend. »Ich hab ihn wieder über Bord geworfen.« – – »Du lügst!« Schaffrot suchte und fand den Vogel und bettete ihn sogleich in seine Koje. Dort erholte er sich innerhalb einer Stunde, war aber derweilen ausgelaufen, so daß Schaffrots Bett durchnäßt war.

Wir wußten alle nicht, was das für ein seltener Vogel war, aber wir tauften ihn Anni in Erinnerung an die »Vulkan«-Braut. Anni wurde in den warmen Maschinenraum gebracht. Dort sprang sie sofort in die Ölbilge. Ein Heizer zog sie heraus und legte die Öltriefende in eine Kiste voll weißer Putzwolle. Diese Kiste verließ sie als Schwan, denn die Putzwolle blieb an dem Öl kleben. Deshalb wurde Anni jetzt mittels Bürste und Seifenwasser abgescheuert, und weil wir Angst hatten, sie möchte wieder in die Bilge fallen, steckten wir sie in eine Rolle Linoleum. Da paßte sie genau hinein, und die Öffnungen vorn und hinten wurden durch Ziegelsteine so versperrt, daß nur der Kopf heraussehen konnte, Versuchsweise stopften wir dann ihr hintereinander Kartoffeln, Leberwurst, Brot und Steckrüben in den Schnabel, was sie aber alles von vorn wiedergab. Abermals freigelassen, jedoch gewissenhaft beaufsichtigt, fand sie dennoch Gelegenheit, in den Kohlenbunker zu entkommen, wo sie, als das Schiff überlegte, verschüttet wurde. Eine Rettungsexpedition grub sie aus. Sie sah sehr schwarz und traurig aus und siechte dahin. Als sie nicht mehr auf den Beinen stehen konnte, warfen wir sie mitleidig ins Feuerloch in die lodernden Flammen.

Wir hatten Anni geliebt, und sie war uns eine sehr angenehme Abwechslung in der Monotonie da draußen gewesen. Diese Monotonie mußte Menschen, die wie wir so dicht und primitiv zusammenhausten, verderben. Wir wurden untereinander und zu Untergebenen von Tag zu Tag reizbarer und gehässiger. Man schikanierte von oben bis unten, und das lief wieder zurück wie der Schlag ans Hängetau.

Seit einiger Zeit war der Kommandant plötzlich sehr kühl zu mir. Ich bekam nicht heraus, weshalb.

Der Leutnant von Raichert kam an Bord. Zu mir! Ich sollte ihm innerhalb von drei Tagen ein Potpourrilied auf den Geburtstag des Kommandanten von Sperrschiff »Franz« dichten. Das Lied sollte von der »Glückauf"-Kapelle gespielt und von den Offizieren gesungen werden. Ich erhielt die entsprechenden Unterlagen. Das Geburtstagskind war ein fünfzigjähriger Leutnant, der älteste Leutnant in der Marine.

Ich konnte Herrn von Raichert das nicht abschlagen,

aber ich war gerade so verbittert über die Öde des Dienstes, über die ungerechte Verteilung der Arbeit und über das kühle Verhalten des Steuermanns mir gegenüber. So saß ich denn abends müde und gallig in meiner Kabine und quälte mich mit dieser albernen Gelegenheitsdichtung ab. Aber meine zersprungenen Hände taten weh, und dann störte mich Jessen, indem er mir andauernd von der Schweinekartoffel »Präsident Krüger« vorschwärmte. Ich floh in die Lampenkammer, aber dort hockte schon Eichmüller, und der erzählte mir, in seiner nuschelnden, verdrossenen Sprechweise, er habe soeben geträumt, daß der Sperrkommandant für ihn Zeugwäsche gemacht habe. Und ob ich auch Wanzen habe, und ob ich wüßte, daß wir morgen zum Impfen müßten. Und ... und ... und

Am nächsten Tag brachte ich das Gedicht doch zustande und lieferte es verabredeterweise an unseren Steuermann ab. Er bot mir eine Zigarre an. Da wagte ich die Frage, ob er eigentlich etwas gegen mich habe. Er antwortete nicht, war aber seitdem wieder freundlich zu mir.

Die Flotte war noch immer draußen. Gegen drei Uhr hörten wir lebhaftes Schießen, aber das konnte ja auch Manöver sein. Dann hieß es, ein Torpedoboot sei bei Schillig – also dort, wo »Glückauf« lag – auf unsere eigenen Minen gelaufen. Wir erhielten Befehl, sofort ein Sanitätsschiff durch die Sperre zu lotsen, konnten dann aber in dem dicken Nebel das Schiff nicht finden. Der Auftrag war ernst, es gab infolge unserer Aufregung ein Durcheinander. Dann kam uns der Befehl, langsam nach Schillig zu dampfen und nach treibenden Minen zu suchen, eventuell solche mit unserer Kanone abzuschießen. Geschütz klar. Wir fuhren los. Außer dem unten Dienst versehenden Personal stand alles an Deck, am Bug, auf der Brücke, einige in den Wanten. Wir spähten mit äußerst gespannten Augen in den Nebel. Dauernd wurde die Glocke geschlagen und in Sekundenabständen die Dampfpfeife gezogen, diese dicht hinter mir, so daß bei jedem ihrer stoßenden Töne irgendwelche Häute in meinem Kopf und in meinem Magen vibrierten.

»Da! – Drei Strich an Backbord!« War das eine Mine? – Nein, es war eine Matratze.

Tut! Tut! Kling! Kling! Kling! Von verschiedenen Seiten her erklang jetzt das Heulen von Torpedobootssirenen.

Da! – Wir fischten eine Korkweste auf. Sie war »Glückauf« gezeichnet. Bald darauf eine zweite, die gehörte zu einem Torpedoboot, vermutlich zu dem, das in die Luft geflogen war. Und nun sichteten wir viele schwimmende Korkwesten und Hängematten und ein Buch und Balken und Matratzen. Und das Wasser war von nun an mit einer Ölschicht bedeckt. Wir suchten diese Gegend ab, holten eine Mütze heraus, die ich an mich nahm, und die die Inschrift »S. M. S. Yorck« trug. »Yorck«? »Yorck« war ein großer Kreuzer. Aber Matrosen trugen manchmal noch ihre früheren oder geliehene Mützenbänder. Bald fischten wir weitere Mützen heraus, auf allen stand »Yorck«. Sollte »Yorck« verunglückt sein, das Schiff, auf das ich einmal kommen sollte und damals zu meinem Schmerz nicht kam.

Wir spähten und lauschten und verloren im Nebel die Orientierung, waren selbst in Minengefahr. Endlich tauchte »Glückauf« aus dem Nebel. Zwei Fahrzeuge und Beiboote lagen an seiner Seite. In einem Peilboot sahen wir Menschen an Deck, die nur mit Unterzeug bekleidet oder in Decken gehüllt waren, Gerettete. Wir fuhren längsseit von »Merkur«, auf dessen Deck es von Geretteten wimmelte. Die erzählten uns, die »Yorck« sei um zehn Uhr mit dem Bug auf eine Mine und unmittelbar danach mit dem Heck auf eine zweite Mine gestoßen, habe sich sofort auf die Seite gelegt und darauf ganz umgedreht, kieloberst. Die Matrosen waren gerade klar zum Ankern gewesen, so war es einem Teil gelungen, gegen die Wendung des Schiffes kletternd, sich auf die Kielfläche zu retten, die aus dem Wasser herausragte.

»Merkur« und »Saturn« hatten eine Menge Lebende, Verwundete und Tote aus dem Wasser gezogen. So war auch der Kommandant gerettet, dem es wohl sehr übel zumut sein mochte, zumal er – so erzählte man mir – schon einmal bei Helgoland ein Torpedoboot in Grund gefahren hatte. Auch der erste Offizier war gerettet. Ich sah ihn mit verbundener Hand an Deck stehen, ein jüngerer Offizier machte ihm die Hosenklappe zu.

Die Besatzung der »Yorck« betrug neunhundert Mann. Davon waren schätzungsweise fünfhundert tot – oder –

Bald sahen wir das Wrack aus dem Nebel tauchen, ein gigantischer roter Walfischrücken, auf dem Leute von »Glückauf« und anderen Fahrzeugen kletterten. Die wollten Sprengstoff anbringen, ein Loch in den Rumpf sprengen, in dessen Innern vielleicht trotz der Gase, der Hitze, der Dämpfe und Brände noch Menschen lebten.

»Glückauf« hatte seine Flagge auf Halbmast gesetzt. Spät abends traf eine Werftbarkasse ein mit ernsten graubärtigen Zivilarbeitern, die sich Korkwesten angelegt hatten, und Bergungsgeräte, Schneidemaschinen usw. mitbrachten. »Vulkan« sollte diese Barkasse nach dem Wrack oder doch möglichst in dessen Nähe bringen. Das war nicht ungefährlich, da unser Boot zirka dreieinhalb Meter Tiefgang hatte. »Klarmachen zum Sterben!« rief Tünnes. Aber einige von uns benahmen sich wirklich sehr furchtsam. Obermaat Eibel hielt sich vorsichtig nur auf dem Hinterdeck auf.

Sämtliche herbeigeeilten Kriegsschiffe richteten ihre Scheinwerfer auf das Wrack, das sich in dieser Beleuchtung seltsam romantisch von der Dunkelheit abhob. Über der Gruppe von Arbeitern und Matrosen, die am Kiel arbeiteten, stand ein Lichtgebilde, das einem Regenbogen ähnelte, und die Boote, die von und nach dem Wrack verkehrten, gerieten bald in tiefste Schatten, bald in grellste Helle. In einem dieser Boote saß ein Admiral, daneben der Kommandant der »Yorck«, ein bleicher, verstörter Mann, der unser aller Mitleid erregte. Ein anderes Boot schaffte einen bewußtlosen Mann weg. Der war nicht etwa aus dem Rumpf herausgeholt, wie wir erst dachten, sondern es war ein Arbeiter, der nur einmal hineingeschaut hatte.

»Vulkan« wurde spät noch ausgeschickt, um ein Unterseeboot anzuhalten und dieses aufzufordern, seine Erkennungssignale zu geben. Der Kommandant des Unterseebootes fluchte nicht schlecht über unsre grünschnablige Nußschale, feuerte aber doch die verlangten bunten Raketen ab. Da wir dann gleich weiter, auf Position fuhren, ergaben sich für mich achtzehn Stunden ununterbrochenen Dienstes. – –

Während ich an Land Proviant holte, fischte »Vulkan« eine Leiche auf, einen alten verheirateten Matrosen. Er hatte eine Korkweste um, konnte also nicht ertrunken sein, sondern war vermutlich in dem kalten Wasser erfroren. Weil er bei der hohen Dünung nicht ins Boot zu bringen war, befestigte man eine Wurfleine an seinen Armen und schleppte ihn so nach »Luci Wrede«. Er lag dabei auf dem Bauch, und durch die Fahrtwelle sträubte sich sein Haar, was sehr gruslig aussah. Auch andere Boote bargen in den nächsten Tagen noch Leichen, die mit Ebbe und Flut hin und her wanderten. Ein einlaufendes Kriegsschiff gab uns den Winkspruch: »Südlich von den Minen treiben Leichen.«

Allerwärts an Land wie an Bord war der »Yorck«-Unfall Tagesgespräch. Ich hörte viele Schilderungen von Einzelheiten. Ein Obermaat suchte einen Mann zu retten, da sackte dieser mit dem Rufe »Jesus Maria, mein armes Weib!« ab. Ein Deckoffizier, den man aus dem Wasser ziehen wollte, rief abwehrend: »Nein, erst meine Kameraden, ich schwimme gut!«

Am meisten wurde natürlich die Frage debattiert: Wer trägt die Schuld an dem Unglück und wer die Verantwortung? Der Kommandant? Der Lotse? Der Erste Offizier?

Am sechsten Oktober stiegen Taucher in das Wrack, konnten aber zunächst nur Munition und einige Gerätschaften bergen. Auch Minensucher waren an der Stelle tätig. Auf »Glückauf« herrschte von Mittag an bis tief in die Nacht wildes Hallo. Dort wurde mit Musik, Gesang und donnernden Reden der Geburtstag des Kommandanten von »Franz« gefeiert. Die lärmende Fröhlichkeit der Offiziere in nächster Nähe des traurigen Wracks, das noch so viele Leichen, vielleicht noch gar abgesperrte Lebende enthielt, erregte unter den Mannschaften tiefe Entrüstung. Ich dachte nicht so schlimm darüber. Ich fand es viel unerträglicher, daß die Mannschaften in Wilhelmshaven spätestens um neun Uhr an Bord oder in der Kaserne sein mußten, während der jüngste Leutnant die ganze Nacht an Land verbringen durfte. Ich hatte kürzlich einen Matrosen beobachtet, der aus Wut über diese Bestimmung auf offener Straße einen Tobsuchtsanfall bekam und wütend gegen seine Kameraden einschlug, die ihn an Bord zu bringen und zu beruhigen suchten. Erst wollte ich mich begütigend einmischen, aber ich ließ das sein, weil er eventuell sonst mir, seinem Vorgesetzten, auch eins versetzt hätte und dafür dann schwer bestraft worden wäre.

»Vulkan« lag Seite an Seite mit »Glückauf«. Ich fing manches auf aus den Festreden, die dort gehalten wurden, übergeistig war es nicht. Leutnant von Raichert rief mich von drüben an Deck, sagte, mein Potpourri hätte großen Anklang gefunden und reichte mir »vorläufig« eine halbe Flasche Sekt über die Reeling. Ich nahm mir vor, dieses kupferberg-goldene Pullchen bis zu einer feierlichen Gelegenheit aufzuheben. Dann überlegte ich mir aber, daß, wenn wir auf eine Mine liefen, sicherlich auch diese Flasche zum Teufel ginge. So leerte ich sie abends mit Jessen, und um der Sache etwas Feierliches beizugeben, trank ich Brüderschaft mit ihm, worauf ich ihn sofort mit pöbelhaften Vorwürfen überschüttete. Weil er so unmanierlich wie eine Drecksau fräße. Wenn das Essen aufgetragen wurde, stürzte er wie ein blinder, gieriger Eber darauf los, stieß mich dabei zum Beispiel mit dem Ellenbogen ins Auge und brummte dann – anstatt sich zu entschuldigen – nur: »Uff! Uff!« Weil er ferner nur ein Taschentuch besäße, darin er Äpfel aufbewahrte. Weil er mich bei jeder Gelegenheit absichtlich mit dem Wasserschlauch anspritzte und sich selber häufig statt mit Wasser und Seife – angeblich der Eile wegen – mit Spucke und Seife wusch.

Schaffrot gesellte sich zu uns. Er erzählte, daß er ein Gesuch um Heimatsurlaub eingereicht habe, seine Frau läge schwer krank im Hospital, und seine Kinder, auch erkrankt, wären bei fremden Leuten untergebracht. Er war sehr traurig darüber, daß er ein kleines Anhängsel verloren hatte, ein billiges Kreuzchen, das ihm seine Mutter auf dem Totenbette gab, mit der Bitte, es immer bei sich zu tragen. »Mehr habe ich von meiner Mutter nicht gehabt«, sagte er rührend. Dann berichtete er aber lustiger von einer Wanze in seiner Koje, der er auf der Spur sei, und die er »Emden« nannte, weil sie ihm immer wieder entkam. Ich hatte eine Gegengeschichte von einer Wanze, die ich kürzlich gefangen hatte, die ich aber, weil es nicht in meiner Kabine war, sondern in Eibels, den ich nicht leiden mochte, dann wieder aussetzte. Zuletzt wurde Schaffrot sehr bezecht, und da gestand er uns, daß seine Frau eigentlich nicht im Krankenhaus, sondern auf Abwegen wäre, und da wollte er sie einmal in flagranti erwischen.

Für kurze Zeit – gestohlen und wieder weggestohlen – hatten wir einen unglaublich unedlen Hund an Bord, der auf den Namen »Bootsmann« hörte. Wir sagten: Er unterscheidet sich von unserem anderen Bootsmann dadurch, daß der eine das Deck rein und der andere es voll macht.

Immer mehr geriet ich in den Ruf eines großen Medizinmannes, obwohl ich alles nur mit Baldrian und Borsalbe heilte, davon ich reichliche Vorräte besaß.

Als wir wieder einmal zu Ausbesserungsarbeiten in der Werft lagen, besuchte ich den hölzernen Intendanturrat Bruhn. Er sollte mir zu einem Posten auf einem größeren Schiff verhelfen. Auch wurde ich in verschiedenen Büros vorstellig; ich meldete mich zu den Fliegern, auf ein Unterseeboot und nach Flandern. Überall wurde ich mit leeren Worten abgespeist. Ich sah in dieser Beziehung gar keinen Weg mehr. Auf unseren Kommandanten konnte ich nicht zählen, er hatte weder Einfluß noch Energie dafür. Der Sperrkommandant würde mich sicher schroff abweisen. Eine höhere Instanz kannte ich nicht und hätte mich auch nicht direkt an sie wenden dürfen.

Von meiner Beförderung war auch nicht mehr die Rede. Sollte der Steuermann seinen Antrag zurückgezogen haben? Er war in letzter Zeit sehr verstimmt gewesen und hatte bald mit diesem, bald mit jenem von uns Auftritte gehabt, am meisten mit dem Maschinenpersonal. Dabei war er häufig durchaus ungerecht vorgegangen. Schaffrot hatte ihm einmal in berechtigtem Zorn sehr mutig geantwortet, nur war er dabei leider aus der militärischen Form geraten. Herr Kaiser war offenbar nervös geworden. Einerseits stand er dicht vor seiner Beförderung zum Leutnant, andererseits hatte er unglücklicherweise gerade jetzt mehrmals hintereinander Zusammenstöße mit anderen Schiffen verschuldet.

Schöne dunkle Nächte erlebte ich auf Wache. Das Filzlausgeschwader fuhr vorbei, wechselte unterwegs seine Formation, aber man sah nicht etwa die einzelnen Boote, sondern nur ihre roten, grünen und weißen Lichter, die sich wie im Reigen verschlangen. Zwei Zeppeline gingen durch die Wolken. Und unheimliche Nächte gab's mit sonderbaren Geräuschen an der Ankerkette oder im Tauwerk, mit gespenstischen Schatten und fahlen Lichtstreifen. Und da mußten wir ein Bremer Schleppschiff anhalten. Der Lotse ging mit drei bewaffneten Matrosen hinüber, um es zu untersuchen.

Laut Bericht der Leipziger Neuesten Nachrichten brachte die Armeelinie von der Nordsee bis an die Grenze der Schweiz am sechsten November ein Hoch auf die Marine aus.

Mutter fragte an, ob wir einen Bedürftigen an Bord hätten, der keine Liebesgaben erhielte und dem sie dann eine Weihnachtsüberraschung bereiten wollte. Ich überdachte unsere fünfzehn Mann Besatzung, fand aber keinen darunter, der dessen bedürftig und dessen wert gewesen wäre, nicht mal einen, der das überhaupt verstanden hätte.

Es wurde kalt und kälter. Der erste Schnee fiel. Ich fror, besonders beim Ankerhieven und wenn ich mit nassem Tauwerk oder den steifen, obendrein splitterigen Stahlleinen zu tun hatte, bös an den Händen, und diese wurden dann so starr, daß ich bei Sonnenuntergang beim Anzünden der Lampen oft Zylinder zerbrach. Jessen hatte Frostbeulen an den Füßen, so daß er nicht mehr in die Seestiefel hineinkam.

Das Wrack der »Yorck« war durch Sprengungen und durch Sturm und Brandung ganz zerrissen. Es ragten nur noch einzelne zackige Teile aus dem Wasser.

Ob wir uns untereinander zankten oder mitsammen scherzten, jeder hatte doch die anderen satt. Jeder sehnte sich nach etwas Fernem, nach Weib und Kind oder nach Freiheit, nach seinem Zivilberuf, nach Mädchen oder Freunden oder nach Ruhm und Abenteuern. Nun hofften wir, daß bald Treibeis käme, dann mußte die Minensperre doch aufgehoben werden. Das Aufstehen fiel einem schwer, man seufzte in sich hinein. Man wurde unter soviel Ungerechtigkeiten selber ungerecht. Jessen wurden fünf Tage Urlaub bewilligt. »Ja, die Verheirateten werden immer bevorzugt«, sagten die Ledigen. Jessens Frau bezog monatlich fünfzig Mark staatliche Unterstützung, obwohl er doch ein sehr reicher Bauer war. Er fand das selbst ungerecht, »aber«, meinte er, »andere bekommen es ebenso ungerechterweise, warum soll ich es dann nicht mitnehmen.« Über die Verteilung des Eisernen Kreuzes kreisten zahllose gehässige, oft auch witzige Anekdoten. Und während die Mannschaften darbten und im Stumpfsinn vertierten, hatten es die Offiziere – – nun ja, sie hatten es besser. Es gelangten allgemeine Liebesgabenpakete, besonders von den Hansestädten, an die Marine, manchmal auch an unsere Division, bis nach »Glückauf«. Wir kleineren Boote bekamen nichts davon ab. Es kam der Schützengrabentrost auf. Wenn einer von uns sich über irgend etwas beklagte, dann ward ihm erwidert: »Was sollen erst die sagen, die jetzt in den Schützengräben liegen!« Vielleicht hatten die im Schützengraben einen ähnlichen Trost.

Petroleum, Lebensmittel, alles wurde teurer und teurer und immer rarer. Die Liebespakete enthielten schon grauenhafte Ersatzangelegenheiten, zum Beispiel Grog-Kapseln, in heißem Wasser aufzulösen. Wenn wir Routineboot waren, wurde ich meist mit zum Proviantbesorgen abgeteilt. Die schmutzigen Säcke und fettigen Waren verdarben meine Uniform, aber ich genoß dann ein bißchen Freiheit, und es geschah dann immer etwas, was sich um ein weniges von dem Tagesverlauf an Bord unterschied. Zwei Matrosenartilleristen luden mich zum Bier ein. Sie hatten bei Krupp neue Geschütze eingeschossen; die Geschosse – fünfzehn Zentner schwer – sollten achtundvierzig Kilometer weit tragen, also ein gutes Stück weit über den Kanal ins Englische. Ich sprach mit Arbeitern, die zitronengelb aussahen, weil sie in Schießbaumwolle arbeiteten. Oder ich sah, wie Mädchen aussahen, die angezogen und ohne einen zu beachten, vorübergehen. Als ich ein Schaufenster betrachtete, um Weihnachtseinkäufe zu machen, sprach mich Herr von Raichert an, zog mich in einen Tabakladen und kaufte mir eine Kiste Zigarren. Ich gratulierte ihm zur Beförderung zum Oberleutnant. Dann fuhren wir durch Sturm und Hagel mit dem Schlachterwagen, den uns der Metzger nur ungern überließ. Denn jeder von uns war betrunken, und jeder wollte kutschieren und keiner konnte es, und der Gaul hatte eine Abscheu gegen die Hafengegend. Tünnes fiel plötzlich rückwärts vom Bock in den Wagen und blieb steif in Fleisch, Zucker, Heringen und Butter liegen. Weil »Vulkan« schon ausgelaufen war, benutzten wir »Saturn« zur Rückfahrt, mußten allerdings frierend an Deck stehen, weil die unteren Räume gerade gegen Wanzen ausgeschwefelt wurden. In der Kombüse saß ein Matrose, der wunderschön und künstlerisch variiert pfiff. Auf »Vulkan« stärkte ich mich an Kartoffelpuffern, die der Hund schon abgeleckt hatte, denn wir hatten wieder einen Hund gestohlen. Der wohnte in meiner Koje. Er durfte sich mir gegenüber alles erlauben, mir über Bauch und Gesicht spazieren und dabei Flöhe ansetzen, die roten Pantoffeln zernagen und in meinen Eßnapf niesen. Natürlich hatte er auf dem kalten Eisenschiff Rheumatismus bekommen, wir ächzten nachts um die Wette. Müde saß ich mit ihm in meiner kleinen Kabine, wo ich alle vier Wände vom Sitz aus mit der Hand erreichen konnte, und las über die Giftmischerin Timm. Dann kehrten Jessen und Schaffrot vom Urlaub zurück. Der Bootsmann erzählte von großen Niederlagen der Deutschen in Frankreich, er hatte das von dem offenbar sehr deutschfeindlichen Pfarrer seiner Heimat. Schaffrot war bei einem ganz feinen, vornehmen Diner dabeigewesen, wo es bei jedem Gang frische Teller und frische Bestecks gab.

Morgens signalisierte man uns, wir seien abgetrieben. Eibel stürzte aufgeregt an Deck, es wäre bei dem furchtbaren

Sturm ungeheuer aufzupassen! In diesem Augenblick wurde Eibel durch eine hereinbrechende Welle von oben bis unten eingeweicht. Wir lachten uns tot.

Schwere, langgezogene, bleierne Wogen rollten. Bei der Übergabe von Proviant an »Luci Wrede« plumpsten Kartoffelsäcke ins Wasser. Futsch! Irgendeinem Tier oder einer Pflanze kamen sie doch wohl noch zugute. Es ist eigentlich gar nicht möglich, Speisen als solche aus der Welt zu schaffen. Als wir aber »Glückauf« Postsäcke hinüberjonglierten und dabei ein Privatbrief über Bord fiel, befahl der Sperrkommandant trotz des hohen Seeganges sofort ein Boot zu Wasser zu lassen. Stuben, Eichmüller und ich sprangen in unser Rettungsboot, das sofort vom Sturm weit abgesetzt wurde. Als wir über das Minenfeld trieben, stießen wir aus Spaß mit den Riemen ins Wasser. Nach dem Brief aber sahen wir uns nicht lange um. Der war selbstverständlich in dem gischtschäumigen Wasserchaos nicht zu finden. Nur mit Mühe pullten wir uns nach »Glückauf« zurück. Aber der Sperrkommandant hatte mir diesmal gefallen. Wir ankerten. Ich zog auf Wache, peilte Voslapfeuer West zum Norden und entdeckte dabei unsere alte »Blexen«, die zwei Scheibenflöße vorbeischleppte. Dann leistete mir der Kommandant auffällig freundlich Gesellschaft, ich sah ihm an, daß er die ganze Nacht über gekotzt hatte. Es sei eine Meldung wegen der stibitzten Kartoffeln gekommen, sagte er und erteilte mir Ratschläge, wie ich die Sache vertuschen möchte. Dann verließ er mich und ich hörte ihn unten noch zu Jessen sagen: »Jessen, ich gratuliere Ihnen, Sie sind zum Obermaaten befördert.«

Also der war befördert! Ich nicht. Warum nicht ich, der ich genau so eifrig wie Jessen meinen Dienst versehen hatte und dabei bei weitem militärischer war als er. Hatte der Sperrkommandant meine Beförderung abgelehnt? Oder hatte Herr Kaiser sie gar nicht beantragt? Warum deutete man mir auch gar nichts darüber an? Ein dumpfer Groll bemächtigte sich meiner; ich verbohrte mich in feindselige Träume. Jessen selbst benahm sich ebenso taktvoll wie herzlich zu mir. Ich schenkte ihm meine Obermaatenabzeichen, die er sich schmunzelnd auf die Ärmel nähte. Am nächsten Tag übergab ich dem Steuermann ein Gesuch zur Befürwortung und Weitergabe an den Sperrkommandanten. Es war vorschriftsmäßig und im üblichen Tone abgefaßt und lautete wörtlich so:

Ich bitte an den Kämpfen im Westen teilnehmen zu dürfen.

Gründe: Ich glaube dem Vaterlande am besten im Gefecht dienen zu können und besonders dafür geeignet zu sein, auch spreche ich verschiedene Sprachen und bin ledig und kampfbegeistert.

Ich war entschlossen, dieses Gesuch nötigenfalls bis zur höchsten Instanz durchzusetzen. Herr Kaiser schickte mich zum Kommandanten von »Glückauf«, der schickte mich zum Durchfahrtskommandanten und so ging es weiter, und alle schimpften und nannten mein Gesuch aussichtslos. Aber ich ließ es laufen.

Einmal kam Herr Kaiser und erzählte mir von seiner Zivilstellung als vierter Steuermann auf dem Passagierdampfer »Imperator«. Damals hatte er ein monatliches Gehalt von 200 Mark, jetzt bezog er das Doppelte. Mir war es gar nicht recht, daß er mich auf Wache besuchte und mir stundenlang Privates erzählte, denn erstens würde er das später wieder bereuen und zweitens fror ich sehr, weil er im Redeeifer immer so lange an einer Stelle stehen blieb.

Stüben war über Urlaub geblieben. Anstatt ihn streng zu bestrafen, wurde dafür den anderen, die nun daran waren, für lange Zeit der Urlaub gestrichen.

Gewisse Fahrzeuge begannen die Minen zu lichten. Man entschärfte diese und brachte sie ins Depot. Sie waren über und über mit Muscheln bewachsen.

Endlich kam mein Gesuch zurück. Der Sperrkommandant hatte es nicht weitergegeben, sondern mit Bleistift darauf vermerkt: »Das hat wohl jeder. Abkommandierung ausgeschlossen, jeder tut dort Dienst, wo er hingestellt wird.« Außerdem ließ er mir durch den Steuermann sagen, ich sollte ihm nie wieder mit so albernen Sachen kommen.

Ich mied meine Kameraden. Ich wusch meine blaue Uniform mit Panamaspänen, und über mein Unglück tief nachsinnend, mochte ich wohl ein arg verdrossenes Gesicht ziehen. Denn Tünnes, der unter allgemeinem Gelächter splitternackt, kohlschwarz und mit einem umgehängten Küchenbeil an Deck erschien, sagte in kölnischem Dialekt: »Herr Bootsmaat sehen heute aus wie eine saure Gurke.«

Ich hatte keinen Sinn mehr für Scherze. Ich hörte auch auf keine Trostworte mehr, wurde gegen alle Welt verbittert und verbissen, und was den Steuermann betraf, so schmollte ich. Es kam zu einer langen Auseinandersetzung. Nachdem Herr Kaiser mir sagte, ich könnte ohne Furcht und unmilitärisch reden, kam ich bald in Feuer. Ich schilderte, daß ich mir wie ein Verbrecher vorkäme. Ich sei mit tiefer Begeisterung in den Krieg gezogen. Ich habe die unwürdigsten Arbeiten, die kalte, viel zu kurze Koje und andere Beschwerlichkeiten ohne Murren ertragen und meinen Dienst eifrig versehen. Ich sei nicht befördert worden, obwohl ich doch eine Gehaltserhöhung besser gebrauchen könnte als mancher andere. Man hielte mich hier gefangen, ohne Urlaub; ich hätte nie Gelegenheit, einmal mit einem gebildeten Menschen zu sprechen. Für all das könnte ich doch wenigstens die Erlaubnis erwarten, ins Gefecht geschickt zu werden, zumal so viele alte Leute ins Feld müßten, die Frau und Kinder hätten und gern zurückblieben. Hier an Bord sei kein einziger, der sich in den Kampf wünschte, im Gegenteil freuten sich alle, wenn sie möglichst weit vom Schuß wären. Ich führte an, was Schaffrot und Jessen auf der Bahn von den Verwundeten gehört hatten, die durchaus nicht Lust zum Weiterkämpfen äußerten.

»Ich weiß«, sagte ich, »daß es schwer ist, mit einem Gesuch durchzudringen, das der Sperrkommandant verwirft, beziehungsweise mit einem feindlichen Vermerk weitergibt. Aber ich werde nicht nachgeben. Ich werde weitergehen bis zum Kaiser. Die oberste Heeresverwaltung kann nicht wollen, daß den eifrigsten Soldaten, begeisterten, kampffähigen Menschen ein Dienst aufgezwungen wird, der sie in das Gegenteil verwandeln muß. Und ich werde von Bord kommen, auch wenn der Kaiser es nicht bewilligt. Ich kann in Arrest gehen oder über Bord springen oder sonst was tun.«

Der Kommandant, dem eine solche ausführliche Darstellung wohl etwas Neues war, machte ziemlich konfuse Einwendungen und suchte mich mit allgemeinen Worten zu beschwichtigen. Der Sperrkommandant sei ja im Grunde eigentlich ganz anderer Meinung. Unser Dienst sei hier trotz seiner Unansehnlichkeit viel aufreibender, verantwortungsvoller und gefährlicher, als ich mir das dächte.

Als wir uns mittags etwas aufs Ohr gehauen hatten, erfolgte eine tolle Detonation. Wir stürzten alle an Deck in der Meinung, auf eine Mine gelaufen zu sein. Aber es war nur in der Nähe eine Mine abgeschossen worden, und wir hatten unten die Schallwirkung unter Wasser besonders stark empfunden.

Draußen schien wieder dicke Luft zu sein. Torpedoflottillen liefen mit äußerster Kraft aus, ebenso »Pelikan«, der Minen an Deck bereitgestellt hatte.

Ich rauchte viel und nahm vierundzwanzig Stunden lang keine Nahrung zu mir, um recht blaß auszusehen; dann meldete ich mich beim Stabsarzt krank. Teils lügend, teils wahrheitsgemäß erzählte ich von Schwindelanfällen, krampfartigen Magenschmerzen und Flimmern vor den Augen. Der Stabsarzt war ein stiller, sympathischer Herr. Ich weiß nicht, wie es kam, daß ich, während er mich untersuchte, ihm plötzlich zuflüsterte: »Ich habe so viel Kummer.« Er wiederholte diese Worte leise und wie gerührt, was wiederum mich rührte. Aber er ordnete nicht an, daß ich von Bord in die Kaserne käme, wie ich erstrebt hatte, sondern verschrieb mir nur eine Medizin.

Der Dienstmann fragte mich nachts nach dem Namen eines Sternbildes, das gerade über uns stand. Das Kreuz des Südens, log ich aus meiner Verlegenheit heraus, und weil Herr Binneweis – so hieß der Dienstmann – mir glaubte, so bezeichnete ich ihm weitere Gestirne mit glatt erfundenen Namen wie Plinius, Trinius, Merovinka.

Die »Hamburg« lief angeschossen ein.

Ich schrieb heimlich ein vier Folioseiten langes Gesuch an den Festungskommandanten von Wilhelmshaven. Das gab ich an Land bei seinem Feldwebel ab. Der sagte: »Nun, da wird Ihnen der hohe Herr wohl aufs Dach hageln.« Bei meiner Rückkehr wehte auf »Vulkan« der Offizierswimpel. Herr Kaiser war befördert. Ich gratulierte ihm.

Das erste Weihnachtspaket traf ein, von meinem Bruder Wolfgang. Die Punschessenz tranken wir unverdünnt aus. Bald folgten weitere Pakete von allen Seiten. Mehrere Tabakpfeifen, davon nannte ich die erste nach meiner Stimmung »Groll«. Zwei geschmückte Tannenbäumchen, Rollschinken, Pulswärmer, Pulswärmer, Pulswärmer, Äpfel, Nüsse, Zigaretten, Bonbons. Wir wußten in unserer engen Kabine nicht, wo wir die vielen Sachen und Kisten und Schachteln unterbringen sollten. Ich sandte einen Teil der Gaben an meine Freunde und Bekannten weiter, wobei ich einmal versehentlich jemandem sein eigenes Geschenk zurückschenkte. Auch verkaufte ich einiges an Bord, weil ich Geld benötigte. Für Eichhörnchen erstand ich einen schönen, präparierten Möwenbalg und legte ein Gedicht dazu.

Als ich bei unserem neugebackenen Leutnant saß und die Proviantrechnungen addierte, fragte er plötzlich: »Sie haben wohl nicht viel Freude an dieser Arbeit?«

»Nein, Herr Leutnant!«

Heiliger Abend 1914. Nach dem Abendessen (Schweinskoteletts) löste ich den Matrosen der Brückenwache freiwillig ab, weil ich nicht an der Feier teilnehmen wollte. Wie alle Fahrzeuge, so hatte auch »Vulkan« sein Bäumchen und kleine Geschenke für jedermann. Der Leutnant war wegen der Bescherung etwas in Verlegenheit. Es war etwas knapp bei uns an Äpfeln, Nüssen und Grog, und er wußte nicht recht, ob er von sich aus etwas spendieren sollte, obwohl doch schon seine Beförderung ein Anlaß dazu gewesen wäre. Auch war er nicht der Mann, der eine Rede halten konnte.

Als die anderen achteraus gerufen wurden, feierte ich auf der Brücke allein mit Mond und Sternen. Das Wetter war kalt. Ich hatte meine beste Garnitur angezogen und trug die Brust frei. Und ich dachte innig all derer, die wahrscheinlich jetzt meiner gedachten.

Am Horizont sah man die Umrisse von Kriegsschiffen. Die Marine war heute besonders wachsam. Man rechnete damit, daß die Engländer, die deutsche Sentimentalität ausnutzend, zu Weihnachten etwas unternehmen würden. Vor dem sechsten Januar sollte auch niemand von uns beurlaubt werden.

Der Leutnant holte mich herunter zu den Kameraden, die um seinen großen Tisch saßen und ihre Päckchen schon geöffnet hatten. Er bedankte sich dafür, daß ich den Baum so schön geschmückt hätte und war überhaupt besonders liebenswürdig zu mir.

Anfangs kam gar keine Stimmung auf, erst der Grog und die Pfannkuchen brachten das zustande. Ich wurde genötigt, Mandoline zu spielen. Die anderen sangen dazu. Binneweis hielt eine fatal lange Rede, die mit Anzüglichkeiten gespickt war und an einer Stelle, da wir alle eine große Schweinerei erwarteten, plötzlich den Leutnant leben ließ. Dieser erwiderte etwas merkwürdig, aber wohlgemeint und ließ Seine Majestät leben, worauf es Binneweis drängte, sämtlichen deutschen Frauen ein Hoch auszubringen. Es wurden Anekdoten, Couplets und bedenkliche Witze vorgetragen. Der Hauptspaßmacher war Tünnes. Während alledem schwieg ich niedergeschlagen. Ich hatte gedacht, man würde mir eine günstige Antwort auf mein Gesuch bescheren, davon war nicht die Rede. So blieb ich auch bei diesem Feste dem Leutnant gegenüber streng militärisch. Ich stand zum Beispiel jedesmal stramm, wenn ich ihm ein Streichholz reichte. Auch Jessen schwieg den ganzen Abend über, aber nur, um seine Unmanierlichkeit nicht bloßzustellen, und weil er meistens fraß.

Der Witz ließ nach, der Grog war getrunken, wir gingen auseinander. Alle schüttelten sich die Hände und wünschten sich Fröhliche Weihnachten. Nur der Bauer Jessen legte sich schweigend schlafen. Obwohl auch ich müde war, schrieb ich doch noch Tagebuch. Aus Maulwurfs Tannenbäumchen tropfte heißes Wachs auf mein Papier.

Am ersten Feiertag hörte ich, wie der Kommandant sagte, es sei ein Seegefecht bei Helgoland im Gange. Ich benutzte meine Freizeit, um meine Schubfächer einmal gründlich zu säubern. Auf einmal erklang starker Geschützdonner. Gleichzeitig ertönte der Befehl: »Alles an Deck!«

Vier feindliche Flieger zeigten sich. S. M. S. »Seydlitz« hatte Schrapnellfeuer auf sie eröffnet. Wir machten unsere Kanone klar. Aber die feindlichen Flieger entschwanden rasch, und als deutsche Flugzeuge und ein Zeppelin zur Verfolgung erschienen, war es neblig geworden.

Der Leutnant war schlechter Laune. Er zankte sich wieder einmal öffentlich von Brücke zu Brücke mit dem Kommandanten von »Rotesand«.

Ich wurde auf »Glückauf« geholt, um das dortige Orchester mit meiner Mandoline zu verstärken. Das Konzert scheiterte aber an allgemeiner Verstimmung, sowohl der Instrumente wie der Leute. Ich tauschte mit den »Glückauf«-Maaten ausgelesene Bücher und erhielt dabei ein Ullsteinbuch »Anständige Frauen«, von Emil Marriot, das schenkte ich Binneweis.

Alles Tauwerk war eines Morgens bereift. Wenn man damit hantierte, wurden die Hände knüppelsteif. Das Deck war glatt beeist. Wir spähten fahrend nach »Luci Wrede« aus, die wir ablösen sollten. Sie lag dicht bei den Minen. Aber wir fanden sie im dicken Nebel nicht und wurden unruhig. »Fahrzeug voraus!« riefen drei Stimmen gleichzeitig. Ein gewaltiger Schiffskörper mit drei Schornsteinen tauchte dicht vor uns auf. Wir konnten knapp noch abdrehen. Ein warnender Megaphonruf drang zu uns: »Fahrt verringern!« und der große Bruder war wieder im Nebel verschwunden. Nachts wurde ich in meiner Koje wie in einem Mixbecher herumgeschüttelt. Noch schlaftrunken, von einer Wand zur andern geworfen, zog ich mich möglichst warm und wasserdicht an. Als ich die Tür öffnete, donnerte draußen der Sturm, und schreckhafte Seen fegten über Deck.

Vier Stunden Wache im Orkan auf der Brücke. »Vulkan« pendelte zwischen Meeresgrund und Himmelszenit. Die über das Schiff wuchtenden Brecher rissen die eiserne Brückentreppe aus den Angeln und spülten Korkwesten, Balgen, überhaupt alles, was nicht angebunden war oder sich nicht krampfhaft mit beiden Händen festklammerte, über Bord. Wer nicht unbedingt an Deck zu tun hatte, blieb unten. Die mehrere Zentner schwere Signalglocke läutete ohne Bedienung.

Mein Wachvorgänger wollte den Kommandanten auf den Ernst der Situation aufmerksam machen. In der Kajüte führte der Weihnachtsbaum mit den unterschiedlichsten Gerätschaften einen wilden Tanz auf. Dazwischen lag sterbenskrank dahingestreckt der Kommandant.

»Wollen Herr Leutnant nicht mal an Deck kommen? Das weht immer schlimmer. ›Diomedes‹ und ›Franz‹ sind schon weit vertrieben. Unser Anker hält vorläufig noch.«

Der Kommandant erklärte, er ginge nicht an Deck. Was es denn da weiter zu sehen gäbe.

Nachmittags mußten wir unseren zweiten Anker ausbringen und alle Kette stecken. Der Kommandant kam schließlich doch für eine Stunde auf die Brücke. Er hatte dunkelrote Flecken im Gesicht, und er blieb an Steuerbord übers Geländer gebeugt und erbrach sich. Eichmüller und ich machten sich heimlich über ihn lustig, obwohl auch wir bleich und von Furcht erfüllt waren. Wir froren sehr, weil wir nicht auf und ab gehen konnten. Durch die mit weißen, zerfetzten Schaumgeweben bedeckten, dunkelgrünen Wogen flüchteten sich Torpedoboote nach Wilhelmshaven. Ihnen folgte ein Fischdampfer mit gebrochenen Masten. Vor seinem Bug stand eine stete hohe Wassersäule. Es war natürlich nicht daran zu denken, daß ich nach Ablösung endlich einmal die mich bedrückenden Weihnachtsdankesbriefe schrieb.

Wider Erwarten hatte sich das Routineboot herausgewagt. Von Toni Pfeiffer erhielt ich ein Lebenszeichen aus Wenduyne. Von Luise Reichardt erhielt ich eine Dose Schoten. Horsmann lachte mich brieflich aus, weil ich Immermanns Münchhausen ernstlich für verheftet gehalten hatte, nachdem der erste Band mit dem elften Kapitel begann. Ferner oder ganz fern Stehende schrieben an mich, darunter viele, die aus Neugier, Hysterie, Langeweile oder aus Geschäftsinteresse Kriegsberichte von mir haben wollten. Sie betonten, daß ich angesichts meines schweren Dienstes meine Antwort lange hinausschieben sollte, flochten aber gleichzeitig geschickte Fragen ein, die eine rasche Antwort erheischten. Unerquickliche Zeitungen mit nur günstigen Nachrichten, albernen oder plumpen Anmerkungen der Redaktion und eitlen Todesanzeigen. Überschwengliche Kaisergedichte von Max Bewer und Abbildungen von höchsten Damen in modischer Tracht als barmherzige Schwestern.

Die Leute vom Routineboot wollten gehört haben, daß der Kommandant der »Yorck« zwei Jahre Festung und sein erster Navigationsoffizier ein Jahr Gefängnis erhalten hätte.

Durch den Orkan war viel Schaden angerichtet. Der große Kran in der Werft sollte umgefallen sein. Die gütige, arme, kranke Margot Fichtner, zu der ich und zu der wir eigentlich alle so oft ungerecht überlegen gewesen waren – wir damals in München – sie also sandte mir jetzt ein reiches Liebesgabenpaket, das in einer Flasche Kognak gipfelte. Hugo von Halm teilte mir mit, daß der Kunsthistoriker Oskar Dolch an der Front gefallen war. Mir ward sehr weh ums Herz. Da war ein lieber Freund von mir tot, ein Mann von wunderbarem Wissen und feinstem künstlerischen Geschmack. Dolch hatte mich häufig ob meiner Unwissenheit getadelt und mir dies und jenes beizubringen versucht. Er war bescheiden, gastfrei und hatte eine entzückende Art, mit einfachen Mädchen, etwa mit einem Milchmädchen, umzugehen. Er liebte diese Mädchen so zart.

Nachts auf Wache rauchte ich dem Verstorbenen zu Ehren die Pfeife Libertas, die ich dazu ausersehen hatte, nur zum Gedächtnis Gefallener geraucht zu werden. Eichmüllern bedeutete ich, jegliches Geschwätz zu unterlassen. Als er trotzdem bald vom Vertörnen der beiden Ankerketten, bald von anderen ihn angeblich beunruhigenden Angelegenheiten zu brummeln begann, half ich mir anders, indem ich meinerseits das, woran ich denken wollte und zutiefst dachte, laut aussprach und den Obermatrosen damit zum Zuhörer machte.

»Dolch ist tot! Ein junger Gelehrter, auf den alte, erfahrene Fachleute hörten und von dem sie lernten. Ein Mann, der eine große Zukunft hatte, ein edler Mensch, gegen den du, Eichmüller, ein Schweinigel bist. Nie wieder werden wir eine dieser wilden, geistreichen und sonderbaren Nächte in jener geheimnisvollen Parterrewohnung feiern.

Wenn die Scheiben früh sich blau färbten und wir noch immer beim Burgunder saßen und bis zur Heftigkeit über den Leutnant von Zabern und den Wilhelminischen Geist stritten, dann warst du, Dolch, stets einig mit mir. Aber von Halm, der selber nie gedient hatte, sondern nur immer wieder sich auf seinen Bruder berief, der allerdings ein tüchtiger Offizier war, dieser unser von Halm warf uns zuletzt sozialdemokratische Gesinnung vor. Und nun sitzt von Halm noch in der Heimat, und du, Dolch, bist in der ersten Reihe der Mutigsten gefallen.«

Als Libertas ausgeraucht war, holte ich Margots Kognakflasche vor, und nach mancherlei Zeremonien, die mir in meiner Situation ein echtes Bedürfnis waren, durfte auch Eichmüller einen Schluck trinken, er mußte zuvor aber laut in den Sturm rufen, was ich ihm wortweise vorsprach: »Ich trinke auf das himmlische Wohl des toten Dolch, gegen den ich ein Schweinigel bin!« Darauf schlich ich mich in die zufällig unverschlossene Kombüse und durchstöberte die Schubfächer nach etwas Eßbarem, fand dort aber nur schmutzige Wäsche, aus der beim Strahl meiner Taschenlampe Hunderte von Kakerlaken nach allen Seiten flohen.

Tante Selma bat ich im nächsten Brief, ein grünes Kränzchen ohne Blumen, ohne Worte und ohne Namen an die Tür von Dolchs Parterrewohnung zu hängen.

Die Befehle betreffs Sparsamkeit mehrten sich, waren aber bei der Marine besonders schwierig durchzusetzen. Kartoffeln sollten fortan gewaschen und mit Schale gekocht werden. Alle, auch die kleinsten Reste von Wollsachen sollten gesammelt und auf »Glückauf« abgegeben werden. Dreimal wurde ich vom Leutnant darüber erwischt und davon abgehalten, daß ich einen uralten Strumpf ins Meer werfen wollte, den schon Tante Selma vor mir getragen und den ich später zum Lampenreinigen und zuletzt zum Säubern meiner mit Staufferfett besudelten Hände benutzt hatte.

Ich wurde zum Sperrkommandanten befohlen, zum »Einsperrkommandanten« sagte Schaffrot. Der Durchfahrtskommandant hatte ihm mein Gesuch zur Erledigung gegeben, und nun las es Kapitänleutnant Rusch in Gegenwart meines Kommandanten sowie seines Verwalters laut vor, wobei er alles auf seine Art widerlegte und mir militärischen Ungehorsam vorwarf. Mein Schreiben sei mehr Beschwerde als Gesuch. Daß ich gern fortmöchte, könnte jeder sagen. Es wäre selbstverständlich, daß ich meine Pflichten bestens erfüllte, und er könnte nicht fortwährend neue Leute einstellen. Eigentlich hätte ich Arrest verdient, er wollte mich aber mit nur einem scharfen Verweis bestrafen. Die Audienz war damit zu Ende. Abends zeigte mir Herr Kaiser den Tagesbefehl, worin meine Strafe »strengen Verweis wegen unmilitärischen Benehmens« schon angezeigt war. Das war meine erste von den in den Büchern fortlebenden Strafen bei der Kaiserlichen Marine.

Ich versandte Neujahrswünsche und ließ einen Hyazinthenstock für den Intendanturrat Bruhn besorgen. Eichhörnchen bat mich in einem verspäteten Briefe, das Weihnachtsbäumchen von ihr – ich hatte es früher erhalten und am zweiten Feiertage Witzmann geschenkt – mit brennenden Kerzen in die See zu werfen, als Gruß an die »Yorck«-Leute. Nun besteckte ich einen Tannenzweig mit Lichtern, band eine schwarz-weiß-rote Schnur daran und warf ihn über die Reeling. Von Bord zu Bord wurde signalisiert »Prosit Neujahr!« Ich zog mir zur Wache zwei Hosen, drei Sweater und zwei Paar Handschuh, obendrein noch Ölzeug an, fror aber trotzdem noch in Nässe, Kälte und Wind. Deshalb aß ich Mirzls Konservenschoten kalt. Auch hinterher in meiner Koje fror ich trotz eines Schlafsackes, den mir Vater geschenkt hatte mit einem Begleitbrief, darin er mich ermahnte, in meiner gegenwärtigen Verbitterung nicht die Achtung vor dem allgemeinen deutschen militärischen Geiste zu verlieren.

Wenn ich in den langen, langen Stunden einsamer Wache das alte Steckenpferd ritt, »wie ungerecht geht das alles zu«, dann gab ich, durch Vaters oder Eichhörnchens Briefe und durch anderes beeinflußt, mir wirklich immer wieder die Sporen: »Betrachte es doch ruhiger, unpersönlicher, abständlicher.« Aber solche Vorsätze flogen wie Bumerangs. Ich überlegte mir zum Beispiel: An welchen von den vielen Vorgesetzten, die du bisher kennengelernt hast, denkst du mit besonderer Hochachtung oder gar mit Enthusiasmus? An keinen!

Es wurde für die Hinterbliebenen der Gefallenen eine Kollekte veranstaltet. Ich war der einzige an Bord, der nichts dazu beisteuerte.

Ein Mann unserer Division wurde wahnsinnig. Es gab Leute, die über Urlaub blieben, weil sie mit Arrest bestraft sein wollten, um auf diese Weise wenigstens für einige Zeit von Bord zu kommen. »Die Offiziere schwelgen hier«, sagte einer dieser Leute zu mir, als ich ihm gut zureden wollte, »und wir dienen den Offizieren, nicht dem Vaterlande.« Was konnten diese Leute dafür, daß sie diese jungen Offiziere, Leutnants, Oberleutnants, Kapitänleutnants verantwortlich machten und haßten. Sie kamen ja mit höheren Instanzen nicht in Berührung. Was konnten diese jungen Offiziere dafür, daß sie Annehmlichkeiten, die ihnen in dieser abscheulichen Zeit geboten wurden, annahmen und nach ihrer Art und Denkungsweise auswerteten. »Wir haben es doch hier eigentlich noch recht gut«, sagte einmal der Leutnant zu mir, und als ich ihn daran erinnerte, daß wir manchmal an manchem Tage sechzehn, ja zwanzig Stunden Dienst hatten, brach er verdutzt das Gespräch ab.

Wir fuhren den Sperrkommandanten spazieren, nein, erst fuhren wir zum Dampfer »Hera«, um Wasser zu nehmen. Aber dann legten wir uns neben eins der neuesten Torpedoboote. Es handelte sich um einen Offiziersbesuch, also um eine Privatangelegenheit. Die Offiziere tranken unten in der Messe und ließen uns warten, warten und weiter warten. Wir standen wie Lakaien an Deck, flüsterten ein paar vertrauliche Worte mit den Lakaien des Torpedobootes, während wir uns mit den Fendern und Leinen abmühten, weil die beiden Schiffe bei der starken Dünung gegeneinander bumsen oder sich voneinander losreißen wollten. Da unser Kommandant es auch auf die Dauer nicht für nötig erachtete, uns ein Wort der Erklärung oder eine Dienstanweisung zukommen zu lassen, setzten wir uns schließlich hungrig zum Essen; als das eben aufgetragen war, erschien Herr Kaiser und rief: »Klar zum Manöver!«

Wegen Urlaubsüberschreitung erhielten: Obermatrose Eichmüller drei Tage Mittelarrest nebst Degradation zum Matrosen, Matrose Schulz fünf Tage Arrest.

Jessen fluchte auf den Leutnant, der Koch auf einen Unbekannten, der ihm aus Tort das Ofenrohr in der Kombüse verstopft hatte. Die Leute schimpften über den Koch. Der Leutnant schimpfte über seine Mannschaft, der Sperrkommandant über alle Mannschaften. Ich konnte überhaupt nicht mehr schimpfen. Ich fühlte mich einsam und dachte noch immer traurig an den toten Dolch.

Zum Geburtstage des englischen Königs wollte wohl unsere Marine auch ihre Glückwünsche bringen. Ich sah die Straßburg und Nautilus schwer mit Minen beladen auslaufen.

»O Peter Jessen aus Holebül bei Flensburg, du einziger, mit dem ich hier – ich glaube in einer betrunkenen Stunde – Brüderschaft schloß!« schrieb ich in mein Tagebuch, »Obermaat Jessen, du altes, fettes Schwein. Du ißt Tag für Tag mit mir und jedesmal zuckt es mir in den Fingern, deinen kahlen Seehundskopf, dein unehrliches Gesicht mit den schlauen Augen, die während des Essens nicht von der Schüssel weichen, tief in die Suppe zu tauchen. Du schmatzt, du rülpst, du schlürfst und ketschst. Bei allen Mahlzeiten bist du der erste an der Kombüse, und wenn ich dich früh wecke, sagst du statt ›Guten Morgen‹, ›Wo ist der Kaffee?‹ Du sprichst nur vom Essen. Du würdest für ein gutes Gericht deine treuesten Anhänger verraten. Ja, man möge mich für ungerecht, ärgerblind oder für wetterwendisch halten, weil ich dich nun heruntersetze, weil ich mich in dir getäuscht habe, wie sich alle in dir täuschen. Denn du bist ein kalter, berechnender Egoist. Du bist ein Meister der knechtischen Geduld und der Verstellung. Du hast mir im Skat viel Geld abgeknöpft. Du hörtest stets mit Spielen auf, wenn du gewonnen hattest, und du merktest dir, daß der Treffbube einen schwarzen Pickel auf der Rückseite hatte. Du studiertest meine Züge, die verrieten, ob ich günstige oder ungünstige Karten hatte. Du spielst an Bord und vor den Vorgesetzten die Rolle des schlichten, stillen Mannes. Du bist feig, hast Angst vor Pulver und Kampf, du hast keine Ehre und keinen Anstand im Leibe, du bist zu Beschwerden zu feig und hetzt andere gegen den Leutnant auf, wenn er dich gekränkt hat, und du treibst andere durch unanfechtbare, aufreizende Reden in Strafen.«

Am nächsten Tag las ich diese Eintragung erst leise für mich und dann laut Jessen vor. Der erzählte mir, ich wäre durch sehr viel Bier sehr betrunken geworden, und dann hätte ich mich in meiner guten Laune zur Entrüstung der anderen Maate ins Matrosenlogis gesetzt, hätte mit den Leuten die Reise nach Jütland gesungen und hinterher ihnen das Herz von Douglas vorgetragen.

Die Minen der ersten Sperre wurden gesprengt, weil sie zu tief im Schlick versackt waren. Interessiert sahen wir zu. Da wuchs für Sekunden ein riesiger zackiger Eisberg oder ein gläsernes Schloß donnernd aus dem Wasser, und wenn es in sich zurückgefallen war, dann bedeckte sich das Meer an der Stelle mit Hunderten von toten Fischen, und die Möwen sammelten sich alsbald.

Ich bedaure, daß ich unfähig bin, Dialekt und Sprachweise meiner Kameraden wiederzugeben. In einer stockdunklen Nacht nach dem Dienst sagte Jessen zu mir: »Wieder ein Tag um. Der Leutnant hat noch Besuch, wenn der abzieht, gehen wir vor Anker. Da lohnt es sich doch gar nicht, sich schlafen zu legen.« Wir setzten uns also an unser Klapptischlein, das schon einer von uns beinahe umzingeln konnte. Jessen kaute Äpfel, ich las in dem herrlichen Buche Anton Reiser. Undeutlich hörten wir den Leutnant Befehle rufen betreffs Anlegen oder Ablegen. Wir lagen bei starkem Wind an einer Leine hinter »Franz«. Jessen fragte aufhorchend: »Sollen wir an Deck?«

»Ich nicht«, erwiderte ich müde faul, »paß auf«, fügte ich spöttisch hinzu, »jetzt gibt es einen Stoß.« Gleich darauf erzitterte der ganze Vulkan unter einem mächtigen Anprall. Ich lachte Jessen frivol zu.

»Volle Kraft zurück!« schrie eine Stimme an Deck. Wir unten ahnten nicht, daß unser Leutnant gar nicht bei uns, sondern drüben an Bord, und daß unsere Leine gerissen war, wir infolgedessen von Windstärke 10 durch die beiden dunklen Tinten Luft und Wasser gerissen wurden. »Alle Mann an Deck!« Ich zog mir aber doch erst mein Ölzeug an.

Oben war dickstes Preußischblau mit Schneesturm und zischenden Seen, aufgeregten Rufen und Wirrwarr, in den auch ich mich sofort verwickelte. Ich tastete mich nach der Lampenkammer. Das war ganz recht, denn die gehörte zu meinem Ressort, und Licht war nötig, aber ich vergaß den Schlüssel mitzunehmen und mußte nochmals umkehren. Und allen kam alles Mögliche zwischen die Beine. Aber schließlich kriegten wir das Schiff doch wieder in Gewalt und brachten es an »Franz«, der uns durch Lichtsignale unterstützte. Der Leutnant stieg an Bord. Bis wir unter seiner Leitung einen Ankerplatz gefunden und Anker geworfen hatten, gab es noch viel Durcheinander, Zank, Scherben, Splitter, Anstrengungen, Gefährliches und Kaltblütiges.

Die Verpflegung ward dünner, und der Koch verteilte das Dünne ungerecht.

Alle Kriegsschiffe hatten ihren hintersten Schornstein rot gestrichen. Ein Zeppelin zog aus. Unter ihm flog ein Wildentenschwarm in wohlausgerichteter Formation. Während eines kleinen Mittagsschläfchens hörte ich, wie Tünnes im Heizraum jemandem riet, sich zwecks Abwehr der Kakerlaken den ganzen Körper mit Zwiebel einzureiben. Von Deck her klangen Befehle zum Strafexerzieren. Dann mußte ich ein Seitengewehr umschnallen, um Eichmüllern an Land ins Arrestlokal zu transportieren. Unterwegs berichtete er mir über sein seemännisches Vorleben. Wenn ich viel Lügen und Übertreibungen abzog, blieb noch, daß er Yachtmatrose in Potsdam gewesen war. Sehr komisch stellte er dar, wie Prinz Eitel Friedrich und die Prinzessin im Boote gefrühstückt hatten, aus zahllosen winzigen Büchsen und Dosen, worin immer nur ein viertel Bissen gewesen wäre, etwa zwei Pflaumen oder ein Kleckschen Butter; auch diese Kleinigkeiten hatten sie erst auf einen Teller gelegt, dann von dort etwas auf ihre eigenen Teller genommen, um es dann erst mit Gabel und Messer klein zu säbeln. Eichmüller hatte wütend zugesehen, und als er zum Schlusse der Mahlzeit aufgefordert wurde, sich auch etwas zuzulangen, und er mit seinen klobigen Tatzen in die Reste griff und alles im Nu hinterschlang, hatte die Prinzessin gesagt, sie hätte noch nie einen solchen Fresser gesehen.

Eichmüller hatte Kamm, Zahnbürste, Seife, ein Brot und was sonst Vorschrift war, bei sich. Ich führte ihn erst in eine abgelegene Konditorei und fütterte ihn noch einmal satt. Im Arrestlokal wurde er aber wegen Überfüllung nicht angenommen, das heißt das Arrestlokal war überfüllt. Der Aufseher sagte mit dem Stolze eines Theaterbesitzers: »Bei uns muß man schon wochenlang voraus belegen. Wir schicken an manchen Tagen bis siebzig Arrestanten zurück.« Ich bemühte mich nun, ein anderes, vergittertes Unterkommen für Eichmüller zu finden, der mir dabei eifrig half. Wir fanden endlich, was wir suchten. Ich hatte Befehl, einen anderen, strafberüchtigten Matrosen von »Glückauf« aus dem Arrest abzuholen. Zuvor expedierte ich aber mein letztes Tagebuch nach Hause, was ich bei jeder Gelegenheit tat, weil ich befürchtete, es könnte einmal entdeckt und konfisziert werden.

Eine junge Frau sprach mich an, die mich offenbar verkannte, denn sie wähnte, sie hätte mich auf der Durchreise in Bremen kennengelernt. Ich ließ sie eine halbe Stunde lang in diesem Irrtum, weil ich glücklich war, mal wieder mit einem Weib sprechen zu können.

Der »Glückauf«-Matrose hatte sieben Tage verbüßt, weil er im Rausch einen Kapitän untern Arm genommen hatte und gemütlich mit ihm plaudern wollte. Ich scherzte: »Sie haben sich doch wenigstens gehörig ausschlafen können?«

»Ach«, sagte er, »als ich mich eben auf die andere Seite legen wollte, war die Zeit schon um.«

Abends lief mit anderen Kreuzern die »Seydlitz« ein und wurde von »Seeadler« mit Hurra begrüßt. Das Schiff schien gebrannt zu haben, denn es war achtern ganz schwarz. Der Sperrkommandant hielt es aber nicht für nötig, uns mitzuteilen, was geschehen war. Erst durch ein Wasserboot drang etwas zu uns. Danach waren in einem Seegefecht bei Borkum unsere Kreuzer »Blücher« und »Seydlitz« torpediert worden. »Blücher« kenterte sofort. Die Mannschaft ertrank. »Seydlitz« sollte hundertsechzig Mann verloren haben. Englischerseits sollte der »Tiger« gesunken sein, ein modernes Schiff mit schwerer Artillerie.

Wir mußten die Lampen abblenden. Verschärfte Kriegsbestimmungen traten ein, die Sperre blieb bis morgens geöffnet, um unsre Schiffe möglichst schnell herauszulassen.

Andern Tags fuhr ich mit dem Routineboot dienstlich an

Land. An der Mole im Fluthafen stand ein Auto. Zwei Chauffeure trugen einen Kapitänleutnant, dessen rechtes Bein gebeugt verbunden war, von Bord in den Wagen. Ich half dem Offizier beim Einsteigen. Hinterher erfuhr ich, daß es Weddigen gewesen war.

Die Nacht war ungewöhnlich still, so still, daß der Ruf eines fernen Wattvogels wie etwas Lautes unterbrach, und daß ich einmal ein leichtes Flappen der Flagge für fernen Geschützdonner hielt. Über dem glatten Wasserspiegel wallte Nebel und verzerrte die Perspektive. Der Horizont blieb verborgen. Die Leuchtbojen schienen bald nah, bald fern zu sein. Ich mußte an Chaos und Weltschöpfung denken. Mir waren die Zigaretten ausgegangen, und mich reizten Eichmüllers Aufschneidereien. Ich hatte mir diesbezüglich seit langem Notizen gemacht und hielt nun dem jungen Bengel eine Statistik vor, nach der er in einem Jahre vier Frühlinge in fünf voneinander entlegenen Ländern verbracht, außerdem während seiner dreijährigen Dienstzeit mindestens sieben Jahre Soldat gewesen war. Als er aber auch diesen Beweisen wieder aalglatt entschlüpfte, mußte ich lachen und begann nun von meinen kriegstechnischen Erfindungen zu reden, mit denen meine Phantasie sich oft beschäftigte. Von der Pfefferkanone, die vor einem Angriff bei günstigem Wind große Pfeffermassen über die feindlichen Schützengräben schleudert. Von dem Fluchtgewehr, das, ohne daß man's ihm vorher anmerkt, die Geschosse nicht vorn, sondern hinten herausschießt, und das man mit Munition bei der Flucht dem Feinde zurückläßt. Oder von den unbemannten, nur verkappte Fallbomben tragenden Freiballons, die man zu Tausenden mit gutem Wind über Feindesland schickt, auf daß sie dort abgeschossen werden.

Zu Kaisers Geburtstag brachten die Blätter lobende Berichte über den obersten Kriegsherrn, die »Woche« Nr. 4 ein rührend schönes Gedicht von Joseph von Lauff.

Ich sah an Land den langen feierlichen Beerdigungszug für die hundertachtundsechzig Getöteten von »Seydlitz«. Nachdem ich bereits zwei andere Schritte für mein Wegkommen von der Jade unternommen hatte, eilte ich nun nach der »Seydlitz«, die hinterm Flugzeugschuppen lag. Auf dem Kai staute sich eine große Menschenmenge, es bekam aber niemand Zutritt. Ich drängte mich bis zum Posten Fallreep vor, sagte, ich wollte den Kommandanten sprechen, und wurde daraufhin zum Ersten Offizier geführt. Der ging erst einmal um mich Strammstehenden herum, um die Inschrift meines Mützenbandes zu lesen: »Sperrfahrzeugdivision der Jade«. Dann suchte er auszuforschen, was ich vom Kommandanten wollte. Ich drückte mich aber nur allgemein aus, es handle sich um ein Gesuch. Zum Adjutanten des Kommandanten geschickt, der das Eiserne Kreuz trug, begann ich: »Ich habe ein Gesuch an den Herrn Kommandanten, beziehungsweise an den Herrn Adjutanten.«

»Nun, was denn?«

»Ich bitte«, fuhr ich vorsichtig fort, »auf unvorschriftsmäßigem Wege ein Gesuch aussprechen zu dürfen.«

Er erlaubte das, ging sehr höflich auf das ein, was ich nun vortrug, und begab sich dann zum Ersten Offizier. Währenddessen betrachtete ich das verwüstete und zerschossene Achterdeck. Ein Maat schilderte mir bewegt Einzelheiten aus dem Seegefecht. Eine dreizehn Zentner schwere Granate war ins Achterschiff durch das Deck in den Kartuscheraum gedrungen, der sofort in Flammen stand. Leute verbrannten und brieten in den glühenden Panzertürmen. Man hatte sie als kleine zusammengeschrumpfte Leichen herausgeholt.

Der Adjutant kam zurück. Er meinte, es bliebe nichts übrig, als mein Gesuch auf vorschriftsmäßigem Wege einzureichen, ich könnte nur um beschleunigte Weitergabe bitten. Er würde es befürworten, und dem Schiffe selbst wäre es sehr erwünscht, tüchtige Unteroffiziere zu bekommen. Als ich einwarf, der Sperrkommandant würde das Gesuch nicht weitergeben, sagte er: »Doch, er ist verpflichtet, es weiterzugeben.«

Abends um zehn Uhr, als Leutnant Kaiser vom »Seeadler« von der Kaisergeburtstagsfeier zurückkehrte, legte ich ihm mein wohlverfaßtes, dringendes Gesuch vor. Er schrieb an den Rand »befürwortet« und sektfröhlich, wie er war, fing er noch einen langen witzelnden Speech an. Wir von der Sperrfahrzeugdivision hätten allesamt Anrecht auf das Eiserne Kreuz. Weil wir aber hinter der Front stünden, müßten wir es hinten tragen. »Hester«, sagte der Leutnant dann, »Sie sind zwar als Individuum sehr brauchbar, aber Sie müssen sich noch einen anderen Kommandoton angewöhnen, wenn Sie sich den Respekt bei den Leuten erhalten wollen. Geben Sie einen Befehl, dann klingt das immer wie eine Bitte; Sie müssen die Leute anbrüllen, daß sie sich auf den Arsch setzen.« Ich hatte das Gefühl, daß er da etwas an mich richtete, was einmal der Sperrkommandant an den Vizesteuermann Kaiser gerichtet hatte. Mein Kommandant erzählte mir nun, daß ihm sechs Tage und Eibel und Witzmann fünf Tage Urlaub während der bevorstehenden Werftliegezeit bewilligt seien. Dann las er mir noch mit bebender Stimme die kaiserlichen Geburtstagserlasse vor: »… Ernst der Lage … Ansichtskarten mit Kaiserbild für Rote-Kreuz-Zwecke verkaufen … Alle Disziplinarstrafen bis sechs Monate erlassen.« Letzteres freute mich für Schulz und Stüben. Eichmüller bekam dadurch auch seinen Obermatrosenwinkel wieder.

Ich machte mich bei den anderen Maaten vom »Vulkan« mehr und mehr unbeliebt. Bei den Matrosen galt ich als der beste, als der freundlichste von den Unteroffizieren, aber sie betrugen sich mir gegenüber deshalb besonders respektlos und undankbar. Ich vermißte den Schlüssel zur Schiffsuhr und den Schlüssel zur Lampenkammer. Vermutlich hatte jemand, um mir einen Streich zu spielen, die Schlüssel über Bord geworfen.

Puh! Es war kalt. Die Wasserpumpe zugefroren. Meine Hände steif und brennend, einzelne Finger abgestorben. Und das abscheuliche Arbeiten an Deck mit nassen Leinen, das Herüberreichen von Lasten, von einem tanzenden Schiff zum andern. Nein, lieber Schützengraben.

Aber im Ruderhause unseres verschneiten und vereisten Schiffchens duftete ein Maiglöckchensträußchen von Eichhörnchen.

Der Alte – der sechsundzwanzigjährige Alte – ich meine unseren Kommandanten, rief mich spät noch in seine Kajüte und plauderte mit mir, was mir sehr unlieb war, weil ich hinterher Mittelwache hatte. Der tiefere Grund für die Plauderei war folgender: Ein Befehl war erlassen, daß die Schiffsführer künftig monatliche Meldungen einreichen sollten über bisher gesammelte Kriegserfahrungen. Da brauchte Herr Leutnant nun wohl einen Schriftsteller. Aber andererseits ärgerte er sich, wenn man ihm direkte Vorschläge machte. Er wollte nur unbemerkt etwas ablauschen, Würmer aus der Nase ziehen, und das tat er jetzt und gähnte ganz ungeniert dabei.

Es gab wieder verwickelte, kleinliche Zänkereien und Angebereien. Wenn sich Leute über Unteroffiziere beschwerten, nahm Herr Kaiser stets für uns Partei. Besonders leid tat mir's, daß ich mit Schaffrot so oft zusammenstieß, weil er nur beschränkt und ungehobelt, aber niemals hinterlistig wie die andern zu mir war.

Jessens Koje war kahl wie sein Kopf. Die meinige hatte ich mit Ansichtskarten ausgeschmückt. General Hindenburg, eine dicke Dame im Badekostüm, mein Schwager auf dem Apfelschimmel, daneben ein Bild »Steh ich in finstrer Mitternacht«, und dazwischen hingen Taschenmesser, Schlüssel, sieben Tabakpfeifen, ein Teesieb, ein Sektstöpsel und Bierflaschengummi. Totgeschlagene Kakerlaken klebten wie Rosinen über die bunte Wand verstreut. Das war mein Reich, wo ich schlief und träumte und las. »Mein feldgraues Buch« von Frieda Schanz, worin Stellen vorkamen wie »... Kaiser-Schlacht-Gott im überirdischen Licht« und »... heilige möwenweiße Königin Luise«. Ich las Zeitungen. Der Kommandant der Wesermündung setzte in einem Steckbrief dreihundert Mark Belohnung aus für Ergreifung des englischen Nordseelotsen Trug, der sich zwecks Spionage an der Unterweser herumtreiben sollte. The Times vom 26. Dezember 1914 schilderte den Untergang von »Gneisenau« und »Scharnhorst« und bewunderte offen die deutsche seemännische und soldatische Bravour. Das wirkte so viel edler als unsere Bieruntersetzer mit der Inschrift: »Gott strafe England.«

Ein achtundzwanzig Seiten langer Brief von Eichhörnchen, die meine Tagebücher bei den Eltern gelesen hatte und daran Anstoß nahm, daß so viel vom Essen berichtet würde. Auch Eichhörnchen hatte nach meiner Meinung eine törichte, manchmal geradezu hysterische Einstellung zu den Zeitereignissen, und mich ärgerte die Broschüre, die sie mir preisend zusandte: »Über die Tragik in des Kaisers Leben.« Sieben Pfund ungebrannter Kaffee von Telschow. Einem Briefe von Ruth Trinius war eine Karte beigelegt mit dem Aufdruck »Deutsch sein, heißt edel und tapfer sein«. Ich retournierte ihr die Karte mit dem Vermerk »Geschmackloser Quatsch«. Anonym bekam ich eine Feldflasche mit köstlichem alten Rum geschickt.

Eines Tages hatte »Vulkan« die Aufgabe, ein Scheibenfloß an einer langen Leine vor dem Fort Schillig hin und her zu schleppen. Das Fort schoß auf eine Entfernung von 6000 Metern darauf, was recht interessant war. Nach jedem Trip untersuchten wir die Treffer, und ich fand dabei einen in der Leinwand hängengebliebenen Granatzünder, den ich mir aufbewahrte. Übrigens erregte ich Aufsehen dadurch, daß ich mich in große Gala geworfen hatte. In gewichsten

Seestiefeln, schneeweißen Hosen, bestem Hemd, bester Mütze, mit neuem Exerzierkragen und sorgfältig gebürstetem Schnurrbart verrichtete ich – allerdings sehr behindert – meine Arbeit. Man frug mich aus, aber ich verriet nichts. Ich hatte nämlich erfahren, daß Kaiser Wilhelm schon seit gestern in Wilhelmshaven weilte. Nun war zwar nicht anzunehmen, daß wir ihn zu Gesicht bekämen, aber wenn, dann war ich entschlossen, mein Gesuch persönlich bei ihm anzubringen.

Zahnschmerzen trieben mich an Land. Nachher konnte ich mich aber nicht entschließen, mein Geld für den Zahnarzt auszugeben, sondern zog eine musikalische Veranstaltung vor. Kothe sang Lieder zur Laute. Ich saß zwischen Offizieren und reichgekleideten Wilhelmshavener Damen eingekeilt, gesund aussehenden Damen mit blonder Haarfülle. Aber lange hielt ich's dort nicht aus, sondern setzte mich zu größerer Freiheit in ein Weinlokal, und berauschte mich an dem Gegensatz: Jetzt schöne Möbel, herrlicher Rheinwein, Bedienung, Musik, und noch vor wenigen Stunden – und wieder in wenigen Stunden – harte Arbeit und diese trostlose, einen verrückt machende Öde draußen auf dem kalten kleinen Schiff.

Endlich durfte das Schiff in die Werft, und der Kommandant und Eibel und Witzmann fuhren auf Urlaub. Da arbeiteten wir viel froher und intensiver ohne Mittagspause, um abends desto früher auf Stadturlaub gehen zu können.

Siebzehn Menschen mußte ich sprechen, nach sechs Gebäuden und durch achtzehn Zimmer wandern, um zwei Paar Filzschuhe für die Nachtposten zu erhalten.

Ich war ermächtigt, die dienstliche Post für »Vulkan« zu öffnen. Der erste Brief enthielt die Verfügung, daß Obermaat Eibel nicht auf Urlaub zu lassen wäre, weil er kürzlich in der Marktstraße einer Patrouille entlaufen wäre, die ihn wegen Skandalierens angehalten hatte. Nun, Eibel war längst in seiner Heimat.

Ich genoß das »Jeden Abend an Land« mit Wonne. Ich hörte Marcell Salzer, sah Humperdincks Märchenoper Hänsel und Gretel und besuchte das Kriegstheater. Damen und Herren der Gesellschaft führten unter Mitwirkung von Marinern Ludwig Fuldas Jugendfreunde auf. An der Spitze dieses Wohlfahrtunternehmens stand die Frau des Korvettenkapitäns Morath. Es gelang mir durch Beharrlichkeit, diese Dame einmal zu sprechen. Ich wollte gern mit Theater spielen, obwohl ich absolut nicht die Überzeugung hatte, dafür geeignet zu sein. Mich lockte der Gedanke, wieder einmal mit Kunst in Berührung zu kommen. Vor allem aber hoffte ich, durch den Einfluß von Frau Morath meine Abkommandierungspläne zu fördern.

Und dann hatte ich ein schönes Erlebnis. Ich lernte nachts vor dem Tor einer Villa M.M., ein hübsches, rotbackiges, heißäugiges und märchenhaft sittsames Dienstmädchen kennen. Sie wurde mein Verhältnis. Es gab einmal ein eigenartiges und komisches Renkontre mit der gnädigen Frau. Ich führte M.M. aus. In den einfachen Lokalen, die wir aufsuchten, versteckte sie ihre roten und rissigen Hände und erzählte mir ungeziert, auch nicht ohne Humor, ihre einfache, brave Lebensgeschichte. Sie fragte, was ich im Zivilberuf wäre, und als ich nach längerem Ratenlassen sagte, ich machte Verse, erschrak sie hübsch und äußerte, daß ich ja dann gar nicht zu ihren Kreisen gehörte. Ich redete ihr das aus. Dann tranken wir Brüderschaft, und ich verabredete mit ihr, die nur selten Ausgangserlaubnis bekam, das nächste Zusammentreffen.

Darüber hatte ich meinen Urlaubsschein verloren, ich half mir aber mit einem Trick durch die Sperre am Werfttor. Mit raschen Schritten ging ich auf den dortigen Polizeiposten zu, hielt ihm rasch, als wär's ein Urlaubsschein, eine Quittung über ein zurückgeliefertes leeres Bierfaß vor und frug dabei aufgeregt: »Ist es wahr, daß ein englischer Flieger eine Bombe auf das Café Central geworfen hat?«

Der Posten machte große Augen. Andere Leute der Wache traten neugierig herzu, beteiligten sich an der Debatte, und einer behauptete, er habe es gesehen. Ich verduftete mit der Versicherung: Eine alte Frau habe mir die Nachricht zugerufen, und ich möchte beschwören, das sei eine freche Lüge.

Kaum saßen wir im Dock trocken, so hatte Jessen schon das Schiff über und über gestrichen. Die Ölfarbe wollte aber bei dem Frostwetter nicht trocknen. Aus Kummer darüber ging Jessen nun auch einmal abends an Land, sonst schlief er immer. Ich blieb für ihn an Bord, wo es eisig kalt war, weil wegen der Kesselreinigung die Dampfheizung wegfiel. Auf Deck lag hoher Schnee, und wir hatten kein Wasser. Ich wusch mich in einer sehr fragwürdigen Flüssigkeit, die ich in einem Eimer im Heizraum entdeckte.

Nach neun Uhr kamen die Matrosen vom Urlaub zurück, alle kanonenvoll besoffen. Es war erstaunlich, daß sie auf der steilen Leiter und bei den sonstigen unumgänglichen Kletterpartien im Dock nicht das Genick brachen. Dafür wischten sie mit ihren Hosen und Überziehern Jessens schöne nasse Ölfarbe ab. Einer brachte unsern Hund Bootsmann wieder mit, der, seit er uns entlaufen, groß und struppig geworden war und jedem ersten besten Kuli nachlief. Der Koch hatte Tränen im Auge und behauptete, der Heilige Geist sei ein Stoßvogel. Stüben torkelte in meine Kammer und brachte mir ein Vertrauensvotum aus mit dem Nachsatz, daß gewisse andere Leute dagegen ein paar Messerstiche in die Rippen verdienten. Ich beschwichtigte ihn und ermahnte alle, sich im Logis ruhig zu verhalten. Aber schon wenige Minuten danach erhob sich in diesem Raume eine gewaltige Schlägerei, an der sich dem Klange nach unterschiedliche Inventurstücke beteiligten. Schaffrot und ich lauschten lachend.

Ich ging auf »Seydlitz«. Der Adjutant hatte noch nichts

von meinem Gesuch vernommen. Also hatte es der Sperrkommandant nicht weitergegeben.

Es war Aussicht vorhanden, daß »Vulkan« außer Dienst gestellt würde, denn beim Ausklopfen des Kesselsteins stellte sich heraus, daß unser Kessel stellenweise nur noch sieben Millimeter maß, also in Gefahr war, eines Tages zu platzen. Ein Stabsingenieur sollte den Schaden demnächst untersuchen und das entscheidende Wort sprechen. Unsere Leute gaben sich inzwischen Mühe, von den sieben Millimetern noch etwas herunterzuschaben.

Von meiner Liebe erhielt ich den ersten und letzten Brief, sehr sauber geschrieben. »Wilhelmshaven, den 10. Februar 1915. Leider muß ich Ihnen mitteilen, daß ich aus bestimmten Gründen auf jedes Wiedersehen verzichten muß. Ich will hoffen, daß Sie unser kurzes Beisammensein recht bald vergessen werden. Leben Sie wohl!!! und werden Sie glücklich. M. M.« Ich war traurig.

Die Arbeiter in der Werft hatten schweren Dienst. Diejenigen, die mit dem Luftdruckhammer nieteten, klagten darüber, daß ihre Arme nachts zuckten; manche hatten das Gehör verloren. Man sah viele Arbeiter mit verkrüppelten Gliedmaßen, sah blasse, abgemagerte und schwindsüchtige Gestalten.

Von der Kesselbesichtigung wurde abgesehen. Wir verholten vom Dock in den Bauhafen. Zufällig kamen wir dort wieder neben die »Berlin« zu liegen, die mit geheimnisvollen Sachen beladen wurde. Natürlich klopfte ich gleich einmal auf den Busch, ob etwa ein Maat an der Besatzung fehlte, aber ich hatte kein Glück. Man erzählte mir, der Kommandant der »Berlin« wüßte selbst nicht, wohin die Reise ginge. Er hätte geheime Order, die er erst fünfzig Seemeilen von Land weg öffnen dürfte.

Eichmüller vertraute mir sein neuestes Leid. Er hatte ermittelt, daß in einer gewissen Kneipe ein Signalgast von der Baudivision verkehrte, der aus dem gleichen Heimatdörfchen stammte wie Eichmüller, und dieser hatte ihn schon dreimal besucht, um etwas über Zuhause zu hören, »aber«, sagte Eichmüller wörtlich, »der Kerl ist jedesmal so besoffen, daß er überhaupt nicht mehr weiß, wo er geboren ist.«

Der achtzehnte Februar kam, der wegen des U-Boot-Ultimatums mit Spannung erwartet wurde. Wir erhielten zunächst nur einen Funkspruch »Zwei Zeppeline vermißt«.

Ich übernachtete auf einem romantischen Minenprahm, wo ich mir in einer Hängematte Wanzen und Mandelentzündung holte. Zuvor hatte ich mich aber mit einer Flasche Rum hinter eine Mine verkrochen, um ein Gedicht zu schreiben. Wieviel schöne Gedichte können aus dieser Flasche kommen! Und wieviel Kraft, Vernichtung und Tod mögen in dieser Mine stecken! Ich sann und spann, aber ein Gedicht brachte ich nicht zuwege.

Die anderen Maate vom »Vulkan« sprachen nur noch dienstlich mit mir. Sie hatten auch den Koch gegen mich aufgehetzt. Mir ging's wie Deutschland: Ich war von Feinden umringt.

Ich überzeugte mich davon, daß Jessen ein Konto auf der Kreditbank in Gravenstein hatte. Er leugnete das errötend und um das Gespräch abzuleiten, gestand er mir, daß er einen Bandwurm hätte.

Eine schon längst von mir beantragte und sehnlichst erwartete Bescheinigung traf ein, besagend: ich wäre vom 2. bis einschließlich 7. März nach Leipzig und München beurlaubt. Ich durfte aber schon einen Tag früher fahren. Ich schlief nachts unruhig, wälzte mich wie ein Pferd ohne Beine herum und wachte schreiend auf, weil ich geträumt hatte, ich wäre zwischen zwei zusammenscherende Schiffe geraten. Jessen beruhigte mich. Er konnte seines Bandwurms wegen auch nicht schlafen, weshalb er wieder wider ärztliche Verordnung den Bandwurm zu füttern begann, indem er selbst kräftig aß.

Vier Uhr ward ich geweckt. Meine Sachen waren gepackt. Eine Dekade Löhnung war mir vorausbezahlt. Sicherheitshalber gab ich noch einen Morsespruch nach »Seeadler«: »Bitte Routineboot Beurlaubten mitnehmen«.

Erst als ich im Speisewagen saß und der Zug abrollte, verlor ich die dumpfe Furcht, im letzten Moment noch zurückgeholt zu werden. Eine Seligkeit umfing mich, sechs Tage Freiheit!

Diese sechs Tage Urlaub verliefen köstlich. Schon die Bahnfahrten ließ ich auf mich wirken. Überall jubelnde Empfänge, trauriges Abschiednehmen, überall Verwundete, lachende Menschen, ernste Menschen, Soldaten über und über mit Blumen geschmückt. Zu Hause bei den Eltern und Geschwistern wurde ich ebenso verwöhnt wie unterwegs und wie in München von den Freunden und von Tante Selma. Man fragte mich immer wieder: Wo steckt eigentlich Prinz Heinrich? Von der Marine sprachen alle mit höchster Achtung, und ich wurde schon unterwegs von fremden Menschen mit Höflichkeiten und Freundlichkeiten überschüttet. Ein Kind schenkte mir aus eigenem Antriebe eine Dicke Berta aus Schokolade. Dicke Berta nannten die Soldaten das neue 42-cm-Geschütz. Auf der Rückfahrt begleitete mich Eichhörnchen bis Bremen. Als sie meinen Blicken entschwunden war, da ward mir zumut, als führe ich nun ins Gefängnis zurück.

Auf »Vulkan« fand ich eine günstige Nachricht vor. Die innere Sperre sollte aufgehoben, unsere Boote außer Dienst gestellt und die Mannschaften an die Kompanie überwiesen werden. Nur ein Boot sollte bleiben, und das war natürlich »Vulkan«. Der Leutnant erlaubte mir nicht, beim Sperrkommandanten vorstellig zu werden. Er und der Sperrkommandant gaben weder Gesuche noch Beschwerden von mir weiter. Das war gegen § 5 der Kriegsartikel. Erst nachdem ich mich hinter Oberleutnant Raichert steckte, hatte ich Erfolg. Ich sollte abgelöst werden. Herr Kaiser teilte mir das zornig mit. Ich fing überglücklich gleich an, meine

Sachen zu ordnen. An die Matrosen verteilte ich kleine Andenken, und ich riß die hundert Ansichtskarten von meiner Bordwand. Tante Selma hatte mir in München drei Töpfe Pflaumenmus mitgegeben, die für mehrere Monate reichen sollten. Nicht wissend, wie ich das transportieren sollte, fraß ich zwei Töpfe an einem Nachmittag leer, was ein jämmerliches Leibweh ergab. Aber Leibweh hin Leibweh her: ich kam von Bord.

Wir gingen abends bei Tonne 16 vor Anker, und ich hatte mich dann in die Koje gepackt, um über mein künftiges Schicksal nachzudenken, als ein Knall übers Wasser hallte. – »Anker auf!« – Ich lief barfuß an Deck. Pechschwarze Nacht. Auf einem Torpedoboot hatte eine Explosion stattgefunden. Wir wanden den Anker hoch und setzten Lichter. Das Unfallboot war von einem Scheinwerfer beleuchtet und bereits von anderen Torpedobooten umringt. Man brauchte unsere Hilfe nicht.

Am nächsten Tage nahmen wir im Hafen Kohlen, und ich schaufelte wie ein Besessener, denn ich wollte mir nicht noch zuletzt Faulheit nachsagen lassen. Da meldete sich ein Maat an Bord, der seinen Kleidersack mitbrachte. Meine Ablösung. Herr Kaiser wollte mich noch ein wenig schikanieren. Ich durfte nicht direkt in die Kaserne, sondern sollte erst mit heraus nach der Sperre fahren und von dort das Routineboot zur Rückfahrt benutzen. Dieses war dann aber schon fort, so daß ich noch eine ungeduldige Nacht auf »Glückauf« verbrachte.

»Melde mich von Bord!«

Leutnant Kaiser gab mir die Hand mit einem sauersüßen Lächeln. »Hoffentlich verwirklichen sich Ihre …«

[…]

WARNEMÜNDE

Wir fuhren unserer vier vergnügt los. In Rostock hatten wir die Dreistigkeit, uns selber einen Tag Urlaub zu genehmigen. Auf dem hübschen Marktplatz mit den alten Giebeln und den bunten Obstbuden war ein geschmackvolles Nageldenkmal errichtet. Nun spielte gerade eine Militärkapelle, und aus dem lustwandelnden Publikum wurden Blumenspenden dort niedergelegt. Das Rathaus war anläßlich einer Feier der Jungmannschaften freundlich geschmückt. Kurz, ich hatte die besten Eindrücke in Rostock. Zwei von Lehmann aufgegabelte Konfektionösen brachten uns an den falschen Zug. Später im richtigen Zug vielen lustigen Unsinn treibend, machten wir die Bekanntschaft zweier Damen, Geschwister Reemi, die aus Mexiko geflüchtet waren, nun bei ihrer Mutter in Warnemünde wohnten und die ich einmal zu besuchen versprach, um ein angefangenes Gespräch über Porfirio Diaz zu vollenden.

Wir sollten uns bei Oberleutnant Däver in Warnemünde melden. Es dauerte aber lange, bis wir im Dunkeln die Halbflottille West fanden. Die ersten Boote, die wir entdeckten, hießen zu meinem Erstaunen »Bergedorf«, »Farmsen«, »Wohldorf« und »Brema«. Die waren also von Libau abkommandiert. Ich stieg sofort auf »Farmsen« und in die Kajüte hinunter, wo mir Leutnant Kaiser erfreut die Hand schüttelte. Er schilderte mir noch einmal das Unglück des Leutnants Wilkens, bei dem noch andere Leute, so auch der anscheinend daran schuldige Minenmaat von der »Elsaß«, umgekommen waren. Und später hatte sich in Windau ein ganz ähnliches Unglück zugetragen.

Auf den Vorpostenbooten in Warnemünde herrschte dasselbe Durcheinander, das ich in Libau auf der Flottille beobachtet hatte. Niemand wußte, was stattfinden sollte. Ich schlief auf »Farmsen« in der heißen Kabine eines beurlaubten Maschinistenmaaten und freute mich über die vielen Fliegen, weil ich hoffte, sie würden mich morgen rechtzeitig wecken. Denn ich hatte als Zugführer ein schlechtes Gewissen wegen unserer Fahrtunterbrechung in Rostock. Als ich mich aber dann beim Stab bei Leutnant Däver meldete, rief dieser: »Was, Sie sind schon da? Wir sind noch lange nicht so weit. Kommen Sie mal am Nachmittag wieder. Da wollen wir theoretischen Unterricht machen.«

So bezogen wir Privatquartiere. Für Engel und mich hatte man ein blitzsauberes Zimmer bei einer Frau Detloff in der John-Brinckman-Str. 3 gemietet. Engel war ein gutmütiger, etwas kleinlicher und geiziger und äußerlich ein großer, starker, täppischer Mensch, im Zivilberuf Metzger.

Am Nachmittag hielt ich vor der versammelten Division mit großem Selbstgefühl einen mehrstündigen Vortrag über Minensuchwesen. Lehmann, Culessa und Engel staunten mit offenen Mäulern über meine Redegewandtheit.

Wir wurden mittags an Bord verpflegt. Abends kochte uns Frau Detloff Kaffee. Wir brachten ihr von Bord die Bohnen und auch das Petroleum für die Lampe mit. Auch mit Bordseife erfreuten wir sie gelegentlich.

Zwei losgerissene deutsche Minen wurden angeschwemmt. Culessa bekam und vollzog den Auftrag, sie zu entschärfen. – Ein Wasserflugzeug warf versehentlich eine Bombe über der Mole nieder. Die Fensterscheiben der nächstgelegenen Gebäude wurden zertrümmert. – Boot 111 von uns hatte ein englisches U-Boot vernichtet. Englische U-Boote in der Ostsee, das war jetzt der große aktuelle Schrecken. Andererseits wurde die Möglichkeit eines baldigen Friedensschlusses diskutiert.

Unsere Boote liefen zu Übungszwecken aus. Wir Minenleute mußten das Suchgerät praktisch vorführen und die Besatzungen anlernen. Das ging alles in Ordnung, zumal bei diesen Booten auf meine seinerzeitige Anregung hin niedrige Heckbauten vorgesehen waren. Engel verließ außerdienstlich nur selten die Wohnung. Er war zu geizig, um ins Wirtshaus zu gehen. Er saß stundenlang in der Küche und schwatzte kindisches Zeug mit Frau Detloff und deren Tochter. Diese verliebte sich ein wenig in den stattlichen Burschen, obgleich sie über dessen Fehler und Schwächen mit mir und auch vor ihm selber oft witzelte. Engel ging frühzeitig zu Bett und stand spät auf. Wenn ich schon früh erwachte, sah ich nur die Hälfte seines feuerroten Kugelkopfes aus den schneeigen Betten ragen. Ich wusch täglich ein Paar Strümpfe und Taschentücher, denn es schien, als ob wir viel länger als vorgesehen in Warnemünde bleiben würden. Das beglückte mich sehr. Unsere Vorgesetzten dort waren äußerst angenehme und rücksichtsvolle Offiziere.

Culessa war verlogen, Lehmann war ordinär, Engel beschränkt. Ich war der eigentliche und fehlerlose Engel. Ich verkehrte außerdienstlich nur wenig mit den drei andern. Ich hatte mich bald mit jenen mexikanischen Schwestern und deren Mutter angefreundet. Geschwister Reemi, Geigenkünstlerinnen. Sie hatten früher auch in München Konzerte gegeben, und ich besann mich nachträglich, sie dort einmal gehört zu haben. Die Mutter war eine ältere, sehr gescheute Dame.

Man traf sich mehrmals am Tage in dem sauberen kleinen Warnemünde, wo alle Häuser freundliche Veranden hatten und wo man wie im Schaufenster lebte. Ich kaufte mit Reemis Spinat ein. Ich hörte mit ihnen im Café Bechlin gute Musik. Dort verkehrten viele Offiziere, unter anderen ein komischer, grauhaariger alter Hauptmann, namens Brunnemann, ein berüchtigter Schwerenöter, der alle Damen kannte und im Café ihnen eine steife, gebrechliche Verbeugung machte. Am Tage aber ritt er mit gezogenem Säbel und mit Musik vor einem Häuflein Soldaten durch die Straßen, und wenn man vor ihm stramm machte, so winkte er mit einer merkwürdigen, gravitätischen Zweifingerbewegung ab. Abends saß ich mit Reemis am Strand. Auf dem Wasser lagen Fischerboote und eine verlassene Dreimastbark, die ich schon einmal nach Verwendbarem durchsucht hatte.

Bulgarien machte mobil. In Rußland stand das Spiel auf Revolution oder Null ouvert aus freier Hand. Im Volksblatt las ich, daß der Kaiser bestimmt hätte, daß den beurlaubten Mannschaften die Löhnung unverkürzt weiter zu zahlen sei. Mir hatte man sie noch abgezogen.

In Warnemünde ließ sich's gut leben. Wir vier Cuxhavener hatten tagelang nichts zu tun, weil die Vorpostenboote entweder in See oder in der Werft waren.

Der Simplizissimus lehnte meine Novelle ab mit Rücksicht auf die Zensur. Sie wäre zu grausig.

An der Westfront sollte es schlimm für uns stehen. Die große Offensive der Engländer und Franzosen hatte eingesetzt.

Ich saß sonntags am Strand im sechsten Strandkorb, das heißt aus fünf anderen Strandkörben hatten mich die rechtmäßigen Mieter verjagt. Der Himmel war grau wie Zigarrenasche, und das Meer darunter sah aus wie ein angelaufener Spiegel. Ich dachte verärgert über die Ablehnung meiner Novelle nach und über die Einrichtung Zensur. Ich konnte mich nicht entschließen, die Geschichte zu ändern oder zu kürzen, denn ich hatte sie ohne Tendenz geschrieben. Ich trieb keine Politik. Oder wenn, dann die patriotischste. Denn ich wollte doch immer unter die kühnsten Kämpfer gegen Deutschlands Feinde gestellt werden. Und wenn ich mich gerade in solchem Bewußtsein bemühte, die Wahrheit zu sagen, dann schien mir solches nur heilsam. Und in dem Gegenteil, im Entstellen oder Verschweigen glaubte ich etwas äußerst Gefährliches zu erblicken. Dann wurden meine Gedanken abgelenkt. Kinder bauten Mondkrater im Sand. Ein märchenhaft schönes Mädchen tauchte zwischen den Körben auf. Und von der Mole löste sich die

Fähre ab, die täglich große Viehtransporte aus Dänemark holte. Dann quälte ich mich mit einer neuen Novellenidee ab, die mir aber zu groß schien, um sie in dem Rahmen einer Zeitschrift unterzubringen. Es war so, als ob ich eine Hose in einen viel zu kleinen Karton packen wollte. Später sprach ich mit Mucky Reemi darüber. Die meinte bei dieser Gelegenheit: »Du bist doch ein Dichter. Warum gibst du uns nie einmal eins von deinen Büchern zu lesen?«

Ich kaufte eine gruselige Fünfgroschenbroschüre, entfernte das Titelblatt und lieh dieses Büchlein, als eine Arbeit von mir, der Mucky. Nachdem sie es gelesen, besprach sie es eingehend mit mir, es müßte wohl eine Jugendarbeit von mir sein. Ihre Tadel formte sie sehr liebenswürdig.

Eines Morgens saß ich mit Engel beim Kaffee, den Detloffs uns immer so appetitlich und mit viel Liebe servierten, und Engel vertraute mir gerade an, daß er sich in die dicke Blonde von der Molkerei verliebt hätte. Da ward die Tür aufgerissen, Oberleutnant Däver trat aufgeregt herein, entschuldigte sich kurz und unterzog dann unser Zimmer – Betten und Schränke – einer eingehenden Untersuchung. Auch zu den zwei anderen Maaten begab er sich in gleicher Absicht. Lehmann war etwas peinlich überrascht, denn er hatte gerade ein Mädchen im Bett. Alle Schiffe wurden durchsucht. Eine peinliche Angelegenheit. Es bildete sich das Gerücht, in Rostock wären militärische Geheimpapiere entwendet.

Ich hatte inzwischen viele Bekanntschaften gemacht und wurde bald als lustiger und allerwärts herumbummelnder Lebematrose sehr populär. Sogar die Kinder auf der Straße begrüßten mich als Onkel. Besonders gern gab ich mich mit einem idiotischen Kind in unserem Hause ab. Es machte Sprünge wie ein Kalb und hatte sonderbare, für mich wunderbare Handbewegungen. Von jeher liebte ich derartige, geistesgestörte Kinder und konnte ihnen stundenlang zuhören. Im Ötztal in Tirol kannte ich ein Dorf, wo jedes zweite Kind idiotisch war, und diese Kinder dort hatten pompöse Namen wie »Germania« oder »Tudesca«.

Meine wertvollste Bekanntschaft aber war die mit der dickwadigen Badefrau vom Damenbad. Ich hatte mich gelegentlich angeboten, ihr beim Zerkleinern von Brennholz behilflich zu sein, und nun hackte ich und sägte auf Teufel komm raus, und hatte immer Zutritt zum Damenbad. Zwar war das Wetter schon kalt, so daß sich nur noch wenige Damen ins Wasser wagten, aber schon deren Anblick kostete mich manche Beil- und Sägewunde. Leider wurde die Anstalt bald geschlossen, wie der Lesesaal und das Fünfpfennighäuschen.

Abends saß ich mit Reemis im Strandkorb. Sie erzählten von ihrer Heimatstadt Guadalajara, und ich schilderte meine Schiffsjungenstreiche in Westindien und Britisch-Honduras. Zwischendurch belauschten wir die Gespräche der benachbarten Strandkörbe.

In einem Korbe erzählte ein Neuangekommener, Belgrad wäre in deutsch-österreichischen Händen, Bulgarien hätte Serbien angegriffen und in Bremen wäre augenblicklich Fliegeralarm. Schutzleute liefen klingelnd durch Bremer Straßen, und es würde aus Fenstern geschossen.

Das Café Bechlin ward stiller. Man sah dort fast nur noch Offiziere, den Oberleutnant, Grafen Montgelas, von dem ich anständige, schneidige Geschichten wußte, und natürlich Hauptmann Brunnemann. Dem war gerade ein Malheur passiert, Schokolade auf die Uniform gegossen. Er lag ausgestreckt im Korbstuhl und während zwei Kellner seine Pantalons mit Salz und Warmwasser massierten, blinzelte er charmant puderfarbigen Damen zu.

Ein englisches U-Boot hatte eins von unseren Torpedobooten beschossen. Dieses hatte mit einer Wasserbombe geantwortet. Nun sollte unsere Vorpostenflottille eine gewisse Stelle im Sund absuchen, wo das angeblich beschädigte U-Boot liegen mußte. Es wurde dann auch gefunden und der Fund von einem Taucher bestätigt. Bei günstigem Wetter sollte es demnächst gehoben werden.

Aber es spukten noch mehr englische U-Boote in der Ostsee und versenkten in der folgenden Zeit mehrere deutsche Dampfer. Die deutsche Fähre nach Dänemark fuhr deshalb nicht mehr aus, nur die dänische verkehrte weiter. In unseren Kreisen tadelte man bitter die deutsche Marineführung, weil sie die großen Kampfschiffe und Hochseetorpedoboote untätig in Kiel liegen ließ und die Säuberung der Ostsee von englischen U-Booten unseren geringwertigen und schutzlosen Fischdampfern überließ.

Ein Torpedomatrose hatte sich aus nichtbekannten Gründen die Pulsader durchschnitten. Mir fiel die dicke Blutspur auf, die vom Kirchenplatz bis zur John-Brinckman-Straße führte. Ferner hatte ein anderer Mariner nachts auf der Straße ein Mädchen überfallen, ausgezogen und beraubt.

Wir vier Maate aus Cuxhaven schwelgten in Faulheit. Einmal mußten wir, ich weiß nicht, warum, eine Erklärung unterschreiben, ob bzw. wieviel Schulden wir hätten. Engel merkte nicht, daß sich das nur auf unsere Warnemünder Zeit bezog und notierte da, wo wir anderen »Nein« hinschrieben, »fünfunddreißigtausend Mark Hypothekenschulden«, was den Feldwebel sehr verblüffte.

Ich war mittags bei Mutter Reemi eingeladen. Die Töchter spielten herrlich auf ihren kostbaren Meistergeigen Mozartsche Duette und das Air von Schubert und »Der Tod und das Mädchen«. Als ich heimkam, stand Engel bereit zum entscheidenden Sturm auf die Molkerei. Er hatte Glacehandschuhe über seine gewaltigen Pratzen gepreßt und für zwanzig Pfennig Schokolade gekauft, die ihm aber im Regen ganz aufgeweicht war. Er ertrug aber meinen und Detloffs Spott mit rührender Geduld.

Auch Culessa hatte eine Liebschaft, eine Köchin auf der

dänischen Fähre. Sie wäre ihm beinahe wegtorpediert, als ein englisches U-Boot einen Stettiner Dampfer versenkte. Die Fähre brachte übrigens einen deutschen Offizier mit, der aus englischer Gefangenschaft entflohen war. Erst kurz vor der Landung hatte er Uniform angelegt, und an der Mole wurde er von Warnemünder Militär mit Musik empfangen. Aber auch in diesem Falle wußten die Mannschaften nicht, worum es sich handelte. Wußten wir nicht, daß dieser Offizier der große und – was darum nicht wundert – bescheidene Held zur See, Kapitän Lauterbach war.

Ich ging zum Flugplatz und holte mir vom Oberleutnant von Winterfeld die Erlaubnis, einmal mitfliegen zu dürfen. Indem ich hastig ein schon startendes Wasser-Flugzeug erkletterte, trat ich aus Unkenntnis ein Loch in dessen Flügel, was freilich kein bedeutendes Unglück war.

Culessa und Lehmann wurden abkommandiert. Sie kamen nach Kiel auf die »Deutschland«. Ich trauerte ihnen nicht nach. Aber ich trauerte, weil die Maate vom Jahrgang 04 befördert werden sollten. Ich war sogar vom Jahrgang 03, aber mich hatte man offenbar übersehen, und ich wußte nicht, wie ich das aufdecken sollte. Ich wußte überhaupt nicht mehr, welchem Kommando ich unterstellt war.

Detloffs waren und blieben reizend zu uns. Sie stellten uns immer etwas Besonderes ins Zimmer, ein Blümchen oder ein Pflaumenmus. Vater Detloff war Gärtner.

Das Laub färbte sich gelb. Dazwischen standen grüne Fichten oder leuchteten rote Beeren. Die Sandwege durch das niedrige Gehölz ähnelten denen bei Riga. Nebel und Regel wechselten sich ab. Das Brausen von Propellern in der Luft scheuchte Krähenschwärme auf. Die ersten Schneeflocken fielen.

Als ich bei Dunkelheit durch das Gehölz ging, hörte ich plötzlich Hilferufe. »Hilfe! Wächter! Wächter!« Hineilend sah ich in einer Lichtung einen Obermaaten im Handgemenge mit einem Arbeiter. Unweit davon stand ein Mädchen. Der Arbeiter schrie: »Lassen Sie meine Tochter in Ruh!« und zu dem Mädchen: »Du gehst nach Hause!« Ich trennte die Ringenden und frug das Mädchen: »Ist das wirklich Ihr Vater?«

»Ja«, sagte sie, »hauen Sie ihm doch in die Augen!«

»Was? Ich soll Ihren Vater schlagen?«

»Ja, hauen Sie ihn tüchtig, er ist mein Pflegevater.« – – –

Das Café Bechlin mied ich nun völlig, nachdem man dort den Matrosen Borak ausgewiesen hatte, nur weil er nicht Offizier war und nicht, wie ich zum Beispiel, durch größere Zechen oder gute Begleitung imponierte. Diesen Borak lernte ich dann in einem anderen Café kennen. Er war mir sympathisch durch seine Intelligenz und durch seine Zuneigung zu mir, die beinahe an Verehrung grenzte. Er hatte auf einem Torpedoboot die Jagd auf das englische U-Boot A. E. 13 mitgemacht. Dieses U-Boot flüchtete sich damals auf dänisches Hoheitsgebiet. »Der englische Kommandant«, erzählte Borak, »stand mit verschränkten Armen an Deck und sah stolz verachtend zu uns Verfolgern herüber. Wir frugen per Funkspruch in Swinemünde an, was wir tun sollten. Die Antwort lautete: U-Boot auf jeden Fall unschädlich machen. So schossen wir A. E. 13 in den Grund. Fünfzehn Engländer kamen dabei um. Dann flohen wir, weil dänische Kriegsschiffe auftauchten. Später kam aus Schweden die Nachricht, der englische Kapitän hätte absichtlich sein Schiff geopfert, um die Aufmerksamkeit von neun anderen U-Booten abzulenken, die inzwischen den Sund passierten.« Borak erzählte mir, daß er früher in Hamburg Vertreter einer großen Autogesellschaft gewesen wäre. Er interessierte sich sehr für meine Schriftstellerei und ließ sich eins meiner Bücher vom Verlag senden und in feinstes Leder binden.

Am Sonntag erwachten Engel und ich von einer himmlischen Musik. Vor unserer Türe. Es klang, als ob ein ganzes

Orchester draußen spielte. Aber es waren nur die Geschwister Reemi, die mir ein Geigenständchen brachten, zum Abschied, denn sie siedelten am andern Tag nach Rostock über, während ihre alte Mutter zur Klärung ihrer finanziellen Interessen nach Mexiko fuhr, wo derzeit Revolution herrschte. Ich besuchte mit Reemis einen kleinen zoologischen Garten, der aber unter den augenblicklichen Verhältnissen ein dürftiges und bedauerliches Bild bot. Man zeigte vorwiegend Haustiere, denen es immerhin noch am besten gehen mochte, da sie an die Hartherzigkeit der Menschen gewöhnt waren. Aber kläglich sahen die wilden, nun ganz abgemagerten Tiere aus. Die Adler steckten in Käfigen, wo sie kaum ihre Schwingen ausbreiten konnten. Als wir vor den Wölfen standen, klang gerade der Gesang marschierender Soldaten zu uns herüber. Da stimmten plötzlich die Wölfe mit unheimlich klagendem Geheul ein. – Reemis waren für das Orchester an das Rostocker Stadttheater engagiert. Ich besuchte sie bald. Und wohnte der Generalprobe von Rheingold bei. Der Pförtner wollte mir den Zutritt zum Theater verwehren, aber ich lief an ihm vorbei und schloß mich in der Fürstenloge ein. Sein wütendes Pochen an der Tür ignorierte ich. Die Schauspieler spielten in ihren militärischen Uniformen. Ein Feldgrauer auf dem Grunde des Rheines – ich mußte an den Kreuzer »Undine« denken, über dessen Versenkung ich gerade zuvor gelesen hatte.

Am nächsten Sonntag sah ich mir auch die Premiere des Stückes an. Diesmal saß das großherzogliche Paar in der Fürstenloge; da donnerte gewiß kein Portier an die Tür.

Man übertrug Engel und mir die Wache im Zollgebäude, Arrestwache. Die Arrestanten dort schliefen in kleinen, und bei strengem Arrest, in dunklen Zellen auf Holzpritschen. Ich befragte alle nach ihren Vergehen. Einer hatte den Grafen v. d. Recke beleidigt und deswegen noch Festungshaft zu erwarten. Ein Maat, der wegen Betrunkenheit eingeliefert war, schien überhaupt nicht mehr nüchtern werden zu wollen. Er glaubte mir nicht, daß er eingesperrt sei und wollte durchaus nach Hause gehen. Erst als ich den Posten blank ziehen ließ, vermochte ich ihn einzuschüchtern. Zwei andere Matrosen büßten dort, weil sie mit dem Öl, das für die feinere Maschinerie der Torpedos bestimmt war, sich Kartoffeln gebraten hatten. Dann brachte man einen siebzehnjährigen verweinten Freiwilligen. Er hatte zusammen mit einem älteren Matrosen auf dem Torpedoboot V 158 die Messekasse beraubt. Sie verjubelten das Geld mit dem Vorsatz, sich hinterher zu erschießen, was dann aber nur der ältere tat. Engel erschmeichelte sich den Auftrag, diesen Arrestanten am nächsten Tag ins Untersuchungsgefängnis nach Kiel zu transportieren. Ich freute mich, Engel zwei Tage los zu werden. Er ging mir schon lange auf die Nerven. Bei dem armen Molkereimädchen und deren Eltern hatte er sich als Heiratskandidat warm eingenistet. Sie ahnten nicht, daß er schon verheiratet war.

Ferner brachte man einen Obermatrosen vom Prisenkommando, der zu sieben Tagen strengen Arrestes und Degradation verurteilt war, weil er den Zivilkapitän eines neutralen Schiffes angepöbelt hatte. Aber sowohl Engel wie ich benahmen uns allzu gutmütig auf diesen Wachen. Wir steckten den Arrestanten Bier, Zigaretten und Speck zu, ja, ich ließ sogar einmal Mädchen in ihre Zellen. Einer, der entlassen wurde, konnte sich gar nicht trennen und sah ganz betrübt aus.

Man übertrug uns auch die Wache »Villa Thea«. Außerdem wurden wir auf Torpedobooten an den Wasserbomben beschäftigt. Dazwischen fuhren wir von Zeit zu Zeit wieder mit unseren Vorpostenbooten aus. Bei Ahrenshoop war der Levantedampfer »Kypros« gestrandet. Den sollten wir wieder flottmachen. Als wir aber hinkamen, hatte ein Bergungsdampfer ihn bereits im Schlepp.

Oberleutnant Däver empfahl den Minenmaaten und

Deckoffizieren, nach einem Einbrecher zu fahnden, der seit Juli in Warnemünde sein Unwesen trieb und mehrfach Leute, die ihn bei Einbrüchen überraschten, überrannt hatte. Alle diese Leute beschrieben ihn als einen schlanken jüngeren Mann, der ein gewisses nervöses Augenzwinkern an sich hätte. Nur war er bald als Matrose, bald in Deckoffiziersuniform und einmal auch als Zivilist aufgetreten. Besonders auf Schmucksachen und Damenartikel, wie Strümpfe, Korsetts usw. hatte er es abgesehen.

Schnee und Kälte setzten ein. Die Warnow war zugefroren. Engel benahm sich mir gegenüber undankbar und unkameradschaftlich. Ich teilte alles mit ihm und hatte auch ein ernstes Zerwürfnis mit seiner Frau wieder eingerenkt. Wenn er Speck gesandt erhielt, so verschwieg er es und aß den Speck dann heimlich im Klosett.

Eine Anzahl Eiserner Kreuze und mecklenburgischer Medaillen wurden verteilt. Auch wurden täglich neue Beförderungen verlesen. Von meiner war nie die Rede. Ich bekam nur einen Schnupfen und litt seit einiger Zeit an unerklärlichen Schwindelanfällen. Mißgestimmt legte ich mich zu Bett und mußte für neun Mark Sterbegeläute anhören, das heißt: Das Geläute kostete die Hinterbliebenen, wie mir Frau Detloff erzählte, neun Mark. Dann verfiel ich – was mir so selten geschah – in einen schönen Traum. Die Schwestern Reemi traten in weißen Kleidern zu mir und fragten, wen von ihnen ich heiraten möchte. Ich sagte Mucky. Da küßte mich Tula und ward auf einmal zu einem schönen Engel, der seine Flügel ausbreitete und unter den Klängen einer zauberhaften Musik, mir gütig Abschied winkend, entfloh. – Da erwachte ich und sah wirklich einen Engel, aber es war der verfluchte knallrote, unmanierliche Metzgermeister Maat Engel. Der riß die Fenster auf, weil draußen ausrückende Landsturmleute mit klingendem Spiele vorbeimarschierten.

Unsere Truppen in Holstein erhielten auffällige Verstärkungen. – Auf »Prinz Adalbert« sollten fünfzehn Mann während der Katastrophe in Arrestzellen gesteckt haben. – Die Kriegsgewinnsteuer kam im Reichstag zur Besprechung. – Uns ward immer wieder verlesen, daß es verboten sei, Tagebuch zu führen. Ich war daher noch ängstlicher darauf bedacht, meine Bücher zu verbergen und sie bei jeder passenden Gelegenheit heimzuschicken. Außerdem bediente ich mich noch häufiger meiner Geheimschrift.

Mein Stammlokal war das Café Meyer geworden. Dort traf ich mich täglich mit Maaten anderer Divisionen und Zivilisten. Sie nannten mich allgemein nur noch den Wasserbombenmaat, und ich wurde bald ihr Hauptspaßmacher. Meyers waren wohlerzogene und freundliche Leute, und der schönen Frau Meyer durfte ich den Hof machen. Ich lernte dort den Feldwebel Hans Brinckman kennen, einen Großneffen des Dichters.

Es wurde eisigkalt. Ich fror, denn ich lief noch immer im Hemd mit entblößter Brust herum, weil sich mein Überzieher noch in Kiel bei einem Flickschneider befand, dessen Namen und Adresse ich vergessen hatte. Dann gab es plötzlich Gewitter, und dann rüttelten wieder wilde Stürme an unsere Fenster in der John-Brinckman-Straße. Im Hofe hatte Frau Lange aus dem Hinterhaus ihre unermeßlich weite Flanellhose zum Trocknen aufgehängt. Ich machte mir mit Engel das Vergnügen, diese Hose allnächtlich mit Wasser zu begießen.

Ich lud Engel zum Frühstück ein, und weil es auf meine Kosten ging, aß der Kerl fünf Neunaugen und zwei Portionen saure Scholle. Plötzlich lauschte er, und seine Augen strahlten verständnisvoll. Man hörte die fernen Schmerzenstöne eines im Geschlachtetwerden begriffenen Schweines.

Ich wurde täglich deprimierter, und nur, wenn ich – mit Urlaubschein oder heimlich – nach Rostock fuhr, fand ich bei Reemis vorübergehenden Trost. Einmal traf ich dort mit einer jungen aber baßstimmigen und Zigarren rauchenden Dame namens Heidweiler zusammen. Die erzählte Interessantes über Lauterbachs Flucht. Reemis erzogen mich auch in gewissen Dingen und redeten mir zu, meine vernachlässigten Zähne zu pflegen und eine drei Zähne breite Lücke durch künstliche Zähne zu ersetzen. Ich grübelte lange und sehr betrübt über dieses peinliche Thema nach, ehe ich nachfolgendes Rundschreiben an gewisse Freunde und Bekannte erließ:

»Bitte teilt mir eure ehrliche und ausführliche Meinung über folgende Fragen mit:

1. Sind falsche Zähne mit Kautschukplatte etwas Unappetitliches beim Kuß? beim Essen? oder auch schon beim Anblick?
2. Sind falsche Zähne sympathischer als keine oder wenig oder schlechte Zähne?
3. Kann man harte Brotrinden mit falschen Zähnen beißen?
4. Kann man mit falschen Zähnen laut schreien oder singen, zum Beispiel: ›Lache, Bajazzo‹?
5. Kann man pfeifen?
6. Kommt es vor, daß ein künstliches Gebiß beim Essen, Sprechen usw. plötzlich herausfällt?
7. Spricht man mit falschen Zähnen besser als mit wenig echten?
8. Gibt es Schauspieler, die ein künstliches Gebiß tragen? –«

Ehe noch die ersten Antworten auf diese Rundfrage eintrafen, die von den meisten als Witz aufgefaßt wurde, hatte ich mir auf langen bürokratischen Wegen in der Universitätsklinik drei neue Zähne angeschafft. Und nun lief ich durch die Straßen, und die Passanten hielten mich vielleicht für verrückt, weil ich in allen Tonarten vor mich hindeklamierte. Und Reemis zogen mich auf, weil ich anfangs während des Sprechens plötzlich »zwitscherte«.

Es waren neue Fischdampfer eingetroffen, deren Mannschaften sich alsbald in den Straßen sehr übel bemerkbar machten. Sie rissen auf dem Kirchplatz die aufgestapelten Weihnachtsbäume auseinander und zogen grölend damit an Bord. Die Nachtwächter versteckten sich vor ihnen. Die vielen Bestrafungen nützten wenig. Man hätte dem Frohsinnsdrang dieser Bordleute ein vernünftiges Ventil geben sollen.

Das deutsche Schiff »Bremen« war in der Ostsee versenkt worden. Nur siebenundfünfzig Mann sollten gerettet sein. Graf v. d. Recke hatte am Kattegatt einen englischen Attaché auf einem dänischen Passagierdampfer abgefangen. – Trotz gewisser Gegenmaßregeln wurde der Lebensmittelwucher immer schlimmer betrieben. In Berlin waren Weiber vor das kaiserliche Palais gezogen und hatten gerufen: »Gebt uns unsere Männer heraus!« Bis die Polizei sie mit blanker Waffe vertrieb. – Ein Freund schrieb an Engel, daß seine Kompanie 80 km vor Paris stände.

Es trafen Berge von Weihnachtsgeschenken ein. Ich wurde reich bedacht.

Am Heiligen Abend lagen vierundzwanzig Vorpostenboote mit 800 Mann Besatzung im Hafen. Die offizielle Weihnachtsfeier fand statt. Die Leute knabberten bedrückt oder schläfrig an ihren Pfefferkuchen, nörgelten oder lauschten stumpf dem Geigensolo und dann einem Vortrag mit Lichtbildern. Es gab Punsch und Freibier auf Marken. Engel schmunzelte. Aber ich nahm es übel, daß man für uns beide keine Plätze reserviert hatte, weder bei den Deckoffizieren noch beim Büropersonal, noch an den Tischen der Mannschaften und Unteroffiziere. Außerdem war ich verstimmt, weil ich kein Geld besaß. Daher verließ ich den Saal sehr bald. Und da trafen abends plötzlich telegraphisch hundert Mark von Albert Langen ein. Dr. Geheeb schrieb hinterher:

»München, 23. Dezember 15. Sehr verehrter Herr

Hester, das ist eine wunderbare besoffene Geschichte! Furchtbar lang, aber so gut, daß wir sie doch bringen werden. Vielleicht gestatten Sie uns einige kleine Kürzungen. – Aber nur, wenn es aus Raumgründen sein muß. Das Honorar geht telegraphisch an Sie. Frohe Weihnachten wünscht Ihnen mit besten Grüßen Ihr Dr. R. Geheeb.«

Von meinem Onkel, dem internierten Kapitän Engelhart, erhielt ich einen Kartengruß aus Soerabaja.

Die überraschende telegraphische Geldsendung beglückte mich sehr, denn nun konnte ich noch geschwind Geschenke für Detloffs und andere Freunde besorgen. Und Oberleutnant Däver bewilligte mir zehn Tage Heimaturlaub. Ich badete meine Seligkeit in einem Rausch, wobei ich eine Fensterscheibe mit dem Kopf einschlug. Detloffs, über meine kleinen Gaben bis zu Tränen gerührt, bügelten, nähten, bürsteten und verproviantierten mich für die Reise. Ich lief noch in einen Barbierladen, um mir Spitz- und Schnurrbart abnehmen zu lassen. Eine Frau kratzte mir in unkundiger Weise den Spitzbart weg. Als sie danach ein Drittel meines Schnurrbartes ausgestückelt hatte, ließ sie plötzlich das Messer sinken und erklärte stockend, Schnurrbärte abzunehmen verstünde sie nicht. Wütend griff ich nun selbst zum Messer, mit dem Erfolg, daß ich mir sofort eine tiefe Schnittwunde beibrachte. Aber es war schon spät und ich mußte stark blutend und mit zwei Drittel Schnurrbart in den Zug steigen.

Die Kupees waren von Urlaubern überfüllt. All diese schimpften oder stichelten laut oder leise über die unverhältnismäßig hohen Offiziersgehälter und über andere Ungerechtigkeiten bei Heer und Marine. Ich fand einen Platz im Speisewagen, einem Amerikaner gegenüber. Und ich schluckte Aspirin und trank schwarzen Kaffee mit Zitronensaft auf das Wohl meiner fernen Lieben. Weil mein Gegenüber kein Wort Deutsch verstand, half ich ihm als Dolmetscher vor dem Kellner. Der Amerikaner vertraute mir, er habe den deutschen Kaiser wegen einer Torpedoerfindung sprechen wollen, sei aber nicht vorgelassen worden. Die übrigen Fahrgäste warfen mir scheele Blicke zu, weil ich englisch sprach.

Zehn Tage Urlaub, in Leipzig, Berlin, Merseburg, Schleußig, Halle a. Saale, Eisenach, Waltershausen in Thüringen und in der Eisenbahn verbracht, verflogen wie eine Stunde Verhätscheltwerden. Dann gab es bei Detloffs und im Café Meyer ein herzliches Wiedersehen mit mancherlei Neuigkeiten, wechselseitig ausgepackt. Von der deutschen zur dänischen Küste sollte eine U-Boots-Netzsperre zum Schutze der Fähre gelegt werden. – Ein Matrose vom »Seeadler« hatte einen Kameraden erstochen. – Landsoldaten hatten den Gastwirt Salzmann mit dem Seitengewehr verwundet. – Ein von Privatfirmen gestifteter Preis für Vernichtung englischer U-Boote sollte jetzt an die Mannschaft und Offiziere jenes Bootes verteilt werden, das C. A. 13 versenkt hatte. – Ein Matrose hatte sich im Strom ertränkt. – Oberleutnant Däver feierte Hochzeit. – Montenegro bat um Separatfrieden. – Die Sozialdemokraten brachten im Reichstage die Willkürherrschaft der Zensur zur Sprache.

Ich mußte nun wieder an verschiedenen Stellen Wache schieben, meistens Arrestwache.

Vom Arrestlokal aus hörte ich die Festrede des Halbflottillenchefs zu Kaisers Geburtstag an. »– – Noch niemals ist ein Herrscher seelisch so eng mit seinem Volke verwachsen gewesen. –« Aber das Hurra klang dann sehr lau. Meine Arrestanten wurden anläßlich des Geburtstages aus kaiserlicher Gnade entlassen. So konnten die Zellen einmal gründlich gereinigt werden. Häufig fuhr ich heimlich nach Rostock, was immer schwieriger wurde, da die Bahnsperre schärfer bewacht wurde. Ich mußte schließlich, um die Posten zu umgehen, auf der Rückfahrt jedesmal an einer gewissen Kurve kurz vor Warnemünde vom fahrenden

Schnellzug abspringen. Eine gefährliche Sache, die aber immer glückte. In Rostock besuchte ich Reemis und sah die Oper Carmen und sprach einen Mann, der beim Untergang des Kreuzers »Friedrich Carl« gerettet wurde. Das Schiff war von einem unserer eigenen U-Boote versenkt worden. Auch erfuhr ich den Untergang von »King Edward VII«.

Der Baralong-Fall gab Anlaß zu scharfen schriftlichen Auseinandersetzungen zwischen meinem Vater und mir. Unsere Ansichten über den Krieg, über unser Volk und die anderen Völker waren allzu verschieden. Wir einigten uns immer wieder dahin, künftig alle politischen Polemiken zu vermeiden, aber das ließ sich denn doch nicht auf die Dauer durchführen.

Mit Eichhörnchen hatte ich dieselben Meinungsverschiedenheiten. Sie schrieb mir:

»Solange du deine Gefühle und Reden so wenig meistern kannst, bitte ich dich, das Thema Krieg und Vaterland und alles, was damit zusammenhängt, zwischen uns fallen zu lassen.«

Weil immer wieder von neuen Einbrüchen in Warnemünde die Rede war, und weil ich den größten Teil der Privatleute und Militärs dieses Ortes zu kennen glaubte, begann ich einmal ganz für mich zu recherchieren. Wer war der mysteriöse Einbrecher? Nein, ich fragte mich: Wer war es bestimmt nicht? – Die Kinder – die Frauen – die von Statur kleinen Menschen – alle diejenigen, die nur vorübergehend, also nicht seit Juli in Warnemünde waren. Wer war anzunehmenderweise nicht der Verbrecher? Die Offiziere – viele mir persönlich bekannte redliche, gutbürgerliche, harmlose oder unintelligente Leute. So zog ich immer engere Kreise und zuletzt fand ich den Gesuchten. Ich will vorsichtshalber sagen: Ich war fest davon überzeugt, ihn gefunden zu haben. Es war jener Matrose Borak, der mich so verehrte, und der mein Novellenbuch in feinstes Leder binden ließ. Ich erinnerte mich nun, daß ich ihn einmal in seiner Privatwohnung besucht hatte, die ihm als Offiziersburschen bewilligt war. Damals fielen mir die vielen geschmackvollen Luxusgegenstände auf, die er besaß. Auch hatte er mich damals in seine Zukunftspläne eingeweiht. Er wollte nach dem Kriege im großen Stile eine Kaninchenzucht in Australien beginnen und belegte seine Ausführungen mit logischen und sachkundigen Erwägungen und Zahlen, ferner hatte er mir die Kopie vom Grundriß einer interessanten Mine gezeigt. Diesen Konstruktionsplan hatte er bei seinem Leutnant entdeckt und heimlich durchgepaust. Damals war mir die Sache nicht weiter ernst vorgekommen. Aber nun zurückdenkend, reimte sich mir das geniale hochstaplerische Wesen dieses Borak mit seinen äußerlichen Kennzeichen, seiner Größe, seinem nervösen Augenzwinkern zweifellos verdächtig zusammen. Er war inzwischen syphiliskrank in ein Lazarett eingeliefert. Ich sah von einer Anzeige ab. Vielleicht weil ich fürchtete, daß meine an sich ganz harmlosen und meinerseits ahnungslosen Beziehungen zu ihm zur Sprache kämen.

In dem mustergültig modernen und sauberen Schulhause, das unserer Wohnung gegenüberlag, wurde ein Soldatenheim aufgemacht; ich sah mir das an. Den Soldaten war freie Lese- und Schreibgelegenheit gegeben. Bücher und Zeitschriften nach zensierten kleinen Ansichten ausgewählt und Tinte, Feder und Papier. Wer von den Soldaten nicht ganz auf den Kopf gefallen war, konnte sich das besser selbst beschaffen. Die etwa zehn Leute, die bei der Eröffnung dort auf den Bänken hockten, sahen wie bedrückte, gepreßte Almosenempfänger aus, und zwischen ihnen stolzierten liebenswürdig jene leitenden ehrenamtlichen Damen der Gesellschaft umher und schwelgten in vermeintlicher Wohltätigkeit.

Ich hatte großen Verdruß. Mein Verleger schrieb mir bezüglich des Manuskriptes zu dem Kriegsmarine-Novellenbuch, daß die Zensur des Admiralstabes nicht nur die beiden stärksten Geschichten ganz, sondern auch aus dem übrigen Text so viel Stellen gestrichen, obendrein sogar Worte »verbessert« hätte, daß das Buch um 35 Seiten Umfang verlöre und ich deshalb doch noch etwas Neues hinzuschreiben möchte. Mit dem Gift und der Galle im Herzen schien mir das aber unmöglich.

Es hieß, unsere große Offensive an der Westfront würde beginnen, wenn der für unsere Giftgase günstige Wind einsetzte. Ich schrieb in mein Tagebuch: »Wäre dieser Krieg doch endlich ex! Käme es meinetwegen so, daß wir eine große Schlappe erlitten, wenn wir dadurch nur einen einigermaßen annehmbaren Frieden erhielten.«

Das Arrestlokal war wieder gefüllt. Engel und ich mußten viel Wache gehen und wurden im übrigen mit der Verteilung und Behandlung der Wasser- und Nebelbomben beschäftigt. Das Prisenkommando hatte manche Erfolge im Handelskrieg zu verzeichnen. Aber wenn ich die Leute morgens weckte, waren sie noch todmüde und apathisch.

Ich erhielt Befehl, einen gemütskranken Signalgast in eine Nervenheilanstalt nach Kiel zu transportieren. Da dehnte ich denn meine Reise reichlich aus. Erst ließ ich mich in Lübeck verwöhnen. Als ich dort das Atelier einer Schneiderin Maria Timm betrat, um mir ein neues Minenabzeichen auf den Ärmel nähen zu lassen, nahm Fräulein Timm keine Bezahlung an, und sie und ihre Hilfsdamen traktierten mich mit Zigaretten und sonstigen Gefälligkeiten.

In meine Warnemünder Wohnung zurückgekehrt, fand ich dort eine Flasche edlen Weines vor, die mir Mucky hingestellt hatte. Ich beschloß sofort, mir eine festliche Stunde zu bereiten, die ein Gedicht gebären sollte. Ich räumte also das Zimmer sorgfältig auf, zog meine besten Uniformstücke an, holte mir feine Zigaretten und Detloffs vornehmstes Weinglas. So setzte ich mich vors Schreibzeug. Kaum hatte ich den ersten Schluck feierlich geschlürft, so polterte Engel ins Zimmer, plazierte sich neben mich und machte sich daran, ein Fußbad im Waschbecken zu nehmen. Ich teilte den kostbaren Wein mit ihm in verhaltenem Grimm und mit komischer Eile. Dann ging ich allein in einen Liederabend der Lotte Lehmann aus Hamburg.

Nachdem wir noch einmal mit sämtlichen Booten ausgelaufen waren und das Minensuchen wie im Examen dem Divisionschef vorgeführt hatten, brachte Engel die Kunde nach Hause, daß er und ich am nächsten Morgen endgültig nach Cuxhaven zurückreisen sollten. Das traf mich wie ein Schlag. Aber als Engel hinzufügte, er hätte heute schon einmal geweint, und als Detloffs, die gerade geschlachtet hatten, uns dann mit Wellfleisch und Herzlichkeit und heißen Würstchen und heißen Tränen trösteten, schickte ich mich in diese nur allzu berechtigte Abkommandierung.

An dreißig Maate versammelten sich im Café Meyer, um meinen Abschied zu feiern. Obermaat Proetel und der frohe Bernkasteler Stefan Heinz hielten erbauliche Reden, Frau Meyer kredenzte Krabbensalat, und Herr Meyer spendierte Whisky. Ich schlug ein Auszählspiel vor, nach dem der Verlierer sich in eine Torte setzen mußte, und dieses bittere (Geschmacks-)Los traf dann mich selber.

Zum letzten Male weckte uns Fräulein Detloff. Engel war verzweifelt. Unsere Wirtsleute schluchzten. Irgend jemand hatte Glasstücke vor unsere Tür gestreut, daß wir in Glücksscherben treten möchten.

Der Übergang in das strenge und militärische Cuxhavener Leben ward uns durch einen Hamburger Tag versüßt. Die Mädchen in Sankt Pauli bewarfen mich mit Schneebällen. Dann wollte ich mir ein Brot kaufen, bekam aber keins. Ich wollte Butter kaufen. »Butter ist ein Fremdwort«, sagten die Verkäufer. Es gab auch kein Fett, nicht einmal Margarine. Aber von den Bekannten, die ich aufsuchte, hatte jeder etwas Leckeres aufzutischen, was »hintenrum besorgt« war.

Als ich wieder mit Engel zusammentraf, war dieser heiser wie eine Dampfpfeife. Wir ließen beide die Köpfe hängen. Er seufzte im Zug einmal über das andere, und ich summte trübsinnig das österreichische Reiterlied vor mich hin, in das ich gerade sentimental verliebt war.

Nun schlief ich wieder in der großen Wetternkaserne auf einem Strohsack und hatte wieder Gesuche im Gange und machte den Büroschreibern Bestechungsgeschenke, weil verlautete, es würde ein Sonderkommando für die Türkei zusammengestellt.

Wir bekamen weder Butter noch Milch noch Schnaps. Der Dienst war langweilig. Appell mit langem Stehen im Schnee – Drückebergereien – Meldungen und Beschwerden – sonntags zwangsweiser Kirchgang. – Dazwischen einmal Kleiderausgabe, die sofort einen schwunghaften heimlichen Handel mit Kleidungsstücken und Schuhwerk bewirkte.

Der Hilfskreuzer »Wolf«, frisch ausgerüstet, war auf Schlick gelaufen, was eine Kesselexplosion zur Folge hatte. Es hieß, an Bord habe bei der Ausfahrt große Betrunkenheit geherrscht.

Im Kasino wurde rege dem Schachspiel gefrönt. Nachts in den Stuben vorm Einschlafen witzelten wir noch lange. Wenn einer einen Wind ließ, sagt der Witz: »Dem ist die Haut zu kurz. Wenn er die Augen schließt, öffnet sich sein Arschloch.«

Der Schreiber Zuckmantel bot mir einen Posten bei einem Sonderkommando an, für das nur Englisch sprechende Leute gebraucht würden. Ich lehnte aber ab, weil es sich um bürokratische Tätigkeit handelte.

Ein Matrose aus meiner Kaserne erschoß sich, weil man seine Bitte um Heimaturlaub spöttisch abgeschlagen hatte. Der Oberfeuermeister hielt uns eine verbohrte Ansprache über diesen Fall. – Ein Soldat dürfe nicht solche Schwäche zeigen. – »Die Wurzel des Übels wurzelt darin, daß der

Tote sich auf unerklärliche und unredliche Weise eine scharfe Patrone verschafft hat. – « Ich verkehrte neuerdings im Gasthaus »Zur Sonne«, wo ein Stammtisch von Frankfurtern Apfelwein eingeführt hatte, der mir zum Dichten besonders günstig schien. – Engel wußte sich mit Hilfe eines undatierten Zeugnisses eines Landrates schon wieder vierzehn Tage Urlaub zu verschaffen.

Ein Mann simulierte Wahnsinn und lehnte sich vor versammelter Mannschaft gegen seine Vorgesetzten auf. Er kam auf Festung.

Die »Möwe« war glücklich durchgekommen und eingelaufen. Sie brachte zweihundert Gefangene und eine Million in Goldbarren mit.

Unsere Stuben wurden nunmehr einen Tag um den andern geheizt, weil es an Kohlen mangelte. Ein allgemeiner Husten bellte.

Ich wurde zum Minendepot bestellt. Es handelte sich um ein Sonderkommando. Oberleutnant Heinrichs prüfte und verhörte mich wie etwa fünfzig andere Leute. »Sind Sie im Räum- und Suchgerät unterrichtet?«

»Jawohl. Ich war sogar Instrukteur für Minensuchwesen.«

»Haben Sie einen Sprengkursus durchgemacht?«

»Jawohl.«

»Einen Minenvormannskursus?«

»Jawohl.«

»Haben Sie schon Minen geworfen?«

»Jawohl.«

»Gefischt?«

»Jawohl.«

»Entschärft?«

»Jawohl.«

»Gut!« – Ich wurde vom Oberarzt auf Bordfähigkeit untersucht. Dann kleidete man mich und die andern Ausgewählten feldmarschmäßig und feldgrau ein. Rucksack,

Kochzeug, Feldflasche, Leibbinde, Verbandzeug, Mantel, grauer Wachstuchbezug für die Mütze, Gamaschen usw. Schneider und Schuster änderten und fluchten.

Es hieß, wir würden nach Rußland kommen. Wir waren alle sehr aufgeregt.

[...]

RUSSLAND

Auf unseren Mützenbändern stand: »Kaiserliches Marinekorps«.

Maschinist Böse blieb mit einigen Leuten zurück, um den Transport der Dampfpinasse und der Minen zu überwachen. Wir anderen, Kapitän Hermann, der Arzt, neun Maate, einundsechzig Mann und ein »Schuft« genannter Hund wurden in acht Waggons verpackt. Ich kam mit Schmidt, Blau und Langebeck in ein Abteil zweiter Klasse. Wir zerschnitten sofort die Seitenpolster, um einen Skattisch herzustellen.

Langsam ratterten wir dahin, stundenlang, tagelang.

Auf den Stationen, wo wir hielten, ward unser Zug erst auf abgelegene Geleise rangiert, ehe man uns aussteigen ließ. Es war strengstens untersagt, sich vom Zuge zu entfernen. Es gab kein Trinkwasser, kein Waschwasser. Zu den Mahlzeiten wurden wir unauffällig in verborgene, manchmal saubere, auf anderen Stationen wieder sehr schmutzige Baracken geführt, wo wir viel fromme und patriotische Wandsprüche und manchmal gutes, manchmal schlechtes Essen vorfanden.

In einer solchen Baracke übernachteten wir einmal in Neubrandenburg in sehr ordentlichen Betten. Dann ging's weiter. Zu unserer großen Enttäuschung ließ man uns auch in Stettin nicht in die Stadt, sondern wir wurden auch dort an einer versteckten Stelle des Güterbahnhofes bewirtet.

Dabei sprach mich Korvettenkapitän Hermann zum erstenmal an. Er hatte eine finstere, militärisch bellende Stimme.

»Sie sind der Maat Hester?«

»Jawohl, Herr Kapitän.«

»Sie sind Schriftsteller?«

»Jawohl, Herr Kapitän.«

»Daß Sie sich nicht unterstehen, einen Roman oder überhaupt eine Zeile zu veröffentlichen, die Sie mir nicht vorher gezeigt haben!«

Wir ratterten durstig und dreckig weiter. Der Zugverkehr war überall ungeheuerlich. Truppentransporte, Truppentransporte, gefangene Engländer, gefangene Russen.

Blau, Langebeck und Schmidt spielten Skat und rauchten. Ich schlief über ihnen in einer wonnig balancierenden Hängematte, die ich von Fenster zu Fenster gespannt hatte, die aber von Zeit zu Zeit, wenn ein Fensterpfosten ausbrach, wuchtig auf die Skatwütigen herunterstürzte. Unentwegt hängte ich sie wieder auf. Ich erwachte erst in Kreuz, wo die Landschaft schon etwas baltischen Charakter trug. Dann passierten wir die pompöse Weichselbrücke. In Simonsdorf fand ich wieder einmal Gelegenheit zum Waschen und Zähneputzen.

Wir machten uns in der Langeweile der Fahrt und aus Notwendigkeit mit den Geheimnissen und Tricks des Tornisterpackens vertraut. Dabei waren wir immer versucht, die sogenannte Eiserne Proviantration anzurühren, worauf aber fürchterliche Strafe stand. Gelegentlich hielt Herr Hermann kurze, knappe und barsche Ansprachen. Keinesfalls dürften wir nach Hause schreiben, wohin die Reise ginge, und so weiter. Ein herzliches oder freundliches Wort kam nie über seine Lippen. Es hatte sich herumgesprochen, daß Hermann der Kommandant jenes Spezialkreuzers Wolf gewesen war, der seinerzeit gleich nach Auslaufen festgefahren war und dabei eine Kesselexplosion erlitten hatte. Die Stellung bei uns sollte für Herrn Hermann ein Strafkommando sein. Vielleicht war er deshalb so düster und rauh. Auch der Oberassistenzarzt sprach uns nie an. Aber er traute sich wohl vor Hermann nicht. Er und der Kommandant reisten und speisten und schliefen natürlich gesondert von uns.

Die Verpflegung ward immer karger, je näher wir nach Rußland kamen. In Braunsberg gelang es mir, mit rasender Eile in die Stadt zu entwischen und ein Brot zu erstehen. Das bestrichen wir uns dann mit Senf.

Am sechsten April erreichten wir Memel. Dann ging es weiter und durch das okkupierte Rußland. Zur Linken wie zur Rechten sahen wir russische Gefangene arbeiten. Von Zeit zu Zeit tauchte ein Stacheldrahtverhau oder ein zerschossenes Haus auf. Wie gern wäre ich in Prekuln ausgestiegen, um den freundlichen Apotheker aufzusuchen, der mich in meiner Libauer Zeit so liebenswürdig aufgenommen hatte.

Am siebenten April morgens kamen wir in Mitau an. Statt Brot setzte man uns eine saure Suppe vor, die keiner von uns anrührte. Blau und ich krochen unter den nächsten Eisenbahnwagen hindurch und eilten im Laufschritt wohl zwei Kilometer weit in die Stadt. Dort kauften wir viel Brot. In der Angst, den Anschluß an unseren Zug zu versäumen, riefen wir auf dem Rückweg ein ärmliches Gefährt an. Der Kutscher aber trieb sein Pferd an, um uns zu entkommen, jedoch wir holten ihn ein und machten uns gewaltsam zu Passagieren. Da fuhr er ganz langsam.

Als wir dann vernahmen, daß unser Zug vor zwölf Uhr nicht weiterführe, kehrten wir wieder in die Stadt zurück. Ich erkundigte mich überall nach gewissen Mitauer Bekannten, aber diese waren längst geflohen. Dagegen stieß ich auf die Adresse einer Baronin von Osten-Sacken, deren Enkel Peter ich aus Riga und München gut kannte. Ich war ungewaschen, ungekämmt und abscheulich verdreckt. Aber ich hungerte danach, einen Zivilisten, einen Gebildeten und einen zarteren Menschen zu sprechen. Ich zog Glacehandschuhe, die ich in der Manteltasche fand, über meine schwarzen Hände und läutete Annenstraße 17. Die Baronin, eine ungeheuer dicke Dame, nahm mich aufs herzlichste auf. Sie war trotz ihrer Dicke wirklich jener zarte und feinfühlende Mensch, nach dem ich mich sehnte, dabei äußerst temperamentvoll und lustig. Indem sie alle Hebel in Bewegung setzte, mich zu bewirten und es mir bequem zu machen, erzählte sie charmant. Prinz Adalbert war kurz zuvor ihr Gast gewesen. Ich möchte doch, wenn ich zurückkehrte, ihre Tochter in Kiel aufsuchen, die Frau des Admirals Spee. Ich schied mit aufrichtigem Dank. Meine Glacehandschuhe hatte ich aber auch während des köstlichen Frühstücks nicht abgezogen.

Mitau war arg zerschossen, doch sah man überall deutsche Soldaten und russische Gefangene aufräumen und aufbauen. Ebenso fleißig wurde das Land bestellt und gepflügt. Auf einem Schutthaufen sah ich Hunderte von scharfen russischen Gewehrpatronen liegen und steckte eine zu mir.

In Tukkum hielten wir vor dem eingeäscherten Bahnhof. Die Stadt lag öde da. Die Russen hatten alle Deutschen mit weggeschleppt, und wir trafen nur heuchlerisch barmende Letten an. Die Infanteristen, die dort lagen, nahmen uns sehr freundlich auf. Den Letten wäre nicht zu trauen, es wären bereits zweiunddreißig von ihnen wegen Verräterei erschossen. Im übrigen sei in Mitau nichts los. Nun, unsere ehemals blauen, jetzt feldgrauen Jungen waren findiger und intelligenter und fanden gute Unterhaltung in diesem allerdings für uns ganz neuartigen Landquartierleben.

Wir waren in Tukkum schon zwölf Kilometer von der Front entfernt. Hermann und der Arzt quartierten sich in dem jämmerlichen besten Gasthof »Deutsches Haus« ein. Uns brachte man in einem unbewohnten Privathaus unter. Dort war alles zerschlagen oder verdreckt, ehemals schöne

Stühle, Schränke und Sofas. Unter einem umgestürzten Flügel lagen Bücher. Ich griff gierig danach. Russische Schulbücher, Lexika, ein Buch über Likörfabrikation, das ich an mich nahm, um es später meinem bibliophilen und trinkverständigen Freunde Hugo von Halm mitzubringen. Beleuchtung gab es nicht. Doch hatten wir noch Reste von Talglichtern von der Bahnfahrt her. Wir richteten uns ein, so gut es ging. Einige beschafften Holzwolle, darauf wir nachts schlafen wollten, andere schleppten hölzerne Reste eines halbverbrannten Nachbarhauses herbei und schlugen Schrankleisten und Stuhlbeine ab, um die Kamine und Öfen zu heizen. Bald waren die Stuben von dickem Qualm erfüllt, aber warm. In einem Eimer, in dem wir uns kurz zuvor alle gewaschen hatten, kochten wir nun Kaffee. Die Bohnen waren mit dem Gewehrkolben auf der Tischplatte gemahlen.

Ich traf einige Lettenkinder, die deutsch sprachen, und forderte sie auf, mir Bücher, möglichst alte Bücher zu bringen. Ja, da wäre ein ganz altes, aber das hätten sie soeben verbrannt.

Wir entdeckten eine ehemalige Schuhfabrik. Neben den verlassenen Maschinen lagen Tausende von Damenstiefelabsätzen herum, und obwohl wir damit gar nichts anfangen konnten, pfropften wir sie doch in unsere Tornister.

Der größte Teil unseres Kommandos marschierte dann nach Schlokenbek. Ich fuhr mit der Bagage und der Gulaschkanone per Bahn.

Die Bahn, auf der wir fuhren, war von den Deutschen neu angelegt, und das merkte man. Alle Viertelstunden mußte sie verschnaufen und setzte danach jedesmal mit solchem Ruck ein, daß der Koch, als er das Fleisch für siebzig Mann präparierte, plötzlich ein Stück Finger dazuschnitt. Ich verband ihn und vollendete seine Arbeit. In Schlokenbek wurde die Gulaschkanone abgesetzt, mit Rindfleisch und Nudeln geladen, und nach vier Stunden fiel der mit

Spannung erwartete erste Schuß, ein wenig ungewürzt und nicht ganz gar. Aber unser fröstelnder Hunger nahm ihn mit Wonne auf.

Im Schatten der Hügel und Waldungen lag noch Schnee. Fünf Kilometer voraus war unsere äußerste Front. Wir hörten Kanonenschüsse und Maschinengewehrfeuer.

Die Infanteristen suchten uns auszuforschen. Wohin wir wollten und was wir vorhätten. Wir antworteten, wir wüßten es nicht. Ein Hauptmann, dem ich die gleiche ausweichende Erklärung gab, schimpfte über unsere Geheimniskrämerei und nannte mich einen Affen.

In Schlokenbek waren keine Zivilisten mehr. Artilleristen, Infanteristen und Kavalleristen und Pioniere und Landsturmleute wimmelten grau durcheinander. Man baute Häuser, Ställe und Schuppen. Holz war im Überfluß vorhanden. Wir mußten noch einmal nach Tukkum und wieder zurück marschieren, um Pferde zu requirieren. Indessen unternahm der Kommandant in einem Auto eine Rekognoszierungsfahrt. Das ungewohnte Marschieren mit dem schweren Affen kam uns Marinern recht sauer an. Die Infanteristen lachten uns aus. Aber hinterher brauten wir uns Grog aus Rum, der uns gegen Cholera reichlich verabfolgt wurde.

»Trullalla, trullalla,
Schnaps ist gut für die Cholera!«

Wir gingen nun daran, einen Teil der Bagage auf die Loren zu packen. Vor je vier Loren wurden zwei Pferde gespannt, auf denen Jäger ritten. So zogen wir nun den schmalspurigen Schienen einer improvisierten Feldbahn nach, die in großen Windungen sechzehn Kilometer weit bis zu unserem Endziel Kneis führte. Durch weites, hügeliges Land, dann wieder durch ausgedehnte wilde Wälder, durch schwermütige baltische Landschaft.

Manchmal stapsten wir durch fußhohen Schlamm. Ging es bergauf, so mußten wir die Loren schieben helfen. Auch entgleisten diese fortwährend. Es verursachte jedesmal mühevolle Unterbrechung, die schweren Feldwagen wieder auf die Schienen zu bringen. Züge von Artilleristen und Kavalleristen begegneten uns oder überholten uns. Sie staunten unsere Expedition verwundert an. Endlich wurde der Boden sandiger, wurden die Kiefern spärlicher und dünner. Wir näherten uns der Küste. Dann wand sich der Weg um Dünen, und nun lag vor uns das Meer und davor das von der Zivilbevölkerung geräumte Fischerdorf Kneis. Ich hob einen Schrapnellzünder auf, der im Sande lag. Mein Tornister war schon überschwer. Wir bezogen Quartier in den verwüsteten und zerschossenen Häusern. Je vierzehn Mann in ein Haus. Ein Haus für die Unteroffiziere. Ein Haus, natürlich das schönste Haus, für den Kommandanten. Ein Haus für den Arzt.

Bald loderten mächtige Holzfeuer auf. Holz lag in unübersehbarer Fülle herum. Die Bagage wurde ausgeladen, Hängematten, Matratzen und Proviant verteilt und sonstige wichtigste Vorkehrungen getroffen. In das wilde Tohuwabohu wetterten Flüche und Anschnauzer. Einige Leute waren betrunken. Sie hatten unterwegs ein Rumfaß angebohrt. Alle befanden sich in großer Aufregung. Denn es war schon etwas, ein ganzes Dorf zur Verfügung zu haben, ja sogar zwei Dörfer, denn unmittelbar an Kneis grenzte ein zweites Fischerdorf, Apschen. Allerdings hatten sich vor uns schon Jäger und Dragoner in den günstigsten Häusern eingenistet und das Beste vorweggeschnappt. Zum Beispiel vermißten wir Stühle; aber es gab gelernte Zimmerleute unter uns, außerdem hatten wir Säge und Messer bei uns, und wer etwa eine kleine Holzleiste brauchte, der gab einem großen, schön polierten Schrank einen Kommißstiefeltritt und nahm sich aus den Trümmern, was er brauchte.

Wir bestürmten die Jäger mit Fragen. Ja, hier ist dicke Luft. Unsere äußersten Schützengräben liegen nur drei Kilometer weiter ab. Wir werden manchmal von See aus oder von Fliegern beschossen. Dort – der Jäger zeigte auf eine Landzunge – ist eine schwere russische Batterie. Wenn die spitzkriegt, daß ihr hier was vorhabt, dann werden sie reichlich hageln.

Beizender Qualm durchzog die Stuben. Um den Koch herum duftete aus Eimern Bohnenkaffee. Es wurde abgekocht, jedoch trotz meines Hungers litt es mich nicht lange an den Töpfen. Ich durchstöberte – und viele von uns taten so aus verschiedenartiger Gier – die halbverkohlten Häuser und Häusergerippe nach Beute. Und wer ein Bedürfnis hatte, der benutzte etwa ein Granatloch im zweiten Stock und pfiff aufs Geratewohl in die Tiefe. Und es war eine Lust, ein nur noch lose in den Angeln hängendes Dachfenster mit einem Tritt herunterzuschmettern.

Die vandalischen Freuden erschöpften sich bald. In dem Bewußtsein, daß wir dort länger verblieben, und aus natürlichem Trieb fingen wir an, aufzubauen. Jeder für sein Haus. Da wurden Bänke und Tischteile aus Dreck und Trümmern gezogen, sauber geschrubbt und sorgfältig ausgebessert. Auch wir Unteroffiziere zogen aus, um Meublement zusammenzutragen. Hier auf dem Speicher stand ein Nußbaumschrank ohne Tür. Dort im Keller, unter Glasscherben und leeren Fässern verborgen, klaffte eine eisenbeschlagene Truhe, die offenbar schon von den Landsoldaten geplündert war, aber immerhin noch wertvolle Porzellansachen enthielt. Unter fünfzig tadellosen Fensterrahmen fand ich ein Wasserglas. Überall lagen Kränze und lettische Bibeln und hebräische und russische Bücher umher.

Alles hackte, sägte, nagelte, schrubbte. Beim Appell wurden scharfe Patronen ausgeteilt. Es war verboten, auf den Dünen spazierenzugehen, weil uns die Russen dort von der

Landzunge aus beobachten konnten. Es war verboten, unabgekochtes Wasser zu trinken, weil man fürchtete, daß die Russen die Ziehbrunnen vergiftet hätten. Es war verboten, sich über die Peripherie der beiden Dörfer hinaus zu entfernen und sich photographieren zu lassen. Wir durften nur über gleichgültige Dinge reden. Die Landsoldaten sollten nicht erfahren, was wir vorhatten. Als Adresse durften wir außer dem Namen nur angeben: »8. Armee, Kommando Hermann, Feldpoststation 33«. Unser Kommando war dem General von Below unterstellt. Dieser wiederum unterstand Hindenburg. Bei Alarm sollten wir vor dem Bagageschuppen antreten, wo auch unsere umschwärmte Gulaschkanone postiert war. Wenn die Russen uns an den Kragen gingen, sollten die Minen und die Pontons in die Luft gesprengt werden. Das klang alles nach furchtbar gefährlich. Mir persönlich kam die Gegend nur allzu friedlich vor.

Es lagen auch Pioniere im Ort. Mit achtzehn von diesen Leuten wurden wir andern Tags an die Dünen geschickt, wo wir unter dem Befehl des Pionier-Feldwebelleutnants Neumann Schienen legen und Schuppen für die Minen, Pontons und Boote bauen sollten. Wir begannen damit, das unebene Gelände zu planieren. Häuser oder Buden, die im Wege standen, wurden abgebrochen, Steine weggerollt, Bäume gefällt oder abgesägt, Sandhügel abgetragen und Gräben ausgehoben. Alle Werkzeuge schwitzten. Diejenigen, die mit Schaufel und Spaten hantierten, hofften auf vergrabenes Russengut zu stoßen. Denn die Jäger hatten uns das Gerücht von großen verborgenen Schätzen überliefert und hatten auch tatsächlich in Gärten und Ställen mancherlei zurückgelassene Sachen aus der Erde gegraben, Tassen, Teller, Fett und Speck.

Netze, Ruder, Bojen und sonstiges Fischer-, Angel- und Bootsgerät bedeckte den Strand. Darunter Hunderte von Waschbaljen, und der gute Nitka schickte nun noch aus Deutschland achtzig Waschbaljen hinzu. Ich fand zwei kleine Messingglocken. Die eine steckte ich in meinen Tornister. Die andere befestigte ich an der Tür unseres Unteroffizierhauses.

Eine Reiterpatrouille kam von der Front zurück und erkundigte sich, ob wir Zivilisten bemerkt hätten.

Wir hatten von früh bis abends Dienst, auch sonntags. Ich benutzte die Mittagspausen zu Spaziergängen. Dabei stieß ich auf verlassene russische Unterstände, die mit erstaunlicher Geschicklichkeit und Akkuratesse angelegt waren. Ich sammelte kleine Bootsgerätschaften auf, für die ich auf meinen Pontons Verwendung hatte.

In allen Häusern standen auf den Speichern nagelneue Särge. Die Matrosen trieben sehr viel Unfug mit ihnen. Ein Mann schlief sogar in solchem Sarg. Abends drang ich unerlaubterweise bis zum Strande vor. Zwei schwere Schüsse dröhnten. Auf der Landzunge wurde ein Fesselballon eingezogen.

Es war klar: Wenn die Russen entdeckten, daß wir hier so große Vorbereitungen trafen, Schuppen bauten und Minen brachten, dann würden sie uns gehörig beschießen. Wir scherzten viel über diesen Fall. Unser Schreckenswort war: »Der Rurik kommt«.

Ich lernte einen Mann kennen, der mich photographierte und im Entlauseleum wohnte. Zur Entlausungsanstalt und Badeanstalt hatte man sehr praktisch eine ehemalige Fischkonservenfabrik gemacht. Sie war von Schrapnells übel mitgenommen, aber die fleißigen und geschickten Soldaten hatten sie wieder gut instand gesetzt. In den großen Kesseln, wo einst Fische geschmort hatten, nahmen wir nun Warmwasserbäder.

Es gab mittags so nahezu immer dasselbe Essen: Zusammengekochtes. Unsere Hauptnahrung war Salz und Brot, und das ließ uns bei der schweren Arbeit manchmal schlapp werden. Auch kamen manche Leute mit ihrem Brot nicht aus. Ich half ihnen mit dem, was bei uns weniger schwer arbeitenden Unteroffizieren übrigblieb, aber das war auch nur ein Tropfen auf heißen Stein.

Die Landsoldaten zerbrachen sich den Kopf darüber, was wir Mariner im Schilde führten. Die meisten rieten auf U-Boote. Wir schwiegen uns aus. Und vor den Russen wurde alles maskiert. Die zahlreichen am Strande herumliegenden Boote der ehemals wahrscheinlich sehr reichen Fischerdörfer wurden von uns angebohrt und dann so gestapelt, daß sie unsere arbeitenden Matrosen verbargen. Auf die Schienenstränge, soweit sie jeweils gelegt waren, schütteten wir Sand. Dann fällten wir viele Tannenbäume, versahen sie, wie Weihnachtsbäume, mit Holzkreuzen, und mit diesen Bäumen wurden quer überm Schienenweg und um verdächtige Gebäude herum kleine harmlose Wälder vorgetäuscht.

Es versteht sich, daß wir gleich anfangs außer unseren Wohnräumen auch allgemeine Gebäude errichtet oder eingerichtet hatten, Lazarett, Vorratskammern, Proviantkeller, Schuppen fürs Maschinengewehr und nicht zuletzt, sondern zu allererst öffentliche Bedürfnisanstalten. All das wurde im Laufe der Zeit vervollkommnet und verbessert. Ich lernte dabei mancherlei Zimmermannskniffe und sonstiges Technisches.

Es war schönes, kaltes Wetter. Ich war abgelöst, trank Cholera-Rum und sah den Sand schippenden Soldaten zu, die den Dobermann hänselten. Dieser Hund war dümmer als ein Sack. Nie lief er einem Hasen nach. Sein Hauptvergnügen war, sich Sand ins Maul werfen zu lassen, und wenn er solche Schaufel voll Sand wütend zerknirschte, überlief mich eine Gänsehaut. Er war wirklich urdumm. Legte man ihm ein Tau lose über den Rücken, so bildete er sich ein, angebunden zu sein und heulte laut, ohne sich von der Stelle zu rühren. Er verwechselte seinen Schwanz mit dem des Jägerdackels, und wenn dieser wedelte, glaubte jener sich zu freuen. Dieser Dackel dagegen war vorzüglich abgerichtet. Machte sein Herr, ein Jäger, vor einem Offizier stramm, so machte der Dackel gleichzeitig Männchen.

Wir hatten erfinderische Leute unter uns. Der Büchsenmacher zum Beispiel hatte ein Spinnrad in eine Bohrmaschine umgebaut. Der Meister, so nannten wir einen unserer tüchtigsten Leute, dichtete eines der angebohrten Boote wieder zu und unternahm damit eine Fahrt in die Bucht, um die Wassertiefen auszuloten. Er stellte fest, daß wir mindestens zwanzig Schienenlängen ins Meer legen müßten.

Die Jäger wurden damit beschäftigt, vorjährige Kartoffeln aus dem Moor zu buddeln, die hauptsächlich als Pferdefutter in Betracht kamen. Die Pioniere waren größtenteils Ostpreußen. Sie schippten, schanzten und gruben mit uns. Drei geräumige, bombensichere Unterstände wurden gebaut, einer für die Minen, der zweite für die Pontons und der dritte für Motorboot, Dampfpinasse und Schmiede. Nebenher ging die Arbeit des Schienenlegens.

In der Freizeit waren die Leute nicht minder fleißig. Man begann, in und an den Wohnhäusern und gemeinsamen Gebäuden das Zweckmäßige durch Schmuck und Luxus zu verschönern. In diesem Drang wetteiferten alle Häuser miteinander. Aus kleinmaschigen Fischernetzen wurden Fenstergardinen geschnitten. Blau hatte vor unserer Maatenvilla einen Garten angelegt. In die Beete setzten wir ausgegrabene Knollen und grünes Moos, das in der Form eines Eisernen Kreuzes und in anderen Figuren ausgerichtet wurde. Ich lieferte schmucke weiße Birkenstämmchen. Bald waren Kneis und Apschen schönere Dörfer oder mindestens sauberer und hygienischer als sie im Frieden gewesen sein mochten. Ich ließ mich von einem Dragoner rasieren. Der glaubte, er müßte mich unterhalten und erzählte mir deshalb ausführlich und erschrecklich realistisch, wie er gestern in seiner Besoffenheit einem Kameraden beim Rasieren das ganze Gesicht zerschnitten hätte.

Bei dem angestrengten Leben und der allgemeinen Nervosität blieben natürlich Reibereien nicht aus. Besonders innerhalb der Wohngemeinschaften entstand Zank. Meine Feinde waren die beiden Torpedermaate und der Unteroffizier Belz, der sich eine Art Feldwebelhoheit angemaßt hatte.

Wir wagten uns heimlich immer weiter in die Umgebung hinaus. Pferdeknochen, russische Schuhe, morsche Sattelteile, Bojen und Blechdosen lagen im Sand. Ich verwahrte mir einen pfundschweren Granatsplitter. Ich ging über den Kirchhof, der kahl und verwahrlost war. Zwei Gräber von deutschen Soldaten, im übrigen nur lettische Grabschriften. Dann lagerte ich mich am Strand. Wildenten und Schwäne flogen über der Bucht. Weit draußen auf dem Meere war endlich einmal etwas zu sehen, ein weißer, dünner, sich bewegender Streifen. Es mochte ein U-Boot sein. Hinter der Badeanstalt sangen Jäger um ein Holzfeuer, das der Wind zu langen Flammen trieb. Es roch nach Fichtenholz. Ich dachte über die vertriebene Bevölkerung dieser Dörfer nach. Letten. Ich hatte ja lange unter ihnen gelebt, und ich würde nie ihr ergreifendes Ligolied vergessen.

Nachts erschreckten wir den Obermaat Lampe. Der war wirklich ein Angsthase. Einer von uns ahmte mit einem Besenstiel an der Tür das Geräusch ferner Geschützsalven nach, und ein anderer schrie dann laut in die Stube: »Rurik kommt!«

Endlich gab es einen freien Sonntagnachmittag. Ich zog mein Bestes an und machte mich wider die Vorschriften auf den Weg nach Osten. Ich mußte einmal unsere äußerste Frontlinie gesehen haben. Noch war ich nicht lange durch den Sand marschiert, als ein Posten mich anrief und Parole forderte. Ich wußte sie nicht, aber scharf ausschreitend, herrschte ich den Posten mit einem ebenso undeutlich gebrüllten wie sinnlosen Satz an: »Wissn sini – ta – borstowke –« oder ähnlich. Der Posten ließ mich verwirrt passieren, weil er mich nicht begriff und aus meiner Uniform nicht klug wurde, die ja tatsächlich eine für das Kommando Hermann speziell hergerichtete Phantasiekleidung war.

Auf ähnliche Weise gelang es mir auf meinem Weitermarsch an anderen Posten vorbeizukommen. Ich lachte innerlich über diese blöden Kerle und fand andererseits ihren Leichtsinn empörend. Ich ahnte nicht, daß sie, wenn ich aus ihren Augen war, sofort telephonischen Bericht erstatteten. Als ich einen hochstämmigen Wald passiert hatte und dann die äußerste Schützenlinie erreichte, wo es von Jägern wimmelte, kamen sofort zwei Soldaten auf mich zu und verhafteten mich. Sie untersuchten meine Taschen und brachten mich zu dem Leutnant Müller, der mit anderen Offizieren Skat spielte. Er stellte ein peinliches Verhör mit mir an. »Wer sind Sie?«

»Minenmaat Hester.«

»Warum treiben Sie sich hier so verdächtig herum?«

»Ich wollte mir einmal einen Schützengraben an der Frontlinie ansehen, ich bin Mariner.«

»Mariner? Hier in dieser Gegend?«

»Jawohl, wir liegen in Kneis.«

»Was tun Sie denn da?«

»Das darf ich nicht sagen.«

»So, merkwürdig. – Wer ist denn Ihr Kommandant?«

»Korvettenkapitän Hermann. Wir haben die Feldpoststation 33.«

»Da will ich doch gleich mal Ihren Kommandanten antelephonieren.«

»Ich bitte Herrn Leutnant, das nicht zu tun, ich würde sonst bestraft werden. Ich habe mich ohne Erlaubnis, nur aus Neugier so weit entfernt.«

Die Offiziere warfen sich bedeutungsvolle Blicke zu. »Zeigen Sie einmal Ihr Soldbuch.«

»Mariner haben kein Soldbuch.«

»Was sind Sie für ein Landsmann?«

»Sachse.«

»Sonderbar. Sie sprechen gar nicht sächsisch.«

»Ich habe jahrelang in München gelebt.«

Einer der Offiziere, ein langer, unverkennbarer Bayer, sprang auf und fragte: »Sagen Sie mal, wie nennt man denn so ein großes Gefäß mit Bier?«

»Dös is a Maaß!« rief ich froh und meinte, damit gesiegt zu haben. Aber die Offiziere gaben sich nicht zufrieden, und je länger sie mich verhörten, desto mißtrauischer schienen sie zu werden. Schließlich meinte Leutnant Müller: Was ich vorbrächte, klänge zwar ganz gut und schön, aber jeder Spion könnte dergleichen vorbringen. Er sähe sich doch genötigt, meinen Kommandanten zu benachrichtigen.

Ich bat nochmals inständig, davon Abstand zu nehmen. Darauf ließ er zwei Jäger kommen, denen er meine anzuzweifelnden Angaben mitteilte. Er ließ sie ihre Pistolen laden: »Bringen Sie den Mann bis zu seinem Standquartier und überzeugen Sie sich, ob seine Aussagen stimmen. Wenn er unterwegs den leisesten Fluchtversuch macht, dann schießen Sie ihn nieder.«

Als ich herausgeführt wurde, erblickte ich einen Jägerunteroffizier aus Kneis, der mich gut kannte. Weil er auch bei Leutnant Müller Vertrauen genoß, verwandte er sich für mich, und man gestattete mir nun, noch zu bleiben und mir die Schützengräben anzusehen. Ich spazierte vergnügt zwischen den Laufgräben, den sauberen Unterständen und den 15-cm-Geschützen der Batterien herum. Ein Proviantwagen, mit einem russischen Klepper bespannt, nahm mich dann nach Kneis mit zurück. Wir machten einen Umweg über Lazup auf schönen Waldwegen. An einem hübschen Brückchen, das die Deutschen erbaut hatten, stand »Hindenburgbrücke«. Allenthalben sah ich geborstene oder gefällte Bäume, Pferdeschädel, Granatsplitter und Reste von eingeäscherten Häusern. In der Kantine von Lazup nahmen mich die Landsoldaten gut auf. Es ging dort sehr lebhaft zu. Man zechte und lachte, und alles redete sich mit »Du« an.

Mein Ausflug blieb vor meinem Kommando unbemerkt. Dagegen wurde ich am nächsten Tage von Hermann ausgiebigst angeschnauzt, weil er herausgekriegt hatte, daß ich mich photographieren ließ. An diesem Tage hörte man von früh bis abends die Aufschläge russischer Geschosse. Es klang wie nahes Gewitter. Aber mich deuchte, daß Hermanns Donnerwetter alles übertönte.

Bei der Arbeitsverteilung schickte man mich mit einer Gruppe zum Holzfällen in ein harzduftendes Gelände. Rehe flohen vor uns. Krähen umkreisten uns, und in das Rauschen des Meeres schlug unsere Axtmusik.

Maschinistenmaat Eckmann traf mit einem neuen Bagagetransport aus Schlokenbek ein. Er brachte auch die Pontons mit. Die Jäger schüttelten wieder die Köpfe beim Anblick dieser großen verschlossenen Badewannen. Die Pioniere, denen Pontons vertraut waren, fragten nur, wo man denn hier Brücken zu bauen gedenke.

Mitunter wurden wir truppweise zum Kirchgang befohlen. Man saß in einem qualmstickigen, mit Tannengrün geschmückten Raume auf Holzbänken. Über einem Podium stand »Heil Kaiser Dir!« Ein feldgrauer Prediger sprach über »Dienen und Gehorchen« oder andere Themata.

Wir schossen Stare und brieten sie uns und tranken dazu Birkenwasser, das wir schonungslos von jungen Stämmchen abzapften.

Der Kommandant rief uns zusammen und brüllte uns an. Wir wären eine verlotterte Bande. Wir liefen hier herum als wie zum Vergnügen und vergäßen, daß wir im Kriege und vor dem Feinde wären. Er möchte darauf aufmerksam machen, daß in Tukkum ein Gefängnis sei. Hermann schloß so: »Der Hester gibt sich Mühe, aber der ist zu dumm.«

Der Dobermann sollte abgeschafft werden, weil er im

Frontgelände wilderte und überhaupt verräterisch und störend wurde. Siebzig Mann verprügelten ihn und jagten ihn in die Flucht in der Richtung nach Schlokenbek. Als ein Matrose dem fliehenden Hund noch einen Knüppel nachwarf, drehte sich das Tier um, nahm den Knüppel ins Maul und kehrte lustig schwanzwedelnd zu uns zurück.

Der Maschinistenmaat traf ein, wieder mit einer Ladung unermeßlichen Nitkaschen Reichtums. Das Motorboot war unterwegs von den Loren gestürzt und beschädigt. Mit dem Zusammensetzen der Pontons und Schienen gab es viel Arbeit, die besonders dadurch gehemmt wurde, daß der Kommandant, der Maschinist, der Feldwebelleutnant und Herr Feldwebel Beiz alle durcheinander kommandierten und häufig ganz konträre Befehle erteilten. Anstatt den fachkundigen Leuten, den gelernten Technikern, Schlossern, Zimmerleuten usw. etwas Selbständigkeit einzuräumen. Schmeicheleien, Angebereien, Zänkereien düngten gesäte Zwietracht.

Ich fand bei meinen abendlichen Streifen ein seltsames Stilleben im Sande. Neben einem Nachttopf lagen eine Hornbrille und ein Granatsplitter, und auf dem Granatsplitter saß eine Hummel.

In einer sternenlosen Nacht begannen wir unsere ersten Wasserarbeiten. Die Leute mit Gummianzügen mußten voraus, aber wir anderen gleich hinterher. Mit Hilfe von improvisierten Flößen sollten wir die bisher bis ans Ufer gelegten Schienenstränge noch dreißig Meter weit über Sandbänke hinweg ins Wasser legen. Hermann war sehr nervös. Er würde jeden erschlagen, der ein Wort redete. Wenn aber einer von uns notwendigerweise sich einmal unterstand, ganz kurz sein Taschenlämpchen aufleuchten zu lassen, dann schimpfte der Kommandant durchaus nicht leise. Und wurde nicht erschlagen. Es war eine böse Wurschtelei. Manchmal arbeiteten wir angestrengt viele Stunden lang an einer Sache, die plötzlich zusammenstürzte und uns nicht einen Schritt weiter gebracht hatte. Das Ganze bot ein romantisches Bild, oder eigentlich nur einen Scherenschnitt. Denn man sah nur Silhouetten gegen den Himmel. Im übrigen tastete man und tappte herum. Plötzlich stand mitten unter uns ein Ungetüm. Eine Dragonerpatrouille, zwei Reiter, die sich mißtrauisch von ihren Pferden beugten und uns dicht in die Gesichter sahen. Jemand flüsterte: »Gute Freunde, Deutsche.« Hermann bellte auf. Die Patrouille zog weiter. Ihre Pferde stiegen lautlos durch den Sand und über die Schienen, Stacheldrähte und andere Hindernisse hinweg. Über Lazup blitzten Scheinwerfersignale auf. Dann gleichzeitig mit Hagelwetter setzte Kanonendonner ein.

Das Schienenlegen im Wasser machte infolge des unebenen lockeren Sandbodens unerwartete Schwierigkeiten. Dabei galt es, die wenigen mondlosen, zufällig noch vom Nebel begünstigten Nächte auszunützen. Oft standen wir bis zum Halse im Wasser. Manche Leute litten infolge dieser Strapazen und vielleicht auch wegen der unzulänglichen Kost an Diarrhöe und Magenschmerzen.

Mittags zeigte sich hoch in den Lüften ein Flieger. Wir hörten, wie er von irgendwo beschossen wurde, erfuhren aber nicht, ob es ein deutscher oder russischer Flieger war.

Die Russen hatten sich über Nacht dicht vor unseren äußersten Drahtverhauen eingegraben, ohne daß unsere Landsturmposten etwas gemerkt hatten. Morgens wurde die Jägerpatrouille beschossen. Zwar vertrieben die Jäger die Russen wieder und nahmen sogar einige gefangen, aber sie hatten selbst einen Toten und acht Verwundete. Die Jäger hatten schon viele und oft sehr schwere Gefechte gehabt. Von ihrer ursprünglichen Stammkompanie waren nur noch wenige am Leben.

Sonnenschein lockte schon Schmetterlinge heraus, Vögel zwitscherten. Wir säten Radieschen und Salat in unseren Gärten.

Noch schien der Russe nichts von unseren Arbeiten gemerkt zu haben. Am gefährlichsten waren uns die Flieger, denn wir wußten nicht, ob unsere Schienenstränge, soweit sie unter Wasser lagen, von oben erkennbar wären.

Ostersonntagsruhe. Ich knüpfte meine Hängematte zwischen Birken auf und schrieb Tagebuch, wozu ich abends selten kam, weil jedes Haus pro Tag nur ein Talglicht erhielt. Es war doch schön in Kneis! Wenn nur nicht soviel Zank und Neid unter uns gewesen wäre! Und wenn es dort nur ein einziges Weib gegeben hätte.

Wie Ostereier trafen unsere Minen ein und wurden schleunigst in dem festgezimmerten und mit drei Meter hohem Sand bedeckten Schuppen verborgen, der selbstverständlich auch mit Bahngeleisen verbunden und im übrigen auch gegen Fliegeraugen mit Laub maskiert war.

Dann war wieder bei Lazup ein heftiges Artilleriegefecht. Wir konnten vom Strande aus die Einschläge beobachten.

Auf einem einsamen Ausflug in neuer Richtung geriet ich durch Bickbeersträucher und rostbraune Kiefern in eine sumpfige Gegend. Dort war eine kleine Ansiedlung. Ich durchstöberte die wenigen verlassenen Holzhäuser gründlich. Von den Wänden hingen Zeitungsfetzen herab. Pferdegeschirr, Schlitten, Särge, Spinnräder, ein Kinderschuh und anderes lagen zwischen Schutt und Glasscherben. Nur eine Teekanne eroberte ich. Dann verirrte ich mich nach der Ansiedlung Rone, wo Jäger und Dragoner lagen. Dort sah ich etwas Wundervolles, nämlich eine Frau. Aber sie war in Begleitung von Offizieren und zwei Zivilisten, offenbar baltischen Adligen.

Unsere große Dampfpinasse war eingetroffen. Ich hatte meine Pontons aufmontiert. Die Schienen waren gelegt. Nun sollten die ersten Probefahrten beginnen. Ich hatte mir einen guten Lederanzug ausgesucht, trug Segeltuchschuhe und führte Rum bei mir. Um acht Uhr bei Dunkelheit ließen wir die Loren, die die Dampfpinasse trugen, abrollen. Sie entgleisten, wie der Meister es vorausgesagt hatte, weit draußen hinter der ersten Sandbank. Es kostete Stunden großer Anstrengung, Pinasse und Loren wieder ans Land zu bringen. Die Jäger griffen helfend mit ein. Der Kommandant schrie. Wir schwiegen, schwitzten, hasteten, tasteten. Wieder standen ganz unvermutet zwei Patrouillenreiter unter uns. Sie beugten sich, auf ihre Lanzen gestützt, herab. Wir flüsterten ein paar Worte mit ihnen und liebkosten ihre Pferde.

Als wir eben Loren und Pinasse in die Schuppen geborgen hatten, machten sich hinter der Landzunge Schiffe bemerkbar, die mit Scheinwerfern das Wasser absuchten.

Eichhörnchen sandte mir eine Schachtel teurer Zigaretten. Ich nahm aber nur zwei davon und verkaufte die andern. Für das Geld besorgte mir Obermaat Lampe in Tukkum eine Flasche Weißwein. Mit diesem langentbehrten Genuß lagerte ich mich abends, in einen Wachtmantel gehüllt, am kühlen Strand und schrieb an einer Novelle. Ich bedachte nicht, wie leicht ich angeschossen werden konnte. Denn gerade an diesem Tage hatte uns einer unserer Agenten aus Rußland folgende Geheimnachricht gesandt: »Heute abend um neun Uhr wird der neunzehnjährige lettische Spion Carl Bing versuchen, mit einem Boot an eurer Küste zu landen.« Darauf hatten die Deutschen an der Küste, so auch wir in Kneis, doppelte Posten ausgestellt, die den Letten sofort erschießen sollten. Denn Parole gab es bei uns nicht, nur Anruf.

Am übernächsten Tage sollten wir noch einmal Probe fahren. Die meisten von uns hatten schwere Bedenken. Denn inzwischen hatten nachts russische Torpedoboote uns verdächtig abgeleuchtet. Und am Tage waren Flieger über uns gekreist, so hoch, daß unsere Artilleriegeschosse sie nicht erreichten, wie man an den Schrapnellwölkchen sah. Nicht nur Obermaat Lampe, sondern auch andere Hasen sprachen ununterbrochen vom Sterben, Ersaufen und In-die-Luft-fliegen.

Bei Dämmerung marschierten wir zum Strand. Meine Pontons rollten zu Wasser. Dann folgte die Dampfpinasse. Sie blieb wieder stecken, aber es gelang den Gummileuten schließlich, sie über die dritte Sandbank zu bringen. Ich untersuchte meine Pontons. Der Kommandant kam herangerudert. »Halten die Pontons dicht?«

»Der eine leckt ein wenig.«

Der Kommandant schrie und kroch nun selber durch die schmalen Luken in alle drei Pontons. »Sie lecken alle drei!« rief er. Ich erklärte ihm sachlich und militärisch, daß es sich hier mehr um Schwitzwasser handelte, daß winzige Lecks weder zu vermeiden noch von Bedeutung wären. Die Pontons, mit größeren Lecks, und mit Minen beladen, hätten in Kiel drei Tage lang bei Windstärke sechs im Wasser gelegen. Herr Hermann ließ sich beruhigen. Er wurde sogar auf seine Weise freundlich.

Dann hatte ich Ärger mit dem Feldwebel Belz, der zwei Leute von meiner gut eingearbeiteten und, wie ich meinte, mir sehr ergebenen Pontonmannschaft für sein Büro abkommandierte. Ich setzte schließlich durch, daß wenigstens der eine Matrose, Leibgiris, mir wieder zurückgetauscht wurde. »Na, Leibgiris, ich habe schwere Kämpfe gehabt, um Sie wieder auf Ihren schönen alten Posten zu bringen. Sie fahren doch gern mit mir?«

»Nein«, sagte er mit einer weichen Stimme, »denn ich weiß, wir werden alle nicht wiederkommen. Aber weil ich nun dazu abkommandiert bin, werde ich Lust dafür haben.«

Der Dobermann war verschollen. Vielleicht hatten ihn andere Quartiere an der Front abgeschnappt. – Ich gab einem Heimaturlauber der Pioniere meine letzten Tagebücher mit, weil unsere aus- und einlaufende Post streng überwacht wurde. – Der Kommandant versammelte uns, um uns seine Pläne zu entrollen. Acht Sperren würden wir legen, morgen die erste, und zwar die von den Russen am weitesten entfernte. Wir sollten zwölf Meilen weit ausfahren, vier Stunden hin, drei Stunden zurück. Er hätte im übrigen in Tukkum ein Faß Bier für uns bestellt, allerdings auf unsere Kosten.

Aber »morgen« liefen wir nicht aus, weil Hermann, wie die meisten Seeleute, den Aberglauben hegte, daß Schiffe am Freitag nicht ungestraft ausfahren.

Mittags tauchten fünf kleine und ein großes russisches Boot auf und wurden von unseren Küstenbatterien beschossen. Wir Mariner verdeckten eiligst unsere Minen und Gerätschaften mit Lärchenzweigen. Dann zog mich Gelächter nach einem Hause der Dragoner. Dort sollte eine kleine russische Stute von einem kleinen russischen Hengst gedeckt werden. Der war aber in eine große deutsche Stute verliebt, die zufällig dort, an einen Proviantwagen gespannt, hielt. Es ergab sich, daß die deutsche Stute zu hoch für den Hengst war, und dieser geriet infolge seiner fruchtlosen Bemühungen in eine urkomische Raserei. Der russischen Stute drehte er verächtlich das Hinterteil zu und trat nach ihr.

Samstag nachts um zehn Uhr unternahmen wir unsere erste ernste Fahrt. Pontons und Pinasse kamen glücklich zu Wasser und über die Sandbänke hinweg. Ich hörte allerdings, wie der Kommandant in der Pinasse zornig auf Obermaat Lampe schimpfte. Aber alles kam in Schuß, und die Pinasse zog uns an der etwa fünfzig Meter langen Leine durch die kalte Nacht. Auf meinen Pontons befanden sich außer meinen fünf Seeleuten noch drei Minenheizer mit dem Torpedermaat Burkert, mit dem ich nur das Notwendigste sprach, bzw. flüsterte. Er entsicherte die Minen, bereitete sie zum Abwerfen vor und kotzte seekrank.

Wenige Sterne standen am Himmel. Das Wasser überflutete unsere Decks und lief in die Pontons. Ich schraubte die Handpumpen an. Sie versagten. Wie ich das vorausgesehen hatte. Doch wußte ich mir auf andere Weise zu helfen, erfaßte die Möglichkeiten, und eine überlegene eisige Ruhe überkam mich. Das übertrug sich dann auch auf meine jungen Seeleute, die anfangs den Kopf verloren und bebbernd vom Absaufen redeten. Einer von ihnen war seekrank. Ich wies ihm unfreundlich einen Platz an, wo er sich festklammern und nichts tun sollte. Das überspritzende Wasser durchnäßte uns durch und durch und schlug wie Trommelwirbel auf das dünne Pontonblech. Leibgiris tappte sich zu mir. »Herr Bootsmaat, ich glaube, jetzt ist es Zeit, daß wir uns die Schwimmwesten anlegen.«

»Sie altes feiges Weib! Ziehen Sie sich meinetwegen hundert Schwimmwesten an!«

Von Zeit zu Zeit kroch ich in die Pontons hinein, wo sich der Wogenanprall wie ein drohendes Donnergeräusch anhörte. Ich lag dann auf allen vieren zur Hälfte im dreckigen Wasser und zeichnete mit Kreide die Leckstellen an. Dann stand ich wieder an Deck, kontrollierte das Entsichern der Minen, das Verhalten der Schleppleine und beobachtete dabei unaufhörlich die Pinasse. Dann klang ein Ruf übers Wasser: »Wirf erste Mine!«

Wir rollten den ersten dieser schweren, plumpen Kolosse über Bord. Das Wasser schloß sich über der Mine, und wir wußten, daß sie unten auf dem Meeresgrunde sich von ihrer Verankerung erheben würde, um als todbringende Blume der russischen Schiffe zu warten.

»Erste Mine ist geworfen!« gab ich zur Pinasse.

So warfen wir in Abständen zwölf Minen. Es war schon bedrohlich hell geworden, als wir zurückkehrten. Und aus dem Pinasseschornstein stieg bedenklich viel Rauch. Der Kommandant war sehr nervös. Er verhängte Strafen, und als sich das Aufbringen meiner Pontons ohne meine oder unsere Schuld verzögerte, schrie er mich durch den Schalltrichter an: »Sie verdammte Strandkanone, ich werde Sie unter die Räder bringen!«

Am nächsten Tag verbesserten wir unsere Einrichtungen nach unseren Erfahrungen. Es wurde eine Vorrichtung geschaffen, die es ermöglichte, die Pontons erst im Wasser zu beladen. Als ich dabei dem Kommandanten in bezug auf eine geringfügige Sache einen Vorschlag machte, lobte er mich und sagte: »Ausgezeichnete Idee. Ei des Kolumbus!« Der Maschinist hörte dies Lob, und aus Neid darüber schikanierte er mich den ganzen Tag über. Mich andererseits ermutigten die Worte des Kommandanten so, daß ich nun endlich einmal meine Idee mit dem Hirschlocker zur Sprache bringen wollte. Ich hub an: »Ich bitte Herrn Kapitän darauf aufmerksam machen zu dürfen, daß wir einen Hirschlocker – – –«

»Quatsch, Hirschlocker! Ich weiß schon von der Dummheit, Sie altes Rindsvieh!«

Bei der nächsten Fahrt sollten nun andere, ablösende Besatzungen ihr Debüt haben. Ich bat aber bei der Musterung, alle Fahrten mitmachen zu dürfen. Ich wußte, daß meine Ablösung, der Bootsmaat Langebeck, gar keine Lust zu dem Unternehmen hatte, sondern nur Angst und überdies Familie. Der Kommandant wies mein Gesuch schroff ab. Er brauche keine Freiwilligen. Langebeck würde fahren. Ich sollte diesem meine Erfahrungen mitteilen.

Ich hatte einen Verdruß nach dem anderen. Früh verschlief ich die Zeit. Der Maschinist schnauzte mich häßlich an. Mit den Torpedermaaten hatte ich Zank um Speck, und als die Post eintraf, war nichts für mich dabei.

Die englische Armee in Mesopotamien hatte sich ergeben. Von der Goltz war tot. Er hatte mich ungewöhnlich interessiert. Unser Unteroffizierklosett war nur in einer sonderbaren, sehr unbequemen Stellung zu benutzen. Weil eine Tonne im Wege stand. Niemand gab sich die Mühe, diese Tonne einmal wegzurollen. Als Klosettpapier benutzten wir lettische Bibeln.

Der Mai war gekommen. Wir bestellten unsere Gärten

und umgaben sie mit zierlichen Staketen. Obermaat Blaus Beet war so kitschig, daß es allen Leuten auffiel. Er hatte es kleinlich symmetrisch über und über mit Moos, Blechdosen, Glasscherben und anderen Gegenständen besteckt. Wir nannten es das »Kutscher-Lehmann-Beet«. Blau war überhaupt ein Original. Er sah aus wie sein Spazierstock aus Naturknüppelholz, den er, soweit sich das durchsetzen ließ, sogar im Dienst bei sich trug.

Es wurde heiß. Wir waren schon alle braun gebrannt. Der Matrose Lange, von Zivilberuf Zirkusausrufer, der einer unserer Spaßmacher war und, wie schon gesagt, in einem Sarge schlief, verzog mit diesem Bettersatz in einen leeren Unterstand, den er sonderbar ausschmückte. Den Zugang versperrte er mit Stacheldraht und befestigte ein Schild daran. »Varieté von Paul Lange.«

Ich teerte meine Pontons und schmiedete selber ein Eiseninstrument zum Kalfatern.

Alle Uhren wurden um eine Stunde vorgestellt. Es war nach der neuen Zeit elf Uhr nachts, als wir wieder Pontons und Pinasse zu Wasser ließen, und es gab eine große Wooling. Zwei Leuten wurden die Finger zerquetscht. Der Kommandant verteilte nach allen Seiten hin die saftigsten Anschnauzer. Diesmal galt es, die Sperre zu legen, die der Landzunge am nächsten lag. Die Landsoldaten an unserem Frontzipfel hatten Befehl, den Feind anzugreifen, um die Aufmerksamkeit von uns abzulenken. Ich durfte nicht mitfahren, sondern hatte allerlei nichtssagende Aufträge.

Gegen drei Uhr kamen Pinasse und Pontons glücklich zurück. Sie hatten sich bis auf zwei Seemeilen der Landzunge genähert, so daß sie, wenn die Russen Leuchtkugeln steigen ließen, Baulichkeiten und Bäume erkennen konnten.

»Obermaat Lampe hat fürchterliche Angst ausgestanden«, erzählte mir ein Matrose, »besonders weil der Obermaschinistenmaat Krug, um möglichst wenig Rauch zu entwickeln, bis mit vierzehn Atmosphären gefahren ist. Lampe hat darüber beim Peilen einen falschen Stern erwischt und acht Strich West Deviation gemeldet.«

Die Pontons waren gegen eine Eisenschiene gerannt. Der Maschinist vertuschte die Sache. Ich untersuchte das Floß, denn ich wußte genau, daß der dicke Langebeck kein einziges Mal in die Pontons hineingekrochen war. Sie waren indes nicht wesentlich beschädigt.

Wir waren alle äußerst nervös und litten infolge der aufgedrungenen Wasserkuren an rheumatischen Schmerzen. Der Schmied erkrankte schwer und tat uns recht leid, während wir nur lachten, als sich Obermaat Lampe beim Arzt meldete, weil er sich vor Wahnsinnsanfällen nicht sicher glaubte. Ich selbst litt jetzt häufig an Kinnkrämpfen, und meine Füße juckten weiter, und ich kratzte sie dann blutig, und dann schwollen sie an, und dann drückten die Seestiefel.

Beim Aufladen stürzte eine Mine von einer Lore. Die Pioniere flohen, laut aufkreischend. Aber es konnte gar nichts passieren, weil die Sicherung nicht gelöst war.

Als ich wieder einmal zu Wein kam, bewirtete ich meine seemännische Besatzung. Wir tauften feierlich die drei Pontons, und zwar den backbordschen »Mucky«, den mittelsten »Eichhörnchen« und den steuerbordschen »Tula«.

Kneis bekam auswärtigen Besuch, und zwar hohe Militärs vom Generalstab, geschniegelt und gebügelt mit knallroten Streifen an den Hosen. Sie besichtigten alles. Ich schloß mich einmal ihrem Gefolge an und erlebte folgendes. Der General – oder was es sein mochte – schritt auf die Badeanstalt zu. Dort stand gerade der Jäger mit dem Dackel. Der Jäger machte stramm. Der Dackel machte Männchen. Der General dankte ernst. Der Jäger riß die Türe auf und rief »Ordnung!« in die Halle. Darauf schnellten aus zehn Kesseln zehn nackte Männer empor und machten stramm.

Wieder einmal, und zwar bei hoher Dünung, rollten die Pontons ab. Die Leute in Gummianzügen schoben sie, soweit es möglich war. Aber das Übernehmen der Minen gestaltete sich sehr schwierig. Die Schienen schlugen, von den Wellen gehoben, mehr oder weniger heftig auf die Böcke nieder, und dabei wurde einmal mein Fuß heftig gequetscht. Als alles übergeladen war, stakten wir uns weiter in die See und hielten uns dort mit Mühe gegen die Strömung. So warteten wir lange auf die Pinasse. Endlich sahen wir etwas Dunkles zu Wasser gleiten, dann plötzlich aber steckenbleiben. Anscheinend war die Pinasse entgleist. Es war zu hören, wie die Leute unter dem üblichen anfeuernden »Zu-gleich« schwer arbeiteten. Stundenlang. Das schwarze Etwas bewegte sich nicht von der Stelle. Wir warteten und warteten. Die Arme taten uns vom Staken weh. Wir waren durch und durch naß, denn die Wellen schlugen unaufhörlich auf das Floß. Besorgt sahen wir nach dem Himmel, an dem schon das erste Viertel des Mondes stand. Die Heizer und Seeleute froren und murrten. Ich ging vor Anker und gab ihnen Ruhe und Schnaps. Aber ich wußte nicht, was an Land geschehen war und durfte ohne Befehl nichts unternehmen. Es herrschte etwas unerklärlich Beängstigendes in der Natur, in der Luft wie im Wasser, eine Stimmung, wie bei Sonnenfinsternissen oder kurz vor Erdbeben.

Endlich tauchte das »Dingi«, unser kleines Ruderboot, aus dem Dämmer. Der Maschinist rief uns in seiner aufgeregten Weise zu: »Salzstücken, Bleikappen, Zünder und womöglich Tiefensteller abnehmen!«

Also die Pinasse kam nicht mehr, saß offenbar fest, und wir mußten wohl damit rechnen, die Minen eventuell zu versenken, damit die Russen bei der drohenden Morgenhelle nichts merkten. Der Torpedermaat takelte mit seinen Heizern die Minen ab und schimpfte dabei, weil es an dem nötigen Werkzeug fehlte. Ich rief durchs Megaphon nach dem Strand, man möge uns Werkzeug mit dem »Dingi« bringen. Aber weder »Dingi« noch Antwort kamen. Die an Land hatten den Kopf verloren. Die Heizer drückten mir die herausgenommenen Zünder in die Hand. Ich wußte nicht, wohin ich die gefährlichen, schon bei leichtem Stoß explodierenden Dinger tun sollte, und da schnitt ich die Polster aus unserer Kochkiste und wickelte die Zünder da hinein. Dann kam der Befehlsruf: »Zurückkehren und versuchen, auf die Böcke zu kommen!«

Wir ruderten und stakten uns zurück. Es war unheimlich. Aus dem Nebel kamen uns hocherhobene Arme und rauh brummende Köpfe entgegen. Es waren die Gummileute, die bis an den Hals ins Wasser gewatet waren, um unsere Pontons in Empfang zu nehmen. Man hatte sie nur durch Verabfolgung von sehr viel Rum in das eisige Wasser gebracht, und sie waren total betrunken. Trotz ihres Beistandes und unserer äußersten Anstrengungen kamen wir nicht auf die Böcke, die nicht weit genug im Wasser standen. Wir wurden sogar selbst einmal auf Grund gestoßen, so daß ich, um die Pontons besorgt, wieder seewärts ging.

Was war vorgefallen? Eine ganz ungewöhnliche Springebbe hatte unser Auslaufen überrascht und den Strand mit eins weit hinaus bloßgelegt. Die Pinasse war mitsamt den Loren umgekippt. Der Oberleutnant stand im Wasser und kommandierte mit schöner seemännischer Ruhe. »Kohlen über Bord schütten!«

Es wurde bedenklich hell. Die aufgebrachte Stimme des Kommandanten schrie: »Alle Minen versenken!« Wir stakten uns noch weiter ab und ließen die zwölf Minen ins Wasser plumpsen. Dann, um ihr Gewicht erleichtert, und indem wir selber ins Wasser sprangen, brachten wir die Pontons schließlich auf die Böcke und dann an Land. So kurz vor Sonnenaufgang war an ein Bergen der Pinasse nicht mehr zu denken. Sie wurde mit Persennings maskiert, so daß sie aussah wie ein angeschwemmter Walfisch. Alles andere bargen wir eiligst, und dann ließ uns der Kommandant antreten. Er bedauerte das Unglück, doch sollten wir uns nicht entmutigen lassen. Er bedauerte ferner, daß neben so viel tüchtigen Leuten – er nannte den Namen Surkus – auch Faulenzer und Drückeberger wären, durch deren Schuld die anderen ins Lazarett kämen.

Es waren tatsächlich wieder viele von uns erkrankt oder verwundet. Mein gequetschter Fuß schmerzte sehr. Sieben Stunden lang steckte ich in nassen Kleidern. Dennoch war ich bester Laune. Aber als ich dann nach sieben Stunden Schlaf wieder zum Appell kam, empfand ich plötzlich Schwäche, und der Schweiß brach mir aus. Ich mußte mich auf meinen Nachbarn stützen, um nicht umzufallen.

Am Strande kam ein Schimmel angesprengt, der den Russen durchgegangen und uns von den Frontleuten schon telegraphisch gemeldet war. Aber wir vermochten ihn nicht einzufangen. Er raste weiter in der Richtung nach Rone.

Der neue Oberleutnant erwies sich als ein tüchtiger Seemann. Er scheute es nicht, bei allen Arbeiten persönlich kräftig zuzugreifen. Der hätte zu Nitka gepaßt.

Abends saß ich allein im Lazarett und war traurig, weil die andern draußen an der Aufrichtung und Bergung der Pinasse eifrig arbeiteten und ich nicht dabei sein konnte. Denn mein Fuß war so geschwollen, daß kein Schuh darauf paßte. Der Signalgast erzählte mir, daß in dem Monat von uns achtzig Leuten schon neununddreißig in ärztlicher Behandlung gewesen wären. Ich stellte melancholische Betrachtungen auf, über die Länge des Krieges, durch die Männer meines Alters so viel aufnahmefähige und ausgabefähige Zeit verloren. Dann brachte man den Minenheizer Heik in einer Hängematte direkt vom Arbeitsplatz ins Lazarett. Schwerkrank. Heik war ein brauchbarer, aber vielbestrafter Soldat.

Ein paar Leichterkrankte verbreiteten andern Tags freudestrahlend das Gerücht, der Kommandant habe eine Meldung eingereicht, daß er unter so schwierigen Verhältnissen das Unternehmen nicht zu Ende führen könnte. Mir verdarb diese vage Kunde die Stimmung. Als ich dann aber probeweise ein Stückchen spazieren humpelte, kam mir auf einmal sonderlich zum Bewußtsein, wie schön damals und dort der Frühling war. Ich blieb vor drei Holzfeuern stehen, über denen dampfende Kochkessel hingen. Dahinter standen schlanke Birken mit zartem Grün, und manche trugen Starkästen. Ein zartes Lüftchen verteilte den Harz- und Blütenduft, den die Sonne aus Wäldern und Baumgruppen sog. Vögel schwatzten, eine Bandsäge schnaufte. Und ich war in Tirol oder Thüringen oder Gott weiß wo in Friedenszeit.

Die Pinasse war an Land gebracht. Aus Freude darüber besoff und verbrüderte sich alles mit Rum, und der erste Maikäfer wurde herumgereicht. Auch schrieben wir einen Brief an Nitka. Der Kommandant ordnete für morgen, den 6. Mai, einen Ruhetag an. Wir sollten nur Gewehr reinigen, Zeugwäsche, Zeugflicken und sonstige leichte Arbeiten vornehmen. Einige meinten, das geschähe wegen Kronprinzens Geburtstag.

Ich fertigte mir aus einem Leibwickel und einer Brandsohle ein merkwürdiges, aber erträgliches Schuhwerk an und stelzte an zwei Knüppeln ein Stück hinaus in einen schönen Kiefernwald, dessen Stämme im Morgenlichte rot brannten, was mich an Wanjkas Ölbild denken ließ, das in meiner Stube in München hing: »Die Kiefernwälder meiner Heimat«. Wieder durchstöberte ich Häuserruinen, fand aber nichts als ein verknorrtes Aststück, aus dem man mit Phantasie einen Torlöwen sehen konnte, weshalb ich es in unserem Garten anbrachte. Doch, ich fand noch etwas, einen undefinierbaren roten Dreck. Den steckte ich dem Berliner Krug in die Hängematte. Nachmittags unternahm ich mit Landsoldaten einen Ausflug nach Lazup auf einem Bagagewagen. Dessen Pferde erregten mein Mitleid. Es mangelte allerwärts an Pferdefutter. Man gab den Tieren fast nur Kleie, oft sogar mit Sägemehl gemischt. Zum Weiden fehlte es an Zeit. Auch Streu war nicht genug vorhanden. Man half sich notdürftig mit dem Rohr von den Dächern. Zudem wurden die Gäule auf den tiefsandigen Wegen und in den schlechten Stallungen stark strapaziert, von den immer häufiger auftretenden Tierkrankheiten ganz zu schweigen.

Wir hielten erst vor einer geradezu gemütlich aussehenden Strandbatterie. Zwischen langrohrigen Schiffsgeschützen liefen Hühner herum. Der Beobachtungsposten ließ mich durchs Fernglas blicken, und da sah ich, wie drüben auf der Landzunge Soldaten an Stacheldrahtverhauen arbeiteten. In Lazup trieben die Soldaten ihren Spaß mit einer Frau, die nur eine Puppe aus Lumpen und Stroh war. Ich hatte einen brennenden Durst, aber in der Kantine gab es weder Bier noch Wein. Die letzten Bestände waren für die Offiziere reserviert.

Auf See zeigte sich die »Slava« und zwei andere russische Schiffe, die uns schon tags zuvor von unserem Agenten gemeldet waren. Unsere Küstenartillerie schoß. Wieder kreiste ein feindlicher Flieger über uns, der dann, wie wir nachträglich erfuhren, einen Arbeiterzug bei Mitau mit Bomben belegte und dadurch siebzig Leute leicht verletzte.

Abends fuhren wir wieder. Diesmal verlief alles glatt. Ruhige See, bewölkter Himmel, kühles Wetter. Die Scheinwerfer von Dünaburg drehten ihre Lichtsektoren wie Windmühlenflügel. Auf der Landzunge stiegen in kurzen Zwischenräumen Leuchtraketen auf. Wir näherten uns frech einigen russischen Schiffen, die ebenfalls Scheinwerfer spielen ließen, aber nur die Luft nach Zeppelinen und Fliegern absuchten. Wären sie darauf gekommen, auch einmal das Wasser abzuleuchten, so hätten sie uns schnell entdeckt und mit zwei guten Treffern teils in die Luft, teils auf den Meeresboden geschickt. So aber klecksten wir ihnen zwölf Pulvereier im Abstand von drei Minuten hin und kehrten ungestört heim. Die Pinasse zogen wir nun nicht mehr an Land, sondern fuhren sie in eine kleine Bucht bei Rone, wo sie als Segelboot verkleidet wurde.

Wir Seeleute waren auf der Rückfahrt abwechselnd in die Pontons gekrochen, um einen kleinen Smoke zu einem Schlückchen Rum zu nehmen. Wir hatten dann die Luken hinter uns geschlossen, damit wir uns mit den Taschenlampen leuchten konnten, und lagen dort wie in einem Zinnsarg, an dessen Wände das Rigasche Meer schlug.

Ich besuchte einen Jäger, der ein allerliebstes Eichhörnchen besaß. Das wohnte in einem Muff. Hinterher boxte ich einen Matrosen, weil er das Eichhörnchen stehlen und mit mir zusammen auffressen wollte.

Mücken und Fliegen blühten. Wanzen verschwiegen wir.

Nachts bei halbem Mond verseuchte die andere Besatzung das Wasser mit zwölf weiteren Minen. In der darauffolgenden Nacht nahm ich wieder an der Fahrt teil. Sie verlief ausgezeichnet. Ich fror etwas, und meine nassen Füße brannten und zuckten wie bei Gichtschmerzen, aber das spielte keine Rolle. Der hochnäsige Torpedermaat Burkert war wieder seekrank. Seine Heizer ließ ich bei der Rückfahrt in die Pontons kriechen, weil sie vor den überdampfenden Wellen bangten. Ich selbst hatte mich nur einmal für eine Minute in Tula verkrochen, um ein Fläschlein Rum und mein dankbares Herz zu leeren.

Ich verlor sechzehn Mark im Kartenspiel an diesen ekelhaften Torpedermaat und ärgerte mich, weil ich mich darüber ärgerte, und weil ich merkte, daß der Torpedermaat merkte, daß ich mich ärgerte, weil ich mich geärgert hatte.

Die Spaten knirschten. Ein dritter Unterstand wurde gebaut. Und wir mußten dazu einen hohen Sandberg abtragen. Feldwebelleutnant Neumann hatte die Oberaufsicht. Dieser Pionieroffizier war gewiß sehr redlich und tüchtig, meinte aber, man müßte als Vorgesetzter dauernd Strenge anwenden. So warf er uns Unteroffizieren vor, daß wir die Leute nicht genügend anschnauzten. Da ich zur Zeit keinen Anlaß dazu sah, verfiel ich auf einen Trick. Neumann kannte selbstverständlich die Namen der einzelnen Mariner nicht und nun brüllte ich, herumspazierend, laute Anschnauzer aufs Geratewohl blind in die Menge der etwa sechzig dort arbeitenden Leute, und zwar etwa so: »Herzfeld, starren Sie nicht so dämlich in die Luft, Sie fauler Hund!« – »Kinzmann, halten Sie Ihr Maul. Wir sind hier nicht zum Schwatzen da, Sie krummes Biest!« – »Stengler, wenn Sie noch einmal versuchen, sich vom Platze zu stehlen, stelle ich Sie zum Rapport!«

Es gab aber gar keinen Herzfeld unter uns, noch einen Kinzmann, noch einen Stengler, und meine Leute begriffen den Trick. Und der Feldwebelleutnant hörte mich wettern und schlich sich befriedigt und beruhigt für ein Stündchen von dannen, worauf ich sofort eine Arbeitspause ansetzte.

Wir beobachteten einen Flieger, der über Rone sechs Bomben abwarf und, wie es schien, dann abgeschossen wurde. Nachher stellten wir aber fest, daß es sich um einen deutschen Flieger handelte, der zu einer Notlandung gezwungen war und, in der Meinung, schon über russischem Gebiet zu sein, noch schnell seine Bomben weggeworfen hatte. Die schlugen fünfzig Meter von unserer Pinasse entfernt ins Wasser. Krug und besonders Lampe waren höchst erschrocken.

Unser nächstes Auslaufen wurde von General Wieneck von der 29. gemischten Landwehrbrigade inspiziert. Weil vor dem hohen Gast weder Hermann noch der Maschinist zu schimpfen wagten, verlief alles zu aller Zufriedenheit.

Ich fand einen Barockrahmen, ließ ein gehobeltes Brett hineinsetzen und wollte damit ein Nagelstandbild errichten, wie es alle Städte und Vereine taten. Auf dem Brett entwarf ich eine Zeichnung. Eine Mine, die, halb aus dem Wasser ragend, eine fröhliche Miene zeigte. Am Horizont sah man unsere Pinasse und die Pontons. Darüber stand »Gute Mine zum bösen Spiel«, und darunter stand »Kneis, Frühling 1916 K. H. 8. A.« Die Linien und Flächen dieses Bildes sollten mit Schusternägeln ausgenagelt werden. Erstens: große Nägel à zehn Pfennig nur an Unteroffiziere verkäuflich; der Ertrag für eine Kneiperei gedacht. Zweitens: kleine Nägel für jedermann zum Preise von fünf Pfennig und zum Besten erblindeter Krieger. Abends eröffnete ich die Nagelung. Anfangs verspotteten und ärgerten mich die anderen. Bald aber fanden viele Geschmack an der Idee. Kleinliche Leute, wie Burkert, Blau und Eckmann, wollten dagegen nichts zahlen und verdarben mir mit ihren Nörgeleien und Stänkereien die Freude, so daß ich den Plan schließlich aufsteckte, die gesammelten Gelder zurückzahlte und nun das Nagelbild zum Spaß für mich allein vollenden wollte.

Trotz der hohen See fuhren wir wieder und warfen unsere letzten zehn Minen. Ich fror lausig, obwohl ich unterm Lederanzug so viele Kleider und Shawls trug, daß ich mich bei einem Unglück nicht durch Schwimmen hätte retten können. Das Pontonblech krachte bedenklich unter dem Anprall der Wogen. In der Pinasse fuhr diesmal und zum ersten Male der Maschinist mit. »Um sich das Eiserne Kreuz zu verdienen.« In die letzte Mine kratzen Burkert und ich unsere Namen ein. Bei der Musterung hielt der Kommandant eine Ansprache. Unsere Aufgabe sei gelöst. Wir müßten nur noch die Minen heben, die wir bei jener Springebbe versenkt hatten. Außerdem sollten wir die Unterstände vollenden und noch Schützengräben ausheben.

Es waren große Verstärkungen für das Landheer in Tukkum eingetroffen. Häufig sah man reiterlose Pferde durch die Sandstraßen galoppieren. Alles war alarmbereit. Ein Durchbruchversuch der Russen wurde erwartet. Auch sollten die Russen auf der Insel Oesel zwei Armeekorps gelandet haben, die uns vom Wasser her dann seitlich angreifen konnten (da hätten unsere Minen ihnen wahrscheinlich einen Strich durch die Rechnung gemacht).

Sturm, Hagel und Schnee setzten ein. Die See brandete hoch. Früh alarmierte uns der Ruf: Unsere Pinasse sei abgetrieben. Wir wurden mit Tauwerk, Blöcken und schweren Winden im Eiltempo nach Rone gesandt, und es gelang uns, die Pinasse trotz der Stürme und der Sandbänke wieder einzufangen. Ich sah mir den Unterstand an, wo Krug und Lampe jetzt hausten. Ringsum im Sande wucherten wilde Stiefmütterchen. Ich fing ein Neunauge, ließ es aber wieder frei.

Unser Dienst ward nun leichter, manche Leute, wie Beiz und Eckmann, taten überhaupt nichts mehr. Obermaat Lampe lief in Sandalen herum und simulierte Geistesgestörtheit, um bald nach Kiel geschickt zu werden.

Wir hielten gute Kameradschaft mit den Jägern und wußten immer wieder neue Eßwaren aufzutreiben, auf dem Kauf- oder Tauschwege. Von der Kavallerie bekamen wir Rohzucker, der eigentlich für die Pferde bestimmt war. Später ließ die Militärverwaltung ihn deshalb schon vorher mit Häcksel vermengen. Aber das störte uns nicht, wir warfen den Zucker in den Tee und schöpften den Häcksel, der oben schwamm, leicht ab. Ich gab mich viel im Wachtlokal der Lauseanstalt mit einem Jäger ab, der gut musizierte und sehr einfach, doch packend seine Erlebnisse zu erzählen wußte. Bei Grodno hatte er mit anderen Jägern Kaffee gekocht, und sie hatten das Wasser dazu aus einer trüben Grabenflüssigkeit geschöpft. In diesem Graben entdeckten sie hinterher drei tote Russen.

Schach, Kartenspiel, Flöhe, Wanzen und Bäder im Meere vertrieben uns die Freizeit. Ich ging zum Leutnant und bat ihn, beim Kommandanten ein gutes Wort für mich einzulegen, daß er nämlich, falls ich fürs Eiserne Kreuz vornotiert wäre, meinen Namen streichen und mich dafür lieber zum

Obermaat befördern möchte, was eine mir willkommene Erhöhung meiner Löhnung bedeuten würde.

Es trafen noch sechzehn Minen ein als Ersatz für die verlorengegangenen. Außerdem wurde unbegreiflicherweise ein Transport von fünfundzwanzig Matrosen angemeldet.

Der Admiral Begas aus Libau besichtigte unsere Arbeiten. Der Kommandant lag erkrankt zu Bett. Er war im Unterstand plötzlich zusammengebrochen. Gerade zu dieser Zeit hatte ich die Erzählung »Lichter im Schnee« vollendet. Ich ließ sie durch den Leutnant dem Kommandanten unterbreiten mit der Anfrage, ob ich sie im Simplizissimus veröffentlichen dürfte. Er ließ mich später rufen. Ich will versuchen, das Gespräch wiederzugeben, das wir führten. Alles, was er sagte, kam in jenem bekannten, »preußisch« genannten, knappen Schnauzton heraus. Ich meldete mich eintretend nach dem Bette zu: »Zur Stelle.«

»Setzen Sie sich dort auf den Stuhl!« Ich setzte mich, als hätte ich's im militärischen Turnunterricht geübt.

»Der Oberleutnant hat mir Ihren Roman vorgelesen, er liest aber schlecht. Lesen Sie mir das nochmal vor!« Ich nahm verlegen und verzweifelt das Manuskript in die Hand und las die Geschichte vor – die handlungsarm, ganz weich gehalten und eigentlich mehr ein lyrisches Gedicht war – so unmilitärisch, wie ich's vor Hermann vermochte. Es klang wie ein Rapport vor versammelter Mannschaft. Hermann unterbrach mich mehrmals mit den Worten: »Das stimmt doch nicht!«

»Nein, Herr Kapitän. Habe Wahrheit mit Dichtung gemengt.« Darauf schrie er mich plötzlich an: »Rücken Sie näher heran!« Ich sprang auf und trat stramm dem Bette näher.

»Nein!« brüllte Hermann. »Mit dem Stuhle näher! Bleiben Sie sitzen! Seien Sie mal Mensch zu Mensch!«

»Jawohl, Herr Kapitän.« Ich rückte mit dem Stuhle näher und setzte mich.

»Näher!« brüllte Hermann, daß ich erzitterte. »Mensch zu Mensch!« Ich rückte ganz nahe.

»Was haben Sie sich bei der Geschichte eigentlich gedacht?«

Ach, lieber Gott, was sollte ich da antworten?! Ich schluckste und druckste. »Ich habe gedacht, Herr Kapitän – ich habe gedacht, Herr Kapitän –«

»Ach was, Kapitän! Seien Sie Mensch zu Mensch!«

»Ich habe gedacht, Herr Ka – tsch –, daß es doch Dinge gibt – die länger sind – die merkwürdig – Gegensätze –.« Ohne Zweifel brachte ich nur konfuses Zeug heraus, und ich muß gestehen, daß die Tonart des Kommandanten zwar ununterbrochen das erwähnte Bellen blieb, daß ich aber dahinter mitunter eine tapfer verhaltene Weichheit vernahm. »Sie dürfen die Sache veröffentlichen«, meinte der Kranke schließlich, »aber erst später, wenn wir zurückkehren.« Dann fuhr er fort: »Auch unsere Pontonfahrten müßten sich doch vorzüglich verwerten lassen. Ich wenigstens habe auf diesen stumpfsinnigen Fahrten immer über allerlei nachdenken müssen. Nicht, daß ich Angst gehabt hätte.« – Er hieß mich länger bei ihm bleiben, weil er Langeweile hätte, aber er frug höflich, ob ich ihm auch solche Zeit opfern wollte. Dann ließ er sich von meinem Rigaer Aufenthalt erzählen und erkundigte sich eingehend nach der Baronin von Osten-Sacken. Bezüglich der Minen sagte er: »Ich glaube gar nicht an einen großen Wert unserer Sache. Die Russen werden nicht so nahe herankommen.« Dann wurde er plötzlich weich: »Ich hatte zuvor als Kommandant einen Hilfskreuzer, der mit dem ›Greif‹ zugleich rausgehen sollte. Das Schiff ging aber leider kaputt. Nächste Woche will ich einmal nach Mitau zum Oberbefehlshaber, will ihm sagen, daß wir etwas geleistet haben, und will fragen, was wir nun tun sollen.« Ich wurde gnädig entlassen und war froh darüber. Die Beziehungen zwischen Offizier und Mann waren eben so, daß – waren eben so.

Am nächsten Morgen kam die Kunde, daß die Dampfpinasse in Rone im Sturm gesunken wäre. O weh! O weh! Der Kommandant raste.

»Ha!« rief Maschinistenmaat Eckmann, »endlich kommt mein Motorboot an die Reihe!« Das Motorboot war wirklich bisher noch nie in Aktion getreten, sondern hatte an Land im Schuppen gestanden und war von Eckmann ohne viel Anstrengung instand gehalten worden. Und nun, als Eckmann den Ausruf tat, kam ein Matrose gelaufen und rief: »Das Motorboot brennt!« Wir stürzten hin. Das Benzol in der Bilge hatte sich entzündet. Wir schütteten Wasser und Sand in das Boot und löschten so den Brand. Aber nun war die ganze Maschinerie versandet und verdreckt. Dann kam die Nachricht, daß die Pinasse von der tobenden See zerschlagen würde und wohl kaum je wieder zu gebrauchen wäre. Es gab Leute unter uns, die sich darüber freuten. Aber niemand ließ sich das anmerken, denn mit dem Kommandanten war an diesem Tage weniger denn je zu spaßen. Wer irgend konnte, verbarg sich vor seinen Augen.

Mittags gab es eine Überraschung. Es erschien ein Karren mit zwei Zivilisten, einem Manne und einer Frau. An ihrer Seite ritt ein Soldat. Die Zivilisten stammten offenbar aus Kneis, und man hatte ihnen wohl gestattet, von ihrer Habe etwas an sich zu nehmen, was ihnen am Herzen liegen mochte. Sie gingen geradewegs auf das Haus des Kommandanten zu und holten dort einen Sarg und einen Anker vom Speicher. Dann kam aber Hermann hinzu und schimpfte die Leute so zusammen, daß das Weib in Tränen ausbrach.

Am Sonntag, dem 21. Mai, gingen wir daran, die Pinasse zu heben. Sie war inzwischen vertrieben und bis ans Dollbord versandet, und das Wasser stand noch einen Meter hoch über dem Schornstein. Wir bauten einen Kran auf zwei Pontons und schickten Leute ins Wasser, die gute Taucher waren. Bis zum Abend brachten wir die Pinasse ein Stück höher auf eine Sandbank.

Als wir ausschieden, zog ich mit den beiden Torpedermaaten zu den Dragonern zu dem Vizewachtmeister Kischkat, der uns und einige Freunde seiner Schwadron eingeladen hatte. Er feierte die Erinnerung an eine glücklich verlaufene Mensur. Kischkat erzählte amüsant von der Russenwirtschaft auf seinem Heimatsgut Barsden, Post Kraupischken, Kreis Ragnit. Wir betranken uns unsagbar an Sekt, Kognak, Portwein und Grog, so daß wir drei Minenleute auf dem dunklen Rückwege abwechselnd in Schützengräben und in Stacheldrahtverhaue fielen.

Andern Tags zogen wir aus, um die Pinasse völlig zu bergen. Das war aber aussichtslos. Die See schlug allzu heftig gegen das Wrack und trug bereits Trümmer davon den Russen zu.

Der Kommandant war für ein paar Tage nach Mitau gereist. Als das Meer sich glättete, schleppten wir die letzten Reste der Pinasse an Land, Kiel, Schraube und Welle. Mit der Pinasse war natürlich viel wertvolles Material verlorengegangen. Wer von uns seine Taschenlampe oder einen Hammer oder sonst ein Werkzeug verbummelt hatte, der behauptete nun, das hätte sich in der Pinasse befunden. Im übrigen kreuzten wir bei schönem Wetter mit Ruderbooten vergnügt über der Unfallstelle und fischten nach den versunkenen, versandeten und vertriebenen Gerätschaften, erwischten dabei auch das Manometer, ein Patentlog, Kupferrohre und anderes. Dann begannen wir mit dem Aufsuchen und Heben der seinerzeit von uns versenkten Minen. Der Kommandant feuerte den Ehrgeiz der Taucher an und setzte für das Anstecken eines Taues an zwei Minen eine Belohnung von drei Mark aus. Obermaat Blau erwarb sich dabei besondere Anerkennung. Ich gönnte es ihm, weil wir in letzter Zeit allzu viel boshafte, heimliche Anschläge auf sein »Kutscher-Lehmann-Beet« gemacht hatten. Bei den seemännischen Arbeiten tat sich am meisten der Oberleutnant Bördemann hervor.

Ich erhielt zwei Briefe: »Friedrichsort, den 19.5.16. Allen Unteroffizieren des Sonderkommandos danke ich vielmals für ihr freundliches Gedenken. Noch oft und gern denke ich an unsere hiesige gemeinsame Arbeit zurück mit dem aufrichtigen Wunsche, daß derselben auch guter Erfolg beschieden sein möge! – Dem ganzen Sonderkommando vor allem seinem Unteroffizierkorps meine besten Wünsche für ein ferneres Wohlergehen! Heil und Sieg und freundliche Grüße. Nitka, Korvettenkapitän.«

Ferner: »Eisenach, den 23. Mai 1916. Geehrter Herr Hester. Wie sie wohl schon von Frl. Hahn erfahren haben, hat der neue Jahrgang seinen Einzug hier gehalten. Wir alle sind ganz begeistert von Ihren Schriften, die uns Frau Kurs teilweise vorgelesen hat. Um Ihnen für diese Genüsse zu danken, senden wir Ihnen beif. Zigaretten, da Sie, wie uns Frl. Hahn sagte, mit Vorliebe derartige Paketchen erhalten. Wir danken Ihnen für die uns gesandten Grüße und erwidern dieselben alle, in der Hoffnung, den vielbesprochenen Gustav Hester auch einmal kennenzulernen. Emmy Schneider. Lotte Huff. Marta Marburg. Dem Genie Gustav Hester herzl. Gruß Tilly. Lona Kalk.«

– Russische Flieger zogen über uns hin und wurden, anscheinend von Tukkum, mit Schrapnellschüssen empfangen. Das war sehr interessant anzusehen. – In Kneis blühte der Flieder. – Die letzte Mine war geborgen. – Beim Appell sagte der Kommandant: »Ich war im Hauptquartier. Der Oberkommandierende läßt Ihnen für die schwere Arbeit danken. Er hofft, daß wir uns in dem schönen Kneis noch einige Tage erholen können.«

Wir hatten Musterung auf Handwaffen und wurden in Korporalschaften eingeteilt, was auf baldigen, sehr unbeliebten Infanteriedienst schließen ließ. Nach dem Zeugflicken gab man uns Freizeit. Aber ich war mit den meisten

Maaten verfeindet, und deshalb strolchte ich allein durch Wald und Sumpf. In der üppig blühenden, mit Käfersummen und Vogelgezwitscher gefüllten Natur stieß ich überall auf Trümmer, die an große Armeen und heftige Kämpfe erinnerten. Mehrmals pürschte ich mich gegen den Wind so dicht an Rehwild heran, daß ich leicht drei Böcke hätte erlegen können. Aber das Jagen war nur den Offizieren erlaubt. Ich lagerte mich auf einer grünen Wiese, die über und über mit lila Blüten betupft war. Von dort aus beobachtete ich einen deutschen Fesselballon, der etwa bei Schlock aufstieg. Aus derselben Gegend rollte und dröhnte schwerer deutscher Kanonendonner. Dann grub ich irgendwo nach verborgenen Schätzen, und weil das ohne Erfolg blieb, buddelte ich mir wenigstens Kartoffeln aus der Erde für ein Puffergericht. Dann nagelte ich weiter an meinem Schusterbild, nur, weil ich's einmal angefangen hatte.

Wir fingen jetzt eifrig Sprotten und räucherten sie.

Wieder griffen feindliche Flieger die Gegend von Tukkum an.

Die fünfundzwanzig avisierten Matrosen trafen ein. Sie kamen in Marineblau und mit gepacktem Affen, schwere Burschen, und sie schwankten und machten großen Skandal. Als sie sich später zum Requirieren im Dorf verstreuten, lachten wir: »Etwas spät!«

Ich besuchte die Dragoner. Wir tauschten Kriegserinnerungen. Einer erzählte, er hätte mit anderen Ostpreußen in Rußland ein vornehmes Quartier bezogen. Sie fanden an der Wand folgende Inschrift: »Ihr lieben Feinde, nehmt mit, was ihr braucht, aber schont das übrige.« Aber sie dachten an das verwüstete Ostpreußen und schlugen sofort mit dem Gewehrkolben Spiegel und Bilder ein.

Ich erkletterte einen hohen Baum, von dem aus man bis Riga sehen sollte. Ich sah es aber nicht und verlor beim Klettern den Chrysopras aus Wanjkas Ring.

Wir hatten wieder einmal lange nichts zu beißen gehabt.

Nun gab es aber auf einmal wieder alle möglichen Genüsse, weiße und rote Radieschen und Speck. Ein Jäger schenkte mir ein unübersehbares großes Salatfeld, und er lachte, als ich das Geschenk lachend ablehnte. Denn wir wußten mit dem Salat nichts anzufangen, es gab weder Öl, noch Essig, noch Zitrone. Dagegen türmten sich auf unseren Tischen goldene Berge von geräucherten Sprotten. Wir betrieben einen schwunghaften Handel damit, der bis an die äußersten Schützengräben reichte. Wir wurden täglich geübtere Fischer, und das anfangs von uns selbst verwüstete Fischergerät hatten wir längst soweit als möglich wieder ausgebessert.

Ich zog mich mehr und mehr von den Unteroffizieren zurück, die von den Torpedermaaten aufgewiegelt waren. Blau hatte mich eines Speckdiebstahles beschuldigt. Ich bot ihm Prügel an, aber er kniff. Und niemand verteidigte mich. Ich zog in aller Frühe mit einem Jäger zum Wildern aus. Wir bildeten uns ein, daß wir einen Auerhahn aufgespürt hätten. Aber wir schossen nichts. Dennoch war der taufrische Morgen wunderschön. Abends verlas der Kommandant ein Schreiben, worin Prinz Heinrich uns für unsere Mühe und Arbeit dankte. Nachts konnte ich lange nicht einschlafen, weil ich über die Intrigen der Unteroffiziere nachgrübelte. Und als ich endlich doch in Träume verfiel, erwachte ich sehr bald wieder, weil ein Igel unter mir rumorte und schnüffelte, während gleichzeitig der betrunkene Krug in seiner Hängematte zu singen anfing: »Wunderbar, wunderbar – ist ne Kuh mit Pferdehaar.«

Torpedermaat Schmidt war der erste von uns, der fortkam. Er fuhr mit einem Transport Minen nach Cuxhaven zurück. Ich übergab ihm Post und Sprottenpakete zur Beförderung.

»Es sind russisch-deutsche Sonderverhandlungen im Gange«, sagte der Schreiber.

»So?«

»Vorgestern war der Kaiser in Mitau.«

»So?!« sagte ich nur. Ich war sehr müde. Ich hatte die ganze Nacht nicht geschlafen. Die Fliegen plagten mich. Ich hatte ein Geschwür am Podex, rheumatisches Zucken in den Beinen und mehrmals Anfälle von Kinnkrampf. Auch juckten meine Füße.

»Ich gratuliere Ihnen!« fuhr der Schreiber fort. Ich drehte ihm schweigend den Rücken zu. Aber beim Appell, es war der erste Juni 1916, sagte der Kommandant: »Ich ernenne hiermit den Minenbootsmaat Hester zum Obermaat.«

Die Unteroffiziere gratulierten mir, mit Ausnahme meiner drei Feinde, Eckmann, Blau und Burkert. Jemand gab mir gelbe und goldene Kronen ab, die ich sofort über meine Anker nähte. Auch erhielt ich die Erlaubnis frontwärts zu gehen, um etwas zum Spendieren zu besorgen. In den fliederumblühten Unterständen von Lazup bekam ich diesmal überraschende Genüsse, Rotwein, Konservenmilch, Ringelwurst und Zigaretten. Bei Lazup sah ich ein Grab, das auffallend künstlerisch mit Birkenstämmchen verziert war. Die deutsche Grabschrift lautete: »Hier ruht ein tapferer russischer Offizier.«

Ich braute für die Unteroffiziere eine Feuerzangenbowle, die allen schmeckte trotz des schlechten Fusels, und obwohl die Feuerzange selbst nach Fisch roch. Leider reichte sie nicht aus. Dann besuchte ich meinen Freund bei den Jägern. Der hatte gerade in der Erde unterm Keller einen Fund gemacht und schenkte mir davon eine russische Porzellantasse und drei Pfund Schmalz.

Der Kommandant verlas uns die Nachricht von der siegreichen Seeschlacht am Skagerrak und fügte hinzu: »Schade, daß wir nicht dabei waren!« Ich erlaubte mir ungefragt herauszubrüllen: »Jawohl schade!«

Wir hatten noch faule Tage in Kneis, die uns zu Kopf stiegen, so daß wir viel albernes Zeug trieben. Als wir erfuhren, Lord Kitchener sei ertrunken, feierten unsere Leute das durch einen geschmacklosen Umzug, wobei sie eine Strohpuppe in einem mit läppischen Aufschriften bemalten Sarg durch die Straßen trugen.

Mein Nagelbild war fertig, es kam mir recht kitschig vor. Der Kommandant sah es einmal. Er fand es sehr schön und veranlaßte, daß es, wenn wir Kneis verließen, als Andenken mitgenommen würde.

[...]

VIZEFEUERWERKER UND DIE H.M.S.D.

Meine Beförderung kam heraus. Ich mietete sofort in der Villa »Kik in See« zwei Zimmer, die vorher Pfohl bewohnt hatte. Der war nun auf Urlaub gefahren und hinterließ mir warme Worte und eine Flasche Wein.

Ach, und das war ein Gefühl: von Offizieren höflich und von den Mannschaften respektvoll gegrüßt und von den Frauen auf einmal beachtet. Und nachts nicht eingesperrt sein, sondern frei durch die Straßen gehen dürfen. Überdies war ich gleich stellvertretender Kompanieführer, weil Bertelsmann und die anderen Offiziere sofort nach der Bescherung in Urlaub gefahren waren. Als stellvertretender Kompanieführer hatte ich in der Kaserne die Essensprobe vorzunehmen, und das war am ersten Weihnachtsfeiertag meine einzige Nahrung, denn in der Kaserne durfte ich nun nicht mehr essen, und im Offizierskasino war ich noch nicht eingeführt. Ich verlebte den Abend anfangs einsam, aber dankbar und glücklich. Dann ging ich in Dölles Weinrestaurant. Dort saßen nur zwei Leute, ein Leutnant und ein Oberingenieursaspirant. Denen erwies ich meine militärische Ehrenbezeugung, die bei einem Vize so ein Mittelding zwischen Offiziersgruß und Mannschaftsgruß war. »Ach, lassen Sie doch solche Geschichten!« rief mir der

Leutnant zu und lud mich an seinen Tisch zum Sekt. Er hieß Conrad Hagitte und war der Kommandant des U-Bootes C 43, das tags zuvor vor einem Orkan in den Hafen flüchten mußte. Wir tranken sehr viel. Es war nicht gerade eine weihnachtliche, aber doch eine sehr reizvolle Feier. Wir torkelten dann über drei oder fünf oder sechs Minensuchboote hinweg an Bord des U-Bootes, wo wir das Gelage fortsetzten. Es war so eng dort, daß, wenn ich das Glas hob, ich mich vor einer Matrosenzehe in acht nehmen mußte, die aus einer Koje heraus bis über den Tisch ragte. Als ich mich schließlich verabschiedete, wurde ich auf den drei oder fünf oder sieben Minensuchbooten von Bekannten zu neuen Zechereien eingefangen.

Mit den Weihnachtsbriefen kamen betrübliche Nachrichten. Das gute Eichhörnchen war sehr krank. Und nun hatte man auch meinen Bruder eingezogen, der bisher unabkömmlicher Bergmann und wegen seiner schlechten Augen vom Dienst befreit war. Es tat mir leid, daß er nun auch nur einen Bruchteil der Strapazen mitmachen müßte, die ich erlebt hatte. Denn er war nicht so zähes Leder wie ich. Außerdem würde ich ihn nun auf Urlaub nicht sehen.

Meine Eltern waren auf meine baldige Beförderung nicht vorbereitet. Nun saß ich mit der Vorfreude der Überraschung im D-Zug in einem Abteil zweiter Klasse. Ich dachte an das arme Eichhörnchen und an Bahre. Der war auch krank, und ich hatte ihn in Cuxhaven noch im Lazarett besucht. Aber ich war eigentlich nicht so nett zu ihm gewesen, wie ich's wünschte und wie es seine schöne Treue zu mir verdiente.

Und verlebte goldene Tage in Leipzig, Merseburg, Halle, Berlin und unerlaubterweise sogar noch in Rostock und Hamburg. Überall bestens aufgenommen und mitunter mit Truthahn, Gänsebraten und Sekt bewirtet. Ich überschritt meinen Urlaub um zwölf Stunden. Bang und fröstelnd kehrte ich zurück. Aber alles fügte sich glatt. Am fünften

Januar erhielt ich die telephonische Mitteilung, daß ich zur Hilfs-Minen-Such-Division abkommandiert wäre und mich dort sofort melden sollte. Das war mir sehr recht. Man lebte an Bord billiger als an Land. Ich begab mich also in den Hafen und meldete mich auf dem Führerschiff der H. M. S. D. beim wachehabenden Offizier. Das war Leutnant Bobby. Er begrüßte mich höflich: »Ich heiße Sie im Namen der Division willkommen.« Dann ging er mit mir zu einem Trunk in das nahebei gelegene Restaurant Fischereihalle. Bobby hatte in München Philosophie studiert. »Sie wohnen, wie wir alle, an Land«, sagte er, »haben Sie schon eine Wohnung? – Wieviel zahlen Sie? – Sechzig Mark?! Das ist nicht allzuviel. – Verpflegt werden wir an Bord. – Ich rate Ihnen übrigens ohne Gepäck, so wie Sie sind, an Bord zu bleiben, denn wir unternehmen heute nacht eine Scheinwerferübung, die Sie vielleicht interessiert.«

So ließ ich mich auf das Boot 6 bringen. Während der Fahrt stand ich auf der Brücke neben dem Kommandanten, einem Leutnant, der sehr fror.

Die H. M. S. D. war das Cuxhavener »Filzlausgeschwader«.

Ihre Boote, kleine Schlepper, durften sich nicht allzu weit hinauswagen. Sie trugen zum Teil englische Namen, Fairplay I, Fairplay II usw. Zu der Scheinwerferübung liefen vier von diesen Schleppern aus. Sie sollten versuchen, unter dem Schutze der Dunkelheit an den Festungswerken Kugelbake, Grimmerhörn und Alte Liebe vorbei unbemerkt in den Hafen zu gelangen. Aber die Scheinwerfer der Batterien entdeckten uns dann rasch, und auch unsere Gegenblendungen nützten uns nichts.

Als Mutterschiff dieser Schlepper diente der geräumige Luxusdampfer Scharhörn, der in Friedenszeiten dem Hamburger Senat zur Verfügung stand. Er lag meist im Hafen als Wachschiff und Messeschiff. Dort im Salon meldete ich mich am nächsten Morgen beim Divisionschef Kapitänleutnant Reye. Der schnauzte mich hart an, warum ich mich nicht früher gemeldet hätte. Später aber bestellte er Sekt anläßlich der Beförderung eines Vizefeuerwerkers. Und er trank auch einmal zu meiner Begrüßung auf mein Wohl. Etwa fünfzehn Offiziere oder Vizefeuerwerker oder Vizesteuerleute waren dort in der Messe versammelt. Sie knobelten Chartreuse aus, wobei ich mittun mußte. An der Schmalseite der Tafel schrieb der Divisionschef. Ihn schien die laute, mir reichlich zotig und hohl vorkommende Unterhaltung nicht zu stören.

Ich wurde Fairplay IX zugeteilt, dessen Kommandant, Oberleutnant Klinke, ein Mann mit spitzem Gesicht und vielen Schmissen darauf, mich ebenfalls liebenswürdig willkommen hieß. Er führte mich durch sein Boot und durch die Büros, stellte mich verschiedenen Personen vor und übergab mir die Geheimbücherei und Geheiminstruktionen. Dabei erzählte er höflich und freundlich allerlei, was mich interessieren konnte. Ich hätte bei der Division Gelegenheit, Bohnenkaffee, Erbsen, Sahne und anderes zollfrei zu kaufen.

Ich hatte den Eindruck, daß die Offiziere der H. M. S. D. ein ebenso freies wie schwelgerisches Leben führten. Mittags gab es allerdings nur einen Gang, und zwar von demselben Essen, das die Mannschaften bekamen, und da die Messe, wo wir speisten, große Glasfenster hatte, konnten die Leute von draußen uns beobachten. – Natürlich wurde uns auf besserem Geschirr serviert.

Nachmittags war ich in der Privatwohnung bei dem Vizefeuerwerker Otto eingeladen, einem hübschen, frischen Burschen, auch Leutnant Bobby und Oberleutnant Klinke waren dabei. Abends ging ich mit den Offizieren ins Kasino zum Kegeln, und weil ich mich bei dem Spiel sehr ungeschickt anstellte, hatte ich viel zu berappen.

Als ich mich anderen Morgens um elf Uhr im Fischereihafen einfand, war die ganze Division ausgelaufen. Nur mein Fairplay lag an der Pier. Er sollte Postboot sein, konnte aber wegen des Nebels nicht auslaufen. Und des Nebels wegen kehrten denn auch die anderen Boote bald zurück. Die Kommandanten setzten sich auf Scharhörn am Messetisch zusammen, unterschrieben die Divisionsbefehle und erledigten sonstige schriftliche Arbeiten und rauchten dazu und tranken Kaffee und Schnäpse. Ich kaufte zu billigen Preisen Kognak, Rum, Bohnen und mehr, womit ich besonders meine Eltern zu erfreuen gedachte. Und auf Fairplay IX befragte ich die Maate und Leute nach ihren Funktionen, ihrer Ausbildung und besonderen Wünschen.

Meine Wohnung in der Villa »Kik in See« bei den Geschwistern Rohde bestand aus zwei hübsch möblierten, warmen Zimmern. Ich hatte den Blick auf die See, die derzeit kalt und grau war. Manchmal sah ich Boote meiner Division vorüber fahren. Wenn ich in der Frühe nach dem Hafen ging, mußte ich den Exerzierplatz der Minenabteilung queren, und da präsentierten die Posten, und Maate machten vor mir stramm, die noch kürzlich verträgliche oder bösartige Kameraden von mir gewesen waren. Einmal schlich ich mich abends durch all die einfachen Kneipen, die ich früher besucht hatte, wie z. B. die Sonne.

Und ein Mädchen gefiel mir. Nach und nach fügte es sich so, daß ich bei den Eltern eingeführt wurde. Sie hieß Grete Prüter, ein rundbackiges, schwarzhaariges Mädchen. Ihr Vater besaß die größte Drogerie am Ort und war ein Mann von erfreulichem norddeutschen Humor. Er plauderte ebenso amüsant über seine Apothekerstudienjahre und über alles, was sein Fach betraf, wie über maritime Sachen und besonders über Cuxhavener Hafenangelegenheiten.

Die ganze Division lief aus, in zwei Gruppen, Scharhörn voran, zusammen zehn Boote. Die See stand hoch. Es war eisig kalt. Oberleutnant Klinke und ich, in wollene Schals und dicke Mäntel eingehüllt, wurden auf der Brücke von schweren Brechern durchnäßt. Die Kommandanten verständigten sich von Boot zu Boot durch Winksprüche und sonstige Signale. Man war wegen der Rückfahrt besorgt, da wir dann Windstärke neun gegen uns hatten. Helgoland kam in Sicht, als wir wendeten und unser Suchgerät ausbrachten. Der Sturm warf unsere Nußschalen toll umher, daß mitunter die Kiele sichtbar wurden und alles an Bord krachte und zitterte. Oberleutnant Klinke stand am Sprachrohr und rief abwechselnd »Stop« und »Äußerste Fahrt«, nach Wellentälern und Wellenbergen. Von Zeit zu Zeit steckten wir uns eine Zigarette an, doch nur für einen Zug, dann ward uns der nasse Tabak weggerissen. Wir empfanden alle das Wetter als höchst bedenklich. Aber ich persönlich freute mich, gleich bei dieser ersten Fahrt meine Seefestigkeit beweisen zu können, und je heftiger die gelbgrauen Wutseen gegen uns anspien, desto vergnügter ward ich.

Leutnant Bobbys Boot blieb zurück. Es war total voll Wasser und drohte unterzuschneiden. Scharhörn kam ihm zu Hilfe und übergab unserem Fairplay die Führung.

Um zwei Uhr trafen alle Boote wieder in Cuxhaven ein. Bei uns war die Kommandantenkammer und die angrenzende Mannschaftskajüte überschwemmt. Das Wasser hatte das Feuer im Ofen gelöscht. Eine Kiste voll Zigarren schwamm aufgequollen umher. Die Kommandanten zogen sich um, und in der Messe wurde dann die wilde Fahrt lebhaft diskutiert, wobei man wieder mit »Schere, Stein, Papier« Schnäpse ausknobelte. Dann gingen die Offiziere heim, aber ich war Wachhabender und setzte mich müde und zufrieden in die Messe, ließ mir von der Ordonnanz Bohnenkaffee bringen und studierte Geheimbücher und Seekarten. Dann schrieb ich Briefe und Tagebuch. Der Salon auf Scharhörn war sehr bequem eingerichtet. Auf den Schleppern dagegen war es erbärmlich eng, und die Leute, die dort tags und nachts hausten, je siebzehn Mann auf einem Boot, das in Friedenszeiten höchstens 4 Mann geführt hatte, waren in dieser Beziehung zu bedauern. Dafür wurden sie aber sonst gut behandelt, erhielten kräftige und reichliche Kost, erhöhte Löhnung und hatten gewisse sonstige Vergünstigungen. Die meisten waren schon seit Kriegsbeginn in der Division. Das galt auch für die meisten Offiziere. Diese kamen fast alle von der Matrosenartillerie. Berufsseeleute waren nur wenige darunter. Einer von diesen war Vizesteuermann Krommes. Der war etwas bange und leicht seekrank.

Ich besuchte Leutnant Kaiser auf einem Torpedoboot. Wir tauschten beim Kakao Erinnerungen an Vulkan.

Es folgten eisig kalte und manchmal stürmische Fahrten. Ich stand am Ruder oder auf der Brücke. Umschichtig kam jedes Boot einmal an die Reihe, als Prielboot draußen auf Wache zu bleiben. Ich schlief dann dort für eine Nacht mit Klinke in der engen Kammer. Doch mußten wir häufig aufstehen, weil die Gefahr bestand, daß wir auf Groß-Vogelsand abgetrieben würden. Ich kümmerte mich eifrig um Wind und Strömung und Ebbe und Flut und benutzte die Zwischenzeit, um im Signalbuch zu studieren. Es war ein köstliches Gefühl, nach solcher Prielnacht in meine behagliche Wohnung zurückzukehren.

Im Hafen erteilte Leutnant Schütte mir und dem Vize Otto und dem R.-O.-A.-Maat Döring Unterricht in Navigation.

Der D.-Chef war in Hamburg gewesen und hatte einen deutschen Spion gesprochen, der schon mehrmals während des Krieges als holländischer Zigarrenhändler in London gewesen war und seine Nachrichten an Deutschland durch geschlüsselte Zeitungsannoncen übermittelte. – Ich wurde der Frau des Kapitänleutnants Drache vorgestellt. Drache war ein hochgewachsener bedächtiger Herr und Kommandant von Scharhörn, außerdem nahm er dem Divisionschef gewisse Verwaltungssachen, besonders Proviantangelegenheiten, ab.

Oberleutnant Erfling hatte seinen Assessor bestanden. Das gab eine Divisionsfeier im Kasino, die sehr stürmisch verlief. Erfling war keck im Witz und nahm uns Vize gern aufs Korn, aber zu anderen Zeiten genierte er sich wieder vor höheren Offizieren, mit uns Vizes intim zu sein. – Kapitänleutnant Drache hatte einen kleinen Mund. Er war ein guter Kegler. Wenn er mit der Kugel langsam und wohlberechnend ausholte, nahm er eine drollige charakteristische Stellung ein. – Klinke galt als der gutmütigste, zuverlässigste und gewissenhafteste Kommandant. Er stammte aus Braunschweig, war einst Seekadett gewesen und dann Beamter im Baufach geworden. Er hatte, wie man so sagt, eine praktische Ader, und daheim, in seinen Mußestunden, arbeitete er an der Erfindung eines neuartigen Flugzeuges. – Bobby war ein etwas leichtsinniger und liederlicher, aber sehr unterhaltsamer und gesellschaftlicher Offizier. Er spielte gut Musik, interessierte sich für Literatur und Künste und hatte diesbezüglich eine mich überraschende geschmackvolle Kritik. Ich sollte ihm durchaus ein Buch von mir schenken.

Wir waren nach der Assessor-Feier alle sehr besoffen. Manche von uns fielen unterwegs zu Boden, und es ward viel geschweinigelt. Ich mußte an Eichhörnchen denken, die in einem Seeoffizier nur eine ideale makellose Heldengestalt erblickte, worüber ich oft mit ihr stritt.

Ich geriet noch unter andere sehr animierte Offiziere. Auf irgendeinem Zimmer zechten wir weiter. Die Unterhaltung war sehr frei. Es stellte sich heraus, daß wir alle einmal das Marmorweib kennengelernt hatten. Das war eine sehr häßliche Kokotte, die ihre Opfer in schamloser Weise ausbeutete. Marmorweib wurde sie genannt, weil sie die Kavaliere folgendermaßen ansprach: »Faß mal meine Brüste an. Wie Marmor!«

Danach kam eine Wette zustande betreffs der Dichtigkeit gewisser Gewebe. Herr X. hatte absichtlich das Thema heraufbeschworen und sagte zu Herrn Y.: »Taschenfutter z. B. ist vollkommen wasserdicht. Ich wette mit Ihnen um eine Flasche Sekt, daß ich Ihnen ein Glas Bier in die Hosentasche gießen kann, ohne daß ein Tropfen durch das Futter sickert.« Die Wette galt. Das Bier stand schon bereit und ward rasch in die Hosentasche gegossen. Der untere Teil von Herrn Y. war im Nu durchnäßt, und wir lachten alle. Denn eine Flasche Sekt war vom Kasino ganz billig zu beziehen.

Fünf Tage lang suchte die Gruppe, der Klinkes Boot angehörte, Minen. Nun sollte die andere Gruppe uns für ebenso lange Zeit ablösen. Da kam aber der Befehl: »Morgen läuft die ganze Division aus.« Solche Durchquerungen unserer Programme traten häufig ein. Ich als Rangesjüngster mußte auch häufig in Vertretung erkrankter oder sonstwie verhinderter Offiziere die Hafenwache übernehmen. Da hatte ich Parole auszugeben und je nach Situation gewisse Maßnahmen zu veranlassen, z. B. daß bei einem starken Nordost eine Achterleine ausgebracht würde. Man überanstrengte sich nicht. Ich kaufte Schnäpse und Wein und schmuggelte sie *peu à peu* durch den Zoll in meine Wohnung. Denn ich erhielt viel Besuch und ward auch selber viel eingeladen, so daß ich, wenn ich an Land schlief, jede Nacht erst spät ins Bett kam. Mein Bursche und die Schwestern Rohde hatten es nicht leicht, mich morgens zu wecken.

Pfohl kam vom Urlaub zurück. Da ich inzwischen seine Wohnung eingenommen hatte, bezog er im selben Hause ein anderes kleineres Stübchen, doch stellte ich ihm mein Wohnzimmer zur Verfügung und bemühte mich überhaupt, dankbar und aufmerksam zu ihm zu sein, obwohl seine ganze Erscheinung, mit der unserer Divisionsoffiziere verglichen, mir plötzlich recht kleinlich und milchern vorkam.

Die Lebensmittel wurden knapper und knapper. Täglich hatten wir Befehle zu verlesen, wie »über die Ausnutzung der Steckrübe« oder »Sparsamkeit im Verbrauch von Kerzen«. Die Steckrübe dominierte, gekocht, gedämpft, gebraten, gebacken, gerieben, paniert. Statt Zucker gab es künstlichen Süßstoff. Die Münchner Neuesten Nachrichten priesen einen neuen Kriegskuchen an, zu dessen Herstellung man weder Butter noch Eier benötigte. Eine Probe des Kuchens wäre in der Vorhalle der Redaktion ausgestellt. Auch das Maschinenöl taugte nichts mehr. Künftig sollte es keine Stärke für Hemden und Kragen mehr geben. Durch Prüters erhielt ich manchmal Seife und dergleichen, was von dänischen Schiffen herstammte.

Nach einer Nachtwache mußte ich morgens gleich wieder mit in See. Die meisten Kommandanten waren noch nicht nüchtern und trieben beim Ablegen allerlei Possen. Aber das ging nicht so weit, daß die Pflicht darüber verletzt worden wäre. Im Gegenteil wußten alle die Grenze zwischen Dienst und Vergnügen scharf einzuhalten und entwickelten auf beiden Seiten ihren besten Eifer. Und dieses lebendige Pendeln zwischen beiden Gegensätzen hatte für mich und wohl für alle von uns etwas Berauschendes. Nach der Suchfahrt, bei der uns zweimal die Leinen ausschlippten, ohne daß wir revidierend etwas fanden, blieben wir noch anderthalb Stunden draußen bei Helgoland und brachten ein Fischernetz aus. Aber die Zeit war nicht günstig zum Fischen. Wir fingen nur ein Dutzend Schollen. Auch hielten wir umsonst unsere Flinten bereit. Nichts zeigte sich, was eines Schusses wert gewesen wäre. Klinke traktierte mich mit Schnäpsen und überhörte mich dabei über Navigatorisches. Auf der Rückfahrt fanden wir leider die Hafeneinfahrt gesperrt, weil das Fort Kugelbake Schießübungen abhielt. So ward es fünf Uhr, bis wir festmachten, und dann hatte ich auch noch Befehle durchzulesen und eine Zeichnung anzufertigen. Meine Uniform wurde vom Schornsteinruß und Öl und Dreck übel mitgenommen.

Eisiger Oststurm. Draußen Eis und Schnee, so daß die zweite Gruppe nicht auslaufen konnte. Vizefeuerwerker Örter, der schon Kommandant war, kam ganz verfroren von Prielwache zurück. – Ein Befehl ordnete an, daß sämtliche Offiziere und Deckoffiziere sich sofort ein Konto auf der Bank anzulegen hätten. Ach du lieber Gott, ich hatte nur Schulden. – Ich übernahm freiwillig für Schütte die Hafenwache, weil Rita Sachetto mit ihren Schülerinnen in Cuxhaven tanzte. Ich hätte das auch gern gesehen; nun mußte ich eine Verhandlung über ein gestohlenes Krabbennetz aufnehmen. – Bei den Vizen hatte ich den Spitznamen Specht. Der Chef der Hafenflottille hatte mir, wie ich hörte, den Namen Lord Grey gegeben, ich sollte Grey ähnlich sehen.

Laut Befehl des Vorpostenkommandeurs lief die H. M. S. D. wieder einmal nicht aus. Das halbe Fahrwasser war zugefroren. Auf dem Minenfeld, das querab von »Kik in See« lag, waren über Nacht fünfzehn Minen durch Eisschollen zur Explosion gebracht. Ich besuchte Prüters, die mich mit gutem Essen und steifen Grogs bewirteten. Auf dem Heimweg durch die unbeleuchteten Straßen stieß ich mich häufig und rutschte mehrmals auf dem Glatteis aus.

Die ganze Division lief aus, mußte sich durch bedenkliche weite Eisfelder durcharbeiten. Nach dem Minensuchen – erfolglos wie immer – ging unser Fairplay achtzehn Strich von B. S. S. W. zur Prielwache vor Anker. Die Kälte zwickte uns abscheulich. Die vielen Kopf- und Pulswärmer, die mir im Laufe des Krieges beschert waren und die mir nun gut zustatten gekommen wären, hatte ich leider in München zurückgelassen. Klinke fror nicht weniger. Wir hatten beide einen ewigen Tropfen an der Nase. Wir tranken Bohnenkaffee, Klinke spendierte eine Dose Sahne. Er war und sprach nett zu mir, wenn er auch von geistigen Dingen keinen Deut verstand. Der Decksposten meldete ein Eisfeld, das mit der Ebbe herantrieb. Wir eilten an Deck und besahen uns die Wirkung. Mächtige Eisschollen kenterten und ruckten an der Ankerkette. Es war uns sehr angenehm, eine Gefahr zu erkennen. Wir lichteten Anker und dampften heim. Mächtige, übereinandergeschobene Eisschollen. Wildenten. Seehunde und undefinierbare, sich dunkel gegen den Schnee abhebende Gegenstände, vielleicht abgetriebene Minen. Die Seezeichen vereist und verbogen. Jetzt wäre eine Lederjacke, wären pelz-gefütterte Fausthandschuhe das Richtige gewesen. Aber ich war ganz dünn angezogen und zitterte vor Kälte und war trotzdem guten Mutes.

Pfohl holte mich abends ins Kasino. Wir soupierten mit anderen Offizieren. Sie fielen alle wolfshungrig über das Essen her, aber wie sie es taten, rücksichtslos gierig, und dabei nur vom Essen und wieder vom Essen sprachen, nicht anders als die ungebildeten und schlechter verpflegten Mannschaften es taten, ging mir das gegen den Strich und ward mir lästig.

Ein Boot der Sperrfahrzeugdivision war vom Eis überlaufen. – Ich erzürnte mich brieflich mit Tula. Ein Brief von Mucky suchte das tändelnd wieder einzurenken. – Pfohl besuchte mich öfter. Er fing an, mich zu langweilen, und ich war nicht überlegen genug, um zu merken und zu respektieren, daß er sich aus Unzufriedenheit mit dem Bisherigen an mein Älteres und Besseres anklammern wollte. – Ich besuchte Gebert im Lazarett, er hatte eine Blinddarmoperation hinter sich. – Nachts zechte ich mit Örter und Otto und mußte mich wohl dabei sehr betrunken haben. Denn die Schwestern Rohde erzählten mir andern Tages, daß sie mich ohne Mantel in der Kälte schlafend vor der Tür gefunden hätten. Auch lag in meinem Zimmer alles bunt durcheinander.

Man bereitete sich auf die kommende Parade vor. Ich

konnte mich an dem Kasino-Essen leider nicht beteiligen, weil ich den vorgeschriebenen Rock nicht besaß.

U 44 brachte drei englische Fischdampfer ein. Die Besatzung wurde abgeführt. Man löschte die Fische. – Um auf Urlaub fahren zu dürfen, mußte ich mich gegen Pocken impfen lassen. – Vize Örter war nicht sehr gesprächig und nicht sehr beweglich. Bei Kneipereien wurde er gewöhnlich zu später Stunde vermißt. Man fand ihn dann in einem dunklen Proviantraum oder in einer Speisekammer, wo er aber nicht etwa naschte, sondern ganz still und steif dastand und nur seine großen Uhu-Augen rollte.

Kaisers Geburtstag. Parade vor dem Admiral Schröder. Dann Frühstück im Kasino, Ragout fin mit Sekt. Die übliche Ansprache mit dem Kaiserhoch. – Ich brachte Gebert Kaffee und Käse ins Lazarett. – Saufereien nachts, fidel und kameradschaftlich. Fortwährendes kreuzweises Zuprosten mit »Heil! Heil!« – Am Tag Fahrten durch Eis und Ostwind. Eisschollen fast bis Helgoland, so daß wir kein Suchgerät ausbringen konnten. Auf Klinkes Boot war nun noch der kleine dicke Oberleutnant Weihrauch gekommen. Das drängte sich auf der engen Brücke zu dritt, besonders weil Herr Assessor Weihrauch, der sehr empfindlich und das Gegenteil von einem Seemann war, sich hundert Mäntel übereinander anzog.

Ich geriet immer tiefer in Schulden. Da eröffnete mir der Zahlmeister, daß die Offiziersgehälter abermals herabgesetzt wären. Die Vize bekämen monatlich hundert Mark weniger, und diese Verordnung gelte sogar für einen Monat zurückwirkend. Örter brummte: »Es wird werden wie im Russisch-Japanischen Kriege, da die Offiziere schließlich Mannschaftslöhnung erhielten.« Ich saß verstimmt in der Fischereihalle. Unsere Boote kohlten. Eine Matrosenkapelle spielte das mexikanische Lied »La Golondrina«. Ich kam darauf zu denken, daß der größte Teil unserer Offiziere mir innerlich doch nicht näherrückte. Einige, wie Schütte und Brückmann, schienen sogar eine Antipathie gegen mich zu haben. Und wie trüb sah es um die Zukunft aus! Der verschärfte U-Boot-Krieg war in Kraft getreten. England suchte uns durch einen Minengürtel abzusperren. Ich trollte mich nach Hause, bestellte mir starken Kaffee, schlief aber, ohne ihn anzurühren, vor Müdigkeit ein und träumte nur Dienstliches. – Mißweisenden Kurs absetzen – Mittelgrundboje an Backbord und Feuerschiff Elbe zwo an Steuerbord –. Ich wurde durch einen Hustenanfall wach.

Puh, es war kalt. Unsere Boote schoben sich nur noch mit Mühe durch die Eiskrater, und die Schollen knirschten bedrohlich gegen ihre Wände. Fräulein Rohde – es war verabredet, und ich konnte es durchs Glas beobachten – winkte mir vom Fenster meiner Wohnung zu. Große Entenschwärme flohen scheu vor uns. Hinter uns fuhren zwei Schlepper, die sieben auslaufenden U-Booten Bahn brachen. Boje acht war vertrieben. Ich teilte mit Weihrauch und Klinke eine Schildkrötensuppe. Ich hatte in letzter Zeit viel Proviant eingekauft, den ich heimlich an die Eltern und an Tante Michel sandte.

Auf der Kegelbahn teilte mir der D.-Chef mit, daß mein mehrmals verschobener Urlaub nun endgültig bewilligt sei. Wenn ich mir die Reisekosten zweiter Klasse ersparen wollte, so mußte ich mir Zivilkleider verschaffen, was den Vizes eigentlich verboten war. In fliegender Hast besorgte ich mir die Urlaubspapiere. Klinke lieh mir einen Zivilhut und einen Ulstermantel. Den Säbel verpackte ich. Auf dem Wege zum Bahnhof begegneten mir erstens der böse Maat Burkert aus der Kneis-Zeit und zweitens Oberleutnant Gebert. Die rissen beide die Augen auf, da sie mich in Zivil erblickten. Aber Burkert durfte nichts sagen, und Gebert wollte nichts sagen.

Auf der Bahn ging es wirr und unerfreulich zu. Alle Züge hatten Verspätung, waren schlecht oder gar nicht geheizt, und niemand gab Auskunft über Fahrzeiten und Anschlüsse. In den Wartesälen hockten schweigsame Leute mit bedrückten Mienen. Jeder fühlte, wie ernst die Lage war. Auf irgendeiner Station erregte ich das Mißtrauen des Bahnhofsvorstehers. Er ließ mich als Spion verhaften, weil er unter meinem Ulster ein Stück Uniform bemerkt hatte. Er war nicht leicht zu beruhigen. Tante Michel war für einige Zeit zu ihrem Bruder nach Berlin gezogen. Ich stattete ihr dort einen kurzen Besuch ab. Ihre Münchener Wohnung fand ich aber so kalt, daß ich nur die notwendigsten Sachen auspackte. Auch Eberleins empfingen mich in ungeheizten Zimmern. In München war um zehn Uhr Polizeistunde, waren die Schulen, Theater und Konzertsäle geschlossen. Weil zwei Monate zuvor dort ein Fliegerangriff erfolgt war, hatte man die Laternen und Straßenbahnen blau abgeblendet. Ich besuchte Unold im Lazarett. In den Stammlokalen Fränkische Weinstube, Akropolis und Osteria traf ich Doktor Strich, Professor Braun, Lotte Pritzel, Wölfchen Mewes, den Mirl und andere, die Alten. Aber es war nicht mehr die alte Zeit, und das neue München und die ganze Urlaubsreise deprimierten mich so, daß ich nachdem froh war, wieder bei der lustigen und frischen H. M. S. D. einzutreffen.

Jeden Morgen um elf Uhr war auf Scharhörn Konferenz. Da gab es Monita und Tadel und starke Anschnauzer, wir nannten das leichte oder starke oder dicke Zigarren. Daran anschließend fand das gemeinsame Mittagessen statt. Gewürzt mit vergnügten Gesprächen und Schnäpsen und gelegentlich Wein oder Sekt.

Reye gab zwei wahre Geschichten zum besten:

Ein U-Boot treibt manövrierunfähig mit gebrochener Schraube in der Nordsee. Ein norwegischer Dampfer taucht auf. Das U-Boot feuert ihm einen Schuß vor den Bug, die Aufforderung zu stoppen. Der Dampfer, dem es ein leichtes wäre, das wehrlose U-Boot zu rammen, zögert etwas, aber stoppt dann wirklich. Das U-Boot befiehlt: »Boot zu Wasser! Längsseit kommen!« Das Boot kommt längsseit. Es stellt sich heraus, daß der Dampfer Bannware an Bord hat. »Sie werden eingebracht«, sagt der U-Bootskommandant, »und zur Strafe dafür, daß Sie nicht sofort gestoppt haben, werden Sie uns in Schlepp nehmen.« Gesagt, getan. Ahnungslos schleppt der große Norweger das hilflose U-Boot in den deutschen Hafen.

Die Flotte legt bei schwerem Seegang mit äußerster Mühe an einem bestimmten Punkt eine schwer verankerte Boje aus. Andern Tags meldet ein einlaufendes Vorpostenboot, es habe da und da – (am selben Punkt) – eine vertriebene Boje gefunden und sie bei schwerem Seegang mit äußerster Mühe an Bord genommen.

Die ganze Division lief aus. Der Flagg-Offizier Kölner hatte das befohlen; er schikanierte gern unsere Division. Es kam, wie wir vorausgesehen. Wir gerieten in Nebel und Treibeis und lagen den ganzen Tag draußen vor Anker. Eine Anzahl U-Boote benutzte die von uns gebrochene Fahrrinne zur Ausfahrt. Schwärme von Schwänen zogen über uns hin, aber hoch überm Schußbereich.

V 56 war auf eine englische Mine gelaufen. – Die Deutschen hatten sich vor Verdun zurückgezogen, wie es hieß, um die Franzosen zum Bewegungskrieg zu veranlassen, und sie hatten große Teile von Elsaß geräumt. – Man erwartete bang eine große Offensive. – Dreißigtausend Pfund erfrorene Kartoffeln wurden in der Zeitung annonciert.

Der Schlepper Simson von einer anderen Division hatte viele Zentner Heringe gefischt und dabei einmal das Netz so voll gehabt, daß er, besorgt, es möchte ihm reißen oder sein Schiff mit in die Tiefe ziehen, schnell rückwärts dampfte und den ganzen Fang wieder freiließ. Die große Fischmenge, die er dennoch in den Hafen brachte, wurde gleich an der Pier für fünfundzwanzig Pfennig pro Pfund verhökert, was die ganze Zivilbevölkerung herbeilockte.

Simsons Erfolg stach uns in dic Nase, so daß alle Boote meiner Gruppe beim nächsten Freiturn freiwillig zum Fischen auszogen, obwohl draußen beträchtliche Dünung stand. Fairplay IX fing nichts. Wir eilten aber einem Zivildampfer zu Hilfe, dem von Eisschollen ein Leck geschlagen war. Wir schleppten ihn ein. Unser Koch und Oberleutnant Weihrauch waren schier tot vor Seekrankheit.

Man erzählte folgendes Geschichtchen: Ein Schiffsjunge, zum ersten Male auf Ausguckposten, meldet: »Herr Kapitän, an Backbord voraus schwimmt eine Möwe.«

»Dummer Junge, das ist doch eine Boje!«

Nach einer Minute neue Meldung: »Herr Kapitän, Boje ist soeben weggeflogen!«

Auf Scharhörn fand eine Gerichtssitzung statt. Es lag ein Fall von Diebstahl und ein Fall von Fahnenflucht in unserer Division vor. – Ich kaufte abermals viel Proviant ein. Leider wurden keine eingeschriebenen Pakete mehr angenommen, und die einfachen Sendungen wurden jetzt häufig bestohlen oder unterschlagen. – Ich kündigte meine teure Wohnung und siedelte ins Hotel Kaiserhof über, wo ich für ein kleines Zimmer achtunddreißig Mark zahlte. – Schütte gab uns Vizen Unterricht in Deviation und Stromversetzung. – Ein Geheimbefehl ordnete Unterrichtsstunden an, worin den Leuten der Haß gegen unsere Feinde, speziell gegen Amerika, eingehämmert werden sollte. –

Auf Hafenwache sah ich neidisch zu, wie der Schlepper Simson wieder vierzigtausend Pfund Heringe löschte. Und unser Boot »Humor« hatte Balken aufgefischt, die es an einen Holzhändler verkaufte, trotzdem es bekannt wurde, daß diese Balken die Otterndorfer Dückdalben für den Schnelldampfer Imperator waren. – Die Pension Dora Kurs schickte mir ein Liebespaket: Maiglöckchen, Zigaretten und ein Paar Handschuhe, auf deren Fingerspitzen ausgeschnittene Modefiguren genäht waren. – Ich wachte einmal zu meiner Überraschung mit Hals- und Magenschmerzen in Klinkes Wohnung auf dem Diwan auf und besann mich nach und nach auf eine Bowlenfête im Kasino.

Es verlautete, daß wir Scharhörn und vier Boote und von den restlichen Booten je sechs Mann, außerdem einige Offiziere abgeben sollten. Das rief einige Bestürzung hervor. Zunächst liefen wir aber wie bisher aus. Wieder war es eine stürmische Fahrt. »Cuxhaven« schlug sich im Eise ein Leck und mußte umkehren. Sechs U-Boote waren gleichzeitig mit uns ausgelaufen, das letzte war U 86.

Bobby wollte auf Urlaub. Der D.-Chef fragte mich deshalb, ob ich mir getraue, ein Boot zu führen. Ich überlegte mir, welche Verantwortung das bedeutete und ob meine Augensehkraft genügte, und dann sagte ich zu. Als ich aber am nächsten Morgen das Ablegen von zwei Booten kommandierte und dabei recht unsanft gegen Scharhörn anstieß, war mir das sehr peinlich, und ich fürchtete, daß man mir daraufhin kein Kommando überlassen würde. Ich war tagsüber schlechter Laune und litt an verschiedenen Erkältungserscheinungen. Meine Nase lief wie eine Wasserleitung, und meine Lunge fiepte bei jedem Atemzug.

Alle vierzehn Tage hatten wir Offiziere, bzw. Vize, Gelegenheit, Kaffee, Käse, Zucker, Haferflocken, Bohnen, Erbsen und andere seltene Sachen zu kaufen. Ich schämte mich jedesmal vor den Leuten, die Zeuge solcher Bevorzugung waren. Aber ich kaufte auch und trug die Sachen in meine Wohnung, wo ich sie nicht ohne Schwierigkeiten verpackte und an meine Lieben beförderte. Es mangelte mir an Packpapier und Bindfaden, und mein Bursche war nicht zur Stelle. Dann besuchte mich Leutnant Pfohl und hielt mich lange und langweilig auf. Dann las ich »Geschwister« von Friedrich Huch zu Ende. Dieser Roman interessierte mich nicht sonderlich, aber der Schluß erinnerte mich irgendwie an einen sehr unreifen und durchaus nicht druckreifen Roman, den ich in jungen Jahren einmal geschrieben hatte, und an eine traurige Totenwache in Kurland. Dem schlossen sich andere trübe Gedanken an, und ich mußte auf einmal weinen. Abends ging ich mit Otto und Örter ins Kasino zum Damenabend, wo wir drei ziemlich abgeschlossen einen Tisch für uns hatten.

Eigentlich war der dreiundzwanzigste Februar für Fairplay IX ein Rasttag, wir zogen dennoch in frühester Frühe zum Fischen aus, weil ein Finkenwerder Fischer uns gegen halbe Beute ein besseres Netz herlieh. Das brachten wir an einer Stelle aus, wo kreisende Möwen und zahlreiche, kurz auftauchende Seehunde uns einen guten Fang versprachen. Als wir nach einer Stunde langsamer Fahrt das Netz hochwanden, enthielt es etwa viertausend Pfund zappelnder, perlmutterfarbener Heringe. Beim zweiten Trip kamen noch tausend Pfund hinzu, auch kleine Schollen und Krabben. Hunderte von Möwen folgten uns und stritten sich kreischend um die Abfälle. Todmüde, spät kehrte ich heim und hatte am andern Tag wieder anstrengenden Dienst. Eine starke Influenza befiel mich. Ich mochte mich nicht krank melden, besonders nicht, als ich in Vertretung Bobbys mit dem Kommando des Bootes »Cuxhaven« betraut wurde. Zum ersten Male stand ich als Führer eines Schiffes auf der Brücke, und sogar bei starkem Seegang, aber vor Gesichts-, Kopf- und Muskelschmerzen kam ich zu keinem Glücksempfinden und war nur eifrig. Hinterher übernahm ich noch freiwillig zwölf Stunden Hafenwache für Klinke, dessen Boot ich nun ganz verlassen und gegen »Cuxhaven« eintauschen sollte.

Der D.-Chef hatte den Vize Otto ausgefragt, ob ich keine Lust mehr am Dienst hätte oder ob ich nachts zu viel söffe, weil ich am Tage einen so schlappen und vermiesten Eindruck machte. Otto erzählte ihm von meinem Kranksein und beschwichtigte damit die ungünstige Auffassung.

Der U-Boots-Krieg war flott im Gange. Unheimliche Werte, große Schiffe, reiche Ladungen gingen zugrunde. Reye hatte sich eine Tabelle angelegt und trug täglich nach den Zeitungsberichten die Zahl der versenkten Tonnen ein. Reye führte viele Listen und peinlich sauber und genau, wie er überhaupt auf ebenso amüsante wie erfreuliche Art gewissenhaft war. Nicht immer für jeden erfreulich. Sofern nicht besonders wichtige Fahrten unternommen wurden, kam er als Chef später in den Hafen als wir, aber er merkte es dennoch, wenn ein Boot mit Verspätung auslief. Denn die Boote mußten vor dem Hafentor einen langgezogenen Ton mit der Dampfpfeife geben. Das hörte man in der ganzen Stadt, und Reyes musikalische Ohren unterschieden unsere Pfeifen sehr genau. Er lag dann noch im Bett und stellte nach dem Ton fest: »Jetzt läuft Boot soundso aus, und es ist soundsoviel Uhr.«

Als ich meinte, wieder einmal einen freien Tag zu haben, weckte mich der Bursche früh mit dem mißbeliebten Satze: »Ganze Division läuft aus«. Ich erhob mich müde, stieg in die Kleider und schritt fröstelnd dem Hafen zu. Aber die Drehbrücke war auf, und Klinke, Bobby und der Stabsarzt Hartmann standen dort schon und warteten nervös auf die Schließung der Brücke. Denn die Drehbrücke galt bei Reye nicht als Entschuldigung. Schließlich setzten wir mit einem recht kippligen Ruderboot über. Die Division sollte nach der üblichen Fahrt eine Sperre ausbojen. Dabei brachen uns einige Bojen. Der D.-Chef verteilte per Signal und hinterher in der Konferenz direkt an alle Kommandanten dicke Zigarren. Darauf kriegten einige der Kommandanten Differenzen untereinander.

Bobby spielte Schach mit mir und gab mir Stifters Biographie zu lesen. Über dieser Lektüre und reichlichem Aspiringenuß überkam mich plötzlich die Erkenntnis, daß ich, wie Eichhörnchen das oft geäußert hatte, eigentlich niemals richtige Mutterliebe oder Vaterliebe genossen hatte. Meine Eltern und sonderlich mein gütiger Vater hatten sich mir immer wohlmeinend und auch herzlich erwiesen, aber der »unergründliche See von Liebe« war mir doch fremd geblieben. Als ich über Mittag mein Stübchen im Kaiserhof eingerichtet hatte und mich auf den ersten behaglichen Abend freute, den ich dort verbringen würde, da ward ich wieder froh und mutig. Denn dieses Ziehen von Ort zu Ort, dieser dauernde Wechsel von Situationen hatte meinem Leben eine Einsamkeit gegeben, die mich hielt. Wenn sie mich auch manchmal traurig stimmte, wenn ich ihretwegen in Gesellschaft verkannt, verlacht oder gemieden wurde.

Ich besuchte Prüters und brachte ihnen Sprotten. Ihr Geschäft florierte so ausgezeichnet, daß sie sich auch in dieser Zeit keinen Genuß zu versagen brauchten. Sie waren alle auch mehr oder weniger geschickt und fleißig. Prüter berichtete, daß man in Hamburg Bäckerläden gestürmt hatte. Meine Kopfschmerzen hielten an. Ich nahm täglich zehn bis fünfzehn Aspirin. Abends waren Bobby und ich von dem Oberleutnant Klinker eingeladen. Der gehörte einer anderen Minensuchdivision an, die große Hochseeboote hatte, teils ehemalige Torpedoboote, teils Spezialschiffe. Diese Division sah unser Filzlausgeschwader über die Achsel an. Denn die Hochseeboote hatten draußen, weiter in der Nordsee, ernsteren Dienst und mehr Erfolg und Ruhm als wir. Klinker war ein hochgewachsener, kühner und kräftiger Mensch und ein verteufelt begabter und anständiger Kerl. Ich mochte ihn sehr leiden.

Eiskalte Sturmfahrt. Die Seen, die über unser Boot fegten, froren schon in der Luft. Unsere Haare und Bärte waren weiß von Reif und Eis. Bei Elbe A mußten wir des unerträglichen Seeganges wegen wenden und liefen, in Mäntel von Glatteis gehüllt, in Cuxhaven ein.

Ein Leutnant von der Kommandantur verriet mir, daß mich Reye als Kommandant vorgeschlagen hätte, daß das aber nicht durchgegangen sei, weil sich irgend jemand anders bei uns einschmuggeln wollte. – Also Schiebungen, wie sie dort und überall immer wieder vorkamen. Dennoch ließ ich mich oft von solchen Nachrichten, auch wenn sie nur Gerüchte oder erlogen waren, schwer deprimieren.

Ich wurde täglich mit neuen Offizierskreisen bekannt und fiel meistens wegen meiner langen Nase und überhaupt wegen meines Äußeren komisch auf, aber manche fanden Gefallen an meiner erfinderischen Spaßmacherei, und manche hatten mich sichtlich gern. – Reye konnte recht launisch sein. Er war ein verwöhnter Herr. Seine Frau war die kühle Tochter eines reichen Hamburger Senators. – Auch Drache hatte eine reiche Frau. Er selbst war geizig oder knauserig oder meinetwegen sparsam, während Reye eine große Freude daran hatte, Gäste zu bewirten und das ebenso verständnisvoll wie reichlich und mit einem liebenswürdigen Scharm tat.

Im Hotel, im Zimmer neben mir, wohnte ein jähzorniger, offenbar pathologischer Leutnant, namens Lübek. Anfangs wunderte ich mich darüber, daß er niemals ausging, bis mir Leutnant Möbus von der Sperrfahrzeugdivision Cuxhaven mitteilte, daß Lübek einen Stubenarrest absolvierte, weil er einen feldgrauen Unteroffizier verhauen hatte. Er würde wahrscheinlich den Abschied bekommen.

Den Leutnant Wigge lernte ich kennen im Wachtlokal der Nachrichtenstelle am uralten Turm der »Alten Liebe«, wo der Sturm romantisch grausig in den Signalmasten und in dem Antennengewirr heulte. Unsere Freundschaft begann mit einem heftigen Schachturnier, bei dem ich Sieger blieb. Dann erzählten wir uns gruselige Geschichten.

Wir soffen die ganze Nacht durch und sangen und waren kindisch begeistert. Zum Glück lief meine Division am nächsten Morgen wegen Sturmes nicht aus.

Klinke fuhr auf Urlaub. Sein einziger Bruder war in der Türkei gefallen. Dessen Frau hatte gerade eine Frühgeburt gehabt, lag an Diphtheritis erkrankt im Bett und ahnte noch nichts von dem Schicksal ihres Mannes. Ich wurde für

Klinke Kommandant auf Fairplay IX und teilte mit den Mannschaften dort meinen neu erworbenen Proviant. Bobby hatte eine entzückende wehmütige Tiroler Weise aufgebracht, die große Sehnsucht nach Tirol in mir erweckte. – Sturm und Eis. Wir blieben einmal alle im Eis stecken.

Sturm und Eis. Ich stand rauchend auf der Brücke von Fairplay IX, wärmte meine Hände in Klinkes Muff und meine Füße in Klinkes Filzschuhen und gab vergnügt meine Befehle betreffs Ruder, Fahrt, Kompaß, Minensuchen, Signale über Kohlen- und Wasservorrat, Uhrzeit und Tiden. Ich hatte einen Stirnhöhlenkatarrh. Bobby sandte mir folgenden Winkspruch: »K. an K. (das hieß Kommandant an Kommandant). Das hübsche Kinderfräulein im Restaurant X ist wieder zurück, Kapitän Y hatte sie geschwängert. Sie hat inzwischen geboren.«

Ein großes Stück von einem Landungssteg trieb vorüber, und eine fette Ente saß darauf. Aber wir durften weder das Holz bergen noch die Ente schießen, weil wir auslaufend in Kiellinie fuhren. Ein passierendes Fahrzeug erkannte ich als den alten gichtbrüchigen Jadeschlepper »Konkurrenz« wieder. Abends kohlten die Boote. Dann Divisionsabend in der Nassen Liebe, der aber ziemlich stumpfsinnig verlief. Am nächsten Abend hielten Wigge, Otto, Möbus, Leutnant Axer, Bobby und ich – wir bildeten einen gewissen Konzern von Geistigen – ein wüstes Gelage. Weil wir auf dem Heimwege aus voller Kehle das Pfannenflickerlied brüllten und im Takte dazu die gezogenen Säbel aneinanderschlugen, wurden wir als nächtliche Ruhestörer dem Polizeimeister gemeldet. Infolgedessen war, besonders für uns Vize, dicke Luft.

Matrose Petermann auf »Cuxhaven«, ein enthaltsamer, fleißiger Mann und ein ausgezeichneter Rudergänger, erhielt vier Wochen Gefängnis, ich vergaß, wofür. – Staatssekretär Michaelis hatte sehr schwarz über die wirtschaftliche Lage Deutschlands gesprochen. – Graf Zeppelin war gestorben. – Reye trug täglich gewissenhaft seine Zahlen in seine Listen. Aber wir glaubten all den Nachrichten über U-Boote und U-Bootserfolge nur halb. – Bobby schloß sich mir sehr intim an, wenigstens außerdienstlich. Ich konnte mir erlauben, ihn wegen seines Geizes zu beschimpfen und ihn blasiert und feig und eitel zu nennen. Er nahm das sehr tolerant und mit einem hübschen Humor, wenn auch nicht ohne Widerspruch auf.

Unsere nächtliche Ruhestörung war an den Kapitän v. Wedel und von diesem an den Admiral Schaumann weitergemeldet. Otto und Örter, die schon zu Leutnants vorgeschlagen waren, ließen den Kopf hängen. Durch gütige Vermittlung gütiger Vorgesetzter wurde der Fall aber beigelegt.

Beim Preiskegeln gewann ich – blinde Henne ein Korn – ein silbernes Schnapsglas. Kapitän Reeder und Reye hatten sich lobend über mich geäußert. Kurz, an diesem Abend begann der Frühling. Am 12. März hörte ich in Glockes Hotel das Elias-Oratorium.

Die ganze Division lief bei sehr starkem Sturme aus. Bei Elbe A, also an der gefährlichsten Stelle, gab das Führerschiff den Befehl »Signalisieren zur Übung«, worüber sämtliche Kommandanten empört waren. Denn diese Übung war bei solchem Seegang kaum möglich. Mein Boot – ich fuhr nun wieder unter Bobby auf »Cuxhaven« – jumpte derart, daß wir bei jeder kommenden See auf Kentern gefaßt waren. So blieb denn auch das Signalisieren zur Übung in den ersten kläglichen Versuchen stecken. Die Division drehte bei und evolutionierte zwischen B und C. Abends Kommers im Kasino. Der immer blasse Wigge mit dem zerhauenen Gesicht und Erfling, beides ehemalige Korpsstudenten, waren die einzigen Kommentfesten. Als Wigge total duhn war, schwur er, daß er seinen Hund schlachten würde, weil er ihn nicht mehr ernähren könnte und weil er, Wigge, einen Bettvorleger brauchte. Darauf schilderte der D.-Chef, wie er als Bub dreihundertfünfunddreißig Katzen gefangen und totgeschlagen hätte. Diese Erzählung mißfiel mir und Bobby sehr. Wir hatten es auch als abscheulich empfunden, als Reye bei einer Suchfahrt ein entzückendes kleines Zugvögelchen, das neben unserem Boote herflog, durch einen Schrotschuß zerfleischte. Im übrigen aber schätzten und verehrten wir Herrn Reye sehr.

Der Divisionschef fuhr mit Brückmann, Otto und mir zur Entenjagd. Wir dampften mit Brückmanns Boot die Oste aufwärts. Unübersehbare Schwärme von Enten und Gänsen flohen vor uns. Wir versuchten, uns durch den Schlamm und durch das Chaos von phantastischen Eisgebilden an sie heranzupirschen, aber vergeblich. Wir kamen nicht einmal zum Schuß.

Es gab keine Erbsen mehr, sondern nur noch Peluschken, die niemals gar wurden. – Mein Bursche erschrak sehr über eine Kleiderbürste, die ich vom letzten Urlaub mitgebracht hatte und die, wenn man sie aufhob, den Faustwalzer spielte. – Leutnant Nitzschke war ein komischer Kauz. Er liebte es, in seiner Kabine aufs Geratewohl in die Wände zu schießen, und er hielt sich »Moses«, den häßlichsten Hund der Welt. Eines Tages wurden er und Hartwig und Krommes und Schütte abkommandiert, auf M-Boote. Veranlassung zu einer bewegten Abschiedsfeier im Kasino. Ich hatte ein Gedicht dazu verfaßt, das mir allgemeinen Beifall einbrachte. – In einer Woche gingen drei Cuxhavener Boote durch englische Minen in die Luft. – Nach einer Suchfahrt rief mir Otto von seinem Boote aus durch die Flüstertüte zu: »Specht, kennst du den Unterschied zwischen einem leeren Portemonnaie und einem Schweineschwänzchen? – Das eine hindert am Bummeln, und das andere bummelt am Hintern.«

Die zweite Gruppe fuhr zwecks Kesselreinigung für vierzehn Tage nach Hamburg. Schon lange hatten sich alle Beteiligten darauf gefreut. Ich frühstückte auf »Cuxhaven« in der schrankartigen Kajüte und besah mir eine Seekarte der englischen Küste, darauf sämtliche Kriegswracks verzeichnet waren, und ferner englische Geheimakten über die Tätigkeit der britischen Artillerie bei der Skagerrakschlacht. Dann gesellte sich Bobby zu mir und wir sangen das Jagerlied. Er hatte es eingeführt, und es war unser Leib- und Magenlied geworden. Bobby wußte selbst nicht, woher er dieses Lied kannte und wer der Verfasser war. Um ein Uhr legten wir bei Sankt-Pauli-Landungsbrücken an. Otto, Bobby, Brückmann und ich zogen aus, um uns ins Großstadtleben zu stürzen, wurden aber einer nach dem andern von lieben Mädchen aufgehalten. Unsere Boote verholten indessen nach einer Privatwerft, wo wir uns am nächsten Morgen wieder trafen.

Mein Urlaub war genehmigt, wurde im letzten Moment widerrufen und dann durch Brückmanns eifriges Eintreten neu genehmigt, mit dem Vermerk, daß ich aber nicht nach Hamburg, sondern direkt nach Cuxhaven zurückkehren müßte, um für den abkommandierten Hartwig das Boot »Caroline« als Kommandant zu übernehmen. Ich fuhr nach Halle und Leipzig und verteilte meine gesammelten Proviantschätze; das war das Hauptziel meiner Reise gewesen. Auch Otto war in Urlaub gefahren, in seinen Heimatsort Hersfeld. Von dort aus besuchte er mich dann in Eisenach, wo ihn die Pension Kurs mit Tänzen und lebenden Bildern feierte. Es waren schöne und lustige und wehmütige Tage in Eisenach. Wir beiden Mariner stellten die ganze Pension auf den Kopf, ohne Rücksicht auf die Pensionsmutter und auf den Ernst des Unterrichts. Nachts kletterten wir heimlich mit den Mädchen über den Gartenzaun und zogen auf die Wartburg zu dem vertrauten alten Wärter, dem wir Lieder zur Gitarre vorsangen, wofür er uns den Rückweg zu Tal durch einen einzigen Knips elektrisch erhellte. Und Lotte Huff und die Madonna Lona Kalk und die Zigeunertilly und die Marburg und sonstige nette Mädels waren dabei, und unsere Vizeuniformen strahlten.

[...]

BATTERIE SEEHEIM

Ich hatte mich bei Herrn v. Hippel ab- und bei Herrn Korvettenkapitän Schröder angemeldet und dabei einen siebentägigen Urlaub durchgesetzt. Annemarie fuhr mit mir nach Hamburg und dann weiter nach Berlin, und dann nach Halle, wo wir im Hotel Sachsenhof ehepaarten, und dann nach Leipzig, Hotel Könighof. Überall begrüßten mich liebe Menschen, und wenn ich mich mit ihnen ausgesprochen hatte, zog ich nachts mit Annemarie los. Nach schwerer Trennung von ihr – sie hatte ein Engagement ans Thaliatheater in Chemnitz erhalten – reiste ich weiter nach München. Es gab dort noch Butter und Strichs und Lotte Pritzel und Maler Coester, Horsmann, Foitzick, Dr. Kalser, Falckenberg und Schauspieler G. Schröder. Dieser letztere überredete mich, auf der Rückfahrt mit ihm in Bremen auszusteigen. Er wollte mich in seiner luxuriösen Behausung fürstlich bewirten. Er versetzte mich dann aber am Bahnhof, und ich stand mit zehn Mark in der Tasche da und hatte Galle im Herzen.

Ich fuhr nach Seeheim. Eine Maschinengewehrbatterie, die ebenso wie die in der Nähe gelegene 3,5 Revolverkanonenbatterie Nordheim mir künftig unterstellt sein sollte. Nordheim lag eine Stunde weit von Duhnen ab, Seeheim noch eine Viertelstunde weiter, beide zwischen Sanddünen und Kiefergebüsch versteckt. In Duhnen war jetzt Kapitänleutnant Reye als mein Kompanieführer. Ich stapste mit bangen Gefühlen dorthin und fand Reye noch banger und mißgelaunter. Er übermittelte mir den Befehl des Herrn Schröder, mich schleunigst und intensiv mit dem Maschinengewehr, der Revolverkanone und dem Batteriebetrieb vertraut zu machen. Ich wußte ja schon mancherlei davon, aber viel nicht, und die Materie reizte mich herzlich wenig. So trug ich zunächst einmal dafür Sorge, mein Wohnzimmer und mein Schlafzimmer freundlich einzurichten. Diese Räume befanden sich in einem Steinhaus, sonst gab es nur noch Holzbaracken in Seeheim. Mein Wohnraum lag im Parterre; ein Flügel stand darin, der meinem Vorgänger gehörte, dem musikalischen Sänger und Leutnant de Harde. Der war krank ins Lazarett gekommen. In Seeheim unterstanden mir vorläufig zwei Feldwebel, ein Obermaat und dreiundzwanzig Mann. In Nordheim war ein B.-G.-Entfernungsmesser und ein Horchtrichter. Ich ließ mir alles erklären, ließ mir Meldungen erstatten und hatte den ganzen Tag Befehle zu unterschreiben. Seeheim war vor dem Kriege ein Kindererholungsheim gewesen und mit Bettzeug, Porzellan, Glas usw. reichlich ausgerüstet. Ein hoher eiserner Turm neben den Baracken trug eine Windmühle, die das elektrische Licht speiste und das Brunnenwasser pumpte. Auch ein großes Terrarium fand ich vor, dessen Scheiben zerschlagen waren. Ich ließ es sofort ausbessern von dem geschickten bayrischen Obermaat Brandmeier, der für alles Rat wußte. Es wurde derzeit eine Abteilung von Reserveoffiziersaspiranten in Seeheim ausgebildet. Dafür war Bobby als Kommandant ersehen. Das war mir gar nicht recht, ich wollte am liebsten dort allein herrschen. Der Umstand, daß meine Vorgesetzten mehr als eine Stunde weitab in Duhnen lebten, hatte mir Seeheim sofort sympathisch gemacht. Gerade weil ich allein war, ging ich mit größtem Eifer an meine Arbeit.

Als ich mich mittags zu kurzer Rast auf meinem Diwan ausstreckte, kam mein Bursche Becker gelaufen und rief: »Herr Leutnant! Herr Leutnant! Es kommen Offiziere.« Ich wollte mich von meinen Vorgesetzten nicht auf dem Diwan überraschen lassen und beeilte mich also, diesen und meine Uniform in Ordnung zu bringen. Die Neuankommenden waren zwei Offiziere und ein Flugmeister, die im Nebel mit einem Flugzeug abgestürzt waren. Das Flugzeug war aufs Watt gestürzt. Die drei Insassen waren lebend davongekommen und hatten, nur nach dem Kompaß sich richtend, den sechsstündigen, schwierigen und gefährlichen Weg durch Nebel und Priels gefunden. Geradezu ein Wunder, das außerdem nur bei Ebbe möglich war. Nun trafen sie mit Schmutz bedeckt und aus vielen Wunden blutend bei mir ein. Selbstverständlich setzte ich alle Hebel in Bewegung, gab ihnen Waschgelegenheit, ließ ihre Kleider reinigen, und weil unser Sanitätsgast gerade abwesend war, rief ich telephonisch den Stabsarzt Kneise aus Duhnen herbei. Es stellte sich heraus, daß dieser humorvolle und begabte Herr mit mir entfernt verwandt war. Mein Vorgänger de Harde hatte außer dem Flügel auch einen stattlichen Weinvorrat zurückgelassen, und es war mir keine leichte Selbstverständlichkeit gewesen, diesen Privatbestand nicht anzurühren. Nun lag hier aber ein Unglücksfall vor, und so saßen denn die Abgestürzten und der Stabsarzt mit mir bald bei Rührei und Wein, und wir tranken eine Flasche nach der andern, so daß wir in die harmonischste Stimmung gerieten. Sie erzählten, daß das Flugzeug sich tief ins Watt eingebohrt hätte, total zerschmettert und nicht mehr zu brauchen wäre. Sie hatten nur Chronometer und andere wertvolle kleine Gegenstände mitgenommen. Sie hatten Notraketen abgeschossen, die aber von Neuwerk nicht bemerkt waren. Ich ließ ein Auto aus Cuxhaven kommen und die Verwundeten ins Lazarett fahren. Heimlich hatte ich mir in den Kopf gesetzt, das Flugzeug oder wenigstens seinen wertvollen Motor zu bergen. Am siebenten April drei Uhr morgens machte ich mich mit sechs Mann und einem Handwagen auf. Wir liefen im Laufschritt – um vor der Flut noch zurück zu sein – über das Watt, mußten häufig tiefe Priels durchwaten. Manchmal wurden diese so tief, daß wir umkehren und sie in weitem Bogen umgehen mußten. Dann wieder ging es durch tiefen Schlamm, dann über Muschelbänke oder über festen, überrieselten und durch das Rieseln hübsch gemusterten Boden. Vom diesigen Hintergrund hoben sich Reiher und Möwen ab. Indes fanden wir das Flugzeug nicht, und es war ein Glück, daß ich einen kleinen Kompaß bei mir hatte. So konnten wir vor der Flut zurückeilen. Aber nachmittags mit Ebbe zogen wir abermals aus. Obermaat Brandmeier riß mit seiner Begeisterung die anderen mit, die sonst, besonders in den kalten Prielwassern, wohl ihren Mut verloren hätten. Endlich sichteten wir das Wrack in der Ferne, und wenn wir es auch für diesmal nicht erreichen konnten, so merkten wir uns doch Weg und Richtung. Auf dem Rückzug fanden wir eine angeschwemmte, offene Kiste mit Butter, davon allerdings die Hälfte schon von den Möwen ausgepickt war. Den Rest machten wir uns genießbar, indem wir ihn mit Brotstücken ausbrieten. Auch für Seife blieb etwas übrig. Bei der dritten Expedition erreichten wir, die letzte Strecke mit Hurra zurücklegend, das Wrack, ein großes Wasserflugzeug, das sich tief in den harten Grund eingebohrt hatte und so zersplittert war, daß wir gar nicht begriffen, wie die Insassen mit dem Leben davongekommen waren. Wir führten Äxte und Sägen mit uns und machten uns nun geschwind daran, die Trümmer zu zerkleinern und abzutragen und den Motor herauszuhauen, den wir am nächsten Tag mit einem Wagen holen wollten. Denn die Flut kam schon. Wir beeilten uns, nahmen aber jeder etwas »Weggeschwemmtes« zum Andenken mit, ich einen Pelzmantel, ein Lederkissen und einen Kompaß in kardanischer Aufhängung.

Von Annemarie traf ein jammernder Brief ein. Sie fühlte sich an der neuen Schmiere sehr unglücklich. – Das Essen in Seeheim war mäßig, aber der Küchenmaat Sonnen gab sich viel Mühe, wie denn überhaupt alle Leute viel Eifer entwickelten. Mein Bursche Becker, ein Bergmann von

Dudweiler, ging nie langsam, wenn er etwas für mich tat, sondern lief im Galopp, und es gelang mir nie, ihm das abzugewöhnen. Er sprach auch nur das Notwendigste, und das leise, wie verlegen, und er war sehr erstaunt, wenn ich ihm von meinem Privatproviant etwas abgab.

Von den nassen Märschen waren meine Beine steif und meine Füße wund. Dennoch zogen wir – diesmal vierzehn Köpfe stark – wieder übers Watt, und es gelang uns, den schweren Motor auf einen Wagen zu laden. Der Rücktransport war sehr beschwerlich. Immer saß der Wagen bis über die Achsen im Schlick. Dann zogen wir und schoben und schwitzten und mußten in der nächsten Minute die Last durch eiskaltes Prielwasser schleppen, und hinter uns stieg die Flut. Aber schließlich gelang alles. Der Motor ward in Seeheim aufgestellt und von Brandmeier sauber gereinigt. Ich sandte meine Berichte an das Kommando und nach der Flugzeugstation Norderney.

Ich trank Apfelwein, denn ich mußte mit meinem Geld in Seeheim sparsam umgehen. – Zwei Offiziere besuchten mich von der Berliner Artillerieversuchskommission. Sie stellten Beobachtungen an, während die »Lange Berta« von Altenwalde her über unsere Köpfe hinwegschoß. Bum! Bum! – Bobby besuchte mich. Er bewunderte mein Zimmer, das ich mir hübsch und behaglich eingerichtet hatte. Bunte Kissen, die schöne rote Decke, die Landschaft von Wanjka, altes Zinngeschirr und Photographien von Lygia Romero, Lona Kalk, Annemarie und Tante Michel.

Mein Terrarium war fertig. Ich hatte es mit viel Tierliebe eingerichtet und alles wohl vorbedacht. Nun fing ich die erste Kreuzotter und die erste Eidechse in dem an Seeheim angrenzenden Wernerwald, der aus niedrigem Nadel- und Laubholz bestand. – Ich stiefelte durch den hohen weichen Sand nach Duhnen, wohin ich zur Geheimbücherrevision der zweiten Kompanie befohlen war. In der 8,8-Batterie suchte ich Reye und Pich auf, und ich ging über Salenburg, um dort meine ehemalige Einstundenliebste Hermine Strohsal wiederzusehen. Sie war inzwischen verheiratet. Es dauerte lange, bis sie sich vor dem Leutnant auf den Maaten Hester besann. Abends hielt ich einen Haßvortrag oder einen Aufklärungsvortrag in Nordheim. Nachts schrieb ich bei starkem Bohnenkaffee an meinem Drama »Der Flieger«.

Dreiundzwanzig junge R.-O.-A.s, darunter zwei Maate, trafen ein. Sie sollten einen Maschinengewehrkursus durchmachen. Nun fürchtete ich täglich, daß dazu Leutnant Bobby nach Seeheim kommandiert würde. Ich hatte mich doch so glücklich in meine Einsamkeit eingelebt. Eine meiner Hauptfreuden war das Terrarium. Es wies die verschiedensten Landschaften auf. Harte oder poröse Felsen, Heidelandschaft, Wiesengelände mit Gänseblümchen, feuchten Moosgrund, einen Kletterbaum, unterirdische Gänge und eine eingegrabene Suppenterrinne als Teich. Täglich mehrmals, aber jedesmal nur auf ein Viertelstündchen, lief ich in den Wald oder auf die Wiesen mit Einmachgläsern und einem Fangnetz. Jedesmal brachte ich Schlangen, Eidechsen oder Insekten zurück. Bald wußte ich genau, wo ich Kupferottern, wo ich Ringelnattern oder Grashüpfer zu suchen hatte. Ich wußte Tümpel mit ganz kleinen Fröschen oder Molchen, und ich baute Fallgruben an den Waldwegen, aus denen ich morgens Fetthennen, Mistkäfer, Sandböcke und Raupen holte. Und ich tat Regenwürmer, ein Stück faules Holz und etwas Kuhfladen in das Terrarium. Später verband ich dieses durch ein Gazerohr mit einer Insektenfalle. Das Lockmittel war Apfelwein. Die Fliegen und Käfer fingen sich, vom Teller aufschwirrend, in einem Glasballon, und der einzige Ausweg von dort führte in das Terrarium, wo nun immer ein weithin hörbares Urwaldgesumme war. Oh, ich war sehr glücklich. Und das ward auch nicht durch den Umstand vermindert, daß ich jetzt weniger Gehalt bekam und manchmal hungrig zu Bett ging. Der Dienst machte mir Freude. Alles war mir eifrig zu Diensten. Nachts schrieb ich am »Flieger«. Ich war ein Fürst. – An Annemarie schrieb ich eine Karte, auf der ich, ganz aus der Luft gegriffen, sagte: »Justizrat Friedemann läßt Dich grüßen, und auch Exzellenz läßt Dir sagen, daß er jederzeit zu Deiner Verfügung stände.« Bampf teilte mir im nächsten Briefe mit, daß diese Karte bei ihren Kolleginnen und bei dem schikanösen Direktor die gewünschte Wirkung getan hätte.

Auf Befehl Reyes mußte ich mit vielen Leuten durch Sturm und Wolkenbruch nach Duhnen patschen, um dort stehend und durch und durch naß in einem ungeheizten Saal einen Kriegsanleihevortrag von Leutnant Schaumkell anzuhören. Ich trocknete mich dann bei Pich, philosophierte mir meinen Verdruß hinweg und erbeutete auf dem Heimwege viele schöne Kröten, die ich in der Hosentasche heimbrachte. Bobby traf ein, diesmal allerdings immer noch als Besuch. Er war in einem Wagen herausgefahren, der abgemagerte Gaul fiel in Seeheim um.

Selten fuhr ich auf meinem Dienstrad nach Cuxhaven, eigentlich nur, wenn ich dort etwas Dienstliches zu tun hatte. Dann besuchte ich Gürkchen und Dorrit, die betrübt waren, weil sie ihre Männer und den Bampf vermißten. Am siebzehnten April hatte ich einen Matrosen, der in der Villa des Rentiers Schleper Einbruchdiebstähle begangen hatte, vor einem Feldkriegsgericht zu verteidigen. Vorher ließ ich mir den Mann vorführen und bedeutete ihm, daß er mir vertrauen dürfte, ja, sogar müßte. Ich überzeugte mich bald von seiner völligen Unschuld und arbeitete eine großartige Verteidigungsrede aus, auf deren Effekt ich mich mit Wichtigkeit freute. Aber bei der Verhandlung trat es sofort klar zutage, daß der Angeklagte ein häufig vorbestrafter, raffinierter und auch diesmal ganz offensichlich schuldiger Gauner war. Aus meiner pompösen Rede ward ein klägliches, für mich blamables und gar nichts bedeutendes Gestotter. Ich suchte dann einen Lungenkranken auf, um eine D.-B.-Verhandlung aufzunehmen, der Kranke war aber infolge einer schweren Operation nicht vernehmungsfähig. Ich sprach auch Leutnant de Harde im Lazarett und erzählte und bezahlte ihm die Weinangelegenheit. Bei Prüters aß ich Karnickel, und im Kasino saß ich mit Erfling beim Wein. Ich kehrte nach Seeheim zurück, mit einer Kreuzotter im Taschentuch und einem Nagel im Pneumatik.

Es gab Hühner und Kaninchen in unserer Batterie. Ich fing einen jungen Hasen und tat ihn zu einer zahmen Kaninchenfrau und deren Jungen. Doch ließ ich die Mutter erst nach einiger Zeit hinzu, damit das Häschen erst einmal Stallgeruch bekäme. – In Nordheim wurden meine 3,7-Kanonen-Schüler duch den Kompanieführer besichtigt. Reye richtete während der Vorführung eine sehr fachmännische technische Frage an einen Mann. Ich merkte, daß er diese Frage und ihre Antwort vorher fest eingepaukt hatte und daß er von der Materie sonst nichts weiter wußte. Er besah sich hinterher in Seeheim den geborgenen Flugzeugmotor. Ich benutzte den günstigen Moment, um die Einrichtung einer Schmiede für Brandmeier zu befürworten. – Ich fing viele Wasserkäfer, Frösche und Schlangen, pirschte vergebens einem Fuchs nach, schlug Feuerlärm zur Übung für meine Leute und erlaubte ihnen dann bis zwölf Uhr nachts statt bis zehn Uhr aufzubleiben. Am Sonntag unternahm ich einen Spaziergang über Berensch nach Arensch, zwei Bauernansiedlungen. Ich ging zu Thalmann. Das war ein Soldat meiner Batterie, den man aus landwirtschaftlichen Rücksichten zu dreiviertel vom Dienst befreit hatte. Seine Familie setzte mir Milch und Gebäck aus Buchweizenmehl vor. Im Stall entdeckte ich eine altertümliche geschnitzte Truhe, die ich näher betrachten wollte, aber Thalmanns stellten sich unruhig dazwischen, um sie zu verbergen, und ich merkte endlich, daß die Kiste geheime Vorräte an Speck und Schinken enthielt. Da ich Thalmanns häufig Freundlichkeiten erwiesen hatte, so boten sie mir nun die Truhe zum Geschenk an, unter der Bedingung, daß ich ihnen einen ebenso großen Holzkasten lieferte. Ich hatte Fachleute genug. Die zimmerten mir eine ebenso große, viel solidere und wohlbehobelte Tauschtruhe. – Der Kaffee ging mir aus. Ich konnte deshalb eine Zeitlang nicht mehr am »Flieger« schreiben. Ich darbte auch sonst, während ich meine R.-O.-A.s in fetten Heimatspaketen wühlen sah. Dann aber bescherte auch mich die Post wieder, und zwar gleichzeitig mit Kaffee, Eßwaren, Wein und Geld. Im übrigen streifte ich weiter im Wald und in Dünen herum und wurde mit aller Natur so vertraut, wie ich es nur als Kind und damals natürlich gedankenloser gewesen war. Mein Terrarium belebte sich immer mehr und sah romantisch aus. Oft stand ich mitten in der Nacht auf und lief dorthin und betrachtete das Nachtleben meiner Tiere beim Scheine einer Taschenlampe. Aber manchmal, und besonders wenn ich lange nachts bei starkem Kaffee geschrieben hatte, befiel mich eine nervöse, unheimliche Angst vor Motten und Nachtfaltern und sogar vor meinen Giftschlangen, die ich doch größtenteils selbst und meist mit der Hand gefangen hatte.

Nahe bei Nordheim, auch am Strande, nach Duhnen zu, lag das Privathospital Nordheimstiftung. Ich stattete der Oberin einen Besuch ab. Sie war eine ältere, aber frisch aussehende Dame mit blanken Zähnen und einer duftigen Schürze. Sie lud mich ein, sie wieder zu besuchen, um mit ihr Kunst zu pflegen. Da sie dabei aber nur an Musik dachte, ging ich nicht wieder hin. Häufiger als mir lieb war, bekam ich Besuch aus Duhnen oder Cuxhaven. Bickenbach und andere Leute, die offenbar rochen, wie wohl ich mich in Seeheim fühlte, und die selbst nicht mit sich allein auskamen. Ich wies solche Besucher manchmal geradezu schroff und unhöflich ab. Es war so friedlich einsam bei mir in Seeheim und doppelt schön, weil ich viel Dienst hatte. Revolverkanonen in Nordheim, Maschinengewehre in Seeheim und Manöver und Schreibladen, Scheinwerfer, Feldwebel, Horchtrichter, Postenkontrolle, Vorträge, Besichtigung, Windmotor, Küche, Schmiede, Mannschaftsbetreuung, Appells mit allem verantwortlichen Drum und Dran und mit vielen Wegen zwischen Duhnen, Cuxhaven, Nordheim und Seeheim. Da ich der Oberste und allein war, befand ich mich in der Lage, den andern manchmal in ganz unüblicher Weise Vergünstigungen zu erweisen.

Im Tagesbefehl Nummer siebenundneunzig sprach der Admiral mir und den dreizehn Leuten, besonders genannt den Obermaschinistenmaat Brandmeier, seine Anerkennung für die Bergung des Flugzeugmotors aus. Das war für die Betroffenen eine hervorragende Ehre. Bald darauf besichtigte der Admiral auch persönlich meine beiden Batterien. Ich mußte ihm ein 3,7-Schießen mit Leuchtspurgranaten vorführen. Das Ziel waren rote Papierballons, die mit Spiritusflammenhitze aufgetrieben wurden. Reye war zugegen und verlor etwas den Kopf. Es ging aber alles so gut, daß ich abends nach Cuxhaven radelte und mit Reye in Sekt badete. Als ich gegen zwei Uhr nach Seeheim zurückkehrte – das letzte Stück im Dünensand mußte ich mein Rad schieben –, war ich ziemlich erledigt, dennoch, oder gerade deshalb bezwang ich meine Müdigkeit, schnallte meinen Säbel um, zog meinen ölfleckigen, aber warmen Fliegerpelz an und schlich mich nach Nordheim, um den Posten dort zu kontrollieren. Gegen Postenvergehen war ich sehr streng, denn so unkriegerisch es in Seeheim und Nordheim zuging, so konnte es doch auch einmal anders kommen, und ich erlaubte den Posten zu rauchen und wußte selbst aus meiner langen Erfahrung bei der Kriegs- und Handelsmarine, wie beglückend und befriedigend es ist, nachts, und sei es beim schlimmsten Wetter, einsam, mit sich und seinem Gott allein, Wache zu stehen. Der Posten in Nordheim hatte sich von den Dünen entfernt, in einen Schuppen verkrochen und schlief tief. Er bat mich flehend, ihn nicht zu melden. Ich wetterte die Feldwebel heraus und schlug einen mordsmäßigen Krach in die Batterie. Von einer Meldung sah ich aber ab. Mit Hilfe der Taschenlampe fing ich mir noch unterwegs Kröten und Kolbenkäfer.

Der erste heiße Tag. Im Terrarium war Hochbetrieb. Die Kupferottern lagen mit Ringelnattern und Eidechsen verschlungen in der Sonne, andere Eidechsen jagten sich herum. Hummeln und Fliegen summten. Überall kroch und krabbelte etwas. Wenn es einer Ringelnatter einfiel, in den Teich unterzutauchen, kam sofort Willibald heraus und verkroch sich anderwärts. Willibald war ein großer Frosch, der schon mehrmals von Schlangen halb verschlungen war, nur halb, denn er war für sie zu groß, es hatte ihn noch keine ganz hinunterwürgen können, obwohl sich alle bis schier zum Platzen darum bemühten. Manchmal war er gleichzeitig von zwei Seiten von zwei Schlangen angefressen worden. Es war gewiß ein grausiger Anblick, wenn die Nattern, sich vorschnellend, einen Frosch packten, der dann jämmerlich schrie, und sie würgten ihn ganz langsam hinter, etwa erst den Kopf, dann ein Vorderbein, dann langsam das zweite Vorderbein. Der Frosch spreizte in letzter Verzweiflung die Hinterbeine weit auseinander, aber auch die schlossen sich schließlich unter der Muskelkraft des Schlangenmaules und verschwanden in dem Schlund. Man konnte am Umfang verfolgen, wie das Fröschlein in der Schlange weiterglitt. Was die Kupferottern fraßen, wußte ich anfangs nicht, ich hatte gehört, sie lebten von Mäusen, aber das leuchtete mir nicht ein, und außerdem fing ich keine Mäuse. Nun beobachtete ich, wie eine Kupferotter eine Eidechse, mit der sie zuvor friedlich Leib an Leib in der Sonne gelegen hatte, plötzlich am Kopf packte und hinterfraß. Und die Eidechsen wieder schnappten sich behend Fliegen und Mücken und Käferchen. Manchmal stürzten sie, in ihrer Gier sich überschätzend, auf eine Hummel oder auf einen jungen Mistkäfer zu und zogen dann verärgert ab, weil sie damit nichts anfangen konnten. Fetthennen liefen geschäftig umher, und aus dem Kuhfladen lebten Würmerchen und Käferchen auf.

Mit Hilfe der vielen Leute legte ich mir in wenigen Tagen ein Gärtchen an. Hinterm Maschinenhaus wurde ein großes Quadrat mit Draht und Reisig eingezäunt und gegen Sandwehen mit Moos und Steinen geschützt. Aus dem Walde wurde Erde beschafft. Wir legten Beete an, die wir mit gestohlenem Kunstdünger und Kalk düngten. Wir säten Radieschen, Eiszapfen, Sonnenblumen und Kresse. In die Mitte des Gartens grub ich einen großen Waschkessel ein, der ein Teich für Frösche- und Krötenzucht werden sollte. Ich versah ihn mit Sand, Schlamm, Steingrotten, Froschlaich und Wasserpflanzen. Den Teich und ein Stück Wiese und Sand drum rum überzog ich mit engmaschigem Drahtgitter. Ferner wurde ein großer Kasten für Hummel-, Bienen- und Wespenzucht gebaut; denn in meinem Terrarium hatten diese Tiere keine Bedeutung und kamen auch nicht auf ihre Rechnung, während ich den neuen Bau mit einem hohlen Baumstamm und Erdhöhlen versah und ihn täglich mit frischen Blüten, Klee, Zucker, Kunsthonig und Apfelwein versah, ihn außerdem beliebig nach der Sonne umstellen konnte. Mein Bursche und ich brachten es zu einer großen Routine darin, Hummeln und Bienen mit einer leeren Streichholzschachtel zu fangen und sie in eine Selterflasche einzusperren. Wenn wir nur zehn Minuten lang über eine nahe Wiese liefen, kamen wir jedesmal mit reicher Beute zurück, und das Hummelhaus war weithin zu hören. Ich träumte von Waben und Honig. Der Tischler zimmerte mir einen Gartentisch mit einem Bänkchen davor. Brandmeier schmiedete die Angeln zu meinem Gartentor, und vor das Tor pflanzten wir zwei Bäume aus dem Walde. Auch das Terrarium wurde in das Gärtchen versetzt.

Die Post traf ein. Briefe von Timmy und Annemarie. Eine Liebesgabe für alle Mann, und zwar Kirschwasser, das aber höheren Orts verwässert zu sein schien. – Richthofen war nach seinem achtzigsten Luftsieg gefallen. – Die Deutschen hatten wieder sechstausendfünfhundert Feinde gefangen. – Ich schrieb von zehn Uhr abends bis vier Uhr morgens am »Flieger« und schritt dann, vom starken Kaffee erregt, nach Nordheim, wo ich den Posten diesmal auf dem Posten fand. Auch den Seeheimer Strandposten kontrollierte ich, und es lockte mich, sein Gewehr zu nehmen und einen Schuß über das stille Watt abzufeuern.

Neben meinem Wohnraume lag die Küche. Wenn ich nachts dort eintrat und plötzlich das Licht anknipste, waren die Wände und Tische schwarz von Tausenden von Kakerlaken. Ich fing sie für meine unersättlichen Eidechsen.

Reye und Hauptmann Brokhaus besuchten mich zu Pferd. Ich mußte lachen, als die Pferde vor meinen Hummeln und Schlangen scheuten. Andermal kam Prüter mit dem Oberinspektor Nürnberg heraus. Dann kam ein Storch nach Seeheim geflogen. Im nahen Walde gurrten die wilden Tauben. Die Jungen waren halb flügge. Nachts schrieb ich am »Flieger«, und bevor ich mich schlafen legte, ging ich noch in das Maschinenhaus und leuchtete in mein Terrarium. Da saßen die Kröten mit goldumränderten Augen und unbeweglich und sahen aus wie erstarrte Redner oder verwunschene Könige. Über mir klapperten die eisernen Flügel des Windmotors. Im Bett dankte ich Gott dafür, wie gut es mir ging.

Ich legte mir ein Treibhaus an. Ziegelsteine, Glasscheiben aus Doppelfenstern, Kuhmist, Kürbis, Gartenmohn, Reseda, Kornblumen. Brandmeier richtete mir elektrische Gartenbeleuchtung ein.

Ich unternahm Ausflüge mit meinem Dienstrad oder zu Fuß und manchmal mit meinen Einjährigen nach Salenburg, wo Strohsals uns Milch und Butterbrot vorsetzten.

Ich fuhr nach Cuxhaven und tauschte von Möbus Kaffee, Käse und Schnaps gegen meinen Flugzeugkompaß ein. Möbus hatte ein Motorboot gekauft. Aber wie froh war ich, als ich wieder in meinem Königreich Seeheim anlangte. Brandmeier spielte Ziehharmonika vor dem Maschinenhaus, und meine Frösche quakten dazu.

Die R.-O.-A.s exerzierten und schossen. Einige von ihnen waren zu Obermatrosen befördert. Sie erbaten die Erlaubnis, ein Faß Bier aufzulegen. Das wurde eine lustige Kneiperei in Seeheim. Meine beiden Feldwebel und der Feuerwerker Becker aus Nordheim nahmen daran teil. Ich war Präses. Spaßmacher trugen Lustiges vor, und als ich mich einmal davonschlich und heimlich meine Uniform mit der des Wachtpostens vertauschte, war zufällig gleichzeitig ein dreister R.-O.-A. auf den ähnlichen Gedanken verfallen, sich meinen bekannten Leutnantspelz anzuziehen und eine Leutnantsmütze aufzusetzen. Das gab dann ein komisches Doppelspiel. Andern Tags mußten die R.-O.-A.s nach Duhnen zu einem Schießen der 8,8-Batterie.

Ich fand einen toten Frosch in meiner Suppe. Vielleicht hatte mir ein Küchenmatrose, den ich als unbrauchbar abkommandiert hatte, einen Schabernack spielen wollen. Ein ekelhafter Sturm überschüttete Seeheim mit Dünensand. Sand in der Suppe, Sand in den Augen, Sand in den Zähnen, auf meinem Aquarium und auf den Gartenbeeten. – Die Eidechsen häuteten sich. Ihre Hüllen lagen da wie ausgeglühte Strümpfe von Gasglühlicht. Ich beobachtete Eidechsen, die ihre Jungen auffraßen oder kleinere Geschwister hinunterwürgten. Die Schlangen fraßen Frösche und bissen die Kröten blutig. Mord allerorts. – Ich las Macbeth. – Ich arbeitete bis weit in den Morgen am »Flieger« und radelte dann gegen den kalten, Sand pustenden Ostwind nach Salenburg zu Hermine Strohsal. Sie hieß jetzt Frau Maak. Wieder erhielt ich Milch und weißes Brot. Ich schrieb Hermine etwas in ein Poesiealbum. Aber ihr dummbäurisch modernes Wesen mißfiel mir. In Seeheim fand ich einen Befehl von oben vor, Brandmeier sei abkommandiert, hätte sich »morgen zu gestellen – U-Bootsbau –«. Ich fuhr sofort nach Duhnen und weiter nach Cuxhaven und erreichte endlich, daß man mir meine Batterieperle ließ. Ich hing aber auch an den meisten anderen Leuten und konnte ihnen manches Gute und Nützliche erweisen. Manchmal wußte ich ihre Stimmung durch kleine, harmlose Scherze zu heben, für die ich, wenn sie aufgekommen wären, von meinen Vorgesetzten sehr gerügt oder gestraft worden wäre; ich gab beispielsweise einem Mann ein Gewehr und sagte: »Schießen Sie mal in die Windmühlenflügel«. Er freute sich zu schießen. Schießen macht ja so viel Vergnügen. Und peng – da sah man ein Loch im Eisenblech des einen Flügels. Die Flügel bekamen mit der Zeit noch viele Löcher, aber sie funktionierten genau so weiter. Ich malte mir aus, daß nach Jahren ein Lehrer auf sie deuten und zu seinen Schulkindern sagen würde: »Seht ihr dort die Spuren des unseligen blutigen Weltkrieges?!« Meine Soldaten waren aber auch nett zu mir. Sie brachten mir unaufgefordert Schlangen, Insekten und Frösche.

Mucky Reemi teilte mir ihre Verlobung mit. Ich schickte ihr zur Antwort zwei gepreßte »Tränende Herzen«, die ich am selben Tage von Annemarie erhalten hatte. – Die Engländer hatten einen offenbar sehr schneidigen und erfolgreichen Angriff auf Ostende unternommen.

Eine der komischsten Erscheinungen in Seeheim war Feldwebel Dabbert. Er war sozusagen überzählig und überflüssig, denn mein etatsmäßiger Feldwebel Reinhardt versah seinen Dienst mit hervorragender Tüchtigkeit und hatte mein völliges Vertrauen. Weil Dabbert gute Manieren hatte, wohlangezogen war und sichtlich Wert darauf legte, als gebildeter Mensch genommen zu werden, hatte ich von ihm erwartet, daß er sich selbst eine ihm passende Beschäftigung aussuchen und sich der mit Fleiß widmen würde, gerade, weil ich ihn nicht ausdrücklich dazu anhielt. Statt dessen bemerkte ich bald, daß er den ganzen Tag über schamlos faulenzte. Also sprach ich ihn eines Tages an: »Herr Dabbert, was tun Sie eigentlich?«

»Ach, Herr Leutnant«, sagte er mit einer gefälligen Stimme, »ich habe leider gar keine Beschäftigung hier.«

»Gut, Herr Dabbert, übernehmen Sie doch die Verwaltung der Artillerie- und Gewehrmunition. Lassen Sie sich von Brandmeier die Listen übergeben. Überholen Sie die Bestände und führen Sie künftig, selbstverständlich verantwortlich, die Bücher.«

»Jawohl, Herr Leutnant!« sagte Dabbert erfreut, und ich freute mich über ihn. Aber im Laufe der Zeit stellte ich fest, daß er sich absolut nicht um die Munition kümmerte, sondern schlief oder sich sonnte oder sich pflegte. Ich ging zu ihm, um ihn zur Rede zu stellen. »Herr Dabbert, wie steht es nun eigentlich mit Ihrer Verwaltung?«

»Herr Leutnant«, sagte Dabbert sehr traurig, »das ist ja doch nichts für mich. Ich möchte richtig arbeiten. Dies bißchen Artillerieverwaltung ist ja in zehn Minuten zu erledigen. Mir fehlt eine ausfüllende Arbeit.«

»Sehr brav, Herr Dabbert«, sagte ich perplex und sann einen Moment nach. »Übernehmen Sie dann auch die Verwaltung der Materialien und zwar von Seeheim und auch von der Batterie Nordheim. Es ist nur gut, wenn das alles in einer Hand liegt und zumal, wenn ein gebildeter –«

Dabbert schlug die Hacken zusammen. In seinem Gesicht leuchtete Geschmeicheltsein und Dankbarkeit.

Wochen vergingen. Dabbert rührte keinen Finger, sondern faulenzte schamlos weiter. Wutgeladen ließ ich ihn rufen. »Feldwebel Dabbert, Sie reden immer vom Arbeiten. Sie arbeiten ja aber nicht!«

Weiß der Himmel, was und wie er antwortete, aber wieder war der Schluß, daß ich gerührt war über seine Anständigkeit und über seine vornehmen Absichten. Und wieder hatte er mich eingewickelt und faulenzte weiter.

Ich legte mir eine Kakerlakenzucht an und fing drei Aale und zwei Riesenfrösche, von denen jeder die Fläche eines Tellers einnahm. – Otto besuchte mich. Wir sprachen wehmütig von der Kaiserhofzeit. Otto erinnerte mich daran, daß ich einmal in der Betrunkenheit Annemarie gezwungen hatte, Bratkartoffeln mit Ofenruß zu essen. – Eine Eilbotschaft ordnete doppelte Besetzung aller Posten an. Man erwartete einen englischen Angriff. – Es wurde warm. Kresse und Radieschen sproßten. Große Libellen schwirrten umher. Ich unternahm mit den R.O.A.s einen siebenstündigen Ausflug durch Wald und Heide, wobei wir viel heiteren Unsinn trieben. Zu Pfingsten ging ich nach Brokeswalde zu Tanz. An tausend Mariner tanzten dort mit oder ohne Mädchen. Sie hatten sich alle mit grünem Laub geschmückt und waren so vergnügt, wie das bei nur einer Ziehharmonika und ganz dünnem Bier möglich war. Frau Warneke, die schöne Wirtin, begrüßte mich auffallend vertraut. Sie wollte mich demnächst mit Frau Leutnant Engelbrecht in Seeheim besuchen und Kaffee und Kuchen mitbringen; sie hätte von meinem interessanten zoologischen Garten gehört. Ja, das sprach sich leider sehr herum. Schon kamen, besonders sonntags, fremde Leute aus allen benachbarten Ortschaften herausgepilgert, Wandervögel und ganze Schulklassen. Manchmal war das lästig. Manchmal war es vergnüglich, denn auf diese Weise kriegten wir mitunter auch das eine oder andere hübsche Mädchen zu sehen, wonach wir ein begreifliches Verlangen hatten.

Ein schwüler Tag. Ich saß im Badeanzug im Garten und studierte die Erotik der Schlangen und den Koitus der Eidechsen. Dann spazierte ich am Strande entlang, traf junge Bäuerinnen, die Röhrkohl schnitten und bändelte mit einem Mädchen an, das wie ein Hirtenmädchen aus dem Märchen aussah. Wir verabredeten uns für eine Abendstunde, aber sie ließ mich dann im Stich, und ich wartete lange und war sehr enttäuscht. Nachts um ein Uhr weckte ich die R.O.A.s, ließ sie umschnallen und eröffnete ihnen, daß wir ein Angriffsmanöver auf Nordheim unternehmen wollten. Vorsichtig schlichen wir durch das hohe Heidegras. Die letzten dreihundert Meter krochen wir auf allen vieren. So umzingelten wir die Batterie und, auf ein verabredetes Zeichen hin, stürzten wir mit Hurra vor, besetzten die Geschütze und alle Türen der Gebäude und ich schlug die Alarmglocke. Von den drei Posten hatte uns nur einer und dieser auch viel zu spät angerufen. Die Feldwebel, Unteroffiziere und Leute von Nordheim kamen bestürzt heraus. Ich beschimpfte sie gehörig, bestrafte zwei der Posten und zog dann wieder nach Seeheim, wo ich den R.O.A.s und den Feldwebeln noch ein Faß Bier spendierte. Andern Tags erschien Frau Warneke und Frau Engelbrecht mit drei Kindern. Mein langer Bursche, der hübsche Becker, und mein Koch und andere Leute gaben sich viel Mühe, den Gästen gute Stunden zu bereiten. Frau Warneke sang Lieder von Schumann an meinem Flügel, und ich gab ein großes Schlangenfroschfressen zur Schau. Auch der Schuldirektor Meyer besuchte mich. Er hatte vor dem Kriege das Kindererholungsheim Seeheim geleitet. Aber diese vielen Besuche wurden mir immer verhaßter, sie nahmen mir allzuviel Zeit weg.

Am zwanzigsten Mai, zum Geburtstag meines Vaters, bekränzte ich eine Bronzeplakette, die sein Profil darstellte und die über meinem Diwan hing. Ein Matrose brachte mir eine lange und dicke Ringelnatter, die von einem Wagen überfahren war und offenbar große Schmerzen litt. Ich reinigte ihre Wunden behutsam von Blut und Dreck, badete sie und merkte, wie sie das wohltuend empfand. Aber sie starb bald darauf. Ich zog ihr das Fell ab, zerlegte sie und fand einen halb verdauten Frosch und fünfzehn Eier in ihrem Innern.

Meine Einjährigen hatten eine Feier. Sie waren alle entzückende Burschen, kühn, erfinderisch vergnügt, im Dienste anständig und eifrig und unter sich und mit ihren drei Korporalen Biesewig, Balthasar und Lorenz (der Naturforscher) wechselweise harmonisch kameradschaftlich. Gegen Morgen brachten sie mir vor meinem Fenster ein Ständchen.

Täglich entdeckte ich Neues in meinem zoologischen Garten. Das Wasser im Aquarium war plötzlich mit einer Ölschicht bedeckt und wimmelte von unzähligen Froschmikroben. Die Eidechsen im Terrarium nahmen rohe Fleischbrösel als Nahrung an.

Brandmeier ward nun wirklich nach Seeheim kommandiert, sollte einen Maschinengewehrkursus absolvieren. Mit meinem stillen Glück war es aus. Der liederliche Bobby brachte mir alles in Unordnung. Er lieh sich mein Rad und machte es bei der ersten Fahrt entzwei. Er lieh sich alles von mir, Spiegel, Tassen, meinen Pelzmantel und anderes. Weil er keine dienstliche Beschäftigung hatte, stöberte er überall aufdringlich herum und ward allen lästig. Zudem wußte ich, daß er geizig war. Ich ließ vom ersten Tage an meinen Groll offen gegen ihn los, aber in so übertriebener und unberechtigter Weise, daß ich schließlich mich über mich selber schämte; ich wurde wieder freundlich zu ihm, der mir kein böses Wort gesagt, noch irgendeine böse Absicht gegen mich gehegt hatte, sondern nur gern mit mir plauderte. Ich las ihm ein Stück meines Dramas vor, das großen Eindruck auf ihn machte.

Maiglöckchen standen in meinem Zimmer. Die Heide war mit ockergelben Raupen übersät, und Hasenwürstchen und zerfressene Nachtfalter lagen umher. Ein Fuchs oder ein Dieb unter uns hatte fünf von unseren Batteriehühnern gestohlen. Beim Kaffee im ersten Sonnengold aß ich die ersten Radieschen aus meinem Beet. Die Kaulquappen im Teich und die Grashupfer auf der Wiese wuchsen heran.

Eine Mädchenschule besichtigte mein Terrarium. Ich schenkte der Lehrerin Schollen, die ein Matrose aus Hamburg besorgt hatte, und ich pflegte und fütterte ein plötzlich erkranktes elfjähriges Mädchen. Die Feldwebel spielten Skat. Brandmeier brachte hundertzwanzig Frösche. Ich erbeutete sechzig Spinnen, viele Hummeln und für den Teich zwei Aale.

Täglich besuchten mich Zivilisten oder Offiziere zur Tierschau. Es war, als hätten sie sich verabredet, mich bei meinen Arbeiten oder in meinem zufriedenen Alleinsein zu stören.

Als ich nachts den zweiten Akt vom »Flieger« beendet hatte, warf ich im Übermut eine Rolle Klosettpapier wie eine Faschingspapierschlange aus dem Fenster. Aber der starke Kaffee, die vielen und vielerlei Arbeiten und der Mangel an Schlaf erschütterten meinen Geisteszustand bedenklich. Ich hatte Wahnvorstellungen und war hypernervös.

Man brachte mir einen jungen Seehund, den die Ebbe in einem Priel zurückgelassen hatte. Er schrie laut und hatte wundersam schöne, große, weltfremde Augen. Wir setzten ihn in meine Badewanne. In Ermangelung von Fischen tat ich einen der Riesenfrösche in sein Wasser. Dann saß der Frosch auf dem Rücken des Seehunds, wie auf einer Insel, und der Seehund blickte uns rührend an und gab von Zeit zu Zeit einen kurzen, lautbökenden Ton von sich.

Einmal geschah folgendes: Ein Matrose näherte sich Seeheim, gewiß wieder einer, der ein Anliegen an mich hatte. Ich verständigte mich rasch mit dem Feldwebel zu einem Scherz und verbarg mich hinter einem Vorhang. Der Matrose klopfte, trat ein, machte vor dem Feldwebel stramm und brachte mit der Stimme eines ganz ungebildeten Menschen hervor: »Bitte Herrn Leutnant Hester sprechen zu dürfen.« Der Feldwebel hatte seine unfreundlichste Miene aufgesetzt. Er deutete auf die Tür des an die Wachtstube grenzenden Badezimmers und sagte barsch: »Der Leutnant badet. Gehen Sie hinein!« Der Matrose wollte anklopfen. »Gehen Sie nur hinein!« rief der Feldwebel ungeduldig. Der Matrose verschwand im Badezimmer. Wir hörten ihn mit hackigen militärischen Worten ein Gesuch hersagen. Dann ein Moment Stille. Dann bökte der Seehund einmal laut auf, worauf der Matrose erschrocken herausstürzte.

»Nun, was hat der Leutnant gesagt?« fragte der Feldwebel unwirsch. Der Matrose drehte verlegen seine Mütze. »Herr Leutnant schimpft, weil ich nicht angeklopft habe.«

Es waren in Seeheim keine Fische aufzutreiben. Deshalb schlachteten wir den Seehund. Ich aß ein Stück von der gebratenen Leber. – Die Thalmannsche Truhe war gereinigt und zierte nun mein Wohnzimmer. Sie trug die Inschrift: »D. 29. Maivs 1725.« – Unter meinen R.O.A.s war einer, der Musik studiert hatte, bevor man ihn einzog. Ich fragte ihn, ob er gern einmal auf meinem Flügel spielen möchte, und als er das bejahte, erlaubte ich ihm, jeden Abend das Instrument zu benutzen, so lange er wollte. Nur dürfte er dabei kein Wort mit mir reden. Und er spielte nun jeden Abend und sehr gut, was mich herrlich anregte, und ich schrieb dabei am »Flieger« und trank Kaffee und, wenn ich hatte, Wein.

Ich konnte weder meine Eidechsen noch meine Schlangen mehr zählen. Sie wimmelten »schwarz, zu scheußlichen Klumpen geballt«. Mitunter meldeten mir Matrosen, sie hätten eine Ringelnatter oder eine Kupferotter gefangen und in mein Terrarium eingesetzt. Wenn ich mich dann bedankte, hakten die Betreffenden in meine vergnügte Stimmung ein und baten etwa um drei Tage Urlaub, und ich gewährte ihnen das. Später gestand mir ein R.O.A., daß er und seine Kameraden solche Ringelnattern manchmal gar nicht gefangen, sondern einfach erfunden hätten.

Reye besuchte mich mit Frau und Kind. Ich konnte Bier,

Bonbons und Milch vorsetzen. Am folgenden Tage war ich bei ihm in Duhnen zu einer Bowle eingeladen.

Matrosen hatten vier ganz kleine Küken von Wildenten in der Heide gefunden. Ich setzte die Tierchen in das frische Gras meines Froschkäfigs, und das war wohl zu feucht für sie, denn ich fand sie nachher steif auf dem Rücken liegend. Indem ich sie auf die warme Herdplatte legte, gewann ich eins von ihnen zum Leben zurück. Ich hatte gar keine Ahnung davon, wie man Küken behandelt und was sie fressen. So nahm ich das eine nachts mit in mein Bett, ließ es in meiner Achselhöhle kuscheln, gab ihm mit meinen Lippen Milchtropfen und Brotkrümel in den Schnabel, achtete auf jede seiner Regungen und war immer darauf bedacht, so zu liegen, daß mein Atem das kleine Wesen traf. Dazu lag ich die ganze Nacht wach und oft sehr unbequem. Aber als ich morgens aufstand, war das Küken ganz zahm, lief mir nach, hörte auf ein leises Zwitschern von mir und sprang immer wieder auf meinen Fuß. Leider war ich zu einer Offizierswahl nach Cuxhaven befohlen. Als ich zurückkam, lag mein Vögelchen erfroren am Boden. Mein dummer Ersatzbursche – Becker war beurlaubt – hatte das Zimmer gelüftet und das Fenster nicht wieder geschlossen. Ich war sehr schlechter Laune darüber und auch weil mein Rad entzwei war und weil ich mit meinen zweihundertzehn Mark Monatsgehalt nicht auskam. Und weil Bobbys schmarotzende Anwesenheit mich störte. Er äußerte eines Tages, die Landschaft in und um Seeheim sei im Grunde doch eigentlich sehr eintönig und langweilig. Ich pflichtete ihm innerlich erfreut bei und bestärkte ihn in seiner Ansicht und fing an, ihm ganz systematisch Seeheim zu verekeln. Ich Ekel. Er und Feldwebel Reinhardt wurden bald darauf für drei Wochen nach Kiel abkommandiert.

Leute von Nordheim hatten sechs Kühe gerettet, die sieben Kilometer weit in die See hinaus vertrieben waren. Ein Hirt holte sie dann ab und schenkte den Matrosen als

Trinkgeld eine Mark. Eine Mark für ein Wertobjekt von vielen tausend Mark! Als ich das hörte, ließ ich dem Hirten nachsetzen und ihm das Vieh wieder abnehmen. Er sollte sich vor allem erst einmal ausweisen.

Ich engagierte einen besonders gefräßigen Matrosen dazu, mir auf einer ausgesuchten sonnigen Stelle einen Haufen zu setzen, der als Fliegenköder für meine zahllosen, gar nicht mehr zu sättigenden Eidechsen dienen sollte. – Manchmal spazierte ich nach dem sogenannten, mit Recht sogenannten, Liebeswäldchen. Die Heckenrosen blühten, und die Wasserrosen im Bach blühten. In den Gräben am Wiesenrand wucherten Farnkräuter, und auf der Wiese begann die Saison der Blutstropfen und anderer Schmetterlinge.

Dorrit war ans Stadttheater in Stade engagiert, und Gürkchen wollte sich aus Liebe zu Pampig von ihrem Manne scheiden lassen. Bampf schrieb, sie würde mich im August besuchen. Ich zerbrach mir den Kopf, wie ich ihr Einlaß in die Festung verschaffen, wo ich sie unterbringen und wie ich sie verpflegen könnte.

Zwischen Arensch und Seeheim war eine abscheuliche Leiche angetrieben, ein Mann, der nach seinen Gamaschen und sonstigen Uniformresten dem Fliegerstande angehören mußte. Er hatte einen bloßen Totenschädel und teilweise entfleischte Gliedmaßen. Ich meldete den Fund telephonisch nach Cuxhaven. Antwort: Ich möchte die Leiche nach Cuxhaven fahren lassen. – Ich erwiderte, ich hätte keinen Wagen außer unserem Brotwagen. – Antwort: Dann sollte ich den Brotwagen benutzen. – Ich sagte, das könnte man uns nicht zumuten. Aber meine Einwände halfen nichts. Meine Leute mußten die stinkende Leiche bei Sonnenbrand und gegen den Wind im Brotwagen nach Cuxhaven fahren. Dann bestand ich aber darauf, daß ich einen neuen Brotwagen erhielt.

Wie ich, so gingen natürlich auch meine Leute in ihrer

Freizeit gern im Wernerwald spazieren. Dem Festungskommandeur, Admiral Engelhard, war das gar nicht recht, weil er und seine Tochter dort häufig der Jagd oblagen. Er bat mich höflich, meinen Leuten den Zutritt zum Wernerwald zu untersagen. Und wenn er bat, war das selbstverständlich Befehl.

Meine Nerven waren erregt. Ich träumte, Frau Bücken hätte mein Terrarium in mein Zimmer getragen und geöffnet. Ich wollte die Giftschlangen wieder einfangen, aber ich griff immer daneben, denn ich war erblindet, und ich schämte mich vor meinem Burschen, das zuzugeben. Als ich erwachte, erzählte ich den Traum Becker und sagte: »Paß auf, das bedeutet große kommende Ereignisse.«

Abschlußschießen vor Reye. Er schenkte mir ein Pfund Kaffee, mit dem ich im ersten Guß mein Drama vollendete. Ich besuchte Thalmanns in Arensch, die mit den Berenscher Thalmanns verwandt und ebenfalls mir zu Dank verpflichtet waren, weil ich ihnen manchmal Soldaten für landwirtschafliche Arbeiten lieh. Meine Matrosen gingen gern dorthin, denn sie fanden dort Abwechslung vom Dienst und die beste Verpflegung. Fräulein Toni Thalmann zeigte mir den schönen Garten, wo die Bohnen und Erbsen schon hoch standen und sogar schon Kirschen reif waren. Man schenkte mir Zwiebelpflänzchen und Tomatenpflänzchen für mein Gärtchen.

Sturm. Das Wasser wütete hoch nach unserem Lager zu. Mitten im Sturm und Regen schlug ich Alarm zur Übung.

Der neue Kommandeur Schröder sollte demnächst herauskommen und meine Batterien besichtigen. Ihm ging ein unerfreulicher Ruf voraus. Er sollte ein schikanöser, unberechenbarer und strenger Herr sein. – Ich zog früh aus auf Strandräuberei, barg mancherlei, vom Sturm angetriebenes Strandgut, wertvolles oder doch brauchbares von verunglückten oder torpedierten Schiffen. Aber man mußte zeitig aufstehen, wenn einem die Bauernburschen aus Berensch und anderen Orten nicht zuvorkommen sollten. Mittags Ehrenratssitzung in Cuxhaven betreffend Oberleutnant Behrend.

Wieder waren zwei Hühner gestohlen, aber als wir einen Fuchs dabei erwischten, wie er ein drittes wegschleppen wollte, ward ich sehr traurig. Denn ich hatte inzwischen den tüchtigen Küchenmaat Sonnen abkommandieren lassen unter einem dienstlichen Vorwand, im Grunde aber, weil ich ihn in Verdacht hatte, seinerzeit die fünf Batteriehühner auf die Seite gebracht zu haben. Nun erkannte ich seine Unschuld, und die Erinnerung an seinen betrübten und verstehend gekränkten Blick beim Abschied schnitten mir ins Herz. Uns verblieben nurmehr die Glucke und ein Hahn. Den Hahn ließ ich unter der Mannschaft verlosen.

Nachts gaben Otto und Brückmann eine Gesellschaft mit einem besonderen Zweck. Der neue Direktor des Cuxhavener Theaters, ein Herr Paul Schweiger, war eingeladen. Der sollte überredet werden, Bampf, Gürkchen und Dorrit, wenn auch nur zum Schein, zu engagieren, damit die Damen auf diese Weise Einlaß in die Festung bekämen. Wir tränkten Schweiger mit schweren Weinen und Schnäpsen ein, aber es stellte sich bald heraus, daß er im Gegensatz zu dem früheren Direktor Merseburger ein gebildeter und verständiger Herr war. Als ich im Laufe der Nachtung einmal ein sonderbares Wort fallen ließ, das nur zu mir selber gesprochen war und allen anderen unverständlich sein mußte, antwortete Schweiger aufhorchend mit einem ebenso seltsamen, aber mir verständlichen Wort. Daraus erkannten wir uns wieder als Mitglieder eines geheimen Münchner Vereins, Hermetische Gesellschaft, und im Nu lagen wir uns in den Armen, Vater Auen und Seitenvater Appendix. Die Einlaßerlaubnis der H. M. S. D.-Bräute war damit gesichert.

Fräulein Timm aus Cuxhaven hatte sich bei mir angesagt.

Sie wollte mit zwei anderen Damen und dem Oberleutnant Hänsel ihren Geburtstag bei mir verleben. Ich brachte die ganze Batterie in Aufruhr, um der mir durchaus nicht näherstehenden Dame einen aufmerksamen Empfang zu bereiten. Dann erschien aber nur Herr Hänsel. Die Damen hatten mich versetzt.

Ich begrub ein neu aber totgeborenes Kaninchen in die Erde meines Terrariums, und zwar so, daß es mit einer Seite von außen sichtbar an der Glasscheibe lag. Bald konnte ich beobachten, wie sich Maden aus dem Aas entwickelten und durcheinanderwimmelten, bis die Eidechsen sie aufspürten. – Frau Hildebrand, Wigges ehemalige Wirtin, erschreckte mich durch eine Nachtragsrechnung über fünfzig Mark für das seinerzeit zerschossene Zimmer. – In meinem Garten gediehen Kürbis und Sonnenrosen. – Ich stand um vier Uhr auf und wanderte nach Arensch, um dort in dem entzückenden Garten bei Thalmanns zu frühstücken. Der Weg dorthin führte durch hügeliges Heideland und ließ das Meer nicht aus dem Blick. Man kam an einem einsamen Fischergrab vorbei, das nur mit halb eingegrabenen Bierflaschen geschmückt war. Der Wind fegte mir Sand ins Gesicht. Ich pflückte Heidelbeeren und für mein Hummelhaus Taubnesseln. – Auch eine Ameisenzucht legte ich an, wenn sich dieser Ausdruck gebrauchen läßt. Ich versetzte einen Ameisenhügel aus dem Walde in die Nähe meines Gärtchens und grub einen toten Frosch hinein, um dessen Skelett zu gewinnen.

In Salenburg hatte ich bei einer Frau Buck ein Zimmer (mit Küchenbenutzung) für Annemarie gemietet und alles, was ich an eßbaren und erfreulichen Dingen auftreiben konnte, hineingestellt. Annemarie und Gürkchen und Dorrit waren von Schweiger engagiert. Als sie zum ersten Male, in Stade, spielten, fuhr ich dorthin, nachdem ich zuvor Wolkes in Rissen besucht hatte. In Seeheim wurde Annemarie ein pompöser Empfang bereitet. Ein Matrose wartete schon lange auf der höchsten Plattform des Windmotors, und sowie er den Bampf von weitem erblickte, blies er mächtig in eine Trompete. Die Wege waren mit Blumen bestreut und die Tür und ein Stuhl mit Girlanden geziert. Ich zeigte Annemarie alle lieben Plätze, das Gärtchen, das Terrarium, das Liebeswäldchen. Auch Thalmanns besuchten wir, und Toni konnte sich nicht genug tun, um uns alles recht angenehm zu machen. Ihre Schwester, die infolge einer unheilbaren Sehnenerweichung seit Jahren ans Zimmer gebunden war, freute sich, daß wir ihr Unterhaltung brachten. Auch die schon bejahrten Eltern hörten uns gern zu, und was sie selber sagten, klang bedächtig und abgeklärt. Man gab uns Butter, Mohrrüben, Bohnen, Erbsen und Zwiebeln mit. Abends las ich in Frau Bucks Zimmer bei Sekt und nach einem für die Zeit schwelgerischen Diner in zweieinviertel Stunden den »Flieger« vor. Es ging uns himmlisch gut. Und da sandte mir Tante Michel plötzlich hundert Mark für eine Urlaubsreise. Außerdem wurde mir vom Hamburger Senat das Hanseatenkreuz verliehen. Aber damit mein Glück nicht allzu hoch ins Undankbare stieg, trat um diese Zeit für Reye als stellvertretender Kompanieführer ein Oberleutnant Müller in Erscheinung, den die Leute unter sich den Patronenmüller nannten. Damit wollten sie andeuten, daß, wenn sie einmal mit ihm an die Front kämen, ihre erste Patrone diesem Offizier gelten würde. Herr Müller begann sofort, mich innigst zu drangsalieren. Ich war zu keiner Tages- und Nachtzeit in Seeheim mehr vor ihm sicher. Er drang immer wieder in mich, strenger zu meinen Leuten zu sein, und die liebenswürdigste Behandlung und Bewirtung, die ich ihm anfangs aufrichtig und später berechnend zuteil werden ließ, änderte nichts an seiner sadistischen Quälsucht. Im Zivilberuf war er Oberlehrer gewesen. Diesbezüglich sickerten mit der Zeit sehr belastende Geschichten durch.

Der Kommandeur Schröder inspizierte meine Batterien.

Es gab ein greuliches Tohuwabohu. Keiner dachte an den Ernstfall des Krieges, jedermann war nur darauf bedacht, bei dem provozierenden zanksüchtigen Kompanieführer und bei dem übernervösen Kommandeur kein Mißfallen zu erregen. Ich mußte einen Tadel nach dem andern über mich ergehen lassen.

Ein Ruhranfall zwang Annemarie, eine Zeitlang das Bett zu hüten. Die kleine, dicke Frau Buck pflegte sie ordentlich, und ich vergalt ihr das reichlich, denn sie war nicht wohlhabend. Frau Buck sah nahezu wie eine rote Kugel aus, und sie lachte ohne Unterbrechen.

Zeitungsberichte: Die »Vaterland« versenkt – Generalfeldmarschall Eichhorn ermordet. – In Tondern hatten feindliche Flieger großen Schaden angerichtet. – Ich brachte Annemarie köstliche Leckerbissen, Radieschen, frische Kartoffeln, Beeren, Speck und Eier. Acht Tage lang suchten und aßen wir ahnungslos nur Giftpilze, bis uns ein pilzverständiger Matrose aufklärte. – Der Kommandeur kam häufig angeritten und tadelte und schimpfte. Mein Kürbis hatte drei Knollen angesetzt. – Ich lud Annemarie zu einem kleinen *Souper à deux* ein. Wir erschienen beide in Gala und nahmen an dem mit Blumen garnierten Tisch Platz. Ich gab ein Signal; das bedeutete »Man serviere die Suppe!« Wir hörten die Eilschritte Beckers aus der Küche nahen. Plötzlich ein Bums, ein Klirren, und dann floß aus einem Spalt unter der Tür Champignonsuppe in mein Zimmer.

Wieder erschien, hoch zu Roß, der Kommandeur unversehens in Seeheim. Annemarie flüchtete in ein nahes Gebüsch. Der Korvettenkapitän Schröder schlug Alarm, und als wir neun Minuten danach schußbereit waren, schimpfte er mordsmäßig. Das habe viel zu lange gedauert, ich sollte nachts nochmals Alarm schlagen und dann nach Duhnen kommen und ihm den Erfolg melden. Tags zuvor hatte der Kommandeur dem armen Reye dreiviertel Stunde lang einen Vortrag über ein Thermometer gehalten. Reye fiel plötzlich ohnmächtig um. Als er wieder zu sich kam, fuhr der Kommandeur in seinem Vortrag fort.

Die Sonnenblumen im Gärtchen standen mannshoch. Die Kürbisranken verbreiteten sich üppig. Ein Eichhörnchen hatten wir gefangen, das fütterten wir mit Brot und Tannenzapfen. Die Kaninchen tranken lieber Kaffee als Wasser. Bampf und ich schwelgten in jungen Gemüsen, Thalmannschen Fettigkeiten und einem Gemisch von Johannisbeeren und bitteren Heidelbeeren, das uns eine Frau aus Hechthausen verehrt hatte. Einmal luden wir Pampig und Gürkchen zu einem außerordentlichen Essen ein. Wir schmückten eine große Tafel mit Vogelbeeren und Seerosen und hielten Quarkkuchen und andere seltene Sachen für diese lieben Gäste bereit. Im letzten Moment sagten sie ab. Das beleidigte uns dermaßen, daß wir den beiden die Freundschaft kündigten. Ähnlich erging es mir mit Annemarie. Ich erwartete sie eines Nachts aus Cuxhaven zurück und hatte ihr bei Frau Buck einen üppigen Tisch gedeckt, mit Seezunge und Steinpilzen. Und nun ging ich ihr weit auf der Salenburger Landstraße entgegen und freute mich darauf, sie unterwegs zu überraschen. Jedoch verfehlte ich sie. Ich wartete Stunde um Stunde auf der einsamen Straße, und als ich endlich nach Salenburg zurückkehrte und Annemarie daheim und schlafend antraf, war ich voll Bitterkeit gegen sie und machte ihr ungerechte Vorwürfe. Am folgenden Tage zum einjährigen Jubiläum unserer Bekanntschaft versöhnten wir uns wieder. Diesmal hatte Annemarie mir heimlich ein Tischlein gedeckt und ein Paar Handschuhe und zwei Kunstmappen darauf gelegt, »Degas« und »Die Künstler von Montmartre«.

Mein Batterieschuster bat mich um Urlaub. Er zeigte mir zur Begründung einen Brief von seiner Frau vor, der so lautete: »Komm schnell, lieber Heinz. Gib Deinem Vorgesetzten gute Worte. Der Friedrich hat einen gestochen, der ist gestorben. Ich komme unter die Erde.« Friedrich war ein fünfzehnjähriger Sohn des Schusters.

Der verrückte Kommandeur und der bösartige Oberleutnant teufelten meine Batterien in unsinnigster Weise an. Befehle über Befehle ergingen und wurden nie wieder zurückgezogen. Die meisten Anordnungen waren entweder undurchführbar und wurden daher nur scheinbar befolgt, oder sie waren so pedantisch und überflüssig, daß sie nur persönlichen Haß und unpatriotische Gedanken erzeugten. Sämtliche Offiziere sollten bei sämtlichen Schießen sämtlicher Batterien zugegen sein. Täglich sollten sämtliche Inventarstücke revidiert, sämtliche Räume inspiziert werden. Täglich sollten die Bestimmungen über Verschwiegenheit, ansteckende Krankheiten, Urlaubsgesuche, Kohlenersparnisse, Kriegsanleihe usw. verlesen werden. Täglich – und so weiter und so weiter. Unser Tag hätte hundert Stunden haben müssen, wenn wir nur die Hälfte davon ausführen wollten. Unsere Leute hatten an sich schon vollauf zu tun. Sie mußten z. B. den Proviant täglich mit einem Handwagen in zweistündiger Fahrt aus Cuxhaven holen. Wenn sie abends halb sechs Uhr nach Cuxhaven beurlaubt wurden, konnten sie sich dort nur bis acht Uhr aufhalten, um noch vor zehn Uhr zurück zu sein. Diese doch meist alten und verheirateten Leute führten ein jämmerlich unfreies Leben, und meine Möglichkeiten, ihnen das zu erleichtern, waren seit Schröders und Müllers Auftreten arg beschnitten.

Zu meinem Geburtstag fand ich meinen Korbstuhl mit Eichenlaub und Vogelbeeren bekränzt, auf dem Tische standen Sträuße von Dahlien, Heidekraut und Glockenblumen und Geschenkpakete von meiner Schwester, von Tante Michel und Annemarie. Meine Leute brachten ein Ständchen.

Der Stabsarzt bescheinigte mir Neurasthenie und Schlaflosigkeit, worauf mir ein zweiwöchiger Urlaub bewilligt wurde. Ich wollte meine Mutter besuchen, die nach dem

Tode meines Vaters dessen altem Freunde, dem Kunsthändler Müller in Meran, den Haushalt führte. Schon lange hatte ich ein größeres Proviantpaket für sie zusammengestellt. Zunächst fuhr ich nach Eisenach, fand die Pension Kurs verlassen und verschlossen, besuchte Hoefners, schrieb im Restaurant Rodensteiner meinen Namen an die Wand und fuhr weiter, nach Bamberg, wo ich im Erlanger Hof Zimmer für mich und Eichhörnchen bestellte. Abends bei »Scheinen« am Katzenberg geriet ich in eine lustige Gesellschaft. Wir tranken Ungarwein. Der Name Kathi Kobus fiel. Jemand sang Lieder zur Laute. Meine hübsche und dort seltene Uniform zog die Blicke der Mädchen auf sich. Gemäß telegraphischer Verabredung traf dann Eichhörnchen ein. Ein Tag Wiedersehen, der leider durch eine Unstimmigkeit zwischen uns zwei Trotzköpfen getrübt wurde. Dann war ich in München mit Wanjka, Erna Krall, Hugo Koppel, Mary Wacker und leider auch einmal mit dem Fürsten Wittgenstein zusammen. Ich fuhr nach Meran in schmutzigem Wagen. Im Kupee wurde ich mit österreichischen Offizieren bekannt. Wenn sie höher im Rang waren als ich, redeten sie mich mit »Du« an. Sie klagten alle über die Tschechen und über Mangel an Unterstützung von oben. Mein Proviant glitt mit Herzklopfen aber glücklich durch den Zoll und beglückte meine Mutter sehr, besonders ein Kommißbrot. Sie litt an allem bitteren Mangel, und am meisten entbehrte sie Brot. Ich meldete mich sofort auf der Meraner Kommandantur und erlangte durch bluffende Beredsamkeit zwei Brote, die ich strahlend meiner Mutter brachte. Kunsthändler Müller war ein ebenso wunderlicher wie geiziger Kauz, der die Fürsorglichkeit meiner Mutter und die Dienste der Köchin Mirzl aufs äußerste ausnutzte. Er konnte sich nur schwer von einem Heller trennen, obwohl er gar keine Erben besaß. Den ganzen Tag über blieb er hinter Doppeltüren eingeschlossen und pflegte seine wertvollen und mit großem Verständnis gesammelten Antiquitäten. Morgens öffnete er ein wenig die Doppeltür, streckte einen Arm heraus und ließ sich zwei einzelne, nicht zusammenhängende Flanellröhren reichen, das waren seine Unterhosen.

Mutter fuhr mit mir in der Drahtseilbahn nach dem Vigiljoch. Von dort aus gingen wir nach Gampler. Nachts verbrüderte ich mich im Hotel de l'Europe mit Tiroler Sängern, bis mit eins das Licht ausging, weil feindliche Flieger gemeldet wurden, die acht Bomben über Bozen abgeworfen hatten.

Ich wohnte bei netten Leuten in der Villa »Deutsches Landhaus«. Mutter hatte dort ein Zimmer für mich gemietet. Sie führte mich schöne Wege durch Weinberge und mit Wein überspannte Gänge an hohen Zedern und Palmen, an Wasserfällen und anderer Romantik vorbei. Überall huschten blaugrüne Eidechsen über die Straße und verschwanden raschelnd in Hecken. Die Sonne brannte. In allen Fernen hörte man schießen, das war aber nur Tiroler Vergnügen. Als ich bei Gilfklamm einmal fragend auf eine hübsch gelegene Villa zeigte, wehrte Mutter verächtlich ab: Das sei ein liederliches Haus. Darauf lief ich, als ich Mutter heimgebracht hatte, sofort in das hübsch gelegene liederliche Bordell.

Abends im Kurhaus Konzert und elegante Welt. Meiner deutschen Marineuniform wiederfuhr viel Ehre, und mein Dolch, meine Freiheit und meine Frechheit stachen nach den schönsten Frauen. Viel Militär lag in Meran. Alle österreichischen Nationalitäten. Aber die Leute sahen verlottert aus. Ich gewahrte einen Posten, der, das Gewehr unterm Arm, auf einer Bank schlief. Bald bekam ich Zutritt in das Haus Mazegger. Dort war das Offizierskasino. Man fand sofort Gefallen an meinen Späßen und zog mich an den sogenannten Regierungstisch, wo der Hauptmann Marisch und manchmal auch der Oberstabsarzt Prünster präsidierte. Alle Tische hatten besondere Scherznamen. Da gab es einen Bulgarentisch mit sehr sympathischen Gestalten, den Tisch der Konservativen und den Tisch der Bolschewiki. Ich freundete mich besonders mit den Deutsch-Österreichern an. Da waren feine Gesichter dazwischen, schneidige Kaiserschützen, Leute, die von wilden Isonzoschlachten erzählten. Mir imponierte das alles, und meine andere Art schien auch ihnen zu imponieren. Von nun an aß ich alle Mahlzeiten im Kasino, und zwar die ausgesuchtesten und seltensten Leckerbissen, und ich wußte, daß meine Mutter derweilen ein paar Häuser weiter sich aufs kümmerlichste ernährte, und ich hatte oder fand keine Möglichkeit, ihr von meinem Überfluß etwas abzugeben.

Zu Kaisers Geburtstag schloß ich mich österreichischen Offizieren an, die zu einem feierlichen Hochamt in die Kirche gingen. Die höheren Offiziere erschienen in phantastisch bunten und überzierten Uniformen. Im Kasino gab es ein großes Burgundertrinken und abends hatten wir einen geschlossenen Tisch bei einem Feuerwerk im Kurhaus und provozierten danach eine allgemeine Konfettischlacht, wobei ich endlich die bezaubernde Tochter Lele Prünster kennenlernte. Viele Herren- und Damenherzen gewann ich. Nachts zogen wir unter Anführung des Fregattenleutnants Bernadi auf Bergpfaden durch die Mondnacht vor das Restaurant Malpertaus. Das Haus war dunkel, aber wir brachten der Wirtstochter Ika ein Ständchen. Da ward sofort Licht. Ika zog sich an und ließ uns ein und blieb während eines lustigen improvisierten Kommerses bei uns. Die österreichischen Kameraden beherrschten alle deutschen Lieder bis zur letzten Strophe, und es kam eine so begeisterte Stimmung über uns, daß alle mit mir Brüderschaft tranken und ich mein tadelloses Hemd in tausend Fetzen riß, um jedem und auch Ika ein Andenken zu geben. Als einer der Leutnants sich übergab, beobachtete ich etwas, was mir an den Österreichern sehr gefiel. Weil kein Dienstpersonal zur Stelle war, sprangen seine Kameraden sofort auf, holten Eimer, Wasser und Wischlappen und beseitigten die Sudelei eigenhändig und wie ganz selbstverständlich. Schließlich waren wir alle sehr betrunken. Ich hatte mich für sechs Uhr früh mit meiner Mutter zu einem Bergaufstieg nach Schloß Tirol verabredet. Aber ich wachte erst um elf Uhr auf einem fremden Sofa auf.

Noch fröhliche, warme Zeit. Dann kam die Scheidestunde. Mutter brachte mich zur Bahn. Dort hatten sich meine österreichischen Freunde versammelt. Als der Zug abfuhr, riefen sie mir drei Hurras, und meine Mutter winkte.

In Bozen hatte ich Aufenthalt, schrieb in einer Weinkneipe ein Liebesgedicht an die rotlockige Lele und einen Gruß an die Herren vom Hause Mazegger. Ich hatte den Blick auf Schneegipfel. Eine Dame redete mich an, die nur französisch sprach. Nach weiterer träger und ermüdender Fahrt blieb ich in Kufstein hängen, eilte zu Schicketanz, wo mich die Kellnerin nach neun Jahren wiedererkannte und mir gleich das Gästebuch zu einem Eintrag vorlegte. Dann weiter nach München. Strichs, Annemarie Seidel. Besuch bei der Stuttgarter Schauspielerin Frau Remold. Über Tölz nach Bad Heilbrunn. Kurz bei meinem Bruder in Halle und endlich in Salenburg Wiedersehen mit Bampf. Sie war sehr glücklich über ein Engagement nach Konstanz, das so gut wie abgeschlossen war.

Die meisten Schlangen hatten sich bereits zum Winterschlaf verkrochen. Die Sonnenrosen waren fast doppelt so hoch wie ich. Es gab viel Arbeit und gleich ein Abschlußschießen für zwölf einjährige Schüler. Reye beklagte sich bitter bei mir über den Kommandeur, der ihm tags und nachts zusetzte. In aller Frühe ging ich im Nachtanzug ins Freie, um mich von den einjährigen Schülern zu verabschieden. Nachts befahl mich ein Telephongespräch nach Duhnen zum Kommandeur. Große Aufregung dort. Herr Schröder tobte und schimpfte. In der zweiten Kompanie waren Gewehre und Patronen gestohlen. Ich mußte in Duhnen bleiben und abwechselnd mit anderen Offizieren Wache gehen. Man wies mir ein Zimmer an, wo es kein Waschwasser und kein bezogenes Bett gab. Ich kam um mein Abendbrot. Die Straßen waren dunkel und schlammig. Es regnete. Im Büro traf ich alle die nicht an, die ich suchte. Am Telephon bekam ich keinen Anschluß, sämtliche Offiziere, auch Reye, waren verärgert. Mit nassen Kleidern warf ich mich schließlich auf einen Diwan, eine Kerze zur Beleuchtung war mir von Korvettenkapitän Schröder nicht bewilligt worden. Um drei Uhr machte ich meinen Rondegang und hatte Schüttelfrost. Am nächsten Mittag fand ich für kurze Zeit Erholung und Trost bei Annemarie. Sie hatte inzwischen ein Testament verfaßt, worin sie mich zum Erben einsetzte. Ich erzählte ihr von dem Kompaniediebstahl. Sie schälte Pilze und zog sie auf Schnüren zum Trocknen auf.

Ich war über die Behandlung seitens des Herrn Schröder so empört, daß ich mich über ihn beschweren wollte. Den richtigen Instanzenweg einhaltend, wandte ich mich zunächst an den Kompanieführer Müller, der über mein Wagnis entsetzt, aber andererseits auch schadenfroh lächelte. Es mischten sich dann auch andere Offiziere in die Angelegenheit und bedeuteten mir, daß ich keine Handhabe zu einer Beschwerde hätte, so zog ich diese wieder zurück. Ich mußte ein paar Tage bei der zweiten Kompanie bleiben, wo noch weitere Diebstähle vorkamen. Es lag nahe, daß wir die Leute dort nicht nur schärfstens überwachen, sondern auch drangsalieren mußten. Ein Darmleiden stellte sich bei mir ein. Trüb und trostlos war alles in Duhnen, äußerlich wie innerlich. Man war wie in einem häßlichen Traum befangen. Nur selten konnte ich einmal heimlich auf ein Stündchen zu Annemarie entwischen. Wir tranken dann Milch von dem Bauer Bartolizius und strichen uns Thalmannsche Butter aufs Brot.

Als gutes Erlebnis fiel mir plötzlich eine Kriegsteuerungszulage von dreihundert Mark in mein Dasein. Damit beglich ich meine Schulden. Ich schenkte Annemarie den Kater Asmus, der sehr drollig war, aber dreimal in der Woche entfloh, wonach ich jedesmal mit zehn bis zwanzig Leuten die Heide nach ihm absuchen ließ.

Die Offiziere in Duhnen hatten zwar so etwas wie ein Kasino, aber es ging dort äußerst trübselig zu. Ihrem Wesen nach paßten die Herren nicht zusammen, und sie hatten kein Geld oder ließen ihr Geld nicht rollen. Man spielte Schach und Skat und schimpfte dumpf über den Kommandeur. Wenn ich Zeit hatte, wanderte oder fuhr ich nach Salenburg zu Annemarie. Wir pflückten Brombeeren, brieten Pilze und butterten selbst, indem wir Milch in einer Flasche schüttelten. Bampf lernte dabei ihre Heldenrolle aus »Des Meeres und der Liebe Wellen« für Konstanz. Reye lud uns beide zu Kaffee, Kuchen und Asbach-Uralt ein. Er selbst trank nicht mit, weil sein Herz das nicht mehr vertrug. Er hatte eine lange Aussprache mit dem Kommandeur gehabt, der dann ihm versprach, uns Offiziere künftig besser zu behandeln. Reye sollte auch sein beschlagnahmtes Reitpferd wiederbekommen.

Ich nahm wieder meinen gewohnten Dienst in Seeheim auf. Der Sturm zerschmetterte einen Eisenflügel des Windmotors. Da dieser nicht zu bremsen war, schlug eine nur noch lose hängende, herumwirbelnde Eisenplatte einen tollen Lärm durch die Nacht. – Nach einem letzten Rausch aus Aßmannshäuser Sekt nahm Annemarie Abschied von Frau Buck, von Thalmanns, von Becker, von meinen Tieren und von Seeheim. – Man las oder hörte: In zwei Tagen sechsundachtzig feindliche Flieger abgeschossen. – An der Front gingen wir planmäßig zurück. – Metz sollte geräumt sein. – Das Friedensangebot fand wenig Vertrauen. Wir hielten es für ein verabredetes Manöver innerer Politik, dazu bestimmt, das österreichische Volk zu beruhigen. –

Mein Rad war wieder entzwei. An Stelle der Pneumatiks, die nicht mehr zu haben waren, brachte man eiserne Reifen an, die durch kleine Spiralfedern elastisch gemacht waren. Aber man fuhr sehr hart darauf. Und beim Fahren klapperte die Bereifung lächerlich.

Besichtigungsschießen meiner 3,7-Schüler in Nordheim durch den Kommandeur und in Gegenwart eines österreichischen Kapitäns. Herr Schröder ließ alle erdenklichen Zwischenfälle eintreten. Mannschaften tot, Maate vor! – Ausfallangriff mit Gewehren. – Feuerlärm usw. – Als ich heiser vom Kommandieren nach Seeheim zurückkehrte, schlug ich dort sofort Feuerlärm, nicht zur Übung, sondern weil ich am Dachrand des einen Schuppens Flammen bemerkte. Infolge Kurzschluß war ein Schwalbennest in Brand geraten. Wir löschten das Feuer im Nu.

Es wurde kahl und kalt in Seeheim. Annemarie fehlte mir sehr. Auf meinem Schoß lag Asmus und sog wie ein Bär an seinen Pfoten. Ich hüllte mich in meinen kurzen zerfledderten Pelz, den ich sehr liebte, weil ich ihn sozusagen erbeutet hatte und ihn nicht zu schonen brauchte, und so ging ich bei Vollmond traurig durch die Dünen. Es folgten regenreiche Septembertage, die eine ungewöhnliche Menge von Pilzen hervorbrachten. Der Kommandeur benahm sich um eine Wenigkeit freundlicher als vorher. Desto mehr schikanierte uns der holzschädelige und wulstlippige Patronenmüller. – Das Saisonfutter für meine streitsüchtigen Eidechsen waren Kreuzspinnen. – Nachts um dreieinhalb Uhr erhob ich mich, um abrückenden Nordheimschülern Adieu zu sagen. Sie standen, zwei schwarze Reihen, im Sande angetreten, in einer sonderbaren Dreibeleuchtung von Mondlicht, Tagesdämmer und dem Widerschein der Glühbirnen einer Baracke. Ich vermochte ihre Gesichter nicht zu erkennen, doch hielt ich ihnen eine kurze Ansprache, und sie brachten mir üblicherweise drei Hurras aus. Das war eins wie das andere herzlich gemeint und klang dennoch so unfrei und stimmte zu dem Dreilicht. Die Schritte der Abziehenden knirschten im Sand. Ich legte mich nochmals zu Bett und drückte den weichen Asmus, der nur an seinem Lager und seinem Futter, aber gar nicht an mir hing, wie etwas Teures, Liebes an mich.

In der Zeitung stand: Die Sozialdemokraten wollten unter gewissen, aber strengen Bedingungen in die Regierung eintreten. – Annemarie erbat sich im ersten Konstanzer Brief eine Unterhose von mir als Trikotersatz.

Hagelböen setzten ein. Tiefe kalte Wolken zogen um meine zerfetzte Windmühle. Das elektrische Licht zuckte. In meinem Terrarium zeigte sich nurmehr ein einziges Schlangenpaar. Ich kochte meine klein und grün gebliebenen Tomaten in gezuckertem Wein. Aber das Gericht schmeckte mir nicht. Es kamen neue Nachrichten über unsere schlimme Lage und über ein Friedensangebot Bulgariens.

Ich sah stundenlang Asmus zu, wenn er in komischen oder graziösen Kampfsprüngen oder geduckten Kopfes schleichend gegen Brandmeiers große Muschi oder gegen einen imaginären Feind vorging. Ich fertigte ihm ein Spielzeug an aus Möwenfedern und Flaschenkorken. Am Dienst hatte ich nur noch wenig Freude. Müller und Schröder hatten ihn mir vergällt. Es regnete. Ich kroch im Pelzmantel und mit meinem Fangnetz durch dichtes Nadelgebüsch, durch Spinnengewebe und über feuchtes Moos und brachte Pfifferlinge heim. Meine nassen Schuhe und Kleider bedeckte eine Sandkruste. Ich hatte Krammetsvogelfallen aufgestellt, doch fing sich nichts darin, was mich halb freute. Ich las viel, aber wie verschieden es auch war oder auf mich wirkte, ich seufzte häufig dabei. Einer meiner Schüler, ein langer Bursche mit einem hellen, ehrlichen Gesicht, meldete sich bei mir. Er würde nicht mehr satt. Das Essen wäre ja gut, aber zu wenig. Ich machte ihm klar, daß er doch sechshundert Gramm Brot täglich bekäme, also viel mehr als Zivilisten erhielten, daß auch ich nur Mannschaftskost bezöge und anderes. Als er wieder Dienst hatte, sandte ich ihm auf einem Servierbrett ein Brot und leckere Thalmannsche Genüsse in die Wachtstube.

Aber einmal gab ich folgende Meldung an meine vorgesetzte Dienststelle:

»Masch.W.Gruppe der 1. Kp.Luft-Abw.-Abtlg. B. Nr. 1266. Seeheim, 14. September 1918. – M. – Zur hiesigen Buchnummer 1154 bitte ich um Vorbewilligung der Mannschaftsbrotration, da es mir nicht möglich ist, meinen Appetit bis zu der in Aussicht gestellten Entscheidung auszuschalten. – Hester, Ltnt. d. R. u. Gr. F.«

Die Meldung kam zurück. Reye hatte darauf bemerkt:

»1. Komp. Luftabwehrabteilung. Cuxhaven, den 14. September 1918. – Herrn Leutnant Hester, Hochwohlgeboren. – Ich bitte, die beiden letzten Zeilen etwas anders fassen zu wollen. Reye.«

Mein Gärtchen war windzerzaust und sandverweht. Ein paar Dahlien und Levkoien blühten noch. An den müde schaukelnden Sonnenrosen hatten sich sterbende Brummfliegen angesaugt.

Der Kaiser wollte, daß das Volk sich mehr an der Regierung beteiligte.

Es hieß, Max von Baden würde Kanzler werden.

Ich mußte im Regen zur Stadt zu einer Offizierswahl, die dann aber wegen Übungsalarm verschoben wurde. Prüters waren krank. Bobby war schwer erkrankt. In den Lazaretten waren viele Rekruten gestorben. Die Familie des Lazarettinspektors Nürnberg war erkrankt.

In meiner Batterie Nordheim starb der Obermaat Kallenberg. Eine große Seuche griff um sich, Lungenpest, allmählich kam der Name Grippe auf.

Die Luftabwehrabteilung führte regelmäßige Offiziersabende ein. Ich wurde von mehreren Seiten aufgefordert, bei der ersten Zusammenkunft zu erscheinen. Ich erklärte aber, daß ich keinesfalls in eine Gesellschaft ginge, an der Oberleutnant Müller teilnähme.

Fünf Katzen hatten sich mittlerweile an meine Stube und an mein Bett gewöhnt. – Oberleutnant Wigge zeigte mir seine Verheiratung an. Er schrieb dazu: »Ich sende und vermache Dir aus diesem Anlaß meine Sammlung von Schweinebildern.« Er schickte dazu einige harmlose Aktstudien aus Kunstzeitschriften. – In der Nacht erkrankte einer meiner Leute an einer schweren Grippe. Kein Arzt, kein Sanitätsgast war in der Nähe. Ich pflegte den Kranken, so gut ich es verstand, gab ihm vor allem Tee mit viel Schnaps. – Der König von Bulgarien entsagte zugunsten des Kronprinzen Boris. Also Bulgarien ergab sich der Entente. Diese Verblendeten! sagten wir, sagte ich. Wir kleinen Offiziere da draußen hatten aber gar keinen Überblick mehr. Wir waren jahrelang systematisch und einseitig bearbeitet, kannten die führenden Politiker nicht und sahen nichts als das eigene Milieu. Was man auffing, ob echt, ob unecht, war eben nur Aufgefangenes.

Leutnant Bösig brachte mir die Kunde: Der Reichstag habe beschlossen, den Feinden den Frieden zu den Wilsonschen Bedingungen anzubieten. O Schmach! O furchtbares Ende! dachten wir Offiziere.

Der Drei-Masken-Verlag lehnte den »Flieger« ab und sandte das Manuskript ganz zerknittert zurück. Sehr deprimierend. – Ich verlebte eine Kneiperei bei der Sperrfahrzeug-Division, hatte üble Auseinandersetzungen mit Schröder und Reye, bewarb mich in einem Privatschreiben an Kapitän Bade um einen Posten bei der sechsten Räumflottille. – Kapitänleutnant Behrend kam von der Front zurück. Er schilderte, wie dort alles überstürzt abgebrochen und gesprengt würde. Es machte den Eindruck, als wollte man Belgien preisgeben.

Ich mußte die Batterie Nordheim abgeben und dafür

außer Seeheim noch die Land- und Bordausbildung einer Maschinengewehrgruppe übernehmen. – Dem Feldwebel Reinhardt brachten wir zu seinem Geburtstag ein Ständchen. – Abends ein Wohltätigkeitsfest in Cuxhaven. Dem mitwirkenden Leutnant de Harde waren im letzten Moment die Noten gestohlen worden. Ich trieb mich auf verschiedenen Fahrzeugen herum, trank viel Schnaps.

In Seeheim schrieb ich noch bis zum grauenden Morgen. Dann deckte ich meinen Tisch mit sauberem Laken und blankem Besteck und Gläsern und stellte alles darauf, was ich noch an Trinkbarem und Eßbarem besaß: Wein, Bier, Brot, Butter, Speck usw., und schrieb einen Zettel dazu, den ich auf den Teller legte. Danach wanderte ich leise nach den Dünen, um dort den Posten zu kontrollieren. Schon von weitem hob sich seine Silhouette gegen den Himmel ab. Er ging auf und ab, rauchte und spähte offenbar sehr aufmerksam aus, denn er entdeckte mich aus großer Entfernung und forderte vorschriftsmäßig mir die Parole ab. Ich nahm eine möglichst unfreundliche Stimme an und sagte: »Gehen Sie in mein Zimmer. Da liegt auf dem Tisch ein Zettel mit einem Befehl. Diesen Befehl führen Sie sofort aus. Ich vertrete Sie so lange.« Ich ließ mir Gewehr und Wachtmantel geben, und der Matrose lief ins Lager, um den Zettel zu lesen. Darauf hatte ich geschrieben: »Setzen Sie sich gemütlich nieder, essen und trinken Sie, so viel sie mögen und gehen Sie dann schlafen. Ich gehe für Sie Wache.« Ich ging die zwei Stunden auf und ab. Es war für mich ein Erholungsspaziergang, und der Mann hatte eine freudige Überraschung. Gewiß würde er das nicht sonderlich zeigen, mir auch nicht danken, dafür gab es keine rechte militärische Ausdrucksform.

Wenige Tage später schlich ich einmal bei Dunkelheit um die Baracken, weil seit einiger Zeit immer wieder Handtücher verschwanden. Da zog mich ein Mannschaftsgespräch an, das aus einem Schlafraum drang. Ich lauschte.

Man redete von den Vorgesetzten. Jemand sagte gerade: »Ja, Leutnant Hester ist ein ganz anständiger Kerl.« Da schlich ich davon und war nachdenklich und betrübt, jedoch nicht lange.

Unter meinen dienstlichen Postsachen trafen folgende zwei Schreiben ein:

»Ruhla, den 18. Oktober 1918. Sehr geehrter Herr Leutnant! Für die mir beim Hinscheiden meines lieben Mannes bewiesene Aufmerksamkeit sage ich Ihnen auch im Namen meines Kindes meinen herzlichsten Dank. Mögen Sie vor gleichem Schicksal bewahrt bleiben. – Mit ergebenstem Gruß bin ich Olga Kallenberg nebst Kind.«

»Brüssel, Avenue Princesse Elisabeth 11. – Sehr geehrter Herr Leutnant! Anläßlich meiner Anwesenheit in Cuxhaven hätte ich gern die Gelegenheit benutzt, Ihnen persönlich für den meinem Sohn bewilligten Urlaub zu danken, leider aber war die Zeit zu kurz, um einen Abstecher nach Seeheim machen zu können, und telephonisch konnte ich sie gleichfalls nicht erreichen. Gestatten Sie mir deshalb, Ihnen hierdurch meinen verbindlichsten Dank für Ihre Liebenswürdigkeit auszusprechen. – Aufrichtig freuen würden wir uns im übrigen, wenn es sich ermöglichen ließe, meinen Sohn nochmals auf ein paar Tage nach Brüssel zu beurlauben: Ich wage nicht zu hoffen, daß diese Bitte sich erfüllen läßt, aber bejahendenfalls würde ich Sie gern mit einer weiteren Anleihezeichnung von 5–10 000 M quittieren, die gegebenenfalls mein Sohn sofort in meinem Namen dort eintragen könnte. – Genehmigen Sie, sehr geehrter Herr Leutnant, die Versicherung meiner besonderen Hochachtung Ihr ergebener Eugen Blasberg.«

Die Zeitung brachte die deutsche Antwort auf Wilsons Note, betreffend Räumung der besetzten Gebiete. Um diese Antwort wurde heftig bei uns gestritten. – – Auf Wunsch des Admirals beurlaubte ich Brandmeier nach Altenwalde, wo er private Arbeiten leisten sollte. Auch meinen Soldaten Bartolizius mußte ich häufig beurlauben, wenn der Kommandeur Privatwünsche an ihn hatte. Überall Begünstigungen und Schiebungen.

Kanzlerkrise. Der Brief des Prinzen Max von Baden an den Prinzen von Hohenlohe. Zum ersten Male sprach eine Zeitung es aus: Wir seien verbrecherisch geführt. – Ich sandte heimlich ein Gesuch an Prinz Max von Baden. – Asmus war entwichen. Ich lief stundenlang durch den Wernerwald und rief traurig: »Asmus! Asmus!«

Krumbhaar brachte mir die Antwort Wilsons: Ergeben auf Gnade oder Ungnade und Absetzung des Kaisers. »Der Kaiser wird sicher inzwischen abgedankt haben«, sagte ich. Es lastete ein dumpfes Gefühl auf uns allen. Die Offiziere, die Feldwebel, die meisten Leute schlichen bedrückt einher. Es war eine schwefelgelbe Gewitterstimmung. Im Feindesland jubelte man. In Dänemark jubelte man.

Asmus hatte sich wieder eingestellt. Ich erwachte davon, daß er mein Haar über und über naßgeleckt hatte. »Asmus«, redete ich ihn an, »es geht weiter mit dem Kriege. Um Tod und Leben. Eine G. G.-Nachricht sagt, daß wir demnächst zweihundert neue U-Boote hätten. Wenn das wahr ist, wäre es herrlich. Aber weiß man heute, was wahr ist? Sind wir nicht sündhaft belogen? Jetzt ist es vielleicht schon zu spät, noch Wahrheiten zu sagen. Asmus, ich fürchte –« Aber Asmus war hochmütig. Er stellte sich an, als wäre er mit der Zunge unabkömmlich beschäftigt, und er blinzelte dabei geringschätzig mit seinen bernsteingelben Augen. – Wieder mußte ich mich aus dem Bett reißen, um abziehenden Schülern die Hand zu drücken, wieder brachten sie mir drei Hurras, aber die Stimmung war noch trauriger als beim letzten Male.

Ein richtiger Instinkt trieb mich dazu, meinen Leuten nach meiner Weise Frohes zu bereiten. Mit Hilfe der Mannschaftskantinengelder gab ich ihnen ein großes Fest und erlaubte ihnen, dazu Mädchen mitzubringen. Um die größte unserer Baracken zu schmücken, holzten wir Tannenbäume im Wernerwald ab. Lampions und Papierkappen wurden angeschafft und eine Musikkapelle zusammengestellt. In meinem Zimmer stülpte ich über meine Lampe einen der großen, roten Luftballons aus Papier, die uns beim Schießen als Übungsziel dienten. Der hing dort nun wie ein riesiger glühender Pfirsich und warf einen glutroten Schein aus dem Fenster. Zu dem Fest erschien ich als Tiroler verkleidet. Fünfzehn Mädchen, meist Bauerndirnen oder Dienstmädchen, waren erschienen. Nachts fuhr ich dann noch auf meinem Klapperrad nach Cuxhaven und saß im Kasino mit Kapitänleutnant Hoffmann und anderen Offizieren zusammen. Wir sprachen über die schlappe deutsche Antwort und über unsere lumpige Diplomatie. Aber wir sprachen darüber selber schlapp und halb und dumm und stumpf. »Die Bauern sind jetzt auch fürs Weiterkämpfen. Sie sagen: Haben wir für diese Schmach unsere Söhne hergegeben?«

Strohsals aber meinten: Es wäre nur gut, wenn wir nicht siegten, wir würden sonst zu militärisch. – Mit dem gottesfürchtigen und mildtätigen Schreiber Wedder hatte ich ein sehr erquickliches Gespräch. – Beim Adjutanten der L. A. A. gab es eine lange Sitzung und erregte Debatten über das Thema »Vaterländischer Unterricht«. Ich trat scharf gegen den Unterrichtszwang ein. – Im Reichstag trübselige Uneinigkeit. Aber es ward endlich offiziell die Abdankung des Kaisers verlangt. – Ich wartete von Tag zu Tag auf irgendwelche frohere Nachricht. Es trafen Briefe von Mutter, Eichhörnchen, Annemarie und anderen ein. Aber meine Stimmung blieb tief unter Null. Und alles um mich herum ward düster. Die Wiesen kahl, das Wetter trüb, kein Vogelsang, kein Lachen, kein Zivilist, keine Frau. Sonntags eine Totenstille, daß ich manchmal meinen Revolver abschoß, um nur etwas zu vernehmen. – Es gingen mir viel Bittgesuche zu. Ich erfüllte sie, soweit ich's vermochte. – Mein Matrose Monsky starb an Grippe.

Ludendorff war zurückgetreten. Österreich wollte Sonderfrieden. Wir wagten keine Offensive mehr. Das Hamburger Fremdenblatt schrieb offen: »Wir haben den Krieg verloren.« – Täglich baten mich Leute um Urlaub, weil Angehörige von ihnen an Grippe gestorben waren.

Leichenparade für unseren Kameraden Werner. Die Leiche des braven Matrosen, den die Grippe rasch hingerafft hatte, sollte nach der Heimat befördert werden. Als wir in der Quarantäne-Anstalt den Sarg abholen wollten, stand dort eine ganze Menge gleich aussehender, geschlossener Särge mit Verstorbenen. Der diensttuende Unteroffizier konnte den von mir geforderten Sarg lange nicht herausfinden, und vielleicht gab er mir dann aufs Geratewohl einen fremden. Wir trugen den Sarg im geschlossenen Zug und im langsamen Trauerschritt zum Bahnhof, wo wir eine feierliche Aufstellung nahmen. Die Frau des Toten und der Vater waren eingetroffen. Ich drückte ihnen die Hand und stützte die ganz gebrochene Frau während der Rede des Pastors, der an diesem Tage schon fünf ähnliche Reden gehalten hatte. Dem Vater Werner war nun schon der zweite Sohn gestorben. Dem dritten fehlte ein Auge, dem vierten ein Bein. Und es war nach der Trauerfeier für mich so schmerzlich, zu sehen, wie dieser Vater am Bahnschalter sein Billett forderte und der rohe Beamte ihm Schwierigkeiten machte wegen der Sargbeförderungsgebühr. Als wir heimmarschierten, begegneten uns Seeheimer Matrosen, die meinen inzwischen schwer erkrankten Maat Ohls fortbrachten. Und in selber Nacht mußte ich abermals einen Mann fortschaffen lassen. Mir war selbst zum Sterben zumute. Auf meinem Tisch lag eine Todesanzeige. Frau Lührs war an Grippe gestorben.

Ich stellte fest, daß in einer meiner Baracken die Leute verlaust waren, und ließ den Raum ausschwefeln. – In Cuxhaven, an Bord eines Sperrfahrzeuges, kaufte ich von Leutnant Reese für zwanzig Mark eine weiße junge Terrierhündin. Man hatte sie an Bord mit Schnaps betrunken gemacht und belustigte sich darüber, wie das kleine Wesen sich auf der Kajütentreppe überpurzelte. Ich nahm die Hündin als Gespielin für Asmus nach Seeheim, und weil ihr der angrenzende Wernerwald gehören sollte, taufte ich sie »Frau Werner«. Nun hatte ich in der niederdrückenden Zeit doch etwas um mich, was mich beglückte und wenigstens für Momente erheiterte.

Matrose Friedlmeier reiste beurlaubt nach München. Ich gab ihm ein Proviantpaket mit, das er dort in einem Hotel für meine Mutter abgeben sollte, die wegen der wilden österreichischen Zustände eiligst Meran verlassen mußte. – Im Hafen lagen Kreuzer. Man holte vierzig Heizer von Bord, die gemeutert hatten. –

Vierzehn Grippekranke in Seeheim. Ich mußte mir zwei Sanitätshandwagen anschaffen. – Frau Werner und Asmus schliefen enganeinandergeschmiegt. Aber manchmal fiel es dem Kater ein, der stillhaltenden Hündin so anhaltend in den Kopf zu beißen, daß ich eingreifen mußte, weil ich um Frau Werners treuherzige Augen besorgt war. Reese hatte die Hündin von einem Barbier billig als Promenadenmischung erstanden. Weder er noch ich ahnten, daß das Tier von edelster Rasse war. Leider hatte ein tölpelhafter Sanitätsgast ihm nicht nur den Schwanz, sondern auch die Ohren kupiert, und zwar viel zu kurz, so daß das arme Geschöpf in Seeheim dauernd die Ohrmuscheln voll Sand hatte. Frau Werner wurde in ungewöhnlicher und vornehmer Art von mir dressiert. Man redete sie nur per »Sie« an. »Erwarten Sie mich dort« hieß: Kusch dich dort nieder, wo ich hinzeige. Wenn sie Männchen machen sollte, so sagte ich: »Wie denken Sie über Spanien?« Das war ein Kompliment für die wohlwollende Neutralität Spaniens Deutschland gegenüber.

Der mir bekannte Fürst in Schlesien hatte im Herrenhause einen Antrag durchgesetzt, betreffs Bekundung der Treue zum Herrscherhaus. – Frau Werner war nicht stubenrein zu kriegen. – Revolution in Österreich-Ungarn. – Was die Friedensforderungen unserer Feinde betraf, so schien die Angst vor der Ausbreitung bolschewistischer Ideen doch einige Mäßigung aufzuerlegen. – Auch bei uns gärte es mehr und mehr, besonders auf den großen faulen Schiffen. Durch Meuterei war ein Vorstoß der gesamten Flotte, der von der Regierung, nicht vom Marinekommando angesetzt war, zunichte geworden. Hinter Helgoland hatte ein Teil der Mannschaften, besonders Heizer, den Dienst verweigert. Auch in Kiel Meutereien. In der Kanonenbatterie weigerten sich die Leute, Infanteriedienst zu tun. Mein Herz war schwer.

Es meldete sich der Vizefeuerwerker Ponarth bei mir als nach Seeheim kommandiert. Er war einer der jungen Einjährigen gewesen, mit denen ich meine erste und strenge R.O.A.-Ausbildung genossen hatte. Und er war derjenige, den man später in der Kiautschou-Kaserne wegen sadistischer Leuteschinderei von der Offizierslaufbahn ausschloß. Nun hatte man ihn also wieder von neuem zugelassen, und er war inzwischen zum Vize avanciert und nun mein Untergebener. Ich nahm mir vor, ihn das Peinliche der Situation nicht empfinden zu lassen.

REVOLUTION

Es war der fünfte November achtzehn, als mich abends Oberleutnant Müller aus Duhnen antelephonierte: Seine Leute wären mit Waffen davongelaufen. Im Gasthaus »Zur Sonne« in Cuxhaven wollten sie so etwas wie einen Soldatenrat gründen oder hätten ähnlichen Unsinn vor. Was ich zu tun gedächte?

Ich antwortete ziemlich kurz: Ich würde nach der Situation schon wissen, was ich zu tun hätte.

Zunächst nahm ich die Schlüssel zu den Munitionsräumen an mich. Von meinen Leuten hatte sich, so viel ich wußte, niemand mit Waffen entfernt. Wohl sprachen die Leute unter sich davon, daß in der Sonne etwas im Gange wäre. Ich rief sie zusammen. »Habt ihr Vertrauen zu mir?«

»Ja, wir haben Vertrauen.«

»Dann rate ich euch: Seid mäßig und prüft lange und möglichst vernünftig, bevor ihr etwas beginnt. Nur mit Ordnung kommt man zu Freiheit. Bloße Revolution, also rein plumpes Umstürzenwollen ist der Untergang für alle.«

Ich schrieb an Tante Michel. Ich war besorgt um meine alte Mutter und um meinen Bruder, dessen allzu korpsstudentische Allüren in solcher Zeit verhängnisvoll werden konnten.

In vorgerückter Nachtstunde traf plötzlich folgender Telephonspruch ein:

»Es hat sich hier in Cuxhaven der Arbeiter- und Soldatenrat gebildet. Morgen neun Uhr Versammlung auf dem Exerzierplatz Grimmerhörn. Jeder militärische Dienst hört auf. Waffen sind mitzubringen. Unterschrift: Arbeiter- und Soldatenrat.«

Ich winkte den Vize Ponarth herbei. Wir gingen in den Schlafraum der Leute, weckten diese, und ich gab ihnen den Telephonspruch bekannt. Ich war sehr erregt. »Geht hin«, sagte ich, »aber nehmt möglichst keine Waffen mit. Besprecht euch jetzt ohne mich.«

Das taten sie und bestanden dann darauf, Waffen mitzunehmen, verlangten auch sofortige Auszahlung ihrer Löhnung. Im übrigen waren sie freundlich und respektvoll zu mir.

Ich saß mit Ponarth in meinem Zimmer, das noch von jenem Fest her von dem blutroten Papierballon beleuchtet war. Und ich redete herzlich auf den jungen stillen Mann ein, sagte: »Wir wollen in dieser ernsten Stunde Duzfreunde werden und wollen zusammenhalten.«

Plötzlich wurde die Tür mit lautem Gepolter aufgestoßen. Zwei große Matrosen, mit Gewehren in der Hand und mit totbleichen Gesichtern standen auf der Schwelle. Der eine rief: »Wir sind Delegierte des Soldatenrates. Es gibt keine Vorgesetzten mehr! Es gibt keinen Gruß mehr!« Ich lieferte ihnen die Schlüssel aus, auch die zu den Munitionsräumen und setzte ihnen zu essen vor. Denn sie kamen einen weiten Weg und waren auch von innerer Erregung erschöpft. Nun nahmen sie an meinem Tisch Platz. Einige Seeheimer Leute gesellten sich hinzu. Die Delegierten machten einen sympathischen Eindruck, besonders der Zimmermann Kraus aus Stickenbüttel. Ruhig erzählten sie, wie alles in der Sonne verlaufen wäre. Der Soldatenrat gedächte auf strengste Ordnung zu halten. Man wollte sofort einen Frieden um jeden Preis eingehen. Morgen zur Versammlung dürften auch Offiziere erscheinen, aber es wäre diesen verboten, Waffen mitzubringen. Von einigen Offizieren, zum Beispiel von Patronenmüller, hätte man in der Sonne sehr drohend gesprochen. Sie müßten sofort die Stadt verlassen.

Als meine Leute erwähnten, ich hätte sie gut behandelt, sagte Kraus: »Dann kommen Sie doch morgen mit und führen Sie Ihre Leute.«

»Nein«, gab ich zurück, »wenn ich keine Waffen tragen darf, gehe ich nicht mit. Ich will nicht mehr, aber auch nicht weniger als ihr sein.« Die Delegierten versprachen darauf, mir die Erlaubnis zum Waffentragen zu verschaffen. Als sie abzogen, sagte ich: »Wenn ihr eure Sache mit Gott und ganzem Gewissen haltet, dann wünsche ich euch Glück.«

Ponarth legte sich schlafen, ich durchwachte die Nacht. Um sechs Uhr standen die Leute auf, frühstückten, bewaffneten sich mit Gewehren, Seitengewehren und Pistolen und formierten sich zu einem Zug. Sie grüßten mich teils leger, teils gar nicht, einige noch stramm militärisch. Obermaat Struhmann führte sie. Den hatten sie zu ihrem Vertrauensmann gewählt. Ich ersuchte ihn, mich noch ein paar Worte sprechen zu lassen, und dann verabschiedete ich mich von den Leuten als ihr bisheriger Vorgesetzter. Sie rückten ab. Außer mir blieben zurück Ponarth, Feldwebel Reinhardt, der gottesfürchtige Wedder, ein Obermatrose, der Koch, der Schuster und vier Kranke. Wir hingen gespannt am Telephon und waren alle aufgeregt. Einmal tauchte ein Flieger am Himmel auf. Ich eilte sofort zum Strand an die Geschütze, aber es war ein deutsches Flugzeug. Dann machte ich mir den Scherz und telephonierte an den Roten Rat: »Hier Leutnant Hester, Seeheim. Meine Leute sind, wie Sie befohlen haben, bewaffnet nach Grimmerhörn abgezogen. Sie haben aber die Maschinengewehre mit Munition zurückgelassen. Die sind also in meiner Gewalt. Es wäre mir und meinen Feldwebeln zum Beispiel eine Kleinigkeit, die Leute, wenn sie zurückkehren, wie Spatzen abzuschießen.«

»Verflucht nochmal!« rief der Revoluzzer am jenseitigen Telephon, »ja, Herr Leutnant, was machen wir denn da?«

Ich lachte: »Machen wir beide nichts!«

Ponarth war voller Unruhe. Da er in Seeheim nichts weiter verloren hatte, veranlaßte ich ihn, sich sofort mit seinem Gepäck nach Cuxhaven und von dort aus möglichst weiterzubegeben. Ich ging zur Batterie Nordheim. Dort war nur der Feuerwerker Schulz zurückgeblieben. Am Batteriemast wehte eine rote Flagge.

Meine Hoffnung war, daß auch auf feindlicher Seite sich die Revolution entwickeln würde. Eilige Befehle und Meldungen, wirre, sonderbare Gerüchte kamen durchs Telephon zu uns. Der Bahnhof, das Telephon- und Telegraphenamt, die Signalstellen, alle öffentlichen Gebäude und auch die Zeitungen waren von den Aufständischen besetzt.

Kein Offizier durfte das Festungsgebiet Cuxhaven verlassen. Es hieß weiter: Der Rote Rat hätte mich als Vertrauensmann gewählt. Ferner: Es rücke ein Heer von Hamburg an, man wüßte noch nicht, ob für, ob gegen die Revolutionäre.

Abends wurde ich zu Reye nach Duhnen gerufen. Todmüde schleppte ich mich durch den Regen und durch den Sand. Reye war nicht mehr da, war nach Cuxhaven geeilt. Aber Ahrens und einen Leutnant Müller und andere Offiziere traf ich an. Sie saßen bleich und angstvoll in ihren Zimmern. Nur Krumbhaar, Mundloß und Pich spielten sachlich Skat. Auch der verhaßte Patronenmüller war da. Ich drang darauf, daß er sofort in Zivilkleidern am Strande entlang entfliehen sollte. Das tat er auch. Als ich ihn und die anderen Offiziere dort gesehen hatte, ward ich noch deprimierter denn zuvor. Dann überkam mich aber eine plötzliche Energie. Ich schleppte mich wieder eine Stunde weit nach Cuxhaven und ging dort direkt ins Offizierskasino, wo die Aufständischen unter dem Vorsitz eines gewissen Baier ihr Hauptquatier eingerichtet hatten und eine bienenemsige Tätigkeit entfalteten. Ich trug meinen verwegenen Pelzmantel und in der Hand einen Spazierstock. Meine Offiziersmütze rief dort großes Erstaunen hervor. Am Hauptsaal stieß ich auf Widerstand. Ein radikaler Matrose stürzte auf mich zu: »Wir haben nichts mit Offizieren zu tun. Unsere Parole ist Liebknecht.«

»Nein«, sagte ich, »ihr müßt mich anhören und aufnehmen. Ihr braucht Offiziere und Intelligenzen und gebildete Leute. Ihr dürft eure Bewegung nicht gegen alle Offiziere, höchstens gegen dumme und schlechte richten. Ich komme mit meinem ganzen Herzen zu euch. Ich bin allerdings auch kein Verräter am Offiziersstand.« – Sie horchten auf. Aber es lastete zu viel Arbeit auf ihnen, und sie waren von den Ereignissen und Aussichten noch allzu verwirrt und in Anspruch genommen. Ich sollte morgen wiederkommen.

Um neun Uhr ging ich auch wieder hin. In den Korridoren drängten sich bewaffnete Matrosen herum. Viele davon, ehemalige Kameraden oder Untergebene von mir, streckten mir die Hand entgegen. Ein intelligenter Obermaat versicherte mir, daß ich ihm sehr imponierte. Er bat mich, mit ihm an Bord zu kommen und mit seinem Kapitänleutnant, dem Astronomen Steinhausen, zu sprechen. Das tat ich. Dann ging ich zur Sonne. Das Lokal war voll besetzt. Meine Offiziersmütze wurde mit feindseligen Blicken und Scharfmacherrufen empfangen. Doch setzte ich mich ruhig nieder und trank ein Bier. Sieben grimmige, bewaffnete Matrosen kamen herein. Einer von ihnen rief: »Kameraden! Die Soldaten von Hamburg sind aufgehalten worden. Aber es naht ein anderer Zug aus Duhnen. Haltet euch auf Hornruf bereit. Da ist Verrat im Spiel, und das kostet Blut!« Die letzten Worte schrie er laut. Und sie zündeten. Alles sprang auf und griff nach den Gewehren. Aber auch ich sprang auf und mahnte zur Besonnenheit. Und sie stutzten und hießen mich auf den Tisch klettern, von wo aus ich ihnen eine sie wenigstens für den Moment beruhigende Rede hielt, mit dem Schluß: »Wenn eure Ziele wirklich edel und frei von Selbstsucht sind, dann rufe ich gern: Es lebe der Arbeiter- und Soldatenrat!«

Nach vielen Gespächen allerwärts suchte ich Reye aufzuspüren und traf ihn und Kapitänleutnant Behrend bei Otto. Auch Gürkchen war dort. Ich versöhnte mich zunächst mit ihr und Pampig. Dann erzählten wir unsere Erlebnisse. Es wurde halblaut gesprochen. Alle wußten nur Halbes und Ungenaues. Unter den Offizieren bestand keine Verbindung mehr. Sie saßen einzeln oder höchstens in kleinen Grüppchen in ihren Buden und warteten und bangten. Nur wenige getrauten sich über die Straßen. Sie brachten tolle Gerüchte mit. Hauptmann Brokhaus hatte als erster versucht, sich in Zivil aus Cuxhaven zu stehlen. Er war aber auf dem Bahnhof erkannt und zurückgewiesen worden.

Ich übernachtete bei Otto und ging am nächsten Morgen abermals zum Roten Rat. Dort war Hochbetrieb. Ein mich seltsam berührendes Bild. In unseren hübsch eingerichteten Vergnügungsräumen klapperten Schreibmaschinen, klingelten dauernd Telephone, wurden Befehle und Nachrichten empfangen und weitergegeben, und bewaffnete Patrouillen kamen und gingen. Manche Leute hatten sich statt der üblichen schwarzen Mützenbänder breite, leuchtende, rote Seidenstreifen eingezogen. Aber ich bemerkte, daß alle die Leute dort im Kasino Mannschaftskost aßen, und eine alte, dort verbliebene Ordonnanz teilte mir mit, daß die Weinvorräte vom Kasino bisher noch nicht angetastet wären. In den mir so vertrauten Klubsesseln saßen die Leute vom revolutionären Ausschuß. Draußen ertönte Musik. Ein wohlgeordneter Zug von zweitausend Mann zog mit roten Fahnen vorbei. Korvettenkapitän Schröder marschierte mit. Er hatte Krone und Eichenlaub von der Mütze entfernt und trug nur noch die Mannschaftskokarde. Es war ersichtlich, daß dieser Schuft nur aus Angst um sein persönliches Leben sich den Aufständischen anschloß. Sein Bruder, ein höherer Gerichtsoffizier, war auch zu den Roten übergetreten. Aber vom ersten Moment an und offenbar aus ehrlicher Überzeugung. Manche Offiziere wußten und verbreiteten jetzt, daß er schon seit Jahren revolutionäre Gedichte geschrieben und Freiheitsideen gepflegt hatte. Er war der einzige Offizier, der mir im Roten Hauptquartier begegnete. Er schrieb dort ernst und emsig, und wir taten so, als sähen wir einander nicht.

Ich ging zur Minenabteilung und hielt dort den Leuten eine Rede mit der Grundidee, mäßig, ehrlich und vernünftig zu bleiben. Ich sprach beim Stab der L. A. A. zu den Offizieren und sprach auf der Straße vor gemischten Menschenversammlungen und sprach in verschiedenen Batterien. Und ich merkte, daß man aufmerksam zuhörte, daß viele Leute nach den Worten anderer dürsteten, und meine Reden bogen manche törichte Unternehmung ab und brachten viele Hetzer und Lügner zum Schweigen. Um diesen Einfluß zu verstärken, wäre ich so gerne in den Roten Rat eingetreten, und dieser hätte zweifellos auch meine Dienste gern angenommen. Aber die diesbezüglichen Verhandlungen scheiterten daran, daß ich es zur strengsten Bedingung machte, wenn einmal, dann auch gleich mit an die äußerste Spitze gewählt zu werden. Darauf gingen die Roten nicht ein. Ich war ihnen nicht radikal genug. Manche trauten mir auch nicht, weil ich nach wie vor meine Offiziersmütze mit dem aufgestickten Eichenlaub und der Krone beibehielt.

Es waren bisher nur wenige Übergriffe und Plünderungen vorgekommen. Man hatte in allen Fällen die Schuldigen gefaßt und bestraft. Wenn die Revolutionäre damals nicht weitergegangen wären, wenn sie den Dienst wieder aufgenommen und sich nur ausbedungen hätten, daß die und die Offiziere und die und die Gebräuche wegbleiben müßten, – mir deuchte – es wäre alles gut oder besser gewesen. Sie hatten ja moralisch alles erreicht. Die häßlichen Elemente des Militärs oder der Marine waren geduckt und wären nicht wieder hochgekommen. Meinte ich, aber ich war mir gleichzeitig darüber klar, daß eine so riesige, elementare Bewegung nicht plötzlich abzustellen oder aufzuhalten war. Es galt, höchstens, sie einzudämmen. Und ich sah niemanden, der dabei half. Der Admiral Engelhard versagte völlig. Er ließ uns Offizieren weder Instruktionen zugehen, noch versuchte er, persönlich mit uns in Fühlung zu bleiben.

Aufhetzende Flugschriften wurden verteilt. Schlagworte wie »Gleichheit« und »Freiheit« richteten viel Schaden an und verwirrten die Leute. Ich hielt zahllose Reden und machte es ganz zu meiner Aufgabe, Soldaten und Zivilisten, auch blindblöde und stolzdumme Offiziere aufzuklären.

Andererseits kamen auch viele zu mir, sich Rat oder Auskunft holen. Dabei erlebte ich manches Betrübende, manches Seltsame und manches Komische. Mit Prüters stand ich dauernd in Verbindung. Auch sie waren besorgt. Aber Prüters herrlicher Humor dominierte, und er, der Stadtbekannte und Allbeliebte wußte außer ernsten und tatsächlichen Ereignissen auch viele komische Anekdoten von den Aufständischen zu erzählen.

Als ich nach Seeheim zurückeilte, begegnete mir vor Duhnen der Matrose Hermann und sagte: »Man wird Freudenschüsse loslassen, wenn Herr Leutnant zurückkommen. Wir dachten schon, Herr Leutnant hätte uns verlassen. Dann hörten wir aber, daß Herr Leutnant im Soldatenrat waren.«

Ich wurde in Duhnen, Nordheim und Seeheim neugierig von den Leuten ausgefragt und redete mich heiser. Es gab übrigens viele unter ihnen, die am Erfolg der Revolution zweifelten. Brandmeier, der noch immer eine bevorzugte und vertrauliche Stellung zu mir einnahm, berichtete über den Verlauf der Versammlungen und über die Stimmung der Matrosen. »Herrn Leutnant haben alle gern«, sagte er, »aber den Vizefeuerwerker Ponarth hätten sie totgeschlagen, wenn er hiergeblieben wäre. Der hat in den wenigen Tagen hier die Leute hundsgemein gepiesackt.« – Und das hatte ich gar nicht bemerkt. –

Meine Nerven waren arg herunter. Dennoch begann ich nachts eine lange Rede niederzuschreiben, an die Zivilbevölkerung und an das Militär beider Lager. Diese Rede wollte ich öffentlich halten und versprach mir viel davon. In einer Art Fieberzustand machte ich mich dann noch auf den Weg nach Arensch. Ich wollte Thalmanns raten, ihre Wertsachen zu vergraben. Wie ich durch die dunkle Heide schritt, überkam mich eine krankhafte Gespensterfurcht. Ich schlug einen Umweg ein, weil es mir davor grauste, in solchem Zustande an dem Fischergrab vorbeizukommen.

Und plötzlich stolperte ich und fiel gerade über dieses Grab.

Als die Rede fertig war, gab ich einen offiziellen Telephonspruch auf: ob ich, der Leutnant und Schriftsteller Hester, in Cuxhaven eine öffentliche Rede halten dürfte. Ob der Arbeiter- und Soldatenrat seine Mitglieder dazu einladen würde. Ob der Admiral sämtliche Offiziere und alle ernsten Zivilpersonen dazu einladen würde. Die Versammlung wäre gedacht, daß man ohne Waffen erschiene und daß möglichst alle unreifen Elemente ferngehalten würden.

Vom Soldatenrat erhielt ich keine Antwort. Der Admiral befahl mich in sein Büro. Er saß mit hochrotem Kopf dort und unterschrieb, wie mir schien, notgedrungen, Schriftstücke, die ihm ein Matrose vom Soldatenrat hinreichte. Er donnerte mich mit äußerster Wut an: »Ich bin empört über Sie! Sie schicken das mir und gleichzeitig dem Soldatenrat?! Sie muten das mir zu! Sie wollen uns ohne Waffen hinstellen! Sie! – Sie!« Er hatte sozusagen Schaum vorm Mund und schrie immer lauter: »Ich reiße Ihnen die Uniform vom Leibe! Wollen Sie mir gehorchen oder nicht?«

»Herr Admiral«, setzte ich ein, »ich bitte, mich einmal zu Wort kommen zu lassen –« Aber der Admiral hörte mich nicht an. »Ich danke!« sagte er, drehte mir den Rücken, und damit war ich entlassen.

Ich ging verbittert fort. Über hundert Ansprachen hatte ich an die Leute gehalten. Ich hatte ihnen klarzumachen versucht, wieviel Gutes und Gütiges, wieviel unentbehrliche Erfahrung auch im Offizierskorps steckte und daß man über den schlimmen Erlebnissen nicht die Guten vergessen dürfte. Ich war zu vielen verständnislosen Offizieren gegangen und hatte ihnen bedeutet, daß es töricht und leichtfertig wäre, jetzt in den Buden herumzuhocken und auf die Aufständischen zu schimpfen. Sie sollten, wenn sie sonst kein Einsehen hätten und nichts zu tun gedächten, wenigstens jetzt ihre Schnapspullen vor den Leuten verbergen; und so weiter. Manche Offiziere hetzten gegen mich, zum Beispiel Oberleutnant Hänsel; sie wollten mich als einen Verräter ihrer Sache hinstellen. Aber glücklicherweise fand ich bei den intelligentesten und ehrlichsten Vertrauen und Verständnis. Reye, Otto und fast alle aus diesem Kreis bewahrten das richtige Taktgefühl. Auch sie beklagten sich darüber, daß der Admiral bisher keinerlei Fühlung mit ihnen genommen hätte. Wir berichteten einander, oft mehrmals am Tag, was wir erlebt oder erfahren hatten. Auf den Schiffen war von den Aufständischen statt der Kriegsflagge die rote Flagge gehißt. Darüber war es auf verschiedenen Fahrzeugen zu blutigen Kämpfen gekommen. Einige Offiziere hatte ihre bisherige Flagge bis zum Tode verteidigt.

Am 9. November versammelte der Admiral endlich einmal seine sämtlichen Offiziere in einem Kasernenschuppen und verlas in Gegenwart des Roten Rates folgende Bekanntmachung:

»Cuxhaven, den 9. November 1918. Ich habe am 7. November durch die Kommandeure folgenden Befehl übermitteln lassen. Jedem Widerstreben der Offiziere gegen die augenblickliche Lage ist energisch entgegenzutreten.

Wir betrachten es als unsere Aufgabe, unsere Kräfte zur Aufrechterhaltung des Betriebes einzusetzen.

Ich füge heute hinzu:

Die Mitarbeit aller derjenigen Offiziere, Beamten und Deckoffiziere, die sich hiermit aus freiem Entschluß einverstanden erklären, wird vom Soldatenrat begrüßt.

Alle übrigen haben keinen Anspruch auf Verpflegung und Versorgung von Seiten der Marineteile.

Sie dürfen sich in Cuxhaven bzw. ihrem Standort in bürgerlicher Kleidung oder in Uniform, jedoch ohne Waffen frei bewegen. Jeder einzelne hat seine Entscheidung bis heute mittag 12 Uhr zu treffen, und falls er sich zur Mitarbeit nicht bereit erklärt, dieses seinem Marineteil bzw.

seiner Behörde zu melden. Die Marineteile und Behörden reichen Listen dieser Namen bis heute abend 6 Uhr bei der Kommandantur ein.

Ich habe bisher mitgearbeitet und werde auch weiterhin mitarbeiten.

Ich danke den Herren.

gez. Engelhard.«

Ich saß abends im Hotelzimmer (Prinz Adalbert) bei Otto und mit Gürkchen, Reye und dem verblüffend oder bluffend redesicheren Zahlmeister Engeland. Wir sprachen im Flüsterton über die Lage. Eine uns treu gebliebene Ordonnanz schenkte uns Kognak ein, den wir vorsichtigerweise aus Kaffeetassen tranken. Plötzlich draußen Stimmengewirr und Tritte. Matrosen eines Kriegsschiffes brachten zweiunddreißig Offiziere, die im Hotel interniert werden sollten. Wir gingen einer nach dem andern hinaus und fragten die Herren, ob sie Wünsche hätten. Ich sprach einen Kapitänleutnant, der sich sehr sehr besorgt äußerte. Man hatte ihn und seine Kameraden zuvor eine Zeitlang in der Kegelbahn des Kasinos eingesperrt gehalten. Das Kriegsschiff sollte ohne Offiziere nach Hamburg weiterfahren. »Wo sich dann die Leute wahrscheinlich heimlich an Land verkrümeln werden«, sagte Reye. Ein anderer von den internierten Offizieren frug mich, wie er am besten fliehen könnte. Ich riet ihm, im Interesse seiner Mitgefangenen, lieber zu bleiben.

Ich fuhr nach Seeheim. Höfels, Böttger und Pfennigwert waren zu Vertrauensleuten erwählt. Sie und der Obermaat Struhmann holten sich zweimal täglich neue Informationen beim Roten Hauptquartier und hatten dann die Aufgabe, in Seeheim den Leuten das plausibel zu machen. Wenn sie mit ihrer ordinären Sprache und in schlechtem Deutsch von den Fortschritten in Berlin oder von schneidigen Husarenstückchen der Revolutionäre in der Provinz erzählten, konnte ich mir oft das Lachen nicht verbeißen. Es wirkte so kläglich, aber vielleicht war es doch die richtige Methode, um diese primitiven Menschen bei Interesse zu halten. Ich fragte Struhmann, was unter dem »Mitarbeiten der Offiziere« zu verstehen wäre. Er konnte das nicht beantworten, versuchte aber, mir die politische Lage nach dem, was er aufgeschnappt hatte, klarzumachen, und redete sehr geschwollen, überideal über völlig Unverdautes. Und mitten in seine Ausführungen kam der telephonische Befehl, daß alle Rangabzeichen sofort zu entfernen wären. Damit war Herr Obermaat auf einmal auf dieselbe Stufe herabgedrückt, auf der der jüngste Rekrut stand. Offiziere, die noch keinen Ausweis hätten, sollten sich den sofort holen.

Ich radelte nach Cuxhaven, holte mir aber keinen Ausweis, sondern suchte meine Freunde Reye, Pampig und Gürkchen auf. Nachmittags raste ich nach Seeheim zurück, weil die Nachricht aufkam, englische Schiffe seien im Anzug. Das stimmte dann aber nicht. Es handelte sich offenbar um einen Trick oder einen Scherz von Unbekannten. Dadurch, daß ich nach Seeheim fuhr, entging ich aber dem Schicksal der anderen Offiziere, die noch am selben Tage zusammengetrieben und über Nacht unwürdig in der Kegelbahn gefangengehalten wurden, weil der Admiral den Befehl zum Widerstand gegen die Engländer ohne Gegenzeichnung des Roten Rates erlassen hatte. Das Standrecht wurde erklärt. Andern Tags erzählte mir Pampig von der abscheulichen Situation in der Kegelbahn. Die Offiziere hatten auf Wolldecken schlafen müssen, ein aktiver Offizier hatte eine äußerst peinliche Ansprache an die Revolutionäre gehalten, in der er nicht etwa gegen die schmachvolle Haft protestierte, sondern in kleinlicher Weise persönlich die Auszahlung der ihm noch zustehenden Tafelgelder verlangte. Ein großer Umzug war wieder angesagt. Da ich die Absicht hatte, Cuxhaven bald zu verlassen, fuhr ich zum Roten Rat ins Kasino und ließ mir eine Legitimation ausstellen. Ich sprach verschiedene Leute vom Ausschuß. Der Vorsitzende Baier sagte mir: »Wir sind nicht unabhängige Sozialdemokraten. Wir sind auch nicht gemäßigte. Wir sind ganz rot, ganz scharf, alleräußerste Linke.« – Neben mir saß das Ausschußmitglied Lieby, ein Matrose, der ehemals bei der H. M. S. D. auf »Humor« gewesen war und sich damals viele Strafen zugezogen hatte. Ob Lieby inzwischen ein Gefecht mitgemacht hatte oder ob ihm ein Unfall begegnet war, jedenfalls hinkte er stark und ging an einer Krücke. Und plötzlich sprang er auf, weil draußen Musik ertönte und rief seinen Kameraden zu: »Sie kommen! Das müssen wir sehen!« Und wie er nun ans Fenster hinkte und auf seinem zerknitterten Gesicht eine helle Begeisterung lag, prägte sich mir diese Szene fest ins Gedächtnis. Ein malerischer Zug mit leuchtenden und wehenden roten Fahnen bewegte sich durch die Stadt. Allerdings lösten sich überall einzelne Leute aus den Reihen und verschwanden eiligst in Haustüren, um eventuellen Unannehmlichkeiten zu entgehen. Ich holte Reye und Behrend ab, und wir gingen zu Pampigs. Auch Engeland kam hinzu. Ich hatte Frau Werner mitgebracht, die übergab sich dauernd und legte überall Würstchen auf den Teppich, während wir politische Reden führten und Schnaps tranken und witzelten. Ich mußte unwillkürlich an die französischen Gesellschaften zur Zeit des Thermidors denken.

Ich wurde zur politischen Abteilung des Roten Rates bestellt. Matrose Jost wollte mich zur Mitarbeit gewinnen. Wir kannten uns von der Minenabteilung her. Er las mir einige Statuten der Internationale vor und fragte, ob die mit meiner politischen Meinung übereinstimmten. Indessen schien er es mehr auf die Ausbeutung meiner besseren Stilgewandheit und meiner Belesenheit abgesehen zu haben. Und auf meine Forderung, in den engsten Ausschuß gewählt zu werden, ging er nicht ein. Also zog ich wieder ab. Die Stimmung im Arbeiter- und Soldatenrat war mir drohender und erbitterter vorgekommen als das letztemal. Auch in der Stadt waren die Gesichter noch ernster. Man raunte und munkelte. Die meisten Offiziere und Bürger verbargen sich in den Häusern. Ich wanderte nach Duhnen zurück. Es war Abend und diesiges Wetter. Von Zeit zu Zeit klangen einzelne, ferne Schüsse durch die Stille. Dann vernahm ich einen unheimlichen Schrei, und dieser Schrei wiederholte sich, kam immer näher und klang wie von der Stimme eines wahnsinnig Gewordenen. Dann klärte sich das zwar auf. Ein Knecht trieb Kühe heim und stieß dabei diesen unheimlichen Laut aus. Meine Nerven waren überreizt. In meinem Hirn jagten sich furchtsame Gedanken. Was würde geschehen. Es ballte sich etwas zusammen, was sich in einem Blutbad entladen mußte. Ich packte in Seeheim meine Habseligkeiten zusammen und ging noch weiter zu Thalmanns, die äußerst besorgt waren. Marthas Krankheit hatte sich noch verschlimmert. Ich suchte zu trösten, doch mir war selbst bleiern zumut. Die Zeitungen hatten die grausamen Waffenstillstandsbedingungen der Entente veröffentlicht. Darunter stand ein Artikel »Reichskanzler Ebert nimmt die Bedingungen an«. Daneben Schilderungen über die entsetzlichen und auch blutigen Vorgänge in Berlin, wo die Linksparteien sich in den Haaren lagen.

Es kam die Kunde: Der Kaiser und Hindenburg seien nach Holland geflüchtet. Das rief bei allen tiefste Empörung hervor. Von meinen Soldaten verschafften sich verschiedene, wie Brandmeier und Senf, Zivilanzüge. Sie wollten nicht mehr mittun, sondern sich heimlich auf und davon machen. Andere weigerten sich, künftig am Wacht- und Arbeitsdienst teilzunehmen. Sie wären Bayern, und Bayern wäre jetzt ein eigener Staat und eine freie Republik. Wieder andere Leute liefen von Batterie zu Batterie und verbreiteten den dümmsten und schädlichsten Unsinn und stifteten lauter Unfug an. Noch andere, wie Rohrsen, ließen sich nirgends blicken, sondern schliefen oder aßen in einer Baracke, und man nahm ihnen dieses neutrale Verhalten sehr übel. Autos mit roten Flaggen verkehrten zwischen Cuxhaven und den Vororten. Matrosen saßen darin, manchmal mit Mädchen. Gerüchte wuchsen wie Pilze hervor. Beim Admiral hätte man sechs Zentner Mehl beschlagnahmt.

Die Seeheimer wurden sich nicht einig, wen sie zum Batteriekommandeur wählen sollten. In Duhnen, in der ersten Kompanie, war Obermaat Richmüller zum Kompanieführer gewählt. Der eignete sich dafür am besten. Er war aber derselbe Obermaat, der mit den gemeinen Soldaten stets besonders scharf umgegangen war.

Ich brachte Thalmannsche Butter und Zwiebeln zu Pampig. Dort saß die alte Gesellschaft beisammen. Ich brachte Neuigkeiten aus dem Kasino, wo ich im Vorbeigehen vorgesprochen hatte. Es war eine Uneinigkeit im Roten Rat eingetreten. Eine Halbflottille wollte gegen den Willen Baiers auslaufen. Baier war in einer zahlreichen Versammlung von der Mehrheit niedergeschrien worden. »Der wird heute wieder eine schlaflose Nacht verbringen«, meinte Behrend. Uns war äußerst unbehaglich zumut. Wie würden sich diese verwirrten Zustände erst gestalten, wenn die Frontsoldaten mit ihren Handgranaten und Gaswaffen zurückkehrten! Wir waren voll Verachtung gegen den Kaiser, der in der Stunde der Not sein Vaterland verließ, anstatt sich einmal an die Spitze des Heeres zu stellen. »Er ist mit zwölf Automobilen nach Holland geflüchtet.« – »Nein, Hindenburg ist nicht mitgeflohen, aber der Schnösel, der Kronprinz, ist geflohen.« –

Am 12. November wurden dreitausend Matrosen von Cuxhaven und Umgebung mit Maschinengewehren nach Berlin geschickt, davon dreißig Mann und vier Maschinengewehre aus Seeheim. – Es lief eine Flottille aus Kiel ein, und zwar noch unter der Kriegsflagge. Der Arbeiter- und

Soldatenrat forderte die sofortige Ausschiffung der Offiziere und Deckoffiziere. Die Flottille drohte aber mit ihren Geschützen und dampfte dann unbehelligt weiter.

Am 13. November Versammlungen in Duhnen und auf dem Grimmerhörnplatz. Ich ging aber nach Seeheim und fand endlich wieder Post vor. Ein Brief von Mutter trug die Überschrift: »Am schrecklichsten Tag seit hundert Jahren – 9. November 1918.« Mutter war vor der österreichischen Revolution nach München geflohen. Im Hotel Kaiserhof hatte man nichts von dem Proviantpaket gewußt, das der Matrose Friedlmeier dort auf meine Bitte abgeben wollte. Mutter schrieb unter anderem: »Ach, mein Gustav, so etwas Fürchterliches hätten wir beide wohl nie vorausgesehen, trotzdem auch ich – seit dem Eintritt Amerikas – keine Minute an einen für uns siegreichen Ausgang glaubte. Das Schlimmste ist nun der Zusammenbruch im Land – ich stehe nun ganz arm da, denn die kleinen Ersparnisse Papas sind ja hauptsächlich in deutschen Reichsanleihen angelegt. Nun will ich sehen, sobald als möglich eine bezahlte Stellung zu finden – nur ein paar Wochen muß ich ruhen und meine Kleider ausbessern. Der schmutzige Geizhals Müller hat mir nichts zur Reise gegeben; ich bat ihn um ein altes, warmes Kleid, das noch von seiner Frau dahing, bot ihm 50 Mark dafür, aber er schlug mir's ab und sagte: Wenn du bis Ostern dableibst, kannst du es kriegen! – Das Erschreckendste wird wohl die Bekanntgabe der Friedensbedingungen sein. – Ach, unsere schöne Flotte! – Alles bricht zusammen – ja, es ist gut, daß Papa es nicht mehr erlebt! Ich denke an die Stimmung, als 1871 Frieden geschlossen wurde – und heute !!« –

Eichhörnchen schrieb unter anderem: »In Politik sind mir freilich viele Ideale zertrümmert, und wir würden uns heute besser verstehen, denn in manchem habe ich mich zu Deinen Ansichten bekehrt. Du sahst da in vielem weiter als andere Menschen, das gebe ich heute zu.«

Und Bampf schrieb aus Konstanz am Bodensee: »Hier herrscht ein fabelhafter Betrieb. Lauter bekränzte und beflaggte Straßen, denn täglich kommen Truppen durch und zurück. Sogar 200 Bolschewisten haben wir hier gehabt, und in den nächsten Tagen werden aus der Schweiz amerikanische Offiziere erwartet.«

Von den Seeheimer Leuten waren schon viele ausgerissen, andere rüsteten sich zum Verschwinden. Sie besorgten sich gefälschte Urlaubsscheine oder ließen sich von einer Scheinbehörde reklamieren. Viele nahmen sich von dem ehemaligen kaiserlichen Gut kleine Andenken mit, Wolldecken, Handtücher, Pistolen. Von den Zurückbleibenden waren viele mit dem A.- und S.-Rat unzufrieden, besonders die Verheirateten und die Unteroffiziere. Von der Ordnung der ersten zwei Revolutionstage war wenig geblieben. Die Anarchie stand vor der Tür. Dazu erwarteten wir stündlich das Eintreffen englischer Schiffe. Ich fragte die Obmänner, was sie in diesem Falle zu tun gedächten. Sie waren sich selbst nicht darüber klar. Sollte man die rote Flagge hissen, oder sollte man die weiße hissen und sich ergeben?

Meine Seeheimer Soldaten benahmen sich nicht feindselig gegen mich, aber keiner hing mehr mit Herzlichkeit an mir. Alle feineren Gefühle stumpften ab in den bösen Tagen, in der öden Landschaft da draußen. Ich war dort ganz einsam, und mit der Dunkelheit wurde ich manchmal verzagt. In solcher Stimmung packte ich eines Nachts meinen Siegelring, die Uhr und ein paar andere, mir teure Andenken in einen Blechkasten und wanderte in die Heide und grub den Kasten fünf Handspannen weit vom Fußende des Fischergrabes in die Erde.

In Italien, in Schweden sollte es gären. Es hieß, auch in Holland machten sich demokratische Gelüste breit, und man sagte: »Dort wär's recht, dann käme der Kaiser vom Regen in die Traufe.« – Der Obmann Struhmann hielt wieder eine seiner verworrenen Ansprachen. Er stichelte gegen die Einjährigen. Er hetzte gegen die gemäßigten Sozialdemokraten, gegen Scheidemann und gegen den Kieler Gouverneur Noske. Die allgemeine Stimmung in Cuxhaven neigte gegen den Willen des Arbeiterrates schon mehr zur Mäßigung. Zum Beispiel stand in der Zeitung, die Rangabzeichen sollten wieder angelegt werden. Aber es waren große und tiefe Spaltungen im Lager der neuen Machthaber. So morsch und faul auch die alte Macht sich erwiesen hatte, so zeigte sich doch, daß der Umsturz, anfangs edel und groß, nun entartete und daß er aus den Schleusen, die er geöffnet hatte, nun überflutet wurde. Ordinäre Gelüste, egoistische Triebe wahren entfesselt und wollten gleich herrschen. Den wahren bösen Buben hatte man nichts angetan. Patronenmüller war leicht entkommen. Es war alles zum Verzweifeln.

Wir verlosten die Seeheimer Batteriehühner und Kaninchen. Ich gewann den Hahn und brachte ihn zu Pampigs. Wir speisten noch einmal schön und sagten, es wird vielleicht das letztemal sein. Wir tranken Wein und viel Schnaps. Die im Hotel Prinz Adalbert internierten Offiziere fuhren nach Hamburg, um die Minensuchdivision nach Holland zu bringen. Ich lief ins Kasino, um Neuigkeiten zu sammeln, denn man ließ mich dort noch immer frei aus und ein gehen. Das Reichsmarineamt hatte den Dampfer »Senator H.« angefordert. Baier verweigerte aber die Ablieferung dieses Dampfers. – Wilhelmshaven und Warnemünde sollten von den Engländern besetzt sein.

Die Seeheimer teilten mir telephonisch mit: Es würden morgen zehn von ihnen in Marsch gesetzt, und zwar ausgesuchte Leute aus der Rheingegend, darunter auch mein Bursche Becker. Ich schlief bei Otto. Am folgenden Tag kam die übliche Gesellschaft dort zusammen, Reye brachte Kaffeebohnen, Behrend eine letzte Flasche Kognak mit. Wir sprachen über den radikalen Cuxhavener Soldatenrat, der sich offen der Reichsregierung widersetzte. Wir sprachen über das Mögliche und Unmögliche der Internationale und des Völkerbundes und über das Übergreifen der Revolution auf Holland, auf die Schweiz und auf Feindesland. Bei Mondschein radelte und rasselte ich nach Seeheim zurück. Frau Werner hetzte neben mir her. Bei jeder Telegraphenstange vermeinte ich Volkshurras zu hören. Um drei Uhr nachts sagte ich den Rheinleuten Lebewohl und drückte Becker besonders herzlich die Hand. Ich mußte ihm leider fünf Mark schuldig bleiben, denn ich hatte kein Geld mehr. Von nun an wusch ich mir meine Wäsche selbst, machte selber mein Bett, und es war recht trüb um mich. Aber ich mußte wohl dort noch aushalten, denn wo sollte ich hingehen. In den Städten ging es zweifellos noch schlimmer zu. Dort trafen jetzt die zurückflutenden Frontsoldaten ein und verstärkten die Nöte und Gefahren.

Über Nacht war bei uns eingebrochen. Die Diebe hatten Kleidersäcke aufgeschnitten und beraubt. – Zehn Mann wurden nach Neufrankreich entlassen. Man gab ihnen weder Löhnung noch Verpflegung mit, obwohl auf ihrem Fahrschein vermerkt wurde: »Bis zum dreißigsten November gelöhnt und verpflegt«. – Die Ahlhorner Leute waren geflohen. – Ich ging durch die verlassenen Mannschaftsbaracken. Verstreute Patronen und zerschnittene Patronentaschen lagen herum. Die Leute hatten sich die Lederteile zum Stiefelbesohlen mitgenommen. Viele Inventarstücke waren von den Matrosen an die Bauern verkauft. Ich hatte auch Brandmeier im Verdacht, an diesen Geschäften stark beteiligt zu sein. Der einzige, ganz Zuverlässige, war eigentlich nur noch Wedder. Er verschloß alles, was er herumliegen sah, und legte immer wieder neue Inventarverzeichnisse an, wobei sich sogar einmal ein Plus von eingeschleppten Gewehren herausstellte.

In Cuxhaven waren die Offiziere sehr verbittert, weil man ihnen alle Waffen konfisziert hatte. Denjenigen, die aus privaten Quellen noch Geld hatten, ging es durchaus nicht schlecht. Sie saßen in Zivilkleidern noch in der Stadthalle beim Wein, und von den Bauern kauften sie Lebensmittel auf. Manche machten Schiebergeschäfte. Vielleicht nahm ich es zu Unrecht Herrn Reye übel, daß er seiner Frau durch einen Eisenbahner eine Gans zuschickte, oder nahm es der Frau Prüter übel, daß sie alles aufkaufte, was ihr erreichbar war. Wir geldlosen Offiziere, also besonders die jüngeren Leutnants, waren natürlich übel dran. Wir bekamen nur Mannschaftskost, und auf manchen Schiffen mußten die Leutnants mittags mit dem Eßnapf zwischen den Leuten an der Kombüse anstehen. Mir persönlich halfen Thalmanns Gaben, von denen ich regelmäßig etwas für den Kreis Pampig mitnahm. Thalmanns hatten mir von Vieh- und Pferdediebstählen in der Nachbarschaft erzählt. Sie sagten: Es kämen viele Leute zu ihnen, die wollene Decken und andere Sachen anböten. Toni steckte mir heimlich ein Kuvert zu, das ich in einer Stunde der Not öffnen sollte.

18. November 1918. Was noch an Schiffen im Hafen lag, lief aus; denn bis heute mußten alle Schiffe abgeliefert werden. – Nachts veranstalteten die letzten Stammleute von Seeheim ein Biergelage. Ich mußte wohl oder übel einmal hinübergehen. Diese etwa acht Mann waren rohe oder verrohte Burschen. Man sah ihnen das Vergnügen an dem Drunter und Drüber an. Wohl freuten sie sich auch über die Aussicht, bald heimzukommen. Ich saß eine Weile bei ihnen in dem verrauchten Raum mit den farblosen Spinden und Bildern. Frischgewaschene Exerzierkragen hingen an Wäscheleinen. Die Gewehre lagen in einen Winkel hingeworfen. Viel dünnes Bier macht auch besoffen. Das Lied wurde gegrölt: »Die Gesänge der Matrosen, sie zerreißen mir das Herz«. Nachts hörte ich diese Leute in Richtung Wernerwald wie wahnsinnig lärmen und schießen. Ich konnte ihnen allen nicht mehr trauen. Der Matrose Jäger

hatte mir versprochen, eine Lampe zum Adjutanten Ahrens zu bringen, hielt aber nicht Wort. Es wurde in ordinärster Weise gestohlen, Öl, Benzin, Maschinenteile, Teller und Bestecke, alles. Kalt war es in Seeheim geworden. Mein Gärtchen lag verwüstet und versandet. Im Froschteich und im Hummelhaus kein Leben mehr. Auch das Terrarium war verödet. Irgendwelche Schufte hatten eine Glasscheibe zertrümmert. Ich fand überall in der Nähe tote oder verendende Schlangen und Eidechsen. – Wieder wurde ein Transport Matrosen für Berlin zusammengestellt. Ich bat einen der Abziehenden, den Maaten Paul Zimmermann, wohnhaft in Danzig, Dinagasse 46 II, meinen Kleidersack nach Berlin mitzunehmen und gegen ein Entgelt bei Tante Michel abzuliefern. In den Sack hatte ich die entbehrlichsten Kleidungsstücke und Liberia Tut und meinen Säbel gepackt. Ferner gab ich dem Batterieschneider Heller aus Gelsenkirchen ein Postpaket zur Beförderung mit. Das war ebenfalls an Tante Michel gerichtet und enthielt schmutzige Wäsche und ein Kommißbrot. Damit es nicht unterschlagen würde, schrieb ich auf den Abschnitt »Anbei die alten Bücher zurück. Was soll ich mit dem Dreck!« Meinen Rohrplattenkoffer mit den letzten Sachen und die geschnitzte Truhe fuhr ich nicht ohne Schwierigkeiten nach Cuxhaven zu Prüters. Thalmann half mir dabei.

Ich fragte bei John schriftlich an, ob er mir einen Rat geben könnte, was ich beginnen sollte. Offiziere dürften das Festungsgebiet nicht verlassen, und selbst, wenn es mir durch einen Trick gelänge, zu entkommen, wüßte ich eigentlich nicht, wohin. Da Tante Michel jetzt in Berlin bei ihrem Bruder lebte, hätte ja ich auch in München kein rechtes Heim mehr, und meine Sachen wären überall verstreut. Ich fragte bezüglich meiner Zukunftsaussichten bei dem demokratischen Büro, Berlin, Kurfürstenstraße 107 und bei Herrn W. Jackson, Vorsitzender des Rates geistiger Arbeiter in Hamburg, an. Ich wollte wenigstens erst einmal nach Cuxhaven in die Nähe meiner Freunde ziehen. Ich mußte fort aus dem Seeheim, das ich so lange geliebt hatte. Ich konnte die Korruption der Soldaten, konnte meine unglückliche Einsamkeit dort nicht länger ertragen. Es fehlte mir auch an Kaffee und Alkohol. Ich riß in meinem nun schmucklosen Zimmer die rote Pfirsichhülle herab und rief dem Terrier zu: »Erwarten Sie mich dort!« und: »Hierher!« und: »Wie denken Sie über Spanien?« Dann kauerte ich mich am Fußboden nieder und mußte so seufzen, daß Frau Werner hinzusprang und mir mit der Zunge wie tröstend übers Gesicht fuhr.

HEIMKEHR

Der Rest der Leute verteilte die letzten Bestände der Mannschaftskantine. Auch ich bekam meinen Teil, Briefpapier, Bleistifte, sehr viel Schuhschmiere und Lederfett. Das brachte ich Thalmanns als Abschiedsgeschenk. Ich grub den Blechkasten am Fischergrab wieder aus.

Ich trank den letzten Kaffee in meinem Zimmer und schrieb mit Kohle einen sentimentalen Vers an die Wand:

Fror mein Herz in dieser Einsamkeit,
Hab ich warm geschrieben und gelesen.
Und dann sah ich deutsche Kraft verwesen,
Dünger werden einer bessren Zeit.

Blinde trugen Schmach und Leid.
Euch nur, Wald und See, hab ich zu danken,
Die ihr, als die Menschen häßlich sanken,
Immer treu und gleich geblieben seid.

Leutnant a. D. Gustav Hester,
21. November 1918.

Dann fuhr ich auf dem Dienstrad davon. Ich trug den geliebten, verlotterten Pelzmantel, Rucksack, Handtasche, Spazierstock, und Frau Werner lief rührend übermütig nebenher. Im Hotel Adalbert, wo Pampigs und Möbus wohnten, bezog auch ich ein Zimmer. Nun war ich häufiger mit Reye, Clausen, Huhne, Behrend und anderen Offizieren zusammen, verbrachte auch viele Stunden bei Prüters. Man tauschte Neugehörtes und Neuerlebtes aus. Der Rote Rat stand noch immer auf dem radikalen Boden der Spartakus-Gruppe. Die Verhältnisse komplizierten sich immer mehr. Sonderparteien, Sonderbehörden, Sondergruppen und Vereine bildeten sich. Ein plötzlich inszeniertes Massaker schien ebenso möglich wie ein kontrarevolutionäres Eingreifen des Militärs. Es hieß, der Kaiser gedächte nach Potsdam zurückzukehren. Und: Die unerbittlich rachelüsternen Franzosen schürten heimlich die bolschewistischen Bestrebungen in Deutschland, um Grund zum Einmarschieren zu haben. Post traf sehr unregelmäßig ein. Endlich erhielt ich einen Brief von Tante Michel. Sie lud mich gütig ein, nach Berlin zu ihr, beziehungsweise zu ihrem Bruder zu kommen.

Reye klagte mir seinen Kummer. Er hatte vor der Revolution der Kasinoverwaltung dreißigtausend Mark für Weinkäufe geliehen. Dieses Geld war nun futsch. Was ihn aber am meisten betrübte, war, daß man außer seinem Dolch auch seinen Revolver beschlagnahmt hatte, der ein teures Andenken an seinen Bruder war. Ich bemühte mich sofort um die Wiederbeschaffung des Revolvers, ging deswegen mehrmals zum Roten Rat und setzte dem Ausschußmitglied Lieby so lange zu, bis er mich in den Kellerraum führte, wo man die konfiszierten Offizierswaffen aufgestapelt hatte. Reyes Revolver war nicht dabei. Es stellte sich heraus, daß der Vorsitzende des Roten Rates, Baier, der zu einer Generalsitzung nach Berlin gefahren war, gerade diesen Revolver mitgenommen hatte. Lieby schwor mir hoch und teuer, daß er mir den Revolver später zusenden würde. Pampig kam froh erregt ins Zimmer gestürzt. Er und ein Teil der Offiziere dürften Cuxhaven verlassen. Aber Ottos Freude war verfrüht. Denn gleich darauf wurde berichtigt, daß nur Offiziere der Jahresklasse 1883 abreisen dürften. Das betraf nun mich. Ich war also frei. Aber es erforderte viele Abmeldungen, Formalitäten und Gänge, über deren Erledigung gewiß noch ein paar Tage vergingen. Da erhielt ich aus Hamburg zur rechten Zeit ein Telegramm: »Leutnant Hester Seeheim sind zur Nachrichten- und Presseabteilung des Hamburger Arbeiter- und Soldatenrates Mönckebergstraße 5 kommandiert Telegramm dient gleichzeitig als Urlaubsschein und Fahrtausweis Briefnummer 227«. Ob das nun vom Arbeiterrat oder vom Rat geistiger Arbeiter oder von John ausging, wußte ich nicht. Aber jedenfalls ebnete mir das den Weg. Ich telegraphierte mein morgiges Eintreffen an John und Reemis, erledigte alles Notwendige und setzte beim Zahlmeister Groth sogar noch die Auszahlung von 45 Mark durch. Dann ein Abschiedstrinken mit Pampigs, Reye und Möbus, und in aller Frühe fuhr ich mit Frau Werner nach Hamburg.

Das Telegramm war von Herrn Jackson und John erfunden und hatte nur den Zweck, mich aus Cuxhaven loszueisen. Frau John lachte, als ich in dem kurzen Pelzmantel, mit dem Spazierstock, Gepäck und Frau Werner am Strick bei ihr einrückte. Ich traf ein ganzes Heerlager von geflüchteten Offizieren, die dort alle freundschaftlichste Aufnahme und sogar noch eine ungewöhnlich gute Verpflegung fanden. John wußte noch Alkoholquellen, und wir waren zwischen allgemeinen und persönlichen Erregungen sehr vergnügt. Die großen Reedereien und Kaufmannshäuser erhofften – es hieß von manchen »betrieben« – das baldige Einrücken der Engländer, weil man davon Wiederherstellung der öffentlichen Ordnung und Sicherheit erwartete.

Ich suchte noch einmal Hischemöller, Hauptmann Schabert, Reemis und andere Freunde auf. Dann bestieg ich den Zug nach Berlin. Eine schauderhafte Fahrt. Alle Plätze waren sozusagen doppelt besetzt, viele Fensterscheiben eingeschlagen, die Fensterbügel und Ledergriffe abgeschnitten. Als ich nicht mehr stehen konnte, warf ich mich einfach zwischen zwei Sitzreihen auf den schmutzigen Boden und suchte nach Möglichkeit Frau Werner vor den schweren Soldatenstiefeln zu schützen, die mich rücksichtslos stießen. Tante Michels Bruder, Herr Alfred Dunsky, wohnte in einem vornehmen Haus in der Halleschen Straße. Als ich in meinem allerdings auffallenden und schmutzigen Kostüm die Treppe erstieg, stürzte ein kleiner bissiger Portier hervor und fauchte mich an: »Packen Sie sich fort! Hier ist nur Aufgang für Herrschaften!« Ich sagte: »Verzeihen Sie, Herr Dunsky erwartet mich. Ich bin ein Offizier.«

»Ach was, es gibt keine Offiziere mehr!«

Da wurde ich zornig und fragte den Zwerg, ob ich ihm einmal mit der Faust die Nase verbiegen sollte, worauf er giftig heulend verschwand.

Herr Dunsky und seine Schwester empfingen mich freundlich. Aber doch nicht so herzlich, wie ich das erwartet hatte. Sie waren beide von Sorgen ganz benommen, waren deprimiert über die schrecklichen, gefährlichen und hoffnungslosen Verhältnisse in der Hauptstadt, wo alles drunter und drüber ging und größte Not und Grippe und alles Schlimme herrschte.

Mit meiner Tante besprach ich dann meine Zukunftspläne. Ich wollte mir eine Stellung bei einer Zeitung oder bei einem der vielen neugegründeten Ämter suchen. Die Tante hatte mir bei einem Angestellten ihres Bruders in der Königgrätzer Straße ein behagliches Stübchen eingerichtet. Die Wirtsleute, sie hießen Oertner, nahmen mich und Frau Werner mit großer Herzlichkeit auf. Zunächst sollte ich aber noch einmal nach München fahren, um für die

Tante wegen der Aufgabe ihrer dortigen Wohnung gewisse Schritte zu unternehmen. Ich selbst hatte dort auch noch einige Sachen stehen. So machte ich abermals solche zermürbende und beschämende Eisenbahnfahrt durch, die ich nur kurz in Leipzig unterbrach, um Mutter und Schwester zu besuchen. Auch in Leipzig war alles niedergeschlagen und erwartete blutige Ereignisse. Meine arme kleine Mutter war von der Meraner Revolution in die Münchener und dann wieder in die Leipziger Revolution geraten. Von den Freunden und Bekannten waren viele tot, im Kriege gefallen, an Grippe gestorben. Die noch lebten, hatten keine freien, frohen Gedanken mehr.

Ich nahm Abschied und mußte wieder bis München stehen. Die Soldaten schimpften unflätig auf die Offiziere und auf die Juden.

Am Freitag, dem 29. November 1918, traf ich in München ein. Der Hauptbahnhof war mit weißen Fähnchen geschmückt, aber ich empfand es bitter, daß diese Ehrung mir nicht galt. »Es gibt keine Offiziere mehr!«

Auch in München dasselbe Bild wie überall. Ernste, niedergeschlagene Mienen. Viel Krüppel. Viel Kranke. Viel Arbeitslose. Mißtrauen. Angst vor dem drohenden Bürgerkrieg. Hunger. Unbeleuchtete Straßen. Schießereien. Raubüberfälle. Diebstähle.

Ich saß in Tante Michels bisheriger Wohnung in der Arcisstraße in meinem altvertrauten Stübchen und sah meine Bücher wieder und manche Gegenstände, die ich ganz vergessen hatte. Und ich öffnete das von mir vor viereinviertel Jahren zurückgelassene Testament und mußte weinen. Weil niemand zu mir gesagt hatte: »Willkommen nach dem Kriege in der Heimat.«

ANHANG

Zu dieser Ausgabe

Alle Texte der vorliegenden Ausgabe werden nach den jeweils ersten Ausgaben wiedergegeben. Bei den Erläuterungen greife ich auch auf den Anhang meiner Gesamtausgabe zurück: Joachim Ringelnatz: *Das Gesamtwerk in sieben Bänden.* Hrsg. von Walter Pape. Berlin: Henssel 1982–1985. (Kritische und kommentierte Ausgabe.) 2., durchgesehene und erweiterte Aufl.: Zürich: Diogenes 1994. Abgekürzt zitierte Literatur wird im Literaturverzeichnis nachgewiesen.

Anmerkungen

GEDICHTE

Die Gedichte werden nach den ersten Buch-Ausgaben wiedergegeben. Zu Lebzeiten von Ringelnatz erschienen – neben zwei Büchern mit Versen für Kinder (und *Kleine Wesen. Text von Hans Bötticher. Bilder von Fritz Petersen* und *Was Topf und Pfann' erzählen kann. Ein lustiges Märchen mit Bildern von Franziska Schenkel, Dichtung von F[erdinand] Kahn und H[ans] Bötticher*, beide 1910) – insgesamt fünfzehn Sammlungen unterschiedlicher Art und unterschiedlichen Umfangs. Vor dem Ersten Weltkrieg erschien ein Band mit dem anspruchsvoll schlichten Titel *Gedichte* (1910) mit Versen völlig traditioneller Art im Stil der Zeit; nur wenige dieser Verse sind für heutige Leser noch von einigem Interesse als erste Versuche im elegisch-sentimentalen Ton, den er später viel eigenständiger und nüchterner gestalten sollte. Der nächste Band, die immer noch sprichwörtliche *Schnupftabaksdose* (1912), enthält die vielen Gedichte, die ihn berühmt gemacht haben. Nach dem Krieg erscheinen zunächst zwei schmale Hefte bei Alfred Richard Meyer mit den *Turngedichten* und *Kuttel Daddeldu oder das schlüpfrige Leid*. In der Regel verweisen die Kapitelüberschriften auf die Gedichtsammlungen, in denen die Gedichte zu Lebzeiten erstmals gesammelt erschienen, mit Ausnahme der Rubrik *Wenn ich allein bin*. Hier sind thematisch ähnliche Gedichte aus den Sammlungen *Kuttel Daddeldu oder das schlüpfrige Leid* (1920) sowie aus *Die gebatikte Schusterpastete* (1921) zusammengestellt; diese beiden Bändchen bilden auch die Grundlage des Abschnitts *Kuttel Daddeldu 1920/21*, wie auch die Turngedichte aus den Ausgaben von 1920 und 1923 entsprechend unter *Turngedichte* zusammengefaßt wurden. Die nächsten vier großen Gedichtausgaben erscheinen dann bei Ernst Rowohlt: *Reisebriefe eines Artisten* (1927), *Allerdings* (1928), *Flugzeuggedanken* (1929) und *Gedichte dreier Jahre* (1932). – »Erstdruck« meint hier stets die erste Buchausgabe. – Detaillierte Nachweise der Entstehungsgeschichte, der Erstdrucke und Handschriften sowie Rezeptionszeugnisse enthält meine Gesamtausgabe.

Gedichte 1910

Erstdruck: *Hans Bötticher. Gedichte. – München, Leipzig: Hans Sachs-Verlag. Schmidt-Bertsch & Haist 1910. 56 S. Widmung: »Meinem Vater gewidmet«.*

In der einzigen nachweisbaren Rezension von Hans Taub im Vorabendblatt der Münchener *Neuesten Nachrichten* vom 13. 12. 1911 heißt es u. a.: »Der Verfasser macht uns mit dem vorliegenden kleinen Büchlein seine erste Aufwartung als Lyriker, als Dichter der Sehnsucht und des Weltschmerzes. Die Jungen von heute singen nun einmal nicht, was ihnen doch am nächsten liegen sollte, von Frühling und Sonnenschein, von Heiterkeit und Glück, sondern sie träumen von düsterer Melancholie und von den Schatten des Todes. So ist auch dieses anspruchslose Bändchen ein charakteristisches Zeichen der Gegenwart.« Zu diesem Band s. auch unten in *Mein Leben bis zum Kriege*, S. 501.

7 Westindische Nächte
Notiz in einem Handexemplar: »In meinem Cigarrenladen München 1909«.

8 An meinen Lehrer
Notiz in einem Handexemplar: »Max Bartel«.

Die Schnupftabaksdose (1912)
Erstdruck: *Die Schnupftabaksdose. Stumpfsinn in Versen und Bildern von Hans Bötticher und R[ichard] J. M. Seewald. – München: R. Piper [1912]. 49 S.*

Der Bibliophile und E.T.A.-Hoffmann-Forscher Carl Georg von Maassen lobt in einem Brief vom 31. 10. 1912 (Handschriftensammlung der Stadtbibliothek München) die Sammlung: »Zu meiner großen Freude fand ich unter den Büchern auch Ihre liebenswürdige Dedikation der Schnupftabaksdose, deren Lektüre mir eine reine Freude gemacht hat. […] Von einigen Gedichten bin ich ganz entzückt […].«

10 Die Schnupftabaksdose
Friedrich der Große war Sammler kostbarer Schnupftabaksdosen.

Turngedichte (1920/23)
Erstdrucke: *Joachim Ringelnatzens Turngedichte. – Berlin-Wilmersdorf: Alfred Richard Meyer [1920]. 16 S.* und: *Turngedichte. Mit 17 Zeichnungen von Karl Arnold. (1.–5. Tausend.) – München: Kurt Wolff (1923). 89 S.*

»Joachim Ringelnatzens Turngedichte« ist die erste Gedichtsammlung, die unter dem Pseudonym Joachim Ringelnatz veröffentlicht wurde. Abgedruckt sind in der vorliegenden Auswahl alle Gedichte aus der ersten Ausgabe von 1920 (vom »Turner-Marsch« bis »Zum Wegräumen der Geräte«) und die meisten der ›eigentlichen‹ Turngedichte aus der erweiterten und von Karl Arnold (1883–1953) illustrierten Ausgabe.

Die erste Ausgabe enthält ein wahrscheinlich von Verleger Alfred Richard Meyer stammendes Vorwort und ein parodistisches Verzeichnis der ›Quellen‹. Siehe dazu Pape: *Ringelnatz*, S. 159–164.

In einer oft zitierten Sammelbesprechung der *Monatsschrift für Turnen, Spiel und Sport* von 1921 (1. Jg., H. 2, S. 68) heißt es: »Und was sind es für Gedichte? Witzig sein sollende Reimereien, die den sittlichen Anstand in schamloser Weise verletzen, gemeine Zoten und Spöttereien. Vor dem Ankauf des anmaßlichen Machwerks sei gewarnt.« Repräsentativer für die Rezeption ist Kurt Pinthus mit seiner Besprechung der beiden Bände *Turngedichte* und *Kuttel Daddeldu* von 1923 in *Der Querschnitt* 3 (1923), H. 1, S. 89–90, wo es u. a. heißt: »... kommt einer aufs Podium in Matrosenbluse, die offenklaffend nackte tätowierte Brust zeigt; ein Geiernasenzinken hakt unter stirngekämmter Tolle weit über den zurückweichenden Mund, der in einem gebogenen Kinn wieder nach vorn stößt. Mit einem Weinglas in der Hand tritt er auf und mit dem winzigen Holzmodell eines Barrens, daran ein bewegliches Turnerchen baumelt. [...] Ringelnatz ist zunächst durch Turngedichte berühmt geworden, die, bei Freiübungen und Geräteturnen aufzusagen, harmlos-spaßig tönen und dennoch eine grausige Verhöhnung des Bürgertums sind, etwa wie die Zeichnungen des George Grosz. Dann gibt es die Poesien über den Seemann Kutteldaddeldu, der mit kindlicher Brutalität verschmitzt-robuste Abenteuer in allen Erdteilen, in den Häfen und der Heimat ausfrißt. Es gibt drollige, sogar moralisierende Verschen von Tieren und Fabelwesen, ein wenig in der Art Christian Morgensterns; und es gibt nervenpeitschende Bekenntnisse armseliger Wesen, die in grotesker Schauerlichkeit und verzweifelter Naivität jenes von uns kaum geahnte erbarmungslose Elend der großen Städte fühlbar machen.«

15 Turner-Marsch
In parodistischer Absicht mit der Melodie zu »Leise flehen meine Lieder« von Franz Schubert verbunden.

16 Klimmzug
Die letzten beiden Verse parodieren die Schlußverse aus Goethes *Faust II.*

18 Am Barren
Alla donna tedesca: ital. ›Der deutschen Frau‹.

28 Kniehang
Silberstein: Ein Warenhaus ›Silberstein‹ läßt sich nicht nachweisen, wohl aber gab es um 1920 mehrere Industrielle und Kaufleute dieses Namens.

31 Kniebeuge
Parodie auf Goethes Hymne »Prometheus«.

31 Zum Bockspringen
Fabel Ae-sops: Anspielung auf den griechischen Fabeldichter Aesop.

Kuttel Daddeldu (1920/21)
Erstdruck: *Kuttel Daddeldu oder das schlüpfrige Leid. – Berlin-Wilmersdorf: Alfred Richard Meyer [1920]. 24 S.* und: *Die gebatikte Schusterpastete. (Titelzeichnung von Rudolf Schlichter.) – Berlin-Wilmersdorf: Alfred Richard Meyer 1921. 19 S.* Einige der Gedichte erschienen zuerst in der *Weltbühne* und im *Tage-Buch*.

Hier sind alle eigentlichen Kuttel-Daddeldu-Gedichte dieser beiden Erstdrucke wiedergegeben: drei Gedichte aus der ersten und sechs aus der zweiten. Eine erweiterte, neu geordnete und von Karl Arnold illustrierte Auflage erschien 1923 bei Kurt Wolff. Franz Blei schreibt 1922 zur Erstausgabe von 1920: »Deutsche Lyriker, welche seit zwei Jahren den Rimbaud mißverstehen, haben das nicht mehr nötig. Wie einer das trifft, ohne den Rimbaud zu kennen, mögen sie an diesem extraordinären Ringelnatz sehen, diesem Befahrer aller Meere, Trunkenbold an allem Berauschenden und Cyniker mit einem Heiligenschein.«

37 Vom Seemann Kuttel Daddeldu
»Blu beus blu«: eigtl. »Blow, boys, blow for California«, Refrain des Shanties »The banks of Sacramento«: »Ick heww mol een Hamborger Veermaster sehn«. – *Pomm de Schwall:* frz. pommes de cheval, Pferdeäpfel.

38 Daddeldus Lied an die feste Braut
seute: niederdt. süß. – *Mi no ssavi:* ich weiß nicht. – *Medditeriniensi:* engl. Mediterranean Sea, Mittelmeer.

40 Seemannstreue
Nafikare necesse est: obszöner Kalauer, lat. navigare necesse est, Seefahrt tut not. – *Ein Jäger aus Kurpfalz:* Volkslied. – *Iquique:* Hauptstadt der chilenischen Provinz Tarapacá.

41 Die Weihnachtsfeier des Seemanns Kuttel Daddeldu
König von Schweden: Seemannskneipe in Hamburg. – *Mattentwiete:* Straße im Hafenviertel Hamburgs.

44 Kuttel Daddeldu und Fürst Wittgenstein
Fürst Wittgenstein: Der Bezug ist unklar. – *God demm:* God damn, engl. Fluch: Gottverdammt!

47 Seemannsgedanken übers Ersaufen
Glasen: Die Schiffsglocke zeigt jede halbe Stunde (Glas) an. – *Handuhle:* niederdt. Handbesen.

49 Kuttel Daddeldu im Binnenland
Eisenach, Pension Kurtius: Ringelnatz lernte Dora Kurtius, die Leiterin eines Eisenacher Mädchenpensionats in der Münchner »Simplicissimus Künstler-Kneipe« kennen; Schülerinnen des Pensionats waren seine erste Verlobte Alma Baumgarten (1893–1974) und seine spätere Frau Muschelkalk (Leonharda Pieper).

51 Kuttel Daddeldu und die Kinder
»Gud morning […] Bon tscherno!«: ›Guten Morgen‹ / ›Guten Tag‹ in phonetischer Schreibweise auf Englisch, Russisch, Französisch und Italienisch.

Wenn ich allein bin (1920/21)

Hier sind, abweichend von der Praxis dieser Ausgabe, thematisch ähnliche Gedichte aus den Sammlungen *Kuttel Daddeldu oder das schlüpfrige Leid* (1920) sowie aus *Die gebatikte Schusterpastete* (1921) zusammengestellt.

54 Das Geschwätz in der Bedürfnisanstalt …
Schellingstraße: eine Straße im Münchner Stadtteil Schwabing, Querstraße zur Türkenstraße, wo die »Simplicissimus Künstler-Kneipe« war, und zur Arcisstraße, in der Ringelnatz nach dem Krieg bis zu seiner Heirat wohnte.

55 Die Lumpensammlerin
Berlock: Berlocke, kleiner Anhänger, an der Uhrkette getragen.

56 Das Geseires einer Aftermieterin
Englischen Garten: Münchner Parkanlage.

57 Noctambulatio
Beschrieben wird ein Nachtspaziergang (Noctambulatio, im Anschluß an Noktambulismus – Nachtwandeln) durch Berlin: vgl. die Erwähnung des ›Halleschen Tors‹ und der Gasanstalt am Prenzlauer Berg.

60 Worte eines durchfallkranken Stellungslosen …
Wegen dieses Gedichts und des Gedichts »Gewitter« erhielt Ringelnatz 1922 von der Leipziger Staatsanwaltschaft einen Strafbefehl über 1150,– (Inflations)Mark, ersatzweise 10 Tage Haft. – *Seifhennersdorf:* kleine sächsische Industriegemeinde nahe der tschechischen Grenze. – *Zeitz:* Industriestadt in der Nähe Halles.

63 Ansprache eines Fremden an eine geschminkte …
Titel und Inhalt sind eine Reminiszenz an ein Erlebnis in Hull (England), das Abenteuer um Wilberforce; s. u., S. 438–471. – *Wilberforcemonument:* der Philanthrop William Wilberforce (1759–1833), geboren in Hull, setzte 1807 ein Gesetz zur Unterdrückung des Sklavenhandels durch. – *Schaufensterdekorateur:* Ringelnatz machte 1910 in München einen Kurs als Schaufensterdekorateur. – *21 Wilson Line:* Mit dieser Linie fuhr Ringelnatz 1908 wieder nach Hull.

65 Abendgebet einer erkälteten Negerin
Die letzten vier Verse sind eine Parodie auf Goethes »Über allen Gipfeln ist Ruh«.

66 Was der Liftboy äußert
Silberstein: s. o., Anm. zu S. 28.
68 Nachtgalle
Zeitungsfrau: die Frau des befreundeten Redakteurs der *Frankfurter Zeitung*, Dr. Willo Uhl (1890–1925).
70 Aus dem Tagebuch eines Bettlers
»Wer hat uns getraut«: Duett aus dem *Zigeunerbaron* von Johann Strauß. – *»Wohlauf, noch getrunken …«:* Anfang eines Wanderliedes von Justinus Kerner (1786–1862).
77 Frühlingsanfang auf der Bank …
Anhalter Bahnhof: 1882 eröffneter Berliner Fernbahnhof.

Geheimes Kinder-Spiel-Buch (1924)
Erstdruck: *Geheimes Kinder-Spiel-Buch mit vielen Bildern. – Potsdam: Gustav Kiepenheuer 1924. 49 S.*

In der vorliegenden Auswahl sind alle Gedichte und alle Zeichnungen der Erstausgabe wiedergegeben. Der Berliner Polizeipräsident verfügte am 8. 7. 1924, daß der Hinweis auf dem Einband »Für Kinder von 5 bis 15 Jahren gedichtet und bebildert von Joachim Ringelnatz« mit dem Vermerk »nur für Erwachsene bestimmt« zu versehen sei.

Aus einer Rezension von Richard Samuel in der *Zeitschrift für Sexualwissenschaft* 11 (1924/25), S. 133: »Das Buch ist ein Symptom für die Geisteshaltung der Gegenwartsdekadence, die bekanntlich Ringelnatz zujubelt und ihn witzig findet, dem Dichter ist dabei am wenigsten ein Vorwurf zu machen. Er ist ja der Narr, der nur ausspricht, was die anderen denken, der die Maske herunterreißt und der Zeit das wahre Gesicht vorhält. Seine Reimkraft und der Schwung seiner sprachlichen Rhythmik, die tatsächlich Einheit in diese sinnlosen Wortaneinanderreihungen und Assoziationen und sogar einen gewissen Wohllaut in diese Schweinereien bringen, heben ihn immerhin weit über sein Publikum hinaus.«

81 Abzähl-Reime
Bülow, Nolle, Witte, Zoo: Berliner U-Bahn-Stationen: Bülowstraße, Nollendorfplatz, Wittenbergplatz, Zoologischer Garten.
82 Himmelsklöße
Berlin S. W., Königgrätzerstr. 77[I]*:* Adresse der Familie Wilhelm Oertner; dort wohnten Ringelnatz und seine Frau bei ihren Berliner Aufenthalten.
93 Die Rakete und der Kater
Ringelnatz trug das Gedicht am 4. 12. 1922 erstmals in den Berliner Kabaretts »Rakete« und »Schwarzer Kater« vor.

Reisebriefe eines Artisten (1927)

Erstdruck: *Reisebriefe eines Artisten. – Berlin: Ernst Rowohlt 1927.* Es ist das erste Buch Ringelnatzens, das bei Rowohlt erscheint. Die meisten Gedichte erschienen zuerst in der satirischen Zeitschrift *Simplicissimus.*

Ringelnatz, der von 1920 bis zu seinem Auftrittsverbot 1933 von Stadt zu Stadt und von Kabarett zu Kabarett tingelte, sah sich selbst als ›reisenden Artisten‹. Viele der poetischen ›Reisebriefe‹, von denen er manche direkt an seine Frau Muschelkalk richtete, haben einen autobiographischen Hintergrund.

Mit diesen Gedichten löste sich Ringelnatz von der Festlegung auf die *Turngedichte* und Kuttel Daddeldu; zu seinen Lobrednern gehören damals berühmte Namen wie Kurt Tucholsky, Max Herrmann-Neiße und Kurt Pinthus. So begeistert sich dieser in der *Literarische Welt* (3 [1927], Nr. 43 vom 28. 10., S. 5): »Hier nun schreibt er an seine gute Frau in München, an seinen Freund Peter Scher oder an einen x-beliebigen Y oder Z, was ihn in vielen Städten, in denen er arbeitete, oder in manchen, in denen er niemals war, anrührte und rührte. Die Sehenswürdigkeiten dieser Städte interessieren ihn gar nicht, kaum die Menschen. Sondern die kleinen Mißgeschicke und skurrilen Zusammenstöße des Alltags sind der Inhalt seiner Berichte, in denen sich, besonders in den Bekenntnissen an die Frau, ein gutes, zartes Herz, ein inniges Verstehen der kleinen Dinge, welche die großen sind, offenbart. Und weil diese winzigen Alltagserlebnisse nicht Anekdote bleiben, sondern im Zusammenhang, Zusammenklang, Zusammenwachsen hinschwellen mit dem, was uns alle angeht und bewegt, erweist sich wieder, was Klarsehende längst wußten und nur noch traditionsumnebelte Pedanten bestreiten, daß hier ein wirklicher Dichter, ein großer Dichter spricht. Überdies, wenn auch nicht viel von den Städten selbst gesprochen ist, wird dennoch aus der Schilderung des scheinbar unwichtigen Ereignisses Atmosphäre und Charakter jeder einzelnen Stadt fühlbar, mehr: sogar kritisch fühlbar.« Und Max Herrmann-Neiße (in *Die neue Bücherschau* 6 [1928], H. 2, S. 104–105) ist überzeugt, »daß dieser Mann zu den Wenigen gehört, die heut als Menschendichter von eigenem Wuchs und Geblüt existieren. Ich meine die ganz großen Gedichte ›Sonntags‹, ›Worte in den Wind‹, ›Aufgebung‹, ›Vorm Brunnen in Wimpfen‹, ›Wirrsal‹, wahrhaft Weltanschauungsgedichte, aber ohne Bombasmus und aufmontierten Tiefsinn, so ganz ungezwungen, simpel, gradezu, mit einem Wort: zauberhaft! Und für mich in dieser Art am hervorragendsten, unnachahmlich, einmalig, nicht zu vergessen: ›Aus meiner Kinderzeit‹ und ›Nächtlicher Heimweg‹.«

100 Berlin. Kurz vor der Weiterreise
Metamorphosen des Tacitus: Autor der Verwandlungsmythen ist natürlich Ovid. – *Pfenniger:* Alfred Pfenniger, Architekt, mit Ringelnatz befreundet.

101 Abschied von Renée
Renée: Mit der Bildhauerin und Zeichnerin Renée Sintenis (1888–1965) war Ringelnatz seit 1922 befreundet; zusammen mit Chichio Haller hatte sie die erste Gemälde-Ausstellung von Ringelnatz (23.4.1923) in der Berliner Galerie Flechtheim initiiert.

102 Darmstadt
Ringelnatz trat am 24.10.1924 in Darmstadt auf. – *Max:* Max Geisenheyner, Redakteur der *Frankfurter Zeitung*. – *Schule der Weisheit:* von Hermann Graf Keyserling (1880–1946) 1920 in Darmstadt begründet. – *O du mon dieu mon dieu / Wedekind:* aus Frank Wedekinds (1864–1918) Gedicht »Hamburg«: »Als ich in Hamburg war, eh du mon Dieu, mon Dieu!«.

106 Über Asta Nielsen
Ringelnatz war mit dem Stummfilm-Star Asta Nielsen (1885–1972) befreundet; für sie schrieb er sein Drama *Die Flasche*.

120 Hannover
Manches in diesem Gedicht hat autobiographischen Bezug: *Füße bestrahlen:* Ringelnatz litt seit seiner Seemannszeit an einer Fußkrankheit. – *Biegemann:* So wurde Graf Thilo von Seebach genannt, ein Freund aus der Münchner Vorkriegszeit, der ihn »täglich in Latein, Geschichte, Literaturgeschichte und anderem« unterrichtete (vgl. unten, S. 502). – *15 Illineb:* Name und Bezug ungeklärt; auf das nächste Gedicht folgt im Erstdruck *Reisebriefe* die Erzählung *Jemand erzählt von Illineb*.

121 Wien, Februar 1924
Im Februar 1924 trat Ringelnatz im Kabarett »Hölle« auf und stellte seine Bilder in der Galerie Würthle aus.

124 Bremen
Paul Wegener: Ringelnatz war mit dem Schauspieler Wegener (1874–1948) befreundet, er sprach bei dessen Beerdigung die Grabrede.

125 Abschied von Paris
Ringelnatz war im Januar 1925 drei Wochen in Paris. – *Pascin:* Jules Pascin (eigtl. Julius Pincas, 1885–1930), bulgarisch-amerikanischer Maler und Zeichner.

127 Chartres
Zöster: der Maler Oskar Coester (1886–1955) wurde wegen des ›C‹ im Namen so genannt.

Allerdings (1928)
Erstdruck: *Allerdings. (1.-5. Tausend.) – Berlin: Ernst Rowohlt 1928. 172 S.* Diese zweite bei Rowohlt erschienene Sammlung enthält Gedichte aus den Jahren 1922–1928, die meist zuvor in Zeitschriften und Zeitungen erschienen sind, die meisten wiederum im *Simplicissimus*, einige im *Tage-Buch*, im *Querschnitt* und in der *Weltbühne*.

Die Rezension von Alfred Polgar in *Das Tage-Buch* (9 [1928], H. 25 vom 23.6., S. 1054–1056) schließt mit den oft zitierten Worten: »Dieser unvergleichliche Ringelnatz hat den Stein der Narren entdeckt. (Welcher, wie wunderbar, dem der Weisen zum Verwechseln ähnlich sieht.)«

134 Der wilde Mann von Feldafing
Feldafing: am Westufer des Starnberger Sees.

137 Angstgebet in Wohnungsnot (1923)
Ringelnatz hatte im November 1920 als Schwarzmieter ohne Wissen des Wohnungsamtes die Schwabinger Wohnung in der Hohenzollernstr. 31a bezogen.

138 *Oskar Coester:* 1886–1955; den Maler und Lithographen kannte Ringelnatz aus dem Vorkriegsmünchen.

140 Seepferdchen
Die Wahl des Pseudonyms »Ringelnatz« ist sicher durch das ›langnasige‹ Seepferdchen (Ringelnaß) angeregt worden.

144 Olaf Gulbransson
Gulbransson (1873–1958) entwarf die Einband- bzw. Umschlagzeichnungen der bei Rowohlt erschienenen Werke Ringelnatzens.

149 Gedicht in Bi-Sprache
Ohne ›bi‹ lautet das Gedicht: Ich habe dich, / Lotte, so lieb. / Hast auch du mich / Lieb? Nein, vergib. // Nah oder fern, / Gott sei dir gut. / Mein Herz hat gern / An dir geruht.

150 Die Riesendame der Oktoberwiese
Die Nummer 52 der *Weltbühne* vom 28.12.1922 mit dem Erstdruck dieses Gedichts wird von der Staatsanwaltschaft Alt-Berlin auf Antrag der »Zentralpolizeistelle zur Bekämpfung unzüchtiger Bilder und Schriften« beschlagnahmt. Ringelnatz und der Herausgeber Siegfried Jacobsohn werden am 29.9.1923 zu je 300 Millionen (Inflations-)Mark Geldstrafe verurteilt.

Flugzeuggedanken (1929)
Erstdruck: *Flugzeuggedanken. (Einbandzeichnung: Olaf Gulbransson.) – Berlin: Ernst Rowohlt 1929. 156 S.* Die Gedichte dieses Bandes stammen in der überwiegenden Mehrzahl aus den Jahren 1928/29. – Nur vierundzwanzig der insgesamt 120 Gedichte sind eigentliche ›Flugzeug-

gedanken‹; sie erscheinen auf dem Höhepunkt der zeitgenössischen Begeisterung für die Luftpioniere: Die erste Atlantiküberquerung in Ost-West-Richtung durch Ehrenfried Günther Freiherr von Hünefeld, Hermann Köhl und James C. Fitzmaurice fand im April 1928 statt.

161 An der Alten Elster
Elster: Durch Leipzig fließt die Weiße Elster; das Wohnhaus der Eltern lag in der Straße »An der Alten Elster«. Ein Gemälde gleichen Titels, heute im Leipziger Museum der Bildenden Künste, und das Gedicht entstanden 1929.

173 Winterflug 1929
Meukow: berühmte Cognac-Firma, 1862 gegründet.

174 Meine alte Schiffsuhr
Westindien: Die erste Fahrt des Schiffsjungen Hans Bötticher ging nach Belize im damaligen British Honduras.

176 An meinen Zigarettenrauch
La Paloma: ursprünglich ein mexikanisches Lied von Sebastian Yradier; das Lied wurde zusammen mit »Seemannslos« an Ringelnatzens Grab gespielt.

178 7. August 1929
Kathi Kobus: Im November 1908 lernte Ringelnatz die Schwabinger »Simplicissimus Künstler-Kneipe« der Kathi Kobus (1855–1929) kennen und wurde ihr ›Hausdichter‹.

Kinder-Verwirr-Buch (1931)
Erstdruck: *Kinder-Verwirr-Buch mit vielen Bildern. – Berlin: Ernst Rowohlt 1931. 66 S.* Hier sind alle Gedichte und die dazugehörigen Zeichnungen der Erstausgabe wiedergegeben, die noch das »Rätselhafte Ostermärchen« und das Märchen »Vom andern aus lerne die Welt begreifen« (s. u., S. 380–385) enthielt.

Gedichte dreier Jahre (1932)
Erstdruck: *Gedichte dreier Jahre. (Umschlagzeichnung von Olaf Gulbransson.) (1.-5. Tausend.) – Berlin: Ernst Rowohlt 1932. 135 S.* Die meisten der Gedichte erschienen zuerst in Zeitschriften und Zeitungen.

Die Aufnahme dieses Bandes war sehr zwiespältig; so schreibt Ernst Lissauer: »Ringelnatz ist einer unserer gelesensten Versdichter, und es verlohnt sich, an ihm ein entscheidendes Symptom für den Verfall der Dichtkunst aufzuzeigen. Das Wesen der Kunst ist Sammlung: Form ist Sammlung. Das Prinzip dieser Gedichte aber ist die Zerstreutheit: ›Ich weiß gar nicht mehr, was ich sagen wollte.‹ Oft weiß er es nicht, und der Leser noch öfter.« (*Die Literatur* 35 [1932/33], Heft vom April 1933,

S. 482.) Andere sahen die neue Einfachheit positiver: »Er hat die große Andacht erlangt, die den großen Lyriker macht. Und wenn er nun lacht, dann klingt das Lachen gütig und warm.« (Michael Gesell [d.i. Otto Ernst Hesse] in der *Vossischen Zeitung* vom 17.4.1932).

200 Gedenken an meinen Vater
Der Vater Georg Bötticher (1849–1918) hatte am 20. Mai Geburtstag. – *Musch:* Ringelnatz nannte seine Frau Muschelkalk.

203 Umzug nach Berlin (1930)
Gedicht anläßlich seines Umzugs von München nach Berlin-Neuwestend am 28.2.1930 in die Wohnung am Sachsenplatz 12 (heute Brixplatz, das Haus wurde im Krieg zerstört).

204 An M. zum Einzug in Berlin
M.: Muschelkalk, seine Frau.

209 Müde in Berlin
Peltzer-Bar: ein Lokal in der Neuen Wilhelmstraße.

215 An meinen längst verstorbenen Vater
Siehe Anm. zu S. 199.

Letzte Gedichte 1933–1934

Erstdrucke: *103 Gedichte. (1.–10. Tausend.) – Berlin: Rowohlt 1933. 96. S.* und: *Gedichte, Gedichte von Einstmals und Heute. (1.-6. Tausend.) – Berlin: Rowohlt 1934. 96 S.* Die erste Auswahl (*103 Gedichte*), zum 50. Geburtstag Ende Juli 1933, enthielt nur neun Gedichte, die erstmals in einer Buchausgabe erschienen, wovon die vorliegende Ausgabe drei enthält. Die andere Auswahl (*Gedichte, Gedichte*) enthält 38 erstmals in einer Sammlung publizierte Gedichte, überwiegend aus den Jahren 1933–34.

Anläßlich der Jubiläumsausgabe zum 50. Geburtstag im Jahr 1933 und der letzten Sammelausgabe von 1934 erschienen erstaunlich – oder auch nicht – wenig Rezensionen. Ringelnatzens Freund Hans Siemsen schrieb im *Berliner Tageblatt* vom 5.8.1933: »Diese Verse, wie die meisten anderen, zwingen den Leser, sie nicht nur zu lesen, sondern sie laut (oder vielmehr leise) zu sprechen. Sie haben so gar keine Literaturfirniß an sich, sondern setzen auf dem kürzesten Weg drängende Gefühle in gedrungene Worte und Klänge um. Ihr Rhythmus ist unmittelbar aus dem Stammeln geholt und entfernt sich nie von dieser seiner Quelle so weit, daß er sie verleugnen oder vergessen konnte.«

220 Humpelnde Welt
wunden Füßen: s. Anm. zu S. 120.

ERZÄHLUNGEN

Ein jeder lebt's (1913)
Erstdruck: *Textüberlieferung: Ein jeder lebt's. Novellen von Hans Bötticher. – München: Albert Langen (1913). [VIII], 161 S.* Die Sammlung enthält zwölf Erzählungen, von denen einige bereits in Zeitschriften erschienen waren.

Von Kurt Tucholsky ist ein begeistertes Urteil überliefert (in der *Weltbühne* 18 [1922], Bd. 2, Nr. 44 vom 2. 11. 1922, S. 482): »Ein Fressen für ›Einflüsse‹ suchende Doktoranden. Denn alles ist darin: Altenberg und englische Vorbilder und Bret Harte und Wilhelm Raabe (der in der Vollendung) und Thomas Mann und Harraden (›Schiffe, die nachts sich begegnen‹) und noch viel mehr. Es sind ein Dutzend kleiner Geschichten, eine immer hübscher als die andre. Und eine immer merkwürdiger als die andre, weil sie eigentlich alle zwölf recht verschieden voneinander sind. Das Lever eines kleinen deutschen Fürsten ist noch niemals so zart und minutiös geschildert worden; die Sentimentalität ist so hübsch in bunten Teig eingebacken, daß man sie nur ganz leise im Nachgeschmack hat – und was gradezu erstaunlich ist, das ist das Auge und das Ohr des Autors. Er hört noch die Schwingungen, die in den Pausen zwischen den Worten sind – es entgeht ihm nichts – es ist oft eine Liebe wie bei Whitman, wenn er beobachtet und tendenzlos feststellt, was es alles gibt auf dieser bunten Erde … So in der Anfangserzählung ›Die wilde Miß vom Ohio‹: da gibt es einen Ton, eine Melodie, ein Nachzittern der angeschlagenen Saiten, wie das wohl sonst nur ein Autor erreicht, wenn er solch ein Präludium an den Anfang eines ganz dicken Buches stellt, in dem nun wirklich die Geschichte der wilden Miß in vierhundert Seiten erzählt wird … Dieser gibt nur das Präludium – das Stück ist niemals geschrieben worden. Aber was ist das alles gegen meine alte Lieblingsgeschichte: ›Durch das Schlüsselloch eines Lebens.‹ […] ich wußte jahrelang ganze Absätze daraus fast auswendig, ohne mich jemals um den Autor gekümmert zu haben.«

235 Die wilde Miß vom Ohio. Zuerst in *Jugend* 1910, Nr. 22 vom 23. 5. 1910, S. 506–508.
Noli me tangere: Rühre mich nicht an.

239 Zwieback hat sich amüsiert. Zuerst in *Die Woche* 13 (1911), Nr. 3 vom 21. 1. 1911, S. 117–119, mit dem Untertitel »Skizze«.
S. M. S. Nymphe hieß der Kreuzer, auf dem Hans Bötticher 1904 seinen Wehrdienst leistete; zum autobiographsichen Hintergrund vgl. das Kapitel »Einjährig-Freiwilliger« in *Mein Leben bis zum*

Kriege (hier nicht abgedruckt); es enthält die Schilderung des autobiographischen Erlebnisses, das der Erzählung zugrunde liegt. – *Singhalese:* Bewohner von Ceylon und den Malediven.

245 Durch das Schlüsselloch eines Lebens. Zuerst in *März* 5 (1911), Bd. 3, H. 37 vom 12. 9. 1911, S. 442–449.
Lygia Valtin: Der Vorname erinnert an die Schwabinger Schönheit, Lygia Romero. – *ein Neger mit Gazelle zagt im Regen nie:* Palindrom, man kann den Satz vorwärts und rückwärts lesen. – *Baron von Biegemann:* s. Anm. zu S. 120. – *Dementia:* lat. Wahnsinn. – *Pakete, die ihn nicht erreichten, von Jakobus Schnellpfeffer:* Unter diesem Pseudonym veröffentlichte Carl Georg von Maassen 1904 diese Parodie auf Elisabeth von Heykings Bestseller *Briefe, die ihn nicht erreichten* (1903). – *Rabelais:* wohl François Rabelais' (1494–1553) *Gargantua et Pantagruel.* – *Gontscharows »Oblomow«:* Gontscharows (1812–1891) Roman gehörte zu Ringelnatzens Lieblingsbüchern. – *Die Kindsmörderin:* vielleicht Heinrich Leopold Wagners *Die Kindermörderin* (1776).

254 Das Grau und das Rot.
Autobiographischer Hintergrund ist Ringelnatzens Zeit auf dem Schloß in Klein-Oels, siehe oben S. 511–541. – *Malteserkommende:* Ein Teil des Schlosses war ein ehemaliges Malteserkloster, Kommende: kleinste Einheit der Ordensverwaltung. – *Auenluschen:* Lusche, Mistpfütze, wo sich die Schweine suhlen. – *Acta manualia:* Aktenhandbuch. – *Laudemial-Grundstücke:* Laudemium ist die Abgabe, die dem Grundherrn für seine Zustimmung zum Besitzwechsel von Erblehen u. a. gezahlt werden muß. – *Dienstabgeltungsrezesse:* Rezeß, Vergleich, schriftliche Fixierung eines Verhandlungsergebnisses. – *Rekognition:* früher in Urkunden des Königs Beglaubigung durch den Kanzler oder Notar. – *Brauurbarsgelder:* Urbar sind Einkünfte aus Grund und Boden. – *Robot:* Frondienst. – *Scholtiseien:* Bezirk, den ein Schultheiß verwaltete. – *Gartenlaube:* illustriertes Unterhaltungsblatt, 1853–1938. – *Schongauerscher Kupferstich:* Martin Schongauer (um 1450–1491), bedeutendster dt. Maler und Kupferstecher vor Dürer. – *Urbarien:* Verzeichnisse der zinspflichtigen Erträge. – *Schöppenbücher:* niederdt. Schöffenbücher. – *Hospitalit:* Mitglied einer Klostergenossenschaft, das sich dem Dienst in Hospitälern widmet. – *Schirrholz:* Nutzholz, woraus Gerätschaften, vor allem für das Fuhr- und Pflugwesen hergestellt werden. – *Rayttungk:* auch Reitung: Rechnungsablage, Bezahlung. – *Pagina:* lat. Seite.

Die Woge (1922)
Erstdruck: *Die Woge. Marine-Kriegsgeschichten von Hans Bötticher Joachim Ringelnatz. München: Albert Langen 1922. 123 S.* Sechs Erzählungen erschienen 1915 in Zeitschriften, 1916 zwei, eine 1917, eine weitere erst 1920, zwei wurden erst 1922 in der Sammlung veröffentlicht.

Das Vorwort zur Ausgabe von 1922 lautet: »Die ›Woge‹ sollte im Frühjahr 1916 erscheinen. Die Zensur verbot aber nahezu ein Drittel des Textes. […] Verlag und Autor zogen es damals vor, die Herausgabe des Bändchens zu sistieren. Jetzt geht es einen freieren Weg, und da es keine Kriegsberichterstattung enthält, wird es vielleicht auch noch Freunde finden.« Die Rezensionen nehmen bereits Bezug auf Ringelnatz und seinen ›Kuttel Daddeldu‹, urteilen aber nicht von da aus; so heißt es z. B. bei Bertha Badt (*Das literarische Echo* 25 [1922/23], H. 15/16 vom 1. 5. 1923, Sp. 834): »[…] die Seemannsgeschichten […] sind frisch und klar gesehen und mit eindringendem Verständnis für die Ecken und Kanten des Seemannscharakters gestaltet. Hin und wieder, wie etwa in den ›Fahrensleuten‹, schwimmt das Schifflein unversehens in die Traumwelt hinüber – und uns reißt es mit sich. Nur eins bleibt ein Rätsel in dem schönen Buch: warum der Zensor des Admiralstabs im Jahre 1916 nicht umhin konnte, es zu verbieten …« .

270 Die Blockadebrecher. Zuerst in *Simplicissimus* 20 (1915/16), Nr. 34 vom 23. 11. 1915, S. 398–399, 401, 404, 406.
Bilsch: richtig ›Bilge‹, Raum eines Schiffes, z. B. über dem Kiel, wo sich Leck- und Schmutzwasser sammeln. – *Bumbootsmann:* Bumboot, ein Boot mit Lebensmitteln. – *Ala:* Ort in Oberitalien (Etschtal).

282 Totentanz
Einzelheiten über den Untergang des dt. Kreuzers »Yorck«, die Ringelnatz von anderen hörte, dienten als Stoff für manche Szenen der Erzählung. – *Heinz Lebrun:* Sänger, Ringelnatz begegnete ihm in der »Simplicissimus Künstler-Kneipe«. – *Wenn dir ein Mädchen recht gefällt:* wenig veränderte erste Strophe des Liedes »Vom Scheiden« von Prinz Emil von Schönaich-Carolath (1852–1908). – *V.-Boot:* Vorpostenboot.

292 Fahrensleute. Zuerst in *Simplicissimus* 25 (1920/21), Nr. 34 vom 17. 11. 1920, S. 442–443, 448 (gekürzt).
Pebecco: richtig ›Pebeco‹: eine Zahnpastamarke. – *Ein stolzes Schiff:* Seemannslied. – *Hellegatt:* Lagerraum für Geräte. – *Taljereepen:* flaschenzugartige Führungen einer kurzen Verbindungsleine zum Steifsetzen der Wanten, also der Taue, die paarweise den Mast seitlich abstützen. – *Dwarslinie:* Querlinie, Formation der Seetaktik. – *Savi:* s. Anm. zu S. 38. – *lensen:* niederdt., von Flüssigkeiten:

bis zum Grunde, völlig leeren. – *Langsplíß:* das Zusammenflechten von zwei Tauenden, so, daß keine Verdickung im Tau entsteht. – *Logleine:* Leine, an der das Log, ein Gerät zum Messen der Schiffsgeschwindigkeit befestigt ist. – *Backspiere:* ein Rundbalken, der bei Schiffen außerbords angebracht ist und zum Festmachen von Beibooten im Hafen dient. – *Handspake:* dient als Hebel zum Bewegen schwerer Lasten. – *Yankeeships come down the river:* Anfangsvers einer Strophe des verbreiteten Shanties »Blow, boys, blow«. – *Samoalied:* Gemeint ist entweder der Samoa song (»Good bye, my felini«) oder Heinrich Vierordts (1855–1935) »Die Toten von Samoa«, ein nationalistisch-kaisertreues Lied auf den Untergang der dt. Kreuzer »Eber« und »Adler« bei einem Orkan im Hafen von Samoa am 16. 3. 1889. – *Auf, Matrosen, die Anker gelichtet:* 1817, Text von Wilhelm Gerhard (1780–1858), Melodie von Christian-August Pohlenz (1790–1843). – *Raanocken:* Endstücke eines waagerechten Rundholzes, einer Raa. – *John-Brinkmannstraße:* richtiger wohl ›John-Brinckman-Straße‹; Brinckman (1814–1870), plattdt. Dichter.

305 Die Zeit. Zuerst in *Simplicissimus* 20 (1915/16), Nr. 36 vom 7. 12. 1915, S. 422–423.
Flaggenlied: »Stolz weht die Fahne schwarz-weiß-rot« von Robert Linderer (1824–1886).

…liner Roma… (1924)

Erstdruck: *…liner Roma… Mit 10 Bildern von ihm selbst. – Hamburg: Johannes Asmus 1924. 53 S.*

Der Titel wird im Text selbst erklärt (siehe S. 338). Ob die vor jedem Abschnitt stehenden kurzen Texte reale oder fiktive ›Zeitungsnotizen‹ sind, ist unklar. Die Hauptfigur trägt den zweiten Vornamen seines bürgerlichen Namens Hans Gustav Bötticher; ähnlich nennt Ringelnatz sich in *Als Mariner im Krieg* Gustav Hester. Die modern anmutende fragmentarische Erzählung ist erst viel später als moderne Erzählung gewürdigt worden; lediglich eine kurze Rezension von Hans Reiser in *Die schöne Literatur* (25 [1924], Nr. 9 vom 15. 9., S. 337) sieht deutliche Zeitbezüge: »Fragment einer Schilderung Berlins, ein Spiegelscherben, vor die seltsame Stadt gehalten, vor die seltsame Zeit. Wie Ringelnatz selbst: absichtlich zerbrochen, gestaltlos wie aus Protest gegen die unwahren und unechten Gestalter abgerundeter Bildchen. Die 10 Zeichnungen, zum Teil farbig, sind sehr reizvoll.«

316 *Bollemädchen:* fuhren wie die ›Bollejungen‹ auf den Milchwagen der Meierei Bolle mit und trugen die Milch aus, die der Fahrer in die mitgebrachten Gefäße füllte. – *Aschinger:* Berliner Lokale,

berühmt für ihre Erbsensuppe, zu der man beliebig viele Schrippen (Brötchen) essen konnte. – *Noske:* Gustav Noske (1868–1946) war 1919/20 umstrittener Reichswehrminister (SPD). – *Knauer:* vielleicht Paul Knauer-Hase (*1878). – *Britisch-Honduras:* Seine erste Fahrt als Schiffsjunge machte Ringelnatz von April bis September 1901 in die damalige britische Kolonie. – *Das Band zerrissen und du bist frei:* ein Schlager, ungefähr von 1920, Text und Musik von Carl Brandt. – *Weißgerber:* Albert Weisgerber (1878–1915), Ringelnatz lernte den Maler in München kennen, wo beide Mitglieder des unsinntreibenden »Vereins Süddeutscher Bühnenkünstler« waren. – *Française:* Tanzform. – *Allasch:* süßer Kümmellikör mit Anis, Fenchel, Koriander, ursprünglich vom Rittergut Allasch bei Riga. – *Die Bienenfabel:* Satire (1714/29) von Bernard de Mandeville (?1670–1733). – *Man hat sein Drama abgelehnt:* autobiographische Anspielung, s. *Das Gesamtwerk*, Bd. 3. – *Annemarie:* autobiographischer Bezug: Annemarie Ruland, eine Kriegsfreundin. – *Offiziersschärpe:* Im Oktober 1917 wurde Ringelnatz zum Leutnant befördert. – *der richtige Berliner:* H. Meyer: ›Der richtige Berliner in Wörtern und Redensarten‹ erschien 1878 erstmals im Verlag Hermann, Berlin. – *Lutter & Wegner:* Weinhandlung und Restaurant in Berlin (Charlottenstr. 32), wo E.T.A. Hoffmann verkehrte. – *Murr:* aus E.T.A. Hoffmanns Erzählung *Kater Murr*. – *Chiromant:* Handliniendeuter – *sulfurisch:* schwefelig; im Sprachgebrauch der »Hermetischen Gesellschaft«, einer Vereinigung von Münchner Künstlern und Intellektuellen vor dem Ersten Weltkrieg, der auch Ringelnatz angehörte, wurden Menschen und Dinge in ›sulfurische‹ (alltägliche) und ›phosphorische‹ (Wein und alle Äußerungen menschlichen Geistes) eingeteilt. – *Clamur, Machandel und Pipo:* zweifellos Namen und Bezeichnungen aus der »Hermetischen Gesellschaft«; Machandel: Wacholder. – *Hundekehlensee:* Der See im Grunewald heißt Hundekehlesee. – *Es schwimmt eine Leiche:* der Anfang eines damals populären Schlagers. – *»Es schließe sich der Ring!« – »Völlig!«:* die geheimen Erkennungsworte der »Hermetischen Gesellschaft«, s. u., S. 559. – *Pinkomeier:* Pinko nannte Ringelnatz als Kind einen Hausgeist, und Pinko oder Pinko Meyer war eines seiner frühen Pseudonyme.

Nervosipopel (1924)

Erstdruck: *Nervosipopel. Elf Angelegenheiten. – München: Gunther Langes (1924). 89 S.* Die ›Märchen‹, wie Ringelnatz sie nannte, entstanden bereits 1921; sie erscheinen jedoch erst im Oktober 1924, wenig beachtet von der Kritik. Einige waren bereits seit 1921 in Zeitschriften erschienen, so z. B. in Hans Reimanns *Der Drache*, in der *Jugend* und im *Simplicissimus*.

355 Nervosipopel. Zuerst in *Der Drache. Eine ungemütliche sächsische Wochenschrift*. Hrsg. von Hans Reimann (Leipzig) 2 (1920/21), H. 52 vom 28. 9. 1921, S. 1–5, dort mit dem Untertitel »Ein Märchen«.

366 Das schlagende Wetter. Zuerst in *Der Freihafen. Blätter der Hamburger Kammerspiele* 4 (1921/22), H. 2 [September 1921], S. 42–45. *Bergakademie:* Ringelnatzens Bruder studierte an der Bergakademie in Freiberg/Sachsen.

372 Die Walfische und die Fremde. Zuerst in *Simplicissimus* 27 (1922/23), Nr. 15 vom 12. 7. 1922, S. 210–212.
Elterngrab: Das vielgesungene sentimentale Lied »Am Elterngrab« (»Ich kenn' ein einsam Plätzchen auf der Welt«) mit dem berühmten Refrain: »Der liebste Platz, den ich auf Erden hab', / Das ist die Rasenbank am Elterngrab.«

Verstreut Gedrucktes

Kuttel Daddeldu erzählt …

Die Märchenparodie erschien zu Lebzeiten von Ringelnatz nur in zehn handschriftlichen Exemplaren im Oktober/November 1923 für den Verlag Alfred Richard Meyer (Berlin-Wilmersdorf). Ein Nachdruck davon kam 1961 im Henssel-Verlag, Berlin, heraus.

376 *Muckelmann:* Spitzname für den mit Ringelnatz befreundeten Hamburger Juwelier und Kunstfreund Carl M.H. Wilkens.

380 Atelierszene. Erstdruck: Beilage des *Berliner Börsen-Courier* 61 (1928), Nr. 495 vom 21. 10., S. 9.

380 Vom andern aus lerne die Welt begreifen. Erstdruck: *Kinder-Verwirr-Buch* (1934), s. o., S. 842.

AUTOBIOGRAPHISCHE SCHRIFTEN

Mein Leben bis zum Kriege (1931)

Erstdruck. *Mein Leben bis zum Kriege. (Umschlagzeichnung: Olaf Gulbransson. 1.–12. Tausend.) – Berlin: Ernst Rowohlt 1931. 358 S.* – Nach den Kriegserinnerungen *Als Mariner im Krieg* entstanden, ist dieses Buch die zweite große autobiographische Schrift von Ringelnatz, in die mehrere bereits veröffentlichte Texte eingegangen sind. So sind die Kapitel »Mein Schiffsjungentagebuch« ein veränderter Wiederabdruck von »Was ein Schiffsjungen-Tagebuch erzählt« (München: Die Lese 1911). Darüber heißt es in *Mein Leben bis zum Kriege*:

»Es stand lange bei mir fest: Ich wollte Seemann werden. Mein Vater sträubte sich keineswegs dagegen, sondern holte nur den Rat kluger und sachverständiger Leute ein, ließ mich aber selbst entscheiden. Alle Befragten rieten mir dringend ab, sogar und besonders der Kapitän Onkel Martin. Aber was besagte das einem beseelten Kinderwillen gegenüber.

Zu dem erfahrenen Weltreisenden Baron Schrenk schickte mich mein verschämter Vater nur, um mich über Sexualgefahren unterrichten zu lassen, worüber Vater nicht zu sprechen wagte. Auch ich nahm Schrenks Ermahnungen überschüchtern entgegen. – Vaters Zeit, meine Jugend.

Und ich ging zur See.

Während meiner ersten Reise als Schiffsjunge habe ich täglich Tagebuch geführt. Das Aufgeschriebene veröffentlichte ich später (1911) als Buch in einem Münchner Verlag.«

Die beiden Kapitel »Das Abenteuer um Wilberforce.« I. Teil / (Schluß) (hier S. 438–474) erschienen mit dem Untertitel »Ein Erlebnis« zuerst in *Matrosen. Erinnerungen, ein Skizzenbuch: handelt von Wasser und blauem Tuch* (Berlin: Internationale Bibliothek 1928). – In der vorliegenden Auswahl aus diesen Erinnerungen sind die Kindheits-Kapitel vollständig aufgenommen, verzichtet wurde auf das frühe *Schiffsjungentagebuch*; von den Seefahrts-Kapiteln werden die Kapitel »Auf der Florida« und die beiden das Abenteuer um Wilberforce betreffenden als die auch schriftstellerisch gelungensten abgedruckt. Zentral für die weitere Entwicklung von Ringelnatz waren die Jahre im Vorkriegsmünchen und der Aufenthalt in Klein-Oels, wo er die Bibliothek des Grafen Yorck von Wartenburg katalogisieren sollte. Weggelassen wurden die Schilderungen der Ausflüge nach Lettland, der Abschnitt über seine Zeit als Bibliothekar beim Vater des Balladendichters Börries von Münchhausen (1874–1945). Die wichtige Zeit in Eisenach und Lauenstein, wo er im Eisenacher Pensionat der Dora Kurtius seine erste Verlobte Alma Baumgarten und auch seine spätere Frau Leonharda Pieper kennenlernte, wie auch das Kapitel »München vor dem Kriege« durften auch ihrer lebensgeschichtlichen Bedeutung bzw. ihrer literarischen Qualität wegen nicht fehlen.

389 *Eltern und Geschwister:* Der Vater Georg Bötticher (*20. 5. 1849 in Jena, †15. 1. 1918 in Leipzig) war ein renommierter Musterzeichner vor allem für Tapeten, später angesehener humoristischer Schriftsteller; die Mutter, Rosa Marie, geb. Engelhart, war thüringischer Herkunft (*23. 8. 1857 in Tilsit, †18. 1. 1924 in Leipzig);

Bruder Wolfgang (16. 2. 1879–7. 8. 1946) studierte Bergbau und wurde später Bergwerksdirektor, die Schwester Ottilie (18. 1. 1882–15. 11. 1958) heiratete Hermann Mitter, der in Leipzig ein angesehenes Tapetengeschäft besaß.

390 *Tillergirls:* Revuegirl-Truppe der 1920er Jahre.

392 *Jack:* Jack the Ripper, dessen Identität unbekannt geblieben ist, hat zwischen August und November 1888 in den East End Slums von London sieben bis acht Prostituierte umgebracht und ihnen die Eingeweide herausgeschnitten. Der zitierte Vers ist eine Parodie auf den Refrain der »Berliner Kreuzpolka« (1887): »Siehste wohl, da kimmt er, / große Schritte nimmt er«.

392 *Ölbild:* s. o., S. 842 zu S. 161.

394 *Tivoli-Spiel:* Glücksspiel, bei dem eine durch Schieben ins Rollen gebrachte Kugel in verschieden bewertete Fächer läuft.

394 *Böttger:* Johann Friedrich Böttger (1682–1719), Alchimist; ihm gelang 1708/09 die Herstellung weißen Porzellans.

396 *illustriertes Büchlein:* vgl. *Das Gesamtwerk*, Bd. 2, S. 162–174.

396 *Pinko:* s. dazu oben S. 848 Anm. zu *…liner Roma…*

398 *Lederstrumpf:* Die fünf Lederstrumpf-Romane James Fenimore Coopers (1789–1851) heißen so nach der Hauptgestalt (Natty Bumppo).

398 *Seht ihr drei Rosse …:* nach einem russ. Volkslied, »Die Troika«.

399 *Ich will mein Haupt auf Schienen legen:* zweiter Teil einer Strophe des Liedes »Ein Mädchen jung von 18 Jahren«.

400 *Cläre Heliot:* eigtl. Klara Huth, 1867 als Oberlehrerstochter in Halle geboren.

403 *Königliche Staatsgymnasium:* das König Albert-Gymnasium.

403 *Dr. Gasch:* Rudolf Gasch, seit 1897 Oberlehrer am König Albert-Gymnasium, seit 1906 Professor am König Georg-Gymnasium in Dresden; Verfasser der *Geschichte der Turnkunst* (1910 als 504. Bändchen der Sammlung Göschen erschienen), die Ringelnatz im Verzeichnis der Benutzten Quellen seiner Turngedichte zitiert.

405 *»Änne Heringsgeschichte«:* erschien 1896 in *Meggendorfer's humoristischen Blättern*, s. *Das Gesamtwerk*, Bd. 4, S. 267–268.

405 *»Der Waldläufer«:* 1850 erschienener, schnell berühmt gewordener Roman von Gabriel Ferry (1809–1852); 1870 von Karl May bearbeitet.

405 *Tauchaschen Jahrmarktes:* Taucha, Stadt im Bezirk Leipzig.

407 *Poniatowskistraße:* Fürst Józef Poniatowski (1763–1813) unterstützte als polnischer General und frz. Marschall Napoleon im Feldzug gegen Rußland, ertrank schwer verwundet in der Elster.

412 *Gigerlstock:* Gigerl ist eine um 1890 in Wien aufgekommene Bezeichnung für Modenarren.

412 *Onkel Martin:* Martin Engelhart, ein Bruder seiner Mutter.

413 *Sievers:* der Germanist und Sprachwissenschaftler Eduard Sievers (1850–1932).

417 *Onkel Hilgenfeld:* Adolf Hilgenfeld (1823–1907).

417 *Georg Rietschel:* 1842–1914, Theologe.

417 *Edwin Bormann:* 1851–1912, ›klassischer‹ sächsische Dialektdichter.

417 *Julius Lohmeyer:* 1853–1903, war von 1867–1873 in der Redaktion des *Kladderadatsch*, schrieb 1870/71 Kriegslieder und begründete die Zeitschrift *Deutsche Jugend*, Mitglied des unsinntreibenden »Allgemeinen Deutschen Reimvereins«.

417 *Katzenmaler Flinzer:* Alexis Fedor Flinzer (1832–1911), seit 1873 städt. Zeichen-Inspektor in Leipzig.

418 *Wilhelm Roux:* 1855–1924, Anatom, Professor in Breslau, Innsbruck und Halle; zahlreiche Abhandlungen über Embryos.

418 *Johannes Trojan:* 1837–1915, humoristischer Dichter, Verfasser von Kinderliedern. – *Sitzredakteur:* der formell verantwortliche Redakteur, der gegen die Zeitung verhängte Strafen abzusitzen hatte; Ringelnatz irrt hier, Trojan war tatsächlich Chefredakteur.

418 *Kladderadatsch:* satirische Zeitschrift, gegründet 1848, 1944 Erscheinen eingestellt.

418 *Victor Blüthgen:* 1844–1920, Kinderlieddichter und Jugendschriftsteller.

418 *Moritz Busch:* 1821–1899, zuerst radikaler Liberaler, Teilnahme am Dresdner Maiaufstand, dann begeisterter Bismarckanhänger. Herausgeber der *Grenzboten*.

420 *Plötz:* der Gymnasiallehrer Karl Plötz (1819–1881), heute noch bekannt durch den *Plötz* (»Auszug aus der Geschichte«); verfaßte auch Schulbücher für die frz. Sprache.

424 *Tautenburg:* Sommerfrische in der Nähe Jenas.

424 *Bismarck wäre gestorben:* 30. 7. 1898.

424 *Moselweinlied:* Melodie von Otto Lob: »Die Gläser laßt klingen / in tönenden Reihn: / ein Lied gilt's zu singen / dem lieblichsten Wein […].«

427 *»Die Stalaktiten«:* 1894 gegründete Leipziger Künstler- und Gelehrtengesellschaft.

427 *Bruno Wille:* natürlich nicht identisch mit dem 1860 geborenen Gründer der Freien Volksbühne.

430 *Dr. Dörry:* In dem Bändchen *Simplicissimus Künstler-Kneipe* (1909) veröffentlichte Ringelnatz ein Gedicht unter dem Pseudonym

Fritz Dörry, ein Gedicht von 1906 (»Um die Schwalbe«) zeichnete er mit Dörry.

432 *Lussinpiccolo:* Hauptstadt der Insel Lussin im Golf von Quarnero, heute Mali Losinj (Kroatien).

434 *Mark Twains Skizzen:* Die erste Sammlung von Skizzen Mark Twains (1835–1910) erschien 1867 unter dem Titel *The Celebrated Jumping Frog of Calaveras County, and Other Sketches.*

434 *drei Musketiere von Dumas:* Roman (1844) von Alexandre Dumas père (1802–1870).

435 *Kriegsverwundeten von Transvaal:* aus dem Burenkrieg (1899–1902).

437 *Matrosen:* Die Prosabeiträge, die hier angesprochen sind, bilden den eigentlichen Kern dieses von Ringelnatz zusammengestellten Buches (1928).

437 *Machiche:* brasilianischer Tanz, eigtl. »Maxixe«, kam um 1900 nach Europa.

438 *Monkey-Jackett:* der wollene blaue Überzieher der Seeleute.

438 *Gigerlkragen:* vgl. oben zu S. 412.

439 *Grimsby:* Stadt südöstlich von Hull.

440 *Bandoneon:* eine Art Ziehharmonika, benannt nach dem Erbauer Heinrich Band (1821–1860).

440 *Krönung der Queen und den Sieg Großbritanniens:* Die 1901 verstorbene Königin Victoria hätte am 20. 6. 1902 ihr 65jähriges Krönungsjubiläum gehabt, der Friede von Pretoria beendete am 31. 5. 1902 den Burenkrieg.

453 *Wilberforce:* s. o. S. 837, Anm. zu S. 63.

456 *»Wie die Tage so selig verfließen«:* Der erste Vers von Paul Heyses (s. u. zu S. 419) »Lied von Sorrent« lautet richtig: »Wie die Tage so golden verfliegen«; die Melodie stammt von Ludolf Waldmann (1840–1919).

456 *»Santa Lucia«:* dt. Version des ital. Liedes »Sul mare luccica« (Verfasser und Komponist: Teodore Cottrau, 1827–1879), das um 1864 entstand.

456 *»La Paloma«:* s. o. zu S. 76.

471 *Grobian:* Die Witze und Anekdoten sowie ein Märchen aus dem Grobian sind abgedruckt in *Das Gesamtwerk*, Bd. 4.

473 *Fritz Dörry:* s. o. zu S. 430.

474 *Simplizissimus-Künstlerkneipe:* Hervorgegangen aus einem Stammtisch des Weinlokals »Dichtelei«; Kathi Kobus (1855–1929) ertrotzte sich den Namen und den bekannten Symbolhund als Aushängeschild von den Verlegern der Zeitschrift *Simplicissimus.*

475 *Erich Mühsam:* 1878–1934 (von den Nazis ermordet).

476 *Th. Th. Heine:* Thomas Theodor Heine (1867–1948), Maler

und Zeichner, gründete mit Albert Langen zusammen 1896 die satirische Zeitschrift *Simplicissimus*, an der er bis 1933 mitarbeitete.

476 *Rudolf Wilke:* 1878–1908, Zeichner, u. a. auch für den *Simplicissimus*. – *Wedekind:* Frank Wedekind (1864–1918), Lyriker, Dramatiker; seit 1896 ebenfalls Mitarbeiter am *Simplicissimus*, 1901/02 trat er in München bei den »Elf Scharfrichtern« mit seinen Liedern auf.

477 *la belle Otéro:* berühmte Variéte-Tänzerin. – *Marya Delvard:* eigtl. Marie Biller, gebürtig aus der Nähe von Nancy, trat bei den »Elf Scharfrichtern« mit Wedekinds »Ilse« und eigenem Repertoire auf; auch äußerlich an die berühmte Yvette Guilbert erinnernd.

477 *Danny Gürtler:* Chansonnier, der im Kostüm des Aristide Bruant (Cabaret »Chat noir« in Montmartre) auftrat.

477 *Sylvester Schaeffer:* 1859–1931, Artist aus der damals bekannten Schaeffer-Dynastie.

477 *Uhde, O. Seidel, Kaulbach, Segantini, Reznicek, Harburger, Vautier, Weisgerber, Futterer, Acbé:* Fritz Uhde (1848–1911), Freund Max Liebermanns, Mitbegründer der Münchner Sezession; Oskar Seidel (1845–1900); Friedrich August Kaulbach (1850–1920), Porträt- und Genremaler, Freund Lorenz Gedons und Wilhelm Buschs; Gottardo Segantini (*1882), Schweizer Maler, Radierer und Kunstschriftsteller; Ferdinand Freiherr von Reznicek (1868–1909), u. a. Mitarbeiter der Zeitschriften *Jugend* und *Simplicissimus*; Edmund Harburger (1846–1906), Maler und Illustrator der *Gartenlaube* und vor allem (seit 1870) der *Fliegenden Blätter*; Otto Vautier (1863–1919), Maler, seit 1906 in Genf; Albert Weisgerber (1878–1915), u. a. Mitarbeiter der *Jugend*, 1913 Mitbegründer der Neuen Sezession in München; Joseph Futterer (1871–1930), Zeichner, Maler, Radierer; Anton Azbé (1859–1900), Maler, genannt Professor Nämlich, Inhaber der größten Malschule Münchens.

478 *Ludwig Scharf:* 1864–1939, Lyriker.

478 *»Erst kamen die seidenen Kleider …«:* Der Refrain des Chansons »Das Ladenmädel« (Text von Willi Wolf, Musik von Rudolf Nelson, 1905 im Berliner Kabarett »Roland von Berlin« kreiert) lautet richtig: »Erst kamen die Blusen und Kleider …«.

478 *»Ich hatte einst …«:* Gedicht von Heinrich Heine aus den *Neuen Gedichten* (1844).

478 *»Ich gehe meinen Schlendrian«:* Studentenlied, wohl um 1840 entstanden.

478 *»In meiner Heimat«:* Es handelt sich vielleicht um ein Lied (1849)

von Hermann Lingg (1820–1905) mit der Melodie (1895) von August Wiltberger (1850–1928): »In meine Heimat kam ich wieder«.

478 *Mary Irber:* ›Vamp‹ der Schwabinger Szene, Star des kurzlebigen »Intimen Theaters« (1905). Wedekind bedichtete sie als »Venus duplex Amathusia«.

478 *Julius Beck:* *1852, Todesjahr unbekannt; erst Schauspieler, später Redakteur und freier Schriftsteller, Lehrer der Rhetorik, Vortrags- und Bühnenkunst; ein Gedicht von ihm wurde im von Ringelnatz hrsg. Bändchen veröffentlicht: *Simplicissimus Künstler-Kneipe und Kathi Kobus.* Hrsg. vom Hausdichter Hans Bötticher. München: Selbstverlag [1909].

478 *Machiche:* s. o. zu S. 437. – *Cake-walk:* kam um 1900 als erster nordamerikanischer ›Negertanz‹ nach Europa.

480 *»Simplizissimustraum«:* abgedruckt in *Das Gesamtwerk*, Bd. 2.

482 *Matschackerln:* Spaßmacher, Possenreißer.

482 *Nenntante ... Julius Kleinmichel:* Selma Kleinmichel, die Witwe des Malers Julius Kleinmichel (1846–1892).

483 *»Honnymalypongs«:* Honny soit qui mal y pense – ›Verschmäht sei, wer Schlechtes dabei denkt‹ – der Wahlspruch des Hosenbandordens.

483 *»o contrario«:* al contrario – im Gegenteil.

484 *Weisgerber:* s. o. zu S. 477.

485 *Wedekind:* s. o. zu S. 476. – *Duncan:* Isadora Duncan (1878–1927), amerikanische Tänzerin. – *Roda Roda:* Alexander Roda Roda (eigtl. Sandór Friedrich Rosenfeld, 1872–1945), humoristischer Erzähler, Dramatiker, Essayist.

485 *Max Dauthendey:* 1867–1918, Lyriker und Erzähler.

485 *Gebrüder Reinhardt:* Max Reinhardt (1873–1943), Schauspieler und später Theaterleiter, gründete 1901 das Berliner Kabarett »Schall und Rauch«; sein Bruder Edmund wurde später Geschäftsführer der Reinhardt-Bühnen. – *Reznicek:* s. o. zu S. 477.

485 *Ludwig Thoma:* 1867–1921, Lyriker, Dramatiker und Erzähler; schrieb für die Zeitschrift *Simplicissimus* und für Ernst von Wolzogens Kabarett »Überbrettl« (Berlin, 1901/02). – *Ganghofer:* Ludwig Ganghofer (1855–1920), Erfolgsschriftsteller; Heimatdramen und -romane.

486 *Przybyszewski:* Stanislaw P. (1868–1927), schrieb bis 1900 dt., dann polnisch; antibürgerliche Essays und Romane.

486 *Ernst von Possart:* 1841–1921, berühmter Schauspieler und Intendant.

486 *Gerhart Hauptmann:* 1862–1946, Erzähler und Dramatiker.

486 *»Leutnant von Versewitz«:* sanft satirische Gedichte, die Georg

Bötticher zuerst in der *Jugend* veröffentlichte, später (1901 und 1904) gesammelt herausgab.

488 *»den einzigen wahren Bohême«:* Zitat aus René Leclère: Münchener Erinnerungen. »Der Simpel«. – In: *Luxemburger Zeitung* vom 24. 3. 1910: »Das ist Münchener Bohème, – wenigstens, wie sie allgemein besteht. – Ein großer, großer Bluff. – Der wahre und einzige Bohémien hier im Simpel ist der Bötticher«.

488 *»poète attitré ...«:* Zitat aus einem Bericht von René Prévot (1880–1955), wohl aus einer Zeitung *Express:* Ein Ausschnitt davon befindet in der Sammlung Gescher-Ringelnatz, Berlin.

488 *Broschüre:* s. o. zu S. 478.

488 *Max Halbe:* 1865–1944, naturalistischer Dramatiker und Erzähler.

493 *Wanjka und Fanjka:* Wanjka ist Selma Plawneck, verheiratete des Coudres (1883–1956).

495 *Erna Krall:* richtiger Name der späteren Lehrerin: Erna Krauß (1890–1949).

495 *Lotte Pritzel:* 1887–1952; von vielen zeitgenössischen Künstlern hochgeschätzt.

495 *Emmy Hennings:* 1885–1948, Lyrikerin und Erzählerin, begegnete im »Simpel« Hugo Ball (1886–1927, Lyriker, Erzähler, Kultur- und Zeitkritiker, Mitbegründer und theoretischer Kopf des Dadaismus), den sie 1920 heiratete.

495 *Walter Foitzick:* 1886–1955, Schriftsteller.

495 *Max Unold:* 1885–1964, Maler, Graphiker und Illustrator von Werken der Weltliteratur. – *R.J.M. Seewald:* 1889–1976, Maler und Graphiker; illustrierte die *Schnupftabaksdose* von Ringelnatz.

497 *poeta laureatus:* gekrönter Dichter, s. die Abbildung in *Das Gesamtwerk*, Bd. 5, S. 215.

498 *Hebbels Tagebücher:* Friedrich Hebbel (1813–1863), Dramatiker.

498 *Dora Kurs:* Dora Kurtius, wie sie richtig hieß, war Leiterin eines Mädchen-Pensionats für Sprachlehrerinnen in Eisenach; Ringelnatz lernte dort Alma Baumgarten (Maulwurf) (1893–1974) und seine spätere Frau Leonharda Pieper (Muschelkalk) (1898–1977) kennen.

498 *Schlegel-Tiecksche Shakespeare-Ausgabe:* Die Shakespeare-Übersetzung von August Wilhelm Schlegel, Dorothea Tieck und ihrem Vater Wolf Heinrich Graf von Baudissin erschien erstmals 1825–1833.

498 *August Messers »Geschichte ...«: Geschichte der Philosophie vom Beginn der Neuzeit bis zum Ende des 18. Jahrhunderts.* Leipzig 1912.

498 *Josef Kainz:* 1858–1910, Schauspieler, seit 1899 am Wiener Burgtheater.

498 *Peter Anter:* richtiger wohl Peter Ganter.
499 *Paul Heyse:* 1830–1914, Lyriker und Novellist, erhielt 1910 den Nobelpreis für Literatur.
499 *Lied vom schönen Sorrent:* s. o. zu S. 456.
499 *Ihr fremden Kinder:* abgedruckt in *Das Gesamtwerk*, Bd. 4, S. 358–360.
499 *Paul Lincke:* 1866–1946, Operettenkomponist.
499 *Carl Rößler:* 1864–1948.
499 *Bruno Frank:* 1887–1945, Lyriker und Erzähler, die wichtigen Werke erschienen erst nach dem Ersten Weltkrieg.
499 *Hans von Olden:* 1859–1932, Mitarbeiter der *Jugend.* – *Willy Seidel:* 1887–1934, Schriftsteller, Bruder der Schriftstellerin Ina Seidel. – *Etzel:* Theodor Etzel (1873–1930), war mit Hanns Heinz Ewers (1871–1943) befreundet und veröffentlichte seine Fabeln zum Teil mit diesem zusammen.
500 *Carl Georg von Maassen:* 1880–1940, Bibliophile und Privatgelehrter, Schriftsteller, gab die erste unvollendet gebliebene kritische Ausgabe der Werke E.T.A. Hoffmanns heraus, schrieb witzig-unsinnige Gedichte, die Ringelnatz zweifelsohne beeinflußten: die *Gedichte eines Gefühllosen* (1903, unter dem Pseudonym Jakobus Schnellpfeffer) tauchen 1920 im Verzeichnis der Benutzten Quellen von Ringelnatzens *Turngedichten* auf.
500 *»Jugend«:* 1896 gegründete »Münchner illustrierte Wochenschrift für Kunst und Leben«, erschien – hrsg. von Georg Hirth – bis 1940.
500 *»Die wilde Miß vom Ohio«:* s. o., S. 235–239.
500 *Vorel:* Lascár Vorel (1879–1918), rumänischer Maler und humoristischer Zeichner, lebte in München.
500 *Thilo von Seebach:* s. o. zu S. 120.
500 *Unold:* s. o. zu S. 495. – *Klinckowstroem:* Carl Graf von Klinckowstroem (1884–1969), Privatgelehrter (Parapsychologie, Geschichte der Naturwissenschaften und Technik).
500 *Arthur Knüpffer:* 1891–1961, Journalist, Erzähler. – *Helmut von Schulmann:* 1891–1968, Volkswirt und Journalist.
500 *Gebrüder von Hoerschelman:* nicht gemeint ist wohl Fred (1901–1976), der spätere Schriftsteller; einer der Brüder war Rolf von Hoerschelmann (1885–1947), Zeichner, Illustrator und Mitarbeiter an den »Schwabinger Schattenspielen«.
501 *mein erstes Buch: Gedichte*, s. o., S. 833.
504 *kleine Ulkreime: Die Schnupftabaksdose.*
504 *Seewald:* s. o. zu S. 495.
504 *Schiffsjungentagebuch:* s. o., S. 849–850.

504 *Marietta:* eigtl. Maria Kirndörfer, ein Schwabinger Malermodell, nannte sich Marietta di Monaco und war ›die Muse Klabunds‹.
505 *»Sie steht doch still«:* erschien 1913 in *Ein jeder lebt's.*
505 *»Woche«:* 1899 begründete aktuelle und literarische Wochenschrift.
505 *Ibsens »Nordische Heerfahrt«:* Dieses Drama Henrik Ibsens (1828–1906) erschien 1858, in dt. Übersetzung 1876.
506 *»Tristram Shandy«: The Life and Opinions of Tristram Shandy Gentleman* (1759–1767), Roman von Laurence Sterne (1713–1768).
506 *»Gargantua und Pantagruel«:* entweder François Rabelais' (1494–1553) Roman oder die dt. Paraphrase von Johann Fischart (1549–1590). – *»Simplicius Simplicissimus«:* Hans Jacob Christoph von Grimmelshausens (1621–1676) Roman *Der Abentheurliche Simplicissimus Teutsch* (1668).
506 *Gontscharows »Oblomow«:* berühmter Roman des russ. Romanciers I.A. Gontscharow (1812–1891).
506 *»Renaissance« von Gobineau: La Renaissance. Scènes historiques* (1877), dialogische Darstellung großer Gestalten der Renaissance des frz. Schriftstellers, Diplomaten und Rassen-Theoretikers Joseph-Arthur Comte de Gobineau (1816–1882).
506 *Bergsöe:* Jörgen Vilhelm Bergsöe (1835–1911), der Roman erschien 1869, dt. 1870/71.
507 *Nordenskiöld:* Adolf Erik Nordenskiöld, der schwedische Polarforscher, starb bereits 1901; Ringelnatz hat ihn mit seinem Sohn, dem Südamerikaforscher Erland N. (1877–1932), verwechselt.
507 *»Durch das Schlüsselloch eines Lebens«:* s. o., S. 245–254.
507 *Ferdinand Kahn:* 1886–1951, Jurist und Schriftsteller; verfaßte zusammen mit Ringelnatz das Versmärchen *Was Topf und Pfann' erzählen kann* (1910).
509 *Schicketanz:* das heute noch bestehende »Batzenhäusl«.
511 *Klein-Oels:* Auf dem Schloß in Klein-Oels des Heinrich Graf Yorck von Wartenburg, dem Sohn des mit Dilthey befreundeten Philosophen Paul Graf Yorck von Wartenburg (1835–1897) und Vater des Widerstandskämpfers Peter Graf Yorck von Wartenburg (1904–1944), arbeitete Ringelnatz gegen freie Kost und Logis in der Zeit vom 4. 2.–22. 12. 1912 an der Ordnung der Bibliothek.
511 *à discretion:* nach Belieben.
511 *Dannenberg:* Paul Dannenberg (1860–1935).
511 *Malteserkloster:* s. Anm. zu S. 254.
511 *Voltaire:* wohl eine der zahlreichen Repliken der berühmten Voltairestatue von Jean Antoine Houdon (1741–1828).
512 *Püzze:* Bertha, das älteste der zehn Yorckschen Kinder.

512 *Piranesistiche:* Giovanni Battista Piranesi (1720–1778), Kupferstecher und Baumeister.

512 *Rauch:* Christian Daniel Rauch (1777–1857), Bildhauer. – *Generalfeldmarschall ...:* Ludwig Graf Yorck von Wartenburg (1759–1830) wurde für seine Verdienste in den Befreiungskriegen 1814 geadelt.

512 *Tieck:* Ludwig Tieck (1773–1853), bedeutender Dichter der Romantik.

513 *Schlacht von Lepanto:* Am 7. 10. 1571 errangen die christlichen Großmächte den ersten Sieg über das Osmanische Reich.

514 *Simplicius Simplicissimus:* s. o. zu S. 506.

514 *Herrenhaus:* So hieß seit 1854 die Erste Kammer des Preußischen Landtages.

515 *Scharnhorst:* Die Briefe des preußischen Generals Gerhard von Scharnhorst (1755–1813) gab 1914 Karl Linnebach im Münchner Verlag Georg Müller heraus.

515 *Leopold Graf Kalckreuth:* Landschafts- und Porträtmaler (1855–1928).

517 *Daja:* Nina Yorck von Wartenburg, verheiratete von Prittwitz und Gaffron (1903–1976).

517 *Wilhelm Dilthey:* 1833–1911, Philosoph und Literaturwissenschaftler, befreundet und in engem Briefwechsel stehend mit Paul Graf Yorck von Wartenburg.

518 *Rot' Gewand, schöne grüne Linde:* ein Sommersingelied, ältester Nachweis 1860/70 aus Schlesien.

519 *Devy:* eigtl. Davida Yorck von Wartenburg (1900–1943).

519 *erste Nummer des »Morgenblattes für gebildete Stände«:* Jean Pauls (1763–1825, Erzähler) *Abschieds-Rede bey dem künftigen Schlusse des Morgenblatts* in der Nr. 1 vom 1. 1. 1807, später aufgenommen als drittes Stück im zweiten Bändchen der *Herbst-Blumine.*

519 *»Wirtshaus im Spessart«:* Märchen von Wilhelm Hauff (1802–1827).

519 *Apicius:* Marcus Gavius Apicius, Feinschmecker aus der Zeit des Augustus und Tiberius.

522 *Inkunabeln:* von lat. incunabula (Wiege, Ursprung), die ersten Erzeugnisse (»Wiegendrucke«) des Buchdrucks (bis 1500).

523 *»Künstlers Erdenwallen« und »Künstlers Apotheose«:* zwei Dramen von Goethe, 1774 bzw. 1788; richtig: *Künstlers Erdewallen.*

523 *»Und willst ...«:* Schlußverse von *Künstlers Apotheose.*

524 *Hunt:* Rowland Hunt (1858–1943), Sohn eines Esquire, war 1903–1918 im Parlament.

525 *»Das Gute«:* 1912 in der Zeitschrift *März,* später in *Ein jeder lebt's* erschienen.

526 *Onkel Martin:* s. o. zu S. 412.

526 *Revolutionsmarken:* 1911/12, Revolution der Jungchinesen, Sturz der Mandschudynastie und Errichtung der Republik.

527 *»Schnupftabaksdose«:* Gedichtsammlung, s. o., S. 10–14.

528 *»Der tätowierte Apion«:* 1912 in der Zeitschrift *März*, später in *Ein jeder lebt's* erschienen.

528 *Euripides:* griechischer Tragödiendichter (ca. 480–406 v. Chr.). – *Pandora von Goethe:* ein Festspiel, erschienen 1808.

528 *Alarcon:* Pedro Antonio de Alarcón y Ariza (1833–1891), span. Schriftsteller.

528 *Lamettrie:* Julien Offray de la Mettrie (1709–1751), frz. Philosoph (*L'homme machine*).

529 *D. Kopp:* 1837–1914, Kardinalfürstbischof von Breslau.

529 *»Nun danket alle Gott«:* Kirchenlied (1636) von Martin Rinckart (1586–1649), Melodie (1647) von Johann Crüger (1598–1662).

530 *Fideikommißakten:* s. dazu oben zu S. 254.

530 *Max Liebermann:* 1847–1935, Maler und Graphiker, Gründer der Berliner Sezession.

533 *Konvention von Tauroggen:* 30. 12. 1812; General Yorck schloß einen Neutralitätsvertrag mit dem russ. General Diebitsch und bereitete damit den Weg für die Befreiungskriege.

533 *Kalckreuth:* s. o. zu S. 515.

533 *E. R. Weiß:* Emil Rudolf Weiß (1875–1942), Buchkünstler und Maler, Freundschaft mit Ringelnatz im Nachkriegs-Berlin.

533 *Borchardt:* Französische Straße 48; das renommierte Restaurant galt als Künstler- und Diplomatentreffpunkt.

533 *Goethebüste von Schadow:* Johann Gottfried Schadow (1764–1850), Bildhauer und Grafiker.

533 *Dantes … Witteschen Ausgabe:* Die Übersetzung von Karl Witte erschien erstmals 1865.

536 *Kiplings »Das Licht erlosch«:* Rudyard Kiplings (1865–1936) Erzählung erschien 1890.

537 *Basse:* starkes männliches Wildschwein.

537 *»Das Grau und das Rot«:* s. o., S. 254–269.

539 *»Braut von Rörvig« von Bergsöe:* Roman des dänischen Schriftstellers, vgl. oben zu S. 506.

540 *Geheimzeichen:* Schnörkel hinter seiner Unterschrift, den er auch als Joachim Ringelnatz beibehielt.

540 *Zeus-Büste von Otricoli:* großer Kopf des Zeus, eine römische Kopie aus dem 4. Jh. v. Chr.

541 *Hauptmanns »Fuhrmann Henschel«:* Drama (1899) von Gerhart Hauptmann (1862–1946).

541 *Wo Werra sich und Fulda küssen, da gab es einen guten Klang:* Mi-

schung der bekannten Redensart über den Ursprung der Weser mit einem Zitat aus Schillers »Lied von der Glocke« .

541 *Dora Kurs:* s. Anm. zu S. 498.

541 *Salzmannsche Erziehungsanstalt:* Christian Gotthilf Salzmann (1744–1811), Verfasser zahlreicher pädagogischer Schriften und Kinderbücher, gründete seine Erziehungsanstalt 1785.

543 *»Ein jeder lebt's«:* s. o., S. 844.

543 *Maulwurf:* Alma Baumgarten (1893–1974); nach der gescheiterten Verlobung unterstützte sie Ringelnatz finanziell während des Krieges. Er erwog sogar einmal, ihr *Mein Leben bis zum Kriege* zu widmen (vgl. oben S. 327).

545 *»Süße Ecke«:* Café Barth in Eisenach.

545 *Trinius:* August Trinius (1851–1919), erst Kaufmann, dann Heimatschriftsteller.

547 *Wippchen:* Posse, Streich.

550 *Oskar Dolch:* s. o., S. 497.

553 *Leistikow:* Walter Leistikow (1865–1908), Maler des Impressionismus, Mitbegründer der Berliner Sezession.

557 *Weisgerber:* s. o. zu S. 477.

557 *Unold, Foitzick:* s. o. zu S. 495.

557 *Kasperletheater:* Aufgeführt wurde das scherzhafte Drama *Im Nachthemd durchs Leben* von Carl Georg von Maassen, Erich Mühsam und Reinhard Koester.

557 *Utsch:* Friedrich Wilhelm Utsch, Urenkel des gleichnamigen Pfälzer Försters (1732–1795), veröffentlichte 1913 seine Schrift *Der Jäger aus Kurpfalz*, worin er die im Text genannte These vertrat. Ein Befürworter dieser These war Carl Graf von Klinckowstroem (s. o. zu S. 500).

557 *»Jäger aus Kurpfalz«:* weit verbreitetes Volkslied, erstmals 1763 nachgewiesen.

557 *Vereins Süddeutscher Bühnenkünstler:* Näheres und weiterführende Literatur vgl. Pape: *Ringelnatz* (1974), S. 34.

557 *Vegesack:* Siegfried von Vegesack (1888–1974), Journalist und Schriftsteller.

557 *Körting:* Berthold Körting schuf die Ausstattung des Schiffsjungen-Tagebuchs von 1911, s. o., S. 849–850. – *Emil von Lilienfeld:* Münchner Bohémien.

557 *Floerke:* Hanns Floerke (1875–1944) studierte Kunstgeschichte; Privatgelehrter in München, Sohn des Schriftstellers und Kunsthistorikers Gustav Floerke (1846–1898). – *Queri:* Georg Queri (1879–1919), Freund Ludwig Thomas, altbairischer Schriftsteller. – *Kubin:* Alfred Kubin (1877–1959), Zeichner und Illustrator. –

Hoerhammer: Arthur Hoerhammer, Lebensdaten unbekannt, Schriftsteller, im Ersten Weltkrieg gefallen.

558 *Vergißmeinnichtlied:* Lied unbekannter Herkunft: »Vergiß mein nicht, o Teure, die ich meine, / Zu welcher dieses Lied hier spricht«.

559 *»Hermetische Gesellschaft«:* s. dazu Pape: *Ringelnatz* (1974), S. 34–35.

560 *»Der Turmhahn« (Otto Ernst):* s. dazu den Aufsatz von Otto Ernst (d.i. Otto Ernst Schmidt, 1862–1926, Erzählungen, Dramen, Kinderbücher): Die hermetische Gesellschaft. Ein Zukunftsbild. [Über einen mißverstandenen Brief der H.G. an die Zs.] – In: *Der Turmhahn. Staackmanns Halbmonatsschrift* 1 (1914), 1. Januarheft, S. 46–48.

560 *Affäre des Leutnants von Zabern:* Ein Leutnant der dt. Garnison hatte der elsässischen Zivilbevölkerung mit der Anwendung von Waffengewalt gedroht (28. 10. 1913); daraus entstand eine innenpolitische Krise.

561 *Mord in Sarajewo:* Am 28. 6. 1914 wurden der österreichische Thronfolger Franz Ferdinand und seine Gemahlin Gräfin Chotek von einem bosnischen Studenten ermordet.

Als Mariner im Krieg (1928)

Erstdruck: *Gustav Hester: Als Mariner im Krieg. Hrsg. von Joachim Ringelnatz. (Umschlagzeichnung von Olaf Gulbransson.) – Berlin: Rowohlt 1928. 388 S.* In der Sammlung Gescher-Ringelnatz haben sich die noch nicht umbrochenen Fahnenabzüge des ungekürzten *Mariners* erhalten. Diese Fassung enthält *Das Gesamtwerk*, Bd. 7; die vorliegende Ausgabe folgt dem Erstdruck. – Im Berliner *8-Uhr-Abendblatt. Nationalzeitung* erschien im Juni/Juli 1928 ein sehr stark gekürzter Vorabdruck.

Für die vorliegende Auswahl wurden für die verschiedenen Etappen des Krieges typische Kapitel ausgewählt. Weggelassen wurden das 2., 4.–6., 8., 10.–11. und das 13. Kapitel.

Das ›Kriegstagebuch‹ erfuhr eine große Resonanz, erschienen doch 1928/29 eine Vielzahl von Autobiographien und autobiographischen Romanen zum Weltkrieg. Hermann Hesse schwärmt – in einem Brief an Emmy Hennings (*Kölnische Zeitung. Abendausgabe* Nr. 703b vom 22. 12. 1928) – über Ringelnatzens »Kriegstagebuch«: »Übrigens habe ich auch jetzt einige schöne Bücher entdeckt, die man loben muß. [...] Der Joachim Ringelnatz hat seine Kriegserlebnisse beschrieben, etwas lang, aber sehr lieb, das Ding heißt ›Als Mariner im Krieg‹ – weder der Kronprinz noch einer der Feldherren hat bisher aus dem Krieg so gut erzählt.« Und der Erzähler und Journalist Heinrich Hauser (1901–1955) schreibt im *Literaturblatt* der *Frankfurter Zeitung*,

2. 12. 1928: »Zu den wenigen guten Büchern, die über den Krieg geschrieben worden sind, gehört Joachim Ringelnatz ›Mariner im Krieg‹. Es ist merkwürdig, außerordentlich und vielleicht das menschlichste von allen. In jener dünnen Schicht, die Instinkt für literarische Ereignisse besitzt, hat das Buch schon Aufsehen erregt, als es noch, schlecht seinem Charakter angepaßt, fortsetzungsweise in einer Tageszeitung erschien. Dieses Buch ist weder Tagebuch noch Roman, es hat keine Fabel, keinen Aufbau, keine mit den Begriffen ›rechts‹ und ›links‹ erfaßbare Tendenz. Es zeichnet den Marinekrieg in einer Weise, wie ihn kein Admiralstabswerk vermitteln kann, zeichnet ihn in hunderten von kleinen Kinobildchen.«

Folgende immer wieder vorkommende Abkürzungen werden nicht einzeln erklärt: S.M.S = Seiner Majestät Schiff; M-Boot = Minensuchboot; T-Boot/Flottille = Torpedo-Boot/Flottille; V-Boot = Vorpostenboot.

563 *Tante Selma:* Selma Kleinmichel, die Witwe des Malers Julius Kleinmichel (1846–1892).

563 *Aus der alten Fabrik:* Roman von Jörgen Vilhelm Bergsöe (1835–1911). – *Eichhörnchen:* So nannte Ringelnatz die Hauslehrerin Amalie Timm auf dem Schloß des Grafen Yorck von Wartenburg in Klein-Oels, s. o., S. 525.

563 *Wanjka:* Selma Plawneck, verheiratete des Coudres (1883–1956).

564 *Mühsam:* Erich Mühsam (1878–1934; von den Nazis ermordet).

564 *Frank Wedekind:* 1864–1918, literarischer Bänkelsänger und Dramatiker.

565 *Vater:* zu Ringelnatzens Eltern und den Geschwistern Wolfgang und Ottilie (seit 1909 verheiratete Mitter) s. o. zu S. 389.

565 *Hermann und Hans Mitter:* Hermann Mitter war sein Schwager, der in Leipzig ein angesehenes Tapetengeschäft besaß, der Bruder Hans fiel im Krieg, s. o. zu S. 389.

565 *Otti:* Ottilie, Ringelnatzens Schwester.

566 *Anno 1904 als Einjähriger:* Wehrpflichtige mit Obersekundareife hatten im Kaiserreich das Vorrecht, einen auf zwölf Monate verkürzten Wehrdienst zu leisten, wenn sie sich verpflichteten, für die Unkosten selbst aufzukommen.

568 *Peter von Serbien:* Peter I., 1903–1918 König der Serben, Kroaten und Slowenen. Serbien erklärte Deutschland am 6. 8. 1914 den Krieg.

568 *»Stolz weht die Flagge …«:* von Robert Linderer (1824–1886); sechs Strophen, endet mit Heilrufen auf den Kaiser.

571 *Burg Lauenstein:* Dort war Ringelnatz kurze Zeit Bibliothekar und Fremdenführer, s. o., S. 541–550.

571 *»Morgenrot ...«:* populäres Reiterlied von Wilhelm Hauff (1802–1827).
579 *Pulverprahm:* Prahm ist ein flaches Wasserfahrzeug für Arbeitszwecke.
582 *Dore:* d. i. Ringelnatzens Schwägerin Dora Bötticher.
583 *Tante Michel:* d.i. Ringelnatzens Nenntante Selma Kleinmichel, s. o. zu S. 563.
585 *»Stürmisch die Nacht ...«:* Der Schlager »Seemanns Los« entstand ca. 1915.
586 *Amerikaner ... den Japsen den Krieg erklärt:* Irrtum der Zeitung oder von Ringelnatz: Japan erklärte am 23. 8. 1914 Deutschland den Krieg; Amerika tritt erst am 6. 4. 1917 in den Krieg ein.
588 *Sieg zu Lande über die Franzosen:* Am 21. 8. 1914 siegte die 2. dt. Armee bei Charleroi (Belgien) über die 5. frz. Armee.
589 *Maulwurf:* s. o. zu S. 543.
590 *ein herrlicher Sieg bei Metz:* In der Schlacht von Lothringen (20.–22. 8. 1914) wird die Südgruppe der frz. Armee geschlagen und über die Reichsgrenze zurückgeworfen.
590 *La Paloma:* s. o. zu S. 176.
591 *Dreadnoughts:* engl. ›Fürchtenichts‹; zuerst Name eines engl. Schiffes von 1906, des ersten Vertreters des modernen Schlachtschiffs, dann oft allgemein Bezeichnung für Großkampf-Schlachtschiffe.
592 *Gedicht auf die deutschen Matrosen:* erschien am 6. 10. 1914 in der *Jugend*.
594 *Flaggenlied:* s.o. zu S. 305.
595 *Erna Krall:* ›Deckname‹ für Erna Krauss (1890–1949).
595 *Wanjka Plawneck:* s. o. zu S. 563.
599 *Rudolf-Stratz-Bände:* 1864–1936, ein vielgelesener Unterhaltungsschriftsteller, nationalistische Romane aus Offizierskreisen.
600 *Jugend:* s. o. zu S. 500.
603 *»Schlenkpäkchen«:* ›schlenk‹ bedeutet ›schmissig‹.
614 *U 9:* bezieht sich wohl auf die Versenkung des britischen Kreuzers »Hawke« am 15. 10. 1914 durch U 9 unter Kapitänleutnant Otto Weddigen; s. auch unten zu S. 616.
615 *Seeschlacht bei Tsuschima:* Es handelt sich bei diesem Buch wohl um Hermann Gercke: *2 Seeschlachten (1. 4. 1794 – Tsuschima)*. – Berlin 1913 (Kaiser Wilhelms Flottenbücherei).
615 *»Jena oder Sedan«:* antimilitaristischer Roman von Franz Adam Beyerlein (1871–1949), 1902 erschienen, 1911 im 250. Tausend.
615 *Laokoon-Gruppe:* Der Priester Laokoon warnte die Trojaner vergeblich vor dem hölzernen Pferd; wenig später wurde er mit sei-

nen beiden Söhnen von zwei Meeresschlangen getötet; diese Szene ist in der berühmten Marmorgruppe (Vatikanische Museen) dargestellt.

616 *Weddigen:* Kapitänleutnant Otto Weddigen (1882–1915), der Kommandant von U 9, versenkte am 22.9.1914 die drei engl. Panzerkreuzer »Aboukir«, »Hogue« und »Cressy«.

616 *Hindenburgs neueste Siege:* Am 27.10.1914 zogen sich die dt. und österreichischen Armeen vor der russ. Übermacht zurück, am 11.11.1914 wurden mehrere russ. Korps um Lodz eingekesselt. – Paul von Beneckendorff und Hindenburg (1847–1934), seit 1.11.1914 Oberbefehlshaber Ost, seit 1916 Chef des Generalstabs des Feldherrn, enthält sich nach 1918 zunächst jeder politischen Tätigkeit; von 1925–1934 Reichspräsident.

617 *Novellenbuch:* das 1913 erschienene *Ein jeder lebt's.*

617 *Der Papst lebt...:* populäres Lied (1789) von Christian Ludwig Noack (*1767) mit dem Titel »Papst und Sultan«.

619 *Max Halbe:* s.o. zu S. 488.

619 *Quidde:* Ludwig Quidde (1858–1941), Münchner Historiker, war u.a. 1914–1929 Vorsitzender der Deutschen Friedensgesellschaft und erhielt 1927 den Friedensnobelpreis. 1933 emigrierte er in die Schweiz.

620 *Dukdalben:* künstlich errichtete Pfahlgruppen, u.a. zum Schutz eines Anlegeplatzes.

620 *vor mehreren Jahren in Riga:* 1911, Ringelnatz berichtet davon in *Mein Leben bis zum Kriege* (Kapitel hier nicht abgedruckt; dort heißt das Ehepaar aber Böttcher).

621 *Seemannslos:* 1897 erstmals erschienenes Lied, Musik von H. W. Petrie.

623 *Portugal...:* Irrtum Ringelnatzens; Portugal trat erst 1916 in den Krieg ein.

623 *Münchhausen:* Börries von Münchhausen (1874–1945); bei dessen Vater war Ringelnatz 1913 kurze Zeit Bibliothekar.

627 *S.M.S. Yorck:* Der 9950-Tonnen-Kreuzer lief am 4.11.1914 auf der Fahrt zur Reparaturwerft im dichten Nebel auf die eigene Minensperre und sank innerhalb von Minuten nach zwei Explosionen. 381 Besatzungsmitglieder wurden gerettet, 251 kamen um. Das Wrack behinderte lange Zeit die Schiffahrt und wurde erst 1983 im Rahmen der Fahrwasserverlegung der Jade abgesenkt; die Kosten: 4 Millionen DM.

629 *Während ich an Land ... schwimme gut!«:* Auf diesen Berichten beruhen einzelne Passagen der Erzählung *Totentanz*, s.o., S. 282–292.

635 *von den großen Niederlagen der Deutschen:* Seit November 1914 erstarrte die Westfront im Stellungskrieg.

642 *Ullsteinbuch …:* 1913 erschienen; Emil Marriot ist ein Pseudonym für Emilie Mataja (1855–1938), eine von Paul Heyse und anderen geförderte Autorin, die für die Rechte der Frau eintrat.

644 *Luise Reichardt:* Ringelnatz lernte die Krankenschwester 1913 auf der Burg Lauenstein kennen; s. o., S. 547.

644 *Immermanns Münchhausen:* Karl Leberecht Immermanns (1796–1840) satirischer Roman *Münchhausen* (1839/40) parodiert mit dieser Anordnung des Fürsten Pückler-Muskau *Briefe eines Verstorbenen*, die Brief 1–24 hinter Brief 25–48 bringen.

644 *Max Bewer:* 1861–1921; antisemitisch und deutschvölkisch, schrieb Bewer berüchtigte Kriegsgedichte.

646 *Leutnant von Zabern:* s. o. zu S. 560.

649 *Zum Geburtstage des englischen Königs:* George V. hatte erst am 3. Juni Geburtstag, der Zeitraum, über den Ringelnatz gerade berichtet, ist aber Januar 1915.

650 *Reise nach Jütland:* Das Lied stammt aus der Zeit des Schleswig-Holsteinischen Krieges 1849, wurde aber im Feldzug von 1870 den neuen Zeiten angepaßt (»Die Reise nach Frankreich«).

650 *Herz von Douglas:* dreißigstrophige Ballade von Moritz Graf von Strachwitz (1822–1847).

651 *Anton Reiser:* einer der bedeutendsten autobiographischen Romane des 18. Jh.s von Karl Philipp Moritz (1756–1793).

652 *Prinz Eitel Friedrich:* 1883–1942, der zweite Sohn Kaiser Wilhelms II.; er führte im Weltkrieg eine Gardedivision.

654 *Kaisers Geburtstag:* Wilhelm II. (1859–1941) hatte am 27. Januar Geburtstag.

654 *»Woche«:* 1899 begründete aktuelle und literarische Wochenschrift. Ringelnatz hatte dort seit 1911 mehrfach Erzählungen veröffentlicht.

654 *rührend schönes Gedicht von Joseph Lauff:* Joseph Lauff (1855–1933) war 1877–1898 preußischer Offizier, Verfasser von Hohenzollern-Dramen, wurde 1913 geadelt und früh von Ludwig Thoma verspottet.

657 *Steh ich in finstrer Mitternacht:* volkstümlich gewordenes Soldatenlied von Wilhelm Hauff (1802–1827).

658 *»Mein feldgraues Buch« von Frieda Schanz:* 1914 »als Manuskript gedruckt« von der *Daheim*-Redaktion veröffentlicht. In dem von Frieda Schanz (1859–1944) hrsg. Jahrbuch *Kinderlust* veröffentlichte Ringelnatz 1897 und 1898 zwei Gedichte: »Die Landpartie der Tiere« und »Ein Singsang«.

658 *»Über die Tragik in des Kaisers Leben«:* Gerhard Tolzien: Die Tragik in des Kaisers Leben. Eine deutsche Zeit- und Kriegsbetrachtung. Berlin 1914.

658 *Ruth Trinius:* Tochter des Thüringer Wanderdichters August Trinius (1851–1919).

660 *Humperdincks Märchenoper Hänsel und Gretel:* Werk des Komponisten Engelbert Humperdinck (1854–1921).

660 *Ludwig Fuldas Jugendfreunde:* Lustspiel (1898) des 1862 geborenen Schriftstellers, der 1939 wegen rassischer Verfolgung in den Freitod ging.

663 *Der achtzehnte Februar … U-Boot-Ultimatums:* Am 4. 2. 1915 verkündete Deutschland den U-Bootkrieg gegen die Handelsschifffahrt der Alliierten, wobei neutrale Schiffe das eigene Risiko trugen. Die USA forderten ultimativ die Achtung der Neutralität, und aus Angst vor Amerikas Eingreifen wurde am 17. 2. der Befehl gegeben, kein neutrales Schiff anzugreifen.

663 *Minenprahm:* s. Anm. zu S. 579.

664 *Prinz Heinrich:* 1862–1929; der Bruder Kaiser Wilhelms II. wurde 1909 Großadmiral und Inspekteur der Marine, 1914–1918 war er Oberbefehlshaber der Streitkräfte in der Ostsee.

666 *Nageldenkmal:* Ringelnatz beschreibt S. 722 u. 732 ein privates ›Nagelbild‹; auf vergleichbare Weise wurden Spenden und Rohstoffe gesammelt.

666 *Mexiko geflüchtet:* wohl nach der Revolution, s. die nächste Anm.

666 *Porfirio Diaz:* 1830–1915, mexikanischer Diktator, war 1877–1880 und 1884–1911 Präsident. Er half dem nordamerikanischen Kapital zur Vorherrschaft in Mexiko. Nach seiner Wiederwahl 1910 brach eine Revolution aus, die USA halfen zunächst mit Truppen, doch mußte Diaz 1911 ins Exil gehen; er starb in Paris.

667 *John-Brinckman-Str.:* s. o. zu S. 292.

669 *Bulgarien macht mobil:* Am 14. 9. 1915 schlossen Deutschland, Österreich-Ungarn, die Türkei und Bulgarien den Viererverband.

669 *In Rußland stand das Spiel …:* Im August 1915 bildete sich in der russ. Volksvertretung ein »progressiver Block«, der eine verschärfte Kriegspolitik vertrat.

669 *Novelle:* Totentanz, siehe S. 282–292.

669 *Westfront … große Offensive:* In der Herbstschlacht im Artois und in der Champagne (22. 9.–14. 10. 1915) scheiterte der Versuch der Franzosen und Briten, die dt. Abwehrfront zu durchbrechen.

672 *Der Tod und das Mädchen:* Lied von Franz Schubert (1797–1828) nach dem Text von Matthias Claudius (1740–1815).

673 *Lauterbach:* Nach dem Untergang der »Emden« erreichte Lauter-

bach das Malaiische Archipel, wurde von den Briten gefangengenommen und in Singapur interniert. Er floh mit neun Gefährten über die Philippinen, Japan und Amerika.

675 *derzeit Revolution:* Die Revolutionskämpfe in Mexiko dauerten bis 1917.

675 *Rheingold:* Oper von Richard Wagner (1813–1883).

675 *das großherzogliche Paar:* Großherzog Friedrich Franz IV. von Mecklenburg-Schwerin (1882–1945), seit 1897 Großherzog.

678 *Großneffen des Dichters:* s. o. zu S. 292.

679 *›Lache, Bajazzo‹:* Arie aus der Oper *Der Bajazzo* (1892) von Ruggiero Leoncavallo (1858–1919).

680 *Albert Langen …:* Der Passus bezieht sich auf die Novelle *Fahrensleute*, s. o., S. 292–305.

681 *Soerabaja:* niederländische Schreibweise von Surabaja, der Hauptstadt der Provinz Ost-Java in Indonesien.

683 *Carmen:* Oper von Georges Bizet (1838–1875).

683 *Baralong-Fall:* Der engl. Hilfskreuzer »Baralong« hatte unter amerikanischer Flagge am 19. 8. 1915 das dt. U-Boot U 27, das dabei war, einen engl. Frachtdampfer mit Konterbande an Bord zu versenken, nachdem dessen Mannschaft in den Rettungsbooten war, angegriffen und die gesamte Mannschaft ermordet. In ihren Antwortnoten auf den dt. Protest verwies die engl. Regierung auf angeblich ähnliche Verbrechen der Deutschen.

684 *Kriegsmarine-Novellenbuch:* s. o., S. 846.

686 *Lotte Lehmann:* 1888–1976, eine der berühmtesten Sängerinnen ihrer Zeit.

687 *österreichisches Reiterlied:* Gemeint ist wohl das Kunstlied von Franz von Suppé (1819–1895): »Vom Vaterland, vom Hause fern« (op. 41).

690 *Simonsdorf:* poln. Szymankowo, ca. 50 km südöstlich von Danzig.

691 *Braunsberg:* im ehemaligen Ostpreußen, poln. Braniewo, am Fluß Passarge gelegen.

691 *Memel:* Stadt im Nordosten Ostpreußens, heute russ. Klaipeda.

691 *Peter von Osten-Sacken:* s. o., S. 475.

692 *Admiral Spee:* Maximilian Reichsgraf von Spee (1861–1914) war dt. Vizeadmiral und siegte zunächst mit dem Ostasiengeschwader vor der chilenischen Küste über ein engl. Kreuzergeschwader (1. 11. 1914), am 8. 12. 1914 aber wurden fast alle Schiffe des dt. Geschwaders bei den Falklandinseln von den überlegenen Briten vernichtet, Spee fand den Tod.

692 *Tukkum:* heute Tukums, ca. 60 km westlich von Riga.

703 *jahrelang in München:* vom Spätsommer 1908 bis Februar 1911 sowie vom Herbst 1913 bis Juli 1914.

708 *Novelle:* Es handelt sich um die Erzählung *Lichter im Schnee*, an der er damals, April 1916, gerade arbeitete und die im Mai fertig vorlag; später in *Die Woge* (1922).

712 *Die englische Armee ... Von der Goltz war tot:* Die Engländer hatten seit November 1914 versucht, sich die Oberhoheit über die Ölgebiete am Persischen Golf zu verschaffen. Nach einer Schlacht südlich von Bagdad unterliegen am 26.4.1916 die Engländer den türkisch-dt. Truppen unter Generalfeldmarschall Colmar Freiherr von der Goltz (*1843). Goltz, auch bedeutender Militärschriftsteller, war 1883–1896 in türkischen Heeresdiensten. Er starb bereits vor Beendigung der Schlacht.

713 *Kalfatern:* das Abdichten der Decksnähte mit geteertem Werg und heißem Pech.

716 *Persenning:* niederländisch, wasserdichte Segeltuchabdeckung über Luken, Schiffsgeräten u.ä.

718 *Kronprinzens Geburtstag:* Kronprinz Wilhelm (6.5.1882–20.7.1951) hatte im Krieg erst die Führung der 5. Armee, seit 1916 die der »Heeresgruppe Deutscher Kronprinz« inne; er unterstützte später den Nationalsozialismus.

724 *Lichter im Schnee:* s.o. zu S. 708.

726 *Bilge:* Raum eines Schiffes, z.B. über dem Kiel, wo sich Leck- und Schmutzwasser sammeln.

726 *Dollbord:* die oberste Planke eines Bootes, auf der Dollenpflöcke oder Riemengabeln zum Einlegen der Riemen befestigt sind.

727 *Kraupischken, Kreis Ragnit:* Kraupischken: Breitenstein in Ostpreußen; Ragnit, nahe der Memel, heißt heute Neman.

727 *Patentlog:* besondere Art eines Logs (Geschwindigkeitsmessers); dabei wird die Geschwindigkeit anhand der Umdrehungen eines an der Logleine im Wasser hängenden Propellers gemessen.

728 *Eisenach:* s.o., S. 541–550.

728 *Lona Kalk:* ›Deckname‹ für seine spätere Frau, die er ›Muschelkalk‹ nannte, eigtl. Leonharda Pieper (1898–1977).

731 *Seeschlacht am Skagerrak:* Die große Seeschlacht (37 engl. gegen 21 dt. Großkampfschiffe) vom 31.5. / 1.6.1916 endete zwar mit einem dt. Sieg – die Briten wichen in die Nordsee aus –, aber es war nicht gelungen, die engl. Seeblockade zu durchbrechen. Nach dieser Schlacht ist für die teure dt. Hochseeflotte der Krieg praktisch zu Ende.

732 *Lord Kitchener:* Lord Horatio Herbert Kitchener of Khartoum (*1890) war engl. General im Burenkrieg, bei Ausbruch des Ersten Weltkrieges Heeresminister. Er starb am 5.6.1916 beim Untergang des Panzerkreuzers »Hampshire« bei den Orkney-Inseln.

734 *Bobby:* d. i. Wolfgang Krüger (†1970), der spätere Inhaber des Wolfgang-Krüger-Verlages (vor allem Romane und Bibliophilie).
735 *Otto:* Fritz Otto, genannt Pampig.
738 *Prielboot:* Priel heißt die Rinne zwischen den höher liegenden Teilen im Wattenmeer an der Nordseeküste.
742 *B.S.S.W.:* Die letzten drei Buchstaben bedeuten Süd-Süd-West, B meint wohl eine Position.
744 *Kaisers Geburtstag:* 27. 1. 1859. – *Admiral Schröder:* Stützpunkt der Flotte des Admirals Ludwig von Schröder (»der Löwe von Flandern«) war Zeebrügge.
744 *im Russisch-Japanischen Krieg:* 1904/05.
745 *verschärfte U-Boot-Krieg:* Am 1. 2. 1917 verkündete Deutschland den uneingeschränkten U-Boot-Krieg.
746 *Dr. Strich:* Fritz Strich (1882–1963), Literaturhistoriker, wurde 1915 Professor in München. – *Braun:* vielleicht der Archäologe Joseph Braun (1857–1947). – *Lotte Pritzel:* 1887–1962, Puppenmacherin, s. o., zu S. 495.
747 *vor Verdun zurückgezogen:* Im Januar/Februar 1917 wird nach der verheerenden Somme-Schlacht die sog. Siegfriedstellung ausgebaut, eine hinter der Somme-Front liegende Verteidigungslinie.
749 *»Geschwister« von Friedrich Huch:* 1873–1913, der Roman erschien 1903.
749 *unreifen … Roman:* Erhalten hat sich von *Ihr fremden Kinder*, wie der Roman hieß, nur ein Fragment.
751 *Stifters Biographie:* Um welche Biographie des österreichischen Dichters Adalbert Stifter (1805–1868) es sich handelt, ist nicht auszumachen.
754 *Pfannenflickerlied:* oft von Ringelnatz erwähntes, aber nie zitiertes erotisches Scherzlied.
754 *Staatssekretär Michaelis:* Georg Michaelis (1857–1936) wurde im Februar 1917 preußischer Staatskommissar für Volksernährung. Vom 14. 7. bis 1. 11. 1917 war er Reichskanzler und preußischer Ministerpräsident als Nachfolger von Bethmann-Hollweg.
755 *Graf Zeppelin:* Ferdinand Graf Zeppelin, der 1838 geborene Erfinder des lenkbaren Luftschiffs, starb am 8. 3. 1917.
755 *das Elias-Oratorium:* (der Artikel hier gegenüber dem Erstdruck ergänzt) Oratorium von Felix Mendelssohn-Bartholdy (1809–1847).
756 *Peluschken:* auch ›Sanderbsen‹, meist als Viehfutter gebraucht.
756 *Faustwalzer:* Walzer aus der Oper *Faust* (auch *Margarethe*) von Charles Gounod (1818–1893).
758 *Batterie Seeheim:* Zur Bedeutung dieser Zeit für Ringelnatz und

über die Möglichkeit, daß sein Pseudonym schon damals entstand, s. Pape: *Ringelnatz* (1974), S. 156–158.

758 *Coester:* s. o. zu S. 138.

759 *B.-G.-Entfernungsmesser:* wahrscheinlich ein besonderer Entfernungsmesser für ein B.-G. = Beta-Gerät. Das war der Deckname für schwere dt. Geschütze.

762 *Landschaft von Wanjka:* s. Anm. zu S. 563

762 *Lygia Romero:* s. o. zu S. 482.

763 *»Der Flieger«:* unveröffentlichtes Drama von Ringelnatz, vgl. *Das Gesamtwerk*, Bd. 3.

770 *Timmy:* Amalie Timm, genannt Eichhörnchen, s. o. zu S. 563.

770 *Richthofen ... gefallen:* Manfred Freiherr von Richthofen (*1892) fiel am 21. 4. 1918 in der großen Frühjahrsoffensive.

770 *sechstausendfünfhundert Feinde gefangen:* am 25. 4. 1918 beim Sturm des Kemmelberges in Flandern.

771 *Macbeth:* In dieser Tragödie von William Shakespeare (1564–1616) wird viel gemordet.

776 *Kaulquappen:* Ringelnatz schrieb ursprünglich ›sächsisch‹: Kaulquabben.

778 *»schwarz, zu scheußlichen Klumpen geballt«:* Zitat aus Schillers Ballade »Der Taucher« .

782 *sonderbares Wort ... Appendix:* zur Hermetischen Gesellschaft s. Anm. zu S. 559.

785 *Eichhorn ermordet:* Hermann von Eichhorn (*1848) wurde als Oberbefehlshaber in der Ukraine am 30. 7. 1918 in Kiew von Bolschewisten ermordet.

786 *»Degas« und »Die Künstler von Montmartre«:* Beide Mappen sind von Georges Grappe und erschienen 1913 bei Knaur in Berlin; Edgar Degas (1834–1917), frz. impressionistischer Maler.

788 *Fürst Wittgenstein:* Der Bezug ist nicht ganz klar; vielleicht der Schriftsteller Vincenz Graf zu Sayn-Wittgenstein-Berleburg (*1864) oder Fürst Stanilaus Sayn-Wittgenstein-Sayn (*1872); s. auch das Gedicht »Kuttel Daddeldu und Fürst Wittgenstein« .

790 *Kaisers Geburtstag:* Kaiser Karl I. hatte am 17. 8. Geburtstag.

791 *Schicketanz ... Gästebuch:* s. o. zu S. 509.

793 *»Des Meeres und der Liebe Wellen«:* Tragödie des österreichischen Dichters Franz Grillparzer (1791–1872).

793 *Friedensangebot:* Bezug ist nicht ganz klar; vielleicht ist das Angebot des österreichischen Außenministers Burian zu separaten Friedensverhandlungen gemeint (14. 9. 1918).

795 *Die Sozialdemokraten:* Am 23. 9. 1918 beschlossen Parteiausschuß und Reichstagsfraktion den eventuellen Eintritt in die Regierung.

795 *Friedensangebot Bulgariens:* Am 29./30.9.1918 nimmt die Regierung in Sofia die Waffenstillstandsbedingungen der Alliierten an, ohne auf Deutschland Rücksicht zu nehmen.

796 *Der Kaiser wollte ... Max von Baden:* Die dt. Militärs hofften unter dem Eindruck der bevorstehenden Niederlage auf Unterstützung durch den amerikanischen Präsidenten Wilson, wenn eine parlamentarisch gebildete Regierung um eine Aufnahme von Friedensverhandlungen nachsuchen würde. Und so befiehlt Kaiser Wilhelm II. am 30.9.1918 die Demokratie: »Ich wünsche, daß das deutsche Volk wirksamer als bisher an der Bestimmung der Geschicke des Vaterlandes mitarbeitet.« Am selben Tag bittet Reichskanzler Hertling um seine Entlassung, Prinz Max von Baden (1867–1929) wird daraufhin am 3.10.1918 Reichskanzler.

796 *»Lungenpest ... Grippe:* Bis zum 31.12.1918 fordert die seit September in Deutschland grassierende Grippewelle 196.000, 1918/19 weltweit aber insgesamt über 20 Millionen Tote, doppelt soviel wie der Erste Weltkrieg.

797 *König von Bulgarien ... Kronprinzen Boris:* Ferdinand I. dankte am 3.10.1918 ab; s. auch oben zu S. 795.

797 *Frieden zu den Wilsonschen Bedingungen:* Waffenstillstandsangebot vom 4.10.

799 *deutsche Antwort:* Am 12.10.1918 erklärte sich die dt. Regierung bereit, die besetzten Gebiete im Westen zu räumen, da der militärische Zusammenbruch bevorstand. Wilson aber bestand auf der Abschaffung der Monarchie (Note vom 23.10.), andernfalls müsse Deutschland kapitulieren.

800 *Kanzlerkrise ... Brief des Prinzen Max von Baden:* Eine Berner Zeitung veröffentlichte am 9.10. einen Brief des Prinzen und Kanzlers vom Januar 1918, in dem er sich gegen Parlamentarismus und Verständigungsfrieden und für Annexionen aussprach.

800 *Die Antwort Wilsons:* s.o. zu S. 799.

801 *Im Reichstag ... Abdankung des Kaisers verlangt:* Die Sozialdemokraten forderten die Abdankung, um den Friedensschluß zu beschleunigen. Die Liberalen schlossen sich an, während das Zentrum zum Kaiser hielt. Am 31.10.1918 drückte dann die Reichsregierung ihre Überzeugung aus, daß eine Abdankung des Kaisers nötig sei.

802 *Ludendorff zurückgetreten:* Am 26.10. mußte Ludendorff zurücktreten, weil er trotz der 3. Note von Präsident Wilson (s. zu S. 799) den Krieg weiterführen wollte. Er wird durch General Gröner ersetzt, der sofort den Rückzug und die Demobilisierung der Truppen einleitet.

802 *Österreich wollte Sonderfrieden:* Die Alliierten stimmten dem Gesuch um Waffenstillstand unter der Bedingung zu, daß Österreich den Völkern seines Reiches das Selbstbestimmungsrecht gewährte.

804 *Fürst in Schlesien:* s. Anm. zu S. 511.

804 *Revolution in Österreich-Ungarn:* Am 28. 10. 1918 rief der tschechische Nationalrat die Republik aus, in Budapest erschossen meuternde Soldaten den Grafen Istvan Tisza (1861–1918), der bis 1917 Ministerpräsident des ungarischen Teils der Donaumonarchie war, und Kaiser Karl I. mußte den radikalen Reformpolitiker Michael Karolyn zum Ministerpräsidenten ernennen. Kroaten, Serben und Slowenen erklärten am 24. 11. 1918 ihre Unabhängigkeit.

804 *Meuterei:* Der Chef des Admiralstabs und der Seekriegsleitung hatte gefordert, daß die dt. Hochseeflotte nach zweijähriger Untätigkeit in den Krieg eingreifen sollte. Daraufhin kam es in Kiel zu Meutereien und am 3./5. November 1918 zur Einsetzung von Arbeiter- und Soldatenräten. Der rechte Sozialdemokrat Gustav Noske erkennt im Auftrag der Regierung die Forderung der Aufständischen an und legalisiert somit den Aufstand.

808 *Liebknecht:* Karl Liebknecht (1871–1919), sozialdemokratischer Reichstagsabgeordneter, trat 1916 aus der Fraktion aus, wurde nach einer Antikriegskundgebung verhaftet, im Oktober 1918 begnadigt. Mit Rosa Luxemburg trat er an die Spitze des Spartakusbundes; beide wurden 1919 in Berlin von Reichswehrangehörigen ermordet.

810 *Gerichtsoffizier:* Dr. John Ulrich Schroeder war Kriegsgerichtsrat.

817 *Baier:* Karl Baier, im bürgerlichen Beruf Tischler.

817 *Thermidor:* der elfte Monat des frz. Revolutionskalenders, hier die Zeit nach der Schreckensherrschaft und dem Sturz Robespierres am 9. Thermidor (27. 7. 1794).

817 *Internationale:* Kurzform für »Internationale Arbeiterassoziation«. Hier ist die Zweite Internationale gemeint, die 1889/90 in Paris gegründet wurde und die marxistischen Arbeiterorganisationen vereinigte.

818 *Waffenstillstandsbedingungen:* Am 11. 11. 1918 vom frz. Marschall Foch der dt. Delegation unter Matthias Erzberger diktiert.

818 *Reichskanzler Ebert:* Friedrich Ebert (1871–1925); am 9. 11. 1918 beschließt die Reichstagsfraktion der SPD, die Regierung zu übernehmen. Prinz Max von Baden erklärt eigenmächtig den Thronverzicht des Kaisers, tritt zurück und übergibt Ebert das Amt des Reichskanzlers. Gegen dessen Willen ruft Philipp Scheidemann dann um 14 Uhr die Deutsche Republik aus. 1919 wird Ebert Reichspräsident.

818 *Kaiser und Hindenburg … geflüchtet:* Wilhelm II. ging am 10. 11. 1918 ins holländische Exil; Hindenburg war nicht geflohen.
818 *Bayern … freie Republik:* Kurt Eisner (1867–1919), der Vorsitzende der Münchner USPD, hatte am 7. 11. 1918 die Republik Bayern ausgerufen.
820 *1871 Frieden:* Nach dem Sieg über Frankreich im Deutsch-Französischen Krieg wurde das Deutsche Reich gegründet.
822 *Scheidemann:* Philipp Scheidemann (1865–1939), seit 1913 Führer der Sozialdemokraten im Reichstag, war 1919 kurze Zeit Ministerpräsident, trat aber zurück, weil er den Versailler Vertrag für unannehmbar hielt.
822 *Noske:* Der rechtsgerichtete Gustav Noske (1868–1946), Mitglied des Reichstages, ließ 1919 in verschiedenen Teilen Deutschlands Aufstände niederschlagen; den Linken machte er sich als Reichswehrminister (1919/20) verhaßt.
823 *Neufrankreich:* Gemeint sind die linksrheinischen Gebiete, die nach dem Waffenstillstandsvertrag binnen eines Monats zu räumen waren und Besatzungszone wurden.
827 *Spartakus-Gruppe:* Die kommunistische Vereinigung, von Rosa Luxemburg und Karl Liebknecht geführt, forderte das Rätesystem; aus dem Spartakusbund ging am 31. 12. 1918 die Kommunistische Partei Deutschlands hervor.
829 *Alfred Dunsky:* ein damals bekannter Berliner Innenarchitekt.

Nachwort

1. Der geduzte Dichter

»Prost, Joachim Ringelnatz, Weltweiser, Weltverächter, grotesker Spaßmacher«, ruft ihm ein Kritiker anläßlich der Eröffnung von »Schall und Rauch« im Berliner *8-Uhr-Abendblatt*[1] zu. Einen »flegelhaften, oft besoffenen, an die Nieren der Rührung und des Zivilisationshohnes greifenden Dichter«[2], den ein Wiener Kritiker in ihm erkennen will, muß man einfach duzen, ist er doch überhaupt »ein kindlicher Mann von 40 Jahren, in einer Matrosenbluse«[3]. Solche Wirkung beim Publikum war teilweise beabsichtigt, rief aber z. B. bei Erich Kästner Kritik hervor: »Eines nur enttäuscht an ihm: Das ist die Art seiner Wirkung im Publikum. Auch auf die Gefahr hin, daß er behaupten wird, meine Anteilnahme unbesehen entbehren zu können, muß ich's mitteilen: Es ist so traurig, daß sich die meisten gewöhnt haben, über Ringelnatz als einen Hanswurst und Suppenkaspar zu lachen. Merken denn so wenige, daß man keine Kabarettnummer, sondern einen Dichter vor sich hat?«[4]

Die (großen) Dichter der Zeit jedoch sind echte oder Geistes-Aristokraten, oder sie stilisieren sich dazu: Gerhart Hauptmann, Stefan George, Hugo von Hofmannsthal, Rilke, Thomas Mann; aber auch die Nicht-Traditionalisten verschiedenster Couleur wie Franz Kafka, Georg Trakl, Ernst Barlach, Robert Musil, Gottfried Benn, Alfred Döblin oder Bertolt Brecht bauen durch und mit ihrem Werk eine Distanz auf, die letztlich das Private der Person

1 Curt Corrinth: Eröffnung von »Schall und Rauch«. – In: *8-Uhr-Abendblatt* (Berlin) vom 3. 9. 1920.

2 Robert Müller: Ringelnatz. – In: *Der Tag* (Wien) vom 19. 2. 1924 (in der Galerie »Würthle« und im Kabarett »Hölle«).

3 *Leipziger Volkszeitung* vom 20. 10. 1924.

4 Erich Kästner: Vortragsabend Joachim Ringelnatz. – In: *Neue Leipziger Zeitung* vom 20. 10. 1924.

vom Werk trennt. Bei Ringelnatz scheint trotz des offensichtlichen Rollenspiels als Kuttel Daddeldu vom Anfang seines Auftretens als Joachim Ringelnatz im Jahr 1920 an diese Trennung aufgehoben, ja mit der Zeit scheint die öffentliche Vertraulichkeit noch zu wachsen.

Anläßlich der Aufführung von Ringelnatzens dramatischer Seemannsballade *Die Flasche* im Hamburger Thalia-Theater am 5. 3. 1932 schreibt ein Kritiker im Hamburger *8-Uhr-Abendblatt:* »Hab ich Dich hart angefaßt, Du wunderlicher Sänger der Liebe, Du wundersamer Dichter kleiner Begebenheiten zwischen Morgen- und Abendrot? Es ist so viel Rauhes und Rohes in Deinen Versen und so viel Gütiges und Zartes, die Scheu eines einfachen Herzens.«[5] Auch Freunde wie der Schauspieler Paul Wegener machen solche Duz-Vertrautheit öffentlich; der Klappentext des Umschlages zur Erstausgabe der letzten Gedichtsammlung *Gedichte, Gedichte von Einstmals und Heute* zitiert aus dessen Rede zum 50. Geburtstag des Dichters im Berliner Hotel Kaiserhof: »Ringelnätzchen, liebes Seelchen, was sind doch die Menschen stumpf, daß sie doch so oft mißverstehen, daß sie nicht fühlen, wie hinter deiner Klabautermannfratze ein zartes Kinderherz wohnt, so ängstlich, daß es im Dunkel dieses Welt-Dschungels zu singen anfängt. Du flüchtest immer wieder in deine Spielstube, das Treiben der Erwachsenen ist dir nie ernst. Wie der süße Buddha scheußliche Schreckgestalten annimmt, um die Dämonen zu verjagen, so tarnst du dich als wüster Gesell und erschreckst die Welt, damit sie nicht in deine Seele schauen soll!« Für den einflußreichen Kritiker Kurt Pinthus ist Ringelnatz »ein wirklicher Dichter, ein großer Dichter«[6] – aber auch der engste Freund würde eine der eingangs genannten Größen in für die Öffentlichkeit bestimmten Texten nicht anreden: »liebes

5 E. K.: Der dramatische Lyriker. Ringelnatz: »Die Flasche« im Thaliatheater. – In: *8-Uhr-Abendblatt* (Hamburg) vom 6. 3. 1932.

6 Kurt Pinthus in *Die literarische Welt* 3 (1927), Nr. 43 vom 28. 10., S. 5.

Seelchen«. Solche vertrauliche Nähe bestimmt nicht nur das Verhältnis der Kritik und der Freunde.

Die Wirkung und das öffentliche Bild von Ringelnatz sind geprägt von seinen Auftritten als Kabarettist im Vorkriegsmünchen und als ›reisender Artist‹ nach dem Ersten Weltkrieg, und das heißt: durch seine Gedichte (und allenfalls durch das Drama *Die Flasche*). Der reisende und lesende Dichter war in dieser Zeit keine Seltenheit; kurz vor der Jahrhundertwende begann die Karriere der öffentlich vermittelten Dichtung auf doppelte Weise, durch Dichterlesungen und durch das literarische Kabarett.[7] Kritische Stimmen sahen und sehen ein Problem in der verwischten Differenz zwischen Werk und Autor, im Widerspruch zwischen dem Anspruch auf dichterische Autorität und der ›banalen‹ Privatheit des lesenden Individuums: »Aber der weit öfter eintretende Effekt einer Lesung besteht darin, daß der Autor den angelesenen Erwartungen nicht entspricht, daß seine Gewöhnlichkeit das Werk relativiert. Anders gesprochen: Im Rückbezug des Geschriebenen auf sein ursprüngliches Subjekt verliert in der Regel die Literatur.«[8]

Das gilt jedoch nur für ›normale‹ Dichterlesungen, bei denen die ›Gewöhnlichkeit‹ des Autors stört; wo diese jedoch stilisiert oder durch eine Rolle überlagert wird, kommt es zur Konvergenz von Autor und Werk im Prozeß der Rezeption. Ein Autor, der folgende Verse vortrüge:

Das ist die Schlange, vor der uns graut,
Wenn uns ihr bannendes Auge trifft.

7 Vgl. dazu meinen Aufsatz (auf den ich hier zurückgreife): »Der Sangesvogel, der ist todt«: Krise, Tod und mündliche Auferstehung der Lyrik. – In: Keith Bullivant und Bernhard Spies (Hrsg.): Literarisches Krisenbewußtsein. Ein Perzeptions- und Produktionsmuster im 20. Jahrhundert. München: iudicium 2001, S. 79–104.

8 Thomas Steinfeld: Dichter-Tourismus. Der Schriftsteller und die literarische Dienstreise. – In: *Merkur* 42 (1988), S. 978–987, hier S. 980.

Sie trägt ein langsam tötendes Gift,
Aus unergründlichen Rätseln gebraut.

hätte es schwer vor jedem Publikum: Die Verse stammen aus seinem ersten Buch *Gedichte*, das Ringelnatz, damals noch Hans Bötticher, 1910 veröffentlichte. Ob dieses oder ein ähnliches Gedicht unter den »paar lyrischen Gedichten« war, die er 1909 in der »Simplicissimus Künstler-Kneipe« der Kathi Kobus in München vortrug, wissen wir nicht: »Jedenfalls wurde es ein völliger Mißerfolg. Nur aus Mitleid klatschten ein paar Hände. Ich verkroch mich kleinlaut.« Erfolg hat er erst mit einem »langen humoristischen Gedicht, das auf die Lokalverhältnisse Bezug nahm und Kathis stehendes Wort brachte ›Es ist noch viel Platz, nur immer herein.‹ Dieses Poem lernte ich auswendig und trug es vor. Der Beifall tobte.« (hier S. 480) Doch war solche Gelegenheitspoesie nicht das, was sich der in bürgerlichen Bildungswerten sozialisierte Sohn unter Dichtung vorstellte: An seine Freundin Alma Baumgarten schreibt er 1914, »die wahre Kunst wie auch die wahre Religion hätten nichts mit Politik und Krieg zu thun, sondern stände erhaben und unverletzbar darüber«[9]. Auch nach dem Krieg hält er in einem Brief an seine Frau, die er Muschelkalk nannte, am ästhetischen Credo des Bildungsbürgertums fest, das ihm – wie vieles – sein Vater Georg Bötticher (1849–1918), Leipziger Lokalschriftsteller und Tapetenzeichner, vermittelt hatte: Das »Höchste, das einzig Wahre, ist Kunst und Frömmigkeit.«[10]

Wollte Ringelnatz, der Literatur als etwas Existenzielles verstand, das »einzig Wahre« auch seiner Kunst zurückge-

9 Brief Nr. 56 an Alma Baumgarten, Wilhelmshaven, 20. Dez. 1914 – Ringelnatz: Briefe. Hrsg. von Walter Pape. Berlin: Henssel 1988, S. 57.

10 Brief vom 25. 4. 1923 (Abschrift Sammlung Gescher-Ringelnatz, Berlin; nicht in der Briefausgabe).

winnen, so mußte er daran arbeiten, Selbstbild und ›Erscheinungsbild‹ zur Übereinstimmung zu bringen. Im April 1918 rät er einer Freundin »das Streben nach Wahrheit und Vornehmheit sich selbst gegenüber«[11]. Er versuchte auf alle Weise solche ›Wahrheit‹ zu verwirklichen. Nach dem Krieg blieb aber nur der kritische Abstand vom überlieferten und geliebten Kunst- und Autor-Ideal, was ihm zunächst durch die Schaffung einer neuen Identität gelang: Joachim Ringelnatz folgt auf Hans Bötticher. Die neuen Gedichte waren, vor allem die *Turngedichte*, einerseits eine Parodie auf den Mißbrauch der Bildungsideale des 19. Jahrhunderts: »Das Unbeschreibliche zieht uns hinan, / Der ewigweibliche Turnvater Jahn.« (»Klimmzug«); andererseits waren sie Selbstparodie[12] in Gestalt der parodistischen Verklärung der eigenen Seemannserinnerungen und -träume in der Figur des Kuttel Daddeldu. Trägt hier die Distanz zu sich und seiner Vergangenheit zur Annäherung an das Publikum bei, so gelingt andererseits die Aufhebung der Diskrepanz zwischen der ›Gewöhnlichkeit‹ des privaten Autors und dem Werk durch die Reduzierung der großen Gefühle auf alltägliche Wirklichkeit: »Wenn ich allein bin, dreht mein Federhalter / Schwarzbraunen Honig aus dem Ohrgewinde.« Gedichte wie dieses aus dem Jahr 1920 (»Wenn ich allein bin«) bauen keine Distanz auf. Das Gedicht »Einer meiner Bürsten« (1933) beginnt: »Deine Borsten wurden weiche Haare, / Meine drohen auszugehn.« Allein das Thema verbietet zwar ein stilistisches Pathos, dennoch huldigt der Text keiner Neuen Sachlichkeit, sondern pathetisiert und nobilitiert den Alltag. Der komische Effekt wird überlagert, bisweilen auch untergraben durch den existenziellen Ernst.

11 Brief Nr. 121 an Annemarie Ruland, Seeheim, 19. 4. 1918 – *Briefe*, S. 101.

12 Vgl. dazu Pape: Joachim Ringelnatz. Parodie und Selbstparodie in Leben und Werk. Mit einer Joachim-Ringelnatz-Bibliographie und einem Verzeichnis seiner Briefe. Berlin, New York: de Gruyter 1974 (Quellen und Forschungen. N. F. 62).

Max Herrmann-Neiße hat einige Gedichte der *Reisebriefe eines Artisten* (1927) genau aus diesem Grund hervorgehoben: »Ich meine die ganz großen Gedichte ›Sonntags‹, ›Worte in den Wind‹, ›Aufgebung‹, ›Vorm Brunnen in Wimpfen‹, ›Wirrsal‹, wahrhaft Weltanschauungsgedichte, aber ohne Bombasmus und aufmontierten Tiefsinn, so ganz ungezwungen, simpel, gradezu, mit einem Wort: zauberhaft!«[13]

Manche Zeitgenossen sahen die in gewisser Weise ›revolutionäre‹ Rehabilitierung des Alltags und des Privaten: »Und wieder einmal sind die blamiert, die da seit Jahren schreien, die Kunst müsse vom ›Privaten‹ befreit werden. Hier ist Privatestes – und dieses ganz Private ist zu einem lyrischen Kunstwerk geworden, dessen Gültigkeit über den Wert der Originalität hinaus gewachsen ist.«[14] Solche Nähe verstellt aber auch den Blick und verführt dazu, dem dichtenden Freund auf die Schulter zu klopfen: »Ringelnätzchen, liebes Seelchen«.

2. *Keinen ordentlichen Anfang und kein rechtes Ende*

In der Bahnhofswartehalle eines »gott- und menschenverlassenen Eisenbahnpunktes« wird ein Reisender Zeuge eines Gesprächs: »Ich verstand kein Wort weiter von dem, was da besprochen wurde, aber ich glaubte den Inhalt zu erraten«. Nur so viel bekommt er mit: Beide waren am Ohio und kannten »die wilde Miß vom Ohio«; der Erzähler der Novelle aber bleibt ausgeschlossen: »Die Geschichte der wilden Miß vom Ohio habe ich nie erfahren, aber wenn ich mich ihres Titels erinnere, habe ich eine häßliche, drückende Empfindung.« »Die wilde Miß vom Ohio«, 1910 erschienen, eröffnet die Novellen-

13 Max Herrmann-Neiße in *Die neue Bücherschau* 6 (1928), H. 2 (Februar), S. 104–105.

14 Otto Ernst Hesse in *Vossische Zeitung* (Berlin) vom 25. 7. 1927, Beilage »Literarische Rundschau« (Nr. 39), S. 2.

sammlung *Ein jeder lebt's*; wie hier verzichtet Ringelnatz auch in den meisten anderen Erzählungen auf eine Geschlossenheit. Es sind keine ›ganzen‹ Geschichten, sondern sie erlauben, wie eine andere Erzählung überschrieben ist, den Blick »Durch das Schlüsselloch eines Lebens«.

Das Fragmentarische als Strukturprinzip wird hier noch durch eine konventionelle Erzählweise aufgefangen und getragen; ermöglicht wird es durch Konzentration auf scheinbar Nebensächliches: Ein Gesprächsfetzen, ein gefundenes Notizbuch (»Durch das Schlüsselloch eines Lebens«) oder eine Rose, die ein schwächlicher Matrose von zwei Studenten als Dank für Auskünfte erhält (»Zwieback hat sich amüsiert«) sind der Nukleus, aus dem sich eine ›Skizze‹ entfaltet. In der Erzählung »Das Grau und das Rot«, sicher der gelungensten des Erzählbandes, ist die ›unerhörte Begebenheit‹, welche die Handlung bestimmt, ein roter Klecks in einer Akte: »Da, auf Pagina 117 leuchtete ein roter Klecks, mehr denn die Hälfte der Seite einnehmend. – Rote Tinte oder Blut? erwog ein Zweifel im Gehirn des Rentmeisters. Der erregte Mann war sich nicht klar darüber; er verstand sich nicht darauf; er roch auch nichts. Aber er fieberte, indem er vielmals die Gedanken Blut und Tinte wechselte.«

Das Interesse für das scheinbar Nebensächliche, das skurrile Detail, die sich ins Nichts auflösende gespannte Erwartung bleiben auch in den Erzählungen erhalten, die Ringelnatz während des Krieges schreibt. In den *Blockadebrechern* (1915), die den Band *Die Woge* eröffnen, läßt Ringelnatz einen aus der Fremde heimkehrenden wohlhabenden Bürgersohn, der sich mit dem Vater versöhnen will und in theatralisch-patriotischen Träumereien vom Kampf für Kaiser und Reich schwärmt, sterben, bevor seine Träume von Vater und Vaterland in Erfüllung gehen. Ein rostiger Nagel wird ihm zum Verhängnis. Die Weltgeschichte und der Zufall, die großen deutschen Träume und die Banalität, das wird hier in ein Symbol gefaßt, beinahe die Nachkriegsstimmung vorwegnehmend. Die Beziehungslosigkeit von politischem Geschehen und dem Schicksal des einzelnen, von pathetischem Bildungsnationalismus und politischer Ohnmacht, von Begeisterung und Nichtigkeit hätte nicht treffender gestaltet werden können als im Schicksal dieses Blockadebrechers, dem zur Verdeutlichung auch noch ein ›ungebildeter‹ einfacher Seemann als Kontrastfigur an die Seite gegeben ist.

Vor dem Krieg, während des Krieges, nach dem Krieg und nach der Revolution, die Ringelnatz in Seeheim bei Cuxhaven recht idyllisch erlebte, hatten sich auch Revolutionen in der Kunst angekündigt und prägten nun das literarische Leben. Andere Autoren seiner Generation bilden die frühesten Vertreter der deutschsprachigen literarischen Avantgarde, so Kafka (*1883), Carl Einstein (*1885), Hugo Ball (*1886), Arp (*1886), Benn (*1886) oder Schwitters (*1887). Die Jahre von 1910 bis 1920 waren die großen Jahre der künstlerischen und literarischen Manifeste; die Krise der Kunst war begleitet von einer verstärkten Kritik der mimetischen Darstellungsmittel, von Versuchen der Zerstörung der Sprache bzw. von der Suche nach neuen Darstellungsmitteln, sei es rein ästhetischer Art oder mit politischer Stoßrichtung. Ringelnatz ist in dieser Hinsicht ein zutiefst unmoderner Autor: Keinerlei theoretische Reflexionen begleiten seine literarische Produktion; die brieflichen Zeugnisse aus dieser Zeit bieten keine Anhaltspunkte, auf welche Weise die politische oder die literarische Revolution Ringelnatzens Kunstauffassung geändert hätte. Am 12. Dezember schreibt er an seine Muschelkalk:

»Ich will vor allem hoffen, daß Du und die Deinen, die ich vielmals grüße, daß Ihr gesund durch Krieg, Grippe und Revolution gekommen seid. Ist Dein verehrter Vater auch rot ›ersetzt‹ worden? Nun herrscht ja ein Chaos tollster Art, und ich glaube nicht, daß uns die Hungersnot erspart bleibt. Hier in Berlin haben wir schon jetzt nichts zu beißen und Schießereien sind auch nichts Ungewöhnliches. Auch in Cuxhaven habe ich dunkle Tage erlebt.«[15]

Und als Muschelkalk ein Jahr später den Berlin-Erfahrenen in einem Brief aus ihrer Heimatstadt, der kleinen Kreisstadt Rastenburg in Ostpreußen, nach Neuem aus der Reichshauptstadt fragt, antwortet er nur:

»›Neue geistige Strömungen in Berlin‹ Warum in Berlin. Berlin hinkt immer Paris nach. Übrigens jede Buchhandlung verschafft Dir Stoff zum Ersticken. Die Zeitschrift Weltbühne lies. Und frage doch Deinen Bruder. Hüte Dich Muschelkalk vor dem jüdischen Bluff ›Neu‹. Hol Dir Neues aus Dir selber.«[16]

Spätestens im März 1921 liegt das fertige Manuskript von Ringelnatzens avantgardistischstem Text vor: *...liner Roma...*, der nach langer vergeblicher Verlagssuche Anfang 1924 im kleinen Hamburger Verlag Asmus erscheint; Johannes Asmus war selbst im März 1923 extra nach Berlin und zum Galeristen Alfred Flechtheim gereist, »um George Grosz als Illustrator für mein ›liner Roma‹ zu gewinnen«[17]. Das scheiterte, und so malte Ringelnatz selbst zehn Aquarelle und Tuschzeichnungen für das Bändchen. Ringelnatz war mitten in der Berliner Kunstszene, seine Bilder wurden anläßlich einer Ausstellung in der Galerie Flechtheim von einem Führer der Kunst-Avantgarde, Carl Einstein, versteigert. Daß Ringelnatz sich dennoch als Außenseiter sah, zeigt eine briefliche Äußerung vom August 1921: »Oh die Neuesten (sie die auf mich schwören) sie sind so blind, sie gehen so ab vom Herzen der Kunst u. fallen

15 Brief Nr. 140 an Muschelkalk, Berlin, 12. Dez. 1918 – *Briefe*, S. 112.
16 Brief Br. 146 an Muschelkalk, Berlin, 22. Nov. 1919 – ebenda, S. 118.
17 Brief Nr. 277 an Muschelkalk, Berlin, 14. März 1923 – ebenda, S. 279.

auf den Verstand und auf Berechnung herein. Doch mündlich einmal darüber.«[18]

Dabei besteht kein Zweifel, daß – wie jüngst wieder festgestellt wurde[19] – sowohl sein malerisches Œuvre als auch ein Text wie *...liner Roma...* sich moderner Darstellungsmittel bedienen. Sicher sind Atmosphäre und Arbeiten des Berliner Dadaismus um Richard Huelsenbeck, Raoul Hausmann, Johannes Baader, Walter Mehring, George Grosz und anderen entscheidend für die formale Gestaltung gewesen, die allerdings das bereits in früheren Texten praktizierte Prinzip der ›Beziehungslosigkeit‹ einzelner Handlungsstränge ebenso fortsetzt wie die Konzentration auf scheinbar Nebensächliches, jetzt verstärkt durch das Erlebnis der Großstadt und ihrer Simultaneität der Eindrücke:

»Stadt ist Fels. Würmer nagten Löcher und Gänge hinein. Aber an aufgerissenen Baustellen, an den Wunden der Stadt und in den Oasen der Straße, den Raseninseln, wo Wallwurz und Löwenzahn wuchern, dort offenbart es sich, daß unter dem Stein noch Erde, feuchte Erde dünstet. Kalt und starr blickt die Stadt einem vorbei. Aber liegt ein blutiger Leichnam quer über die Schienen oder bei eines Schaffners Witz über einen Lehrjungen, der mit einem roten Farbtopf hinpurzelt ... gelegentlich spürt man, daß unterm Asphalt das Herz der Großstadt schlägt.« (*...liner Roma...*, hier S. 332)

Und entsprechend heißt es an anderer Stelle: »Es sind Fetzen, aus Zeit und Ort herausgerissen, nicht die gute alte Zeit« (S. 351). Und das ist wirklich das Außergewöhnliche an dieser singulären Erscheinung der deutschen Literatur:

18 Brief Nr. 213 an Muschelkalk, vielleicht Frankfurt a. M., 25.–26. August 1921 – ebenda, S. 217.

19 So Frank Möbus: Über die dunkle Seite im Werk von Joachim Ringelnatz. – In: Frank Möbus, Friederike Schmidt-Möbus, Frank Woesthoff und Indina Woesthoff (Hrsg.): Ringelnatz! Ein Dichter malt seine Welt. Göttingen: Wallstein 2000, S. 166–189.

Ringelnatz ist modern, oft avantgardistisch, ohne den Rechtfertigungszwang der Selbstvergewisserung und permanenter Reflexion über die Berechtigung von Literatur.[20] Das macht ihn auch einer Literaturwissenschaft verdächtig, die sich am literarhistorischen Konsens orientiert. »Unliterarischer Außenseiter« und »verquerer Brettl-Philosoph« sind die Epitheta, die man ihm gern anhängt.[21] Melchior Vischer, der Autor des 1920 erschienen dadaistischen ›Romans‹ *Sekunde durch Hirn. Ein unheimlich schnell rotierenden Roman* (in dem geschildert wird, wie der Bauarbeiter Jörg Schuh von einem Gerüst stürzt, was im dabei durch den Kopf geht und was simultan geschieht), schreibt 1929 (gewissermaßen selbstkritisch):

»Was viele große Dichter wollten, was die besten expressionistischen Jahre vergebens anstrebten: simultane Eindrücke in Worte zu fassen, das fällt diesem Ringelnatz ohne Anstrengung zu; es ist bei ihm eine Selbstverständlichkeit. Viele seiner Gedichte geben eine Simultaneität des Daseins wieder, ohne Krampf, geläutert durch zweckmäßige Sachlichkeit, die jedoch niemals nüchtern wird.«[22]

Bei Ringelnatz gibt es nicht den radikalen Traditionsbruch der Moderne, seine literarischen Wandlungen vom Lyriker Hans Bötticher zum »Simplicissmus«-Kabarettisten, vom dichtenden Mariner zu Joachim Ringelnatz verdanken sich keiner Reflexion der eigenen ästhetischen Position, sondern lebensgeschichtlichen Erfahrungen. Deshalb wirken seine Werke auch, als seien sie ohne Anstrengung entstanden; den dieser unprätentiösen Leichtigkeit zugrundeliegenden existenziellen Ernst erkannte ein Kritiker wie

20 Vgl. zu dieser Frage den immer noch aktuellen Aufsatz von Joachim Kühn: Hugo Ball und die Rechtfertigung von Kunst und Künstlertum. – In: *Hugo Ball Almanach* 1978, S. 71–127.

21 Arnd Rühle: Ringelnatz. – In: Literatur-Lexikon. Autoren und Werke deutscher Sprache. Hrsg. von Walther Killy. Bd. 9. München: Bertelsmann 1991, S. 476.

22 Melchior Vischer in *Die literarische Welt* 5 (1929), Nr. 49 vom 6. 12., S. 8.

Kurt Pinthus, der von »verzweifelter Naivität« und von »wilder Flucht und Sucht der Assoziationen« spricht.[23]

3. Heimat ist kein begrenztes Land

Als zu Beginn des letzten Jahrhunderts, auch als Reaktion auf die modernen Großstädte und ihre Attraktivität für Kunst und Literatur seit dem Naturalismus, die ›Heimatkunstbewegung‹ entsteht, fährt der junge Hans Bötticher zur See – Britisch-Honduras, Konstantinopel, Odessa, Boston, New York, Rio de Janeiro und Narvik sind einige der Stationen. Er lebt unstet und in wechselnden Berufen in Hamburg, Frankfurt, München, Eisenach, Lauenstein und Lettland. Heimat als Herkunftsland oder Herkunftsort wird ihm suspekt. Nicht erst, als er im Kreis der Münchner Intellektuellen verkehrt, wird er aufmerksam: »Es revoltierte etwas in mir. Ich war als Sachse und von meinen Lehrern, auch von meinen Eltern aus, ich war durch mein ganzes bisheriges Leben mit einem Wust von Vorurteilen angefüllt.« (hier S. 498). Und in seinen Gedichten (z. B. in »Leipzig«) ironisiert er solche Beschränktheit: »Fast alle Sachsen sind sächsisch. Sie zeigen sogar, / Daß die Pariser und die Londoner Mode / Vor zwei Jahren eigentlich auch sächsisch war.« Und: »Wurzen!?!?! – ach du liebe Zeit! Mein Wurzen.«[24] Das ist alles, was Ringelnatz 1932 notiert, als er die »Stadt, wo meine Mutter mich gebar«, wiedersieht (»Dresden«, hier S. 105).

Da sind keine sentimentalen Heimatgefühle ihm Spiel, da er wußte: »Denn Lüge ist, was auf Befragen / Das Heimweh uns als Heimat nennt.« (hier S. 138). Nicht Heimweh, sondern das intellektuelle Milieu schaffen Iden-

23 Kurt Pinthus in *Der Querschnitt* 3 (1923), H. 1, S. 89–90 (über *Turngedichte* und *Kuttel Daddeldu*); dasselbe in *8-Uhr-Abendblatt* (Berlin), Nr. 97 vom 26. 4. 1923. Insofern war die »dunkle Seite im Werk von Joachim Ringelnatz« (s. Anm. 19) bereits den Zeitgenossen durchaus deutlich.

24 Mit der »Flasche« auf Reisen – *Das Gesamtwerk*, Bd. 5, S. 315.

tität; als München zu Beginn des Jahrhunderts für viele Künstler »zu einer Art Mekka« (Max Halbe) wurde, schwärmt er: »In München. ›München‹! Schlürfe dieses Wort!«[25] Als München jedoch immer mehr zur Stadt der ›Bewegung‹ wird, ist er erleichtert, daß der »Umzug nach Berlin« (so der Titel eines Gedichts) zustande kommt, und er weint »der dümmsten Stadt in der Welt« keine Träne nach.

Berlin wird, ohne daß er damals schon die künftige neue Rolle der Reichshauptstadt ahnte, zur »neuen Heimat«, wie es im Gedicht »An M. zum Einzug in Berlin« heißt. Aufgrund solcher Ungebundenheit und solchem Verzicht auf eine Bindung an eine Herkunft, ohne die viele große Autoren der Zeit undenkbar wären – man denke nur an Hofmannsthal oder Thomas Mann, an Döblin oder Franz Kafka –, kann Ringelnatz tatsächlich als so etwas wie der Prototyp des ruhelosen modernen Menschen gelten, hat er doch als ›reisender Artist‹ kaum wirklich eine Heimat: »Der ich zu Hause bei meiner Frau / So gern noch wochenlang bliebe« (»Schnee«).

Die ›Nichtseßhaftigkeit‹ prägt und verändert aber auch die (ästhetische) Wahrnehmung, erlaubt es, alles mit eigenem *und* mit fremdem Blick zu sehen. Ein früher Rezensent macht diese Perspektive bereits in seinem ersten Novellenband *Ein jeder lebt's* aus:

»Bötticher sieht wie die, die kein Zuhause haben. Wie ein Herr von Nirgendheim, ein aus innerster Leidenschaft Herumzigeunernder, dem die Kulisse nicht so interessant und merkwürdig ist als die Menschen, die in ihnen ihr Wesen treiben; die Groteske des menschlichen Daseins in seinem Zwiespalt von phantastischer Fliegerkunst und schwerer Erdgebundenheit.«[26]

25 »Vize an Vicen! (An Carl Georg von Maassen, 1917)« – ebenda, Bd. 2, S. 231.
26 Peter Hamecher in *Tägliche Rundschau* (Berlin) vom 14. 5. 1914.

Und auch später spricht Max Herrmann-Neiße angesichts der *Reisebriefe eines Artisten* von »dem Schweifenden, Umhergetriebenen, Unbehausten, Vogelfreien seiner inneren Situation«[27].

»Heimat? Wir alle finden keine, / Oder – und allerhöchstens – eine / Improvisatorische« heißt es im Gedicht »Antwort auf einen Brief des Malers Oskar Coester«. Insofern ist auch die Fülle der kleinen Dinge des Alltags, ihre oft unvergleichliche Sinnlichkeit, mit der sie beschworen werden, diesem Blick des modernen Heimatlosen geschuldet, an dessen Grab auf seinen Wunsch sein Lieblingslied »La Paloma« gesungen wurde, jenes Lied, das so unentschieden zwischen Sehnsucht nach dem Meer und Heimweh schwankt: »Kennst du das Lied ›La Paloma‹?« fragt die Petra in der dramatischen ›Seemannsballade‹ *Die Flasche* und zitiert dann: »Es zog mich an Bord, und es wehte ein kühler Wind –«. In einem Brief an seine Frau heißt es einmal: »[...] ich bin mit jener schönen harten Sentimentalität und Traurigkeit gefüllt, die mein Wesen ausmachen«.[28] Was auf den ersten Blick bloß sentimental klingt, erweist sich vor dem skizzierten Hintergrund als existenzielle Grunderfahrung der Moderne. Und nur so erhalten scheinbar banale Verse wie »München. (An die Schwiegereltern)« eine repräsentative Relevanz in einer von Entfremdung geprägten Gesellschaft:

München, bei der echten Frau zu Hause.
Endlich also einmal wieder Ruhepause.
Meine Stübchen, Küche, Bad, Salon,
Meinen Schreibtisch! Meine Blumenwiese
Auf der Brüstung vom Balkon!
Wie ich das genieße!

27 Max Herrmann-Neiße in *Die neue Bücherschau* 6 (1928), H. 2 (Februar), S. 104–105.

28 Brief Nr. 175 an Muschelkalk, Berlin, 4./5.9.1920 – *Briefe*, S. 160.

Literaturhinweise

Joachim Ringelnatz: Das Gesamtwerk in sieben Bänden. Berlin: Henssel 1982–1985 (Kritische und kommentierte Ausgabe.). 2., durchgesehene und erweiterte Aufl.: Zürich: Diogenes 1994. Hier zitiert als *Das Gesamtwerk*.

Joachim Ringelnatz: Briefe. Berlin: Henssel 1988. (Kritische und kommentierte Ausgabe.)

Bemmann, Helga: Joachim Ringelnatz. Leben und Werk des Dichters, Malers und Artisten. Vollst. bearb. Ausg. Berlin: Propyläen 1996. Erstausgabe unter dem Titel: Daddeldu ahoi! Leben und Werk des Dichters, Malers und Artisten Joachim Ringelnatz. Berlin (Ost): Der Morgen 1980.

Günther, Herbert: Joachim Ringelnatz mit Selbstzeugnissen und Bilddokumenten. 8. Aufl. Reinbek bei Hamburg: Rowohlt 2001 (Rowohlts Monographien. 50096). (Die Bibliogr. wurde 2001 von Clemens Heithus neu erstellt.)

Huck, Stephan (Hrsg.): Ringelnatz als Mariner im Krieg 1914–1918. Bochum: Winkler 2003 (Kleine Schriftenreihe zur Militär- und Marinegeschichte. 4).

In memoriam Joachim Ringelnatz. Eine Bibliographie, eingefügt in biographische Notizen, unveröffentlichte Gedichte und Erinnerungen der Freunde. Privatdruck von Gerhard Schulze. Bearb.: M[uschelkalk, d.i. Leonharda Gescher]. Leipzig: Poeschel & Trepte 1937.

Joachim Ringelnatz. Text + Kritik. Heft 148. München: Ed. Text + Kritik 2000.

Möbus, Frank, Friederike Schmidt-Möbus und Frank Woesthoff: Joachim Ringelnatz, reisender Artist. Hannover: Theatermuseum 2001 (Prinzenstraße. 12).

Möbus, Frank, Friederike Schmidt-Möbus, Frank Woesthoff und Indina Woesthoff (Hrsg.): Ringelnatz! Ein Dichter malt seine Welt. (Erscheint als Begleitbuch zu den Ringelnatz-Ausstellungen in Göttingen, Cuxhaven und Wurzen.) Göttingen: Wallstein 2000.

Pape, Walter: Joachim Ringelnatz. Parodie und Selbstparodie in Leben und Werk. Mit einer Joachim-Ringelnatz-Bibliographie und einem Verzeichnis seiner Briefe. Berlin, New York: de Gruyter 1974 (Quellen und Forschungen. N. F. 62).

Pape, Walter: »Es hat sich selbst aus mir gemalt«. Der Maler Joachim Ringelnatz. – In: Kunst und Antiquitäten, Nr. 3 (Mai/Juni) 1983, S. 57–63.

Ruehmkorf, Peter: Joachim Ringelnatz, das vervielfachte Original. – In: Ruehmkorf: Dreizehn deutsche Dichter. Reinbek bei Hamburg: Rowohlt 1989, S. 50-61.

Schneede, Uwe M. (Hrsg.): Ringelnatz der Maler. Kunstverein in Hamburg, 30. April bis 5. Juni 1983; Heidelberger Kunstverein, 5. Juli bis 13. Aug. 1983; Kunsthalle zu Kiel, 8. Sept. bis 19. Okt. 1983. [Ausstellungskatalog.] Hamburg: Kunstverein 1983.

Schumann, Werner (Hrsg.): Himmelsbrücke und Ozean. Joachim Ringelnatz, ein malender Dichter. Hannover: Fackelträger 1961.

Zeittafel

1883 Hans Gustav Bötticher wird am 7. 8. 1883 in Wurzen (Sachsen) geboren. Vater: Georg Bötticher, Musterzeichner und Schriftsteller, geb. 20. 5. 1849 in Jena, gest. 15. 1. 1918 in Leipzig. Mutter: Rosa Marie, geb. Engelhart, geb. 23. 8. 1857 in Tilsit, gest. 18. 1. 1924 in Leipzig.

1886/87 Umzug nach Leipzig (An der Alten Elster).

1889(?)–1901 Volksschule, Königliches Staatsgymnasium, Tollersche Privatschule.

1899 28. März: Konfirmation.

1901 März: Einjährig-freiwilliges Examen (Mittlere Reife); April-September: Schiffsjunge; Oktober-Dezember: Stellungssuche in Hamburg; Reisen als Schiffsjunge auf dem Segelschiff »Elli«.

1901/04 Veröffentlichungen im vom Vater hrsg. *Auerbach's Deutschem Kinderkalender*.

1902 Leichtmatrose auf dem Frachter »Florida«, Aufenthalt in Hull (*»Das Abenteuer um Wilberforce« I. Teil*).

1903 Beginn einer kaufmännischen Lehre in Hamburg.

1904 Freiwilliges Jahr im Marine-Militärdienst auf dem Kreuzer »Nymphe« und dem Artillerie-Schulschiff »Carola«; wird ›Bootsmaat‹.

1905 Wiederaufnahme der kaufmännischen Ausbildung bei der Dachpappenfirma »Ruberoid GmbH« in Hamburg; erste Ölgemälde: »Kriegsschiff« und »Dachpanorama«.

1907 Kommis in Leipzig.

1908 Kommis in Frankfurt a. M.; Reisetätigkeit; zweite Reise nach Hull (*»Das Abenteuer um Wilberforce« (Schluß)*); in München kurze Zeit Buchhalter im Reisebüro Bierschenk. Gedichte, Witze, Anekdoten und das Märchen *Der ehrliche Seemann* erscheinen in *Der Grobian. Wochenschrift für Humor und Satire*. Erste Kontakte zu Kathi Kobus und ihrer »Simplicissimus Künstler-Kneipe«.

1909 Auftritte in der »Simplicissimus Künstler-Kneipe« als ›Hausdichter‹; von März bis zum 31. Dezember betreibt er das »Tabakhaus zum Hausdichter«; Freundeskreis um den Bibliophilen Carl Georg von Maassen, Rolf von Hoerschelmann, Erich Mühsam; Bekanntschaft mit Frank Wedekind u.v.a.; gibt das Heftchen *Simplicissimus Künstler-Kneipe und Kathi Kobus* heraus.

1910 Erste Veröffentlichungen in Buchform: die Kinderbücher *Kleine Wesen* mit Illustrationen von Fritz Petersen (München: J.F. Schreiber) und *Was Topf und Pfann' erzählen kann* mit Texten von Ringelnatz und Ferdinand Kahn sowie Bildern von Franziska Schenkel (Fürth in Bayern: G. Löwensohn); *Gedichte* (München, Leipzig: Hans Sachs-Verlag). Erste Veröffentlichung von Erzählungen in den Zeitschriften *Die Jugend* und *Die Woche*.

1911 Reisen nach Tirol und im Juni nach Riga; Sommer auf dem kurländischen Gut Halswigshof der Schwiegereltern seines Freundes Thilo von Seebach. *Was ein Schiffsjungen-Tagebuch erzählt* (München: Die Lese).

1912 vom 4. Februar bis Ende Dezember betreut Hans Bötticher die Bibliothek des Grafen Yorck von Wartburg auf dem Schloß Klein-Oels; *Die Schnupftabaksdose* mit Illustrationen von J. M. Seewald (München: R. Piper).

1913 1. Januar bis 1. April: Bibliothekar des Herzoglich Altenburger Kammerherrn Börries Freiherr von Münchhausen in Hannover; im August Bibliothekar und Fremdenführer auf Burg Lauenstein bei Dr. Erhard Messmer; Herbst: in München, Besuch von Lewalters Kunstschule, Anstellung als Schaufensterdekorateur. Aufenthalt in Eisenach und Besuch des Mädchenpensionats von Dora Kurtius; Schülerinnen des Pensionats waren Alma Baumgarten (1893–1974) und seine spätere Frau Muschelkalk (Leonharda Pieper). 15. Mai: Verlobung mit Alma Baumgarten (»Maulwurf«), auf Druck von deren Eltern wieder aufgelöst. Erzählband *Ein jeder lebt's* (München: Albert Langen).

1914 Freiwilliger Kriegsdienst bei der Marine; Dienst auf Sperrschiffen und bei der Fliegenden Hilfsminensuch-Division HMSD in Wilhelmshaven, Cuxhaven, Kiel, Warnemünde und der Vorpostenflottille in Lettland.

1915/17 Kriegsnovellen in den Zeitschriften *Simplicissimus*, *Jugend*, *März*; der Band *Die Woge* mit den Novellen kann wegen Kürzungen durch den Zensor erst 1922 erscheinen.

1917 Leutnant zur See und Kommandant eines Minensuchbootes; Kommandat einer Maschinengewehrbatterie in Seeheim bei Cuxhaven.

1918 15. Januar: Tod des Vaters. Das Drama *Der Flieger. Drama in drei Akten*, 1917 begonnen, wird vollendet. Mit dem Ausbruch der Revolution scheidet Hans Bötticher aus dem Marinedienst aus.

1919 Berlin; Besuch einer Obst- und Gartenbauschule in Freyburg a. d. Unstrut; Reisen durch Süd- und Norddeutschland; die beiden Dramen *Die Bolschewisten. Kein ernstes Stück in vier Akten* und *Fäkalie. Tragödie in drei Akten* sind verschollen. – 19. Dezember: erste Erwähnung des Künstlernamens Joachim Ringelnatz.

1920 13. Januar bis 30. April: angestellt im Archiv des Scherl-Verlags, Berlin; 1. Mai bis 31. August: Vorträge im »Simplicissimus«, München; Ostern Verlobung mit Leonharda Pieper (»Muschelkalk«); von Mai bis August Angestellter bei der Post-Überwachungsstelle in München; 17. August: standesamtliche Trauung mit Leonharda Pieper; Wohnung in München. September/Oktober: Auftritte in der Kleinkunstbühne »Schall und Rauch« in Berlin, 1. bis 30. November im »Simplicissimus«; Dezember: Engagement an der »Bonbonniere« in München. – Verschiedene nicht realisierte Filmprojekte; *Kuttel Daddeldu oder das schlüpfrige Leid* (Berlin-Wilmersdorf: Alfred Richard Meyer) und *Turngedichte* (Berlin-Wilmersdorf: Alfred Richard Meyer).

1921 Beginn des Lebens als ›reisender Artist‹, Kabarett-Engagements in verschiedenen deutschen Städten. – *Die gebatikte Schusterpastete* (Berlin-Wilmersdorf: Alfred Richard Meyer); nicht verwirklichte Dramen- und Filmprojekte.

1922 Zahllose Auftritte in Kabaretts: »Rakete« und »Schwarzer Kater«, Berlin, »Simplicissimus«, München; Bekanntschaft mit bildenden Künstlern (Renée Sintenis, Karl Hofer, Otto Dix) und Galeristen (Flechtheim und Nierendorf); verstärkte Versuche in der Malerei. – *Die Woge* (München: Albert Langen). Schallplattenaufnahmen für »Polyphon«.

1923 23. April: erste Ausstellung von Ringelnatz-Bildern in der Galerie Flechtheim; die Aquarelle und Gemälde versteigerte Carl Einstein. – Die von Karl Arnold illustrierten Ausgaben von den *Turngedichten* und *Kuttel Daddeldu* erscheinen.

1924 18. Januar: Tod der Mutter. Auftritte im »Simplicissimus« und in den Berliner Kabaretts »Rakete«, »Schwarzer Kater« und »Rampe«; Bilderausstellungen in Deutschland und Wien; 1. bis 15. Oktober: Engagement im »Mascotte«, Zürich. – *...liner Roma... Mit 10 Bildern von ihm selbst* (Hamburg: Johannes Asmus); Novellensammlung *Nervosipopel* (München: Gunther Langes); *Geheimes Kinder-Spiel-Buch mit vielen Bildern* (Potsdam: Gustav Kiepenheuer).

1925 Im Januar dreiwöchige Reise nach Paris.

1926 Kabarettauftritte, Vortragsabende und Bilderausstellungen in verschiedenen Städten.

1927 Vortragsreisen, am 28. April: Debüt im Rundfunk. – Mai: Vollendung von *Doktors engagieren. Operette in drei Akten* (verschollen); *Reisebriefe eines Artisten* (Berlin: Rowohlt).

1928 Vortragsreisen, hauptsächlich per Flugzeug; April: Flugreise nach London; Juni: Freiballonfahrt in Augsburg. – Verschollene Operette *Mut, Gesang und Gaunerei*; *Matrosen. Erinnerungen, ein Skizzenbuch: handelt von Wasser und blauem Tuch* (Berlin: Internationale Bibliothek), *Allerdings* (Berlin: Ernst Rowohlt), *Als Mariner im Krieg* (Berlin: Rowohlt).

1929 Strapaziöse Reisen zu Vortragsabenden; 10. bis 29. August: Aufenthalt bei Asta Nielsen, Hiddensee; 7. August: Tod von Kathi Kobus. Oktober: Ringelnatz tritt der Novembergruppe bei. – *Flugzeuggedanken* (Berlin: Rowohlt).

1930 28. Februar: Umzug von München nach Berlin-Neuwestend in die Wohnung am Sachsenplatz 12 (heute Brixplatz, das Haus wurde im Krieg zerstört); verschollener Vorfilm »Seemann kommt aus Pariser Kino« zu »Sous les Toits de Paris«.

1931 Vortragsreisen, auch nach Wien und nach Prag; Rundfunkgespräche. – *Zusammenstoß. Spiel in drei Akten* (zu Lebzeiten unveröffentlicht, s. *Das Gesamtwerk*, Bd. 3; *Mein Leben bis zum Kriege* (Berlin: Rowohlt), *Kinder-Verwirr-Buch* (Berlin: Rowohlt).

1932 9. Januar: Uraufführung von *Die Flasche. Eine Seemannsballade* im Leipziger Schauspielhaus; Kabarett-Auftritte in der »Femina«, Berlin, und letztmalig im »Simplicissimus«; vom 20. Mai bis 1. Juli deutschlandweite Tournee mit der *Flasche*. – *Die Flasche und mit ihr auf Reisen* (Berlin: Rowohlt; Text und Tagebuch der *Flaschen*-Tournee: Hannover, Kassel, Gotha, Liebenstein, Salzungen, Eisenach, Bad Kissingen, Koblenz, Pforzheim, Basel, Zürich, München, Nürnberg, Würzburg, Bad Elster, Prag, Teplitz). *Briefe aus dem Himmel. Kammerspiel in drei Akten* (verschollen); *Gedichte dreier Jahre* (Berlin: Rowohlt).

1933 Januar und Februar: Kabarett-Veranstaltungen in Frankfurt a. M.; Februar: Vortragsabend in Königsberg; Auftrittsverbot in Dresden, Hamburg und München aufgrund von § 1 der »Verordnung zum Schutz von Volk und Staat« (Reichstagsbrandverordnung) vom 28. Februar. März bis April: Bilderausstellung in Leipzig; 7. August: große Feier zum 50. Geburtstag im Hotel Kaiserhof, Berlin, auf Einladung von Asta

Nielsen, Renée Sintenis, Paul Wegener und Ernst Rowohlt. Für die EMELKA-Filmwochenschau spricht Ringelnatz das Gedicht »Im Park«. 16. bis 19. Oktober: Kabarett »Nebelspalter«, Zürich. – *103 Gedichte* (Berlin: Rowohlt).

1934 1. bis 15. Februar: Kabarett »Gambrinus«, Basel; 16. bist 28. Februar: Kabarett »Zum Hirschen«, Zürich. Erkrankung und materielle Not nach Rückkehr aus der Schweiz. 7. August: Freunde versuchen, dem lungenkranken Ringelnatz durch einen öffentlichen Aufruf zu helfen; kommt im Juni in die Heilstätte Beetz-Sommerfeld bei Berlin. – *Gedichte, Gedichte von Einstmals und Heute* (Berlin: Rowohlt); im April Beginn seines *Letzten Romans* (Fragment in: *Der Nachlaß*, Berlin: Rowohlt 1935). Ringelnatz stirbt am 17. November in seiner Berliner Wohnung und wird am 20. November auf dem Waldfriedhof Berlin Heerstraße begraben.

Verzeichnis der Gedichtüberschriften und -anfänge

INHALT

GEDICHTE

ERZÄHLUNGEN